鎌倉期関東歌壇の研究

中川博夫
NAKAGAWA Hiroo

花鳥社

鎌倉期関東歌壇の研究　目次

序論　鎌倉期関東歌壇と周辺の概要

序章　関東歌壇の概要――鎌倉期関東の歌人と歌壇序説　3
第一章　関東歌壇の和歌　51
第一節　和歌表現史上の位置　51
第二節　歌壇内の和歌の様相　66
第二章　関東歌壇の周縁　77
第一節　西行と関東　77
第二節　鹿島の宗教圏と和歌　90

本論　鎌倉期関東の歌人と歌書

第一編　歌人研究

序章　実朝を読み直す――藤原定家所伝本『金槐和歌集』抄……113
第一章　将軍宗尊親王と周辺……131
第一節　『宗尊親王家百五十番歌合』宗尊と真観の番を読む……131
第二節　『瓊玉和歌集』の和歌……153
第三節　『竹風和歌抄』の和歌……220
第四節　宗尊親王将軍家の女房歌人達……292
第二章　関東祇候の廷臣歌人達……327
第一節　藤原顕氏伝……327
第二節　藤原顕氏の和歌……369
第三節　藤原教定伝……409
第四節　藤原教定の和歌……447
第五節　藤原能清伝……512
第六節　藤原能清の和歌……536

第七節　源親行の和歌……603

第三章　ある御家人歌人父子……633

第一節　後藤基綱・基政・基隆の家譜と略伝……633
第二節　後藤基綱・基政・基隆の和歌事績……665
第三節　後藤基綱の和歌……687
第四節　後藤基政の和歌……714
第五節　後藤基隆の和歌……760

第四章　寺門の両法体歌人……785

第一節　大僧正隆弁伝……785
第二節　大僧正隆弁の和歌……816
第三節　僧正公朝伝……843
第四節　僧正公朝の和歌……884

第二編　歌書研究

第一章　簸河上論……935
第一節　『簸河上』の諸本……935
第二節　『簸河上』の性格……957
付補説――『八雲御抄』と『秋風抄』と『簸河上』
第二章　家集三種……979
第一節　藤原時朝家集の成立……979
第二節　『瓊玉和歌集』の諸本……1030
第三節　藤原雅有家集の成立……1063
第三章　打聞と歌合……1089
第一節　『拾遺風体和歌集』の成立……1089
第二節　『東撰和歌六帖』の成立時期……1107

第三節　『宗尊親王家百五十番歌合』の奥書……1118

付編　資　料

一　内閣文庫蔵『鎌倉将軍家譜』翻印……1125
二　校本『簸河上』……1169
三　桃園文庫本『隣女和歌集』首巻（序・巻一）解題と翻印……1213
四　歴博本『隣女和歌集』（巻二〜四）翻印……1255

初出一覧　1458
あとがき　1463
索引
人名　左開2
書名　左開25
事項　左開39
和歌初句　左開45
『隣女和歌集』初句索引　左開91

序論　鎌倉期関東歌壇と周辺の概要

序章　関東歌壇の概要――鎌倉期関東の歌人と歌壇序説

はじめに

いわゆる鎌倉幕府の成立説は、治承四年（一一八〇）説から建久三年（一一九二）説までの幅を見せている。中では文治元年（一一八五）説が有力であることは大方の認めるところであろう。その鎌倉幕府の成立の前後、即ち平安末期から鎌倉期にかけての時期、新興の武家政権の権力への求心性と旧来の宮廷政治の権威への遡求性という表裏をなす大局的動向の中で、文学史的結果としては、和歌の局面でも地域的拡散がもたらされた。後者についてのそれは、例えば南都奈良や聖地伊勢などに於ける和歌活動の一時的な興起であり、前者については、関東圏に於ける和歌の勃興であろう。本章では、鎌倉時代の関東圏の和歌について、歌人達の在りようの側面から概観してみたい。(1)

ところで従来一般に、鎌倉時代の幕府を中心とする地域の呼称としては「関東」「東国」が用いられ、そこに於ける和歌活動の呼称としては、「関東歌壇」「東国歌壇」や「鎌倉歌壇」「宇都宮歌壇」等が和歌史上の術語として用いられてきた。しかしながら、「歌壇」の語および各々の地域名の概念に幅があって、必ずしも一様の定義を認め得ないように思われる。これにつき、簡要に見解を示しておく。

これを統一して用いる必要があるか否か、あるとすればどれを用いるべきかは、結局は定義次第ということになる。「東国歌壇」の語は、時代を限定しなければ、むしろ一般的に畿内から見た東方の諸国に於ける歌壇について汎用的に用いることはできよう。中世の東方諸国の歌壇の意では「東国」の「歌壇」とすればよいが、それでも曖昧さは残るので、これは一般的な言い方に留めるべきであろう。他方、『吾妻鏡』に見える鎌倉幕府・幕府方の意（鎌倉幕府の自称）としての「関東」の用例に留意しつつ、上代以来の逢坂の関の東方の諸国の総称としての用法や現在の一都六県の地方名としての語感なども考慮すれば、鎌倉期の「関東歌壇」は、広義には鎌倉の相模と武蔵・常陸・下野および遠江などの周辺地域を併せた地域での和歌活動と歌人構成の社会的範囲を示すものであり、狭義には鎌倉という地域でのその謂いであろう。後者は、「鎌倉歌壇」の語とほぼ重なる意味合いとなろう。しかし後述のごとく、その「鎌倉歌壇」と一対をなすはずの「宇都宮歌壇」の内実は、必ずしも宇都宮という地域の「歌壇」ということと同義ではないのである。従って、「鎌倉」と「宇都宮」という、一見確固たる地域名を冠した「歌壇」の用法にも慎重さが必要となる。また、「鎌倉歌壇」の語を、広く鎌倉時代の関東地域の歌壇の意として用いようとする時、「宇都宮歌壇」の常陸・下野はともかくも、例えば遠江が『夫木抄』の長清の居所であったごとく、歌人達の京都と東国の往還路でかつそれに伴う和歌事績の生産場所としての東海道周辺について、それを除外しているかのごとき誤解を与えることは免れ得ないであろう。同時に、僧侶・神官なども併せた幕府関係者が、例えば諏訪社や善光寺などの周辺地域に活動したことなども視野に入れるべきであろう。以上から、それぞれの術語は次のように概括できようか。

①「関東」

イ　伊勢国鈴鹿・美濃国不破・越前国愛発の三関の東。「朕（聖武）、縁レ有レ所レ意、今月之末、暫往二関東一」（続日本紀・天平一二・一〇・己卯）。後に実態として、近江国逢坂関の東方に変化か。

ロ　鎌倉幕府あるいは関東武家方の呼称。「彼山（熊野）依レ奉レ祈二関東繁栄一、為レ亡二平氏方人一、有二比企一云々」（吾妻鏡・治承五・一・二一）。吾妻鏡の「関東」の初見は、治承四・八・一九「武衛（頼朝）、令レ加二下知一給。邦通為二奉行一、是関東事施行之始也」。この類の「関東」即ち、「関東御教書」「関東下知状」等の場合の「関東」は、三河・信濃・越後より東の地域を指し、尾張や能登を含む場合もある。

②「東国」

古代には三河・信濃・越後以東の呼称か。三関設置後は、その東の美濃国や尾張国辺りより東方の諸国の呼称か。承久三年（一二二一）の承久の乱後、京都の六波羅探題が尾張・飛騨・加賀より西を裁決、これが西国。それより東の鎌倉幕府が裁決する地域が東国。さらに、鎌倉幕府の統治権の及ぶ地域が東国、朝廷の統治権の及ぶ地域が西国となる。

③「関東歌壇」

鎌倉幕府の統治権下の地域の歌人達の和歌活動、幕府の組織およびそれに付随する諸活動に広く連なる歌人達の和歌活動。

④「東国歌壇」

②の地域の和歌活動ということになるが、その範囲は極めて広範かつ曖昧なものとなる。

⑤「鎌倉歌壇」

③をより限定した、鎌倉の地域の歌人達あるいは幕府に直接関係する歌人達の和歌活動。

⑥「宇都宮歌壇」

藤原兼家男道兼流（仮冒か。中原氏か矢田部氏後裔）の宇都宮氏を中心とした和歌活動。宇都宮の地域に限定されない。同氏は、源頼義・義家の奥州平定の軍功で下野国を預領した石山寺座主宗円が祖（仮託か）。

宗円―宗綱―業綱┬頼綱（蓮生）―泰綱―景綱（蓮瑜）―貞綱
　　　　　　　　└〔塩谷〕朝業（信生）―〔笠間〕時朝

言い換えれば、「関東歌壇」とは、鎌倉を中心とした周辺地域と幕府の組織およびそれに付随する諸活動に広く連なる和歌活動と歌人組織の範囲を示す術語、と定義できる。ただその際、より限定的に鎌倉という幕府所在地中心の歌壇の意味で便宜的に「鎌倉歌壇」を用い、同様に後述のごとき「宇都宮氏」に関わる歌壇を「宇都宮歌壇」として用いることとする。

さて、早く鎌倉期の東国の歌壇に注目して研究の基礎を開いたのは石田吉貞であり、その論[2]はいまなおこの方面の研究の基盤である。また同時期に、濱口博章も、「鎌倉歌壇」の概観と個別の撰集の成立について定説の基礎となる論[3]を発表している。両者の論が、この分野の研究を導きかつ長く水準を示してきたと言ってよい。石田論は、鎌倉圏の文学活動を、一　源氏将軍時代、二　藤原将軍時代、三　宗尊親王時代、四　惟康親王以後、の四期に画している。これは穏当で理解し易い分類であろう。『吾妻鏡』に記された和歌事績の数を、頼朝から宗尊までの各将軍期毎に検すると、頼朝8（19）、頼家0（1）、実朝37（16）、頼経22（18）、頼嗣4（8）、宗尊34（14）、である（括弧内は在任年数。ただし頼朝は同書巻頭から死没まで）。頼家や頼嗣の将軍期は、在任の短さや年齢の若さから見て参考にならず、また頼朝期は、ほとんど（6例）が折に触れた個人の詠作についての記事であり、純粋な歌会・歌合の記事はない。やはり実朝と宗尊の将軍期が盛況と言える。実朝期には、初めて幕府の「御会」が見え、歌会・歌合等の歌人達の集団的詠作活動の記事が13例ある。それが頼経期には20例、宗尊期には18例あるが、宗尊期には宗尊個人の和歌活動や撰集作業にまつわる記事も目立つ。大摑みには、実朝期以降鎌倉に「歌壇」と呼べる状況が現出し[4]、頼経期を経て宗尊期に本格的に展開したと把握し得るであろう。

一　『吾妻鏡』の和歌関係記事の分類

先に将軍について少し触れた『吾妻鏡』の和歌関係記事を分類して、各将軍期毎に数を整理すると、左に示したようになる。

［凡例］

Ａ　歌会・歌合・継歌・定数歌等
Ｂ　管絃詠歌会・和歌を含む宴会・詩歌会・柿本影供等
Ｃ　事物（時季・風雅等）に寄せた詠歌等
Ｄ　人事（慰撫・愁訴・述懐）の詠歌・効験の詠歌（歌徳説話）・夢想歌（奉納歌）等
Ｅ　撰集・撰歌・和歌清書等
Ｆ　歌集・髄脳の進献・到来等
Ｇ　歌仙招来・歌仙結番・歌道に携わる輩等
Ｈ　和歌・歌人の批評（評価・評判・批判等）・談義等
Ｉ　合点・付判等
Ｊ　連歌

各将軍期毎の数

頼朝将軍期　～正治一1199・一・一三

B1 D5 H1 J2

将軍空位期

H1

実朝将軍期 建仁三1203・九・七～承久一1219・一・二七

A11 B2 C3 D14 E1 F10 G3 H4 I2 J1

将軍空位期

D4

頼経将軍期 嘉禄二1226・一・二七～寛元二1244・四・二八

A15 B5 C2 D1 F1 G1 J4

頼嗣将軍期 寛元二1244・四・二八～建長四1252・四・一

A3 B1 C1 J1

宗尊将軍期 建長四1252・四・一～文永三1266・七・四

A16 B1 D4 E5 F1 G4 H2 I8 J5

分類の具体例

Aの例

①元久三1206・二・四 実朝、雪見に名越山に出掛け、北条義時の山庄で和歌会。北条泰時・東重胤・内藤知親等参加。

②天福一1233・五・五 端午節、御所で和歌会。題「翫昌蒲」「聞郭公」。北条政村・同資時・源親行・後藤基綱・

光西（伊賀光宗）・波多野経朝・都筑経景等参加。両国司（執権泰時と連署時房か）披講の座に祗候。

Bの例

③寿永三1184・四・四　頼朝、自亭の庭の桜賞翫に一条能保を招請、平時家が座に加わる。管絃・詠歌あり。

Cの例

④建暦二1212・二・一　実朝、和田朝盛を以て塩谷朝業に梅花一枝送遣。匿名で「誰にか見せん」とのみ言い、返事を聞かず帰参を命ず。朝業追って和歌一首を奉献。「うれしさも匂ひも袖に余りけり我がため折れる梅の初花」（玉葉集・一八五五他に採録）。

Dの例

⑤文治五1189・七・二九　頼朝、奥州藤原氏追討のため、白河の関を越える。関明神に奉幣。梶原景季を召し、初秋の候に能因の古風を思い起こせと命じ、景季は馬を控えて一首を詠ず。「秋風に草木の露を払わせて君が越ゆれば関守も無し」。

⑥文治五1189・八・二一　頼朝、泰衡を追討し津久毛橋に到る。梶原景高、和歌一首詠出「陸奥の勢は御方に津久毛橋渡して懸けん泰衡が頸」。

⑦建暦三1213・二・二六　今暁誅殺予定の四人渋川兼守が、昨日荏柄天神社に奉献した十首詠歌を、同社参籠の工藤祐高が取って御所に持参、実朝がこれに感じて宥罪。「凡感㆓鬼神㆒。只在㆓和歌㆒者歟」。

⑧承久三1221・六・一六　北条泰時、承久の乱で院方の範茂に従い宇治に向かった清水寺住侶敬月法師が泰時に献じた詠歌一首に感興の余り、敬月の死罪を減じ遠流に処すべき由を長沼宗政に下知。「勅なれば身をば捨ててき武士のやそ宇治河の瀬には立たねど」。

Eの例

⑨弘長一1261・七・二二　宗尊、「関東近古詠」撰進を後藤基政に下命（『東撰六帖』か）。

Fの例

⑩元久二1205・九・二　内藤知親、『新古今集』を京都より持参。頼朝歌採録を聞き実朝が閲覧を所望。

⑪建暦三1213・一一・二三　定家、相伝の私本『万葉集』一部を、実朝に進献。七日に仲介の雅経から送進して、本日到着して大江広元が御所に持参。実朝殊の外賞翫。年来定家愁訴の家領地頭の非法を停止という（歌道を賞するが故）。

⑫嘉禎四1238・一〇・一二　頼経、参内後、道家・公経両亭に渡り、道家が贈物。行成真筆『古今集』や丹波雅忠相伝の医書あり。

Gの例

⑬建暦三1213・九・二二　実朝、草花秋興観覧に火取沢辺に逍遙。北条時房・同泰時・藤原長定・三浦義村・結城朝光・内藤知親等供奉。「皆歌道に携わる輩なり」。

Hの例

⑭文治二1186・八・一五　頼朝と西行会見。頼朝の求めに西行は兵法を語るも和歌は不談。

⑮建暦三1213・九・二六　長沼宗政、実朝を批判。「当代は、歌鞠を以て業となし、武芸廃るるに似たり。女性を以て宗となし、勇士これ無きが如し。また没収の地は勲功の族に充てられず、多くもって青女等に賜ふ…云々。このほか過言あげて計ふべからず」。

Iの例

⑯弘長三1263・二・一〇　千首和歌に合点後、披講。合点の員数により席次を決定。

Jの例

⑰嘉禄三1227・七・二五　頼経、夜に方違、西侍火爐間に宿す。近習数輩参候。連歌あり。

頼朝将軍期は、純粋な和歌会の類のAや、雅的な和歌の類のCがなく、人事詠や歌徳説話風の類のDが目立つ。分類の具体例D⑥、「陸奥の勢は御方に津久毛橋渡して懸けん泰衡が頸」は、普通一般の和歌とは言えまい。この時期は、総じてはあえて歌壇と見るまでもないのであろう。やはり実朝将軍期以降に歌壇的状況が生まれると言ってよい。純粋な歌会の類のAが多くなり、雅的和歌を詠じたCの記事も現れてくる。従って、A①の実朝将軍期の北条義時山庄の歌会を、歌壇の形成を示す最初の記事と評する見方ができるであろう。大局的には、「鎌倉殿」の独裁制から合議の執権政治への転換期と、歌壇の形成時期が連動しているように見えるのである。その中で、例えばA②のような、頼経将軍期の執権と連署の歌会祇候を、北条得宗家と連署による監視と捉える考え方も理解できるが、後節に見るとおり、執権と連署の北条氏は多くの勅撰歌人が輩出する歌人集団でもある。鎌倉幕府の主要構成員は、和歌的な価値観に決して対立的ではないということである。

その観点から振り返れば、それは既に頼朝将軍期から、『吾妻鏡』にも顕れていたと言える。頼朝と政子が静の舞を見物した場で、静が「吉野山峰の白雪踏み分けて入りにし人の跡ぞ恋しき」「しづやしづしづのをだまき繰り返し昔を今になすよしもがな」を吟出し、頼朝が反逆の義経を慕うこの別れの曲、別れの歌に不快を示すも政子がとりなす、という『吾妻鏡』文治二年（一一八六）四月八日条の周知の記事を初め、D⑤の頼朝と景季の能因を媒介とした遣り取りや、D⑦のように、和歌故に罪や咎を許された歌徳説話風の記事が目立っているのである。そこにはまたD⑧のように、北条泰時が和歌に感じて罪を免じた記事も存している。その視点で見れば、G⑬の、北条時房・同泰時・藤原長定・三浦義村・結城朝光・内藤知親等の供奉者について、「皆歌道に携わる輩なり」と記すところに、関東の武士が和歌に従事する者であるとの認識を窺うことになる。H⑮の有名な長沼五郎宗政の実朝批判も、その批判は「過言（くわごん）」、あまりの雑言とされていたのであった。石井進の言葉を借りれば「北条氏の立場を擁護する傾向が著しい」（日本古典文学大辞典）という『吾妻鏡』の中では、将軍源頼朝や源実朝、また北条氏の政子や得宗家も、歌の価値を認める者の側にいる、ということになる。

なお、F⑩に示したとおり、元久二年（一二〇五）三月の新古今竟宴の半年後に、京都から『新古今集』が招来されているように、京都から鎌倉への歌集の到来は比較的早い（単純な旅程は13日間）。また、F⑫に示すとおり、摂家将軍頼経が上洛の折に、父道家から行成真筆の『古今集』を贈られていることが知られる。これは鎌倉に持ち帰られたのであろう。摂家将軍、親王将軍、関東祇候の廷臣、その他を通じて、質・量ともに京都に引けをとらないぐらいに、歌書類がもたらされていたのではないか、と想像されるのである。

二　関東歌壇の主要歌人と勅撰集入集数および主要和歌作品

関東歌壇の和歌活動に連なる主要歌人達の一覧とその人物の特徴の摘要を、左に掲示しておこう。これからも見て取れるように、より本格的な歌壇と言えるのは、宗尊親王将軍期のそれであろう。特に注意しておきたいのは、公家中では、⑧に示すように、廷臣で関東に祇候した者あるいは関東に下向した者には、有家・定家・家隆・雅経等々の新古今撰者の次世代以降の歌人達、つまり京都歌壇で言えば中心的存在となるはずの者が揃っている事実である。これはもちろん、政治・経済の面で優越的に実権力を掌握していった関東方に、京都の宮廷貴族達が接近するという事態の一環として捉えることができる。のみならず、実朝が披覧を渇望した『新古今集』という宮廷文化の集大成を作り上げることに関わった、特に撰者達の第二世代の歌人達を、関東方はむしろ歓迎したであろうし、そのことが関東歌壇の和歌の水準を引き上げることに繋がったと見ることも許されるのではないだろうか。なお、概観の便宜に、⑩に本書で具体的にその和歌作品を取り上げることになる主な歌人の経歴について簡略に記しておく。

関東歌壇歴代将軍期主要歌人一覧

歌人を、次のように分類しておく。（イ）将軍（源氏、九条家、親王）、（ロ）鎌倉幕府の文官御家人（官僚）の下級貴族や東下して幕府に出仕したいわゆる関東祗候廷臣等（一部臨時に東下した廷臣を含むが、為家・為氏・為兼等については、これら宇都宮氏姻族に類する関東祗候・在住者以外の人物までを含めると範囲が拡大して、むしろ全体像が曖昧になるので、除外しておく）の公家、（ハ）鎌倉殿御家人等（六波羅関係者等在京武士・鎮西探題関係者を含む）の関東の武家、（ニ）勝長寿院・永福寺等鎌倉の主要寺院や鶴岡八幡宮の任職等または在関東寺院の止住・供僧あるいは関東歌壇の歌会・歌合等出詠の僧侶（一部神官を含む）、（ホ）将軍家女房や上記公家や武家の血縁者等々の女房。また、武士の出家者の場合、出家後も法体の武士として職責を果たしている場合や、俗名よりも法名の方が通りがよい者の場合も、武家に入れた。ただし、寂身（藤原氏）は、僧侶に入れた。大江氏のように、属性が両義に跨がり区別が困難な場合や、閲歴が未詳の場合もあるが、家統を考慮するなどして、便宜に従って一応分類した。各分類内の歌人の配列は、身分・家統・生年・世代等を考慮するが、順不同。＊印は、勅撰歌人を示す。

源氏将軍期

①頼朝将軍期

（イ）将軍　源頼朝＊。

（ロ）公家　一条能保。
（ハ）武家　平時家、梶原景時、同景季。

②実朝将軍期
（イ）将軍　源実朝＊。
（ロ）公家　大江広元、同（源）親広、源光行、藤原長定。
（ハ）武家　北条義時、同時房、同泰時＊、行念（北条時村）＊、東重胤、素暹（東胤行）＊、二階堂行村、同行光、同基行、光西（伊賀光宗）＊、和田朝盛、塩谷朝業（信生）＊、結城朝光、内藤知親。

摂家将軍期
③頼経将軍期
（イ）将軍　九条頼経。
（ロ）公家　藤原（二条）教定＊、源光行＊、同親行＊、藤原隆祐＊、一条頼氏＊、同能清＊、藤原定員、三善（町野）康俊。
（ハ）武家　北条時房、同泰時＊、同重時＊、同政村＊、同実泰、真昭（北条資時）＊、北条（名越）光時、同経時、後藤基綱＊、同基政＊、素暹（東胤行）＊、行円（二階堂行宗）＊、足利義氏、安達義景、光西（伊賀光宗）＊、三浦光村、都筑経景、波多野朝定、同経朝。
（ニ）僧侶　快雅＊、隆弁＊。
（ホ）女房　土御門院小宰相＊。

④頼嗣将軍期
（イ）将軍　九条頼嗣。
（ロ）公家　藤原（二条）教定＊、源親行＊、坊門清基。
（ハ）武家　北条重時＊、同政村＊、同時直＊、同時頼、後藤基綱＊、同基政＊、光西（伊賀光宗）＊、三浦光村、鎌田行俊。

親王将軍期1

⑤宗尊親王将軍期
（イ）将軍　宗尊親王＊。
（ロ）公家　藤原（紙屋川）顕氏＊、同重氏、藤原（二条）教定＊、飛鳥井雅有＊、一条能清、冷泉隆茂、持明院基盛、二条基長、真観（藤原光俊。宗尊歌道師範）＊、藤原（葉室）俊嗣、寂恵（安倍範元）＊、藤原長綱＊。
（ハ）武家　北条重時＊、同政村＊、同時直＊、同長時＊、同義政＊、同時親＊、同時広＊、同宣時（時忠）、同清時＊、同時通、後藤基政＊、同基隆＊、二階堂行方、同行佐、惟宗（島津）忠景、鎌田行俊。
（ニ）僧侶　隆弁＊、公朝＊、円勇＊、証悟、良心、禅恵、親願。
（ホ）女房　土御門院小宰相、典侍親子（真観女）＊、鷹司院帥（同）＊、（以下宗尊親王将軍家）小督＊、三河＊、備前＊、右衛門督、新右衛門督。

親王将軍期2

⑥惟康親王将軍期以後

（イ）将軍　惟康親王、久明親王＊。

（ロ）公家　藤原為氏＊、同為顕＊、冷泉為相＊、同為守＊、藤原為実＊、飛鳥井雅有＊、大江宗秀＊、源孝行（素寂）。

（ハ）武家　北条宣時＊、同宗宣＊、同時村＊、同貞時＊、同煕時＊、同維貞＊、同斉時（時高）＊、同時敦＊、同国時、宇都宮景綱＊、藤原政範＊、安達長景。

（ニ）僧侶　隆弁＊、公朝＊、円勇＊。

（ホ）女房　阿仏尼（安嘉門院四条）＊、為相女＊、式部卿親王家藤大納言（為氏縁者か）、同家一条。

人物の特徴の摘要

⑦他の関東縁故の重要歌人

西音（平時実。後鳥羽院北面）＊、仙覚＊、西円（宇都宮歌壇）、浄意（同上）、長清（夫木抄撰者）＊等。

⑧関東下向あるいは祗候の新古今撰者の次世代以降の歌人

有家甥顕氏・顕氏男重氏、定家男為家・同孫為氏・同孫為顕・同孫為相・同曾孫為実・同曾孫為兼、家隆男隆祐、雅経男教定・同孫雅有・同曾孫雅顕等。

⑨関東祗候廷臣と関東御家人・幕府官僚の姻戚関係

為家妻・為氏母は宇都宮頼綱女。教定母は大江広元女、教定姉妹の一人が秋田城介安達義景の妻で顕盛・長景・時景等の母、雅有の妻が北条（金沢）実時女で雅顕の母。一条能清の母は北条時房女等。

⑩主要関東歌人の略歴

将軍
実朝　建久三1192～建保七1219、28歳。初代将軍源頼朝次男。三代将軍。正二位、右大臣。
宗尊　仁治三1242～文永一一1274、33歳。後嵯峨院第三皇子。六代将軍。一品、中務卿。

廷臣官僚等
顕氏　承元一1207～文永一一1274、68歳。六条家傍流、九条顕家男。従二位、非参議。
教定　承元四1210～文永三1266、57歳。雅経男。母大江広元女。正三位、左兵衛督。
雅有　仁治二1241～正安三1301、61歳。雅経孫、教定男。妻北条実時女。正二位、参議。
能清　嘉禄二1226～永仁三1295、70歳。一条頼氏男で能保の曾孫。正二位、参議。
寂恵　俗名安倍範元。生没年未詳。正和三1314生存。陰陽師として幕府出仕。宗尊近習。
貞広　生没年未詳。大江時秀男。六波羅評定衆。従五位下、左近将監。

北条
泰時　寿永二1183～仁治三1242、60歳。北条義時男。政子甥。幕府執権。
政村　元久二1205～文永一〇1273、69歳。北条義時五男。幕府執権、連署。
実時　元仁一1224～建治二1276、53歳。北条義時孫、実泰男。幕府評定衆。
宗宣　正元一1259～正和一1312、54歳。北条宗時男。六波羅探題、幕府執権。

後藤
基綱　養和一1181～康元一1256、76歳。西行甥後藤基清の男。検非違使、幕府評定衆。
基政　建保二1214～文永四1267、54歳。基綱男。六波羅評定衆。将軍宗尊の昼番衆。
基隆　生没年未詳。基綱男、基政弟。六波羅評定衆、将軍宗尊の昼番衆。

宇都宮─景綱　嘉禎一1235～永仁六1298、64歳。宇都宮頼綱孫、泰綱嫡嗣。幕府評定衆。
安達（秋田城介）─長景　生没年未詳。弘安七1284出家。安達義景男。母雅経女。検非違使、引付衆。
寺門┌隆弁　承元二1208～弘安六1283、76歳。隆房男。母光雅女。真観従弟。園城寺長吏。
　　└公朝　嘉禄二1226～永仁四1296、71歳。従三位実文男。名越朝時猶子。園城寺別当。

次に、関東歌壇に関わる（関東縁故）歌人(5)全体の勅撰集（新古今～玉葉各集と風雅集）入集数を、左に一覧しておこう。

勅撰集入集関東縁故歌人の数。集名の下は総歌人数（除読人不知）と総歌数。
歌人の分類は、上記の分類に同じ。なお、例えば、光俊（真観）や土御門院（承明門院）小宰相のように後に関東に祇候した場合も、それ以前の勅撰集にも遡及して数に入れた。参考までに、（＊）正盛流の平家と一部その親近者、（※）室町幕府主要関係者の歌人数も示しておく。配列は、生年・世代・身分・家統・歌数等を考慮するが、順不同。

新古今集　396名、1978首。
3名、25首。
（イ）将軍　1名、2首。頼朝（源）2（首。以下省略）。
（ロ）公家　2名、23首。雅経（藤原）22、光行（源）1。
（＊）平家　1名、1首。忠盛1。

新勅撰集　391名、1374首。

17名、80首。
（イ）将軍　1名、25首。実朝（源）25。
（ロ）公家　6名、31首。雅経（藤原）20、光行（源）3、隆祐（藤原）2、光俊（藤原。真観）4、家仲（高階）1、浄意（源有季）1。
（ハ）武家　8名、22首。泰時（北条）3、重時（北条）2、政村（北条）1、行念（北条時村）5、真昭（北条資時）5、基綱（後藤）2、蓮生（宇都宮頼綱）3、信生（宇都宮朝業）1。
（ニ）僧侶　1名、1首。寂身1。
（ホ）女房　1名、2首。土御門院（承明門院）小宰相2。
（＊）平家　6名、7首。経盛1、忠度1、経正1、行盛1、資盛1、建礼門院右京大夫2。

続後撰集　417名、1371首。
33名、97首。
（イ）将軍　2名、14首。頼朝（源）1、実朝（源）13。
（ロ）公家　9名、33首。雅経（藤原）9、教定（藤原）4、光行（源）1、親行（源）1、隆祐（藤原）4、光俊（藤原。真観）10、顕氏（藤原）2、師員（中原）1、浄意（源有季）1。
（ハ）武家　16名、35首。泰時（北条）3、重時（北条）3、政村（北条）3、行念（北条時村）2、真昭（北条資時）3、長時（北条）2、基綱（後藤）3、基政（後藤）1、行円（二階堂行宗）1、光西（伊賀光宗）1、蓮生（宇都宮頼綱）6、信生（塩谷朝業）2、時朝（笠間）1、泰綱（宇都宮）1、行経（惟宗）1、素暹（東胤行）2。
（ニ）僧侶　3名、5首。定修1、隆弁2、寂身1。

（ホ）女房　3名、10首。土御門院小宰相6、典侍親子（真観女）3、鷹司院帥（真観女）1。

（＊）平家　2名、2首。忠盛1、経盛1。

続古今集　483名、1915首。

59名、274首。

（イ）将軍　3名、76首。頼朝（源）1、実朝（源）8、宗尊親王67。

（ロ）公家　13名、71首。雅経（藤原）14、教定（藤原）6、雅有（飛鳥井）1、光行（源）1、親行（源）1、隆祐（藤原）6、光俊（藤原。真観）30、顕氏（藤原）2、能清（一条）3、長雅（花山院）4、仲能（藤原）1、忠成（大江）1、頼重（大江・長井）1。

（ハ）武家　23名、68首。泰時（北条）5、重時（北条）2、政村（北条）13、時直（北条）2、行念（北条時村）2、真昭（北条資時）4、長時（北条）5、時茂（北条）2、義政（北条）1、時親（北条）1、時広（北条）3、蓮生（宇都宮頼綱）2、信生（宇都宮朝業）2、景綱（宇都宮）1、基綱（後藤）1、基政（後藤）6、基隆（後藤）3、素暹（東胤行）5、頼景（安達）1、道円（小田時家）3、忠景（惟宗）2、時清（源）1、西音（平時実）1。

（ニ）僧侶　13名、25首。定修1、隆弁4、公朝4、実伊4、定円（光俊男）3、円勇1、快雅1、厳恵1、厳雅1、最信（足利義氏男）1、寂身2、仙覚1、尊家1。

（ホ）女房　7名、34首。土御門院小宰相12、典侍親子（真観女）10、鷹司院帥（真観女）4、宗尊親王家小督3、宗尊親王家備前1、宗尊親王家新右衛門督1、安嘉門院四条（阿仏尼）3。

続拾遺集　428名、1459首。

74名、208首。

（イ）将軍　3名、24首。頼朝（源）1、実朝（源）5、宗尊親王18。

（ロ）公家　12名、68首。雅経（藤原）12、教定（藤原）7、雅有（飛鳥井）7、光行（源）1、親行（源）3、隆祐（藤原）5、光俊（藤原。真観）16、為顕（藤原）1、顕氏（藤原）2、能清（一条）6、長雅（花山院）5、頼重（大江・長井）3。

（ハ）武家　44名、82首。泰時（北条）3、重時（北条）2、政村（北条）6、時直（北条）1、行念（北条時村）1、真昭（北条資時）2、長時（北条）2、時茂（北条）1、義政（北条）3、忠時（北条）1、時村（北条政村男）3、政長（北条）2、清時（北条）2、時遠（北条清時弟）1、時広（北条）1、宣時（北条）3、義宗（北条）1、蓮生（宇都宮頼綱）6、信生（宇都宮朝業）1、泰綱（宇都宮）2、景綱（宇都宮）4、親朝（塩谷）1、時朝（笠間）1、泰朝（塩谷）1、基綱（後藤）1、基政（後藤）1、基隆（後藤）1、基頼（後藤）1、観意（斎藤基永）1、頼景（安達）1、道洪（安達時盛）4、長景（安達）2、時景（安達）1、道円（小田時家）1、景家（小田）2、義氏（足利）1、行円（二階堂行宗）2、素暹（東胤行）2、行氏（東）3、行経（惟宗）1、忠景（惟宗・島津）3、時清（源）1、宗泰（藤原・長沼）1、頼泰（大友・平）1。

（ニ）僧侶　10名、29首。定修1、隆弁7、公朝6、定円5、円勇2、厳雅2、源恵1、最信（足利義氏男）3、仙覚1、良心1。

（ホ）女房　5名、5首。土御門院小宰相4、鷹司院帥（真観女）3、宗尊親王家小督1、宗尊親王家右衛門督1、安嘉門院四条（阿仏尼）6。

（＊）平家　1名、1首。忠盛1。

新後撰集　502名、1607首。

84名、227首。

(イ)将軍　4名、25首。頼朝(源)1、実朝(源)5、宗尊親王17、久明親王2。

(ロ)公家　20名、65首。雅経(藤原)7、教定(藤原)3、雅有(飛鳥井)10、雅孝(飛鳥井)1、光行(源)1、隆祐(藤原)2、光俊(藤原。真観)10、顕氏(藤原)2、重氏(藤原)1、能清(一条)5、長雅(花山院)3、為相(冷泉)4、為実(藤原)2、寂恵(安倍範元)1、俊光(日野)2、頼重(大江・長井)4、茂重(大江・長井)2、宗秀(大江・長井)3、貞重(大江・長井)1、広茂(大江)1。

(ハ)武家　44名、96首。泰時(北条)1、政村(北条)1、時直(北条)1、行念(北条時村)2、長時(北条)1、時茂(北条)1、義政(北条)1、時村(北条政村男)6、政長(北条)1、時遠(北条清時弟)1、時広(北条)1、宣時(北条)7、時範(北条)2、時春(北条)1、為時(北条)1、重村(北条)1、盛房(北条)1、宗宣(北条)3、宗泰(北条)1、時藤(北条)1、久時(北条・赤橋)3、熙時(北条)1、時元(北条)1、貞時(北条)5、時高(北条)2、蓮生(宇都宮頼綱)6、景綱(宇都宮)6、泰宗(宇都宮)1、基政(後藤)2、基隆(後藤)1、基頼(後藤)1、泰基(後藤)1、観意(斎藤基永)3、基任(斎藤)1、素暹(東胤行)4、行氏(東)6、時常(東)2、忠景(惟宗・島津)5、忠宗(惟宗・島津)1、宗泰(藤原・長沼)1、時清(源)1、道洪(安達時盛)5、頼泰(大友・平)1、西音(平時実)1。

(ニ)僧侶　8名、20首。隆弁3、公朝7、定円2、円勇2、源恵4、最信(足利義氏男)4、西円1。

神官　2名、2首。盛継(伊豆)1、盛久(金刺)1。

(ホ)女房　6名、19首。典侍親子(真観女)8、鷹司院帥(真観女)5、宗尊親王家小督2、宗尊親王家三河2、惟康親王家右衛門督1、安嘉門院四条(阿仏尼)1。

（＊）平家　1名、1首。忠盛1。

玉葉集　762名、2800首。

103名、282首。

（イ）将軍　4名、39首。頼朝（源）1、実朝（源）11、宗尊親王22、久明親王5。

（ロ）公家　28名、106首。善信（三善康信）1、雅経（藤原）6、教定（藤原）1、雅有（飛鳥井）16、雅孝（飛鳥井）5、光行（源）1、義行（源）1、隆祐（藤原）3、光俊（藤原。真観）5、能清（一条）3、長雅（花山院）3、重氏（藤原）1、為顕（藤原）5、為相（冷泉）14、為守（冷泉）4、為実（藤原）6、為成（冷泉）1、基盛（藤原）1、師員（中原）2、寂恵（安倍範元）2、俊光（日野）5、忠成（大江）1、頼重（大江・長井）3、茂重（大江・長井）2、宗秀（大江・長井）7、貞広（大江・長井）3、貞重（大江・長井）3、長清（勝間田）1。

（ハ）武家　59名、99首。泰時（北条）1、重時（北条）2、政村（北条）4、行念（北条時村）1、真昭（北条資時）2、通時（北条）1、長時（北条）2、義政（北条）1、時村（北条政村男）1、政長（北条）2、時広（北条）1、宣時（北条）6、朝貞（北条・名越）1、斉時（北条）5、時春（北条）2、国時（北条）3、為時（北条）1、時敦（北条）1、重村（北条）1、宗宣（北条）5、宗泰（北条）1、宗直（北条）1、公篤（北条・名越）1、時邦（北条）1、久時（北条・赤橋）1、熙時（北条）3、時綱（北条）1、貞房（北条）1、維貞（北条・大仏）1、貞時（北条）7、時元（北条・佐介）1、宣直（北条・佐介）1、蓮生（宇都宮頼綱）4、信生（塩谷朝業）1、泰綱（宇都宮）1、景綱（宇都宮）6、泰宗（宇都宮・武藤）1、貞綱（宇都宮）1、泰朝（藤原・塩谷）1、基政（後藤）1、基頼（後藤）1、泰基（後藤）1、観意（斎藤基永）1、基有（斎藤）1、基任（斎藤）1、利行（斎藤）1、義景（安達）1、頼景（安達）1、道洪（安達時盛）1、顕盛（安達）1、行藤（二階堂）2、自性（二階堂行継）1、時藤（二階堂）1、宗泰（長沼）1、宗秀（藤原・長沼）1、西音（平時実）1、忠景（惟宗）1、範秀（藤原・小串）1、頼貞（土岐）1。
（ニ）僧侶　5名、14首。隆弁2、公朝2、円朝1、源恵4、仁澄5。
神官　2名、2首。盛継（伊豆）1、盛久（金刺）1。
（ホ）女房　5名、22首。宗尊親王家三河1、安嘉門院四条（阿仏尼）11、為相女6、為守女3、忠成（大江）女1。
（＊）平家　11名、39首。忠盛3、経盛6、忠度4、経正5、重衡1、資盛3、行盛2、忠快2、全真2、全性1、建礼門院右京大夫10。

風雅集　564名、2211首。
51名、124首。
（イ）将軍　3名、15首。実朝（源）7、宗尊親王7、久明親王1。
（ロ）公家　21名、55首。雅経（藤原）1、雅有（飛鳥井）2、雅孝（飛鳥井）4、光行（源）1、隆祐（藤原）4、光俊（藤原。真観）2、顕氏（藤原）1、長雅（花山院）2、為顕（藤原）2、為相（冷泉）18、為守（冷泉）3、為成（冷泉）3、為実（藤原）2、為嗣（藤原）1、寂恵（安倍範元）1、俊光（日野）1、頼重（大江・長井）1、宗秀（大江・長井）3、貞広（大江・長井）1、貞懐（大江・長井）1、為連（三善）1。
（ハ）武家　19名、23首。重時（北条）1、政村（北条）1、宣時（北条・大仏）1、久時（北条・赤橋）2、宗宣（北条・大仏）2、維貞（北条）1、貞時（北条）1、景綱（宇都宮）1、基雄（後藤）1、基任（斎藤）1、宗泰（藤原・長沼）1、宗秀（藤原・長沼）3、秀行（藤原・長沼）1、宗親（藤原・長沼）1、時藤（二階堂）1、重顕（藤原・上杉）1、範秀（藤原・小串）1、頼貞（土岐。室町幕府にも）1、貞頼（源・渋川）1。
（ニ）僧侶　3名、3首。公朝1、定円1、源恵1。
神官　1名、1首。氏之（荒木田）1。
（ホ）女房　4名、27首。土御門院小宰相1、安嘉門院四条（阿仏尼）14、為相女5、為守女7。
（＊）平家　7名、15首。忠盛1、経盛3、忠度2、資盛1、全性1、建礼門院右京大夫6、中将（式子内親王女房）1。
（※）室町幕府　20名、51首。尊氏（足利）16、直義（足利）10、義詮（足利）2、師直（高）2、師冬（高）1、重茂（高）1、重能（藤原・上杉）、3、朝定（藤原・上杉）3、和義（源・斯波（石橋））1、和氏（源・細川）1、頼春（源・細川）1、顕氏（源・細川）1、高国（源・畠山）1、行朝（二階堂）1、成藤（二階堂）1、広秀（大江・長井）2、高広（大江・長井）1、重成（高階）1、直宣（大中臣）1、貞世（今川。了俊）1。

一見して分かるように後代に頓阿が、「武士の多く入りたる故」に「もののふの八十」「宇治川集」（井蛙抄）と言われていると伝え、武士入集の多さを揶揄された『新勅撰集』は、実は関東歌人の数はさほど多くない。当代にいわゆる鎌倉幕府が成立していた『新古今集』が将軍源頼朝の歌（2首）を載せて先行するにせよ、勅撰集史上初めての本格的な関東武家歌人採録の印象の強さか、三代将軍源実朝（25首6位）の入集数の突出の故の言説であろうか。『続後撰集』以下の勅撰集が、むしろより多くの武家歌人とその和歌を採録していること、それでもそれが直截に批判されないことは、『続後撰集』以下の撰者達が、為家と、その妻で鎌倉殿御家人であった宇都宮頼綱の女の間に所生の子孫達、即ち、為家本人、為氏、為世、為兼等であることも与っているのであろう。しかしそれだけでなく、多数の武家歌人歌の勅撰集撰入は、もはや政治的にはもちろん、作品の側面からも関東歌人を無視できなくなった結果ではないかとも考えるのである。その意味では、既に定家撰の『新勅撰集』の時点から、関東歌人の詠作を、相応に評価する傾きがあったのではないかとも思うのである。

観点を換えれば、大覚寺統の後宇多院下命・二条為世撰の『新後撰集』と持明院統の伏見院下命・京極為兼撰の『玉葉集』という、対立的皇統と歌道家の撰集に共通する、北条氏歌人の撰入数の多さに象徴的な関東縁故歌人の重視の傾向は見逃せないであろう。それは、鎌倉時代中期から末期にかけて、『続後撰』以降の時代の経過に従った、宮廷と幕府の間の政治と経済活動にまつわる人的・社会的交流の進展に連れて、京都と関東の歌人と和歌の交雑が促進された結果を反映していると言えるであろう。これは反面から見れば、歌人と和歌を通して、京都と関東の結び付きがより強まった証左であるとも言えるのであろう。なお、詳しくは、拙著『玉葉和歌集(下)』(明治書院、令二・六)「解説」に記したが、他集に比した『玉葉集』の平家歌人採録の偏重は、撰者京極為兼の価値観・和歌観を色濃く映したものと見てよいであろう。

これに関連し、北条氏歴代の執権と連署の勅撰集入集歌数を左に示してみよう。頼朝亡き後の幕府の実質的支配者北条氏は、その政治的地位も相俟ってか、勅撰歌人が多く輩出しており、鎌倉に於いても当然に歌壇の主要な構成員となっている。鎌倉幕府の権力中枢が勅撰歌人としてもあった事実を改めて確認する意味があり、鎌倉幕府の武士達を京都宮廷の歌人達がどのように遇していたかを大摑みに窺い知る意味があるのである。

執権　(丸数字は執権歴代数、括弧内は勅撰集入集数)
①時政(0)　②義時(0)　③泰時(21)　④経時(0)　⑤時頼(0)　⑥長時(12。重出1)　⑦政村(40)
⑧時宗(0)　⑨貞時(25)　⑩師時(0)　⑪宗宣(27)　⑫熙時(4)　⑬基時(0)　⑭高時(0)　⑮貞顕(0)
⑯守時(0)

連署
③時房（0）⑤重時（16）⑥政村（40）⑦時宗（0）⑧政村（40）・義政（9）・業時（0）⑨業時（0）・宣時（37）⑩時村（14）・宗宣（27）⑪熙時（4）⑬貞顕（0）⑭貞顕（0）⑮維貞（11）⑯維貞（11）・茂時（0）

執権中では、泰時・長時・政村・貞時・宗宣・熙時が勅撰歌人である。もとより勅撰集に入集していなくともこの中には他にも歌歴のある人物はあるし、時頼のごとく系図上に「歌人」とされて説話と結び付く道歌百首（西明寺百首）を仮託される者もある。しかし、泰時と貞時の両名を除く他はいわゆる得宗ではなく、連署を併せれば北条氏中枢の中でもむしろ得宗の嫡流よりも傍流に和歌の業績が目立つといった傾向が認められる。これは、鎌倉の歌会や歌合の出詠者の様相にも符合するのである。この点に限れば、幕府の宰領者としての在り方は、和歌的なものに代表される貴族的性質とは本質的には対極にあったと見ることも許されるかもしれない。それでも、鎌倉中期以降は、執権・連署の中に、相当の勅撰集入集数を見る者があることは事実である。結局は個々人の資質に関わり、北条得宗の執権であれ連署であれそれが歌人であるか否かを規定する訳ではなく、政治的には鎌倉幕府の権力の固定と、北条執権家であれ連署家であれその和歌の質と量の増大が、勅撰撰者の撰歌に影響を与えたと考えてよいし、総じては、北条氏中枢も和歌に価値を置く側に在ったと見てよいのであろう。

ちなみに、第三代執権北条泰時の「世の中に麻は跡なくなりにけり心のままの蓬のみして」は『新勅撰集』（雑二・一一五二）に入集する。これは、「蓬生㆓麻中㆒不㆑扶而直」（荀子）を踏まえ、時世を慨嘆する道歌の趣がある一首である。泰時は「性稟㆓廉直㆒、以㆓道理㆒為㆑先。可㆑謂㆓唐堯・虞舜之再誕㆒歟」（民経記・仁治三年六月二十日）、「情ケアリケル人ナリ」（沙石集・巻三・問注ニ我ト負ケタル人事）と評される人物であった。武家入集の多さから後代に「宇治川集」と揶揄される同集ではあるが、撰者藤原定家は、同集を理世安楽の声を世に宣布して後堀河天皇の治世を讃美するべく撰したのであり、その『新勅撰集』に右の泰時詠を採録したのは単に政治的配慮からのみではないであろう。ここに、京都朝廷の公家と関東鎌倉の武家との関係の、一般的印象とは異なる、和歌を媒介とした関係性を象徴的に見ることができると考えるのである。また、久明親王将軍期に執権であった北条貞時については、関東歌壇に歌会を多く催し、特に正応五年（一二九二）には冷泉為相・京極為兼・二条為道・飛鳥井雅有等の歌の家の人々に「三島社十首歌」を勧進した他、定家嫡流の二条為世や為相弟為守らとも交流するなど、積極的な和歌活動の跡が窺われるのである。実質的な執政という地位が、その詠作や活動を通じて、和歌史に跡を付けたと言ってよいのであろう。

ただやはり、北条氏中最も顕著な和歌事績を残したのは、主に摂家将軍期以降に活躍した義時の五男政村であろう。弘長三年（一二六三）二月自邸に一日千首の歌会を催すなど旺盛な活動を展開したようであり、結果としても同氏中最大の勅撰集入集数を見ているのである。川添昭二『北条時宗』（吉川弘文館、平一三・一〇）は「当時の代表的武家歌人」とし、佐藤智広「北条政村と和歌─鎌倉歌壇における役割─」（『青山語文』四六、平二八・三）は「北条一門の中で最も優れた歌人と位置付けられていく」と言う。

なお、北条氏の現存家集は、時広の(6)『（故）越前々司平時広集（哥）』（丸括弧は時雨亭文庫本）のみであるが、一族の僧侶公朝などにも家集が存したことが知られるので（夫木抄）、恐らくは他の者にも家集が存した可能性は多分にあるが、総じて代々に家集を作成する程の歌に対する執着の伝統までは醸成されなかったのではないだろうか。

ここで参考までに、関東歌壇の主要な和歌作品名を挙げておく（含散佚）。〔 〕は、作者・撰者・主催等。

関東歌壇主要関連作品一覧

私家集　閑谷集〔出家した御家人か〕（養和一1181～承元一1207の作品）、金槐集〔実朝〕（定家所伝本、建保一1213までの歌か）、信生法師集（元仁二1225・二～の内容）、寂身集（建保六1218～宝治二1248の作品）、宗尊親王三百首（文応一1260・一〇以前）、初心愚草〔宗尊〕（弘長三1263・七）、瓊玉集〔宗尊〕（文永一1264・一二）、時朝集（弘長一1261以後）、顕氏集（弘長一1261・八以後）、柳葉集〔宗尊〕（文永三1266・七以前）、中書王御詠〔宗尊〕（文永四1267・一一頃）、閑放集〔真観〕（文永三1266・七～建治二1276）、竹風抄〔宗尊〕（文永九1272末）、時広集（建治一1275・六以前）、長景集（弘安七1284前後か）、政範集（弘安1278～1288頃）、蓮愉（瑜）集〔景綱〕（永仁三1295～同六1298・五）、茂重集（永仁一1293頃）、隣女集〔雅有〕（永仁一1293頃）。

私撰集　撰玉集〔寂身〕（建長三1251・九～弘長一1261頃）、楡関集〔西円〕（新和歌集以前）、拾葉集〔清定〕（同上）、新玉集〔西円〕（同上）、新和歌集（正元一1259・八～一一）、東撰六帖〔基政〕（正嘉一1257・一一～正元一1259・九）、三諦四九撰〔真観か〕[7]（文応一1260・一二）、石間集〔真観〕（建治一1275・九以前）、新撰風体抄〔不明〕[8]（正応五1292秋頃～延慶三1310頃）、拾遺風体集〔為相〕（正安四1302・七～嘉元一1303・一二）、柳風抄〔為相〕（延慶三1310・三～九）、夫木抄〔長清〕（延慶二1309～三1310頃）。

その他　新三十六人撰〔北条重時か〕[9]（正元二1260・二・五）、簸河上〔真観〕（文応一1260・五）、宗尊親王家百五十番歌合（弘長一1261・七）、〔宗尊親王〕弘長歌合（弘長二1262・春）、〔同〕歌合（弘長二・三）、宗尊親王家百首（弘長一・九）、現存卅六人詩歌〔北条時宗結構・絵入道藤原伊信作・詩日野資宣撰・歌真観撰〕（建治二1276・三）。

これらの作品の成立は、当然に京都朝廷の勅撰集成立や京都歌壇の動静と無縁ではない。関東歌壇は、京都歌壇に連動し、また京都歌壇を範とする場合もあるのである。

私家集について見れば、鎌倉殿御家人の出家者の家集と思しい『閑谷集』が、群を抜いて早い成立で、これはむしろ歌壇的活動とは無縁にも見えるが、それで言えば、将軍源実朝の『金槐集』もそれに類する存在であろう。

活動としては鎌倉歌壇にむしろ先行する宇都宮氏一族中心のいわゆる宇都宮歌壇から、比較的早く『信生法師集』のような作品が生まれたのは当然かもしれない。関東の歌壇活動が盛んになる宗尊親王将軍以降の時期に、その宗尊自身の家集や武家歌人の家集が多く成立していることもまた、必然的であろう。例えば右に記した公朝の家集（夫木抄）のように、当時存在したであろう家集も少なくなかったものと想像されるのである。

私撰集については、やはり『新和歌集』とそこに存在を伝える、宇都宮の氏族性と地域性を基盤とする撰集がやや先行するように見える。続いて、宗尊将軍幕下に、京都の『新撰六帖』『現存六帖』の成立に触発されたかのように、独自の類題集『東撰六帖』が御家人歌人後藤基政の手によって成り、そこに東下した真観が、勅撰集（続古今集）撰者の地位を見据えるかのように、打聞や髄脳を撰している。その後、同じく勅撰集撰者の地位を覗いながら関東に拠した為相が、外形を勅撰集に倣った『拾遺風体集』や、柳営の風を標榜する『柳風抄』を残したのである。

歌合は、宗尊親王主催の歌合が伝存するし、定数歌は、完存するものはないが、やはり宗尊親王主催のものが多く催行されたことが知られるのであって、この時期が歌壇として十分に機能していたことは確かである。その背後に、真観が存在していたことは無視できない。なおまた、宮廷の撰集ではあるが、同時期の弘長二年（一二六二）九月に藤原基家が撰した『三十六人大歌合』が、巻頭一番左宗尊と巻軸十八番右真観を初めとして、関東歌壇縁故歌人（土御門院小宰相・宗尊親王家小督・鷹司院帥・隆弁・後藤基政・公朝・北条長時・藤原能清・実伊・素暹・北条政村）を多く撰入していることは、この時期の京都の中心歌人が、京都と関東とを跨いだ撰集に意味を見出していたことを物語っていよう。関東側にも、家集の『寂身集』や『信生法師集』あるいは打聞の『拾遺風体集』のような、京都と関東とに跨がるような撰集があることは、それと表裏をなすものである。

三　源氏将軍時代の歌壇

以上の概要を踏まえながら、石田の画期を尊重しつつ呼称を変更して細分化し、各時代の関東歌壇の概略を記してみたい。

「源氏将軍時代」は、「萌芽期」である。何と言っても実朝の存在が大きいが、歌人の総体としての歌壇が生み出した業績にはやや乏しい。しかしながら、その実朝も特異に孤立した存在というのではない。

一つには、既に久保田淳が指摘するとおり[10]、東国の主にして武家の棟梁でありつつ都への回帰の念と貴族的志向性をも併せ持ち歌人としての事績を残した頼朝、その血脈に実朝が連なることは見逃せない。『吾妻鏡』の和歌事跡の初見は、寿永三年（一一八四）四月四日の頼朝邸に一条能保と平時家を招じた翫花会に於ける「管絃詠歌之儀」である。また、周知のとおり、頼朝は東下した西行に「歌道并弓馬事」を尋ねている。兵法については秀郷以来九代の嫡家相承の書を焼失し心にも忘却したとしながら終夜具申しつつも、全く和歌の「奥旨」は知らないとした西行の姿の意味するところは措くとして、数年後に『新古今集』に二首の入集を果たす頼朝の和歌への関心は充分に推察されるのである。

他方、実朝の歌の師定家はついに京都を出て東下することはなかったが、内藤知（朝）親を通じた両者の交流の記録と承元三年（一二〇九）に実朝に遣送すべく成った『近代秀歌』[11]や定家所伝本『金槐和歌集』の存在が物語るように、かつ実朝から定家への影響の可能性も指摘されるほどに、空間上懸隔した両者の交わりは、和歌の内実を通したものであったと見てよい。また、建暦元年（一二一一）には鴨長明が入府して実朝に閲しているし、『源氏物語』校勘書写の河内源氏の光行や歌鞠二道飛鳥井家の雅経の甥難波長定なども東下していて、中央文化の雰囲気は漸次実朝にもたらされてはいたであろう。光行の『蒙求和歌』『百詠和歌』『新楽府和歌』の三部作は、

一説に実朝に献上されたものとされている。(12)

さらに、元来実朝の周辺には、坂東八平氏の一つ千葉氏の分流東氏の武士で、「無双近仕」(吾妻鏡)として仕えた重胤などの歌人も存していた。その息胤行(素暹法師)は、頼経～宗尊の時期に亘って活躍し『続後撰集』以下の勅撰集に二十二首の入集を見る一廉の歌人である。この一族は重胤以降代々の勅撰歌人となり、室町期には「古今伝授」の祖と世上に宣揚された常縁を出すに至るのである。また例えば、藤原氏南家の出である二階堂氏の行光なども実朝の周辺で歌に関わっている。行光は、建保元年(一二一三。前年とも)十二月十九日自邸に雪見の実朝を迎えて和歌管絃の宴が張られた折に黒の竜蹄(駿馬)を進上した。翌朝その立髪に結い付けた紙に「この雪を分けて心の君にあれば主知る駒のためしをぞひく」の行光歌を見いだした実朝は、それを「優美」と感激して「主知れとひきける駒の雪を分けばかしこき跡にかへれとぞおもふ」と知親を使者に返歌している(吾妻鏡、金槐集)。馬(『韓非子』老馬の智)を媒介とする点や「分けて心の君」(特に心服する主君)と表明する点に武門の面目を感じさせるが、微かに子猷尋戴の故事をも踏まえるかのごとき贈歌を実朝が喜ぶとの認識が行光側にあり事実実朝がそれに感じて返歌していることは、柳営内でもこの種の風流を容認する通念が存したことに他ならない。この二階堂氏の後裔には、行宗(行円)や行朝などの勅撰歌人が出ており、後述のごとく関東歌壇の主要業績たる弘長元年(一二六一)の『宗尊親王家百五十番歌合』(13)には同氏から行方が出詠している。室町幕府の将軍足利義尚蔵の同書に祖先の名を見出した末裔の山城判官二階堂政行は、三条西実隆にその書写を依頼したのであった(同書尊経閣本奥書)。

先の東氏と言い二階堂氏と言い、鎌倉幕府に祖を求めうる武門の名流が、和歌を媒介として後世にも連なっていることは、即ち鎌倉期の関東歌壇が、精神的底流に於いて中世後期以降の武家の歌壇と連繫している可能性を思わせるのである。これは、鎌倉を本拠とした為相を祖とする冷泉家の近世に於ける武家との近接にもあてはまることであろう。

四　摂家将軍時代の歌壇

「摂家将軍時代」は、「展開期」と見ることができる。将軍を出した九条家（兼実―良経―道家―教実が嫡流）は、兼実以来和歌に通じて家主催の百首歌の伝統を有し、頼朝と贈答した同家の慈円やその甥良経は新古今時代を代表する歌人であり、かつ歌の家御子左家（長家流の俊成・定家の家統の便宜的汎称）の庇護者でもあって、道家は『新勅撰集』の実質的宰領者なのである。つまり同家は、政治的には兼実以来関東方と親密で関東申次の地位を占めて将軍を派出しつつ、一方で和歌にも親昵した家柄である。血脈上、四代将軍頼経も五代頼嗣も、貴族の存在理由たる和歌に大きな足跡を残し得る資質を有していたはずであるが、若年に失脚死亡した頼嗣はともかく、頼経についてはやはり幕府という環境と（先代が和歌を詠むも横死した）将軍という境遇がややそれを阻害したと見てよいであろうか。頼経の失脚および鎌倉追放の原因は執権方との政治的確執とされるが、その真偽はともかくもその後に九条家が関東方と疎遠になり退勢したことは事実である。頼経の形成した近臣団には側近で京都返送の原因を作った名越光時の他に、後藤基綱などの歌人も存していた。特に基綱は、西行に連なる家系を自覚してか、あるいは勇猛を誇り幕府に敵対し基綱自身の手で斬首した父基清の存在への反動からか、鎌倉で貴族的文事に傾倒し、その男基政も次代の関東歌壇を代表する歌人となっているのである。柳営全体が必ずしも和歌のみに熱中する雰囲気でなかったとしても、この時期の将軍周辺には、先述した東重胤や源光行の各男の胤行や親行、藤原教定、一条頼氏、北条政村、北条資時（真昭）、伊賀光宗（光西）等の歌人も在って、度々歌会が催されていたのであり、彼らはまた次代のこの歌壇に引き続き重要な位置を占めることになるのである。なお、親行は、寛元元年（一二四三）初秋以後、頼経の命により、三証本を以て『万葉集』を校調している（寛永刊本巻一奥書）。後の仙覚の万葉の訓点はこの本の重校に始まるのであり、そういった意味でも、この頼経期は次の宗尊期の基盤となっているのである。

五　惟康親王将軍以後の歌壇

宗尊親王時代と先後を逆にして先に述べるが、宗尊男の惟康が将軍となった以後の歌壇は、将軍久明親王と上述した執権北条貞時の和歌活動と冷泉為相の業績、および連歌活動に見るべきものがあり、それらの作品を読み解いて、価値を見定める意義はなくはないのであろうが、大局的には「衰退・消滅期」であることは否めない。しかしこれは、関東圏の和歌がその基盤たる鎌倉幕府の退潮滅亡に従った当然の帰結であり、『吾妻鏡』の当該時期が存在しない上での和歌業績に偏した見方でもある。他面、前代より幅広い中央歌人の往還が見られ、それに伴って、飛鳥井雅有の『春の深山路』等の紀行の生産や遠江での藤原長清の『夫木抄』という大部の類聚作業などが可能であったと見られるのである。

後深草天皇の皇子八代将軍久明親王は、『新後撰集』以下に二十二首入集の勅撰歌人である。同親王は、例えば永仁六年（一二九八）九月十三夜の「三首歌」（続千載集）や嘉元元年の「続千首」（夫木抄）の他、正応から永仁年間にかけて歌会・歌合等を催行し（沙弥蓮愉集・柳風和歌抄）、同家には和歌所が存していたとも知られる（柳風和歌抄）。参加者は、宇都宮景綱や北条時高らの御家人および冷泉為相等である。なお、永仁二年（一二九四）五月には、源光行男親行弟で関東に紫雲寺を開いた素寂が、親王の命により源氏物語注釈の『紫明抄』を献上している。

冷泉為相は、為家の晩年に安嘉門院四条阿仏尼との間になした子である。為相は為家と阿仏尼の深い愛情と指導の下に育った。為家は、伝来の和歌典籍を為相に譲り、学書『詠歌一体』も本来為相への庭訓かとも言われる。[14] 阿仏尼の『十六夜日記』は、為家遺領（播磨国細川庄）をめぐっての嫡子為氏との係争に幕府の審理を求めるべく東下した紀行と滞在記で、惟康親王将軍時代の弘安二年（一二七九）十月十六日〜翌年八月二日の間の記事である。実質的に為相の歌を指導したと見られる阿仏尼の歌論書『夜の鶴』は、為相への庭訓でもあるが、当初の進献先は惟康親王の北の方と見る説もある。(15)

この為相は、正応〜永仁以降は鎌倉を一方の本拠としたようである。いわゆる「永仁勅撰議」や『玉葉集』撰者をめぐる「延慶両卿訴陳」の際には、為相も関係して撰者の地位に意欲を示したが、結局は果たせずに終わる。その状況の中で、拠り所とする関東と京都を跨ぐ形で、私に『拾遺風体和歌集』と『柳風和歌抄』を撰しているのである。前者は、正安三年（一三〇一）十一月の後宇多院の二条為世への勅撰集（新後撰集）下命を契機としてそれに対抗するべく、翌乾元元年（一三〇二）〜嘉元元年（一三〇三）頃に、御子左家の血縁的枠組みと京都のみならず関東の地縁的基盤を歌人採択の規準としつつ、『新古今集』を構成上の規範として撰したものと推測される。(16)勅撰撰者たろうとした為相の示威と多少の自足の意を込めた行為であったと言えるであろう。後者は、「柳営」の「風体（あるいは風雅）」の歌集ほどの意で、延慶三年（一三一〇）の成立である。為相が関東歌壇を領導する地位を示すべく、幕府と為相の関係者を中心に撰歌したものと見られる。(17)為相の再びの示威ではあろうが、より自足の傾きの強い撰集と言ってよいであろう。

この時期にはまた、御子左嫡流の為氏とその男為世ならびに為氏の甥京極為兼という、『続拾遺集』『新後撰集』および『玉葉集』の三代の勅撰集の撰者達、即ち京都中央の和歌界の指導者が、相前後して関東に下向しているのである。実は、鎌倉開府後も東下しないという定家と為家が守ってきたある意味の矜恃も、為家（民部卿）の五十六歳時、建長五年（一二五三）十月〜十一月に「生涯ただ一度経験した鎌倉往還」によって破られていた。これは前年に阿仏尼と邂逅し恋愛関係となりつつ、「相伝の所領何れかの、地頭職などに関わる紛争解決を目的とする」かとされる関東下向の旅である。(18)既に『続後撰集』撰進を果たし終えていた鎌倉中期の為家でさえもそうであれば、ましてその子孫の為氏や為世や為兼達は、母や祖母が宇都宮氏であるために関東に縁を覚えていたであろうから、なおさら幕府の権力の事実には抗し得なかったということでもあろうし、加えて世代的に鎌倉方に対する嫌悪感も希薄になっていたということでもあろう。より具体的には皇統の対立に向かう政治状況の複雑さの中での勅撰撰者の座をめぐる確執が、前代の『続古今集』の折の為家の蹉跌――真観等が将軍と結び幕府方の威を背景に勅撰集に介入することを許したこと――の教訓の上に、警戒心を以て関東へ下向させた側面もあるのではないかと憶測したくなるのである。

六　宗尊親王将軍時代の歌壇

石田が「もっとも張り切った時代」と評した「宗尊将軍時代」は、確かに「最盛期」であり、関東歌壇が真に本格的歌壇たり得たのはこの時期だけであると言っても過言ではない。両度の勅撰集撰定に代表される和歌を初めとする文事が隆盛した後嵯峨院の時代を背景にして、同院第三子宗尊親王が鎌倉幕府第六代将軍に任じたこの時期は、鎌倉といわゆる宇都宮の各地域およびそれらと中央との交流をも併せた意味で、関東圏の歌壇が最も活況を呈した時期でもあった。特に、鎌倉内の歌壇は、弘長元年（一二六一）度(19)を頂点として和歌活動が顕著であったと言える。同年七月七日の『宗尊親王家百五十番歌合』（「歌合」とする）、同年九月の「宗尊親王家百首」（散逸。「百首」とする）の参加者が、その当時の宗尊幕下の歌壇で、相応に遇されていた歌人と見て間違いはないだろう。その歌人名を示しておこう。

歌合　左　宗尊、顕氏、能清、隆茂、時直、時広、時遠、清時、行方、時家、時清、時盛、時忠、厳雅、小督。
　　　右　真観、隆弁、公朝、忠景、基政、時親、基隆、顕盛、行円、行俊、重教、師平、義政、行日、雅有。
百首　教定、能清、重氏、具氏、真観、政村、基政、基隆、小宰相、典侍親子、鷹司院帥、公朝、実伊等。

なお、在京の藤原（九条）基家が、同歌合では判者を務め、同百首にも出詠している。九条家の血筋の前内大臣基家は、『新古今集』仮名序を執筆して同書の成立に深く関与した良経の子であり、家の伝統に従って歌人として活躍し、既に建長五〜六年（一二五三〜四）に大部の『雲葉集』を編み、大規模な『百首歌合建長八年』を催していて、宗尊親王将軍幕下の関東歌壇として、指導を仰ぎつつ、同歌壇の業績の価値を高めるべき存在であったのであろう。第一編第一章第二節「『瓊玉和歌集』の和歌」、第三節「『竹風和歌抄』の和歌」に記すように、宗尊が基家の編纂歌集や主催歌合の歌に見習っていたらしいことは、これと矛盾しないのである。

さて、宗尊幕下の関東歌壇で、特に重要な歌人に絞ると、その主要構成員はおおよそ次のように分類できる。

（イ）将軍　宗尊親王　歌道師範　真観

（ロ）公家　顕氏[20]・重氏〈紙屋川〉、教定[21]・雅有〈飛鳥井〉、能清[22]〈一条〉等（関東祗候の廷臣や関東に血縁・地縁を有し東下した者等）

（ハ）武家　政村・長時・義政・時直等〈北条〉、基政・基隆[23]〈後藤〉等

（ニ）僧侶　隆弁[24]・公朝[25]〈寺門〉等

（ホ）女房　小督・三河・備前[26]（宗尊親王将軍家）、土御門院小宰相（家隆女）、典侍親子・鷹司院帥（真観女）等

実朝の先例に倣ったかのごとき、奉戴され政治的に無力な将軍宗尊の境遇と資質およびそれに付随する文化的志向の表れとしての和歌への好尚が、北条執権体制の利益にも合致して、幕府内の雰囲気を和歌へと向かわせた一つの誘因であろう。その宗尊の鎌倉に於ける文化的環境については、京都の為家からの指導および、「当世歌仙」（吾妻鏡）真観の近仕がまず重要である。歌壇史的には、為家が宇都宮氏の女を妻としながら、建長四年（一二五二）に阿仏尼と邂逅して翌建長五年十〜十一月にただ一度東下しつつも、ついに関東には祗候しなかったことで、真観の画策を助長し、結果として宗尊と真観の連携が強固になったと言えるであろう。言われてきた宗尊の万葉調

詠出については、実朝への追従の側面ばかりでなく、宗尊の命で献上された仙覚の文永二年（一二六五）作成の校訂本『万葉集』の成立を初めとする『万葉集』に関心を寄せる関東圏の空気とも無縁ではないであろう。また、建長六年（一二五四）十二月十八日に源親行が参候して御所で『源氏物語』の談義があり（吾妻鏡）、翌年には河内本が整定され、かつ光行以来の注釈（『水源抄』）も継続されており、宗尊が河内源氏の源氏学にも触れる機会は多かったと想像されるし、宗尊の師範で関東に祗候した儒者藤原茂範の『唐鏡』は、宗尊を対象としたものと推測されてもいる。(27) 当時の将軍家の周辺には多才の士が集い、宗尊にとってその知的欲求を満たして才能を育成するに充分なものがあったと推察されるのである。ちなみに、前代以来関東圏にもたらされあるいは書写された歌書類については、例えば周知の定家自筆北条政村所伝本『古今集』系統の本を基にした建長年間の源親行・北条実時・寂恵等の書写校勘本が存したごとく、質量共にかなり豊かなものであったと見てよく、それが鎌倉圏の和歌活動を支えたであろうことは疑いないであろう。

さて一方、武家支配の安定化に伴って、関東御家人層にも中央貴族文化への志向が高まり、柳営枢要の人々の間にも和歌詠作の気運が促されたと捉えられるのである。北条氏の政村・長時等や、同氏の他氏排斥を生き延びた後藤氏の基政・基隆などがその代表である。基政は、『古今六帖』を規範とした、同時代の為家発企『新撰六帖』や真観撰『現存六帖』の流れの上にある、関東版六帖類題集の『東撰和歌六帖』を、正嘉元年（一二五七）十一月〜正元元年（一二五九）九月の間に、恐らくは宗尊の命により撰してもいる。(28)

そういった関東方の和歌的気運向上の中で、京都の勅撰集（『続古今集』）撰者をめぐる争いに顕然化する歌壇内の確執の動静が重なって、文応元年（一二六〇）十二月二十一日の真観の東下と幕府出仕という結果が顕れたと見られるのである。真観の髄脳書『簸河上』は、その直前の同年五月に恐らくは自己の存在を将軍家に認識させるべく鎌倉の柳営面前で執筆されたものであろう（奥書）。なお、正元二年（正元々年の誤りか）十二月除夜奥書の

『三諦四九撰』なる歌仙形式の秀歌撰の撰者として、東下中の真観を比定する（奥書「吾嫡旅客」を「吾孀（妻）旅客」の誤りと見る）説がある。(29) それは、「旅客」意識の中央歌人の、つまりは京都・鎌倉の往還の所産としての撰集活動の一つということになろう。その真観には、「名も知らぬ鳥の音寒く日は暮れて霰落ち散る山の寂しさ」（拾遺風体和歌集・冬・一七六）といった作がある。伝統的和歌知識を誇ったであろう真観が、詠むべき鳥の名前を知らないと表明するところに、あるいは京都圏の規範を出た場所に於ける実体験を踏まえた作ではないかと思わせるものがある。とすれば、関東に祗候した飛鳥井雅有の「足柄の夕越え来れば入り日さす富士の高嶺に雲ぞかかれる」（隣女集・七四一）という東国の歌枕詠などと表裏で、京都と鎌倉を往還する歌人の行動により生み出された歌ということになろう。

さてまた、幕府政治の確立と定着は、京都の公家方と関東の武家方の間に、相互の名利と実利の補完として交流や結縁を誘起したと言える。和歌の局面でも、京都重代の歌の家と幕府を支える官僚や武家とを姻戚となし、(30) 中央の歌人を関東祗候の廷臣とさせたと捉えられるであろう。(31) ただ一度東下しただけの為家の男為氏は、母方の宇都宮氏の拠点を訪ねつつ、後には鎌倉にも度々入りそこで没したかともされる。しかし父の残した地盤がある訳でもなく、むしろ反為家的気分が漂っていたかもしれないこの時期の関東歌壇にはいささか縁薄かったようである。自身の資質力量の限界でもあろうが、歌の家の嫡嗣として特筆すべき和歌の事績は見えない。一方で、六条家の顕氏や飛鳥井家の教定らが集い、その子息重氏や雅有等も鎌倉に拠点を置いて活躍しているのである。他にも、寂恵安倍範元は陰陽師として弘長頃から幕府に出仕し、また将軍宗尊の「近習」の「歌仙」としても後藤基政等と共に在り、その活躍は一時期真観に次ぐほどであったようである。宗尊失脚後には上洛して為家・為氏に親交するが、そこに、真観と同様の政治的処世を見ることができ、それは同時に、鎌倉将軍という脆弱な存在の周辺に参集する歌人と歌壇の一面を示していることにもなろうか。

さらにまた、頼朝の帰依[32]を淵源とする幕府方の三井寺園城寺への信仰は、鎌倉鶴岡八幡若宮社別当職への同寺高僧の歴任や、将軍の護持と幕府の公的祈禱への重用となって表れている。和歌活動に積極的であるという寺門自体の歴史的環境も相俟ってか、同寺の僧侶もまた、有力な歌壇構成員となっているのである。その中心は、園城寺長吏に任じ鶴岡若宮社別当職を務め、頼嗣期以来鎌倉僧界に活躍して宗尊の御持僧であった、真観の従弟隆弁である。その和歌活動は、例えば本寺園城寺や幕府関係の社寺はもとより伊勢や熊野あるいは諏訪社や善光寺などを股に掛けあるいは国難元冦から将軍個人の病苦までを祈禱するといった、僧侶としての広範で精力的な活動を基盤としたものである。しかし、より純粋に歌人としての活躍が顕著なのは、園城寺別当を務めた公朝であろう。『一遍上人絵伝』にも「和漢の好士、優色の名人」として伝えられ、事実和歌の業績も、『続古今集』以下の勅撰集に二十九首を初めとして諸集に多数入集して関東歌人の中でも目立ち、その中には『和漢兼作集』も含まれているのである。

加えて、親王宗尊の境涯とそれに付随する格式がおのずから幕府内に朝廷風の空気を導き入れることになり、そこに帯同された宗尊縁故の京都の女房に在地有力者の女である新参の女房を併せた女房歌人の多彩さは、この時期の関東歌壇を本格的歌壇たらしめている要件である。宗尊将軍在位の間、将軍家あるいは柳営に出仕した女房全体の概略と、宗尊親王家の女房歌人や同家や幕府に連なる女房歌人達の詠作の概要については、本論第一編第一章第四節「宗尊親王将軍家の女房歌人達」に記すとおりである。そこには、上述した御家人後藤基綱の女、頼嗣や宗尊に仕えた公家左少将藤原実遠の女、宗尊の歌道師範真観の女、あるいは宗尊の曾祖母承明門院や父後嵯峨院に出仕した藤原家隆の女（小宰相）等々があった。

その女房歌人達の中で、小督は、出自経歴が不詳である。しかし、勅撰集に六首を初めとする諸集の入集状況や、弘長元年（一二六一）七月七日『宗尊親王家百五十番歌合』に女流で唯一出詠し同年九月の「宗尊親王家百首」

の作者となりかつは弘長二年九月に宗尊の命で基家が撰した京都と関東の歌仙の秀歌撰『三十六人大歌合』に撰入されていることや、歌の達成度等々よりして、この小督が、宗尊歌壇中第一の女房歌人であったと言ってよいのではないだろうか。

七　宇都宮歌壇と鎌倉（関東）歌壇

石田論攷によって和歌研究史上に明記された「宇都宮歌壇」は、系図上は藤原氏北家道兼流宇都宮氏の血流と下野宇都宮の地縁の上に成立した鎌倉前中期の歌壇とされてきた。同氏は、源頼義の奥州平定の折に調伏祈禱の為に従い下野を領した石山寺座主宗円を祖として、実務官僚階級の有力者中原氏と系譜を交えながら院政期以降に勢力を拡大し、鎌倉期には幕府の主要御家人として関東に地位を占めた豪族である。(33)

その歌壇の始祖としての蓮生頼綱は、女を定家男為家に嫁がせ、嵯峨に山庄を構えて定家の『百人秀歌』の類の秀歌撰(34)成立の契機に深く関係し、また弟の信生朝業は、『信生法師集（宇都宮朝業日記）』（京都から東国への紀行日記を含む家集）を残している。兄弟共に京都西山派に交わり中央歌壇との関係が強く、むしろ宇都宮在地での和歌活動が顕著とは言えないのである。(35)

頼綱嫡流の泰綱と景綱（家集『沙弥蓮愉集』）も歌人としての事績を残すが、必ずしも鎌倉中後期の「宇都宮歌壇」の活動を全面的に宰領していた訳ではないようである。しかしながら、京都西山に住した頼綱の定家との関わりを含めた活動までを視野に入れれば、いわゆる御子左家と結縁した宇都宮氏嫡流、即ち宇都宮検校に任じた宇都宮宗家の存在は、庶流・眷属等一族の中心として、宇都宮とその周辺の下野・常陸に跨がる地域の広がりと歴史的な時間の幅とをもって同歌壇を統合する意義を有していたと捉えられる。

さて、長崎健が、「範囲を宇都宮歌壇に限って」「既成のものへの修正作業」の意味で「新しく撰び定められたもの」と、その名義を説く同歌壇が生んだ最大の歌集『新（式）和歌集』の内実――同集を通じて知る宇都宮歌壇の実態について、小林一彦は、「浄意法師を指導者に仰ぎ、笠間時朝を中心として、常陸から下野にかけての広い地域で展開された詠作活動の総体」と規定する。[37] 一つの見方としては否定されない。これに対して、田渕句美子は、「宇都宮歌壇」には「宇都宮宗家と時朝の二つの円」が存在すると捉える。[38] これを踏まえつつ、渡邉裕美子は、「宇都宮歌壇の活動の中心は、やはり宇都宮にあり、しかも神宮寺や当主の居館といった宇都宮のまさに心臓部で主に展開されている」と説き、「宇都宮歌壇のイメージは」「京都歌壇や関東歌壇の衛星のようなものではないか」と言う。[39] これらの歌壇総体の捉え方の異なりは、どこに焦点を当てなにを重視するかによって生じているのであろうが、笠間時朝と浄意法師が同歌壇に重要な位置を占めていたことには異論がないであろう。

その笠間時朝は、勅撰集入集数は三首（続後撰・続拾遺・新続古今の各集に一首ずつ）と僅少ではあるが、その活動は旺盛である。弘長元年（一二六一）以後程ない頃に自撰されたと見られる家集[40]『前長門守時朝入京田舎打聞詞（勅撰并都鄙打聞入長門前司時朝詞）』は、中央と関東圏の諸撰集への時朝の入集を記して多分に自己宣伝的要素が強く、また正元元年（一二五九）八月十五日〜十一月十二日の間に成立で時朝撰とされる[41]『新和歌集』には、そこに伝える諸歌会や勧進歌の類も少なくない。それだけに、人的紐帯を求めた時朝の、有力諸歌人との幅広い交流を憶測させるのである。そのような活動に支えられた詠作は、古歌および前代当代の大歌人や権門の詠作に依拠した類型的なものが多い。しかし中には、例えば「秋の夜の長きねぶりも覚めぬべし軒端の嶺のさ牡鹿の声」（時朝集・夜鹿・一九五）のように、「軒端の嶺」といった、新古今時代に試みられつつしかし必ずしも次代には受け継がれずに時を経て京極派の和歌に結実する言詞を用いた歌も認められるのである。これは、鈍感無自覚に新しい歌を模倣する態度の現れとも言えるが、そこに京都朝廷歌壇の伝統墨守の風からは距離を置き得た関東歌人の、比較的自由な態度を見ることもまた許されるのではないだろうか。

もう一方の浄意俗名源有季は、神祇伯源顕仲男有房の曾孫である。顕仲と弟国信を初め、祖父有房の兄弟姉妹の忠季・待賢門院堀河・上西門院兵衛や父有仲もまた勅撰歌人であった。重代の歌の家の人であり、自らも『新勅撰集』や『続後撰集』に撰入されるが（他に新続古今集に一首）、その数は各一首ずつで、定家・為家に認知されながらも、浄意本人にとっては必ずしも自尊心を満足させるものではなかったかもしれない。「宇都宮歌壇」圏に於ける指導的地位が浄意をして当地に長く活躍させる心的要因であった可能性は見てよいであろう。

結局、時朝と浄意は歌人としての出自境遇は異にするが、少なくとも勅撰集入集状況に見る中央歌壇からの評価は一致している。両者が同歌壇圏に於いて、中央歌壇を強く意識しながらも言わば自己充足的気分で盛んに活動した痕跡が、一つには『新和歌集』に五十一首（二位）と三十七首（四位）の入集歌となって顕現しているのであろう。同集撰者は、諸本奥書によれば下向した藤原為氏（為家嫡男）とされるが、実質的には別人とする説が根強かった。現在では時朝撰説(42)に落ち着いたが、過去には、「宇都宮打聞」と称した「新玉集」の撰者西円（時朝集）説(43)などもあった。この西円も右の両者に加えて同歌壇の有力な構成員である。

結局「宇都宮歌壇」は、宇都宮氏嫡流・傍系の血流の上に、その覇権の及ぶ下野と常陸の館邸や社寺および京都周辺の居所を拠点として、中央歌人とも連繫を保ちつつ営まれた鎌倉期の歌壇ということになろうか。

この「宇都宮歌壇」と「鎌倉歌壇」との関係については、例えば鎌倉中後期に時朝と隆弁あるいは景綱と貞時や公朝との間の交流といった歌人個々の交わりは別として、歌壇同士にはほとんどその間に有機的結び付きはないように見受けられる（ただし、宗尊親王家と藤原景綱家に共に「百五十番歌合」があって、一方が他方に倣った可能性などは残されていよう）。もとより前者の主要構成員たる宇都宮一統の眷属は、同時に幕府の御家人として各々の地位を占めて、鎌倉に於いて時々の諸事に当たっている。しかし、幕府の歌会や歌合などに宇都宮氏からの参加は希薄である。特に「鎌倉歌壇」の最盛期たる宗尊親王将軍期にはその傾向が強いように思われる。

例えば、先にも触れた同期の盛儀たる弘長元年『宗尊親王家百五十番歌合』には、宇都宮一族からは、傍流の小田時家（頼綱の大叔父知家の男）のみが出詠しているのである。同歌合は、宗尊（一番左）を戴いて恐らくは実務を真観（同右）が担当し、二番左に鎌倉僧界の最高実力者僧上隆弁、同右に宗尊を除き最高位の従二位顕氏を配して、以下関東歌壇の主だった者達が参加しているのである。この時期はまた、後嵯峨院が為家に下命の勅撰集（続古今）が撰定に向かっており、文応元年（一二六〇）末の真観の東下と幕府への出仕も、後嵯峨院皇子宗尊将軍幕下で、為家に対峙しつつ弘長二年（一二六二）九月の基家・家良・知家および真観の撰者追任へと繋げる伏線の一つと言えるのである。従って、為家とは姻戚の宇都宮氏の一族が同歌合から忌避される由縁は存していたのである。

しかしながら一方で、その反為家の急先鋒の真観は、宇都宮歌壇関係者で構成された二つの十首歌に関係しているのである。『新和歌集』により知られる「稲田姫社十首歌」（「藤原時朝稲田姫社にて講じ侍りける十首歌に」）と「鶴岳社十首歌」（「右大弁光俊朝臣鶴岳社にて講じ侍りける十首歌に」）である。前者は、康元元年（一二五六）十一月頃かと推定されていて(44)、その蓋然性は高く、従って一具のように捉え得る後者も同じ頃の催行かと推測される(45)。出詠者は、前者が主催者時朝と真観の他泰綱・朝景・時家・西円・浄意等、後者が景綱・時朝・朝景・西円・基政・時盛等（同集に真観の作は残らないが出詠は疑いないか）である。後藤基政・安達時盛以外は宇都宮の血族か同歌壇の主要歌人であり、基政も時盛も宇都宮氏と姻戚関係にあるかそれを結ぶ程の間柄にある一族の歌人である。「稲田姫社」は主催者時朝の本拠地現茨城県笠間市に鎮座する式内大社である。鶴岳社は言うまでもなく鎌倉の鶴岡若宮社（八幡宮）で、同社の別当は主催者真観と従兄弟の隆弁であり、便宜は計り易かったものと想像される。

文応元年（一二六〇）十二月に真観が幕府に出仕を果たした翌年弘長元年（一二六一）七月の『宗尊親王将軍家百五十番歌合』という言わば公儀の性格を有する歌合に於いては、恐らく実質的宰領者の真観は、為家に縁続きの宇都宮氏の眷属は慎重に敬遠しつつ、一方で、右記両「十首歌」のごとき言わば私的な活動に於いては、宇都宮氏一統や同歌壇の関係者に親近していたのであり、そこに真観らしさを認めることができるとともに、宗尊を戴きつつ真観以下の勢力により為家に対抗する動因に隆盛した同期の「鎌倉歌壇」と、前代以来本質的には為家と頼綱女との婚姻に象徴される御子左家との交流に誘導された「宇都宮歌壇」という、両者の関係性が見てとれるように思われるのである。たとえ両「十首歌」が共に真観が幕府に歌道師範として迎えられる数年程前の康元元年頃の催行としても、真観は先行して宇都宮氏と交誼を持ちつつも、後に「鎌倉歌壇」に地歩を固めてからは公的な和歌活動で一線を画していたということであって、(46)結局両歌壇に跨がり平衡を保とうとした真観の政治的な態度に窺われる程度には、両歌壇間に微妙な関係性が存していたと見ることは許されるであろう。

むすび

鎌倉期に於ける関東は、歴代の将軍や執権・連署および有力御家人の個別的好尚、あるいは京都重代の歌の家との縁故、さらには東下した識者や師範の領導、といった偶然の要素が、時々の歌壇の盛衰に大きく関わっていることは否めないであろうし、それらが各期の和歌事績の表面上に顕著なこともまた当然であろう。しかし、その過程で多くの和歌とその周辺作品――髄脳書・類題集・注釈校勘書・日記紀行等々――が生まれたことや次代を開く連歌が鎌倉に開花したことは、単なる偶然ばかりではないであろう。鎌倉幕府と言い坂東武者と言い関東方の実態が、政治的選択によって京都朝廷から地域的・制度的・思潮的に懸隔することを保ちつつも、実は、頼朝以下本質的には宮廷貴族社会の一員であった出自に自己認識を置いて京都中央文化への憧憬と模倣を基底に潜ませたものであったと言えるのではないだろうか。従って、それに伴った人的流動と文化的混沌がもたらした関東圏に於ける伝統的規範への向背は、和歌を初めとする文芸にも、類型の再生産とそれを支えまたそこから派生した諸作品――それ自体和歌の伝統の本来的性質の一部分として史上に意義を有するであろう――の成長を促しながら、一方で、ある意味で自由な表現と形式をも生み育んだのである。

定家が、真正な天皇体制下の、「新」しい「勅撰集」を目指しつつ、その『新勅撰集』に多くの武家歌人を撰入したことは、単なる政治的配慮とのみ捉えるべきではないのではないか。武家の一面の本質が宮廷貴族的規範の内側に属するものであり、従って当然に廷臣たる自己の撰する勅撰集の中に取り込むべきだとの感覚が、無意識下にせよ働いていたと見たい。それが当時の定家の意識の把握として妥当か否かは措くとしても、そういった方向性は、その後の関東圏の和歌を中心とする文化的状況の展開、即ち鎌倉期関東歌壇の諸活動の様相が、何よりも雄弁に物語っていると思うのである。

[注]

(1) 外村展子『鎌倉の歌人』(かまくら春秋社、昭六一・一)、小川剛生『武士はなぜ歌を詠むか―鎌倉将軍から戦国大名まで』(角川学芸出版、平二〇・七)は、それぞれ多くの歌人達を挙げて論じていて、裨益されるところ少なくない。

(2) ①「宇都宮歌壇とその性格」(『国語と国文学』昭二二・一二)、②「鎌倉文学圏」(『国語と国文学』昭二九・一〇)。

(3) ①「鎌倉歌壇の歴史と業績」(『甲南大学文学論集』1、昭二九・一)、②「鎌倉歌壇の一考察―拾遺風体和歌集・柳風和歌抄について―」(『国語国文』昭二九・七。『中世和歌の研究　資料と考証』(新典社、平二・三)所収)。

(4) 注(1)所掲外村『鎌倉の歌人』は、元久三年(一二〇六)二月四日に執権北条義時山庄で実朝・北条泰時・東重胤・内藤知(朝)親等が列した「和歌御会」があった時点に、鎌倉に於ける「歌壇」の形成を認めている。一つのあり得べき見解であろう。

(5) なお、広く「武士歌人」の勅撰集入集数については、早く、西畑実「武家歌人の系譜―鎌倉幕府関係者を中心に―」(『大阪樟蔭女子大学論集』一〇、昭四五・一一)が、新『新勅撰集』に『宇治河集』の名に値するほど武士の歌が多く採られているか」を「実証」するために、『新古今集』から『新続古今集』までについて、「いかなる武士がいかほど歌を採られているかを調べ」一覧にする。その後、深津睦夫『中世勅撰和歌集史の構想』（笠間書院、平一七・三）の第一編第一章第四節「武士歌人の視点から」が、「十三代集における武士歌人の果たした役割を考えることになると同時に、歴代の各勅撰集の特色を明らかにすることにつながるはずである」との見通しから、十三代集の「武士の和歌」の数の「増加」の「変化の様相を」「出来る限り具体的にたど」ることを目的として、総合的に論究する。「武士歌人」の範囲を示しつつ、『新古今』～『新続古今』各集の「歴代勅撰集」の「武士歌人」の「数値」（人数と入集歌）を挙げ、十三代集の「武士歌人」の「入集の傾向」を分析し、「参考　勅撰集別入集武士歌人名」を付している。優れて有益な論攷であろう。そこで、深津自身が「武士」の「輪郭」の「曖昧」さや、設ける「複数」の「基準」が「矛盾を起こしかねない」ことを認め、さらに、「出自・経歴未詳の人物が少なくないこと」や資料の制約等から、「武士歌人」の「認定の限界」を説いているように、この問題は不断の検証が求められるのであろう。その点で、小川剛生『中世和歌史の研究　撰歌と歌人社会』（塙書房、平二九・五）の第一部第一章「鎌倉武士と和歌―続後拾遺集」が、（同書に収める）原態本『勅撰作者部類』を踏まえて、『続拾遺集』の「武家歌人」を厳密な手続きで認定して、名前と入数歌数を提示している。これは、今後の同種の歌人認定の指針となるであろう。

（6）井上宗雄「平親清の娘たち、そして越前々司時広」（『立教大学日本文学』六二、平元・七）参照。

（7）浅田徹「三諦四九撰について」（『ぐんしょ』二五、平六・七）参照。同書が、文応元年（一二六〇）十二月に関東に滞在していた者が撰したと見て、それは真観である可能性を論じる。

（8）久保木秀夫『中古中世散佚歌集研究』（青簡舍、平二一・一一）の「新撰風躰和歌抄」の節参照。

（9）撰者は真観説が根強いが、佐藤智広「『新続歌仙』撰者考―宗尊親王との関わりを中心に―」（『古代中世文学論考』二六、平二四・四）の説に妥当性を認めたい。

（10）「頼朝と和歌」（『文学』昭六三・一。『藤原定家とその時代』（岩波書店、平六・一）所収）。

（11）片野達郎「東国文学圏―ひとつの実朝論―」（『国文学』昭五〇・六）。

（12）池田利夫『新訂　河内本源氏物語成立年譜攷』（貴重本刊行会、昭五五・五）。

（13）同歌合の名称については、『新編国歌大観』第十巻（角川書店、平四・四）が「宗尊親王百五十番歌合弘長元年」

として以降、「宗尊親王百五十番歌合」の名称も通用している。内題は、「歌合　弘長元年七月七日」であり、いずれにせよ通称に過ぎない。しかし、最初にこの歌合本文を翻刻活字化した古典文庫『未刊中世歌合集』（昭三四・一〇）は、「弘長元年七月七日将軍宗尊親王家百五十番歌合」の名称を付与した。その後、『歌合伝本書目』（平三・六）は、「宗尊親王家百五十番歌合（弘長元年七月七日）」とし、『和歌文学大辞典』（古典ライブラリー、平二六・一二）は、「宗尊親王百五十番歌合弘長元1261年」としている。この経緯に鑑み、また、歌集類が伝える、他の宗尊が主催したと思しい歌合（散逸）や定数歌（散逸）の名称が「中務卿宗尊親王家歌合」「中務卿親王家歌合百首」等々であること、さらに、「家」がない形は宗尊個人の自歌合との誤解を招く恐れがあることなどを考慮して、本書では「家」のある形の名称を用いることとする。

（14）　加賀谷一雄「二条為家の歌論の研究その四―「詠歌一体」慶融偽作説について―」（『秋田大学学芸学部研究紀要』四、昭二九・三）、福田秀一『中世和歌史の研究』（角川書店、昭四七・三）等。

（15）　細谷直樹「夜の鶴再吟味」（『国語と国文学』昭三三・一）。

（16）　注（3）所掲濱口②論攷、本論第二編第三章第一節「『拾遺風体和歌集』の成立」等参照。

（17）　注（3）所掲濱口②論攷。

（18）　佐藤恒雄「為家の鎌倉往還」（『藤原為家研究』笠間書院、平二〇・九）。初出「藤原為家の鎌倉往還」（『中世文学研究』二三、平九・八）。

（19）　主な和歌活動を列記する。○一月二十六日「（将軍家御所）和歌御会始」（吾妻鏡）、○二月二十八日「宮（宗尊親王）続百首」（従二位顕氏集）、○三月二十五日将軍近習中の「歌仙」を結番して各当番日に五首詠進を下命（吾妻鏡）、○五月五日「御所和歌御会」（同上）、○五月二十七日「日光別当法印（尊家）会」（従二位顕氏集）、○五月宗尊「百首歌」を詠む（柳葉和歌集）、○七月七日『宗尊親王家百五十番歌合』、○七月十二日将軍家入御時頼邸管絃詠歌遊宴（吾妻鏡）、○七月二十二日後藤基政に「関東近古詠」撰進下命（同上）、○八月二十六日「中務（大江重教）会」（従二位顕氏集）、○九月「宗尊親王家百首」（柳葉和歌集等）。なお、佐藤智広「宗尊親王鎌倉歌壇を支える人々―弘長二年の歌合を手懸りとして―」（『青山語文』四七、平二九・三）が、弘長二年（一二六二）の二種の歌合を分析して、「宗尊親王歌壇の様相の一端」を究明する。

(20)本論第一編第二章第一節「藤原顕氏伝」、同第二節「藤原顕氏の和歌」参照。
(21)本論第一編第二章第三節「藤原教定伝」、同第四節「藤原教定の和歌」参照。
(22)本論第一編第二章第五節「藤原能清伝」、同第六節「藤原能清の和歌」参照。
(23)本論第一編第三章第一節「後藤基綱・基政・基隆の家譜と略伝」、同第二節「後藤基綱・基政・基隆の和歌事績」参照。
(24)本論第一編第四章第一節「大僧正隆弁伝」参照。
(25)本論第一編第四章第三節「僧正公朝伝」参照。
(26)本論第一編第一章第四節「宗尊親王将軍家の女房歌人達」参照。
(27)小川剛生「藤原茂範伝の考察―『唐鏡』作者の生涯―」(『和漢比較文学』一二、平六・一)。
(28)藤原時朝の家集や『吾妻鏡』弘長元年(一二六一)七月二十二日条の記事等による。本論第二編第三章第二節「『東撰和歌六帖』の成立時期」参照。
(29)注(7)所掲浅田論攷。
(30)例えば、藤原定家男為家と宇都宮頼綱女、藤原(飛鳥井)雅経と大江広元女、一条能保男頼氏と北条時房女等々。
(31)例えば、藤原教定、藤原顕氏、藤原能清等々。なお、関東祗候者には官途の保証があった(為相中文、増鏡)ことも一因か。
(32)『吾妻鏡』(養和元年五月八日条)は園城寺の律静房日胤(千葉介常胤男)が頼朝の「祈禱師」であったと伝える。辻善之助『日本仏教史』第二巻中世篇之一(岩波書店、昭二二・一二)参照。
(33)佐々木紀一「桓武平氏正盛流系図補輯(上、下)」(『国語国文』平七・一二、平八・一)。
(34)『百人一首』(小倉山荘色紙和歌)がこれに当たるとするのが通説であった。また、『百人秀歌』が定家撰であると見ることに異論はなく、これとの先後関係に焦点を当てて『百人一首』も定家撰であるとの前提で論じられる傾向が強かったが、『百人一首』自体が確かに定家撰であるとする根拠は極めて薄弱で妥当性に欠ける。近年では、『小倉百人一首』定家撰説は、否定されている。田渕句美子『『百人一首』の成立をめぐって―宇都宮氏への贈与という視点から」(『中世宇都宮氏 一族の展開と信仰・文芸』戎光祥出版株式会社、令二・一)、『百人一首の現在』(青簡舎、令四・一〇）所収諸論等参照。

（35）志村士郎『金槐和歌集とその周辺―東国文芸成立の基盤―』（桜楓社、昭五五・六）が、「宇都宮歌壇と称しても、実際には宇都宮に開いた花ではなく、宇都宮家の人々が京都歌壇に進出して咲かせたもの」（二四一頁）とする点は、この意味では妥当である。

（36）「新和歌集について―その「新式」の意味するもの―」（中央大学文学部『紀要』一一四、昭六〇・三）。

（37）「宇都宮歌壇の再考察―笠間時朝・浄意法師を中心に―」（『国語と国文学』昭六三・三）。

（38）「関東の文芸と学芸」（岩波講座日本文学史第5巻『一三・一四世紀の文学』岩波書店、平七・一一）。

（39）「『新和歌集』からみた宇都宮歌壇」（『歌人源頼政とその周辺』青簡社、平三一・三）。

（40）冷泉家時雨亭文庫両本の外題の表記。その転写本の書陵部両本は、書名末尾の「謌」が、前者は「集」、後者は「哥」。本書では、「謌」は「歌」を用いる。また、総称を「時朝集」とする。本論第二編第二章第一節「藤原時朝家集の成立」参照。

（41）佐藤恒雄「新和歌集の成立」（『藤原為家研究』笠間書院、平二〇・九）。初出「新和歌集の成立（続）」（『香川大学国文研究』二二、平九・九）、「新和歌集の成立」（『王朝和歌と史的展開』笠間書院、平九・一二）。

（42）注（41）所掲佐藤論攷が、時朝撰と推断する。

（43）小林一彦「新和歌集撰者考―西円法師をめぐって―」（『三田国文』九、昭六三・六）

（44）小林一彦「康元元年の藤原光俊―鹿島社参詣と稲田姫社十首をめぐって」（『北陸古典研究』一〇、平七・九）。主に「稲田姫社十首」の側からの考察。

（45）拙稿「『新和歌集』成立時期補考―「稲田姫社十首歌」「鶴岳社十首歌」をめぐって―」（『徳島大学教養部紀要』二五、平二・三）では、両十首歌の催行時期について康元元年と文応～弘長頃の両者の可能性を指摘し、後者の可能性をより高く見た。注（41）所掲佐藤論攷の『新和歌集』正元元年成立説につけば、その見方は否定される。

（46）ただし、「鶴岳社十首歌」のみが文応・弘長頃とすると、時を経て不遇の時代の交誼に対する真観の答礼の意味合いが出てこようか。

第一章　関東歌壇の和歌

第一節　和歌表現史上の位置

はじめに

鎌倉期関東歌壇の歌壇と歌人の概要について記した序章に続き、その和歌自体について述べたい。関東歌壇内部の和歌の具体的様相については次節に譲り(1)、ここでは、関東歌壇の和歌を中世和歌の表現史の中に組み入れることを試みるべく、その表現の史的側面に焦点を当てて考察してみたいと思う。かつて池田彌三郎は、「『新勅撰集』が『新古今集』及びそれ以前の歌集との間にはっきりした特性を示している」「それは、作者として、新たに武人の歌が参加してきた」ことによるのであり、「武士階級の参加は、『新勅撰集』の歌風の上に、その前の『新古今集』にはなかった歌風を生み出させた」と言い、「中世の歌が、ひどくつまらなくなっていって、『玉葉集』『風雅集』を除いては、おそらく読むに堪えない歌の累積だということになるが、その伝統の創始者は定家であり、また定家をしてそうさせた原因の一つとして、武士の参加があるとすれば、やや春秋の筆法だが、中世の短歌を堕落させ退屈にしたのは、中世の武士たちであったとさえいえるだろう」と述べた。(2)『新勅撰集』の歌風の上に」は肯定できないが、『新古今集』にはなかった歌風を生み出させた」の言は首肯される。また、「中世の短歌を堕落させ退屈にした」とは、価値観を伴う評価であるのでそれに対する諸否は措くとして、「中世の武士たち」が和歌の表現史に関与しているのだという見方自体には賛成である。それらを具体的に明らかにしてみたいと思う。

一　関東歌人詠と京極派和歌

詳しくは次節に記すように、鎌倉期関東の和歌は、内部に於ける歌人相互の影響関係が確認され、特異な表現もまま見受けられ、自律した歌壇の活動の成果であると言える。またその和歌は、京都歌壇の伝統和歌の歴史への従属を窺わせながらも、その現在との同調性をも見せている。そういった関東歌壇の作品の中には、少しく清新さを備えた和歌が存在している。一つには、その特徴が京極派の詠風に通底するものが認められるのである。

血統上は西行にも繋がり、承久の乱で後鳥羽院方についた父親の基清を斬首した御家人後藤基綱とその子の基政・基隆の歌を例に取ってみよう。基綱は、「朝日さす軒端の垂氷露落ちて咲きあへぬ花に鶯ぞ鳴く」(東撰六帖・春・鶯・三四)という清新な叙景歌を詠む。この景趣・歌境は、京極派の西園寺実兼の「朝日さす軒の垂氷はとけやらで花の枝寒くあは雪ぞふる」(嘉元百首・春・春雪・三〇三)や伏見院の「氷りつる軒端のみ雪朝日さして垂氷の末に玉ぞかかれる」(伏見院御集・垂氷・一五三三)へと続き、さらに後期京極派の「朝日さす軒端の雪はかつ消えて垂氷の末に落つる玉水」(風雅集・冬・八四二・道意)にも連なって行く。基政の「帰るさに花を見捨てしうらみまで月に晴れたる初雁の声」(宗尊親王家百五十番歌合・秋・六十五番・一三〇。新和歌集・二二六)の「月に晴れたる」

は、光厳院の「かやり火の煙一すぢ見ゆるしも月に晴れたる里の遠方」（歌合［貞和五年（一三四九）頃光厳院主催］・七）を経て、『風雅集』所収歌「水鶏鳴く杜一群は木暗くて月に晴れたる野辺の遠方」（風雅集・夏・三七八・実明女）に受け継がれる。(3) さらに、基政の弟基隆の「高嶺にはなほ降る雪の半天に消えてや春の雨となるらん」（東撰六帖・春・残雪・六三）や「風の音雲のけしきもかはり行く野分になるか秋の村雨」（東撰六帖抜粋本・秋・野分・三〇〇）あるいは「時雨つる外山の嶺の村雲に夕風さえて霰降るなり」（東撰六帖・抜粋本・冬・霰・四四二）等は、京極派和歌そのものと言っても差し支えない境地を獲得しているのである。

なおまた、将軍宗尊親王の「春といへばやがても咲かで桜花人の心をなど尽くすらん」（瓊玉集・春上・奉らせ給ひし百首御歌の中に、花を・四六）と伏見院の「秋といへばやがて身にしむけしきかな思ひ入れても風は吹かじを」（藤葉集・秋・一七四）、宗尊の「故郷の垣ほの蔦も色付きて瓦の松に秋風ぞ吹く」（瓊玉集・秋下・故郷秋風・二五一）と伏見院の「人も見ぬ垣ほの蔦の色ぞこきひとり時雨の故郷の秋」（伏見院御集・蔦・八八三）のように、宗尊親王と伏見院の間の類似は散見し、伏見院が宗尊の歌を直接見習っていた可能性さえ想定されてくる。関東歌人詠と京極派和歌の類似(4)は、偶合ではないのである。

その関東歌人の清新な詠みぶりを、京極為兼が『玉葉集』に撰歌した歌が、そのまま京極派風を特徴付けている場合もある。(5) 例えば、「草の上はなほ冬枯れの色見えて道のみ白き野辺の朝霜」（冬・九〇七）は、第十一代執権北条宗宣の歌だが、新古今歌人藤原良経の類詠「たまぼこの道行く袖の白妙にそれとも分かず置ける朝霜」（秋篠月清集・冬・家会に・行路霜・一二八〇）と比較しても、その写生、純粋叙景への傾斜は顕著で、他の『玉葉集』所収宗宣歌にも類例があり(6)、鎌倉末期の北条得宗の人の歌の高い水準と関東の和歌の特徴の先鋭化を窺い得る。中央を強く志向し、保守的傾向を持ちながらも、やはり京都とは空間を異にする関東歌壇が、伝統の制約から自由に特異な歌を生むことはあったであろうし、その内の幾らかは京極派和歌に通底し、為兼の価値観に適うものであったということであろう。既に指摘[7]があるように、直接に京極為兼が関東に下り、為兼と宇都宮景綱との関わりの中で相互に歌境が磨かれたということも想定してよいであろうか。

二　新古今時代と関東歌壇および京極派

和歌表現史の観点から少し視野を広げると、新古今前後の時代のある種の詠みぶりが京極派和歌を特徴付ける要素に繋がる場合が見えてくる[8]。広義の新古今時代、つまり院政期末期から鎌倉時代初期に詠まれた詠みぶりで、直ちに勅撰集には載らずに、京極派和歌に顕在化し、『玉葉集』や『風雅集』に採録されて京極派和歌を特徴付けるような詠みぶりがあるということである。その中で、新古今新風の歌から、関東歌人の類似した詠作を経て、京極派歌人の歌やその勅撰集に顕現する、という道筋を指摘できる事例がある。

例えば、俊成の「雨の後花橘を吹く風に露さへにほふ夕暮の空」[9]（俊成五社百首・伊勢大神宮・夏・蘆橘・二九）を始発に、良経の「風かをる軒の橘年ふりてしのぶの露を袖にかけつる」（秋篠月清集・夏・花橘を・一〇六一）や後鳥羽院の「夕風は花橘にかをりきて軒端の菖蒲露さだまらず」（仙洞十人歌合・菖蒲・三二）等に詠まれた景趣や用詞（「雨（五月雨）」「風」「露」「橘」）が、御家人歌人安達長景の「五月雨の名残涼しく吹く風に露よりかをる軒の橘」（長景集・〔夏〕・橘・二五）を経て、関東下向を経験した二条家の一員為道の歌ながら、『玉葉集』採録の「五月雨の雲吹きすさぶ夕風に露さへかをる軒の橘」（玉葉集・夏・三七四）に繋がり、京極派好みの夏の清新な叙景歌となって現れるのである。

「静まる」にまつわる景趣は、若き日の俊成の「忍び音の声なつつみそ時鳥みな里人も静まりにけり」（為忠家後度百首・深夜郭公・一八八）と鳥羽院皇子覚性の「小夜更けておのが家家静まりぬ月こそひとりいねがてにすれ」（出観集・夜静月明・四〇五）等から、関東歌人宇都宮景綱の「ものごとに更け静まれるけしきかな月は寝待ちぞ澄みまさりける」（沙弥蓮愉集・雑・六一五）や大江茂重の「月に寝ぬ夜半の嵐は更け果てて静まるままに澄む心かな」[10]（茂重集・夏・月・八九）を経て、『玉葉集』の「更けぬるか過ぎ行く里も静まりて月の夜道に逢ふ人もなし」（雑二・二一六三・伏見院。[11]金玉歌合・雑・五一）、さらに『風雅集』の「涼みつるあまたの宿も静まりて夜更けて白き道の辺の月」（夏・三九二・伏見院。伏見院御集・夏月・一二四二）や「小夜更けて人は静まる真木の戸にひとりさしいる月ぞさびしき」（風雅集・秋中・五九三・経通）という京極派勅撰集の歌として顕現するのである。同時に、それら言わば「静まる宿」詠の蓄積の上に、言わば「静まらぬ宿」の趣向を構えた従三位親子の「夏の夜は静まる宿のまれにして鎖さぬ戸口に月ぞくまなき」（玉葉集・夏・三九二）のような、「古典和歌には珍しい情景」[12]ともされる『玉葉集』の特異歌も現れるのである。

「雲立ち上る」[13]について見れば、俊成の甥実守の「谷風の吹上にさける花見れば雲立ちのぼる高円の山」（別雷社歌合・花・七五）を俊成が「左、雲たちのぼる、といへる末の句いとよろしくみえ侍り」（判詞）と称讃し、俊成自身も「池水はしづかにすみて紫の雲立ちのぼる宿の藤波」（文治六年女御入内和歌・春・三月・藤花人家庭に藤花盛にさきたる所・七二）と詠じ、宇都宮景綱の「風の音は空に聞こえて夕立の雲立ち上る峰の杉村」や「風渡るこなたの空は雲晴れて遠ぢのかたに残る夕立」（沙弥蓮愉集・夏・二〇〇、二〇一）を経て、京極派の「緑こき遠の山の端晴れそめて雲立ち上る五月雨の空」（仙洞五十番歌合［乾元二年］・夏雨・四〇・道良女）や「遠の空に雲立ち上り今日しこそ夕立すべきけしきなりけれ」（玉葉集・夏・四〇八・家親）に繫がるのである。[14]

二条派の保守的勅撰集には取られないような詠みぶりを、関東歌壇が受容して、それが、二条派に対峙する京極派に繫がってゆく、ということになる。あるいは、関東歌人には頼朝が入集した『新古今集』そのものとその時代への関心があったように、京極派の歌人にも新古今時代や関東歌壇への関心があったかとも疑われてくるのである。

三　南朝和歌への繋がり

宗尊親王の歌を南朝歌人が摂取したと思しい事例が目に付く。次の①～⑪は、宗尊の家集『瓊玉集』所収の歌（各番号の下）を、後醍醐皇子の尊良や宗良および南朝の廷臣光資や師兼等が摂取したと思しい例である。

①ふりにける高津の宮の古を見ても偲べと咲ける梅が枝（春上・二四。柳葉集・巻四・〔文永元年六月十七日庚申宗尊親王百番自歌合〕・四五四、結句「にほふ梅が枝」）

ふりにける大津の宮の古をみな紅ににほふ梅が枝（宗良親王千首・春・紅梅・六八）

②春といへばやがても咲かで桜花人の心をなど尽くすらん（春上・四六）

春といへばやがて待たるる心こそ去年見し花の名残なりけれ（新葉集・春上・六六・光資）

春といへばやがて心にまがひけりなれし都の花の下陰（李花集〔宗良〕・春・東路に侍りし比、都の花思ひやられて・九一）

③待つ程は散るてふことも忘られて咲けば悲しき山桜かな（春上・四八）

またもこん春を木ずゑに頼めても散るは悲しき山桜かな（一宮百首〔尊良〕・花・一五）

④いかにせむ訪はれぬ花の憂き名さへ身に積りける春の山里（春下・五七）

山里の桜は世をも背かねば訪はれぬ花や物憂かるらん（宗良親王千首・春・山家花・一三四）

⑤さらでだに涙こぼるる秋風を荻の上葉の音に聞くかな（秋上・一五七）

さらでだに涙こぼるる夕暮に音なうちそへそ入相の鐘（一宮百首・雑・夕・八三。新葉集・雑中・一一四九にも）

⑥何処にか我が宿りせむ霧深き猪名野の原に暮れぬこの日は（秋下・二四九）

へだて行く猪名野の原の夕霧に宿ありとても誰かとふべき（李花集・秋・霧を・二六二）

⑦故郷の垣ほの蔦も色付きて瓦の松に秋風ぞ吹く（秋下・二五一）

古寺の瓦の松は時知らで軒端の蔦ぞ色ことになる（宗良親王千首・秋・古寺紅葉・四八一）

⑧うらぶれて我のみぞ見る山里の紅葉あはれと訪ふ人はなし（秋下・二六八）

心ざし深き山路の時雨かな染むる紅葉も我のみぞ見る（李花集・秋・山里に侍りける比、紅葉を見て・三六六）

⑨須磨の海人の潮垂れ衣冬のきていとど干がたく降る時雨かな（冬・二七六）

昨日まで露にしほれし我が袖のいとど干がたく降る時雨かな（李花集・冬・物思ひ侍りし比、冬のはじめをよめる・三九一）

⑩この道を守ると聞けば木綿鬘かけてぞ頼む住吉の松（雑上・四一三）

住吉の神のしるべにまかせつつ昔に帰る道はこの道（宗良親王千首・雑・住吉・九五〇）

⑪有りて身のかひやなからん国の為民の為にと思ひなさずは（雑上・四六一）

君の為民の為ぞと思はずは雪も蛍も何かあつめむ（宗良親王千首・〔師兼卿六首〕・雑・一〇二二）

宗良の場合、宗尊歌への依拠は剽窃にも近い場合も含み、顕著である。[15] 宗良は、心ならずも京都を離れた中書王（中務卿親王）で、形式と実質との違いはあれ、同じく武士達を率いる立場であった、という似た境遇にあった宗尊に同心し、その在関東時の中心家集『瓊玉集』の歌に心を寄せたのであろうか。尊良も、これに大きくは異ならなかったのかもしれない。

宗尊と宗良らとの繋がりだけでなく、廷臣も含めた南朝歌人の中に、宗尊詠への関心のみならず関東歌壇の歌への関心が存したかと思わせる事例があり、かつ一方で、南朝の和歌の中に京極派和歌に通じる一面があると思われるのである。[16] とすると、新古今時代から関東を経て京極派という道筋にさらに南朝を加えて、[17] それらが和歌の表現史上に結ばれるかもしれない、とも考えるのである。具体的に見てみよう。

春曙の述懐を詠じたような忠良の「住吉の松吹く風のさびしさもいまひとしほの春の曙」（千五百番歌合・春四・四八三・忠良）について、俊成は判詞で「右、住吉の松、今ひとしほの春の曙、ことに宜しかるべく侍るを、さびしさのまさり侍らむ事や、布留の山辺の秋の松などや、さは侍るべからむとは覚え侍れど、住吉の春の曙いかがおろかには侍らむとて…」と、「春の曙」の詞自体はよしとしながら、「さびしさも今ひとしほ」と「住吉の春の曙」を結び付けたことを、いいかげんで疎略だ、と批判する。この数年前の建久六年（一一九五）二月の「良経家五首歌会」で「またや見むかたののみ野の桜がり花の雪ちる春の曙」（新古今集・春下・一一四）をものしていた俊成としては、当然の物言いであったかもしれないが、俊成の嗣子定家はこれに先んじて『六百番歌合』で「霞かは花鶯に閉じられて春にこもれる宿の曙」（春・春曙・一一五）という春曙の述懐詠をものしていた。新古今撰者家隆も、建久八年（一一九七）七月（二十九日堀河題百首）には「さびしさは幾百歳もなかりけり柳の宿の春の曙」（壬二集・二百首和歌・柳・一〇一二）と詠じ、三十五年後にも定家の「霞かは」詠に倣って「柴の戸は柳霞にとぢられていとどさびしき春の曙」（壬二集・九条前内大臣家百首［貞永元年（一二三二）以後か］・山家柳・一五五二）と、春曙の述懐を詠じているのである。その詠みぶりは、宇都宮（塩谷）朝業の「塩竈のうらさびしくも見ゆるかな八十島霞む春の曙」（信生法師集・海辺霞・五一）や宗尊の「いさ人の心は知らず我のみぞ悲しかりける春の曙」、「たえだえに里見えそむる山本の鳥の音さびし春の曙」（瓊玉集・春・春曙・三二、三三）等の関東歌人詠を経て、京極派の楊梅兼行の「春おそき遠山もとの曙に見ゆる柳の色ぞさびしき」（兼行集・やなぎ・一〇）に継承され、かつ、右記定家の「霞かは」詠が京極為兼によって『玉葉集』（春下・一九五）に撰入されて、勅撰集上に顕れる。さらには、南朝歌人花山院師兼の「さびしさは秋だに堪へし宿ぞとも思ひなされぬ春の曙」（師兼千首・春・幽棲春曙・八九）へと繋がるのである。

また、「霧に沈める秋の」という特徴的な措辞は、良経の「跡絶えてもとより深き山里の霧に沈める秋の夕暮」

（秋篠月清集・二夜百首・霧・一二七）が、関東評定衆北条政長の「夕日さす山の端ばかりあらはれて霧に沈める秋の川波」に受け継がれ、それが『玉葉集』（秋下・七四七）に採録されるのを経て、南朝の後村上天皇女御嘉喜門院（一説藤原勝子とも）の「明け渡る尾上の松はあらはれて霧に沈める秋の山もと」（嘉喜門院集・七〇）へと繋がるのである。

新古今歌人、関東、京極派、南朝の和歌に脈絡があるのだとすれば、そこに底流するのは時代や地域のある種の不安感や閉塞感、あるいは後三者については中心や主流を希求する周縁意識とでも言えばよいものであっただろうか。京都歌壇が二条派の伝統墨守に泥んでいくのと対照的に、関東や京極派や南朝という辺土・傍系の歌壇や歌人達が、いわゆる鎌倉幕府の権能の確立期に重なる新古今時代に萌芽しつつ遺佚された歌に通じるような新奇清新な和歌を生んでいて、中世和歌史上にそれらが細いながらも流れとして繋がって見えてくるということである。後鳥羽院の勅撰集『新古今』の時代と、その後鳥羽院と対峙しこれを放逐した関東と、その関東に皇子宗尊を将軍として送った後嵯峨院の次世代に分立した皇統の一方持明院統に属する京極派と、他方の大覚寺統の流れを汲む南朝と、それらの和歌の表現に相通じて点綴される事象が認められるのだとすれば、それは、政治史や歌壇史の枠組みを越えた、和歌の表現史として捉え返されるべき課題であるのではないだろうか。

四　実朝「箱根路を」歌の読み直し——むすびに代えて

さて、実朝の「箱根路をわれ越え来れば伊豆の海や沖の小島に浪の寄る見ゆ」（金槐集定家所伝本・雑・八三九）、この一首は周知のとおり、早く中世に鵜鷺系の『愚見抄』『桐火桶』等が万葉歌や山柿に比肩すると称揚し、近世には真淵（にひまなび・金槐集書入）が称賛した。近現代には、「絶唱」（斎藤茂吉）[18]や「寂しい歌」（小林秀雄）[19]等と評されてもきた。現在は、「大らかな万葉調の歌」で「大坂を我が越え来れば二上に紅葉葉流る時雨降りつつ」（万葉集・巻十・秋雑歌・二一八五・作者未詳）「などが念頭にあろう[20]」というように、その万葉調が強調されつつ、その上に新古今的表現方法を見る考えも根強い[21]。

これに対して渡部泰明[22]は、詞書「箱根の山をうち出でて見れば、波の拠る小島あり、供の者この海の名は知るやと尋ねしかば、伊豆の海となむ申す、と答へ侍りしを聞きて」を読み込みつつ、「「伊豆」は「出づ」の掛詞」で、「この歌と詞書には、打てば響くように心を通じ合わせる、主君と家臣とのやりとりが示されい」て「堂々たる将軍であろうとした、青年実朝の心意気が見えるようであ」り「鎌倉幕府一行を代表しようとする実朝の思いが込められている」「青年将軍の気概を読むべき歌」だと言うのである。

「出づ」と「伊豆」の掛詞とすれば、真淵（金槐集書入）以下が指摘する「逢坂を打ち出でて見ればあふみの海白木綿花に浪立ち渡る」（万葉集・巻十三・雑歌・三二三八・作者未詳。五代集歌枕・八九一）を、万葉段階の作意は措いて、実朝が、「逢ふ」と「近江」との掛詞に読みなして摂取していたとしても不思議はない。また、実朝歌の下句の景を「伊豆の海に立つ白波のありつつも継ぎなむものを乱れしめめや」（万葉集・巻十四・東歌・相聞・三三六〇・伊豆国の歌。五代集歌枕・九三四）に求めてもよい。さらに声調からは、「天離る鄙の長路を《ゆ（現行訓）》恋ひ来れば明石の門より大和島見ゆ」（万葉集・巻三・雑歌・柿本人麻呂朝臣羈旅歌八首・二五五）も想起される。としてみてもやはり、万葉に基盤を置いた歌ということにはなる。しかしそれだけでなく、「越え来れば」の句は、「梓弓春の山辺を越え来れば道もさりあへず花ぞ散りける」（古今集・春下・一一五・貫之）や「逢坂を今朝越え来れば山人の千歳突けとて切れる杖なり」（拾遺集・神楽歌・五八〇。五代集歌枕・あふ坂・六三三）の三代集歌に遡及するし、「沖の小島」も「薩摩潟沖の小島に我ありと親には告げよ八重の潮風」（千載集・羈旅・心の外なる事ありて、知らぬ国に侍りける時よめる・五四二・平康頼）や良経の「わたの原沖の小島の松陰に鵜のゐる岩をあらふ白浪」（正治初度百首・鳥・四九四・良経）が先行することは見逃せない。とすれば、赤染衛門の「関越えてあふみ路とこそ思ひつれ雪の白浜ここはいづこぞ」（赤染衛門集・三〇〇）までもが視野に入ってくるのではないか。[23] 和歌の史的表現の蓄積を無意識にせよ取り込んで、巧まざる結果がかなり巧緻な仕掛けに繋がっているのではないか、とも思われてくる。

どの歌に負ったのかはそれとしてさらに精確に追究されるべきだが、今はその意図はない。僅か一首から全ての実朝歌の読み直しをせまるつもりもない。ただこの一首を一典型として見れば、和歌に腐心した実朝の詠作は、その主たる価値をただ素朴な万葉歌の詠み直しとして、あるいは新古今的表現からの単純な影響の結果としてのみ捉えるべきではないのではないか。和歌的価値を肯定していた鎌倉の主・鎌倉殿として、[24] むしろ、上代以来の和歌の史的蓄積の上に立つ新古今時代の流れ、後鳥羽院歌壇の営みに倣うかのように、和歌の伝統を十二分に咀嚼していたのではないか、と考えるのである。渡部の言うように、実朝の歌が「鎌倉幕府一行を代表しようとする実朝の思いが込められ」た「将軍の演技」を表す「青年将軍の気概を読むべき歌」であるのだとすれば、和歌史上に描く「鎌倉幕府」は和歌的価値観を体現した者に率いられた組織として立ち現れてくるのであり、関東歌壇もまた実朝あるいは将軍という存在に代表されながらも、個々の関東歌人の営みの集積などではなく、統合された活動体ということになるのである。それは、以上に述べきたり、次節に論じるこの歌壇の和歌から探り出される表現の共時・通時の連繋の様相に全く矛盾しない。

実朝の「箱根路を」歌は、為家が『続後撰集』（羈旅・一三一二）に採録して勅撰集歌となったこともあり、この影響下に詠まれた歌が少なからず生まれていて、[25] 和歌表現の連続を形成している。先入観や固定した評価を脱して関東歌人の和歌を読み、関東歌壇とその和歌を和歌史の上に正確に位置付けていくべきであることは言うまでもない。

【注】

（1）序章の一部と本節と次節とは、中世文学会第一一四回大会（平成二五年六月一日、於日本大学）のシンポジウム「中世文学と鎌倉」に於いて、「関東の歌壇と和歌」と題し、鎌倉期関東歌壇の概要とその和歌の特質について報告した内容に基づく。

（2）「中世武士の文化担当」（『池田彌三郎著作集　第四巻　文学伝承論』角川書店、昭五五・二。初出『淡交』昭三三・一二）。

（3）建武五年（一三三八）七月七日披講で花園院勅点の『朗詠題詩歌』にも「秋霧の空の隔てもなかりけり月に晴れたる夜の心は」（晴・三二・二品大王〔慈道か〕）がある。

（4）関東と京極派に共通する特徴的措辞を挙例する。「外にのみ」（基政、伏見院〈玉葉〉）、「霞みなれたる」（長景、政範、大江宗秀、伏見院、為教女為子〈玉葉〉）、「秋の愁へ」（政範、為兼、伏見院、小兵衛督、永福門院、後伏見院〈玉葉〉、覚助〈風雅〉）、「吹きしほ」る「外山」の「風（嵐）」（泰綱、実兼、兼季〈玉葉〉）、「霧の隙」（他阿、景綱、大江宗秀〈玉葉〉）、「まだ短夜」（宗尊、道平〈風雅〉、他に正徹、実隆）、「夜の間」の桜の「霞」（公朝、伏見院）、「身にはよそなる」（顕氏、雅有、家基〈玉葉〉）、「結ばぬ中」（教定、宗尊、宗緒母〈玉葉〉）、「さのみかく」（基隆、時広、隆博〈玉葉〉）、「都も旅」（雅有、宗宣〈玉葉〉、全性〈風雅〉）等。

（5）幾つかを挙例する。①「窓近き竹の葉風も春めきて千代の声ある宿の鶯」（春上・五二・北条貞時）。②「もろく散る花をばかろく吹きなして柳に重き春の夕風」（春下・二五五・大江貞広）、これは伏見院に類歌「夕暮は見えず聞こえぬ春雨を重き柳の末にてぞ知る」（伏見院御集・柳・一一一二）がある。③「雁鳴きて寒き朝けに見渡せば霧に隠らぬ山の端もなし」（秋上・五九七・宗尊）は、出典の『竹風抄』（文永五年十月三百首歌・霧）では四句「霧の外なる」だが、宇都宮景綱には「峰続き嵐はるかに空晴れて雲に隠らぬ富士の白雪」（沙弥蓮愉集・冬・平貞時朝臣三島社十首うた人人よみ侍りし時、松雪を・三八七）という類歌がある。④「あはれ我が思ひのたゆむ時もがな寝覚めも辛し夕暮も憂し」（恋二・一四六九・雅有）。⑤「思ひ入れぬ人はかくしもながめじを心よりこそ月は澄みけれ」（雑一・一九九四・隆弁）は、伏見院に「月日にて思ふは遠きいにしへも心よりこそ隔てざりけれ」（伏見院御集・雑・一一九四）という「心よりこそ」の作例がある。

（6）「晴れやらぬ雲より影は洩らねども月夜はしるし五月雨の空」（夏・三六七）や「清見潟波路の霧は晴れにけり夕

日に残る三保の浦松」（秋下・七三八）等。

（7）外村展子「解説」（『沙弥蓮瑜集全釈』風間書房、平一一・五）。

（8）早く、風巻景次郎「新古今的なるものの範囲」は、『玉葉集』『風雅集』に「新古今的なる自然観賞の歌」を見出せることを説く（風巻景次郎全集第6巻『新古今時代』桜楓社、昭四五・一〇）。個別には、拙著『中世和歌論―歌学と表現と歌人』（勉誠出版、令二・一二）「京極派和歌各論」の、「「けしき」の様相」、「「三日月」をよむ」、「〈軒〉をとおして」、「〈間〉にうかがう」等に、指摘した。

（9）新編国歌大観は、社別の書陵部本（五〇一・七六三）を底本にして、「物さへにほふ」とするが、同本は「袖さへにほふ」である。しかし、他の社別の書陵部本（五〇一・七六四）および題別の書陵部本（五〇一・七六二）や群書類従本等に拠り、『玄玉集』（草樹上・六三七）と『御裳濯集』（夏・二四四）をも参照して、「露さへにほふ」の本文を採用する。なお、書陵部本（五〇一・七六三）は題を「花橘」とするが、他本に従い、新編国歌大観と同様に「盧橘」を採る。

（10）小林一彦「京極派歌人とはいかなる人々を指すか―大江茂重の異風―」（『国語と国文学』平一六・五）は、この歌の第四句「静まるままに」に着目して伏見院との共通性を見、他にも多くの特徴的措辞に茂重や景綱と京極派歌人との共通点を見出だし、両者が「二条派の和歌も京極派の和歌も」共に詠出し得たことを指摘する。

（11）伏見院は他に、「小夜も更け人も静まる時になりて月はひとりぞ澄みまさりける」や「月の庭は更け静まれる秋の夜にきりぎりすひとり鳴きまさるなり」（伏見院御集・月・四六八、四六九）とも詠む。

（12）岩佐美代子『玉葉和歌集全注釈』上巻（笠間書院、平八・三）当該歌の「補説」。

（13）『万葉集』に「男神に雲立ち登り時雨降り」（巻九・雑歌・一七六〇・虫麿歌集）と見える。

（14）新古今時代、関東、京極派に共通する特徴的措辞を挙例する。「短夜の月」（定家、後鳥羽院、宗尊、雅有、景綱、茂重、実兼、公守、有忠、伏見院新宰相〈玉葉〉）、「寝覚め」の「時雨」（伊尹〈新古今〉、丹後、良経、雅経、真観、宗尊、景綱、為兼〈玉葉〉、光厳院）、「稲妻」と「山の端」（公衡、宗尊、景綱、定成・伏見院〈玉葉〉）、「思ひ入る（入れぬ）」（定家、良経、隆弁〈玉葉〉、永福門院少将〈玉葉〉、光厳院〈風雅〉）、「草」に「露」が「余」る（定家、景綱、伏見院、永福門院〈玉葉〉）、「かねて悲しき」（頼政、家長、惟宗忠景、宗尊、北条時広、伏見院、後伏

見院〈玉葉〉）、「情け」「見る（見す）」（二条院讃岐、慈円、真観女典侍親子、宗尊、大江茂重、隆博〈玉葉〉、藤原頊子〈同〉、伏見院〈同・風雅〉、永福門院〈風雅〉）、「檜原が（の）嵐」（定家〈雲玉集。存疑〉、実朝〈風雅〉、北条斉時、為教女為子〈玉葉〉、伏見院、俊冬、他に南朝の師兼）等。

(15) 南朝の中心宗良の『宗良親王千首』は、その欠歌二四首の中九首が「宗尊親王の歌で補填されている」（小池一行・相馬万里子・八嶌正治『新編国歌大観』第十巻（角川書店、平四・四）同書「解題」）という。大筋で異論はないが、中には両者の本文が完全に一致していない場合もあり、全てが補填の結果なのかはなお追究する必要があろうか。

(16) 南朝側から見ると、本節で取り上げた以外にも例えば、「身をかへば忘れもぞする同じ世につらき報いをいかで知らせん」（新葉集・恋二・七五四・師賢）が、「つれなさの人の報いをいかにして同じ世ながら思ひ知らせむ」（玉葉集・恋三・一五五三・忠兼〈忠行男〉）に通うように、『新葉集』や『南朝五百番歌合』には、『玉葉集』の歌から影響を受けた可能性を感じさせる歌が散見する。さらに究明されるべきであろう。

(17) 関東と南朝、関東と京極派と南朝、京極派と南朝に共通する特徴的措辞を挙例する。「うかれ妻」（北条時広、同斉時、朗詠題詩歌・二品大王〔慈道か〕、同・尊位、南朝三百番歌合・右大弁宰相〔実興か〕、師兼千首）、「浅茅生の小野の芝生」（〔後嵯峨院〕、顕氏、雅有、師兼）、「霧の絶え間」「見ゆ」（宗尊、宗良、後村上院）、「岨の懸け道（路・橋）」（公朝、三善康衡〈玉葉〉、嘉喜門院、耕雲）、「皐月になれや」（基政、永福門院、師兼）、「かきつばた花咲く頃」（隆弁、為兼、正平二十年三百六十首・左大臣〔冬経か〕）、「問へかしと」（具氏女親子〈玉葉〉、伏見院新宰相〈風雅〉、光任〈新葉〉）、「春日影」（伏見院、永福門院〈玉葉〉、儀子内親王〈風雅〉、遍照光院前太政大臣〔公重か〕〈新葉〉）、「いづく」も「夜寒」（伏見院〈玉葉〉、南朝五百番歌合判歌、師兼千首）、「さても我が」（後鳥羽院下野〈玉葉〉、永福門院〈風雅〉、源資氏、紀俊長〈新葉〉）、「何かは慕ふ」（隆博〈玉葉〉、太宰帥親王〈南朝五百番歌合〉）等。

(18) 『新撰　金槐集私抄』（春陽堂、大一五・四）。

(19) 『無常といふ事』（創元社、昭二一・二）。

(20) 樋口芳麻呂『金槐和歌集』（新潮日本古典集成、昭五六・六）。

(21) 片野達郎「金槐和歌集」同歌解説（鑑賞日本古典文学17『新古今和歌集　山家集　金槐和歌集』角川書店、昭五二・三）、三木麻子同歌解説（コレクション日本歌人選51『源実朝』笠間書院、平二四・六）等。

(22)『和歌とは何か』(岩波新書、平二一・七)。

(23) 現行で最も詳細な注釈書である鎌田五郎『金槐和歌集全評釈』(風間書房、昭五八・一)は、「参考歌」に『万葉』の「大坂を」(二二八五)と「逢坂を」(三二三八)の他に、「鳰の海や月の光のうつろへば浪の花にも秋は見えけり」(新古今集・秋上・三八九・家隆)、『千載』の「薩摩潟の」(五四二)、「人知れぬ思ひありその浦風に波のよるこそ言はまほしけれ」(金葉集・恋下・四六八・俊忠)、「印南野は行き過ぎぬらし天伝ふ日笠の浦に波立てる見ゆ」(万葉集・巻七・雑歌・一一七八・作者未詳)を挙げる。また、最新の注である今関敏子『実朝の歌　金槐和歌集訳注』(青簡舎、平二五・六)は、「照射して箱根の山に明けにけり二寄り三寄り逢ふとせしまに」(千載集・雑下・一一八三・俊綱)と「夕凪に門渡る千鳥波間より見ゆる小島の雲に消えぬる」(新古今集・冬・六四五・実定)を「参考」に挙げるのである。

(24) 序章に見たように、頼朝や政子を初めとして、得宗を含む北条氏やその他の鎌倉幕府の主要構成員は、総じて歌人集団であり、和歌的価値観を認める側にある。

(25) 挙例する。「箱根路を越えつつ見ればうき島のひとむらかすむ松のむらだち」(時朝集・旅行・二六〇)、「尋ねきて我が越えかかる箱根路を山のかひあるしるべとぞ思ふ」(十六夜日記・五九・阿仏尼)、「伊豆の海や沖つ波路の朝凪に遠島消えて立つ霞かな」(夫木抄・正応五年三島社十首歌、浦霞・一〇三〇七・為道)、「我が越えし山路を見れば白雲の晴るる時なき高嶺なりけり」(隣女集〔雅有〕・伊勢に侍りてよみ侍りし・七九八)、「箱根路をあけてぞ見つる伊豆の海の沖の小島の海人の刈る藻を」(草根集〔正徹〕・伊つのり・九七一二)等。『金槐和歌集』の貞享四年(一六八七)版行も与ってか、江戸時代にも次のような例が散見する。「伊豆の海を漕ぎつつ来れば浪高み沖の小島よ見え隠れする」(藤簍冊子〔秋成〕・海・四五二)、「伊豆の海や宇佐美網代の島島にかかるは春の霞なりけり」(大江戸倭歌集・春・島霞・七一・定帖隅田)等。

*引用の本文は、特記しない限り、勅撰集と私撰集や歌合等は新編国歌大観、私家集は私家集大成に拠り、表記は改める。『万葉集』は、西本願寺本の訓と旧国歌大観番号に従う。

第二節　歌壇内の和歌の様相

はじめに

序章に記した鎌倉期関東歌壇の概要と、前節に記した中世和歌の表現史に於ける同歌壇の和歌の位置付けをも踏まえ、ここでは、鎌倉期関東歌壇の内部に於ける和歌の具体的な様相の一端を考察してみたい。

一　関東歌壇内の影響関係、関東歌人詠の特殊性

関東祗候の廷臣が、将軍や武家歌人などの和歌の詠み方に影響を与えた局面があったであろうし、また逆に関東祗候の廷臣やそれに類する東下の歌人達が、関東歌壇内で新たな詠み方を獲得した場面もあったであろう。以下に具体例を見てみよう。

六条藤家の末流で関東に祗候した顕氏の「憂きが身の春こそ遅きものならめ鶯だにもはやき鳴かなん」（宗尊親王家百五十番歌合・春・三。顕氏集・将軍家御歌合弘長元年七月七日・一）は、将軍宗尊に「憂き身にも待たるるものを郭公心あれとは誰いとひけむ」（柳葉集・弘長二年十一月百首・二四三）や「憂きが身の春の暮にぞ思ひ知るあはでも辛き別れありとは」（中書王御詠・春・暮春・四九）と詠ませていて、一定の影響を与えていると思しい。為家はこの「憂きが身の」を「初五字同前（庶幾せざるの姿に候）」（中書王御詠評詞）と批判していて、それだけ特異な表現であっ

たことを物語るのである。また、関東祗候の廷臣藤原教定の「昨日今日風も吹きあへず吉野川峰より落つる花の滝つ瀬」（東撰六帖・第一・春・桜・二五四）は、宇都宮景綱の「吉野山霞の上の木ずゑより嵐に落つる花の滝つ瀬」（沙弥蓮愉集・春・母墳墓にまかりて侍りしに、花の散るを見てよめる・一〇七）に影響していよう。なおまた、為家は「小倉山松の木陰に鳴く鹿の涙色づく蔦の紅葉葉」（夫木抄・秋六・蔦・正嘉二年毎日一首中・六〇三七）と詠むが、この詠みようは、鶴岡若宮社別当に任じた隆弁の「秋来ても岩根の松はつれなきに涙色づく苔の袖かな」（宗尊親王家百五十番歌合・秋・一五四。三十六人大歌合・九六）を経て、父同様に関東祗候の廷臣である教定男雅有の「伊吹山朝霧立ちて鳴く雁の涙色づく秋の紅葉葉」（雅有集・名所百首和歌・秋・伊吹山・七八一）へと繋がる道筋が想定されるのである。(1)

一方で、在関東の意識や経験が生む特徴的な詠みぶりがある。これも例を挙げてみよう。

将軍宗尊は「東には挿頭も馴れず葵草心にのみやかけて頼まむ」（柳葉集・弘長二年十二月百首歌・葵・三一一。瓊玉集・夏・一〇〇）、「移り行くこの世なりとも東人情けはかけよ親の為とて」（竹風抄〔宗尊〕・文永三年十月五百首歌・子・一二〇）と詠じている。「親の為とて」という後者は、第七代将軍として鎌倉に残した子の惟康親王を思いやったと思しく、関東に住さなければ詠み得なかった歌である。「宗尊親王は四季の歌にも、良もすれば述懐を詠み給ひしを、難に申しける也。物哀れの体は歌人の必定する所也。此の体は好みて詠まば、さこそはあらんずれども、生得の口つきにてある也」（正徹物語。歌論歌学集成本に拠り表記は改める）と評されていることは、その愁訴述懐に傾く宗尊の和歌のあり方として妥当な評価だろうが、それは関東に将軍としてあった境遇と深く関わる詠風だと理解すべきなのである。

また、関東祗候の廷臣中でも最高位の顕氏は、「伊賀前司〔小田時家〕会」で、関東に生まれ育った歌人達には難題と感じさせたに違いない「禁中鶯」を、恐らくは自ら設題して「ももしきに谷の鶯出でにけりかしこき君の御代の春とて」（顕氏集・六四）と詠じてみせ、将軍の「御所御会」の「続題和歌」では「都鄙除夜」題を「この里も都も今宵明けたたばいつしか春と君を祝はむ」（顕氏集・五三）と詠じ、「都鄙」を「この里も都も」と表し、つまりは鎌倉を「鄙」と言いなし、顕氏の弟である日光別当法印尊家の歌会では、「かぞふればややはたとせになりぬらんはかなく見えし春の夜の夢」（顕氏集・日光別当法印〔尊家〕会〔弘長元1261五廿七〕・懐旧・一一七）と詠み、貞永元年（一二三二）十二月五日の即位儀に大将代を、仁治二年（一二四一）正月五日の元服に能冠を務めた四条天皇の夭逝（仁治三1242没）を追慕しつつ、自身が役務を果たした盛儀をも態々しく関東で回想しているのである。廷臣であることの強い自負心と、関東祇候の意識が反映した詠みぶりと言ってよい。

さらに、四条家を出自とする園城寺長吏隆弁は、「はらからあまたみまかりぬる事を思ひて／繁かりし草のゆかりも枯れ果ててひとり末葉に残る白露」（人家集・二三）と、「武蔵野の草のゆかりと聞くからに同じ野辺ともむつましきかな」（古今六帖・第二・ざふのの・一一五七）を下敷きに、同胞（兄弟姉妹）（2）から一人残された孤愁を歌うが、この意識は自らを「武蔵野」の側、関東の側とする判断が意識下に働いていた、と読むことができる。その隆弁の従兄で知識学識を誇ったであろう真観が、「名も知らぬ鳥の音寒く日は暮れて霰落ち散る山のさびしさ」（拾遺風体集・冬・一七六）と詠むのは、あるいは関東に於ける作かとも想像したくなるのである。

それぞれの事情に異なりはあるが、これらの歌々はいずれも、京都に出自を置く歌人が関東を経験することで詠出された詠みぶりと言えるのである。

二　関東歌壇の地名詠と二つの「故郷」

関東歌壇の中で特徴的な地名の詠み方の事例を見ておこう。

将軍宗尊の「都にははや吹きぬらし鎌倉のみこしが崎の秋の初風」（瓊玉集・秋上・崎初秋といふことを・一四四）

の「みこしが崎」と、御家人後藤基政の「あそ山の中より出づる白河のいかでしらせん深き心を」（夫木抄・雑二・山・あそ山、安蘇、上野・雑歌・八七一二）の「あそ山」は、共に『万葉』歌を基にしていて[3]、比定地が明確ではないが、関東の所名として、関東歌人が実見したか、より身近な知識として詠出した地名であろう。

宇都宮景綱は「行末は霞の果てもなかりけりのどかなる日の武蔵野の原」（沙弥蓮愉集・春・鎌倉二品親王〔宗尊〕家十首歌中・四二）を残している。「武蔵野」は、果てない広野が伝統的通念だろうが、それを「のどかなる」とするのは、関東の平穏をより強く意識する鎌倉殿御家人の意識の反映であろう。その意味で、武蔵に幕府が置かれた江戸時代に、「霞む名の関には春をゆるしきてのどかに明くる武蔵野の原」（麓の塵〔天和二1682刊〕・春・武蔵にありける比、初春の心を・一三・のぶやす）や「花山の昔かはらぬ武蔵野やのどけき御代に駒いばふ声」（三草集　あさぢ〔定信〕・春・駒の絵に・三八六）のような歌が見えるのは、至極当然であろう。

関東祗候の廷臣藤原教定の「東野の露分け衣はるばるときつつ都と恋ひぬ日もなし」[4]（玉葉集・旅・一一九五・羈旅野）の「東野（あづまの）」は、上三句を現行「東の野にかぎろひのたつ見えて」あるいは「東の野にはかぎろひ」と訓む、人麿歌「東野炎立所見而反見為者月西渡」（万葉集・巻一・雑歌・四八）の旧訓「あづまののけぶりのたてるところみて」[5]に基づいて、これを関東の野と見なして用いた歌語であると思しい。[6]

鎌倉殿の政治の府として人々が集合した聚落であることを表す、新しい所名である「鎌倉の里」は、実朝の「宮柱ふとしきたてて万代に今ぞ栄えん鎌倉の里」（金槐集貞享四年刊本・慶賀の歌・六七六。続古今集・賀・一九〇二）に始まって、宗尊の「今は身のよそに聞くこそあはれなれ昔はあるじ鎌倉の里」（竹風抄・文永三年十月五百首歌・里・一〇六）、後藤基政の「昔にもたちこそまされ民の戸の煙にぎはふ鎌倉の里」[7]（夫木抄・雑十三・里・かまくらのさと、相模・一四六〇五）、宇都宮景綱の「君すめばみよ照る月ものどかにて風をさまれる鎌倉の里」（沙弥蓮愉集・雑・六九四）等々と、関東歌壇内に受け継がれ、その安寧と繁栄を祈念する所の名となっている。

その関東鎌倉に東下りした者にとっては、「故郷」は、「参議雅経植ゑおきて侍りける鞠のかかりの桜を思ひやりてよみ侍りける／故郷に残る桜や朽ちぬらん見しより後も年は経にけり」（続後撰集・雑上・一〇四三）と詠じる、藤原（飛鳥井）雅経男教定のように当然京都なのだけれども、宗尊親王将軍の場合はやや事情を異にする。「思へただささても年経し故郷を心の外に別れぬる秋」（竹風抄・文永三年十月五百首歌・七月・二二）のように、『源氏物語』で帰京する光源氏が送別する明石入道に対して詠む惜別の歌「都出でし春の嘆きに劣らめや年経る浦を別れぬる秋」（明石・二四一）を本歌にして、自らを明石を離れる光源氏によそえた歌を初めとして、宗尊帰洛後の家集『竹風抄』には、鎌倉を「故郷」とする歌が散見するのである。(8) ところが、同家集中には、「いかがせん錦をとこそ思ひしに無き名たちきて帰る故郷」（文永三年十月五百首歌・錦・一七七）のように、京都を「故郷」とする歌も併存しているのである。(9) さらにまた、「故郷に恨むる人やなかるらん旅寝の夢も見えぬ夜半かな」（竹風抄・文永六年四月廿八日柿本影前百首歌・雑・六七二）の「故郷」は、あるいは作者宗尊自身の意識がそもそも京都・鎌倉の双方に掛かっていたかと疑われるほどに、(10) 京都と鎌倉の両様に解されるのである。京都に皇子として生を享けつつ、十一歳から二十五歳までの足掛け十五年を鎌倉に将軍として過ごし、その鎌倉を追われて再び京都に戻った、言わば宗尊の二重性を、「故郷」の両義性に窺うことができる訳である。これについては、本論第一編第一章第三節「『竹風和歌抄』の和歌」で詳しく考察する。

三　関東歌人の保守性と同時代性・京都歌壇との等質性——宗尊の方法

以上のような関東歌壇内の特殊性はあっても、在関東歌人は基本的に中央志向で同時代の京都中央歌壇の動向に敏感であり、強く京都を意識していたと考えられる。例えば、宇都宮氏の一族笠間時朝が、京都の歌の家の人や朝廷の権門の人達に歌を進献しているのは、(11) その顕れの一つであろう。

ここで、京都に生まれて半生を鎌倉に過ごした将軍宗尊に典型を取ると、その本歌取が、『万葉集』歌も含みながらも、圧倒的に『古今集』以下の勅撰集歌を本歌にして詠作しているのは[12]、その規範意識や平安朝の和歌の伝統を墨守する保守性を物語るものでもあろう。また、宗尊の和歌は、勅撰集やその他の重要歌集の伝統的歌人の歌に大きく依拠しつつ、それに加えて新古今時代から同時代までの様々の歌集類の有力歌人の歌にも負う傾向が顕著であることも指摘しておきたい。これについても、より詳しくは本論第一編第一章第二節「『瓊玉和歌集』の和歌」で述べるが、重複を厭わずにいくつかの例を先に見ておこう。

例えば、「今日しこそ若菜摘むなれ片岡の朝の原はいつか焼きけん」（瓊玉集・春上・人人によませさせ給ひし百首に・一七）は、本歌「明日からは若菜摘まむと片岡の朝の原は今日ぞ焼くめる」（拾遺集・春・一八・人麿）の焼き直しだが、習作というよりはこれが、勅撰集に寄り掛かる宗尊の方法なのである。さらに、「弘長三年八月」の「三代集詞にて読み侍りし百首歌」は、宗尊の和歌習練の具体例であろうが、その中でも「現にも思ふ心の変はらねば同じ事こそ夢に見えけれ」（柳葉集・巻三・四四七。瓊玉集・雑下・四九二）は、第一句から第五句まで、全ての句が、三代集歌に遡源するのである[13]。宗尊の詠作はこういう傾向にあり、それは三代将軍実朝の方法にも通じるのである。

一方で、宗尊の「見ず知らず野山の末のけしきまで心に浮かぶ秋の夕暮」（瓊玉集・秋上・秋夕を・一九九）は、定家の「見ず知らぬ埋もれぬ名の跡やこれたなびきわたる夕暮の雲」（拾遺愚草・十題百首建久二年冬、左大将家・天部・七〇七）や「立つ煙野山の末の寂しさは秋とも分かず夕暮の空」（千五百番歌合・雑一・二七四九）、あるいは公継の「たまぼこの道の消え行く気色まであはれ知らする夕暮の空」（千五百番歌合・雑一・二七三八）や後鳥羽院の「何となく過ぎこし方のながめまで心に浮かぶ夕暮の空」（後鳥羽院御集・外宮御百首・雑・三九五）といった新古今歌人の歌に多くを負っているように見える。また、「いつまでか待ちも侘びけん今はまた我が身のよその秋の夕暮」（瓊玉集・

恋下・弘長二年十一月百首・三八一）は、前年の京都の『弘長百首』の一首「いつまでかなほ待たれけん今来むと言ひしはよその夕暮の空」（恋・忘恋・五四五・為氏）を摂取あるいは模倣したと思しい。

さらに、ここまで挙げた特徴を象徴的に示す、古歌への依存と同時代和歌への適従の傾きを凝縮したかのような例も認められる。宗尊の「いたづらに散りや過ぎなん奥山の岩垣紅葉見る人もなし」（瓊玉集・秋下・和歌所にて・二六三）は、「奥山の岩垣紅葉散りぬべし照る日の光見る時なくて」（古今集・秋下・二八二・関雄）と「高円の野辺の秋萩いたづらに咲きか散るらむ見る人なしに」（万葉集・巻二・挽歌・二三一・金村）を本歌にしつつ、「見る人もなくて散りぬる奥山の紅葉は夜の錦なりけり」（古今集・秋下・二九七・貫之）にも負い、かつは同時代の『弘長百首』の為氏詠「いたづらに散りや過ぎなん梅の花盛り待たれて人は訪ひ来ず」（春・梅・五二）にも酷似しているのである。つまりは、『古今』や『万葉』の古歌に拠りながら、同時代の詠作に均質な姿を見せているのである。

これらの例のように、鎌倉中期の関東歌壇を代表する宗尊には、伝統的な古歌ばかりではなく、同時代の和歌にも倣うような歌が多く存在するのであり、少なくとも在関東時の宗尊は常に同時代の京都の和歌にまで意を向けていたことが強く窺われるのである。保守性と同時代性、あるいは京都歌壇に強く遡及する意識も含めた、京都中央歌壇との等質性を見るべきである。その際、同時期の関東祇候者・関東下向者には、有家甥顕氏、定家男為家、家隆男隆祐、雅経男教定といった新古今撰者の次世代以降の歌人達が在るのであって、つまり京都歌壇で言えば中心的存在となるはずの者がこぞって東下しているということは、見逃せない事実であろう。さらには、そういった関東歌人の詠作を支える、歌書の招来(14)や書写の活動(15)があったことも忘れてはなるまい。摂家将軍や親王将軍あるいは関東祗候の廷臣の存在等の状況なども勘案すれば、かなりの質・量の歌書類が適時もたらされていたと想像してよいのではないだろうか。

むすび

鎌倉期関東歌壇の和歌は、当然と言えるかもしれないけれども、歌人相互の影響関係が認められ、また京都歌壇とは異なる特徴的な表現も見受けられるのであって、それ自体が自律した歌壇であったことを確かに示している。同時に、関東歌壇の和歌は、京都歌壇の伝統和歌の歴史への従属を窺わせながらも、その現在との同調性をも見せているのである。

関東歌壇は、京都を出自とする将軍や関東祇候の廷臣や園城寺を主力とする法体が重要な構成員となっている故ばかりでなく、在地の御家人歌人達もその先祖は元来京都から下ったのであれば、「故郷」京都に追従する志向も根強かったと推測される。同時に、宗尊親王将軍が京都のみならず鎌倉をも「故郷」とする意識を覗かせているように、和歌的価値観を肯定したと思しい関東鎌倉は、その内部に京都中央とは異なる表現を生み出す力を備えて並立していたと捉えることができる。それが、前節に論じたように、中世和歌の表現史上に関東歌壇の和歌を確固たる存在意義を持たせることに与っているのであろう。

こういった両面性を見失わないことが、鎌倉期関東歌壇の和歌を正しく把握することに繋がると考えるのである。

［注］

（1） 他に、「おきゐの里」（御室圏→顕氏→景綱）、「日影もささぬ谷の戸」（顕氏、源長継→他阿）、「時鳥空にかたらふ」（院政期→顕氏→宗尊）、「いや遠ざかる」（顕氏→宗尊）、「我こそあらめ」（顕氏→宗尊）、「出づるも遅き」（教定→景綱）、「いかに見し夜か」（顕氏→雅有）、「明くるもしるき」（顕氏→雅有）、「一つに咲ける庭の卯の花」（能清→

雅有）等の措辞に、関東圏内の影響関係が認められる。

（2）隆弁の兄弟姉妹は、正二位権大納言隆衡、従三位隆宗、従五位下隆重（以上の母は清盛女）、従三位隆仲、隆憲、寂因（季房）、摂政師家室、中将基範、他に女子一名。

（3）「鎌倉の見越の崎の（美胡之能佐吉能）岩くえの君が悔ゆべき心は持たじ」（万葉集・巻十四・東歌・相模・三三六五・作者未詳。五代集歌枕・一六二〇）、「上野《かみつけの》安蘇山つづら野を広み延ひにしものをあぜか絶えせむ」（万葉集・巻十四・東歌・上野・三四三四・作者未詳。五代集歌枕・四五八）。

（4）「唐衣きつつなれにしつましあればはるばるきぬる旅をしぞ思ふ」（古今集・羈旅・業平。伊勢物語・九段・男）と「夏草の露分け衣着もせぬに我が衣手の干るときもなき」（万葉集・巻十・夏相聞・寄露・一九九四・作者未詳）を本歌にする。

（5）西本願寺本他の『校本万葉集』著録の諸本同じ。広瀬本は、「アツマノ、ケフリノタテルトコロミテ」を墨線で見消ちして、右に「ヒムカシノヌニカキロヒノタツミヘテ」とある。

（6）「東野（あづまの）」を用いた歌に、鎌倉殿御家人の長沼宗泰の子宗秀の「東野の露分け衣今宵さへほさでや草に枕むすばむ」（新拾遺集・羈旅・七七四）や、宇都宮景綱の「権中納言為兼卿永仁元年歳暮之比、関東に下向侍りしに、世上事悦ありて帰洛侍りし時、道より申送られ侍る／年暮れし雪を霞にわけかへて都の春に立ち返りぬる／返し／雪降りて年暮れはてし東野に道ある春の跡は見えけん」（沙弥蓮愉集・雑・五四二、五四三）がある。

（7）「高き屋にのぼりて見れば煙立つ民のかまどはにぎはひにけり」（新古今集・賀・七〇七・仁徳）を本歌にする。

（8）「七夕の別れし日より別れしにま〔た〕は待たれぬ故郷の秋」（竹風抄・文永三年十月五百首歌・七月後朝・二四）、「故郷を思ひやるこそあはれなれ鶉鳴く野となりやしぬらん」（同・文永三年十月五百首歌・鶉・二三九。中書王御詠・雑・二五三）、「春雨ののどけき頃ぞ今さらに故郷人は恋しかりけり」（同・文永三年十月三百首歌・春雨・三一四）、「故郷を何の迷ひに別れ来て帰りかねたる心なるらん」（同・文永五年十月三百首歌・雑釈教・五九五）、「いかばかりあはれなるらん故郷の払はぬ庭の秋の紅」（同・文永六年五月百首歌・秋・七二五）。

（9）他に「故郷を寝とは偲びて草枕起くと急ぎし暁の空」（竹風抄・文永三年十月五百首歌・不忍・一四八）も、京都を「故郷」とする一首であろう。

（10）「忘れめや鳥の初音に立ち別れ泣く泣く出でし故郷の空」（竹風抄・文永三年十月五百首歌・鶏・一二三〇）の「故郷」も、京都なのか鎌倉なのかを断じ難い。

（11）笠間時朝の定数歌進献先（歌集等）

京極（入道）中納言家（藤原定家）	千首
壬生二品家（藤原家隆）	百首
冷泉前大納言家（藤原為家）	百首・恋百首（撰歌十首を下賜）
後久我太政大臣家（源通光）	三百六十首
富小路（前）太政大臣家（西園寺実氏）	百首（点申請）
九条（前）内大臣家（藤原基家）	三百六十首
衣笠（前）内大臣家（藤原家良）	三百六十首（撰歌十首を下賜）
鎌倉三品親王家（宗尊）	三百六十首

（12）『瓊玉集』（全509首、内宗尊詠507首）の古歌一首を本歌とする歌の、本歌の数を歌集別に一覧する。古今集106、後撰集18、拾遺集21、後拾遺集22、詞花集3、千載集3、新古今集19、新勅撰集1、続後撰集1、続古今集1、万葉集19、伊勢物語4、源氏物語1。

（13）「現にもはかなき事のあやしきは寝なくに夢の見ゆるなりけり」（後撰集・恋一・五九八・読人不知。同・恋三・七〇三・読人不知、三～五句「わびしきは寝なくに夢と思ふなりけり」）、「忘れなむと思ふ心のつくからにありしよりけにまづぞ恋ひしき」（古今集・恋四・七一八・読人不知）、「風霜に色も心も変はらねば主に似たる植木なりけり」（後撰集・雑三・一二二九・真延）、「老いぬれば同じ事こそせられけれ君は千代ませ君は千代ませ」（拾遺集・賀・二七一・順）、「忘れなむ今は訪はじと思ひつつ寝る夜しもこそ夢に見えけれ」（拾遺集・恋三・八〇一・読人不知）。「現にも」と「思ふ心の」以外の三句は、三代集中に用例は一首のみ。

（14）『吾妻鏡』から拾っておく。①元久二1205・九・二　内藤知親、『新古今集』を京都より持参。頼朝歌採録を聞き実朝が閲覧を所望。②建暦三1213・一一・二三　定家、相伝の私本万葉集一部を、実朝に進献。七日に仲介の雅経から送進して、本日到着して大江広元が御所に持参。実朝殊の外賞翫。年来定家愁訴の家領地頭の非法を停止という（歌道を賞するが故）。③嘉禎四1238・一〇・一二　頼経、参内後、道家・公経両亭に渡り、道家が贈物。行成真筆『古今集』や丹波雅忠相伝の医書あり。

（15）幾つかの例を挙げておく。①武田祐吉旧蔵古今和歌集（國學院大學図書館蔵　貴・一八五一本）。武田本＝貞応一・一一・二〇定家書写―寛元一・一〇・八書写―建長四・九・七書写後日一校―建長八・三・九寂恵書写―同・七・四寂恵越州史（北条実時）本により比校。越州史（北条実時）本＝宝治三・一・八実時右典厩（北条政村か）蔵定家筆本書写―建長四・六・一九右兵衛督教定蔵為氏筆本により重一校―建長八・七・三諸本七種（九条内府基家本・五条三位俊成本・京極黄門定家三本・壬生二品家隆本・清輔朝臣本）を以て校合。②後拾遺和歌集（吉川家蔵八代集、書陵部蔵二十一代集（五一〇・一三）本他。奥書「寛元四年三月日以藤亜本（為家）又校了在判／文応二年二月廿一日以尚書禅門（真観）之本書写畢／公朝」。③早稲田大学図書館蔵詞花和歌集（ヘ04　06616）。奥書「永仁改元之暦初冬／上旬之候依明融大／徳之命馳筆畢／桑門寂恵」。④伝親行筆本新古今和歌集（國學院大學図書館蔵）。貞応元年（一二二二）七月九日に、同集八本の異同を一巻に抄出して定家がこれを用捨をしたものを基に、親行が清書して証本とした。

（16）序章に見たように、頼朝や政子を初めとして、得宗を含む北条氏やその他の鎌倉幕府の主要構成員は、総じて歌人集団であり、和歌的価値観を認める側にある。

＊引用の本文は、特記しない限り、勅撰集と私撰集や歌合等は新編国歌大観、私家集は私家集大成に拠り、表記は改める。『万葉集』は、西本願寺本の訓と旧国歌大観番号に従う。

第二章　関東歌壇の周縁

第一節　西行と関東

はじめに

『新古今集』に集中第一位、九十四首もの歌が取られ、京都の権門や歌道家の歌人達から畏敬の念をもって遇されていたと言ってもよい西行が、鎌倉期の関東の歌人達にはどのように評価されていたのか、という点は、必ずしも分明ではない。本節では、その評価の位相の一端を検証して、関東歌壇の京都歌壇とは異なる価値観について考える一助としたいと思う。

一　「願はくは」――西行の入寂をめぐる和歌の展開

西行は、文治六年（一一九〇）二月十六日に七十三歳で入滅する。自身が生前に、

願はくは花のしたにて春死なむそのきさらぎの望月の頃（山家集・七七）

と詠み希ったそのままを、偶合には違いないが確かに全うしたのである。釈尊が涅槃に入ったとされる二月満月を忌日に、天竺の娑羅双樹ならぬ河内弘川寺の桜樹下に円寂した西行の死は耽美的ですらあり、その折の西行の想念に一種の陶酔をも想像したくなる。

そういった現代からの揣摩憶測はともかく、この言わば詠歌信仰一如の死が、当時の歌人達に大きな感動をもたらしたことは、既によく知られているとおりである。かつて、右の歌が撰入された自歌合『御裳濯河歌合』の判に、「願はくは」と「春死なむ」の不整合を指摘しつつも西行の歌体として容認した俊成は、「願ひおきし花のしたにて終はりけり蓮の上もたがはざるらん」（長秋詠藻・六五二）と、極楽往生を確信する。

九条家の一員で僧綱を登りつめつつ西行と交渉があった慈円は、「君知るやそのきさらぎと言ひ置きて言葉におへる人の後の世」（拾玉集・五一五八）や「風になびく富士の煙にたぐひにし人の行方は空に知られて」（拾玉集・五一五九）等と詠じ、寂蓮の許へ申し贈る。前者はもちろん「願はくは」の一首、後者も西行の「風になびく富士の煙の空に消えて行方も知らぬ我が思ひかな」（西行法師家集・三四七）を踏まえる。『拾玉集』の左注には、「願はくは」の歌について「其にたがはぬ事を世にもあはれがりけり」と伝え、「風になびく」の歌について西行が「これぞわが第一の自嘆歌（自讃歌）と申し」たことを記す。

また、時に二十九歳の定家は、文治三年（一一八七）から父俊成と同様に西行の自撰自歌合『宮河歌合』に加判を依頼されて、西行の督促を受けつつ同五年冬の加判成稿後まで消息を交わしていた。その定家は、西行の「終はり乱れざるよし」を聞いて、三位中将公衡のもとに「望月の頃はたがはぬ空なれど消えけむ雲の行方悲しな」（拾遺愚草・二八〇九）と詠み贈る。これも、「願はくは」の歌を踏まえ、「風になびく」の歌も意識していよう。定家はまた、翌年の忌日に左大将良経から、「去年の今日花のしたにて露消えし人の名残の果てぞ悲しき」と詠み贈られ、「花のしたの滴に消えし春は来てあはれ昔にふりまさる人」（秋篠月清集・一五六七〜八）と返している。

これらの様相から、西行の死に様がいかに人々に強烈な衝撃をもたらしたかを窺い得ると同時に、右の西行の歌が彼ら当時の歌壇の中心人物の心底に深く刻み込まれていたことを知るのである。いずれの作も西行の歌を歌人が相互に知悉していることを前提に詠まれていよう。特に「願はくは」の歌を踏まえる場合には、慈円詠以外は「花のした」を要の詞として取っており、それは、後年の定家が説いた「今の世に、肩をならぶるともがら、たとえば世になくとも、昨日今日といふばかり出で来たる歌は、ひと句もその人のよみたりしと見えんことを、必ずさらまほしく思うたまへ侍るなり」（近代秀歌）に背反するものであり、逆にその意味ではあたかも追悼歌という特殊事情に許容された本歌取で、「その歌を取れるよ、と聞こゆるやうによみなすべきにて候」（毎月抄）という、本歌摂取の条件に適うごとくであり、同時代歌人西行の歌がつまりは本歌たるべき古歌と同様に歌人達に共有されていたことを認め得るのである。その点では、西澤美仁が、広範な用例の検証から西行歌として「花のもと」ではなく「花のした」本文の優位を確認した上で、『白氏文集』の「花下」の翻訳語「花のもと」を詠む平安期和歌の伝統を超えて「西行は、おそらく白氏の「花下」とは異なった概念を詠もうとして、敢えて「花のした」という耳慣れない表現についたのではないか」とする見解は十分に注意されてよい。(1) さらに、本歌取について師基俊に従ってか歌合の場ではいまだ消極的であった時期の俊成（五十三歳）が、「古き名歌をば取るべきこと、忌むなりなむどは思うたまふるに」と言いながらも、「（古名）歌をことに心に染めならひければにや」「（新作歌を）いみじくをかしくおぼえ侍るなり」（中宮亮重家朝臣家歌合）と評したことは、読者（判者）が本歌たるべき古歌を心底に定着している時には非常な感興をもよおすのだと認識した重要な言説と見てよい。これらに照らせば、「古歌」の古さの度合を措けば、西行歌を踏まえた追悼歌群は、西行の死が単に予言的に適中したことを驚嘆した詠作などではなく、日頃から西行歌に馴れ親しんでいた歌人達の間で、西行歌摂取をとおして改めて実感された感動の営為であったと言うべきであろう。

この「願はくは」の歌を西行は二月十五日朝に詠じて自ら桜を植えた東山双林寺に瑞相と共に往生した、という話を初めとして、これらの歌々が与って西行の伝説化が醸成されていることはこれまでにも多くの指摘がある。当時から既に「西行」は単なる和歌の世界を脱していたと言ってもよく、鎌倉中期の『撰集抄』や『西行物語』から室町時代物語の『西行』や謡曲「西行桜」などへと展開して、隠逸漂泊の歌人という伝承の西行像が強固に形成されていくことは言うまでもない。

二　西行歌の受容と西行の評価

ところで、西行と慈円との関係については、伝記上の事柄を初めとしてこれまでにも種々の考察があり、三十七歳年長の西行から慈円への影響は、和歌表現の深層にまで論及されてきている。(2)『新古今集』に入集数第一、第二位の位置を占めて、この両者は「司祭者」後鳥羽院の下で「仏法を代表する存在」と捉えられ、(3)「慈円の西行観の根本には、仏道修行者としての西行への尊敬の念がつねに有ったようである」とも見られている。(4)確かに両者は、出自と地位は異なるものの共に法体でありしかもただの出家者ではない。王朝貴族社会の枠組みの制約が一般の京貴族歌人に比しては緩やかに作用したであろうことは想定でき、その点でも両者の間に、伝統に基づく類似性や同時代の共通性を超えた固有に特徴的な類同が究明されつつあることは納得されるのである。しかしもちろん、他の同時代歌人についても西行からの影響は見出される。例えば、西行が自撰自歌合の『御裳濯河歌合』一番左（一）に据えた、

岩戸開けし天つみことのそのかみに桜を誰か植ゑ始めけん

は、その起源を問うことで渇仰にも似た桜への讃美を表す、花に耽溺した西行らしい、と言える一首であろう。

この歌の発想は恐らく、後京極摂政良経二十二歳頃の作で家集冒頭の百首でもある「花月百首」の一首目「昔誰かかる桜の花を植ゑて吉野を春の山となしけむ」（新勅撰集・春上・五八にも）に、花の名所で西行にも縁深い吉野という場に具体化して受容されている。さらに、定家の「ちはやぶる神代の桜何ゆゑに吉野の山を宿としめけん」（拾遺愚草・関白左大臣家百首・一四〇六）も、より直接には良経詠の影響下にあろうが、西行詠から展開したと捉えてよい一首であろう。

また例えば、西行の代表歌の一つ、

心なき身にもあはれは知られけり鴫立つ沢の秋の夕暮（山家集・秋・四七〇）

も、慈円の「いかにとよ鴫も立つなり夕まぐれあはれも知らぬ我が心さへ」（拾玉集・一一六五）や「ながむれば数限りなきあはれかな鴫立つ沢の有明の月」（同・三〇〇八）等だけでなく、家隆の「明けぬとて沢立つ鴫の一声は羽掻くよりもあはれなりけり」（六百番歌合・四〇八）や「心なき身にさへさらに惜しむかな難波わたりの秋の夕暮」（千五百番歌合・一四五七）等にも摂取される。この「心なき」の歌も、俊成の『御裳濯河歌合』での消極的評価や『千載集』非採録がむしろ手伝ってか、鎌倉中期の『今物語』以下に見える、『千載集』撰修を気に掛けた西行が奥州から上洛の途次に同歌の非撰入を聞いて引き返した、との有名な説話を生んで西行の伝説化に一役買うのである。(5)

『後鳥羽院御口伝』に「生得の歌人とおぼゆ」「不可説の上手なり」と評された西行とその和歌が、新古今時代の帝王や大臣等の貴顕から撰者を初めとする中心的歌人に至るまで、京貴族歌人達にとっていかに大きな存在であったかは改めて言うまでもなく、その後の西行にまつわる説話類の豊富な生産もここに予定されていたと言えるのである。

三　西行の関東下向と『十訓抄』の西行

さて、これも周知のとおり、重源の約諾を請けて東大寺料勧進のため陸奥下向の途次、鎌倉の幕府営中に西行は将軍頼朝と会見する。『吾妻鏡』文治二年（一一八六）八月十五日条は、「歌道并びに弓馬のことに就きて、条々」尋ねた頼朝に、西行は、秀郷以来九代の嫡家相承の兵法書は焼失して「（弓馬の事は）皆忘却し了んぬ」としながらも、その兵法をつぶさに「終夜」語ったと伝えている。東国の盟主武家の棟梁たる頼朝が、「佐藤兵衛尉憲（義）清法師」を有名な歌人あるいは累代の武士と認識して逐一質問し、しかし西行は、「詠歌は、花月に対して動感するの折節、僅かに卅一字を作る許なり。全く奥旨を知らず」と自評して、なおかろうじて武芸のみは語る。これが幾ばくかの事実を伝えているのであれば、前掲の「心なき身」が西行の「謙遜」(6)であるように、「全く奥旨を知らず」も謙辞であろうか。とすれば、西行は相当の自信を持ちながらも、頼朝には和歌を語らなかったことになる。頼朝が王朝貴族文化の象徴たる和歌の世界に少しく傾倒していたことは、既に久保田淳が説くところで(7)ある。その頼朝が西行に和歌談義を求めることに不思議はない。しかし、それを謝絶した西行にとって頼朝は、弓馬を語るのに不足はないが、和歌を語る相手ではなかったということであろうか。

それはともかく、少なくとも両度の奥州下向を経験し鎌倉にも滞留した、西行の相模国における足跡とその伝説については、例えば「道の辺に清水流るる柳蔭しばしとてこそ立ちとまりつれ」（新古今集・夏・二六二）をめぐる藤沢遊行寺の伝承等々が、西澤美仁によって追究されている。(8)ここにも、西行がやはりその和歌を媒介としながら、他分野の中に伝説化されている様相が窺われるのである。

ところで、鎌倉中期に成った『十訓抄』は、関東圏の説話集である可能性を考える余地が十分にあることが明らかになりつつある。そこには西行の名が二箇所見える。一つは（八ノ四）、西行の在俗時に、三、四歳の愛娘が危篤の折、院北面の弓射の遊びに誘われて心ならず一日を騒ぎ送るうちに、郎等が娘の死を西行の耳に伝えたが、西行は周りに気付かれることなく、やはり当時まだ在俗で後の同行たる西住と目を見合わせて「このことこそすでに」と言っただけで、さりげなく少しも顔色を変えずにいた、そのことを「ありがたき心なり」と西住が後に人に語った、というものである。

もう一つは（九ノ五）、自分の思いどおりにならない恨みから直情に出家しても後悔して還俗し物笑いになることの面目なさから、何事につけて動じることなくただじっとしている方がよい、ということを説いた後に、「かの西行が歌に、柴の庵に身をば心のさそひきて心は身にもそはずなりぬる／とよめるこそげにさりとおぼゆれ」と続けるものである。この歌は、『治承三十六人歌合』に「山家述懐」の題で第三句「さそひ置きて」、結句「なり行く」の形で見え、作者は粟田口別当入道寂信藤原惟方である。誤伝や異伝の類か『十訓抄』撰者の錯誤や改編か、真相は不明である。しかし、前話も含めて、歌人西行とその和歌についての関心の希薄さは見てとれるようにも思うのである。

『十訓抄』は、書名に見るごとく教訓性を持つが、それは敢えて集約すれば、「あるべからむ振る舞いを用意」（七ノ序）すること、つまりあるべき言動とその心用意を説くこと、に向かうものである。各々の身分境遇や立場状況でいかに是々非々に現実的に対処するかを、しかし「優」や「好き」をも底流の理念としながら説示する。中で特に、検非違使の話（十ノ七十五、七十六）は示唆的である。即ち、①強盗百人頸切りの別当朝成が中納言任官も大納言には至らず悪霊となる話、②獄舎炎上に犯人を焼死させた別当経成のよくない最期と血脈が絶えた話、③夢に堕地獄の官たるを見た允亮が検非違使尉を辞して五位に叙された話、④別当某が犯人の脱獄防止に四周の地下に板を掘り入れた話で、②には「これまた、法の理といひながら、むげに慙愧なき心のほど、罪深くおぼゆ」とも付評する。総じて人情のない極度の法理の遵守が「罪深い」こととの認識を示し、慈悲と極刑の戒めを説いて終わる。①②の類話を載せる『古事談』『続古事談』が共に、結局は神への祈願による任官を主旨とすることに比べると、『十訓抄』撰者の、検非違使としてのあるべき振る舞い・心ばえ、を説こうとする志向が見えて特徴的である。

一方でまた撰者は和歌に対して決して無関心ではない。引用和歌の多さに加え、王朝の和歌にまつわる歌徳説話を多く収載して、むしろ非常な興味を持ちその知識も相当程度あったと見てよい。特に例えば十ノ四十は、「桂のみこ」に詠み贈られた「つつめども隠れぬものは夏虫の身よりあまれる思ひなりけり」(後撰集・夏・二〇九・読人不知)をめぐり、考証を展開する。作者や詠作状況について、『大和物語』や『古来風体抄』再撰本の所説をあげて「説々の不同、心得がたし」としつつ、さらに「桂親王」「鬘内親王」を追尋する必要を説き、右の『後撰集』歌を本歌とする寂蓮の「思ひあれば袖に蛍をつつみてもいはばやものを問ふ人はなし」(新古今集・恋一・一〇三二)を引いて「この心にや」と、内容を解くに及んでいるのである。諸説についても関心を持ち、それに対する見解にも単純ではない柔軟さを見せるほどに和歌に通じていたと言ってよい。

右のような撰者像を見る立場からすれば、同時代の『古今著聞集』が和歌活動を含む広範な西行説話を載せ、多くを載せない『沙石集』も慈円に対し真言の大事の前提に「先和歌ヲ御稽古候へ」と勧める西行像を伝えていることなどに比較して、『十訓抄』の、歌人西行の側面への冷淡なほどの無関心さが感じられてならないのである。

四　『十訓抄』の撰者

その『十訓抄』の撰者については、浅見和彦が、後藤基綱説を提示した(9)。基綱は西行の佐藤一族と嚢祖を等しくし、検非違使に任じた関東御家人にして勅撰歌人であり、関東圏における京都公家文化移入の主導者と目される。それに対して石井進が批判を加えつつ、佐治重家・真木野茂綱・高橋時光の三名を例示して彼らのような北条氏被官群の内に求めるべき、との考え方を主張している。[10]両論の違いは、妙覚寺本奥の識語「或人云、六波羅二臈左衛門入道作云々、長時・時茂等奉公」に対する信頼度とその読み解き方によるものである。識語の読解については、後者に妥当性があろう。ただし、右に例示した後撰集歌をめぐる話なども含めて浅見が詳細かつ具体的に論じ、石井も「後藤基綱については、確かに和歌の才能をはじめ『十訓抄』の内容と対応する点がいくつもあ」ると認めるように、前掲の諸話を含めて『十訓抄』所載説話の特徴に窺われる撰者像は、基綱の閲歴から導かれる実像にかなり近い。それでも、基綱撰説を直ちに支持することはできない。また、石井の言う「北条氏被官群」の文化的実態が分明ではない今、北条氏被官撰者説に全面的な賛意を表すことはできない。しかし仮に「北条氏被官群」の中にも『十訓抄』のような書物、「もとより猛き人の家に生れぬる、養由が芸をつぎ、李広が跡[11]を伝ふるほか、なにごとをかは学び習はむと思へども、それしも文を兼ね、歌を好むたぐひ、いといみじくこそ」（十ノ五十四）とまで記すそれ、を編纂し得る者が存したとすれば、関東を基盤とする武士全体の教養と思念を捉え直す必要があることは間違いない。いずれにせよ、武家教訓書との類縁をも踏まえて浅見の説く、「編者は誰であれ、鎌倉に近い人であって、鎌倉圏、関東圏の文学として『十訓抄』を位置づけてよいのではないか」との新見ならびに石井の撰者層の新説は、本書に新たな読みの可能性を拓くものとして評価されるべきであろう。

さてその上で、『十訓抄』の歌人西行に対する距離をどのように解するべきであろうか。浅見は、右記の娘にまつわる「独自説話」を「一族の名誉ある佳話として編者にはひとしお感慨深いものがあったことと思われる」として、「譜代職」の検非違使左衛門尉任官にあたり、西行の佐藤一族と同じ嚢祖たる藤原秀郷以来の故実を守る（吾妻鏡・寛喜元年三月二十六日条）後藤基綱の「思い」に結びつけた読みを示している。それを認めた上でもなお、西行の和歌の部面に対する直接の関心は読みとれないのである。仮に撰者を基綱だとして、基綱にとって同族の佐藤義清西行は、どのような存在であったのだろうか。あるいは京都の貴紳や顕名の歌人達が歌人西行に寄せた驚嘆や憧憬や敬愛などの入り混じった思慕は、むしろ出自を等しくする基綱にそのままあるものではなかったのではないか、とも疑われてくるのである。このことは北条氏被官群の武士についても同断であろうか。

五　御家人歌人後藤家と西行

後藤基綱の子には基政と基隆の勅撰歌人がある。基政は定家の弟子で宗尊親王幕下の関東歌壇の最重要歌人の一人である。この三者の西行歌受容については、例えば基政の「おろかなる心は猶もまよひけりをしへし道の跡はあれども」（新後撰集・雑中・一三八五）の「おろかなる心」の詞に、西行の「おろかなる心のひくにまかせてもさてさはいかにつひの思ひは」（新古今集・雑下・一七四九）に拠った可能性を見るにしても、それは『新古今』入集歌であることによる結果とも思われ、総じてこの父子には特に西行歌への傾倒を確認することはできない。三者の現存歌に見る西行の影は、むしろ極めて薄いのである。(12)見出し得た基綱29首、基政48首、基隆28首の歌に見る限りではあるが、その範囲でも彼らの摂取や彼らへの影響が認められるのは、『古今集』以下の王朝の勅撰集や三十六歌仙の歌、あるいは俊成・定家・為家や寂蓮・俊成女の歌、さらには同時代の類題集歌や勅撰撰者に任じる基家・家良の歌などで、つまりは定家歌学の説く古歌の範囲と御子左家や新古今時代の代表歌人や同時代の権門歌人の歌々である。

それらの様相と比較し、また基綱には頼政や秀能などの武家歌人歌の摂取は窺われることも併せ見れば、やはり同族の西行の和歌からの影響は希薄と言ってよい。西行の偉大さに萎縮した結果、と考えられないこともない。しかし、例えば同時代の宇都宮歌壇の重鎮笠間時朝の歌も、後藤父子の場合と同様に、西行からの影響は濃厚とは言えず、むしろ伝統的な京都の専門歌人や関東と繋がる京都の顕官の歌への志向性が強く認められるのである。(13)これを考え併せると、少なくとも、武門出身の西行の歌が、その出自境遇故に即座に関東の武士達にも圧倒的存在感をもって遇される、ということはなかったのではないかと思うのである。

武門から世を背き花月に心を砕きつつ京都公家文化の埒外に生きた西行を、和歌に心を向けた関東本拠の武士達が、京貴族文化とその和歌圏の中枢にあった人々と同様に無条件に称揚することはむしろなかったのではないだろうか。西行の存在とその和歌は、それが王朝以来の伝統から独自に傑出していればいいただけ、その王朝の基盤を崩壊させた武家の側にとっては、実は彼らの心底の一部で京都の正統な公家文化を屈折した憧憬とともに志向していたからこそ、ただちに鑽仰すべきものではなかったのではないか、とも疑うのである。

さらに、宇都宮一族の中心業績で鎌倉中期成立の『新和歌集』（八七五首）には、定家の歌は6首載るが西行の歌はない。もとよりこれは同族同時代の歌人中心の歌集であるから当然でもある。またしかし、関東に拠した冷泉為相が鎌倉末期に編んだと見られる『拾遺風体和歌集』（五三三首）は、新古今集に形態の範を取りながらも、西行の歌は7首で、入集数第一位の為家17首や三位の定家15首の半分以下で、長明や寂恵などと同数の十三位である。これも同族歌集的性格を有した集であり、これをもって西行歌自体の評価の下落とは決して言えないであろう。けれども、少なくとも鎌倉期の関東圏に成立した、俊成・定家の縁に連なる代表的打聞が、家の意識に支えられる閉じられた世界への傾斜を見せて、それが結果的に新古今時代の歌人達が畏敬した西行の歌にもさほど目を向けないことに繋がっているのではないか、と考えるのである。そしてそういう傾向と、西行が物語や説話の中に伝説化を強めていく動向とは決して無関係ではないようにも思うのである。

むすび——西行・長明と関東

さて、西行同様に隠者として名高い鴨長明も、関東に跡をつけて、頼朝の子三代将軍実朝に謁見した歌人である。両者の対面を積極的に捉えなおす考えが示され(14)、実朝の長明歌受容などから、「やがて帰洛した長明は、実朝と鎌倉武士達に確かな蹤跡を遺し、彼らの間で新たな伝説となっていったとみられる」との傾聴すべき見解が、[15] 加賀元子により示されている。「伝説」化の実態はなお追求されるべきとして、ちなみに、『十訓抄』には『方丈記』からの投影が色濃く、遁世者として語られる反面に歌人長明の面影は薄い（九ノ七、抜）。また西行と同様に少なくとも鎌倉中期関東の武家の代表歌人達には、実際にその和歌が積極的に評価され受容されたようには見えないことも確かである。新古今時代に歌人長明はその身分以上に名声を得ていたと言える。また今日西行も長明も共に中世隠者の代表的存在として、あるいはその歌業を超えて有名であると言える。しかし鎌倉中期の関東武家歌人にとっても、両者が第一に仰ぎ学ぶべき歌人であったという先入観は、排されるべきかと考えるのである。そういった鎌倉時代の関東からの視点も交えて西行の歌とその存在を読み解いてゆくことも、一つのあり方ではないだろうか。それはまた、この時代の京都歌壇を相対化することにも繋がろうし、関東歌壇全体の価値観を見定める一つの手がかりとなるであろう。

［注］

（1）「花のもとにて春死なん—西行和歌の本文と伝承—」（『説話・伝承学』七、平一一・四）。
（2）稲田利徳「西行と慈円」（『中世文学研究—論攷と資料—』和泉書院、平七・六）、石川一「慈円における西行歌受容考」（同上）等。
（3）松村雄二「西行と定家—時代的共同性の問題—」（『論集西行』笠間書院、平二・九）。
（4）山本一「西行晩年の面影—慈円との交流から—」（同右）。
（5）久保田淳『新古今和歌集全評釈　第二巻』（講談社、昭五一・一一）当該歌の項参照。
（6）注（5）に同じ。
（7）「頼朝と和歌」（『藤原定家とその時代』岩波書店、平六・一）。

（8）「神奈川県の西行伝承（建久期の西行）」と題する口頭発表（東京大学中世文学研究会、平一一・一一・二六）の資料による。
（9）「十訓抄編者攷―後藤基綱の可能性をめぐって―」（説話論集第七集『中世説話文学の世界』清文堂、平九・一〇）。その後、旅田孟「『十訓抄』編者の公任への態度―巻四第十七・十八話から考える後藤基綱編者説の妥当性―」（『百舌鳥国文』三〇、令三・三）が、基綱撰者説の妥当性を検討する。
（10）「改めて問われる『十訓抄』の価値と編者」（新編日本古典文学全集51『月報』42、平九・一一）。
（11）養由は楚の弓の名手、李広は漢の名将。
（12）本論第一編第三章第三～五節「後藤基綱の和歌」「後藤基政の和歌」「後藤基隆の和歌」参照。
（13）本論第二編第二章第一節「藤原時朝家集の成立」参照。
（14）浅見和彦「長明と実朝」（『国語と国文学』平四・五）。
（15）「新古今歌人長明と鎌倉武士歌人」（『中世の文学　附録』二五、平一一・九）。

＊文中に引用の本文は新編国歌大観など流布刊本に拠り、表記は改めた。

［付記］　本節は、既刊の拙著『中世和歌論―歌学と表現と歌人』（勉誠出版、令二・一一）に収める「西行の影響―『十訓抄』と関東歌人に見る」と同じ内容である。本書の主題に深く関わるので、改題して再録した。一部の語彙や表記と、一部の表現を改めた。

第二節　鹿島の宗教圏と和歌

はじめに

常陸国一宮鹿島神宮は、武甕槌命（建御雷命）を祭神とし、経津主命を祭る下総香取神宮とならぶ東国の大社であった。記紀神話では、天之尾羽張神の子あるいは稜威雄走神の曾孫で熯（甕）速日神の子である武甕槌命は、経津主命と共に天孫降臨に先立ち天神の勅命により、出雲に赴き大国主命を諭して国土を譲らせ、また建御名方命を追って諏訪で降伏させるなど諸神を鎮撫して高天原に上り復奏し、さらに神武東征に際して中国平定の霊剣を降し授けた、という。『常陸国風土記』には、崇神天皇の代に鹿島神が「大坂山乃頂」に現れて中臣の祖神聞勝命に神託があり、天皇は大刀・鉾・鉄弓・鏡などの神宝を献じ、倭武命の時には中臣の臣狭山命に神託があり、船三隻を奉じた、と伝える。鹿島・香取両社は、祭神の故事から自ずと武事を司る軍神としての性格を持つ。同時に、中臣鎌足の出生地が常陸でその鹿島を祝して氏神を鎮座させて天皇・皇后・大臣の新立には必ず奉幣する、との伝えもあり（大鏡、同裏書）、中臣氏との深い因縁が窺われ、早く藤原氏から氏神として信仰された。平城京遷都の際、藤氏有縁の諸神を春日に勧請して遙宮としたというが、鹿島神はその第一殿であり主神である。『春日権現験記』や『春日社記』は、悪鬼・邪神の争乱で都鄙不穏の昔に、武甕槌命が哀れみ陸奥国塩竈浦に天降り、その霊威に邪神は逃げ従い、後に常陸国跡宮（跡の社）から鹿島に移り、さらに神護景雲二年（七六七）十一月九日に鹿を馬に柿木枝を鞭に影向して三笠山（春日）に移座した、と伝える。「鹿島よりかせぎに乗りてちはやぶる三笠の宮に浮き雲の宮」は、その折の神詠という（兼載雑談）。

ここでは、このような鹿島神の信仰をめぐる主に中世鎌倉時代の和歌を取り上げ、その文化圏のありようの一端を探ってみたいと思う。

一　平安時代以前の「鹿島」の歌の概要

鎌倉時代に至る以前に「鹿島」がどのように歌われていたか、その概要をまず見ておきたい。

『万葉集』巻七（雑歌）には、「羈旅にして作る」中の一首に「霰降り鹿島の崎を波高み過ぎてや行かむ恋しきものを」（一一七四）が見える。「霰降り」は、『常陸国風土記』香島郡条に「風俗の説に、霰零る香島の国、と云ふ」とも見え、一般には「かしまし」の連想から「鹿島」の枕詞とされる。「鹿島の崎」は、鹿島神宮のある鹿島台地が「浪逆の海」に突き出た南端部か、という。(1)古代交通の要港としてあったことが見て取れる。一方、巻二十の防人歌には「可志麻能可美」を詠んだ「霰降り鹿島の神を祈りつつ皇御軍士に我は来にしを」（四三七〇）がある。軍神としての鹿島信仰が早く存したことを窺わせる。また、巻九（雑歌）には「三名部の浦潮な満ちそね鹿島なる釣りする海人を見て帰り来む」（一六六九）がある。平安期には、この「三名部の」の歌が、『古今六帖』『五代集歌枕』に上句「みつなべのうらしほみつな」の形で見え、また『拾遺集』に「鹿島なる筑摩の神のつくづくと我が身一つに恋を積みつる」（恋五・読人不知・九九九。新撰万葉や古今六帖にも異伝歌あり）が採られて、以後「鹿島なる…」の形で、「いかさまにせよとかあまり鹿島なるいくたの浦のいたく恨むる」(2)（小馬命婦集・三二）や「辛くとも忘れず恋ひむ鹿島なる阿武隈川の逢ふ瀬ありやと」（玉葉集・恋一・一三一七・源順）(3)などと、その地域の地名を詠み同音から詞を起こす歌が散見する。しかしそれも、多様な地名に拡散して量産される訳でもなく、また特定の地名に収斂して典型化する訳でもなかったようである。ただし、「辛くとも」歌については、村上天皇の代に奥州白河に流謫された源順が、常陸より勧請した当地の鹿島神社に起き伏し帰洛を祈禱し、結果勅許を蒙り速やかに帰洛した霊験譚にからみ、順が遙かに配所を想って詠じた歌、との伝え（同社大森家文書）があるという。[4]恋歌たるべき内容よりすれば付会説と捉えるべきであろうが、そこに東国における鹿島神の有力さの反映は窺い見てよいようにも思うのである。

源俊頼『散木奇歌集』には、「かしま」詠が三首見える。一首は「かしまへは遊びしにやはつきぬらむたはぶれにても思ひかけぬを」（八二〇）である。詞書には「かしまを過ぎけるに遊びどものあまたまうで来て歌うたひけれども（下略）」などとある。この歌のある家集悲歎部は、永長二年（一〇九七）閏正月に任地大宰府に没した父経信を追悼しつつ京へ途次を辿る歌群で、当該歌の前後の配列も、前が明石・絵島・須磨・和田岬・御前・生田杜・鳴尾（八一三〜八一九）、後が江口・三島江（八二一〜八二二）と、全て摂津の作であり、[5]「遊びしにやは」の表現からしても、この「かしまへは」の一首も当然、常陸ではなく摂津の「加島」詠である。[6]残りの二首は次の贈答である。

常陸守経兼が下り侍りけるに、装束して遣はしける帯に結び付けて侍りける

なぞもかく別れそめけむ常陸なる鹿島の帯の恨めしの世や

返し　　　　　　　　経兼

別るとも思ひ忘るなちはやぶる鹿島の帯のなかは絶えせじ（七四五〜七四六）

鹿島神宮の祭礼に、男女が恋の相手の名を帯に書いて供え神官達がそれを占った、という習俗の「常陸帯」[7]（「鹿島帯」とも）を詠んでいる。『俊頼髄脳』には「東路の道のはてなる常陸帯のかごとばかりもあはむとぞ思ふ」（古今六帖・第五・三三六〇）の歌を引き、次のような話を載せる。鹿島明神祭礼の日に、多数の「懸想人」の名前を

布帯に書き集めて神前に置くと、「すべき男の名」を書いた帯が自然に裏返る、それを禰宜が女に見せて、「さもと思ふ男の名」の帯なので、そのまま神前で上の掛け帯のように被き、男がそれを機縁として親しくなる、という。[8] 俊頼詠は、神意による結縁の「常陸帯」の故事に寄せ、男女の恨みめかして経兼との別れを嘆じてみせた挨拶の歌である。この「常陸帯」詠は、むしろ中世以後に、定家（拾遺愚草・一七〇）や後鳥羽院（後鳥羽院御集・九一三）などが詠み試み、右の『古今六帖』詠が『新古今集』（恋一・一〇五二）に採録されるなどして、多く「かごと」（帯留「鉸具」の掛言葉）や「むすぶ」といった「帯」の縁語の歌として詠み継がれていく。それはともかく、結局俊頼にも、鹿島神本来の神格に関わるような「鹿島」の歌への傾斜は認められないのである。それは、源三位頼政のような武将であっても、「夜舟こぎ沖にて聞けば常陸海の鹿島が崎に千鳥鳴くなり」（頼政集・千鳥・二八三）などと、千鳥を鹿島と組み合わせた、言わば異境趣味の叙景歌を詠んでいることと通底するのである。

　平安期までの鹿島詠は、防人歌や順歌をめぐる伝承などにその信仰的側面を覗かせつつも、総じては単なる地名歌としてあって、宗教性は希薄であり、かつは歌枕詠としての典型と派生する類型を生み出すまでには至らなかった、と言えるのである。

二　「鹿島立ち」をめぐって

　ところで、旅立ち・門出を言う「鹿島立ち」という詞は、古くは『曾我物語』に「鹿島立ち雲ゐはるかに飛び行けばたけき異国も塵となるかな」（真名本系）と見えるが、この歌自体の内容は故事を直截に詠じていて、まだ完全に成句化には至っていない。その後は和歌ではなく、むしろ連歌から近代詩までに「けふの渡りの舟のかぢとり　これぞこの旅のはじめの鹿島立ち」（菟玖波集・救済）や「ああうららともえいでて　都にわれの鹿島立つ」（純情小曲集・花鳥）などと歌われ、散文にも『好色五人女』に「鹿島立ちの日より同じ宿にとまり」とあり、『東海道中膝栗毛』の書目に「発端鹿島立之話」また本文に「東都を鹿島立ちの前冊とし」などと見える。

語源については、東夷の邪神防御に常陸に住した鹿島社に八百万の神々が神集いに立った故事による（『神島立』、鹿島問答）、鹿島明神の天の早剣による新羅・百済軍撃退を承けた八百万神が異国追撃に宣した「鹿島太刀先に立てん」という行旅の祝言の宛字による（真名本訓読本曾我物語）、神功皇后の新羅進攻に先行首途し諸神が「鹿島起ヌ」と宣したことによる（詞林采葉抄等）、防人や武士が鹿島神に安全を祈って発駕した慣習による（広益俗説弁等）、鹿島・香取両神の天孫降臨に先立ち葦原中国を平定するべく進発した故事による（和訓栞）、あるいは漢語「首起」の「かしらだち」を世人が誤謬したことによる（和漢珍書考）、また鹿島神が白鹿に乗って春日に発向したとの伝承による、(9)などといった諸説がある。その真偽は措き、和歌以外への広まりに、歌語「鹿島立ち」がおおよそ室町以降にはさほど力を持ち得なかったことを窺知すべきであろうか。

ちなみに、室町時代以降(10)の和歌にも、鹿島の神格への一定の関心が認められる。三条西実隆は、「春日社壇詠百首和歌」の「神祇」四首の二首目（春日の次吉田・小塩山の前）で「かけて祈る心も涼し秋の色を神や鹿島の浪の白木綿」（雪玉集・四一五五）と詠み、他にも「かしこしな鹿島の浦に満つ潮は神に願ひのためしにもみつ」（同・名所浦・二三九五）など、鹿島神への崇敬を思わせる歌（同・四四五二、六〇〇六）を詠んでいる。また、永正十五年（一五一四）成立で千葉氏と推定される衲叟馴窓撰『雲玉集』には「鹿島の明神、人間にておはしし時とや申す歌」として「空や水水や空とも分かぬかな通ひて澄める秋の夜の月」(11)（二三二）を収め、「感応道交の心にかなふなり、鹿島は、天神七代、地神五代の前の神と申す、人間は変化なるべし」と左注する。これらに、当時の興味の度合が窺われようか。

江戸時代に入ると、木下長嘯子が「吹きはらふ石のみましや七夕にこよひ鹿島の沖つ潮風」（挙白集・海辺七夕・七〇五）と、後述の真観詠に見る「石のみまし」を詠み込んでいる他、享和二年（一八〇二）刊の加藤千蔭『うけらが花』には、「伊勢」題詠に続けて「鹿島神宮」題で「大王の三笠の山もありといへど鹿島が崎のもとつみ社」(一四六七)とあり、文政五年(一八二二)序本居大平撰『八十浦之玉』にも三首(四五、一四〇、一〇一九)ほど鹿島の神格に関わる歌が収められている。こういった歌々をどのように位置付けるか、当然当時の社会の鹿島信仰のありようとも関わるであろうが、今は答えの用意がなく、ただ幾つかの事例を記しておくにとどめたい。

三　良経・慈円および定家と鹿島

さて、『夫木抄』(雑部十六・神祇付社・一六〇一六)に、「鹿島社」の題で、「後京極摂政」(12)良経の「鹿島野や鷲の羽交ひに乗りてこし昔の跡は絶えせざりけり」の歌が見える。天孫降臨に先駆けて天降ったという、鹿島の祭神武甕槌命の故事を詠じている。「鷲の羽交ひに乗りてこし」は、珍しい措辞で、『古事記』に見える、建御雷神が葦原中国に天降る折に天鳥船神を副えて遣わした、という伝承を原拠とするのであろう。天鳥船神が「鷲」に形象化されるのに、直接の典故があったか良経の想像かは不詳である。

定家は、当時左大将であった良経が主催した建久二年(一一九一)冬「十題百首」の「神祇」(拾遺愚草・七八二)で鹿島を「鹿島野や檜原杉原ときはなる君が栄えは神のまにまに」と詠じている。この百首は「政教色が濃厚」(13)とされ、藤氏氏神鹿島の常緑樹の常磐に喩えつつ、「君」の久しき栄光を神の思し召しのまま、と歌う。当代は後鳥羽天皇だが、状況から見て「君」は、定家の主家筋たる主催者良経その人を念頭に置いたかと考えられる。この歌の配列位置は、当該百首「神祇」十首の二首目で、一首目は伊勢神宮、三首目は春日社を歌う。以下、大原野・賀茂・金峯山(蔵王権現)・白山・那智(熊野)・住吉・日吉の順である。定家の意識の中では、鹿島社がかなり重要な位置にあったことが窺われる。

同百首の作者は他に、良経自身とその叔父の慈円および寂蓮である。寂蓮は全体が伝わらず、現存の「神祇」

歌に鹿島詠は見えない。良経の「神祇」十首は、伊勢・石清水・賀茂・稲荷・春日（三笠）・津守（住吉）・日吉・御前（広田）・出雲・熊野の順、慈円の十首は、日吉・貴船・住吉・稲荷・鹿島・大原野・春日・賀茂・八幡・伊勢の順で詠まれている。その慈円の「鹿島」詠は、「めぐりあふ始め終はりのゆくへかな鹿島の宮にかよふ心は」（七巻本拾玉集巻三）である。やや分かりにくい歌である。「始め終はり」[14]が本末あるいは首尾の意であれば、その「ゆくへ」とは、全体の将来・前途を言うのであろうか。鹿島神宮に通じる心は、結局全ての前途に巡りあうことなのであり、つまりは、鹿島の神への願いはそっくり神の意志のままに叶う、といった趣旨であろうか。

慈円は他にも、「春日百首草」の「諸社」中「鹿島」（拾玉集・二六六五）で「秋の宮絶えぬしるしは鹿島山春日野までもさを鹿の声」との作を残している。「秋の宮」即ち皇后の長久を、藤原氏の氏神鹿島社とそれを勧請した遙宮春日社に響く神鹿の声に寄せて寿いでいる。皇后は直接には、慈円の兄兼実の女で後鳥羽天皇中宮となった任子を言うのであろうか。ちなみにこの歌の配列位置は、慈円が歌った「諸社」十六社の中十五番目、太神宮（伊勢）・八幡・賀茂・平野・大原野・松尾・春日・日吉・祇園・稲荷・北野・住吉・熊野・宇佐と続くその次に位置し、掉尾の熱田の前である。何らかの秩序意識が慈円にもあったか、その序列の意味合いは今詳かにし難いが、先の「十題百首」の「神祇」十首の配列と併せて見ても、鹿島の位置付けが定家ほどに重くなかったことは確かであろう。

もとより常陸に下ることのなかった摂家相続流の良経・慈円あるいは定家らが、藤原氏の根本的氏神である「鹿島神」を政教的に詠じていることを、宮廷貴族達に広い意味での古代回帰の志向が存した時代状況に結び付けて理解し得るとすれば、定家の詠みようは最もこの神の性格を的確に捉えていると言えるのであり、そこに定家の、ある種の原理を重んじる一面を見ることもできるのではないだろうか。

また、良経嫡男で摂家を嗣いだ道家にも「我が頼む鹿島の宮の瑞垣の久しくなりぬ代代の契りは」（秋風集・神祇・六三八）と、氏神鹿島宮の来歴への信頼を表する歌があり、その道家家で「寄神祇祝」を藤原顕雅が「常陸なる鹿島の宮の宮柱なほ万代も君がためとか」（万代集・神祇・一六一二）と詠んで、「君」たる道家を寿いだことは、先の良経詠と定家詠の関係に重ね合わせられ、同時代の九条家周辺に、鹿島信仰詠の小さな流れを見ることができるのである。

なお、定家男為家の『五社百首』には「いにしへの鹿島が崎の面影に霰降るなりあけの玉垣」（四一〇）という歌が見える。「あられ」題の春日社奉納歌であり、『万葉』以来の「霰降る（鹿島）」の縁で春日の本神が鹿島であることを匂わせつつ社頭の叙景歌に仕立てている。為家にはこれ以前にも「霰降る鹿島の崎の夕まぐれくだけぬ波も玉ぞ散りける」（為家千首・五二三）の作がある。恐らくはその為家の影響下に、男為氏も「浦人も夜や寒からし霰降る鹿島の崎の沖つ潮風」（新後撰集・冬・霰を・四九八）と詠んでいる。定家の氏神鹿島に対する観念は、嫡子・嫡孫の流れに希釈されたかに見えるのである。

四　将軍と鹿島

『吾妻鏡』に見る限り、源頼朝は鹿島神への信仰が厚かった。鹿島社は度々掠領にあったようだが、頼朝はすぐにこれに対応し（治承五・二・二八、文治元・八・二一、文治三・五・二〇）、かつは、「御帰敬他の社に異な」るが故に膳料を諸郡に課し、神馬を奉献し、二十年毎の造替遷宮を督促したりしているのである（文治三・一〇・二九、建久二・一二・二六、同四・五・一）。より具体的には例えば、治承五年に（一一八一）諸国静謐のため諸社立願の最初に鹿島に寄進し、「その上御敬神の余り」狼藉取り締まりに鹿島三郎政幹（「幹」の旁は「夸」とも）を惣追補使に定補したといい（三・一二）、同年（改元養和）の橘郷寄進は「武家護持の神たるによって、殊に御信仰あ」って「心願成就のため」という（一〇・一二）。翌寿永元年（一一八二）の妻政子安産祈願の奉幣先としても、二所権現他の近国十社の中に香取社と共に見えている（八・一一）。また寿永三年には、木曾義仲と平家追罰のために鹿島神が京都に赴いたことが奇瑞となって示現し、頼朝は鹿島社を湯殿から庭に出て遙拝し（一・二三）、その神戮（正月二十日義仲敗死、二月七日平家敗走）の件を以て諸神社領の安堵・新加や社殿修理と神事の励行を後白河法皇に奏請もし（二・二五）、翌年末にはその祈禱の功で当社神主中臣親広・親盛等に金銀禄物を下して寄進地管領を安堵して、所領の万雑事を免じている（元暦元・一二・二五、二九）。

以上のように頼朝の鹿島社崇敬が知られるが、頼朝以後の代には『吾妻鏡』にさほど鹿島社の記事は目立たない。四代将軍頼経の時に、将軍家の病気平癒祈禱（嘉禄三・一一・二二）、地震をうけた天下太平祈願奉幣（寛喜三・五・九）の記事が見える程度である。また、仁治二年（一二四一）二月十二日には「垂迹以来」始めての社殿焼亡が記されているが、即応策は未載であり、頼朝代に比しての冷淡さが窺われなくもない。頼経男の五代頼嗣の折にも、神宮寺の本尊が汗を流すとの奇譚（建長二・八・一）が記される程度である。

六代宗尊親王の時も記事は多くないが、建長六年（一二五四）には幕府の長久と執権時頼の子正寿（時宗）・福寿（宗政）の息災延命のための聖福寺鎮守諸社殿の上棟に諸神に交じって鹿島の名が見え（四・一八）、弘長三年（一二六三）には、将軍上洛の企画に当たり小田左衛門尉時知の供奉辞退理由として、造鹿島社惣奉行故に鹿島の神事を疎かにすることになる由、が記されている。幕府内で、鹿島社がいまだ一定の地位を占めていたであろうことは間違いないが、頼朝代の信仰が際立つこともまた確かである。

五　時朝と鹿島

そのような柳営中枢の鹿島信仰の一方で、関東に活躍した歌人達の中で、特に鹿島と地縁のある笠間を本拠とした宇都宮氏一族の時朝が、鹿島社にいかなる関心をもって、鹿島神をどのように歌ったかを見てみたい。

源頼義の安倍氏征伐（前九年の役）の際に調伏祈禱のために当地に下ったとされる宇都宮座主宗円を嚢祖に在地の武家として豪族化した宇都宮氏の一族で、笠間を拠点とした藤原時朝の家集『時朝集』（通称）には、「鹿島」に関する歌が四首収められている。その内の一首（三〇）は次のとおり。

鹿島社に参りて、宮造りの柱立てを見侍りて
岩戸開けて照る日の本の宮柱立てし神代に今もかはらず

鹿島社の二十年に一度の式年造替遷宮の折の作であろうか。貞永元年（一二三二）時朝二十九歳か、建長四年（一二五二）時朝四十九歳の折に当たる。あるいは仁治二年（一二四一）二月の不開御殿・奥御殿を除く社殿焼亡後の再建の折かもしれない。いずれにせよ、鹿島社の鎮座が、天岩戸神話の日本開闢に遡る認識を示していることは、王朝和歌とは一線を画し、むしろ先に見た定家らの意識に通うものと言える。

時朝は、仁治二年（一二四一）検非違使尉に任じた折に故父信生朝業に墓参し報じていて（七）、当職が武門の栄職との認識を窺知することができる。その検非違使尉の当色白襖の着始めの儀式「白襖始め」は、鹿島社で執り行ったのである。時朝は「木綿襷かけて祈りし白妙の袖にも今朝はあまるうれしさ」（三五）と、当社への永年祈願成就の喜びを歌っている。時朝の、浅からぬ鹿島社への信仰を認めてよいが、これは地縁による崇敬だけでなく藤原氏血族の根本神に対する尊崇の念も手伝ってのことであったであろう。

この鹿島社ももとより神宮寺が置かれた。時朝は、建長八年（一二五六）秋八月頃、当社に唐本一切経供養を行っている。導師には、園城寺僧で鶴岡若宮社別当に任じ宗尊親王の護持を務めた権僧正隆弁を要請し、「月の頃ならば」よいだろうと応諾した隆弁との間に、「神もなほ暗き闇をば厭ひつつ月の頃とや契り置きけむ」（四〇・隆弁）、「久方の天の戸開けし日よりして闇をば厭ふ神と知りにき」（四一・時朝）といった贈答を交わす。一般的な時宜を伝える表現である隆弁詠を承けて、時朝は先の一首と同様に、鹿島社が天の岩戸開放の往事に遡源するとの認識

で返歌している。この供養が行われた後にも、両者は次のような贈答を交わしている。(15)

鹿島社にて、唐本一切経供養し侍りける時、日頃雨止まず侍りけるが、今日しも晴れて、わづらひなく供養とげられ侍りぬることと、導師の宿坊よりよろこび遣はしけるついでに

権僧正隆弁

今よりや心の空も晴れぬらむ神代の月の影宿すまで

返し

ちはやぶる神代の月のあらはれて心の闇は今ぞ晴れぬる（時朝集・一四二、一四三）

『時朝集』には他に、いわゆる「宇都宮歌壇」（必ずしも地域としての宇都宮を中心とはしない）の構成員の一人浄忍法師が、鹿島社で講じた「十首歌」詠が二首（一〇四、一二三）収められている。内一首の「野鹿」題の「高島の勝野の原の朝霧にもれても鹿の声聞こゆなり」（一〇四）は、近江国の歌枕「高島の勝野」の鹿を詠むが、「野の上に群るる鹿、数なく甚多なり」（常陸国風土記・多珂郡）という土地柄や鹿島社自体の名義の縁で設題された可能性もあろうか。

また一方で、同歌壇の主要業績『新和歌集』には、時朝勧進の息栖社社僧の十首歌（八五六）が見え、鹿島の神職かその縁者と思しき大中臣姓の歌人達の名も散見する。

関東では鶴岳（岡）社や三島社といった幕府ゆかりの諸社で歌会が開かれているが、摂末社を含めて鹿島神宮は、時朝が一翼を担った「宇都宮歌壇」の活動拠点の一つであったのではないだろうか。

六　真観と鹿島

時朝以外にも関東に活躍して鹿島社に関わる詠作の足跡を残した藤原氏の歌人として、藤原光俊入道真観があ

る。『夫木抄』には、真観が、康元元年（一二五六）の秋から冬にかけて鹿島社に参詣しつつ周遊した折の歌が、十数首首残されている。これについては既に、小林一彦の詳細な考証がある。(16) 推定される旅程は次のとおり。

芝浦—隅田川・関屋の里……「おほかゐ（おほか・おほかほ）」の森……志筑……鹿島社・石のみまし—坂戸宮—沼尾社・沼尾の池—跡宮—鹿島が崎・海上潟—萩原の里—香取の海—香取社—長沼野—「ほしかは」（あるいは「ほしかは」—長沼野）

「九月に隅田川を発った光俊は、当時の一般的な経路である鎌倉街道の「下ノ道」（常陸街道）を北上し」たもので、「芝浦・墨田川から武蔵野を抜け、志筑に辿り着くまでの光俊の足取りは、きわめて順調であったといえ」るが「鹿島社に到達したのは、季節も移り、十一月の初旬になっていたのである」という。そして、「鹿島社参詣の旅は、一面では、思うに任せない身の上を嘆きつつ、関東を彷徨した旅でもあった」ともするのである。仮にこの見方に立ち、鹿島社参詣が旅の主目的であったとすれば、関東に下向した藤原氏の一員たる真観は、その氏神の根源たる鹿島神に赴き何事かを祈願・起請せずにはいられなかった、ということになろうか。その鹿島参詣に関わる真観の歌を見てみよう。鹿島社に直接関わる歌は次の三首である。

家集

①尋ねかね今日見つるかなちはやぶるみ山の奥の石のみましを（雑五・石・一〇二三五）

鹿島、常陸

②神さぶる鹿島を見れば玉だれの小甕ばかりぞまだ残りける（神祇・一六〇一五）

跡の宮

③み空より跡垂れたりし跡の宮その代も知らず神さびにけり（神祇・一六〇一四）

①の左注は、「不開御殿」の二三町東の山中の「奥の御前」で真観は古神官を呼び、平たい円い二尺程の石の

存在を問い、神官はそんな石があるということで御殿の後ろの竹林中に埋もれた石を掘り出した、真観は、それは鹿島明神が天より降った折にその上で座禅した石であり、万葉集に「石のみまし」というのもこれだ、と神官に語った、と「或抄」に云う、と記している。鎌倉期成立という『鹿島宮社例伝記』に「奥之院奥ニ石ノ御座有リ。是俗カナメ石ト云フ。山宮トモ号ス。大神宮降給ヒシ時、此ノ石ニ御座シ侍リ」とあるのが、これに当たること、小林が記すとおりであろう。

②も左注に、「鹿島」という「島」は、社頭より十町ほど離れて今は陸続きの島であり、そこに「つぼ」というもので非常に大きなのが半分以上埋もれてあるのを、真観が先達の僧に尋ねたところ、「これは神代よりとどまれるつぼにて今に残れる由」を申したのは、「身の毛はよだ」ったが、小甕であることは話が食い違っていて詠んだ、という。これも小林の指摘どおり、『鹿島宮社例伝記』の「鹿島トハ、御社之御名ニモ非ズ。海辺田ノ中ニ幾程モナキ小島在リ。（中略）此島ニ大キナル壺アリ。如何ナル故ニカ鹿島ト云ヒ伝ハリケルニヤ。傍ニ甕山トテ在リ。是ノ小島壺アリトナリ」と「照応」するが、真観の好奇と知識の程が垣間見える。

そして③の左注には、「この歌は、鹿島の社に跡宮と申す社は、大明神のはじめて天くだらせ給ひし所なりと云云」とある。『春日権現験記』の「昔我朝、悪鬼邪神の明け暮れ闘ひて、都鄙安からざりしかば、武甕槌の命、是を哀れみて、陸奥国塩竈浦に天降り給ふ。邪神霊威に恐れ奉りて、或いは逃げ去り、或いは従ひ奉る。その後、常陸国跡の社より、鹿島にうつらせ給ふ」との伝承に見るような、跡宮が現神宮以前の鎮座所であるとの認識で詠まれている。

以上に見える言動は、真観という歌人の、知識の拠り所を現認したいという知的好奇心とともに、鹿島という来歴の地の中でより一層原初へと遡源しようとする性向を発現したもの、と言ってもよい。

さらにまた、真観は、「沼尾の池」を「沼の尾の池の玉水神代より絶えぬや深き誓ひなるらむ」（雑五・一〇七五九）と詠んでいる。これは、左注に「此歌は、康元元年十一月五日、鹿島社へ詣でて次宮めぐりし侍るに、沼尾社へかの池の事ざまいさぎよく見えて、神代に空より水下りてと思ふもいとありがたし、蓮の生ひて、服する者不老不死なり、など風土記には見えたるに、今は無き古事になむ侍りけると云云」とあり、鹿島神宮の摂末社巡拝の途次詠であり、沼尾社参宮にともなう作であろう。その沼尾社は、『常陸国風土記』に「其処に有ませる天之大神社・坂戸社・沼尾社、三処を合はせて、惣べてを香島の天之大神と称ふ」と言い、『鹿島宮社例伝記』にも「沼尾社（略）則チ当社三所大明神之ヲ崇敬シ奉ル」と見え、文政六年（一八二三）刊『鹿島誌』にまで「さて沼尾・坂戸の二社は、神宮につぎて尊敬まつれり。今に神宮をあはせて、鹿島三社とよべり」と伝える、鹿島の最有力の摂社であったのである。[17]

一方の坂戸社についても真観は、「あさましや坂戸の宮の仮宮のあやの乱れてさてや朽ちなむ」（神祇・一六一五〇）と詠み、当時はかろうじて仮の殿舎だけがあり、そのまま朽ち果ててしまう恐れを嘆じている。そこには筋目が乱れていることの憂いがあり、鹿島摂社坂戸宮が本来もっと尊崇されるべき正当な神との認識が感じられる。小林も指摘するとおり、『常陸国風土記』を引用する真観であれば、当社の神格への正確な知識を有していたと見て間違いない。

総じて鹿島神参詣とそれにともなう歌作は、言われている真観の原理主義的な側面が、自己の境遇と相俟って、藤原氏の根源的氏神への関心を増幅させた末の発露でもあった、と捉えられるのである。

七　その後の歌人と鹿島

さて、『新千載集』（秋下・五〇六）に、「前中納言勧め侍りける鹿島社十一首歌の中に」の詞書で、平斉時の「浦波になれて潮汲む里の海人のいかに干す間か衣打つらむ」の一首が収められている。作者斉時は、北条通時（時基とも）の子で五位駿河守、『新後撰集』以下に一九首入集する有力な関東武家歌人である。関東に拠した「前中納言」為相が、嘉暦三年（一三二八）七月一七日に没する以前に勧進した「鹿島社十一首」の詳細は不明である。ただ、為相もまた嫡流ではなくしかし勅撰撰者の地位を窺うことに端的に顕れるとおり本流への思いは捨てがたく、京都と関東に跨りながらもそれだけ自己の存在感への不安を抱いていたであろうことは、想像されるところである。地縁の便宜を越えて、氏神鹿島宮への崇敬はひとしおであったと見ることも許されるのではないだろうか。

また、『兼好法師家集』には、「藤原行朝勧め侍りし鹿島の社の歌」六首がある（一三五〜一四〇）。行朝は、藤原を本姓として頼朝側近の行政を祖とする二階堂氏で、文和二年（一三五三）七月二十五日に没した。左衛門尉・信濃守・政所執事に任じた幕政の要路であり、また『続千載集』以下に一〇首入集する歌人でもあった。正中三年（一三二六）に出家しているので、この鹿島社勧進歌はそれ以前の催行であろうか。「葦原や天照る神のみことうけて国平らげし神ぞこの神」や「春日野の露にぞうつる東路の道の果てより出でし月影」（一三九、一四〇）と、鹿島神の性格を正確に捉えている点に兼好法師らしさを認めるべきなのであろうか。同時に、鎌倉末〜南北朝期の武家歌人行朝にとり鹿島が和歌を勧進すべき神社であったことは、右に見てきたような鹿島をめぐる和歌活動の流れの末に位置付けることができるのである。

むすび

常陸国鹿島社の「鹿島」は、その祭神の性格が藤氏根源の氏神でありながら、しかしその所在地故か、王朝の貴族歌人達にとっては『万葉』以来の歌枕の一つでしかなかったように見える。鎌倉期に入り、摂家相続流九条家の良経・道家父子や慈円やあるいはその庇護下にあった定家などが、鹿島の氏神としての性格を詠じたのは、彼らが、「武者の世」の中で、理想とする古い時代への文化的回帰の意味で復古的な指向性を有する勅撰集――『古今集』を基底にする『新古今集』と八代集を捉え返す『新勅撰集』――の時代を担う人々であったことと決して無縁ではない、と考えるのである。

また、東国に古くから流れて既に在郷の武家化していた一族の時朝や行朝、はからずも関東に活動の拠点を持たざるを得なかった真観や為相、といった藤原氏の歌人達が、鹿島に詠歌の拠り所を求めたことはまた、地縁の偶然や武神としての信仰にのみ拠るのではなく、当代の藤氏本流の本拠地たる京都を離れた、言わば周縁の歌人であるが故になおさら、同氏根本の氏神たる鹿島神に縋り寄ろうとした真情の流露であった、とも言えると思うのである。

和歌の局面に見る限り、鎌倉時代の一時期に鹿島がその宗教的性格を以てある種の文化的求心力を持ち得たように見えるのは、この時代の一部の歌人達の意識と行動がもたらした多分に限定的な現象であった、と言うこともできるが、そこにまたこの時代の和歌や歌人のありようの一端を認めるべきかと考えるのである。

【注】

（1）渡瀬昌忠『萬葉集全注巻第七』（有斐閣、昭六〇・八）参照。

（2）常陸国の「いくたの浦」の所在は不明で、この「鹿島」は、本文後文に記す俊頼詠と同様にあるいは摂津国の「加島」かとも疑われる。ただしこの歌は、「男」の贈歌「あはれにぞ思ひ渡りし最上川我がいな舟の行くと帰ると」への「返し」であり、東国の歌枕・所名を仕込んだ贈答と見るのが妥当であろう。とすれば、同音の連想から、常陸国の「鹿島」と摂津国の「加島」を掛詞として、あるいは敢えて混同したように見せて、「かしまなる生田の浦」と詠みなしたのかもしれない。なお、藤本一恵・木村初恵『深養父集・小馬命婦集全釈』（風間書房、平一一・八）

は、「かしま」を常陸国の「鹿島」、「いくたの浦」を摂津国の「生田の浦」として、「「鹿島」に「かしまし（うるさい・やかましい）を掛け、「生田の浦の」を「いたく」の音律上の序詞として、俳諧歌仕立てで、軽く「最上川・稲府」に応じている。」と言う。

（3）『好忠集』（五七七）の「源順百首」中に「ひむがし」題で見える歌。『万代集』（一九九〇）『歌枕名寄』（五六四二）にも。

（4）金沢春友「鹿島神社と源順」（『伝記』一〇―一〇、昭一八・一〇）参照。

（5）広田社が鎮座する前面の海浜である「御前の浜」か。

（6）古くは「蟹島」で、江口・神崎と並ぶ歓楽地という。『大日本地名辞書』参照。

（7）『鹿島神宮記』には「常陸帯は、大宮司一子相伝之秘訣なり。古へは別に宝殿有り。神官之を守護すと雖も、近世神庫に納む。毎年正月之を祭る」（原漢文）とある。

（8）『奥義抄』では、男女の名を書いた帯を二つ折りにして、折った部分を隠して禰宜に端を結ばせて仲を占う、という。

（9）『角川古語大辞典』『歌ことば歌枕大辞典』等参照。

（10）南北朝にも、貞治五年（一三六六）十二月二十二日二条良基主催の『年中行事歌合』の「春日祭」題の宗久歌（一一）の判詞（衆議で為秀判、良基執筆）に「春日御神、鹿島より三笠山へ移らせ給ひし事は、神護景雲年中にや、その後官幣にあづからせ給ふ」と見え、根本神鹿島への一応の関心が窺われる。

（11）この歌は、『袋草紙』『十訓抄』『古今著聞集』等に、初二句「水や空空や水とも」の形で、橘俊綱邸の歌会で「水上月」を田舎兵士（青侍）が詠んで、人々を驚かせた歌として見える。

（12）新編国歌大観の底本である静嘉堂文庫本の他、書陵部本（図書寮叢刊本）、永青文庫本、寛文五年刊本等に、作者位署の異同はない。

（13）久保田淳『新古今歌人の研究』（東京大学出版会、昭四八・三）。

（14）『拾玉集（上）』（明治書院、平二〇・一二）は、「〇始め終り―鹿島・香取の神を春日山に勧請したことに拠る」と注する（担当石川一）。これは、本来神鹿島を「始め」、それを勧請して移座した春日を「終り」と見る解釈であろう。これに従うと、一首は「始発の鹿島も最後の春日も、併さって今迎えている結末なのだ。だから、鹿島の神に通う心は、同じく春日にも行き巡るのだ。」といった意味になろうか。

(15) ただし、現存する笠間稲荷神社や日光輪王寺の宋本一切経の奥に、建長七年十一月鹿島社で供養を遂げた旨を記す時朝の位署を持つ識語があり、供養が両度行われた可能性もある。

(16) 「康元元年の藤原光俊―鹿島社参詣と稲田姫社十首をめぐって―」(『北陸古典研究』一〇、平七・三)。ちなみにこの論の中で、「稲田姫社十首」の催行時期をこの光俊鹿島参詣の康元元年と断じている。

(17) 新編国歌大観本は「いさ清く」とあるが、図書寮叢刊本等に拠り改める。

＊引用本文は特記しない限り流布刊本に拠り、表記は改め、漢文体は読み下した。

本論　鎌倉期関東の歌人と歌書

第一編　歌人研究

序章　実朝を読み直す——藤原定家所伝本『金槐和歌集』抄

はじめに

源実朝の代表歌「箱根路を我越え来れば伊豆の海や沖の小島に波の寄る見ゆ」（金槐集・雑・六三九）[1]は、さまざまに評価されてきたが、和歌の表現史の中に読み直すと、表現の史的蓄積を意識上にせよ無意識下にせよ取り込んでいて、実は巧緻な仕掛けの詠作であることを指摘して、実朝の歌の読み直しの必要性を説いてきている。[2]

もう一首、実朝の歌を特徴付ける「紅の千入の真振り山の端に日の入るときの空にぞありける」（同・雑・六三三）を取り上げてみる。「紅の振り出でつつ泣く涙には袂のみこそ色まさりけれ」（古今集・恋二・五九八・貫之）や「日の入るを見て／観暹法師／日の入るは紅にこそ似たりけれ／平為成／茜さすとも思ひけるかな」（金葉集・雑下・六五二）が類辞の先行歌であることは、諸注指摘のとおりである。しかし初二句（および三句、四句）の類辞には次の先行例もある。「真振り出の色に時雨や染めつらん紅深き衣手の森」（風情集・二六八）、「人知れず落つる涙の紅は千入も深き色とこそ見れ」（公衡集・七七）、「紅の八しほの岡の岩つつじこや山姫の真振り出の袖」「妹が袖まきての山を紅に千入振り出で雨や染むらん」（長方集・四九、九六）、「紅に千入染めたる色よりも深きは恋の涙なりけり」（無名和歌集〔慈円〕・七八）、「吾妹子が紅染めの岩つつじいはで千入の色ぞ見えける」（千五百番歌合・五六〇・有家）、

「紅の千入も飽かず三室山色に出づべき言の葉もがな」（新勅撰集・恋一・六八一・寂蓮）。[3] 三句以下も、「山の端に入り日の影はさしながら一むら曇る夕立の空」（正治初度百首・一二三六・隆信）や「今日よりや秋はたつ田の山の端に入り日寂しくかはる空かな」（千五百番歌合・一〇五八・公経）を先行の類例として指摘し得る。すると一見独自性が強いこの歌も、上句は新古今前夜からの類辞蓄積の延長上にあり、新古今当代に類例がある下句と結び付いて、結果として新鮮さを醸していると再評価することができる。

一　諸注における本歌・参考歌の異なり

実朝の歌の注釈・読解の積み重ねの中で、家集全体を対象としてかつ本歌・参考歌の類を挙証する主なものを辿っておこう。貞享四年刊本『金槐集』を底本とした川田順校註『全註金槐和歌集』（冨山房、昭一三・五）は、当時としては驚異的と言える程の的確な参考歌を挙げる。同じく貞享四年刊本を底本とした小島吉雄校注『山家集　金槐和歌集』（岩波書店、昭三六・四）も、簡要な注解を施す。定家所伝本を底本に採用した樋口芳麻呂校注『金槐和歌集』（新潮社、昭五六・六）は、本歌やその類の歌を指摘する他に「参考歌一覧」を付して、関連する歌を網羅的に挙げて画期的である。鎌田五郎『金槐和歌集全評釈』（風間書房、昭五八・一）は、同じく定家所伝本を底本に、実朝研究の成果が反映した詳注である。最近の今関敏子『実朝の歌　金槐和歌集訳注』（青簡舍、平二五・六）は、定家所伝本を底本に、従来見落とされてきた参考歌を挙証する優れた新注である。

『金槐集』に限らず、中世の歌集類の注釈に於いて本歌や参考歌の挙証は個々区々である。これは、参考歌のみならず本歌の定義も各注釈者によって異なるからであろうが、作者自身の証言はごく稀で、また本質的に本歌や参考歌の挙証が読者の側に委ねられている営為である以上、むしろ当然かもしれない。『金槐集』の歌について、先に挙げた主な全注釈書に限り（注釈者の姓で略称する）、例示してみよう。

「深草の谷の鶯春ごとにあはれ昔と音をのみぞなく」（金槐集・雑・五三九）には、次の各歌が本歌・参考歌として挙げられているが、その扱いは各注釈で次のとおりに異なる。

①草深き霞の谷に影隠し照る日の暮れし今日にやはあらぬ（古今集・哀傷・八四六・康秀）

「本歌」樋口注、「参考歌」小島注（本歌や原拠）・鎌田注（本歌、先蹤歌、類歌等の各種を含む）、「参考」今関注（同語・同語句、語法・発想・構造や歌意の類似または共通、類似表現の発想の転換・歌意の相違）。

②山里も憂き世の中を離れねば谷の鶯音をのみぞなく（金葉集・雑上・五一七・忠通）

「古歌」川田注（先行歌、本歌、参考歌、類歌）、「参考歌」小島注・樋口注・鎌田注。

③道の辺の朽ち木の柳春来ればあはれ昔と偲ばれぞする（新古今集・雑上・一四四九・道真）

「古歌」川田注、「参考歌」樋口注・鎌田注。

④空蟬は殻を見つつも慰めつ深草の山煙だに立て（古今集・哀傷・八三一・勝延）

「参考歌」樋口注。

この他にも、「あはれにも見えし昔の雲ゐかな谷の鶯声ばかりして」（栄花物語・紫野・六二九・経信）を、先行類歌として挙げ得る。右の諸注の本歌と参考歌との異なりについては、参考歌とする場合にもそこに本歌の意味合いを包含させている場合もあり、明確な区別ができない。また、違った意味合いで挙げられている参考歌のいずれもが妥当にも見える。実朝の歌がそのような性質を帯びていることは、その本質的な特徴と言えるのかもしれない。

本歌の認定が優れて読者の側の行為である以上、各読者の立場を明らかにして本歌を認定するしかない。実朝の当時には、承元三年（一二〇九）に初稿本が実朝に遣送された定家『近代秀歌』の言説を目安とすべきで、これに『詠歌大概』の所説を併せて定家の本歌取説を整理するのは常識的だが、注意すべきは、両書はいずれも後進の貴顕宛てで専門歌人ではない初学者等が学ぶべき言説であること、その本歌取説はあくまで詠作の一方法として説かれていること、である。即ち、定家は詠作の基本原理として、詞は古（旧）く心（情）は新しく姿は高く（風体は堪能の先達に効う）と説く。従って、定家本歌取説は、古歌の詞を取り心（主題）を転換することを準則とし、古歌詞の範囲を三代集歌人の用詞とすることを細則とするが、その準則・細則は、詠作原理の新しき心の獲得を促す方途であり、絶対の原則ではない。これに実朝が従ったと見るにしても、院政期の典型的には顕輔（右衛門督家歌合〔久安五年〕判詞）や清輔（奥義抄等）の所説に顕現して順徳院『八雲御抄』にも容認される、詞も心も取るが心を取ることを優先する本歌取（古歌取）を排除したとは断じ得ない。実朝当時の歌の本歌の認定には院政期的本歌取説も定家説も併用するべきである。ただし、院政期本歌取説では明確ではない本歌たる古歌の範囲については、作者も読者もその本歌を認識し得なければ単なる模倣剽窃の類に堕してしまうという普遍の理に照らし、定家が父俊成（古来風体抄等）から受け継いだ姿勢を踏まえて、勅撰集の三代集歌人の古歌に加え『万葉集』『伊勢物語』『源氏物語』等、歌人が読み習っていたはずの主要歌集や物語類の歌を、その認定の対象とすべきである。連動して「参考歌」は、本歌以外に作者が踏まえた可能性を測り得る先行歌を言うことになるが、参考歌と当該歌との先後が不明確な場合や、参考歌が主要な歌集類所収でなく作者が知り得ることが自明ではない場合等は、それでも解釈に有用な歌としての効力はあるにせよ、結局は曖昧さを残さざるを得ない。例えば、「我が恋は百島めぐる浜千鳥行方も知らぬかたに鳴くなり」（金槐集・恋・五〇七）について、樋口注は「忘られむ時偲べとぞ浜千鳥行方も知らぬ跡をとどむる」（古今集・雑下・九九六・読人不知。千五百番歌合・千三百十九番顕昭判詞引用）を参考歌として挙げるが、これは定家の本歌取の所説に照らして本歌と見るべきである。今関注は「かげろふに見し許にや浜千鳥行方も知らぬ恋にまどはむ」（後撰集・恋二・六五四・等）を参考に挙げるが、これはより実朝歌の主題に近く、心も取り詠み益す院政期本歌取説に沿って本歌（古歌）と見なせる。このような振れ幅は、他の歌人の歌の本歌取の認定にも起こり得るが、実朝の歌の場合には特に顕著で、それが特徴でもあろう。

二　新たに指摘する本歌・参考歌の可能性

鎌田注は、「参考歌の中、既に先進によって発見済みの分」として、『百人一首』宗祇注から江戸時代の契沖・賀茂真淵等を経てまた近代の斎藤茂吉や川田順等を併せて樋口注までに挙証された歌を網羅的に注記する。本章では、自撰と見られる定家所伝本『金槐集』の歌について、あらたな読みの可能性を探るべく、諸注未指摘の本歌・参考歌として挙げるに足る可能性のある事例を示しつつ、詠作方法に見える実朝像を探ってみたい。

「降らぬ夜も降る夜もまがふ時雨かな木の葉の後の峰の松風」（金槐集・冬・二七六）は、「木の葉散る宿は聞き分くかたぞなき時雨する夜も時雨せぬ夜も」（後拾遺集・冬・三八二・頼実）を本歌と見るが、作者源頼実が『後拾遺集』初出であることに拘れば参考歌に留まる。「み熊野のなぎの葉しだり降る雪は神のかけたるしでにぞあるらし」（金槐集・冬・三一二）も、「寂しさをいかにせよとて岡辺なる楢の葉しだり雪の降るらん」（新古今集・冬・六七〇・国房）を本歌と見るが、作者藤原国房の『後拾遺集』初出に拘り参考歌とするにせよ、併せて「住の江の松に夜深く置く霜は神のかけたるゆふかづらかも」（源氏物語・若菜下・四八七・紫の上）も参考歌とすべきである。また、「我が袖におぼえず月ぞ宿りける問ふ人あらばいかが答へむ」（金槐集・恋・四二二）は、「わくらばに問ふ人あらば須磨の浦に藻塩たれつつ侘ぶと答へよ」（古今集・雑下・九六二・行平）を本歌と見なければならない。下句は、西行の「色に出でていつより物は思ふぞと問ふ人あらばいかが答へん」（山家集・一二四八）[4]や、その影響下にある慈円の「述懐百首」詠「何故に思ひ入りぬる山路ぞと問ふ人あらばいかが答へん」（拾玉集・一七八）と一致する。これらをいかに位置付けるかが、読み手側の課題である。

三　西行と俊成の影響

原田正彦「金槐和歌集における西行家集の影響―その表現の共通性について―」（『実践教育』一八、平一一・三）は、『金槐集』と西行家集の歌に共通する歌詞を析出し、「実朝の和歌の一部に通底しているかもしれない西行の詞を、その家集に探」り挙例する。周知のとおり、源頼朝が鎌倉に現れた西行を召して「歌道并弓馬事」につき「条々尋ねるも、西行は結局弓馬のことのみを具申したという（吾妻鏡・文治二年〔一一八六〕八月十五日）。頼朝が西行に歌の教えを請うたとすれば、実朝にも歌人西行の存在は小さくはなかったはずで、『新古今集』に最多の入集を見る西行の歌に実朝が目を向けていても不思議はない。

一例を挙げる。「我が宿のませのはたてに這ふ瓜のなりもならずも二人寝まほし」（金槐集・雑・五五二）の「ませのはたて（籬の端手）に」は、『万葉集』の「をとめらが　かざしのために　たはれをの　かづらのためと　敷きませる　国のはたてに　咲きにける　桜の花の　にほひはもいかに」（巻八・春雑歌・一四二九・若宮年魚麿）の「国のはたてに」からの援用が疑われる。この歌の題は前歌の「撫子」がかかるが、歌には「撫子」「常夏」が詠まれていない。樋口注は「前歌の詞書がこの歌にまでかかるのが通例だが、撫子の歌ではない。「瓜」などの詞書が脱落したものか」と言うが、そうではあるまい。「ませ」は前代以来「撫子」やその異名「常夏」と強く結び付いた景物であり歌語である。(5) 例えば、古くは「撫子の露ににほへるませのうちはその色ならぬ草もめでたし」（東宮学士義忠歌合・一五・義忠）、近くは「朝な朝なませのうちなる撫子を折りてもあかにたむけつるかな」（拾玉集・三三〇〇）があり、『新古今集』には「白露の玉もてゆへるませのうちに光さへ添ふ常夏の花」（夏・二七五・高倉院）と見える。つまり、実朝は「撫子」題を詠み、「二人寝まほし」の縁で「常夏」の「床」を響かせつつ、「ませ」を詠むことで「撫子・常夏」は言わずもがなとしたのではないか。そうだとして、「這ふ瓜」を詠む根拠は何か。

それは、詞書を「撫子のませに、瓜の蔓の這ひかかりたりけるに、小さき瓜どものなりたりけるを見て、人の歌よめと申せば」とする西行の「撫子のませにぞ這へるあこだ瓜同じつらなる名を慕ひつつ」（西行法師家集・五二一）に求め得る。実朝は「ませ」の和歌の類型を十分に理解し、「ませ」に「撫子」があることを自明の前提に「撫子」を言外に表し、（当時の植栽の実際を映すかのような）西行歌を踏まえて「瓜」を詠み併せたのであろう。

新古今時代を導き同集に西行・慈円に次ぐ入集数を見る俊成の歌についても、実朝が摂取した例を、『俊成五社百首』に絞り挙げておく。

「山吹の花の滴に袖濡れて昔おぼゆる玉川の里」（金槐集・春・九六）は、「心から花の滴にそほちつつ憂く干ずとのみ鳥のなくらむ」（古今集・物名・四二二・敏行）を本歌にし、俊成の「昔誰植ゑ始めてか山吹の名を流しけん井手の玉水」や「駒とめてなほ水かはん山吹の花の露添ふ井手の玉川」（俊成五社百首・伊勢・一九、春日・二一九）にも負う。また、「雁のゐる羽風に騒ぐ秋の田の思ひ乱れてほにぞ出でぬる」（金槐集・恋・三八三）は、「水鳥の羽風に騒ぐさざなみのあやしきまでも濡るる袖かな」（金葉集・恋上・三六四・師俊）に拠りつつ、「何事を思ひ乱れて糸薄ほに出でながらむすぼほるらん」（俊成五社百首・賀茂・一四〇）に倣い、「夜を寒み鴨の羽交ひに置く霜のたとひけぬとも色に出でめやも」（金槐集・恋・三八七）も、「葦鴨の羽交ひの霜や置きぬらん尾上の鐘もほの聞こゆなり」（俊成五社百首・春日・二八一）に倣っている。

ここで、俊成が判者を務めた新古今時代の先駆け『六百番歌合』の歌に、実朝が依拠し、見習っていたことを推測させる事例を少し挙げておきたい。

「さ夜更けて雲間の月の影見れば袖に知られぬ霜ぞ置きける」（金槐集・冬・三〇九）は、「桜散る木の下風は寒からで空に知られぬ雪ぞ降りける」（拾遺集・春・六四・貫之）を本歌にするが、「袖に知られぬ」の先蹤は『六百番歌合』の「音にのみあはれを添へていかなれば袖に知られぬ秋の初風」（三〇八・隆信）に求められる。「夕づく夜さすや川瀬の水馴れ棹馴れても疎き波の音かな」（金槐集・雑・六三五）の「馴れても疎き」も、同歌合の「影宿す程なき袖の露の上に馴れても疎き宵の稲妻」（三二五・定家）が先蹤である。また、「夏深き杜の空蟬おのれのみむなしき恋に身を砕くらむ」（金槐集・恋・四九五）は、同歌合の「夏深き杜の梢にかねてより秋を悲しむ蟬の声かな」（三〇〇・寂蓮）や『老若五十首歌合』の「夏深き杜の梢も空蟬のはに置く露は秋の夕暮」（一八九・寂蓮）に負ったと見てよい。

四　『最勝四天王院和歌』の摂取

『承久記』古活字本に関東折伏の堂として建てられ実朝没後に壊されたと伝える、承元元年（一二〇七）建立の最勝四天王院の障子和歌『最勝四天王院和歌』を実朝が摂取し、同書を「一冊の歌書として享受していた」という奥山陽子「源実朝と『最勝四天王院障子和歌』」（『和歌文学研究』七四、平九・六）の指摘は重要である。補強する事例を挙げる。

「東路の道の奥なる白河のせきあへぬ袖を漏る涙かな」（金槐集・恋・四三五）の「東路・道の奥・白河の関」は一見常套のようだが、先例は『最勝四天王院和歌』の「都より初雪寒し東路や道の奥なる白河の関」（白川関・四〇九・具親）が目に付く程度で、東国の主実朝はこれに刺激されたかと疑われる。「難波潟葦の葉白く置く霜のさえたる夜半にたづぞ鳴くなる」（金槐集・冬・三〇八）の「難波潟・葦の葉白く」は、同和歌の後鳥羽院詠「難波江や葦の葉白く明くる夜の霞の沖に雁も鳴くなり」（難波浦・五一）に倣ったのではないか。

「ちはやぶる賀茂の川波幾十度立ち返るらむ限り知らずも」（金槐集・恋・四九八）の「幾十度・返る」は、『伊勢物語』の「蘆辺こぐ棚無し小舟幾十度行き帰るらむ知る人もなみ」（九十二段・一六六・男）に遡源するが、『最勝四天王院和歌』の「幾十度同じ霞の立ち返り春の行き来に逢坂の関」（会坂関・二八八・雅経）に倣った可能性が残る。また、「夕づく夜沢辺に立てる葦たづの鳴く音悲しき冬は来にけり」(金槐集・冬・二八六)の「鳴く音悲しき」は、『源氏物語』の「霜さゆる汀の千鳥うち侘びて鳴く音悲しき朝ぼらけかな」(総角・六七六・薫)が早いが、それを本歌にした同和歌の「波風に吹上の千鳥うち侘びて鳴く音悲しき暁の空」(吹上浜・一一三・通光)に倣った可能性を否定できない。同様に、「宿は荒れて古きみ山の松にのみ問ふべきものと風の吹くらむ」(金槐集・恋・四六九)の「問ふべきものと」は、『狭衣物語』の「下荻の露消えわびし夜な夜なも問ふべきものと待たれやはせし」(巻三・九七・女二の宮)が早いが、同和歌の「郭公三輪の神杉過ぎやらで問ふべきものと誰を待つらん」(三輪山・一二三・通光)との下句の類似は無視し得ない。以上は、『伊勢』『源氏』『狭衣』の物語歌に遡及する『最勝四天王院和歌』に見える措辞が、実朝歌に用いられている例となる。

五　後鳥羽院歌壇の歌との関係

実朝が『最勝四天王院和歌』を見習っていた確度は高いが、固有の事象とは考え難い。『正治初度百首』を初めとする三度の応制百首等の後鳥羽院歌壇の定数歌・歌合・歌会歌等に、実朝が目を向けていたことを窺わせる事例を挙げてみよう。

「秋は去ぬ風に木の葉の散りはてて山寂しかる冬は来にけり」(金槐集・冬・二七五)の初句「秋は去ぬ」の類は新古今歌人間に散見するが、中でも『正治初度百首』の「秋は去ぬ折しも空に月はなし何の名残をいかにながめん」(三五八・守覚)や『千五百番歌合』の「秋は去ぬと小倉の山に鳴く鹿の声のうちにや時雨れそむらん」(一五九四・慈円)が実朝の視野にあったろうし、(6)「散り積もる木の葉朽ちにし谷水も氷に閉づる冬は来にけり」と「冬深み氷に閉づる山川の汲む人なしみ年や暮れなむ」(金槐集・冬・二八五、三四二)の「氷に閉づる」は、『正治後度百首』の「流れ行く紅葉の色や惜しからん氷に閉づる山川の水」(一四六・範光)や『北野宮歌合元久元年十一月』の「漏らしわび氷に閉づる谷川の汲む人なしみ行きなやみつつ」（一五・良経）に学んだのであろう。

「さ夜更けて稲荷の宮の杉の葉に白くも霜の置きにけるかな」や「冬ごもりそれとも見えず三輪の山杉の葉白く雪の降れれば」（金槐集・冬・三一〇、三一一）の「杉の葉」「白く」は、諸注指摘の「鶯の鳴けどもいまだ降る雪に杉の葉白き逢坂の山」（新古今集・春上・一八・後鳥羽院）の他に、『正治初度百首』の「秋は今杉の葉白く置く霜を形見とばかりみわの山本」（一二五七・信広）に倣ったと見てもよい。また、「片敷きの衣手いたくさえわびぬ雪深き夜の峰の松風」（金槐集・旅・五二九）は、同百首の「さ夜衣片敷く袖のさえしかばかねて知りにき今朝の初雪」（一〇六五・経家）や「冬ごもる谷の戸たたく音さえて雪吹きおろす峰の松風」（三六六・守覚）に拠り、「神風や朝日の宮の宮遷し影のどかなる世にこそありけれ」（金槐集・雑・六五九）も、同百首の「年を経て惜しみ慣れにし花の色ものどけく見ゆる世にこそありけれ」（一二一七・隆信）や『正治後度百首』の「三笠山出づる朝日の光よりのどかなるべき万代の春」（九六・後鳥羽院）に拠ったと見られる。

「朝な朝な露に折れ伏す秋萩の花踏みしだき鹿ぞ鳴くなる」（金槐集・秋・一九二）は、『千五百番歌合』の「野辺ならでしがらむ鹿はなけれども露に折れ伏す宿の秋萩」（一三〇九・丹後）を強く意識したように見え、「秋萩・花踏みしだき・鹿」は「やつるとも一枝折らん小萩原花踏みしだく鹿はなしやは」（守覚法親王集・五一）に学んだかと疑われる。また、「千千の春万の秋に長らへて月と花とを君ぞ見るべき」や「男山神にぞ幣を手向けつる八百万代も君がまにまに」（金槐集・賀・三五三、三五四）は、『千五百番歌合』の定家詠「万代の春秋君になづさはん花と月との末ぞ久しき」（二二一三）や顕昭詠「梶の葉に八百万代と書き置きて願ふ願ひは君がまにまに」（二二一八）に、それぞれ倣ったと見てよい。

なお、「空や海海や空ともえぞ分かぬ霞も波も立ち満ちにつつ」（金槐集・雑・六四〇）の詞書「朝ぼらけ、八重の潮路霞み渡りて、空も一つに見え侍りしかばよめる」は、事実であろうか。この歌は、「水や空空や水とも見え分かず通ひて澄める秋の夜の月」（続詞花集・秋上・一八四・読人不知）に加え、『千五百番歌合』の「空や海月や氷とさ夜千鳥雲より波に声まよふなり」（一九一九・忠良）や「津の国の難波の春の朝ぼらけ霞も波も果てを知らばや」（二四三・良経）、あるいは『御室五十首』の「雲や波波や雲とも見え分かぬ舟路の果ては霞なりけり」（六〇四・顕昭）等を、実朝が日頃見習っていたことが反映した詠作のように見える。詞書が事実なら、属目してただちに先行歌の用詞を用いて一首を組み上げ得る程に、実朝は歌に精通していたことになる。

以上の様相から、実朝は後鳥羽院主催の三度の百首歌等を見習っていたことが推認されるが、それは単に『新古今集』撰修のための応制百首に関心を寄せていたということに留まらず、広く新古今歌壇とその和歌を追い求める姿勢の反映ではないかと考えるのである。

六　新古今歌人の歌との関係

実朝が依拠した新古今時代の定数歌・歌合等の歌の作者は多様だが、西行や俊成に続く新古今当代の中心歌人達に実朝の意識は向いていたと推測される。典型例を挙げてみる。

『金槐集』に、「黒」と「白」を題とする「うばたまや闇の暗きにあま雲の八重雲隠れ雁ぞ鳴くなる」と「かもめゐる沖の白洲に降る雪の晴れ行く空の月のさやけさ」（雑・六二一、六二二）がある。これは、建久二年（一一九一）頃に、当時左大将の良経が詠出し左少将定家に勧進して唱和させた「五行」の歌に倣ったのであろう。[7] その内「白」と「黒」は、良経が「霜うづむ賀茂の河原に鳴く千鳥氷に宿る月や寒けき」「雲深きみ山の里の夕闇に寝ぐらもとむる烏鳴くなり」（秋篠月清集・一四九八、一四九九）、定家が「白雲の八重立つ峰の山桜空にも続く滝つ川風」「うばたまの闇の現にかきやれどなれてかひなき床の黒髪」（拾遺愚草・員外雑歌・三三七七、三三七八）と詠む。家集成立時に右中将であった実朝の歌は、歌境としては定家詠に近いか。その定家の「初学百首」詠「浮雲の晴るれば曇る涙かな月見るままの物悲しさに」（拾遺愚草・三九）の「晴るれば曇る」は、実朝の「露を重み籬の菊のほしもあへず晴るれば曇る宵の村雨」（金槐集・秋・二五五）に受け継がれてもいる。また、「いつもかく寂しきものか蘆の屋に焚きすさびたる海人の藻塩火」（金槐集・雑・五六九）は、樋口注・今関注指摘のように家隆の『老若五十首歌合』詠「いつもかく寂しきものか津の国の蘆屋の里の秋の夕暮」（四九七）に拠るのだとすると、同じ歌合の良経詠「山人の焚きすさみたる椎柴の跡さへしめる雪の夕暮」（三八〇）も、実朝の視野に入っていたと見てよい。(8)

「真木の戸を朝明けの雲の衣手に雪を吹きまく山おろしの風」（金槐集・冬・三二五）は、後鳥羽院の「冬行けばちりのまがひに道絶えぬ雪を吹きまく志賀の山風」（建仁元年十首和歌・一八一）に倣ったと思しい。また、「我が庵は吉野の奥の冬籠もり雪降り積みて問ふ人もなし」や「故郷はうら寂しともなきものを吉野の奥の雪の夕暮」（金槐集・冬・三二七、三三一。後者結句他本に拠る）の「吉野の奥の（冬籠もり・雪の夕暮）」も、後鳥羽院の「冬籠もり春に知られぬ花なれや吉野の奥の雪の夕暮」（後鳥羽院御集・同〔正治二年〕十一月八日影供歌合・一五一〇）に学んだと見てよい。

ちなみに、実朝の歌に後鳥羽院が影響を受けたかと疑われる例がある。後鳥羽院隠岐配流後の「詠五百首和歌」の「時雨とてここにも月は曇るめり吉野の奥も憂き世なりけり」（後鳥羽院御集・八五五）は、「吉野の奥」を後鳥羽院から学び取った実朝の「嘆き侘び世を背くべき方知らず吉野の奥も住み憂しといへり」（金槐集・雑・六〇二）を、また、「塩竈の浦漕ぐ舟の綱手縄くるしきものは憂き世なりけり」（後鳥羽院御集・一〇一〇）は、実朝の「世の中は常にもがもな渚漕ぐ海人のを舟の綱手かなしも」（金槐集・雑・六〇四）を、それぞれ意識したと見たら穿ち過ぎであろうか。実朝の急死と承久の乱を挟んで、それ以前と以後で、後鳥羽院の実朝に対する意識にどのような変化があったのかなかったのか、それが詠歌から読み取れるのか否かは、見極めてゆくべき課題である。

七　『源氏物語』『狭衣物語』の歌の享受

さて、五に取り上げた『千五百番歌合』につき、物語の歌との関わりを見ておこう。「時鳥聞けども飽かず橘の花散る里の五月雨の頃」(金槐集・夏・一四二)は、「橘の香をなつかしみ時鳥花散る里を尋ねてぞ問ふ」(源氏物語・花散里・一六八・光源氏)の面影が強いが、直接にはこれを本歌にした『千五百番歌合』の後鳥羽院詠「時鳥心して鳴け橘の花散る里の五月雨の空」(六六〇)に倣ったと見るべきである。実朝の歌は、『源氏』歌を踏まえた後鳥羽院詠を通して『源氏』歌を見据えていると言える。『後鳥羽院御口伝』は、隠岐配流以前成立説が有力だが、なお配流以後成立説も否定されず、配流以前としても定家所伝(建暦三年)本『金槐集』の歌の詠出以前に実朝が同書を披見し得たかは不明である。けれどもこの事例は、同書の「源氏物語の歌の心をば取らず詞を取るは苦しからず、と申しき。すべて物語の歌の心をば百首の歌にも取らぬことなれども、近代はその沙汰にも及ばず」(日本古典文学大系)の言説に、結果としては重なるのである。

「木隠れてものを思へば空蟬の羽に置く露の消えや返らむ」(金槐集・恋・三七五)は、「空蟬の羽に置く露の木隠れて忍び忍びに濡るる袖かな」(源氏物語・空蟬・二五・空蟬。伊勢集・四四二)を本歌とする。ただしこの歌は、『千五百番歌合』の良経詠「木隠れて身は空蟬の唐衣ころも経にけり忍び忍びに」(二四三二)に対する顕昭判詞に、「この左歌は、後撰に、忘らるる身は空蟬の唐衣返すはつらき心なりけり、と侍る歌、また伊勢が集に侍る歌の源氏にも入れる歌、空蟬の羽に置く露の木隠れて忍び忍びに濡るる袖かな、これらの心にておもしろうよみなされて侍るにこそ」と引用されている。実朝はこれを通じて『源氏』歌に接したのではないか。同様に、「消えなまし今朝尋ねずは山城の人来ぬ宿の道芝の露」(金槐集・恋・四一二)は、『狭衣物語』の「尋ぬべき草の原さへ霜枯れて誰に問はまし道芝の露」(巻二・四五・狭衣)を本歌に取る。この歌は、『千五百番歌合』の通具の詠作「草の原問へどしら玉取れば消ぬはかなの人の露のかごとや」（二五五一）に対する顕昭判詞に、「右歌は、源氏の物語には、憂き身よにやがて消えなば尋ねても草の原をば問はじとや思ふ、狭衣物語には、尋ぬべき草の原さへ霜枯れて誰に問はまし道芝の露、古き人は、歌合の歌には、物語の歌をば本歌にも出だし証歌にも用ゐるべからずと申しけれど、源氏、世継、伊勢物語、大和物語とて歌読の見るべき歌と承れば、狭衣も同じ事歟」と引かれている。実朝はこの言説を見知っていたであろう。

実朝は『源氏』や『狭衣』等の物語にも関心を寄せていたと想像するが、より直接的には『千五百番歌合』の判詞を通じてそれらの歌に触れたことが一つの契機になったかと推測するのである。その視点から『源氏物語』と『狭衣物語』の和歌と実朝歌との関係をもう少しだけ探っておく。

「荒れにけり頼めし宿は草の原露の軒端にまつ虫の鳴く」（金槐集・恋・四六七）は、『源氏物語』の「憂き身世にやがて消えなば尋ねても草の原をば問はじとや思ふ」「いづれぞと露の宿りをわかむまに小笹が原に風もこそ吹け」（花の宴・一〇三・朧月夜、一〇四・光源氏）の贈答が下敷きになる。『狭衣物語』の「尋ぬべき草の原さへ…」（前掲）がこれに基づくことは、右記の顕昭判詞が示唆するところでもある。後鳥羽院の「草の原露の宿りを吹くからに嵐に氷る道芝の霜」（新宮撰歌合建仁元年三月・五〇）は、『源氏』の贈答だけでなく『狭衣』歌の要素も加わる。実朝はこれにも刺激されたのではなかったか。この「草の原」をめぐっては、周知のように、『六百番歌合』（冬・十三番・枯野）の判詞で俊成が「源氏見ざる歌よみは遺恨のことなり」と説示したのであり、同歌合の歌に倣った実朝の歌の存在に照らせば、実朝がこの言説を知っていても不思議はない。

実朝が『源氏』や『狭衣』の物語歌に依拠したことは確かだとしても、それは『六百番歌合』の俊成判詞の説諭や『千五百番歌合』の顕昭等の判詞の言説、そして『千五百番歌合』や『最勝四天王院和歌』の『源氏』『狭衣』に依拠した歌に触れたこと、即ち新古今歌壇あるいは後鳥羽院歌壇の歌を常に意識していたことが入口であったのではないか。そうだとすれば、『後鳥羽院御口伝』が説くような『源氏物語』の歌詞を取ることに沿った実朝の詠作の傾向は当然であった。

むすび

定家所伝本『金槐集』の歌の表現は、多くを『古今集』以下の勅撰集に、一部を『万葉集』に、取り分け同時代の『新古今集』に、その類辞を見出し得ることは事実で、実朝がそれらに学んだことは疑いようがない。それは当時の初学者には当然でもあったろうが、さらに追尋すると、実朝は、広く新古今時代の歌をその視野に入れて学び取ろうとした傾きが見えてくる。また実は、他に例のない歌詞や先例のない歌詞など、つまり先行歌に多くを負う実朝も、独自の歌詞を用いていることは見逃せない。(9) そういう歌詞を詠出し得たのは、辺境の地の初学の歌人故ではなくむしろ、古歌から当代歌までを十分に咀嚼していた故ではなかったか。

定家所伝本『金槐集』の巻軸歌は詞書「太上天皇御書下預時歌」の下の「山はさけ海はあせなむ世なりとも君にふた心我があらめやも」（雑・六六三）である。これも一見独特な表現だが、既に諸注指摘の歌に加えて、「海も浅し山もほどなし我が恋を何によそへて君に言はまし」（拾遺集・恋一・六六〇・読人不知）も参考歌たり得るし、清和源氏の頼政の「祝、二条院の御時女房にかはりて／あまたたび君ぞ見るべき海は山山は白波たちかはる世を」（源三位頼政集・三一七）も、実朝を刺激した可能性を排除できない。この忠誠の誓約は、定家が撰入した『新勅撰集』（雑二・一二〇四）では当代後堀河天皇が対象だが、家集では後鳥羽院への頌歌である。坂井孝一『承久の乱』（中央公論新社、平三〇・一二）は、『金槐集』の巻軸三首を、建暦三年（一二一三）五月の和田合戦（二・三日）と大地震（二十一日）を経験して「必死な思いを込めて詠んだ」と言い、その後の建保三～四年（一二一五～六）の後鳥羽院の実朝に対する歌合遣送や昇任・昇叙は、和歌を通じた宥和策であり「後鳥羽の朝廷による実朝支援だと理解できよう」と言う。吉野朋美『後鳥羽院とその時代』（笠間書院、平二七・一二）は、実朝が抱く「後鳥羽院と都への憧憬、尊崇の念」を後鳥羽院が承知していたと見る。「君にふた心」詠作の時点で既にその思いが存していたのであれば、大げさな虚言ではなく真情の発露と言える。福留温子「金槐和歌集（定家所伝本）の巻頭巻軸部―後鳥羽院への思いを読む―」（『日本文学』平一八・五）が言うとおり、同集巻頭部は『新古今集』巻頭をなぞり、巻軸部にも後鳥羽院への臣従の意志が明示される。今関敏子『金槐和歌集の時空―定家所伝本の配列構成』（和泉書院、平一二・八）の、後鳥羽院に「帰属」する「廷臣たる姿勢」で同集を自撰したという考えも納得される。

定家所伝本『金槐集』を読み直すと見えてくる実朝の志向する所は、『新古今集』自体ではなくそこに至る「万葉」を包摂した平安朝の和歌世界を捉え返す後鳥羽院自身や新古今歌人達とその歌壇であり、それを生む治世にあったと思われてくる。実朝の詠歌の記録上確かな初見は元久二年（一二〇五）四月十二日（吾妻鏡）の「十二首和歌」で、大きく影響される『新古今集』を内藤知親が将軍家に持参する同年九月二日以前のことである。新古今歌壇の活気が実朝にも伝わっていたにせよ、歌に通じた頼朝の子である実朝が自ら詠作を志しても不思議はない。『近代秀歌』や『吾妻鏡』等に知られるように、定家所伝本『金槐集』成立の建暦三年（建保元年。一二一三）十二月十八日より前に、定家との師弟関係が承元三年（一二〇九）七〜八月頃には確立する。その後特に建暦年間（一二一一〜三）には定家による歌書類進献が顕在化する。定家の実朝に献じた「相伝私本万葉集一部」が到着するのは家集成立直前の建暦三年（一二一三）十一月二十三日であった。定家以外によっても京都の文物は鎌倉にもたらされたのであり、頼朝やその周辺が所持していた歌書類も実朝が目にする機会はあったかもしれない。想像するに実朝は、京都に遜色ない環境で歌を学び得たのではないか。そして、京都から送られてくる歌書類を貪欲に吸収したのではないか。新古今時代あるいは後鳥羽院歌壇の和歌作品を実朝がどの程度手許に置き得たのか、詠作時期が明確ではない新古今歌人詠と実朝歌との先後は何れか、といった事柄を軽視する訳にはいかず、さらなる追究は必要である。それでも、実朝が踏まえたらしい先行歌を定家所伝本『金槐集』の和歌表現に探る時、実朝の、新古今時代とりわけ後鳥羽院治世下の歌壇の和歌への同化を指向する情念が浮かび上がってくるのである。

そしてその将軍実朝の思いと後鳥羽宮廷とのしがらみは、政治史上は実朝個人の死によって途絶し、それに続く承久の乱によって消散して、その後は関東側優位に京都側との関係性が固定化してゆくことになる。しかし和歌史上では、将軍および幕府側と京都宮廷側との関わり合いは、後鳥羽院の曾孫である将軍宗尊親王の時代に少しく表情を変えながらも、むしろ将軍の旺盛な詠作とそれに伴う関東歌壇の隆盛をもたらす方向に作用してゆくことになるのである。

[注]

(1)『金槐集』の本文は、藤原定家所伝本複製(岩波書店、昭五)に拠り、表記は改める。歌番号は私家集大成に同じ。その他の和歌の引用は、八代集は新日本古典文学大系、その他は『新編国歌大観』に拠り、『拾遺愚草』は『私家集大成』CD-ROM版に拠る。

(2)「鎌倉期関東歌壇の和歌—中世和歌表現史試論—」(『中世文学』五九、平二六・六)。↓序論第一章第一節「和歌表現史上の位置」。

(3)雅経の類詠「夕づく日今日紅の真振りでにつつむ涙や色に出でてん」(明日香井集・一四三〇)は、実朝歌との先後不明。

(4)後出原田正彦「金槐和歌集における西行家集の影響」が既に指摘する。

(5)少し例を挙げる。「咲き茂れ千世をこめたるませのうちに形見におほす撫子の花」(元輔集・二六二)、「ませのうちに折らまし宿の常夏をこはいかなりしふしこがれけん」(為信集・一二四)、「もりおほす露も消えぬるませのうちにひとりにほへる撫子の花」（定頼集・六九）、「我が宿のませのゆひめもあだなれば露にしほるる常夏の花」（相模集・二四九）、「石竹《とこなつ》の花咲く宿にいかにしてふしよき竹をませにゆはまし」（永久百首・一五一・源忠房）、「ませのうちに君が種まく常夏の花の盛りを見るぞうれしき」（文治六年女御入内和歌・一一六・良経）、「ませのうちに露も払はぬ常夏や玉を飾れる錦なるらん」（正治初度百首・一九三三・讃岐）。

（6）鑁也の類詠「夏は去ぬ軒端に荻はそよめきて袖に露置く秋は来にけり」（露色随詠集・二九四）と実朝歌との先後は不明だが、詞書の「侍従三位の御もとへ」は定家のことであり、定家を介して実朝と鑁也が互いの歌を知り得た可能性はあるか。

（7）夙に久保田淳の口頭発表「西行・良経・実朝」（和歌文学会一月例会、平成二年一月二〇日、於早稲田大学）が指摘する。

（8）「沖つ風夜寒になれや田子の浦海人の藻塩火焚きまさるらん」（新古今集・雑中・一六一〇・越前）の結句には「焚きすさむらん」の異同があり、これも参考歌たり得るか。

（9）一部例示する。「山寂しかる」（二七五）、「空を寒けみ」（二九三）、「吹きむせび」（二九四）、「冬深き夜」（二九九）、「月ぞ氷れる」（三〇五）、「雪踏む磯」（三一六）、「あはれはかなみ」（三三八）、「罪やいかなる」「罪ならむ」（三四六）、「はかなの年や」（三四七）、「乳房吸ふ」（三四九）、「思ひ出もなき春」（三五二）、「風に浮きたる」（四〇四）、「頼めぬ山」（四一九）、「花の上の霜」（四六二）、「天の原飛ぶ」（四八三）、「道行き衣」（五三四）、「あなつれづれげ」（五八七）、「老いぞたふれて」（五八八）、「老いはほれても」（五九七）、「かがまれり」「ここまでも来る」（五九八）、「四方の獣」「親の子を思ふ」（六〇七）、「親も無き子の」「母を尋ぬる」（六〇八）、「唐社」（六四七）。坂井孝一『源実朝　「東国の王権」を夢見た将軍』（講談社、平二六・七）が「珍しい歌材」の詠作に「実朝の個性」を見ていることは、首肯される。

第一章　将軍宗尊親王と周辺

第一節　『宗尊親王家百五十番歌合』宗尊と真観の番を読む

はじめに

中世に於ける地方歌壇の展開は、鎌倉期関東（鎌倉）歌壇の隆興を以て本格化すると言える。その関東歌壇の最盛期は、宗尊親王を第六代の柳営の主に戴いた期間と見てよいであろう。さらに、宗尊将軍在位期中でも、弘長元年度（一二六一。文応二年二月二十日改元）が特に活況を呈しているように思われるのである。(1) 二年前の正嘉三年（一二五九。三月二十六日に正元に改元）三月十六日に為家に院宣が下り、勅撰集（続古今集）撰定へと向かう状況の中で、その翌年の文応元年（一二六〇）末の十二月二十一日に「当世歌仙」（吾妻鏡）の真観が鎌倉に下着して、以後宗尊親王の歌道師範の役割を任じてゆく、といったことが同歌壇の活況に与る直接の理由と考えられる。

こういった状況を踏まえつつ、その弘長元年に当時二十歳の宗尊親王がどのような和歌を詠んでいたのかを、作品に即して具体的に考えてみる必要があると思うのである。それが、鎌倉で旺盛な和歌活動を行いながら二十五歳で失脚して京都に戻り、京洛でも詠作を続行して次第に成熟しつつ僅か三十三歳で没した宗尊の、歌作全体の詠風を探ることに繋がっていくものと考えるのである。その端緒として、本節では、宗尊が主宰した歌壇の盛儀と言える、同年七月七日の『宗尊親王家百五十番歌合』(2)（以下『歌合』と略記する）に於ける同親王と真観の番を取り上げて、注解を施しながら宗尊の詠作の様相を検証してみたいと思う。

一　四季歌1　春歌と夏歌

『歌合』は、各人四季各二首恋二首の計十首、作者は左右各十五名で、宗尊親王は左方筆頭「女房」として、右方「沙弥真観」と番えられている。判者は在京の九条前内大臣藤原基家である。奥書識語によると、(3)八月十七日に判が鎌倉に到来する。基家は、父良経の先例を守って「殊なる事無き番」については判詞を省略し、また、宗尊親王の命により「宜しき歌」は別に判紙に書載して奉献した。さらにそれを受けて、それらの秀歌には、宗尊親王の意向により真観が朱を以て「撰言」（現存本歌頭の「撰」の字）を付したと推測され、この歌合の実務面は真観が担当したと見てよいかと思われる。

さて、以下に各番の宗尊の歌について、番えられた真観（時に五十九歳）の歌も併せて、注解を試みてみたい。

一番（春）左の宗尊詠は次のとおりである。歌頭に「撰」とある。

頼《たの》めこし人の玉章今はとてかへすに似《に》たる春の雁がね（一。瓊玉集・春上・十首歌合に・三七。新後拾遺集・春上・弘長元年七月七日、十首歌合に・七五）

第四句の「かへす」（「帰す」に「玉章」の縁で「返す」が掛かる）までは、『古今集』（恋四・七三六、七三七）の、近院右大臣源能有が典侍藤原因香に通って夫婦生活を営んでいたのをやめたことで、因香が以前に遣わされた手紙を能有に返却するという、次の贈答に基づいている。「頼めこし言の葉今は返してむ我が身ふるれば置きどころなし」（因香）「今はとて返す言の葉拾ひ置きておのがものから形見とや見む」（能有）。詞の上では、贈歌の上句の「言の葉」を「雁がね」の縁で「玉章」に言い換え、返歌の初二句の「今はとて返す」の措辞をそのまま取った形だが、「今はとて」は帰雁の歌に頻用であり、贈歌のみを本歌と見るのがよいのかもしれない。また、漢書・蘇武伝に基づく「雁信」の故事（匈奴に囚われた前漢の蘇武が北海から手紙を南に渡る雁の脚に結んで漢王に送ったという）を踏まえた「秋風に初雁が音ぞ聞こゆなる誰が玉梓をかけて来つらむ」（古今集・秋上・二〇七・友則）を念頭にして、それに答える趣がある。なおまた、「春の雁がね」が、頼りにさせてきた人の手紙を今となってはと返すということに「似たる」とする根拠は、例えば「春来ればたのむの雁もいまはとて帰る雲路に思ひ立つなり」（千載集・春上・三六・俊頼。堀河百首・帰雁・二〇〇）に見える常套表現「たのむの雁」にあろう。宗尊は右の俊頼詠を直接に意識していたのかもしれない。言うまでもなく、「たのむ」は「田の面」と「頼む」の掛詞で、「み吉野のたのむの雁もひたぶるに君が方にぞよると鳴くなる」（伊勢物語・十段・一四・女の母）の古歌を原拠とする。頼みとしていたのに、春になると田の面から飛び立ち、北へと帰してしまうことになる雁は、「頼めこし人の玉章今はとてかへす」ことに似ていると言うのである。

あえて本歌と「秋風に」歌の趣意を取り込んで解釈すれば、「あの人が私にあてにさせてきた手紙、私が古び忘れられ置き所もないので今はもう返してしまおうというその手紙だが、手紙というのであればそれはまた、去る秋、秋風に鳴く音を響かせてやって来た雁が、北から誰の手紙を伝えてきたのかと思わせた手紙もあって、あたかもその手紙を返すかのように、雁が鳴きながら帰って行くよ。」という趣旨になろうか。

なお、南朝の宗良親王の「頼め来し人の玉章人は来でかへすに似たる春の雁金」（宗良親王千首・春・帰雁似字・一〇〇）は、三句以外は右の宗尊歌と一致する。「今はとて」が「人はこて」に誤写された可能性は十分にあろうし、改変された可能性もあろう。そうだとすると、竄入か盗用かは分からないが、『宗良親王千首』に宗尊歌が混入していることになる。宗良は、該歌を収める『瓊玉集』を披見して宗尊の和歌に親炙し、そこから大きな影響を受けたと推断されるが（次節「『瓊玉和歌集』の和歌」参照）、これは、『宗良親王千首』の側が、宗尊の歌を、広い意味で摂取した例とは言えるのかもしれない。

右方の真観詠は次のとおりで、やはり歌頭に「撰」とある。

鶯をさそふ花の香恨《うら》みても[4]ぬき薄《うす》衣裁《た》ちやかぬらん（二）

「花の香を風のたよりにたぐへてぞ鶯さそふしるべにはやる」（古今集・春上・一三・友則）を本歌とする。かつ、「ぬきうす衣」は、他に用例を見ない措辞であり、「春の着る霞の衣ぬきを薄み山風にこそ乱るべらなれ」（古今集・春上・二三・行平）に依拠した、真観の造語であろうか。

それにしてもやや難解な歌である。「春は、鶯を誘い出す花の香を恨みに思って、それで風もなく、横糸が薄くて弱いはずの霞の衣を断ちかねているのだろうか。」といった意味であろうか。風もなく霞が立ち込めている様を、春を擬人化して、『古今集』歌二首に拠りつつ屈折した表現で詠じたものと解しておく。

判詞は、「左、雁に寄《よ》せてかへす玉章《たまつさ》の風情珍《めづら》しく、右、鶯に寄《よ》せてぬき薄《うす》衣の露詞あざやか也。しかるに、一番の左といひ、又歌ざまも勝り、つよく侍るべし。」である。共に鳥に寄せた両首の、風情と詞の新鮮さを評価しつつも、宗尊詠が本歌合全体の巻頭歌であること、一首の「歌様」（仕立て方）がより優れてしっかりしていることで（逆に真観詠に屈曲を見たか）、左の勝とされたものであろう。

十六番（春）左。歌頭に「撰」とある。

佐保《さほ》姫も山の桜やかざすらん霞の袖の花にかかれる（三一。続古今集・春下・家の歌合に、春の歌・一〇一）

春の女神「佐保姫」と、「霞の衣」から派生したと考えられる物をおおう霞の比喩表現「霞の袖」とは縁語である。下句は、春霞の端が山の桜の花にまで及んでいる状態を表していよう。上句は、その原因を、佐保姫も山桜を頭に挿頭す（その為に霞の衣の袖をあげている）のだろうか、と推測する趣向。「霞の袖」は、俊成の「行く春の霞の袖を引きとめてしほるばかりや恨みかけまし」（新勅撰集・春下・一三六。久安百首・春・八二〇）に始まる詞で、宗尊は、この歌や『続後撰集』の「佐保姫の花色衣春を経て霞の袖ににほふ山風」（春中・七七・通方）に学んだのであろう。「佐保姫のかざしなるらし吉野山霞の袖ぞ花にかかれる」（東撰六帖・第一・春・桜・一八三・慈信）と宗尊詠とは、「山」を歌枕の「吉野山」に限定するかしないかの違いのみである。本論第二編第三章第二節「『東撰和歌六帖』の成立時期」に記すように、『東撰六帖』の実質的成立は、この『歌合』の日付弘長元年（一二六一）七月七日よりも二、三年前であるけれども、同六帖は形式的には、同元年七月二十二日に宗尊が下命した撰集であるとも見られるのである。また、『歌合』の歌が直近や当日・当座の作であるとは限らず、過去の詠作が含まれることも否定できない。従って、両首の先後関係は決まらないが、それは措いて、相互に影響関係を想定してもよいであろう。古歌には、「佐保姫のかざしなるらし青柳のしだれる糸に玉ぞかかれる」（康資王母集・岸の柳・四八）という同工異曲があって、より句形が近いので、慈信詠がこれに倣っているとも考えられるが、一方でこのような古家集を、慈信なる一法師が容易に参看し得たとも思えず、宗尊にはそれが可能であったとも考えられるのだが、それでもやはり先後は不明とせざるを得ない。

右。歌頭に「撰」とある。

身にうとき春のつらさや忘るらむ花にほさるる墨染の袖（三二）

「身にうとき…」は新鮮な措辞で、同時代以降でも数例を見出すのみだが、それに始まる上句は、この身にとっては親しむことのない疎遠な春、その辛さを（今は暫し）忘れるのであろうか、の意。下句は真観の独創ではないか。桜の花によって心を慰められて、涙にぬれていた法衣が乾かされるとの意であろう。

「あしひきの山辺に今はすみぞめの衣の袖はひる時もなし」（古今集・哀傷・女の親のおもひにて山寺に侍りけるを、ある人のとぶらひ遣はせりければ、返事によめる・八四四・読人不知）を意識するとすれば、「身にうとき春のつらさ」は、縁者の死による悲しみを想起させる。しかし、基家の読みは違うようである。判詞に「右、殊に心深《ふか》きうへ、恵遠比丘が花の下の観念思ひよそへられて、あはれ《哀》に侍るに、」とある。即ち、東晋代に廬山の東林寺に住して白蓮社を結び、義熙十二年（四一六）に八十三歳で没するまで三十余年間一度も山を出ることなく無量寿仏前で修行した、浄土宗開祖恵遠（慧遠）の境遇（続高僧伝）を、この一首に見ているのである。真観の詠作時の真意は別にして、基家が真観詠を、やや衒学的ながらも深く読み取ろうとしたことが窺われる。

一方、左に対する判詞は「左は猶秀逸及び難《かた》くや。かつは楊女が花鈿も面かげあるさま也。可レ為レ勝。」で、宗尊詠を称揚している。「楊女が花鈿」云々は、当然楊貴妃の故事を指す。『長恨歌』に、「雲鬢　花顔　金歩揺」、「花鈿は地に委てられて人の収むる無し　翠翹と金雀と玉搔頭」などとあるのに拠っていよう。しかし、宗尊自身がこれを念頭に置いていたと見る必然性はないように思う。基家は、右方に対する評との対であえて漢故事を結びつけて、宗尊詠をその艶麗さに於いてより一層評価しようと努めているようにも思われるのである。そこには、宗尊親王と真観に対する一定の敬意が看取される。と同時に、両人を初めとする『歌合』の出詠者、ひいては在関東の歌人達に自らの知識と批評眼を誇示する意図や、幕府の威を背負う将軍とその歌道師範への阿諛追従の念も多少は存したかと見られるのである。

三十一番（夏）左。歌頭に「撰」とある。

衣衣《々》の暁《あかつき》山の時鳥《ほとゝきす》誰に別《わか》れて音をば鳴くらん（六一。歌枕名寄・未勘国上・暁山・九二七〇。夫木抄・雑二・あかつき山、国未勘・御集、暁時鳥・八七五九）

「鳴くらん」は、「衣衣」「暁」「別れ」の縁で「泣くらん」が掛かる。一首は「恋人が別れる後朝の暁の山の時鳥は、いったい誰に別れたというので、男女が泣くように、声を上げて鳴いているのだろうか。」という意味である。「時鳥初声聞けばあぢきなく主さだまらぬ恋せらるはた」（古今集・夏・郭公の初めて鳴きけるを聞きてよめる・一四三・素性）を踏まえていよう、この歌の趣意を生かすならば、「時鳥の初音を聞くと相手が誰とも定まっていない恋心が起こるというが、ではその郭公自身は暁時に一体誰と別れたということで鳴いているのだろうか。」といった含意を読み取ることになろう。

「誰に別れ」るといって時鳥が声を上げて鳴く（泣く）のかという類の趣向の歌は、既に平安期に、『為仲集』の「今はとて声も忍ばぬ時鳥誰に別れを惜しむなるらむ」（五月晦日、大宮にさぶらひしに、南面の梢に時鳥の鳴き侍りしかば、女房の言ひ出でられたる・一六九）があり、さらに鎌倉期にも、建長八年（一二五六）九月十三日の『百首歌合』に「明け方は誰に別れを慕ふとて山時鳥鳴きて行くらん」（夏・九六五・鷹司院帥）がある。後者は行家の判詞に於いて、「時鳥を誰に別れを慕ふとて」と詠むことについては、草木禽獣を擬人化して感情を持たせるのは通例だが、やはり真実があって道理が見えるようなものには劣る、とされている。この批判はともかく、宗尊詠もこれらの歌の延長上に位置付けられる。

判詞は「暁山《あかつき》まことに面白し、下句も心深《ふか》きにや。」と言う。「まことに面白し」と評される「暁山」の先行例は、『猿丸大夫集』（書陵部蔵五〇一・六八）の「夕づく夜暁山の朝影に我が身はなりぬ恋のしげきに」（四七。綺語抄・一七・猿丸）と『大斎院前御集』の「心さへ空に乱れぬ秋の夜の暁山の霧払ふ風に」（一一九。『河海抄』柀柱引歌・一五一七）が目に付く程度である。(5) 宗尊が独自に詠出した可能性よりは、これらの先行例に触れていた可能性を高く見たい。それだけ、宗尊の学習範囲が広いということになる。『夫木抄』や『歌枕名寄』に於いては「あかつき山」は歌枕の扱いだが、国名は「未勘」として宗尊のこの歌が見えるのみである。宗尊自身が暁時の山の意と特定の歌枕のどちらと考えていたかは分からない。いずれにせよ、珍奇な語ではあったろう。また、「誰に別れて」も、意外に用例を見ない特異な句である。他には、この歌合に参加していた雅有に「今朝はしも誰に別れて帰るらんわが身はなれぬ君が面影」（隣女集・巻四自文永九年至建治三年・恋・後朝恋・二三一二）があるが、宗尊詠から直接受容した可能性もあろうか。

右。

　時鳥羽《はね》をや顔《かほ》におほふらんなくより外の音も聞《き》こえず（六二）

人間が衣で顔の辺りを覆って泣くさまに擬して、鳴き声以外に羽音も聞こえないのは、時鳥がつばさを顔に覆うのに使っているからなのだろうか、とする知巧的な歌である。ただし、時鳥について羽を詠むことは伝統的類型にはない。単に声調の曲折だけでなく、その点も判詞で「右、上句いささか耳にたつ体に聞《き》こゆ」とされた一因であろうか。

なお、二条為世作という『和歌用意条々』は、「一、本歌を取る事さまざまの体あり」の節に、この真観詠の「本歌」として、「人知れず顔に袖をばおほへども泣くよりほかのなぐさめぞなき」を挙げる。これは、「故禅門」（為家か）が言う「露（あら）はれ強盗」「生剝（いけはぎ）出来」という、剽窃や盗用に類するような本歌取を批判する部分に、その「体」の例として示されているのである。この前に、真観詠として「春来ぬといひしばかりに鶯の鳴く音を早く待ち出つるかな」と、その本歌「今来むといひしばかりに長月の有明の月を待ち出でつるかな」（古今集・恋四・六九一・素性）も、結句「待ち出つるかな」の形で挙例する。右の「人知れず」歌は、下句を同じくする類歌に「涙やはまたも逢ふべきつまならん泣くよりほかのなぐさめぞなき」（後拾遺集・恋三・七四二・道雅）があるが、出典未詳である。『後拾遺集』歌の異伝か誤伝かもしれないが、あるいは『和歌用意条々』の作者による偽作かと疑われなくもない。それは措いて、同書が真観の本歌取の手法自体を批判しようとしていることには違いない。本歌取の悪例として挙げられてはいるが、真観の「時鳥」詠は、和歌の伝統に沿った温雅をよしとする二条家の価値観に反する例でもあるのだろう。
ちなみに、『和歌用意条々』の同じ部分の最後の例に、宗尊の「花薄おほかる野辺は唐衣袂ゆたかに秋風ぞ吹く」（瓊玉集・秋上・一六七。柳葉集・〔文永元年六月十七日庚申百番自歌合〕・薄・四八三）と、その本歌「うれしきを何につつまむ唐衣袂ゆたかに裁てといはましを」（古今集・雑上・八六五・読人不知）を挙げている。続けて、「古歌を取る体、可二被レ交合一歟」と言っているところからすると、やはり宗尊のあからさまな本歌取が忌避されたのであろうか。この宗尊詠は、『続古今集』（秋上・三四六）に採録されているのだが、それは為家ではなく、真観らの撰によるのかもしれない。

四十六番（夏）左。

荒れはててあやめも分《わ》かぬ故郷《ふる》にひとり時知《し》る軒の橘《たち花》（九一）

荒廃して、菖蒲がどこにあるかわからない程、何が何だか見分けもつかない故郷の家で、軒近くの橘だけは唯一時季に合わせて花が咲いて香気を放っているのがわかる、との趣意である。古歌以来五月を代表する景物である「菖蒲」と「橘」を対比している。
第二句「あやめも分かぬ」には「菖蒲」と「文目（綾目）」（区別の意）が掛かる。その「あやめも分かぬ」は、「郭公鳴くや五月の菖蒲草文目も知らぬ恋もするかな」（古今集・恋一・四六九・読人不知）の「文目も知らぬ」（物の道理も分からない、分別もつかないの意）の変形と言えようが、ほぼ類同の意味の措辞である。『源氏物語』（蛍巻）の、蛍兵部卿宮の「今日さへや引く人もなきみがくれに生ふるあやめのねのみなかれむ」（三七四）に対する玉鬘の返歌「あらはれていとど浅くも見ゆるかなあやめも分かずなかれけるねの」（三七五）に遡及する。宗尊と同時代では、『現存六帖』（抜粋本）に「今日かくるあやめも分かぬ袖にさへあまた結べる花の色かな」（五日・二五・成茂）という先行例がある。「あやめも分かぬ故郷」は熟れない表現だが、江戸時代の（あるいは該歌からの影響も考え得る）武者小路実陰の「故郷は茂る草葉を葺き添へてあやめも分かぬ軒の朝露」（芳雲集・夏・檐菖蒲・一三二〇）が、解釈上の参考になろう。即ち、「荒れきって茂り放題の夏草に、何が何だが区別もつかない、従ってどれが「菖蒲」（掛詞）かも分からない故郷」という趣意に解される。「故郷」の「菖蒲」は「あさましや見し故郷の菖蒲草我が知らぬ間に生ひにけるかな」（金葉集・夏・一三四・輔仁）が、また「故郷」の「橘」は「尋ぬべき人は軒端の古郷にそれかとかをる庭の橘」（新古今集・夏・二四三・読人不知）が勅撰集の初例で、宗尊の視野にも入っていたであろう。

宇都宮歌壇の中心業績で正元元年（一二五九）八月十五日～十一月十二日の間に成立したとされる[6]『新和歌集』に「住み荒らす誰が故郷の跡ならんひとりぞにほふ軒の橘」（夏・一三七・泰朝）という類詠がある。宗尊詠がこれに負った可能性は高く見なければなるまい。それは、宗尊の同時代和歌あるいは関東圏の詠作に対する関心の高さを認めることに繋がるであろう。

なお、第四句「ひとり時知る」は、特に高度な独創的表現とも思われないが、他には、後の『文保百首』の「春来てもなほ雪寒き谷陰にひとり時知るうぐひすの声」（春・二〇四・道平）が目に付く程度であり、宗尊の歌に倣ったとも思しいが、さらに宗尊詠全体の後代への影響を捉える中で、改めて定位しなければならない。

右。

滝にこそ水まさるらし山科《しな》の音羽の里の五月雨《さみたれ》の比（九二）

例えば、『左近権中将俊忠朝臣家歌合』の「五月雨に水まさるらし沢田川真木の継ぎ橋浮きぬばかりに」（五月雨・六・藤原顕仲。金葉集・夏・一三八）について、俊頼の判詞で「五月雨に水まさるなどは、世に流れたる古言なれど」と評されたとおりの、五月雨による水嵩の増加を推測する常套表現を基にする。それを、初句に「滝にこそ」と置いて、より一般的な「川」を「滝」に換えたところに作者の意匠が見えよう。しかしまた、『為忠家初度百首』や『久安百首』を先蹤として鎌倉中期に少しく流行したと見られる「音羽の里」を用いてはいるが、「音羽」の縁で「滝」を詠むということでいえば、やはり類型的趣向の歌であろう。

この番には、判詞は付されていない。「殊なる事無き番」と判断されたものであろう。

二　四季歌2　秋歌と冬歌

六十一番（秋）左。歌頭に「撰」とある。

見《み》るままに山の端《は》遠《とを》く影澄《す》みて松に別《わか》るる秋の夜の月（一二一。瓊玉集・秋下・十首歌合に・二一二）

秋の夜に月が見る見るうちに高く昇って、山の稜線どころか、峰の頂上の松からも離れようとする状態を詠み表しているのではないだろうか。

月について「山の端遠し」とする措辞はさ程古くはなく、例えば『千五百番歌合』の「いたづらに霞に夜は更けにけり山の端遠く出づる月影」（春・三二七・具親）等のように中世初め頃から見え始める。「山の端近し」の形の方が先行しており、その対の表現として派生したとも考えられる。

下句は特異な表現である。「松に別るる」は、松から離れて高く去るとの意ではないか。類似の句形として、家隆の「契らねど一夜は過ぎぬ清見潟波に別るる暁の雲」（新古今集・羇旅・九六九）があり、これに倣ったと見ると、右のような意味となろう。しかしまた、「峰に別るる」が『古今集』（六〇一）以来の常套であって、例えば定家が「春の夜の夢の浮橋とだえして峰に別るる横雲の空」（新古今集・春上・三八）と詠むごとくであるが、これは、雲が峰から別れて立ち昇る意にも、峰で左右に分離する意にも解されている。後者に従うと、一首は、月が近景の松で分断されているとの趣旨となり、判者基家の「松間月かくこそ侍りけめ」とする読みには近いと言えよう。

右。歌頭に「撰」とある。

身を身ぞと思ひし世《よ》だにかきくれて涙に見《み》しは秋の夜《よ》の月（一二二）(7)

初二句の措辞は特異だが、『新撰六帖』に為家の「おのづから身を身とおもひし時にだになほぞ昔は恋しかりけん」（第四・ふるきを思ふ・一二七七）、また、建長八年の『百首歌合』にも「身を身ぞと思ふまでこそ憂くつらきこともありけるよとは知りぬれ」（雑・一四一五・伊長。逸翁美術館蔵本、国文学研究資料館紙焼写真本に拠る）がある。これらに倣ったのではないか。とすると、その為家詠は、「月やあらぬ春や昔の春ならぬ我が身ひとつはもとの身にして」（伊勢物語・四段・五・男。古今集・恋五・七四七・業平）とそれに付属した物語を踏まえた詠作であり、真観も為家詠の背後に「月やあらぬ」とその物語があることを認識していたであろう。第三句の「かきくれて」は、心が暗くなっての意に、辺りが暗くなっての意が掛かる。

やや難解だが試みに解釈すると、「我が身は変わらないもとのままの我が身だと思った境遇でさえ、やはり心が暗く沈み辺りもすっかりと暗くなった中で、涙のままに見たのは、（あの男の春の月ならぬ）秋の夜の月であったよ。」といった意味であろうか。しかしまた、この歌の部類は秋なので、それを重視して、初二句を「見し」にかけて解すると、「（あの男のように）我が身だけはもとのままの身だと思った境遇で心が暗く沈み辺りも暗くなった涙の中に、それでもやはり秋の夜の月だけは見たよ。」といった趣意になろうか。

なお、「涙に」「秋の夜の月」を見る趣向に着目すると、宗尊の「文永三年八月百五十首歌」の「秋月」題に「今かかる涙に見んと思ひきや都の空の秋の夜の月」（竹風抄・巻三・五〇二）があり、真観詠に学んだ可能性を見ておきたい。

判詞は、「右、殊に絶妙に見《み》ゆれども、高適のうへ、彼漢帝のもてあそびけん松間月かくこそ侍りけめ。猶勝つべくや。」である。右を称揚しつつ、さらに、左を絶賛して勝としている。「高適」（「たかくかなふ」か）は、左の一首の表す景がまさに壮大であることを言ったものか。「漢帝」云々の故事は詳らかにし得ない。「漢帝」が必ずしも漢代の皇帝に限らないとして、中国の皇帝と「松」と言えば、秦の始皇帝が泰山で雨宿りをした松に五大夫の爵位を授けたという故事（史記）が思い浮かぶが、それも、「もてあそびけん松間月」に直結はしないし、宗尊の和歌にもそぐわない。十六番の場合と同様に、作者宗尊にとっての直接の典拠ではなく、判者基家の側からわざわざ漢故事めかした言説を持ち出して、宗尊に対する敬意を払いつつ、自己の見識を示そうとしたものではなかったかと憶測する。

七十六番（秋）左。

いにしへの秋津《あきつ》の野辺《へ》の宮柱《はしら》霧こそ立《た》てれ跡も残《のこ》らず（一五一）

上句は、持統天皇吉野行幸従駕の人麿長歌の「やすみしし　我が大君の　聞こしめす　天の下に　国はしも　さはにあれども　山川の　清き河内と　み心を　吉野の国の　花散らふ　秋津の野辺に　宮柱　太敷きませば　ももしきの　大宮人は　舟並めて…」（万葉集・巻一・雑歌・三六。拾遺集・五六九に異伝歌あり）に拠りつつ、その古代吉野の離宮が存した地名の「秋津の野辺」の「秋」には、「霧」の縁語で季節の「秋」が掛かる。また、第四句の「立てれ」は、「宮柱」の縁で柱を「立つ」意が掛かる。「秋津」は、「秋津の里」が『続詞花集』（九四九・あるやまぶし）や『秋風集』（一〇四三・定信）、「秋津の山」が『熊野懐紙』（七・範光）、「秋津の川」が『為家千首』（八五九）や『洞院摂政家百首』（解題一二六・公経、一〇四七・行能「秋津のかはづ」）や『寂身集』（一九一）等に見える。さほど多いとは言えないが、宗尊にとって比較的身近な歌集の作例ではあろうか。

下句は古歌に見えない表現で、特に結句「跡も残らず」は、『洞院摂政家百首』（一七〇八・経通）に初見で、同時代では他に『宝治百首』（二〇八一・道助）や『現存和歌六帖』（八三一・忠兼）に見えるのみである。あまり顧みられず歌われることの少なかった『万葉』由来の所名・歌枕に、逆に伝統的ではない新奇な同時代表現を詠み併せた感がある。

右。

空蟬の木の葉の衣の薄紅葉《うすもみち》露やむなしき色に染《そ》むらん（一五二）

上句は、「秋の蟬寒き声にぞ聞こゆなる木の葉の衣を風や脱ぎつる」（寛平御時后宮歌合・秋・一一二・作者不記。新撰万葉集・秋・一〇九）に拠り、また、下句は「この春ぞ思ひはかへす桜花むなしき色に染めし心を」(8)（千載集・雑中・世を背きてまたの年の春、花を見てよめる・一〇六八・寂然。治承三十六人歌合・一二九他）に拠るのであろう。「薄紅葉」の「薄」は、紅葉の色が薄い意に衣の厚さが薄い意が掛かり、羽が薄い「空蟬」の縁語で、また、「むなしき」も「空蟬」の縁語である。

一首は、「蟬が薄衣として着るという木の葉が、薄く紅葉している。露が空しくはかない色に染めているのだろうか。」という意味であろう。

判詞は、「左、神の霊跡まことに高《たか》く侍るに、右、木の葉を衣とせる蟬の本文に珍しく取りなされて、勝負不分明歟。」である。この「本文」は、典故の漢詩文の意味ではなく本歌とほぼ同義であるならば、右の「秋の蟬」歌を言うのであろう。人麿が讃美した古代帝王の故地を詠じた宗尊詠の格調高さと、「秋の蟬」歌に拠りつつ新奇に詠み替えた真観詠の巧みさとを、各々評価しつつ持としたということではないだろうか。

九十一番（冬）左。歌頭に「撰」とある。

さゆる夜も月ぞ流《なか》るゝ久かたの天の川瀬《せ》や氷《こほ》らざるらん（一八一。瓊玉集・冬・冬月・二九八）(9)

『古今集』の「天の河雲のみをにてはやければ光とどめず月ぞ流るる」（雑上・八八二・読人不知）を本歌とする。加えて、同じくこの『古今集』歌を本歌とする『宝治百首』の行家詠「絶えずなほ月ぞ流るる天の河冬も氷らぬ雲のみをにて」（冬・冬月・二三〇五）の趣向に倣っていようか。

なお、右の『古今集』歌を本歌として、凍る凍らないを問題とする同様の手法が、同時代の関東圏で他にも詠まれており(10)、ある程度の流行が窺知されるのである。

右。

見《み》る程は命におとる木の葉かな《哉》はかなきもの《物》と風《かせ》や吹くらん（一八二）

『古今集』の「紅葉葉を風にまかせて見るよりもはかなきものは命なりけり」（哀傷・病に煩ひ侍りける秋、心地頼もしげなくおぼえければ、よみて人の許に遣はしける・八五九・千里）を本歌とする。「命におとる」は、あっけなくはかないものは人の生命であって、そのはかなさが人の生命に比べてより劣る、ということ。新奇な措辞ではあるが、用例が散見される「命にまさる」からの派生形ではないか。

上句と下句の関係がさ程明確とは言えない。一首全体は、「風のままに吹かれて散るのを見ている限りは、はかなさが人の生命よりも劣る木の葉であるな、それでもやはり風は、はかないものとして木の葉を吹くのだろうか。」といった趣意であろうか。

なお、宗尊にも右の『古今集』歌の本歌取で、かつ真観詠よりは平明な、「はかなさの命にまさる紅葉葉を今年も風にまかせてぞ見る」（竹風抄・巻一・〔文永九年十一月頃百番自歌合〕・落葉・九六二）がある。

判詞は、「右、心あはれに侍れど、寒夜の月誠さえとほ《を》りておもしろく侍るべし。」である。「寒夜の」以下は左に対する評であろう。両首共に同じく『古今集』歌の本歌取かつ理屈を立てた歌であって、左が特に秀逸とも思われない。判者に宗尊親王への追従の心理が皆無ではなかっただろうが、むしろ真観詠の詰屈を嫌ったと見るべきであろうか。

百六番（冬）左。歌頭に「撰」とある。

山深《ふか》み風も払《はら》はぬ松が枝《え》に積もり余《あま》りて落つる白《しら》雪（二一一。瓊玉集・冬・松雪を・三一四）

「山深み春とも知らぬ松の戸にたえだえかかる雪の玉水」（新古今集・春上・三・式子）の、松ある山家の世界を、季を早春から真冬に戻して詠み直した感がある。

「山深み」は、第四句に掛かると見るのが穏当であろう。その下句は新奇な措辞で他に例を見ない。『古今集』

の長歌（雑体・一〇〇五・躬恒）中の「冬草の　うへにふりしく　白雪の　つもりつもりて」を基に創出したか。

右。歌頭に「撰」とある。

踏《ふ》み分けて今日来《こ》む人を待《ま》つ人《ひと》や雪をあはれ《哀》と思はざるらん（二一二）

かすかに「子猷尋戴」（蒙求。出典は世説新語）の故事を意識するかと思われる「山里は雪降り積みて道もなし今日来む人をあはれとは見む」（拾遺集・冬・二五一・兼盛。拾遺抄・一五八）を本歌としつつ、それに異を唱えている。即ち、雪に閉ざされている道をわざわざ訪問してくる人を「あはれ」（友情ある）と見ようとする本歌の主体（作者）を「待つ人」（訪問者を待つ人）として、その人は、それでは、訪問者によって踏み荒らされることのない一面の雪を「あはれ」（興趣ある）とは思わないのだろうか、といった趣旨である。この背景にはもちろん、「待つ人の今も来たらばいかがせむ踏ままく惜しき庭の雪かな」（詞花集・冬・一五八・和泉式部）を初めとする、人跡の付いていない雪を惜しむという類型が存在している。(11)

なお、谷山本には、結句に「思はざらなん」の異本注記がある。この形では、訪問者を待つ人は、その訪問者の為にも、一面の雪を「あはれ」とは思わないで欲しいよ、といった趣意となり、むしろ逆に、右記の和泉式部詠等に異を唱えることになろう。

判詞は、「右、下句ことに心深《ふか》く宜しく侍るに、積もり余《あま》りて落《お》つる白雪、彼秦城松雪深《ふか》さ百尺に余《あま》れりけるもかくやと、左右に心うつりてこそ侍れ。」である。要するにいわゆる「宜しき持」である。「彼秦城」云々については、何らかの典故があるのかもしれないが、詳らかにし得ない。比喩にしても、「松雪深さ百尺に余れりける」には、非常な誇張があろう。あるいは、漢籍の典故があるように見せかけた大仰な表現で、宗尊詠への賛嘆を示そうとしただけなのかもしれない。

三　恋歌と雑歌

百二十一番（恋）左。

葛の葉《は》に風《かせ》待つ露の玉衣うらみぬまでも濡《ぬ》るる袖かな（二四一）

「秋風の吹き裏返す葛の葉のうらみてもなほうらめしきかな」（古今集・恋五・八二三・貞文。「秋」は「飽き」の掛詞）以来の、「葛の葉」の「裏見」に「恨み」が掛かる常套表現を取る。より直接には、「真葛原うらみぬ袖の上までも露置きそむる秋は来にけり」（新勅撰集・秋上・二〇三・宜秋門院丹後。千五百番歌合・一一一二）の趣向に拠る詠作ではないか。詞の面では、「風待つ露」の措辞は、俊成の「をざさ原風待つ露の消えやらずこのひとふしを思ひおくかな」（新古今集・雑下・一八二二他）に拠る。また、「露の玉衣」は、「濡るる袖」の縁で涙を暗喩する「露の玉」から「玉衣」へと鎖り、玉の露のような涙が置いている美しい衣の意であろう。判詞に「玉衣珍《めづら》しく聞《き》こゆ」とあるとおり、他にあまり例を見ない語であり、同時代では他に宗尊自身の別の一首（夫木抄・一五五三六）と雅有の一首（同・一六一九三）が見える程度である（相互の影響の可能性があるか）。先行例としては、俊頼の「雲晴れぬさ月来ぬらし玉衣むつかしきまであまじめりせり」（六条宰相家歌合・五月雨・九。散木奇歌集・二九八）が目に入るが、宗尊がこれに学んだとは断じ難い。この永久四年（一一一六）の『六条宰相家歌合』の二年後の元永元年（一一一八）五月の『右近衛中将雅定歌合』で、「君恋ふる涙の袖をあぢきなく玉の衣と人や見るらむ」（三〇・源顕仲。平安朝歌合大成本）と詠まれている。この「玉の衣」は、以後、『為忠家初度百首』（四七〇・寂念）や『長方集』（七〇）を経て『壬二集』（三一九八）等で、霰や露および涙のまとわりついた衣の表現として用いられている。むしろこの「玉の衣」から「玉衣」へと派生した可能性が高いのではないか。

一首は、「葛の葉の上で、飽き、ならぬ秋風が吹いて葉が裏返るのを待っている（それまでの命の）露、そのように、あの人に飽きられるのを待っているだけの私の衣の袖は、恨まないにしてもやはり涙が流れ、その玉の露が置いて濡れるよ。」といった趣意であろう。

右。

涙川《なみた》袖の早瀬《はやせ》に植《うへ》ゑかねてみるめも知《し》らぬ人を恋ひつゝ（二四二）

「早き瀬にみるめ生ひせば我が袖の涙の川に植ゑましものを」（古今集・恋一・五三一・読人しらず）を本歌とする。「涙川」は、涙が流れることの喩えだが、歌枕としては伊勢国のそれである（八雲御抄等）。「みるめ」は緑藻類の海藻「水松布」に、会う機会の「見る目」が掛かる。

一首は、「（恋人を慕って流す）涙の袖の急流に、水松布を植えることもできず、そのように見る目を得ることなく、いつ逢えるかもわからない人を恋い慕っている。」との趣旨であろう。上句と下句が連環している。

判詞に「両方の袖、右は濡《ぬ》れおとりてぞ侍らむ。」とある。宗尊詠の方に、より悲恋の情趣の深さを見るということであろうか。

百三十六番（恋）左。歌頭に「撰」とある。

今はまた《又》影だに見《み》えぬ憂《う》き人の形見《かたみ》の水は涙《なみた》なり《成》けり（二七一。続古今集・恋五・家十首歌合に・一三一九・中務卿親王。瓊玉集・恋下・十首歌合に・四〇六）

「絶えぬるか影だに見えば問ふべきに形見の水はみくさゐにけり」（新古今集〔伝為相筆本〕・恋四・入道摂政久しくまうで来ざりける頃、鬢掻きて出で侍りけるゆするつきの水、入れながら侍りけるを見て・一二三九・右大将道綱母。蜻蛉日記・一〇一、二・三句「影だにあらば問ふべきを」）を本歌とする。言わば「久しく逢はざる恋」を「恨むる恋」に詠み換えたところに趣向がある（新古今・続古今両集の配列参照）。

右。

忘れむと思ひ寝《ね》ならば何しかも人頼《たの》めなる夜半《よは》のつらさぞ（二七二）

『古今集』の「わびぬればしひて忘れむと思へども夢といふものぞ人頼めなる」（恋二・五六九・興風）と「君をのみ思ひ寝に寝し夢なれば我が心から見つるなりけり」（同・六〇八・躬恒）を本歌とする。一首は、「無理に忘れてしまおうと思って寝るのでもしあるのならば、どうしてまたあてにできない期待を抱かせる夜の辛さを味わうのか、やはりあなたを一途に思っているのだ。」いった意味であろうか。

判詞は、「左、本歌よりも下句猶勝りて、右及《をよ》ぶべきにあらず。」である。宗尊詠の下句がそれ程秀逸で、また、真観詠に比してはるかに優れているかどうかは別として、真観詠に屈折があることは確かで、強いて宗尊親王の歌を優遇した訳でもないように思われる。

むすび

以上に、『宗尊親王家百五十番歌合』の宗尊親王と真観の各結番について注解を試みた。この歌合に於ける宗尊親王の詠作には、本歌あるいは古証歌を踏まえつつ詠む方法と、新古今時代前後から同時代までの比較的新奇な趣向や詞を用いる傾向とが併存している。それは同時代の詠作のあり方一般にも通じるかとも思われるが、そこにはまた、宗尊親王の和歌に対する意欲、即ち、詠作にあたっては、古歌に習熟し、近代や当代の作品にも敏感であることを心掛けていたであろう熱意を窺うことができるように思うのである。そして、本歌合について、判者基家にあらかじめ秀歌撰を依頼するといった宗尊自身の積極的姿勢を併せて考えると、少なくともこの時期の宗尊親王の和歌活動に於ける相当に熱心な取り組みを認めることができるように思われるのである。(12)

基家の判詞は、宗尊・真観の結番十番中、宗尊詠の勝が七番、持が二番（共に宜しき持）、判詞無しが一番である。全百五十番中、四分の一強の四十一番が無判であり、また判詞の付されている番もこの両者の結番以外は短い場合が多い。即ち、判者基家から見て両者の結番は、総じて「殊なる事無き番」ではなかったということになろう。これは将軍たる宗尊親王および歌壇の実力者真観への敬意の表明でもあろう。(13)しかしそれは同時に、自らの知識を基に和歌をより深く読み取ろうとする態度によって為されており、単なる政治的配慮ばかりとも思われない。また、真観に対する評価もかなり高いと言えるが、さらにそれに比する形で宗尊詠がより称揚されている。これは、宗尊と真観の相対的な地位の高低に全く無関係とは言えまいが、それ以上に、恐らくは後嵯峨院皇子にして若き柳営の主というその身分境遇に根差す宗尊親王の詠みぶり、専門歌人にして老練の真観の詰屈に比してはより歌柄が大きく平明である点が、基家の好評を得た一つの要因となっていると捉えられるのである。(14)

以上のような宗尊の詠風の一面に留意しながら、三千首に及ぶ宗尊の全歌に対峙すべきであろう。(15)

【注】

(1) 主な和歌活動を列記しておく。○一月二十六日「(将軍家御所)和歌御会始」(吾妻鏡)、○二月二十八日「宮(宗尊親王)続百首」(従二位顕氏集)、○三月二十五日将軍近習中の「歌仙」を結番して各当番日に五首詠進を下命(吾妻鏡)、○五月五日「御所和歌御会」(同上)、○五月二十七日「日光別当法印(尊家)会」(従二位顕氏集)、○五月宗尊「百首歌」を詠む(柳葉和歌集)、○七月七日『宗尊親王家百五十番歌合』、○七月十二日将軍家入御時頼邸管絃詠歌遊宴(吾妻鏡)、○七月二十二日後藤基政に「関東近古詠」撰進下命(同上)、○八月二十六日「中務(大江重教)会」(従二位顕氏集)、○九月「宗尊親王家百首」(柳葉和歌集等)。

(2) 尊経閣文庫蔵『哥合　弘長元年七月七日』(内題。古名人部貴・第百四十号。文明十五年九月二日三条西実隆筆本の同時代の転写本か)に拠り、古典文庫『未刊中世歌合集　下』(昭三四・一〇)所収の、尊経閣本に対する谷山茂氏蔵本の校異を参照した。表記は、通行の字体・歴史的仮名遣いに改め(右傍に原態を示す)、送り仮名・清濁・句読点を施した。なお、他の和歌の引用本文は、特記しない限り新編国歌大観本に拠り、表記は改める。

（3）奥書の読解については、本論第二編第三章第三節「『宗尊親王家百五十番歌合』の奥書」参照。
（4）「恨みても」の「も」は詠嘆。「里は荒れて月やあらぬと恨みても誰浅茅生に衣打つらむ」（新古今集・秋下・四七八・良経）と同様。
（5）「暁の山」の形では、良経（秋篠月清集・一一九六）が早く、その後京極派に散見されるが、これらは単に暁時の山の意で用いられている。
（6）佐藤恒雄「新和歌集の成立」（『藤原為家研究』笠間書院、平二〇・九）。
（7）この一首については、「「身を身」と「思」ふ考」（『中世和歌論—歌学と表現と歌人』勉誠出版、令二・一一）でも考察した。
（8）「むなしき色」は「色即是空、空即是色」に基づく。
（9）家集では下句に異同がある。第四句が、「天の川とや」＝書陵部蔵五〇一・七三六本、同蔵五五三・一八本、内閣文庫蔵二〇一・五〇六本、「天の河原や」＝三手文庫蔵本、山口図書館蔵本、慶応義塾図書館蔵本（「原」ノ右傍ニ「とイ」トアリ）。結句が「氷らざりけむ」＝神宮文庫蔵本・群書類従本。
（10）「夜を寒み川瀬の水は氷りゐて月ぞ流るる宇治の網代木」（東撰六帖抜粋本・冬・網代・四三九・能清）。また、「さゆる夜もよどまぬ水の早瀬川氷るは月の光なりけり」（続拾遺集・冬・冬月を・四一三・長雅。東撰六帖抜粋本・冬・冬月・四〇〇）は、「天の河」の『古今集』歌とは逆に、（川の水は流れるが）月の光が凍る趣向。さらに、「さゆる夜も行く瀬は浪の早ければ水のみわたぞまづ氷りける」（百首歌合建長八年・冬・一二五八・忠定）については、真観の判詞に「水上は滝のみをにて早ければといふ歌、ちかく御会に見え侍りき、心詞あひ似てや侍らん」とある。この「水上は…」は、行家の「水上は滝のみをにて早ければ布引川の末ぞ氷れる」（夫木抄・雑六・河・ぬのびき河、布引、摂津・山階入道左大臣家歌合歌、川氷・一〇九七〇）を指していようが、この行家詠もまた、「天の河」の『古今集』歌に拠っていようか。なお、「月ぞ流るる」については、宗尊に別に「秋の夜は月ぞ流るるさくら川花は昔の跡の白波」（夫木抄・雑六・河・さくら川、ひたち、御集・一一二二九）がある。
（11）例えば、「雪降れば踏ままく惜しき庭の面を尋ねぬ人ぞうれしかりける」（六条修理大夫集・三一四。散木奇歌集・六七二）等。なお、兼盛詠を本歌としつつ和泉式部詠を取り併せて、寂蓮が「庭の雪に今日来ん人をあはれとも踏み分けつべきほどぞ待たれし」（千五百番歌合・冬三・二〇二三。続後撰集・五一六他）と詠んでいる。

（12）樋口芳麻呂「宗尊親王初学期の和歌―東撰和歌六帖所載歌を中心に―」（愛知教育大学『国語国文学報』二二、昭四四・三）は、正嘉二年（一二五八）以前のごく若年時の宗尊の詠作について、同様の見解を示している。

（13）黒田彰子は、「藤原基家の後期」（『国語と国文学』昭五七・九）で、本歌合を「儀礼的要素の強い」ものと見て、「宗尊親王詠と真観詠が番えられているため、判はそこに力が集中し、他の番には極めて消極的、非論理的な判が加えられるという不均衡が見られる」と述べている。

（14）注（13）所掲黒田論攷が既に、本歌合の基家の判について、「詞のつづきのなだらかな、平明な歌」を尊重していることを指摘している。

（15）現在までのところ、宗尊の現存家集の注釈を刊行した。『瓊玉和歌集新注』（青簡舎、平二六・一〇）、『竹風和歌抄新注　上、下』（青簡舎、令元・八、九）、『中書王御詠新注』（青簡舎、令三・一一）、『柳葉和歌集新注』（青簡舎、令五・四）。

第二節　『瓊玉和歌集』の和歌

はじめに

宗尊の前半生の本格的な家集である『瓊玉和歌集』（以下『瓊玉集』と略記する場合がある）について、注釈を施した結果を基に、(1)その外形と内容の両面から、特徴を考察してみたい。本集現存本所収の総歌数は509首だが、(2)378番歌は377番歌の本歌を後人が書き入れた竄入本文であり、509番歌は本奥書中の真観の作であるので、宗尊自身の詠歌数は507首である。部立構成と各歌数は、春上53（首）、春下42、夏48、秋上66、秋下63、冬47、恋上43、恋下47、雑上47、雑下52、である。

ここで、簡略に宗尊の生涯を記しつつ、(3)『瓊玉集』の位置づけを確認しておきたい。

宗尊は、仁治三年（一二四二）十一月二十二日に生まれる。父は後嵯峨天皇、母は内侍平棟子である。後嵯峨院の子としては、円助法親王と高峰顕日に継ぐ第三子である。乳幼児期は、承明門院（土御門院生母）に養育されたらしい。寛元二年（一二四四）正月二十八日に三歳で立親王、名を宗尊とする。十一歳の建長四年（一二五二）正月八日に仙洞で元服し、三品に叙される。同年三月に鎌倉下向が決まり、十九日に京都を発ち四月一日に鎌倉に入り、将軍の宣旨がある。執権北条時頼が当初の世話役で、藤原光俊（真観）の従兄弟の園城寺僧隆弁が護持僧であった。その後、二十五歳の文永三年（一二六六）七月までの足掛け十五年を、季節折々の儀式臨席や二所参詣等々の将軍たる職責を果たしつつ鎌倉に暮らす。文永二年（一二六五）九月十七日には一品中務卿に叙任されている。執権は、時頼・長時・政村の三代に及ぶ。将軍職を追われたのは、成長して幕府内の存在感を増したであろう宗尊を忌避した北条氏の意向が根底にあろうが、妻宰子の良基僧正との不義密通（の風聞）も絡まり、鎌倉中の騒動を問責されたと思しい。文永三（一二六六）年七月四日に御所を離れた宗尊は、将軍後継たる息子の惟康を鎌倉に残し、妻娘とも別々に京都に戻る（八日出発二十日入京）ことになったのである。この時、一時的に父帝後嵯峨院や母棟子から義絶されるが、同年末にはそれも解かれている。その後、死没までの数年間は、和歌に励みながら比較的平穏に京都で暮らしたと思しい。文永九年（一二七二）二月十七日の後嵯峨院死去に従い、同月三十日に宗尊は出家する。法名は覚恵とも行証（行澄）ともいう。そして、文永十一年（一二七四）七月二十九日丑刻に三十三歳で死去する。八月一日の葬礼で、亡骸が山科へ平素のように車で渡される様子に、見る者は涙を流したという。

宗尊は在関東時に、源親行や藤原顕氏や同教定や安倍範元（寂恵）等の関東祗候の廷臣や京都出自の幕府官僚等あるいは京都を出自とする女房達にも囲まれて和歌や『源氏物語』を習ったらしい。時には為家等の一時的に東下した京都の歌人とも接触したかもしれないし、近習の御家人歌人達ともども詠作にいそしんだらしい。御家人歌人後藤基政に関東を基盤とする撰集（『東撰六帖』か）を命じてもいる。またこの間、例えば文応元年（一二六〇）十月六日に、『宗尊親王三百首』に対して為家・基家・実氏・家良・真観・行家・鷹司院帥・安嘉門院四条の点や為家・基家の評を得たことに代表されるように、在京歌人からの指導も得ていた。加えて、文応元年（一二六〇）五月に幕府面前で恐らくは宗尊に献じるべく歌学書『簸河上』を著した真観を、同年末から出仕させて、実質的な歌道師範としたのである。和歌修養の環境としては、京都に遜色ないものであったと言ってよい。

宗尊の現存家集（含定数歌）は、五種が知られている。1文応元年（一二六〇）十月以前に詠作の『宗尊親王三百首』、2文永元年（一二六四）十二月九日真観撰の部類家集『瓊玉和歌集』（509首。内他者詠2首）、3弘長元年（一二六一）〜文永二年（一二六五）五年間の定数歌類を五巻に収める文永三年（一二六六）七月帰洛以前自撰かと目される『柳葉和歌集』（853首）、4その文永三年七月を挟み同二年春から同四年十月頃までの詠を収める文永四年（一二六七）十一月前後の自撰かと思しい部類家集『中書王御詠』（358首）、5文永三年（一二六六）七月の帰洛以後から文永九年（一二七二）二月の出家半年後までの定数歌類を収めて同年末に自撰と見られる『竹風和歌抄』（1020首）である。この内、本節で2『瓊玉和歌集』を、次節で5『竹風和歌抄』を論じる。

なお、宗尊の散佚家集については、建長五年（一二五三）から正嘉元年（一二五七）までの詠作を修撰したという6「初心愚草」（吾妻鏡・弘長三年七月二十九日条）と、小川剛生『武士はなぜ歌を詠むか―鎌倉将軍から戦国大名まで』（角川学芸出版、平二〇・七）が指摘した、7「春草集」（看聞日記・永享八年八月二十八、二十九日条）と8「秋懐集」（十輪院内府記・文明十五年九月二十六日条）が知られる。これらは、室町中期までは伝存していたことになるし、『夫木和歌抄』には「御集」と集付けする宗尊詠の中には、現存家集に見出だし得ない歌や、現存家集を出典としないと思われる歌が相当数存していて、別種の家集の存在が疑われるのである。また、9伝世尊寺行尹筆、10伝伏見天皇筆、11伝為氏筆、12伝後京極良経筆といった、宗尊の家集あるいは詠草と見られる断簡類が報告されている(4)。

ここで、現存家集と散佚「初心愚草」の書名の意義について、論じておきたい。

まず、建長五年（一二五三）〜正嘉元年（一二五七）の歌を修撰した「初心愚草」（吾妻鏡・弘長三年七月二十九日条）は、まさしく最初期の自撰の家集と見てよく、それはもちろん謙称であろう。続いて、文永元年（一二六四）十二月九日に真観が撰した『瓊玉和歌集』は、美しい玉のような宗尊の和歌の集といった意味合いの、尊称であろう。同書奥書に真観が記した「文永元年十二月九日／奉　仰真観撰之／老いてかく藻塩に玉ぞやつれぬる浪は神代の和歌の浦風」と呼応し、神代以来の風韻を伝える宗尊の玉詠を毀損する営みだと卑下する撰者真観の、宗尊に対する最大限の敬意の表明でもあろう。

これらに対して、宗尊が失脚し鎌倉を追われた文永三年（一二六六）七月を挟み同二年春～同四年十月頃の歌を収める、文永四年（一二六七）十一月前後に自撰と推測される『中書王御詠』(5)の書名には、疑問が残る。「中書王」とはもちろん中書王即ち中務卿に任じた宗尊を指すが、「御詠」はいくら親王でも自称はしないはずで、他者からの尊称と見るのが自然である。『中書王御詠』の現存最古写本の冷泉家時雨亭文庫本は、「宗尊親王が為家の元に送ってきた原本」ではなく、「為家が草稿とするために作成した複本」という（時雨亭叢書第三十一巻『中世私家集　七』井上宗雄・浅田徹同書解題）が、「原本」に忠実な本文を伝えてはいよう。そこに端作の内題はなく、「本来の第一紙表の中央に「中書王御詠　愚点所存等」と扉題のようにして内題があり、それを反映して後補表紙に同様の外題が墨書されている。つまり、この「愚点所存等」の記者である為家が、「中書王御詠」即ち中務卿宗尊親王の尊い詠作という、より一般的な名称を本書に付与したものと考えられるのである。文応元年（一二六〇）十月以前に詠じた『宗尊親王三百首』は、「三百首和歌」「中書王三百首」「中務親王三百首和歌」「文応三百首」「東関竹園三百首」等の呼称が併存する中で、端作に「鎌倉中書王御歌」と記す伝本（書陵部五〇一・八九四、島根大学附属図書館本、初雁文庫本等）が存していても、宗尊自身ではなく他者か後人が付したものと見るべきこと、また同様である。

一方で、弘長元年（一二六一）～文永二年（一二六五）の五年間の在関東時の詠作を五巻に収める、文永三年（一二六六）七月帰洛以前に自撰と思しい『柳葉和歌集』と、文永三年（一二六六）七月の帰洛以後から文永九年（一二七二）二月の出家半年後までの詠作を含む、同年末に自撰と見られる『竹風和歌抄』は、その名称が対照的に一対である。即ち、『柳葉和歌集』は、漢の将軍周亜夫が匈奴を征討の時に細柳という所に陣してよく威令が行われたという故事（漢書・周勃伝）により、将軍の陣営を意味する「柳営」に因んで名付けたであろう、宗尊将軍在任時の家集の称である。『竹風和歌抄』は、前漢孝文帝の子孝王が梁に封ぜられ、方三百里の苑を作り（史記・梁孝王世家）、世人が梁の孝王の竹園と称した故事（西京雑記）により、「竹苑・竹園」や「竹の園生」が親王または皇孫を指すのに基づき名付けたのであろう、京洛にあるべき親王の家集の称である。「柳葉」との対も意識して「竹風」としたのであったろう。この両家集の名称が宗尊自身により付与されたのであれば、宗尊には、その人生を、関東の将軍であること、京都の親王であること、二つながらの意識の下で詠じた和歌によって記録しようとする意識が存した、と言ってよいかもしれない。

ただし、編纂された家集の名義に窺う宗尊の詠作の志向と、家集の内実に見る宗尊の詠作の傾向は、必ずしも一致している訳ではない。宗尊詠の慨嘆・愁訴の述懐性は、既に『瓊玉集』に顕在化して全家集を通貫するし、むしろ親王の家集たる最晩年の『竹風抄』にこそ亢進して露わである。宗尊の和歌の特質の究明が一首一首の読みに基づくべきであることは、言うまでもない。

一　出典

『瓊玉集』所収歌の、各出典（散逸および仮称を含む）別の歌数を掲げる。(6)

①宗尊親王三百首（文応三百首）　55首。②弘長元年五月百首　19首。③宗尊親王家百五十番歌合弘長元年七月七日（十首歌合）　5首。④弘長元年九月中務卿宗尊親王家百首　48首。⑤弘長二年三月十七日花五首歌合　3首。⑥弘長二年十一月百首　24首。⑦弘長二年十二月百首　7首。⑧弘長二年冬弘長百首題百首　43首。⑨弘長三年六月廿四日当座百首　2首。⑩弘長三年八月三代集詞百首　10首。⑪文永元年六月十七日庚申宗尊親王百番自歌合　43首。⑫文永元年十月百首　18首。⑬三百六十首（未詳）　8首。⑭百首（未詳）　2首（一

首はあるいは弘長元年中務卿宗尊親王家百首か）。⑮五十首（未詳）9首。⑯花月五十首　9首。⑰述懐二十首（未詳）5首。⑱述懐十首（未詳）2首。⑲五十首歌合（未詳）1首。⑳二十首歌合（未詳）1首。㉑五首歌合（未詳）1首。㉒歌合（未詳）1首。㉓和歌所歌（あるいは幕府御所歌）34首（存疑、六帖題探題歌、結番歌を含む）。㉔出典未詳　157首。

なお、本集成立以前の弘長二年（一二六二）九月中に宗尊の命で藤原基家が撰したとされる『三十六人大歌合』所収の宗尊詠は、本集に全10首（31、136、154、196、216、290、339、395、441、476）が見えるが、内8首（31、154、196、290、339、395、441、476）は、他からの採録と認められるため、「蛍を」（136）、「野月」（216）と詞書する残りの2首については、撰者真観が記した詞書の理法を探った上で判断する必要はあるものの、一応この秀歌撰歌合は本集編纂時の撰歌資料ではなかった可能性が高いと推測されるので、出典からは除外しておく。正元二年（一二六〇）二月五日序（北条重時撰か。47頁注（8）参照）の『新三十六人撰』についても、所収歌2首（74、297）は他資料からの採録と認められるので、出典ではなく他出として扱っておく。

他資料等に拠りつつ年次が明確になる出典は、文応元年（一二六〇）十月六日以前の成立という①『宗尊親王三百首（文応三百首）』が最も早く、文永元年（一二六四）の⑫「文永元年十月百首」が最も遅い。ただし、本集で詞書に年次が明記されているのは、「文永元年十月御百首（百首・百首御歌）」等とするこの⑫「文永元年十月百首」のみである。また、年次は記さないまでも少なくとも当該の定数歌・歌合等であることが明記されているのは、「三百首御歌」等とする①『宗尊親王三百首』、「十首歌合に」とする③『宗尊親王家百五十番歌合』、「人人によませさせ給ひし百首に」等とする④「弘長元年九月中務卿宗尊親王家百首」、「百首御歌の中に」とする⑥「弘長二年十一月百首」、同様に「百首御歌の中に」等とする⑦「弘長二年十二月百首」、「弘長二年冬奉らせ給ひし百首御歌の中に」等とする⑧「弘長二年冬弘長百首題百首」、「百首御歌中に」等とする⑩「弘長三年八月三代集詞百首」、「御歌ばかり百番合はさせ給ふとて」「百番御歌合に」等とする⑪「文永元年六月十七日庚申宗尊親王百番自歌合」である。なおただし、これらについても、全てに定数歌・歌合であることが詞書に明記されている訳ではなく、歌題や一般的な詠作の詞書が付されている場合がまま見られるのである。具体例につけば、③『宗尊親王家百五十番歌合』所収歌は、本集内では「十首歌合に」（37、211、406）と記されて確かに同歌合からの採録であることが明示されている場合と、「冬月」（298）「松雪を」（314）のように春夏秋冬恋を題とする同歌合以外の歌題が記される場合とが混在していて、本集撰者真観が宗尊の懐紙詠等も含むより多様な資料から採歌したか、あるいは同一資料から採歌しても配列上の措置から必ずしも同じ詞書を付さなかったか、という編纂時の作為が窺われるのである。また例えば、詞書を「雑御歌中に」とする479～484の6首中の最後の484番歌は、本集でも詞書に明記する⑫「文永元年十月百首」の一首であることが『柳葉集』（六二〇）により確認されるが、484番歌詞書にはそれが記されていない。同百首を抄録する『柳葉集』（五六三～六二六）には、「雑」歌は六一五～六二六の12首が収められているが、春夏秋冬恋雑である同百首の構成から、本来雑歌は二十首であったと推測されるので、本集の残りの「雑御歌中に」の5首も、同百首の散逸歌である可能性があろうし、他の雑歌の詠草類に同百首のこの一首を付けて本集で配列上のひとまとまりの小歌群とした可能性もあろう。さらには484番歌が、雑歌の詠草から流用された可能性もあるのであろう。同様に、「題しらず」の下にある345～347の3首の真ん中346番歌は、⑥「弘長二年十一月百首」の「不逢恋」題の一首であり、詠草類から採録されて一方で同百首の一首にも組み入れられたか、撰者真観が同百首歌を敢えて「題しらず」歌として配したか、といった可能性が想定されるのである。

ちなみに、本集の詞書の理法は勅撰集等に倣って、不記載は直近の詞書がかかると見てよいであろうが、例外もある。492番歌は、491の詞書「三百首御歌に」がかかるので、491番歌がそうであるように①『宗尊親王三百首』

の一首であるはずだが、事実は⑩「弘長三年三代集詞百首」の一首である。撰者真観の錯誤か作為であろうか。とすれば、他の定数歌等についても同断で、現存資料からは精確な意味で真観が本集編纂に用いた出典資料を特定するには、なお慎重である必要があるということになるであろう。また、例えば、317に付された「歳暮」題は318にも及ぶが、出典は317が⑪「文永元年六月十七日庚申宗尊親王百番自歌合」、318が②「弘長元年五月百首」で、異なる。その上に、319の詞書は「弘長二年冬奉らせ給ひし百首に、同じ心を」とあって、「同じ心を」即ち「歳暮」題であるとしながら、出典を「弘長二年冬奉らせ給ひし百首に」⑧「弘長二年冬弘長百首題百首」と明記していて、あたかも319のみが317や318とは出典を異にする、言い換えれば317と318は詠草類からの採録か同出典であるかのような印象を与えているのである。「忍恋を」題を共有する327⑵「弘長元年五月百首」328⑺「弘長二年十二月百首」と、それに続いて「百番御歌合に、同じ心を」と詞書する329⑾「文永元年六月十七日庚申宗尊親王百番自歌合」の場合も同断である。さらにまた、「恋の心を」を詞書とする337・338、「奉らせ給ひし百首に、不逢恋」を詞書とする339・340・341の歌群の出典は、337が⑩「弘長三年八月三代集詞百首」、338が⑧「弘長二年冬弘長百首題百首（「忍恋」）」、339・340・341が⑧「弘長二年冬弘長百首題百首（「不逢恋」）」なのである。つまり、338以下の四首は同じ⑧「弘長二年冬弘長百首題百首」の歌でありながら、339以下の三首とは題を異にする338のみが別の出典のように処理されていることになる。撰者真観は、当時の宗尊の詠作を恐らくは全て手許に管理しつつ、それらを基に『瓊玉集』を編纂するに際して、出典の一致とその明示をある程度重視しながらも、時に主題の連続を優先させて歌を柔軟に配列していたと思しい。ただし、宗尊の定数歌等がその詠作機会とされる当座に全て詠まれたとは限らず、普段の詠草類からの利用や各定数歌相互間の流用等の事情が想定されるので、現存する資料から『瓊玉集』編纂の実態を完全に究明することは難しいまでも、なお撰者真観の編纂姿勢については、慎重に見極めていく必要があるであろう。

なお、⑤「弘長二年三月十七日花五首歌合」は、田中穣旧蔵国立歴史民俗博物館蔵『定家家隆両卿歌合并弘長歌合』所収の『歌合　弘長二年三月十七日』のことである。同歌合については、同博物館に於ける平成十七年人間文化研究機構連携展示「うたのちから―和歌の時代史―」で紹介された。その後、佐藤智広「宗尊親王弘長二年歌合二種について」（『昭和学院国語国文』三七、平二一・三）が、『弘長歌合』と同歌合とが「近接した時期に行われた」、「宗尊親王主催の鎌倉での歌合であること」を確認し、両歌合の全文を翻印している（本論もこれに拠った）。歌題は「月前花」「霞中花」「山路花」「閑居花」「河上花」で、「花五首歌合」の呼称に合致する。『瓊玉集』には、55（一番左勝・月前花）、56（十六番左持・閑居花）、71（六番左負・霞中花）の3首が採録されている。

以上の他では、②「弘長元年五月百首」については、『柳葉集』（一～六八）との重複からそれらの構成歌と知られるが、本集では同百首歌であることを示す詞書は皆無であり、本集編纂に同百首は撰歌資料ではなく、各々の詠作資料から直接に採録された可能性が高いであろう。とすると、同百首は当座や折々の詠作から組み上げられた百首歌であったのかもしれない。なおまた、その内の一首404は、本集の詞書が「二十首歌合に、恋を」であって、百首歌や歌合出詠歌が、相互に流用されていたらしい事が垣間見える。僅か2首（18、170）ではあるが、⑨「弘長三年六月廿四日当座百首」についても、同様のことが言えるであろう。逆に本集詞書に定数歌であることが明記されているが、同定する資料である『柳葉集』に見えないので未詳とした歌についても、『柳葉集』は各定数歌の抄録であるので、本来はいずれかの定数歌の一首であった可能性は見ておかなければならないであろう。

いずれにせよ、こういった採録歌の様相から、文永元年（一二六四）年十二月九日の本奥書を有する本集は、中にはより初学期の作が含まれている可能性は排除されないにせよ、建長五年（一二五三）から正嘉元年（一二五七）に至る詠作を修撰した「初心愚草」（吾妻鏡・弘長三年七月二十九日条）なる初学期の自撰家集が既に存在していたらしいことを考え併せれば、おおよそ文応（一二六〇～一）前後頃から文永元年（一二六四）冬頃までの、即ち十九歳前後頃から二十三歳頃までの宗尊の詠作を撰歌資料として編まれたものと見てよいのではないだろうか。真観の手になる他撰の部類家集であるが、定数歌と歌合詠ならびに幕府の和歌所あるいは御所での詠作を中心にしつつ、即事詠・臨場の詠草類かと思しい詠作も併せて、相当数の出典未詳歌をも含んでいる。想像するに、真観の手許には、この家集成立以前の宗尊の詠歌資料が、ほぼ集積されていたのではないだろうか。

二　他出

『瓊玉集』所収歌の他集への採録状況を、各作品別の歌数で示す。(7)

①新三十六人撰　2首。②三十六人大歌合　10首。③柳葉集　210首。④続古今集　48首。⑤続拾遺集　4首。⑥新後撰集　4首。⑦続千載集　2首（1首新後拾遺集に重出）。⑧続後拾遺集　6首。⑨新千載集　4首。⑩新後拾遺集　8首（1首続千載集に重出）。⑪新続古今集　2首。⑫新時代不同歌合　2首。⑬和漢兼作集　6首。⑭拾遺風体集　2首。⑮歌枕名寄　25首。⑯夫木抄　12首。⑰三百六十首和歌　1首。⑱六華集　10首。⑲六花集注　2首。⑳題林愚抄　23首。㉑雲玉集　4首。㉒源承和歌口伝　1首。㉓和歌用意条々　1首。㉔井蛙抄　4首。㉕兼載雑談　1首。㉖高良玉垂宮神秘書紙背和歌　1首。

なお、弘長元年（一二六一）五月から文永二年（一二六五）閏四月に至る五年間の宗尊の詠作計853首を収載し、それ以後から文永三年（一二六六）七月の帰洛以前までの間に自撰したと推測されている『柳葉和歌集』とは、210首（内1首改作か）を共有するが、これは両集が取材した定数歌が共通していることに起因するものである。

宗尊最晩年の家集『竹風和歌抄』が、今知られる愛知教育大学付属図書館蔵本を唯一の伝本として、流布の範囲の狭さを推測させ、それに矛盾せずに、同抄の和歌の後出他集への採録数が少ないこと（続拾遺集以降の勅撰集7集22首。私撰集類8集55首。その他3作品3首）(8)に比較すれば、『瓊玉集』所収歌の他出歌集等が相互に出典となって撰歌した場合もあるであろうことを割り引いても、伝存諸本の数の多さに符合して、『瓊玉集』の歌が相当程度後代に受容されていたらしいことが窺われるのである。特に、『続古今集』以降の勅撰集には、本集の歌76首が入集しているのである。中でもまた、本集は、その成立時期が『続古今集』成立の一年程前であることや、撰者が『続古今集』の追加撰者となった真観であることを考えれば、『続古今集』撰定を睨んで修撰されたと推測されるので、当然に本集から『続古今集』に採録された歌もあったと見てよいであろう。もとより勅撰集との重出歌の全てが、本集を直接の依拠典籍として採録されたものとは限らず、むしろ、原典の定数歌や歌合、あるいは他の家集や撰集類などから採録された場合も少なくないであろうが、『瓊玉集』が宗尊の主要家集として歴代の勅撰集撰定の資料の一つとなっていたらしいことは認めてよいであろう。主な歌集について、詞書や他出の状況等から判断して、『瓊玉集』を出典とすると認められる例と、逆に『瓊玉集』を出典とするとは認められない例を、挙げておく（数字は『瓊玉集』の番号）。

出典　続古今集　111、167、170、209、213、272、296、327、334、406、408。新後撰集　399、409。続後拾遺集　472。新千載集　184。新後拾遺集　251、275。新続古今集　460、467。和漢兼作集　27。拾遺風体集　450。夫木抄　217、428、430、431、438。

非出典　続古今集　224、244、360。

右の内、『夫木抄』（一一七五一）に採録された430番歌は、詞書（集付）に「御集」とあって、『瓊玉集』を出典とすることが明示されている。438番歌も同様に、『夫木抄』（一三七六九）詞書に「御集」と記されて採録されている。この一首は『柳葉集』（一三二）にも収められているが、一応これも『瓊玉集』を出典としたと判断しておく。ちなみに、『高良玉垂宮神秘書紙背和歌』（一六五）に採録された432番歌は、出典が「宗尊親王集」と明記されていて、ここにも、『瓊玉集』の流布の様相の一端が窺われるのである。

さて、宗尊詠の全勅撰集入集数は、次のとおりである。

続古今67（首）　続拾遺18　新後撰17　玉葉22　続千載10　続後拾遺10　風雅7　新千載9　新拾遺8

新後拾遺12　新続古今10

この中で、『瓊玉集』の和歌と一首も重ならないのは、『玉葉集』と『風雅集』および『新拾遺集』である。晩年を除けば関東歌人の所為であると言ってよい宗尊の詠作が、京極派の特徴に通う所があって、京極派の両集に相応に入集していることは事実だが、本集は両集の撰修資料ではなかったことになる。もう一つの『新拾遺集』は、諸事情により二条家の中でも嫡流ではない為明が撰者となるが、その為明も四季部六巻を奏覧後老病に没して、頓阿がその業を引き継いで完成に至った集である。より精確に各勅撰集の側からその撰修資料の様相を明らかにする必要があるが、時代の懸隔があり飛鳥井雅世が撰者となった『新続古今集』を措いて見ると、『瓊玉集』が、宗尊の師である為家の嫡流で、京極派の両集以外の勅撰撰者の地位を寡占した二条家の直系には伝存していたのではないか、と推測されるのである。

また、後代の撰集類に収められた宗尊詠は、既存の勅撰集類から採歌された場合が多いであろうが、『瓊玉集』と後出の撰集類にしか見当たらない歌が相当数あって、それらの内の幾らかは『瓊玉集』を直接の出典としたと見てもよいであろうから、その点でも本集の相応の流布が窺われるのである。

なお、399番歌「あぢきなやいつまで物を思へとて憂きに残れる命なるらん」は『新後撰集』（恋二・八六二）に、初句「あぢきなく」（新編国歌大観の底本書陵部蔵五〇〇・一三本、同蔵四〇〇・七本、正保四年刊本等）の形で入集している。この本文は、『瓊玉集』諸本中、I類に分類した内閣本に一致している。さらに『新後撰集』本文を精査する要はあるが、現存本で必ずしも良好とは言えない本文の瑕疵を有するI類本がしかし、より古い段階の本文を保存していると見てよいかもしれないことを覗かせているようにも思われるのである。

なおまた、183番歌「秋御歌とて／露深き尾花がもとのきりぎりすさぞ思ひある音をば鳴くらん」は、出典と思しい『宗尊親王三百首』（一六五）では下句「さて思ひある音をや鳴くらん」とある一首である。しかし、『瓊玉集』内閣本と慶応本の傍記本文は、『柳葉集』の「露に鳴く尾花が本のきりぎりす誰が手枕の涙添ふらん」（巻五・七四五）に一致し、その形で『続古今集』（秋上・三七八）に採られている。『柳葉集』ではこの歌は、『瓊玉集』成立の文永元年（一二六四）十二月九日の後、「文永二年潤四月三百六十首歌」の秋の一首であるが、『続古今集』の詞書は「三百首歌中に」で、『宗尊親王三百首』からの採録であることを示している。先に同三百首が詠まれ、それが『瓊玉集』に収められた後に、宗尊の手で改作が図られたのであろうか。

三　本歌取1

『瓊玉集』中の本歌取の宗尊詠を取り上げて、宗尊の本歌取の方法的特徴について論じてみたい。ここでは、⑩「弘長三年八月三代集詞百首」の作は本歌取として扱う。

まず、『瓊玉集』の中で宗尊が一首の古歌を本歌に取った歌数を、古歌の集別にまとめると次のとおりである。[9]

古今集103、後撰集18、拾遺集22、後拾遺集20、詞花集3、千載集1、新古今集20、新勅撰集1、続後撰集1、万葉集20[10]、伊勢物語4、源氏物語1。

宗尊がどの程度まで自覚的に本歌取を行っていたかを直接に知ることはできないのは、他の多くの歌人達と同様である。しかしながら右にまとめた数を概観すれば、本歌取が多分に解釈者側の判断に依存するを得ないにせよ、従ってまた本歌取ではないと判断されるべき歌が含まれているにせよ、宗尊が古歌に依拠して詠作する指向性が強いことは認められるであろう。後段に記すような、古歌に限らず宗尊当代までの既存歌に依拠した詠作も併せ見れば、むしろ先行歌に倣うことこそが、少なくとも『瓊玉集』時点までの宗尊の意識的な方法であったと見なしてよいのであろう。その上で、本歌取が詠作方法として機能する本質的要件は本歌に取る古歌が歌人間に周知のものであること、『瓊玉集』歌を為した宗尊は定家学書成立後で順徳院学書も存在した時代の中に在ってかつ真観の髄脳が宗尊に渡っていたであろうこと、従ってそれらの説示が宗尊に摂取されていたであろうこと、等々を勘案して、宗尊の本歌取を認定したところである。つまり、古歌の範囲については、定家が詠作原理として説いた詞の範囲を三代集歌人のそれとしたことに則しつつも、真観がその定家説を本歌取の場合の対象勅撰集の範囲に意改して、その範囲を『後拾遺集』まで広げることを「後拾遺は見直し、ひたたけて取り用ゐることになんなりて侍り」（簸河上）として容認したことや、宗尊将軍幕下の関東歌壇中最高位の廷臣藤原顕氏らが『後拾遺集』初出歌人の歌を本歌取の対象としていたらしいこと等も見合わせて(11)、宗尊の本歌取の古歌の範囲を認定するべきかと考えるのである。また、古歌の心を取るか、詞を取るかについては、詠作の原理を詞は古く心は新しくとする以上必然に定家の本歌取説は詞を取ることになるが、その峻厳な方法論が現実には困難を伴うことに加えて、順徳院『八雲御抄』が既に定家的方法に並列して心を取る院政期的方法も容認していること、真観『簸河上』もまたその点については曖昧寛容であること等に照らせば、宗尊の本歌取が、心も詞も取る方向へ傾くことは当然であったと見なすべきであろう。なおまた、宗尊の場合に限る訳でもないことだろうが、同じ古歌を本歌取した歌に倣った本歌取の作がままあることを指摘しておきたい。

具体的に見てみよう。定家が晩年の著作たる『近代秀歌』や『詠歌大概』で示した本歌取の規制、即ち、恐らくは後進の無軌道な本歌取への注意細則として、詞は古く心は新しくという詠作原理の下に説かれた具体的細則と見るべき規制に、宗尊詠が適従している場合が当然ある。一例を挙げると、

桜花咲くべきころと思ふよりいかにせよとか待たれそめけん（春上・47）

は、「思ふよりいかにせよとか秋風になびく浅茅の色ことになる」（古今集・恋四・七二五・読人不知）を本歌にする。

同歌の初二句「思ふよりいかにせよとか」を第三・四句に取り据えて、恋を春に転換し、本歌の意味内容から離れて新しさを見せている。定家の『近代秀歌』や『詠歌大概』の所説に適っていよう。加えて、その意味内容（心）は、むしろ「桜花咲かば散りなんと思ふよりかねても風のいとはしきかな」（後拾遺集・春上・八一・永源）や「いづかたに花咲きぬらんと思ふより四方の山辺に散る心かな」（千載集・春上・四二・待賢門院堀河）に近く、先行歌に負うところが大きい点では、宗尊の方法の典型である。なおかつ、宗尊の師で『瓊玉集』の撰者である真観にも、「思ふより」の『古今集』歌を本歌にした「山深く住むは憂き身と思ふよりいかにせよとか秋風の吹く」（影供歌合建長三年九月・山家秋風・八四）という、まさに定家の所説に従ったような先行作が存している。つまりこの宗尊詠は、定家の所説に則して『古今集』歌を本歌に取り、院政期勅撰集歌の内容に倣いつつ、師の詠みぶりにも従った詠作ということになろう。

もう一例を挙げよう。

何事を忍びあまりて浅茅生の小野の草葉に虫の鳴くらん（秋上・182）

は、「浅茅生の小野の篠原忍ぶれどあまりてなどか人の恋しき」（後撰集・恋一・五七七・等）を本歌にする。等歌の上の五七句「浅茅生の小野の篠原」を、下の五七句の位置に移しつつ「浅茅生の小野の草葉に」と、「篠原」を「草葉に」に変換して取り、等歌の下の五七句の「忍ぶれどあまりて（などか）」を一句に縮約して、第二句に「忍びあまりて」と置く。本歌の七五句や七七句を避け、五七句を取って置き所を換え、結果として取った詞の総量としても、新歌の中の二句と三字に留まっている。また、本歌の恋の気分を少しく揺曳させながらも、述懐性を孕んだ秋歌の一首として新しい歌境（心）を獲得している、と言ってよいであろう。つまり、まさしく定家が教示した、本歌取の際の後進への注意細則の規制の中に在って、なおかつ、定家が主唱した、古い言詞に拠りつつ新しい想念の歌を詠む、という原理にも適っているのである。

逆に、定家の注意細則に反するような本歌取も少なからず存在する。例えば、

行きやらで暮らせる山の時鳥今ひと声は月に鳴くなり（夏・111）

は、「行きやらで山路暮らしつ時鳥今ひと声の聞かまほしさに」（拾遺集・夏・一〇六・公忠）を本歌に、一部を変化させつつも四句に渡って詞を取り、部立の転換もなく、従って心（内容）も刷新されるべくもなく、ただ景物の「月」を添えているのみで、後述する院政期本歌取の方法と言えば言えるが、定家の庶幾した所とは大きく異なることは確かであろう。また例えば、

けふしこそ若菜摘むなれ片岡のあしたの原はいつか焼きけん（春上・17）

は、「明日からは若菜摘まむと片岡のあしたの原は今日ぞ焼くめる」（拾遺集・春・一八・人麿）を本歌にして、部立の転換もなく心（内容）を取り、詞（言辞）は二句と五字が同位置で重なっているのである。もっとも、その心の取りようは恐らく自覚的で、人麿歌の時代を問い直す趣である。このような詠みぶりは、時代の傾向に沿っていて、かつ宗尊の、和歌の本意や事物・事象の始原・起源を問い質そうとする詠み方にも通じたものであろう。類例を挙げておけば、

いかにかく袖は濡らすぞ世の中の憂きも慰む月と聞きしに（秋下・228）

は、「ながむるに物思ふことの慰むは月は憂き世の外よりや行く」（拾遺集・雑上・四三四・為基）を本歌にして、「どうしてこうまで袖は、月をながめると涙が濡らすのか。世の中の憂く辛いことも慰められる月だと聞いていたのに。」と、為基歌に反言するのである。これも、古歌に十分に依存するが故に、現実の自己からその古歌の世界を問い直そうとする姿勢が自然と表出されたということになる。ただし、以上のような手法は、実は本歌取の方法の中に内在していて、だからこそ頓阿『井蛙抄』は「私云、本歌をとれるやう、さまざまなり」の中に「一やう、本歌にかひそひてよめり」とも、「一のやう、本歌の心にすがりて風情を建立したる歌、本歌に贈答したる

姿など、古く言へるも、この姿の類なり」ともしたのであろうから、宗尊固有の手法などでは決してない。けれども、本歌取以外の詠作の性向とも相俟った宗尊の場合のそれは、古歌（そして広く先行歌）の世界への耽溺あるいは渇仰とでも言うような、この時期までの宗尊の旺盛な先行歌の学習を基盤としていたと見ることはできるのではないだろうか。関連して例えば、

時は今は冬になりぬと時雨るめり遠き山辺に雲のかかれる（冬・273）

は、「時は今は春になりぬとみ雪降る遠き山辺に霞たなびく」（新古今集・春上・九・読人不知。原歌万葉集・巻八・春雑歌・一四三九・中臣武良自）を本歌にして、「春」を「冬」に転換するものの第一・二・四句をそのまま取り、第三句の「み雪降る」を「時雨るめり」に、第五句の「霞たなびく」を「雲のかかれる」に変換した一首である。全句を取っていると言ってもおかしくはない。定家学書の本歌取の注意細則に照らすまでもなく、言わば古歌の模倣であり、それが『宗尊親王三百首』詠であれば、習作と言ってよい歌ではあろう。しかし同三百首では、為家・基家・家良・行家・光俊（真観）・帥が合点し、基家が「（已上四首）尤宜歟」と評してもいるのである。当時他の歌人達も同様の詠みぶりの歌を残していない訳でもなく、また若き親王故に容認・評価されたとも見られるが、いずれにせよ、宗尊が早くからこのような単純な方法を繰り返し試行しつつ古歌に習熟してゆき、少しずつ、より複雑な古歌の取りようを身に付けていったのではないかと推測されるのである。

さて一方で、宗尊には、院政期的な本歌取の手法を見せている作も認められる。これも一例を挙げておこう。

人訪はぬ葎の宿の月影に露こそ見えね秋風ぞ吹く（秋下・閑居月・213）

は、匡房の「八重葎茂れる宿は人もなしまばらに月の影ぞすみける」（新古今集・雑上・一五五三）、あるいは恵慶の「八重葎茂れる宿のさびしきに人こそ見えね秋は来にけり」（拾遺集・秋・一四〇）を本歌にしたと見ることができる。下句は、「岩がねのこりしく山の椎柴も色こそ見えね秋風ぞ吹く」（土御門院百首・山・八六。雲葉集・秋下・六三九・

土御門院、初句「岩がねに」。続後拾遺集・雑上・一〇三六）や「月影も思ひあらばと洩り初めて葎の宿に秋は来にけり」（万代集・秋上・九六四・俊成女。日吉社撰歌合・二五。俊成卿女集・五八）といった歌が、意識的にか無意識下にか踏まえられていると思しい。本歌がいずれであったにせよ、本歌の内容（心）を上句に詠み直して下句に新たな内容を付加する、言わば院政期的な「詠み益し」の手法に近い本歌取である。定家は、詞が古く心は新しくという基本原理から、本歌取は昔の歌の詞を改めることなく今の歌に詠み据えることと規定したが（近代秀歌）、それは後代の理論と実作に於いて必ずしも全き継承が為された訳ではない。順徳院の『八雲御抄』は、本歌取（古歌を取ること）には二様あるとして「一には詞を取りて心を変へ、一には心ながら取りて物（詞）を変へたるもあり」と言い、心をそのまま取ることを方法として容認しているのである。また、真観の『簸河上』も、本歌の取り方として「優なる詞」を取るだけでなく「深き心」をも学ぶべきとの趣旨を説いている。鎌倉中期に活躍した宗尊が、「心」を取る本歌取も一つの方法として容認されると認識していたとしても不思議ではなく、むしろ宗尊が、このような本歌取を抵抗なく行っていたと考える方が穏当ではないだろうか。

なお、本歌に取った歌の勅撰集内の部立については、四季・恋・雑が多いが、羈旅や哀傷や賀も散見し、『古今集』の誹諧や神遊びも含まれていて、宗尊の学習が満遍なく及んでいたことを窺わせるのである。

ちなみに、細かい点に及んで見れば、本歌に取った歌が『万葉集』歌でそれが『五代集歌枕』採録歌である場合が散見し、後段の五に記すとおり、本歌取以外にも『五代集歌枕』に拠ったと思しい歌がまま見られるので、宗尊が『五代集歌枕』を参看していた可能性は高く見てよいであろう。また、『伊勢物語』歌で、それが『新勅撰集』入集歌である場合が多く、事実『新勅撰集』歌を本歌に取っている例（411）もあるので、あるいは『新勅撰集』を通じた『伊勢物語』歌への接近もあったと見た方がよいかとも疑われるのである。ただし、前者の見方についていては、注意しておきたいこともある。

塵をだに払はぬ床の山川のいさやいつより思ひ絶えけん（恋下・408）

は、次の古歌二首を本歌に取っている。

塵をだに据ゑじとぞ思ふ咲きしより妹とわが寝るとこ夏の花（古今集・夏・一六七・躬恒）

犬上のとこの山なるいさや川いさと答へて我が名告げすな（万葉集〈広瀬本・嘉暦伝承本〉・巻十一・寄物陳思・二七一〇・作者未詳。五代集歌枕・とこの山・三二〇）

二首目の『万葉集』歌は、異訓・異伝が多い。現行訓は、二句「とこのやまにある」下句「いさとを聞こせ我が名告らすな」、西本願寺本訓は二句「とこのやまになる」四句「いさとをきこせ」、寛永刊本訓は四句「いさとをきこせ」で、『袖中抄』の一首（五〇四）も同じである。『古今集』墨滅歌（巻十三・一一〇八）は三句「なとり川」五句「我が名もらすな」、『和歌童蒙抄』（二三三）は下句「いさとこたへよわがなもらすな」、『古今六帖』（第五・名ををしむ・三〇六一・あめのみかど）は三句「いさら川」五句「我が名もらすな」で、『色葉和難集』（三）も同じ、という様相である。『五代集歌枕』（いさやがは・一三〇五・天智天皇）は、「とこの山」の項の一首は『万葉集』広瀬本等に同じだが、「いさやがは」の項の一首は、三句「いさら川《ママ》」五句「我が名もらすな」である（袖中抄・五〇五も同じ）。この古歌が宗尊詠の本歌たるには第三句が「いさや川」でなくてはならず、その点では、宗尊の手許にあった『万葉集』や『五代集歌枕』の素性についてはなお不明とせざるを得ないけれども、当然ながらその究明には諸本の本文についても目を配っておく必要があるということになろう。

四　本歌取2

引き続き、『瓊玉集』の宗尊詠の内で、二首の古歌を本歌にした作を取り上げて、その特徴の一端について論及しておこう。

『瓊玉集』の中で宗尊が二首の古歌を本歌に取った歌数は55首にのぼる。(12)決して少ないとは言えない。同時代までに特に二首を本歌に取る方法に関する明確な言説は見えないが、既に『新古今集』の歌の現代の注釈上の現実に二首の本歌取が通用していて、また、南北朝期の頓阿『井蛙抄』(取本歌事)の「本歌を取れるやう、さまざまなり」に「本歌二首もてよめる歌」と見えるのであって、宗尊の和歌にそれを認めることは不合理ではない。たとえ、その手法を本歌取と認めないにせよ、複数の古歌に負った詠作が少なからず存していることは、それが宗尊の意識的な詠み方であり、広く先行歌に強く依拠する宗尊詠の傾向であることの証左に他ならない。なお、二首以上の古歌の本歌取には、あるいは当然のこととは言え、本歌の二首に共通語や共通句がある場合があることを指摘しておきたい(112、115、132、145、150、166、181、187、188、205、216、239、245、263、268、298、336、348、350、357、360、367、374、382、431、439、466、(498)、500、502等)。それにつき、具体例を挙げれば、

いたづらに散りや過ぎなん奥山の岩垣紅葉見る人もなし(秋下・263)

は、次の両首を本歌にする。

奥山の岩垣紅葉散りぬべし照る日の光見る時なくて(古今集・秋下・二八二・関雄)

高円の野辺の秋萩いたづらに咲きか散るらむ見る人なしに(万葉集・巻二・挽歌・二三一・金村)

同部立の『古今集』歌から「奥山の岩垣紅葉」「見る」を取りつつ、『万葉』の挽歌からは「いたづらに」「見る人なしに」を取り、かつは「散り・散る」を共通して取って本歌両首を繋いでいるのである。さらには、『古今集』歌の結句「見る時なくて」と『万葉』歌の「見る人なしに」を融合して「見る人もなし」と結んだと見ることもできるであろう。とすれば、宗尊の独自詞は「過ぎなん」のみということになり、これすらも『万葉』歌の「咲きか散るらむ」の韻律を襲って「散りや過ぎなん」としたと見れば、言詞の面では、ほぼ古歌両首に負っ

ていることになる。さらに、想念の点でも該歌は、「見る人もなくて散りぬる奥山の紅葉は夜の錦なりけり」（古今集・秋下・二九七・貫之）の延長上にあって、特に新しさはない。詞の組み合わせ方の変化によって成立した一首と言ってよいであろう。これはしかし、同様の詠作を多く残した実朝のみならず、鎌倉中期以降の歌人間にまま見られることでもあり、むしろ古歌の言詞・想念に拠りつつ破綻無く新歌として詠出する方法に宗尊が優れていたと認めるべきなのであろう。

類例をもう一首挙げておこう。

いづこにか我が宿りせむ霧深き猪名野の原に暮れぬこの日は（秋下・249）

は、次の両首を本歌にする。

いづこにか我が宿りせむ高島の勝野の原にこの日暮れなば（万葉集・巻三・雑歌・二七五・黒人）

しなが鳥猪名野を来れば有馬山夕霧立ちぬ宿は無くして（万葉集・巻七・雑歌・一一四〇・作者未詳）

黒人歌の初二句をそのままに、結句を語変換して取っている。第三句の「猪名野の原に」も、黒人歌の「勝野の原に」を、歌枕の「勝野」を作者未詳歌の「猪名野」に置換しつつ取っていると見てもよいが、同時に「猪名野」の原拠である作者未詳歌からは「夕霧立ちぬ」を「霧深き」に変化させて取っていると言えるのである。その『万葉』歌両首を繋ぐのは、共通する「宿」「野」である。結果として宗尊詠は、『万葉』両首の言詞と想念にほぼ負って出来上がっている。実朝詠に見られる方法と異ならず、その意味では宗尊もまた、本歌取と見なすか否かを措いて、複数の古歌を再製する方法に長けていたと言ってよいのであろう。

さらに『瓊玉集』には、三首以上の古歌に依拠した例（4首）[13]が散見するのである。これについては、ひとしなみに本歌取と見ることに異論もあるところであろうが、宗尊の特徴的な方法の一つであることは疑いない。そしてまた、「その歌を取れるよと聞こゆるようによみなす」（毎月抄）のが本歌取の基本要件である限り、新しく詠まれた歌が良い歌であるか否か、言い換えれば古歌と相呼応した豊かな歌境を獲得しているか否かは措いて、複数の古歌の詞を取った歌が、最低限その古歌を想起させる（と見られる）のであれば、それらの古歌はやはり本歌と見ることができるのではないだろうか。従ってここでは、三首に渡り古歌の詞を取った作も一先ず本歌取として認めておくこととし、なお宗尊の詠作全体を見渡した後に、さらに考えてみたいと思う。これについても、一例を挙げておこう。

いかばかり恋ふるとか知る我が背子が朝明けの姿見ず久にして（恋下・374）

は、次の古歌三首を本歌に、明らかに同じ詞の重ね合わせを意識しながら、僅かに「嘆くとか」を「恋ふるとか」に置換しつつ、他の全ての詞を取っているのである。

逢ふことのとどこほる間はいかばかり身にさへしみて嘆くとか知る（後拾遺集・恋一・六三〇・馬内侍）

我が背子が朝明けの姿よく見ずて今日の間を恋ひ暮らすかも（万葉集・巻十二・正述心緒・二八四一・人麿歌集）

あぢの住むすさの入江の隠り沼のあな息づかし見ず久にして（万葉集・巻十四・相聞・三五七四・作者未詳。五代集歌枕・江・すさの入江　国不審・一〇〇一）

ところでまた、

現にも思ふ心の変はらねば同じ事こそ夢に見えけれ（雑下・492）

は、各句に次の典故を指摘し得る。

現にもはかなき事のあやしきは寝なくに夢の見ゆるなりけり（後撰集・恋一・五九八・読人不知。同・恋三・七〇三・読人不知、三～五句「わびしきは寝なくに夢と思ふなりけり」）

忘れなむと思ふ心のつくからにありしよりけにまづぞ恋ひしき（古今集・恋四・七一八・読人不知）

風霜に色も心も変はらねば主に似たる植木なりけり（後撰集・雑三・一二二九・真延）

老いぬれば同じ事こそせられけれ君は千代ませ君は千代ませ（拾遺集・賀・二七一・順）

忘れなむ今は訪はじと思ひつつ寝る夜しもこそ夢に見えけれ（拾遺集・恋三・八〇一・読人不知）

つまり、五句全てが、それぞれ三代集に典拠を求め得るし、「現にも」と「思ふ心の」以外の三句は、三代集中に用例は一首のみなのである。この歌は、『柳葉集』によると「弘長三年八月三代集詞百首」（仮称。散佚）の「雑」の一首であり、その条件を最大限に拡張した、宗尊の戯れにも似た意識的試みで、あえて全句に三代集の古歌の詞を取った「本歌取」と言うこともできようか。しかしやはり、「現にも」と「思ふ心の」および係り結びである「夢に見えけれ」の三句は、偶然三代集にも用例があるだけで、特にこの古歌のみを専有的に想起させるような印象深い詞ではないので、宗尊の意識は、「変はらねば」と「同じ事こそ」の詞を取った二首の本歌取と見るのが穏当であろうか。あるいは、「心」を共有する「現にも」と「風霜に」の両『後撰集』歌を本歌にした二首の本歌取、またそれに「老いぬれば同じ事こそ」の『拾遺集』歌を加えた三首の本歌取、と見るべきであろうか。

いずれにせよ、宗尊の三代集の歌詞尊重の意識を垣間見せる例ではある。

ここで、物語や故事を本説に取った『瓊玉集』の歌について触れておく。数例を指摘するに留まる。

詞書を「古渡霞といふことを」として詠まれた、

思ひやる都もさこそ霞むらめ隅田川原の春の夕暮（春上・10）

は、もとより『伊勢物語』九段の東下りの墨田渡河の場面を本説にする。

また、

今もなほ富士の煙は立つものを長柄の橋よなど朽ちにけん（雑上・442）

は、言うまでもなく『古今集』仮名序の「今は富士の山も煙たたずなり、長柄の橋もつくるなりと聞く人は歌にのみぞ心を慰めける」を本説にする。これらはしかし、これに拠った先行歌も少なくなく、歌人達の常識の範囲での詠作であろう。
さらに、

憂き身とは思ひなはてそ三代までに沈みし玉も時にあひけり（雑下・460）

は、三代に渡る不遇の末に栄達した漢の顔駟の故事（文選・思玄賦注所引漢武故事）を踏まえたものである。これにも、「齢亜顔駟（よはひがんしにつげり） 過三代而猶沈（さんだいをすぎてなほしづむ） 恨同伯鸞（うらみはくらんにおなじ） 歌五噫而将去（ごいをうたてまさにさんなむとす）」（和漢朗詠集・述懐・七五九・正通）や「唐国に沈みし人もわがごとく三代まで逢はぬ嘆きをぞせし」（千載集・雑上・一〇二五・基俊）という先行作があって、これだけでは、『瓊玉集』段階の宗尊が、幅広く和漢の故事に精通していたこと（逆に精通していなかったこと）を示すことにはならないのではないだろうか。

一方で、歌中の「玉」が比喩ではないとすると、一首の典故として『蒙求』の「卞和泣玉」、「和氏璧」の故事が浮上する。国立故宮博物院蔵上巻古鈔本や宮内庁書陵部蔵上巻影鈔本（『蒙求古註集成』影印に拠る）では、楚人卞和が、楚の山中に得た玉璞（原石）を武王に献じるも、偽りの石とされて左足を切断され、また文王に献じるも同じく右足を切断されるが、成王の時に、和氏が璞を抱いて楚山の麓で三日三夜泣哭して涙に血を継ぐと、王が石を磨かせて宝玉と分かり「和氏璧」と名付けた、という。[14]『蒙求和歌』平仮名本は、ほぼこの筋立てに同じだが（断足は右・左の順）、同片仮名本は、成王がなく、文王が自身が玉と認めた筋になっている。光行の和歌は「日に磨く峰の梢になく蝉の声こそ玉の光なりけれ」（夏・二七）である。

宗尊歌の下句「三代までに沈みし玉も時にあひけり」は、この「和氏璧」を直叙した、と見ることもできよう。しかし、上句の「憂き身とは思ひなはてそ」を含めた一首が、卞和よりも顔駟を念頭に置いたと見ることにも、無理はないように思う。極めて折衷的になるが、この宗尊歌は、顔駟の故事を下敷きにしながらも「和氏璧」の故事も想起していたと考えたい。

なおまた、本説に類する詞書摂取の例として次のごときもある。

玉章をつけし浅茅の枯葉にて燃ゆる思ひの程は知りけん（恋下・375）

は、「時過ぎて枯れ行く小野の浅茅には今は思ひぞ絶えず燃えける」（古今集・恋五・七九〇・小町姉）を本歌にして、詞を切れ切れに九字とっている。併せてその詞書「あひ知れりける人の、やうやく離れ方になりける間に、焼けたる茅の葉に文を挿して遣はせりける」を踏まえ、「浅茅の枯葉」を媒介に野焼きの連想から「燃ゆる思ひ」を起こす表現を取ったのではないかと思われるのである。宗尊の『古今集』への親昵の度合を窺い知る一事例であろう。

同様の例をもう一つ示しておこう。

河の名も言問ふ鳥もあらはれてすみたえぬるは都なりけり（雑上・440）

はもとより、「名にし負はばいざ言問はむ都鳥我が思ふ人はありやなしやと」（古今集・羇旅・四一一・業平。伊勢物語・九段・一三・男）を本歌にするが、併せて『古今集』の詞書あるいは『伊勢物語』地の文の「隅田川」を、「河（の名）」および「住み絶（えぬる）」との掛詞で折り込んでいるのであり、それは古歌を詞書や地の文までを含めて摂取する宗尊の意識的な方法なのではないだろうか。

五　参考歌（依拠歌）

続いて、本歌取の本歌とまでは言えないが、『瓊玉集』の注釈[15]に於いて、「宗尊が踏まえた歌（や詩・文）ならびに解釈上に必要な歌（や詩・文）」として挙げた「参考歌（詩・文）」と、同様に語釈で指摘した歌（詩・文）の内、「宗尊が踏まえた」歌即ち宗尊が依拠したと見られる主要な先行歌（詩・文）の概要や傾向について考察しておきたい。なお、個人の家集（個人の定数歌等も含む）所収歌はここでは除外して、次の「参考歌の作者（依拠歌人）」で扱うこととする。もちろん「宗尊が踏まえた」とした参考歌（依拠歌）であっても、それは今日の目から判断した結果であり、「解釈上に必要な」参考歌との境界を必ずしも明確にはし得ない。それでも、宗尊が作歌にあたり、意識上に据えた歌であっても、意識下に潜ませた歌であっても、さらには無意識にあるいは偶然のように似通った歌であったとしても、それらは総じて宗尊が親しんだであろう和歌のおおよその傾向を示唆すると見てよいであろうから、宗尊の和歌・歌集等の学習範囲を大まかに把握することは可能であると考えるのである。この考え方に従って、宗尊の依拠したであろう先行歌あるいは類似する先行歌の主な所収歌集類等をまとめると、(16)次のようになる。

勅撰集等
古今～続後撰の勅撰集（特に新古今と新勅撰および続後撰等直近の勅撰集）。

伊勢物語。

万葉集。

私撰集
続詞花集（勅撰に準じて見ていたか）。

後葉集、月詣集（院政期の私撰集）。

楢葉集、御裳濯集、秋風抄、秋風集、万代集、雲葉集、新和歌集（鎌倉前中期の私撰集）。

五代集歌枕、最勝四天王院和歌（歌枕・名所和歌）。

（定数歌等）

堀河百首、久安百首、為忠家初度百首（院政期の定数歌）。

御室五十首、正治初度百首、同後度百首、同第三度百首＝千五百番歌合、仙洞句題五十首（新古今時代の定数歌）。

建保名所百首、道助法親王家五十首、洞院摂政家百首、宝治百首、弘長百首（鎌倉前中期の定数歌）。


（類題集）

古今六帖。

新撰六帖、現存六帖、東撰六帖（同時代の師範筋および地縁〔宗尊下命か〕の類題集）。

歌合
天徳四年内裏歌合。
六百番歌合、老若五十首歌合、御室撰歌合、水無瀬恋十五首歌合、千五百番歌合、新宮撰歌合（新古今時代の歌合）。
内裏百番歌合建保四年、歌合建保四年八月廿二日、影供歌合建長三年九月、百首歌合建長八年、（三十六人大歌合。他歌集との重複多し）、宗尊親王家百五十番歌合（鎌倉前期〜同時代の歌合）。

その他
源氏物語。
和漢朗詠集、白氏文集、蒙求。
俊頼髄脳。
新古今竟宴和歌。
古事記、風土記、祝詞、催馬楽。

往生要集。

宗尊は、和歌の言わば王道の勅撰集や『伊勢物語』を中心とする古歌に習熟し、その他の同時代までの和歌にも通じて、全体に先行歌によく学んだと見られる歌を残している。それは即ち、勅撰集を中心とする古歌集と併せて前代から同時代までの広範な打聞類を収集していたことを示唆する特徴であろう。また、当時の歌人としては当然ながら、類題集に親しみ、かつ名所和歌にも関心を持ち、新古今時代に特に意を向けていたのではないだろうか。なおまた、新古今時代から同時代までの歌合にも関心を寄せていた節があって、これが自らの歌合主催に結びついたかとも考えられる。

一方で、『古事記』、『風土記』、「祝詞」、「催馬楽」等にも接して、それを歌に取り込もうとしたらしく、その教養の幅広さと、それに基づく詠作の工夫への関心の度合が窺われるのである。『白氏文集』や『蒙求』などの、必修の漢詩文には当然馴染んでいたであろう。なお、『源氏物語』については、『瓊玉集』の所収歌上（195、208、439）にも多少の関心を認め得る。ここで『源氏物語』歌の本歌取の作例を見ておこう。

憂き事を忘るる間なく嘆けとや村雲まよふ秋の夕暮（秋下・208）

は、『源氏物語』の「風騒ぎむら雲まがふ夕べにも忘るる間なく忘られぬ君」（野分・三八九・夕霧。物語二百番歌合・三五。無名草子・三六）を本歌にする。野分の見舞いに六条院その他を廻った夕霧が、明石姫君を訪ねてその乳母に託した雲居雁宛ての消息の一首である。恋情を秋思に転換した、定家の本歌取の所説に適従したかのような作であるが、ここのみで物語本文への深い理解を認めることはできない。なお、『竹風抄』にも、同じ歌を本歌にした「秋風も村雲まよふ夜半の月忘るる間なき人も見るらん」（巻四・文永六年五月百首歌・秋・七一九）がある。この最晩年の『竹風抄』に至るまでの間に、『源氏物語』への親炙にどれ程の深化があったかを追跡する必要があるであろう。

さて、より具体的に宗尊の古歌・先行歌摂取を見ると、まず相当数の詠作（例えば151、167、169、177、189、195、196、197、199等）には、本歌とする以外にも、宗尊が複数の様々な古歌・先行歌に学んで一首を為していたことが窺われ、その広い学習範囲を基盤に、古歌・先行歌の言詞を組み合わせて、あるいはそれらの想念に寄り掛かりながら作歌する傾きが認められるのである。例えば、

今よりの誰が手枕も夜寒にて入野の薄秋風ぞ吹く（秋上・169）

は、「さを鹿の入る野の薄はつ尾花いつしか妹が手枕にせん」（新古今集・秋上・三四六・人麿。万葉集・巻十・秋相聞・二二七七・作者未詳）を本歌にするが、同時に、次の歌々にも言詞・想念を負っていよう。

今よりは秋風寒くなりぬべしいかでかひとり長き夜を寝む（新古今集・秋下・四五七・家持。万葉集・巻三・挽歌・四六五、三句「吹きなむを」）

今よりの萩の下葉もいかならんまづ寝ねがての秋風ぞ吹く（続後撰集・秋上・二六八・雅経）

結びけん誰が手枕と知らねども野原の薄秋風ぞ吹く（紫禁集・同〔建保五年〕六月二日当座会・野秋風・九八八）

家持詠はあるいは本歌に見なしてもよいかもしれないが、いずれにせよ、これらの歌を作歌時に念頭に置いてはいなくとも、これらに学んでいたことが右の一首に反映していると見たいと思うのである。

また例えば、

長き夜の寝覚めの涙いかがせむ露だに干さぬ秋の袂に（秋上・189）

は、次の歌どもに学んでいたことを強く窺わせる。

物思はでただ大かたの露にだに濡るれば濡るる秋の袂を（新古今集・恋四・一三一四・有家）

長き夜の寝覚めはいつもせしかどもまだこそ袖は絞らざりしか（続詞花集・恋下・六二六・宗子）

身を思ふ寝覚めの涙干さぬ間になきつづけたる鳥の声かな（新撰六帖・第一・あかつき・二一七・為家）

同様に、

見ず知らず野山の末の気色まで心に浮かぶ秋の夕暮（秋上・199）

も、次の、勅撰集歌でも類題集歌でもないような歌にまで親しんでいたことを匂わせている。

見ず知らぬ埋もれぬ名の跡やこれたなびきわたる夕暮の雲（拾遺愚草・十題百首建久二年冬、左大将家・天部・七〇七）

立つ煙野山の末の寂しさは秋とも分かず夕暮の空（千五百番歌合・雑一・二七四九・定家）

たまぼこの道の消え行く気色まであはれ知らする夕暮の空（千五百番歌合・雑一・二七三八・公継）

何となく過ぎこし方のながめまで心に浮かぶ夕暮の空（後鳥羽院御集・外宮御百首・雑・三九五）

中には、一首中のほぼ全ての言詞と想念を古歌・先行歌に負った作品も存在している。先にも記した複数古歌の本歌取（132、291、336、374、492等）と判断した以外で、一例を挙げれば、

袖ふれて折らば消ぬべし吾妹子が挿頭の萩の花の上の露（秋上・174）

は、次の歌々に負っていよう。

白露を取らば消ぬべしいざ子ども露にいそひて萩の遊びせむ（万葉集・巻十・秋雑歌・詠露・二一七三・作者未詳）

我が背子が挿頭の萩に置く露をさやかに見よと月は照るらし（万葉集・巻十・秋雑歌・詠月・二二二五・作者未詳）

袖ふれば露こぼれけり秋の野はまくりでにてぞ行くべかりける（後拾遺集・秋上・三〇八・良暹）

風を待つ今はたおなじ宮城野の本あらの萩の花の上の露（金槐集・恋・四八九）

この内の前二首の『万葉』歌は、本歌にしたと見てもよいのかもしれないが、そうだとしても後の二首の詞にも倣っていると見てよく、ほぼ一首全体が、古歌・先行歌に負った詠作であることには違いないであろう。

ただしまた、逆に宗尊が自ら新鮮な措辞を用いたと思しい、例えば次のような作も見られるのではあった。

さえ暮らす峰の浮き雲と絶えして夕日かすかに散る霰かな（冬・303）

涙にて思ひは知りぬとどむとも難しや別れ春の曙（恋上・335）

聞きしよりなほこそ憂けれ衣々の別れの空の月の辛さは（恋下・366）

浦風を幾世の友と契るらむ古りて木高き住吉の松（雑上・436）

いかにせむ十綱の橋のそれならで憂き世を渡る道の苦しさ（雑上・443）

もとより、どの歌人にも他の歌人が用いなかったような珍しい表現を取る場合があるであろうが、特に宗尊の場合は少なくとも『瓊玉集』に限れば、その数は決して多くはないと言ってよい。なお、一首目などはその歌境が京極派和歌に通うのであり、後述するとおり、それは宗尊詠の一つの特徴であると見てよいであろう。

さて、過去の和歌をよく学び、和歌の本意をよく理解していたであろう宗尊は、それ故に事物・事象の始原・起源・本源・本旨を問い質すような和歌を詠む傾向があるのは、既に三で指摘したところであるが、ここにも例示しておこう。

いつの春訪はれならひて梅の花咲くより人のかく待たるらん（春上・20）

春ごとに物思へとや梅が香の身にしむばかり匂ひそめけん（春上・23）

咲き初めし昔さへこそ憂かりけれうつろふ花の惜しきあまりは（春下・68）

馴れて見る春だにかなし桜花散り始めけむ時はいかにと（春下・77）

昔よりなど時鳥あぢきなく頼まぬものの待たれ初めけむ（夏・101）

聞けば憂し聞かねば待たる時鳥物思へとや鳴き始めけん（夏・116）

時鳥菖蒲の草のなになれやわきてさ月の音には鳴くらん（夏・119）

天の原いはとの神や定めけむ五月を雨の晴れぬころとは（夏・124）

夜は燃え昼は消えゆく蛍かな衛士の焚く火にいつ習ひけん（夏・135）

あはれ憂き秋の夕べのならひかな物思へとは誰教へけん（秋上・209）

今もなほ富士の煙は立つものを長柄の橋よなど朽ちにけん（雑上・442）

一首目の「いつの春」と三首目の「咲き初めし昔」と七首目の「なになれや」の措辞に拠る問い方以外は、「匂ひそめけん」「散り始めけむ時」「待たれ初めけむ」「鳴き始めけん」「定めけむ」「いつ習ひけん」「誰教へけん」「など朽ちにけん」と、助動詞「けむ」を用いて、過去に思いを馳せて推し量ろうとする詠み方を取っている。言わば下降史観的価値観であったと思しい当時の貴族社会の皇統の一員として、しかしより現実的な実力が物を言う武士社会鎌倉の主に祭り上げられて東国に在った宗尊は、それ故に「簸河上」の神代以来という伝統を有すると信じられた和歌に耽溺したのは当然であろうし、であればまた、その和歌の世界の始原に遡源しようとする心の傾きを持ったことも必然であったと言えるであろう。

他方で、宗尊が、院政期から新古今時代までに始まり鎌倉時代中期へと続く流れにも棹さして、比較的新奇な試みにも目を向けていた節があることは、次のような事例に認め得るであろう。

果てはまたさこそは消えめ物をのみ思ふ月日の雪と積もらば（恋上・342）

の、「果てはまた」は、「おとづれし木の葉散りぬる果てはまた霧の籬を払ふ山風」（秋篠月清集・二夜百首・霧・一二九）や「紅葉葉の色を宿して果てはまたさそひていぬる山川の水」（千五百番歌合・冬一・一七二二・宮内卿）のように、新古今時代から詠まれ始めて、「果てはまた行き別れつつ玉の緒の長き契りは結ばざりけり」（光明峰寺摂政家歌合・寄玉恋・八八・知家）や「果てはまた恋しきばかり思はれて人を恨むる心だになし」（秋風抄・恋・遇不逢恋・二五二・源孝行）のように、鎌倉時代中期以降に非常に流行する句である。また、

吹く風の鳴尾に立てる一つ松寂しくもあるか友なしにして（雑上・438）

の、「鳴尾」の「一つ松」を詠む基は、「鳴尾に松の木一本たてり」と詞書する俊頼の「鳴尾なる友なき松のつれづれと一人も暮に立てりけるかな」（散木奇歌集・雑上・一三八七）で、その後、清輔や覚性法親王や登蓮を経て、慈円の「我が身こそ鳴尾に立てる一つ松よくもあしくもまたたぐひなし」（拾玉集・一日百首〈建久元年四月〉・松・九五六）や良経の「友と見よ鳴尾に立てる一つ松夜な夜な我もさて過ぐる身ぞ」（秋篠月清集・二夜百首〈建久元年十二月〉・寄松恋・一六六）があり、宗尊に近くは、「いかにせんあはれなる尾の一つ松世にたぐひなくもの思ふ身を」（現存六帖・まつ・五一六・前摂政家民部卿）がある。院政期から鎌倉時代中期にかけて、「鳴尾」の「一つ松」を詠む小さな流れが認められて、宗尊詠はその中に位置しているのである。

特に、「一声をあかずも月に鳴き捨てて天の戸渡る郭公かな」（夏・113）の「鳴き捨てて」、「見ず知らず野山の末の気色まで心に浮かぶ秋の夕暮」（秋上・199）の「見ず知らず」「野山の末」「気色まで」「心に浮かぶ」、「なにとなく空にうきぬる心かな立つ川霧の秋の夕暮」（秋下・248）の「空にうきぬる心かな」（「うきぬる」を「心」について言い「憂き」と「浮き」を掛ける）、あるいは「蝉の鳴く外山の梢いとはやも色づき渡る秋風ぞ吹く」（秋下・260）の「外山の梢」等々（他に314、376、425、468についても同様）といった詞の使用例からは、新古今歌人の和歌とその用詞にはよく注意を払っていたことが窺われるのである。

中でも、『瓊玉集』秋下の194〜208は結句に「秋の夕暮」を置く歌の歌群で、撰者真観をしてその措置を可能ならしめる程に、『後拾遺集』に始発して『新古今集』で重たい意味を担うに至った「秋の夕暮」を中核にした作を多くものしていたらしいことは、時代の傾向と共に宗尊の関心のありようを示すと言ってよいであろう。次に掲出しておく。

人人によませさせ給ひし百首に
置く露に濡るる袂ぞいで我を人なとがめそ秋の夕暮
百首御歌の中に
吹く風も心あらなむ浅茅生の露のやどりの秋の夕暮
三百首御歌の中に
遠ざかる海人の小舟もあはれなり由良の湊の秋の夕暮
色かはる野べよりもなほ寂しきは朽木の杣の秋の夕暮
秋夕を
絶えでなほ住めば住めども悲しきは雲ゐる山の秋の夕暮
見ず知らず野山の末の気色まで心に浮かぶ秋の夕暮
寂しさよながむる空のかはらずは都もかくや秋の夕暮

いつまでかさても命の長らへて憂しとも言はむ秋の夕暮
尋ねばや世の憂き事や聞こえぬと岩ほの中の秋の夕暮
閑中秋夕
思へただ待たるる人の問はむだに寂しかるべき秋の夕暮
文永元年十月御百首に
袖の上にとすればかかる涙かなあな言ひ知らず秋の夕暮
秋の御歌中に
思ひしる時にぞあるらし世の中の憂きも辛きも秋の夕暮
憂しとても身をやは捨つるいで人はことのみぞよき秋の夕暮
涙こそ答へて落つれ憂きことを心に問へば秋の夕暮
憂き事を忘るる間なく嘆けとや村雲まよふ秋の夕暮

さらに、宗尊は、京都中央歌壇の鎌倉前期以降の流行にも敏感に反応して、同時代の傾向に沿った詠作を行っているのである。例えば、

さびしさはさらでも絶えぬ山里にいかにせよとか秋の来ぬらん（秋上・147）

は、「思ふよりいかにせよとか秋風になびく浅茅の色ことになる」（古今集・恋四・七二五・読人不知）を本歌にするが、同様にこれを本歌にした詠作が、鎌倉前中期には左記のように散見するのである。

思ふよりなびく浅茅の色見えていかにせよとか秋の初風（洞院摂政家百首・秋・早秋・五六二・信実）
今よりの寝覚めの空の秋風にいかにせよとか衣打つらん（宝治百首・秋・聞擣衣・一八二五・為継）

山深く住むは憂き身と思ふよりいかにせよとか秋風の吹く（影供歌合建長三年九月・山家秋風・八四・真観）

鹿の鳴く夜寒の峰の秋風にいかにせよとか妻はつれなき（百首歌合建長八年・秋・二五四・家良）

併せて、この「さびしさは」の歌は、寂蓮の「さびしさはその色としもなかりけり槙立つ山の秋の夕暮」（新古今集・秋上・三六一）の系譜上にあろうが、鎌倉中期の先行同類詠が、次のように見えるのでもあった。

さびしさはさらでも絶えぬ山里の夕べかなしき秋の雨かな（百首歌合建長八年・秋・三〇四・忠基）

さびしさはさらでもつらき山里に身にしむ秋の風の音かな（影供歌合建長三年九月・山家秋風・七三・為教）

さびしさはたぐひもあらじ山里の草のとぼそに過ぐる秋風（影供歌合建長三年九月・山家秋風・五六・右衛門督）

もう一例を挙げれば、

浪のうつ岩にも松の頼みこそつれなき恋の種となりけれ（恋上・353）

は、「種しあれば岩にも松は生ひにけり恋をし恋ひば逢はざらめやは」（古今集・恋一・五一二・読人不知）を本歌にするが、同時にこの宗尊詠は、次に掲げるような近代から同時代までの詠作の傾向に沿ったものであることが認められるのである。

我はこれ岩うつ磯の浪なれやつれなき恋にくだけのみする（正治初度百首・恋・一一八二・俊成）

浪のうつ荒磯岩のわればかりくだけて人を恋ひぬ間もなし（新撰六帖・かたこひ・一二二六・家良）

岩に生ふるためしを何に頼みけんつひにつれなき松の色かな（続後撰集・恋二・七八二・伊平。続歌仙落書・五七。万代集・恋二・二〇一四。三十六人大歌合・四八）

うきめのみおひて乱るる岩の上に種ある松の名を頼みつつ（内裏百番歌合建保四年・恋・一七二・範宗。範宗集・五六六）

加えて、用詞の面では、「代々古りて知らぬ昔の春の色を花に残せるみ吉野の山」（春上・60）の「代々古りて」「知らぬ昔」「花に残せる」や「さもぞ憂き三月の空の雲間よりはつかに残る有明の月」（春下・91）の「さもぞ」を初めとして、以下詞のみを挙げれば、「夜半の村雨」（夏・103）「うへ行く」（夏・108）、「吹きのぼる」（夏・140）、「まれなる中」（秋上・154）、「人招くらむ」（秋上・166）、「さればとて」（秋下・230）、「なほ物思ふ」（秋下・252）、「はやなりにけり」（秋下・265）、「木の葉時雨れて」（秋下・269）、「今か満つらし」（冬・295）、「霜夜の月」（冬・300）、「まだ末遠き」（冬・317）、「心の色」（恋上・334）、「果てはまた」（恋上・342）、「夕煙」（恋上・343）、「待たでや寝なん」「宵の村雨」（恋下・376）等々が、鎌倉時代前期から中期にかけて詠出されたか、前代までに生まれて鎌倉前期から中期にかけて盛行した詞なのであり、それらを宗尊が用いているのである。

ちなみに、

いつまでか待ちも侘びけん今はまた我が身のよその秋の夕暮（恋下・380）

は、『弘長百首』の為氏詠「いつまでかなほ待たれけん今来むと言ひしはよその夕暮の空」（恋・忘恋・五四五）に触発された詠作ではないか。とすれば、宗尊は直近の京都歌壇の詠作をすぐに摂取していることになろう。想像するに、宗尊は京都の和歌活動に関心を向け、それらの歌集をすぐに取り寄せるように計らっていたのかもしれない。親王として東下し実権のない幕府の主に奉られて、詠歌に存在意義を見出したのであろう宗尊に、父帝後嵯峨院の側も、少年時の東下当初より、京都に在った場合と同等かそれ以上の典籍類を帯同させ、その後も宗尊側の求めに最大限に応じて送付し続けたのではないかとも憶測するのである。加えてまた、関東に祗候した歌家の人である顕氏や教定、あるいは実質的に宗尊の歌道師範となった真観、彼らがもたらした歌書類も少なくはなかったのではないか、とも思量するのである。

ちなみにまた、より宗尊に近い時代の『新撰六帖』は、『古今六帖』題に従った同時代の代表歌人五人の作による類題集だが、その作者達、家良・為家・知家・信実・光俊（真観）は、そもそもが宗尊が見習うべき歌人達であった。近い時代の六帖題詠は、初学の宗尊にとっても恰好の手本であったのではないだろうか。この六帖歌に似通う表現の歌が少なくないのは、当然のことと見てもよいのであろう。なおまた、『宗尊親王家百五十番歌合弘長元年』の類歌は、同歌合の歌と『瓊玉集』の宗尊詠の詠作時期が必ずしも分明ではないので、先後関係を明確には判断し得ない。しかし、どちらが先行するにせよ、特徴的な表現が同歌合と宗尊詠との間に共通するのは不思議ではないであろうし、それが宗尊詠の関東という地域性と鎌倉中期という同時代性を窺わせていると言えるであろう。

最後に、少し細かい点に及んで見ておくと、前段にも記したが、宗尊の手許には、『五代集歌枕』があったのではないかと思わせる本歌取や古歌に依拠した作が散見される（107、108、109、132、144、176、295、301、302、374、408、430、431等）。また、宗尊の手許にあった『金葉集』の本文が正保版本系であったことを窺わせる作があるので（230、501）、宗尊詠の依拠歌集の伝本を考える上で、留意しておきたいと思う。

六　参考歌の作者（依拠歌人）

視点を変えて、前段に歌集別に整理した、『瓊玉集』の宗尊詠が依拠したと思しい主要な先行歌、即ち参考歌を、その作者である歌人毎に整理してみよう。参考歌を歌集類別に整理した場合と同様に、宗尊自身が参考歌の作者を意識して適従したか否かを明確に弁別することは難しいにせよ、おおよそは、宗尊がどのような歌人に意識を向けていたか、あるいは無意識下に従っていたかを、さらには、宗尊の和歌がどのような表現の史的流れの中に位置付けられるかを、ある程度浮かび上がらせることができるのではないかと考えるからである。

家集と個人の定数歌・自歌合等の個人歌集所収歌を併せて、宗尊の依拠したであろう先行歌あるいは類似する先行歌の主な作者（歌人）を、類別してさらにまとめると、(17) 次のとおりである。

歌聖・六歌仙・三十六歌仙・中古三十六歌仙等
人麿。
業平、小町、素性。
貫之、忠岑、躬恒〔古今集撰者〕。
伊勢、兼盛。
好忠、紫式部、清少納言、赤染衛門、和泉式部、馬内侍。
匡房。

平安時代〜鎌倉時代の重代の歌人・兄弟歌人等
行尊、行宗〔兄弟〕。
俊頼、俊恵。
源顕仲、待賢門院堀河、上西門院兵衛。
顕輔、重家。
寂念、寂超、寂然〔兄弟。常磐の三寂〕。
頼政、二条院讃岐、宜秋門院丹後。

院政期〜新古今時代の主要歌人
西行、俊成。
公重、実定、公衡、兼実、慈円、良経、通親、忠良〔権門〕。
定家、家隆、有家、雅経、通具、寂蓮、〔慈円、良経〕、隆信、公衡、俊成女、宮内卿、秀能〔新古今撰者と同時代の主要歌人〕。（　）内は重出者。
忠盛、忠度、（頼政）、光行〔院政期の武家歌人〕。
皇統
後鳥羽院、土御門院、順徳院、後嵯峨院、守覚、式子、道助、雅成。
将軍
頼朝、実朝。
鎌倉時代の重代の権門歌人
公経、実氏※、実雄、公相〔西園寺〕。　※は文応三百首点者。
（兼実、良経）、道家、基家※〔九条〕。
（忠良）、基良、家良※〔近衛〕。
歌道師範とその家統あるいは歌の家の歌人等
為家、真観〔歌道師範〕。
（俊成、定家、為家）、為氏、俊成女、後堀河院民部卿典侍。
（真観）、鷹司院按察、尚侍家中納言〈典侍親子〉、前摂政家民部卿、鷹司院帥。
知家、行家※。
（家隆）、隆祐、承明門院〈土御門院〉小宰相。
（隆信）、信実、藻璧門院少将、弁内侍。
（雅経）、教定。
範宗。

関東縁故歌人

行念〈北条時房男時村〉。

信生〈朝業〉、時朝、景綱〔宇都宮氏眷属〕。

寂身、親朝〔関東圏の歌人〕。

概括すると、歌聖・歌仙として仰がれた人達から、勅撰撰者、院政期や新古今時代の主要歌人、歌の家の人あるいは重代の歌人達、西行と俊成という大歌人、頼朝と実朝という先代将軍、後鳥羽院、土御門院、父帝後嵯峨院等の皇統、為家と真観という歌道師範、および関東縁故の歌人達（宇都宮氏）まで、総じては、由緒や縁故がある人々、即ち、歴代の正統な和歌の中心人物、身分境遇上の先人、地勢上の縁故者などの歌に倣っていたことが窺知されるのである。なお、将軍の他にも、忠盛や忠度や頼政あるいは秀能といった武家歌人の歌に負ったかもしれない事例が多少なりとも見えることは、将軍職に就いた宗尊の意識の傾きの反映として捉えてもよいか、と思われるのである。つまるところ当時の宗尊の和歌上の意識は、言わば正統な和歌の道統と本流の血脈や系統および自身の境遇や地域の有縁性に沿うような指向性を有していた、と言ってもよいのであろう。

やや注意されるのは、院政期の大歌人で六条藤家の人でもある清輔の歌に倣った形跡が、『瓊玉集』の宗尊詠には特には認められないことである。僅かに指摘し得る、宗尊の「咲く花は千種ながらに時過ぎて枯れゆく小野の霜の寒けさ」（冬・291）の結句「霜の寒けさ」が、清輔の「冬枯れの森の朽ち葉の霜の上に落ちたる月の影の寒けさ」（清輔集・冬・森間寒月・二一八。新古今集・冬・六〇七）の結句「影の寒けさ」に遡及する点についても、これは他の歌人にも影響を与えた措辞であって、清輔と宗尊間に固有の関係とは言えないのである。今後宗尊詠全体を見渡した上で改めて考えてみる必要はあろうが、少なくとも『瓊玉集』段階の宗尊が清輔に対して特段の意識は持っていなかったらしいことは、注意しておきたいと思う。また同様に、新古今時代の主要歌人鴨長明の歌からの影響が『瓊玉集』の宗尊にはほとんど見られないことは、注目に値するであろう。僅かに、宗尊の「絶えでなほ住めば住めども悲しきは雲ゐる山の秋の夕暮」（秋上・198）の参考歌として、長明の「ながめてもあはれと思へ大方の空だに悲し秋の夕暮」（新古今集・恋四・一三一八）を挙げ得るが、これもさほど濃厚な影響関係にあるとは言えまい。宗尊の長明に対する評価は直接には知り得ないが、少なくとも長明が関東に足跡を残したことや、『方丈記』の作者であったことなどは、宗尊に歌人として特に長明を意識させるのには与らなかったと見てよいのであろう。それとは対照的に、治部少輔基明男で中宮亮に任じた藤原範宗は、『新勅撰』以下に14首入集して家集『範宗集』を残したが、今日の目からは特に重要な歌人とは思われない。この範宗の歌に倣ったような宗尊詠が複数認められる。偶合でなければ、宗尊が範宗の歌に意識を向けていたことになり、その意味するところは今後の課題として、留意しておいてよいのかもしれないとも考えるのである。

なお、『伊勢物語』の「男」について付言しておけば、宗尊は歌人一般がそうであったろうように、それを業平と捉えていたであろうし、六歌仙業平の歌に意を向けてもいたであろう。従って本歌取以外でも、『伊勢物語』の、四段・九段・八十二段・百二十三段といった比較的よく知られた章段とその和歌に負って詠作したことは当然でもあろう。ただ宗尊の場合には、東下りした「男」である業平の面影を自己の境遇に重ね見たこともあったかもしれない、とは思うのである。

なおまた、

たぐひなくかなしき時か春のゆく三月の月の廿日あまりは（春下・92）

は、和泉式部の「たぐひなく悲しき物は今はとて待たぬ夕べのながめなりけり」（続後撰集・恋五・九六二）と藤原義孝の「野辺見れば弥生の月のはつかまでまだうら若きさいたづまかな」（後拾遺集・春下・一四九）に拠っていて、平安時代に個性的・特徴的な足跡を残したという意味で重要な歌人の歌を選び取って倣う傾きを見せている。その意味では、宗尊は、個々の和歌や歌人に軽重を見る目を養ってもいたと言えるであろう。

一方で、

夕日さす浅茅が原の花薄宿借れとてや人招くらむ（秋上・166）

の題「行路薄」は、新古今撰者家隆の「家百首」に見える「行路薄／かき分けてなほゆく袖やしほるらん薄も草の袂なれども」（壬二集・一三八一）が早い例で、息子の隆祐も「行路薄といへる心を」と詞書する「袖かへるをちかた人は分け過ぎて残る尾花に秋風ぞ吹く」（続拾遺集・秋上・二四三）を残している。これらに拠ったのではないだろうか。宗尊が、家隆の「古今の一句をこめて春（夏・秋・冬・恋・〔雑〕）の歌よみ侍りし時」といった詞書の詠作（壬二集）を先規として、関東にも下った隆祐の「右大弁光俊朝臣古今詞百首（光俊朝臣古今詞百首）」や「光俊朝臣後撰集詞百首」（隆祐集）と同様に、恐らくは真観の勧めで『古今集』を三代集に広げてその歌詞を取って詠む試み（「弘長三年八月三代集詞百首」）をしていることからも（後述）、宗尊がこの重代の歌人に目を向けていたことが推測されるのである。

同様に、新古今撰者にして関東にも下った雅経や、その男で関東祗候の廷臣として宗尊幕下の歌壇に主要な構成員として活躍した教定は、重代の歌人で地縁をも有するという点で宗尊が影響を受けるべき典型的人物である。教定については、『瓊玉集』にはその影響が顕在化していないが、宗尊の詠作に影響を与えたことは本論第一編第二章第四節「藤原教定の和歌」に指摘したとおりである。「八　影響と享受」で論及するが、教定の男でやはり関東にも祗候した雅有の歌には、逆に宗尊の歌からの影響が見られるので、この三代の歌人と宗尊との関わりは深いことになる。

さて、先代の将軍である実朝の歌に拠ったと見られる『瓊玉集』歌は7首程を数える。加えて、前述したよう

な宗尊の詠法に、実朝に通う点が認められることを、改めて確認しておきたい、例えば、

袖ふれて折らば消ぬべし吾妹子が挿頭の萩の花の上の露（秋上・萩を・174）

は、『万葉集』（巻十・秋雑歌）の「白露を取らば消ぬべしいざ子ども露にいそひて萩の遊びせむ」（詠露・二一七三）と「我が背子が挿頭の萩に置く露をさやかに見よと月は照るらし」（詠月・二二二五）、ならびに『後拾遺集』の「袖ふれば露こぼれけり秋の野はまくりでにてぞ行くべかりける」（秋上・三〇八・良暹）に拠り、さらには実朝の「風を待つ今はたおなじ宮城野の本あらの萩の花の上の露」（金槐集・恋・四八九）にも負っている。この内、『万葉』の両首を本歌と見ることもできようが、いずれにせよ、これら四首から、それぞれ措辞を少しずつ取って組み合わせたような仕立ての一首ではある。また、「四　本歌取２」にも記したように、

いづこにか我が宿りせむ霧深き猪名野の原に暮れぬこの日は（秋下・249）

は、『万葉集』の「いづこにか我が宿りせむ高島の勝野の原にこの日暮れなば」（巻三・雑歌・二七五・黒人。新勅撰集・羈旅・四九九・読人不知、初句「いづくにか」結句「この日暮らしつ」）と「しなが鳥猪名野を来れば有馬山夕霧立ちぬ宿は無くして」（巻七・雑歌・摂津作・一一四〇・作者未詳。新古今集・羈旅・九一〇・読人不知、二句「猪名野を行けば」）を本歌にしつつ、両首を巧みに組み合わせて再製して新歌に仕立てているのである。これら両首のように、本歌取の詠作であろうとなかろうと、三～五で見たとおり、複数の古歌の詞や心に負って詠ずることを宗尊は数多く試みていて、それが宗尊の方法であるとまで言える。そこに、同様の方法を取った実朝との繋がりを見ることができるかもしれないと考えるのである。

歌人としては、実朝程の実績を残さなかった頼朝については、

よそにては思ひありやと見えながら我のみ忍ぶ程のはかなさ（恋上・338）

の「我のみ忍ぶ」を、宗尊は、頼朝の「絶え間にぞ心の程は知られぬる我のみ忍ぶ人は問はぬに」（拾玉集・五四

九一・頼朝）に倣ったとも思しく、この初代将軍の詠作に、宗尊が多少の関心を払っていたのではないかとも考えられるのである。

さてまた、時代の勅撰撰者にして宗尊の歌に点を加えていた為家や、直接に宗尊の歌道師範として在った真観からの影響は当然のこととして、やや細かな事例にそれを覗いてみたい。

今ぞ見る野路の玉川尋ね来て色なる浪の秋の夕暮（秋上・萩花映水といふ事を・175）

は、「明日も来む野路の玉川萩こえて色なる波に月宿りけり」（千載集・秋上・二八一・俊頼）と「大井川古き流れを尋ね来て嵐の山の紅葉をぞ見る」（後拾遺集・冬・三七九・白河院）を踏まえる。歌題の「萩花映水」については、「松枝映水」（千載集・六一六）や「残菊映水」（新勅撰集・四七八）等の類例はあるが、「萩花映水」自体は希少で、先行例としては、『夫木抄』に「家集、萩花映水」として伝える源仲正の「風吹けば野河の水に枝ひてて洗へど萩の色は流れず」（雑六・野がは・一〇八八一。三句図書寮叢刊本も同じ。「枝ひちて」か）が見える程度である（「萩映水」は室町中期以降に散見）。その題の「萩花」を詠み込んでいない、落題とも言うべき歌である。本集よりは後の成立になるが、為家が『詠歌一体』（題を能々心得べき事）で、「落葉満水」題の「筏士よ待てこと問はむ水上はいかばかり吹く山の嵐ぞ」と「月照水」題の「すむ人もあるかなきかの宿ならし蘆間の月の洩るにまかせて」の両首を引いて言う、「此の二首は、その所に臨みてよめる歌なれば、題をば出だしたれど、只今見るありさまに譲りて、紅葉・水などをよまぬ也」（時雨亭文庫本に拠り表記は改めた）といった考え方に立った詠作と見なすことができようか。それにしても、詞書を離れると、一首に「萩」を想起させるのは、「野路の玉川」と「色なる浪」の詞を負った『千載集』の俊頼詠の存在があるからであり、本歌取と見なすべき詠作でもある。しかし他方、文応元年（一二六〇）に恐らくは真観が宗尊に宛てて書いた髄脳たる『簸河上』は、時代の流れに伴って本歌取の対象である『万葉集』と三代集の作者の所収歌集を、定家『詠歌大概』が説いた下限の「新古今」から、「新勅撰・続後撰」

にまで拡大し、また「後拾遺」を見直して、三代集の作者の歌と同様に『後拾遺集』（歌人の）歌を本歌に取り用いてもよいとしながらも、「金葉、詞花もさることどもにて侍るめれば、苦しかるまじきことにこそ。されども、三代集の歌などのやうに本とするまではいかが侍るべからん」とも言っており、『金葉集』初出歌人の俊頼の『千載集』所収歌を本歌と見るには躊躇が残るのである。それは措いて、右の事例に、宗尊詠の中に為家の和歌観に通じる点があることを見ておきたいと思う。

一方の真観については、宗尊がその真観の指導で本歌取にも繫がる試みをしていると思しい例がある。

いかにせむ心のうちもかきくれて物思ふ宿の五月雨の比（夏・百首御歌中に・130）

これは、『柳葉集』によれば、弘長三年（一二六三）八月に、三代集の歌詞を取って詠んだ百首の一首である。前述のとおり、こういった詠み方の先例は、家隆の「古今の一句をこめて春（夏・秋・冬・恋・（雑））の歌よみ侍りし時」といった詞書の詠作（壬二集）に求められる。家隆の息隆祐の家集『隆祐集』に「光俊朝臣」（真観）の名を冠した「古今詞百首」と「後撰集詞百首」が見えることから推測すると、宗尊も真観の勧めで古今集を三代集に広げてその歌詞を取って詠んだのではないだろうか。その三代集歌の詞とは、「いかにせむをぐらの山の郭公おぼつかなしと音をのみぞなく」（後撰集・夏・一九六・師尹）等と「鳴き渡る雁の涙や落ちつらむ物思ふ宿の萩の上の露」（古今集・秋上・二二一・読人不知）の、「いかにせむ」と「物思ふ宿の」であろう。前者はより凡用性があり、三代集でも他に五首に見えるので、あるいは後者のみをより強く意識したものであったかもしれない。「心のうち」の詞も「思ひせく心の内の滝なれや落つとは見れど音の聞こえぬ」（古今集・雑上・九三〇・三条町）他、三代集に見える歌詞であって、宗尊は、本集54歌でこの「思ひせく」歌を本歌に取ってもいるので、これも取り込んだと見ることもできよう。あらかじめ三代集から詞を取る制約の下で詠まれているので、その三代集歌を本歌と見なすべきかは議論の余地があろうが、こういった習練が、俊成が絶対的古典としての『古今集』を発見しかつ三代集を一括して捉え（古来風体抄等）、それを継承した定家が歌詞の基盤を三代集に求めた（詠歌大概等）、その原則に適う歌を多く詠ませ、それがまた本歌取の手法を常套とする宗尊の素地にもなったのではないかと推測するのである。

ちなみに、「庭草花」を詠じた、

茂りあふ籬の薄ほに出でて秋の盛りと見ゆる宿かな（秋上・165）

は、為家の「風渡る尾花が末に鶉鳴きて秋の盛りと見ゆる野辺かな」（新撰六帖・第六・もず・二六二七）に負っていようが、「茂りあふ」は、多く夏の草花の歌に用いられ、特に秋の「薄」について言う先行例は見出だし難い。本集成立の翌年文永二年（一二六五）七月七日の『白河殿七百首』の真観詠「誰が植ゑし一むら薄茂りあひて同じ野原に虫の鳴くらん」（秋・虫声滋・二四三）も希少な一例となる。真観が宗尊詠に刺激されたか、もともと真観がこういう用い方を宗尊に指導していたか、方向性がどちらにせよ、真観と宗尊の和歌を通じた紐帯を窺知させる細かな事例と見てよいであろう。

その真観光俊の姉妹鷹司院按察や、光俊女の尚侍家中納言（典侍親子）と鷹司院帥の姉妹（長幼は未詳）の歌に負ったと思しい事例が少しく認められるのは、やはり歌道師範真観の姉妹や娘という関係性が与ったものと思われる。一例を挙げておこう。

いつの春訪はれならひて梅の花咲くより人のかく待たるらん（春上・20）

の「いつの春」の用い方は、鷹司院帥の「いつの秋頼めおきけんさを鹿の妻待つ山の夕暮の空」（影供歌合建長三年九月十三夜・暮山鹿・一六二）や尚侍家中納言の「いつの冬散らばともにと契りけん枝さしかはす木木の紅葉ば」（現存六帖・もみぢ・四七九）に倣ったと見てよいのではないか。また、この三人の宗尊への影響歌の所収家集が『現存六帖』や『秋風抄』や『閑窓撰歌合建長三年』等の真観が撰したか真観が関与したらしい撰集類であることは、この三人の歌に宗尊詠が似通っていることが偶然でない可能性をより高くしていると見てよいであろう。

なお、

更け行けば月さへ入りぬ天の河浅瀬しら浪さぞたどるらん（秋上・153）

は、「天の河浅瀬白浪たどりつつ渡り果てねば明けぞしにける」（古今集・秋上・寛平御時七日の夜、殿上に侍ふ男ども歌奉れと仰せられける時に、人に代はりてよめる・一七七・友則）を本歌にするが、父帝後嵯峨院にも、同じく『古今』友則詠を本歌にした「夕闇に浅瀬しら波たどりつつ水脈さかのぼる鵜飼ひ舟かな」（続拾遺集・夏・一八七）がある。同歌の詠作時期は不明なので、確言はできないが、他の後嵯峨院詠と宗尊詠との共通性と併せて、宗尊が後嵯峨院に倣った可能性を見ておきたい。

以上に論じてきたいわゆる「参考歌」に関連して、宗尊が依拠したとまでは判断し得ないが『瓊玉集』歌と類似した主な先行歌と同時代歌、ならびに影響歌とまでは推断し得ないが『瓊玉集』歌に類似した主な同時代歌と後出歌についても無視はできないであろう。それらを整理して、『瓊玉和歌集新注』（青簡舎、平二六・一〇）に資料Ⅷ「瓊玉集歌の類歌一覧」として掲出しておいた。これらを総じて見れば、宗尊の詠歌の傾向を史的連続の中に窺う材料となり得ると考えるからである。具体的な詳述は控えるけれども、そこで類歌とした内の、『瓊玉集』の宗尊詠以前の先行歌については、恐らくは参考歌とすべきものも含まれるのであろうが、それも併せて、宗尊自身が直接拠ったとまでは言えなくとも、その歌人の歌と同様の詠み口や同じ方向性を示しているとは言えるのであって、おおよそはそれらの歌人達と同様の価値観を有していたと見ることができるであろう。また、宗尊よりも後の歌人の類歌の存在は、宗尊詠に直接負ったのではないにせよ、類同の歌が生まれているのは、宗尊詠の正統な伝統性を照射するものと言えるであろう。概して、当該歌を詠む時に直接拠ったのではなくとも、幼年時の過去から習熟し蓄積された歌詞・知識の資源という意味で、同類の歌の表現を自然と学んだことが反映したと捉えてもよいであろうし、後代にも宗尊と類同の歌が少なからず存在することは、またそれを裏付けるものでもあるだろう。

七　『瓊玉集』歌の述懐性

抒情にせよ叙景にせよ、そもそも和歌が、ある程度の述懐性を内包していることは、その主情的な本質から当然ではあろう。宗尊の場合、『正徹物語』に「宗尊親王は四季の歌にも、良もすれば述懐を詠み給ひしを難に申しける也。物哀れの体は歌人の必定する所也。此の体は好みて詠まば、さこそはあらんずれども、生得の口つきにてある也」（歌論歌学集成本に拠り表記は改める）と、むしろ述懐性が生来の詠みぶりであると評されるほど、その傾きは顕著と言ってよいであろう。以下に、そういった詠みぶりの歌および宗尊の境遇に関わる歌を取り上げて、宗尊詠の特徴の一端を記してみたいと思う。

親王でありながら鎌倉の主に奉られた宗尊には、当然のように、京洛を思慕する歌がある。類型に支えられながら、季節歌でも、一般的な羈旅歌以上に、郷愁を吐露した歌が目に付くのである。

逢坂や関の戸あけて鳥の鳴く東よりこそ春は来にけり（春上・二）

玉章や春行く雁につたへまし越路のかたの都なりせば（春上・四〇）

身に知れば憂しともいはじ帰る雁さぞ故郷の道急ぐらん（春上・四一）

こしかたを忍ぶ我が身の心もてなにか恨みん春の雁がね（春上・四二）

東には挿頭も馴れず葵草心にのみやかけて頼まん（夏・一〇〇）

一首目は、在京めかしながらも、結局は東下者の郷愁に他ならない。それを含めて、こういった歌を本格的な家集『瓊玉集』に撰録した真観は、宗尊の境遇の不条理が醸成する心情を理解してはいたであろうが、世に訴求するような意味合いを持たせてはいなかったであろうし、また、それが幕府の目にとまったとしても宗尊に不利に働くとまでは考えていなかったであろう。和歌の本来的に持つ悲哀・憂鬱を主情的に吐露する役割を、それだけにまた、具体個別の抗議や批判の意図が鮮明になることはないことを知っていたのではないだろうか。

そうした故郷京洛への思慕と裏腹に、宗尊は鎌倉の主、関東の住人という感情も覗かせている。親王将軍たる自負は時に悲哀を滲ませ、またそれ故の自慰の諦念ともなって表出されるのである。これについては既に、佐藤智広「宗尊親王の早春の和歌に関する一考察」(『昭和学院短期大学紀要』三七、平一三・三)が、「宗尊の立春、早春の和歌における〈あづま〉の意識を検討」して、「宗尊の詠作には鎌倉将軍としての自覚に基づくものが認められ」「都を中心世界とする伝統的な詠み方と異なる例が見られる」、と的確に指摘するところでもある。

東には今日こそ春の立ちにけれ都はいまだ雪や降るらむ(春上・3)

山里は松の嵐の音こそあれ都には似ずしづかなりけり(雑上・450)

憂き身とは思ひなはてそ三代までに沈みし玉も時にあひけり(雑上・460)

有りて身のかひやなからん国のため民のためにと思ひなさずは(雑上・461)

心をばむなしきものとなしはてて世のためにのみ身をやまかせむ(雑上・462)

心をも身をもくだかじあぢきなくよしや世の中有るにまかせて(雑上・463)

移り行く月日にそへて憂き事の繁さまさるはこの世なりけり(雑上・464)

世に経れば憂きこと繁き笹竹のその名も辛き我が身なりけり(雑上・465)

二首目の「山里」はもちろん鎌倉を寓意するが、これは、帰洛後の歌を収める家集『竹風抄』の「人目見ぬ都の宿はなかなかに山里よりもしづかなりけり」(巻五・〔文永九年十一月頃百番自歌合〕・幽棲・九九八)と対照的に呼応していて、恐らくそれは宗尊が意識したことでもあろう。460から465までの述懐歌群は、それとして宗尊の心情を窺い得る歌々であるけれども、同時にこれらを撰歌し配列した真観がまた、宗尊の心情を忖度した結果であることも疑いなく、両者の関係の強さが窺知されるところである。

恐らくは、そのような宗尊の意識と通底して、想像するに東下以前には恐怖さえも覚えていたかもしれない幕府の執政北条得宗家の人々、京都から鎌倉への旅に同行した長時、鎌倉到着時に自邸に宗尊を迎え入れた時頼、その各々の死に対して、哀傷歌を詠じているのである。

　　最明寺の旧跡なる梅の盛りなりける枝を、人の奉りたりけるを御覧じて

心なき物なりながら墨染めに咲かぬもつらし宿の梅が枝（雑下・498）

　　去年冬、時頼入道身罷りて、今年の秋、長時同じさまになりにしことを思しめして

冬の霜秋の露とて見し人のはかなく消ゆる跡ぞ悲しき（雑下・499）

時頼や長時に対して、宗尊が抱いていたであろう感情は単純ではあるまい。しかし、後鳥羽院の曾孫の親王とかつてその皇統を危うくした関東の武士と、というような対立の図式によってのみ測ることができるようなものではないことは確かであろう。

一方でまた、もとより皇統の一員である宗尊が、皇統の歌人とその和歌に追随していたらしいことは、その依拠歌の様相に知るところである。特に、隠岐配流後の後鳥羽院やそれに関わる作品にも目を向けていたことが窺われるのであり、例えば特に、

出雲なる千酌《ちくみ》の浜の朝凪に漕ぎ出でて行けば奥の島見ゆ（雑上・海上眺望といふことを・430）

淡路島瀬戸の吹き分け風早し心して漕げ沖つ舟人（雑上・海旅を・432）

の両首は、曾祖父後鳥羽院の「我こそは新島守よ隠岐の海の荒き波風心して吹け」（後鳥羽院遠島百首・雑・九七）を意識したと見られるのである。とすれば、律で言えば遠流の地隠岐に在った曾祖父帝の境遇に、遠流の地伊豆

を発祥とする東国政権の府鎌倉に流罪ならず在る自己のそれを比する意識が皆無ではなかったのではないか、とも思われてくるのである。しかし、そうではあってもむしろ、鎌倉に東下して経年の後には、北条得宗家の人々を頼みとする程の心境に至っていたかもしれないことに、目を背けるべきではないのであろう。当時の親王としては誰であれ当然ながら自らの運命を切り開くすべはないにしても、特に境遇の変転が大きかった宗尊の、そこに適応せんとした複雑な胸中を読み取るべきなのである。

関東に前半生の人生の大半を過ごした宗尊は、その関東圏の歌人達と同様の傾向の歌をものし、また、関東歌人に共有の地名や、あるいは実見した関東の地名を詠んでいて、関東歌壇の一員たる側面も覗かせているのである。例えば、

見渡せば潮風荒し姫島の小松が末《うれ》にかかる白浪（雑上・453）

は、「妹が名は千代に流れむ姫島の小松がうれに苔生すまでに」（万葉集・巻二・挽歌・寧楽宮・和銅四年歳次辛亥河辺宮人姫嶋松原見二嬢子屍一悲嘆作歌二首・二二八。五代集歌枕・ひめしま・一五二四、結句「苔生ふるまでに」）を本歌にする。同じ『万葉』歌の本歌取の先蹤は、実朝の「姫島の小松が末にゐるたづは千年経れども年老いずけり」（金槐集・賀・祝の心を・三六一）に求められ、その後、為家女婿の素暹法師（東胤行）の「漕ぎかへり見てこそゆかめ姫島の小松が末にかかる藤浪」（東撰六帖・春・藤・二九六。同抜粋本・六六）や、『政範集』の「姫島の小松がうれへもおしなべて緑に霞む春の曙」（名所春曙・一〇八）が見えて、同類の本歌取が鎌倉圏の営みに収斂する傾きが窺われるのである。また、「都にははや吹きぬらし鎌倉のみこしが崎の秋の初風」（秋上・144）の「みこしが崎」や「美濃の国不破の中山雪さえて閉づる氷の関の藤河」（冬・313）の「不破の中山」等に象徴されるように、関東縁故歌人が共有したような関東の地名・歌枕を、あるいは実見も経てか、宗尊が詠じている例も認められるのである。

佐藤智広「〈夜寒〉考―中世和歌における質的転換を中心に―」（『中世文学』四五、平一二・八）は、散文と和歌両者の

検証から「〈夜寒〉の語」が中世前期に「質的転換」を果たし、「中古以来の寂寥感」を「含意」しつつ「都の自邸で〈夜寒〉と感じることを消失してい」き、「和歌世界の中心」の「都を離れ鄙へと移動した時」に「鄙の美的特質の一つとして」「〈夜寒〉」が和歌に取り込まれることを析出する。そして、将軍として東下した宗尊の『宗尊親王三百首』（文永三百首）や『瓊玉集』の中の「作者宗尊が鎌倉に居るにも拘わらず、詠み手の起点は都にあり、都を離れた地点での寂寥感を〈夜寒〉と見做している」和歌を、「質的転換を遂げた後の〈夜寒〉の系譜に連なる」と定位しつつ、別の『瓊玉集』の和歌や『柳葉集』の（東下後十余年が経過した）「文永元（一二六四）・二年の作」の中に「宗尊自身が都に居ないということを自覚した上で、詠み手を鎌倉の自邸に立たせた」ことを観取し、「宗尊が中世に確立された〈夜寒〉の系譜を離れ、鄙の地・鎌倉に居るという起点を持った時、〈夜寒〉はまた新たな転換点を迎えた」と主唱する。宗尊の将軍在位期の心情や価値観の変化をも浮かび上がらせる鋭敏な解析であって、右に述べた『瓊玉集』の宗尊詠に認められる特質はこれに矛盾しないのである。

さて、先にも記した正徹が指摘する、季節歌に述懐を込めるような詠みぶりは、次の歌々に典型的であろう。

春ごとに物思へとや梅が香の身にしむばかり匂ひそめけん（春上・23）
いさ人の心は知らず我のみぞ悲しかりける春の曙（春上・32）
たえだえに里見えそむる山本の鳥の音さびし春の曙（春上・33）
何事をまた思ふらん有りはてぬ命待つ間の春の曙（春上・34）
いひしらぬつらさそふらし雁がねの今はと帰る春の曙（春上・35）
いかにせむ訪はれぬ花の憂き名さへ身につもりける春の山里（春下・57）
植ゑて見る我をや花の恨むらん憂き宿からに人の訪はねば（春下・58）
めぐりあふ命知らるる世なりともなほ憂かるべき春の別れを（春下・93）

東には挿頭も馴れず葵草心にのみやかけて頼まむ（夏・100）
待ちわびし時こそあらめ郭公聞くにも物の悲しかるらん（夏・115）

もともと秋思の愁いが潜む秋歌や、冬枯れの哀情が伴う冬歌ではなく、春や夏の歌に宗尊固有の悲愁がむしろ顕現したことになるのであろう。殊に「春曙」を悲愁の歌に詠みなすことは、次項に述べるような春曙の述懐を詠じる傾きが顕れてくる流れに沿うものではあるが、そこに、宗尊の個性の一つを見ることができるとすれば、それは、皇子でありながら幕府の主に祭り上げられて関東に下り住んでいる宗尊の境遇と無縁ではなかろう。宗尊の将軍擁立は、十一歳の建長四年（一二五二）の春（三月五日議決、十七日下向決定、十九日京都出離）であったのであり、この折の宗尊の心に不安が潜んでいたのであれば、それが宗尊にとって春を憂愁の季節とさせるのに与った可能性は見てもよいのでないか。同時に、春上32〜35のように「春の曙」で結ぶ憂愁の春歌の連続配列をも措置した撰者真観が、そのような宗尊の詠歌の特質を理解して価値を見出していたらしいことは、真観自身の和歌観や力量を考える上で、注意しておく必要があるであろう。

一方で、宗尊は、「つらさ」の表出もよくする。

秋風を憂しとはいはじ荻の葉のそよぐ音こそつらさなりけれ（秋上・163）

宗尊は、このように結句に置く「つらさなりけり（る・れ）」を好んだようである。他家集歌も併せて次に列挙してみる。

うつろひてまたも咲かぬは憂き人の心の花のつらさなりけり（瓊玉集・恋下・寄花恋・三九六）
恨みむとかねて思ひしあらましはあひ見ぬまでのつらさなりけり（柳葉集・巻一・弘長元年九月、人人によませ侍りし百首歌・恋・一二七）
つれなきも限りやあると頼むこそ長き思ひのつらさなりけれ（柳葉集・巻四・文永元年六月十七日庚申に、自らの

歌を百番ひに合はせ侍るとて・不逢恋・五一七）

見るとなき闇のうつつの契りこそ夢にまさらぬつらさなりけれ（柳葉集・巻五・文永二年潤四月三百六十首歌・恋・七八六）

たぐひなきつらさなりけり秋深くなり行く頃の夜はの寝覚めは（竹風抄・巻一・文永三年十月五百首歌・九月・二七）

年を経て馴れならひにし名残こそ別るる今のつらさなりけれ（竹風抄・巻一・文永三年十月五百首歌・別離・一三六）

思へどもいはぬを知らぬならひこそ忍ぶるほどのつらさなりけれ（竹風抄・巻四・文永六年四月廿八日柿本影前にて講じ侍りし百首歌・恋・六五六）

ひたすらに思ひも果てぬこの世こそ心よわさのつらさなりけり（竹風抄・巻五・文永六年八月百首歌・雑・八一五）

「弘長三年八月三代集詞百首」の一首である「秋風を」歌に先行するのは、「恨みむと」歌である。「うつろひて」歌は、それらとの先後は分からないが、「散るにだにあはましものを山桜待たぬは花のつらさなりけり」（躬恒集・三八一。古今六帖・第六・山ざくら・四二二七・躬恒。秋風集・春下・一〇七。続古今集・春下・一五一、三句「桜花」。和漢兼作集・春下・三二七）か、あるいはこれに負ったかと思しき『現存六帖』の「散るといふことこそうたて山桜なれては花のつらさなりけれ」（やまざくら・六二七・実雄）に学んだ可能性があろうか。いずれにせよ、宗尊二十歳頃から二十八歳までの間、「つらさなりけり（る・れ）」の句を続けて詠じていたのであり、そこに相応の宗尊の心情を見ることは許されるであろう。

ところで宗尊の歌は、総じて調べがなだらかで、本意をはずさず、意味が明確である。が、希に次のような歌も無い訳ではない。

吉野山雲と雪との偽りを誰がまこととか花の咲くらむ（春上・51）

宗尊の歌にしては晦渋である。「白雲と峰には見えて桜花散れば麓の雪とこそ見れ」（金葉集正保版二十一代集本・

春・六六九・伊通）や「雲となり雪とふりしく山桜いづれを花の色とかもみん」（宝治百首・春・落花・六四三・実氏）と似たような景趣を詠もうとしたもので、あるいは寂蓮の「咲きぬれば雲と雪とにうづもれて花にはうときみ吉野の山」（老若五十首歌合・春・四九）と同工異曲であろうか。とすれば、一首の言わんとするところは、吉野の全山が花とも雲とも雪とも見分けがつかないけれど、それはそれで見事なまでの花盛りなのだから、また見分ける必要もないでないか、本当の花は一体誰にとっての真実だといって咲いているというのか、ということであろうか。この解釈の当否は措いて、宗尊詠の別の一面を示す歌として捉えておきたい。

さて、「述懐の心を」とする、

後の世を思へば悲しいたづらに明けぬ暮れぬと月日数へて（雑下・489）

は、「弘長二年十一月百首」の一首であるが、その翌年に宗尊は、「間近くて辛きを見るは憂けれども憂きはものかは恋しきよりは」（後撰集・恋六・一〇四五・詠人不知）を本歌にして、「後の世を思へばさらに嘆かれずこの身一つの憂きはものかは」（柳葉集・弘長三年八月、三代集詞にて読み侍りし百首歌・雑・四四四）と、一見対照的な心境を詠んでもいる。これらはしかし、共通して「後の世」を恃む「この世」に対する述懐であろう。

また、「述懐廿首御歌に」と詞書する一首に次のような歌がある。

歎きてもおのが心と朽ちぬ世を誰に負ほせてなほ恨むらん（雑下・471）

宗尊は、帰洛後の文永六年（一二六九）八月の百首でも、「心から背かれぬ世の苦しさを誰にかこちてなほ恨むらん」（竹風抄・巻五・文永六年八月百首歌・雑・八一二）と、同様の心境を詠じている。鎌倉に在っては自照の悲嘆と果てない憂鬱の世の生を、京洛に戻ってからはなお厭離し得ない苦界を、「誰」の責任としてやはりなお恨むのか、と述懐するのであり、恐らく宗尊は、当時の貴族一般以上に、現世を出離し来世を期待する心情が、生涯を通じて強かったのではないだろうか。

八　影響と享受

『瓊玉集』の宗尊詠から影響されたと思われる後出歌[18]と『瓊玉集』の宗尊詠が勅撰集等に入集して周知の存在となり、それを本歌に取ったと見られる後代歌および宗尊詠を模倣・剽窃したと見てよい後出歌[19]について、一括してさらに歌人別にまとめると、次のようになる。

関東祗候の廷臣・関東縁故歌人等
　小督、時盛、景綱、長景、雅有、雅顕、雅孝、東行氏。
皇統
　覚助、慈道、後醍醐天皇、承覚、後光厳院、霊元院。
京極派歌人
　実兼、為兼、伏見院、朔平門院、光厳院。
南朝歌人
　（後醍醐天皇）、尊良、宗良、深勝法親王、顕統、長親（耕雲）、師兼、光資。
鎌倉後期・南北朝期歌人
　顕朝、（平）親世、昭慶門院一条、為世、為藤、為冬、為明、有房、実教、公蔭、（日野）時光、実俊。
室町期・近世期歌人
　雅永、通茂、実陰、為村、宣長、言道、文雄。

この内、関東祇候の廷臣藤原（飛鳥井）雅有については、関東に下向した祖父雅経や関東祇候の父教定に共通して、近い時代の歌人の作を真似て取るという傾向が本来的にあって、その歌人の一人が前将軍の宗尊親王であったということだろうが、「六　参考歌の作者（依拠歌人）」で述べたように、雅経や教定の和歌に宗尊が学び倣っていたらしいことを考え併せると、雅有には他の人以上に宗尊への親近感があったのかもしれないとは思うのである。他の関東歌人についても、現任の将軍宗尊であれ、追放された前将軍の宗尊であれ、関東圏の和歌の上では大きな足跡を残した宗尊の在鎌倉時の家集『瓊玉集』に収められるような詠作に倣うことがあっても、決して不思議ではないであろう。その中には、例えば宇都宮景綱のように、宗尊との間で相互に影響を授受した人物もあったことは当然であろう。

また、鎌倉後期から南北朝の歌人達、特に歌道師範家たる二条家を含めて、京都朝廷の歌人達に一定程度、『瓊玉集』の和歌が受容されていたことが窺われ、在関東時の詠作であっても宗尊親王の和歌が認知されていたと見てよいのではないだろうか。

さて、一般に京極派和歌の形成には幾つかの道筋が考えられるが、その内の一つに関東歌人達の比較的清新な詠みぶりからの影響が想定されるところである。それ自体は、今後のさらなる課題としなければならないが、『瓊玉集』の歌境が京極派歌人の和歌に通うとすれば、それは、関東歌人から京極派への具体的道筋の一つとして捉えてよいと思うのである（200、220、236、256、300等）。一例を見ておこう。前段に、宗尊の季節詠に述懐を込める歌として言及した、「春曙」題の、

たえだえに里見えそむる山本の鳥の音さびし春の曙（春上・33）

は、「春の曙」の「さびし」さを詠む。この春曙の述懐の歌の系譜については、序論第一章第一節「和歌表現史上の位置」で辿ったけれども、再説しておきたい。その詠みようは、『千五百番歌合』の「住吉の松吹く風のさ

びしさもいまひとしほの春の曙」（春四・四八三・忠良）が早い。これについて判者俊成は「右、住吉の松いまひとしほの春の曙、ことに宜しかるべく侍るを、さびしさのまさり侍らむ事や、布留の山辺の秋の松などや、さは侍るべからむとは覚え侍れど、住吉の春の曙いかがおろかには侍らむとて」と批判する。「さびしさ」がまさることを、「布留の山辺」に比して「住吉」に言うことを咎めたというよりは、やはり「秋の松」に比して「春の曙」に言うことのそぐわなさを咎める意図が大きかったと思われるが、いずれにせよ新古今時代を導いた俊成はこの歌境を了とはしていなかったことになる。この数年前の建久六年（一一九五）二月の「良経家五首歌会」で「またや見むかたののみ野の桜がり花の雪ちる春の曙」（新古今集・春下・一一四）をものしていた俊成としては、当然の物言いであったかもしれないが、俊成の嗣子定家はこれに先んじて『六百番歌合』で「霞かは花鶯に閉じられて春にこもれる宿の曙」（春・春曙・一一五）という春曙の述懐詠をものしていた。新古今撰者の一人家隆は、四十歳の時には「さびしさは幾百歳もなかりけり柳の宿の春の曙」（壬二集・二百首和歌＝建久八年七月二十九日堀河題百首・柳・一〇一二）と詠んでいるが、歌意は曖昧である。幾百年も寂しさ無く永続する柳ある家の春の曙を言祝ぐような歌だというならば、それは、俊成の価値観に沿うことになろうか。しかし、これは、建久二年（一一九一）閏十二月四日に当時左大将の良経家で披講された「十題百首」の寂蓮詠「寂しさはその色としもなかりけり真木立つ山の秋の夕暮」（寂蓮法師集・二六四。新古今集・秋上・三六一）に刺激された一首ではないだろうか。とすれば、それはむしろ定家の詠みぶりに通うのである。いずれにせよ、家隆は三十五年程後には定家の「霞かは」詠に負って、「柴の戸は柳霞にとぢられていとどさびしき春の曙」（壬二集・九条前内大臣家百首・山家柳・一五五二）と、同じく柳ある粗末な家居の寂しさつのる春の曙を詠じているのである。

他方で、関東御家人たる宇都宮氏の一族で実朝に近仕した塩谷朝業（信生）には、「塩竈のうらさびしくも見ゆるかな八十島霞む春の曙」（信生法師集・海辺霞・五一）と、塩竈の浦の霞の春曙を「うらさびしく見ゆる」と詠む作がある。また、京極派の一員楊梅兼行にも、「春おそき遠山もとの曙に見ゆる柳の色ぞさびしき」（兼行集・やなぎ・一〇）という春の曙の景趣を「さびしき」と捉える歌があり、それと軌を一にして、定家の「霞みかは」詠が、為兼撰『玉葉集』に採録されて京極派勅撰集の一首となるのである。そして、南朝の師兼にも「さびしさは秋だに堪へし宿ぞとも思ひなされぬ春の曙」（師兼千首・春・幽棲春曙・八九）と、春の曙を秋のさびしさと同等以上とみなす歌がある。「春」の「曙」の「さびし」さは、新古今時代に芽生えて鎌倉時代の関東や京極派や南朝歌人間にも少しく芽吹いたが、結局はそれ以上に京都中央歌壇で花開き類型を形成して本意として確立するまでには至らなかった。従って、正統な和歌から見れば少しく特徴的な歌境と言えよう。そういった歌の細いけれども確とした流れの中に、宗尊の歌も位置付けられるのである。

「二　他出」に述べたように、『玉葉集』や『風雅集』の撰修に『瓊玉集』が用いられなかったと推測されるが、宗尊の和歌そのものは、京極派にも受け入れられていたと見てよい。そもそも、前期京極派の歌風形成には、東下した為兼を通じてか、関東歌人の詠風が影響したと思われる節があり、一時は関東歌人の一員であった宗尊の詠作も、京極派に受容・摂取されたと思われるのである。これについては、さらに宗尊の歌全体を追究しつつさらに検証してみたいが、ここでは『瓊玉集』所収歌に限って、例示しておこう（右に『瓊玉集』歌、左に京極派（伏見院）詠）。

春といへばやがても咲かで桜花人の心をなど尽くすらん（春上・46）
秋といへばやがて身にしむけしきかな思ひ入れても風は吹かじを（藤葉集・秋・一七四・伏見院）
故郷の垣ほの蔦も色付きて瓦の松に秋風ぞ吹く（秋下・251）
人も見ぬ垣ほの蔦の色ぞこきひとり時雨の故郷の秋（伏見院御集・蔦・八八三）

また、南朝歌人達が、宗尊の鎌倉将軍在任時の家集『瓊玉集』に意を向けていたらしいことが窺われるが、これは宗良親王を初めとして京洛を追われた南朝の人々の宗尊への親近感が要因であったのではないかと考えるのである。これについては、次に取り上げることとする。

なお、時代を隔てた室町時代から近世までの歌人達が、事実『瓊玉集』を披覧していたというまでの確証はないが、本集の現存伝本の奥書識語が近世初期の書写を示すことや、江戸時代に於ける実際の書写の広まりに照らせば、その可能性を今後とも追究する必要があるであろう。

九　南朝親王の『瓊玉集』歌摂取

『瓊玉集』の宗尊詠を受容したと思しい歌人達の中で、南朝の親王達は目立つ存在である。特に、後醍醐天皇の皇子宗良親王のそれは、『宗良親王千首』が『瓊玉集』の歌を利用して欠脱歌を補塡したと考えられている両者間の歌の一致を包含して、単に『瓊玉集』歌から影響された、『瓊玉集』歌を本歌のように享受した、という意味合い以上の様相を見せている。まず、それらの中からより典型的な事例を、兄の尊良親王の事例と併せて次に一覧してみよう。

右が『瓊玉集』歌、左がその摂取歌（宗尊詠を踏まえた影響歌と宗尊詠を本歌にした享受歌、あるいは『瓊玉集』歌を利用した補塡歌）である。

①霜雪にうづもれてのみ見し野辺の若菜摘むまでなりにけるかな（春上・18）
霜雪にうづもれてのみ見し沢の若菜摘むまでなりにけるかな（宗良親王千首・春・沢若菜・四六）

②ふりにける高津の宮のいにしへを見てもしのべと咲ける梅が枝（春上・24）
ふりにける大津の宮のいにしへをみな紅ににほふ梅が枝（宗良親王千首・春・紅梅・六八）

③頼めこし人の玉章今はとてかへすに似たる春の雁がね（春上・37）
頼め来し人の玉章人は来でかへすに似たる春の雁がね（宗良親王千首・春・帰雁似字・一〇〇）
④花を待つ外山の梢かつ越えて別れも行くか春の雁がね（春上・43）
花を待つ外山の梢かつ見えて別れも行くか春の雁がね（宗良親王千首・春・帰雁幽・一〇一）
⑤春といへばやがても咲かで桜花人の心をなど尽くすらん（春上・46）
春といへばやがて心にまがひけりなれし都の花の下陰（李花集〈宗良親王集〉・春・東路に侍りし比、都の花思ひやられて・九一）
⑥待つ程は散るてふことも忘られて咲けば悲しき山桜かな（春上・48）
春といへばやがて待たるる心こそ去年見し花の名残なりけれ（新葉集・春上・六六・光資）＊参考までに掲げる。
⑦いかにせむ訪はれぬ花の憂き名さへ身につもりける春の山里（春下・57）
またも来ん春を木ずゑに頼めても散るは悲しき山桜かな（一宮百首〈尊良親王〉・花・一五）
⑧さらでだに涙こぼるる秋風を荻の上葉の音に聞くかな（秋上・157）
山里の桜は世をもそむかねば訪はれぬ花や物憂かるらん（宗良親王千首・春・山家花・一三四）
さらでだに涙こぼるる夕ぐれに音なうちそへそ入相の鐘（一宮百首〈尊良親王〉・雑・夕・八三、新葉集・雑中・一一四九）
⑨下帯の夕べの山の高嶺よりめぐりあひてや月の出づらん（秋下・210）
下紐の夕べの山の高嶺よりめぐりあひても月の出づらん（宗良親王千首・秋・夕月・四〇二）
⑩澄み馴れて幾夜になりぬ天の河遠き渡りの秋の夜の月（秋下・212）
澄み馴れて幾夜になりぬ天の川遠き汀の秋の夜の月（宗良親王千首・秋・汀月・四二八）

⑪いづこにか我が宿りせむ霧深き猪名野の原に暮れぬこの日は（秋下・249）
へだて行く猪名野の原の夕霧に宿ありとても誰かとふべき（李花集・秋・霧を・二六二）
⑫故郷の垣ほの蔦も色付きて瓦の松に秋風ぞ吹く（秋下・251）
古寺の瓦の松は時知らで軒端の蔦ぞ色ことになる（宗良親王千首・秋・古寺紅葉・四八一）
⑬うらぶれて我のみぞ見る山里の紅葉あはれと訪ふ人はなし（秋下・268）
心ざし深き山路の時雨かな染むる紅葉も我のみぞ見る（李花集・秋・山里に侍りける比、紅葉を見て・三六六）
⑭須磨の海人の潮垂れ衣冬のきていとど干がたく降る時雨かな（冬・276）
昨日まで露にしほれし我が袖のいとどひがたく降る時雨かな（李花集・冬・物思ひ侍りし比、冬のはじめをよめる・三九一）
⑮橋立や与謝の浦わの浜千鳥鳴きてと渡る暮のさびしさ（冬・292）
橋立や与謝の浦わの浜千鳥鳴きてと渡る暮のさびしさ（宗良親王千首・雑・名所浜・八三九）
⑯通ひ来し方はいづくぞ梓山雪に埋める美濃の中道（冬・312）
通ひ来し方はいづくぞあづま山雪にうづめるみほの中道（宗良親王千首・雑・名所路・八二九）
⑰此の道を守ると聞けば木綿鬘かけてぞ頼む住吉の松（雑上・413）
住吉の神のしるべにまかせつつ昔に帰る道はこの道（宗良親王千首・雑・住吉・九五〇）
⑱住吉の浦わの松の深緑久しかれとや神も植ゑけん（雑上・414）
住吉の浦わの松の深緑久しかれとや神も植ゑけん（宗良親王千首・雑・羇中浦・八六一）
⑲河の名も言問ふ鳥もあらはれてすみたえぬるは都なりけり（雑上・440）
河の名も言問ふ鳥もあらはれて角田川原は都なりけり（宗良親王千首・雑・羇中渡・八六七）

⑳有りて身のかひやなからん国のため民のためにと思ひなさずは（雑上・461）

君の為民のためぞと思はずは雪も蛍も何かあつめむ（宗良親王千首・〔師兼卿六首〕・雑・一〇二二）

①③④⑨⑩⑯⑲の7例については、『瓊玉集』の宗尊詠と『宗良親王千首』歌との差は僅かな字句の異なりのみであり、⑮⑱の2例については、両者が完全に一致している。『宗良親王千首』は、976首のA類（書陵部蔵室町中期写本（一五四・五六五）他）、982首のB類（内閣文庫蔵本（二〇一・五三二））、998首のC類（群書類従本他。新編国歌大観本の底本）に分類され、A類がより古く、B類とC類は欠脱歌を補塡した本文であり、C類は「欠歌二四首（全写本共通の欠歌はうち二）の中、九首が宗尊親王の歌で補塡されている」と言う（小池一行・相馬万里子・八嶌正治新編国歌大観同書「解題」）。その9首が、右の①③④⑨⑩⑮⑯⑱⑲の9首である、ということである（B類の補塡歌6首中の3首＝⑯⑱⑲も宗尊詠）。右の『宗良親王千首』の本文は、新編国歌大観の底本でもあるC類の群書類従版本（巻百六十二）に拠ったが（表記は改める）、字句がやや異なる7例についてはなお、両者間の本文の異同を追尋する要はあろう。例えば、同じくC類に属すると思しい宮城県図書館伊達文庫本（伊九一一・二五―三）では、③の第三句は「今はとて」で『瓊玉集』と一致し、⑯の結句は「みえの中道」となっているのである。一先ずそれは措いて、今はこの見解に従っておきたいと思う。それでも、何故に『瓊玉集』の宗尊詠が補塡に利用されたのか、その際に多少の字句を変えて偽装する意図がどこまであったのか、「他の一三首も他人の歌である可能性がある」（右解題）という補塡に利用されたその他の歌の素性はどのようなものなのか、そこまで補塡されてなお2首がどうして欠けたままなのか、といった点は、さらに追究されてよいであろう。特に、『瓊玉集』歌の利用については、宗良が『瓊玉集』の宗尊詠に負ったと見られる歌が、右の②⑤⑦⑪⑫⑬⑭⑰⑳のごとく、現に存在している事実を無視する訳にはいかないであろう。宗良の同母兄の尊良親王にも、⑥⑧のように、宗尊歌からの影響が窺われることも同断である。言うまでもなく、この兄弟は後醍醐天皇の皇子で南朝の中心人物である。両者が特に宗尊に意

を向けていたとすれば、それは、心ならずも京洛を離れざるを得なかった皇統の中書王（中務卿親王）のそれも名目か実際かは措いて武辺を率いる立場にあることでは共通する先人と見て、親近感を覚えた故の親炙であろうか。いずれにせよ、少なくとも南朝の中心人物の手許には『瓊玉集』が存し、その和歌が参看され摂取されていたことは推断してよいのであろう。加えて、『宗良親王千首』を書写するような立場の後人が、その欠脱を惜しんで補塡を企てたのであるとすれば、その際に『瓊玉集』の宗尊詠を利用したのは、単純に宗尊と宗良を混同した（『瓊玉集』の作者を宗良と誤解した）からかもしれないが、そうでなければ、宗尊と宗良との間に境遇上の類似性を見たからかもしれないし、あるいは『宗良千首』の歌の中に宗尊詠からの影響・享受を見出したからかもしれない、と推測するのである。もしそうであればさらに、宗尊詠の字句を多少は変えて、より『宗良親王千首』の中に溶け込まそうと試みたのかもしれない、とも憶測するのである。その場合には、より広い意味での南朝歌人もしくはそれに連なる者達に於ける『瓊玉集』の受容として捉えるべきかとも思うのである。

むすび

宗尊親王は、皇子として生を享けながら、はからずも東国に下って鎌倉の主に奉り上げられるという政情に翻弄された境遇と引き替えるかのように、その和歌の教導者として最良の人材を求め得たであろう。即ち、『宗尊親王三百首（文応三百首）』の点者・評者が常盤井実氏・衣笠家良・九条基家・六条行家・鷹司院帥（真観女）・真観・安嘉門院四条（阿仏尼）・藤原為家等で、その内の為家と基家・家良（奏覧以前に没）・行家・真観は来たるべき『続古今集』撰者であることに象徴されるように、当代和歌の王道を歩む権門歌人や和歌の家の人とその縁者達から指導されていたと見られるのである。中でも、恐らくは歌学書『簸河上』を進献され、当代の歌仙として出仕させた真観からは、背後に真観側の勅撰撰者の地位をめぐる政治的思惑が潜むにせよ、資料上に明らかな機会以上に、直接日常的に和歌を指導する機会を得ていたであろうことは想像に難くない。そしてまた、恐らくは、京都に在ったのと同じか、それ以上に良質潤沢な典籍を身の回りに置き得る環境をも獲得していたのではないか。かく推測される程に、その前半生の本格的家集『瓊玉集』の和歌の詠みぶりは、和歌の伝統や本意を踏まえた詞と心の表現であり、かつ鎌倉殿源実朝を三代前に仰ぐ関東の将軍という身分と地縁にも適従した表現を示しているのである。(20) 宗尊の関東下向は僅か十一歳という若年時であったが故に、環境の変化への対応がその分より柔軟であったのであろうが、それはまた全ての者がそうなる訳ではなく、宗尊の本性や資質がそれを可能にしたと見なければなるまい。また、それを迎え入れた幕府の実質的支配者たる北条得宗家を中心とする関東武士達も、今日の目から思い込む程には宗尊への対応は峻烈ではなく、むしろ少なくとも和歌に耽溺する限りの宗尊には、それを支援するような指向性を有していたのではなかったろうか。あるいは、宗尊親王将軍期には一つの歌壇を形成したと言える程に集まっていた関東祗候の廷臣達の存在も、当然ながらそれに与ったのであろう。そしてまた、その家集『瓊玉集』の和歌に、述懐性を特徴として認めることができるのは、和歌の本質に根ざしつつ、境遇や環境に基づく不如意が宗尊に常に内在し、それを詠じることに単なる自慰を越えた表現の必然があり、同時に、その境遇や環境が、若い柔軟性と相俟って、京都に在るよりはむしろ率直で比較的清新な和歌を志向することを許し、それが一方で京極派和歌にも通じるような表現を獲得させ、かつは南朝歌人達が同心するような表現をも生んだのであろう。

宗尊親王は、関東に下向して征夷大将軍に据え奉られた。積極的に道を切り拓くというほどまでではないにせよ、その境遇や環境なりに適応しようとしていたのではなかったか。それが、和歌の表現に窺われるし、その適応を支えたのもまた和歌だったのではないだろうか。そしてそのことが、二十代半ばにも至らない宗尊をして既に前後代の和歌表現の道統の中心を辿り、前後代に亘る伝統に連繫するかのような多くの作品を現出させ、少しく特異清新な作品も残させたのではなかったろうか。『瓊玉和歌集』の和歌の様相にそれを見ることができる、と考えるのである。

［注］

（1）中川『瓊玉和歌集新注』（青簡舎、平二六・一〇）。
（2）本文は、書陵部蔵（五〇一・七三六）を底本に諸本を校合した『瓊玉和歌集新注』の整訂本文に従い（一部表記を改める）、右傍の底本の原状は原則として省略するが、難読の漢字には、原状を残し、（　）で読みを補う。それ以外の和歌の本文は、特記しない限り新編国歌大観本に拠り、表記は改める。
（3）中川博夫・小川剛生「宗尊親王年譜」（『言語文化研究（徳島大学総合科学部）』1、平八・三）参照。
（4）詳しくは、本論第二編第二章第二節「『瓊玉和歌集』の諸本」参照。
（5）中川「自撰家集としての『中書王御詠』」（『日本文学研究ジャーナル』二〇、令三・一二）、『中書王御詠新注』（青簡舎、令四・一）参照。
（6）詳細は注（1）所掲書の資料Ⅰ「瓊玉集歌出典一覧」参照。
（7）詳細は注（1）所掲書の資料Ⅱ「瓊玉集歌他出一覧」参照。
（8）詳細は中川『竹風和歌抄新注　上、下』（青簡舎、令元・八、九）参照。
（9）詳細は注（1）所掲書の資料Ⅲ「一首の古歌を本歌にする瓊玉集歌一覧」を参照。
（10）この内の一首293番歌について、注（9）所掲資料Ⅲではその本歌たる「万葉」歌（一一四三）を「続古今」（一六四二）に分類したが、『瓊玉集』の成立時期に照らして「万葉」に分類すべきである。訂正する。
（11）本論第一編第二章第二節「藤原顕氏の和歌」参照。
（12）詳細は注（1）所掲書の資料Ⅳ「二首の古歌を本歌にする瓊玉集歌一覧」参照。
（13）詳細は注（1）所掲書の資料Ⅴ「三首の古歌を本歌にする瓊玉集歌一覧」参照。

(14) 慶安四年刊の五山版や近世から現在に版行・通行の徐注蒙求本の類では、三人の王は、厲王・武王・文王である。

(15) 注（1）所掲書。

(16) 詳細は注（1）所掲書の資料Ⅵ「瓊玉集歌の参考歌（依拠歌）集別一覧」参照。

(17) 詳細は注（1）所掲書の資料Ⅶ「瓊玉集歌の参考歌（依拠歌）歌人別一覧」参照。

(18) 詳細は注（1）所掲書の資料Ⅸ「瓊玉集歌の影響歌一覧」参照。

(19) 詳細は注（1）所掲書の資料Ⅹ「瓊玉集歌の享受歌一覧」参照。

(20) 本田幸「「宗尊親王論」源実朝との比較を通して」（『国文研究』四〇、平七・三）が、宗尊の現存家集や『文応三百首』『宗尊親王家百五十番歌合』を横断的に見渡して実朝詠と比較し、宗尊の生涯と和歌を考察して、「独特の一面」を指摘する。またこれに先んじて、中山伸子「宗尊親王の和歌―実感実情歌を中心に―」（『国文学研究』三七、平三・三）は、宗尊家集の和歌を取り上げて論じ、宗尊の「人間性」を「詳しく知ることができる格好の資料であるという点で、宗尊親王の和歌には非常に価値がある言ってよい」と結論する。また、平田英夫「宗尊親王の万葉集摂取についての一考察―鎌倉将軍時代に関して―」（『国語国文学研究』三三、平九・一二）は、主に『文応三百首』『瓊玉集』『柳葉集』の歌を取り上げて、万葉歌摂取を軸に、家隆、順徳院、実朝、雅有等と宗尊との関係性を検証していて、示唆に富む。なお、木村尚志の一連の論攷「宗尊親王の和歌と『万葉集』」（『中世文学』五四、平二一・五）「宗尊親王の和歌―表現摂取の特質―」（『国語と国文学』平二五・二）「宗尊親王の和歌と順徳院」（『和洋国文研究』五〇、平二七・三）等が、宗尊の和歌の表現研究を独自に展開する。

第三節　『竹風和歌抄』の和歌

はじめに

宗尊親王が帰洛後に詠じた定数歌をほぼ編年に収める生涯最後の自撰家集『竹風和歌抄』（以下『竹風抄』と略記する場合がある）の和歌について、注釈を施した[1]結果を踏まえて、多角的に論じる。

『竹風抄』は、全五巻、計1020首で、各巻に次のとおり八種の定数歌が抄出されて収められている。（便宜のために①〜⑧の通し番号を付し、名称は私に称する）

巻一	①文永三年十月五百首歌	1〜288	288首
巻二	②文永五年十月三百首歌	289〜491	203首
巻三	③文永三年八月百五十首歌	492〜595	104首
巻四	④文永六年四月廿八日柿本影前百首歌	596〜693	98首
	⑤文永六年五月百首歌	694〜761	68首
巻五	⑥文永六年八月百首歌	762〜829	68首
	⑦文永八年七月内裏千五百番歌合百首歌	830〜927	98首
	⑧文永九年十一月頃百番自歌合歌	928〜1020	93首

所収する最後の作が、⑧の文永九年（一二七二）十一月頃に番えた百番自歌合歌であるので、同年二月十七日の父後嵯峨院の死と、それに伴う同月三十日の自身の出家後に、帰洛後の半生の詠作をまとめて残すことを思い立ったものと思料され、『竹風抄』は同年末頃に自撰されたものと推測されるのである。

宗尊の生涯と家集類の概略については、前節に記したとおりである。ここでは、『竹風抄』の歌に、将軍更迭が宗尊に与えた衝撃が色濃く投影しているので、その経緯に絞って簡潔に記しておこう。

将軍職を追われたのは、成長して幕府内の存在感を増したであろう宗尊を忌避した北条氏の意向が根底にあろうが、妻宰子の良基僧正との不義密通（の風聞）も絡まり、鎌倉中の騒動を問責されたと思しい。

異変は、文永三年（一二六六）の春頃から顕れてくる。三月六日に、宗尊は、「内々之御使」として藤原親家を上洛させる。これは妻の岡屋関白近衛兼経女宰子と、松殿僧正良基との密通を宗尊が知り、父帝後嵯峨院に指示を求めたとされる。良基は、宰子が娘掄子出産の際の験者で、宗尊自身の病気平癒の験者（護持僧）でもあった。妻と身近にあった験者との密通自体、宗尊には大きな衝撃であったに違いない。後嵯峨院は五月十五日に腹心の左少弁中御門経任を下向させている。親家は六月五日に帰参し、宰子の件につき院の「内々之諷詞」が伝えられる。これは宗尊に自重を促したのかもしれない。しかし、事は収まらず、同月二十日には、連署北条時宗邸で執権北条政村・北条実時・安達泰盛が密議し、同日良基は逐電する。恐らく妻の密通事件はきっかけに過ぎず、内々に後嵯峨院と遣り取りをしたことが幕府枢機に不審を抱かせ、何を企んだかは不明だが良基等の不穏な動向も相俟って、さらに宗尊に疑いの目が向けられたのであろう。

宗尊の廃将軍への流れはとどめようもなかった。三日後の六月二十三日に宰子と娘の掄子が山内殿に、息男の惟康は時宗邸に移され、鎌倉中が騒動となる。翌二十四日には、良基と通じていたらしい左大臣法印厳恵が出奔する。二十六日に近国の御家人が群集し、七月一日には鎌倉中が騒然となる。同月三日には天変があり民間も不穏となり、時宗の使者が御所との間を三度往復し、将軍近臣が多く御所を出る。翌四日、宗尊は帰洛の為に御所を出て越後入道勝円（北条時盛）の佐介邸に入る。八日に宗尊は京都へ向けて出発し、その際鶴岡八幡宮社前の赤橋で祈念・詠歌した。翌日九日に関東（幕府）の飛脚が京都に到来して「将軍家御謀反」（外記日記）と宗尊の上洛を報じたというが、むしろ京都の人々にとっては宗尊の上洛は唐突で風説が飛び交い、妻宰子の弟左大臣近衛基平でさえもその是非は測り得なかったという。

宗尊の入洛は七月二十日子の刻で、六波羅北方北条時茂邸に入った。後嵯峨院と母棟子は義絶して、宗尊の謁見を許さなかった。同月二十三日（二十四日とも）に惟康が征夷大将軍となる。十月九日に、宗尊は、幼時の思い出懐かしいであろう故承明門院の旧跡土御門殿に移る。十一月二日に鎌倉を出発した宰子と掄子は、十七日に入京する。十一月六日に幕府は宗尊に領地五カ所を献じ、後嵯峨院に義絶を解くように奏請する。十二月十六日に宗尊は帰洛後初めて後嵯峨院と対面した。ようやく宗尊の嫌疑が晴れたのである。

一　宗尊の詠作方法

宗尊親王生涯最後の自撰家集『竹風和歌抄』の歌を論じるにあたり、比較する意味で、前節に論じた宗尊前半生の在関東時の他撰部類家集『瓊玉和歌集』に見る宗尊の詠みぶりについて、改めてまとめて記してみよう。

①勅撰集（伊勢物語を含む）を中心とする古歌に習熟し、同時代までの和歌にも通じて、全体に先行歌によく学んでいた。
②本歌取は常套で、院政期の「詠み益し」の方法と定家学書の示す方法とが混在する。
③正統な和歌の道統と正統な血脈や系統および自身の境遇や地域の有縁性に沿うような指向性を有していた。
④総じて和歌の伝統や本意を踏まえた表現であり、関東の将軍という身分と地縁にも適従した表現でもある。

⑤部類にかかわらず述懐性が認められる。
⑥率直で比較的清新な表現への志向があり、それが京極派和歌にも通じるような表現を獲得させ、かつは南朝歌人達が同心するような表現をも生んだ。

宗尊の帰洛後の家集『竹風抄』の詠作も、全歌に注釈した結果を踏まえると、基本的に大きな異なりはないと言ってよい。早く、樋口芳麻呂「宗尊親王の和歌―文永三年後半期の和歌を中心に―」(『文学』36-6、昭四三・六)は、「文永三年後半期の和歌に限定し、竹風和歌抄所載の文永三年八月百五十首歌、十月五百首歌、及び中書王御詠所載の同期の和歌」を対象として考察した上で、「親王が詠歎を安易に歌の文字面に表わしすぎる点や、歌の細部の彫琢にあまり留意しない点は、確かに親王の歌の欠陥といえよう。／だが、観点を変えれば、当時の歌壇の傾向に拘束されず、また、細かい技巧に腐心することなく、真率に実情実感を歌いあげたからこそ、多感で内攻的な青年皇族将軍の人間性が、赤裸々に表出されているのである。親王の歌の短所は、また、長所にも通ずるものであったと考えられる」とした上で、「親王がなぜそのような実感を重んじた歌を詠み得たか」の理由として、次の三点を指摘している。

まず第一に、親王の身分・地位の高さが挙げられる。皇族であり、将軍であるという身分・地位の尊貴さは、京都の重代の歌人のように和歌の伝統に繋縛されて身動きのとれない窮屈さから解放されているし、また粗野な関東武士のように、都の歌風に盲目的に追随する必要を認めなかったのである。

第二に、関東の地で足掛け十五年も将軍として過ごしたことが挙げられる。関東という遠隔の地で暮らしただけに、京都の歌壇の影響からは比較的自由であったと思われる。また、関東の風物や武士の棟梁としての生活は、親王の視野を広げさせるのに充分役立ったであろう。

第三に、前代の将軍として源実朝が出ていたことが注意される。先輩将軍歌人として実朝を敬慕し、実朝の歌に親しみ、その作風から学ぶところは少なくなかったと考えられる。

「当時の歌壇の傾向に拘束されず」は、細川幽斎の「宗尊親王はさしも歌口にておはせしを、つねに為家卿御風体あしきの由いさめ申されしなり。果して世に用ゐられぬ」(聞書全集)の言説のように、「題詠歌の作法などには無頓着に、所懐を率直に吐露する詠風は、保守的な二条家歌人に眉をひそめさせるものがあったろう」という論点からの指摘ではあろうが、『瓊玉集』のみならず『竹風抄』の歌にも、前代から当代までの先行歌への依拠を多く指摘し得ることからすると、にわかには賛意を示し難いところである。また、理由の第一点目の、「また粗野な関東武士のように、都の歌風に盲目的に追随する必要を認めなかったのである」とするのは、印象論のように思われ、序論第一章第一節「和歌表現史上の位置」他で論じるように、関東武士の和歌にも京極派に通じるような清新さを認め得ると考える立場からは、直ちに受け入れることはできない。しかしながら、『竹風抄』所収の文永三年後半期の和歌を主対象とした分析として、その他の趣旨は首肯されるのであり、それはまた、右に挙げた『瓊玉集』の詠みぶりの整理にも矛盾なく重なるのである。

ただし、『竹風抄』の和歌は、『瓊玉集』の和歌に比して、当然ながら更迭された将軍職と追放された鎌倉の地に対する未練追慕の情念が色濃く、述懐性はさらに強く認められるのであり、かつ父帝後嵯峨院の死や自身の出家に至るまでの宗尊の心性の変化も窺われるのである。これについては後述する。

一方で、詠作方法としては、『源氏物語』と漢故事や漢詩文を典故とする詠作が、より目立っていて、それらへの習熟や親昵が深まり広まったことが窺われるのである。それについては、以下の二〜四に、具体的に述べることとするが、まずは本歌取以外の古歌や同時代歌への依拠について記しておこう。古歌のみならず比較的近い時代までの先行歌に依拠する詠作は宗尊の方法の本質と言ってもよい特質であるからである。結論としては、その傾向は『瓊玉集』歌について整理・検証した結果と大きく異ならないので、歌人一般に依拠しても不思議はない古歌の類は除き、新古今時代以降の主要な歌人と特徴的な歌集の側面から見ることに絞り、それを簡略に整理しておくのに留めたいと思う。

左に、『竹風抄』歌が依拠した可能性のある歌の数を、歌人別と一部歌集別に一覧してみよう。

①新古今歌人

西行7（首）、俊成6、殷富門院大輔1、式子内親王1、定家9、家隆11、雅経1、慈円9、良経1。

②皇統

後鳥羽院6、土御門院3、順徳院7、後嵯峨院3。

③歌道師範とその繫累

為家15、為氏1、為家女為子1、光経1、真観6、真観女親子1、鷹司院帥1、土御門院小宰相1。

④前代の将軍と関東歌人（御家人・関東祗候の廷臣・僧侶）

実朝7、時朝（新和歌集）1、顕氏2、教定4、能清1、公朝2。

⑤近代・同時代の貴顕

家良5、実氏3、公衡1、実雄2。

⑥特徴的な歌集類

新撰六帖・現存六帖4、百首歌合建長八年9、宗尊親王家百五十番歌合3。

まとめれば、『瓊玉集』に見られた傾向と同様に、新古今歌人達の先達である西行や俊成、新古今撰者達や女流歌人、後鳥羽院やその子の土御門院と順徳院および土御門院の子で宗尊の父である後嵯峨院等の皇統、為家と真観とその子女等の宗尊の和歌の師筋、実朝や笠間時朝や藤原顕氏や公朝等の先代将軍や関東縁故の歌人達、衣笠家良や西園寺実氏等の近代や同時代の貴顕達である。新古今時代は中世和歌の基盤の一つであり、それは『新古今集』の披見を切望した実朝を初めとする関東歌人の和歌にとっても例外ではなく、宗尊の詠作もその中に入るであろう。また宗尊は皇統に属し将軍職に就いたのであれば、その系統（皇統、将軍）と地縁（関東）の歌人に親近しつつ、同時代までの貴顕達にも関心を寄せても不思議ではない。『瓊玉集』に見たように、古歌を含む新古今時代以前の歌に宗尊が依拠した歌も併せ見れば、宗尊の意識は、言わば正統な和歌史に沿うような指向性を有しつつ、新古今時代の中心人物、身分境遇上の先人、地勢上の縁故者などの歌に倣っていたことが窺われるのである。

また、『新撰六帖』や『現存六帖』歌への依拠は、「弘長文永のはじめ、九月六日、六帖の題あまねく関東の好士に下されて十三夜の御会に詠進すべきよし仰せらるる時、僅かに八ヶ日の間、六帖一部の題五百廿余首を奉る事、寂恵がほか公朝法印、円勇一両人に過ぎず」（寂恵法師文）と伝えるように、鎌倉で六帖題歌会を催し、また後藤基政に『東撰六帖』を撰ばせたと見られる宗尊の、六帖題歌に対する関心の高さを示すと見てよく、それは大量の定数歌を立て続けに詠じて和歌に習熟し和歌に耽溺しようとする姿勢と軌を一にするものなのであろう。『宗尊親王三百首』に加評・加点、『宗尊親王家百五十番歌合』に加判を受ける藤原基家が主催した『百首歌合建長八年』への依拠については、『瓊玉集』の場合と併せれば、宗尊が在関東時から同歌合を手許に置いて随時披見していたことを想像したくなる程である。宗尊が主催したと思しい『宗尊親王家百五十番歌合』の所収歌は宗尊にとって言うまでもなく身近なものであったろう。これらは、歌合等同時代に詠出された和歌にも強い興味を持ち、新たな和歌を早く吸収しようとする性向を象徴しているのかもしれないと考えるのである。

二　本歌取

前節に述べ、「一　宗尊の詠作方法」にも記したとおり、古歌に限らず宗尊当代までの既存歌に依拠した詠作も併せ見れば、むしろ先行歌に倣うことこそが、少なくとも『瓊玉集』時点までの宗尊の意識的な方法であったと見なしてよいのだが、それは注釈した結果に従えば、最後の歌集『竹風抄』の歌の場合にも言えることであった。その中で特に古歌に拠る本歌取については、『瓊玉集』の場合と同じく、詠作方法として機能する本質的要件である本歌に取る古歌が歌人間に周知のものであること、宗尊の時代が定家学書成立後で順徳院学書も既に存在していてかつ真観の髄脳が宗尊に渡っていたであろうこと、従ってそれらの説示が宗尊に摂取されていたであろうこと、等々を勘案して、宗尊の本歌取を認定した。つまり、古歌の範囲については、定家が詠作原理として説いた詞の範囲を三代集歌人のそれとしたことに則しつつも、真観がその定家説を本歌取の場合の対象勅撰集の範囲に意改して、範囲を『後拾遺集』まで広げることを「後拾遺は見直し、ひたたけて取り用ゐることになむなりて侍り」(簸河上)として容認したことや、宗尊将軍幕下の関東歌壇中最高位の廷臣藤原顕氏が『後拾遺集』初出歌人の歌を本歌取の対象としていたらしきこと等も見合わせて、宗尊の本歌取の古歌の範囲を認定することが妥当だと考えるのである。また、古歌の心を取るか、詞を取るかについては、詠作の原理を詞は古く心は新しくとする限り必然に定家の本歌取説は詞を取ることになるが、その峻厳な方法論が現実には困難を伴うことに加えて、順徳院『八雲御抄』が既に定家的方法に並列して心を取る院政期的方法も容認していること、真観『簸河上』もまたその点については曖昧寛容であること等に照らせば、宗尊の本歌取が、心も詞も取る方向へ傾いても不思議はないと考えるべきであろう。

『竹風抄』の注釈を通じてその和歌に認定した本歌取について、本歌となった古歌の数を、集別・作品別に一覧してみよう。複数の古歌の本歌取の数も示しておく。この内、『源氏物語』については、「三　源氏取」に取り上げる。

古今集171（首）　後撰集45　拾遺集39　後拾遺集29　金葉集1　詞花集5　千載集9
新古今集32　新勅撰集4　続後撰集2　続古今集2
万葉集14
古今六帖1　和漢朗詠集1　新撰朗詠集1
伊勢物語（含本説）9
源氏物語（含本説）33
古歌二首の本歌取68
古歌三首の本歌取3　以上計469首

本歌取の認定が多分に解釈者の判断に依存するを得ず、従って本歌取ではないと判断され得る歌が含まれているにせよ、右の数からすると、『瓊玉集』の場合と同様に、古歌に依拠して詠作する指向性が、宗尊には特に強いことは認められよう。

その古歌の作者について言えば、人麿・業平・小町・貫之・躬恒・忠岑・素性などはもとより、紫式部と大弐三位や和泉式部、あるいは実方や能因が目に付く。本歌とまでは言えないにしても、清少納言の歌への依拠も認められるのである。結果として、今日言う文学史・和歌史上に枢要な人物に意を向ける宗尊の歌人としての感性の鋭敏さを見てもよいのであろう。なお、実方や能因については、前にも述べたように東国に赴いた先人として意識していたのではないかとも疑われるのである。

一方で、『古今集』の、雑体（誹諧歌）や大歌所御歌・東歌・神遊びの歌、あるいは雑歌下（九五〇前後）の厭世歌群に特に関心を寄せたと見られるし、哀傷歌の本歌もやや目に付く。そこには、本抄の和歌を詠出した宗尊の失意の心性を認め得ると同時に、詠作の幅を広げようとする意欲を見て取ることができる。

『竹風抄』の本歌・本説取詠の具体例を見てみよう。

「天地を動かす道と思ひしも昔なりけり大和言の葉」（巻一・文永三年十月五百首歌・歌人・122）は、言うまでもなく、「やまと歌は、人の心を種として万の言の葉とぞなれりける。…力をも入れずして天地を動かし、目に見えぬ鬼神をもあはれと思はせ、男女の中をも和らげ、猛き武士の心をも慰むるは、歌なり」（古今集・仮名序）を本説にする。「昔なりけり」の昔は、紀貫之がこの序を書いた昔であり、かつ将軍として和歌を詠み続けてきた在鎌倉の往時なのであろう。「天地を動かし」て「男女の中をも和らげ、猛き武士の心をも慰むる」はずの「大和言の葉」の効能を疑い、「昔なりけり」と慨嘆したことは、失脚して帰洛した直後の宗尊にとっては当然であったのかもしれない。しかしかく歌いながらも、その後京都に於いても宗尊は、さらに多くの和歌を詠み続けるのである。あるいは宗尊の意識の中では鎌倉に於ける営為とは微妙に異なるものであったのかもしれないと想像したくなる。「歌人」という特殊な歌題の制約の下で、和歌の亀鑑『古今集』仮名序を本説としながらも、否定的感懐を詠じるところに宗尊の和歌の特徴の一端を見るべきなのであろう。同じく「大和言の葉」の「昔」を詠じた、藤原定家の「秋津島外まで波は静かにて昔に返る大和言の葉」（老若五十首歌合・雑・四一五。拾遺愚草・一八二〇）や源具親の「石の上ふるの中道立ち返り昔に通ふ大和言の葉」（千五百番歌合・雑・二九九八。続古今集・雑下・一七七七）と比較する時、それはより明確になるのである。

「しるく立つ外山の雲はつらくとも君がいまきの岡と思はば」（巻五・文永九年十一月頃百番自歌合・岳・985）は、「今城なる外山の峰に雲だにもしるくし立たば何か嘆かん」（続古今集・哀傷・建皇子隠れて今城谷に納め侍りけるを嘆き給ひて、よませ給へりける・一三九一・斉明天皇。日本書紀・巻二十六・一一六、二句「をむれが上に」）を本歌にする。この歌は、斉明天皇の孫で天智天皇と遠智娘との子であり、唖者であったという建王に対する哀傷歌である。『日本書紀』に拠ると、斉明天皇四年（六五八）五月に八歳で没して「今城谷上」の殯宮に納められた建王を不愍に思い、自分の死後に自陵に合葬するように命じ、作ったという歌の一つである。二月十七日に没した父後嵯峨院を哀悼するのに当たり、後嵯峨院が下命した『続古今集』所収の斉明天皇の古歌を用いたものであろうが、そこに宗尊の本歌に取る古歌の範囲の広がりと、父を悼む哀傷歌にも本歌取を用いる宗尊の詠み方の特質を見ることができるである。

ところで、「生ける身の為こそ月も悲しけれ命や秋のあはれなるらん」（巻四・文永六年四月廿八日柿本影前百首歌・秋・640）は、「恋ひ死なむのちはなにせん生ける身のためこそ人は見まくほしけれ」（拾遺集・恋一・六八五・大伴百世）を本歌にする。原歌は『万葉集』（巻四・相聞・五五九・大伴百世）で、三〜五句は「生ける日のためこそ妹を見まくほりすれ」である。『拾遺集』の本文は、異本第一系統本の書陵部蔵堀河宰相具世筆本で示した。同異本第二系統本の北野天満宮本は、第四句「ためこそ人を」で、定家天福元年写本系統本は、三・四句「生ける日のためこそ人の」である（片桐洋一『拾遺和歌集の研究（校本・伝本研究篇）』（大学堂書店、昭四五・一二）に拠る）。宗尊の依拠した『拾遺集』本文の問題として注意しておきたいと思う。

二首の古歌等に依拠する本歌取（含本説取）も、宗尊にとっては常套であるが、三首の古歌に依拠する本歌取と見なされるような詠作も宗尊には認められること、『瓊玉集』の場合と同様である。まず、二種の古歌・物語の本歌・本説取の例を挙げてみよう。

「別れ路の辛さはかねて聞きしかどこはよに知らぬ鳥の声かな」（巻二・文永五年十月三百首歌・別恋・435）は、「つひに行く道とはかねて聞きしかど昨日今日とは思はざりしを」（古今集・哀傷・八六一・業平。伊勢物語・百二十五段・二〇九・男）と「暁の別れはいつも露けきをこは世に知らぬ秋の空かな」（源氏物語・賢木・一三五・光源氏）を本歌に取り併せた作であろう。とすると、在原業平と光源氏の哀愁を帯びた両歌を基に「別るる恋」題の下で述懐性を漂わせた恋歌に仕立てた宗尊の、知識の拡大と詠法の進化を見ることができるであろう。

「情け有る誰が言づてもなかりけり逢ふ人からの宇津の山越え」（巻五・文永八年七月内裏千五百番歌合百首歌・雑・920）は、「長しとも思ひぞ果てぬ昔より逢ふ人からの秋の夜なれば」（古今集・恋三・六三六・躬恒。新撰朗詠集・秋・秋夜・二三一）を本歌に、「行き行きて駿河の国に到りぬ。宇津の山に到りて、我が入らむとする道はいと暗う細きに、蔦楓は茂り、もの心細く、すずろなるめを見ることと思ふに、修行者逢ひたり。「かかる道は、いかでかいまする」と言ふを見れば、見し人なりけり。京に、その人の御もとにとて、文書きて付く。／駿河なるうつの山辺のうつつにも夢にも人にあはぬなりけり」（伊勢物語・九段・一一・男）を本説に取り併せていよう。「修行者」の立場に立ち、宗尊が西上帰洛する際の記憶を踏まえて、男・業平の場合のように、「京に、その人の御もとにとて、文書きて付く」といった「言づて」をする人などいなかったという嘆きの述懐である。宗尊の実体験と古歌や歌物語の知識とが融合した詠作と言ってよい。しかしながらこの一首は、『宝治百首』の「故郷に誰が言づてもなかりけり逢ふ人からの宇津の山越え」（雑・旅行・三七八八・禅信）の剽窃と言うべきでもある。『宝治百首』を学んでいたはずの宗尊の、無意識下の模倣ということであろうか。近現代の歌までによく習熟した宗尊の一面として捉えておきたい。

三首の古歌の本歌取と見なした例も挙げておこう。

「誰にかも語り合はせて偲ばまし見し世の夢は我のみぞ知る」（巻二・文永五年十月三百首歌・懐旧・486）は、「むつごとを語り合はせむ人もがな憂き世の夢もなかば覚むやと」（源氏物語・明石・二二九・光源氏）、「現とも思ひ分かれで過ぐる間に見し世の夢をなに語りけん」（千載集・哀傷・五六七・彰子）、「人知れぬ思ひのみこそわびしけれ我が嘆きをば我のみぞ知る」（古今集・恋二・六〇六・貫之）の三首の語句を取っている。こういった手法は、本歌取と見るか見ないかに拘わらず、他にも見られる宗尊の身についた方法である。

さらに、四首の古歌に基づいたであろう詠作も存在する。

今こそあれ我も桜の一盛り花咲く春はありしものなり（巻一・文永三年十月五百首歌・桜・221）

は、次の四首の詞の取り併せではないだろうか。

今こそあれ我も昔は男山さかゆく時もありこしものを（古今集・雑上・八八九・読人不知）

いざ桜我も散りなむ一盛りありなば人に憂きめ見えなむ（同・春下・七七・承均）

三千年になるてふ桃の今年より花咲く春にあひにけるかな（拾遺集・賀・二八八・躬恒。和漢朗詠集・三月三日付桃・四四）

いにしへの倭文の苧環賤しきも良きも盛りはありしものなり（古今集・雑上・八八八・読人不知）

これら四首を全て本歌と見ることには異論もあろう。『瓊玉集』で、五首の古歌に全句が基づいた「本歌取」と見なされる例（四九二）を指摘したが、それは、「弘長三年八月三代集詞百首」の一首であり、その規制に従った宗尊の戯れにも似た意識的所為として、一応本歌取と見なしたところである。この四首の古歌の依拠の場合は、その条件がないので、宗尊が明確に本歌と認識していたとまでは言えないであろうが、無意識にせよ複数の古歌に依拠したと見られる和歌を詠出したのは、むしろ宗尊の古歌への依存の体質を示すものだとは言えるであろう。

ちなみに、右の「弘長三年八月三代集詞百首」とは、『柳葉集』に見える「弘長三年八月、三代集詞にて読み侍りし百首歌」のことで、前節に記したが、もう一度言及しておく。同種の詠み方は、家隆の「古今（の）一句をこめて春（夏・秋・冬・恋・（雑））の歌よみ侍りし時」といった詞書の詠作群（壬二集）を先規として、家隆男で関東下向の経験もある隆祐には「右大弁光俊朝臣古今詞百首（光俊朝臣古今詞百首）」や「光俊朝臣後撰集詞百首」

がある。これらと同様に、恐らくは真観の示唆や指嗾もあってか、「弘長三年八月、三代集詞にて読み侍りし百首歌」(柳葉集)を試みているのである。その宗尊が、三代集各歌の詞を取り併せた歌を詠むことは不思議ではないし、宗尊の身分境遇が、専門歌人とは異なり、自由奔放さをもたらし、古歌に大きく依拠することの躊躇をもたらさなかったと思うのであり、それはまた将軍の先人実朝の方法にも通うところである。

宗尊の詠法で本歌取はほぼ生涯を通じて常套だと考えるが、それは経文題の教旨歌の場合にも、本歌取としか見なせないような詠みぶりが存在することによって裏付けられよう。例を挙げておこう。巻一「文永三年十月五百首歌」に収める、『法華経』各品の経文を題にした次の各釈教歌は、すべてその左に示す古歌を本歌にしていると見てよいであろう。

提婆品、于時奉事、経於千歳

薪樵りいつか千歳を過ぐしけん山路の露に袖は濡れつつ(278)

濡れて干す山路の菊の露の間にいつか千歳を我は経にけむ(古今集・秋下・二七三・素性)

随喜品、世皆不牢固　如水沫泡焔

水の上のあはれはかなき此の世とは知りてまどふに濡るる袖かな(281)

なにかその名の立つことの惜しからむ知りてまどふは我ひとりかは(古今集・雑体・誹諧歌・一〇五三・興風)

属累品、汝等亦、応随学如来立法、勿生悩

みな人に五月知らせて郭公夕べの空に声な惜しみそ(283)

鳴けや鳴け高田の山の郭公この五月雨に声な惜しみそ(拾遺集・夏・一一七・読人不知)

妙音品、宿王智仏、問訊世尊

尋ね来てさまざま問ひし言の葉を答へぬしもぞ言ふにまされる(285)

主なしと答ふる人はなけれども宿のけしきぞ言ふにまされる（後拾遺集・霊山に籠もりたる人に逢はむとてまかりたりけるに身罷りて後十三日にあたりて物忌すと聞き侍りて・五五三・能因）

各経文題に従って『法華経』各品の教説が表されていることは、注釈に記したとおりだが、それを古歌摂取の本歌取の中で実現させていることは、宗尊の詠法の一端を示すものであろう。二首目の「水の上」歌などは、加えて「世の中をいかが頼まんうたかたのあはれはかなき水の泡かな」（堀河百首・雑・無常・一五五四・匡房）にも負っていて、本歌取で本歌以外にも先行歌を踏まえることもまた、宗尊の常用する方法なのである。なおまた、本歌取とまでは言えなくても、「譬喩品、浅識聞之　迷惑不解／山の井の浅き心に迷ふこそ理とこそ袖は濡れけれ」(275)が「山の井の浅き心も思はぬに影ばかりのみ人の見ゆらむ」（古今集・恋五・七六四・読人不知）を踏まえていることは明らかであろうし、「不軽品、汝等皆行菩薩道、当得作仏／秋はみな花に咲くべき萩なればあだには分けじ宮城野の原」(282)が、「秋はみな思ふことなき荻の葉も末たわむまで露は置くめり」（詞花集・雑上・三二〇・和泉式部）、「今ぞ知る冬こもりせる草も木も花に咲くべき種しありとは」（万代集・釈経・一切衆生悉有仏性の心を・一七〇六・有長）、「さ牡鹿のしがらみ伏する萩なれば下葉や上になりかへるらん」（拾遺集〈書陵部堀河宰相具世筆本〉・雑下・五一四・躬恒。拾遺抄・雑上・四〇九。拾遺集三句は新編国歌大観本「秋萩は」）の三首に詞を負っているとみることも許されるであろう。本歌取に典型の、宗尊の古歌や先行歌に依拠する作歌方法は、釈教歌それも経文題という前提が存し制約が働く場合にも、それに関係なく貫かれていると言ってよいのであろう。

さて、宗尊には、前出の「情け有る」歌のように、複数の古歌に拠る本歌取だけでなく、古歌と古文・故事に併せて拠る、つまり本歌・本説取の詠作が目に付く。その具体例をもう一つ見ておこう。

「いにしへもかかる涙に染めてこそ竹の緑も色変はりけれ」（巻五・文永九年十一月頃百番自歌合・竹・1004）は、「白雪は降り隠せども千代までに竹の緑は変はらざりけり」（拾遺集・雑賀・清和の女七のみこの八十賀、重明のみこのし侍りける時の屏風に、竹に雪降りかかりたるかたある所に・一一七七・貫之）を本歌に、「竹斑湘浦」の故事を本説に取り併せた作であろう。例えば『白氏文集』には「江花已萎絶、江草已銷歇、遠客何処帰、孤舟今日発、杜鵑声似ㇾ哭、湘竹斑如ㇾ血、共是多感人、仍為二此中別一」（巻十一・江上送ㇾ客）、『和漢朗詠集』にも「竹斑湘浦（たけしやうほにまだらなり）　雲凝鼓瑟之蹤（くもこしつのあとにこる）　鳳去秦台（ほうしんたいをさる）　月老吹簫之地（つきすいせうのちにおいたり）」（雲・四〇三・愁賦・張読）といった、この故事に基づく作が見える。この故事は、藤原成範作かともされる『唐物語』（第十三）に、「君恋ふる涙の色の深きには竹も涙に染むとこそ聞け」（一五・作者）の歌を交えて、歌物語風に翻和して見える。宗尊は「竹斑湘浦」の故事の知識をこのような和文仮名抄によって得ていたのかもしれないが、それを、常緑の竹に寄せた長寿予祝の古歌と取り併せたところに宗尊の進化を認めるべきでもあろう。

三　源氏取

『瓊玉集』に比べて、『竹風抄』には、『源氏物語』を本歌・本説にした和歌が目立つ。これらを「源氏取」と言っておく。参考歌も併せて一覧してみよう。

瓊玉集

本歌　208（野分・三八九・夕霧）。

参考歌　195（賢木・一五〇・光源氏）、439（手習・七七七・浮舟）。

竹風抄

本歌　22（明石・二四一・光源氏）、171（手習・七七二・妹尼）、195（早蕨・六八四、六八五・阿闍梨、中の君）、314（真木柱・四二一・光源氏）、427（竹河・六一七・女房）＋参考歌（竹河・五九九、六〇〇・

薫、藤侍従）、428（柏木・五〇三・柏木）、430（朝顔・三一六・光源氏）、486（明石・二二九・光源氏、千載集・哀傷・五六七・彰子、古今集・恋二・六〇六・貫之）、639（紅葉賀・八六・光源氏）、658（若紫・五九・尼君）、659（藤裏葉・四四四・雲居雁）、666（夕顔・三八・光源氏）＋参考歌（若菜下・四九〇・柏木）、701（若紫・五四・光源氏）、702（須磨・一八三・光源氏）、719（野分・三八九・夕霧。瓊玉集208と同じ本歌取）、722（末摘花・七〇・頭中将）、935（賢木・一三五・光源氏）、1002（賢木・一四三・兵部卿宮）。

本説　5（宿木）、238（乙女〔古歌「雲居の雁も我がごとや」所引〕）、287（総角）、457（須磨〔白氏文集に基づく〕）＋参考歌（若紫・五三・聖）、622（花散里）、632（野分）、881（橋姫）。

本歌・本説　13（藤裏葉・四三九・内大臣＝頭中将）、103（浮舟・七四一、七四二・匂宮、浮舟）、111（本歌明石・二三八・明石君、本歌本説明石・二四二・光源氏）、613（胡蝶・三五九・女房）、628（少女・三二四・夕霧）、861（夕顔・二七・光源氏）。

参考歌・参考文　130（須磨・二二七・光源氏）、134（夕顔・三六・光源氏）、360（桐壺・四・桐壺更衣母）、394（橋姫・六三〇・柏木）、450（関屋・二七一・空蝉、若菜上・四七〇・朧月夜）、476（明石・二二三・光源氏）、478（横笛・五一三・女三宮）、737（須磨・一八二・光源氏）、758（若菜下・四八六・明石尼君）、810（藤袴・四〇五・左兵衛督）、941（少女・三三五・冷泉院）。

両家集の総歌数の差（瓊玉集508首、竹風抄1020首）を割り引いても、文永元年（一二六四）十二月九日に真観撰の『瓊玉集』と、同九年（一二七二）末から翌年初頭までに自撰の『竹風抄』との間で、宗尊が『源氏物語』に傾倒していったことが窺われるのである。俊成の「源氏見ざる歌よみは遺恨のことなり」（六百番歌合判詞）の言説やそれに象徴される考え方、あるいは定家の『源氏』の書写や注釈や和歌抄出が導いたであろう鎌倉期歌人達の『源氏』学習が、宗尊の場合はいつ頃からのことであったかは明確にし得ない。しかしそれが、遅くとも将軍在職時に溯ることは、「源氏絵陳状」（『源氏秘義抄』付載）から、既に指摘されているところである。即ち、「将軍三品親王」（宗尊）の時に、源有仁・藤原忠通が詞書した源氏物語絵巻をもとに製作された、御前の源氏の屏風の色紙形源氏絵をめぐり、論争があったらしい。絵描きは、弁の局と長門の局、絵の奉行人は雅経男の二条兵衛督教定（原文「まさたか」）であった。将軍家女房の家隆女小宰相局が、色紙形の源氏に「多くの僻事あり」と難じた。それに教定と弁局と長門局が陳じ、「賢王」宗尊親王の「御裁断」を仰いだというのである。「将軍三品親王」につけば、建長四年（一二五二）四月一日の将軍宣下（既に叙三品）～文永三年（一二六五）九月十七日の叙一品（中務卿）の間のことになる。「賢王の御裁断」は、宗尊への敬意の発現であろうけれども、新古今撰者の女小宰相と同じく新古今撰者の子教定との難陳を裁くことが求められる程には、宗尊は『源氏』に通じていたと、周囲からは認識されていたことになろう。宗尊が、鎌倉に於いて『源氏物語』に親しんでいたらしいこと、新古今撰者の子孫や他の関東祇候の歌人達、例えば、父源光季の跡を継いで『源氏物語』の書写（河内本）や注釈（水原抄）を為した光行、六条藤家に連なる新古今撰者有家の甥顕氏、あるいは陰陽師で歌人の安倍範元（順教房寂恵）等から、『源氏物語』について薫陶を受けていたかもしれないこと、を想像することは許されるのではないか。そしてその『源氏物語』への理解は、経年と共に広く深くなっていったものと推測されるのである。

『源氏物語』に依拠した『竹風抄』の歌の特徴を具体的に見てみよう。

「忘れめや霞める春の夕まぐれほのかに見えし花の面影」（巻四・文永六年五月百首歌・春・701）は、詞遣いを道助法親王の「忘れじなまた来む春をまつの戸に明け暮れなれし花の面影」（新勅撰集・春下・一二九）に倣った感もあるが、『源氏物語』の「夕まぐれほのかに花の色を見て今朝は霞の立ちぞわづらふ」（若紫・五四・光源氏）を本歌に取っていよう。この歌は、光源氏が尼君に若紫（紫の上）の世話を申し出て辞退される場面で、光源氏が「僧都の許なる小さき童して」遣わした一首である。「花の色」は若紫の美しい容色を言い、「今朝は霞の立ちぞわづらふ」は瘧が全快して帰京するべきが、若紫のことが心残りで出立しかねている様子を表す。宗尊詠の「花の面影」も若紫のことであり、一首は、光源氏の心境で本歌である源氏歌をもどいた趣であろう。

これと同様に、「雨晴るる庭の桂の追風に心とまりし宿の住み憂さ」（巻四・文永六年四月廿八日柿本影前百首歌・夏・622）も、光源氏の立場で詠じていよう。『源氏物語』花散里巻の次の部分を本説にする。「（光源氏は花散里を）思ひ出で給ふには、忍びがたくて、五月雨の空めづらしく晴れたる雲間に渡り給ふ。…（光源氏は）御耳とまりて、門近なる所なれば、少しさし出でて見入れ給へば、大きなる桂の木の追風に、祭の頃思し出でられて、そこはかとなく気配をかしきを、ただ一目見給ひし宿りなり、と見給ふ、ただならず。程経にける、おぼめかしくや、とつつましけれど、過ぎがてにやすらひ給ふ。…／をち返りえぞ忍ばれぬ郭公ほの語らひし宿の垣根に」（一六六・光源氏）。「心とまりし宿」は光源氏の立場で言っていようが、光源氏が心惹きつけられたような家も、今の自分（宗尊）にとっては住みづらいのだと嘆じた感がある。当時宗尊が居した邸宅の庭に「桂」が植えてあったのだろうか。

特に、京都から退隠した須磨からさらに明石へと流離して後に帰洛した光源氏の境涯に東下西上した自らを重ねるような、須磨や明石の巻の歌文を本歌・本説にした歌も目に付く。

帰洛直後の「文永三年十月五百首歌」で「七月」を詠じた「思へただささても年経し古郷を心の外に別れぬる秋」（巻一・22）は、「都出でし春の嘆きにおとらめや年経る浦を別れぬる秋」（源氏物語・明石・二四一）という明石から帰京する光源氏の明石入道に対する惜別詠を本歌に、「年経る浦」明石ならぬ「年経し古郷」鎌倉を同年七月に心外にも追われて帰洛せざるを得なかった胸中の無念を吐露する。同じ五百首歌の「苫屋」題詠「明石潟年経し浦の秋風に苫屋も荒れて月や澄むらん」（111）も、右の光源氏「都出でし」歌とその場面の本文、ならびに、帰洛に当たり明石君に再会するまでの形見として琴を残して惜別する場面で詠む光源氏の「うち捨てて立つも悲しき浦波の名残いかにと思ひやるかな」（二三七）に対する明石君の返歌「年経つる苫屋も荒れてうき波の返るかたにや身をたぐへまし」（二三八）を踏まえる。光源氏帰洛後の明石の荒涼とした様を思いやることで、自らが帰京した後の鎌倉の荒廃に思いを寄せているかのようである。同じく「沈倫」（「倫」は「淪」か）題の「この世には犯せる罪もなきものを沈むや世世の報ひなるらん」（巻一・130）は、須磨に沈淪する光源氏の「八百万神もあはれと思ふらむ犯せる罪のそれとなければ」（須磨・二一七）を意識していよう。光源氏が三月一日の上巳の祓えの折に、沈淪する自身の無実を神々に嘆訴した歌である。光源氏には政敵方の朧月夜君との密通や義母藤壺との不義という罪があるのだが、これを詠むやいなや天が感応して「にはかに風吹き出でて、空もかき暗れ」て、波浪・雷鳴・風雨に襲われ、その後明石へ移ることとなる。色々に解釈されるこの部分を、宗尊がどのように理解していたかは分からないが、罪無きを訴える光源氏に、「将軍御謀反」（外記日記）の嫌疑で将軍を更迭された自らを重ねていたと見ることは許されるであろう。

宗尊はまた、同じ五百首歌の「寺」題では「誰かまた向かひの寺の鐘の音を雪の夕べの月に聞くらん」（巻一・287）と詠じた。これは、『源氏物語』総角巻の「雪のかき暗し降る日、ひねもすにながめ暮らして、世の人のすさまじきことにいふなる、十二月の月夜の、曇りなくさし出でたるを、簾垂巻き上げて見給へば、向かひの寺の鐘の声、枕をそばだてて、今日も暮れぬ、と、かすかなる響きを聞きて、／おくれじと空行く月を慕ふかなつひにすむべきこの世ならねば」（六八〇・薫）を本説にしていよう。宇治八宮の娘大君が匂宮等との関係を悲観して重態となり、薫が看護するうちにやがて他界し、悲しみに沈む薫が、世の無常と出離への思いを募らせる場面である。宗尊は、薫に我が身をよそえて、絵画的な情景を叙しつつ、鐘の音を聞く孤独さを述懐する。この場面に依拠したのは、自らの心情をそこに見たのであろう。

さらに、帰洛二年後の「文永五年十月三百首歌」の「羇中」題詠「夜を重ね結ぶは草の枕にてまどろむほどの夢ぞ稀なる」（巻二・476）は、光源氏の「旅衣うら悲しさに明かしかね草の枕は夢も結ばず」（明石・二二三）を意識し、明石に流離する光源氏の姿に宗尊自らの安眠の夢も稀な人生を重ねて詠じたかとも疑うのである。同じ三百首歌の「懐旧」題詠「誰にかも語り合はせて偲ばまし見し世の夢は我のみぞ知る」（巻二・486）は、「むつごとを語り合はせむ人もがな憂き世の夢もなかば覚むやと」（源氏物語・明石・二二九・光源氏）、「現とも思ひ分かれで過ぐる間に見し世の夢をなに語りけん」（千載集・哀傷・五六七・彰子）、「人知れぬ思ひのみこそわびしけれ我が嘆きをば我のみぞ知る」（古今集・恋二・六〇六・貫之）の三首に拠って仕立てた歌であろう。『源氏物語』歌は、須磨から明石に移った光源氏が、明石入道の娘（明石君）と逢って詠み掛けた歌で、その返歌は、「明けぬ夜にやがてまどへる心にはいづれを夢と分きて語らむ」（二三〇）である。「むつごとを語り合はせ」る人（明石君）があれば、「憂き世の夢」が半分は覚めるかと思うという光源氏詠に対して、宗尊は自分しか知らない「見し世の夢」を「語り合はせ」て偲ぶ人とてないと嘆じて、深い孤独感を表出させている。また、翌年の「文永六年五月百首歌」（春）では「いかにして時失へる身の程に春の都の花を見るらん」（巻四・702）と詠む。これは「いつかまた春の都の花を見ん時失へる山がつにして」（源氏物語・須磨・一八三・光源氏）を本歌にする。光源氏が自ら離京し須磨に退隠することを決意して、桐壺陵に参拝し、春宮にも暇乞いをする。その際光源氏は、藤壺の代理に付き添わせている王命婦の「御局に、とて」次のように消息する。「今日なむ都離れ侍る。また、参り侍らずなりぬるなむ、あまたの愁へにまさりて、思う給へられ侍る。（光源氏の心中を王命婦が）よろづ推しはかり、（春宮に）啓し給へ」。これに添えられたのが、右の歌である。同じく「時失へる」境遇であるけれども、「いつかまた春の都の花を見ん」と言う光源氏に対して、「いかにして」「春の都の花を見るらん」と言う宗尊の絶望はより深いであろう。光源氏に心を寄せ光源氏に自らを重ねつつ、光源氏の歌に基づくことによってより切実に自らの不遇を自覚する表現と言ってよいのであろう。

一方、『源氏物語』の中では脇役で、一見幸福そうだが内心に屈託を抱える、夕霧（雲居雁と婚姻も紫の上を思慕）や中の君（匂宮に愛され若君を産むが匂宮は夕霧六の君と結婚し、薫にも恋慕される）などに心寄せる歌も見える。

「亡き人の形見に摘みし初蕨あまたの春や思ひ出づらむ」、（巻一・文永三年十月五百首歌・蕨・195）は、「君にとてあまたの春をつみしかば常を忘れぬ初蕨なり」「この春は誰にか見せむ亡き人の形見に摘める峰の早蕨」（源氏物語・早蕨・六八四・阿闍梨、六八五・中の君）を本歌にする。前者は、春頃山の阿闍梨から中の君へ仏に供養した初穂である蕨を贈ってきた際の阿闍梨の歌で、後者はそれに対し、「亡き人」亡父八宮の形見として「峰の早蕨」を一緒に見た姉大君までもが既に亡い「この春」の悲しみを訴える中の君の返歌である。宗尊詠は、中の君の心情を思いやった趣がある。

また、①「荻の葉に待ち取る風の音までもうたて吹きそふ秋の夕暮」（巻四・文永六年四月廿八日柿本影前百首歌・秋・628）、②「玉章や結び付けまし秋風の吹き乱れたる庭の刈萱」（同・同・同・632）、③「秋風も群雲まよふ夜半の月忘るる間なき人も見るらん」（同・文永六年五月百首歌・秋・719）の三首は、いずれも夕霧に関わる場面や夕霧の歌を本説・本歌にする。①は、共に大宮邸で育ち幼なじみの夕霧と雲居雁との間に恋心が生じて雲居雁の父内大臣が怒り自邸に引き取ることになる前段の場面を、②は、野分の見舞いに光源氏の供で明石姫君を訪ねた夕霧が姫君方から紙と硯を借りて雲居雁に消息する場面を、本説にする。③は、夕霧の「風騒ぎ群雲まがふ夕べにも忘るる間なく忘られぬ君」（野分・三八九）を本歌にする。②の本説の場面で、夕霧が書いた雲居雁宛ての消息の一首である。「忘るる間なき人」は雲居雁を指し、夕霧の立場で詠み返した趣である。宗尊はこれ以前鎌倉に於いて、同じ歌を本歌に「憂き事を忘るる間なく嘆けとや村雲まよふ秋の夕暮」（瓊玉集・秋上・秋の御歌中に・二〇八）と詠じている。

なお、往昔を思慕する述懐は、宗尊詠全般に見られる傾向で、「帰り来ぬ昔を恋ひて我が袖に流るる水の絶ゆる間ぞなき」（巻一・文永三年十月五百首歌・水・84）や「この頃は昔を恋ひてさ牡鹿も妻をばよそに音をや鳴くらん」（巻五・文永九年十一月頃百番自歌合・秋鹿・941）もその例である。「昔を恋ふ」は常套だが、両首に用いられた「昔を恋ひて」の句形は、『源氏物語』の「鶯の昔を恋ひてさへづるは木伝ふ花の色やあせたる」（少女・三三五・冷泉院）が早い。ささやかながらここに、宗尊の「昔」への思慕の昂進と『源氏』への親昵の深化との無意識の融合を見ることができるかもしれない、と思うのである。

四　漢詩文・漢故事、記紀・風土記、祝詞・催馬楽、仏書等への依拠

『源氏物語』と同様に、漢詩文や仏典を含む漢故事や記紀・風土記の類や祝詞・催馬楽あるいは仏書類等に依拠した詠作も、『瓊玉集』に比して『竹風抄』には目立っている。これも一覧してみよう。

瓊玉集（本文・本説・本歌はなし。全て参考の歌詩文）142（和漢朗詠集・一九二・白居易）、160（和漢朗詠集・二二三・白居易）、252（和漢朗詠集・五五五・白居易）、306（蒙求「子猷尋戴」）、387（白氏文集・李夫人）、392（催馬楽・沢田川）、410（祝詞・祈年祭、同・六月大祓）、417（往生要集・大文第三）、418（往生要集・大文第一）、423（古事記・二九・倭建命）、430（和漢朗詠集・六四四・篁、出雲国風土記）、460（和漢朗詠集・七五九・正通）、494（俊頼髄脳・一二六）、505（新古今竟宴和歌・六・隆衡）。

竹風抄

本文　80（毛詩・小雅(2)）、121（論語・子空第九）、123（和漢朗詠集・四一六・賈嵩）、138（和漢朗詠集・七二〇・以言）、183（和漢朗詠集・二七・白居易、同・二三三・同上）、246（文選・設論＝東方朔）、530（和漢朗詠集・七七九・張文成）、532（和漢朗詠集・七二四・白居易）、607（和漢朗詠集・五五・尊敬）、623（和

漢朗詠集・一五二・白居易)、624(和漢朗詠集・五七九・白居易)、625(和漢朗詠集・一六四・英明)、630(和漢朗詠集・一八七・許渾。「秋風高し」の異文の場合)、631(和漢朗詠集・三二七・白居易)、633(和漢朗詠集・一九四・許渾)、641(和漢朗詠集・三四二・朝綱)、674(白氏文集・琵琶引、同・五絃弾)、677(和漢朗詠集・四六〇・朝綱。土御門院の影響か)、678(和漢朗詠集・四二一・白居易。為兼も同じ詩句を本文に取る)、712(和漢朗詠集・一五二・白居易)、725(白氏文集・長恨歌=新撰朗詠集・二七九)、767(和漢朗詠集・三一七・文選〔実は誤り〕)+参考詩(和漢朗詠集・七八四・朝綱)、769(和漢朗詠集・一一五・白居易)、772(和漢朗詠集・五五・尊敬)、848(和漢朗詠集・一三四・相規)、870(和漢朗詠集・二八七・兼明)[3]。

参考(詩文) 48(白氏文集・上陽白髪人)[4]、691(和漢朗詠集・一六二・匡衡、同・五八七・摩訶止観)、803(文選・北山移文、新撰朗詠集・五四二・斉名)、804(和漢朗詠集・四九三・白居易)。

本説 260(古事記・仁徳天皇)、808(荘子・山木第二十)。

参考(漢故事・仏説故事その他) 168(衣裏繋玉の故事)、176(催馬楽・石川)、177(故郷に錦を飾る、南史「卿衣錦還郷」)、187(「爛柯」の故事)、710(蒙求「宿瘤採桑」)、765(「鶯遷」の故事)、828(「雪山童子」の故事)、829(阿弥陀如来の「超世」の誓願)、936(尚書・堯典の疏)、969(蒙求「車胤聚蛍」)、1006(雲に吠える獣の故事。忠岑の長歌が本歌。列仙伝、神仙伝)。

ここに宗尊の、修養の痕跡とそれを和歌に活かそうとする意欲とそれがもたらす進化を見て取ることができる。もとより、『和漢朗詠集』や『白氏文集』等を除いて、漢籍類や故事説話類の典故の学習は、原典に直接ではなく、類書や摘句・金句集や抄物の類に拠った場合があるであろう。それらの見極めは今後の課題となるが、今それは措いて、幾首かを取り上げつつ、概要を具体的に記しておこう。

『和漢朗詠集』に摘録の漢詩文を本文に取ることは、宗尊に限らず普通の詠み方であろう。宗尊も右に見るとおりに、同集に多くを負っている。中でも、「乱れじな道ある御代の蘭《ふぢばかま》いかに吹くとも野辺の秋風」（巻五・文永八年七月内裏千五百番歌合百首歌・秋・870）は、「扶桑豈無影乎（ふさうあにかげなからむや）浮雲掩而忽昏（ふうんおほてたちまちにくらし）叢蘭豈不芳乎（そうらんあにかうばしからざらむや）秋風吹而先敗（あきのかぜふいてまづやぶる）」（和漢朗詠集・蘭・菟裘賦・二八七・兼明）を本文に取るが、これは中書王の先人兼明親王の作であることに意味があるのであろう。即ち本文の兼明の詩句は、「佞臣のために天子の聖明も自己の忠誠も遮られてしまう嘆きを述べたもの」で「太陽を天子に、浮雲・秋風を佞臣藤原兼通に、作者兼明親王自身を叢蘭に擬した」（新潮日本古典集成『和漢朗詠集』大曾根章介頭注）というのであるから、宗尊は兼明（蘭）に自らを重ねながらも、それを超えて、この百首歌の詠進先の内裏の主たる弟亀山天皇代の自分は、佞臣奸物や邪心偏見には屈しないのだ、と宣していると解されるのである。そこには宗尊の覚悟や諦念と弟亀山帝の治世に対する信頼と讃美を見ることができる。なお、右の一首以外にも、この「文永八年七月内裏千五百番歌合百首歌」では、実際にそれが為されたか否かは措いてその詠進先が亀山天皇内裏であるという条件の下ではあっても、「君」たる亀山天皇とその「代」の治安と長久を言祝ぐ歌が散見し（春・838、祝・899〜902）、宗尊の弟帝に対する、通り一遍以上の情愛が見て取れるようにも思われるのである。

白詩に依拠した詠作もまた、宗尊に限らない当時の歌人一般の方法であろう。「誰ならん月を浸せる秋の江にほの聞き初むる四つの緒の声」（巻四・文永六年四月廿八日柿本影前百首歌・雑・674）は、「琵琶引（行）」の「別時茫茫江浸月（別るる時茫茫として江は月を浸す）忽聞水上琵琶声（忽ち聞く水上琵琶の声）主人忘帰客不発（主人は帰を忘れ客は発せず）尋声暗問弾者誰（声を尋ねて暗に問ふ弾く者は誰と）」に新楽府「五絃弾」の「第三第四絃冷冷（だいさんだいしのくゐんはれいれいたり）夜鶴憶子籠中鳴（よるのつるこをおもてこのうちになく）」（和漢朗詠集・管絃・四六三）を取り併せていようか。元和十年（八一五）に九江郡司馬に左遷された白居易が、翌年秋潯陽江頭で夜訪客を送り別れる時に月下の水上に（かつての名妓の）琵琶を聞く。宗尊は、その音が「冷冷」寒々と響くのを仄かに聞き始める誰かに思いを馳せるのである。あるいはその「誰」は、沈淪する白居易であり、それに重ねる自分自身かもしれないとしたら、それは読み過ぎであろうか。

「長き夜も明くるを際とまどろまで愁へぞ人に月は見せけり」（巻一・文永三年十月五百首歌・月・48）は、「上陽白髪人」の「秋夜長（あきのよながし） 夜長無眠天不明（よながくしてねぶることなければてんもあけず） 耿耿残灯背壁影（かうかうたるのこんのともしびのかべにそむけたるかげ） 蕭蕭暗雨打窓声（せうせうたるくらきあめのまどをうつこゑ）」（和漢朗詠集・秋・秋夜・二三三・白居易）を意識していようか。「月」を眺める「人」たる宗尊自身が、まどろむこともできずに終夜、憂愁の心で月をながめた、という趣旨であろうし、幽閉された宮女に我が身を重ねていたのかもしれない。沈淪や不遇を叙した白居易の作品に目を向けたのは、宗尊自身の境遇に照らせば、決して偶然とは言えないであろう。

ちなみに、小川剛生『武士はなぜ歌を詠むか―鎌倉将軍から戦国大名まで』（角川学芸出版、平二〇・七）が既に指摘するところだが、『風雅集』（雑下・一九四二）に収める「我若未レ忘レ世、雖レ閑心亦忙、世若未レ忘レ我、雖レ退身難レ蔵といふ事を／中務卿宗尊親王／背くともなほや心の残らまし世に忘られぬ我が身なりせば」の一首は、『竹風抄』の諸詠作と同時期のものであろうか。これは、『白氏文集』の「閑適」詩たる「詠興五首」の三首目（白氏文集・巻六十二・池上有小舟）の一節を題にした作で、白居易が晩年の大和七年（八三三）三月に病により河南尹を辞して東都洛陽の履道里宅に戻った折の、閑居泰適の詩境である。もとよりこれは表面的なもので、内面には諷喩の精神を含み、事実は前々年秋に長男阿崔の夭折と盟友元稹の急逝があり、大和八年（八三四）の「序洛詩」に於いては、二人の詩を悼む詩を敢えて除いた「洛詩」編纂の意図を表明することにより治世を諷喩しているのである。しかしまた、日本での白詩受容の多くがそうであるように、白居易の思想性は切り離されて言詞の示すところの想念をそのまま受容する姿勢をここにも見るべきであろう。白居易の表面的な閑適の詩境に宗尊が共感し、それによって自らを慰めているのでもあろう。

『和漢朗詠集』や『白氏文集』と同様に、知識層の基本的幼学書たる『蒙求』に拠る詠作も、当時の常套であろう。宗尊は例えば、「宿瘤採桑」に拠る「賤の女が桑採る家を尋ねばやいかがかなしぶ五月雨の頃」(巻四・文永六年五月百首歌・夏・710)や「車胤聚蛍」に拠る「世を厭ふ窓に蛍を集めてや学ぶる法の光をも見ん」(巻五・文永九年十一月頃百番自歌合・蛍・969)を残している。前者は直接には、源光行が源実朝に献じたとされる『蒙求和歌』の「露深き桑採る袖の名残をぞかへる空なく思ひ置きける」(蒙求和歌平仮名本・恋・宿瘤採桑・六二。同片仮名本・六九)に負っているのかもしれないが、それは、関東に祇候した廷臣学者が東国武家政権の主たる将軍に素養を簡要に教授するために著されたであろう『蒙求和歌』の存在意義に適うものであろう。『瓊玉集』には「子猷尋戴」を微かに意識したかと思われる歌(三〇六)があるが、小川前掲書が指摘する文永二年(一二六五)九月の「六帖題和歌」に見える「伯瑜泣杖」(夫木抄・一五一五二)や「呂望非熊」(同・一六五三一)を併せ見れば、これはやはり文永年間以降に和歌の修練を目的として、またその結果として漢籍類にも習熟していった宗尊の進化の過程を示すものなのであろう。そこには小川が言うように、宗尊の「将軍としての姿勢」が関っているであろう。既に将軍職を去った宗尊ではあっても、右に挙げた『竹風抄』の両首が、民への憐憫や学への希求を表出しているのは、その意味で象徴的である。

さて、『竹風抄』の詠作全体に色濃い、宗尊自身の人生と今の世を慨嘆する述懐の歌にも、宗尊は色々な故事を用いている。幾例かを挙げておこう。

帰洛直後の「文永三年十月五百首歌」(巻一)では、いわゆる故郷に錦を飾るで知られる「卿衣錦還郷」(南史)

に寄せて「いかがせん錦をとこそ思ひしに無き名たちきて帰る故郷」（錦・177）と無実の汚名に失脚しての帰洛を悲嘆し、「爛柯」の故事（述異記等）を踏まえて「帰り来て都を見れば斧の柄の朽ちし昔の心ちこそすれ」（斧・187）と足掛け十五年を経て戻った都の孤独を詠嘆しつつ、仁徳天皇の仁政の故事（古事記等）を念頭に「民を撫でし三年の情け忘れずはいかにこの世を神の見るらん」（平野・260）と今の世を慨嘆する。

その三年後の「文永六年八月百首歌」（巻五）では、「鶯遷」（詩経等）の故事を踏まえて「あはれなり高木に遷る鶯も果てはもの憂き音をぞ鳴くなる」（春・765）と沈淪を愁い、「昨日山中之木、以二不材一得レ終二其天年一。」（荘子・山木）を踏まえて「昨日の木今日の雁がねいかにまた思ひ果つべき憂き世なるらん」（雑・808）と自らの不材を嘆くのである。また、同じ「文永六年八月百首歌」の、釈迦前世の難行を言う「雪山童子」の故事を踏まえた「生まれあふ契りよいかに雪の山身を捨ててこそ聞きし御法に」（雑・828）や、阿弥陀如来の「超世」の誓願を詠じた「世に超ゆる仏の誓ひ聞くたびにうれしき袖は涙余りて」（雑・829）などは、宗尊の厭世感と表裏に出家願望を表出する歌の存在と同じく、仏道への傾斜を示すものであり、同時にそれは、仏教の故事説話の類に拠って詠もうとした、宗尊の幅広い方法を模索する一環であったと見てもよいのではないだろうか。

そして、「文永九年十一月頃百番自歌合」（巻五）では、『列仙伝』や『神仙伝』が原拠の雲に吠える獣の故事に寄せて「かかるべき身とや思ひし獣の雲に吠えけん心ちせし世は」（獣・1006）と、自身の波乱の人生とそれをもたらしたこの世を慨嘆するのであった。

五　後代との繋がり1　京極派との繋がり

『竹風抄』の伝本は孤本であるので、歴史的にも広範な流布とそれによる後代歌人達の旺盛な受容があったことは想像しにくいが、それでも、全歌注釈の結果を基に整理して記したとおり(5)、後代にもある程度は受容されていたと思しい。ここでは、同抄所収歌の後代への影響について触れておきたい。本抄の歌に類似・類想の後出歌が、必ずしも宗尊詠の影響下にある訳ではないことは言うまでもないが、特徴的な幾らかの例を具体的に取り上げておきたいと思う。

関東歌壇あるいは関東（縁故）歌人の詠みぶりが京極派和歌に通うことは、既に繰り返し指摘してきたところである。『竹風抄』の和歌にそれを探ってみよう。

「鷺のゐる一もと柳露落ちて河辺寂しき春雨の空」（巻二・文永五年十月三百首歌・春雨・316）の「春雨の空」は、『正治初度百首』の定家詠「百千鳥声や昔のそれならぬ我が身ふり行く春雨の空」（春・一三二一）や寂蓮詠「霞しく詠「霞しく野辺のけしきは浅緑染めこそやらね春雨の空」（春・一六一九）が早く、新古今歌人達が好んで詠むが、勅撰集には、寂蓮『玉葉集』の二首（三三・永福門院、九八・雅経）が初出で、『風雅集』にも二首（一一七・為兼、二四七・永福門院内侍）採られ、新古今歌人による新しい句が京極派に掬い上げられた例の一つであり、その間に宗尊詠の存在があるのである。「鵑のおのが羽がひの山越えて鳴く音も涼し短夜の月」（巻三・文永三年八月百五十首歌・夏月・501）の「短夜の月」も、定家（影供歌合建仁三年六月・四〇）や後鳥羽院（後鳥羽院御集・五一二）の詠作が先行し、宗尊の他にも関東祇候の雅有（雅有集・三一一＝隣女集・一五四〇、雅有集・七四五）や宇都宮景綱（沙弥蓮愉集・一八三、一八六）や大江広元の曾孫茂重（茂重集・六一）等の関東関係者の作例が目に付き、勅撰集では『玉葉集』の三首（三八五・公守、三九三・有忠、三九四・院新宰相）が初出となる。これも、新古今歌人詠出の新しい句形が、将軍であった宗尊を併せた関東圏縁故の歌人の使用を経て、京極派（同派勅撰集や同派歌人）に顕現した例と捉えられる。「春の情け」（609）や「何の情け」（814）もこれに同様であるし、定家（拾遺愚草・六一九）や後鳥羽院（正治後度百首・八一）が用いた「軒端の花」を転倒した形の「花の軒端」（338）も、『玉葉集』（一九七・為教女為子）や『伏見院御集』（五四一）に受け継がれていて同類と見てよい。

「墨染の衣うてとて秋風も夕暮寒くなりまさるらん」（巻五・文永九年十一月頃百番自歌合・擣衣・952）の「夕暮寒く（し）」の詞は、同時代でも、六波羅評定衆を務めた関東歌人大江茂重の「霧の間に天飛ぶ雁の声はして夕暮寒き秋の空かな」（茂重集・暮天雁・九三）が見える程度で、勅撰集には『玉葉集』の「なほさゆる嵐は雪を吹きまぜて夕暮寒き春雨の空」（春上・三三・永福門院）のみであり、少なくとも中世前期までででは、帰洛した宗尊を含む広義の関東歌人詠と京極派和歌の占有的共有である。「雪の遠山」（408）や「涙に匂へ（ふ）」（965）も、『竹風抄』と京極派（勅撰集や歌人）に共有されていて同様である。また、「身の上にまだ来ぬ老いの面影もかねて悲しき野辺の朝霜」（巻四・文永六年五月百首歌・冬・730）の「野辺の朝霜」の句は、宗尊二十一歳時にも「いつよりか向かふ鏡の影も見むまだ身にうとき野辺の朝霜」（柳葉集・巻二・弘長二年十二月百首歌・霜・三三五）と用いていて、老いの相貌の比喩である。この句は、勅撰集では、『玉葉集』に収められる北条氏大仏流宗宣の「草の上はなほ冬枯れの色見えて道のみ白き野辺の朝霜」（冬・野径霜をよみ侍りける・九〇七）と、それを承けたと思しい『風雅集』の日野（柳原）資明の「冬枯れの芝生の色のひととほり道踏み分くる野辺の朝霜」（冬・七六〇）という京極派の勅撰集のみに、それも京極派の特徴を示す純粋叙景に用いられて見えるだけである。幕府将軍詠出の句を執権が詠み継ぎ、京極派（勅撰集や歌人）が掬い上げるという道筋となる。これと同じく、「世の中を問ふ人あらば答へてん夕日の庭の花はそれぞと」（巻五・文永六年八月百首歌・雑・827）の下句は、無常の比喩でありつつ、その景趣は京極派に通う。「夕日」と「庭」と「花」の景趣は目立った先行例を見ず新鮮である。六波羅評定衆の大江茂重にも「残りける尾花が袖の霜枯れに夕日むかへる庭ぞ寂しき」（茂重集・冬・寒草・一二七）があり、後期京極派の「霜枯れの尾花が庭に風ふれて寒き夕日は影さえぬなり」（花園院御集〔光厳院〕・冬夕・六五）へと続く、これも関東歌人詠と京極派和歌を結ぶ細い繋がりの一つと言える。

「立ち出でて夕暮ごとにながむれば鷺飛び渡る遠の山ぎは」（巻一・文永三年十月五百首歌・鷺・233）について見ると、

「鷺」は「立つ」あるいは「ゐる」と詠むのが伝統だが、叙景として「鷺（白鷺）」が「飛ぶ」「渡る」ことを詠むのは、定家の「夕立の雲間の日影晴れそめて山のこなたを渡る白鷺」（拾遺愚草・十題百首・鳥・七五五。玉葉集・夏・四一六）が早い例となる。京極派は、これを好み、『玉葉集』には同歌の他、雅有の「つらゐる刈田の面の夕暮に山もと遠く鷺渡る見ゆ」（冬・九三三）と伏見院の「田のもより山もとさして行く鷺の近しと見ればはるかにぞ飛ぶ」（雑三・二二六三）を収めている。その伏見院には他にも、「見渡せば秋の夕日の影晴れて色濃き山を渡る白鷺」（伏見院御集・秋夕・九一七、八五一にも）や「ながめこす田のもの上ははるかにて鷺つれ渡る秋の山もと」（同・秋鷺・九八二）があり、これらを承けてか『風雅集』にも「夕日影田のもはるかに飛ぶ鷺の翼のほかに山ぞ暮れぬる」（雑中・一六四五・光厳院）と「緑濃き日陰の山のはるばるとおのれまがはず渡る白鷺」（同・一七三九・徽安門院）が残されている。宗尊の歌は、雅有詠に先行し、伏見院の三首の先蹤とも言える景趣を詠じている。新古今時代から関東縁故歌人を経て京極派に顕現する詠みぶりと捉えられるのである。また、「雲さえし空とも見えずのどかにて朝日に磨く峰の白雪」（巻三・文永三年八月百五十首歌・冬日・499）は、「朝日」に「磨く」「雪」の景趣を詠じて新鮮だが、それは定家の「玉桙の道白妙に降る雪を磨きて出づる朝日影かな」（御室五十首・冬・五三四）が先行し、『玉葉集』の「晴れそむる雲のとだえの方ばかり夕日に磨く峰の白雪」（冬・九五六・道平）が後出する。これも新古今歌人の新奇な詠みぶりだが、宗尊という（広義の）関東歌人を経由して京極派の勅撰集に掬い上げられる一例と言える。さらに、「見渡せば雲間の日影うつろひてむらむら変はる山の色かな」（巻四・文永六年四月廿八日柿本影前百首歌・雑・676）は、「雲間の日影」「むらむら（変はる山の色）」が特徴で、京極派和歌に通う歌境であり、事実『風雅集』（秋中・百首歌の中に・一六四八）に採録されている。それらの措辞はまた、新古今時代に既に詠まれてそれを宗尊が取り込み、さらに京極派勅撰集に掬い上げられたと捉えることができる。『玉葉集』（夏・百首歌の中に・三五四）に採録される「五月雨は晴れぬと見ゆる雲間より山の色濃き夕暮の空」（巻五・文永六年八月百首歌・夏・777）

も同様の例となる。
上記以外にも『竹風抄』には、注釈に記したように、京極派の特徴とされる双貫句法の詠作が目に付くし（82、83、457、458、475、733、799等）、また、天象の交錯や光彩の変化を含めた特徴的景趣や趣向あるいは措辞・用詞等、それらが醸す歌境や情調等、が京極派和歌に通い、京極派の好尚に適う歌が散見する。それらを次に抄出しておこう。

時雨れながらたえだえ迷ふ村雲の空行く月ぞ秋にまされる（巻一・文永三年十月五百首歌・冬月・52）
人訪はぬ秋の庭こそ寂しけれ桐の落ち葉に風［の］音して（同右・桐・214）
さえまさる月夜烏の梢より浮かれてなくや吾が身なるらむ（同右・烏・231）
冬の日の光も弱き山の端に時雨ると見えてかかる浮雲（巻二・文永五年十月三百首歌・時雨・397）
晴れ間なきあはれ愁への類とてまた掻き暗す五月雨の空（巻三・文永三年八月百五十首歌・夏天・493）
草木吹くむべ山風の夕暮に時雨れて寒き秋の群雲（同右・秋雲・505）
明けにけりまだ短夜に捨てられて急がぬ月の空に残れる（同右・夏朝・521）
夕づく日入りぬる後も暮れやらで光り残れる山の端の空（同右・雑夕・527）
絶え絶えに飛ぶや蛍の影見えて窓閑かなる夜半ぞ涼しき（巻四・文永六年四月廿八日柿本影前百首歌・夏・623）
山里の泉の声もさ夜更けて心を洗ふ床の涼しさ（同右・夏・624）
絶えだえに霞の隙を洩る月の光待ち取る花の色かな（巻五・文永八年七月内裏千五百番歌合百首歌・春・842）
雲間より日影涼しくうつろひて夕立晴るる遠の山の端（同右・夏・863）
見渡せば日影まじりに時雨して村雲薄き夕暮の山（同右・冬・887）

京極派の歌人については、為兼（307）や永福門院（712）、実兼（294、297）や俊光（527、623）、あるいは花園院（832）や覚誉法親王（733）等々の歌に、宗尊の詠みぶりが通い、あるいは直接の影響関係にあるかもしれない場合も見られる。中では、宗尊と伏見院の繋がりが目に立つ（4、166、220、338、612、630、762、807、896）。その具体例を少し挙げておこう。右宗尊詠、左伏見院詠。

①朝夕に馴れにし事を思ふには我が身ぞ人の形見なりける（巻一・文永三年十月五百首歌・形見・166）
厭はじよ馴れしあはれを思ふ折は我が身ぞ人の形見ともなる（伏見院御集・恋形身・一六八一）

②梅の花ただ一時を盛りにて身〔の〕なる果てはすさまじの世や（巻一・文永三年十月五百首歌・梅・220）
春べとてまた霞立つ時はあれど我が身一つはすさまじの世や（伏見院御集・霞・六七一）

③下葉散る柳の梢うちなびき秋風寒し初雁の声（巻四・文永六年四月廿八日柿本影前百首歌・秋・630。玉葉集・秋上・五八一、四句「秋風高し」）
風高き岡辺の柳かげ過ぎて雁がね寒し秋の夕暮（伏見院御集・秋動物・二二五七）

④佐保姫の神の手向けの木綿鬘海山かけて春は来にけり（巻五・文永六年八月百首歌・春・762）
おしなべて波も霞ものどけきは海山かけて春や立ちぬる（伏見院御集・早春・一七六七）

⑤世の中は風立つ沖の海人小舟危ふしと見ぬ浪の間もなし（巻五・文永六年八月百首歌・雑・807）
波風の危ふき浦の海人小舟世渡る人のたぐひとぞ見る（伏見院御集・冬・舟・二三九九）

ちなみに、⑤の両歌の比喩を取り去り、「海人小舟」の「危ふ」さを直叙する、後伏見院の羇旅詠「海原や風にたゆたふ海人小舟行へ危ふき浪の上かな」（新千載集・羇旅・海路の歌とてよませ給うける・七六四）は、伏見院詠の影響下にあろうか。

六　後代との繋がり2　南朝およびそれ以後との繋がり

『竹風抄』の歌と南朝の歌との繋がりを見ておきたい。さほど流布したとも思われない『竹風抄』に限れば、南朝との繋がりの痕跡は多くないが、序論第一章第一節「和歌表現史上の位置」や前節「『瓊玉和歌集』の和歌」に述べたように、広く関東歌人から南朝歌人への影響や、特に『瓊玉集』の宗尊の和歌の宗良等への影響を認め得るとすれば、『竹風抄』と南朝の和歌との類似も、その流れの中に捉えることが許されるのかもしれないと思うのである。

以下に、少し具体例について見てみよう。

宗尊の「覚めて後悔いの八千たび悲しきは昔を見つるうたた寝の夢」（巻一・文永三年十月五百首歌・宇多々寝・132）は、「先立たぬ悔いの八千たび悲しきは流るる水の帰り来ぬなり」（古今集・哀傷・八三七・閑院（命婦））を本歌に取る。この本歌の「悔いの八千たび」の詞の摂取は、『日吉社撰歌合寛喜四年』の光俊（真観）詠「先立たぬ世世の契りを恨みても悔いの八千たび音をのみぞ泣く」（恋・八六）が早く、宗尊詠はそれに次ぐ。その後に続くのは、南朝の『師兼千首』詠「なにとただ悔いの八千たび嘆くらん心に絶えし中川の水」（恋・絶後悔恋・六九七）や宗良親王詠「涙川悔いの八千たび思へども流れし名をばせくかひもなし」（李花集・恋・恋百首とてよみ侍りし中に、顕恋・五七二。新葉集・恋二・七二八・読人不知）である。もちろん、区々に『古今集』歌に拠った結果であるのかもしれないが、宗良の「覚めて後思ひ知るこそはかなけれそもうたた寝の夏の夜の夢」（宗良親王千首・雑・夏夜夢・九〇〇）という、右の宗尊詠に類似した歌を併せ見る時、あるいは『竹風抄』の歌の南朝歌人への影響の可能性を見るべきかとも思われてくるのである。また、『古今集』の誹諧歌「もろこしの吉野の山に籠もるともおくれむと思ふ我ならなくに」（雑体・一〇四九・時平）を本歌にした宗尊詠「おくれじと言ひてや行かんもろこしの吉野の山に春の帰らば」（巻五・文永六年八月百首歌・春・773）と、本歌を同じくした宗良詠「もろこしの吉野の山の遅桜あやなく春におくれぬるかな」（宗良親王千首・夏・余花・二〇四）の存在も、その推測に矛盾はしないであろう。

もう少し南朝との繋がりを探ってみよう。

「いかにして袖まき干さん旅衣きなをの山はなほ時雨るらむ」（巻四・文永六年五月百首歌・冬・728）の「袖まき干さん」の「まき干す」は万葉語で、「袖まき干さん」の類は順徳院（順徳院百首・恋・八〇）や源家長（洞院摂政家百首・夏・五月雨・四七二）が用い、関東祗候の廷臣となる藤原顕氏の『宝治百首』詠「谷陰や結ぶ庵のしばしだに袖まき干さぬ五月雨の頃」（夏・渓五月雨・九八一）が続く。宗尊は、これらに刺激されたと思しいが、後代にも用例が多くない中で、南朝の『新葉集』に「立つ名のみたかしのあまの濡れ衣袖まき干さん波の間もがな」（恋二・七一六・家賢）と見えていることは、宗尊詠との共通点である。また、宗尊の「春と言へば来し方急ぐ雁がねも昔にかへる御代や知るらむ」（巻五・文永八年七月内裏千五百番歌合百首歌・春・837）のような、「春と言へば」で始まる帰雁詠は、良経（秋篠月清集・一一一）や隆信（千五百番歌合・五五八）や後鳥羽院（後鳥羽院御集・六六六）等の新古今歌人達が詠み始め、宇都宮歌壇（新和歌集・四九・浄意法師女）にも作例が見える。その意味では、新古今新風から関東縁故歌人に繋がる表現だが、南朝歌人中院具氏の「春と言へば霞の衣たちかへり秋来し空に急ぐ雁がね」（南朝五百番歌合・春七・一二二）は、宗尊詠からの影響かと疑われなくもない。

ここで、『竹風抄』の宗尊を含む広義の関東と京極派と南朝との繋がりの例を見ておきたい。「なほざりの雲のたよりの村雨や秋の時雨の初めなるらん」（巻四・文永六年五月百首歌・秋・724）のように、「雲のたより」を用いて季節・気象の始発のさまを叙するのは、為家の「山風にさそはれ渡る浮雲のたよりにつけて落つる村雨」（新撰六帖・第一・むらさめ・三九七）や土御門院小宰相の「夕立の雲のたよりに吹き初めて夏しも荒き風の音かな」（百首歌合建長八年・夏・一一六三）が先行し、この宗尊詠が続く。後出には、伏見院の「浮きて行く雲のたよりの村時雨降るほどもなくかつ晴れにけり」（新拾遺集・冬・五七五）や持明院統の有力廷臣俊光の「時雨れつる雲のたよりに降り初めて山の端白き今朝の初雪」（俊光集・冬・初雪・三八三）があり、南朝の長親の「一群の雲のたよりの夕時雨晴るる跡より月ぞほのめく」（南朝五百番歌合・冬一・五一五）や師兼の「一群の雲のたよりに音信れて嵐にきほふ夕時雨かな」（師兼千首・秋・薄暮時雨・五〇三）もある。鎌倉前中期の新鮮な詠みぶりを受け継ぐ宗尊と京極派と南朝との通底が窺われるのである。また、「捨てばやと思ふ心も尽き果ててあるに任する身ぞあはれなる」（巻四・文永六年五月百首歌・雑・755）のような「心」と「尽き果てて」の詠み併せは、この歌が早い例で、勅撰集には『玉葉集』の為兼詠「言の葉に出でし恨みは尽き果てて心にこむる憂さになりぬる」（恋四・一七〇六）のみで、かつ南朝の宗良親王には「ともしするほぐしの松はありながら鹿に心ぞ尽き果ててける」（李花集・夏・照射を・二一一）の作がある。加えて、「あるに任する」の句も後出では、関東歌人北条時高（斉時）の「憂きながらあるに任する世の中を頼めばこそと人や見るらん」（拾遺風体集・雑・四四一）があり、勅撰集には『風雅集』の「なきにのみ身をなしはてし心よりあるに任する世こそやすけれ」と「憂きながらあるに任する我が身こそかくても捨つるこの世なりけれ」（雑下・一八一二・為守女、一八一五・為明）の両首と『新後拾遺集』の一首（雑上・一三〇四・為定）ばかりだが、『新葉集』には「かねてより知られぬ物の悲しきはあるに任する行末の空」（雑下・一二六四・公重女）が見えるのである。いずれも、関東縁故歌人の和歌から京極派を経て南朝に通じる例と捉えられる。ちなみに、「身ぞあはれなる」の句形は、後出では、京極派の『永福門院歌合嘉元三年正月』の「思ふ事の慰まずのみなりゆけばあるまじきかと身ぞあはれなる」（恋・一〇・従三位親子）があり、勅撰集にはこれも『風雅集』に採られた「人を人の思ふ限りを見るにしもくらぶとなしに身ぞあはれなる」（恋四・一三一九・徽安門院）のみである。

同様の例をもう少し見ておこう。

先に掲出した「絶え絶えに飛ぶや蛍の影見えて窓閑かなる夜半ぞ涼しき」（巻四・文永六年四月廿八日柿本影前百首歌・夏・623）や「絶え絶えに蛍の影の乱るるは外面の竹に風や吹くらん」（巻五・文永六年八月百首歌・夏・779）のような、「蛍」の光が「絶え絶え」に見える景趣は、勅撰集では『玉葉集』の「山陰や暗き岩間の忘れ水絶え絶え見えて飛ぶ蛍かな」（夏・四〇五・為理）に現れ、『新葉集』にも「蘆間行く野沢の蛍絶え絶えに光見え益す夕闇の空」

（夏・二三二・読人不知）が収められている。『玉葉』『新葉』の両首は、水辺の「蛍」の光の「絶え絶え」について言っているが、その趣向は、『宝治百首』の「山川の岩間の水の絶え絶えに光も見えて飛ぶ蛍かな」「暮れぬるか浅沢水の絶え絶えに光見えても行く蛍かな」（夏・水辺蛍・一一〇一・顕氏、一一〇八・行家）が先行し、それらに学んでか宗尊も既に、文応元年（一二六〇）の『宗尊親王三百首』で「夏草の茂みが下の忘れ水絶え絶え見えて行く蛍かな」「絶え絶えに影をば見せて飛鳥井のみまくさ隠れ飛ぶ蛍かな」（夏・九六、九七）と詠じていたのであった。これも、宗尊から京極派を経て南朝に繋がる一例と見なし得る。また、「行く月も夜越えじとや卯の花の籬の山に影をとむらん」（巻五・文永八年七月内裏千五百番歌合百首歌・夏・851）は、「夕暮の籬は山と見えななむ夜は越えじと宿りとるべく」（古今集・離別・三九二・遍昭）を本歌にするが、伏見院の「月と見て夜もや越えん夕暮の籬の山に咲ける卯の花」（同右・雑上・夕卯花を・一六九四）も、宗良親王の「河と見て夜は越えじな卯の花の浪折りかくる里の籬は」（続千載集・夏・籬卯花・二〇七）と「山とのみ籬の島の見ゆるかな立つ白波の夜越ゆれども」（宗良親王千首・雑・名所島・八四三）も、この遍昭歌を踏まえ、宗尊詠に類似する。同様に、「時鳥いざよふ月の雲間よりおぼろけならぬ初音鳴くなり」（巻五・文永八年七月内裏千五百番歌合百首歌・夏・853）のような、「雲間」の「月」と「時鳥」の「初音」を詠じた歌は、宗尊はこれ以前にも「待たれつる初音鳴くなり郭公雲間の月の有明の空」（柳葉集・弘長二年十二月百首歌・郭公・三一三一）をものしている。この類型の後出例には、後期京極派の花園院に「待ち出づる雲間の月に時鳥惜しむ初音もえやは忍ばぬ」（新千載集・夏・二三〇）があり、南朝の師兼にも「忍ぶべき初音なりとも郭公雲間の月に物忘れせよ」（新葉集・夏・一七七。宗良親王千首・師兼卿・一〇一八）がある。やはり、関東縁故の宗尊と京極派の伏見院や花園院と南朝の宗良や師兼が繋がるのである。

南朝の歌人別では、尊良（444、804、819）や長親（耕雲）（49、554）や師兼（110、132、356、853、895、896）等に、『竹風抄』の歌との類似やそれからの影響と見られる場合がある。中でも、宗良（7、16、110、132、215、244、338、343（二首）、444、

514、540、606、748、755、773、816、851（二首）、909、913、926等）との繋がりが強く認められることは、『瓊玉集』の歌の場合と同様である。既に言及した歌以外から、具体的に幾つかを見ておこう。

「今ぞ憂き昔は袖のよそにのみ思ひしものを五月雨の空」（巻二・文永五年十月三百首歌・五月雨・343）の「今ぞ憂き」の歌い出しは新鮮で、後出の例が散見するが、中では宗良親王の「今ぞ憂きげにそのかみの契りならばあふひむなしきかざしならめや」（宗良親王千首・恋・寄葵恋・六八二）と「今ぞ憂き同じ都のうちにては心ばかりの隔てなりしを」（新葉集・恋二・七三四。李花集・恋・六〇八）の両首に、宗尊詠からの影響が想定される。また、宗尊の「憂かりける誰が祈ぎ言の神な月あはれなげきの杜ぞ時雨るる」（巻三・文永三年八月百五十首歌・冬杜・540）と宗良の「憂かりける誰が言の葉のかはるらん果てはなげきの杜の時雨に」（李花集・恋・恋の歌の中に・五九二）の酷似は、偶合ではあるまい。なおまた、宗尊の「手向けせぬ別れは春の慣らひにて人目を旅と帰る雁がね」（巻四・文永六年四月廿八日柿本影前百首歌・春・606）は、「手向けせぬ別れする身のわびしきは人目を旅と思ふなりけり」（後撰集・恋三・七〇四・貫之）を本歌にするが、この「人目を旅と」を取る例が希少な中で、宗良に「住みなれて人目を旅と思ふだに寂しさ堪へぬ松の風かな」（李花集・雑・六六一。新葉集・雑中・題不知・一二二四・読人不知）が存するのも、偶然ではないだろう。

さて、『竹風抄』の和歌と京極派や南朝の和歌との共通性あるいはその和歌からの影響以外にも、宇都宮景綱（299）や安達長景（887）といった鎌倉殿御家人や、飛鳥井雅有（18、57、67、350、432、499、505、580、604、884、892、913）や雅顕（743）父子といった関東祗候の廷臣が、前将軍宗尊の『竹風抄』の和歌に拠った可能性は見てよいであろう。『瓊玉和歌集新注』の解説にも記したように、宗尊の歌には雅有の祖父雅経や父教定からの影響が認められ、逆に雅有の歌には宗尊からの影響が認められるのである。また、宗尊の弟亀山院（664、896）やその皇子後宇多院（485、764）についても、『竹風抄』歌に拠った可能性は同様であろう。さらには、南朝を除く鎌倉後期〜室町期の歌人の詠作、および近世の歌人の詠作が『竹風抄』の歌に類似し、もしかすると影響を与えられたり、本歌として享受されたりした可能性を考えてみるべきかもしれない例を、参考までに歌人毎に番号で一覧しておく。これらについては、『竹風抄』やその和歌の流布の様相の検証を併せて、さらなる検証が必要であろう。

津守国冬28、報恩院永寿麿（続門葉集）795、源顕実母（為道女）894、正徹497、763、896（三首）、姉小路基綱514、牡丹花肖柏52、154、三条西実隆991、細川幽斎664。

中院通村391、望月長孝599、下河辺長流540、契沖854、冷泉為村18、村田春海711。

なお他に、注目すべき『竹風抄』歌の後代受容の事例について、記しておきたい。

『とはずがたり』巻四の、惟康親王の将軍廃位にともなう上洛を語る場面に、次のとおりある。

さても将軍と申すも、夷などがおのれと世を打ち取りてかくなりたるなどにてもおはしまさず。（宗尊は）後嵯峨天皇第二の皇子と申すべきにや、後深草帝には、御歳とやらん月とやらん御まさりにて、先ず出で来給ひにしかば、十善の主（帝王）にもなり給はば、これ（惟康）も位をも嗣ぎ給ふべき御身なりしかども、（宗尊の）母准后（棟子）の御事故、叶はで止み給ひしを、（宗尊が）将軍にて下り給ひしかども、ただ人にてはおはしまさで、中務親王と申し侍りしぞかし。（惟康は）その御後なれば、申すにや及ぶ。何となき御思ひ腹など申すこともあれども、（惟康の母・摂政近衛兼経女宰子は）藤門執柄の流れよりも出で給ひき。（惟康は父母の）いづ方につけてか、少しもいるがせなるべき御事にはおはします、と思ひ続くるにも、先づ先立つものは涙なりけり。

五十鈴川同じ流れを忘れずはいかにあはれと神も見るらん（九六）

この歌は、作者後深草院二条の、惟康に対する同情の感懐であろうが、神祇に寄せた歌の類型性はあるにせよ偶合ではなく、惟康の父宗尊の『竹風抄』の一首「五十鈴川同じ流れに沈む身をいかがあはれと神も見ざらむ」（巻一・文永三年十月五百首歌・伊勢・257）を少し変化させて流用したものとは考えられないだろうか。後深草院二条の宗尊歌摂取の道筋、『竹風抄』の流布状況などは不明なままだが、その可能性を見ておきたい。

また、「長かれとなに思ひけん世の中に憂き目見するは命なりけり」（巻四・文永六年五月百首歌・雑・753）は、『太平記』（巻四・笠置城の囚人罪責評定の事〔笠置囚人死罪流刑事付藤房卿事〕）に万里小路宣房の歌として本抄と同じ形で見えていることは、『とはずがたり』等の『竹風抄』歌利用の可能性と併せて、さらに追究されるべき現象である。

なおまた、右にも指摘した二条為道女で源顕実母の『延文百首』詠「吹きまがふ嵐の末に誘はれて積もらぬ雪ぞ空にあまぎる」（冬・雪・四六五）は、宗尊の「吹き迷ふ嵐のつてに誘はれて積もらぬ雪ぞ空に乱るる」（巻五・文永八年七月内裏千五百番歌合百首歌・冬・894）と酷似する。偶合でなければ、剽窃と言ってよい程である。これも、『竹風抄』歌の流布を考える一つの手掛かりではあろう。

七　和歌に見る宗尊の心性——四季歌の述懐性

『瓊玉集』の和歌の特徴は、その述懐性にあることは、前節「『瓊玉和歌集』の和歌」で指摘したところである。『竹風抄』の和歌にもそのさらなる傾きを容易に見て取ることができ、述懐性は、宗尊の和歌のほぼ生涯を通じたものであったと言うことができる。『正徹物語』が「宗尊親王は四季の歌にも、良もすれば述懐を詠み給ひしを、難に申しける也。物哀れの体は、歌人の必定する所也。此の体は好みて詠まば、さこそはあらんずれども、生得の口つきにてある也」（歌論歌学集成本に拠り表記は改める）と、述懐性を生来の詠みぶりとするのは、当を得た評価なのである。ただし、その述懐性にも、時々の詠作で濃淡がある。最後の家集『竹風抄』に於けるそれを、具体的に見てみよう。

まず、四季歌の述懐性を取り上げる。宗尊以外にも、特に中世和歌では四季歌に述懐を詠じることは稀ではないが、宗尊の場合は、正徹の言説にもあるように、それが際立つのである。春歌で憂鬱・寂寥を表出することは、中世になって顕現する特徴の一つであると考えるが、宗尊もその例外ではない。失脚して帰洛した二年後の「文永五年十月三百首歌」（巻二）から挙例してみよう。

①我が為と迎へしものを今はただ春来にけりとよそに聞くかな（初春・289）
②程もなくめぐる月日ぞあはれなる待ち遠なりし春も来にけり（初春・290）
③西の海遠つ浪間の夕づく日霞に沈む春の寂しさ（霞・294）
④鶯の鳴く音もことに身にしむはいかに聞きなす夕べなるらん（鶯・300）
⑤明くる夜の霞の梢ほのかにて山の端寂し春のしののめ（春曙・308）
⑥月を見て慰めかねし秋よりもなほさらしなの春の曙（春曙・311）
⑦はかなくもなほ身にしめて思ふかなあはれ憂き世の春の曙（春曙・312）
⑧世の憂さを忘れし花も散りはててなぐさめがたき春の暮かな（暮春・329）

失意の帰洛から二年を経た題詠ながらも、「初春」題に自分とは無縁に廻り来る春を嘆じ（①②）、「霞」題に沈む夕日の寂寥を詠じる（③）。宗尊は「曙は時しも分かぬ空なるを春のみなどて思ひ初めけん」（春曙・307）と春の曙に思い入れが強い上に、「春のしののめ」の「山の端」を「寂し」と表し（⑤）、春曙の月を更科の姨捨山の秋月よりも気鬱を散じ難いと見（⑥）、「あはれ憂き世の春の曙」とまで嘆じる（⑦）のである。そこには、宗尊十一歳の建長四年（一二五二）の春三月十九日に鎌倉幕府将軍になるべく京都を出発し、恐らくは曙時に逢坂の関を越えて東路に足を踏み入れた折の心細い記憶の残像を見る必要があろう。宗尊は、「忘れずよ鳥〔の〕音つらくおとづれて逢坂越えし春の曙」（柳葉集・巻二・弘長二年十一月百首歌・旅・二八三）と詠み、「馴れなばと何思ひけん年経ても同じつらさの春の曙」（同右・巻二・弘長二年十二月百首歌・春曙・三〇六）とも詠んでいたのである。そして、「鶯」題では鶯詠の本意とはかけ離れて「鳴く音」の「身にしむ」訳を自問し(④)、「暮春」題では慰め難き春の暮を詠嘆する(⑧)のである。

夏の「時鳥」についても、宗尊詠は伝統的通念や類型に収まりきってはいない。右と同じ「文永五年十月三百首歌」(巻二)の「郭公」題の歌は次のごとくである。

⑨時鳥ありけるものを今は我待つこともなきこの世と思ふに(332)
⑩かたらひし人こそあらめ時鳥なれさへ我に情けかはるな(333)
⑪時鳥空にかたらふ夕暮は我さへあやな音ぞなかれける(334)
⑫聞けばまづ思ひぞ出づる時鳥昔のことを音にや鳴くらむ(335)
⑬我ばかり物は思はじ時鳥同じ憂き世に音をば鳴くとも(336)
⑭我がごとや五月の後の郭公時過ぎにける音をばなくらん(337)

時鳥に寄せた述懐歌群である。時鳥の本意を踏まえながらも、「待つこともなきこの世」と憂愁を吐露し(⑨)、人の心変わりと表裏に時鳥に情け変わるなと呼びかける(⑩)。ちなみにこの歌に先行して宗尊は、「憂き身をばかたらふ人もなきものを情けありける時鳥かな」(中書王御詠・夏・郭公・六〇)という、一見対照的ながら主旨を等しくする詠作をものしている。また、夕暮に時鳥が鳴くのと同じく声を上げて泣いてしまうと言い(⑪)、時鳥の声が昔を思い出させるとも言い(⑫)、同じ憂き世に共に鳴き泣いても物思いは時鳥に勝ると嘆じ(⑬)、季節はずれに鳴く時鳥を盛りを過ぎて泣く身によそえる(⑭)のである。

帰洛してさらなる年月を経ても、次のような歌が見える。

⑮昔にはよも鳴き替へじ時鳥聞く我からや悲しかるらん(巻五・文永六年八月百首歌・夏・775)
⑯高砂の松とは言はじ時鳥つれなき色にならひもぞする(巻五・文永八年七月内裏千五百番歌合百首歌・852)

前者は、昔と変わらないはずの「時鳥」の鳴き声なのにそれを聞く（変わってしまった）自分故に「悲し」いのかと嘆息する。後者は、なかなか鳴かない「時鳥」を「（松）待つとは言はじ」とするのは一見本意からはずれる。宗尊らしく「時鳥」の歌の類型と通念を踏まえきった詠みぶりと言えなくもないが、それも右に挙げたような時鳥の述懐詠の集積の上での表しのようにも思われるのである。

また、五月五日の端午の節句やその景物「菖蒲」につけても、宗尊の述懐は強く、悲嘆は深い。帰洛直後の「文永三年十月五百首歌」（巻二）では次のように詠む。

⑰菖蒲草袂にかけし時だにも知らずよ長きねに泣かんとは（五日・16）

⑱世の中に我隠り江の菖蒲草ねをば泣けども人はなびかず（昌蒲・200）

文永三年（一二六六）の三月には妻宰子と僧良基の密通を宗尊が知り父後嵯峨院に指示を仰いだらしいが、事は世に露顕してはいなかった。同年五月五日の段階では「知らずよ長きねに泣かんとは」（⑰）と言い得る状態であったのだろうが、結局は失脚して「ねをば泣けども人はなびかず」（⑱）と言わざるを得ない状況に陥ったのである。

帰洛三年後の文永六年（一二六九）四月二十八日の「柿本影前百首歌」（巻四）でも、

⑲菖蒲草いかなるうきに引き初めて今日まで長きねをば泣くらん（夏・620）

と詠じる。菖蒲を引くこと（和歌の事物・事象や本意）の起源を問いつつ、三年前に将軍職を追われて帰洛した失意から引き続き悲嘆にくれていることを寓意し、夏の歌に隠すことなく述懐を表出していて、宗尊詠の特徴を典型的に示す一首と言えるのである。

夏の景物・景趣の中では、「五月雨」は比較的述懐に傾きやすいと言えるかもしれないが、帰洛後二年目の「文永五年十月三百首歌」（巻二）でも、宗尊はなおさら「五月雨」に強く述懐性をにじませている（341「物思ふ宿の五月雨に」、342「身を知る比の五月雨の空」、343「よそにのみ思ひしものを五月雨の空」、344「ながめも辛き五月雨の比」)。同様に、四季の中で春歌は、秋歌に比せばその季節の属性や和歌上の通念(本意)から述懐性を帯びにくいであろうが、宗尊は例えば、春の「雁」に寄せて「来し方」へ戻る道を求めたり(320、940)、それを絶望したり(700)して、強い懐旧の情を詠じているのである。

しかしこういった四季歌の中にも、例えば「大井川鵜舟はそれと見え分かで山もとめぐる篝火の影」(巻一・文永三年十月五百首歌・鵜河・18)のように、純粋叙景で新奇な景趣を詠ずる歌が存在することは見逃すべきではない。この歌は、関東祗候の廷臣飛鳥井雅有の「大井河井堰のさ波立ち返り同じ瀬めぐる篝火の影」(隣女集・第三自文永七年至同八年・雑・鵜・一五〇九)に影響したと思しい。藤原秀能の曾孫で三井寺の法印である公順の「大井河流れも見えぬ夕闇に山もとめぐる篝火の影」(拾藻鈔・春上・聖護院二品親王家五十首、鵜川・八三)もまた、そうであるかもしれない。その後宗尊詠は、後期京極派の『風雅集』(夏・鵜川を・三七二)に収められたこともあって、次のような類似した派生歌を生んでいて、一定の影響力を認めることができるのである。

大井川水の水上はるばると山もとめぐる篝火の影(慶運法印集・夏・鵜河・八二)

水底にめぐるやいかに島つ鳥うたかたうかぶ篝火の影(草根集・夏・夜川篝・二八〇三)

めぐるとも昔にはあらじ橘の小島ににほふ篝火の影(同右・夏・鵜舟廻島・二八一七)

さしくだす鵜舟はそれと見え分かで河島廻る篝火の影(為村集・夏・鵜舟廻島・五三六)

八　我と我が身の今昔

さて、『竹風抄』の宗尊の述懐詠の一面に、「我」や「我が身」の意識の表出がある。例えば、「またも来ん年の頼みもなきものは我が身の春の別れなりけり」や「露寒き浅茅が末の色異になりにしものは我が身なりけり」

や「いかで我憂き世厭はんとばかりを待つことにして過ぐる比かな」(巻三・文永三年八月百五十首歌・春述懐・581、同・秋述懐・582、同・雑述懐・584)というように、「述懐」の題詠ではあっても宗尊自身の実感を表出したと見てよい歌が散見し、自己認識の表明が詠歌の一つの要素になっていると言えるのである。

同時にまた、昔と今を対比して、そこに自分や世間を認識する詠み方が目立つのである。帰洛直後の「文永三年十月五百首歌」(巻一)では、「いにしへを昨日の夢とおどろけば現の外にけふも暮れつつ」(夕・44)と現実感を喪失し、「天つ空風の上行くうき雲の宿り定めぬ世に迷ひつつ」(雲・58)と漂泊感を自覚しながら、①「牛弱み山路にかかる小車のおし〔て〕上せし我が身なりける」(車・188)、②「今は我引く人もなき捨て舟のあはれいかなるえに沈むらん」(船・189)、③「今は我野原のあさる春駒の放たれてのみ世をや過ぐさん」(馬・242)と詠む。乗り物に寄せる序詞を用いて、我が意に反して無理に上洛させた「我が身」(①)を詠じ、「今は我」が世に沈むのは如何なる因縁か(②)、「今は我」が世間から追放されて過ごすのか(③)と嘆くのである。この「今」と言外に対比される昔とは、将軍在任の鎌倉での往時であろう。帰洛二年後の「今ぞ憂き昔は袖のよそにのみ思ひしものを五月雨の空」(巻二・文永五年十月三百首歌・五月雨・343)でも、その「昔」に比した「今」の自分自身に対する述懐は変わらない。それと表裏に、④「いとまある大宮人も今の世は花折りかざす情けだになし」(同上・花・322)や⑤「今の世は昔を偲ぶ人もなしなに匂ふらん軒の橘」(巻四・文永六年五月百首歌・夏・709)や⑥「我のみよなど偲ぶらん世を見れば昔忘るる人ぞ多かる」(巻五・文永六年八月百首歌・雑・823)と詠んでもいる。往古あるいは幼年時と比較した「今の世」の京都の廷臣達の無情を断じ(④)、昔を思慕する人もいない「今の世」「(今の)世」を嘆じる(⑤⑥)のである。もっともこの「今の世」に対する述懐は、帰洛後に芽生えた訳ではなく、「今の世はつづら折りなる山道のすぐに行く身や迷ひはてなん」(柳葉集・巻五・文永二年潤四月三百六十首歌・雑・八二〇)や「今の世はげにわび人の愁へこそ石打つ水の末も通らね」(中書王御詠・雑・六帖の題の歌に・水・二六三)というように、既に鎌倉に在った時から抱いていた感懐であったらしい（後者は宗尊が催した文永初年頃の九月十三夜の六帖題歌会の詠作か）。

宗尊は「身に添ふ」の詞を好んだと思しいが（346他）、それも「いつまでかよそに別ると慕ひけん今は身に添ふ秋の心を」（巻二・文永五年十月三百首歌・暮秋・394）と言い、「今は身に添ふ秋の心を」として過去の秋との対比を意識する。上句は、将軍在任時の鎌倉で過ぎ去る秋を愛惜したことを回想して言うのであろう。同じく、「忘れなん今は恋ひじと言ひながら心弱きは昔なりけり」（同上・懐旧・488）は、「今」はもう恋い慕うまいという決心が、「昔」に対しては弱くつい追想してしまうこととの詠嘆なのであろう。あくまでも将軍としてあった鎌倉の昔に比して、失脚して戻った京都の今を否定的に慨嘆するのである。

しかし他方で、「文永三年八月百五十首歌」（巻三）の「人言の暇なかりしも昔にて今はのどけき身の住まひかな」（雑閑居・577）は、「雑閑居」題に従いながら、恐らくは宗尊の妻と良基の密通にまつわる絶え間ない世評の中にあった「昔」と対比して、「今」ののどかな閑居を述懐するのであり、この場合は「昔」と「今」に対する価値観が逆転しているようでもある。ただし、「文永六年八月百首歌」（巻五）では「繁からし我が人言は昔にて露のみ深き宿の夏草」（夏・778）と詠嘆し、妻の不義に関わる風聞も既に過去のものとなって、しかし現在の自分は露深い夏草生える家に侘び住まいしていることを表出しているので、その三年前に詠じた「のどけき身の住まひかな」も、文字通りに受け取るべきではないのかもしれない。

このような宗尊の心性は結局のところ、「いにしへを昨日の夢とおどろけば現の外にけふも暮れつつ」（巻一・文永三年十月五百首歌・夕・44）と、鎌倉将軍であった「いにしへ」を「昨日の夢」だと気付かせ、帰洛した今も「現の外」に日が暮れると嘆かせるのであり、「何とある現の夢ぞ寝るが内に同じ昔のことも見ゆるに」（巻五・文永六年八月百首歌・雑・824）と、今の「現の夢」と寝て見る「昔」の夢との境界を取り去らさせ、「同じ世を思ひ分くこそはかなけれ昔を夢と今を現と」（巻五・文永八年七月内裏千五百番歌合百首歌・雑・926）と、所詮は現世の「昔」の「夢」と「今」の「現」を区別する虚しさを詠じさせるに至るのである。そして、宗尊最晩年の「文永九年十一月頃百番自歌合」（巻五）では、「君が代を八千世と言ひし浦千鳥今はいかなる音にか鳴くらん」（千鳥・964）と、同年二月十七日に没した父帝後嵯峨院の亡き「今」を嘆きつつ、「昔思ふ心を知らば我が袖の涙に匂へ軒の橘」（橘・965）と、後嵯峨院存命の「昔」を思慕するのである。あげくには、「今は我老いと近づく寝覚めして三十余りに長き夜半かな」（夜・982）と、早くも三十一歳にして老いの接近を自覚する「今」の「我」を、当時一般の若年時に老いを述懐する傾きに沿いながらも、恐らくは実感として詠じるのであった。

九　回顧回想と懐古懐旧への傾き

さらにまた、宗尊の歌は、和歌の事物・趣向・本意等の起源・始原を問う傾向が強いことと軌を一にして、『竹風抄』では特に、往昔・往古を思慕し恋慕し回顧し回想する、懐古・懐旧詠にその特徴が発揮されている。その往昔・往古とは、例えば「虎とのみ用ゐられしは昔にて今は鼠のあな憂世の中」（巻一・文永三年十月五百首歌・鼠・246）という宗尊自身の将軍在任の在鎌倉時の往昔であり、「降る雪は今も道ある御世なればありし昔の跡ぞ恋しき」（巻五・文永九年十一月頃百番自歌合・雪・966）という父帝後嵯峨院存命の世の往昔であり、あるいは「芹川の千世の古道いかにして昔に帰る御幸待ちけん」（巻一・文永三年十月五百首歌・野行幸・139）というさらに遥かな往古である。

右にも挙げた「虎とのみ」歌の「昔にて」の句は、宗尊の他の家集（含『宗尊親王三百首』）には見えず、本抄のみに次の七首が見える。その意味では、失脚して帰洛した後の詠作を収める本抄を象徴するような歌詞である。

①虎とのみ用ゐられしは昔にて今は鼠のあな憂世の中（巻一・文永三年十月五百首歌・鼠・246）
②人言の暇なかりしも昔にて今はのどけき身の住まひかな（巻三・文永三年八月百五十首歌・雑閑居・577）

③秋の夜の逢ふ人からも昔にて長しとのみも月を見るかな（巻四・文永六年四月廿八日柿本影前百首歌・恋・669）
④繁からし我が人言は昔にて露のみ深き宿の夏草（巻五・文永六年八月百首歌・夏・778）
⑤見し春も我が身一つの昔にて月やはあらぬ墨染の袖（同・文永九年十一月頃百番自歌合・春月・943）
⑥春雨の恵みも今は昔にて涙にくたす苔の袖かな（同右・春雨・945）
⑦紫の我が元結は昔にて菊の籬に色ぞ残れる（同右・菊・954）

この「昔にて」の語は、A昔のとおりであって、昔のままでの意と、B昔のこととなっての意と、二通りの意味がある。右の七首の内、③と⑤はAの意で、他はBの意である。

③は「長しとも思ひぞ果てぬ昔より逢ふ人からの秋の夜なれば」（古今集・恋三・六三六・躬恒）を、⑤は「月やあらぬ春や昔の春ならぬ我が身一つはもとの身にして」（古今集・恋五・七四七・業平。伊勢物語・四段・五・男）と「昔見し春は昔の春ながら我が身一つのあらずもあるかな」（新古今集・雑上・一四五〇・深養父）を、それぞれ本歌にしている故に、「昔にて」が昔どおり変わらないままでの意になっていると見てもよい。他は全て宗尊自身の経験について、それが昔のこととなったことを「昔にて」と表している。①は将軍在任の往時、②④は妻の不義の風聞があった当時、⑥は父帝後嵯峨院存命時、⑦は中書王としての在俗時を、「昔にて」もう昔のこととなって、と言うのである。帰ることのない過去を回顧述懐することでは同じだが、特に①が悲憤さえも窺わせているのに比べると、⑦は諦観にも似た寂寥感が漂っていて、そこに出家後の宗尊の心境を見て取ることができるのかもしれない。

ところで、回想や懐旧と結び付く和歌の代表的素材の一つに「橘」があるが、『宗尊親王三百首』と宗尊家集の「橘」の用例数は、次のとおりである。

宗尊親王三百首1（首）、瓊玉集0、柳葉集5、中書王御詠1（竹風抄に重出）、竹風抄7（1首中書王御詠に重出）

全てを挙げてみよう。

宗尊親王三百首

①橘の蔭なき山の時鳥宿借りかねて音をや鳴くらん（夏・八三）

柳葉集

②何事も昔にかはる世の中を思ひも知らず匂ふ橘（巻二・弘長二年十二月百首歌・橘・三一六）

③忘れずは今年も来鳴け時鳥去年の宿りの軒の橘（巻三・弘長三年八月、三代集詞にて読み侍りし百首歌・夏・四一三）

④郭公宿りとるてふ橘の小島が崎に初音啼くなり（巻五・文永二年潤四月三百六十首歌・夏・六八四）

⑤袖の香を大宮人やとどめけむ久邇の都に匂ふ橘（同・同・夏・六九〇）

⑥木隠れてみは数ならぬあしびきの山橘の我や何なり（同・同・雑・八三二）

中書王御詠

⑦遠からぬ我が昔のみ恋しきに見し世に匂へ軒の橘（夏・橘・六八）

竹風抄

⑧舟とめて誰ながめけん橘の小島の月の有明の空（巻一・文永三年十月五百首歌・島・103）

⑦遠からぬ我が昔のみ恋しきに見し世に匂へ軒の橘（同・同・橘・224）

⑨橘の花の軒端も荒れにけりあはれ幾代の宿の昔ぞ（巻二・文永五年十月三百首歌・橘・338）

⑩忘らるる昔ならでは橘の匂ひにつけて偲ぶともなし（同・同・同・339）

⑪今の世は昔を偲ぶ人もなしなに匂ふらん軒の橘（巻四・文永六年五月百首歌・夏・709）

⑫橘の昔忘れぬ匂ひまで古きを慕ふ御代や知るらん（巻五・文永八年七月内裏千五百番歌合百首歌・夏・856）

⑬昔思ふ心を知らば我が袖の涙に匂へ軒の橘（同・文永九年十一月頃百番自歌合・橘・965）

文応元年（一二六〇）の『宗尊親王三百首』の①は、『古今集』の「今朝来鳴きいまだ旅なる郭公花橘に宿は借らなむ」や「宿りせし花橘も枯れなくになど時鳥声絶えぬらむ」（夏・一四一・読人不知、一五五・千里）を踏まえながら、より直接には、「橘の蔭踏む道のやちまたにものをぞ思ふ妹に逢はずして」（万葉集・巻二・相聞・一二五・三方沙弥）を本歌にした「橘の蔭踏む道の時鳥おのれ宿かる夕暮もなし」（洞院摂政家百首・夏・郭公・三四九・成実）に倣っていようか。「橘の蔭なき山」が趣向なのであろうが、本意を外した感がある。それにしても夏の叙景（時鳥）歌ではある。

弘長元年（一二六一）から文永二年（一二六五）までの定数歌等を収める自撰家集『柳葉集』に見える橘詠5首の内、懐古と言えるのは②と⑤で、その②にはやや述懐性がある。⑥にも述懐性が認められるものの、これは真観の「あしびきの山橘のなぞもかく木隠れはつるみとはなるらん」（新撰六帖・第六・山たち花・二一八〇）や「あしびきの山橘の木隠れてみはいたづらになる世なりけり」（現存六帖・やまたちばな・二五九）に倣ったと思しい、「山橘」（藪柑子）の「実」と「身」の掛詞詠であり、香気に過去を偲ばせる「橘（花橘）」詠ではない。③は「去年」を用いるが回想の述懐ではない時鳥の歌で、④は歌枕の「橘の小島が崎」の歌である。つまり『柳葉集』には、明確な懐旧の述懐を詠じた「橘」の歌は存在していないのである。

『中書王御詠』の⑦は、『竹風抄』の「文永三年十月五百首歌」（巻一）の一首である。それを含む『竹風抄』の橘詠は、⑧が歌枕の「橘の小島」にも花木の「橘」の印象を込めていると見れば、いずれも昔を回想する述懐性の強い歌である。鎌倉に在り将軍であった時期の『宗尊親王三百首』の橘詠が叙景歌で、文永元年（一二六四）十二月成立の『瓊玉集』には（真観撰であることを割り引いても）そもそも橘詠が収められておらず、文永二年（一二六五）後半に自撰と思しい『柳葉集』には懐旧述懐の橘詠が見えないことと対照的である。『竹風抄』の橘詠は、失脚帰洛後の時期の宗尊の、往昔を回顧する心境が反映したものと捉えてよいのであろう。

宗尊の懐旧の述懐詠をもう少し見ておこう。「文永三年八月百五十首歌」（巻三）には、次の歌が見える。

①雁がねの春の慣らひもあるものをなどて帰らぬ昔なるらん（春懐旧・585）

②忘れてもあるべき世世の古ことを心に誘ふ秋の夕暮（秋懐旧・586）

③大方の慣らひよりけに恋しきはあはれ我が身の昔なりけり（雑懐旧・587）

①の「などて帰らぬ昔」は、将軍失脚以前の在鎌倉時か、あるいはそもそも失脚するはずもない将軍就任以前の幼少の在京時であろうか。②の「忘れてもあるべき世世の古こと」は、将軍を廃されたのが秋七月であるので、特に「秋の夕暮」を機縁に心に浮かぶ波乱の前半生の出来事を指すのではないか。③は、そういった「我が身の昔」を普通一般以上に恋い慕うことを率直に表出しているのである。この想念は、「文永五年十月三百首歌」（巻二）でも「我はなほためしも知らず昔とて偲ぶは人の慣らひなれども」（懐旧・487）という類想歌となって表されているし、「文永六年四月廿八日柿本影前百首歌」（巻四）では「思ひ出でてなほ恋しきは世の中の憂きにまぎれぬ昔なりけり」（雑・689）という、今の世の憂苦にも紛れることのない「昔」を思い出し恋い慕う心情となって表れているのである。

宗尊にとってのそういった過去と現在は、「ここもなほ同じ憂き世の山なれどありしには似ずなる心かな」（巻二・文永五年十月三百首歌・山家・459）と、京洛に隠棲する今も鎌倉の山中に在った昔と同じ「憂き世」ではあるにしても、以前とは様変わりしてしまった自分の心を詠嘆する歌となって表れ、また、「我が身世にこと繁かりし跡もなし昔に変はる庭の白雪」（巻四・文永六年四月廿八日柿本影前百首歌・冬・653）と、政務等が繁多で人の往来が頻繁であった在鎌倉時とは様変わりして、誰も訪れない京洛の白雪の庭を眺め慨嘆する歌となって表れるのであった。そういう心の傾きは、最晩年の「文永九年十一月頃百番自歌合」（巻五）になると、「あはれとや音を鳴く虫も思ふらん見しにもあらずなれる姿を」（虫・939）や「世の中は見しにもあらず変はりけり久邇の京の昔ならねば」（水郷・997）と、「見しにもあらず」なった我が身の「姿」（出家者の姿）と「世の中」を嘆く歌となって表出されるのである。そして宗尊は、「昔思ふ心を問はば駿河なる田子の浦浪それと答へよ」（海・991）や「玉津島寄せ来る浪の立ち返り見まくほしきは昔なりけり」（島・993）と、繰り返し昔を恋い慕う自分を隠すことなく表しつつ、「ありし世は昔の跡となりにけり長柄の橋や我が身なるらん」（橋・995）と、自分が存在した意味があった過去は既に痕跡でしかないと嘆くのであった。

十　宗尊の二重の故郷、鎌倉と京都の照応、流離者との共鳴

宗尊は、京都に皇子として生を享け、十一歳の夏から二十五歳の秋まで幕府将軍として関東鎌倉に在り、その後帰洛して三十三歳の秋に命を終えるのである。

前節に述べたところをまとめて繰り返せば、在関東時の和歌を収める『瓊玉集』には、例えば、「月見ればあはれ都と偲ばれてなほ故郷の秋ぞ忘れぬ」（秋下・二一九）や「臥し侘びぬいかに寝し夜か草枕故郷人も夢に見えけむ」（雑上・四二五）あるいは「年月はうつりにけりな古郷の都も知らぬながめせしまに」（同・四五六）などのように、未練からか故郷たる京洛を思慕する歌があり、一般的な羈旅歌以上に、郷愁を吐露した歌が目に付く一方で、それと裏腹に、幕府の主、関東の住人という感情も覗かせている。そういった心情に支えられた親王将軍たる自負は時に悲哀を滲ませ、またそれ故の自慰の諦念ともなって表出されてもいる。東下以前には恐怖さえも覚えていたかもしれない幕府の執政北条得宗家の人々、京都から鎌倉への旅に同行した長時、鎌倉到着時に自邸に宗尊を迎え入れた時頼、その各々の死に対して、哀傷歌を詠じていて、鎌倉に東下した後には、むしろ北条得宗家をこそ頼みとする程の心境に至っていたかもしれないのである。

その関東鎌倉に東下りした京都生まれの貴族達にとって「故郷」は、「参議雅経植ゑおきて侍りける鞠のかかりの桜を思ひやりてよみ侍りける／故郷に残る桜や朽ちぬらん見しより後も年は経にけり」（続後撰集・雑上・一〇四三・教定）と詠じる、藤原（飛鳥井）雅経男で関東祗候の廷臣教定のように当然京都なのだけれども、宗尊親王将軍の場合はやや事情を異にするのである。「思へただ見ても年経し古郷を心の外に別れぬる秋」（竹風抄・巻一・文永三年十月五百首歌・七月・22）のように、『源氏物語』で帰京する光源氏が送別する明石入道に対して詠む惜別の歌「都出でし春の嘆きにおとらめや年経る浦を別れぬる秋」（明石・二四一）を本歌にし、自らを明石を離れる光源氏によそえた歌を初めとして、宗尊帰洛後の家集『竹風抄』には、関東鎌倉を「故郷」とする歌が、次のように見えるのである。

七夕の別れし日より別れしにま〔た〕は待たれぬ故郷の秋（巻一・文永三年十月五百首歌・七月後朝・24）

古郷を思ひやるこそあはれなれ鶉鳴く野となりやしぬらん（同・同・鶉・239。中書王御詠・雑・二五三）

春雨ののどけき比ぞ今さらに古郷人は恋しかりけり（巻二・文永五年十月三百首歌・春雨・314）

故郷をなにの迷ひに別れ来て帰りかねたる心なるらん（巻三・文永三年八月百五十首歌・雑釈教・595）

故郷に恨むる人やなかるらん旅寝の夢も見えぬ夜半かな（巻四・文永六年四月廿八日柿本影前百首歌・雑・672）

いかばかりあはれなるらん故郷の掃はぬ庭の秋の紅（同・文永六年五月百首歌・秋・725）

二首目の「故郷を」歌は、文永四年（一二六一）十一月前後に京都で恐らくは宗尊が自撰した『中書王御詠』では「あづまのふるさとを思やりて」（時雨亭文庫本）と詞書する。宗尊自身が、関東鎌倉を「東の故郷」と認識していたことになる。宗尊はその故郷を、「十年あまり五年までに住み馴れてなほ忘られぬ鎌倉の里」（巻三・文永三年八月百五十首歌・雑里・555）と、十五年に亘って住み馴れた忘れることのできない「鎌倉の里」だと言い、その里の中心拠点鶴岡八幡宮の秋の祭祀を、「鶴の岡や秋の半ばの神祭今年は余所に思ひこそやれ」（同上・秋神祇・

591）と思いやってもいる。また、「住み馴れし東をよそに隔て来て霞む都の春を見るかな」や「東路や隔てはてにし面影のなほ立ち添ふは霞なりけり」（巻二・文永五年十月三百首歌・霞・296、297）と、鎌倉への未練とも言える感懐を詠じてもいる。

以上に窺われるような関東鎌倉に馴致した感覚が、「東路の関ぜき越えて身は過ぎぬ心ぞなほも世にとまりける」（巻三・文永三年八月百五十首歌・雑関・558）と、東路の関関を往還するうちに経過した人生を回顧しながら俗世に執着する心のさまを詠じさせたのであろう。

ところが、本抄中には、「いかがせん錦をとこそ思ひしに無き名たちきて帰る故郷」（巻一・文永三年十月五百首歌・錦・177）のように、明らかに京都を「故郷」とする歌や、「故郷を寝とは偲びて草枕起くと急ぎし暁の空」（同上・不忍・148）のように、帰洛途次に懐旧の念にかられて近づく「故郷」京都を見据えたような歌も併存している。しかしいざ帰洛してみれば宗尊は、「待たれこし都は同じ都にて我が身ぞあらぬ我が身なりける」（同上・都・105）と、都は変わらず都であったが我が身は我が身ではなくなっていると嘆かざるを得ないのである。

一方で、「忘れめや鳥の初音に立ち別れなくなく出でし故郷の空」（巻一・文永三年十月五百首歌・鶏・230）の「故郷」は、京都なのか鎌倉なのかを即断し難い。一首は、定家の「言問へよ思ひおきつの浜千鳥なくなく出でし跡の月影」（新古今集・羇旅・九三四）を踏まえていようか。この定家詠は、「君を思ひ興津の浜に鳴く鶴のたづね来ればぞありとだに聞く」（古今集・雑上・九一四・忠房）を本歌に、『伊勢物語』の「名にし負はばいざ言問はむ都鳥我が思ふ人はありやなしやと」（九段・一三・男）と「月やあらぬ春や昔の春ならぬ我が身一つはもとの身にして／とよみて、夜のほのぼのと明くるに、泣く泣く帰りにけり」（四段）をも踏まえた作と考える。従って、定家詠の「興津」（「置きつ」との掛詞）は、本歌の詞書「貫之が和泉の国に侍りける時に」の和泉国の歌枕ではなく、昔男（業平）の東下りを念頭に置いた駿河国のそれであり、「なくなく出でし跡の月影」は、（男が）泣きながら都を出た跡に残した月を言ったと考えるのである。宗尊が定家詠をそのように解していたとすれば、「故郷の空」は、京都の空を言ったものということになろうか。しかし、将軍を失脚し妻子とも別れて失意の内に帰洛の途に出立した鎌倉について、「なくなく出でし故郷の空」と言ったと見ることも許されるであろう。あるいは無意識下にでも、京都と鎌倉の双方が重ね合わせられていたか、と疑われるほどに曖昧である。ただし、その解釈上の曖昧な「故郷」の揺れは措いて、やはりこの歌を詠じた時点の宗尊の意識は、帰洛の旅に出立した鎌倉を思い起こしていた、と見るのが穏当であろう。

同様の例がもう一つある。右に鎌倉を「故郷」とする歌として挙げた内の「故郷に恨むる人やなかるらん…」は、「故郷の旅寝の夢に見えつるは恨みやすらんまたと問はねば」（新古今集・羈旅・九一二・橘良利）を本歌にしているが、この「故郷」が鎌倉だとすると、今在る京都を「旅寝の夢」を見る場所と捉えていることになるのである。「故郷」が京都ならば、鎌倉が「旅寝の夢」を見る場所で、その場合、在鎌倉の往時を思い起こした詠作ということになる。この歌の詠作時には在京都であるので、前者に解するのが妥当であろうが、宗尊の作意に後者のような意識が全くなかったとは言い切れないようにも思うのである。

以上に照らし合わせれば、「遊子猶行於残月（いうしなほさんぐゑつにゆく）　函谷鶏鳴（かんこくにはとりなく）」（和漢朗詠集・暁・四一六・賈嵩）を本文にした、「遊子」題の「よもすがらあくがれ越ゆる関の戸の有明の月に鳥の音ぞする」（巻一・文永三年十月五百首歌・123）という、一般に京都から東下する旅人の感懐に見なし得るであろう歌の中には、建長四年（一二五二）三月十九日辰一点に六波羅から発って東下する際に越えた逢坂の関に於ける宗尊の感慨と、文永三年（一二六六）七月に鎌倉を追われて西上し七月二十日子刻に入京する際に越えた逢坂の関に於ける宗尊の感傷とが、ないまぜに見え隠れするようでもあり、まさに鎌倉と京都両者のはざまで、自らを故郷を失った「遊子」になずらえたような趣を見ることもできるのではないだろうか。

京都に皇子として生を享けつつ、十一歳から二十五歳までの足掛け十五年を鎌倉に将軍として過ごし、その鎌倉を追われて再び京都に戻った、言わば宗尊の人生の二重性を、「故郷」の両義性に窺うことができる訳である。それは、鎌倉に在る時の歌と京都に在る時の歌とに、実は並行する関係性や共通性を見出すことができることと不可分であろう。

宗尊は帰洛三年後の「文永六年八月百首歌」（巻五）で「思ひ立つ我が山里の夕暮を松の嵐に契り置くべく」（雑・805）と詠み、京都の居処を「我が山里」と言いなすのである。しかし、溯って将軍在任中に宗尊は、「山里は松の嵐の音こそあれ都には似ずしづかなりけり」や「住みなれぬ心なりせば山里の松の嵐や寂しからまし」（瓊玉集・雑上・山家松を・四五〇～一）、「思ひやれまだ住みなれぬ山里の松の嵐に濡るる袂は」（柳葉集・巻四・〔文永元年六月十七日庚申百番自歌合〕・山家・五四九）や「山里を問ふ人あらば滝の音松の嵐にわぶと答へよ」（同・巻五・文永二年潤四月三百六十首歌・雑・八〇六）と詠じていて、鎌倉の御所を「山里」と認識しているのである。鎌倉でも京都でも宗尊は自らの居場所を「山里」と見、そこには「松の嵐」がつきものであると見ていたことが窺われるのである。

あるいはまた、帰洛直後の「霞む夜に軒端の梅の匂はずは昔も知らぬ月と見てまし」（巻三・文永三年八月百五十首歌・春夜・528）は、『伊勢物語』四段を下敷きにして、将軍として鎌倉に在った「昔」を回顧したと思しい。しかしこれ以前既に鎌倉で、同じく『伊勢物語』四段を本説としながら、「梅が香は同じ昔の匂ひにて故郷霞む春の夜の月」（柳葉集・巻四・〔文永元年六月十七日庚申百番自歌合〕・春月・四五八）と、対照的に在京の「昔」を追想した歌を詠んでいたのである。

この『伊勢物語』四段は九段の東下りの原因と読み得る章段であるが、本抄の宗尊は、この「男」業平の東下りと対照的に西上した直後の「文永三年十月五百首歌」（巻一）で、「月やあらぬ春や昔の春ならぬ我が身一つはもとの身にして」（伊勢物語・四段・五・男。古今集・恋五・七四七・業平）を本歌に、「この秋は涙に影ぞかはりぬる月やあらぬと思ふばかりに」（秋月・51）と詠むのである。自らの意志とは無縁に京都から鎌倉へ、鎌倉から京都へと彷徨った宗尊が、東下りの業平に親近感を覚えていたとしても不思議はないであろう。同様に、宗尊が本歌取に用いた古歌や踏まえたと思しい先行歌の作者の様相に照らすと、業平の兄の行平も流謫の人として意識していたと思しい（86、139、732、827、918、989）。また、東国に赴いた先人として実方（62、188、366、876、905、942、1002）や能因（266、285、376、460、550、610、616、648）や西行（165、354、410、441、506、507、856）にも心傾けていたのかもしれないし、太宰帥に左遷され太宰府に没した道真にも心寄せていたのかもしれない（46、68、163、267、299〔詩句〕、587、743）。これらの傾向は、『源氏物語』の光源氏の須磨・明石流離に基づいた宗尊の詠作が目立つことと連動すると見てよいのであろう。

十一　帰洛の旅の歌

『竹風抄』には、鎌倉出立や帰洛途次をめぐる回想・回顧の述懐歌が収められている。それらを辿ってみよう。文永三年（一二六六）七月四日、宗尊は、「可レ有二御帰洛一之御出門」で鎌倉の御所を出て、女房輿に乗り、戌刻に入道勝円北条時盛の佐介亭に移った（吾妻鏡）。その御所を出た時の感懐を、帰洛直後の「文永三年十月五百首歌」（巻一）で「忘れめや宿立ち別れ今はとて出でし夕べの秋の村雨」（急雨・63）と詠じ、「さこそげに世をうき草も茂るらめすみ浮かれにし宿の池水」（池・85）と、住み続けること適わずに出た御所の池に繁る浮草を思いやるのである。

京都へ向けて鎌倉を進発したのは七月八日であった。『中書王御詠』には「七月八日の暁、鎌倉を出づとて／めぐりあふ秋は頼まず七夕の同じ別れに袖は絞れど」（雑・二一二）とある。『吾妻鏡』の文永三年（一二六六）七月四日条に「路次、出三御自二北門一。赤橋西行。経二武蔵大路一。於二彼橋前一。奉レ向二御輿於若宮方一。暫有二御祈念」。及二御詠歌一云云」とあるのは、この八日の出来事と思しい。その折のことは、「忘れめや鳥の初音に立ち別れなくなく出でし故郷の空」(鶏・230)と、上述したとおり、「故郷」に今の鎌倉と昔の京都が重ね合わされて、あたかも十四年前に鎌倉へ向け京都を立った折の暁と同じであるかのように忘れ難く、「この秋ぞ身に知られにし鵲の行き逢ひの橋の辛き別れは」(鵲・232)と、七夕の後朝に寄せて鎌倉鶴岡八幡宮の赤橋を「鵲の行き逢ひの橋」に見立て、鎌倉との別れの悲痛として思い起こすのである。

宗尊は、文永三年(一二六六)七月八日に鎌倉を出発し、二十日の子刻に入京した。『吾妻鏡』には、その帰洛の旅程は見えないが、建長四年(一二五二)春三月十九日に京都を出発し四月一日に鎌倉に下着した十二日間の東下の旅(同年三月は小月)のそれは大略が記されているし、『宗尊親王鎌倉御下向記』(『吾妻鏡集解』巻二所収。続国史大系『吾妻鏡』下巻附録)には、所々不審ながらも下向途次の宿駅と昼の儲け所が記されている。西上は、失脚して突然の旅であるから、儲けなどは不十分であったろうが、旅程自体はほぼその逆順であろうか。参考までに、東下の旅程を、両種の資料を対照して記しておく(上段の日付と下段の各所との対応は不確定)。

吾妻鏡	宗尊親王鎌倉御下向記
建長4年(一二五二)3月	
19日暁　仙洞から六波羅に入り辰一点に出立。	
野路	野路(滋賀県草津市)
	鏡(滋賀県蒲生郡竜王町)

20日昼　四十九院（滋賀県犬上郡豊郷町）
夜　箕浦
21日昼　野上（岐阜県不破郡関ヶ原町）
22日昼　黒田（愛知県一宮市木曾川町黒田）
夜　萱津
23日昼　鳴海（名古屋市緑区）
夜　矢作
24日昼　渡津（愛知県豊川市・豊橋市）
夜　橋本
25日昼　引間
夜　池田
26日昼　懸川
夜　菊川

犬上川原（滋賀県彦根市）
箕浦（滋賀県米原市）
柏原（滋賀県米原市、伊吹山南麓）
垂井（岐阜県不破郡垂井町）
笠縫（岐阜県大垣市笠縫町）
たかしく（未詳）
おほくさ（大草か）（愛知県小牧市）
赤池（愛知県稲沢市）
萱津（愛知県あま市・清須市、旧甚目寺町）
境川（愛知県刈谷市、尾張・三河国境）
矢作（愛知県安城市・岡崎市）
宮地の中山（愛知県岡崎市か）
川（愛知県豊川市）
大岩（愛知県豊橋市大岩町）
橋本（静岡県湖西市、旧新居町）
引間（曳馬）（静岡県浜松市）
池田（静岡県磐田市）
懸川（静岡県掛川市）
菊川（静岡県島田市、旧金谷町）

27日昼　岡部
　　夜　手越
28日昼　蒲原
　　夜　木瀬川
29日昼　鮎沢
　　夜　関本
4月
1日　未一刻に固瀬（片瀬）の宿に到着。稲村ヶ崎から由比ヶ浜の鳥居の西を経て下下馬橋に到り、中下馬橋を東行して小間口を経て北条時頼邸に入る。

豊岡部（静岡県藤枝市）
手越（静岡県静岡市）
興津（静岡県静岡市清水区）
蒲原（同右）
ははなか（「原中」か。静岡県沼津市）
阿野（静岡県富士市・沼津市）
木瀬川（黄瀬川）（静岡県沼津市）
佐野（静岡県裾野市か）
鮎沢（静岡県駿東郡小山町・御殿場市）
甲斐の国（課役者の注記か）
山中（足柄山中か）（注）
関本（神奈川県南足柄市）
大磯（神奈川県中郡大磯町）

（注）湯山学「『宗尊親王御下向記』の記事について」（『相模国の中世史〔増補版〕』岩田書院、平二五・五）参照。

さて、宗尊の帰洛途次の所々に於ける詠作は、先に記した「めぐりあふ秋は頼まず…」の歌を初めとして、『中書王御詠』（雑・二一二〜二三〇）にまとめて配されているが、その詞書を抜き出してみよう。

七月八日の暁、鎌倉を出づとて（二一二）
足柄を越ゆとて（二一三）
蒲原といふ宿にとまりて侍りしに、月いとくまなかりしかば（二一四）
手越宿にて月を見て（二一六）
宇津山にて（二一九）
佐夜の中山を越ゆとて（二二〇）
池田宿にてひとり月を見て（二二一）
浜名橋を過ぐとて（二二二）
橋本の宿を暁立つとて（二二三）
高師山にて霧いと深かりしかば（二二四）
鳴海潟を過ぐるに、舟のあまた沖に浮かべるを見て（二二五）
小野宿に泊まりて（二二六）
鏡山を見て（二二七）
野路にて（二二八）
会坂の関を越ゆとて（二二九）

帰洛直後の『竹風抄』巻一「文永三年十月五百首歌」（1〜288）と巻三「文永三年八月百五十首歌」（492〜595）にはもちろん、巻二「文永五年十月三百首歌」（289〜491）、巻五「文永八年七月内裏千五百番歌合百首歌」（830〜927）

等にも、この旅程の各所を京洛から思い起こした詠作が散見する。あるいはそこには、建長四年（一二五二）の東下の折の記憶も呼び起こされ重ね合わされているかもしれない。それらを、西上の道順に並べ替えて列挙しておこう。

皆人の疎くなりつつ足柄の関の山路を別れ来しかな（関・116）
行末の雲間に富士の山を見て西にぞ向かふ足柄の関（雑望・570）
吹く風に言づてやらん東路の嶺越し山越し思ふ心を（風・53）
忘れずよ富士の川門の夕立に濡れ濡れ行きし旅の悲しさ（夕・62）
夢にこそいやなりにけれ泣く泣くも越えし駿河の山の現は（羇中・474）
情け有る誰が言づてもなかりけり逢ふ人からの宇津の山越え（雑・920）
来し秋の佐夜の中山なかなかに憂かりししもぞ思ひ出でなる（羇中・473）
甲斐が嶺はかすかにだにも見えざりき涙に暮れし佐夜の中山（雑山・535）
忘れめや軒の茅間に雨降りて袖干しかねし菊川の宿（雨・59）
隔て来てなほぞ忘れぬ越えわびし山は高しの秋の朝霧（霧・65）
忘れめや霧深かりし曙の高師の山の秋［の］けしきは（羇中・472）
ありしにもあらずなるみの浦に満つ潮のいやましに物ぞ悲しき（潮・95）
忘れじな関屋の杉の下陰にしばし涼みし不破の中山（夏関・556）
近江路を朝立ち来しも涙にてたづの音にのみ我ぞなかれし（鶴・229）
憂きふしもまた思ひ出になりにけり野路の篠生の秋の仮庵（野・79）
忘れずよ粟津の森に立ち寄りて暮るるを待ちし程の悲しさ（羇中・471）

我が心行方も知らず逢坂の関の藁屋の秋の夕暮（秋関・557）

金風《あき》にあふ坂越えし夕宿や旅の辛さの限りなりけり（坂・76）

忘れめや月をも待たず関越えて都たどりし夕暗の空（夕暗・45）

この旅は、普通一般の旅の辛苦に宗尊自身の失意が加わって、「旅の辛さの限りなりけり」（76）というような、苦難に満ちたものと感じられたのであろう。次のような歌も見える。

山陰の木木の雫に袖濡れて暁ごとに出でし旅かな（志津久・64）

身の憂さも世のはかなさも道すがら思ひ続けて濡れし袖かな（路・83）

忘れずよ苔の筵に仮寝せし山路の秋の露の深さは（莚・180）

牛弱み山路にかかる小車のおし〔て〕上せし我が身なりける（車・188）

鱸釣る海人とだによも人は見じあるにもあらで旅を来しかば（鱸・254）

時も秋頃も月夜の旅寝してさもためしなく濡れし袖かな（羇中・475）

夜を重ね結ぶは草の枕にてまどろむほどの夢ぞ稀なる（同・476）

また、「春旅」題の「かへりみる都の山に月落ちて行く先霞む春の曙」（563）は建長四年（一二五二）春の東下の回想と解されるし、「秋旅」題の「忘れずよ朝けの風を身にしめて露分け捨てし宇津の山越え」（565）は文永三年（一二六六）秋の西上の回顧と解される。しかしこれらは、四季と雑の旅の題詠歌で、他の「夏旅／大井川川辺の里に日数経ぬ渡瀬待つ間の五月雨の比」（564）や「冬旅／逢坂やまだ夜深きに関越えて跡付け初むる山の白雪」（566）や「雑旅／篠原や袖折り返しさ寝し夜の有明方の月は忘れず」（567）は、「大井川」（駿河）、「逢坂」（近江）、「篠原」（「野路の篠原」か。近江）を詠じていても、東下と西上のどちらの旅とも特定し得ないし、あるいは敢えて季節を超えて仮構したような感さえある。両度の旅を通じて歌枕を実見したか付近を通過した宗尊の経験が、これらの題詠の基盤になっているのであろう。「都にもまだ出でやらで郭公いまだ旅なる音こそなかるれ」（郭公・237）も、そういった一首と捉えられる。そして、「文永八年七月内裏千五百番歌合百首歌」（巻五）の「春秋の霞も霧も分け越えて面影に立つ佐夜の中山」（雑・919）は、春秋の「佐夜の中山」を思い起こす、両度の旅を経験した宗尊ならではの一首と言ってよいのであろうし、帰洛後五年を経て東下と西上の旅を少しは余裕を持って考えることができるようになった表れなのかもしれない。

十二　廃将軍と帰洛後の述懐

将軍を廃されて無理にも帰洛させせられた宗尊の心情を窺い得る歌を「文永三年十月五百首歌」（巻一）から少し取り上げてみよう。この定数歌には、文永元年（一二六四）九月の六帖題歌会の作と考えられる歌も組み込まれているが、それも文永三年（一二六六）十月時点の歌として再録されたものであると見る立場で論じることとする。

当然ながら、境遇の変化に対する述懐性が特に強い。「袖のみぞ今は濡れける春雨の恵みやいつの昔なりけん」（春雨・60）は、父帝後嵯峨院の恩恵を受けた「昔」を思慕しながら、その父（と母）から義絶状態にある「今」を嘆息するのであり、「憂き身世に思はぬ外の名取川いかにせんとか沈み行くらん」（河・87）は、将軍としての名声を得ながら沈淪する憂き身の慨嘆である。本来不本意ながら就任したはずの将軍職も、足掛け十五年を経て不慮に解任されて帰洛した後には、「朝顔はまた咲く秋も頼むらん我が一時の花ぞ悲しき」（槿・207）や「梅の花ただ一時を盛りにて身〔の〕なる果てはすさまじの世や」（梅・220）と、「一時」の「花」によそえる程には栄誉と思っていたのであり、それだけに失脚の身は悲痛で沈淪の世は荒涼としたものであった。また、親王でありながらの失脚は「小塩山松に憂き身や愁へまし神代もかかるためしあらじな」（大原野・263）と、神代にも例のないことだと愁訴するのを初めとして、朝廷（皇統）縁故の諸社には身の潔白や神の憐憫を訴えるのである（257〜268）。中では、

「住吉」に「敷島の我が道守る誓ひあらば憂き身な捨てそ住吉の神」(265)と誓願したことは、歌人宗尊の自負の表しでもあるのだろう。対照的に、幕府(将軍)縁故の「伊豆」を「朽ちにけり伊豆のみ山の宮柱心のうちに立てし誓ひを」(269)と詠じたのは、将軍としての誓願を果たせなかった無念の表出であろう。同様に、「箱根」の神は自分との縁の限りを知っていたのかと疑い(270)、夢に思い出す「三島」の神の同情をせめて頼むのであった(271)。「父」「母」「子」の題ではそれぞれ、「行末ぞ思ひ知らるるたらちねのある世にだにもかく沈む身は」(118)、「迷ふらん心の闇を思ふにぞ涙もいとどかき暗しける」(119)、「移り行くこの世なりとも東人情けはかけよ親の為とて」(120)と詠じ、父母を思慕し身の沈淪を愁訴し、我が子の前途を東国の人に哀願する。また、「忠臣」の題では「松の色は年の寒きに見ゆれどもその類なる人はなき世ぞ」(121)と将軍職を追われた後の臣下達の変節を、「帯」題では「東には結び絶えける契りにて縹の帯ぞ色かはりにし」(176)と関東の人々との絶縁を、そして「書」題では「海山を越えてだに見し玉章を同じ都にかき絶えにけり」(185)と累の及ぶことを恐れた者との音信不通を、それぞれ嘆くのである。そして、「苔」題では「苔の下と言はぬばかりぞ世の中にあるかひもなく埋もるる身は」(193)と、言わば生ける屍のごとき沈淪の身を詠じるのであった。

こういった失意の心境は、帰洛して二年後の「文永五年十月三百首歌」(巻二)にも窺われる。「つれなくもまた同じ世にめぐり来ぬ辛き三年の秋の初風」(早秋・351)や「あらぬかとたどるばかりの夕暮も昔に似たる荻の上風」(荻・352)と、失脚帰洛後足掛け三年を経ても秋の初風に味わう痛苦は変わらず、生きた心地もなく帰洛直後に似た夕暮の荻吹く風に身をさらすのである。そして、宗尊自身がかつて鎌倉で、「我が為に来る秋にしもあらなくに虫の音聞けばまづぞ悲しき」(古今集・秋上・一八六・読人不知)を本歌に詠じた「来る秋は我が為とのみ嘆かれて虫の音聞かぬ夕暮も憂し」(柳葉集・巻四・〔文永元年六月十七日庚申百番自歌合〕・秋夕・四八六)を思い起こしてか、「我が為と思ひなしてぞながめつる昔より憂き秋の夕暮」(秋夕・370)と、その鎌倉の「昔より」辛い京都の秋の夕暮を詠嘆し、「ながめつつ過ぎ来し方はそなたぞと思ひ出でたる山の端の月」（月・371）と、京都東山に出る月に、過去に物思いに月を眺め続けた東方鎌倉の地を思い出すのであった。

十三　出家遁世・往生の願い　父後嵯峨院への思慕

失意の中に帰洛した宗尊の心は、世の中の住み難さと離れ難さの中で揺れ動き、出家や遁世への願望とうらはらに、出家それ自体が容易ではないことや、隠棲でさえも憂き世であるという葛藤があることから、挫折を繰り返しながらも、出家遁世とその後の極楽往生への希求が強固になっていったようであり、その心情が折々の詠作に窺われるのである。

帰洛直後の巻一の「文永三年十月五百首歌」には次の歌が見える。

今もなほ急がれぬかなみ吉野の山のあなたの宿と言ひしに（山・71）

世の中にすみえぬものは蘆鴨の騒ぐ入江と我となりけり（江・100）

住みわぶる身をいづかたに隠さまし巌の中も憂き世なりけり（巌・104）

いかにせん山に入る人これもまたなほ憂き時のある世なりけり（隠子・124）

賎の男が手馴れの犬の我もさぞ憂き世の家は出でがてにする（犬・245）

花の色に心を〔染めて〕飛ぶ蝶の離れやらぬは憂き世なりけり（蝶・249）

世の憂さはかくてもいかがささがにの厭ひやせまし惜しからぬ身に（蜘・253）

一字の題詠で直叙や動物に寄せた比喩により、繰り返し世の住み難さと出家遁世の難しさや躊躇が表出されているのである。

巻二の「文永五年十月三百首歌」にも、右の「五百首歌」と同様に、隠棲や出家遁世の志と表裏にそれを果たせない虚しい気持ちを表す歌が散見する。

墨染めの夕べ身にしむ秋の色をいつか袂の上に見るべき（秋夕・367）

厭ひえぬ我があらましのいたづらにまたやむなしき年も暮れなん（歳暮・415）

みな人のありとて通ふ山里もなど身一つになき世なるらん（山家・453）

加えて、この帰洛二年目の「三百首歌」の宗尊は、「いつか世に思ひけりとも知らるべきあはれ心の奥の山里」や「山里や我があらましのかねてより聞く心地する峰の松風」（山家・454、455）と、遁世を願う心底を世間に分かってもらえない切なさや、遁世を願う意志の強さが山家隠棲を錯覚させる心境を表出する。また、「かからずはとまる心もありなまし憂きぞこの世の情けなりける」（述懐・480）と、憂く辛い世がむしろ出離への恩情なのだと言い、「厭ふべき身を捨てやらで惜しむこそなかなか世をば背くなりけれ」（述懐・481）と、捨てきれない我が身への愛惜はかえって人世に背くことだと言うのである。遁世をめぐる歌の詠み重ねが、少しく変化を帯びさせて行く様相が窺われる。

巻三の「文永三年八月百五十首歌」は、文字どおりならば、巻一の「十月五百首歌」に先立つ程二ヶ月の、帰洛後直ぐの定数歌ということになる。ここにも、「東路の関ぜき越えて身は過ぎぬ心ぞなほも世にとまりける」（雑関・558）や「いつまでか潮干の浪に降る雪の跡留め難き世にも迷はん」（冬述懐・583）と、俗世への未練の心や長らえ難いこの世に迷妄する辛苦が表出されている。

巻四の「文永六年四月廿八日柿本影前百首歌」でも、「はかなくもいつまでとてかあめつちの中に宿れる我が身なるらん」や「末遠く身を頼むこそはかなけれ明日知らぬ身に物忘れして」（雑・686、687）と、虚しく天地の間、人の俗世に留まることを嘆き、将来の望みがない身のふがいなさを諦めるのである。もはや出家遁世よりも、さらなる来世に目が向いているようでもある。続く「文永六年五月百首歌」では、「山里は世の憂きことに聞きかへて心のみすむ松風の声」（雑・745）と、山里の述懐歌の類型に従いながらも、既に遁世して心が澄む諦観の境地が表されてもいるのである。

巻五の「文永六年八月百首歌」には、三年前の「文永三年十月五百首歌」と同様に、「思ひ立つ我が山里の夕暮を松の嵐に契り置くべく」（雑・805）と出家を思い立ちながらも、住み侘びる憂く辛いこの世を嘆き、その憂き世を厭いきれず出家遁世し得ない苦しみを表出する歌が、特に雑（810～821）に連続している。

あはれまた苦しかりけるこの世かないかさまにして心休めん（810）

とにかくにあり経る世こそ苦しけれ厭はぬ程の心迷ひは（811）

心から背かれぬ世の苦しさを誰にかこちてなほ恨むらん（812）

背かんと言ひしばかりに年は経ぬ我が偽りも憂き世なりけり（813）

世の中は憂きものとのみ見果てにき何の情けにとまる心ぞ（814）

ひたすらに思ひも果てぬこの世こそ心弱さの辛さなりけり（815）

さてもなほげに憂きものと世の中を思はねばこそ厭はざるらん（816）

誰が為の我が身なりとてあぢきなく厭ふ心に任せざるらむ（817）

厭はんと思ひ定むる心にぞ世の憂きことは遠ざかりける（818）

かかる世を慕ふべしとは思ひきや我が心にぞ果て憂かりけれ（819）

世にとまる心ありせば今の身のいかばかりかは悲しからまし（820）

さりともと行末待ちし心こそ思ひ出づればかなはざりけれ（821）

憂苦の世に心休まらず（810）、厭い背き切れない迷いの心に苦しみ（811・812）、出家すると言って年を経た嘘も憂く辛いと嘆く（813）。かつて宗尊は「文永元年六月十七日庚申百番自歌合」で「たまきはる命も知らぬ世の中をいつまでとてか厭はざるらん」（柳葉集・巻四・述懐・五五五）と詠じたが、いまだ憂き世に執着する心や俗世を遁れ得ない心の弱さに苦しみ（814・815）、真に憂き世と思わないので厭離し得ないのかと悩み（816）、厭離しない身と心の煩悶に揺れ動く心を疑う（817）のである。しかし、厭離への強く固い意志が憂き世を遠ざけることに気付き（818）、自らの心故に結局は憂き世だと知る（819）のである。また、俗世に留まる心はないのだから今の身は悲しくはないと言い（820）ながら、以前に遁世を待望したことは適わなかったと言う（821）のである。宗尊は、俗世と遁世の間をめぐり煩悶する自らの心を、和歌を通じて認識していたのであろう。そしてついに、遁世出家を飛び越して、「この身をばはやなき物になしはててただ後の世を思ふばかりぞ」（822）と、早世を期し後世を望む心境に至るのである。

「文永八年七月内裏千五百番歌合百首歌」（巻五）では、内裏歌合に提出される百首歌の性格上、「祝」題で「君が代」の長久を言祝ぐ（899〜902）一方で、「雑」題では三十歳に満ちた老境を嘆じ（922）、沈淪の評判を取って世に埋もれることを嘆き（923）ながら、「捨てばやと憂きたびごとに慰めて背かぬ世こそ情けなりけれ」（924）と詠じてもいる。これは、「文永五年十月三百首歌」（巻二）の「かからずはとまる心もありなまし憂きぞこの世の情けなりける」（述懐・480）が、「憂き」が「この世」を背いて捨てようと思わせてくれる恩情なのだと言うのに対して、「憂き」度毎に自分で世を捨てようと心慰めつついまだ背いてはいないこの「世」がやはり恩情なのだと言うのであり、つまりは、「憂き」「世」こそが遁世の思いを繰り返し支え続けてくれる「情け」なのだという主旨なのであろう。

そして、本抄最後の「文永九年十一月頃百番自歌合」（巻五）は、文永九年（一二七二）二月十七日の父後嵯峨院の死を機縁として、同月三十日に出家の素志を果たした後の作品である。巻頭で「思ひこし心もとけて墨染の袖［の］氷に春は来にけり」（早春・928）と、春歌に述懐する宗尊の常套の上に「早春」題歌の類型にも沿いながら、凝り固まった心の出家後の融解を言ったり、「世を厭ふ心に秋や通ふらん今年の夏は身さへ涼しき」（納涼・971）と、「納涼」題の本意に従いながらも、出家した厭世の心に僧衣が手伝った身の清涼を言ったり、「思ひ立つ心も神や教へけん祈りしままの墨染の袖」（神祇・1019）と、神仏習合の通念から神の教示による出家の本懐を言ったりして、幾分か安寧満足の境地にあるように見える歌も存している。しかしやはり、「今もなほ現ならねど見し春の夢をはかなみ偲ぶ比かな」（夢・1013）と、父後嵯峨院の死の現実を受け入れられず思慕し、「渡り川言問ふ鳥のありもせば君が行く末やそこと知らまし」（鳥・1005）とまでに、その冥界でのあり所を追慕する、そのような哀惜の心情（930〜935等）がないまぜになり、「如月やあはれ憂かりし別れかな春に遅るる花もある世は」（残花・961）や「春の空照る日の暮れし名残とて世に墨染の色ぞ悲しき」（日・974）などと詠じて、憂き世に遺された僧衣の自己の憂苦を表出することは、それも類型の範疇と言えば言えるが、なお尽きることはないのであった。

墨染の袂に露も置き添へて夕べ身にしむ秋は来にけり（初秋・929）
百千鳥鳴く音も悲し物ごとにあらたまりにし春のつらさに（鶯・938）
露は袖に余りにけりな墨染の衣憂き世の秋の夕暮（秋夕・942）
もの思ふ宿［に］な咲きそ藤の花染むる衣の同じ名も憂し（藤・953）

結局、「捨てはつる苔の袂に露落ちて憂き世の外も秋風ぞ吹く」（秋風・944）や「捨てはてて後も変はらぬ我が袖や伊勢をの海人の衣なるらん」（舟人・1011）などと、憂き世を捨てて出家しても寂寥はつのり俗世に変わらずに涙に暮れつつ、西方極楽浄土に心を向け往生を願っているのである。

春風の柳の谷の西にのみなびく心の末は違はじ（柳・936）
心なき秋の木の葉の同じ枝に西にぞ染むる色は見えける（紅葉・950）
さ夜更けてかたぶく月もあはれ知れ西へと急ぐ心ある身を（月・975）

西の海風のままなる舟人も我とは行かぬ道や知るらん（海路・1000）

和歌の通念と類型に寄りかかりながらの詠作ではあっても、宗尊自身の境遇が真情の吐露になって表れているのである。これは宗尊の詠作を総じて、多かれ少なかれ言えることであり、後嵯峨院の死去と自己の出家の感懐を基調とする、現存最後の自撰自歌合にそれが特徴的に顕れていると言えるであろう。

むすび

将軍を更迭され鎌倉を追放されるようにして帰洛した宗尊は、取り憑かれたように定数歌等を詠み継ぐ。その集積が『竹風抄』を構成しているのである。先行歌に依拠する詠作の基本的方法は、『瓊玉集』に変わることはないけれども、その詠みぶりには進化も窺われ、特に『源氏物語』や漢詩文の本文に拠った詠作の拡大は、宗尊の習熟の度合に並行したものであったとも推測されるし、その歌境は心情の変化を反映するように時に絶望を色濃く漂わせながらも少しずつ諦観をも覗かせ、遁世の願いから来世への希みを窺わせるものへと変容してゆくのでもあった。さらなる人生の時間が宗尊にあればさらなる詠法の進化があったのかもしれないし、心情の変化に伴う歌境の展開が待っていたのかもしれないけれども、むしろそれを峻拒するように宗尊は、断簡類に残る成立未詳家集を措いて現在知られる限り、『竹風抄』以後に目立ったまとまりのある詠作は残さず、『竹風抄』を自撰したであろう文永九年（一二七二）末から一年半後の文永十一年（一二七四）七月二十九日にその生を閉じるのである。その意味では、文永三年（一二六六）八月から文永九年（一二七二）十一月までの和歌の営為は、それ自体で完結する宗尊後半生の詠作の集大成と言えるのである。

和歌によって人と世を表出し、その和歌によって人と世を認識するのが歌人であろうが、『竹風抄』に於ける宗尊の場合はそれにとどまらず、和歌と人生とが不可分、一如であったと言えるのかもしれない。もはや、自己の心情の吐露である述懐性は、部類の枠組みや歌題の制約を超えて内在する宗尊の和歌の本質であり、それを最もよく表しているのが『竹風抄』の和歌であると言ってよいのであろう。

【注】

（1）『竹風和歌抄新注　上、下』（青簡舎、令元・八、九）。

（2）注（1）所掲書では、注釈と解説共に漏らしていた。改めて記しておく。和歌は「沢／あはれとも聞く人あれや沈みゆく身は葦鶴の沢になく音を」（竹風抄・巻一・文永三年十月五百首歌・八〇）で、本文は「鶴鳴二于九皐一、声聞二于野一」（毛詩・小雅）。文永三年（一二六六）七月に将軍を失脚して沈淪して嘆き泣く親王の自身を、「九皐」（「沢」）に「鳴」く「鶴」（「葦鶴」）によそえて、その声が「野」（世の中）に聞こえて、それに同情する人があって欲しい、と愁訴する趣である。

（3）注（1）所掲書下の解説「『竹風和歌抄』の和歌」第一章第四節「漢詩文・漢故事、記紀・風土記、祝詞・催馬楽、仏書などへの依拠」の一覧で、848と870を「参考」に記したのは誤りで、注釈のとおり「本文」に記すべきもの。訂正する。

（4）注（1）所掲書下の解説「『竹風和歌抄』の和歌」第一章第四節「漢詩文・漢故事、記紀・風土記、祝詞・催馬楽、仏書などへの依拠」の一覧で、48を「本文」に記したのは誤りで、注釈のとおり「参考」に記すべきもの。訂正する。

（5）注（1）所掲書下の解説「『竹風和歌抄』の伝本と構成」第二章第二節「他出」参照。

第四節　宗尊親王将軍家の女房歌人達

はじめに

両度の勅撰集撰定に代表される和歌を初めとする文事が隆盛した後嵯峨院の時代を背景にして、鎌倉中期、同院第三皇子宗尊親王が鎌倉幕府第六代将軍に任じた時期は、鎌倉といわゆる宇都宮(1)各々の地域およびそれらと中央との交流をも併せた意味で、関東圏の歌壇が最も活況を呈した時期でもあった。同歌壇の主要構成員は、序論序章「関東歌壇の概要」に記したとおりである。本節では、その中から、(ホ)女房歌人を取り上げる。

実朝の先規に適従したとも言える、奉戴され政治的に無力な将軍宗尊の境遇と資質およびその裏面の文化的志向の表象としての和歌への好尚(北条得宗家にとっては好都合であったろう)が、幕府内の雰囲気をまず、和歌へと向かわせた一つの誘因であろう。

同時に、将軍宗尊の親王たる境涯とそれに付随する格式は、おのずから幕府内に朝廷風の空気を少しく導入するのに与ったであろうし、人的には、京都の貴族層の女房も帯同され、かつ新たに女房として伺候する在地の有力者の女子も少なくなかったと想像されるのである。

本節では、そういった女房歌人とその和歌について、その概要を整理しつつ考察を加えてみたいと思うのである。

一　宗尊親王近仕の女房

さて、歌人であるに限らず宗尊に近仕した女房の様相については、その詳細を明らかにし難いが、知り得たところを以下に記述してみたい。

『吾妻鏡』によると、建長四年（一二五二）三月十九日に関東に下向し四月一日に征夷大将軍として鎌倉に入った宗尊には、京都から少なくとも四人の女房が従っている。[2] 土御門内大臣源通親女で尼の西御方、通親男大納言通方女の一条局、および別当局、美濃局である。

逆に、文永三年（一二六六）七月四日の宗尊の帰洛に際し供奉した女房としては、一条局（追参）、別当局、兵衛督局、尼右衛門督局、民部卿局、小宰相局、侍従局、越後、加賀、但馬、春日などの名が見えている。

この宗尊将軍在位の間、右に見える者も併せて、主に『吾妻鏡』等に名前が知られる幕府出仕の女房を次に列記してみよう。

東御方[3]、西御方

一条殿（局）、近衛殿[4]、民部卿局、卿局、帥局、別当局[5]、小宰相局、小督局、兵衛督局[6]、尼右衛門督局、新右衛門督局、兵衛佐局、右衛門佐局、侍従局、弁局、周防局、美濃局、長門局[7]

春日[8]、三河、備前、越後、加賀[9]、但馬

上記のとおり、西御方と一条局は土御門家の女子である。宗尊の五十日儀をその御所で行い幼時養われたかと推察される承明門院在子（土御門院生母）は、源（土御門）通親の養女（実父法印能円、母藤原範兼女範子）であり、また、通親女の大納言二位親子は後嵯峨院の乳母でもある。さらに、通親男通方の女二人が、宗尊の父帝後嵯峨院の女房大納言局（典侍）と高倉局であった。同家の女子が、宗尊家の女房になる由縁は十分にあると言えるのである。

近衛殿は、藤原氏頼宗流の権中納言基家男参議基氏の女（母は左大臣藤原隆忠女）で、右大臣藤原（西園寺）公基の妾にして安嘉門院の女房である（同母の姉妹四人の内三人――二条・近衛・三条――が同院女房で、安嘉門院邦子の母の後高倉院妃後堀河院国母北白河院陳子は基氏の姉）。

民部卿局は、『春の深山路』に、雅有の姪として見える人物ではなかろうか。

三河と備前については、女房としての具体的動向を知り得ないが、後述のとおり将軍宗尊親王家の数少ない女房歌人である。[10]両者は、承久の乱に活躍した武家の名門後藤家の基綱の女である。ちなみに、後藤家と西行の佐藤家とは、曩祖（藤成）を同じくする同族で、基綱の父基清の実父は義清（西行）の兄仲清である。この基綱は、前代にも摂家将軍を自邸に迎えて盛大な雅会を催すなど、詠歌も併せて文事への傾斜が認められる。また、その影響下に男基政や基隆（両者の兄弟）も文事に堪能で、それをもって将軍宗尊に近仕してもいる。[11]そのような一族のありようが、東下の親王将軍へ息女を出仕させることに繋がったとも想像されるのである。なお、三河は、恐らくは宗尊に出仕後の一時期越の国に在って、宗尊に愁訴の歌を贈っている（後述。新後撰集・五六三）。

さて、右の尼右衛門督が「右衛門督」と同一人とすると、[12]「新右衛門督」[13]と共に歌人で、元盛・光之の原態本『勅撰作者部類』は前者を「中務卿宗尊親王家右衛門督」（続古今一「無宗尊字」、続拾遺一）、榊原忠次の『続作者部類』[14]は、後者を「中務卿宗尊親王家右衛門督」（新続古今一）として著録する。『和歌文学大辞典』（明治書院）付録の「勅撰作者部類」は、前者「右衛門督（中務卿宗尊親王家）」の項に（従来の作者部類の記載の）「〈左少将藤原業遠女〉」（誤りか）を記しつつ「阿野実遠の女か」と注し、後者「新右衛門督（中務卿宗尊親王家）」の項には（従来の作者部類の記載の）「〈左少将実遠女〉」（誤りか）を記すのみである。両者はやはり別人であろうか。「新」は、新参か劣後の人であろう。[15]系図類には、公季流の阿野公佐男左少将実遠の女子に「鎌倉将軍家女房／右衛門督局」などと見えている（尊卑分脈、系図纂要）。所伝の根拠は不明だが、将軍頼嗣の鶴岡八幡参宮や将軍宗尊の勝長寿院供養参会に奉仕する諸人中にこの実遠が見え（吾妻鏡・建長三・一・一一、正嘉二・六・四）、実遠がある時期関東に祗候していたと知られるので、その縁で女子が将軍家に出仕したと思量されるのである。

宗尊の帰洛に従った小宰相局は、宗尊の曾祖母承明門院に仕え後嵯峨院にも候した藤原家隆女（孫とも）の土御門院（承明門院）[16]小宰相と同一人であろうか。[17]同女が、宗尊に出仕する理由はその前歴からも十二分にあり得たであろう。その小宰相が、「しやうぐんけのねうばうこざいしやうの御つぼね、これくないきやうかりうのまごなり」として、宗尊御前にある屏風の弁局[18]と長門局[19]が描いた色紙形源氏絵（藤原教定奉行か）につき、教定の死後に難じ、弁局と長門局等が陳状を奉って宗尊の裁断を乞い、さらに小宰相がそれに駁して具体的な誤謬を指摘した陳状をもって宗尊の裁断を願った、と伝えられている（以上『源氏秘義抄』付載仮名陳状）[20]。

これ以外の女房については、その出自を詳らかにし難いが、関東と幕府に何らかの縁故を有した京都の公家や幕府の官吏・御家人の息女である者が多かったろうことは、憶測してよいであろうか。

ところで、これらの女房の職務の実態についても知るところは僅かであるが、将軍宗尊の公儀や出御への奉仕・随行あるいは各種の取次といった、いわゆる宮廷女房の職掌に類似するものであったと見て大過ないのではないかと思われる。

例えば、建長八年（一二五六）八月二十三日、将軍宗尊が執権の事を奉じた連署北条政村の常葉別業に入御した折には、八名（一条殿・近衛殿・別当殿・新右衛門督局・兵衛督局・小督局・右衛門佐局・美濃局）の女房が参上し、正元二年（一二六〇）三月二十一日の宗尊の御息所宰子の御所入御の際には、東御方と一条局[21]が随伴し、東御方に加えて兵衛佐局と周防局が御膳（原文「饍」は「膳」の別体）を進め、さらに東御方は陪膳に候じ、別当局・兵衛佐局・周防局は役送を務めている。[22]

また例えば、父後嵯峨院から密かに下された勘文や神符御護等は、女房の中に到来して翌朝内々に宗尊に進覧され（吾妻鏡・建長五・五・四）、一御家人（伊東裕泰）からの供奉人の選定漏れについての愁訴も女房を通じて言上され（同・建長八・一・一七）、宗尊の病平癒の際の給禄には祈禱者（天文博士安倍為親）に女房（別当局）を通じて銀剣一腰が給されている（同・文応元・九・五）等々である。(23)

右に記した以外にも将軍家には相当数の女房が在ったと推測され、(24)その具体相については、今後の解明を期待したい。また、解任帰洛後の宗尊親王に仕えた女房についても、(25)その様相については別に譲る。なお、右に一覧した中には前将軍期からの出仕者も含まれているが、その内、兵衛督に加えて、左衛門督や左衛門佐などは入道大納言家（頼経）の女房歌人として名を残している（東撰六帖等）。

二　宗尊親王家と周辺の女房歌人

さて、宗尊親王将軍家には、呼称の上で確実に同家女房と認められる者として、左記Ⅰ〜Ⅵのような女房歌人があり、また、同家あるいは幕府に連なり同親王の和歌活動にも関わった者として、A〜Cのような女房歌人があったことが知られるのである。

Ⅰ小督　Ⅱ三河　Ⅲ備前　Ⅳ右衛門督　Ⅴ新右衛門督　Ⅵ祐右衛門督

A小宰相　B典侍親子　C鷹司院帥

Aの小宰相は、上述のとおり家隆女（孫とも）の「承明門院（土御門院）小宰相」で、「将軍家の女房小宰相の御局」と「源氏絵陳状」に伝えられている人物だとしても、少なくとも記録上には宗尊将軍家の女房としての職掌を果たした具体的事例は、上記の宗尊の帰洛への供奉以外には認められない。同歌壇に於ける活動も、弘長元年の「宗尊親王家百首」への出詠（必ずしも在府を意味しない）以外には知り得ない。しかしながら、将軍在位末期の宗尊周辺に、家隆の血脈を伝えつつ宗尊の曾祖母承明門院と父帝後嵯峨院に連続して仕えた老練の女房として在り、歌人としても然るべく重きを為していたであろうことは想像してよいのではないか。(26)宗尊御前の「源氏絵」の難の背後には、同女の自負があるように思われるのである。

BCの親子と帥は、「当世歌仙」として東下入府し宗尊幕下の歌壇に辣腕をふるった真観の女であり、歌人として同時代に著名である。特に鷹司院帥は、宗尊の『文応三百首』の合点を加えた在京歌人の一人でもある（同書）。「女房帥局」の名は、『吾妻鏡』弘長元年（一二六一）九月四日条に、弁法印審範の臨終を北条時頼に伝えるとして見える。この「帥局」と「鷹司院帥」が同一である確度は高いであろうが、なお断言はし難い。親子は、鎌倉に在った徴証はない。結局、両者は、弘長元年九月の「宗尊親王家百首」に出詠してはいるが、これは、父真観との関係から員数に加えられた側面が強く、直ちに将軍家の女房として宗尊に近仕したことを示すものではないであろう。

右のA～C三者については、同時代の女流歌人として重要であり、宗尊将軍家の和歌活動にも関わりを有した女房であったことは間違いないが、本節では考察の対象とはせず、I～Ⅵの宗尊親王将軍家の女房歌人について、その詠作集成の意味も込めて、以下に、簡略な注を施しつつ、一首一首を見てゆくこととしたい。

三　小督の和歌1

Iの小督は、その出自などは不明ながら、宗尊親王将軍幕下の歌壇中の盛儀と言える弘長元年（一二六一）七月七日の同親王家『百五十番歌合』に唯一出詠（左方十五人目位署「小督」、右方雅有）している女房で、同年九月の同家「百首」の歌人でもあり、勅撰集には『続古今集』以下に計六首入集しているのである。

まず、『百五十番歌合』の作から、番《つが》いの雅有詠ならびに判詞と併せて見てみよう。(27)

①桜咲《さ》く春の心は雲なれや行《ゆ》きてかからぬ山の端《は》もなし（春・十五番・二九）

咲く桜花を雲に見立てる伝統的発想の上に立ちつつ、春を擬人化して、雲が全山に掛かると見るほどの爛漫につき、「春の心」が「雲」であるのかと疑う趣向であろう。「春の心」はもちろん、「世の中に絶えて桜のなかりせば春の心はのどけからまし」(28)（古今集・春上・五三・業平）に溯源する詞だが、この業平歌の場合は漢語の「春心」が当たり、春の本性の意に、春の人の心性の意が重なる。ここは、「雲」が「行きてかからぬ山の端もなし」とあるので、それをさせる「心」の持ち主である「春」を擬人化したと見るのが穏当であろう。早く『後撰集』に、擬人化した「秋の心」を言う「吹く風に深きたのみのむなしくは秋の心を浅しと思はむ」（秋中・三三三・読人不知）があるのが参考になろう。なお、作者小督には、春の人の心を言う「山桜白雲にのみまがへばや春の心の空になるらむ」（後拾遺集・春上・一一二・源縁）を下敷きにして、「空」を「雲」に置換するような意識はあったのかもしれない。また、「雲なれや」は「墨染の君が袂は雲なれや絶えず涙の雨とのみふる」（古今集・哀傷・八四三・忠岑）に拠ったのであろう。

右の雅有詠は「薄曇《うすくも》り霞《かす》める空やうつるらん出でぬに濁《にご》る山川の水」（三〇）。初二句は、「今桜咲きぬと見えて薄曇り春に霞める世のけしきかな」（新古今集・春上・八三・式子）に負うか。雅有は後に、「花にほふ弥生の空の薄曇り霞める月にあくがれぞゆく」（隣女集・巻二自文永二年至同六年・春・花歌中に・三二五）や「晴れやらぬ空の雪げの薄曇り霞になして春ぞ来にける」（同・巻四自文永九年至建治三年・春・立春・一七〇八）と詠じている。少しく好んだ表現であったか。「空」が「水」に「うつる」という類の趣向は、「沢水に空なる星のうつるかと見ゆるは夜半の蛍なりけり」（後拾遺集・夏・二一七・藤原良経〔行成男〕）や「月の澄む空には雲もなかりけりうつりし水は氷隔てて」（千載集・冬・四四一・道因）が先蹤となる。院政期末から新古今時代には、「村雲の絶え間の空やうつるらんまだらに見ゆる朝霞かな」（別雷社歌合・霞・三・実房）や「水の面に霞める空やうつるらん雲の波路に帰る雁がね」（正治初度百首・春・七一九・忠良）、あるいは「雲晴るるみ空や池にうつるらむ水底よりも月は出でけり」（秋篠月清集・祝・

女御入内月次御屏風の中・人家池辺に人人翫月所・一三六〇）等の作例がある。これらを基に発想したのであろう。「出でぬに濁る」の言詞は新奇であり、また「出でぬに濁る山川の水」と言う限り、「出で」れば「濁る」ことが前提でなければならないが、その根拠はよく分からない。「谷深み重なる宿を見渡せば軒より出づる山河の水」（千五百番歌合・雑二・二九五四・宮内卿）と詠まれるので、山を流れる川である「山川」が山の樹陰から外に「出でぬに」という意味合いで言ったのであろうか。加えて、「散りかかる紅葉の色は深けれど渡れば濁る山川の水」（新古今集・秋下・五四〇・二条院讃岐）に拠りつつ、「山川の水」は浅いので濁りやすいという認識から言ったのではないか。

基家の判詞は「左右、ともによろしきにとりて、右五字いささか耳にたつ体にや。猶以レ左為レ勝。」とある。雅有詠の初句「うすぐもり」（あるいは第三句「うつるらん」か）が咎められての(29)、小督の勝である。

②散《ち》りながら高嶺《根》の花は天の川岩にくだくる波かとぞ見る《み》（春・三十番・五九）

高い嶺の桜の落花を、天の川の岩に砕散する白波に見立てる。「初瀬山雲ゐに花の咲きぬれば天の川波立つかとぞ見る」（金葉集・春・五一・匡房）の、山の「花」を「天の川」の「波」とする見立てを踏まえた俊恵の「雲かかる高嶺の桜散りぬれば井堰を越ゆる天の河波」（別雷社歌合・花・六八。林葉集・春・一三八、三句「咲きぬれば」）に倣ったかとも疑われる。もしそうだとすると、小督の学習範囲はかなり広範に及んだということになる。下句は、良経の「天の川氷を結ぶ岩波のくだけて散るは霰なりけり」（続後撰集・冬・五〇三。秋篠月清集・十題百首・天象・二〇八）に負っていようか。

右の雅有歌は「吉野《よし》川高嶺《根》の花の影《かけ》見《み》えて散《ち》らぬ桜ぞ底《そこ》に流《なか》るる」（六〇）。「梅の花まだ散らねども行く水の底に映れる影ぞ見えける」（拾遺集・春・二五・貫之）を本歌に取る。『金葉集』の「春深み神無備川に影見えてうつろひにけり山吹の花」（春・七八・長実）と「池水の底さへにほふ花桜見るとも飽かじ千代の春まで」（賀・三一四・堀河院）にも負っていようか。また、「散らぬ桜」の詞は、「春のうちは散らぬ桜と見てしかなさてもや風のうしろめたなき」（後拾遺集・春上・一〇八・通俊）に拠る。この「散らぬ桜」の類詠の先行歌には、作者を順徳院と伝える「待てしばし檜隈川の春の風散らぬ桜の影をだに見ん」（夫木抄・春四・百番御自歌合・一四一五）がある。雅有歌以降では、北条氏大仏流の直俊のａ「うつれどもなほ影清き池水や散らぬ桜の鏡なるらん」（柳風抄・春・三〇）や法性寺為信の子為理のｂ「山河に散らぬ桜の影なれや流れもやらぬ瀬瀬の白波」（為理集・春・河上花・七四二）や園城寺の前権僧正観兼のｃ「〔　〕河岸打つ浪に影見えて散らぬ桜の花ぞ流るる」（新三井集・春上・川の花・五四、初句「吉野河」か）、あるいは南朝の師兼のｄ「立田川散らぬ桜も影見えてまだきに急ぐ水の音かな」（師兼千首・春・河花・一二七）がある。ａは関東鎌倉幕府という地縁から、ｃとｄは一首の用詞と内容から、それぞれこの雅有の歌に影響された可能性を見てよい。ｄについては、関東歌壇と南朝との繋がりを窺わせる一例たり得る。

判詞は「左、かやうの風情近《ちか》く侍りしにや。右又同ㇾ前。」である。小督の歌は俊恵や良経の歌との類似、雅有の歌は、順徳院の歌との類似を咎めたのであろうか。

③待ちわびぬ鳴《な》けや卯《う》月の時鳥聞《き》かで幾《いく》夜になり《成》ぬとか知《し》る（夏・四十五番・八九）

上句については、「鳴けや…」の淵源は『古今集』の「声絶えず鳴けや鶯一年にふたたびとだに来べき春かは」（春下・一三一・興風）だが、より直接には、承明門院小宰相の「里分かず鳴けや五月の郭公忍びし頃は恨みやはせし」（遠島御歌合・郭公・三六。万代集・夏・六〇三。雲葉集・夏・三〇三。続古今集・夏・二二六。新時代不同歌合・二〇八）の「鳴けや五月の時鳥」からの援用であろうか。該歌と相前後する作例に、実氏の「をちかへり鳴けや五月の時鳥闇の現の道惑ふがに」（弘長百首・夏・郭公・一四九。続後拾遺集・夏・二一七）もある。上句全体の調子としては、後鳥羽院の「秋更けぬ鳴けや霜夜のきりぎりすやや影寒し蓬生の月」（新古今集・冬・五一七）からの影響も感じられよう。なお他阿に、「聞き飽かず声ぞ待たるる時鳥鳴けや卯月の月の幾夜も」（他阿上人集・五三〇）という類詠がある。

　右の雅有歌は「一声《こゑ》に明くる夜ぞとは郭公待《ま》ちもならはぬ人や言《い》ひけん」（九〇）で、判詞は「勝劣不分明歟。如レ右歌者、貫之は時鳥を待《ま》たざりけるにこそ。」である。左右共に、時鳥の一声を幾夜にもわたり待望している心情を詠むが、雅有詠は、『古今集』の貫之の「夏の夜の臥すかとすれば郭公鳴く一声に明くるしののめ」（夏・一五六）を踏まえ、そのように言うのは「待ちもならはぬ人」だと反駁する趣だというのであろう。

　④いにしへの忘れ形見《かたみ》の袖の香《か》に植《う》ゑ《へ》て悔《くや》しき軒の橘（夏・六十番・一一九）

　軒近くに植えた橘の香気が過去の誰かの忘れ形見として袖に薫って、それがむしろ悔しく残念だという趣旨か。もちろん、「五月待つ花橘の香をかげば昔の人の袖の香ぞする」（古今集・夏・一三九・読人不知）を念頭に置く。「植ゑて悔しき」の語句は、定家の「荻原や植ゑて悔しき秋風は吹くをすさみに誰かあかさん」（千五百番歌合・秋二・一二二九。拾遺愚草・一〇四二）に学ぶか。

　右の雅有歌は「雨《あま》雲の上行《ゆ》く月の増《ます》鏡みぬめの浦《うら》の五月雨の比」で、判詞に「左、頗るまさるにや侍らむ。右、常事也。」とある。雅有詠の、例えば「増鏡みぬめの浦[30]は名のみして同じ影なる秋の夜の月」（続後撰集・秋中・三四九・為教）などに見るような、摂津国の歌枕「敏馬の浦」に「鏡」の縁で「見ぬ」を掛ける常用の修辞と、また例えば「五月雨の空にも月は行くものを光見ねばや知る人のなき」（新勅撰集・夏・一七一・真観）などに見るような、五月雨の雲に月が隠れて見えないという常套の類想、それらが難じられたものであろう。

　⑤悲《かな》しさの限《かき》りは秋の夕べぞと哀れ知《し》らする荻の音《をと》かな（秋・七十五番・一四九）

　「秋風のややはだ寒く吹くなへに荻の上葉の音ぞ悲しき」（新古今集・秋上・三五五・基俊。堀河百首・秋・荻・六八三）の延長上にある一首。初二句は、「ものごとに秋はあはれを分かねどもなほ限りなき夕暮の空」（六百番歌合・秋・秋夕・三七八・家房）や「さらでだに物思ふ秋の別れこそなほ悲しさの限りなりけれ」（百首歌合建長八年・秋・七三六・忠基）に倣うか。また、「哀れ知らする」は、西行の「身にしみてあはれ知らする風よりも月にぞ秋の色はありける」（山家集・秋・三四二）や教長の「秋のうちはあはれ知らせし風の音の激しさ添ふる冬は来にけり」（千載集・冬・三九三）等に拠るか。なお、宗尊に「秋風のつらさは時を分かねども夕べ悲しき荻の音かな」（瓊玉集・秋上・一六〇）という同趣詠があるが、該歌との先後は不明である。

右の雅有歌は「寂《さひ》しさに堪《た》へてすむ身の心だになほ《猶》浮《う》かれぬる山の端《は》の月」（一五〇）。結句は底本「山の秋風」を谷山本で校訂する。判詞に「右、猶言《い》ひ知《し》れる体也。」とある。前の番と同様に、「住む」に「月」の縁で「澄む」を掛ける通用の修辞と、例えば「世の憂きにひとかたならず浮かれ行く心定めよ秋の夜の月」（続後撰集・秋中・三七〇・西行）などに見られるような、憂さ悲しさにもかかわらず秋の月に「浮かれ」る「心」という発想が、常套でありふれていると批判されたものであろう。

⑥そのことと思ひ分《わ》かねど秋の夜の月見《み》てはなど袖の濡《ぬ》るらん（秋・九十番・一一七九）

「そのことと思はぬだにもあるものを何心地して月を見るらん」（詞花集・雑下・三九三・頼宗）を本歌にし、「何ごとと思ひ分かねど神な月時雨るる頃はものぞ悲しき」（続後撰集・雑上・一〇八九・良実）にも影響された詠作か。為家に、「文永八年四月廿八日当座百首」の「秋夕」題で、「寂しさに宿を立ち出でてながむればいづくも同じ秋の夕暮」（後拾遺集・秋上・三三三・良暹）を本歌にした「秋はげにいづくも同じ夕暮と思ひ分かでも袖は濡れけり」（為家集・一九三〇）という類詠がある。

右の雅有歌は「更《深》けぬとて西《にし》にや月のなり《成》ぬらん出でつる嶺に影むかふなり《也》」（一八〇）。深更になり西にある月の光が、月が出た東の峰に向けて差している景趣を詠む。類辞を用いた先行歌に、慈円の「月影の出でつる峰の松の嵐更くれば野辺に荻の上風」（拾玉集・詠三首和歌建仁二年九月十三夜水無瀬殿恋十五首歌合判後被詠之・月前秋嵐・四一三〇）や寂身の「山近く行く野の末はなりにけり出でつる嶺に月ぞ隠るる」（寂身集・詠百首和歌　宝治二年九月於滝山詠之・雑・五三九）等があるが、歌境は新奇である。なお、「長き夜はいつの人間に更けぬらん目かれぬ月ぞ西になりゆく」

（歌合文永二年八月十五夜・漸傾月・一一二六・公相。続古今集・秋上・四三〇）は、該歌に刺激された可能性があるか。

判詞は無い。

⑦煙だに絶《た》えて程経《ふ》る山里にお《を》のれ柴折《お》る嶺の白《しら》雪（冬・百五番・二〇九）

歌頭に「撰」(31)とある。判詞には「左、和泉式部本意にはかはりながら、宜しくよみなされん、尤可レ為レ勝。」とある。和泉式部の「寂しさに煙をだにも絶たじとて柴折りくぶる冬の山里」(32)（後拾遺集・冬・題不知・三九〇。和泉式部集・七三、初句「わびぬれば」第四句「しばをりたける」）を本歌にして、詠み直したものである。四句は新奇で、下句の趣意はつかみにくい。「降る雪にまじはるうれも折れ伏して道分けかぬる冬の山里」（民部卿家歌合建久六年・深雪・一五六・実快）や「雪折れの峰の椎柴拾ふとて跡見せ初むる冬の山里」（秋篠月清集・冬・山家雪・一三二四。後京極殿御自歌合・一〇八）を参照すれば、「嶺の白雪」によって「柴」が自然と折れてしまうような状態を言ったのではないかと考えられる。それをあたかも「嶺の白雪」が折っているように言いなしたのではないだろうか。判詞が「本意にかはりながら」と言うのは、和泉式部歌は詠作主体が柴を折りくべて煙を絶やさないとする冬の「山里」の景趣を詠じているのに対して、小督詠は「嶺の白雪」を擬人化して「雪」が「おのれ柴折る」（自身で柴を折っている）ので煙が絶えているとする趣旨だと解したからであろう。

右の雅有歌は「時雨にはつひ《ゐ》につれなき松もなほ《猶》下葉《は》ぞ落《お》つる木枯《か》らしの風」（一二一〇）。上句は、「時雨」にもつれなく色を変えない「松」という通念を踏まえ、かつ「岩に生ふるためしを何に頼みけんつひにつれなき松の色かな」（続後撰集・恋二・七八二・伊平。万代集・恋二・二〇一四。続歌仙落書・五七）にも負うか。一首全体が「松と言へど千歳の秋にあひくればしのびに落つる下葉なりけり」（拾遺集・雑下・五一七・躬恒）を踏まえたにせよ、下句は和歌の伝統にはない表現で「松」の歌の本意からも外れている。実見に基づくのであろうか。

⑧満《み》つ潮《塩》の及《をよ》ばぬ松もふる雪の入りぬる磯の波《なみ》の下草（冬・百二十番・二三九）

「潮満てば入りぬる磯の草なれや見らく少なく恋ふらくの多き」（拾遺集・恋五・九六七・坂上郎女。原歌万葉集・巻七・譬喩歌・寄藻・一三九四・作者未詳）を本歌に取る。初二句の類辞の先行例には「春の色は波路も遠く満つ潮のおよばぬ浦も霞む頃かな」（詠十首和歌・浦霞・一・〔道助〕）がある。二～三句は、「ふる」を掛詞に「及ばぬ松も経る」から「降る雪の」へ鎖るか。下句は、「満つ潮」も及ばない「松」が「降る雪」に隠れる様子の比喩（見立て）になっているか。とすると、少しきわどい趣向である。判詞に「みつしほの及《をよ》ばぬと定家卿よみて侍りしにや。」とある。「満つ潮の及ばぬ」の句を含む定家詠は、見当たらない。あるいは基家は、同じく「潮満てば」歌を本歌にした定家の「満つ潮に隠れぬ磯の松の葉も見らく少なく霞む春かな」（拾遺愚草・建仁元年三月尽日歌合・霞隔遠樹・二一四六。続古今集・春上・四四。万代集・春上・三四）と誤認したか。または、「隠れぬ」に「及ばぬ」の異同があったか。いずれにせよ、基家の意識には、先行する近代詠に既製の措辞を使用することを批判する指向性が存していたということにはなろう。

右の雅有歌は「風さえて日影暮れゆく杣《そま》川の氷《こほ》らぬさきと急《いそ》ぐ筏士《し》」（二四〇）。「風さえて日影洩り来ぬ谷川に結ぶ氷は幾重なるらむ」（内裏百番歌合建保四年・冬・一四六・越前）や「杣川の氷に淀む筏士や岩間の雪に春を待つらん」（千五百番歌合・冬三・二〇二四・讃岐）を踏まえたかとも疑われる。関東御家人歌人宇都宮景綱の「杣河の氷に水や淀むらん下す筏に綱手引くなり」（沙弥蓮愉集・冬・三五七）は、後者の讃岐詠に倣ったのであろう。景綱歌と雅有歌との先後は不明である。判詞では「右はよろしく聞《き》こゆ。」と評価されている。その判者基家の『弘長百首』の一首「高島の杣山川の筏士は急ぐ年木をつみや添ふらん」（冬・歳暮・四一五）は、判詞の後に詠じたとすればこの雅有歌に刺激を受けたのであろう。

⑨錦木《にし木々》を千束《ちつか》と誰か限《かき》りけむ逢ふまでとこそ立《た》ても尽《つ》くさめ（恋・百三十五番・二六九）

『俊頼髄脳』などに見える、「錦木は千束になりぬ今こそは人に知られぬねやのうち見め」と「あらてくむ宿に立てたる錦木はとらずはとらず我や苦しき」（二二二四、二二二五）の歌をめぐる「錦木」の説話(33)を踏まえている。直接には、「錦木の千束に限りなかりせばなほこりずまに立てましものを」（千載集・恋二・七二六・重保）に触発されていようか。

右の雅有歌は「人目《め》のみ繁《しげ》き野原《はら》の埋もれ水下に通《かよ》ひし道ぞ絶《た》えぬる」（二七〇）。「人目のみ繁きみ山の青つづらくるしき世をぞ思ひわびぬる」（後拾遺集・恋二・六九二・高階章行女）を本歌に取る。「人知れぬ木の葉の下の埋もれ水思ふ心をかき流さばや」（千載集・恋一・六六一・実定）や「我ならぬ人に心をつくば山下に通はむ道だにやなき」（新古今集・恋一・一〇一四・能宣）にも負うか。「繁き野原」の詞は、祖父雅経の「分けわびぬ袂の露も虫の音も繁き野原の秋の夕暮」（明日香井集・行路聞虫・一三四六）に学んだのであろう。ただし秀句好みで人の歌を盗むとも言われる雅経は、宮内卿の「昔誰籬に植ゑて山吹を繁き野原と人に見すらむ」（通親亭影供歌合建仁元年三月・故郷款冬・七二）に拠ったのかもしれない。「道ぞ絶えぬる」の先例は、良経に「我が宿の薄おしなみ降る雪に籬の野辺の道ぞ絶えぬる」（秋篠月清集・西洞隠士百首・冬・六七四）がある。

判詞は「右、埋もれ水、かやうの事、近年常《つね》に聞《き》こゆ。しかはあれど、持などにてや侍るべき。」である。基家が具体的にどのような歌を念頭に置いて言ったかはよく分からないが、雅有詠の常套性が批判されつつ、持となっている。小督詠も清新な作ではないということであろうか。

⑩命こそ限《かき》り有りけれ逢《あ》ふことの絶《た》えば生《い》くべき身とや思《おも》ひし（恋・百五十番・二九八）

歌頭に「撰」とある。右は「忘《わす》れじの言《こと》のは山の下紅葉《もみち》いかにうつろふ契りなるらむ」（二九九）で、判詞は「左、ことに優なる上《うへ》、右、丹後が余慶、させる事なかるべし。」である。共に「逢不逢恋」を詠むが、小督詠は、「逢ふことの絶えてしなくはなかなかに人をも身をも恨みざらまし」（拾遺集・恋一・六七八・朝忠。百人秀歌・四四。百人一首・四四他）を微かに想起させる。類例の「逢ふことの絶えば命も絶えなんと思ひしかどもあられける身を」（月詣集・恋下・五七四・高松院右衛門佐。続古今集・恋五・一三四七）と比較してみると、この右衛門佐詠は、逢瀬が絶えれば命尽きると思ったが生きていられる自分への懐疑を歌うのに対して、小督詠は、逢瀬が絶えればそもそも生きていられる身とは思わなかったその命が有限であったことの詠嘆を歌っている。そこが「優なる」と評された由縁であろうか。

右の雅有詠は、宜秋門院丹後の「忘れじの言の葉いかになりにけむ頼めし暮は秋風ぞ吹く」（新古今集・恋四・一三〇三）に基づく詠作で、そのことがまた、単に丹後詠の「余慶」（お蔭）でしかなく、大したことがないという基家評の根拠となっていよう。ただし、「言のは山」は雅有以前の例は見えない。これは、「言の葉」から「は」を掛詞に「端山」へ鎖るかと考えられるが、独特である。雅有は、この歌合の日付より先に「繁かりし言のはやまの青つづら思ひ絶えてはくる人もなし」（隣女集・巻一正元年中・恋・一五八）、後にも「我がために来る秋なれや繁かりし言のは山の色かはり行く」（同・巻二自文永二年至同六年・恋・七二六）と用いている。

以上、『百五十番歌合』で、結局、基家の判詞で小督から見て雅有に対して勝と判断されるもの五番（①④⑤⑦⑩）、負一番（⑧）、持四番（②③⑨含無判詞[34]一番⑥）、である。勝の内、一番（⑦）のみは右との比較無しの「尤可レ為レ勝」であるが、残り四番は、「頗るまさる」（④）「ことに優なる」（⑩）場合も含めて、雅有詠の方が咎められての結果である。総じて、両者の番に於いて基家は、近時の歌に依拠するような詠作法や歌いならされた常套性に厳しく、雅有詠の批判も（④⑤⑩）小督の唯一の負（⑧）もその理由により、持でもそのことを指摘されている場合（②⑨）がある。雅有は、重代の歌の家の人ではあるが、当時二十一歳の弱輩で、いまだ初心の域を完全に脱してはいなかったのであろうが、祖父雅経や父教定の、同時代の他者詠に依拠しがちな傾向[35]の影響下にあったろうことも、その詠みぶりとそれに対する基家の低い評価に繋がっているのではないかと思われる。ただし、小督の歌が相対的に高く評価されているのだとしても、小督の歌力は決して低くはなかったと見てよいであろう。

四　小督の和歌2

引き続き、小督の詠作の内、宗尊の命で弘長二年（一二六二）九月に藤原基家が撰したとされる『三十六人大歌合』（無判）の所収歌を順に見てゆく。[36]「三品親王家小督」は右方六人目で、左は「左大臣」実雄である。判を持たない机上の秀歌撰的な同歌合の性質上、特に必要がないので左方の歌はここでは取り上げない。

⑪いかにせむ散りにし花《はな》の面影《おもかげ》を忘《わす》れむとすれば峰《みね》の白雲（七二）

「春のあした、吉野の山の桜は、人麿が心には雲かとのみなむおぼえける」（古今集・仮名序）という「人麿」以来の、桜花を白雲と見る趣向の裏返しである、白雲を花と見る——それも落花後の名残りとして見る類型、「初瀬山うつろふ花に春暮れてまがひし雲ぞ峰に残れる」（新古今集・春下・一五七・良経）や「まがふとて厭ひし峰の白雲は散りてぞ花の形見なりける」（続後撰集・春下・一四三・通光）等の延長上にある。「花の面影」の詞については、『新勅撰集』の「忘れじなまた来む春をまつの戸に明け暮れ馴れし花の面影」（春下・一二九・道助）が近い先例となる。しかしむしろ同じ『新勅撰集』所収の、落花詠ではないが、俊成の「面影に花の姿を先立てて幾重越え来ぬ峰の白雲」（春上・五七。続詞花集・春下・五〇。長秋詠藻・二〇七。無名抄・三八他）が意識されていたようにも思われるのである。

⑫うたがひし命《いのち》のうちに咲《さ》きにけりあはれなりける庭の花《はな》かな（七四）

「うたがひし命ばかりはありながら契りし中の絶えぬべきかな」（千載集・恋四・九一〇・大弐三位）を本歌にする。「庭の花」は、肥後の「散り積もる庭の花をばきよめぬをなにさかしらに風の吹くらむ」（肥後集・三三）辺りが早く、勅撰集では『金葉集』の「庭の花もとの梢に吹き返せ散らすのみやは心なるべき」（春・六六・安芸）のみであり、小督はこれに拠ったか。肥後の歌や惟明の「散り積もる庭の花をも見るべきにいづち嵐のなほさそふらん」（正治初度百首・春・一一七）に明らかなように、惜しみ眺めるべき庭に散り敷く落花を言う。とすると、庭の落花を眺めて、生き長らえるかを疑った命あるうちに咲いた桜であったことを認識した感慨を詠じた一首ということになる。

⑬つらかりし時こそあらめ逢ひみての後さへものはなどや悲《かな》しき（七六。新後撰集・恋三・恋歌中に・一〇〇八・中務卿宗尊親王家小督）

『新後撰集』の配列としては「逢恋」の歌。初めての逢瀬以前の辛さに比べれば逢瀬後がどうして悲しいか（悲しくはないはずなのに）、と言う。敦忠の「逢ひ見ての後の心にくらぶれば昔は物も思はざりけり」（拾遺集・恋二・七一〇。百人秀歌・四〇。百人一首・四三、四句「昔は物を」）が想起されるし、それを本歌にしたと見てよいのだが、むしろ直接には、「逢ひ見ての後さへものの悲しくは慰め難くなりぬべきかな」（続後撰集・恋三・八三八・中務。中務集・一三五）に倣った作ではないだろうか。

⑭人をこそつらしと思ふに涙《なみだ》さへなど憂《う》きたびに身を離《はな》るらむ（七八）

「人」「つらし」の縁で、「離る」には、涙が身から離れ出る意に、恋人が自分から離れる意を重ねる。「わりなしや心にかなふ涙だに身の憂きときはとまりやはする」（後拾遺集・雑一・定輔朝臣絶え絶えになりてほか心などありければ、時時は引きとどめよなど言ふ人侍りけるに・八八四・源雅通朝臣女）を基に、詠み直したか。

⑮定《さた》めなくさても世にふるこの頃《ころ》の時雨の宿《やと》や我《わ》が身なるらん（八〇）

「ふる」は、「経る」に「時雨」の縁で「降る」が掛かる。「さても世にふる」「時雨の宿」の語句は比較的珍しい。前者は、式子（式子内親王集・二九五）の『万代集』所収歌「はかなしや風にただよふ波の上に鳰の浮き巣のさても世にふる」（雑一・二九四七）が先行例だが、これは「降る」が掛からない。後者は慈円（拾玉集・一六七七）の『六百番歌合』詠「山めぐる時雨の宿か柞原我が物顔に色の見ゆらん」（秋・蔦・四三六）が先例となる。なお後代の衲叟馴窓の類詠「時分かぬ時雨の宿は我が身にて定めなき世に冬は来にけり」（雲玉集・冬・述懐の歌あまた申せし比、初冬時雨を・二七二）が、小督詠の影響下にあると見れば、『三十六人大歌合』のある程度の流布を想定することになる。(37)

続いて、勅撰集・私撰集所収歌を見る。

『続古今集』(38)には次の三首が入集する。作者位置は、「中務卿親王家小督」（詞書に「中務卿親王家」とある場合「小督」）である。

⑯限《かぎ》りありてめぐり逢《あ》ふべき命《いのち》とも思《おも》はばこそは後《のち》も頼《たの》まめ（恋三・恋歌の中に・一一九七）

仮定と反語による屈折した表現で、限りある生命の中で再び逢うことのない恋人の頼み難さを詠んでいる。類想歌に「草枕露の命は知らねどもめぐり逢ふべき日をぞかぞふる」（万代集・雑四・三四三四・行尊。行尊大僧正集・八二）があり、下句の類例には和泉式部の「来たりとも言はぬぞつらきあるものと思はばこそは身をば恨みん」（和泉式部集・つらき心ありし人が、田舎より来て音もせぬ・二〇一。和泉式部続集・二二一、結句「身をば恨みめ」）があるが、それらに負ったとまでは推断し難い。後出の同工異曲に「かはらむに生けらばこそは契りしをよし恨みむと後も頼まめ」（後二条院御集・契恋・九六）がある。

⑰恨《うら》むとやよそには人の思《おも》ふらん恋《こひ》しきほかの心《こゝろ》ならぬに（恋四・題不知・一二二二）

下句の類例には「つらきをば思ひも入れで過ぐるかな恋しきほかの心なければ」（頼輔集・皇太后宮大夫俊成卿家十首会・六二）や「堰き返しなほ洩る袖の涙かな忍ぶもよその心ならぬに」（千五百番歌合・恋一・二二九九・通具。自讃歌・五八。秋風集・恋上・六九八。新三十六人撰正元二年・一八六。続古今集・恋一・一〇一六）があるが、それらに拠らなければ詠出できないような歌詞ではないであろう。後出の類歌には「恨むとや人は見るらん身の憂さにあまりて落つる袖の涙を」（藤葉集・恋下・六一二・慈願）がある。

⑱つらしとも思《おも》ひも果《は》てぬ心《こゝろ》こそなほ《を》恋《こひ》しさのあまりなりけれ（恋四・中務卿親王家歌合に(39)・一三〇四）

前歌⑰と、一途な恋心の表出という点では類想である。「つらしとも思ひぞ果てぬ涙川流れて人を頼む心は」（後撰集・恋二・六五六・橘実利）を本歌にする。下句は新鮮な措辞である。雅有の「恋しさのあまりになれば水茎に書き流すべき言の葉もなし」（隣女集・巻四自文永九年至建治三年・恋・京なる人の許へ申しつかはし侍りし・二三九二）は、秀句好みの家系である雅有が、小督詠に倣ったか。

『続拾遺集』(40)には、「中務卿宗尊親王家小督」として一首入集する。

⑲かく恋《こ》ひん報《むくひ》いを人の思はでや後の世知《し》らずつれなかるらん（恋二・恋歌の中に・八八一）

『古今集』の「かく恋ひむものとは我も思ひきに心のうらぞまさしかりける」（恋四・七〇〇・読人不知）を本歌にする。第四句は、西行の「いつ嘆きいつ思ふべきことなれば後の世知らで人の過ぐらむ」（新古今集・哀傷歌・無常のこころを・八三一）に拠るか。内容の上では、「嘆かじな思へば人につらかりしこの世ながらの報いなりけり」（新古今集・恋五・一四〇一・皇嘉門院尾張）を、恋人に辛くあたる立場を逆転して仏教の因果応報上の「現世」「この世」を「後世」（後の世）に置換したかのような感があるが、必ずしもこの尾張歌を踏まえなければ詠めない訳ではないであろう。

『新後撰集』(41)には、上述の『三十六人大歌合』所収歌一首⑬と左記の一首が入集している。

⑳明日知《あすし》らぬ世のはかなさを思ふにも惜《お》しかるまじき年の暮かは（雑上・中務卿宗尊親王家の百首歌に(42)・一三四三）

世の無常につけて歳暮を惜しむ。人生と暦日をかねた惜年の類型は、「行く年の惜しくもあるかなます鏡見る影さへに暮れぬと思へば」（古今集・冬・三四二・貫之）を初めとして数多いが、「かぞふるに残り少なき身にしあればせめても惜しき年の暮かな」（金葉集・冬・三〇一・永実）あたりが、より近似した先行の類例となろう。「明日知らぬ」は『古今集』の「明日知らぬ我が身と思へど暮れぬ間の今日は人こそ悲しかりけれ」（哀傷・紀友則が身まかりにける時よめる・八三八・貫之）以来の句である。

池尾和也「『閑月和歌集』を読んでわかったこと」（『中京国文学』一二、平五・三）により、弘安四年（一二八一）閏七月十四日以後、同年十月二十三日以前に源承撰、と推定されている『閑月和歌集』(43)には、「中務卿親王家小督」として次の二首が見える。

㉑つれづれとふるを憂《う》しとはなけれども袖《そて》こそ濡《ぬ》るれ春雨《はるさめ》の頃《ころ》（春上・三三）

詞書には「五十首歌おく《を》りて侍りし中に春雨を」とあるが、その事情は不明。「つれづれとふるは涙の雨なるを春のものとや人の見ゆらむ」（千載集・春上・三三・和泉式部。新日本古典文学大系本）を本歌にする。「ふる」は、春雨が「降る」と（世に）「経る」を掛け、「濡るれ」は、春雨で「濡る」に「憂し」の縁で涙に「濡る」を重ねる。閑寂な人生の中の春の長雨に、特に憂愁を感じる訳でもないのに自然と涙が流れる、との主旨である。

㉒見ればまづ袖《そて》のみ濡《ぬ》れて思《おも》ふことさも慰《なくさ》まぬ夜半《は》の月かな（秋上・二一〇・題しらず）

物思いを慰撫すべき月がまず涙をさそうという趣意である。初二句は、「見ればまづいとど涙ぞもろかづらいかに契りてかけはなれけむ」（新古今集・雑下・一七七八・長明）に拠るか。「さも慰まぬ」は伝統的句形ではない。宗尊に「尋ね来てさも慰めぬあはれかな鹿の鳴きける秋の山里」（瓊玉集・巻四・百番の御歌合に、鹿を・一八一、柳葉集・四八八）という類例がある。

正安四年（一三〇二）七月～嘉元元年（一三〇三）十二月頃の間に冷泉為相撰と推定される『拾遺風体和歌集』(44)には次の一首が収められている。作者位置は「宗親王家小督」。

㉓萌え出《い》づる野辺《へ》はさながら緑《みとり》にてそのゆかりとも知《し》らぬ若草（雑・釈教歌・五二二）

詞書は「涌出品」で、法華経第十五「従地涌出品」を詠む。釈迦如来が教化する現世（娑婆）に大地の割れ目から涌出した救済者たる菩薩を「若草」に喩える。「さながら緑」は、釈迦の全面的教化を、「そのゆかりとも知らぬ」は、既に他ならぬ釈迦が菩薩を自然と悟りに到達させ教化させていたことを寓意していようか。

以上が小督の歌である。現存歌が他の女房に比しては多いが、同女の歌風の全体像を知るにはなお不十分であろう。しかしながら、右に窺われるように、やや屈曲した表現によりつつも率直な真情を表出したり、古歌を踏まえつつまた本歌に取りつつそれらを巧みに詠み替えている場合、あるいは比較的近い時代の歌にも学んだかと思わせるような場合などがあり、習熟した詠みぶりが窺われるのである。入集状況や判詞に窺われる同時代の評価をも併せて勘案すれば、小督が将軍宗尊親王家の女房歌人の第一であったことは認めてよいように思われるのである。

五　三河と備前の和歌

Ⅱ三河とⅢ備前は、前述のとおり系譜上西行に連なる後藤家の基綱の女であり、和歌や蹴鞠等の芸道に堪能の御家人として将軍宗尊の近習の一人であった基政を兄弟に持つのである。備前は『続古今集』に一首のみの勅撰入集で、多分に同時代の人的紐帯による撰入の要素が強いであろうが、一方で、三河が『新後撰集』に二首と『玉葉集』に一首と後代の勅撰集に撰入されていることは、少なくともその詠作が遺存される程度の評価は存していたということであろうか。三河、備前の順に両者の詠作を見てゆきたい。

越《こし》に侍りける比、中務卿宗尊親王の許に申しつかはしける　参河

㉔思《おも》ひやれ幾重《いくへ》の雲の隔《へた》てとも知《し》らぬ心《こころ》に晴《は》れぬ涙を（新後撰集・羈旅・五六三）

詞書が言う事情は具体的には不明だが、将軍宗尊と女房三河の間に、遠隔に贈答する程度の関係性があったことは確かであろう。

初句に「思ひやれ」歌末に「涙を」を置く形は、『金葉集』の「思ひやれ須磨のうらみて寝たる夜の片敷く袖

にかかる涙を」（恋上・三五七・長実）が原拠となる。第二句は特に珍しくはないが、越前国の歌枕の「かへる山（帰山）」を詠み込んだ「頼めても遙けかるべきかへる山幾重の雲の下に待つらむ」（新古今集・恋二・一一三〇・重政）が念頭にあった可能性はあろうか。また、第二〜四句の解釈には、良経の「隔て行く雲と波とを幾重とも知らぬ泊まりの夢の通ひ路」（秋篠月清集・旅・一四六九）が参考になるが、作歌に当たり踏まえられていると見る必要はない。「晴れぬ涙」は、早くは『敦忠集』（六二）に見えるが、三河の同時代では、『実材母集』に「消え果てし夕べの空のうき雲や晴れぬ涙の雨となるらん」（二二二九。姉の娘の死の哀傷）と「いとどまた晴れぬ涙にかきくれて袖干しわぶる五月雨の空」（七八一・寄五月雨恋）がある。勅撰集には『新後撰集』にこの三河の歌と他に実兼の一首（雑下・一五五八）が収められているのみである。ここは、気持ちが晴れないの意に、「雲」の縁語で天気が晴れない意を掛けて、降り続ける「涙」を表す。

宗尊の「返し」は、「憂《う》く辛《つら》き雲の隔《へだ》ては現《うつゝ》にて思ひ慰《なぐさ》む夢だにも見《み》ず」（五六四）である。一見すると恋歌の贈答の返歌のような直截な切り返しではないが、実は、「雲の隔て」により逢うことのできない現実の辛さを夢でさえも逢えないということで強調して、贈歌の「晴れぬ涙」よりもさらに憂愁が深いのだと訴えていて、結果としては切り返しとなっている。

わづらひ侍りける時、郭公を聞きて

中務卿宗尊親王家参河

㉕言問《ことと》へよ誰《たれ》か偲《しの》ばん時鳥《ほとゝきす》なからむ跡の宿《やど》の橘《たち花》（新後撰集・雑下・一五五五）

第二句「誰か偲ばん」は、結句「宿の橘」にかけて解する。たとえ郭公の声が終わった後であっても、それ故に誰も思い出してくれない家の橘の花にことよせて、人の音信あるいは訪問を促す趣の歌であろう。『古今集』の「宿りせし花橘もかれなくになど時鳥声絶えぬらむ」（古今集・夏・一五五・千里）以来の、「橘」に「宿」る「時鳥」の声の時期の後先を言う類型を踏まえる。また、『万葉集』の「我が背子が宿の橘花をよみ鳴く時鳥見にそ我が来し」（巻八・夏雑歌・一四八三・奄君諸立）を意識するか。「言問へよ」に始まる仕立て方は、「言問へよ思ひおきつの浜千鳥なくなく出でし跡の月影」（新古今集・羈旅・九三四・定家）に倣っていよう。

　　母の思《おも》ひに侍りける比、安嘉門院四条子にお《を》くれて侍るよし聞《き》きて

　つかはし侍りける　　　　中務卿宗尊親王家参河

㉖かはらじな消えにし露の名残《なこり》とて袖干《ほ》しわぶる秋の思《おも》ひは（玉葉集・雑四・二四三一）(45)

母を亡くした子と子を喪った母との服喪、その「思ひ」（「ひ」は「消えにし」の縁で「火」が響く）は同じであると歌う。兄弟の基政と同母とすれば、「母」は大江能範女である。一首は、「かはらじな知るも知らぬも秋の夜の月待つほどの心ばかりは」（新古今集・秋上・四〇七・上東門院少将）に拠るか。また、先行する類詠に「長きよに消えにし露の名残とや秋の涙の袖に満つらむ」（寂身法師集・百首中　題文集詩　建保六年・閑居・秋風満衫涙　泉下故人多・三七）がある。結句に「秋の思ひは」を置く先行例には、「月見れば心一つに時雨れけり千里の人の秋の思ひは」（御室五十首・秋・一七九・公継）がある。

さて、後藤基政の手になり、正嘉元年（一二五七）十一月～正元元年（一二五九）九月の間に成立と推定される(46)『東撰和歌六帖』(47)は、巻一のみの零本と四季部の抜粋本が知られている。そこには、基政の姉妹では「三品親王家三川」の歌一首だけが、抜粋本の「郭公」に見えている。

㉗宵の間《ま》はつれなかりつる蜀魄《ほととぎす》有明の月に絶えず鳴くなり《也》（夏・一一四）

例えば「み山出でて夜半にや来つる郭公暁かけて声の聞こゆる」（拾遺集・夏・一〇一・兼盛）等、暁に鳴く時鳥の類型上にある。しかし、時鳥について、「絶えず鳴く」と詠むことは必ずしも伝統的ではない。早い例に「今日もなほ船出もの憂し時鳥声高砂に絶えずなきけり」（六条修理大夫集・海路郭公并寄山恋・二九三）があるが、これ

は「今日もなほ船出もの憂し」とあるので「(絶えず)鳴き」に「泣き」が掛かると解される。同時代では『実材母集』に「世の中をうの花山の時鳥さぞ忍び音も絶えず鳴くらん」(九七)が見えるが、これも、「世の中を憂」「忍び音」とあるので「(絶えず)鳴く」と「泣く」の掛詞として理解される。三河詠は、和歌の伝統的通念とは少しずれがあるように思われ、しかしそれがまた、ある意味の新奇さとして、基政が類題集の一首として採録した由縁でもあろうか。

冷泉為相撰の『拾遺風体和歌集』には、三河(作者位署「宗親王家三川」)の次の二首が採られている。

㉘何《なに》もみな報い・と聞《き》けば先の世の花や我ゆゑ物《へ》思《おも》ひけん(雑・花のころよめる・三六五)

諸事が三世の因果応報と聞くので、現世では「花」故に物思いをする「我」であるから、前世ではその逆だったのだろうか、という理屈の歌だが、新奇な詠み方でもある。

㉙曇《くも》りなき法《のり》の光《ひかり》のさしも草《くさ》露の浮《う》かびももしや残さん(48)(雑・釈教歌・五二九)

詞書は「普賢門」で、『法華経』第二十八品「普賢菩薩勧発品」を詠む。東方から来た普賢菩薩が問い、釈迦が仏滅後の法華経を得る方法を説く。ここでは、その中の四つめの法である「一切衆生救済の心を発す」について詠むか。「法の光の差し」から「艾草」へ鎖る。「艾草」(「させも草」とも)は、清水観音の歌とされる「なほ頼めしめぢが原のさせも草我が世の中にあらん限りは」(新古今集・釈教・一九一六)から、衆生を表す。下句は、本来日の光にむなしくなる草の上に浮かぶ「露」のようにはかない我が身でさえも、(一切衆生救済の誓願により)もしや残されて救われるのだろうか、といった趣意か。「露の浮かび」は、他に用例が見えない。

延慶三年(一三一〇)に同じく為相撰とされる『柳風和歌抄』(49)(五巻の残欠本)にも、三河詠が「中務卿親王家三(参)河」として三首見えている。

㉚幾里《いくさと》の夜半のけしきに通《かよ》ふらん同《おな》じ霞《かすみ》の袖の月影《かげ》(春歌・春月の心をよみ侍りける・一八)

自分のこの「袖」に宿る月光が、辺り一帯同様に霞む中で、一体幾里の夜の景色にその光は差し通っているのだろうか、といった意味である。「幾里か月の光もにほふらむ梅咲く山の峰の春風」（新勅撰集・春上・四〇・家隆）を意識するか。「夜半のけしき」（後拾遺集・六八三等）「同じ霞」（後拾遺集・一二）「袖の月影」（新古今集・九三五等）の措辞は、各々八代集に用いられている。しかし、本来漢語の「けしき（気色・景色）」は、それら勅撰集ではほとんど有様・様子の意であるのが、三河詠では風景の意に用いられ、「同じ霞」も、『後拾遺集』の「春ごとに野辺のけしきのかはらぬは同じ霞や立ち返るらん」（春上・一二・隆経）では毎年の春に立つ「霞」について「同じ」と言うのに対して、三河詠では辺りが一様に霞むことを表そうとしている。また、「袖の月影」も、例えば「野辺の露浦わの浪をかこちても行方も知らぬ袖の月影」（新古今集・羇旅・九三五・家隆）とは異なり、三河詠では「袖」に月光を宿すべき「露」「浪」や「涙」が併せ詠まれたり暗示されている訳ではない。これらは、古歌や先行歌の用法から離れた詠み方とも言えるのである。

㉛鹿《しか》の音《ね》にいかが涙《なみだ》も落《お》ちざらむ老いの寝覚《ねさ》めの秋の暮《く》れ方《かた》（秋歌・九三）

ただでさえ物悲しい鹿鳴に、寝て夜に目覚めがちな老境と秋の暮れ方（季節の暮）という二重の悲愁の状況を付加して、落涙を歌う。この類想は、「聞きあかす涙の露もとどまらず老いの寝覚めの荻の上風」（壬二集・暁聞荻・二三三七）のように、新古今時代前後から詠まれ始めている、「秋の暮れ方」は、『新勅撰集』の「風寒み月は光ぞまさりける四方の草木の秋の暮れ方」（秋下・二九三・有杲）が勅撰集の初例。季節についての「暮れ方」に解する。一日の「暮れ方」と見ると、「老いの寝覚め」と矛盾する。

㉜忍《しの》びかね消《き》えん夕《ゆふ》べの露もなほ《を》苔《こけ》の下《した》まで憂《う》き名《な》もらすな（恋歌・一二一二）

恋を忍びかねて、夕露が消えるように死んでしまうであろうが、それでもやはり死後まで恋の憂き名は表沙汰にならないで欲しい、との趣意である。「忍びあまり落つる涙を堰き返しおさふる袖よ憂き名もらすな」（新古今集・

恋二・一一二二・読人不知）を踏まえていよう。「露」は、恋を忍び難くて死ぬであろう儚い命を寓意する。「もらすな」の「もる」は、評判が他に知られる意に「露」の縁で露がすき間を通る意を掛ける。「苔の下」（苔が生える墓の下）と「憂き名」（人に知られると辛い恋の評判）の詠み併せの同時代の例は、「さればとて苔の下ともいそがれず憂き名を埋むならひなければ」（現存六帖・こけ・二九〇・鷹司院按察）や「憂き名だになほ身に添はぬ苔の下をつひのすみかと聞くぞ悲しき」（続後撰集・雑下・一二三五・道覚）等があり、この三河の歌に先行するか。

さて、備前の歌としては次の一首が知られる。

恋歌のなかに　　中務卿親王家備前

㉝今来《いまこ》んと頼《たの》めし夜半《よは》の更《ふ》けしこそかはる辛《つら》さの初《はし》めなりけめ（続古今集・恋五・一三八一）

素性の「今来むと言ひしばかりに長月の有明の月を待ち出でつるかな」（古今集・恋四・六九一）を本歌にした「今来むと頼めしことを忘れずはこの夕暮の月や待つらん」（新古今集・恋三・一二〇三・季能）の歌う状況を更に進めて、約束当夜が更けても男が来ないことに、心変わりの辛さの初めを見るという趣旨である。「かはる辛さ」は、『洞院摂政家百首』（一三〇四）『院御歌合宝治元年』（一九八）等から見えはじめ、『続古今集』には備前歌とは別に、北条政村の「契りしにかはる辛さも嘆かれずもとより頼む心ならねば」（恋五・一三六四）がある。同時代に少しく流行した措辞であろうか。

以上が、三河と備前の詠である。備前は現存歌が一首であり、歌風を云々するには至らない。三河にしても僅かに九首であって、明確なことは言えないが、それらに見るかぎり、その詠作は、幼時より和歌の伝統を十分に踏まえて習熟してきたと言うよりは、将軍家女房の生活に従うことで詠み出されたといった感が強いように思われるのである。結局、両者共に、文事に傾倒した御家人後藤家の女子として、最低限の和歌の素養を積んだということ以上ではなかったということであろうか。しかしながら、武家の女が、京都より東下した親王将軍の柳営に出仕しつつ、その和歌活動の員数に加わるという在り方は、武家歌人層が同歌壇に果たした役割に準じて、同歌壇構成の要素として認識されるべきである。

六　右衛門督と新右衛門督および祐右衛門督の和歌

さて、上述のとおり、Ⅳ右衛門督とⅤ新右衛門督は別人であろうか。それぞれの名称では次に記す併せて三首の勅撰入集歌がある。

（述懐歌中に）　　　中務卿宗尊親王家右衛門督

㉞幾度《いくたび》か心の中《（うち）》に背《そむ》くらん《覧》まことに捨《す》てぬこ《此》の世なれども（続拾遺集・雑中・一二二七）

「背く」は世俗を離れて出家する意で、本当に脱俗はしないが、心の中だけでは幾度かも出離したとの趣旨である。憂き世に出家を考えつつ俗世になお留まっている心性は、次歌に通うものがあろう。

月の歌の中に　　　中務卿親王家新右衛門督

㉟何事《なにこと》に心《こころ》をとめてありあけの月も憂《う》きよの空《そら》にすむらん（続古今集・雑中・一六八二）

「何事に心をとめてあり」（いったい何事に執心して生きての意）から「あり」を掛詞に「有明の月」へ鎖るか。『続古今集』には北条義政の類辞詠「いつまでと心をとめてあり果てぬ命待つ間の月を見るらん」（雑上・一五八七）も入集している。「憂きよ」の「よ」は「夜」に「世」を、「すむ」は「澄む」に「住む」を掛け、夜空に澄む月に、物事に執心して憂き世の空の下で住む自分とを重ねる。同様の修辞の先行歌には「見るままに月も憂き世にすみわびて山より山に入りやしにけむ」（物語二百番歌合・後百番歌合・三〇六詞書。風葉集・雑二・あさくらの宣耀殿中納言乳母・一二六九）がある。ただし、該歌のように「有明の月」が「空に澄む」とすることは、和歌的伝統ではない。

久恋を　　　　　　　　　　中務卿宗尊親王家新右衛門督

㊱年《とし》を経《へ》て思ひけりとも知《し》るばかりかはる涙の色を見《み》せばや（新続古今集[50]・恋五・一四五七）

この一首については、『隣女集』巻四（自文永九年至建治三年）恋に、「恋歌中」と詞書する六首（二三八一～二三八七）の六首目として、結句「いろもかくさじ《ヲミセバヤ》」の形で見える。飛鳥井家の秀句好みの血統を考えると、雅有の剽窃の可能性も絶無ではなかろうが、ここまでの一致は不審である。やはり『新続古今集』編纂の際の何らかの錯誤に起因するのではないかと考えられるのである。

Ⅵの祐右衛門督については、『東撰和歌六帖』抜粋本に作者位置「三品親王家祐右衛門督」として、次の一首が見える。

㊲秋も今は明日香《あすか》の川に御祓して返《かへ》れば夏の夜《よ》ぞ更けにける（第三・夏・夏祓・二〇三）

この「三品親王家祐右衛門督」が何人かは未詳であるが、同抜粋本に別に見える、

㊳憂《う》しやげに四方の嵐も心して誘《さそ》ひな果《は》てそ庭のもみ〔ぢ〕ば（第四・冬・落葉・三七七）

の一首の作者位置は「［　　］右衛門督」（［　　］は判読不能）で、これが同一人物である可能性はあろうか。「三品親王」はもちろん宗尊親王である。

前者㊲は、「君により言の繁きを故郷の明日香の川に御祓しにゆく」（万葉集・巻四・相聞・六二六・八代女王）を本歌にする。初句「秋も今は」は、宗尊も「秋も今は夜寒になりぬ鳴く雁の羽しろたへに霜や置くらん」（柳葉集・巻四・文永元年十月百首歌・秋・五八九）と詠じている。初二句は、「秋も今は明日か」（夏の終わりの今は秋も明日になったのかの意）から大和国の歌枕「明日香の川に」へ鎖る。

後者㊳は、「紅葉葉を四方の嵐は誘へどもなほ木の本にかへるなりけり」（顕輔集・長承元年十二月廿三日内裏和歌題十五首・落葉・一〇二）や「こと繁き世を遁れにし深山辺に嵐の風も心して吹け」（新古今集・雑中・一六二五・寂然）

に負っていようか。宗尊は「恋しくは見ても偲べと山風の誘ひ残せる庭の紅葉葉」（柳葉集・巻一・弘長元年五月百首歌・冬・四一）という、この「憂しやげに」の歌に通う一首を詠んでいる。

この「三品親王家祐右衛門督」が、右の宗尊将軍家の女房のⅣ「右衛門督」Ⅴ「新右衛門督」とは別人であるか、（誤写の可能性を含めて）同一人であるかは判断できないが、宗尊親王家の女房歌人であったことは確かであろう。

結局、右衛門督・新右衛門督・祐右衛門督については、その実像も歌風も論及するに至るだけの材料を見出せないが、少なくとも「右衛門督」は関東祗候の廷臣阿野実遠の女であったという、つまりは公家歌人層に付随する同歌壇の構成員であったという点に、その在り方の特質を認めるべきではないかと考えるのである。

むすび

将軍宗尊親王家の女房歌人達とその和歌について考察したが、十全にその全貌を明らかにしたとは言い難い。しかし諸人中では、小督の歌の伝統に沿った詠作方法の充実を窺い得たと思われる。そのことは、諸集への入集状況――同時代に評価を得ていたという点からも裏付けられ、同女は歌人としての一面を自覚的に有していたであろうことが想像されるのである。

一方で、三河と備前や右衛門督・新右衛門督（および祐右衛門督）は、人的側面に絞って見れば結局のところ、御家人家や関東祗候の廷臣の女であるという縁故による出仕に連動した、宗尊将軍幕下の歌壇に於ける詠作活動であり、歌人としては同時代にも特段の評判が存してはいなかったと推測される。しかしながら、恐らくは親王として宮廷の様式を模す志向性がより強かったであろう宗尊とその周辺にとっては、和歌の局面でも女房の存在は不可欠であったと憶測され、その意味では、同歌壇の重要な構成員であったと見ることができよう。これらに親子・帥・小宰相なども併せて、宗尊の将軍在位期に関わった女房歌人達は、少なくとも鎌倉期の歌壇史の構築の上では一要素として認識されるべきであると思うのである。

即ち、基綱女の備前・三河と実遠女の右衛門督ならびに光俊女の親子・帥や家隆女小宰相といった者達については、幕府の御家人達や関東祗候の廷臣達が、関東の武家と京都の公家として、各々の身分境遇と資質才能に利害が絡んだ事情から宗尊将軍幕下の歌壇に活動したという、同歌壇の構成員の特徴に従属しつつ、同時代の関東歌壇に女房歌人の階層を付加して、その存在意義が認められるべきであると考えるのである。ただし、その様相が、例えば後代の久明親王将軍期の女房歌人（藤大納言や一条等）のありようと如何に異なりまた同じであるのかといった比較検証も必要であり、今後の課題となろう。

［注］

（1）序論序章「関東歌壇の概要」の「七　宇都宮歌壇と鎌倉（関東）歌壇」参照。

（2）建長四年（一二五二）三月十九日に東下に進発した宗尊の随行者中に「女房四人」と見え、四月一日鎌倉に入る行列の先頭に、乗車した女房四人――布衣・諸大夫・侍各一人を従えた美濃局・別当局・一条局（大納言通方女）・西御方（尼。内大臣通親女）の順――があった（吾妻鏡）。

（3）「御方」は、女房中最上位であったと思われる。東御方は、里亭（私邸）を有していたようである（吾妻鏡・弘長三・三・二一）。『女房の官しなの事』（群書類従）に「御かた〳〵の名の事。／北東御かたは上なり。南西は聊か方角にては劣りたるなり。」とある。なお、小川剛生『足利義満』（中央公論新社、平二四・八）「終章　妻妾と女房について」参照。

（4）「小路の名の事。／一条、二条、三条、近衛、春日。これらは上の名なり。…中﨟の成り上がりも小路の名は付くなり。」（女房の官しなの事）と見える。

（5）一条局と別当局も相応の身分であったと思しく、例えば宗尊の方違には、東御方・一条局・別当局は共に各々女房輿に乗り侍二人が扈従している（吾妻鏡・建長四・七・八）。

（6）「中﨟／中少将などいふなり。左衛門督、小督は、小上﨟かけたる名なり。」、また、「小宰相、小督、小兵衛督。これらはずいぶん、中﨟小上﨟かけたる名なり。」（女房の官しなの事）と見える。

（7）「侍従、少納言、小弁、国々の名。これらは下﨟の名なり。…国々名は大方なり。」（女房の官しなの事）と見える。

（8）注（4）参照。

（9）「伊予、播磨、丹後、周防、越前、伊勢。これらは国名にてもすぐれたる名なり。内裏などにても中﨟かけたる名なり。」に続けて、「丹後、尾張、美作、越後、備後、豊後、加賀。これらなどは、中程の国名なり。大方国名はこの他多し。相はかりて付くべし。」（女房の官しなの事）と見える。

（10）『吾妻鏡』に見える幕府女房の「三河局」は、出雲国の御家人三処氏の女の「讃岐局」と同一人か。北条時頼の妾で時輔（宝寿丸）を生んでいる（吾妻鏡・野津本『北条系図、大友系図』等）。なお、早く、松岡伸子「中務卿宗尊親王家三河」（『学苑』一六〇、昭二九・三）が、三河の閲歴を概説し、勅撰集入集歌三首を紹介する。

（11）本論第一編第三章「ある御家人歌人父子」参照。

（12）『吾妻鏡』には、「右衛門督局」が三箇所見えるが、一つは承久元年（一二一九）七月十九日条で、やや時代が先行する。残りは、文応元年（一二六〇）四月二十六日条の宗尊の病悩につき夢想した女房が「尼左衛門督局」で、ただし「左」に「右」（島津公爵家所蔵本）の異同があるものと、文永三年七月四日の宗尊帰洛に供奉した女房中の「尼右衛門督局」（同日条の別箇所には「右衛門督局」とある）である。後二者は同一人と見てよいようにも思うが、なお検討を要しよう。

（13）『吾妻鏡』に建長八年八月二十三日に将軍宗尊が渡った政村第に参上した女房中に「新右衛門督局」と見えるが、これも「右」には「左」（吉川子爵家所蔵本）の異同がある。また、『続古今集』では、「右衛門督」と「新右衛門督」の異同があり、両者が母子姉妹などの別人であるにせよ同一人の別呼称であるにせよ、現資料上の「新」の有無については、より慎重に見極める必要があろう。

（14）『勅撰作者部類』『続作者部類（続三代集作者部類）』は、小川剛生『中世和歌史の研究　撰歌と歌人社会』（塙書房、平

二九・五）の「附録一　勅撰作者部類・続作者部類　翻刻」に拠る。

(15)「新三位などは、新を添へたれども、唯三位よりは聊か劣りたるなり。」（女房の官しなの事）と見える。

(16)承明門院は土御門院の生母であり、後鳥羽院隠岐遷座後は、土御門万里小路の土御門殿に住した。その関係で、特に承明門院没後は「土御門院小宰相」と呼称されたか。この事情も含めてこの小宰相については、寺本直彦「源氏絵陳状考（上、下）」（『国語と国文学』昭三九・九、一一。『源氏物語受容史論考』（風間書房、昭四五・五）所収）に詳しく、以下の記述もこの論攷に負うところが大きい。

(17)とすれば、同女は、文永三年七月頃までは存命ということになる。『和歌大辞典』（明治書院、昭六一・三）の同女の項（家郷隆文執筆）では、「文永二1265年ごろ没」とする。なお、野中和孝「宗尊親王の幼少期」（『日本文藝研究』五〇‐三、平一〇・三）は、小宰相に論及して、宝治年間開催の歌合や定数歌参加の「女流歌人」にも注目し、鷹司院按察等にも言及する。

(18)注（16）所掲寺本論攷は、『五代帝王物語』に「後まで尼にて承明門院に候し弁局と申す女房」（群書類従本）と見える「弁局」である可能性を指摘する。

(19)注（16）所掲寺本論攷は、「あるいは長門守塩谷時朝」「ゆかりの者であろうか」と、笠間時朝の縁故者である可能性を指摘する。

(20)書陵部蔵（一五〇・六九七）。稲賀敬二「『源氏秘義抄』附載の仮名陳状（副題略）」（『国語と国文学』昭三九・六）が論及し、注（16）所掲寺本論攷に翻印と考察がある。なお、国文学研究資料館蔵初雁文庫に同本の新写本がある。

(21)なお、同月二十七日の露顕の儀には一条局の進物の砂金三十両を秋田城介泰盛が持参し、別当局の南庭（銀、三）を宮内権大輔時秀が役している。また、女房中に風流棚（帖絹・紺絹等を積む）刀自等に細櫃二合（帖絹二十疋入り）が下賜されている。（吾妻鏡）。

(22)将軍家に於いて、宗尊付と宰子付の女房がどのように分化されていたのか分明ではないが、例えば文永二年（一二六五）三月七日、宰子の鶴岡への七日間参篭に、女房として東御方・尼一条局・卿局が下臈三人と共に供奉し各々局を与えられており（吾妻鏡）、少なくとも東御方や一条等は宰子にも近仕していたと見てよいか。

(23)その他、文応元年（一二六〇）四月二十六日には、尼右（左）衛門督局が宗尊の病悩につき夢想し、茂範に尋ねている（吾妻鏡）。また、弘長元年（一二六一）九月四日の弁法印審範入滅を帥局が相州禅室（時頼）に伝えている（同）。なお、法家（明法道）の女房の過美が禁止されている（同・建長五・一〇・一）。

（24）『吾妻鏡』には、「下臈」とのみ記す場合が散見し、また、「刀自」（より低位の女房か）の存在も知られるのである。

（25）例えば、左大将一条家経が、宗尊に「二条」の女房名で祗候していた土御門顕良女と婚姻したことなどが知られる（『外記日記』文永四年正月二十七日条・尊卑分脈）。小川剛生氏の御教示を得た。記して感謝申し上げる。

（26）早く寺本直彦は、小宰相が「（源氏絵）陳状の立役者としてふさわしい人物といえる」ことを論証しつつ、「なお将軍宗尊親王家出仕のころは、相当老齢でもあり、その血統・才能・閲歴と相まって、女房中では重きをなしていたと思われる」（注（16）所掲論攷所収書八三九頁）との見解を示している。これに従う。

（27）尊経閣文庫蔵本に拠り、古典文庫本の谷山茂氏蔵本の校異を参照する。私意により清濁を施し、送り仮名を補い仮名遣いを改める（原状を右傍に示す。以下同様）。

（28）以下、和歌作品の引用は、特記しないかぎり新編国歌大観本に拠る。

（29）ただし、勅撰集でも、「うすぐもり」は、『新古今集』の式子詠（八三）に見え、後には『玉葉集』に一首（一〇三四）、『風雅集』に二首（八四五、八四八）見える。また、「うつるらん」は、『続古今集』の信実詠（九五七）が初出で、雅有詠により類似した意味の用例では、『続拾遺集』の覚源詠（一三七六）がある。

（30）『万葉集』の「真十鏡　見宿女乃浦者（マソカガミ　ミヌメノウラハ）」（巻六・雑歌・一〇六七・田辺福麿）を原拠にする。

（31）この意味については明確にし難いが、あるいは宗尊の命により基家が秀歌を書載して奉じたことを反映するものか（同書奥書）。本論第二編第三章第三節「『宗尊親王家百五十番歌合』の奥書」参照。

（32）この歌はまた、「しばきたくいほりにけぶりたちみえてたえずものおもふ冬のやまざと」（好忠毎月集・十月はて・三〇〇）に拠るとされる。安田純生「『後拾遺集』巻六「冬」評釈（一）～（四）」（『樟蔭国文学』一八～二一、昭五五・一二、五七・二、五八・二、五八・一二）の（二）参照。

（33）陸奥（蝦夷）では、男が女に求婚する際に、女の家の門に彩色の薪木を一日に一束ずつ立て、女は受容の時は取り入れる。拒絶の場合は取り入れず、男は千束を限りに三年間それを立て続け、それでもなお取り入れないならば、男は思いを絶えて退く、というもの。他に『奥義抄』『袖中抄』『和歌色葉』等にも見える。

(34) 基家は、父良経の先例に従い、「無殊事番」には判詞を省略したという（同書奥書）。

(35) 本論第一編第二章第四節「藤原教定の和歌」参照。

(36) 書陵部本（特・六一）に拠る。

(37) 基家撰『三十六人大歌合』の中世に於ける伝来の痕跡は、衲叟馴窓の『雲玉集（雲玉和歌抄）』に少し見られる。『三十六人大歌合』の「秋草のかれ葉が下のきりぎりすいつまでいきて人にきかれむ」（四・基家）は、『雲玉集』（秋・二四六）に「前内大臣の歌に」として収める。この一首は、為兼撰『玉葉集』（雑一・二〇〇九）や由阿撰『六華集』（秋・八五八）にも入集しているが、前者は詞書「百首歌の中に」作者位署「後九条前内大臣」第四句「いつまでありて」、後者も詞書不記、作者位署同上である。従って、この一首は『三十六人大歌合』からの撰入と思しい。他に、『雲玉集』の「山紅葉をよめる／平長時／吹くからに雲はかからじ紅葉する嵐の山はいつしぐれけん」や「東先祖素暹と申すは新歌仙の内、彼歌に／木のはちるかたのの原に秋くれて舟ながしたるあまの川浪」（秋・二五八、二六一）も、『三十六人大歌合』（一三八、一六四）からの採歌と見られる。また、『雲玉集』書陵部本の奥書に「本云／以家本為持本書之則令校合畢／寛〔宝〕徳四年二月三日　平常縁在判／朦昧之身上殊若年之比書之猶以／後見之憚多之不可被出文庫者也／寛正六年九月九日常縁在判／本云／以先人本為持本朦昧身上不顧令書写／者也／文明十三年二月十八日平常知〔和〕／右以平常知〔和〕自筆本令書写逐一／校畢」とあり、常縁の所持が知られる。小川剛生氏のご教示を得た。記して感謝申し上げる。

(38) 尊経閣文庫蔵伝藤原為氏筆本に拠る。

(39) 同集に同じ詞書は他に光俊の一首（八八三）がある。

(40) 尊経閣文庫蔵飛鳥井雅康筆本に拠る。

(41) 書陵部蔵兼右筆二十一代集本（五一〇・一三）に拠る。

(42) 弘長元年九月の「宗尊親王家百首」のことと考えられる。安井久善「中世散佚百首和歌二首について―光俊勧進結縁経裏百首・中務卿宗尊親王家百首―」（『日本大学商学集志』四―一（人文特集号Ⅰ）、昭四七・九）参照。

(43) 国立歴史民俗博物館蔵高松宮伝来禁裏本（H―600―688）（写真版に拠る。同本を底本とする古典文庫本を参照）。

(44) 濱口博章他の説を基に、拙稿「『拾遺風躰和歌集』の成立追考」(『中世文学研究』二一、平七・八。→本論第二編第三章第一節「拾遺風体和歌集」の成立)で修正。本文は島原図書館蔵松平文庫本(一三〇・七)に拠る。

(45) 書陵部蔵兼右筆二十一代集本(五一〇・一三)に拠る。

(46) 本論第二編第三章第二節「『東撰和歌六帖』の成立時期」参照。

(47) 祐徳稲荷神社寄託中川文庫本に拠る(国文学研究資料館データベースの画像データに拠る)。福田秀一「祐徳稲荷神社寄託/中川文庫本「東撰和歌六帖」(解説と翻刻)」(『国文学研究資料館紀要』二、昭五一・三)の翻印参照。

(48) 「もしや」は「もえや」の異同(書陵部本(一五五・二二九)・新編国歌大観本(底本有吉保氏蔵本))がある(他本でも「之」の「し」と「衣」の「え」の見分けが微妙な場合がある)。「艾草」にひかれて「燃えや」と誤ったと判断する。

(49) 内閣文庫本(二〇一・一〇)に拠る。

(50) 書陵部蔵兼右筆二十一代集本(五一〇・一三)に拠る。

第二章　関東祗候の廷臣歌人達

第一節　藤原顕氏伝

はじめに

鎌倉中期歌壇史の一つの特質として、京都中央歌壇と関東歌壇の併存を挙げることができる。将軍家の格式への奉仕や幕政の実務に鞅掌などのために京下りする公卿殿上人や地下官人と、逆に、京都朝廷への奏請や六波羅や大番役に駐留などのために京上りする武士や幕府官僚といった、必要不可欠の人的交流が京都・鎌倉間の盛んな往還を生じさせた。しかしそればかりではなく、幕政の安定化につれた、関東武家方の中央貴族文化への憧憬と、それと表裏をなす京都公家方の政経面での鎌倉への依存の動向が、中央貴族達の東下を促進させたものと思われる。特に和歌の局面では、既に実朝以来の伝統もあってか、一応の歌壇的活動の持続の上に、第六代将軍に就任した後嵯峨院皇子たる宗尊親王の好尚も与って、歌壇が隆盛を見ることになった。もちろん、その背景には、父帝後嵯峨院を中心とする当時の京都中央歌壇の活況がある。具体的には、両度の勅撰集撰進という事業に代表される情勢が、特に後期の『続古今集』撰修に際しては、撰者をめぐる抗争をさえもたらしたのである。そこには、俊成・定家から為家に至る三代の勅撰撰者独占とそれによる歌の家の権威固定化の萌芽と、それに対抗しようとする勢力の動向が絡んでいる。即ち、為家とそれに拮抗する真観等のいわゆる反御子左派との対立が、両歌壇の競合という形で顕現したと見ることもできよう。その鎌倉中期の関東歌壇には、本来的に関東に地縁・血縁を有する人間のみならず、京都出身の貴族歌人の活躍も認められる。その歌人達は、廷臣にして鎌倉幕府に出仕し[1]、その将軍を中心とする和歌活動に参加した者達である。その言動が、恐らくは、鎌倉圏への中央文化――特にその象徴たる和歌――の移入に、相当程度の役割を担ったであろうことは容易に想像される。その意味では、関東歌壇の本質を究明する為に、それらの主要歌人一人一人について考察することは意義があると思われるのである。また、王朝から幕政への時代の転換が、中央貴族の実人生の上に多大の影響を与え、その結果の一現象としての、貴族達の意識と行動両面に於ける関東への接近の趨向という一面も無視できないであろう。その観点からも、それらの歌人個々についての検証が必要であると考えるものである。

以上のような考えに立脚し、特に、「歌壇」という和歌の人的活動の側面では、最も活況を呈したと言ってよい、宗尊親王将軍幕下の関東歌壇に主として活躍したと思われる、藤原（紙屋河）顕氏（第一・二節）、同（二条）教定（第三・四節）、同（一条）能清（第五・六節）について考察を加えてみたい。

本節と次節では、藤原顕氏（号紙屋河、仁和寺三位とも）[2]とその和歌とを取り上げる。

顕氏の家系は、藤原氏北家末茂流の、いわゆる六条藤家である。同家については[3]、早く、井上宗雄「六条藤家の盛衰―その歌壇的地位の考察―」（『国文学研究』一五、昭三二・三）が、顕季以来三百年の家統を歌壇史的に概観し、その後の井上『平安後期歌人伝の研究』（笠間書院、昭五三・一〇、増補版、昭六三・一〇）「六条藤家の人々」は、顕季の祖父頼任・父隆経から始めて顕季・顕輔・清輔および重家・季経・経家・有家・顕家等に至るまで、各々の伝記考証を中心に論じている。また、竹下豊「六条藤家をめぐって―歌道家の成立と展開―」(『女子大文学』国文篇三〇、昭五四・三)は、主に清輔までの歌道家としての六条藤家について、その組織の確立と継承の実相を論究する。芦田耕一「六条藤家顕季の婿―歌道家成立の基盤という視点で―」(『国語と国文学』平二・九)も、顕季の息女六人とその婿を中心に、歌道家確立の基盤の一面を論証する。これ以後の世代については、井上宗雄「新古今時代における六条家」(『古代文化』昭六〇・一一)が、保季・家衡・知家らを中心にその廷臣としての側面の考察と、歌人としての活動の様相を論じて、九条流にも言及している。

右記三者の論攷やそれらに先行する鈴木徳男「貞永期の藤原知家」(『国文学論叢』二三、昭五三・一)等は、各々人麿影の同家内の伝流について論及する。これに関連しては、佐々木孝浩「六条藤家から九条家へ―人麿影と大嘗会和歌―」(『芸文研究』五三、昭六三・七)「人麿影の伝流―影供料里海庄をめぐって―」(『和歌文学研究』六〇、平二・四)が、人麿影と里海庄の伝領過程および大嘗会和歌詠進者の系譜とを併せて、歌道家としての六条藤家の正統的継承を考証し、同時に中世前期の顕季流九条家の意味を定位する。また、川上新一郎「六条藤家関係歌書の伝来覚書」(4)(『芸文研究』五五、平元・三。『六条藤家歌学の研究』(汲古書院、平一一・八))は、「歌道家を支える実質ともいえる歌書、歌文書の伝領」について、諸集の奥書によって論証している。

同家歴代の歌人個々に関しては、顕季(5)・顕輔(6)・清輔(7)・顕昭(8)・有家(9)等については、上記論攷以外にも、各々、伝記・著作の諸伝本・歌論・歌風等々の研究が存している。その他にも、知家については、鈴木徳男「建保期の藤原知家」(『中世文芸論稿』三、昭五二・五)「貞永期の藤原知家」および岩崎禮太郎「知家の歌における古典摂取の様相と変遷―諸歌人との対比において―」(『日本文学研究』二二、昭六一・一一)等があり、また、行家についても、井上宗雄「藤原行家の生涯―年譜風に―」(『立教大学日本文学』六一、昭六三・一二。『鎌倉時代歌人伝の研究』風間書房、平九・

三）があり、各々伝記とその和歌の表現研究の道が拓かれている。

ところが、顕氏については、早く吉永登「仙覚の万葉集校合に寄与した人人」（『国語国文』昭二三・八。『万葉　通説を疑う』創元社所収、昭四七・七）が、仙覚が『万葉集』の校合に用いた六条家関係の本の借り受けの相手として顕氏を比定して論及したが、(10)他には前記井上論攷や辞典類に簡略な記述があるだけである。そこで、一つには関東祗候の廷臣歌人という意味もあるが、加えて六条藤家流の鎌倉期の主要歌人という観点からも、顕氏を取り上げて論じる意義があると考えるものである。

一　顕氏の家譜

まず、次頁に諸資料によって作成した略家系図を示しておく。

繫累中では、顕氏女が、秋田城介安達宗景（泰盛男）と婚姻し、貞泰を生んでいることに着意される。京都の公家と関東の武家との結縁は、鎌倉前中期には常套である。例えば、周知の藤原定家男為家と宇都宮頼綱（蓮生）女との婚姻や、顕氏と同様に関東に祗候した藤原能清の母が北条時房女であること、また、藤原教定の姉妹も同じく秋田城介安達義景（泰盛父）の妻となっていることなどがあげられる。このような結縁は名誉と実益という公武双方の利害の一致より生まれる必然的な結果であろう。

秋田城介を世襲する安達家は、景盛女（松下禅尼）が北条時氏室となり経時や時頼（共に執権）等を生み、泰盛女が執権時宗の室となり貞時（執権）を生むなど、北条得宗一門と縁を結び、特にいわゆる宝治合戦の三浦氏討滅後は、弘安八年（一二八五）十一月の霜月騒動に同家自体が滅亡するまで、泰盛を中心に幕政に隠然たる勢力を保持した。その安達家の嫡嗣宗景と顕氏女との婚姻の時期は、恐らくは、顕氏の関東下向以後、その最晩年（死後の可能性もある）のことと推測される。(11)ともかくもこの安達一族と縁戚となることは、顕氏の一族にとってその

〔顕氏略家系図〕

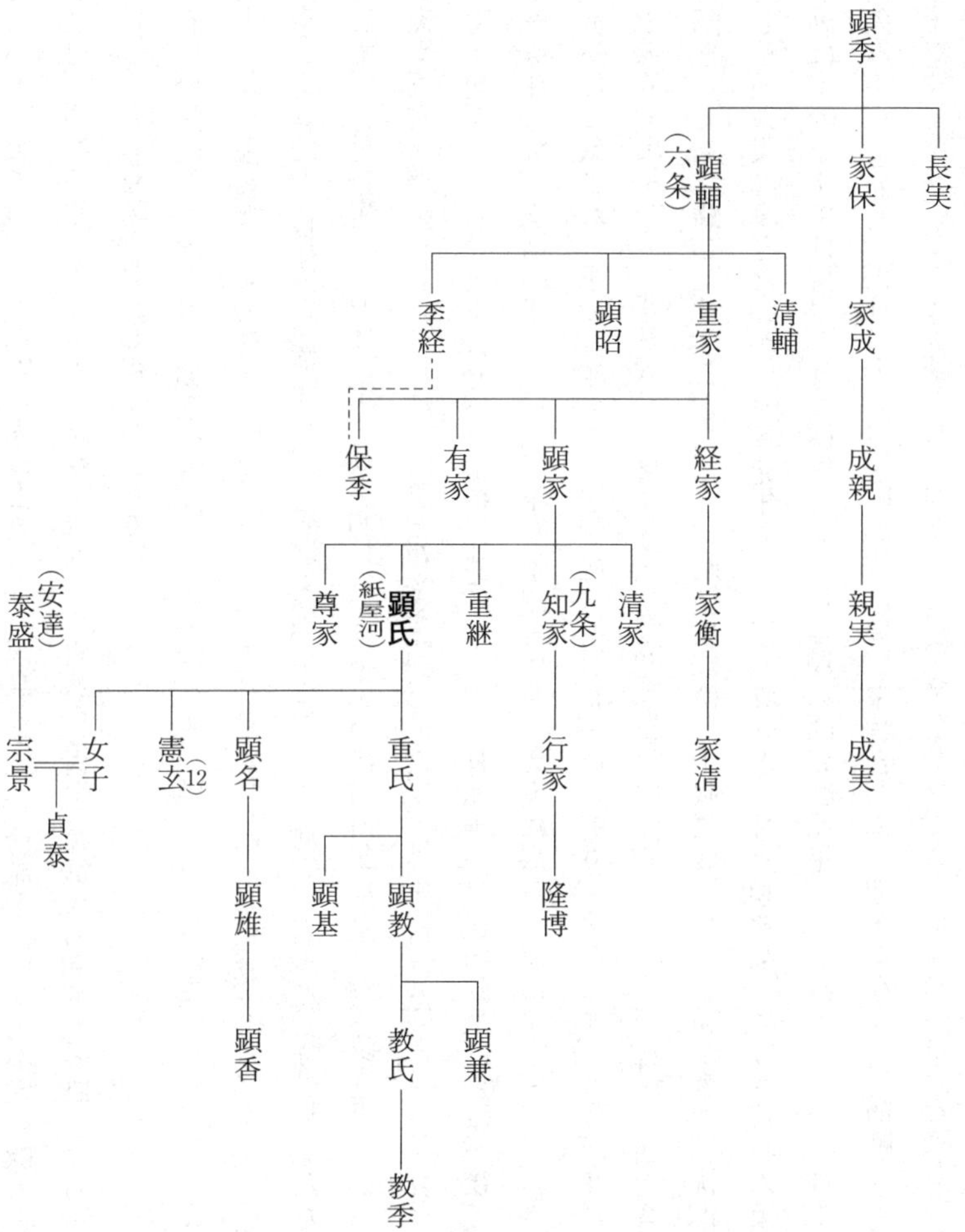
顕季
長実
家保
顕輔
（六条）
清輔
重家
顕昭
季経
家成
成親
親実
成実
経家
家衡
家清
顕家
有家
保季
清家
知家
（九条）
行家
隆博
重継
顕氏
（紙屋河）
尊家
重氏
顕教
教氏
教季
顕兼
顕基
顕名
顕雄
顕香
憲玄⑫
女子
宗景
泰盛
（安達）
貞泰

地歩を関東に固めるのに肝要であり、それは即ち、この時期に於ける廷臣としての地位を保障する処世の一手段でもあったであろう。逆に安達家にとっても、飛鳥井家や、傍流とは言え六条家の歌人と縁続きとなることについては、単なる京都の公家との結縁ではなく、貴族の伝統を象徴する和歌を家職とする一族との結縁であるところに、十分の意味を見出し得たであろう。

顕氏の父は顕家である。顕家は重家の二男で、仁平三年（一一五三）生、貞応二年（一二二三）十二月没、享年七十一歳（公卿補任）。永万元年（一一六五）六月二十五日に蔵人に任じた後、八月二十二日に叙爵する。仁安元年（一一六六）正月十二日任尾張権守の後、民部少輔、少納言兼三河守、右少将（守兼任）を歴任し、従四位下に到る。そして、治承三年（一一七九）十一月十七日に、反平氏の後白河法皇近臣の太政大臣師長ら三十九人の解官があり、顕家も両官を解かれる。これは「法皇と親密な関白基房の手足と見られたから」[13]とされている。その後清盛没後の寿永元年（一一八二）十月七日に少将に還任し、十一月二十三日従四位上に昇叙、後、正四位下に至り、能登守を兼任して、文治四年（一一八八）十月十四日に左京大夫に遷る。建仁元年（一二〇一）十二月二十六日に非参議従三位に叙され、承元二年（一二〇八）四月七日正三位に昇り、そのまま、建保三年（一二一五）八月十六日に六十三歳で出家する。非参議の公卿として、朝儀や吏務に勤仕した。また、特に「関白基房の寵が厚」[14]く、その侍臣としても活躍した。歌人としては、勅撰集には、千載集3（首）、新勅撰集1、続古今集2、続拾遺集1と計七首の入集にすぎないが、寿永元年（一一八二）成立の『月詣和歌集』には八首の入集を見ている。その和歌活動は、晩年までは持続されないまでも、壮年期には元暦元年（一一八四）九月の「神主重保別雷社後番歌合」、建久六年（一一九五）正月二十日の『民部卿（経房）家歌合』に参加するなどして活躍している。また、「元暦校本万葉集校合達成の主」[15]と論証されており、和歌の家の人として、「重要な仕事」[16]を残した人物と言える。

兄知家についても簡略に記しておきたい。寿永元年（一一八二）生、正嘉二年（一二五八）十一月没、享年七十七歳（源承和歌口伝、公卿補任）。母は後鳥羽院女房新大夫局伊予守源師兼（師家とも）女である（尊卑分脈、系図纂要、公卿補任）。建久四年（一一九三）十二月九日に十二歳で叙爵後、同六年（一一九五）二月二日に美作守に任じ、従五位上・正五位下と昇り、中務少輔を経て、元久元年（一二〇四）三月六日に左兵衛佐となる。建永二年（一二〇七）正月五日に従四位下に叙された後、丹波守を経て正四位下に至り、建保六年（一二一八）正月十三日中宮亮（順徳天皇中宮は藤原良経女藤原立子）に任じる。そして、同七年（承久元年、四月十二日改元。一二一九）正月二十二日に非参議従三位に叙され、寛喜元年（一二二九）十月五日に正三位に昇る。そのまま、嘉禎四年（暦仁元年、十一月二十三日改元。一二三八）八月十七日に病により出家（法名蓮性）する（以上公卿補任）。承元初年（一二〇七）頃から定家と交流し[17]、特に寛喜・貞永期には定家と親密で、その指導を受けたと見られている[18]。定家没後は、反為家の気運の中で真観と結んで為家に対抗し、いわゆる反御子左派旗揚げの意味が認められる寛元四年の『春日若宮社歌合』に判者を務め、また、『百三十番歌合』の為家判に対して『蓮性陳状』を上申するなどし、当時の歌壇の一方の主導者の一人と捉えられる。勅撰集には、新古今集に一首入集の後、新勅撰集12（首）、続後撰集19、続古今集31以下計百二十首の入集を見る。家集とその撰になる「明玉集」が存した（共に散佚）。知家は、人麿影を継承して大嘗会和歌作者に下命される等[19]、重代の歌道家の正統的継承者として、自他共に認める存在で、当代を代表する歌人の一人として重きを為したと言える。また、中世に於ける六条家顕季流九条家の祖として、「歌道家の再生期」[20]の始頭に位置するのである。十七歳の時に父を亡くした顕氏にとって、この二十五歳年長の兄は、それに代わるべき存在であったろうか。特に、和歌の方面では、むしろ父顕家よりも有力な歌人であった兄の影響が大きかったのではないかと憶測されるのである。

さて、顕氏は、文永十一年（一二七四）十一月八日に、六十八歳で没しており（公卿補任・系図纂要）、承元元年（建永二年、十月二十五日改元。一二〇七）生となる。父顕家、五十五歳時の子となる。この下に弟の僧尊家がいる。定家は、『明月記』嘉禄元年(一二二五)十一月二十五日条に、当時十九歳の右兵衛佐顕氏について「家衡の子か」(21)と記している。系図上は従兄に当たる家衡は、治承三年(一一七九)生で、顕氏より二十八歳年長であり、父子関係程度の年齢差である。いまだ顕氏の存在を明確に認識していない定家の単なる錯誤と思われるが、一つの可能性としては家衡が実父であることも考えられようか。

ここで、顕氏の官途を辿ると、以下のとおりである。

叙爵の年時は不明であるが、父顕家が十三歳時、兄知家が十二歳時であるので、恐らくはその前後の年齢での叙爵と見て大過ないのではないか。承久三年(一二二一)八月二十九日に十五歳で右兵衛権佐に任じ(22)(公卿補任・明月記・民経記)、貞応二年(一二二三)正月五日に従五位上に昇り、同年十月二十八日中宮権大進(後堀河天皇中宮は三条公房女藤原有子)を兼ねる(中宮大進在任は嘉禄二年七月二十九日まで)。嘉禄二年(一二二六)四月十九日に正五位下、安貞二年(一二二八)正月五日に従四位下に叙される(以上公卿補任)。なお、寛喜二年(一二三〇)十二月八日以前に左兵衛佐に転じて(23)後、少なくとも貞永元年(寛喜四年、四月二日改元。一二三二)十一月十三日までの時期は散位であったと推定される(明月記、民経記、石清水若宮歌合、鎌倉遺文四四〇四所収菊亭文書)。

そして、天福元年(一二三三)六月二十日に皇后宮亮(皇后は四条天皇准母の儀を以て立后した式乾門院利子内親王)に任じる(明月記、民経記、公卿補任)。この任官については、家衡の「嫉妬」の訴えが甚しいことを、知家が定家との六月二十五日の「雑談の中」で伝え(24)、定家は、「親昵の喧々、由無き事か」と評している(明月記)。さらに、七月十三日に后宮が入内し、その勧賞で「両亮」が叙されようとしたが、権亮公光は同族の公相との争いによって叙されず(25)、一人顕氏のみが従四位上に昇叙される(明月記、公卿補任)。さらに、嘉禎二年(一二三六)十一月二十二日に正四位下に昇り、仁治元年(一二四〇)十月二十四日に内蔵頭に任じるが、同三年(一二四二)三月七日に去任となる(以上公卿補任)。

その後、仁治四年（寛元元年、二月二十六日改元。一二四三）正月五日に非参議従三位に叙され、公卿に列する。時に三十七歳である。父顕家の四十九歳時、兄知家の三十八歳時よりも早い昇進である。正三位に昇るのは、九年後の建長四年（一二五二）正月五日である。さらに、正嘉元年（一二五七）十一月十日に従二位に叙され、これが極位となる（以上公卿補任）。

官職は家統に従った任を得て、位階に於いては恐らくは関東祗候の賞に与ってか父顕家や兄知家に比してもこれを超えており、六条藤家傍流の庶子としては順調な官途であったと言えよう。

二　官人顕氏の事跡

次に、官人としての顕氏の事跡を年譜風にまとめておきたい。

廷臣顕氏の資料上の初見は、『明月記』嘉禄元年（一二二五）十一月二十一日条に、五節（二十日〜二十四日）に出仕の殿上人の一人として見える記事である。同月二十五日には、「右兵衛（権）佐」として後堀河天皇の石清水八幡宮行幸に供奉する（明月記）。

嘉禄二年（一二二六）、三月十五日の石清水臨時祭には、舞人を務め(26)、五月二十三日からの宮中の最勝講では、花筥配布・探題迎えなどの雑役をする堂童子（右）を務める(27)（明月記）。六月十三日、祇園の御霊会により四条壬生嘉陽門院の御所へ行幸する後堀河天皇に供奉し(28)、同月十九日、摂政近衛家実女藤原長子の入内に、殿上人五十人程の一人（前右少弁光俊の名も見える）として供奉する(29)（明月記）。七月二十二日、松殿前関白藤原基房の前北政所（公教女）(30)の法華八講に参入する（民経記）。これは基房家と父顕家との親密な関係を受け継いだ参仕であろう(31)。同月二十五日、長子の内裏退出に「後騎供奉」の一人（やはり光俊の名も見える）としてある（明月記）。同月二十九日、中宮藤原有子が皇后となり女御長子が中宮となる、その立后節会に従う諸臣中の諸大夫の中に前中宮の権大進であった顕氏の名が（新中宮大進光俊も）見え、八月二十二日、長子の中宮冊立以後初入内の路頭行列に供奉（やはり光俊の名も見える）する（明月記[32]、民経記）。十一月十四日は五節の丑の日に当たるが、その中宮淵酔に出仕する（明月記。なお、民経記裏書の「五節出仕殿上人」中にも、蔵人大進光俊等と共に名前が見える）。同月二十二日の賀茂臨時祭に舞人を務める。同月二十七日、仁和寺宮道助法親王の五部の大乗経供養に参じる。十二月二十一日、弓場始め（射場始め）の射手を務める[33]（以上明月記）。

嘉禄三年（安貞元年、十二月十日改元。一二二七）、四月十三日、藤原兼経の任内大臣拝賀の路頭行列に前駆五十人中の殿上人（蔵人中宮大進光俊の名も見える）の一人として従う（民経記）。四月二十八日、夜に中宮長子の初退出行啓に供奉する（明月記）。六月十五日の祇園臨時祭に、「二献」の後の「瓶子」に前皇后宮大進平時高と並んで名前が見える。七月十五日、法成寺自恣（盂蘭盆）に参じる。八月二十五日、中宮長子の六条殿新御所行啓の路頭行列に供奉し、九月二十四日、利子内親王の斎宮御禊・野宮入御の路頭行列に供奉する（以上民経記）。

安貞二年（一二二八）。十月十四日、後堀河天皇の北白河院御所持明院殿方違行幸に供奉する[34]。同月十八日には、九月十六日に七十二歳で没した七条院藤原殖子（高倉天皇典侍）の遺令の奏に、その警固を承る衛府として右衛門権佐範頼と共に右兵衛権佐顕氏の名が見える。同月二十三日の最勝講第二日には、関白近衛家実が昇上し、その「御共」に顕氏は右少弁光俊・藤原（勘解由小路）経光と共に候し、また、侍従藤原能定と共に左方の堂童子を務める。二十六日の結願の日にも、広御所方に参じて後、経光と共に候し、左方の堂童子を務める（以上民経記）。

翌寛喜元年（一二二九）は、後述する八月の成実勧進十首詠作が知られるのみで、廷臣としての公的活動は不詳である。寛喜二年（一二三〇）も、十二月八日の北白河院藤原陳子（後高倉院妃、後堀河天皇母）の仁和寺観音院（九日に陳子息道深法親王の灌頂授受）臨幸に供奉する諸臣の一人として名を見出すのみである（明月記）。

寛喜三年（一二三一）、二月十七日、前関白近衛家実の堀川小御堂に於ける彼岸懺法に右少弁光俊等と共に祇候する。三月四日、土御門殿家実邸に勘解由小路経光が参じた折に、顕氏も参じて長講堂御八講（三月九日初日）の上卿と弁官の人撰について申上する。十月九日、止雨の為に伊勢神宮奉幣の公卿勅使権中納言藤原隆親が発遣され、その路頭行列に殿上人として供奉する（以上民経記）。

貞永元年（寛喜四年、四月二日改元。一二三二）、閏九月二十八日、一条西殿関白道家邸に於いて後堀河天皇譲位につき平有親が道家に申上するが、そこに顕氏が祗候している（民経記）。十月四日には四条天皇に譲位となる。そして、十一月八日には即位の儀（十二月五日）の外弁の公卿と大将代が定められ、顕氏は藤原家清と共に大将代として名前が見える（岡屋関白記）。ただし、『天祚礼祀職掌録』には、大将代は、「左藤原信時。右散位藤原顕氏」（群書類従本）とある。なお、十一月十三日付で、「鎌倉殿」（将軍頼経。執権泰時・連署時房署名）より、故頼朝家の「仁和寺姫御前」（母は大宮局、その母が預所の関東御領氷野領の一部）の河内国西氷野庄[35]を顕氏が知行するべき下知が発せられている（鎌倉遺文四四〇四所収菊亭文書関東下知状案）。元は「仁和寺」を媒介とする結び付きから発したものではないだろうか。ともかくもこの縁故が、顕氏の関東祗候に至る一因であろうか。

天福元年（貞永二年、四月十五日改元。一二三三）。正月十日、女叙位の為参内する前関白九条道家室綸子[36]（淑子とも。准三宮）の車に付いて供奉する[37]（明月記）。同十五日、姫宮（暤子〔暐子〕内親王。父後堀河天皇、母竴子）御節供の陪膳を務める（民経記）。二月三日、兄の大宮三位知家と顕氏は定家を訪問して謁する（明月記）。一度の記事ではあるが、和歌の上で定家に師事し、当時定家の勅撰集（『新勅撰集』）撰定の雑務に従事していた知家に伴われての定家訪問は注意されよう。四月十七日、前斎宮利子内親王入内の車の後騎に職事として供奉する[38]。五月九日、新日吉小五月会に御堀河上皇が臨幸して流鏑馬・競馬等が催され、顕氏は念人左方（同右方には光俊が見える）に列する[39]（以上明月記、民経記）。五月某日（未詳）、摂政藤原教実参内の車に候する。六月二十一日、利子内親王立后の節会第二日の儀に一献を、前日皇后宮亮に任じた顕氏が務める（民経記）。十一月八日、春日祭の使を俄かの沙汰により源少将家定等と共に務める（明月記）。諸社の祭の使に任じるのは父の跡を継承しているとも言えよう。

天福二年（文暦元年、十一月五日改元。一二三四）、七月五日（大嘗会行事所始）、後堀河上皇の法勝寺御幸に供奉する（明月記）。

嘉禎元年（文暦二年、九月十九日改元。一二三五）、五月八日、北白川御堂一切経供養に御誦経使を務める。(40) 同月「晦日」の前摂政九条教実（五月二十八日に二十六歳で病没）の仏事に光俊と共に参じる(41)（「布施を取らず」とある）。六月二十九日、伊勢奉幣定めの拝賀に名前が見える。(42) 十一月一日、石清水八幡の臨時御神楽に隆範と共に拍子を務める。同月二十日からの大嘗会に出仕の殿上人の一人として名が見える。(43) 十二月二十三日、内侍所の御神楽に資季と共に拍子（この折の篳篥は教定）を務める（以上明月記）。

翌嘉禎二年（一二三六）は、後述する九月十三日の「石清水五首歌合」出詠が知られるのみで、廷臣としての公的活動は不詳である。

嘉禎三年（一二三七）、三月十日に九条道家が摂政を辞して左大臣近衛兼経がその地位を襲うが、その折の路頭行列に前駆殿上人二十八人中の一人として供奉し、また、兼経の皇后宮参上に当たり、亮顕氏が取り次ぎを果たす。同月二十七日、道家の参内ならびに宣陽門院（後白河院皇女覲子）への参向の折の前駆殿上人十四人中にも名が見える（以上玉蘂）。

嘉禎四年（暦仁元年、十一月二十三日改元。一二三八）、四月十一日、道家の皇后宮参上に際して、亮顕氏が取り次ぎ、また、陪膳の役を務める（玉蘂）。五月十五日、藤原兼平新（権）大納言拝賀の行列に供奉し、皇后宮（利子内親王）の所では申次を務める（民経記）。

以後七年間程の動静としては、後述する暦仁元年（一二三八）の「春日社名所十首歌」に詠作したこと、延応元年（一二三九）四月十七日付で鞍馬寺の訴訟（修理職と相論。同寺造営料に関わるか）を記録所に付すべき由の奉書を皇后宮亮の署名で出していること（鎌倉遺文五四二九所収鞍馬寺文書）、および、仁治二年（一二四一）正月五日に四条天皇の元服の能冠（加冠・理髪の補佐役）を内蔵頭として務めたこと(44)（吾妻鏡）、同年六月九日に内大臣藤原兼平室仁子が春日社に参り、勧学院衆が任内大臣を賀したのに対して、その学生に勧盃した三献を中将伊成と共に務めたこと（民経記）、これら以外には不詳である。また、それ以降も、各年毎に多くの事跡は見出せないが、続けて記してみる。

寛元四年（一二四六）五月二十九日、西林寺(45)に於ける普賢寺前摂政近衛基通（天福元年五月二十九日没）の忌日仏事に、従兄家季（経家男）と共に三位の公卿として参じる（岡屋関白記）。

寛元五年（宝治元年、二月二十八日改元。一二四七）正月十日、法成寺修正に摂政一条実経が臨み、顕氏は藤原信盛等と共に参仕する（葉黄記）。

宝治二年（一二四八）十二月二十七日、猪隈前関白近衛家実（仁治三年十二月二十七日没）の忌日仏事で、遺志を果たす為に造立の丈六阿弥陀像を金蓮華院に於いて供養する。その仏前の座に列する公卿中に、やはり従兄家季と共に顕氏がある（岡屋関白記）。

宝治三年（建長元年、三月十八日改元。一二四九）二月二十八日、同月一日の閑院内裏焼亡に伴う伊勢神宮以下八社への奉幣があり、顕氏は春日社の使を務める（岡屋関白記）。

建長二年（一二五〇）、五月二十九日、西林寺に於ける近衛基通の忌日仏事に、堀川前中納言藤原親俊と共に仏前の座にある。六月十六日、止雨祈願の為の伊勢神宮以下十社への奉幣があり、顕氏は松尾社と平野社の使を務める（以上岡屋関白記）。

建長五年（一二五三）三月三日付で、顕氏は、先述した由緒ある関東御領西氷野庄の預所兼地頭職を幕府から安堵されている（鎌倉遺文七五二五所収菊亭文書関東御教書案）。関東との紐帯は一段と強くなったと言える。一方、同年十二月二十日、法勝寺常行堂に後嵯峨院が妃（前中宮）大宮院藤原姞子と共に入る、その後屏前に列立する公卿中に顕氏がある（経俊卿記）。これが、京都に於ける顕氏の廷臣としての事跡の、管見に入る最後である。

この前後以降、建長年間末期までの顕氏の動静は、後述する建長三年（一二五一）九月十三夜の『影供歌合』への出詠や、建長三年（一二五一）から七年（一二五五）までの毎年に法華八講会を修している（平岡定海『東大寺宗性上人之研究並史料　中』（臨川書店、昭三四・三。昭六三・一二復刻）所収〔諸宗疑問論義抄〕）ことを知る以外には、詳らかにし得ない。

以上、廷臣としての顕氏の事跡を辿ると、公卿以前には主に兵衛府の佐官として、天皇・后妃あるいは摂関家等の外出に際して、それに供奉する役に任じていることが目立つ。この武官の顕職在任の経験は、後の関東出仕時にも幕府内に於ける地位の確保に関与したものと想像される。また、皇后宮職にも任じていること、さらには天皇の即位・元服等の儀式に服務していることも注意されるのである。政治の中枢には関与せず、かつまた、実務に執掌する訳でもなく、中流貴族としての朝儀勤仕がその主たる責務であったと言える。これは、非参議二・三位を極官位とする六条家の伝統的在り方ではあろう。しかし、六条家の傍流でありながら、結果的には位は家祖顕輔および祖父重家・父顕家・兄知家等の三位を超えて従二位に至り、参議には昇らないまでも比較的には栄職に就き、まずは順調な官途であったと言えよう。そこには、後述するとおりに、顕氏が廷臣として活動中に少しずつ関東との縁故を得て、やがて鎌倉幕府に出仕して職責を果たす廷臣、即ち関東祗候の廷臣となったことに対する官途の保証（増鏡・内野の雪、高松宮旧蔵為相申文等）も働いた[46]と見るべきであろうか。

また、時々の摂関家との接近も認められるが、中では、近衛家との関係が密であろうか[47]。これは資料上の偏向にもよるので、そこに特有の意味を見出すことには慎重であらねばならないが[48]、あるいは、伯父経家の近衛家への奉仕と関係があろうか。いずれにせよ六条藤家の性格が本質的には「家司層」である一面を見せているものと捉えられよう。

なお上記のとおり、廷臣としての活動に於いて、藤原光俊としばしば行動をともにしている。そこからただちに両者の特に親しい交流を想定することは安易にすぎるであろう。しかし、家柄は異なり[49]、また、承久の乱では光俊が失脚して顕氏はその直後に任官するという境遇の違い[50]はあるにしても、両者がほぼ同身分かつ同世代（光俊が四歳年長）であり、時に同様の職務に当っていたことは事実である。従って、後述する和歌の局面に於ける両者の紐帯も、為家に対するところの光俊即ち真観と六条家との連携の構造に起因するというだけではなく、言わば個人的な仲間意識に根差していたであろう可能性は十分に考えてよいと思うのである。

三　関東における足跡

さて、顕氏が関東にその足跡を印している最初は[51]、康元二年（正嘉元年、三月十四日改元。一二五七）二月二日の将軍宗尊親王の鶴岡八幡宮参詣の行列に、公卿四人中の一人として、殿上人七人中の子息顕名と共に供奉していることである（吾妻鏡）。上記のとおり、建長五年以前には、限られた資料による結果ではあるが、大略毎年の事跡を京都に見出すことができる。別に論じる教定のように[52]、出生時から関東に縁故を有して若年時から関東に祗候したのとは異なり、恐らくは、公卿になった後、早くとも宗尊親王の将軍就任（建長四年（一二五二）四月一日）以後、建長年間後半以降に東下して幕府に参仕したものと憶測される。

以下に、『吾妻鏡』に見える顕氏の活動を整理してみる。

正嘉元年（一二五七）十月一日、将軍家出御の大慈寺の修理供養に於いて[53]、御布施取を務める。同役には教定・能清等の名前も見える。

同二年（一二五八）正月十日、将軍家鶴岡八幡宮参詣の行列に、公卿として教定等と共に従う。六月四日、将軍家出御の勝長寿院供養に、「六条二位　顕氏卿」として御布施取を務める。前年十一月十日に従二位に昇っており、筆頭の土御門中納言源顕方の次位に位置している。これは、概ね当時に於ける幕府祗候の廷臣の序列と重なると見ても差し障りないであろう。なお、同日条と左記の弘長元年正月七日条で「六条二位」と称されていることは、少なくともこの時期の鎌倉圏に於いては、顕氏が六条家の正統に連なる一員であるとの認識が存在したことを窺わせるものと見てよいのであろう。(54)

これ以後、『吾妻鏡』巻軸の文永三年に至る十年間程の顕氏の記事は少ない。次に顕氏の名が見えるのは、弘長元年（文応二年、二月二十日改元。一二六一）である。まず正月七日の将軍家鶴岡八幡宮参詣に、土御門中納言源顕方・坊門三位藤原基輔と共に供奉する。さらに、この年は、同月二十六日・五月五日の幕府和歌会に参加するなど、後述するように和歌の活動が顕著である。そして、文永二年（一二六五）三月四日に、将軍宗尊親王の御所に於ける童舞観覧（土御門大納言源顕方、花山院大納言藤原師継は簾中に候する）に、公卿として基輔と共に候している（殿上人中には子息顕名も見える）。その後、文永五年（一二六八）十月五日には、後嵯峨院の出家に参仕して唄師の布施（絹）を役し、大多勝院に於ける三七日の逆修にも参候しているのである（後深草院御記、民経記）。やはり文永三年の変事を契機に帰洛したのであろうか。

以上、『吾妻鏡』所載の僅少の資料に見る、幕府に祗候する廷臣顕氏の活動には、儀礼典礼に参仕する公卿としての姿以上に特記するべきところはない。むしろ、後述するとおり、関東に於ける顕氏の存在意義は、より歌人としての活躍に認められるのである。

四　家集の構成と成立

顕氏の歌人としての活動を考察することとする。作品の内容については次節に譲り、ここでは外形的な事実を

『従二位顕氏集』の詠作機会別の配列構成（数字は歌番号）

①将軍家御歌合	弘長元年七月七日	1〜10
②同御歌合		11〜13
③同御歌合		14〜18
④同当座続歌		19〜39
⑤続百首		40〜48
⑥続題和歌	御所御会	49〜63
⑦伊賀前司会		64〜73
⑧中務少輔会	以古歌為題／取其詞也	74〜78
⑨御所御会		79〜86
⑩中務少輔会		87〜99
⑪日光別当法印会	弘長元五廿七	100〜118
⑫中務会	弘長元年八月廿六日	119〜127
⑬仙洞影供御歌合		128〜137
⑭歌合	寛喜元年八月日	138〜146
⑮石清水若宮歌合	貞永元年	147〜149
⑯日吉社歌合		150〜167
⑰石清水歌合	嘉禎二年	168〜172
⑱宮続百首	弘長元年二月廿八日	173〜181

整理しておきたい。

顕氏には家集『従二位顕氏集』（書陵部蔵五〇一・三一五本。冷泉家時雨亭文庫本が同本の親本）がある。同家集は、「内容は種々の歌合、続歌を含む歌会などで詠まれた顕氏の作を、部類することなくその詠歌群ごとにまとめてあるもので、詠歌群の配列は雑纂的で必ずしも年代順となってはいない。秀歌選とはいえず、また全歌集ではない」(55)とされる。確かにそのようにも捉えられるであろう。しかし、同集の詠作機会別の配列構成を示すと、前頁のとおりである。

⑫⑬を境目として、⑫以前には鎌倉での詠作を、⑬以後には、末尾の⑱「宮続百首　弘長元年二月廿八日」を除いては、中央歌壇での詠作を集めているのではないだろうか。即ち、①「将軍家御歌合　弘長元年七月七日」から④「同当座続歌」までと、⑦「伊賀前司会」⑧⑩「中務少輔会」⑫「中務会　弘長元年八月廿六日」⑪「日光別当法印会　弘長元五廿七」については、鎌倉圏に於ける詠作であることは間違いないと考えられる。その中に挟まれている⑥「続題和歌　御所御会」と⑨「御所御会」の「御所」は、例えば『吾妻鏡』（弘長元年五月五日条）に「御所有二和歌御会一」などと見えるように、将軍家の御所のことと考えられないだろうか（これについては、その歌題などから明証を得られていないのでなお考査の余地があろう）。とすれば、残りの⑤「続百首」も、前後より見て、やはり鎌倉に於ける詠作が配されていると見るのが穏当であろう。一方、後半の⑬「仙洞影供御歌合」から⑰「石清水歌合　嘉禎二年」までについては、後述するとおり、中央歌壇に於ける詠作であることは明らかである。

ところでまた、⑬「仙洞影供御歌合」は建長三年九月十三夜の催行であり、次の⑭「歌合　寛喜元年八月日」以下と年代としては逆置されている。また、⑯「日吉社歌合」は寛元四年七月為家勧進であり（後述）、次の⑰「石清水歌合　嘉禎二年」とはやはり逆順である。しかし、⑬と⑯には日付は記されていないのである。その視点で全体を見渡すと、後半部は、日付を有するものは正しく年代順となっている。前半部は、冒頭の①「将軍家御歌合（弘長元年七月七日）」と次に日付を有する⑪「日光別当法印会（弘長元年五廿七）」とが日付の上では逆転しているが、しかし、そこにこそ本集編者の意図を認めるべきではないだろうか。末尾の⑱「宮続百首（弘長元年二月廿八日）」についていては、前述した廷臣としての事跡や後述する歌人としての活動よりして、この弘長元年（一二六一）には顕氏は在関東であると判断されるので、「宮」は「宗尊親王」のことであると考えられる。従って、集の冒頭と末尾に、宗尊親王関係の詠作を配置したのであり、それは、将軍家あるいは幕府に対する配慮ではないかと思われるのである。

さらに、同集は、『宝治百首』詠や『続後撰集』入集歌が見えないのだから、秀歌撰でもなく全歌集でもないことは確かである。しかしまた、既存の勅撰集とその応制百首が排除されていることは、逆に、それらを除外して歌をまとめようとしたことに他ならないのではないか。

以上を勘案すると、『従二位顕氏集』は、『続古今集』撰進を控えて、その資料たるべき意図のもとに急遽編まれたものとは考えられないだろうか。将軍家関係詠を首尾に配し、また、鎌倉に於ける詠作を前半に置いて京都に於ける詠作よりも多く撰入していることは、関東方の威を借りつつ弘長二年（一二六二）九月に勅撰集撰者が追任されるに至るという背景の中で、そういった状況を踏まえた編者の意識の所産であったかと考えるのである。とすれば、同集撰者としては、顕氏自身を想定するのが妥当であろう。その成立時期は、既に指摘されている(56)とおり同集中の最後の日付が⑫の弘長元年（一二六一）八月二十六日であるので、それ以降それ程時を経ない時点であると考えられる。さらに想像をめぐらせば、あるいは、将軍家に献ぜられたものかとも思うのである。しかし、その場合でも最終的には、勅撰集（続古今集）撰者たる真観または行家へと渡るべき意図は存していたであろう。一致する歌題による各歌合・歌会等の検証等課題は残るが、一応、『従二位顕氏集』は、弘長元年八月二十六日以降時を経ず自撰されたものと推測しておく。ただし、結果としては、同集から『続古今集』へは採歌されていない。この点でなお疑問が残り、仮に右記の推測が認められるにしても、その編纂意図は何らかの障害で果たされなかったことになろう。また、全く別の事情による編纂の可能性も留保されなくてはならないであろう。

同家集には181首を載せる。他集所収の詠作を併せ、重複を除き、見出し得た顕氏の歌は305首である。[57]

五　歌人顕氏の京都における事跡

さて、以下に、編年に顕氏の和歌活動を辿ってみたい。

まず、寛喜元年（一二二九）八月、宮内卿成実（藤原親実男）勧進の十首を詠む（家集138～146、為家家集）。[58]時に二十三歳である。重代の和歌の家に生まれて少年期より習作していたであろうことは十分に想像されるが、この十首が詠作年次を確定し得る最初のまとまった作品である。成実は、曩祖顕季の孫家成の一流である。顕氏はその眷属として参加したものであろう。「暁里鶯」「夕山花」「渡郭公」「野亭鹿」「月前風」「島松雪」「難憑恋」「遠路恋」「古杜雨」「忍述懐」の十題で、出詠者は、他に為家が知られる。

次いで、寛喜四年（貞永元年、四月二日改元。一二三二）三月二十五日催行の『石清水若宮歌合』（家集147～149にも）に「散位従四位下藤原朝臣顕氏」として出詠する。左方十一人目で、右方「従四位下行右馬権頭源朝臣有長」に対し負二、持一であった（判者定家）。

嘉禎二年（一二三六）九月十三夜の権大納言源通方勧進の「石清水五首歌合」に出詠する（家集168～172等）。[59]「春朧月」「夏涼月」「秋明月」「冬冴月」「社頭月」の五題で、出詠者は、他に、通方自身と如願藤原秀能、藤原為家、源通氏、源通忠、源有長、卜部兼直、法眼栄前等が知られる。

また、暦仁元年（嘉禎四年、十一月二十三日改元。一二三八）の興福寺権別当法印円経勧進の「春日社名所十首歌」

を詠む（続後撰集、為家家集）[60]。題は「霞」「花」「郭公」「月」「紅葉」「述懐」「懐旧」「神祇」「社」[61]が、出詠者は他に、円経自身と為家・法印覚寛・素俊法師が、知られる。円経は、寂念藤原為業男権僧正範玄（興福寺別当。三蔵院）の子で、永万元年（一一六五）生、仁治三年（一二四二）十月八日に七十八歳で没。権僧正に至る。勅撰集には、新勅撰集1（首）・続後撰集2・続拾遺集1の入集を見る。『楢葉和歌集』には十二首が採られ、また、「三十首歌」を勧進する（同集）など、南都歌壇に活躍した（以上尊卑分脈、興福寺三綱補任、勅撰作者部類）[62]。円経の室は藤原永清女の式乾門院（利子内親王）小大進である（尊卑分脈）。顕氏が利子皇后宮の亮を務めた関係から、永清女を通して円経との交流が生じたものであろうか[63]。

さらに、為家らのいわゆる御子左家流歌人を排除した「御子左家反抗の旗上げ」[64]と説かれている寛元四年（一二四六）十二月の『春日若宮社歌合』に「従三位藤原朝臣顕氏」として出詠する。左方三人目で、右方「正四位下行左近衛権少将兼丹波権介藤原朝臣忠兼」に対して、勝一・負一・持一であった（判者知家）。なお、この歌合に関連して、今井明「後嵯峨院歌壇成立の一側面」（『鹿児島短期大学研究紀要』四五、平二・三）により、「初期後嵯峨院歌壇への九条家の不参加の原因、寛元四年の反御子左派の旗揚げの一つの要因として、寛元四年の政変を措定しうるのではないかという仮説」が提示されている。同年にはまた、これに先立つ七月に、為家勧進「日吉社五十首」を詠んでいる（家集150～167等）[65]。これについては、「日吉三社歌合」がこの五十首に基づいた撰歌合であるとすると、その撰歌数・勝負判等に対する「光俊の不満」[66]が、「反御子左派の結成・旗上げ」[67]の契機となったのではないかと考えられている。さらにまた、宝治元年（一二四七）九月と推定されている[68]（一説寛元四年九月）[69]、光俊勧進「住吉社卅六首」に出詠する（新千載集等）[70]。この卅六首については、小林強により、「光俊の立場からの「反御子左派」旗上げという意識を積極的に読み取」[71]るという考え方も提示されている。なお、同月十三日の「摂政藤原兼経第作文会」の折の和歌会にも藤原家良、藤原良教等と共に詠作している（葉黄記）。

続いて、『宝治百首』の作者となる。顕氏の百首は、宝治元年（一二四七）前半期以後宝治二年（一二四八）正月十八日以前に詠進したものと推定されている。[72]その後、建長三年（一二五一）九月十三夜の後嵯峨院仙洞の『影供歌合』に「従三位藤原朝臣顕氏」として出詠する。右方十人目で、左方「正三位藤原朝臣成実」に対して、勝三・負一・持六であった（実氏・基家・為家・知家・寂西（信実）等の衆議判）。前者は、『続後撰集』撰定の為の応制百首であり、後者は、同集の撰進作業中、言わば成立前夜に催された予祝的性格の歌合であるとされる。[73]結局、顕氏は、建長三年（一二五一）十二月二十五日（一説十月二十七日）奏覧の『続後撰集』に二首入集する。ちなみに、以下の勅撰集には、続古今集2（首）、続拾遺集2、新後撰集2、続千載集1、風雅集1、新千載集1、という入集状況である。この歌数に見る限りでは、和歌の家の一員としての一応の評価による入集にとどまっているように思われる。しかし一方で、宝治から建長年間にかけて、いわゆる反為家（反御子左）の真観光俊や結果的にそれに与同する家良や基家等の撰集（含推定）、即ち万代集3（首）、現存和歌（六帖）2、秋風抄1、秋風集1、雲葉集1等に撰歌されているのである。各々僅少の歌数だが、それだけにまたその名前が忘れられることなく確実に撰入されているとも言えるのであり、顕氏が、この勢力にとっては特に重要ではなくとも、欠くことはできない存在であったろうことを窺わせるのである。

その後の京都歌壇に於ける目立った事跡は、関東祗候後になるが、正嘉三年（一二五九）三月六日の『北山行幸和歌』（「春日侍行幸北山第同詠翫花応太上皇製和歌」）への出詠である。これは、後嵯峨院の后で後深草天皇の国母、西園寺実氏女大宮院姞子が北山の里第で前日の五日に催した一切経供養の後宴の管絃和歌会の和歌である。院・天皇・春宮（恒仁親王＝亀山天皇）と大臣・公卿・女房の諸君臣が集った盛儀である（同和歌、増鏡・おりゐる雲）。題は「翫花」で、左大臣道良の真名序を付し、院以下廷臣・女房計三十六名の各一首。顕氏は、「従二位臣藤原朝臣顕氏上」の位署で、為氏の次の二十首目に位置している。

以上よりして、顕氏は、いまだ定家存命中の鎌倉初期の歌壇に歌人として始発し、その後の後嵯峨院歌壇に至るまで活躍したと知られる。その時期はまた、定家・家隆等の新古今時代の主導者を失い、歌壇の主導権としては、為家が定家の地位を勅撰集撰進という具体的な形で継承しつつあった時期である。しかし同時に、真観や六条藤家末流の九条家の知家・行家らによる活動が隆盛となりつつある時期でもあった。そのような、為家とそれに拮抗しようとする勢力による歌壇の対立的雰囲気の中で、顕氏の存在は、その力量の問題は一まず措くとして、傍系ながらも六条家の一員であることによって、また、その廷臣としての地位の栄進も与ってか、相応に重きを為したと見られるのである。

六　関東歌壇における事跡

さて、幕府出仕後はもちろん、宗尊親王幕下の関東歌壇に活躍した。引き続きその事跡を辿ってゆくこととするが、歌壇の活況に従い、弘長元年（文応二年、二月二十日改元。一二六一）の事跡が突出して多いのである。まず、正月二十六日の幕府和歌会始に、題者・読師を務める。講師は中御門宗世、参会者は真観・北条政村・同長時・同時弘（広）・同義政・後藤基政・安倍範元（寂恵）・鎌田行俊等である（吾妻鏡）。翌二月二十八日には「宮続百首」を詠む（家集173〜181）。

次いで、五月五日の将軍家御所の和歌会に、真観・時弘・義政・基政等と共に参会する（吾妻鏡）。また、同月二十七日の「日光別当法印会」にも詠作する（家集100〜118）。「日光別当法印」は、顕氏の弟尊家であろう。(74) 遅くとも寛元三年（一二四五）三月十六日以前には、別当職に任じて鎌倉犬懸谷の坊に住していたと推定される（吾妻鏡）。しばしば幕府や北条家を初めとする要人の為の修法を務めている。験者として認識されていたのであろう。あるいは顕氏の東下にも、何らかの役割を果たした可能性も憶測されるのである。なお、尊家自身も『春日若宮社歌合』等に参加し『続古今集』に一首の入集を見た歌人である。兄顕氏の幕府祇候に伴い、その参加自体を目的としつつ歌会を催したものであろう。

さらに、関東歌壇の盛儀の一つとも言える七月七日の『中務卿宗尊親王家百五十番歌合』に、「従二位顕氏」として出詠する。左方二人目で、「女房」宗尊親王の次に位置している。対する右方は、真観の従弟にして宗尊親王の護持僧で鎌倉僧界の主導者たる隆弁である。[75]同歌合は都に送られ、基家の加判を得るが、結果は、隆弁詠を明らかに勝とするもの五、隆弁詠を評価するもの二、無表記三であった（判は勝負付が無く、また、「後京極摂政良経の「例」を「守」り、「殊なる事無き番」については判詞も書かれていない）。即ち、判詞の記された番は全て隆弁詠に優越を認める結果となっている。

続いて八月二十六日には、「中務会」に詠作する（家集119〜127）。この「中務会」が、家集の74〜78番と87〜99番の「中務少輔会」と同様の歌会とすると、その中務少輔は、大江重教のことであろう。重教の父は、伊賀守藤原仲教の男刑部大輔仲能（明法博士で公文所寄人を務めた中原親能の猶子。仲教の妻即ち仲能の母は大江維光女＝広元の姉妹）である。重教は、蔵人・中務権少輔・右近将監を務める（以上尊卑分脈、吾妻鏡）。前記『中務卿宗尊親王家百五十番歌合』の作者に加えられた歌人でもあった。

九月には、「中務卿宗尊親王家百首」が召されるが、この百首は散逸しており、[76]重氏の参加は確認されるが、顕氏参加の徴証はない。あるいは顕氏が、長子重氏を守り立てる意味もあって、その責を譲ったのであろうか。なお、家集64〜73番に見える「伊賀前司会」の、伊賀前司は、小田（八田）時家のことであろう。時家は宇都宮家の傍流で、八田宗綱男小田知家の子である。法名道円の名で『続古今集』『続拾遺集』に計四首入集の歌人であり、宇都宮眷属中ではただ一人『中務卿宗尊親王家百五十番歌合』にも出詠し、当然いわゆる「宇都宮歌壇」にも活躍した好士である。[77]時家は、宇都宮一族中でも「鎌倉歌壇」に参加した特異な存在であり、これをもって、ただちに顕氏と宇都宮一族あるいは宇都宮歌壇との交流を認めることはできないし、事実、宇都宮歌壇の中心業績たる『新和歌集』に顕氏は入集していないのである。むしろ好士時家が、京都の重代の和歌の家の人間を、宗匠として自らの会へと招請したと想像され、つまりは在関東歌人が中央歌人を戴いて催行した歌会の一つの痕跡として捉えられようか。

その他、前述したとおり家集の前半部は関東に於ける詠作を集成しているように見受けられるが、その中には、「同（宗尊将軍家）御歌合」（11～13）「同御歌合」（14～18）「同当座続歌」（19～39）、「続題和歌 御所御会」（49～63）等の将軍家あるいは幕府の和歌行事に於ける詠作が所収されている。これらの催行時期や他の参加歌人については不詳である。

勅撰集撰進を控え、宗尊親王幕下の歌壇は弘長元年度に最も活況を呈する。顕氏は、公私両面に渡る歌会に出詠しており、同期の関東歌壇の最も重要な歌人の一人であったと言える。この顕著な活躍は、京都に在っては六条家の傍流にも拘らず、鎌倉に在っては重代の和歌の家の人として重んじられたことにもよろうが、恐らくは顕氏の東下と相前後する時期の、文応元年（一二六〇）十二月二十一日に、京都より「当世歌仙」（吾妻鏡）として下向[78]した真観藤原光俊との関係も無視し得まい。京都の有力な歌人の下向に、宗尊親王自身の和歌に対する好尚とが相俟って、歌壇自体の隆盛がもたらされたのである。それを領導せんとする真観にとっては、為家に対抗する為にも特に六条家に属する旧知の公卿顕氏との深交は重要であり、その存在は最大限に利用するべきものであったのではないか。また、顕氏も、自らの存在を最大限に認知させるべく、同歌壇に於いて積極的に活動したであろう。前述したとおりの和歌活動の事跡は、その結果であると思われるのである。もちろん、その背景に、甥行家や真観の勅撰集撰者追任の動向があったことも看過できないであろう。

この時期の関東歌壇については、宗尊親王を将軍に戴き、その下で、将軍家の和歌師範としての真観と護持僧としての隆弁という従兄弟関係にある両者が翼賛したとの捉え方ができよう。しかし、隆弁については、歌人の側面よりむしろ、関東圏に於ける宗教活動にその存在意義が認められ、和歌活動もそれを基盤に為されている。宗尊親王への影響力も歌壇内の地位もその僧侶としての側面によるものと考えられるのである。従って、和歌の局面に絞って見れば、真観・顕氏の両者は、真観が専ら実務方面の才力を以て、顕氏が身分家柄の格式を以て、相互に補完しつつ関東歌壇を主導したように把握されるのである。

むすび

顕氏は、『新古今集』成立直後に生を享け、承久の乱前後に少年期を過ごした。廷臣としては乱以降の時期から、歌人としてはそれにやや後れる定家の最晩年に当たる時期から、その足跡が記録上に現れてくる。言わば、文学史的にも、政治史的にも、一画期を経過した後、即ち、一方で新古今時代という和歌の最盛期以降、他方で王朝から中世へという大局の中でより鮮明に武家の力が示されてその政権が安定的に確立しようとする時期以降に、公的に始発したと言える。官途も順調で、朝儀や権門の儀式等に勤仕し、その家格・家統を無事継承し得た。(79)別に論じる、同じく重代の歌人で関東に祗候した教定などとは異なり、承久の乱やそれ以後の時期の関東方からの影響とそれに対する過剰な意識の表れは、顕氏の事跡に於いてはほとんど見受けられないように思われる。

若年期から壮年期にかけてほぼ一貫して歌人として活動するが、その活躍はいわゆる後嵯峨院時代に顕著であった。その前半期（続後撰時代）には京都に在り、後半期（続古今時代）には主に鎌倉に在って活躍した。『続後撰集』成立の数年前頃からの、為家と反為家との対立が漸次顕現する状況下で、顕氏は真観や知家らと共に為家とは一線を画しつつ活動したように窺われる。さらに、その情勢が、勅撰集撰者の座をめぐって最も峻烈化する『続古今集』成立前夜に於いては、反為家の急先鋒たる真観の主導する関東歌壇に参加する。特に弘長元年度の活動が目立ち、同期の関東歌壇隆盛の一翼を担ったと言える。つまり、為家のいわゆる御子左家に対抗するべき和歌の家の歌人として、しかし極めて能動的に歌壇を領導したというのではなく、歌壇の状況に呼応しつつその活動が為されているように見受けられる。このことは、『続古今集』成立後の時期の歌壇の停滞期――いわゆる反御子左派が衰退へと向かう時期でもあるが――に当たる、顕氏の最晩年期には和歌活動が見出せないことによっても察せられるのである。兄知家に雁行する形で歌壇に存在した故の消極性という側面もあろうし、また、真観に権威の象徴として利用されたという一面もあろう。しかしながら、個々の場面に於ける顕氏の活動には、当然重代の和歌の家の人としての自覚が伴われていて、顕氏の歌作の根底には常にその意識が働いていたのではないかと推察されるのである。

結局、重代の和歌の家の人として相応の活躍が認められるが、特に鎌倉中期歌壇の対立的情勢の中で、反為家的な歌会・歌合への参加や京都と鎌倉両圏に跨る活動という点に、顕氏の歌人としての在り方の特徴が顕れているように思われる。逆に言えば、参加した和歌行事の性格付けの指標となるべき六条家の一員として、さらには、宗尊親王幕下の関東歌壇の価値を示すべき主要な廷臣として、歌壇史に於けるその存在意義を見ることができるであろう。

次節に於いて、以上の生涯を踏まえつつ、現存歌を注釈した結果を基に、顕氏の和歌の全体像について考察する。

[注]

(1) いわゆる関東祗候の廷臣全般については、湯山学『相模国の中世史〔増補版〕』〔岩田書院、平二五・五〕「一関東祗候の廷臣―宮将軍家近臣層に関する覚書―」参照。そこでは、「個別的考察の結果の要約」として、次の諸点を指摘する。①関東祗候の廷臣の譜代性、その諸家18家の検出。②その譜代性は多く将軍家との血縁・家司関係で生じる。③鎌倉御家人と血縁関係を結ぶ者が少なくない。④子弟の鎌倉の有力社寺別当職補任が少なくない。⑤関東御領の預所職、荘園・公領の地頭職に補任される。⑥和歌・蹴鞠・文筆等の芸能で将軍家に勤仕する者が少なくない。⑦鎌倉若宮大路付近や扇谷など有力御家人の居住地に屋敷を構えるが、小坪などの居住もある。⑧本来朝廷勤仕の義務があるが、鎌倉在住で昇殿が停止されている。鎌倉末期には、在鎌倉で任公卿が一般化し、除目で幕府が推挙した。⑨御所祗候・将軍供奉・幕府行事奉行が主要任務だが、鎌倉内の合戦に武具を帯びて参加する者があった。①の18家としては、1難波、2飛鳥井、3御子(二条・京極・冷泉)、4三条〔(1)滋野井(八条・阿野・中御門・須磨)、(2)三条(白川・姉小路)〕、5徳大寺(近衛)、6一条、7坊門、8村上源氏(久我・堀川・中院・土御門・唐橋)、9高棟流平氏、10北家道綱流二条、11六条(紙屋河)、12持明院、13九条、14池、15四条(冷泉)、16花山院、17中御門、18姉小路、を挙げる。その上で、飛鳥井雅有と冷泉為相の例で、その具体相を論じている。

(2) 資料上の直接的確証は見出せないが、一般的に考えて「紙屋河」(吾妻鏡、尊卑分脈、系図纂要)も「仁和寺」(吾妻鏡)も、顕氏の居所の所在地による称号であろう。河川としての紙屋川(現名天神川)は、現京都市北区鷹峯大谷の桃山付近に源流し、京都市西辺を上京・中京・右京・下京区と南流して南区吉祥院付近で桂川に流入する。流域により、様々の異称を持つが、『都名所図会』に「仁和川」と呼ばれたように、仁和寺付近を流れる。承久二年(一二二〇)十二月十日付の「大善法寺祐清譲状」(山城菊大路家文書)によると、当時、紙屋川は仁和寺境内に含まれていたのである(日本歴史地名大系27『京都市の地名』)。従って、顕氏の邸宅も仁和寺付近にあったものと推測されるのである。なお、子息顕名も父のこの呼称を受け継いで、『春の深山路』(五月十二日)に「仁わじの三位顕名の卿」(続群書類従本)と称されている。注(10)参照。

(3) 夙に、能勢朝次「六条家の歌人と其の歌学思想(一)」「同(二)」(『国語国文の研究』一八・二五、昭三・三、一一)が、主に顕季・顕輔、清輔、顕昭について、「略伝」を示しつつ、その「歌学思想」を、各々、俊頼・基俊、俊成、俊成・定家の歌論と比較して概括的に論じている。さらに、谷山茂『谷山茂著作集　四　新古今時代の歌合と歌壇』(角川書店、昭五八・九)は、主に歌合に於ける、六条家各歌人の実績および御子左家との対比を論究し、『谷山茂著作集　五　新古今集とその歌人』(角川書店、昭五八・一二)も、清輔や有家等の歌風を論じている。また、『顕昭注』を中心に六条家の古今集評を論じた小沢正夫「六条家の古今集批評」（『愛知県立大学文学部論集』国文学科編二三、昭四七・一二）がある。なお『国文学　解釈と教材の研究』の平成二年一二月号「新古今集を読むための研究事典―中世和歌史のなかで―」に「六条家」（福留温子執筆）が立項されている。

（4）これと「一連」の川上論攷として、「清輔本古今集を披見した人々―江戸後期伝来覚書―」（『三田国文』一〇、昭六三・一二）がある。共に、『六条藤家歌学の研究』（汲古書院、平一一・八）所収。

（5）渡辺康市「古代末期受領考」（『日本封建制成立の諸前提』吉川弘文館、昭三五・五所収）、河野房男「白河院近臣団の考察（二）―藤原長実の父顕季について―」（『日本歴史』昭三六・五）、戸谷三都江「六条顕季の歌その一―堀河百首を中心に―」（『学苑』昭三五・一）、川上新一郎「藤原顕季伝の考察」（『国語と国文学』昭五二・八）「『六条修理大夫』考」（『斯道文庫論集』二〇、昭五九・三）、内田徹「翻刻　京都大学附属図書館蔵定家本六条修理大夫集」（『国文学研究』八〇、昭五八・六）。

（6）井上宗雄「藤原顕輔伝の考察」（『国語と国文学』昭三四・二。前掲『平安後期歌人伝の研究』に補筆所収）、井上宗雄・片野達郎編『詞花和歌集』「解題」（笠間書院、昭四五・六）、福崎春雄「顕輔集の伝本と問題点」（『立教大学日本文学』三六、昭五一・七）、安田純生「藤原顕輔の和歌―久安百首の作品について」（『講座　平安文学論究　第三輯』風間書房、昭六一・七）。

（7）井上宗雄「藤原清輔年譜考―付・忠岑十体を付せる奥義抄の一伝本―」（『平安朝文学研究』七、昭三七・一）「藤原清輔伝に関する二、三の問題と和歌一字抄と」（『国文学研究』二五、昭三七・三）「藤原清輔の生涯―付・清輔編著類伝本書目」（『立教大学日本文学』八、昭三七・六。以上の三論攷を合わせて前掲『平安後期歌人伝の研究』の「清輔年譜考」に改訂）、福崎春雄「藤原清輔朝臣集について―伝本を中心に―」（『和歌文学研究』三一、昭四九・六）、西村加代子「和歌勘文考―藤原清輔『人丸勘文』を中心に―」（『平安文学研究』五三、昭五〇・六）、菊池節子「藤原清輔伝記考―その二・三の問題点を中心に―」（『国文目白』二〇、昭五六・二）、加藤睦「藤原清輔研究ノート―三井寺新羅社歌合における代作歌をめぐって―」（『解釈』昭六三・五）、同「藤原清輔の『久安百首』について」（『東京水産大学論集』二四、昭六三・一一）。その他、『続詞花集』については、鈴木徳男『続詞花和歌集の研究』（和泉書院、昭六二・八）に参考文献一覧がある。また、『奥義抄』『和歌一字抄』『袋草紙』『和歌初学抄』についても多くの論攷が存するが、ここでは割愛する。

（8）橋本進吉「法橋顕昭の著書と守覚法親王」（『史学雑誌』大九・三。『橋本進吉博士著作集』一二、岩波書店、昭四七・五）、久曾神昇『顕昭・寂蓮』（三省堂、昭一七・九）、上條彰次「歌のあたらしさ」（『国語国文』昭四〇・一〇）、西沢誠人「顕昭攷―仁和寺入寺をめぐって―」（『和歌文学研究』二八、昭四七・六）、柳瀬万里「古今顕昭註五書」「古今顕昭註考」（『王朝』七、八、昭四九・九、昭五〇・六）、志村士郎「歌枕の成立と顕昭歌学」（『川瀬一馬博士古稀記念論文集』（昭五四・一二）、北村知子「俊頼から顕昭・定家へ」（『国語国文』昭五一・五）、竹下豊「晩年の顕昭―『六百番歌合』を中心として―」（『国語国文』昭五六・七）、西村加代子「顕昭と清輔―学説の継承と対立をめぐって―」（『国語と国文学』昭五二・七）「仁和寺和歌圏と顕昭―覚性法親王時代における―」（『国文論叢』九、昭五七・三）「仁和寺移住前後の顕昭」（『神戸学院女子短期大学紀要』一五、昭五七・三）「顕昭の古今伝授と和歌文書」（『国文論叢』一二、昭六〇・三）、川上新一郎「顕昭略年譜」（『三田国文』三、昭六〇・三）「顕昭著作考（一）―『拾遺抄注』『後拾遺抄注』『詞華集注』、付、『五代勅撰』―」（『斯道文庫論集』二一、昭六〇・三）。

（9）谷山茂『谷山茂著作集　五　新古今集とその歌人』（注（3）所掲）、茶田智子「藤原有家論」（『大谷女子大国文』八、昭五三・三）、鈴木徳男「藤原有家の和歌」（『中世文芸論稿』七、昭五六・三）、西前正芳「藤原有家の和歌活動をめぐって」（『語文』五三、昭五七・一）「藤原有家考―和歌拾遺」（『日本大学人文科学研究所研究紀要』二七、昭五八・三）「藤原有家伝に関する基礎的諸問題」（『古典論叢』一四、昭五九・六）。

（10）顕氏が「仁和寺を名乗る理由」として、同寺に在った顕昭との関係を想定して、「顕昭に接近しその影響を受けた人」と推定する。注（2）参照。そして、弘長二年（一二六二）の「第三次の校合」に用いた「六条家本」（重家書写本）、同三年十一月の「第四次の校合」に用いた「忠定本」（忠定は顕氏の従兄弟）、文永二年（一二六五）の「最後」の「校合」に用いた「左京兆本」（顕氏の曾祖父顕輔の本）の各々の本は、顕氏の「好意」から次々と仙覚に貸し与えられたものと推測する。

（11）安達宗景の生年は不詳である。その父泰盛は寛喜三年（一二三一）生で、弘安八年（一二八五）十一月十七日に霜月騒動で宗景と同時に誅殺される。宗景が次男であること、父泰盛がその父義景二十二歳時の出生であることを勘案すると、宗景は、父泰盛二十歳時以降の子と見てよいのではないか。仮に、建長二年（一二五〇）以降生まれと見ておく。さらにその宗景の婚姻も、その二十歳時頃以降であろうと思われるので、仮に、二十一歳時の文永七年（一二七〇）以降弘安八年（一二八五）以前と見ておく。従って、顕氏が承元元年（一二〇七）生であるので、その女の婚姻は晩年期から死後の時期ということになる。また、仮にその女が、文永七年の時点で二十歳とすると、建長三年（一二五一）生、父四十五歳時の出生となる。なお、既に高島哲彦「鎌倉時代貴族の一側面―「関東祗候廷臣」についての一考察―」（『史友』一九、昭六二・三）が、関東祗候の廷臣の出自・動向を検討する中で、その家筋の一つとして「六条・四条流」を挙げて（六条家から）「顕氏、重氏、顕名、顕教」の四名を「検出」し、「顕氏の女は、有力御家人安達氏の宗景の妻となり貞康をもうけた」と指摘している。

(12)『尊卑分脈』によると、藤原氏南家貞嗣流の安居院澄憲の孫憲性の子憲玄に「為顕氏卿子」とある。しかし「前田家所蔵脇坂氏本」では澄憲の孫信快の項にある（国史大系頭注）。

(13)井上宗雄『平安後期歌人伝の研究』（笠間書院、昭五三・一〇、増補版昭六三・一〇）「六条藤家の人々」一六四頁。

(14)注(13)所掲井上書一六二頁。

(15)辻彦三郎『藤原定家明月記の研究』（吉川弘文館、昭五二・五）「元暦校本万葉集と藤原顕家」（初出は『国語と国文学』昭四八・九）三六〇頁。なお、同書に於いても、基房と顕家との「君臣水魚の交り」の様相が考察されており、顕家の基房への忠勤と、顕家の官位昇進に基房が労を取ったことが検証されている。

(16)注(13)所掲井上書一六八頁。なお、顕家の事跡の記述については、同書に負うところが大きい。

(17)『明月記』建永二年（一二〇七）八月十一日条に「昏前兵衛佐知家朝臣談を過す。和歌の数奇に依るなり。」（冷泉家時雨亭叢書自筆本影印版に拠る。私に読み下す）とある。なお、『源承和歌口伝』には、「三品禅門（知家）元久の比より前中納言（定家）の門弟に成りて後道をおこして、先人（為家）と兄弟の様に侍りしも真観とおなじ心に成りて、風体をあらためたり」（日本歌学大系本。括弧内著者）とある。

(18)「はじめに」所掲鈴木両論攷および、『和歌大辞典』の「知家」（福田秀一執筆）の項参照。

(19)「はじめに」所掲鈴木「建保期の藤原知家」および佐々木「六条藤家から九条家へ」参照。定家の推挙による任命だが、実際には度重なる大嘗会の延期によって責を果すことなく解任されている（明月記）。

(20)「はじめに」所掲佐々木「六条藤家から九条家へ」に於ける、「六条藤家の歴史」の「便宜的」三区分の「第三期」

の呼称。

（21）冷泉家時雨亭叢書別巻二〜四『訓読明月記　一〜三』（朝日新聞社、平二四・一、平二六・一一、平三〇・五）に拠る。自筆本がある箇所は、時雨亭叢書の影印版に拠る。私に読み下す。以下同様。

（22）『公卿補任』は、「任左兵衛権佐」とする。しかし、『明月記』と『民経記』のこれ以後の時期の位署は次のとおりである。『明月記』…嘉禄元年（一二二五）十一月二十五日「右兵衛佐」、同二年（一二二六）六月十三日「左兵衛佐」、同月二十日「左兵衛佐」、七月二十九日「右兵」、八月二十二日「右兵衛佐」、同三年（安貞元年、十二月十日改元。一二二七）五月二十八日「兵衛左公員／右顕氏」。『民経記』…嘉禄二年（一二二六）七月二十二日「兵衛佐」、八月二十二日・十一月十七日「右兵衛権佐」、同三年（安貞元年。一二二七）四月十三日「右兵衛佐」、六月十五日「兵衛佐」、七月十五日・八月二十五日・九月二十四日「右兵衛権佐」、安貞二年（一二二八）十月十四日・十八日・二十三日・二十六日「右兵衛権佐」。以上より、嘉禄・安貞年間には、顕氏は「右兵衛権佐」であったと見てよいであろう。従って、『公卿補任』の誤りと見ておきたい。

（23）貞永元年（一二三二）十一月十三日付下知状（菊亭文書）には「前左兵衛佐顕氏朝臣」と見える。右兵衛権佐から直接に左兵衛佐に昇任するとも考え難い。しかし、右兵衛佐は、元仁二年（一二二五）十二月十七日〜文暦二年（一二三五）閏六月十一日の間は同族の家清が任じている（公卿補任）。また、左兵衛佐は兄知家も二十三歳時の元久元年（一二〇四）三月六日に正五位上で任じている（同上）。従って、顕氏も二十歳時の嘉禄二年（一二二六）四月十九日の叙正五位下以降に当職任官の可能性を見てよいか。

（24）「雑談の中、家衡卿、皇后宮亮を嫉妬の訴へ、尤も甚しと云々家清当時上郎に位するなり、年十五」とある。既に出家している家衡についてこの「家衡卿」の表記はやや不審であるが、前後の表記も、「三位入道家衡卿」（安貞元年八月九日条）、「家衡卿」（寛喜元年八月十九日条）、「入道家衡卿」（文暦元年七月二十一日条）などと不統一である。「家清」は国書刊行会本では「家臣」で、今川文雄『訓読明月記』第六巻（昭五四・五）は、「家衡」と校訂するが誤りである。天福元年（一二三三）六月二十五日現在の家清の年齢は十九歳であって、「年十五」には合致しない。しかし、同年七月八日には「宣陽門院御給」より、顕氏に先んじて従四位上に叙されている。

（25）『明月記』同年七月十五日条には「例の喧嘩公相を超ゆべし」とある。公光は、藤原氏北家公季流の正二位権大納言実宣男であり、公相は同流の常盤井太政大臣実氏男であろう。この時点では、両者共に十一歳で従四位上であった。公光が公相に先んじることにつき、公相側がその家格差に於いて問題としたのであろう。ちなみに、正四位下昇叙は、公相が文暦二年（嘉禎元年、九月十九日改元。一二三五）六月十七日、公光は同年十一月十九日であり、公卿となるのは、公相が嘉禎二年（一二三六）四月十四日であり、公光は仁治元年（一二四〇）十月二十二日である。

(26) 同月十七日条による。なお、二月三十日条に「又、有教、殿下より仰せらると云々、舞人、家時卿の子一人勤めしむべき由申す。定平少将、弟顕氏の外領状する者無し。凡そ時儀治め難き事か。」とある。少将定平は、村上源氏顕房の孫雅頼の男兼定の子で、従三位に至る人物である（号入江三位）。従って、「弟顕氏」は不審である。三月十一日条に見える決定した舞人（顕氏を含む十四人）の中に、「侍従定平朝臣弟」として「親頼」が見える。『尊卑分脈』では、親頼は定平の従兄弟雅具の子である。何らかの錯誤があろうか。

(27) 五月二十五日条による。

(28) 三条猪隈付近で定家は進み来る先陣を見るが、「左兵衛佐顕氏、親氏と云々、暗きに依り其の体を見分けず。」と記す。

(29) 六月二十日条。

(30) 基房北政所は、藤原公教女（家房母）か、藤原忠雅女忠子（師家母）のいずれかであるが（尊卑分脈）、「故中宮権大夫中納言家房卿御料也」（大日本古記録本に拠る。以下同じ）とあるので（家房は建久七年（一一九六）七月二十二日没）、当然前者であろう。

(31) 「時賢卿・知家卿等不参、如何」とある。本来は知家も参入するべきであったのだろう。

(32) 同月二十一日条から続けて記されている。

(33) 十二月二十二日条による。

(34) 「本陣に供奉」とあるが、詳しくは不明。

(35) 現大阪府大東市氷野辺りに比定される。なお、この領地の伝領については、筧雅博「続・関東御領考」（『中世の人と政治』（吉川弘文館、昭六三・七）所収）参照。

(36) 「綸」は「掄」（明月記）とも。

(37)正月十二日条による。
(38)四月十八日条による。
(39)『明月記』は五月十日条による。なお、同記によると、顕氏は競馬第五番の禄を役しているが、『民経記』にはその名は見えない。
(40)五月九日条による。
(41)六月三日条による。
(42)六月三十日条による。
(43)十一月二十七日条による。
(44)正月十九日条による。加冠摂政兼経、理髪左大臣良実。『百練抄』は、「加冠摂政太政大臣。理御鬢左大臣。理髪内蔵頭頼氏朝臣」(国史大系本)とする。しかし、当時、内蔵頭に任じる頼氏は見えない。顕氏が正しいと考えられる。また、式次第としても内蔵頭は能冠を務めるのが通例である。
(45)『大日本地名辞書』によると、西林寺は、近衛家縁りの寺で、雲林院内にあったと考えられる。
(46)井上宗雄『増鏡(上)』(講談社、昭五四・一一)、小川剛生「藤原茂範伝の考察―『唐鏡』作者の生涯―」(『和漢比較文学』一二、平六・一)等参照。
(47)顕氏と近衛家の関係の深さを示す資料として、『鎌倉遺文』七六三一「近衛家所領目録」の「建長五年十月廿一日注出之」と奥書する文書の「一　庄務本所進退所々」に「隠岐国/知布利　顕氏卿/高陽院領内」と見える。「知布利」は隠岐列島の西南の知夫里島と西島を併せた知夫(千波里)郡のことであろう。
(48)注(13)所掲井上書一七〇頁。
(49)光俊は、藤原氏北家顕隆流である。このいわゆる葉室流は、三事兼帯して、正二位権中納言を極官位とする実務者の家柄である。
(50)承久の乱後の光俊の位階は、安貞二年(一二二八)正月五日正五位上、寛喜三年(一二三一)四月二十九日従四位下、天福元年(一二三三)十二月十五日従四位上、文暦二年(一二三五)正月二十三日正四位下。官職は、嘉禄二年(一二二六)七月二十九日の任中宮大進から、兼蔵人、右少弁、左少弁、権右中弁権内蔵頭、右中弁を経て、

文暦元年（一二三四）十二月二十一日に右大弁に至る。佐藤恒雄「藤原光俊伝考―出家まで―（下）」（『中世文学研究』九、昭五八・八。『藤原為家研究』笠間書院、平二〇・九所収）による。

(51)『宝治百首』「雑」の旅の二首「旅行」「旅宿」の顕氏詠は、「おくれじと夕をいそぐ旅人のこえてくるしきあしがらの山」（三七七八）「しるしらずわきてはいはじあづまぢの野がみの里に今夜宿かせ」（三八一八）である。前者の下句は、『続後撰集』（恋三・八四五・藤原伊光）の、「なにせんにふみはじめけんあづまぢやこえてくるしき相坂の関」と影響関係にあろうか。伊光は、『千載』『新古今』両集作者の藤原伊綱男で、自身『新勅撰集』に入集しているので、顕氏より一世代程度上の歌人であろう。後者については、定家の「ひと夜かすのがみの里の草枕むびすてける人の契を」（拾遺愚草・歌合百首・寄傀儡恋・八九七）と「しるしらずわきてはまたず梅の花匂ふ春べのあたらよの月」（同・建保四年閏六月内裏歌合、春歌十首之中・二一三八）または「しるしらずやどわかるべき今夜かは秋風すさぶ庭の月かげ」（拾遺愚草員外・三五三）に依拠した作であろう。しかしながら、顕氏詠には実感が読み取れなくもなく、宝治年間（一二四七〜一二四九）以前に於ける東下の経験に基づく詠作とも考えられるが、なお不詳である。いずれにせよ東国への一定の関心は認めてよいであろう。

(52)本論第一編第二章第三節「藤原教定伝」。

(53)鎌倉の東端十二所にあった。君恩父徳報謝の為、建暦二年（一二一二）四月十八日源頼朝の発願により建立。

(54)大倉御所（幕府）の南（現鎌倉市大御堂ヶ谷）にあった。父義朝の菩提を祈る為、文治元年（一一八五）源頼朝により建立。大御堂と呼称される。この折の「大阿闍梨、松殿法印良基」は、松殿前関白基房男忠房の子で、仁和寺に入り定豪に師事する。鎌倉に於いて度々祈禱を務め、権僧正に至り、宗尊親王の護身験者となるが、文永三年（一二六六）六月十九日に鎌倉を出奔して高野山に逃れる。

(55)『私家集大成』中世Ⅱ（昭五〇・一一）15「顕氏」の「解題」（久保田淳）。

(56)『新編国歌大観』第七巻（平元・四）の93「顕氏集」の「解題」（家郷隆文）。

(57)諸集への入集状況を左に整理しておく。算用数字は歌数。漢数字は『新編国歌大観』番号。ただし、『明題和歌全集』は福武書店刊本の番号、『明題拾要鈔』は古典文庫本の番号。（ ）内は他集との重出を示す。各集名は初二〜三文字を以て略記する。ただし、『従二位顕氏集』は「顕氏」、『秋風和歌集』は「秋風集」、『明題拾要鈔』は「拾要」

とする。また、『従二位顕氏集』と『宝治百首』については、首尾の番号と他集に重出する歌の番号のみを示す。

従二位顕氏集　181　一〜一八一。一（宗尊三）、二（宗尊三三）、三（宗尊六三）、四（宗尊九三）、五（宗尊一二三）、六（宗尊一五三）、七（宗尊一八三）、八（宗尊二一三）、九（宗尊二四三）、一〇（宗尊二七三）、一七（夫木二八三二）、一二八（影供二〇）、一二九（影供六二・夫木一四四五四）、一三〇（影供一〇四）、一三一（影供一四六）、一三二（影供一八八）、一三三（影供二三〇）、一三四（影供二七二）、一三五（影供三一四）、一三六（影供三五六）、一三七（影供三九八）、一四七（石清二一）、一四八（石清五五）、一四九（石清八九）、一六五（続拾一二七三・万代三五七一・二八明五九四三・拾要四二一六）。

続後撰和歌集　2　四一二（二八明二三四〇・題林四六三一・明題五四八八・拾要二三六一）、一一八（二八明五六六三）。

続古今和歌集　2　一三五八（宝治二八五八・二八明四〇一六・題林七八〇〇・明題八八九四）、四三一。

続拾遺和歌集　2　八六四（纂題七〇九一）、一二七三（顕氏一六五・万代三五七一・二八明五九三・拾要四二一六）。

新後撰和歌集　2　一四二（宝治四二一・二八明三二六）、五〇九。

続千載和歌集　1　一九一六（宝治三二九八）。

風雅和歌集　1　一三七二（宝治二五三八・題林七四九二・纂題八一三三・明題八五七七）。

新千載和歌集　1　四九四。

石清水若宮歌合　3　二一（顕氏一四七）、五五（顕氏一四八）、八九（顕氏一四九）。

春日若宮社歌合　3　五、三一、五七。

宝治百首　100　二一…三九七七。二六一（題林五六七・明題六七六）、三八一（題林六八一・題八〇一）、四二一（新後一四二・二八明三二六）、六二一（現存四三一）、七四一（題林一五〇四・明題一九七〇）、九四一（題林二二六一・明題二七八九）、一一八一（夫木三八〇一）、一三〇一（題林三四五七・資賢八二四・明題四一三三）、一五〇〇（題林三七一三・明題四四三九）、一九〇〇（夫木六二二二）、一九四〇（題林四七五六・明題五六五二）、二四九八（題林七五二一・資賢二〇七九・明題八六〇六）、二五三八（風雅一三七二・題林七四九二・纂題八一三三・明題八五七七）、二五七八（題林七五八二・明題八六六七）、二六五八（題林七六九七・明題八七八八）、二七七八（題林七七二八・明題八八二二）、二八五八（続古一三五八・二八明四〇一六・題林七八〇〇・明題八八九四）、二九七八（題林七九八二・明題九〇八〇）、三〇一八（題林八〇六七・明題九一六八）、三一三八（題林八一九九・明題九三〇〇）、三二九八（続千一九一六）、三四一八（夫木一〇五六九）、三四五八（万代三三〇二・歌枕五七六一）、三四九八（題林九一八八・明題一〇二八九）、三五七八（題林八六〇三・明題九七〇六）。

万代和歌集　3　三三〇二（宝治三四五八・歌枕五七六一）、三四三一、三五七一（顕氏一六五・続拾一二七三・二八明五九四三・拾要四二一六）。

現存和歌（六帖）　2　四三一（宝治六二一）、五九六。

秋風抄　1　二六一（秋風集九四八）。

影供歌合　10　二〇（顕氏一二八）、六二（顕氏一二九・夫木一四四五四）、一〇四（顕氏一三〇）一四六（顕氏一三一）、一八八（顕氏一三三）、二三〇（顕氏一三三）、二七二（顕氏一三四）、三一四（顕氏一三五）、三五六（顕氏一三六）、三九八（顕氏一三七）。

秋風和歌集　1　九四八（秋風抄二六一）。

雲葉和歌集　1　二六三。

東撰和歌六帖　2　四一、一三七。

同抜粋本　7　八一、一三四、一九二、三一五、三二五、四四〇、四四八。

正嘉三年北山行幸和歌　1　二〇。

宗尊親王家百五十番歌合　10　三（顕氏一）、三三（顕氏二）、六三（顕氏三）、九三（顕氏四）、一二三（顕氏五）、一五三（顕氏六）、一八三（顕氏七）、二一三（顕氏八）、二四三（顕氏九）、二七三（顕氏一〇）。

夫木和歌抄　5　二八三二（顕氏一七）、三八〇一（宝治一一八一）、六二二二（宝治一九〇〇）一〇五六九（宝治三四一八)、一四四五四(顕氏一二九・影供六二)。

歌枕名寄　1　五七六一(宝治三四五八・万代三二〇二)。

二八明題和歌集　5　三二六(新後一四二・宝治四二一)、二三四〇(続後四一二・題林四六三一・題五四八八・拾要二三六一)、四〇一六(続古一三五八・宝治二八五八・題林七八〇〇・明題八八九四)、五六六三(続後一一六八)、五九四三(顕氏一六五・続拾一二七三・万代三五七一・拾要四二一六)。

題林愚抄　19　五六七(宝治二六一・明題六七六)、六八一(宝治三八一・明題八〇二)、一五〇四(宝治七四一・明題一九七〇)、二二六一(宝治九四一・明題二七八九)、三四五七(宝治一三〇一・資賢八二四・明題四一三三)、三七一三(宝治一五〇〇・明題四四三九)、四六三一(続後四一二・二八明二三四〇・明題五四八八・拾要二三六一)、四七五六(宝治一九四〇・明題五六五二)、七四九二(風雅一三七二・宝治二五三八・纂題八一三三・明題八五七七)、七五二一(宝治二四九八・資賢二〇七九・明題八六〇六)、七五八二(宝治二五七八・明題八六六七)、七六九七(宝治二六五八・明題八七八八)、七七二八(宝治二七七八・明題八八二二)、七八〇〇(続古一三五八・宝治二八五八・二八明四〇一六・明題八八九四)、七九八二(宝治二九七八・明題九〇八〇)、八〇六七(宝治三〇一八・明題九一六八)、八一九九(宝治三一三八・明題九三〇〇)、八六〇三(宝治三五七八・明題九七〇六)、九一八八(宝治三四九八・明題一〇二八九)。

資賢集　2　八二四(宝治一三〇一・題林三四五七・明題四一三三)、二〇七九(宝治二四九八・題林七五二一・明題八六〇六)。

纂題和歌集　2　七〇九一(続拾八六四)、八一三三(風雅一三七二・宝治二五三八・題林七四九二・明題八五七七)。

明題和歌全集　19　六七六(宝治二六一・題林五六七)、八〇二(宝治三八一・題林六八一)、一九七〇(宝治七四一・題林一五〇四)、二七八九(宝治九四一・題林二二六一)、四一三三(宝治一三〇一・題林三四五七・資賢八二四）、四四三九（宝治一五〇〇・題林三七一三）、五四八八（続後四一二・二八明二三四〇・題林四六三一・拾要二三六一）、五六五二（宝治一九四〇・題林四七五六）、八五七七（風雅一三七二・宝治二五三八・題林七四九二・纂題八一三三）、八六〇六（宝治二四九八・題林七五二一・資賢二〇七九）、八六六七（宝治二五七八・題林七五八二）、八七八八（宝治二六五八・題林七六九七）、八八二二（宝治二七七八・題林七七二八）、八八九四（続古一三五八・宝治二八五八・二八明四〇一六・題林七八〇〇）、九〇八〇（宝治二九七八・題林七九八二）、九一六八（宝治三〇一八・題林八〇六七）、九三〇〇（宝治三一三八・題林八一九九）、九七〇六（宝治三五七八・題林八六〇三）、一〇二八九（宝治三四九八・題林九一八八）。

明題拾要鈔　4　二三六一（続後四一二・二八明二三四〇・題林四六三一・明題五四八八）、三〇四〇（拾要五六七二）、四二一六（顕氏一六五・続拾一二七三・万代三五七一・二八明五九四三）、五六七二（拾要三〇四〇）。

なお、『題林愚抄』三二九二の「顕氏卿」（『明題和歌全集』三九四五「顕氏」）とする歌は、実は頼氏の『宝治百首』一三七四詠。また、三村晃功『中世私撰集の研究』（和泉書院、昭六〇・五）によると、『為兼前集』に二首、『元可集』（神宮文庫本）に一首、その他、『済継集』や『邦高集』にも顕氏詠が採録されている。

(58)『大納言為家集』（私家集大成為家Ⅰ）三四三・九一三・一六五二、『中院集』（同Ⅱ）一七一・一七三・一七六。

(59)『続後撰集』五四七、『続古今集』七〇〇、『続拾遺集』一九二・四六二、『万代集』七三三・一〇一九・一三九七・一五七七、『如願法師集』四五六・五一七・五五五・七〇三・九〇五（「八月十三夜」とある）、『大納言為家集』（私家集大成為家Ⅰ）八六五（「天福元年」「五百首」とある）、『中院集』（同Ⅱ）二六八、『中院詠草』（同Ⅲ）六九。

(60)『続後撰集』九九・五五一・一一六七・一一六八・一二〇七、『大納言為家集』（私家集大成為家Ⅰ）二五・一三六・三一三・五八三・七三〇・一五〇六・一六四二、『中院集』（同Ⅱ）二八六～二九二、『中院詠草』（同Ⅲ）四（「千首」とあるが「十首」の誤りであろう）・四八・一三五・一六四（題は「寺」とあるが、「社」の誤りか）。なお、為家の「霞」の歌は『続拾遺集』三〇にも「春の歌の中に」として所収。

(61)他に冬歌の一題で計十題になる。その場合は、春二題、夏一題、秋二題、冬一題、雑四題、となる。しかし、「述懐」と「懐旧」および「神祇」と「社」との類似題は、各集所載の段階での異同で、本来はいずれか一題であったのではないか。とすると、四季各二題の八題と雑二題か、四季六題（夏・冬各一）と恋・雑各二題であった可能性があろう。

(62)『勅撰作者部類』『続作者部類（続三代集作者部類）』は、小川剛生『中世和歌史の研究　撰歌と歌人社会』（塙書房、平二九・五）の「附録一　勅撰作者部類・続作者部類　翻刻」および『和歌文学大辞典』（明治書院、昭三七・一一）付録の「勅撰作者部類」。なお、『勅撰集付新葉集作者索引』（和泉書院、昭六一・七）を参照。

(63)永清女は、初め藤原能成（非参議従三位）の室で一女を生み、後に、円経との間に一男六女を儲けている（尊卑分脈）。従って、遅くとも、嘉禎元年（一二三五）頃には円経と婚姻関係にあったことになる。能成は嘉禄元年（一二二五）十月、六十二（または三）歳で出家し、嘉禎四年（一二三八）七月五日に没する（公卿補任）。能成の出家時以降には、永清女は円経と通じていたであろうか。

(64)井上宗雄「真観をめぐって―鎌倉期歌壇史の一側面―」（『和歌文学研究』四、昭三二・八）。その後、久保田淳「為家と光俊」（『国語と国文学』昭三三・五）や福田秀一「鎌倉中期歌壇史における反御子左派の活動と業績（上・下）」（『国語と国文学』昭三九・八、一一。『中世和歌史の研究』角川書店、昭四七・三所収）等による論証が加えられ、追認を経て定説化している。ただし、小林強「反御子左派旗上げ前後の歌壇について―寛元四年七月為家勧進「日吉社五十首」及び光俊勧進「住吉社卅六首」を中心に―」（『東山学園研究紀要』三五、平二・三）で、後記するとおりの修正意見が提示された。

(65)注(64)所掲小林論攷に詠作集成一覧表が示されている。

(66)注(64)所掲久保田論攷。

(67)注(64)所掲福田論攷。

(68)安井久善『藤原光俊の研究』（昭四八・一一）「光俊と和歌」一一八頁の説。

(69)注(64)所掲小林論攷にその可能性が示されている。

(70)注(65)に同じ。

(71)注(64)所掲小林論攷。

(72) 安井久善『宝治二年院百首とその研究』(笠間書院、昭四六・一一)。

(73)『新編国歌大観』第五巻(昭六二・四)の同歌合の「解題」(安田徳子)では「続後撰集の成功を祈念した盛事であった」とする。

(74) 佐藤恒雄「藤原為家の鎌倉往還」(『中世文学研究』二三、平九・八。注(50)所掲書所収)は、為家の鎌倉下向を検証し、尊家が建長五年(一二五三)十一月に「鎌倉日吉別当尊家法印」として三首和歌会を勧進してそこに東下した為家が参加した事例(中院集等)を考察する。その中で、尊家の経歴にも論及して、この「日吉」が鎌倉亀谷の日吉別宮(新日吉社)であり、『吾妻鏡』の「日光別当」(尊家)の「日光」は「日吉」が正しいはずであることなどを述べている。ここでは、「日光」と「日吉」の問題についてはなお保留し、現本文の「日光」に従っておくこととしたい。なお拙稿「東国歌人と鎌倉—関東歌壇瞥然—」(『悠久』七〇、平九・七)に於いて、この為家の鎌倉下向を見落として立論した。序論序章「関東歌壇の概要」では補正した。

(75) 本論第一編第四章第一節「大僧正隆弁伝」参照。なお、長塚昌仁「鎌倉殿護持僧についての一考察—源家三代期から宗尊親王期までを中心に—」(『山形大学歴史・地理・人類学論集』八、平一九・三)は、宗尊の「護持僧の復元を試み」る中で、隆弁をその一人かと推測する。

(76) 安井久善「中世散佚百首和歌二種について—光俊勧進結縁経裏百首・中務卿宗尊親王家百首—」(『日本大学商学集志』四—一(人文特集号Ⅰ)、昭四七・九)に詠歌が集成されている。

(77) 拙稿「『新　和歌集』成立時期小考」(『三田国文』六、昭六一・一二)、「『新和歌集』成立時期補考—「稲田姫社十首歌」「鶴岳社十首歌」をめぐって—」(『徳島大学教養部紀要』二五、平二・三)に少しく言及した。

(78) 光俊は、これ以前に、同年五月と、さらに遡る康元元年(一二五六)十一月頃にも東下している(簸河上、夫木抄)。

(79) 注(52)に同じ。

＊本節の資料として用いた日記類の依拠本については、右文中に記した他は次のとおりである。『民経記』『岡屋関白記』＝大日本古記録本、『玉蘂』＝思文閣出版刊本、『葉黄記』＝史料纂集本、『経俊卿記』＝図書寮叢刊本、『吾妻鏡』＝国史大系本。

【補記】

冷泉家時雨亭文庫の調査によって、本節が拠った書陵部蔵『従二位顕氏集』（五〇一・三一五）は、時雨亭文庫蔵本を「きわめて忠実に写し取っているものの、見せ消ちや重ね書きは、そのほとんどが訂正したかたちで書写されている」ことが報告された（冷泉家時雨亭叢書『中世私家集　七』（朝日新聞社、平一五・八）「解題」（久保田淳・小林一彦執筆））。時雨亭文庫本は、「（鎌倉後期頃写の）現存最古の古写本で」「訂正以前のかたちを保持している」点は貴重だが、その公刊影印版を見る限り、本節の所説を改める必要はないと考えている。また、「藤原顕氏集全歌注釈」の底本として書陵部本を用いたことについても、特に問題はなかったと考えている。

第二節　藤原顕氏の和歌

はじめに

前節の伝記の考察と『藤原顕氏全歌注釈と研究』（笠間書院、平一一・六）の注釈の結果を踏まえて、顕氏の和歌全体について、その内容上の特質を、主に表現の史的展開の観点に立ちつつ整理して考えてみたいと思う（『従二位顕氏集』を「家集」とし、通し番号を「家」の略号に付して用いる。また、上記書の「顕氏家集外歌集成」を「外歌」とし、通し番号を「外」の略号に付して用いる）。

一　本歌取1

まず、本歌取の作からまとめる。鎌倉中期一般のこととして、「本歌」や「本歌取」をどのように定位するかは、未解決の重要な課題ではある。ここでは、それに対する答えを模索する意味も込めて、古歌の心・詞を摂取した詠作（古歌の意想や言詞に基づいた歌）を「本歌取」と見て全て対象としつつ、顕氏の大伯父清輔の『奥義抄』での古歌摂取に関する評価や、顕氏の兄知家も師事した定家の『詠歌大概』『近代秀歌』等などでの本歌取の規定を一応の基準として、それらに対して顕氏の実作がどのような位相にあるのかを考慮に入れながら検証してみたい。

なお、この場合、その「古歌」の概念とその範囲が問題となろう。全般的に髄脳類で（新歌の依拠歌としての）「古歌」の例として見えているものは、人々にある程度認知されたある意味の一般性を有する歌、従って自ずと勅撰集や『万葉集』を中心とする歌集の所収歌に傾いていると言ってよいと思われる。また、特に、『従二位顕氏集』に見える「中務少輔会」の「以古歌為題取其詞也」の詠作（家74～78）について見ると、その「古歌」は全て『古今集』の歌であることが分かり、その内容は、「古歌」を「題」としてその「詞」を「取」るとは言っても、実際には「古歌」の言詞を取り込んで意想を転換した詠み方と、「古歌」の言詞だけでなく主想をも取り込んだ詠み方とが混在しているのである。とすれば、少なくとも顕氏自身が他者を意識して「古歌」を「取」る場合の「古歌」は、『古今集』を中心とするものであったと推察してもよいのではないかと考えられるのであるが、しかし、それは必ずしも『古今集』に限定されているのではなく、「題」としてその「詞」を取る場合に会衆を初めとする他者も認知し得る歌であるところに意味があるのであり、その典型が『古今集』であったということではなかったかと考えるのである。そして、顕氏自身が「本歌」あるいは「本歌取」をどのように認識していたかは直接には不明であるが、少なくともその詠みぶりから見て、顕氏が「古歌」の「詞」および「心」を取ること（これは即ち今言うところの「本歌取」に同様）を「古歌」を「取」ることの方法として意識的に実践していたことは認めてよいと思われるのである。

従って、ここで顕氏の歌を考察するに於いても、「古歌」を取るという方法を（それをさしあたっては「本歌取」と呼ぶ）、分析の一つの枠組みとして捉えることは有効であると思われるのである。また、その「古歌」の範囲については、髄脳類の事例を参照しつつ、かつ顕氏自身の『古今集』の歌を「古歌」とする実作上の現象に「古今集」という時代性の限定を見るだけではなくむしろその規範性に意味があると考え（もちろん『古今集』が最も重要だとしても）、あえて対象をより広く捕捉する見地も併せれば、顕氏の出生以前に成立の歌あるいはそのような歌集所載の歌であることが一定の条件となり、かつ、作者のみならず読者もその詠作が古歌に基づくものであることを認識できる程度の一般性を有する歌あるいはそのような歌集所載の歌であることが一応の目安となる(1)と思われるのである。

以上のような考え方に立脚して顕氏の本歌取を検証してゆくこととしたい。

顕氏が、古歌に基づいて詠作したと考えられる歌八十九首(2)について、その本歌たる古歌を集別にまとめると、次のとおりになる（本歌にされた各集の歌ののべ数。括弧内はその内数で、上段は部類が転換されているもの(3)、下段は一首の顕氏詠が同じ集の二首を本歌にする場合の数）。

古今集　45（25、2）、後撰集　7（2、0）、拾遺集　10（4、1）＊内、拾遺抄6（書陵部四〇五・一一一本。他に異本1）。

後拾遺集　14（2、1）、金葉集　4（0、0）、詞花集　1（0、0）、千載集　3(4)（0、0）、新古今集　4（3、0）。

万葉集　10（1、1）、古今六帖　2（2、0）、堀河百首　1（0、0）。

伊勢物語(5)　3（0、1）。

この結果を一見して、『古今集』への依存度が他に比して圧倒的に高いことがわかる。もとより、前述のとおり顕氏自身『古今集』を「古歌」の典型と見たことが知られるところであり、鎌倉中期六条家の関東祇候の廷臣歌人顕氏の詠作に於いても、同集の規範性が色濃く認められることが、当然のことながら確認される。特に、他集に比して、その総数ばかりでなく、部類の転換の比率に明確な有意差が認められるのである。比較的総数の多い、『万葉集』と三代集および『後拾遺集』と比較してみても、そのことは明らかであろう（新古今集・古今六帖は総数が少なく直接の勘合は避ける）。これについては、後述のとおり内容を細かくみてもわかるように、例えば『詠歌大概』に示された部類を転換すべきとの定家の準則に従ったあるいはその影響を受けた結果というよりは、『古今集』所収歌の和歌の世界での存在の意味が別して強く、顕氏もまた同集を特に重く考えていたことを反映したものではないかと思われるのである。換言すれば、顕氏が作歌に際して『古今集』歌に依拠する場合は、『古今集』歌の流布と知名度故に、やはり他者を意識して、部類上の主題を転換する必要をより強く感じたであろうことを示すものとして捉えるべきかと考えるのである。

この『古今集』に次いで本歌に取られた数が多いのは『後拾遺集』となる。これも、顕氏が特には三代集を重視した定家の原則には盲従していないことを示すものと言えなくはない。しかしまた、同集に関して、例えば、俊成や定家が同集を和歌史の一つの屈折点としあるいは規範としたように、(6)顕氏が特別視する何らかの事由が存した可能性もあろうか。絶対数の少なさから確断はできないが、一応留意しておいてよい事柄に属するように思われる。

同時に、『後拾遺集』歌の多さに最も特徴的な顕氏詠の本歌の様相は、顕氏とも交わった真観の髄脳書『簸河上』が、歴代の勅撰集に依拠して古い「姿」を尊重すべきことを説く中で、『新古今』『新勅撰』『続後撰』の近代の諸集中の歌でも『万葉集』と三代集時代の作者の歌は本歌とすることを許容し、かつ『後拾遺集』から当代までの作者の歌の摂取を戒めつつ、「ただし、後拾遺は見直し、ひたたけて取り用いることになんなりて侍り。金葉、詞花もさることどもにて侍るめれば、くるしかるまじきことにこそ」(7)とする言説によく整合する。同時に、この「後拾遺は見直し」云々の一文は、兄知家が、和泉式部の『後拾遺』歌を顕氏詠の本歌として指摘した判詞(外歌1参照)とも符合する。ただし、『簸河上』には右に続けて、「されども、三代集の歌などのやうに本とするまではいかが侍るべからん」とあることは無視できない。『後拾遺』の歌は三代集と同じく本歌に取り用いることになったが、『金葉』『詞花』両集の歌は、三代集の歌のように本歌取の本歌とまですることに対する懐疑あるいは制限の表明である。この一節は、当世の歌の現実には、『後拾遺』はもとより、『金葉』『詞花』も含めた各集の歌が既に実質的に本歌取されていることを踏まえた容認と懸念が入り混じった言説なのであろう。それもまた、顕氏の詠作の様相とよく照応するのである。[8] 後述するとおり、『簸河上』と顕氏の実作との相関は他にも認められるのであり、その点でも注意してよい事象であろう。

なお、右の本歌の中には『百人秀歌』ならびに『百人一首』採録歌が四首含まれている。[9] これに後述する表現上の典拠歌となっている三首[10]を併せて勘案すると、あるいは『百人秀歌』歌か『百人一首』歌としての享受を認め得るのではないかとも思われるが、これは成立に連続する時代に於ける両書の成立と流布の問題にも関わることであり、[11] なお他の事例との総合の中で究明されるべき課題であろう。

二　本歌取2

引き続き、顕氏の「本歌取」の様相を、さらに詳しく具体的に分類整理して考察してみたい。

まず、本歌の主要な意想（発想・意味内容＝心）をそのままに（従って部類は同一）[12]、言詞（語句・措辞＝詞）を本歌の核心となる部分を残しつつその余は詠み換える、という方法の詠作が十三首ある。

例えば、次のとおりである[13]（右側に本歌、左側に顕氏詠。以下同様）。

①逢ふ事をいざほに出でなん篠薄忍びはつべきものならなくに（後撰集・恋三・七二七・敦忠）

　さのみよも忍びははてじ篠薄今はほに出でてかくと知らせむ（家9、将軍家歌合弘長元年七月七日・恋）

詞の上では、要語である「篠薄」を本歌と同じく腰句に据えたまま、本歌の下句を上二句でほぼ同様の意味のままに措辞を詠み改め、本歌の第二句の意味するところを下二句に敷衍している。そして、結局は、（男女の仲について）忍び通せないので表に顕そうという、一首の主軸となる意想は全く変化していないのである。

また、次のような例もある。

②風吹けば遠の垣根の梅の花かは我が宿のものにぞありける（後拾遺集・春上・六三・清基法師）

吹き送る風のたよりに知られけり遠の垣根ににほふ梅が枝（外10、宝治百首・春・梅薫風）

③五月山卯の花月夜時鳥聞けども飽かずまた鳴かぬかも（万葉集・巻十・夏雑歌・一九五三・作者未詳。新古今集・夏・一九三・読人不知＝第二句「卯の花月《づく》夜」（万葉現行訓も））

鳴きぬれどなほ待たるるは時鳥聞けども飽かぬ夕暮の空（家11、同（将軍家）御歌合・夕郭公）

②は、風に伝わる遠方の垣の梅香を我が宿のものとする本歌の雅趣をそれを表す要諦の下句とともに捨てて、上三句に贅言を費やして、本歌では必然的に内包されている意想である遠方の垣の梅香を風で察知する趣向のみの歌に仕立て直している。③も同様に、本歌の景気を表す上二句を捨て（あるいは結句の「夕暮れの空」に縮小して）、「また鳴かぬかも」一句に込められている主要な意味内容を、初二句に「鳴きぬれどなほ待たるるは」と態々敷衍しているのである。即ち、右の二例は、本歌の意想を、それとわかる詞は取り込んで受容しつつも、しかしより本歌の特徴を表すとも言うべき措辞（前者は下句、後者は上二句）を捨てて、多言を費やして表現しているのであり、言わば本歌の「心」を説明的に詠み直した作と言えるのである。

さらに、次のような例もある。

④秋立ちて幾日《か》もあらねばこの寝ぬる朝明《け》の風は手《た》本寒しも（万葉集・巻八・秋雑歌・一五五五・安貴王。拾遺集・秋・一四一＝第三句「幾日もあらねど」結句「袂涼しも」）

秋来ても幾日もあらぬ朝露のやがておきゐる袖ぞ寒けき（外34、宝治百首・秋・早秋）

詞の上では、顕氏詠の初二句が、本歌のそれを少々変形させながらしかし本歌を取ったことを知らせ、第三句以下は、本歌の「この寝ぬる朝明」を「朝（露）」「やがておきゐる」に改変しつつも意味内容はほぼ同様に残し、加えて「風」→「露」、「手本（袂）」「寒し」→「袖」「寒けし」（拾遺歌に拠ったとすれば「涼し」→「寒けし」）と置換しているのである。結果、立秋後間もない頃の夜寝て後の朝方の寒冷感という意想は一致しているのである。しかしながら、これは、主要な意想と措辞はそのまま取って、副次的な景物の「風」を「露」に変えて、風情の変化を求めているとも言え、左に記す「詠み益し」の例に分類することもできようが、ここでは一応それと区別しておきたい。(14)

ともあれ、以上の四例を初めとする十三首は、本歌の心とそれを支える詞（本歌の存在を示す詞）を取ったものであって、定家の本歌取の準則には背反するものであろう。ただし、この十三首も含めて全体として、詞の取り方は最大でも二句までで、それを超えるような場合は位置や語句に変化をもたせており、この点では、『奥義抄』の「なからをとりて」詠むことの禁制にも適い、かつ定家の規制から大きくは逸脱していないと言えるのである。しかし、これは初学者や素人や確信的模倣でない限り、まして歌の家の人顕氏としては髄脳書に従うまでもなく当然のことでもあったろうか。

次に、本歌の主要な意想とそれを表す言詞を取りつつ、あるいは特にその主要な意想に応和しつつ（従って部類は同一の場合が多い）(15)、そこに新たに副次的意想や景物を付加する（部分的に趣向を転じる）といった方法の詠作は、四十一首ある。

例えば、

⑤あやめ草よどのに生ふる物なればねながら人の引くにやあるらん（堀河百首・夏・菖蒲・三八五・公実）

川舟の綱手にかかるあやめ草かねてよどのに誰か引くらむ（家4、将軍家御歌合弘長元年七月七日・夏）

は、「淀野」と「夜殿」の掛詞の趣向に支えられた、何人かが「あやめ草」を夜の間に「引く」ことを推量するという本歌の主旨を取りつつ、「川舟の網手にかかる」という新たな情景を添加しているのである。これは、『奥義抄』の「盗古歌証歌」に挙げられている、例えば「古今　鶯の谷より出づる声なくは春来ることを誰か知らまし　忠峯／拾遺　鶯の声なかりせば雪消えぬ山里いかで春を知らまし　中務」で、後者が前者にはない「雪消えぬ山里」という情景を添加していることと同様で、即ち院政期の方法である「詠み益し」と言えるのである。なお、鎌倉中期の時点で『堀河百首』歌が本歌取の対象たり得たかについては、前述したように、『後拾遺集』および『金葉集』以降の勅撰集が、本歌取の対象となっていた現実の状況に照らせば、『後拾遺』と『金葉』との間に成立の同百首は、時代の位置付けとしては問題ないであろう。また、勅撰集ではない点は、既にこの時代までに、同百首が題詠の規範となっていたことに照らして、その歌の本歌取であることが歌人間に認識されたと見てよいであろう。従って、右の詠作を『堀河百首』歌の本歌取として認定したところである。

また、

⑥今朝来鳴きいまだ旅なる時鳥花橘に宿は借らなむ（古今集・夏・一四一・読人不知）

昨日今日いまだ旅なる雁がねは誰を頼みに鳴き渡るらん（外39、宝治百首・秋・初雁）

は、夏の「時鳥」を秋の「雁」に詠み換えつつ、鳥が宿るべき夏の景物の「花橘」が秋には無いことを問題とする趣向の詠作である。これは、同じく『奥義抄』「盗古歌証歌」の「後撰　帰る雁雲井にまどふ声すなり霞吹きとけこのめはる風　無名／金葉　時鳥雲路にまどふ声すなりをやみだにせよ五月雨の空　経信卿」で、春の「雁」とその姿を隠す「霞」を夏の「時鳥」と「五月雨」に置換していることに準じるものとして捉えられよう。

さらに、

⑦結ぶ手の滴に濁る山の井の飽かでも人に別れぬるかな（古今集・離別・四〇四・貫之）

山の井の結ぶほどなき短夜の月さへ飽かで明くる空かな（家169、石清水歌合嘉禎二年・春朧月）

⑧御《み》田屋守今日は五月になりにけり急げや早苗老いもこそすれ（後拾遺集・夏・さなへをよめる・二〇四・好忠）

御田屋守急ぐ早苗のとりどりに世に経る道はげにぞ苦しき（外27、宝治百首・夏・早苗）

は、本歌の主要な意想と語句（前者は「山の井」の水を「結ぶ」ことの不満足さ、後者は「御田屋守」が「早苗」取りに「いそぐ」こと）を序詞に取り込み（後者は有意の序）、それ以下に新たな表現を詠み加えているのである。これも、『奥義抄』「盗古歌証歌」に挙例する「万葉　結ぶ手の石間をせばみ奥山の岩垣清水あかずもあるかな　人丸」と「古今　結ぶ手の滴に濁る山の井の飽かでも人に別れぬるかな　貫之」との関係に通じるものであろう。

以上⑤〜⑧のような例、即ち、『奥義抄』の「盗古歌証歌」が示す事例(16)にほぼ類同のものは二十六首を数えることができるのである。

一方、以下に示すとおり、本歌に応和しつつ別の意想・言詞を付加するといった類の詠作もある。

⑨雪降りて年の暮れぬる時にこそつひに紅葉ぢぬ松(17)も見えけれ（古今集・冬・三四〇・読人不知）

松の葉のつひに紅葉ぢぬ色もなし籬の島に積もる白雪（家142、歌合寛喜元年八月日・島松雪）

⑩鏡山いざ立ちよりて見てゆかむ年経ぬる身は老いやしぬると（古今集・雑上・八九九・読人不知）

立ち寄ると影やは見えむ鏡山空かき曇る五月雨の頃（家12、同（将軍家）御歌合・山五月雨）

⑪きみがため惜しからざりし命さへ長くもがなと思ひぬるかな（後拾遺集・恋二・六六九・義孝。百人秀歌・四九他）

玉の緒の長くもがなと思へども絶えずも問はん末ぞ知られぬ（外79、宝治百首・恋・寄玉恋）

本歌の核心となる意想（⑨は紅葉しない松も雪によって際立つこと、⑩は鏡山の「鏡」に映して見ること、⑪は恋の為に長命であって欲しいと思うこと）に、疑義を唱えつつ（⑨は「色もなし」、⑩は「影やは見えむ」、⑪は「思へども」）、主に下句で新たに別の表現を詠み加えているのである。

また、

⑫山の端を出でがてにする月待つと寝ぬ夜のいたく更けにけるかな（新古今集・雑上・一五〇一・為時）

待つことは月におとらじ時鳥など山の端を出でがてにする（家14、同（将軍家）御歌合・月前郭公）

も、山の端をなかなか出ない月を待つという本歌の趣意を受けて、軽い論駁の感を含ませながら、その待望の思いは月だけでなく時鳥についても劣るまいと詠み添えているのである。

さらに、

⑬港入りの葦分けを舟さはりおほみ我が思ふ人に逢はぬ頃かな（拾遺集・恋四・八五三・人麿）

いざやさは港入江の波の門に我が思ふかたのみるめもとめむ（外73、宝治百首・恋・寄湊恋）

⑭浅みこそ袖は漬つらめ涙河身さへ流ると聞かば頼まむ（古今集・恋三・六一八・業平。伊勢物語・百七段）

積もりぬる涙のほどを人問はば身さへ流るとつげのを枕（外81、宝治百首・恋・寄枕恋）

などは、本歌の主旨に対して、⑬は「いざやさは」[18]、⑭は「人問はば」「つげ」と、詞の上で直接明確に応答して（応答する構えを見せて）、前者は「みるめもとめむ」、後者は「積もりぬる涙のほどを」「身さへ流ると（つげのを枕）」といった反駁を付加しているのである。[19]

なお、

⑮たれこめて春のゆくへも知らぬ間に待ちし桜もうつろひにけり（古今集・春下・八〇・因香）

めかれせで今日さへ猶や暮れはてむ待ちし桜の花の盛りは（外17、宝治百首・春・見花）

は、本歌の上句と結句に対照する意味の措辞として、初句に「めかれせで」と結句に「花の盛りは」を置き、一見対照的な意味合いの歌と見えるが、両首共に主想は桜花を惜しむということであって、やはり心詞を取った例となろう。

以上⑨～⑮に例示したような詠作は十三首あり、これらは、本歌の詞を取り込みつつ本歌の心に応和して、そこに新たな表現を詠み添えるといった手法としてまとめることができるのである。[20]

ところで、残りの二首、即ち、

⑯大荒木杜の下草老いぬれば駒もすさめず刈る人もなし（古今集・雑上・八九二・読人不知）

刈る人もなくてや今も茂るらん踏み分けがたき杜の下草（外29、宝治百首・夏・夏草）

⑰いにしへの野中の清水ぬるけれど本の心を知る人ぞ汲む（古今集・雑上・八八七・読人不知）

絶えはてぬ野中の清水いにしへを忘れず月の影ぞ澄みける（外45、宝治百首・秋・野月）

などは、歌枕にまつわる本歌の趣意に対して、その故事から詠歌の現在までに時間的懸隔を見て、現時点に於ける状態を表現しているのであるが、これもある意味では、本歌に応和しつつ新たな表現を添加した例として捉えることもできるであろう。そしてここには、古歌以来の時間的推移を和歌の歴史として把握しようとする顕氏の意識を窺うことができるようにも思われるが、この問題は後述することとしたい。

いずれにせよ、以上のような、本歌に応和しつつ別に新たな表現を詠み添える方法も、本歌の主要の心・詞を取りつつ副次的な意想・言詞を付加するといった点では、顕氏自身の認識は措くとしても、結果的には上述した『奥義抄』「盗古歌証歌」の事例に類同の詠作に準じるものと見なせるように思われるのである。

三　本歌取3

次に、本歌の言詞を取って、主軸となる意想を転換させている（従って部類は異なる場合が多い）(21)例は、二十首である。

例えば、

①奥山の菅の根しのぎ降る雪の消《け》ぬとか言はむ恋のしげきに（古今集・恋一・五五一・読人不知）

夜をかさね消ぬべくも見えず奥山の菅の根しのぎ降れる白雪（家75、中務少輔会）

は、本歌上句の序詞の措辞を多少変化させつつ一首の表の意味に生かして、その序詞が起こしていた掛詞（「消ぬ」）を解消しつつ否定（「見えず」）の言辞中に用いて、結果として一首の意味内容を恋の歌から冬の歌へと転じている。このように、本歌の序詞（有意の序も含む）を実義に生かして意想を転換する手法は比較的多く、右の一首も含めると全体の二分の一弱の九首にのぼっている。

また逆に、

②吹く風にまかする舟や秋の夜の月の上より今日は漕ぐらん（後撰集・秋下・四三七・読人不知）

吹く風にまかせぬ舟の浦づたひこがれて物は今日ぞ悲しき（家160、日吉社歌合・寄船初恋）

のように、本歌の詞を取りながら否定の形に変化させて序詞に再構成し、本歌の別の語をその序詞の起こす掛詞（「こがれて」）に再生して、秋歌から恋歌へと転換させた例も存している。

次のような例もある。

③人やりの道ならなくに大方は行き憂しと言ひていざ帰りなむ（古今集・離別・三八八・源実）

行き憂しと言ひてもさらにかなはぬは人やりならぬ有明の月（家178、宮続百首弘長二年二月廿八日・帰恋）

これは、離別の本歌の詞を取りつつ恋歌に詠み換えているが、上句は、本歌の下句を意識してそれに異を唱える趣であり、「心」を取った（応和した）詠み益しとも言える。しかしながら、「行き憂し」の語に意味の違いを持たせ（本歌は旅に行くのがいやだ、顕氏詠は女の家を出て帰って行くのがいやだ）、かつ、「人やりの道ならなくに」と「人やりならぬ」についても、本歌は言外に「自分自身の道程であるのだもの」の意を込めるだけなのに対して、顕氏詠はその上に恋歌の要件たる「有明の月」（帰ることを強制させる景物）を持ち出して「自分自身ではどうにもならない」の趣意を伴わせ、結果として、一首の意想を本歌から完全に転換させているのである。

以上の例を含む二十首は、いずれも古歌の「詞」のみを取って、新しい「心」を詠み出しているとも言え、つまりは、定家の準則に適合した本歌取とも言えなくもない訳である。しかしまた、顕氏詠の場合、このように詞だけを取って心を転換させたと一応は解することができる本歌取の作は必ずしもその割合が多いとは言えず、また、右に見た例からも分かるように、古歌と新歌との相関の中にも、顕氏が自覚的に定家の準則に従った結果であることを明確に示すような徴証を見出すまでには至らないのである。

続いて、二首を本歌に取った作をまとめて見ておきたい。この例は十五首ある。

この内、例えば（右二首が本歌、左端が顕氏詠）、

④浅茅生の小野の篠原忍ぶとも人知るらめや言ふ人なしに（古今集・恋一・五〇五・読人不知）

夜をかさね声弱りゆく虫の音に秋の暮れぬるほどを知るかな（千載集・秋下・三三一・公能、久安百首・一四九）

蛬声弱り行く浅茅生の小野の篠原秋ぞ暮れぬる（外123、新千載集・秋下）

のように、一首の本歌の意想をそのままに、その本歌の措辞と別の本歌の措辞を組み合わせて新たな一首に仕立てた（一首の本歌の心詞と別の本歌の詞を取る、即ち一首の本歌取を別の本歌で詠み益したとも捉えられる）例が七首ある。

また、

⑤心ざし深く染めてしをりければ消えあへぬ雪の花と見ゆらむ（古今集・春上・七・読人不知）

韓藍《から》の八入《しほ》の衣朝な朝ななれはすれどもましめづらしも（万葉集・巻十一・寄物陳思・二六二三）

心ざし深く染めてし韓藍の八入の衣色は変はらじ（外82、宝治百首・恋・寄衣恋）

は、二首の本歌の措辞を組み合わせて、両本歌と異なる新たな意想の歌に仕立てた（二首の詞を取る）例である。

その他の七首は、

⑥天の原空さへ冴えや渡るらん氷と見ゆる冬の夜の月（拾遺集・冬・二四二・恵慶）

冬寒み空に氷れる月影は宿にもるこそとくるなりけれ（金葉集・冬・冬月をよめる・二七四・源顕仲）

久方の天の河原や冴えぬらん空に氷れる月の影かな（外61、宝治百首・冬・冬月）

のように、二首の本歌の意想と措辞を組み合わせた（二首各々の心詞を取る）ものである。

右のとおり、二首を本歌とする場合でも、一首の場合と同様に、心と詞を併せて取ることが多いのであり、特に二首の心詞を組み合わせる事例の場合は、ほぼ二首の接合による剽窃に近いと言えるのであって、少なくとも定家の歌学書が説く本歌取、あるいはいわゆる新古今新風歌人達の自覚的技法としての本歌取を、顕氏が積極的に試みたことを窺わせるものではないように思われるのである。

以上に、顕氏の「古歌」に基づく詠作一般を「本歌取」として広く捉えつつ、分類して考察してみた。総じて、顕氏のそれは、古歌の主軸となる意想を、それを表す言詞を取り込んで詠み直し、そのまま再生するといった類が大勢（68―89）を占めていると言える。そして、その中では、新たな景物や副次的意想などを添加する、「詠み益し」と言うべき方法として集約できると解される事例が約七割（48―68）にのぼっているのである。これは、早く『俊頼髄脳』で「歌をよむに古き歌に詠み似せつれば悪きを、今の歌詠み益しつればあしからずとぞ承る」とされ、さらに、『奥義抄』の「盗古歌」に「古き歌の心は詠むまじきことなれども、よく詠みつればみなもちゐらる。名を得たらむ人はあながちの名歌にあらずは、詠みだに益しては憚るまじきなり」とされた論理およびそこに示された「証歌」の証例に契合するものである（証歌とほぼ同様の事例は26―48）。ここから直ちに、顕氏の「本歌取」観を帰納することには無理があろう。しかし、顕氏の「本歌取」の詠作が『新撰髄脳』あたりを淵源に『俊頼髄脳』から『奥義抄』などに至る院政期の古歌摂取の見解に準拠する傾きを見せていることについては、顕氏が大伯父清輔の示教に自覚的に適従してそれを自らの方法として獲得したものと見るべきか、そこまでは言えなくとも、普段から誘掖されて自然の内にその古歌摂取の方法の枠内に馴致したものと見るべきか、いずれにせよ、ある程度の清輔からの影響あるいは六条藤家の伝統への追従の跡を認めてもよいのではないかと思われるのである。

そして、そのことは同時に、定家の『詠歌大概』を中心とする学書に於ける「古歌」の取り方、即ち狭義の「本歌取」の準則——本歌と同心・同題になることを忌避すること、本歌に取る作は三代集の先達と『新古今集』（までの）の古歌人のもの（見習うべき作としては三代集と伊勢・三十六人集の上手）に限ること等——には必ずしも適合していないことを意味しよう。しかしながら、先に述べた本歌の言詞のみを取り意想を転換させた詠作、即ち定家の「情」は新しく「詞」は古くの原則に一応合致する詠作について見ると、語句を取る分量と位置の（本来初学者向けの）規制細則——二句を超えること三四字までは許容されること、秀句でなければ初二句を連続して取ることは許容されること、第二・三句の七五句あるいは下句の七七句をそのまま取らないこと、取った二句を上と下に分けて置くのがよいこと等——に適合しない例は、二十二首中二首であって、総じては、規制の範囲に留まっているのである。従って、これが、定家の示した準則に顕氏が自覚的に従うことを試みたことの反映である可能性も一概には否定できない。しかしまた、この語句の取り方については、既に『奥義抄』に「なから」を取ること——下の七七句あるいは上の五七句と二字以上をそのまま同位置に取ること（「已半取」の証歌による）——の戒めが説かれているのでもあり、また本来特に専門歌人にとっては、髄脳類の規制を俟つまでもなく、盗作・剽窃の疑いを持たれるような句の取り方をしないことは初歩的な常識に属する事柄であったはずであり、従って、これを以て直ちに定家の本歌取についての所説を顕氏が実践したことの証左とすることはできないであろう。また、定家の厳格な規制の論理と自身を含めた新古今時代の歌人達の実作との間には乖離があることを証明する論[22]や、定家の方法の実践の困難さが鎌倉中期の「本歌取」を院政期的な方法へと立ち戻らせたとする説[23]が提示されてもいるのであって、定家の準則がはたして顕氏のような歌人にどの程度学習され実践されたかは、なお新古今時代から同時代にかけての他の証例の検討と併せて究明されるべき課題であろう。

ところで、顕氏と交誼を結んだ真観の『簸河上』の「本」の取り方に関する叙述は、定家の方法とは異なり、必ずしも「詞」に限定したものではなく、「姿古きを捨てず」と「詞新しきにつくことなかれ」という二重の枠組みの中で説かれ、かつは「心」を取ること自体を明確に禁止している訳ではない。これはほぼ、上述した顕氏の詠作の様相と重なり合うと言ってもよいであろう。(24) 先に記した顕氏の「本歌」の勅撰集別歌数の状況と『簸河上』の所説との符合や、後に述べる顕氏の『日本書紀』地名歌詠出と『簸河上』の「日本紀」「名所」珍重の指向との合致を勘案すれば、真観の方法論の生成に重代の歌の家六条家の一員たる顕氏の詠歌の存在が何がしかの保証を与えたのではないか、より積極的に言えば顕氏の詠作の在り方などが真観の所説の一つの拠り所であったのではないか、と見ることも許されるのではないだろうか。逆にまた、そういった真観の言説が指示する時代の和歌の範疇に、顕氏の詠法も集合されているとも言えるであろうし、あるいは顕氏が真観の考え方に影響を受けていたのではないか、と考えることもできるであろう。

結局、顕氏の「本歌取」と見るべき詠作は、同時代の『簸河上』の所説と呼応するごとくであるが、それはつまり平安期以来の古歌の詠み直しあるいは詠み益しといった同類歌再生の方法を主体としつつも、自覚的か否かはさて措き、一部定家の所説の方法をも混在させているのである。しかし、それらの間には、詠作時期・機会の著しい偏向や獲得された歌の内容の特段の相違を見出せないのであって、恐らくは、今日の視点からは右のように分類することもできる方法とそれが生む効果の差異については、顕氏の中では特に区別する意識はなかったようにも見受けられるのである。ただいずれにせよ、これらは古歌への傾倒から生じるものであり、そこに、和歌の伝統が大きく蓄積された鎌倉中期という時代と平安期以来累代の和歌の家の人という境遇の反映を認めることはできると考えるのである。

四　古典の享受

さて、顕氏の歌には、上述の「本歌取」の作に準ずるものとして、古歌やそれに付随して派生する知識を典故とした詠作（これも極めて広い意味では「本歌取」と言えるか）が、少しく目に付く。

まず、古歌の語句をそのまま使用した詠作がある。例えば、「恋すてふわ（れ）」（拾遺集・六二一。百人秀歌・四二。百人一首・四一→家18）、「雲のまにまに」（堀河百首・三七七→外32）、「散り散らず」（拾遺集・四九→外55）、「思ふ思ひ」（後撰集・六〇一→外70）、「待つに寝ぬ夜」（金葉集・一一〇→外78）、「引く手あまたに」（古今集・七〇六→外93）、「思ひ出づや」（金葉集・三六二→外106）、「足も休めぬ」（古今集・六五八→外111）などである。これらは、顕氏詠の意想が古歌のそれとは断絶されて一つの語句のみが採用されている（五字か七字の単独一句のみでその他の言詞が全く取られていない）のであり、その点では、定家の古歌を取る規定（詞は古く情は新しく）と同様とも言える。しかしながら、右の語句自体が本来的には一般性を有する表現であったり、この語を取り込んだ同類歌や本歌取の作が詠まれて、それがひいては後の勅撰集等に採録されたり、あるいは連綿として詠出されていくうちに一般性を獲得したりしていて、結局は、顕氏詠がその句を詠み入れていたとしても、そこに、原拠たる特定の古歌を「本歌」に想起させる要素が欠落していると考えられるのである。例えば『井蛙抄』巻二「取本歌事」の「本歌のただ一ふしをとれる歌」（『愚問賢注』の「ただ詞一を取りたる歌」）の証例などと比較勘案して、なお検討されるべきではあろうが、とりあえずここでは、右の事例は上述の「本歌取」とは区別しておく。しかし、いずれにせよ、顕氏の選択した言詞が、典拠あるものであることに違いはなく、そこに和歌の表現上に伝統を尊ぶ顕氏の尚古の意識を多少は窺うことができよう。

また、古歌中の措辞を基に語句を入れ換えたり凝縮したりして別の措辞を形成したと見られる場合がある。例えば、「み笠と申せ」（古今集・一〇九一・陸奥歌）→「み笠と言はん」（家81）、「雲ゐにも通ふ心の」（古今集・三七八・深養父）→「心は空に通ふとも」（外65）、「隔つる雲の」（後撰集・一二一四・読人不知）→「雲や隔てむ」（外65）、「うたた寝に恋しき人を見てしより夢てふ物は」（古今集・五五三・小町）→「うたた寝の夢」[25]（外2）、などといった具合である。

さらに、古歌一首あるいはそれに続く和歌の伝統的類型を意識したと思しき表現の存在にも気付かされる。これも例を挙げると、「ことごとに悲しかりけりむべしこそ秋の心を愁へと言ひけれ」（千載集・秋下・三五一・季通）→「愁へある人のみあはぬ秋なれど」（家43）、「寂しさに宿を立ち出でてながむればいづくも同じ秋の夕暮」（後拾遺集・秋上・三三三・良暹。百人秀歌・五八。百人一首・七〇）→「寂しさも秋はならひの夕暮に」（家131）、「五月待つ山郭公うちはぶき今も鳴かなむ去年の古声」（古今集・夏・一三七・読人不知）→「去年の音と言ひ古せども郭公」（外26）、「天つ風雲の通ひ路吹きとぢよをとめの姿しばしとどめむ」（古今集・雑上・八七二・良岑宗貞。百人秀歌・一五。百人一首・一二）→「をとめごが昔の姿それながら」（外60）などである。あるいは、例えば「待てといふにとまらぬものと知りながらしひてぞ惜しき春の別れは」（新古今集・春下・一七一・読人不知）などと詠まれる「春の別れ」について、その叙述に用いられる一般的類型的な「惜し」「惜しむ」の語に対して「惜しみ馴れにし心ばかりに」と表明しつつ、敢えて「春の別れを」「慕ふ」と表現してもいる（家54）。加えて、「花下詩」「花下歌」の題で、「厭ふべき風の心をいかなれば花によそへて言ひ始めけむ」、「桜咲く奈良の都の古事にやまと言の葉誰ながめけむ」（家103、104）と、花の詩歌の歴史的積算を意識して詠んでいるのでもある。

以上のような例は、本歌取の場合と同断、顕氏が鎌倉中期という和歌の史的認識がある程度確立していたと考えられる時期の歌人であることの反映であろうし、同時に、やはり累代の和歌の家の人であるという自意識が、和歌史上の知識に基づく表現を必然的に選択させた結果と言えるのではないかと考えるのである。

なお、上述の「本歌取」も含めてここまでに記した諸事例中で、その典拠となる古歌の幾首かの部類が、誹諧（家23・136・175）・東歌（家81、外52）・物名（外15・121）および連歌（家84）であることに着意され、そこに顕氏の専門歌人としての古歌学習の広範さあるいは一般とは異なる偏倚の志向を見ることもできるように思われるのである。

ここで、右の歴史的認識あるいは尚古的意識に関連して、本説に基づく作について触れておきたい。具体例を挙げると、『古今集』仮名序の「難波津の歌は帝のおほむ初めなり」の言説および「難波津に咲くやこの花冬ごもり今は春べと咲くやこの花」の歌を念頭に置いたと見られる「難波津のその言の葉を残してぞ見ぬ世の人の心をも知る」（家39、同〈将軍家〉当座続歌・懐旧）の作があり、また、『日本書紀』の仁徳天皇六十七年に見える百舌鳥耳原の地名起源譚に基づく「聞き渡る百舌鳥《もず》の（野）耳原尋ねても昔の鹿の跡を見るかは」（家125、中務〈大江重教〉会・原）や、同じく仁徳天皇六十二年の額田大中彦皇子の闘鶏野の氷室の氷献上を契機とした天皇の氷室設置の故事を踏まえた「昔より日影もささぬ谷の戸を解けぬ氷室と定め置きてき」（外112。東撰六帖抜粋本・氷室）の作もある。ちなみに、朝鮮出征の大伴狭手彦の船を招き返そうと領巾を振った松浦佐用姫の伝説とそれにまつわる『万葉』歌や「五節」の起源の天武天皇の故事を念頭に置いて詠まれたと思しき歌も目に付くのである（家5・36・115・144、外60等）。(26)

右の三首なども、単に故事に依拠した詠作というだけではなく、その故事から現在までの時間の経過を明確に意識的に捉えた詠みぶりである点が、先に記した諸事例と同様に、和歌の歴史的積み重ねが確然とした鎌倉中期に於ける、累代の和歌の家六条家の歌人の伝統意識の顕れとして把握されるのである。顕氏自身、それを裏付けるかのように、「吹きつたふ和歌の浦風絶えずしてなほ人なみに出づるあまぶね」（外92、宝治百首・雑・浦船）と、和歌の風儀の伝承が絶えることなく続いて、そこに自分も人並みに名を列ねる、といった寓意の歌を詠んでいるのである。

なお、上記の「聞き渡る」と「昔より」の二首については、『日本書紀』の地名に関わる詠作であることに焦点を当てれば、先に述べてきたように、『簸河上』の言説に照応すると見られる。即ち、「歌枕、貫之が書ける古詞、日本紀名所など見るべし、とある」と『新撰髄脳』の一文を引き、「これおほきなる歌の本懐なり。古き歌枕、日本紀の中よりいできたる名所かと見ゆるをば、今の世には新名所と名づけられたるとかや。日本紀を見侍れば、げにおもしろき所所あり」とする真観の所説に、顕氏の『日本書紀』詠の存在が契合すると言ってよいであろう。(27)

五　六条家の和歌・歌学の摂取

顕氏が、六条家の人として、直接に先祖達の残した和歌や髄脳類に依拠したと考えられる事例について記しておく。

和歌では、まず大伯父清輔作品からの影響が目に付く。例を示す（右が清輔詠、左が顕氏詠）。

①ひたすらに厭ひもはてじ村雲の晴れ間ぞ月は照りまさりける（清輔集・一五九）
　村雲をなにかは厭ふ夜半の月霞める空は絶え間だになし（外14、宝治百首・春・春月）

②そなたより吹き来る風ぞなつかしき妹が袂にふれやしつらん（清輔集・二五一）
　そなたより吹き来る風のつてにだに情けをかくる音づれぞなき（外67、宝治百首・恋・寄風恋）

③時しもあれ水の水菰を刈りあげて干さでくたしつ五月雨の空（千載集・夏・一八四。久安百首・九二七）
　水深き苅田の稲を刈りあげてまた干しわぶるしづが衣手（外40、宝治百首・秋・秋田）

また、曾祖父顕輔については、例えば、その「思へどもいはでの山に年を経て朽ちや果てなん谷の埋もれ木」（千載集・恋一・六五一。久安百首・三六〇）に基づいて、「思へどもいはでの関に年経ぬる我が恋ふらくは知る人もなし」（外69、宝治百首・恋・寄関恋）と詠んでいる。

さらに、顕輔の子即ち顕氏の祖父重家には「日影もささぬ」（重家集・五八→外112）の句を、大叔父の顕昭にも（顕氏が）「白妙の色もてはやす屋どの卯の花」（外24）に詠み改めた「そが菊の色もてはやす白たへの袖」（六百番歌合・四四五）の措辞や「よそにもしるし」（千五百番歌合・一八五八→外49）の句などを学び、伯父経家には「いざやさは」（新古今集・一九四八→家148）という和歌にはさ程なじまない句や「野亭」を和らげた「野べの住みか」（経家集・八三→家80）といった語を、同じく叔父有家にも「いにしへは遠つ飛鳥の」（家102）に詠み直した「代代古りて遠つ飛鳥の」（建保三年内大臣道家家百首（夫木抄・二七一三））の措辞等々を、各々学んだ可能性があると思われる。

さらにまた、最も身近な兄の知家については、例えば、曾祖父顕輔が大嘗会和歌に詠んだ珍しい歌枕「八洲の郡」を先に知家が継承し（新撰六帖・七七三）、それを顕氏が受け継いで詠んでいるのである（家63）。他に、初句に「心とは」（家80）や「時のまに」（家154）を置く詠み方も、知家の『新撰六帖』詠（一九八三、一〇六八）に倣ったものと思われ、また、「なき人の形見の煙それだにも果てはむなしき空に消えつつ」（外120、続古今集・哀傷）は、知家の「人の世の果てはむなしき夕煙雲となりても空に消えつつ」（続後拾遺集・哀傷・一二三一）を模倣した作と見られるのである。

以上の事例については、詠作に際して直接に父祖等親族の詠作を参看したか、あるいは記憶に頼ったとしてそれを顕氏が自覚的に意識していたか、あるいはまた従前の親族詠についての学習成果が無意識下に反映したか、実際には各詠作それぞれの位相があり得よう。しかし、総じては、当然のことながら、六条家の一員として、累代の和歌の家の環境の中で、顕氏が一族の詠作に幼少時より日常的に意を向けていたことを窺わせる具体例と見てよいのではないかと考えるのである。そして、そういった過程に於いて和歌と家と二つながらの伝統に対する認識と、それに連なることへの自覚が涵養されたものと想像するのである。

なお、知家の子即ち顕氏の甥行家については、顕氏の『宝治百首』の「水辺蛍」題の「山川の岩間の水の絶えだえに光も見えて飛ぶ蛍かな」(外31)に対して、同百首の同題で、行家が「暮れぬるか浅沢水の絶えだえに光も見えて行く蛍かな」(一二〇八)という、極めて類似した歌を詠んでいる。偶然の所産の可能性も完全には否定しきれないが、叔父甥の関係より見て、むしろ、相互の影響を想定する方が自然であろう。これは、近親血族間の歌作上の交流の問題でもあるが、一方で、応制百首に於いて歌人同志相互の作歌に際しての事前の遣り取りや共通の試作の場が存した可能性を認めるか否かの問題でもある。(28)

さて、引き続き、六条家の髄脳類に顕氏が学んだと思しき事例を見る。

まず、「奈良の都の古事」(家104)の措辞は、清和天皇の『万葉集』成立期についての下問に答えた、文屋有季の『古今集』所収歌「神な月時雨降りおけるならの葉の名におふ宮の古事ぞこれ」(雑下・九九七)の、『袋草紙』所引の本文あるいは清輔本『古今集』の本文、即ちその下句「奈良の都の古事ぞこれ」に顕氏が依拠したものであろう。

また、催馬楽の「石川」を典拠とする「掻き絶えて訪はれぬ仲は唐筆のからき悔いする身とやなりなん」(家56)や、同じく催馬楽「婦が門」(29)かあるいはその原歌の『万葉』歌を転じた『古今六帖』歌の発想と語句を典拠とする「妹が門まだ程遠き夕立にみかさと言はん知る人もがな」(家81)についても、直接には、前者が『奥義抄』釈「後拾遺」の「なきながす」の歌の項かあるいは『袖中抄』第二十の「はなだの帯」の項(『色葉和難集』にも)、後者が『袖中抄』第一の「ひぢかさ雨」の項(『色葉和難集』にも)の所引本文によって学び得た可能性が高いのではないだろうか。併せて顕氏の催馬楽への関心も考えてよいであろう。

さらに、「明石の瀬戸」(外101)、「引きこころみむ」(外83)、「大荒木の浮田の杜」(外51)、「波の門に」(外73)等の措辞の獲得にも、『奥義抄』『袋草紙』『和歌初学抄』『袖中抄』等に所引の和歌の本文が介在した可能性が認められるのである。

以上の諸事例に、顕氏が六条家の者の手になる髄脳類に親しんでいた痕跡を見ることが一応はできるのではないだろうか。中で、当然著作の多さにも起因しようが、清輔の著作への依存の傾向が顕然としているように思われる。加えて、上述の本歌摂取に於ける『奥義抄』の方法への適従の指向性や、右記の実作に於ける清輔詠享受の姿勢を併せて勘案すると、顕氏の清輔に傾倒する意識がほの見えるようにも思われるのである。[30] しかしながら、顕昭については、右記の事例については『袖中抄』に拠っていた可能性が残るとしても、むしろ、『袖中抄』の「百千鳥」を「鶯」とするのは誤りで「諸の鳥」の意とする説や「ゑぐ」を「芹」ではなく「黒慈姑」とする説に明らかに背反する作を顕氏は詠んでおり（外7、8）、反抗とまでは言えなくとも、少なくとも所説に盲従はしていないことを窺わせているのである。従って、前節に記した顕氏の境涯や和歌活動上の事象と上述の和歌作品上の諸例より推して、顕氏の六条家の一員としての自覚は相当に強かったと見てよいであろうし、特に清輔を敬重し、兄知家を敬愛していたことは認めてもよいであろうが、顕昭など全ての六条歌人に全面的に従っていた訳ではなかったのではないかとも思われるのである。

六　同時代和歌の受容

前述した兄知家からの影響については、同時代の歌人や歌集の受容という側面もある訳だが、ここで、顕氏に比較的近い前代と同時代の歌人や歌集に依拠したと思われる詠作について見ておこう。

先に一時代前の時期の歌人から見たい。

まず、土御門院の「雪まぜに雨は降りつつしかすがに氷りもやらぬ山川の水」（土御門院御集・一一二）に学びつつ、「雪まぜに雨は降りきぬ足引の山の雫もかつ氷るらん」（外116、東撰六帖抜粋本・霙）と、下句を対照的状況に詠み直したと見られる作がある。かつ、同院土佐下向の折の歌とされる「憂き世にはかかれとてこそ生まれけめことわり知らぬ我が涙かな」（増鏡・新島守）と下句を同じくする「憂きながら言はでも思ふ世の中をことわり知らぬ我が涙かな」（家146、歌合寛喜元年八月日・忍述懐）の作がある。これらは、偶合とも考えられるが、両者を併せ勘案すると、やはり、土御門院の詠作に依拠したと見てよいのではないだろうか。なお後者については、土御門院詠を顕氏が知るに至る経路の問題が残ろうし、それを一先ず措くにしても、これらの土御門院詠摂取が顕氏にとりどのような意味合いを有するのかについてはよく分からない。それでも、土御門院が当代の治天の君である後嵯峨院の父帝であることは、顕氏にも意識されていたと見てよいのではないだろうか。

また、公経の「立ちそむる霞の衣薄けれど春きて見ゆる四方の山の端」（道助法親王家五十首・二）に拠ったと思しき「たちそむる霞の衣薄ければまだ影寒き山の端の月」（家151、日吉社歌合・春月猶寒）、および、実氏の「治まれる御代のしるしと山里に心のどけき花を見るかな」（続後撰集・春中・七九）に倣ったかと思われる「治まれる御代のしるしと見ゆるかな花の山辺に放つ春駒」（外109、東撰六帖・春駒）があり、かつ「今朝降る雪に」（外122）の措辞を実氏の『道助法親王家五十首』詠に学んだかとも見られる。加えて、道家の「年あれば秋の雲なす稲筵刈りしく民のたたぬ日ぞなき」（新勅撰集・賀・田家西収興・四七二）に拠ったと考えられる「庵近く秋の雲なす稲葉よりわきて降り来る夜半の村雨」（外97、宝治百首・雑・田家雨）の作も存している。さ程特徴ある表現の一致ではなく、事例が少ないので確言は避けるべきだが、幕府要路たる頼朝の姉妹聟一条能保の女を妻と母に持ち代代関東申次に任じた西園寺公経・実氏父子、および公経の後を襲って関東申次に任じた九条道家に対して、頼朝家の仁和寺姫御前の河内国西氷野庄知行を鎌倉殿から下知されるような立場の顕氏が[31]、畏敬あるいは親近（または阿諛）の念を抱いていたことは十分に考えられるであろうし、とすれば、専門歌人ながらも彼らの詠作に対して、ある種の敬意あるいは好意を感じていた（または迎合の意識を抱いていた）可能性も顧慮してよいとは思うのである。

続いて、定家と家隆からの影響を以下に挙例しつつ見てみたい。

例えば、「鳴海潟波路の月をながめつつ急がで渡る秋の舟人」（外46、宝治百首・秋・渡月）は、定家の「忘れぬは浪路の月に愁へつつ身をうし窓にとまる舟人」と「さざ波や鳰の浦風夢絶えて夜渡る月に秋の舟人」（拾遺愚草・二五四五、二二七一）の両首に措辞を取材したと考えられる。一方、「三島江や葦のかりねのみじかよに聞くも程なき時鳥かな」（家17、同（将軍家）御歌合・水郷郭公）は、家隆の「三島江の玉江の真菰かりそめに聞くも程なく帰る恋かな」（壬二集・一四二四）に拠ったのであろう。また、「おのづから問へかし人の情けあらば我がひとり寝の床のさ筵」（家161、日吉社歌合・寄筵待恋）は、家隆の「おのづから問へかし人の海人の住む里のしるべに思ふ心を」（壬二集・一四二五）に上二句を負ったと見られ、「年波の寄るをも知るや網代守早きうき瀬に日を数へても」（外115、東撰六帖抜粋本・網代）も、家隆の「尽きせじな八十宇治川の網代守寄る年波の日を数ふとも」（壬二集・一九四六）に倣ったかと思われるのである。

その他、「など夕暮に待ちならひけん」（新古今集・一一九六・定家）に拠った「待ちならひけん暮ぞはかなき」（家124）や、「霞にたどる」（拾遺愚草・一九九七→外77）、「夢の契り」（拾遺愚草・七七六→外71）、（乞巧奠の）「庭の燈」（六百番歌合・三一九→外35。同上六二〇家隆にもこの句あり）等の措辞を、顕氏が定家詠から習得したかと見られ、また、「白雲の絶えずかかれる葛城の山」（壬二集・二九九三）に拠った「夕霞絶えずぞかかる葛城の山」（外5）や、「鳴神の音羽の山」（壬二集・二七三〇→家179）、「朽ち残る」（壬二集・一四三八、一九八四→家28）、「おのが緑」（壬二集・一一七四→外22）、等の措辞を、顕氏が家隆詠から習得したかと見られるのである。

以上に、顕氏が、定家・家隆から影響を受けたかと思われる事例を列挙したが、もとより中には、両者個々の詠作からの受容よりも新古今時代以降の表現の潮流の中に捉えるべきものも[32]、自然と類似したと見るべきものも存するであろう。しかしながら、定家・家隆が新古今時代を主導した代表歌人であり、鎌倉中期の顕氏から見ても、先代の大歌人であったことは間違いないであろうし、それらの詠作に学び影響されたとしてもまた不思議はないとも考えられるのである。

次に、同時代の歌人からの影響について見たいが、この点で一応は注目に価するだけの事例の集積が存するのは、真観藤原光俊の場合である。例えば、「かつがつ惜しき」（第四句。洞院摂政家百首・二二七→家31）、「昔と言へば」（第四句。新撰六帖・一五二五→家38）、「あさまつり事（朝政）」（新撰六帖・二二五第二句→家118第四句）、「おきわたす」（初句。新撰六帖・一九四〇→外37）等の語句を、顕氏が真観詠から習得した可能性があると考えられるのである。もともと両者には、記録上に廷臣としての活動における交流が認められるのでもあって（前節）、特にまた歌人としての活動に於いても、真観は兄知家や甥行家らとの交宜も併せて顕氏には親近の存在であったことは周知のとおりである。関東下向の経験をも共有する異能の歌人真観の詠作に対して、顕氏が一定の関心を払っていたであろうことは充分に想像され、右記のような歌作上の影響関係もその反映と捉えられるのである。

ところで、集別の側面から見ると、右記の真観詠は、『洞院摂政家百首』詠が一首と、『新撰六帖』詠が三首である。他にも、前者については、万葉語を再生した「袖まきほさぬ」（四七二・家長→外28）、「霞にたどる」（八七・俊成女→外77。上記のとおり定家詠からの摂取かとも考えられる）、後者については、上記の知家詠の三首に加えて、「いやめづらなる」（二四・信実→外26）、「げにぞ苦しき」（一〇九七・為家→外27）、等々の句を顕氏が各集から学び取ったかと考えられるのである。つまり、これらの歌集が、前者は特に『宝治百首』作者顕氏にとって直近の（応制百首に準じる）百首歌として、後者はより一般的かつ直接的な作歌の手引書として、各々言わば顕氏の親炙した存在であったことを推測させもするのである。

他には、『建保名所百首』から「ほのぼの消ゆる」（五七八・行意→家115）や「行き来の人」（一一八六・範宗→外48）といった措辞を、また、『秋風集』にも「浅茅生の小野の芝生」（一一二・後嵯峨院→家7）の措辞を学んだ可能性が存していようか。

以上のとおり、顕氏も相当程度、近・現代の歌を摂取したことが知られるのである。しかし、顕氏の場合、近代・同時代の表現を摂取することが比較的多い鎌倉中期に活動しながら、他の歌人、例えば特に、別に論じる教定や能清などと比べるとき、その傾向が顕著とは言えないと思うのである。[33]これは、やはり、六条家の専門歌人としての意識と力量に関わる、顕氏の詠作の一つの特質と言えよう。

七　同時代以後の歌人への影響

顕氏の歌から同時代および後代の歌人への影響についてまとめておこう。

まず、顕氏が祗候した鎌倉幕府の主たる将軍宗尊親王から取り上げる。

例えば、弘長元年（一二六一）七月七日の『宗尊親王家百五十番歌合』における顕氏の「憂きが身の春こそ遅きものならめ鶯だにもはや来鳴かなん」（家1）は、宗尊に、翌年十一月の百首歌で「憂き身にも待たるるものを郭公心あれとは誰厭ひけむ」[34]（柳葉集・二四三）と、憂き身も季を告げる鳥を待つとの意想を取納させ、かつ、文永二年（一二六五）春～同四年秋頃にも「憂きが身の春」（中書王御詠・四九）の措辞を採用させている。また、同歌合で顕氏が用いた、珍しい「時鳥空に語らふ」（家3）の五七句は、宗尊の文永五年（一二六八）十月の三百首歌にも詠み入れられている（竹風抄・三三四）。さらに、宗尊将軍家の当座続歌の顕氏の「海原や沖行く舟のほのかにもいや遠ざかる波の上かな」（家36）は、宗尊に、同じく文永五年十月の三百首歌で「ほのぼのと明け行くかたの浪の上にいや遠ざかる沖つ舟人」（竹風抄・四六七）と類似歌を詠ませている。

なお、年次不詳の宗尊将軍家歌合での顕氏の「恋すてふ我こそあらめ時鳥さのみやよそに音をばなくべき」（家18）に対して、宗尊は弘長三年（一二六三）六月二十四日の当座百首歌で「春知らぬ我こそあらめ鶯のなにを憂しとか音をばなくらむ」（柳葉集・三五九）と類詠をものしている。この先後関係は、右の顕氏詠を収める『従二位顕氏集』の成立が、弘長元年（一二六一）八月以降程なくの頃と推測されること（前節）や、両者の年齢差（顕氏が三十五歳年長）および作者としての在り方と詠作の位相――顕氏は専門歌人、宗尊は貴顕であり、顕氏は同時代歌人の歌への依存の度合が低く、宗尊はそれがより高いと推測されること(35)――などから推して、顕氏が先で宗尊が後と判断されるのである（後者の理由のみに拠れば、逆に『従二位顕氏集』の成立時期の下限の傍証にもなり得ようか）。

以上は、廷臣顕氏が関東に祗候して柳営の和歌行事に詠出した歌が、将軍宗尊に受容された具体例と認められる。重代の歌人にして関東歌壇に於ける最上位の廷臣顕氏の詠作に宗尊が学んだ痕跡が存することに不思議はないであろう。むしろ、その意味では、宗尊詠への顕氏詠からの影響はより大きく顕れても然るべきかと思われるが、これはさらに宗尊自身の詠作の側からの追究によって定位されるべきであろう。なお、右のような事例は、右記の顕氏詠を収める『従二位顕氏集』が宗尊に進献されたかとの憶説（前節）に、微弱ながら一つの傍証を加えるようにも思うのである。

次に、飛鳥井雅有への影響を見てみたい。

弘元元年（一二六一）七月七日の『宗尊親王家百五十番歌合』には、雅有も出詠しているが、その歌合で顕氏が詠んだ、「いかに見し夜か心澄みけん」（家6）、「浅茅生の小野の芝生も霜枯れにけり」（家7）といった新奇な措辞を、雅有もそれ以後に、「いかに見しよかうつつなりけん」（雅有集・三六三他）、「浅茅生の小野の芝生は露ぞこぼるる」（隣女集・一一四五）との類似句に詠み直している。また、寛喜元年（一二二九）八月の十首歌合での顕氏の「明くるもしるき鶯の声」（家138）の句に、雅有は「明くるもしるき鳥の声かな」（隣女集・一九〇）と倣ってもいる。さらに、『宝治百首』での顕氏の「身にはよそなる（春）」（外7）の句を、雅有は、「弘安百首」に於いて二首（雅有集・三〇五、三八一）に詠み入れているのである。

関東祗候の廷臣で重代の歌の家の人であるという同じ境遇の一世代上の先輩歌人（顕氏が三十四歳年長）の詠作

に、雅有が影響を受けるのは自然であろうが、このことはまた、近現代歌人の秀句や新奇な句を好んで取り用いた雅経・教定を祖父・父に持つ雅有の、作歌姿勢の有りようの問題としても捉えてゆくべきであろう。(36)

その他、関東歌人への影響例を少々記しておく。

弘長元年(一二六一)八月二十六日の鎌倉の大江重教家会に於いて、顕氏は「おきゐの里」を詠んでいるが(家126)、これは、それ以前の実作では、専ら鎌倉時代前期の親王や御室などの狭い和歌圏で詠まれている歌枕(所名)である。これを、その後に宇都宮景綱が詠んでいる(沙弥蓮愉集・六三〇)のは、顕氏詠に誘発された可能性があろう。また、『東撰六帖』(抜粋本)所収の顕氏詠「むかしより日影もささぬ谷の戸を解けぬ氷室と定め置きてき」(外112)の「日影もささぬ」の措辞は、上記のとおり早く祖父重家に作例が見えるが、他の用例は稀である。それを、「日影もささぬ谷の戸」の形のまま源長継(新和歌集・二一九)や他阿(他阿上人集・八五六)が詠んでいるのである。これは、両者が『東撰和歌六帖』を作歌の拠り所とした結果と見てよいのではないだろうか。

右に記すような、宗尊・雅有および景綱・長継・他阿の顕氏詠への依拠の事例は、関東圏での顕氏詠の受容例と把握されるのであり、関東祗候の廷臣が果たした京都文化の関東への移入の、和歌の局面に於ける微細な具体例とも言えるのである。

ここで、『宝治百首』の顕氏詠が、後代の応制百首に少しく影響を与えた痕跡が見られるので、それについて例を示しつつ記しておきたい。

「身にはよそなる春」(外7)の措辞は、『嘉元百首』と『文保百首』の各首(四七七・師教、一二七七・俊光)に、「外山の雪の朝ぼらけ」(外57)の七五句は、『文保百首』の一首(一四六五・定房)に摂取されている。「春月」題の「村雲を何かは厭ふ夜半の月霞める空は絶え間だになし」(外14)は、『嘉元百首』の同題で実重の「待ち出づるかひこそなけれ村雲の絶え間も霞む春の夜の月」(七一三)に、「杜紅葉」題の「大荒木の浮田の杜の薄紅葉かつがつ露や色を染めけん」(外51)も、同様に従二位為子の「秋山は時雨れぬさきの下紅葉かつがつ露や染め始めけん」(新拾遺集・秋下・嘉元百首歌たてまつりけるとき・五二九。題は「紅葉」か)に、各々意想と措辞が受容されている。また、「寄木恋」題の「常磐木のつれなき色の程を見よ世には変はらぬ例しありとも」(外74)の初二句は、『永享百首』の同題で貞成に「人知れず思ひそむれど常磐木のつれなき色にさてや果てなむ」(七九九)と取り入れられているのである。

以上の顕氏詠からの影響の事例は、しかし、『宝治百首』という先行の応制百首全体を、後代の応制百首の作者が参看した結果でもあろうし、応制百首の史的枠組みの中でより深く追究されるべきであろう。またしかし、顕氏詠が受容されていると見られることは、その表現に影響を与えるだけの要素があったことには他ならず、歌の家の人としての力量を史的に位置付ける一つの客観的視座とはなろうかとも考えるのである。

八　その他の特徴

さて、以下には、顕氏の歌に認められる二、三の性向について記しておく。

まず、当たり前の事柄に属することではあるかもしれないが、廷臣顕氏の歌には、その廷臣としての自負の念が窺知される作が存している。

例えば、関東に於ける宇都宮氏傍流の小田時家(伊賀前司)の会に、「禁中鶯」の題で「百敷に谷の鶯出でにけりかしこき君の御代の春とて」(家64)と詠んでいるのである。公卿の列に在った顕氏が、武家の歌会で東人達の中に交わり、彼らが実感としては詠み得ない歌題(題者が顕氏自身の可能性もあろうか)の下、恐らくは自負と優越の念を抱きつつ、君主への讃歌を詠じており、そこにはまた自己の廷臣としての存在意識を披歴する意図も感じられるのである。それは、幕府の将軍御所の歌会で、「この里」鎌倉を「都」に対する「鄙」とする認識を示している（家54）ことと一連であろう。また、同じく関東に於ける弘長元年（一二六一）五月二十七日の顕氏弟日光別当法印尊家会に、「懐旧」の題で「数ふればややはたとせになりぬらんはかなく見えし春の夜の夢」（家117）と、即位儀に大将代を元服に能冠を務めた四条天皇の夭逝を追慕し、さらに、「寄日祝」の題では「君がため出づる日ごとに祈るかなあさまつり事絶えせざれとは」（家118）と、朝廷の政務永続を予祝しているのである。

これら関東の歌会での若干の詠作より見ても、関東祇候の廷臣顕氏には、関東の地に在るからこそ廷臣たることの意味がより強く意識され、それを歌に込めて詠出することによって自分自身の存在意義を確認する必要があったものと推測されるのである。

一方、そのような心情とは一見裏腹にも思われる、下賤の民人の農・漁・林業等の労働に対するひとかたならぬ関心が読み取れるのである。

例えば、以下のような歌である。

①幾ばくの秋のたのみもあらじ身にたゆまず急ぐしづが苗代（家23、苗代）
②をちこちの水の流れにしるきかないづくの里も急ぐ苗代（家50、苗代処処）
③水かくるたよりまれなる小山田に五月雨待ちて早苗とるなり（家106、山田早苗）
④御田屋守急ぐ早苗のとりどりに世に経る道はげにぞ苦しき（外27、早苗）
⑤水深き苅田の稲を刈りあげてまた干しわぶるしづが衣手（外40、秋田）
⑥程遠き山田の早苗取る民の足も休めぬ里の通ひ路（外111、早苗）

「早苗」や「秋田」といった題の制約下に詠まれたものではあるが、①報酬の僅少さにもかかわらず苗代田に精励する様を詠じ、②全ての村里が苗代田に精励している表れを流水に見、③水利不便の山田の早苗取りを思い、かつは、④早苗取りの精勤に経世の辛苦一般を象徴させ、⑤深田の刈り入れの重労働を具体的に詠み、⑥山田の早苗取りに往来する里人の休みない精勤を歌っているのであり、題詠の類型を超えて農事とそれに従事する民人への強い興味と幾らかの同情とがあるように思われるのである。このことはまた、例えば「岡蕨」題による「片岡になほ降る雪の下蕨いかにとめてか賤が折るらん」(家66)の作のように、貴族による春の行事の類型ではなく、賤民の実生活としての蕨採取を想定した詠作にも窺われるのである。

さらに、例えば、

⑦鳴海潟霧立ち返る潮騒に足も休めで急ぐ海人人(家91、潟霧)

⑧ますらをは苦しき山の峰越えて心づからやなげきこるらむ(家98、樵客)

⑨早き瀬に浮きてよ渡る鵜飼舟憂きいとなみを何ならひけん(家174、鵜川)

⑩年波の寄るをも知るや網代守早きうき瀬に日を数へても(外115、網代)

など、⑦「足も休めで急ぐ」(「急ぐ」は顕氏の好尚の語)の措辞を用いて農民の休みなき精励への感嘆と同様に海人の精励を歌い、⑧困苦の労働に自ら従事する山人(樵客)の心情に驚嘆し、あるいは⑨殺生を生業とする鵜飼への同情と、⑩日々を暮らす老いた網代守への哀情などを詠んでいるのである。これらも、もとより、題詠と伝統的類型の制約を受けてはいるが、やはりその枠組みを少しく超えて海・山・川の生業とその従事者への真情としての感懐が存するように思うのである。これは、顕氏の資質・性格に基づくものであろうが、そこには、六条家の傍流であり関東祗候の廷臣であるという、言わば傍系者・周縁者としての境遇が投影した可能性も見る必要があろうし、より実際に東下・西上の途次に洛中では実見し得ない農・漁・林業の労働とその従事者を目の当たりにして感動した経験が反映した可能性も見てよいかもしれない。いずれにせよ、従来の王朝和歌の伝統的類型に規制されつつも、そこから一歩踏み出した詠作の傾向と言えよう。

なお、顕氏の歌には、掛詞と縁語のいわゆる秀句が多く認められる。掛詞としては、本文に欠のある三首を除く三百二首中に百六十五種（家集百七十八首中に百一種、外歌百二十四首中に六十四種）用いられている。言うまでもなくこれらの多くの場合が縁語との併用になっており、掛詞のみ単用は三十五種（家集二十一、外歌十四）で、また、序詞や枕詞に結び付いているものは、各々、六種（家集三、外歌三）、九種（家集五、外歌四）である。

この掛詞・縁語の使用頻度が高いか低いかは即断できないが、別に論じる同時代の関東祗候の廷臣歌人たる教定ならびに能清の歌の、掛詞・縁語の使用数は各々、現存五十九首中に三十一種（内、掛詞のみ三、序詞に一、枕詞に二）、五十五首中に十八種（内、掛詞のみ三、序詞に〇、枕詞に〇）であり、これらに比すると、顕氏の歌に占める掛詞・縁語の比率は高いと言える。教定は新古今撰者雅経を父に持つ重代の歌人であり、能清は特に専門歌人とは言い難い出自経歴であるが、その能清の掛詞・縁語使用の比率が最も低いのは、総歌数の違いによる統計上の誤差とばかりも言えないように思われる。逆に、顕氏がこのような修辞を比較的多く使用していることは、専門歌人としての顕氏の必然的な方法であった、換言すれば、平安以来の和歌の家六条家の人としての顕氏の和歌表現に対する価値観の一端がそこに顕れているとも見られるのである。

(37)(38)

むすび

以上に、顕氏の和歌の特質の一斑を、主として和歌表現の史的展開の中に検証することをとおして縷述してきた。

顕氏の「古歌」の取り方は、新古今時代あるいは定家のいわゆる「本歌取」に全てが合致するものではなく、むしろそれ以前の時代のような古歌の摂取方法、即ち主要な心・詞の踏襲と副次的心・詞添加による「詠み益し」を中心とする「同類」詠の方法が、大勢を占めるのであって、今それをひとしなみに「本歌取」と呼び得るか否かは問題として残るが、結局は、清輔『奥義抄』「盗古歌証歌」の説示する方法に近く、さらに結果としては同時代の真観『簸河上』の言説にも照応するものであったと言える。これは、古歌に習熟する中で、その古歌を再生することに一つの価値を見出す方法とも言える訳であり、事実、「本歌取」以外の詠作も併せて顕氏詠個々について、一首の内容と措辞だけでなくより細部に亘って趣意と語句を見てみても、古歌以来の伝統的意想・言詞やそこから派生する類型を、典拠として自覚的に踏まえた上で詠出されたと思しき歌も数多く存しているのである。そして、このことは、一方で近・現代歌人の歌への依拠が比較的少ないことと表裏をなすものであろう。そしてまた、それらの古歌とさらには故事の類に依拠した作や類型の上に成立させた作には、単に典拠・典故を再生した表現だけでなく、古歌や故事から現今までの歴史的推移やその中に詠み継がれてきた詠作の蓄積それ自体を対象とする表現も含まれているのである。従って、今ここで言う顕氏の「本歌取」とそれに準じる古歌摂取は、定家などの示し行ったそれとはまた別の意味で積極的な伝統受容の方法の一端であったとも言える訳である。そしてこれは、「武者の世」になる以前から脈脈と続く和歌の歴史の中で、その歴史の一翼を担う累代の和歌の家に生を享け、かつは、武者の時代に武者の本拠地の関東に祗候する運命を辿り、和歌を以て同圏内に於ける優越を保持する必要があった顕氏の認識とも関わるものであろう。

また、顕氏が専門歌人として伝統を重視して典拠・典故ある表現を選択したということは、その和歌が掛詞や詞の寄せを多用して、趣向を構えることの多い傾向を見せることにも繋がっていると考えられる。(39) そしてまた、前節にも記したとおり、公卿にして六条家の一員であるという身分境遇に負う所大だとしても、『宝治百首』の作者を経て『続後撰集』『続古今集』および没後直近の『続拾遺集』に各二首の入集を見るように、堅実に足跡を残していることや、あるいは、当時の歌合に於ける判詞（定家、基家、知家等）で特に絶讃は博さないが逆に酷評を受けることもないことなど、つまりは独創的な秀逸も詠出しない代わりに大きな破綻のない詠みぶりを示していることにも密接に関わっていると思われるのである。さらにこれは、将軍を初めとする関東圏の歌人達や後代の応制百首歌人達などに、その詠作が作歌の一つの模範として享受されていくこととも直接に関連すると言えるのである。

他方で、恐らくは、顕氏に生来内包されていたであろう性質が傍系者の境遇と相俟って、かつは東下・西上の折の見聞の広まりにも支えられてか、民人の生活・労働に関して詠む局面に限ってのことではあっても、従前の類型からはやや逸脱する徴候も垣間見せているのであり、そこに顕氏の一つの個性を認めることもできるのである。

結局、鎌倉中期という時代に於いて六条家という家統に属していたことが自ずから廷臣歌人としての伝統意識を醸成させ、関東に祗候したことが一つの触媒ともなってそれがより強く自覚されて、顕氏の和歌の特質――古歌や故事の心詞やそこから派生する伝統的類型を踏襲しつつ、やや修辞が勝ち趣向を構えたしかし無理のない仕立て方であること、そして時代の中に融和することそれ自体に存在価値があること――が形成されたものと思われるのである。そういった歌のありように、王朝以来の歌の家の人が冀求した必然的な歌作の姿として、和歌の伝統の端に立ち、その強く大きな流れを継承して新たな詠作を集積しつつ、後世はるかに続く道統が連綿として強固なものであることを体現していることの意味を認めるべきであると考えるのである。

［注］

（1）例えば、『行宗集』所収の円融院の「何ゆゑか人も問ひ来む道遠みまだ花咲かぬ春の山里」（二）に酷似した「何ゆゑか人も問ひ来ん時しあれど花もにほはぬ春の山里」（家74）の作がある。これは「中務少輔会」の「以古歌為題取其詞也」の作で、「春立てど花もにほはぬ山里はもの憂かる音に鶯ぞ鳴く」（古今集・春上・一五・棟梁）を「本歌」にするものであろう。従って、両首は偶然の一致の可能性もなくはない。しかし、偶合でないとすれば、心はほぼ同一で詞も三句を同位置に取っているのであって、定家の「本歌取」の規制から大きく離脱しているばかりか、清輔『奥義抄』「盗古歌証歌」の「なから」を取ることへの戒めにも背反している。一私家集の所収歌であることが、顕氏をして他者の目を気にすることなく（あるいは言わば確信犯的に）模倣させたものであろうか。学書の準則から逸脱していることはさて措くとしても、現に別に『古今集』歌の本歌が存在しているのであって、仮に顕氏が自覚的であったとしても、これ程までに酷似することをあえて厭わせなかった原因と表裏のこととして、人々に周知されていたとも思われない『行宗集』の所収歌について、それを「古歌」と見てその「本歌取」と認めることはできないと考えるのである。また、同様に、『和泉式部集』（六一一）所収の「何事も心にかなふ世なりせばひとりさか木の花を見ましや」との同類詠「何事も心にかなふ世ならねば惜しむにつけて散る桜かな」（外105）も、和泉式部の歌を「本歌」にした詠作とは考えない、ということである。前掲『藤原顕氏全歌注釈と研究』参照。

（2）前掲『藤原顕氏全歌注釈と研究』で「〔本歌〕」とした歌。

（3）各歌の部立が明確な場合はそれに従い、それ以外は歌の内容から判別した。

（4）内二首は『久安百首』の歌。同百首に依拠した可能性も留保されよう。

（5）内二首は『古今集』にも見える歌だが、ここは『伊勢物語』に拠ったと解する。逆に、『古今集』に分類した中には、『伊勢物語』にも見える歌が三首含まれている。その他の重複も幾つかあるが、前掲『藤原顕氏全歌注釈と研究』に記したとおりなので省略する。

（6）『古来風体抄』、『新勅撰和歌集』序等。

（7）静嘉堂文庫蔵伝冷泉為相筆本（一〇五・九）に拠り、表記を改め、清濁・句読点を施した。以下同様。

（8）本論第二編第一章第二節「『簸河上』の性格」に関連する点を論じている。

（9）家124・170・177、外79。

（10）家18・131、外60。

（11）『百人一首』は、藤原定家撰であるとする説が根強かった。『百人秀歌』は、定家撰であると見ることに異論はない。従って、その先後関係に焦点を当てて論じられる傾向が強かったが、『百人一首』が定家撰であるとする根拠は、極めて薄弱である。近年では、『小倉百人一首』定家撰説は、否定されている。『百人秀歌』を基に『百人一首』に改撰したのは頓阿の可能性が高いとの考えも示された。ただし、『百人一首』が、『続後撰集』成立後から頓阿「水蛙眼目」までの間の成立であるとして、頓阿以外が撰した可能性が完全に否定される訳ではない。田渕句美子「『百人一首』の成立をめぐって―宇都宮氏への贈与という視点から」（『中世宇都宮氏　一族の展開と信仰・文芸』戎光祥出版株式会社、令二・一）、小川剛生「『百人一首』の成立―いつ誰が撰したのか」（『百人一首の現在』青簡舎、令四・一〇）等参照。

(12) ただし、『拾遺集』雑賀の連歌（一一八四・女、良岑宗貞）を本歌にした恋歌（家84）の例外があるが、これは、本歌が、「内にさぶらふ人を契りて侍りける夜、遅くまうで来ける程に、うしみつと時申しけるを聞きて、女のいひつかはしける」という、恋愛を示す詞書を持っている上に、その上句の「人心うしみつ今は頼まじよ」を、顕氏詠が「うしみつと聞こゆる声のつらきかな頼めし夜半もまた更けにけり」と敷衍したものであり、実質的に部類は変化していないと考える。

(13) 以下、引用の本文は、原則として前掲『藤原顕氏全歌注釈と研究』に同じ（一部依拠本文を異にする場合がある）。ただし、読み易さを考慮して、踊り字は通行の字体に改めた。また、漢字・仮名の表記を改めた。なお、『万葉集』の歌番号は、旧国歌大鑑番号に統一した。

(14) 『奥義抄』「盗古歌証歌」の、例えば「古今　花の色は雪にまじりて見えずとも香をだに匂へ人の知るべく　篁卿」と「同　花の色は霞にこめて見せずとも香をだにぬすめ春の山風　良峯宗貞」（日本歌学大系本。以下同じ。表記を改める場合がある）の場合、「雪」を「霞」に置換した上に「春の山風」が付加されていることが、「詠みだに益しては憚るまじきなり」の例となっているのであろうが、該歌の場合はそのように明確な付加部分が無い訳である。

(15) 部類が異なるのは、家6・12・14・117・133・136・157・169・175、外6・29・39・41・45の十四例だが、いずれも本歌の意想の核心はそのまま取り込まれている。

(16) 田中裕「定家における本歌取り―準則と実際と―」（論集『藤原定家』笠間書院、昭六三・九）に明快な総括がある。なおこれは、例えば『愚問賢注』「本歌をとる事…」の「本歌の心をとりて、風情をかへるうた」に類するものでもあろう。久保田淳「本歌取の意味と機能」（『日本の美学』一二、昭六三・五）参照。

(17) 柳瀬喜代志「「つゐにもみぢぬ」・「つゐに緑の」松の歌（『古来風躰抄』考）―論語受容史の一端―」（『古代研究』二

五、平五・一）参照。

（18）他にも「いざやさは花咲く山に宿しめて夕べ急がぬ春を暮らさん」（家148）の作がある。特定の一首を念頭に置いた訳ではないが、山桜を尋ねたが夕暮の帰り道に悠長に構えていられないあるいは迷う恐れがあるといった、伝統的通念を踏まえて、「いざやさは」と応じた一首である。

（19）これは、例えば『愚問賢注』「本歌をとる事…」の「本歌に贈答したる体」に類同であろう。

（20）なお例えば、「冬ながらそらより花のちりくるは雲のあなたは春にやあるらむ」（古今集・冬・三三〇・深養父）に対して、「ことしだにまだ空寒し久方の雲のいづくを春といはまし」（外9）と詠む。これは、詞としては「空」「雲」「春」の三語が一致するのみであるが、まさに『古今集』歌に異を唱える趣意である。この類を全て「本歌取」と見るべきかはさらに検討を要しよう。この点については浅田徹氏の御教示を得た。記して深謝申し上げる。

（21）部類が同一なのは、家105・137・181、外24・72の五例だが、いずれも両首の意想が全く異なっている。

（22）大木睦子「藤原定家と本歌取」（『学習院大学国語国文学会誌』三三、平二・三）、渡邉裕美子「俊成卿女と宮内卿―「千五百番歌合」本歌取作をめぐって―」（『早稲田大学大学院文学研究科紀要別冊（文学・芸術編）』一六、平二・一）、同「越前の本歌取―「千五百番歌合」をめぐって―」（『文芸と批評』六三、平三・四。以上二編『新古今時代の表現方法』笠間書院、平二二・一〇所収）等。

（23）山田洋嗣「鎌倉中期における「本」、「本歌」に関する二、三の問題―『源承和歌口伝』注解」補説―」（『立教大学日本文学』六八、平四・七）。

（24）注（8）所掲節参照。

（25）この一首は「逢ふと見るその面影もいたづらにさめてはかなきうたた寝の夢」で、『古今集』歌は「うたた寝に恋しき人を見てしより夢てふ物は憑みそめてき」である。顕氏詠は、『古今集』歌第三句を初二句「逢ふと見るその面影も」と受け、また『古今集』歌結句「憑みそめてき」を「さめてはかなき」と切り返し、全体として『古今集』歌の意想に異を唱えている趣である。従って、『古今集』歌を「本歌」と見ることもできるか。

（26）これについては、前掲『藤原顕氏全歌注釈と研究』の外歌112の〔参考〕に記したとおり、直接の典故としてはやや疑問が残る。

(27) 注(24)に同じ。

(28) 伊倉史人は、『永久百首』とその背景」(『三田国文』二七、一〇・三)で、『永久百首』の歌について、歌人間に共通し類同する「歌枕詠」や「同題において複数の歌人が同じ歌語や趣向を用いている例」あるいは「類似する歌」の「存在」を析出し、「従来否定されてきた「衆議の場」が『永久百首』においても『堀河百首』と同様存在した」と説く。『宝治百首』でも本文の例の他に、顕氏の詠作に関連して検しただけの場合でも、以下の様な事例がある。①顕氏詠も含めて、「野沢の水」(外8)、「庭の燈火」(外35)、「とねりこ」(外90)の語の使用が集中している。②「冬月」題で、『拾遺集』の「天の原空さへ冴えや渡るらん氷と見ゆる冬の夜の月」(冬・二四二・恵慶)と『金葉集』の「冬さむみ空に氷れる月影は宿にもるこそ解くるなりけれ」(冬・二七四・源顕仲)を本歌に、顕氏が「久方の天の河原や冴えぬらん空に氷れる月の影かな」(外61)と詠み、俊成女も「冬の夜の空に氷れる月影の鏡と見ゆる霜の上かな」(二三一三)と詠んでいる。③「寄風恋」題では、顕氏の「そなたより吹きくる風のつてにだに情けをかくる音づれぞなき」(外67)に対して、但馬の「いかにせんそなたの風のつてにだにあはれをかくる言の葉もなし」(二五五六)という全き類想歌が存している。④「杣山」題で、顕氏は『古今集』の「大幣の引く手あまたになりぬれば思へどえこそ頼まざりけれ」(恋四・七〇六・読人不知。伊勢物語・四十七段)の「引く手あまたに」の句を用いた歌(外93)を詠んでいるが、他にも、「六月祓」題で後嵯峨院と為家がこの歌を本歌に「大幣」「引く手あまた」を取った歌を詠んでいる。なお、和歌文学会平成二十八年度十一月例会(於鶴見大学)に於ける口頭発表、岡本要子『宝治百首』における類似表現と君が代讃」は、『宝治百首』の類似表現を悉皆調査して新出の類似表現を析出し、「こうしたものが複数見られ、これが偶然に起こったとは考え難い。このことから、作者間での情報交換の場があったと考えられないだろうか」(『和歌文学研究』一一四、平二九・六の「例会発表要旨」)と言う。首肯すべき見解であると思う。

(29) 浅田徹氏の御指摘を得た。記して深謝申し上げる。

(30) ただし、前記の「奈良の都の古事」の本文の場合とは逆に、「吹く風にまかせぬ舟の浦づたひこがれて物は今日ぞ悲しき」(家160)の本歌である『後撰集』の「吹く風にまかする舟や秋の夜の月の上より今日は漕ぐらん」(秋下・四三七・読人不知)の結句「今日は漕ぐらん」(「定家本」系統等)は、「凡清輔本系統」と「古本系統」の諸本では「今は漕ぐらん」であり（杉谷寿郎『後撰和歌集諸本の研究』、笠間書院、昭四六・三。岸上慎二・杉谷寿郎校注『後撰和歌集』同上、昭六三・五）、その限りでは顕氏の全ての依拠本文が「清輔」系のものであった訳ではない可能性も考えられるのである。

（31）寛雅博「続・関東御領考」（『中世の人と政治』吉川弘文館、昭六三・七）参照。

（32）例えば、前掲『藤原顕氏全歌注釈と研究』の家22・59・94・116、外50・53などに見たとおり、新古今時代およびそれ以後に生成（再生）され流行したと見られる言詞を顕氏が詠み入れている詠作が少しく存するのである。

（33）本論第一編第二章第四節「藤原教定の和歌」、同第六節「藤原能清の和歌」。

（34）「夏山に鳴く郭公心あらば物思ふ我に声な聞かせそ」（古今集・夏・一四五・読人不知）に異を唱える趣向でもある。

（35）本論第一編第一章第一〜三節参照。

（36）田村柳壹「藤原雅経の和歌活動とその詠歌をめぐって―特に、建仁元年新古今集撰集下命までを中心に―」（『中世文学』二二、昭五二・一〇）、注（33）所掲第四節参照。

（37）注（33）に同じ。

（38）初出稿では、計六十首を集成した。しかし、その内、『新和歌集』所収の一首は、別人（為教）のものである可能性が高く、ここでは除外する。

（39）顕氏の和歌には、推量の助動詞が次のとおりの数量で用いられている。「らむ」50（家30、外20）、「む」15（家11、外4）、「けむ」8（家6、外2）、「らし」3（家0、外3）、「なり」7（家6、外1）、「じ」8（家4、外4）。これは一つには、顕氏が、「誰（誰か・誰も）」「いかに」「いかで」「や（やは・とや）」「さのみ」等々の結びに右のような助動詞を用いた、疑問・反語の表現を多用していることに要因がある。また、「天の河浅瀬を渡るたなばたのいかでか深き契りなるらん」（家26）や「住む里の玉の光し曇らねば教ふるかたの道は迷はじ」（家62）等のように、詞の寄せを利用して前提を示しつつその原因や結果を推量するという趣向の勝った歌が多いことにも一因がある。これを和歌一般や時代の傾向を超えた顕氏詠個別の特質と見ることができるかどうかは即断できない。

第三節　藤原教定伝

はじめに

宗尊親王将軍幕下の関東歌壇に主として活躍した関東祗候の廷臣歌人の内、本節では、藤原教定について論じることとする。従来教定自身をまとめて取り上げた論攷は見当たらないが、堤康夫「『異本紫明抄』編者に関する一考察—清原教隆との関係を中心にして—」、「『異本紫明抄』編者考—その周辺の人々を探る—」（『国学院雑誌』昭六二・一、同昭六二・七）に、『異本紫明抄』編者に金沢実時を「想定し得る可能性」を論じる中で、教定・教経・雅有の飛鳥井家が、実時と接点を持ち得るという視点から言及されている。また、田坂憲二「中世源氏物語享受史の一面—『原中最秘抄』を中心に—」（『語文研究』六四、昭六二・一二）にも、「『最秘抄』中に言説の見える人物について考察し、同人及び周辺の人物の源氏物語との関わりを併せみる」論の中で、飛鳥井家が取り上げられている。

一　教定の家統と官途

教定の家系は、藤原氏北家師実流である。次頁に、『尊卑分脈』より抄出してみる。これを、『系図纂要』『系図綜覧』と比較するに、特に問題とするべき大きな異同はない。

中世初頭の雅経を始祖とする飛鳥井家は、教定・雅有・雅孝と相続され、その末子雅家から雅縁・雅世（雅清）・

〔教定略家系図〕

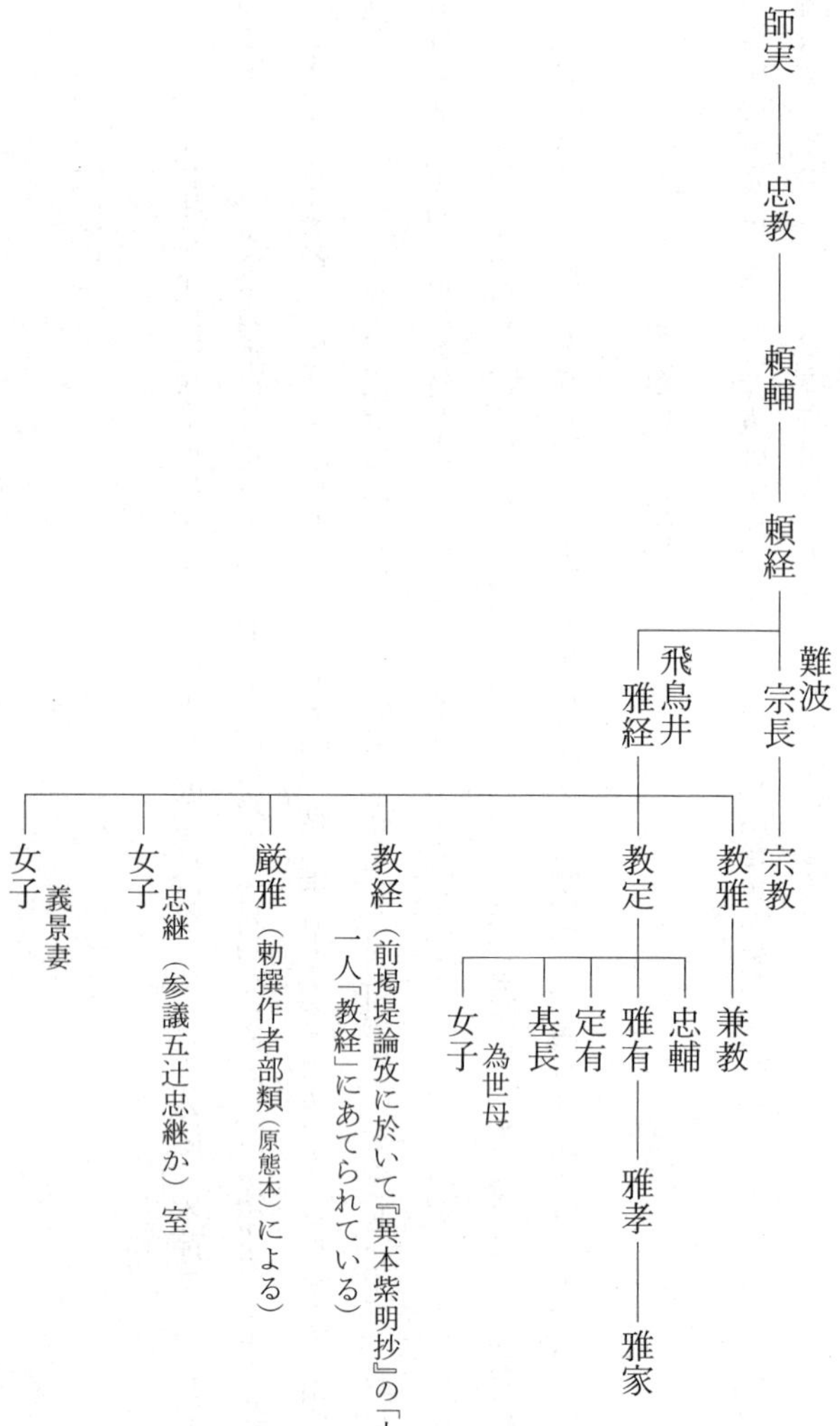

雅親・雅俊・雅綱・雅春・雅敦・雅庸・雅章へと受け継がれて近世まで至り、さらには近現代まで血脈を保っている。家格は羽林家であり、和歌と蹴鞠を家職とするが、その基は雅経によって築かれる。その祖父にして、難波・飛鳥井両家の曩祖頼輔は、「藤家蹴鞠祖／本朝蹴鞠一道之長」（尊卑分脈）とされ（その師は成通）、同時に、『千

載集』以下の勅撰集に二十八首の入集を見る歌人でもあった。雅経の兄宗長を始祖とする難波家もまた蹴鞠を家業とするのである。従って、頼輔に、歌鞠師範家としての飛鳥井家の淵源を見ることができよう。同家は、全代を通じて時々の幕府（武家）と親密であり、その政治力をも背景に、有力歌人を輩出しつつ家勢を増大させ、室町期の雅世に至っては、勅撰集（『新続古今集』）撰者となり、「堂上第一の歌道家としての地位を確定し」(1)、その子雅親（栄雅）は、同家で初めて権大納言となり、以降その格式が保たれてゆく。

教定の父は雅経である。(2)その父頼経は、文治元年（一一八五）十二月三十日に、源頼朝と対立する源行家・義経に「同意」（玉葉）する者として、安房国に遠流となる（翌年三月頼朝の赦免で帰京）。さらに、同五年（一一八九）三月十一日、再び義経と通じたことにより、伊豆に配流され、長子宗長は解官となる。しかし、雅経は罪科を免れ、(3)その後、関東に下り頼朝に厚く遇され、その寵臣大江広元の女と婚姻する。建久八年（一一九七）二月には、後鳥羽天皇に召されて上洛し、内裏蹴鞠に参上する。同年には侍従となり、(4)翌年一月五日に従五位上に叙され、廷臣として完全に復帰する。そして、正治二年（一二〇〇）以降は、後鳥羽院歌壇に活躍し、ついには、建仁元年（一二〇一）十一月三日、『新古今集』撰者の一人に任じられるのである。位官は、越前介・右少将・加賀権介・左少将・左中将・周防権介・伊予介・右兵衛督等を歴任し、建保六年（一二一八）一月五日に従三位に叙され（右兵衛督留任）、承久二年（一二二〇）十二月十八日には参議に任じられる。翌年三月十一日に五十二歳で死去する。

教定の母は大江広元女である。久曽神昇は、建久五〜七年（一一九四〜一一九六）頃雅経はこの広元女と結婚したと推定している。(5)教定の外祖父たる大江広元は、久安四年（一一四八）生、嘉禄元年（一二二五）六月十日、七十八歳で没する。父は参議藤原光能、母は式部権少輔大江維順女。その母が再嫁した中原広季の養子となり、後また母の兄弟式部少輔大江維光の養子となる（実父説あり）。大江匡房の曽孫に当たる。仁安三年（一一六八）十二月十三日縫殿允に任じ、少外記を経て、承安三年（一一七三）正月五日叙爵し、同二十一日安芸権介に任じる。

元暦元年（一一八四）四月前後に鎌倉に下り、以後、頼朝の信を得て幕府の能吏として重用され、同年十月開設の公文所や、建久二年（一一九一）正月開設の政所の各別当を務め、一方、文治元年（一一八五）守護・地頭の設置を頼朝へ進言するなど、要するに、常に幕政の中枢にあって、武家政治の基盤形成に尽力した。頼朝没後も、政子の信を得て、二代将軍頼経時代に「宿老」(6)としてあり、その後の承久の乱を経て幕政の安定期まで、一貫して幕府権力の枢機に与った。また、その出自により、京都方にも通暁していたと見え、度々上洛して事を処理している。東下後の位官は、因幡守・明法博士・左衛門大尉（検非違使）・兵庫頭・掃部頭・大膳大夫・陸奥守等を歴任し、正四位下に至る。身分は低く、京都に在っては一実務者に過ぎなかったであろうが、その学識を以て草創期の幕政に活躍した、当時の関東第一の実力者と言えよう（以上尊卑分脈、吾妻鏡、関東評定衆伝等）。

この広元の女を雅経が娶ったことは教定の生涯を方向づけ、飛鳥井家の命運を決定づける要因となったであろう。以上の両親の間に生を享けた教定が、鎌倉前・中期という時代にあって、関東圏では、京都文化の宗匠として重んじられ、特に幕府に在っては、広元を外戚に持つ廷臣として相応に厚遇されることは当然と言ってよい。また、これによって、同家の未来に亘るまでの親幕の基盤が築かれたと言えるのである。

しかし、こういった結縁はまた、当時の公家の処世としては、一般的とは言えないまでも決して特異ではないであろう。例えば、藤原為家と宇都宮頼綱（蓮生）女との婚姻や、第五節で論じる能清の母が北条時房女であるといった事実にも見られるとおり、京都の公家と関東の有力な武家あるいは幕府の実力者との結縁は、公家方にとっては、政治的・経済的な保証といった実利の意味合いで、逆に、関東側にとっては、文化的・伝統的な名利の意味合いで、即ち双方の利益が合致することから、必然的に生じえたと理解されるのである。この飛鳥井家の関東方との結縁は、教定の姉妹の一人が秋田城介安達義景の妻(7)（「城尼」(8)）となり、顕盛・長景・時景等を生し、また、北条（金沢）実時とも、その女との婚姻を以て結縁していることなどによって更に強固なものとなっているのである。なお、他の縁戚関係としては、教定女が為氏に嫁し、為世の母となっていることが留意されよう。

さて、教定が没したのは、文永三年（一二六六）四月八日、[10]関東の地である（公卿補任、吾妻鏡）。「腫物所労」（公卿補任）「日来所レ煩レ瘡」[11]（吾妻鏡）によると伝える。享年も含めて、各資料の年記に於ける教定の年齢は不明である。しかし、『系図纂要』のみは承元四年（一二一〇）生としているが、これは、雅経筆本『古今集』[12]の教定識語の、十二歳で父雅経と死別した（雅経は承久三年（一二二一）没）という記事と符合する。さらに、傍証としては、弘長元年（一二六一）九月の「中務卿宗尊親王家百首」に、教定は「けふといひ昨日とくらす夢の中に五十あまりの過ぐるほどなさ」[13]（続拾遺集・雑下・一二六四）と詠んでいることが挙げられる。右の生年に従えば、同年には五十二歳であり、下句と矛盾しない。この「承元四年生」の『系図纂要』の所伝を、教定の生年として認めておくこととしたい。[14]従って、享年は五十七歳となる。教定は父雅経四十一歳時の出生となり、[15]また、次男雅有は教定三十二歳時の所生となる。

なお、教定の忌日四月八日については、それを裏付ける男雅有の次の詠作がある。

前左兵衛督教定四月八日に身まかりぬる事を思ひ出で侍りて　前参議雅有

月影の憂き世に出でし今日しもあれなどたらちねの雲がくれけん（新続古今集・哀傷・一五六三）

ここで、教定の位官を整理しておきたい。

まず、『玉蘂』承久二年（一二二〇）十一月五日条の「皇太子懐成三歳、御著袴」の儀の記事に「教定朝臣」と見える。[16]同期には他にこれに該当する「教定」は見当たらず、これを当該の教定と認定すれば、史料に於けるその初見だが、時に十一歳となり、これ以前の叙爵となろう。父雅経の叙爵は十歳であり、それより類推してあり得なくはないであろう。また、『吾妻鏡』の嘉禄元年（一二二五）八月二十七日条には「二条侍従教定」と見え、これが「侍従」としての初例であり、これ以前に後堀河天皇侍従に任じられていることになる。次いで、寛喜元年（一二二九）十月五日の除目で、従五位上（臨時）に叙されている（明月記）。そして、文暦二年（一二三五）正月二十三日には右少将に任じられる（明月記）。さらに、嘉禎四年（一二三八）四月二十日には従四位下に昇叙される（経俊卿記）。その後、嘉禎四年（一二三八）六月二十三日以降寛元元年（一二四三）九月五日以前の間に中将に昇任したと考えられ（葉黄記、吾妻鏡）、仁治三年（一二四二）十二月二十五日の除目では正四位下に叙されたと知られる（平戸記）。そして、建長三年（一二五一）二月二十四日以降翌年五月十九日以前の間に、右兵衛督に転じている（吾妻鏡）。当官は父雅経の跡を踏襲するものであり、また、関東祗候の廷臣として、この武官の栄職在任は、実質的にはともかく、名目上は都合の良いものであったろう。

教定が公卿となるのは、建長五年（一二五三）四月八日、従三位（非参議・右兵衛督留任）に叙されることによってである（公卿補任）。先の生年に従えば時に四十四歳であり、父雅経の四十九歳時に比してはやや早い（男雅有は三十八歳時）。しかし、雅経がその二年後には参議となるのに対して（雅有も五十一歳時）、教定は非参議のまま終わる。翌建長六年（一二五四）六月一日（一代要記は十月とする）には、右兵衛督を辞している（公卿補任、系図纂要）。正嘉二年（一二五八）正月五日には正三位に叙され、文応元年（一二六〇）八月二十八日には左兵衛督に任じられる（公卿補任、系図纂要）。これが極官であり、弘長三年（一二六三）八月十三日までこの官にある（公卿補任）。ともかくも公卿の列に加わり、左兵衛督に任じたことは、教定の出自のみならず、やはり、その日常的に出仕した鎌倉幕府の影響力を背景に据えて見るべきであろう。建長年間以降、関東祗候は、「朝廷の奉公に準ずるものとされ」「一定の上階がほゞ保証されていた」[19]と考えられるのである。しかしまた、教定の父と子が共に参議に任じていることよりすれば、逆にその関東祗候の境遇と教定個人の資質・能力について、やや否定的な見方もできるのではないかとも思われるのである。

二　官人教定1

右に記したような官途を辿る教定の官人としての活動について、検証してみたい。

そもそも教定の生誕地が、京都・鎌倉のいずれであるかは不明である。しかしながら、その少年期の官人としての始発は、やはり京都朝廷に於いてであろうか。先に記したとおり、承久二年（一二二〇）十一月五日の皇太子懐成（仲恭天皇）の「御著袴」の儀の「給禄」に「殿上四五位取レ之、公卿已下取レ之起座、教定朝臣起座受レ禄」[20]（玉蘂）と見えるのである。翌年には、時代の転換と武家の力の強大さを象徴的に示すいわゆる承久の乱が起こる。このような時期に少年時代を過ごし廷臣として始発したことが、教定の心情形成に影響を与え、結果的には関東に縁深いその人生にも反映しているのではないかと思われるのである。

その後、五年間程の動向は、詳らかにし得ない。『吾妻鏡』の初見は、嘉禄元年（一二二五）八月二十七日の、源頼家女竹御所による北条政子の仏事供養に、「二条侍従教定」が「御加布施　砂金百両」（一定の布施に加増するもの）を役している記事である。次いで、同年十二月二十九日、九条頼経（翌年正月二十七日将軍宣下、寛元二年（一二四四）四月二十八日まで在任）の元服（奉行後藤基綱）に、頼経を「扶持」する任を務めている。明けて正月一日の「新造御所」の「垸飯」（重臣が将軍家に祝膳を奉る儀）に、頼経の出御に際して、「南面御簾三ヶ間」を上げている（以上吾妻鏡）。時に十六、七歳の教定は、将軍たるべく京都より下った幼少（時に八、九歳）の九条頼経を、同じく宮廷貴族を出自とする者として、介添役とでもいった任を帯びていたものであろうか。この間は関東在住であろうが、あるいは、右の任務の為この機会に東下を要請されたものかと推測される。[21]その後、嘉禄三年（一二二七）六月三十日の幕府の「六月祓」に於いて「贖物役」（穢気・厄災を当人に代わり人形・衣服等に移して流す祓でそれらを祈禱場所まで送る使）を務め、翌安貞二年（一二二八）二月三日の頼経の鶴岡八幡宮参詣では「陪膳役」に候する（吾妻鏡）

など、この間は鎌倉に在って主に幕府の儀式典礼に於ける将軍近仕の役職を務めている。[22]

しかしながら、これ以後の一定期間、教定は在京していたと推測されるのである。その間の事跡を辿ってみる。まず、寛喜元年（一二二九）三月十四日の「石清水臨時祭」の舞人十人中の一人として教定の名があり（明月記）、同月二十二日には、関白九条道家の宇治行に、路頭行列の「地下君達」の一人として教定は随行する（玉蘂）。この折、藤原定家は、九条の南で、車を遅滞させる行列に従う諸人の中に、「侍従教定」を認めている（明月記）。次いで、六月十二日に催行する道家の鞠見物に召すべき候補者として「資雅朝臣・宗平・隆重・教定・宗教・頼教雅経卿弟」の名前が挙がり（六月九日条。「此ノ内常ニ参仕ノ人定メテ被レ召サ候フ歟[23]」とある）、六月九日に、その人選につき資雅[24]が承諾し、また、教定の兄教雅については、「所労」で久しく出仕していないと知られる。この十二日の鞠は、資雅・宗平・紀内山加良法師・宗教・秦頼種・頼教等が務め、三百回と三百六十回を揚げて、定家に「存外ニ各尋常ナリ、殊ニ有ルレ興之由被ルレト仰セ云々」と、道家の感興の様子を記させている。教定の不参加は、兄教雅に対しての憚りによるのであろうか。この年末十二月二十二日に、定家は教定に会い、その兄少将教雅の「所労」の事を尋ねている。教定は、「大略及ブノ二大事一ニ由」を答え、定家は、「殊ニ驚歎ノ由」の伝言を教定に託している（以上明月記）。なお、これよりやや遡って十月二十七日の道家女竴子の春日社参詣供奉に召されるべき「殿上人」の候補の一人として教定の名が見え（十月二十三日条。当日の記事には不見）、さらに、十一月十六日の竴子の入内の役人中、「路次行列供奉人」の「地下公達」の一人にも教定が含まれている（明月記）。

明けて寛喜二年（一二三〇）二月十一日、同月二十三日の行幸[25]（平野・北野両社）の舞人たるべき人数の一人に教定が見え、当日は、その舞自体の記録は見えないが、紅の打衣に黒葦毛の馬で他の舞人と共に随行したことが知られる（明月記）。このほぼ一ヶ月後の三月十四日夜半、兄教雅が死去する（明月記）。そして、それから五ヶ月後の『明月記』八月二十八日条には次のように記されている。故雅経の未亡人即ち教雅・教定らの母は、持病の悪化によって厭離の心を発し、さらに「侍従教定之逆心貪欲、随ヒレ聞クニ不レ及バレ憂フルニ」ということで、ひたすら後世の菩提を祈って梅尾に居住していたが、八月十六日の午の刻に臨終正念して入滅する。定家は「実ニ是レ善人歟」と記し、また、故少将教雅の遺児兼教について、今ではただ為家を頼みとするのみであり、「実ニ無キレ縁歟」と記している。「侍従教定之逆心貪欲、随ヒレ聞クニ不レ及バレ憂フルニ」が、具体的に何を示しているのかは不明だが、あるいは、飛鳥井家の嫡嗣としては、右の時点では、教雅からその息兼教へと相続されるべきで、教定の存在がそれに対する脅威となるかもしれないとの認識が存していたものであろうか。(26) 結果的には、この教雅の早世が、同家の嫡流を教定の直系へと決定付けたことになろう。

以上の事跡より推して、この寛喜元～二年（一二二九～一二三〇）の二年間、教定は京都に在住し、「朝儀復興の気運」(27)の中で、各種祭儀・典礼の舞人や供奉役等に精励したのであろうが、特にまた、朝廷のみならず関白九条道家家への勤仕が留意されよう。将軍頼経の実父道家に奉仕することは、関東に於いてその頼経に近侍する教定の行動として当然のことであり、逆に九条家の側も、教定に信を置いていたものと想像されるのである。

寛喜三年（一二三一）初頭までには、教定はまた関東に下っている。同年正月九日の頼経の鶴岡八幡宮参詣に、「二条侍従寄二御車一」と見える。将軍家の乗車に奉仕し、あるいは同車するのであろうか。ここにも頼経に近侍する姿が窺知されよう。さらに、その翌年の貞永元年（一二三二）閏九月二十日、変災祈禱の為の鶴岡社に於ける臨時神楽への頼経参宮にも、連署時房・執権泰時の次に位置して供奉している（以上吾妻鏡）。

その後の二年程は教定の動静は不詳であるが、文暦二年（九月十九日嘉禎と改元。一二三五）正月二十六日には在鎌倉と知られる（吾妻鏡。後述）。しかし、翌二月二十六日には在京が確認される（明月記）。三月十七日には、教定は、摂政道家邸で賀茂の祭の使(28)を受諾し、続いて六月十四日、四条天皇の方違の行幸に供奉し、また、閏六月二十九日夜半には石清水八幡(29)に参着していることが知られる（明月記）。この後も、『明月記』の十月十四日・二十八日条に教定の名が見え、十一月十九日条では、除目に於いて、「儀(俄)ニ出仕之間」「除籍」(昇殿停止)を免れた者として「時綱・経季・教定」と見える。そして、十二月二十三日には、内侍所の御神楽で、拍子資季・顕氏、笛親忠、琴有資と共に、教定は篳篥を務めているのである(明月記)。これは父雅経(その師は季遠)の跡を継いだものであろう。雅経は、『御遊抄』『猪隈関白記』『明月記』等の資料によって各種の御遊・節会・典礼に於いて奏者を務めたと知られる。特に内侍所御神楽については、雅経も建暦二年(一二一二)十二月二十五日、同三年(十二月六日建保と改元。一二一三)三月十六日、および同年十二月十二日に篳篥を所作している(順徳院宸記)。以上のとおり、この年の大部分の期間は在京して、やはり、朝儀等に於ける職務に任じていたことが知られるのである。[30][31][32]

しかし、続く嘉禎二~三年(一二三六~一二三七)には在京の資料は見えず、二年八月四日の若宮大路の新造御所への将軍頼経移徙の儀に於いて、教定は能清と共に将軍入御の際に「階下」に候していること、また、三年正月六日に、垸飯の後の小御所での目勝勝負(賽の目数の多寡を賭物をして競う)に御家人に交って教定が祗候していることなどが知られるのみである(吾妻鏡)。

その翌年嘉禎四年(十一月二十三日暦仁と改元。一二三八)には、将軍頼経が上洛する。正月二十八日に鎌倉を出発し、二月十七日に入京して六波羅新第に到着する。教定もこれに伴って上洛したものと考えられる。同月二十八日に、頼経は新(権)中納言の拝賀をする。その行列中の殿上人の五人は、二条少将教定の他、左中将藤原実光・権中将藤原親季・近衛少将実藤・左少将藤原為氏である。この後、頼経は、十月十三日まで京都に滞留する(以上吾妻鏡)。この前後の教定の動向は、次のとおりである。四月七日、頼経の新大納言拝賀に供奉(玉蘂)。四月十日、道家息(頼経舎弟にして猶子)福王(法助。号開田准后)の仁和寺御室(金剛定院道深法親王)入室(道家同車、頼経も参じて臣下に警護させる)の路次行列に供奉(玉蘂、経俊卿記、吾妻鏡、仁和寺御伝)。六月五日、頼経春日社参詣に供奉（玉蘂）。六月二十三日、仁和寺喜多院に於ける福王出家剃髪の儀（戒師道深、唄師大僧正良恵）に為家等と共に供奉（玉蘂、葉黄記、仁和寺御伝）。十一月十一日、権大納言藤原兼平加階（叙従二位）拝賀の参内に前駆供奉（民経記）。頼経およびその猶子福王に付き従っており、幕府に祗候する廷臣としての務めを果たしている姿が窺われるばかりでなく、やはり、九条家に奉仕しているとも捉えられるのである。

三　官人教定2

その後四年程は、官人教定の事跡は不詳である。そしてそれ以降は、ほぼ『吾妻鏡』のみが、教定の消息を伝えている。以下にそれを整理してみたい。

寛元元年（一二四三）九月五日、大倉の後藤基綱邸[33]に、将軍家が迎えられ、執権経時以下時頼・政村らの有力御家人も従って、和歌管絃の会が催行された。これに、教定は、藤原隆祐・北条資時入道・源親行等と共に参会している。坂東の武家の中に在って、教定・隆祐・親行ら、諸芸に通じる京都出身の貴族の面目は施されたであろうと想像される。翌寛元二年（一二四四）四月二十一日の、頼経嫡子頼嗣の元服（同月二十八日将軍宣下、建長四年（一二五二）四月一日まで在任）には、頼経の時と同様に教定は供奉している[34]（その嘉禄の例に任せて教定が頼嗣を「扶持」するべきところ女房がこれを行ったと注する）。

その後数年、周知のとおり、幕府は、権力闘争――北条得宗の他勢力排斥――に動揺する。寛元四年（一二四六）三月二十三日の北条時頼の執権就任直後の五月、頼経と側近によるその地位剝奪の謀事があるが、時頼はこれを事前に制圧した。頼経は京都に送還となり、側近名越光時は伊豆に配流され、評定衆後藤基綱・藤原為佐・千葉秀胤・三善康持（問注所執事）等が罷免となり、関東申次の地位が、寛元二年（一二四四）八月より在任の道家から西園寺実氏に移るなど九条家も粛清された。また、宝治元年（一二四七）には、いわゆる宝治合戦が起り、六月には三浦泰村および千葉秀胤（泰村妹婿）らの一統が滅ぼされる。さらに、寛元四年（一二四六）閏四月に名越光時の反乱未遂に発したいわゆる「宮騒動（寛元の政変）」で、四代将軍九条頼経が失脚して鎌倉を追われる（七月十一日帰洛進発）のである。

この間の教定の動静は不明である。一連の政争を経て、頼経に近侍していたことから、一定期間の謹慎生活や頼経に伴っての帰洛などが憶測されるが、その後の頼嗣の代の鎌倉に於ける教定の地位は、次に示すとおり、以前と不変であったように見える。なお、寛元四年（一二四六）と翌宝治元年の教定の日記「寛元四年并宝治元年亀谷殿御記二巻」が伝存したらしい。(35) さらに『吾妻鏡』を辿ってみる。

建長二年（一二五〇）三月二十六日、前日より将軍頼嗣が方違に宿る北条時頼邸に於いて遊宴が催された。その鞠会（奉行秋田城介安達義景）に、教定は命を受けて人数を注申する。そして、「上鞠」(36)（作法の一つ）について頼嗣と問答し（武藤景頼・塩飽信定を介する）、甥兼教をその役と決している。その後、男雅有（時に十歳）が、鞠を「懸(37)（かかり）」（蹴鞠の場）の中に置いている（吾妻鏡）。東下した飛鳥井一族の本領を示す機会であったと言え、そこで上鞠の栄誉を兼教に与えているところに、一族の嫡流への教定の配慮を窺い得るが、また、自子雅有を鎌倉幕府内に認知させるべき意図をも思わせようか（兼教・雅有は『吾妻鏡』初出）。

ちなみに、雅経が植えた懸の桜について、教定・雅有に次の歌がある。

参議雅経植ゑおきて侍りける鞠の懸の桜を思ひやりて

藤原教定朝臣

故郷に残る桜や朽ちぬらん見しよりのちも年は経にけり（続後撰集・雑上・一〇四三）

雅経卿植ゑおきて侍る懸の桜を

植ゑおきし人の形見と尋ね来て見ればはかなく散る桜かな（隣女集・巻第二自文永二年至同六年・雑・八六三）

この桜が何時、どこに植えられたものかは明確にはできない。しかし、雅有に「二条の旧跡の懸の柳を思ひやりて／故郷の庭の教への跡ながら残る柳も世世古りにけり／三代のこる老い木の柳故郷に今ひと春の盛り待たなん」（隣女集・巻第四自文永九年至建治三年・春・一七八六、一七八七）の作がある。同首では二条万里小路の飛鳥井邸の庭を「故郷の庭」と称していると考えられ、従って、右の両首の「桜」も同様に京都二条の邸宅の懸の桜を指すのではなかろうか。(38)

この頼嗣将軍期の活動としては、他に、建長三年（一二五一）二月二十四日の北条政村邸当座三百六十首継歌会出座が知られるが、一方で、同年同月には後嵯峨院仙洞の鞠会にも関わりそれを日記に録していたらしいし、(39)また、同年九月十三夜の後嵯峨院仙洞に於ける影供歌合にも参加していて（後述）、この前後の上洛も知られるのである。

四　官人教定3

次代の宗尊親王将軍期（建長四年（一二五二）四月一日～文永三年（一二六六）七月四日）には、教定の事跡は鎌倉に比較的顕著である。これは資料上の制約もあろうが、やはり幕政の安定と宗尊親王を戴いた文化的雰囲気の醸成の動向と無縁ではないように思われる。

まず、建長四年（一二五二）五月十九日、将軍家の御所新築のための方違の本所として、教定の亀谷・泉谷の邸宅が治定され、(40)二十六日には同邸が改築されて、七月八日・二十日および九月二十五日に宗尊親王が入御している。そして、同年十一月十一日、将軍宗尊の新造御所移徙に供奉する殿上人として、花山院中将長雅・伊与（予）中将藤原公直・尾張少輔（将か）坊門清基・一条少将能清・阿野少将公仲等と共に右兵衛督教定の名が見える。

教定が次に『吾妻鏡』に見えるのは、康元二年（三月十四日正嘉と改元。一二五七）二月二日、将軍家の鶴岡八幡宮参詣に供奉する「公卿」の一人としてである（他には刑部卿難波宗教・三位藤原顕氏・土御門中納言顕方）。この折には、子の「二条侍従雅有」も顕氏男顕名や能清等と共に「殿上人」として供奉している。また、同年四月九日、御所に鞠会があり、教定は初めて将軍の前に参上し、他の御家人・廷臣等と共に三百程を数えている。見証（立会人）には、顕氏・能清等が控えている。なお、この折、教定が燻白地の韈（蹴鞠用の下沓）を著用したことを、難波宗教が難じている[41]。十月一日には、宗尊親王臨席の大慈寺[42]の大規模な修理供養に、顕氏・能清・雅有等と共に「御布施取」の役を務めている。明くる正嘉二年（一二五八）にも、正月十日の将軍家の鶴岡八幡宮参詣に供奉し、また、六月四日の宗尊親王臨席の勝長寿院[43]供養にはやはり「御布施取」の役を務めている。さらに、正元二年（四月十三日文応と改元。一二六〇）四月三日には、宗尊親王の北条重時第入御に供奉している。

以上より、教定は、関東祗候の廷臣としての公務には従事しているものの、特に宗尊親王に近侍しているとは認められず、自身の身分に重みが加わったことも手伝ってか、むしろやや距離があるようにも思われる。後述するとおり、宗尊親王との結びつきは、和歌という局面に於いてより親密であると言えよう。そしてそれは、宗尊親王自身の和歌への傾倒とそれに伴う歌壇の活性化に呼応して強まったと見てよいであろう。

さて、その宗尊親王将軍期に於ける、和歌に関わる以外の事跡として注意されるのは、文永二年（一二六五）正月十五日の「御鞠始」である。「土御門大納言」源顕方（通親孫）の次位に、教定・雅有父子の名が見え、雅有が上鞠を務めたと知られる。ここには甥兼教の名は見えず、教定は雅有をして、自らの後嗣としたばかりではなく、父祖以来の蹴鞠家の嫡流をも雅有へと相続させるべき意図をある程度成功させていたのではないか。仮にそうであれば、その要因は、鎌倉に於ける教定・雅有の地位の確立と無縁ではないであろう。

なお、雅有の『春の深山路』に次のような一節がある[44]。

一日、左大弁宰相[45]がもとより御教書[46]あり。無文のふすべがは（燻革）のしたうづ（韈）はくべきよし也。ことによろこび申ぬ。日ごろのそまう（所望）たちどころにかなふ。ことのはもなし。故武衛つひにそのげち（下知）なくてかなはざりしに、そのほい（本意）とげぬれば、この道におきてはのこることなし。車ならねど、このしたうづ（韈）もか（懸）けて、末の世のいさめ（諫）にもしつべくぞ。

これは、弘安三年（一二八〇）三月一日に、当時四十歳の雅有が、念願の無文の燻革の韈[47]着用の勅許を得た無上の喜びと、生涯それが叶わなかった父教定への愛惜を綴ったものであろう。これについては、その勅許が下る以前の時期の雅有に次のような詠作もある。[48]

同じ時に（前歌詞書「先人日記を見侍りて」）、亡父無文燻革韈許りずして身まかりし事を思ひ侍りて
文目無き煙の色を身に添へで絶えにし跡の思ひはるけん（隣女集・巻四自文永九年至建治三年・雑・二五八五）

無文燻革（「文目無き煙の色」）の韈を一生許されず、着用することなく（「身にそへで」）亡くなった父の無念を、自らが晴らそうとの意志を表出していよう。次の歌もあるいはこの韈に関する父の悲運とその父の子である自分についての絶望感を詠じた作であろうか。とすると、これら両首の間には、年月の推移に伴う雅有の積極的精神への変遷を読み取ることもできようか。

亡父が日記を見侍るついでに、本望の不達侍りし事を思ひ出だして読み侍りし
花咲かで枯れにし藤の末なればなにを待つとか頼みかくべき（同巻二自文永二年至同六年・雑・八九〇）

ちなみに、教定の父、雅有にとっての祖父雅経は、建暦三年（十二月六日建保と改元。一二一三）十二月二日、四十四歳で、「紫革襪」[49]を宗長、忠信、有雅等と共に聴されている（明月記）。右に掲示した『春の深山路』の末尾部分「車ならねど」以下[50]では、子孫への教戒が表現されていようが、それは同時に父祖への感謝の念の強さをも示すものではないか。雅経の跡を嗣いで、関東に基盤を置きつつ活動した、上述のような教定の処世が、結果的には奏功し、息雅有の栄誉を導いたとも言えるであろう。

以上、限られた資料に垣間見る教定の官人としての事跡よりして、幼年期は不明ながら、教定の生涯を通じての本拠という意味では、それを鎌倉に求めるべきであろう。(51)しかしながら、若・青年期に於いては、京洛での活動と一定期間の滞留も認められるのであり、京都と東国との盛んな往還も推測されるのである。同時に、その時期、摂家将軍期（特に頼経将軍期）には、将軍に近侍し、将軍を派出しまた一時期関東申次の地位をも得た九条家との深交が窺知されるのである。さらに、宗尊親王将軍期に於いては、鎌倉圏に既に然るべき地位を確立していたものと思われ、嫡嗣雅有とともに幕府に勤仕しつつ、その雅有の将来へ向けての地歩形成に尽力したものと想像される。

全期を通じて、教定が政治的行動に力量を発揮したとは認められず、むしろ、儀式典礼の職責に鞅掌する、言わば実務には無力無縁な貴族の姿が想起される。しかしながら、そこには、後述の和歌を含めて蹴鞠や糸竹・舞等の諸芸を以ての活躍が窺われるのでもあり、また、教定がそれら諸芸に堪能の重代の者であるとの評価は、当時の京都鎌倉を併せた世上の通念として存していたと思われる。特に家職の蹴鞠については、本来嫡流たるべき教雅・兼教の系統を排して、息雅有以下への相続の基盤を固めたと捕捉されるのである。

五　歌人教定の足跡１

続いて、教定の歌人としての足跡を検証したい。

教定には、家集が存したとも伝えるが（夫木抄・四四九九）、その伝存は確認されていない。見出し得た教定の詠作は、重複を除き60首（二首存疑）である。(52)

教定が、父雅経の下、家業としての和歌の素養を幼少より身につけたであろうことについては想像を許されるであろう。しかしながら、確実な幼少期の教定詠は確認し得ない。比較的にはより少壮期の詠作活動と考えられる確実な記録は、その二十八歳時、文暦二年（一二三五）正月二十六日のことである。将軍頼経が方違の為に入御した大倉の周防前司藤原親実邸における庚申会で、「竹間鶯」「寄松祝」の二題の和歌を講じた折に、源光行・後藤基綱・光西（伊賀光宗）・東胤行（素暹）等と共に和歌を詠進しているのである。また、『万代集』所収の次の一首も教定の前半生の詠であろうか。

前大納言頼経家の月十首に　　藤原教定朝臣

袖の上に馴るるを厭ふ夜半もなし飽かでかたぶく月は見れども（雑二・二九九五）

この「頼経家月十首」については、「前大納言頼経家にて月十首歌よみ侍りけるに」と詞書する『新拾遺集』に見える次の真昭法師詠二首も知られる。「月影のさびしくもあるか高円の尾上の宮の在明の空」（秋下・四三八）、「難波潟塩干も月は宿りけり蘆の末葉に露を残して」（雑上・一六四四）。「頼経家月十首」の催行時期は不明である。頼経の（権）大納言在任は、嘉禎四年（一二三八）三月七日から四月十八日までの間であるが（公卿補任、吾妻鏡）、これが極官であるので、歌集の位署が通例その極官を以て記されることよりすれば、頼経の権大納言在任時以後に成立の右記両集所収の「前大納言頼経家」の「月十首」自体の催行は、当然、頼経の権大納言在任時以前の可能性もあろう。あるいは、寛元三年（一二四五）七月五日の頼経出家（公卿補任・吾妻鏡）以前ではあろうか。それは、先の生年説に従えば、教定三十六歳時以前のことと推定される。他には、前述のとおり寛元元年（一二四三）九月五日の頼経入御の後藤基綱邸に於ける和歌管絃の会に教定は参会しており、やはり作品は確認できないが、これも同時期の詠作の記録と考えてよいと思われる。

頼嗣将軍期の鎌倉に於ける和歌活動としては、建長三年（一二五一）二月二十四日の北条政村邸三百六十首継歌会に、坊門清基・名越（北条）朝直・北条時直・後藤基綱・鎌田行俊等と共に参会している記録が知られるのみである。このことは、教定個人の活動のみならず、この時期の関東（鎌倉）歌壇の低調さをも示すと言えよう。

それに対して中央歌壇は勅撰集（続後撰集。建長三年（一二五一）十二月二十五日（一説十月二十七日）奏覧）撰進を控えて活況を呈し、教定もそこに参加していることが知られる。即ち、『続後撰集』成立前夜に「その成功を祈念し」[53]て催行されたとされる、建長三年（一二五一）九月十三夜の後嵯峨院仙洞の『影供歌合』に教定は出座しているのである。後嵯峨院以下権門・専門歌人等四十二名、「初秋露」以下十題二百十番である。講師は行家、読師は基家、判者は実氏・基家・為家・知家・寂西（信実）等の衆議判（為家執筆）[54]である。教定は右方九人目で、左方「兵部卿源朝臣有教」と番えられ、勝四、持六であり、結果としては比較的に高い評価を得ていると言えるであろう（内容については次節）。しかしながら、当時の教定の歌人としての実力とその評価の問題はさて措き、この歌合への参加は、その出自家系に負うところも大きかったのではないか。また、この段階で既に関東に祗候してはいたが、やはり元来は京都に本属する歌人としての意識を以ての出詠であろうし、そこには、勅撰集への初入集の栄誉獲得への意欲も存していたのではなかったか。結局、同歌合から教定自身の詠は、一首だけが『続後撰集』に採録されている。

この教定の初出勅撰集『続後撰集』への入集数は四首である。既に四十代に入っていることを考慮すると、同集に九首入集の故父雅経に比しても相当に少ない。勅撰集中、最多の入集数を見るのは、『続拾遺集』の七首である。これについては、同集巻第八雑秋歌に於いて巻頭の栄誉が与えられていることよりしても、詠作内容の問題とは別に、撰者為氏にとって岳父に当たる故教定への配慮を想定してよいであろう。『続古今集』と『新続古今集』は、共に六首で比較的には多い（注（52）参照）。前者の場合、教定は、当初の撰者為家とは親縁であり、加えて、それに対抗しつつ撰者に追任された真観とも宗尊親王将軍期の関東歌壇に在って交流があり、さらにまた教定自身も晩年期にあったのであって、然るべき評価を得ていて当然であろう。後者については、撰者が子孫の飛鳥井雅世であり、一族の祖先としての表敬によるものであろう。[55]

さて、摂家将軍期に於いて、教定自身歌合を主催している。次にその歌を示す。

前左兵衛督教定中将に侍りける時歌合し侍りけるに、寄月恋

真昭法師

来ぬ人の面影さそふかひもなし更くれば月をなほ恨みつつ（続拾遺集・恋三・九〇一。類聚歌苑・恋三・一一、詞書歌題なし、初句「こぬ人を」。日本文学Web図書館に拠る）

（前歌詞書「寄月恋」）

前左兵衛督教定家の歌合に、同じ心を

藤原基綱

ありし夜の夢は名残もなきものをまたおどろかす山の端の月（新続古今集・恋四・一四二八）

真昭（北条資時・評定衆）も基綱（後藤）も幕府の要人であり、鎌倉における催行と推断される。開催時期については、教定の中将在任時期が、前述のとおり、嘉禎四年（一二三八）六月二十三日～寛元元年（一二四三）九月五日の間以降であり、これを上限とし、真昭没の建長三年（一二五一）五月五日（吾妻鏡）を下限とする。資料上に見る限りこの一例のみではあるが、関東の地で、重代の歌人教定が他にも歌会・歌合を催したであろうことが憶測されるのである。

ところで、教定が、いわゆる宇都宮歌壇とも多少の交渉を有した可能性が少しく窺われるのである。宇都宮頼綱女を母とする為家男為氏と教定女との間に所生の為世の生年は、建長二年（一二五〇）生であるので、少なくともその約一年以上前からの結縁関係にあったことは確かであり、また、宇都宮景綱の妻は、教定の姉妹が嫁した安達義景の女であるからである。(56) 同歌壇の主要業績たる『新和歌集』には、「二条右兵衛督中将と聞こえし時、鶴岳社にて五十首歌講じ侍りけるに、山路月／藤原泰綱／越えかかる山路の末は知らねども長きを頼む秋の夜の月」（秋・二〇五）という歌が収められている。この「二条右兵衛督」は教定である。その任中将は嘉禎四年（一二

三八）六月二十三日～寛元元年（一二四三）九月五日の間で、建長三年（一二五一）二月二十四日～翌年五月十九日の間に右兵衛督に転じているので、「鶴岳社五十首歌」の披講は、その両者の間のこととなろう。その催しに、宇都宮氏の当主となる泰綱が参加して、その歌を『新和歌集』が採録していることは、教定と宇都宮氏との和歌を通じた交流を推測させるのである。なお、同集には別に、「右兵衛督」の歌として、「つひに行く道のしるべと頼むかなすすむる夢に結ぶ契りは」（巻第六・哀傷・四四九）の一首が収められている。この作者位置は、同書目録に従えば教定を指すことになる。同歌は、宇都宮泰綱男（兄景綱の猶子）尾張守経綱が「すみ侍りける人」（新和歌集詞書）の死に対して、為家・為氏も含めた宇都宮氏縁者諸人が詠み送った供養歌（経綱の夢告により「なもあみだ仏」を歌頭に置く阿弥陀名号冠字詠）の中の一首である。[57]もしこれが真に教定の歌であれば、この供養歌の催行時期は、教定の右兵衛督在任中、即ち建長三年（一二五一）二月二十四日～同四年（一二五二）五月十九日の間以後、同六年（一二五四）六月一日以前ということになる。しかし、『新和歌集』の詞書の「すみ侍りける人」は、『吾妻鏡』が康元元年（一二五六）六月二十七日の死没を伝える「奥州禅門息女（宇都宮七郎経綱妻）」であるとすれば、佐藤恒雄が、その追悼の名号冠字詠の詠作時期は、正嘉元年（一二五七）三月頃であり、「右兵衛督」は教定ではなく、「御子左家の為教以外ではありえない」とする推定に従うべきであろう。[58]ただしまた、この推定でも説明がつかない位置の混乱もあるので、[59]なお留保の余地を残しておきたいと思う。

六　歌人教定の足跡2

次代の宗尊親王将軍期には、鎌倉に於ける、より活発な教定の和歌活動が窺知される。

まず、弘長元年（一二六一）九月の「中務卿宗尊親王家百首」に、教定は出詠している。[60]同百首は散逸しているが、安井久善によってその集成が為されている。この百首は、当時宗尊親王を戴き、京都の為家を牽制していた真観や藤原知家の甥重氏らによって挙行されている。その点よりしてあるいは、勅撰集即ち『続古今集』撰定の資料たるべく後嵯峨院が召して為家が集成したとされる[61]『弘長百首』（同年秋〜冬頃成立か）に対抗するものであったとも考えられる[62]。同百首の二ヶ月前の七月七日には『中務卿宗尊親王家百五十番歌合』が成立しており、両者が京都の為家への示威行為であったと捉えることも可能かと思われるのであり、少なくとも関東歌壇を発揚せんとする企図を有したものであったことは間違いないだろう。しかし、同歌壇の盛儀たるこの歌合に教定の名は見えず、兄弟と伝える「権律師厳雅[63]」と子息雅有が参加している。これについては、この時期に、教定が、男雅有の歌人としての道を開くべく委譲した結果とも考えられる。しかし同時に、教定と同歌合の実質的主導者と思しい真観との間には一定の距離が存したことを窺わせるのである。そしてさらに、弘長二年（一二六二）九月基家撰とされる[64]『三十六人大歌合』にも教定が撰入されていないことを併せ勘案すると、歌人教定の力量と在り方について、この当時の否定的評価の存在を考えざるを得ないようにも思われるのである。

ところで、『続古今集』の撰修過程は曲折を経ているが、特に撰者の問題は、教定にとっても無縁ではなかった。以下に簡略に整理しておきたい。弘長二年（一二六二）五月二十四日付、為氏へ諭した書状とされる「為家卿続古今和歌集撰進覚書[65]」に、為家は、

おほかた撰者事、わたくしにとかく思べき事にてなし、たゞし新古今撰者五人の内の余流みな公卿にて、四十五十ばかりにて左兵衛督《教定》・九条侍従三位《行家》などは尤其仁歟と覚、桑門中に信実入道、九十にをよびて重代堪能先達にていきのこられたり。

と記す。これについて、安田徳子は、「僅か四ヵ月後には四人の撰者が追加されていることを考え合わせると、あるいはこの時、為家はすでに撰者が追加されて複数となることを知っていたのではなかろうか。複数となることを知って、不満ながら一応追加撰者として適当な人物を掲げたとは考えられないであろうか」と述べ[66]、小林強

も、これを「首肯」しつつ、この覚書は「後嵯峨院の撰者追加の意向を察知して」執筆されたものとし、「為家は撰者の追加」「の蓋然性を認識して」いたと説いている。(67) 同年九月には、基家、家良、行家、光俊が撰者に追任される。この時、為家は為氏に、小林が言う「撰集の業をまかせる旨記した書状」(68)を与えているのである（井蛙抄）。その後、追任者の一人家良が、奏覧以前の文永元年（一二六四）九月十日、七十三歳で死去する。この後任をめぐって教定は画策したらしい。同月十七日付で為家が教定に宛てた書状(69)（『砂巌』所収）で、為家は、

　御所望頗《ル》相二叶《ヒ》其《ノ》仁一《ニ》候歟。新古今撰者沙汰之時、土御門内府（源通親）雖レ《モ》為二《リト》其《ノ》仁一、依レ《リテ》無二《キニ》大臣之例一、子息中将（通具）奉レ《ル》之《ヲ》。季経・々家卿以二《テ》重代一《ヲ》雖二《モ》望《ミ》申一《スト》、於レ《テハ》歌《ニ》不堪、不レ《ト》可レ《カラ》知二《ル》優劣一《ヲ》云々。以二《テ》有家朝臣一《ヲ》被二《ルルモ》召《シ》加一《ヘ》、御厳親相公（雅経）、壮年浅位《タルモ》、依二《リテ》重代并《ビニ》器量一《ナルニ》、被レ《レ》清撰《セ》候。且《ツハ》佳例也。追二《ヒテ》元久《ノ》家跡一《ヲ》、御競望之条、争《カ》無二《ク》採用一候哉。

と、父雅経の新古今撰者の例を継承するべきものとして、教定の撰者追任の希望に賛意を示している（結果的にはこの教定にも家良男経平にも再追任の命は下らずに終わる）。しかし、そもそもの撰者追任について、「融覚（為家）不堪之間、被レ《レ》改二《メ》一身之撰者一《ヲ》、被レ《レ》申二《シ》加《ヘ》四人一《ヲ》候歟、雖レ《モ》為二《リト》欝念一、東風之御計之由、内々《ニ》承《リ》及《ブ》之間、更《ニ》不レ申二《サ》子細一《ヲ》候き」と、関東の計略に不満を述べつつの教定への賛意であることよりして、やや複雑な心境にも見える。例えば『井蛙抄』に「二条左兵衛督教定は、此道門弟なるうへに、縁者為氏舅に成て、細々会合しき。」（日本歌学大系本）と伝えられているように、教定について、為家が、愛息為氏の岳父である親近感や、同じく新古今撰者の血流を汲むものとしての同志意識をその根底に持っていたにせよ、教定はこの時期の、言わば将軍家歌道師範の地位を威とした真観傘下の関東歌壇に属しているのである。従って、その真観と教定との関係の実状がどうであれ、もし為家自身が教定に対して、自分に背反するかといった不信感をその心底に抱いていたとすれば、右の教定への書状は、相当に屈折したものと見なさなければならなくなる。しかしやはり、為家にとっ

て教定は、在関東歌人中では比較的信託するところが大きい存在であり、また、前述のように、教定自身処世の為に関東に活動しながらも、為家に対抗するような意識はなく、むしろ親昵感と依頼心とを持っていたのではないだろうか。であるからこそ、この時期の弘長三年（一二六三）七月二十三日の、宗尊親王の五百首についての為家への加点要請は、教定を介して為されたのであろう（吾妻鏡）。

さて、同時期の教定の活動としては他に、同年八月十一日の幕府五十韻連歌会参加が知られる。また、「中務卿宗尊親王家五十首歌合」にも出詠している。同歌合は、宗尊親王以下、隆弁・公朝・道円らの同歌壇の主要歌人が参加し、真観が判者を務めたと知られる（夫木抄、宗尊親王家集）。その催行は、文永二年（一二六五）十月～十二月と推定する。(70) さらに文永三年（一二六六）三月三十日の幕府当座和歌会にも出座しており、死の直前まで和歌を詠じていたことが窺われるのであり、その死が、意外な急死であったことも推測されるのである。(71) なお、宗尊親王将軍幕下に、教定を奉行として同親王家屛風の色紙形源氏絵が制作され、それに土御門院小宰相が難を加えて、教定や「弁局」「長門局」等が陳ずるという応酬があったこと（『源氏秘義抄』付載仮名陳状）が知られている。(72)

上記以外の和歌の事跡として、教定は、『古今集』(73)『千載集』(74)等の各伝本の奥書に名前を残している。歌道家の人間として、歌書を初めとする典籍の旧来の証本を伝存させあるいは書写することはその責務の一つであろう。そして、言わばそれと表裏を為す意味で、他の歌人、特にまた関東圏の歌人などが、証本たるべき伝本を求めて、然るべき歌道の宗匠に、その到来や貸与あるいは新写を依頼するといったことは十分にあり得ることであったろう。(75) 現在僅かに知られる右記の勅撰集奥書に見る教定の名前も、そういった職掌の痕跡と言えるのではないだろうか。

最後に髄脳類に見える教定について記しておきたい。まず、右に言及した『井蛙抄』には、或る時の酒宴の「雑談」で、教定が故定家の「長月の月の有明の時雨ゆゑ明日の紅葉の色もうらめし」（日本歌学大系本。拾遺愚草・花月百首・七〇〇所収）を称揚したのに対して、為家が批判を加えたと伝える。また、『詞林拾葉』（武者小路実陰述、似雲筆）では、宗尊詠の批評に関連して教定の「露むすぶ門田のおしねひたすらに月もる夜半は寝られやはする」（日本歌学大系本。新後撰集・秋下・三七八所収）が引用され、高く評価されている。これらは、歌人教定の力量とその評価に関わる問題であるので、次節で検討したい。なお、『代集』には、「拾遺古今抄教定宰相撰」（日本歌学大系本）と見えるが、これは当該部分の配列から推す時代の範囲や、「宰相」とあることなどから、「教長」の誤りであろうと考えられる。

むすび

上述の諸事例より、教定の歌人としての活躍の様相は、関東歌壇自体の活況の度合に連動していると捉えられる。これは、記録資料の多寡という点からして当然とも言える。同歌壇の最盛期は、宗尊親王将軍期に、真観の東下によってもたらされたと言っても過言ではないであろう。もちろん、それまでの同歌壇の歴史の蓄積と、宗尊親王自身の資質の側面を併せ見る必要はあろう。逆に、摂家将軍期の歌壇の低調さについては、頼経・頼嗣の和歌に対する嗜好の程度や幕政の安定の様相等、考慮すべき事由は多岐に渡り、個人にその責任を帰し得ないことは言うまでもない。しかしながら、その頼経将軍期の教定にある程度の活躍を認めることができるが故に、重代の歌道家の人間として関東に祗候しつつ、結局は処世上の目途として以上には和歌の局面に於いても主導性を発揮し得ず、従って、少なくとも真観以上には同歌壇の隆盛を導くことができなかった教定の限界を見ざるを得ないようにも思われるのである。ところがまた、そういった資質とは恐らく表裏をなす性状として、教定には、対立的雰囲気が存したとされる鎌倉中期の歌壇状況下に於いて、極端に偏向した行動の跡は認め難いのである。

即ち、具体的には京都の為家と宗尊親王を戴いた鎌倉の真観の対峙といった様相が表面化した中で、その真観を実質的中心としてそこに六条藤家の眷属が加担したという意味では反為家派主流と言える、宗尊親王将軍在位後期の関東歌壇に参加しつつも、それとは一線を画し、新古今撰者を父に持つという境遇を同じくしまた縁戚ともなった為家とは敵対することなく、むしろ親交を維持したと見られるのである。そこに、重代の宮廷歌人としての一応の矜持を認めることができるように思われる。それと同時に、歌道に執心して自ら一党一派を領導するといった野心的意欲までは見出し難いとも思うのである。

そういった歌人としての歌壇上の在り方は、上述した官人としての在り様と併せて、当然、教定個人の性質に基づいて為されたものであろう。しかし、特に教定の場合、一般的にその性質形成に関わるという意味以上に、恐らくはこの時代社会の状況——幕政への移行とその安定——が影響を与えたようにも思うのである。宮廷貴族でありながら鎌倉を一応の本拠として幕府に奉仕しつつ、しかしまた京都とその貴族社会にも参加して宮廷に勤仕する、関東祇候の廷臣という言わば二重の処世の典型とそこから作り出されるであろう一つの人間性を示していると考えられるのである。そしてここに、鎌倉中期という宮廷貴族にとっては隔塞的な状況下に生きる教定の存在の本質を窺うことができるようにも思われるのである。次節で、以上に縷述した教定の生涯を踏まえつつ、その和歌について考察してみたいと思う。

【注】

（1）『和歌大辞典』（明治書院、昭六一・三）「飛鳥井家」の項（井上宗雄執筆）。
（2）雅経の伝については、武藤康史「藤原雅経年譜」（『三田国文』二、昭五九・三）を参考にした。
（3）水川喜夫は、その理由について、「頼経の嫡男でなかったこと、豊後国と関わりのなかったこと（著者注。文治元年度には義経等を後白河院の命により豊後武士等が援助するが、その時の豊後守が宗長、頼経は前任であった)、既に飛鳥井家を独立させていたこと、蹴鞠・和歌において一流をなしていたことなどであろうか」としている(『飛鳥井雅有日記全釈』風間書房、昭六〇・六)。

(4)注(2)所掲武藤年譜では、同年四月二十日以前任(猪隈関白記による)と同年十二月十五日任(尊卑分脈、公卿補任)の両説が示されている。

(5)久曾神昇『崇徳天皇御本古今和歌集』(文明社、昭一五・一)の「解題」。

(6)髙橋慎一朗『日本中世の権力と寺院』(吉川弘文館、平二八・九)第四章「宗尊親王期における幕府「宿老」」参照。

(7)藤原氏北家魚名流、安達藤九郎盛長男安達景盛の男。母は武藤豊前守頼佐女。承元四年(一二一〇)生、建長五年(一二五三)五月十三日出家(法名願智)、同年六月三日没、四十四歳。嘉禎三年(一二三七)十一月二十九日、出羽介に任じて叙爵し、秋田城務を宣下される。従五位上。評定衆(尊卑分脈、関東評定衆伝、吾妻鏡)。

(8)執権義時男陸奥五郎実泰の男。母は和泉守天野政景女。元仁元年(一二二四)生、建治二年(一二七六)十月二十三日没(於六浦別業)、五十三歳。十一歳で小侍所別当となり、以後、引付衆・評定衆・越訴奉行等幕府の要職を歴任。掃部助から、建長七年(一二五五)十二月十三日、越後守に任じて叙爵し、後従五位上に至る(尊卑分脈、関東評定衆伝)。また、宣陽門院蔵人を務めて京都との関係も深く、篤学で、当代一流の儒学者清原教隆に師事する。武蔵国六浦荘を領し、地内の金沢に別業を営み、隠退後、当地に永年収集した典籍を移管保存して金沢文庫の基を築いた。

(9)『公卿補任』では、雅有の母を実時女としており、一般にこの説が行われている。関靖『金沢文庫の研究』(芸林舎、昭五一・一一覆刻版)等。しかし、実時は元仁元年(一二二四)生、雅有は仁治二年(一二四一)生である。従って、その年齢差は十七年であり、祖父と孫との関係を想定することは不可能ではないか。一方、『尊卑分脈』『系図綜覧』では、雅有の母は、「左少将定忠女」(村上源氏)と伝える(『系図纂要』は「左少将定能女」とする。当該人物不見、誤写か)。定忠の生没年は不詳だが、その長男家定は、建仁三年(一二〇三)生(一説この二年後)、文永十年(一二七三)に七十一歳で出家している(公卿補任)。これより、定忠女もその前後の生誕であるとすれば、雅有の母として想定可能であろうか。また、『尊卑分脈』『系図纂要』とも、雅有男雅顕(弘安元年(一二七八)没)

の母を実時女としている。右記実時と雅有の生年を勘案すれば、三世代間の年齢構成としては妥当であろう。各資料の年齢の誤り（例えば野津本北条系図の所伝に拠ると実時は建保五年（一二一七）生）や養父女子関係の可能性も含めてなお検討の余地は残るが、いずれにせよ、飛鳥井家と北条実時家との結縁は認められるのではないだろうか。なお、外村展子『鎌倉の歌人』（かまくら春秋社、昭六一・一）では、『公卿補任』の説が排されて、雅有母を定忠女、雅顕母を実時女とする系図が示されている。

（10）『系図纂要』は忌日を「四月四日」とする。

（11）国史大系本に拠る。以下同じ。

（12）飛鳥井雅経筆西脇家蔵本。『古筆学大成』3（講談社、昭六四・一）所収写真版に拠る。同本については、注（5）所掲書によって紹介翻印され、その「解題」に、奥書識語の読解も含めて基本的考証が尽くされている。さらに、西下経一『古今集の伝本の研究』（明治書院、昭二九・一一）でも解説が加えられ、また、右『古筆学大成』の小松茂美の「解説」にも詳述されている。

（13）以下、和歌の本文は、特記しない限り『新編国歌大観』に拠る。表記は改める。

（14）注（5）所掲久曾神書では、教定を承元四年生（享年五十七歳）として論じているが、根拠は示されていない。注（9）所掲外村書でも同様。また、注（12）所掲小松論攷では、雅経筆本『古今集』の教定識語により、承元四年生としている。

（15）なお、兄教雅については、建久末年頃生誕（注（5）所掲久曾神論攷）と、承元元～二年（一二〇七～一二〇八）頃生誕（注（12）所掲小松論攷）の両説がある。

（16）ただし、同書ではこの後嘉禎四年（一二三八）まで「教定朝臣」とは見えない。

（17）『玉蘂』同日条では、「左小将教定朝臣」とあるが、これは、「右」の誤りであろう。高橋貞一所蔵本を底本とし、陽明文庫本と京都府立総合資料館（京都学・歴彩館）本を対校本とした今川文雄校訂思文閣出版刊本（昭五九・七）に拠る。

（18）注（74）所掲の『千載集』奥書の「右兵衛督」が「建長三年七月十一日」時点の教定の官を示しているとすれば、同年二月二十四日～七月十一日の任官となる。しかし、この間に通例の除目はない。

(19)井上宗雄が、「新続古今集の撰進をめぐって―中世における飛鳥井家の歌壇的地位―」(『和歌文学研究』五、昭三三・一)で、『増鏡』と「高松宮蔵為相書簡」に拠りつつ説いた表現。

(20)注(17)所掲刊本に拠る。私に返り点を付す。

(21)しかしまた、既に、承久元年(一二一九)七月十九日の頼経関東下向時かその直後に、外戚大江広元の縁故もあり、頼経近習としての東下を経験していた可能性もあるか(広元は嘉禄元年(一二二五)六月十日に死去)。なお、注(9)所掲外村書は、教定の東下について、北条政子の仏事供養の為に「命を受けて鎌倉に下ったのであろう」としている。

(22)この間「石山侍従」とも呼称されているが、その由来は未詳である。

(23)冷泉家時雨亭叢書別巻二～四『訓読明月記　一～三』(朝日新聞社、平二四・一、平二六・一一、平三〇・五)に拠る。自筆本がある箇所は、冷泉家時雨亭叢書自筆本影印版に拠る。私に返り点・送り仮名を付す。以下同じ。

(24)源(宇多源氏)資雅。有雅男、母民部卿範光女。非参議従三位。正治二年(一二〇〇)生～仁治三年(一二四二)三月三日(一説十一月十六日)出家。翌年までは生存、没年不明。郢曲・鞠・笛・和琴・馬等を家職とする一流である(公卿補任、尊卑分脈)。

(25)この日のことは『北野宮寺縁起』『楽所補任』にも窺われる。

(26)雅経筆本『古今集』の教定識語(注(12)参照)に、二十歳代前半(識語執筆時)の教定は、夭折の兄教雅に代わり父の遺した『古今集』と「人丸影」を譲り受けることについては、「希代の珍事なり。子孫と雖も非器に譲るべからず。先人、定めて相計らしめ給ふか(一旦「大谷姫宮」に相伝の事情を言うか)。下官(教定)、十二歳為りて、先考(父雅経)に別離の間、直ちに譲り賜はず。然れども、此道(歌道)を学ばんが為に、此の如く須らく相伝すべきか。尤も以て悦ぶべし、悲しむべし。説くべからず、説くべからず。」(私に読み下す。( )内著者注)と記しており、そこに、教定の謙遜と表裏を為す自負の意識を見ることができようか。

(27)『日本古典文学大辞典』第二巻(岩波書店、昭五九・一)「玉蘂」の項(橋本義彦執筆)。

(28)葵祭のことを詠んだ教定の作として、「神祭る今日は葵のもろかづら八十氏人のかざしにぞさす」(新後拾遺集・夏・中務卿親王家の百首歌に・一七一)がある。

(29) この月には、同八幡が神輿を奉じて強訴し、伊賀大内荘と因幡が寄進されて、二十八日に神輿が帰座するという事件があった。

(30) 馬が奔走して落馬している。

(31) 『明日香井集』に「建暦二年七月六日、篳篥の師にて侍りける季遠がために、追善しける所へまかりむかひて、更けて帰るとて心のうちに思ひ続け侍りける／教へ置きし道は露けきよ蓬生に跡問ふのみぞ限りなりける」（一五九七）とある。

(32) 列挙しておく。建久八年（一一九七）四月十九日臨時御会御遊・二十二日朝覲行幸御遊、建仁三年（一二〇三）十一月二十三日俊成九十賀宴御遊、元久元年（一二〇四）七月十七日若宮百日儀、元久三年（一二〇六）三月二十八日任大臣節会・八月五日御遊・九月六日御遊、建永二年（一二〇七）七月二十九日御遊、建暦元年（一二一一）九月二十四日任大臣饗御習礼、建暦二年（一二一二）六月二十九日道家任内大臣大饗御遊・十二月二十五日内侍所御神楽、同三年（十二月六日建保と改元。一二一三）三月十六日内侍所御神楽・十二月十二日内侍所御神楽、建保二年（一二一四）十二月十六日臨時御会、同三年（一二一五）一月三日臨時御会、同四年（一二一六）一月四日臨時御会・十二月八日中殿御会、同六年（一二一八）八月十三日中殿御会。

(33) 鶴岡八幡の東の大倉幕府（旧頼朝邸）から二階堂大路を永福寺方面（北東）へ向い、覚園寺へ向う道を北に入った所にあった。現鎌倉市二階堂鎌倉宮付近に比定される。大倉一帯は、幕府や有力御家人邸宅が存した中枢地区であった。本論第一編第三章第一、二節参照。

(34) 『鎌倉年代記裏書』にも当日の記事がある。

(35) 小川剛生「南北朝期飛鳥井家の和歌蹴鞠文書—大津平野神社蔵某相伝文書書籍等目録断簡考証」（『中世和歌史の研究　撰歌と歌人社会』塙書房、平二九・五）の考証。

(36) 懸の木の枝や人に当てないように鞠を低く蹴る。難技であり、重代の者・名人・貴顕が務めた。例えば、『成通卿口伝日記』やそれによったと見られる『蹴鞠簡要抄』には次のようにある（後者による）。「一上鞠の事。重代のものにあぐべきよしをふる。重代なくば当時の上手にふる。むねとあらん人と主君とのほか。この事沙汰すまじき也。二足をもち。三足のたび便宜のかたへはなて。主君むねとの人のかたへはなつべからず。木の枝にかくべからず。」

（群書類従本）。

(37) 北東に桜・南東に柳・南西に楓・北西に松を以て設定する。例えば、『成通卿口伝日記』（群書類従本を図書寮本で増補した新校群書類従本）に見える図では、「艮桜」「巽柳」「坤鶏冠木」「乾松」とする（別図では異なる）。また、為家の二条家流ではあるが、『遊庭秘抄』（為忠撰）にも、「懸事。本儀は柳桜松鶏冠木此四本也。其外梅も常に用之。此木は簷近くいづれの角にても栽也。四本の中には艮の角よりうへはじむべし。（中略）柳は巽。桜は艮。楓は坤也。此すみずみにかの木どもをうふる事本式也。」（群書類従本）とある。なお、同書は為定撰とされてきたが、実は為忠撰であることを、小川剛生『二条良基研究』（笠間書院、平一七・一一）が明らかにした。

(38) 水川喜夫は注（3）所掲書で、雅有の日記と『隣女集』の用例から、雅有の言う「故郷」を鎌倉と推定し、この「二条の旧跡」についても「飛鳥井家が、当時、殊に鎌倉では、二条という家名で呼ばれていた」「ことに関り、鎌倉の飛鳥井邸を指すものと思われる」としている。確かに、雅有の日記中で、疑いなく鎌倉を「故郷」と称している例もあり、また、雅有の歌に詠まれている「ふるさと」についても、例えば、水川も引用した、「鎌倉へまかり下らんと思ひ立ち侍る頃、雁の声を聞きて／故郷に我も今年は帰る雁東越路の道はかはれど」（隣女集・巻第二自文永二年至同六年・春・二八六）のように、明らかに鎌倉を指している場合が少なくない（同集・八九九、一三二四等）。しかし一方、「京へ上らんとての頃、帰雁を／旅にてもおとづれかはせ故郷に我さへ帰る春の雁がね」（同集・巻第四自文永九年至建治三年・春・一七九九）のような歌もあり、一概に決められない（時期により異なるか）。本論第一編第一章第三節「『竹風和歌抄』の和歌」の十参照。

(39) 注（35）に同じ。

(40) 鶴岡八幡宮の西方、扇ヶ谷の北。浄光明寺（現鎌倉市扇ガ谷二丁目）に近接する南西に位置した。

(41) 「宗教朝臣難申云。於二此色一者。日来不レ用レ之。如二承元式一者。着二有レ文燻（燻）革一也。頗不二甘心一云々」。なお、水川は、この記事と、「宗長の上鞠を「其作法惣非所存」と、雅経は評した」ことから、「一度ずつの記事ではあるが、難波と飛鳥井との流派の争いがあったとも読める」としている（注（3）所掲書）。

(42) 鎌倉の東端十二所にあった。君恩父徳報謝の為、建暦二年（一二一二）四月十八日源頼朝の発願により建立。

(43) 大倉御所（幕府）の南（現鎌倉市大御堂ヶ谷）にあった。父義朝の菩提を祈る為、文治元年（一一八五）源頼朝により建立。大御堂と呼称される。

（44）本文は、平野神社蔵本（新典社影印版、昭五九・四）に拠り、群書類従本を参看しつつ、通行の字体・歴史的仮名遣いに改め、適宜清濁を施して句読点を付し、意味を明らかにする漢字を（　）に入れて示した。

（45）『吉続記』の吉田経長。当時、参議従三位（左大弁如元）、造東大寺長官を務める。

（46）綸旨・院宣。当代は、後宇多天皇、亀山上皇。水川喜夫は後者と推定している（注（3）所掲書）。

（47）『蹴鞠簡要抄』に「一韈事。（中略）庭訓抄云。無文の燻皮は。長二此道一者。老之後可レ着云々」とある。『遊庭秘抄』にも「抑奥儀の色は無文の燻革也。以之長者色といふ。当道譜代の人。或御年たけさせ給ふ仙洞。又は上足の摂籙臣。さりぬべき大臣ならでは不レ可レ着二用之一」と見える。

（48）この一首は、国立歴史民俗博物館蔵高松宮伝来禁裏本に拠り、私に表記を改め、清濁を施す。『新編国歌大観』第七巻（平元・四）は、詞書「熏草」、第三句「身にそへて」としている。歌についてはこの読みも可能であろう。その場合、上句は結句にかかり、雅有自身が（勅許を得て）無文の燻革の韈を履くことによって亡父の無念を晴らそう、といった趣意となろう。

（49）『蹴鞠簡要抄』には、「にしき革むらさきかはは貴人のめすべき物也。」とあり、『遊庭秘抄』には、「紫革錦革は貴人のめす物なれば其恐あり。地下輩は此色相応せずとしるしをけり。（中略）是より次の色は無文紫革也。是はいたく臣下のはき侍事なきにや。（中略）有文紫革。是は殊勝の色にて綸旨院宣を下されてはく色なり。」と見える。

（50）この部分について、注（3）所掲水川全釈書は次のとおり注する。「車ならねど——漢の薛広徳が、官を辞して隠居した時、主君から賜った安車（一頭立ての、蓋の低い、坐乗する、婦女・老人用の馬車）を懸け吊し、子孫に伝えて、栄華を示した故事。その車のように「無文の燻革の韈」を懸け吊して、子孫にその栄幸を示したい心であろうが、院の聴許を得るために随分待たねばならなかった苦い思いが心底に猶あって、「諫」（祖先が長い努力の末の聴許であることを忘れず、名門を維持してゆく自戒とすること）という語になったのであろう。」。

（51）水川喜夫は、年毎の教定の所在を示した上で、「教定は鎌倉を本居にしていたと見てよい」（注（3）所掲書）とし、また、外村展子は、『明月記』『吾妻鏡』によりつつ、「相当の期間鎌倉に滞留したと思われる」（注（9）所掲書）としている。

（52）諸集への入集状況を整理しておく。算用数字は歌数。漢数字は『新編国歌大観』番号。ただし、『拾遺現藻和歌集』（当該の教定不入集）は三弥井書店刊本、『後葉和歌集』（室町期）は図書寮叢刊本、『為定集』（松平文庫本私撰集）は三村晃功『花園大学国文学論集』昭六〇・一〇翻印本、『明題和歌全集』は福武書店刊本に拠る。（　）内は他集との重出を示す。各集名は初二文字を以て略記する。ただし、続後拾遺和歌集、新後拾遺和歌集、拾遺風体和歌集、拾遺現藻和歌集、二八明題和歌集は初三文字。また、東撰和歌六帖抜粋本＝東抜。

続後撰和歌集　4　一二五（二八明七八三・題林一一六五・明題一五七〇）、三六一（影供二二八・秋風三八三・歌枕五一六五・二八明二一五七・明題四九七二）、一〇四三、一二八五。

続古今和歌集　6　七四、九一九（二八明五二九八）、一〇二〇、一三六七（二八明三六八八・題林七〇三九・明題八一〇六）、一五五九、一六一九。

続拾遺和歌集　7　一一一、五五九（二八明四四二一・後葉一四三九・題二九〇四・為定六三・明題三五一六）、七八六、九九一、一一〇九（歌枕八九四〇）、一一三一、一二六四。

新後撰和歌集　3　一九二、三七八（影供二七〇・二八明一九四五・題林三九一五・明題四六七四）、七三四（拾遺風四八六・歌枕九五三）。※三七八は『詞林拾葉』に引用アリ。

玉葉和歌集　1　一一九五（歌枕九三九四・二八明五三一五）。

続千載和歌集　4　三八三（東抜二二一・題林三三七八・纂題三九二〇・明題四〇二七）、六九八（二八明二九八五・題林六一三〇・明題七一二四）、一三六九、一九八八。

続後拾遺和歌集　2　一七五（題林一九一七・明題二四二六）、八一七（歌枕九〇九）。

新千載和歌集　2　一二七二、一七七三。

新拾遺和歌集　1　九六二（拾遺現四四一＝作者位署「従二位教定」）。当該の教定の歌か存疑。次節⑯参照。

新後拾遺和歌集　2　一七一、六八八（題林二二八五・明題二八一三）。

新続古今和歌集　6　四九八（影供一四四・雲葉四七四）、五一七（影供一八六）、一一九五、一四八九（影供三九六）、一六九六（影供六〇）、一八四三。

万代和歌集　1　二九九五。

影供歌合　10　一八、六〇（新続一六九六）、一〇二、一四四（新続四九八・雲四七四）、一八六（新続五一七）、二二八（続後三六一・秋風三八三・歌枕五一六五・二八明二一五七・明題四九七二）、二七〇（新後三七八・二八明一九四五・題林三九一五・明題四六七四）、三一二（夫木六二五八）、三五四、三九六（新続一四八九）。

秋風和歌集　1　三八三（続後三六一・影供二二八・歌枕五一六五・二八明二一五七・明題四九七二）。

雲葉和歌集　1　四七四（新続四九八・影供一四四）。

東撰和歌六帖　8　一四（東抜一一）、五七（東抜三三）、一〇九、一二五、一四九、一九三、二五四、三一〇。

同抜粋本　6　一一（東撰一四）、三三（東撰五七）、一七三、一七五、二二一（続千三八三・題林三三七八・纂題三九二〇・明題四〇二七）、二七六。

新和歌集　1　四四九（存疑）。次節⑮参照。

拾遺風体和歌集　1　四八六（新後七三四・歌枕九五三）。

夫木和歌抄　6　二四二七、四四九九、四七五二、六二五八（影供三一二）、九一八九、一五五六一。

歌枕名寄　5　九〇九（続後拾八一七）、九五三（新後七三四・拾遺四八六）、五一六五（続後三六一・影供二二八・秋風三八三・明題四九七二）、八九四〇（続拾一一〇九）、九三九四（玉葉一一九五・二八明五三一五）。

二八明題和歌集　8　七八三（続後一二五・題林一一六五・明題一五七〇）、一九四五（新撰三七八・影供二七〇・題林三九一五・明題四六七四）、二一五七（続後三六一・影供二二八・秋風三八三・歌枕五一六五・明題四九七二）、二九八五（続千六九八・題林六一三〇・明題七一二四）、三六八八（続古一三六七・題林七〇三九・明題八一〇六）、四四二一（続拾五五九・後葉一四三九・題林二九〇四・為定六三・明題三五一六）、五三一五（玉葉一一九五・歌枕九三九四）、五二九八（続古九一九）。

後葉和歌集　1　一四三九（続拾五五九・二八明四四二一・題林二九〇四・為定六三・明題三五一六）。

題林愚抄　8　一一六五（続後一二五・二八明七八三・明題一五七〇）、一九一七（続後拾一七五・明題二四二六）、二二八五（新後拾六八八・明題二八一三）、二九〇四（続拾五五九・二八明四四二一・後葉一四三九・為定六三・明題三五一六）、三三七八（続千三八三・東抜二二一・纂題三九二〇・明題四〇二七）、三九一五（新後三七八・影供二七〇・二八明一九四五・明題四六七四）、六一三〇（続千六九八・二八明二九八五・明題七一二四）、七〇三九（続古一三六七・二八明三六八八・明題八一〇六）。

為定集　1　六三（続拾五五九・二八明四四二一・後葉一四三九・題林二九〇四・明題三五一六）。

纂題和歌集　1　三九二〇（続千三八三・東抜二二一・題林三三七八・明題四〇二七）。

明題和歌全集　9　一五七〇（続撰一二五・二八明七八三・題林一一六五）、二四二六（続後拾一七五・題林一九一七）、二八一三（新後拾六八八・題林二二八五）、三五一六（続拾五五九・二八明四四二一・後葉一四三九・題林二九〇四・為定六三）、四〇二七（続千三八三・東抜二二一・題林三三七八・纂題三九二〇）、四六七四（新後三七八・影供二七〇・二八明一九四五・題林三九一五）、四九七二（続撰三六一・影供二二八・秋風三八三・歌枕五一六五・二八明二一五七）、七一二四　（続千六九八・二八明二九八五・題林六一三〇）、八一〇六（続古一三六七・二八明三六八八・題林七〇三九）。

なお、『元可集』や『顕季集』等の中世私撰集への教定詠の所載については、三村晃功『中世私撰集の研究』（和泉書院、昭六〇・五）に示されている。

(53)『新編国歌大観』第五巻（昭六二・四）同歌合解題（安田徳子執筆）。

(54)注（53）所掲解題の言うⅡ類本（穂久邇文庫本）では、（為家の）「判詞に不満をもった反御子左派の歌人が反論を加えた」難陳二ヶ所が付加されている。

(55)『新続古今集』には雅経十八首、雅有十四首入集。前者は『新古今集』（二十二首）『新勅撰集』（二十首）に次ぎ、後者は『玉葉集』（十六首）に次ぐ入集数。

(56)この義景女の母が、教定の姉妹であるかは不明であり、また、その婚姻の時期も確定できない。たとえそれが直接の母子関係になかったにせよ、この縁からも教定が宇都宮氏と接近する可能性はあろう。

(57)参加歌人は、「冷泉前大納言」（為家）「権中納言」（為氏）「右兵衛督」（教定）「左京大夫信実朝臣」「左中将光成朝臣」「中務大輔為継朝臣」「法眼円瑜」「蓮生法師」（藤原頼綱）「藤原泰綱」「藤原頼業」「藤原時朝」「藤原経綱」「藤原時光」「藤原景綱」（同集四四七〜四六〇）である。泰綱・頼業は蓮生の男、時朝は蓮生の甥である。信実は為家の従兄弟に当たり、為継は信実男である。また、光成は、藤原氏北家長家流の俊忠男忠成の孫従三位光俊の息であり、俊忠男俊成の系統とは親しい縁戚と言える。さらに、時光については、同集にこの一首のみの入集であり、確証はないが、藤原氏北家秀郷流の結城（小山）朝光男左衛門尉寒河時光であろうか。朝光の母が宇都宮氏の祖八田宗綱（頼綱曾祖父）の女であるという血縁にあり、また、本拠が下野国内であるという地縁もある。以上は、要するに、宇都宮氏の一族縁者であることが明らかである。なお、円瑜については、その伝は不詳だが、右以外に『新和歌集』に二首入集している。その内の一首も、四三二蓮生・四三三泰綱・四三四円瑜と配列されており、やはり宇都宮氏に縁ある者であろうか。

（58）佐藤恒雄「新和歌集の成立」（『藤原為家研究』笠間書院、平二〇・九）。初出は「新和歌集の成立（続）」（『香川大学国文研究』二二、平九・九）、「新和歌集の成立」（『王朝和歌と史的展開』笠間書院、平九・一二）。

（59）直接問題となる位署は、①「権中納言」（為氏）、②「右兵衛督」（為教か教定）、③「左中将光成朝臣」、④「中務大輔為継朝臣」である。この内、①の為氏の権中納言在任は、正嘉二年（一二五八）十一月一日〜弘長元年（一二六一）三月二十七日であるので、佐藤説の正嘉元年（一二五七）三月頃詠作と矛盾する。②が教定だとすると、建長六年（一二五四）六月一日には右兵衛督を辞しているので、確かに正嘉元年三月頃詠作には矛盾している。しかし、為教の右兵衛督補任も、正元元年（一二五九）七月二日であるので、佐藤説の詠作時期と矛盾がある。③の光成の左中将在任は、暦仁元年（一二三八）十二月二十日〜正元二年（一二六〇）四月八日で、これは佐藤説に矛盾しない。④の為継の叙従三位（非参議）も、正嘉二年（一二五八）正月十三日であるので、「朝臣」であった時期と佐藤説は矛盾しない。①の為氏は、『新和歌集』奥書にその撰者と伝える「為氏」の位署であり、その所伝には大きな疑義があるにしても、宇都宮氏を母とすることからすれば、『新和歌集』の編纂時に注意が払われるという点では、③④の光成・為継に比してより緊切であると思われる。従って、①の位置は、同集の成立時期を示唆し、一方、③④は、一連の供養歌の原資料の状態を反映するものと推測したいが、それでも、②の「右兵衛督」の特定には問題が残るのである。なお、佐藤が「教定は、その女が為氏室となっていたから、御子左家と姻戚関係にはあった。しかし宇都宮氏との関係はない」とする点は、姻戚関係をどのように評価するかの判断の点で、全く従えない。

（60）「中世散佚百首和歌二種について—光俊勧進結縁経裏百首・中務卿宗尊親王家百首—」（『日本大学商学集志』四‐一（人文

特集号Ⅰ）昭四七・九）。

(61) 佐藤恒雄「弘長百首考（上）―成立をめぐって―」（『香川大学教育学部研究報告』第Ⅰ部昭四八・一〇）の説。

(62) ちなみに、『続古今集』への入集数は、『弘安百首』（計七百首）から二十五首で、「宗尊親王家百首」（注（60）所掲安井論攷によると、作者十四人の計一二九首が確認される）から十五首（詞書による）。

(63) 『勅撰作者部類』（原態本）は、「小野」、「参議（キ）雅経子（―）」とする。『続古今集』に一首、『続拾遺集』に二首入集。『勅撰作者部類』は、小川剛生『中世和歌史の研究　撰歌と歌人社会』（塙書房、平二九・五）の「附録一　勅撰作者部類・続作者部類　翻刻」に拠る。なお、『和歌文学大辞典』（明治書院、昭三七・一一）付録の「勅撰作者部類」と『勅撰集付新葉集作者索引』（和泉書院、昭六一・七）を参照。

(64) 佐藤恒雄「三十六人大歌合撰者考」（注（58）所掲書）。初出は「三十六人大歌合の撰者をめぐって」（『香川大学教育学部研究報告』第Ⅰ部昭五五・三）。

(65) 福田秀一「中世勅撰集関係ニ資料―「為家卿続古今和歌集撰進覚書」と「越部禅尼消息」の一伝本」（大久保正編『国文学未翻刻資料集』桜楓社、昭五六・五）に拠る。

(66) 「続古今和歌集」の撰集について」（『中世文学』二七、昭五七・一〇）。

(67) 「続古今和歌集の成立に関する疑義―弘長二年九月の撰者追加下命に至るまでの為家の撰集意欲の推移をめぐって―」（『研究と資料』第十八輯、昭六二・一二）。

(68) 『井蛙抄』「雑談」中の「続古今に被レ加ニ撰者一て後は、入道戸部ものうくおもはれて撰歌の事、冷泉亜相〈于レ時侍従中納言〉譲与。其状云」以下の記事について、注（67）所掲小林論攷が「撰者委任の書状」としたものを、小林自身が「続古今和歌集の成立に関する一疑義続考」（『研究と資料』二〇、昭六三・一二）で訂した表現。

(69) 久保田淳「為家と光俊」（『国語と国文学』昭三三・五。『中世和歌史の研究』（明治書院、平五・六）所収）に紹介され、基本的解釈が尽くされている。これに従いたい。なお、辻彦三郎「歌史拾露」（『国史学』昭二四・一〇）と福田秀一『岩波講座日本文学史』第六巻付録月報12（『中世和歌史の研究』昭四七・三所収）に翻印がある。本文は後者に拠る（私に返り点・送り仮名を付す）。

(70) 『夫木抄』一六八一五番公朝詠と『続古今集』序との関係に拠る。本論第一編第四章第三節「僧正公朝伝」参照。

（71）既に寺本直彦は、この間の事情を示し、「四月八日の教定の死は急死であったと思われる」としている（「源氏絵陳状考（下）—本文・白拍子・成立・小宰相の局—」『国語と国文学』昭三九・一一。『源氏物語受容史論考』（風間書房、昭四五・五）所収）。首肯されるべきであろう。しかしまた、死因について、「日来瘡を煩ふ所」との『吾妻鏡』の所伝を信じれば、持病を押しての歌会参加という教定の姿が想起され、その熱意と共に同期の関東歌壇の熱気をも想像したいようにも思う。

（72）稲賀敬二「「源氏秘義抄」附載の仮名陳状—法成寺殿・花園左府等筆廿巻本源氏物語絵巻について—」（『国語と国文学』昭三九・六）が紹介と基本的考証を行い、寺本直彦「源氏絵陳状考（上）—忠通ら筆二十巻本源氏絵巻に関する稲賀氏の仮説について—」、「同（下）—本文・白拍子・成立・小宰相の局—」（『国語と国文学』昭三九・九、一一。『源氏物語受容史論考』（風間書房、昭四五・五）所収）が補正した。後者は、源氏絵の「制作は教定生前で宗尊親王の三品時代であり」、「陳状が行なわれたのは教定没後と解してよかろうか」としている（教定生前に小宰相の局の難があり、制作者側の駁陳も書かれていたが、教定の急死後に難が披露されてその陳状も公開されたという解釈の可能性を示唆している）。当然、息雅有の参加した『弘安源氏論義』との比較等も含めての内容の吟味が必要であり、それはまた飛鳥井家の源氏学といった問題にも繋ると思われる。田坂憲二「中世源氏物語享受史の一面—『原中最秘抄』を中心に—」（『語文研究』六四、昭六二・一二）や、三谷邦明・三田村雅子『源氏物語絵巻の謎を読み解く』（角川書店、平一〇・一二）の「鎌倉宮将軍の源氏物語絵—宗尊親王の源氏物語色紙絵屏風」にも言及がある。

（73）雅経筆西脇家蔵本に教定の識語がある（注（12）参照）。注（5）所掲久曾神解題および注（12）所掲小松解説に従って記すと、同本の相伝・転写過程は以下のとおりである。貫之自筆本（貫之妻手跡本）が、花園左大臣源有仁から崇徳天皇へと相伝される。それを教長が書写した本を、嘉応三年（一一七一）二月二十四日に頼経が書写して、さらに同年四月七日に清輔本を以て校合を加える。その本を、雅経が、祖父頼輔身辺の反古紙を用いて書写した。そして、同本と雅経年来所持の「人丸影」とが、まず「大谷姫宮」（後鳥羽天皇皇女熙子内親王か）に相伝され、その死後は教定兄教雅に相伝という意向に反し、教雅の夭折により、教定に相伝された。
また、いわゆる寂恵本『古今和歌集』の一本である國學院大學図書館蔵（貴重書一八五二）建長八年奥書本の奥書に「建長四年六月十九日以二右兵衛督教定朝臣本一重一校、即少々有レ所二直付一。所謂称二氏本一本是也。為氏朝臣自筆之本也。而其父為家卿加二自筆奥書一。其詞曰、建長四年卯月中旬、以二家秘本一、令レ書二写之一。為レ備二証本一也。前亜相戸部尚書藤」と見える（川上新一郎「寂恵の古今集研究について」（『斯道文庫論集』三八、平一六・二）の翻字に拠る）。これによると、教定は、為家が家の秘本を以て為氏に書写させて自ら奥書を加えた『古今集』を所持していたことになる。なお、注（72）所掲稲賀論攷にも指摘がある。

（74）静嘉堂文庫蔵塙忠宝校正本奥書に「右兵衛督教定本或人借用畢、然又自彼借取書写了、于時建長第三暦初秋十一日丙巳（以下略）」と見える。松野陽一「千載集の伝本に関するノート」（『平安朝文学研究』八、昭三七・一一参照。なお、福田秀一「鎌倉中期反御子左派の古典研究」（『成城文芸』三九、昭四〇・五、『中世和歌史の研究』昭四七・三所収）は、同奥書全体について、「建長三年七月十一日、某が「或人」より「右兵衛督教定本」を借りて書写し、同年八月十五日に、三度校合し、同年九月九日に、或本をもつて校合した本（又はその転写本）が、正応五年八月中旬、「前越後守実時」の許で書写されてゐるやうである」との読解を示す。ただし、同奥書の「誤脱」の多さから慎重に留保している。

（75）井上宗雄は、『中世歌壇史の研究　南北朝期』（明治書院、昭四〇・一一、昭六二・五改訂新版）で、上記静嘉堂文庫本『千載集』奥書の注（74）所掲部分と「正応五年壬辰八月中旬候以前越後守実時本書之」とに注目して（「実時」は北条実時を指す）、「彼我考え合わせると某は関東で千載集を書写したのであろう」としている。また、例えば、鎌倉中後期の関東歌壇を代表する歌人公朝は、寛元四年（一二四六）三月に後拾遺集の為家本を書写した真観の本を、文応二年（一二六一）二月二十一日に書写していることが知られる（吉川家蔵八代集本他の八代集・二十一代集諸本）。本論第一編第四章第三節「僧正公朝伝」参照。

第四節　藤原教定の和歌

はじめに

前節で、藤原教定の生涯を考察し、詠作資料の外郭を検証した。それを踏まえて、本節では、教定の和歌について、一首毎の読みを試みつつ論じてみたい。見出し得た教定の歌数は60首[1]（二首存疑）と比較的少数であるので、詠歌集成の意味も含めて、全作を取り上げることにする。詠作時期の明らかな歌は、教定の生前に成立の歌集の所収歌と併せて年代順に、それ以外は所収歌集毎に整理して見てゆくこととしたい。

一　四十歳代までの詠作1——建長年間以前

まず、前節に記したとおり、教定の三十六歳時以前の作と推定される、「前大納言頼経家の月十首に」と詞書する次の一首を取り上げる。位置は「藤原教定朝臣」。

①袖《そで》の上《うへ》に馴《な》るるを厭《いと》ふ夜半《よは》もなし飽《あ》かでかたぶく月は見れども（万代集・雑二・二九九五）[2]

見飽きることのない月を詠じた点では常套的であろう。しかし、上句は珍しい措辞で、特に第二句の「馴るるを厭ふ」は先行例として、寂蓮の「夏の日は馴るるを厭ふ衣手の身になつかしき秋の初風」（御室五十首・秋・八二五。寂蓮法師集・二五〇）を見出すのみである。直ちにこの寂蓮詠からの影響を想定することには慎重である必要があろう。むしろ、「袖の上に」「月」が「馴るる」ことを問題とする点で言えば、良経の『六百番歌合』詠「袖の上に馴るるも人の形見かは我と宿せる秋の夜の月」（恋下・寄月恋・九一一。秋篠月清集・三七五）に先蹤が求められる。この歌を踏まえれば、教定詠にも、月が袖の上に「馴るる」媒介としての恋の涙が表現下に想起される。上句は、「袖の上（の涙）に（月が）見飽きる程十分に宿り馴れるのをいやだと思う夜半はないよ。」といった意で、月というものの見飽きることのなさを強調していると言えよう。また、第四句の「飽かでかたぶく」の句形も先行例がなく、あるいは、「結ぶ手に影乱れ行く山の井の飽かでも月のかたぶきにける」（新古今集・夏・二五八・慈円）の下句の表現を簡約化したようにも思われる。なお、この「飽かでかたぶく」および右記「馴るるを厭ふ」の用例は、南北朝期頃までの後代にも、共に、息雅有の二首以外には見当たらない。[3] これは、父教定の歌を見習ったと見てよく、祖父雅経以来の秀句好みを示していよう。

次に、建長三年（一二五一）九月十三夜後嵯峨院仙洞の『影供歌合』の作を取り上げる。右方九人目に「右兵衛督藤原朝臣教定」として出詠し、左方「兵部卿源朝臣有教」と番えられている。判は、実氏・基家・為家・知家・寂西（信実）の衆議である（判詞は後日為家執筆か）。順に見てゆく。

九番、（題）「初秋露」。

②草の葉は秋来《く》る宵《よひ》のいかならん我が衣手は露ぞ置き添《そ》ふ（一八）

これは、『古今集』の「ひとり寝る床は草葉にあらねども秋来る宵は露けかりけり」（秋上・題不知・一八八・読人不知）を本歌として、同じくこの『古今集』歌の本歌取と思しき、寂蓮の「大方の秋来る宵やこれならん色なき露も袖に置きけり」（寂蓮集（私家集大成寂蓮Ⅱ）・立秋恋、左大将御会当座・六四。同・同（左大臣）家歌合、秋恋・二〇二）を踏まえていようか。また、「我が衣手は露…」の措辞は、「秋の田のかりほの庵の苫を荒み我が衣手は露に濡れつつ」（後撰集・秋中・三〇二・天智天皇。百人秀歌・一。百人一首・一）を想起させるから、これも本歌と見ることができよう。

勝負は、左方有教の「この寝《ね》ぬる夜の間の秋を知《し》る物は野辺《へ》の草葉《は》に置《を》ける白露」が、「この寝《ね》ぬる夜の間、目馴《めな》れて侍る上《うへ》に、知《し》るものはといへるよろしからず」と難じられ、また、「させる難なきにつきて」との理由で、教定詠が勝となっている。

なお、雅有の「我が袖に知らぬ涙のこぼるるや秋来る宵に置ける白露」（雅有集・百首和歌・秋・早秋・六六七）は、教定詠の影響下に同じ『古今集』歌を本歌にしたものであろう。

三十番、「山家秋風」。

③軒端《は》なる木の葉《は》の色は遅《をそ》けれど秋や外《と》山の風ぞ身に染《し》む（六〇。新続古今集・雑上・一六九六）

大枠としては、「秋来ぬと目にはさやかに見えねども風の音にぞおどろかれぬる」（古今集・秋上・秋立つ日よめる・一六九・敏行）を初めとした、視覚的変化に先立つ、風による秋の知覚の類型上にある。しかし、各々の句形とその繋がり方が類型的ではなく、そこに趣向があろう。特に「木の葉の色は遅けれど」は、新奇な措辞であるが、これは、「白露の色どる木木は遅けれど萩の下葉ぞ秋を知りける」（正治初度百首・秋・二四五・式子内親王。続後撰集・秋上・二八五）に負ったものではないか。家隆男の隆祐も、恐らくはこの歌に拠りつつ、「草も木も色どるほどは遅けれど月の待ちける秋の初風」（隆祐集・御室御会とて京極中納言入道定家被申侍りしに・初秋月・三四）と詠んでおり、同世代でのこの式子詠に対するある程度の関心の存在が窺われるのである。また、「軒端なる木の葉」の繋げ方は、『宝治百首』の「軒端なる木の葉はさらに降り果てて尾上の松に嵐吹くなり」（雑・山家風・三六八八・信覚）に学んだ可能性があろうか。「木の葉の色」については(4)、特に月並みな表現という訳ではない中で、教定の父雅経、息雅有に各々作例がある(5)ことを指摘しておきたい。

下句も珍しい表現である。しかしながら、西行の「松にはふまさのはかづら散りにけり外山の秋は風すさぶらん」（新古今集〔伝為相筆本〕・秋下・題不知・五三八。御裳濯河歌合・四二、結句「風すさむらん」。西行法師家集・〔追而書加〕・

六一九、二・三句「まさきのかづら散りぬなり」結句同上）からの影響があるように思う。結句「風ぞ身に染む」の形は、『拾玉集』（四九七六）に載せる「往生伝和歌」の義孝少将の歌が早い例ということになろうが（同集五〇三九に慈円自身の作例あり）、『新撰六帖』に為家の「みな月の空かたかけて秋立つといふばかりにや風ぞ身に染む」（第一・あきたつ日・一一二）と知家の一首（五七三）が見え（為家には別の作例もあり）、また、『宝治百首』に実氏詠（二〇八二）があり、さらには、『文保百首』や『延文百首』にも数例見える。鎌倉前中期に於いてやや流行し定着していった措辞であろうか。

勝負は、左方有教の「かねて知《し》るすまゐなれども秋はなほ《猶》寂《さび》しさまさる峰《岑》の松風」と番えられ、「木の葉の色は遅《をそ》けれど秋や外《と》山といへる、ゆゐ《へ》あるさまに侍るを、寂《さび》しさまさる峰《みね》の松風も聞き捨《す》てがたしとて、持と定《さた》められ侍りき」の判詞で、持となっている。

五十一番、「朝草花」。

④朝な朝《〱》なうつろふ露はあだなれど萩の古枝《ふるえ》の花は忘れず（一〇二）

左方有教の「夜《よ》な夜《〱》なや花は咲くらん朝《あさ》ごとに色まさりゆく野辺《べ》の秋萩」と番えられて、持となっている。判詞は、「夜《よ》な夜《〱》なや、朝《あさ》ごとにも、いひおほせずや、うつろふ露はあだなれど、心分《わ》きがたしとて持のよし定《さだ》めらる」とある。両首共に難のある持ということになる。

意味が不分明であるとされた教定詠の「うつろふ露はあだなれど」は、他に用例を見ない七五句の表現で、殊に「うつろふ露は」は、古歌には見えない句形である。建永元年（一二〇六）七月二十五日の『卿相侍臣歌合』で、雅経は、同じく「朝草花」の題で「木の間よりさすや岡辺の朝日影うつろふ露ににほふ萩原」（二〇。明日香井集・一一五三）と詠んでおり、教定が同首を参看した可能性は高いものと思われる。ただし、この雅経詠に先立って、建仁二年（一二〇二）五月二十六日の『仙洞影供歌合』で定家が、「我が恋は雪降りうづむ小萩原うつろふ露を恨みしものを」（遇不逢恋・五八）と詠んでいる。雅経詠は、これを取り込んだものであろうか。また、定家には別に、建保六年（一二一八）の「韻字四季歌」（秋・鶏犬声稀隣里静、遥村人定漏万闌）の「朝な朝な散りゆく萩の下紅葉うつろふ露も秋やたけぬる」（拾遺愚草員外・六五〇）という作があり、語句の類似からは教定詠への影響を認めたくなる。しかしむしろ、教定詠の上句は、『六百番歌合』の隆信の「きぬぎぬにうつりし色はあだなれど心ぞ深きしのぶもぢずり」（恋下・寄衣恋・一一二八）に負っている可能性を見ておきたい。

下句の解釈には問題がある。第四句「萩の古枝」は万葉語であるが、(6)主に中世になって再登場してくる。結句の「花は忘れず」の句形は、『堀河百首』の「夏衣たちきる今日になりぬれど心に染みし花は忘れず」（夏・更衣・三二四・師頼）が、先行歌の孤例で、後代でも、雅有の「いたづらに我が身ふりゆくながめにも春のものとて花は忘れず」（隣女集・巻三自文永七年至同八年・花歌中に・一〇一五）が目に入る程度である。この両首の「花は忘れず」の場合は、（時間が経過しても）詠作主体が春の桜の花を忘れない、といった解釈になろう。しかし、教定詠の場合は、「忘れず」の主格が人間（作者）では、歌題に合致せず上句にも呼応しまい。上句の、毎朝に移ろい消える露のはかなさに対比して、萩の古枝が花を（咲かせることを）(7)忘れない、と解するべきだと考えておく。

七十二番、「暮山鹿」。

⑤夕暮の山の高嶺《たかね》に鳴く鹿も天《あま》つ空にや妻を恋《こ》ふらし（一四四、底本結句「妻をか《こ》ふらし」。新続古今集・秋下・四九八、結句「妻をこふらん」。雲葉集・秋上・四七四、結句同上）

これは、『古今集』の「夕暮は雲のはたてに物ぞ思ふ天つ空なる人を恋ふとて」（恋一・題不知・四八四・読人不知）を本歌に取る。

左方有教の「限《かぎ》りなき秋のあはれは白雲の夕《ゆふ》ゐる山のさ牡鹿《をしか》の声」に対して、「同《おな》じ鹿の音も、白雲《しらくも》の夕《ゆふ》ゐるよりは、天《あま》つ空にやといへる、思ひあがりて聞こゆとて為レ勝」の判詞で、教定詠の勝となっている。本歌の『古今集』歌の「天つ空なる」の解釈は、A遥か遠くの及びもつかない、B遥かに高い身分の、といった両解がある（竹岡正夫『古今和歌集全評釈・下』、四八四番歌「釈」参照）。判詞の「思ひあがりて」を、「気位を高くもつ」（岩波古語辞典）の意とすると、少なくとも判詞は、本歌をBの意味として踏まえていると捉えられる。しかし、教定詠自体は、「高嶺」の「ね」に「音」が響き、上句の山の高嶺に鳴く鹿の声という空間的高さに、さらに、下句によってその鳴き声が天空にまで響くといった趣が付加されているように思われる。そしてまた、判詞が、「白雲の夕ゐる」と「天つ空にや」を対比させていることよりしても、「思ひあがりて聞こゆ」は、「鹿」の「妻」への「思ひ」が高揚して聞こえる、といった意で、結局は、歌柄の大きさを評したものと解せないだろうか。

なお、鎌倉後期の為理に、「夕霧の高嶺をかけて鳴く鹿は天つ空なる妻や恋ふらん」（為理集・夕鹿・四九三）という、教定詠をそのままなぞったかと疑われる類似歌がある。

九十三番、「霧間雁」。

⑥秋霧の八重《やへ》に重《かさ》なる山の端《は》を声もへだてず雁は来《き》にけり（一八六。新続古今集・秋下・五一七）

上句は、先例を見ない。「秋霧の八重に重なる」から「八重に重なる山」へと鎖る。「八重」に重なる「霧」を表す歌語としては、「八重立つ霧」が、より一般的であろう。[8] 教定詠は、『古今集』の「白雲の八重に重なる遠にても思はむ人に心へだつな」[9]（離別・陸奥国へまかりける人によみてつかはしける・三八〇・貫之）などに見られる、「白雲の八重に重なる」の表現を基に、「白雲」を「秋霧」に置き換えた感がある。語彙や句の型は特異ではないが、詞の組み合わせに新しい工夫を求める姿勢が窺われよう。なお、同時代の類想歌として、「いくつらぞ八重立つ霧の上に鳴く雲ゐの雁も声は隠れず」（長綱集・一一五）がある（この長綱との関係については52で述べる）。

左方有教の「天《あま》つ空立《た》つ朝霧の絶《た》えだえに晴《は》れゆく見《み》れば雁は来《き》にけり」と番えられ、「晴れ行く見《み》れば、間も透《す》きて見え侍るにや、八重に重《かさ》なる、歌がらよろしとて、なずらへて持と定めらる」の判詞である。有教詠についての「晴れ行く見れば、間も透きて見え侍るにや」は、結局、「霧間雁」の題意を汲んでいることに対する評価ではないかと思われる。即ち、判者は、「霧間雁」を、霧の絶え間の雁という視覚的側面で読むべきものと認識していたのではないだろうか。教定詠は、「霧間」を、「八重に重なる」霧の中として、雁の声という聴覚的側面で詠んでいる点で、勝の評価を得ることにならなかったのではないか。同歌合に於ける同題の作品は、多くが有教詠に類する、霧の絶え間に見える雁を詠んだものなのである。他にも、教定詠に類想の歌と、霧の絶え間を視覚的に詠んだ歌との結番の判詞で、題意の「間」の字に対する配慮の差によって、後者が勝となっている例(10)が存しているのである。

百十四番、「名所月」。

⑦時知《し》らぬ雪に光やさえぬらん富士《ふじ》の高嶺《根》の秋の夜《よ》の月（二二八、歌頭に集付「続後」。続後撰集・秋中・三六一。秋風集・秋下・三八三）

この一首は、「時知らぬ山は富士の嶺いつとてか鹿の子まだらに雪の降るらむ」（伊勢物語・九段・一二・男。新古今集・雑中・一六一六・業平）の本歌取であるが、上句は先行例のない新奇な表現である。「時知らぬ」山である富士を詠んだ歌は、教定の父雅経、男雅有にも相当数ある。(11)このことは、この三代間の作歌上の影響関係もあろうが、三者が各々、京都・鎌倉を往還し、その途次に富士を実見したという共通した境涯の所産でもあろう。左方有教の「五十鈴川ひとたび澄《す》める色添《そ》へて光を宿《やど》す万代の月」と番えられ、「雪にさえたる富士《ふじ》の高嶺《たかね》の月、歌がらたけ高《たか》く清《きよ》げに見《み》え侍りしを、五十鈴《いすず》川神威に畏《おそ》れて持になされ侍りき」ということで、持となっている。

百三十五番、「田家月」。

⑧露結《むす》ぶ門田の晩稲《をしね》ひたすらに月もる夜半《よは》は寝《ね》られやはする（二七〇。新後撰集・秋下・月の歌の中に・三七八）

第二句「門田の晩稲」の措辞は、先行例がなく、同時代以降にも数例を見出すのみである。(12)「門田」と「晩稲」

という伝統的語彙を新しく組み合わせた句を用いるところに、類型を脱して新奇さを求める意識の表れが見えるように思う。第三句の「ひたすらに」には、「引板（ひた）」を掛け、第四句の「もる」にかかり、その「もる」は、月が「洩る」意と田を「守る」意を掛けて、[13] 各々「門田」の縁語となっている。結句「寝られやはする」の理由として、「門田の晩稲」（「おしね」の「ね」には「寝」が響き「寝られやはする」の縁語か）を「ひたすらに」「守る」ことと、「月洩る」ことが重ねられていよう。あるいは、為家の『洞院摂政家百首』詠「山陰のしばのかこひも月もりてながめじとても寝られやはする」（雑・山家・一六一九）に学ぶところがあったかもしれない。なお、一首に「ひたすらに」と「守る」を詠み併せる手法は常套ではあるが、直接には父雅経の、「ひたすらに山田守る身となりもせじ今やいなばの秋の夕露」（明日香井集・詠百首和歌建仁二年八月廿五日・秋・三四〇）や「を山田の庵守るしづがひたすらに身に染むとても秋の夕風」（同・北野宮歌合同（元久元年）七月十九日・田家風・一一四八）等に倣ったのではないだろうか。

　左方の有教詠は「秋の夜は門田の稲葉《いなば》吹く風に千歳《とせ》をかねて澄《す》める月影《かげ》」である。判詞は「千歳《ちとせ》をかねてといへる詞《ことは》、此の田家むしろ田にやと聞こえ侍りしを、人人《々》も同《おな》じ体《てい》に申して、露結《むす》ぶ門田の勝と定《さた》まり侍りき。作者、ちさとを書《か》き誤《あやま》てるにやと申し侍りけるに、又、近《ちか》き歌に違《たか》はずと沙汰《さた》侍りけるとかや」である。有教詠の、第四句「千歳をかねて」が題意に背くことが難じられて、また、恐らくは「稲葉吹く風にまかせてすむ庵は月ぞまことにもり明かしける」（新古今集・秋上・四二八・俊成女）との類似が咎められて、教定詠の勝となっている。ただし、同歌合の同題の為氏詠「稲葉もる寝覚めの庵にさ夜更けて田のもはるかに澄める月影」（二七三）は勝っているので、俊成女詠以外の類似歌、例えば、良経の「あたらしや門田の稲葉吹く風に月影散らす露の白玉」（秋篠月清集・花月百首・七三）や慈円の「五十鈴河千歳の秋の浪の上に神風さえて澄める月影」（拾玉集・〔建保四年仙洞百首〕・雑・三六五八）等々を、判者達が念頭に置いていた可能性を探る必要があるのかもしれない。

ところで、『詞林拾葉』（武者小路実陰述、似雲筆）は、享保二年（一七一七）正月二十九日夜の「新後撰集の内歌うかがふ」（日本歌学大系本）の部分で、宗尊親王の「小萩原夜寒の露のおきもせず寝もせで鹿や妻を恋ふらむ」（新後撰集・秋上・三二四）と、右の教定の「露結ぶ」の歌、および、為家の「つかへこし秋は六十に遠けれど雲井の月ぞ見る心地する」（同・秋下・三九三）を引いて、三首を比較しつつ批評を施している。結論としては、詞の続き柄のなだらかで佶屈なところがなく自然な調子であることを第一として、為家の歌を「格別に」称揚しているのであるが、その点については、教定詠も宗尊詠よりは高く評価されているのである。以下にその論旨を辿ってみる。

まず、宗尊詠については、「此の歌さて〳〵よく上手に御つゞけありしなり。」と賞する。その理由について、イ「おきもせずねもせでよるをあかしては春のものとてながめくらしつ」を本歌としている。ロ従って、「露のおきもせず」は、露が置かない意に紛れることはない。ハ「おきもせずねもせで」を上句と下句に分けていることは「妙なるつゞき」であり、「下手のしわざ」では「腰折」になるはずなのに、そうならないのは、下句で一首の意味が分明になることによる。と説く。そして、「わろくすれば御はたらきあまりて底ゐしまらぬやうなる歌あり。是はよくとゝのへる歌なるべし。」とする。

次に、教定詠については、「此の歌むつくりとよくいひつゞけたる歌、そこにいろ〳〵と自然におもしろくこまやかにはたらきたるものなり。」（洗練されてなだらかな詞続きの歌であって、さらにその中に、種々、自然と感興がわく、精緻な詞の効果がある、といった意か）とする。そして、先に評価した宗尊詠の上句と下句の続け方を、「おもしろく上手のしわざと見ゆれども」「却てかどが見ゆるなり。」として、教定詠は「かどたゝず、そこに色々と理をふくみこまやかに、てをこみたる細工なり。」（一首の調子が屈折することなく、その中に、種々詞のあやを含んで、精緻に凝らした技巧がある、といった意か）と評価するのである。さらに、歌意は「秋の田を守るものは夜寒にいねがてなること」であるが、その「稲」に寄せて、「いねがて」などと詠む常套句は使わないで、「田」の縁語となる「ひた（引板）」を入れて詠んだ上句の詞続きについて、「露におしひたす」（露にぐっしょりと濡らす意）が、「自然にあるなり」（自然と感じられる、という意か）とする。(14)

その上で、為家詠について、「此の歌を前のうたにくらべばまたまさりたるものなり。どこへもとり付く所なくすつぺりとしたてたるものなり。」とし、また、「前の二首とは格別なり」と称讃するのである（この後さらに三首を比喩で比較するが、割愛する）。

僅か一首についての批評であり、右の評価の意義を即断することはできまい。しかしながら、後西院より古今伝授を受けた堂上の中心歌人である実陰が、為家の歌を、言わば平淡でなだらかな調べの点で称揚することは当然であったと言えるように思う。そして、その点については、教定詠を比較的には高く評価していることも同断であろう。また、右の教定歌について、「むつくりとよくいひつゞけたる」「かどたゝず」とする一方で、「いろ〳〵と自然におもしろくこまやかにはたらきたるものなり」「色々と理をふくみこまやかに、てをこみたる細工なり」とする評は、結局は、一首の声調のなだらかさと語句の細かい趣向との並立を言っていることになろうが、そのことは教定詠全体の歌風の特質にも関わる要素があると考えるのである。

百五十六番、「行路紅葉」。

⑨玉ぼこのゆききの岡の初《はつ》時雨紅葉《もみち》の陰《かけ》をえやは過《す》ぐべき（三一二）

「ゆききの岡」は、鎌倉期以降に多く詠まれるようになる歌枕である。『万葉集』に「明日香河《アスカガハ》　逝廻岳之　秋《アキ》芽子者《ハギハ》　今日零雨尓《ケフフルアメニ》　落香過奈牟《チリカスギナム》」（巻八・秋雑歌・一五五七・丹比国人）とある「逝廻岳之」を、現行の訓では「ゆきみるをかの」とする。しかし旧訓では「ゆききのをかの」と訓み、地名としているのである。(15)この歌は、『新勅撰集』に「あすか河ゆききの岡の秋萩は今日降る雨に散りか過ぎなむ」（秋上・題不知・二三二・読人不知）の形で採録される。また、『八雲御抄』巻五・名所部の「岳」に、この歌を典拠として「ゆきゝの」と見える（大和国であることを注記）。従って、少なくとも鎌倉前期には、大和国の歌枕としての「ゆききの岡」が認知されていたと言える。教定詠もその知識の上に立って詠まれていようが、あるいはより直接的には、『道助法親王家五十首』の「玉ぼこのゆききの岡の郭公いま一声に暮らす頃かな」（夏・岡郭公・三四九・孝継）などに拠った可能性があろうか。なお、「ゆきき」は往来の意の「行来」が響いて、「過ぐ」の縁語となる。

紅葉の陰に留まる類型は古くからあり(16)、そこに雨を避ける趣向が加わった歌としては、素性の「雨降らば紅葉の陰に隠れつつ竜田の山に宿り果てなむ」（素性集・たつたやまこゆるほどにしぐれふる・五七。続古今集・羈旅・亭子院のならにおはしましたりける時、竜田山にて・八九八・第三句「やどりつつ」結句「今日はくらさん」）が早い。教定詠もその延長上に位置付けられる。

左方の有教詠は「過ぎやらぬ山路の秋の関守は人の心をとむる紅葉葉《もみぢ》」である。判詞は、「玉ぼこのゆききの岡《をか》は歌がらよろしく侍るうへに、人の心をとむる紅葉葉《もみぢば》、西行法師白河関にや心通《かよ》ひ侍らんとて、負け侍るべきにやと定め申す」とある。「西行法師」云々は、「白河の関屋を月のもる影は人の心をとむるなりけり」（山家集・一一二六、西行法師家集・四七〇）の模倣を咎めたものであろう。

百七十七番、「寄㆑煙忍恋」。

⑩人知《し》れぬ忍ぶの浦の名《な》にし負《お》はば煙な立《た》てそ海人《あま》の藻塩《もしほ》火（三五四）

この「忍ぶの浦」は、『新古今集』に収める二首（九七一・兼実、一〇九六・讃岐）に詠まれていて、『八雲御抄』巻五・名所部の「浦」に、陸奥国の歌枕として見えている。しかし、現福島市の信夫だとすると、地勢上そこに浦は存在せず、「或いは、信夫山・信夫の里などから類推して机上で作られた歌枕か」（久保田淳『新古今和歌集全評釈』第四巻九七一番歌「語釈」）と考えられている。地理的事実はどうあれ、平安末期以降に、幾ばくかの用例(17)を見出せる歌枕である。中でも、家隆に、「尋ねばや煙を何にまがふらん忍ぶの浦の海人の藻塩火」（道助法親王家五十首・恋・寄烟恋。壬二集・一七八一・第二句「けぶりは何に」。続後撰集・恋二・七五一）と「人知れず忍ぶの浦に焼く塩の我が名はまだき立つ煙かな」（新勅撰集・恋一・題不知・六七二。壬二集・西園寺三十首・恋・二〇〇九）の二首があり、教定が依拠した可能性があるのではないだろうか。なお、さほど一般的ではないこの歌枕を雅有も二首詠んでおり(18)、教定からの影響が考えられよう。

　左方の有教詠は「富士の嶺《ね》の煙はさぞな年経《としふ》とも下の思ひを人に知《し》らすな」で、判詞は、「両首共ニ無ク二指セル得失一、一決強ヒテ不レ及バ二沙汰一ニ、為レス持ト」（訓点は私に付す）である。

　百九十八番、「寄レ月恨恋」。

⑪待ちえても人の契りぞ憂《う》かりける同《おな》じ恨みの山の端《は》の月（三九六。新続古今集・恋五・一四八九）

　左方の有教詠は「めぐり逢《あ》へば見《み》しよの月もつらきかな空頼《だの》め憂《う》き人の心に」で、これについての判詞は、「めぐり逢《あ》へばと言《い》ひ出《い》でたるより、句ごとに強《つよ》くよみ据《すへ》ゑて侍るにや」と言う。一方、教定詠については、「同《おな》じ恨《うら》みの山の端《は》の月、優《いう》には侍れど心おぼつかなしと申す人侍りて、為レ持」とあり、結果は持となる。「心おぼつかなし」は、意味が不明瞭であるということであろう。下句の表現に難があるということなのであろうか。

『新勅撰集』の「待ちえても心やすむるほどぞなき山の端更けて出づる月影」（秋上・月歌よみ侍りけるに・二六四・中原師季）は、待った末にやっと見ることができた月であるが、夜更けて出た月であるので（夜明けが近く）、気持ちを落ちつかせる時間（ゆっくりと眺める時間）もない、といった趣意であろう。一方、家隆の「待ちえてもはかなかりける契りかな憑めもはてぬ夏の短夜」（壬二集・二百首和歌・恋・初会恋・一一〇六）は、やっと逢えた末の（男女の）契りのあっけなさを、夏の夜の短さによって表現していよう。さらに家隆には、『古今集』の「宵の間に出でて入りぬる三日月のわれて物思ふ頃にもあるかな」（誹諧歌・題不知・一〇五九・読人不知）の第二句を取って詠んだ「なほざりの人の契りの夕暮に出でて入りぬる月も恨めし」（壬二集・古今一句をこめて、恋歌よみ侍りしに・二七五四）がある。これは、いいかげんな恋人との契りを待つ夕暮に、出たかと思うと隠れてしまう月（三日月）のうらめしさと、恋人に対するうらめしさとを併せて表現した一首であろう。これらを参考にしてみると、教定詠は、やっと逢えた末の恋人の契りのつれなさと、やっと見ることのできた（けれどもすぐに見えなくなる）山の端の月のつれなさを、「おなじ恨み」と表したものではないか。そして、右の三首は解釈上に参考となるだけではなく、特に『新勅撰集』の一首は語句の面で、家隆の「なほざりの」の一首は着想の面で、教定の作歌時にも意識されていたのではないかと思うのである。

以上のとおり、『影供歌合』に於いて、教定は有教に対し、勝四、持六の結果である。単に勝負付の点だけではなく、持の場合も含めた判詞に於いても比較的に高い評価を受けていると言える。特に具体的には、「歌がら」の点から、「たけ高く清げ」（⑦）、「よろし」（⑥、⑨）、といった評を得ていることが注目されるのである（この場合の「歌柄」は、本来の品格という意味もなくはないであろうが、むしろ、一首の声調について言っているものと見られる）。しかしその一方で「心わきがたし」（④）、「優には侍れど心おぼつかなし」（⑪）と、措辞の新奇さ故か、句について意味の不明確さを指摘されていることも留意しておきたい。

さて、教定四十二歳時の建長三年（一二五一）末に奏覧の『続後撰集』には四首の入集を果たしている。その内、右の『影供歌合』からの入集以外の三首を見ることとする。位置は「藤原教定朝臣」。

⑫埋《うつ》もれぬ梢《こずゑ》ぞ冬にかはりける跡《あと》なき庭の花の白《しら》雪（春下・庭落花といふ心を・一二五）

上句は、俊頼の「雪ふれば谷のかけはし埋もれて梢ぞ冬の山路なりける」（千載集・冬・四五四。高陽院七番歌合・雪・五六・初句「降る雪に」。散木奇歌集・六五六・第四句「梢ぞ冬は」。後葉集・二二一・初句「降る雪に」。続詞花集・三〇九・初句同上）を踏まえていようか。また、「跡なき庭」は古歌の用例が少なく、『忠盛集』の「山里は跡なき庭の雪見ても人の問はぬもうれしかりける」（雪・一二七）が比較的早い例である。より直接的には、『宝治百首』の「今日とても桜は雪とふるさとの跡なき庭を花とやは見る」（春・落花・六七六・俊成女）からの影響が考えられる。そうだとすれば、言うまでもなく教定詠は『宝治百首』成立後の作となる。

季吟の『続後撰和歌集口実』は「雪の跡なきごとく満庭花ふり敷て、雪とは見えながら、梢の埋れぬが雪ならぬと也」（新典社影印本。ふり仮名略、読点私意）と言う。「梢は雪に埋もれないのが、冬の様相とは違ったのだった。庭には、花が足跡の全くない白雪と見えるまでに散り敷いているのに。」といった歌意であろう。なお、雪の冬に人の訪れがないままに、花の春になっても、やはり人の訪れがない状態が続いているといった含意があろうか。

⑬故郷《ふるさと》に残《のこ》る桜《さくら》や朽《く》ちぬらん見しより後《のち》も年《とし》は経《へ》にけり（雑上・一〇四三）

詞書に「参議雅経植《うへ》ゑ《を》おきて侍りける鞠《まり》のかか《ゝ》りの桜《さくら》を思ひやりてよみ侍りける」とある。前節に記したとおり、雅有にも同様に雅経の植えた懸の桜を詠んだ歌があり、(19) この桜の植えられた場所を京都二条の雅経の旧宅と推測した。それが正しいとすれば、蹴鞠の家統を継ぐ者としての意識による亡父への追慕ばかりでなく、元来本拠たる京洛の地への望郷の思いが読み取れる。さらに言えば、関東の地に多時を過ごさざるを得なかった教定の感慨も込められているように思う。

一首としては、下句に趣向があろう。特に、「見しより後」の措辞は、後鳥羽院の「都人問はぬ人をも思ひやれ見しより後の庭のまつ風」（八幡若宮撰歌合建仁三年七月十五日・山家松・二六。後鳥羽院御集・一六二三、第二・三句「問はぬ程をも思ひ知れ」。秋風集・一一九〇、第二句「問はぬほどをも」）が、見出し得た唯一の先行例である。これは、歌合の判詞（判者俊成）では、「見しより後の庭のまつ風、久しさのほどいみじくをかしく見え侍れば」と称揚されている。この歌に拠らなければ必ずしも詠み出せない句ではなかろうが、右撰歌合には雅経も出詠しており、教定が、後鳥羽院詠を参看する機会がなかったとも言い切れまい。

なお、藤原（安達）長景に、「夏ぐさの茂る野もせの忘れ水見しより後は面影もなし」（長景集・恋・夏恋）の作例がある。長景は、秋田城介義景男で、従五位下に至り検非違使・左衛門尉および引付衆を務め、『続拾遺集』に二首の入集を見た関東の武家歌人である。生没年は未詳だが、[20] 弘安元年（一二七八）十一月に引付衆に加わり、翌年三月二日に美濃守に任じ、同七年（一二八四）四月に、執権北条時宗の死に殉じて出家（法名智海）している（以上、尊卑分脈、関東評定衆伝等）。『長景集』には、「藤大納言家」（為氏）の探題歌会詠が多く、また、贈答歌から北条宗頼や隆弁・円勇といった関東歌人ばかりでなく雅有や為世との交流も窺われるのである。特に、雅有とは、歌会を通して親交があったことが『隣女集』によって知られるのである。従って、長景が、為氏・為世、教定・雅有という、重代の歌の家の者達から和歌を直接間接に学んだ可能性は大きいと言えよう。とすれば、右の「見しより後」といったやや特異な措辞を、勅撰集入集歌である教定の詠作によって獲得した可能性も見てよいように思うのである。

⑭心にもかなはぬ道の悲《かな》しきは命《いのち》にまさる別《わか》れなりけり（羈旅・別の心を・一二八五）

『古今集』の「源の実が筑紫へ湯浴みむとてまかりけるに、山崎にて別れ惜しみける所にてよめる／白女／命だに心にかなふものならば何か別れの悲しからまし」（離別・三八七）を本歌に取る。本歌は、結局、相手が帰るまでの間の自分の命が思うようにはならないので、別れが悲しいという趣意であろう。

『続後撰集』では、教定詠の二首前に同題で、「つひに行く道よりもけに悲しきは命のうちの別れなりけり」（一二八二・雅成親王）が配されている。これは、業平の辞世歌と考えられていた「つひに行く道とはかねて聞きしかど昨日今日とは思はざりしを」（古今集・哀傷・病して弱くなりにける時よめる・八六一。伊勢物語・百二十五段・二〇九・男）を踏まえる。雅成詠は、死別よりも一層旅立による生別が悲しいということであろう。配列より見て教定詠も、一応はこれと類想と言える。

以上を勘案して教定詠を解釈すると、上句は、命もこの旅もどちらも自分の思うにまかせない道であるが、その中でも悲しいのは、といった意であろう。そして、その悲しさは、自分の寿命が尽きる死別よりも、再会までの期間が長いこの生き別れがより以上に強いのだ、ということを「命にまさる別れなりけり」と表現したところに教定の工夫があるのではないか。「まさる」は、直接には、悲しい度合がより一層増さるの意であろう。(21)

次に、前節で、仮に教定の真作とすれば、建長三年(一二五一)二月二十四日~同四年(一二五二)五月十九日の間以後、同六年(一二五四)六月一日以前の詠作と推定した、宇都宮経綱の「すみ侍りける」女性の死に対する供養歌中の一首を取り上げておきたい。『新和歌集』に収めるこの歌の位置は「右兵衛督」で、その歌群の詞書は「尾張守藤原経綱すみ侍りける人身まかりてのち夢に、なもあみだ仏といふもじをはじめにおきて歌よみてとぶらへ、と見侍りけると聞きてよみておくりける」である。佐藤恒雄説(22)では、この「右兵衛督」は、教定ではなく為教ということになる。前節に記したように、その論の蓋然性は認めるものであるが、なお同集の位置の混乱に鑑みて教定の作である可能性を留保して、一応検討しておきたいと思う。ただし、最後にまとめる教定の和歌の特徴を論じる際には、その対象から外しておくこととする。

⑮つひに行く道《みち》のしるべと頼《たの》むかなすすむる夢に結《むす》ぶ契《ちき》りは(巻六・哀傷・四四九・右兵衛督)

前歌でも挙げた業平の「つひにゆく道とはかねて聞きしかど昨日今日とは思はざりしを」の初二句の部分を取って(歌頭に「なもあみだ仏」の一字を置く制約下で「つ」を担当したことにもよろう)、夢告による勧進歌に連なった契りを、自らの死出の道標として頼みとすると表出することによって、縁者(仮に教定の作とすれば、宇都宮頼綱女を母とする為氏と教定女との婚姻に至るような関係性)である女性の死の供養としているのであろう。

なお、たとえこの歌が教定の作でなくとも、既にこの勧進供養歌以前の時期に、教定が鎌倉鶴岡社に於いて講じた五十首歌に、宇都宮宗家の泰綱が参加している事実[23]は、注意しておかなければならないであろう。比較的早い段階からの、教定と宇都宮一族との和歌を通じての交流の可能性が窺知されるからである。

二　四十歳代までの詠作2――『東撰六帖』採録歌

続いては、正嘉元年（一二五七）十一月十日以後、正元元年（一二五九）九月二十八日以前に成立と推定する[24]『東撰六帖』（第一・春のみ現存）、およびその抜粋本（第一・春〜第四・冬）に所収の歌を見てゆきたい。位置は、抜粋本の一七三・一七五・二二一・二七六が「教定」で、他は「二条三位教定」である。

⑯海山の霞《かす》むけしきにしるきかな風静《しつ》かなる御《み》代の春とは（一四・霞。抜粋本・一一）

「霞」の項に収められているが、本来は新春の賀の歌であろう。いずれの代を寿いだものかは確定できない。下二句は、「みさごゐる荒磯浪の音までも風静かなる君が御代かな」（正治初度百首・鳥・一二九七・隆信）などの影響下にあるのではないだろうか。

⑰霞《かす》めどもまだ下とけぬ水茎の岡の萱根《かやね》に氷《こほ》る白雪（五七・残雪。抜粋本・三三）

「残雪」の項に収める。巨視的な春霞の一方で微視的に雪が残る景である。この類想の先蹤は、「み吉野は春のけしきに霞めどもむすぼほれたる雪の下草」（後拾遺集・春上・一〇・紫式部。新撰朗詠集・早春・一二）に求められる。第三句以下は、直接には、父雅経の「いつしかも冬のけしきをみづぐきの岡の萱根[25]の今朝の初霜」（明日香井集・春日社百首元久二年十二月三日於宝前被講七ヶ日参篭之間詠之・冬・五八八）に負うところが大きいであろう。

なお、息雅有の「霞めどもまだ緑にはなりやらで枯れ野の草に残るあは雪」（隣女集・巻一正元年中・春・一二）は、教定詠に倣った作であろう。また、結句の「氷る白雪」は新奇な措辞であるが、為家の『弘長百首』詠に「嵐山降るも積もるも一つにて雲ゐる峰に氷る白雪」（冬・雪・四〇三。為家集・九〇二）の作例があり、教定詠からの影響の可能性があろうか。

⑱暁のなきよなりとも帰《かへ》る雁《かり》お《を》のが別《わか》れも足《た》らんものかは（帰雁・一〇九）

「暁のなからましかば白露のおきてわびしき別れせましや」（後撰集・恋四・人のもとより帰りてつかはしける・八六二・貫之。拾遺集・恋二・七一五）を本歌とする、『洞院摂政家百首』の一首「暁のなきよなりせばきぬぎぬに帰るならひも恨みざらまし」（恋・後朝恋・一二三五・成実）に拠った作ではないだろうか。

また、『宝治百首』の「帰る雁おのが別れは知らねども遠ざかり行く声ぞ悲しき」（春・帰雁・四五一・信覚）との関係が注意される。この歌は、『古今集』の「しののめのほがらほがらと明けゆけばおのが衣衣なるぞ悲しき」（恋三・題不知・六三七・読人不知）を基にして、共寝した男女が起きて別れることをいう「おのが衣衣」を「おのが別れ」に言い換えたのではないかと考えられる。作者信覚は、文治三年（一一八七）生の坊門大納言忠信のことであり、[26] 教定よりは一世代上の歌人ということになる。従って、信覚詠が先行し、教定が、その新奇な措辞を学び取った可能性を見てもよいであろう。

なお、初句の「なきよ」の「よ」は、「世」に「夜」が掛かり、「暁」「別れ」と縁語で、恋歌の情趣が漂う。一首は屈折して分かりにくいが、「たとえ暁がこない夜のこの世の中であるとしても、必ず帰る雁なのだ。そのように、たとえ暁のない二人の仲であるとしても、自分自身の（恋人の許から帰る）別れは、いつでも満足しようものか、するはずもない。」といった趣意であろうか。結句の「足らんものかは」も珍しい句であり、教定の詠作の性向が透けて見える感がある。

⑲伊勢の海や釣りする海人《あま》の苫屋形雫《かたしつく》もしげき春雨ぞ降《ふ》る（春雨・一二五）

『古今集』の「伊勢の海に釣りする海人のうけなれや心一つを定めかねつる」（恋一・題不知・五〇九・読人不知）の上二句を取る。[27] 下句は、順徳院の「白露のかかれる枝の玉柳雫もしげく春雨ぞ降る」（紫禁和歌集・同（承久元年）

閏二月五日、内内八幡へ遣歌合・雨中柳・一一〇六）に学んだのではないか。とすると、第三句に独自性があるだけの安易な詠作であるとも言え、若年期の習作のような感もある。しかしむしろ、『古今集』の句と近代の秀句あるいは自身の好尚に合った句を何とか結び付けて一首に仕立てようとした、教定の方法の一例と捉えたい。

⑳つらしとも思《おも》ひも知《し》らで年毎に風をしるべの花を見るかな（桜・一四九）

『後拾遺集』の「忘れじと契りたる女の、久しう逢ひ侍らざりければつかはしける／大中臣輔弘／つらしとも思ひ知らでぞやみなまし我もはてなき心なりせば」（恋三・七四四）を本歌として、恋を春の花の歌に詠み換える。

下句は、（花を散らすはずの）風を道案内として桜の花を見るよ、といった意であろう。「風をしるべ」の用例は、定家辺り(28)が早く、その後は、『宝治百首』の「今ぞ見る風をしるべに尋ぬれば思はぬ宿の梅の立枝を」（春・梅薫風・二七九・但馬）を初めとして、梅の花を詠み併せる歌が散見される(29)。梅の場合、その香りを問題とする類型が古くから存するので、「風をしるべ」として尋ねる趣向が成立し易いのは当然であろう。それでは、教定詠の「しるべ」は、何を以ての道案内なのであろうか。桜の花についても、『新古今集』に花の香を主題とする歌群(30)があるなど、その香りに関心を向けた歌も相当数存しているのである。『東撰六帖』で教定詠の次に配された歌も、「白雲の跡なき嶺の霞より風をたよりの花の香ぞする」（一五〇・源親行）である。従って、少なくとも同六帖撰者の後藤基政は、「風をしるべの花」を、「風をたよりの花」と同様に、香りを運ぶ風を道案内とする桜、と解していたのであろう。そして、その理解は教定の詠作意図にも合致したものなのではなかったかと考えるのである。

㉑暮《く》れぬとも人のとがめぬ宿《やと》ならばひと夜は寝《ね》なん花の下陰《かけ》（桜・一九三）

俊頼の「暮れぬとも花のあたりに宿りして秋は野守と人にいはれん」（散木奇歌集・秋・晩見野花・三九二）か、これに拠ったと思われる、教長の「崇徳天皇初度百首」詠「暮れぬとも花のあたりに宿りせん夜の間の風に散りもこそすれ」（教長集・讃岐院位におはしまし時、百首歌たてまつりしに桜をよめる・八五）かのいずれか（あるいは両首）に着想を得ているのではないか。

結句の「花の下陰」は、父雅経の好んだと推測される句(31)であるので、その影響下にあると考えられ、また、雅有にも数首の作例(32)が存しており、父子三代に詠み継がれた句とも言えよう。

この一首は、「桜」の題の下に収められているが、薩摩守忠度の「行き暮れて木の下陰を宿とせば花や今宵の主ならまし」（内閣文庫蔵浅草文庫本忠度集・旅宿。覚一本平家物語・忠度最期・七七）と同様に、「旅宿」の趣もある。上句は、京都と関東を往還した教定の実際の経験が、逆の仮定として表出されたとも想像するのである。

㉒昨日今日《きのふけふ》風も吹きあへず吉《よし》野川峰《みね》より落つる花の滝つ瀬（桜・二五四）

初二句は各々、「昨日今日雲のたちまひかくろふは花の林を憂しとなりけり」（伊勢物語・六十七段・一二四・男）、「桜花とく散りぬともおもほへず人の心ぞ風も吹きあへぬ」（古今集・春下・桜のごとく散る物はなしと人のいひければよめる・八三・貫之）と古歌の先例がある伝統的表現である。

第三句以下は、「筑波嶺の峰より落つるみなの河恋ぞつもりて淵となりける」（後撰集・恋三・つりどののみこにつかはしける・七七六・陽成院。百人秀歌・一二。百人一首・一三）を基にした、清輔の「を初瀬の花の盛りやみなの河峰より落つる水の白浪」（清輔集・春・桜・三四）か、定家の「みなの川峰より落つる桜花にほひの淵のえやはせかるる」（拾遺愚草・春・老後仁和寺宮しのびておほせられし五首、河上花・二一八七）か（あるいは両者）に倣ったのではないだろうか。

結句「花の滝つ瀬」は、先行例を見出せない新奇な措辞である。宇都宮景綱の「吉野山霞の上の梢より嵐に落つる花の滝つ瀬」（沙弥蓮愉集・一〇七）は、教定詠に拠る作であろう。『東撰六帖』は関東圏に成立した類題集であり、この影響関係は、必ずしも教定の歌にのみ関心を向けた結果とばかりは言い切れない。それでもやはり、宇都宮氏縁者となった教定の歌に対する、同一族の歌人達の一定の関心を示す徴証と見ておきたいと思う。

㉓空にのみ思《おも》ふ思ひも晴れやらで霞のうちに春ぞ暮《く》れぬる（暮春・三一〇）

『後撰集』の「人を見て思ふ思ひもあるものを空に恋ふるぞはかなかりける」（恋二・女のもとに初めてつかはしける・六〇一・忠房）を本歌に取る。

「空に」は、心情の「空に」（空虚に）と景色の「空に」が掛かり、「晴れやらで」「霞」と縁語となる。また、「晴れやらで」も、「思ひ」が晴れ切らない意に、「霞」が晴れ切らない意を掛け、「思ふ思ひも晴れやらで」から「晴れやらで霞のうちに」へ鎖る。下句は、『宝治百首』の隆祐の「跡をさへ誰がためしのぶ春なれば霞の内に暮れて行くらん」（春・暮春・七九〇）からの影響が考えられなくはない。

㉔夏山の嶺の梢や繁《しげ》るらん出《い》づるも遅き夜半《よは》の月かな（抜粋本・夏・夏月・一七三）

『和漢朗詠集』の「夏山の峰の梢し高ければ空にぞ蟬の声も聞こゆる」（夏・蟬・一九七・作者不記）を本歌に取る。この『朗詠集』歌など、（樹勢が強く）高く伸びた夏山の嶺の梢に鳴く蟬や時鳥の声を聞くという古歌の類型が存する。[33] そして、その変型として、梢を高さではなく繁茂の状態に捉え直して、月の光の遮断の趣向を詠んだ歌としては、『宝治百首』の「夏山の木の間や暗く繁るらん洩り来る月の影ぞ稀なる」（夏・夏月・一〇六七・経朝）がある。ただし、経朝詠は、「夏山」の中に詠作の視点があるのに対して、教定詠は、「夏山の嶺」を遠望する視点から見る月の出が遅いことから、高く繁った梢が稜線をより高くしていることを推量する趣向であろう。

なお、第四句の「出づるも遅き」は、さほど特異な句形とは思えないが、用例はごく少ない。宇都宮景綱の「今宵ぞと待つに心の急がれて出づるも遅き山の端の月」（沙弥蓮愉集・六二二）は、教定詠に学んだのであろうか。

㉕よもすがらしほるる海人《あま》の夏衣月には干《ほ》さぬならひなり《也》けり（抜粋本・夏・夏月・一七五）

月光の下で海人の夏衣が夜通し乾すことなく濡れている趣向を詠んだ歌として、『最勝四天王院和歌』の「二見潟釣りする蜑の夏衣干しあへず白む袖の月影」（二見浦・三一三・通光）がある。『最勝四天王院和歌』には父雅経も参加しているので、教定が同歌を参看して着想を得た可能性を考えてよいように思う。

下句については、『洞院摂政家百首』の「さゆる夜の月に干すらし山姫の衣にはれる布曳の滝」（東北大学本拾遺・氷・一四一・覚勝＝公経）や『自讃歌』の通光の「峰越ゆる雲につばさやしをるらん月に干すてふ初雁の声」（四五）に見えるように、鎌倉前期頃に成立した「月に干す」という表現が、それに異を唱える形で踏まえられているのではないか。なお、「よもすがらしほ（を）るる」の措辞の先例としては、西行の「なき人をかぞふる秋のよもすがらしをるる袖や鳥部野の露」（西行法師家集・無常の心を・三九三）が注意されるのである。

㉖我が宿の庭の秋萩咲きにけり朝置く露の色かはるまで（抜粋本・秋・萩・二三一。続千載集・秋上・題不知・三八三）

『後撰集』の「我が宿の庭の秋萩散りぬめりのち見む人やくやしと思はむ」（秋中・秋の歌とてよめる・二九九・宗于。宗于集・二二、第三句「散りにけり」）を本歌とする。同時に、やはりこの歌を本歌とした、土御門院の「我が宿の庭の秋萩咲きそめてこの暁の露ぞうつろふ」（土御門院御集・詠五十首和歌貞応二年二月十日・秋・暁露鹿鳴花始発・二二一）に倣ったのではないか。下句が辛うじて模倣を免れさせていると言える。

「朝置く露」は、俊頼の『堀河百首』詠「女郎花朝置く露を帯にして結ぶ袂はしをれしにけり」（秋・露・七二八。散木奇歌集・三九六・下句「結ぶ袂やしをれしぬらん」）が先蹤となる。その後、『正治初度百首』（一八七・惟明親王）や『千五百番歌合』（九一六・小侍従、一三八六・公継）等、鎌倉初期以降に散見されるようになる。教定も出詠した建長三年九月の『影供歌合』にも、「女郎花誰が衣衣の名残とて朝置く露にかつしをるらん」（朝草花・九五・実雄）の作例がある。教定詠も、そのような小さい流行の中にあろう。

㉗荻原や山陰暗《かけくら》き庭の面に宿り分けたる夜半《よは》の月影（抜粋本・秋・月・二七六）

「山陰暗き」の措辞は古くなく、『正治後度百首』の「夕づく日光は空に残れども山陰暗き大原の里」（雑・暮・四六九・隆実＝信実）や『千五百番歌合』の家良の一首（一一二五）などが早い例で、『宝治百首』には為氏の「なほ行かば月待ち出でんあしびきの山陰暗き谷の下道」（雑・旅行・三七八〇）がある。鎌倉前中期の小流行の中で、教定もこの比較的新しい句を用いたものと推測される。

一首の趣向は、下句にあろう。特に「宿り分けたる」の措辞は先行例を見ない。あるいは教定の創出であろうか。やや分かりにくい表現である。『東撰六帖』抜粋本でこの前後に配された歌は、前が「置く露を払はぬまでは荻の葉に風こそ宿せ秋の夜の月」「置きまよふ露の下荻乱れても末葉あまたに宿る月影」（二七四・行茂、二七五・親行）、後が「うちなびく尾花が末に露落ちて月影もろき野辺の秋風」「露結ぶまさきの葛長き夜に玉ぬきかけて宿る月影」（二七七・能海、二七八・親行）である。抜粋本であることを考慮しても、この歌群が、露に宿る月影を主題としてまとめられていることは明らかである。従って、少なくとも撰者基政は、教定詠について、親行の二七五番歌と同様に、「庭の面」の荻の露の各々に「宿り分けたる」月の光を詠んだものと解していたと考えられるのではないだろうか。また、『雅有集』に「秋の夜の月は一つを武蔵野の千草の露に宿を分くらん」（一夜百首和歌・秋・野月・二六四）がある。この下句には「千草の露と宿り分くらん」の形を示す傍記がある。この一首が父教定の詠に依拠したものとすれば、雅有も、右の基政と同様の理解であったということになろう。しかしながら、教定の一首を独立させてみると、そこに「露」を想定することに少し無理があるのだとすれば、一つの考え方としては、「月」の光が差している部分と「山」の「陰」になっている部分との明暗について、「宿り分けたる」と詠んだと解することができようか。

三　五十歳代の詠作

一・二に教定の四十歳代までの歌を検討した。引き続き、教定の五十歳代、主として、宗尊親王を将軍に戴く関東歌壇に於ける歌を見てみたい。

まず、弘長元年（一二六一）九月の「中務卿宗尊親王家百首」（散逸）の詠作を取り上げる。宗尊の家集によると、同百首の構成は、春二十首、夏十首、秋二十首、冬十首、恋・雑各二十首と推測される。それに従い、かつ季の配列を考慮した順にみてゆくこととする（所収する各勅撰集の位置は、㉚を除き全て「前左兵衛督教定」）。

㉘露《つゆ》にだにむすぼほれたる青柳《あをやぎ》のいとど乱《みだ》れて春風《はるかぜ》ぞ吹《ふ》く(34)（続古今集・春上・百首歌中に・七四）

「いとど」は、「青柳の糸」から「いと」を重ねて、よりいっそうの意の「いとど」へ鎖り、さらに「糸」の縁語「乱れて」に続ける。『古今集』の「青柳の糸よりかくる春しもぞ乱れて花のほころびにける」（春上・二六・貫之）と「浅緑糸よりかけて白露を玉にもぬける春の柳か」（二七・遍昭）を初めとした、乱れる柳の類型と露を結ぶ柳の類型を一つに合わせた歌と言える。語句の類似の点からすると、行宗の「春風にいつかとくべき青柳のむすぼほれたる青柳の糸」（行宗集・百首・柳・一九〇）が注意されるが、これに拠らなければ詠めない歌ではなく、教定が同歌を参照したと考えるべき必然性はない。

㉙根《ね》に帰《かへ》る花とも見《み》えず山桜《さくら》嵐《あらし》のさそふ庭の白雪（続拾遺集・春下・中務卿宗尊親王家の百首歌に・一一一）

常套表現である「根に帰る花(35)」を詠み込んだ作の中に、守覚法親王の「根に帰る花かと見ればまだ咲かぬ桜が下の雪のむら消え」（月詣集・正月・残雪未尽・四二。守覚法親王集・一四）がある。地上の雪を「根に帰る花」と見紛う趣向である。教定詠はこの逆で、「根に帰る花」が庭上の雪に見えるという趣向である。

下句に、新奇な措辞を希求する教定の姿勢が窺われよう。「嵐のさそふ」は、『千載集』の「清見潟関にとまらで行く舟は嵐のさそふ木の葉なりけり」（秋下・三六二・実房。建春門院北面歌合・関路落葉・七）が先行例として目に入る程度であるが、文応元年（一二六〇）十月十六日以前成立の宗尊親王の『三百首和歌』（宗尊親王三百首）に、「いかにせん嵐のさそふ花の山しばしと鳴かで帰る雁がね」（春・五一）の作がある。従って、この句自体は、教定が敢えて宗尊の歌から一句を取って詠んだと見ることもできるであろうが、一首全体としては、結句および、嵐に散り積もる庭の花を白雪に見立てるという発想の一致よりして、『正治初度百首』の「花さそふ嵐に春の空さえて枝より積もる庭の白雪」（春・一一六・惟明親王）に学んだ可能性があるのではないだろうか。また、この惟明歌からの影響が想定される、公経の「花さそふ嵐の庭の雪ならでふりゆく物は我が身なりけり」（新勅撰集・雑一・一〇五二。百人秀歌・一〇一。百人一首・九六）も、教定の視野に入っていたであろうから、これに刺激された可能性も捨てきれないところである。

なお、雅有の「桜咲く梢の雲はかつ消えてふりまさり行く庭の白雪」（隣女集・巻二自文永二年至同六年・落花・三六三）は、父教定詠に倣ったものであろう。

㉚神祭《まつ》る今日《けふ》は葵《あふひ》の諸鬘《もろかつら》ら八十氏《やそうち》人のかざしにぞさす（新後拾遺集・夏・中務卿宗尊親王家の百首歌に・一七一・前右兵衛督教定）(36)

賀茂祭の諸鬘を詠む。『後撰集』の「行き帰る八十氏人の玉鬘かけてぞ頼む葵てふ名を」（夏・賀茂祭の物見侍りける女の車に言ひ入れて侍りける・一六一・読人不知）以来の類型的な表現で、特に佶屈するところのない、即興性の感じられる歌と言える。「葵」に微かに「逢ふ日」が響くか。

㉛玉匣あけ行く空を限《かき》りにて待《ま》つ夜短《みしか》き時鳥《ほとゝきす》かな（続後拾遺集・夏・中務卿宗尊親王家百首歌中に・一七五）

「玉匣」は「あけ」の枕詞。初二句は、さほど特異な措辞ではないが、雅経に「玉くしげあけゆく空やふたみがたうらみもあへぬ波の上の月」（明日香井集・最勝四天王院名所御障子・二見浦・一〇〇〇。最勝四天王院和歌・三一八）があり、それに従ったかと疑われる。「待つ夜短き」の句形は、平易ではあるが、意外にも、先行例を見出せない。

㉜さらでだに露干《ほ》しやらぬ我《わ》が袖《そで》の老《お》いの涙《なみだ》に秋は来《き》にけり（続古今集・雑上・中務親王家百首歌に、秋・一五五九）

初句の「さらでだに」は、すでに涙や露に濡れる要素があるところに、何かさらなる要因が加わって、その程度が一層激しくなるといった趣向の歌に多く用いられる。中で、老いの涙に別の要因が付加する例としては、後鳥羽院に「さらでだに老いは涙も堪へぬ身にまたぐ時雨と物思ふ比」（後鳥羽院御集・撰歌合・八番右、雑・一七六四）がある。教定詠もこの類型上にある。

第二句「露干しやらぬ」は、教定の創出ではないか。『新勅撰集』に「心なき草の袂も花薄露干しあへぬ秋は来にけり」（秋上・題不知・二四七・源具親）があり、結句の一致から、教定がこの歌自体を直接下敷にした可能性がある。そうでなくとも、この歌などの「露干しあへぬ」の常套表現を基にして、かつ、父雅経の「秋の色のためこそ見まくほしやらぬのちはなにせん袖の白露」（明日香井集・詠百首和歌・秋・九月尽・四九九。同集・暮秋・一三九〇に重出）に拠りつつ、「露干しやらぬ」の形を詠出したのではないかと考えるのである。

なお、雅有にも「長月のもとの滴も干しやらで末葉に氷る霜の下草」（隣女集・巻四自文永九年至建治三年・冬・寒草・二二〇六）がある。この「干しやらで」は、父祖の歌に学んだものではないだろうか。

㉝いたづらに涙時雨《なみたしく》れて神無《かみな》月我《わ》が身《み》ふりぬる杜《もり》の柏木《かしはき》（続古今集・雑上・中務卿親王家百首歌に、冬・一六一九）

『新古今集』の「時しもあれ冬は葉守の神無月まばらになりぬ杜の柏木」（冬・題不知・五六八・慶算）を踏まえていよう。第二・三句については、『続古今集』に、良実の「つらかりし秋さへ今は昔にて涙時雨るる神無月かな」（哀傷・こころざし侍りける女の秋みまかりにける、神無月の頃時雨のしける日よみ侍りける・一四四五）の類似歌がある。前関白左大臣良実は、建保四年（一二一六）生、文永七年（一二七〇）十一月二十九日没で、教定とほぼ同世代であり、あるいは同期に流行した表現であったのかもしれない。ただし、「涙時雨る」の類の原拠は、『千載集』の「君恋ふる涙時雨と降りぬればしのぶの山も色づきにけり」（恋一・題不知・六九〇・成仲）に求められる。下句は、「我が身古りぬる」から「ふり」を掛詞に「降りぬる森の柏木」へと鎖る。「ふりぬる」は「時雨れて」と縁語である。

冬に寄せた嘆老述懐の歌ではあるが、和歌文学大系『続古今和歌集』（明治書院、令元・七。担当藤川功和）が指摘するように、「柏木」は、兵衛府の督・左・尉の異称でもあるので、左兵衛督である教定自身を寓意しているのであろう。父雅経が任じた参議にも至り得ないままの我が身の不遇を嘆いた一首ということになる。これを雑上部に撰入した『続古今集』撰者は、それを理解していたのであろう。出典の「中務卿親王家百首」で「冬」の歌として詠じた教定は、愁訴の趣をあからさまに出すことを避けようとしたのかもしれない。

なお、雅有に「問へかしな涙時雨るる神無月袖の紅葉の色はいかにと」（隣女集・巻四自文永九年至建治三年・恋・人と恋歌の贈答し侍りしに・二三八八）の作がある。これもまた、父教定詠に倣った一首であろうか。

㉞いかにせん思《おも》ひ初《そ》めつる涙《なみだ》よりやがて千入《ちしほ》の色《いろ》に出《い》でなば（続古今集・恋一・中務卿親王家百首歌に、恋を・一〇二〇）

思い初めた恋がすぐに顕れてしまったならばどうしようか、という主旨の歌であるが、「初め」に「染め」を掛けて「千入の色」の縁語としている。その点に着目すると、『六百番歌合』恋上の「顕恋」の隆信詠「人知れぬ心のうちに染めし色も千入になれば隠れざりけり」（七三〇）に負うところのある作かと疑われる。

「千入の色」は、本来は幾度も染めて濃くなった色の意である。しかし、「涙」との縁（恋の紅涙）から、その色は赤であるとの印象を受けよう。事実、「千入」の「色」を詠む恋の歌には、例えば、「紅に千入染めたる色よりも深きは恋の涙なりけり」（拾玉集・日吉百首和歌・四六〇）や「せく袖の涙の色や紅の千入の衣染めて朽ちなん」（宝治百首・恋・寄衣恋・三二二三・基良）などの作例がある。また、「千入」の語は用いていないが、やはり恋の紅涙を詠じた、雅経の「夕づく日今日紅のまふりでにつつむ涙や色に出でてん」（明日香井集・恋・暮忍恋・一四三〇）[38]もある。[37]また、恋歌以外の「千入」の歌も、鎌倉前期までに、赤い「色」と固有に結びついてゆく傾向があるのである。従って、教定も「千入の色」を具体的には赤と考えていたのではないか。

なお、鎌倉後期の宣子（為顕女）の「うちつけに思ひそめける心かなやがて千入の袖の涙は」（文保百首・恋・三一六七。新拾遺集・恋一・九五〇）は、『続古今集』入集歌としての教定詠に拠ったものであろう。

㉟小倉《をくら》山跡は昔《むかし》と来《き》て見《み》れば荒《あ》れたる軒に松風ぞ吹《ふ》く（新続古今集・雑中・中務卿宗尊親王家百首歌に・一八四三）

『千載集』の「山人の昔の跡を来て見ればむなしき床を払ふ谷風」（雑上・同じ竜門寺の心をよめる・一〇三九・清輔）に負うところの大きい作であろう。「跡は昔と」は、「昔の跡を」を詠み換えたものであろうが、他の用例としては、為家の「和歌の浦やありしにもあらぬ友千鳥跡は昔となかぬ夜もなし」（中院集・廿八日続百首・千鳥・八二）が目に付く。従来の語句を基に、句形を新奇なものに変える、あるいはそのような句を好んで取り入れるところに教定の一つの特質を見出せるのではないか。

　雅有にも「今ははや憂き身隠さん小倉山昔の跡の草の庵に」（雅有集・雑・山家・二一二）という、「小倉山」の「昔」の「跡」を詠んだ歌がある。教定・雅有が、各々の歌を具体的な旧跡を念頭に置いて詠んだとすれば、それは何の跡であったのだろうか。「小倉山」と言えば、定家のいわゆる「小倉山荘」が思い起こされる。当時の呼称は「中院山荘」だったとしても、定家には、自らの山荘を念頭にして詠んだと思しい、「偲ばれんものともなしに小倉山軒端の松ぞなれて久しき」（拾遺愚草・権大納言家三十首・山家松・二〇八二。風雅集・雑中・一七四四）の作があって、そこを「小倉山」と詠みなしている。教定が定家の山荘を、あるいはそれを詠んだこの歌を念頭に置いて右記の歌を詠んだ可能性は絶無であろうか。踏まえていると見れば、教定の、定家に対する特別な感懐を認めることにもなるが、それは単に結縁者（教定女と婚姻の為氏）の祖父というだけではなく、和歌の道の先達という面をも併せ持っていたものと見なさなければならないであろう。また、雅有についても、定家の旧跡を意識していた可能性はある。雅有は為家に師事し、『嵯峨のかよひ』に記すとおり、為家の居した嵯峨の中院山荘に通って為家や阿仏尼の薫陶を受けているけれども、この山荘については、同書に阿仏尼の言葉を引いて「（主人の為家と客人の雅有という）昔よりの歌人、かたみに小倉山の名高き住処に宿して」と記していることが、定家の小倉（中院）山荘であることを示唆するものと推測されてもいる。(39) しかしまた、為家の子慶融は、恐らくは父為家の山荘について、

「たらちねの跡とて見れば小倉山昔の庵ぞ苔に残れる」（夫木抄・雑・家集、山家苔・一四四八七）と詠んでもいる。さらにまた、右の雅有詠は、為家没（建治元年〔一二七五〕五月）後の弘安元年（一二七八）〜同二年の作である。従って、雅有は「小倉山」の「昔の跡」として、直接には為家の旧跡を念頭に置いていた可能性が高いのかもしれない。

一方で、教定歌の「荒れたる軒」に着目して、それが過去の思い出からは古びてしまっていることを比喩的に言ったのではなく、既に廃墟となっていた旧跡を言ったと見なければならないのならば、子孫に伝領されてゆく小倉（中院）山荘とは別であることになる。それは、兼明親王の旧居であった可能性があろうか。兼明の歌に、「小倉の家に住み侍りける頃、雨の降りける日、簑借る人の侍りければ、山吹の枝を折りて取らせて侍りけり、心も得でまかり過ぎて又の日、山吹の心得ざりしよし言ひにおこせて侍りける返りに、言ひ遣はしける／中務卿兼明親王／七重八重花は咲けども山吹のみのひとつだになきぞあやしき」（後拾遺集・雑五・一一五四）と見える。後に兼好法師は、「小倉の宮の住み給ひける所といふ堂にとまりて、有明の月おもしろき曙に、いろいろの花を折りて仏にたてまつるとて、月残り露結ばんあした、籬の花を折りて仏界に供せむ、と書かれたるを思ひ出でて／昔思ふ籬の花を露ながらたをりて今もたむけつるかな」と、兼明親王の旧居の堂で詠じているのである。教定や雅有は、この兼明の旧居を「小倉山」の「昔」「跡」と言ったのかもしれない。定家（あるいは為家）山荘と併せて、その可能性を留めておきたい。

ところで、定家に対する教定の考え方を直接に示す資料はないが、『井蛙抄』巻六「雑談」に、教定が定家の歌を称美した話が見える。以下に筋を追ってみる（括弧内は著者注）。

「ある時酒宴の雑談」で、教定が、定家の「長月の月の有明の時雨ゆゑ明日の紅葉の色もうらめし」（拾遺愚草・花月百首・月・七〇〇）を、「染二心肝一殊勝におぼえ候」の由を言った。その時に、為家が、持っていた盃を打置き機嫌が悪くなって、「是はなにか面白候やらん」と言うと、教定は、「それまでは候はず。たゞうち覚ゆる事を申」由を答えた。すると為家は、「白地に（わけもなく、みだりに）もかやうに被レ仰無二本意一事」であって、「百番歌合」（定家卿百番自歌合か。同歌は同歌合の三十八番左に配され、「時分かぬ浪さへ色にいづみ河柞の杜に嵐吹くらし」と番えられて負けている）にも「書入て」あるが、この歌は「風体不レ可レ然」で、勅撰集などに入るべき歌ではないことを慥に言ってあるのに、よりによってそれを「称美」することは、「不レ得二其意一」などと言ったというのである（続けて、「此歌玉葉に撰入、不思議事也云々。私云、右のうた玉葉になし」とある。現存本『玉葉集』に不見）。

この話のどこまでが事実かは不明である。しかし、教定が為家と和歌について談論する機会があったであろうことは、前節に記した両者の関係よりして十分に考えられるのである。そして、定家の歌に対する評価の当否、およびそれに関わる歌の批評眼の力量の問題はさて措き、少なくとも、教定が定家の歌を称美したという姿勢自体は、上述したような、定家の旧跡を偲んだ可能性を有する教定像と矛盾はしないように思うのである。

㊱今日といひ昨日と暮《く》らす夢の中《うち》に五十余《あま》りの過ぐるほどなさ（続拾遺集・雑下・中務卿宗尊親王家百首歌に・一二六四）

これは、歳暮を詠んだ「昨日といひ今日と暮らして明日香川流れて早き月日なりけり」（古今集・冬・年のはてによめる・三四一・春道列樹。新撰和歌・一五八。古今六帖・二四七）を本歌とする。

第三句以下は、清輔の「夢のうちに五十の春は過ぎにけり今行末は宵の稲妻」（清輔集・述懐・三七〇）に似通う。また、結句「過ぐるほどなさ」は、さほど多く見られる措辞ではない。もし教定がこの句を学び取ったものであるならば、実朝の「白雪のふるの山なる杉村の過ぐる程なき年の暮かな」（金槐集定家所伝本・冬・冬歌・三四四）や為氏の「暮れがたき空とはなにに思ひけん過ぐる程なき春の日数を」（宝治百首・春・暮春・七八三）などが、依拠し得た可能性の高い詠作であろうか。

なお、雅有にも右記の『古今集』歌に基づいた、「いつまでかあくがれはてん昨日といひ今日と暮らせる花の下陰」（隣女集・巻三自文永七年至同八年・春・花歌中に・一〇二二）がある。同じ歌を本歌としながらも、教定は取った句形を変化させており、ここに限れば男雅有に比しても、より新奇な措辞を好んだ教定の姿勢が窺われようか。

㊲小塩《をしほ》山知《し》らぬ神代は遠《とを》けれど松吹《ふ》く風に昔《むかし》をぞ聞く（新後撰集・神祇・中務卿宗尊親王家百首歌に・七三四。拾遺風体集・神祇・大原野社・四八六）

これは、「大原や小塩の山も今日こそは神代のことも思ひ出づらめ」（伊勢物語・七十六段・一三九。古今集・雑上・八七一・業平。大和物語・百六十一段・二七〇・在中将）を本歌とする。この歌は、二条の后（藤原高子）が東宮の御息所時代に、氏神を祭る大原野社に参詣した折に、近衛府に仕える翁（業平）が、人々の給禄のついでに御車より禄を給わったことに対して奉じた歌とされる。従って、神代は、直接には藤氏の祖神である天児屋根命の時代を指すのであろう。

第二句の「知らぬ神代」は他にほとんど例を見ない[40]句形である。業平の「ちはやぶる神世も聞かず竜田河唐紅に水くくるとは」（古今集・秋下・二九四。百人秀歌・一〇。百人一首・一七）を本歌にして、良経に「これもまた神代は知らず竜田川月の氷に水くぐるなり」（秋篠月清集・秋・河月似氷・一一二三。撰歌合建仁元年八月十五日・八九、二句「神代は聞かず」）がある。[41] そして、『建保名所百首』の「小塩山」には、「ふりにけり神代も知らず大原や小塩の山の松の白雪」（冬・六一六・家衡）がある。この「神代も（は）知らず」は、業平の「神代も聞かず」の変形であろうが、教定は、さらにそれを基に「知らぬ神代」という新奇な措辞を詠出したのではないだろうか。

下句も他に作例を見ない句形ではある。しかし、言うまでもなく、松風と往時の連想は一つの類型でもあり、例えば、良経に「末までと契りて問はぬ古里に昔がたりの松風ぞ吹く」（秋篠月清集・恋・水無瀬殿にて九月十三夜恋の十五首の歌合に・故郷恋・一四四三）の作があるごとくである。

続いて、文永二年（一二六五）十月～十二月に催行と推定する（前節）「中務卿宗尊親王家五十首歌合」に於ける詠作を見てみたい。同歌合は散逸しており、教定の歌は『夫木抄』から三首を拾うことができる。いずれも集付は、「中務卿親王家五十首歌合」である（位署は区区）。

㊳荻《おぎ》の葉《は》も起《お》き臥《ふ》しそよぐ音《おと》すなり真弓《まゆみ》の岡《おか》の秋の初風《はつかぜ》（雑三・岡・まゆみのをか、大和・九一八九・前左兵衛督教定卿）

『万葉』の所名である[42]「真弓の岡」（大和国高市郡）を詠む。この語は平安期の作例が見当たらず[43]、為家の「貞応二年六月名所百首」の「白露も紅葉葉ながらこぼるなり真弓の岡の秋の夕風」（夫木抄・雑三・九一九〇）や隆祐の『洞院摂政家百首』の「染めてけり真弓の岡の薄紅葉遠方人の心ひくまで」（東北大学本拾遺・紅葉・三〇二）[44]等が早い例である。教定も、こういった鎌倉前期に詠まれた歌に刺激を受けて詠んだかと推測する。

第二句の「起き臥しそよぐ」は、明らかな先行例はなく、同時代以降の用例も少ない特異な措辞である。「臥し」（寝る意）には、「荻」「風」の縁で微かに「伏し」（横に倒れる意）が響くか。為家に、「秋風に起き臥しなびく荻の葉や老いの寝覚めの心なるらむ」（拾遺風体集・秋・荻・八六）の作がある。「起き臥し」は「寝覚め」の縁語で、朝夕・終日いつもの意に起きて寝るの原義が生きて掛かる。為家は、この「老いの寝覚め」を多用している。それらの詠作時期を検すると[45]、教定詠と同じ年の文永二年（一二六五）の場合も含めて、宝治二年（一二四八）から文永六年（一二六九）までと幅があり、右の為家歌の詠作時期を確定するには至らない。他に、寂身にも[46]「花薄起き臥しなびく影見えて底に浪立つ野田の玉河」（寂身法師集・水辺草花・六二五）がある。同歌は、所収家集の構成[47]よりして宝治から建長初年頃までには詠まれたものと推測され、為家との相互の影響関係が想定される。それは措くとしても、「起き臥しなびく」の表現は、教定詠以前には成立していたと見られる。従って、教定が、「起き臥しなびく」を「起き臥しそよぐ」に詠み換えたという方向を考えたいと思う。

㊴三輪《わ》の山杉間も秋のしるしにてしかも隠《かく》れぬつまや恋《こ》ふらん（秋三・鹿・四七五二・前左兵衛督教定卿、静嘉堂本

三句「しるしとも」を他本により改める）

『古今集』の「三輪山をしかも隠すか春霞人に知られぬ花や咲くらむ(48)」（春下・春の歌とてよめる・九四・貫之）を本歌にしつつ、『金葉集』の「三輪の山杉間洩り来る影見れば月こそ秋のしるしなりけれ(49)」（橋本公夏筆本拾遺・秋・摂政左大臣家にて山月といへる事をよめる・四八・親隆）を強く意識していよう。『金葉集』当代歌人藤原親隆の同集所収歌であっても、教定はこれを実質的に本歌に取ったと見てよい。「杉間も秋のしるしにて（とも）」は、他に例を見ない措辞であるが、『金葉集』歌を踏まえ、言外に月の光を示して、下句の「しかも隠れぬ」と呼応させていよう。その「しかも」は、「然も」に「鹿も」が掛かり、「妻」の縁語である。

なお、『秋風和歌集』に収める藻壁門院少将の「三輪の山春のしるしは霞みつつしかも隠るる杉の群立ち」（春上・山の霞といふことを・一二）を、対照的に意識していた可能性があるか。

㊵山深《ふか》き谷の垣《かき》ほの苔衣《こけころも》露けき程も誰かきて見ん（雑十五・衣・こけ衣・一五五六一・左兵衛督教定卿）

父雅経の「山深み問へどいはねの苔衣誰がためとてか露の置くらん」（明日香井集・百日歌合毎日一首後不見建保二年七月廿五日始之・巌苔・六七六）に依拠したのであろう。「苔衣」は、隠遁者や僧侶の衣のことだが、本当の「苔」の意も生きるか。とすると、「露けき」は、涙で湿っぽい意に、露が多く置いているさまの意も生きるか。「きて」は、「来て」に「着て」が掛かる。「谷の垣ほ」は、他に例を見ない新奇な措辞である。

次に、右の「中務卿宗尊親王家五十首歌合」と同じ年、文永二年（一二六五）の十二月二十六日に撰定を終了し、翌年三月十二日に竟宴が行われた『続古今集』に入集の歌を見る。六首中四首は既に「中務卿宗尊親王家百首」の歌として見たので、残りは二首である。位置は「前左兵衛督教定」。

㊶麓《ふもと》とて峰《みね》より見《み》ゆる里《さと》もなほ行《をゆ》き来は遠《とほ》き山路《やまち》なりけり（羇旅・山旅を・九一九）

山嶺から望むことができる里までの道のりの、山路故の遠さを詠む。特に教定が参照したと考えられるような先行歌はなく、実感に基づく作のように思われる。第四句の形は、類例が意外に少なく、先行歌としては、寛喜四年（一二三二）の『石清水若宮歌合』の「遠近の行き来も遠くなるままに霞別るる淀の川船」（河上霞・二九・源家清）が目に入る程度である。

㊷忘《わす》らるる我《わ》が身につらき報《むく》ひあらばつれなき人もものや思《おも》はん（恋五・被忘恋を・一三六七）

これは、「月影に我が身をかふるものならばつれなき人もあはれとや見む」（古今集・恋二・題不知・六〇二・忠岑）を本歌に取る。同時にまた、右近の「忘らるる身をば思はず誓ひてし人の命の惜しくもあるかな」（拾遺集・恋四・題不知・八七〇。拾遺抄・三五一。百人秀歌・三九。百人一首・三八）を念頭に置いて、この歌の趣向とは逆に、「忘らるる」我が身の側にさらに「つらき報い」があることを仮定して、いっそうの哀れさを付加しているのではないか。

四　教定没後の撰集所収歌

さて、以下には、詠作時期を特定できない歌で、かつ教定没後に編まれた諸集に収められた歌を取り上げる。まず、勅撰集から見てゆくこととする。『続拾遺集』には七首の入集だが、既に二首は「中務卿宗尊親王家百首」の歌として取り上げたので、残りは五首である。以下の勅撰集の位置は『新拾遺集』を除き「前左兵衛督教定」である。

㊸深《ふか》き夜の老いの寝覚《ねざ》めの枕より露おき初《そ》めて秋は来《き》にけり（雑秋・初秋の心をよみ侍りける・五五九）

巻八・雑秋部の巻頭に配される。「露」は、「老い」の涙を暗喩する。「おき」は、「置き」に「起き」が掛かり「寝覚め」「枕」と縁語となる。下句は、「真葛原うらみぬ袖の上までも露置き初むる秋は来にけり」（新勅撰集・秋上・千五百番歌合に・二〇三・宜秋門院丹後。千五百番歌合・一一一一）に拠った可能性があろうか。

なお、雅有の「深き夜の寝覚めの涙露落ちて枕より知る秋の初風」（雅有集・仙洞御百首・秋・三一七）は、教定詠に倣った作であることは明らかであろう。また、頓阿の「夜を残す老いの寝覚めの枕より暁露や結びそむらん」（草庵集・巻九・雑歌・秋歌中に・一一六八）も、『続拾遺集』入集歌としての教定詠の影響下にあろうか。

㊹現《うつゝ》には語《かた》るたよりもなかりけり心の中《（うち）》を夢に見《み》せばや（恋一・題不知・七八六）

語彙は平易であるが、「語るたよりも」は他に例を見出せない句形である。下句の表現は、俊頼の「うばたまの髪のすぢ切るほどばかり心のうちを人に見せばや」（散木奇歌集・雑上・恨躬恥運雑歌百首・一四六八）が先蹤となる。その後も、堀河の「思ふとも言はばなべてになりぬべし心のうちを人に見せばや」（続詞花集・恋上・題不知・四八九）や、教長の「恋しとは言ふもおろかになりぬべし心のうちを人に見せばや」（教長集・同じ心を〔不遇恋歌〕・六七三）等の類歌が生まれている。教定は、この「心のうちを人に見せばや」を基にして、「人」を「夢」に詠み換えたのではないか。

㊺夏草の下行《したゆ》く水のありとだに結《むす》ばぬ中は知《し》る人もなし（恋四・恋歌の中に・九九一）

「結ばぬ」は、人と契らない意に、「夏草」「水」の縁で手で掬わない（結ばない）意を掛ける。「夏草の」「下行く水」と続く形は、『和歌一字抄』の「夏草の下行く水に分けられて二方に咲くやまとなでしこ」（夾・瞿麦夾水・三三八・源仲正）が先行例である。しかし、この仲正歌を教定が知り得たとは推断できない。むしろ、人に知られぬ恋の歌として、『古今集』の「山高み下行く水の下にのみ流れて恋ひむ恋ひは死ぬとも」（恋一・題不知・四九四・読人不知）が踏まえられていると見た方が、無理がなかろう。

「結ばぬ中」の措辞は、教定の同時代までは、他に、宗尊親王に次の二首の作例を見出すばかりであり、教定から宗尊への影響の可能性を見ておきたい。「思へただ縹の帯のかりにだに結ばぬ中のうつりやすさは」（中書王御詠・恋・変恋・一八七。同集は文永二年春～文永四年十月頃の作を収める）、「いかにせん板井の清水里人も結ばぬ中の遠き契りを」（竹風抄・巻五・文永八年七月、千五百番歌合あるべしとて、内裏よりおほせられし百首歌・恋・九〇七）。

㊻いかにせん身をはやながら思ひ川うたかたばかりあるかひもなし（雑上・題不知・一一〇九）

『新勅撰集』所収の家隆詠に「思ひ川身をはやながら水のあわの消えてもあはむ波の間もがな」（恋一・題不知・七〇五。壬二集・二八三七）がある。これは、次の伊勢の二首を本歌とする。「山川の音にのみ聞くももしきを身をはやながら見るよしもがな」（古今集・雑下・歌めしける時にたてまつるとてよみて、奥にかきつけてたてまつりける・一〇〇〇。後撰集・雑四・一二九一。伊勢集・三二）、「思ひ川絶えず流るる水のあわのうたかた人にあはで消えめや」（後撰集・恋一・まかる所知らせず侍りける頃、又あひしりて侍りける男のもとより、日ごろ尋ねわびてうせにたるとなん思ひつるといへりければ・五一五。古今六帖・一七二八。同・二五五一。伊勢集・三〇四。同・四五六、第五句「あはでやまめや」）。教定は、直接には家隆詠に拠ったのであろうが、併せて伊勢の後者の歌も本歌として意識していたのではないだろうか。

第二句は「身を早ながら」（身を以前のままで）に「水脈速ながら」が掛かり、また、第三句は、悩む思いが絶えず続くことを喩える「思ひ川」に筑前国（五代集歌枕、八雲御抄）の歌枕「思ひ川」が掛かり、互いに縁語である。「うたかた」は、泡がすぐ消えるように時間が極めて短いさまを言うが、「水脈」「川」の縁で、原義の水の上に浮かぶ泡の意が生きて掛かる。『続拾遺集』の配列では、この教定の歌以下六首は歌人としての祈念・述懐の歌群であるので、「うたかた」には「歌」が掛かると見られる。小林一彦『続拾遺和歌集』（明治書院、平一四・七）参照。

㊼人はいさ世の憂《う》き外《ほか》の山《やま》とても我が心からえやは住《す》まれん（雑上・題不知・一一三一）

例えば、「み吉野の山のあなたに宿もがな世の憂き時の隠れがにせむ」や「あしひきの山のまにまに隠れなむ憂き世の中はあるかひもなし」（古今集・雑下・題不知・九五〇、九五三・読人不知）などに見られる、「憂き世の中」からの隠遁としての山住みを求める通念、それに対して疑問を唱えている。「我が心からえやは住まれん」とする理由は、たとえ「世の憂き外の山」でもやはり憂く辛いだろうから、ということであろうけれども、辛い世間から遁れる方法としての山中への隠遁について、心の問題として懐疑的であるという点では、後述の52の歌に通うものがある。
第二句は、「憂き世の外の（山）」の形が、用例も多く一般的であるが、敢えて、「世の憂き外の（山）」の形によって新鮮さを出そうとしたのではないか。他には、宗尊親王の「過ぎぬとて昔のことの忘られば世の憂き外の袖は絞らじ」（竹風抄・巻四・文永六年五月百首歌・雑・七五九）を見出す程度である。教定詠から宗尊詠への影響の可能性があろう。

続いて、『新後撰集』入集歌を見るが、三首中既出二首（⑧㊲）で、残りは次の一首である。

㊽待《ま》てしばし夜深《ふか》き空の時鳥まだ寝《ね》覚《さ》めせぬ人もこそあれ（夏・夏の歌の中に・一九二）

上句は、家隆の『堀河百首』題による「後度百首」中の「後朝恋」の「待てしばし夜深き鳥の声すなりさてもつきせぬ名残なりとも」（壬二集・一七五）に学んだものではないか。下句は、時鳥の初音や一声を聞くのに夜深く目を覚ます、といった和歌の通念を踏まえていよう。具体的には、『拾遺集』の「初声の聞かまほしさに郭公夜深く目をも覚ましつるかな」（夏・題不知・九六・読人不知。拾遺抄・六一）や「二声と聞くとはなしに郭公夜深く目をも覚ましつるかな」（夏・同じ〔天暦〕御時の御屏風に・一〇五・伊勢。後撰集・一七二）(50)が念頭にあったのではないか。

『玉葉集』には次の一首のみが採られている。

㊾東野《あつまの》の露分《わ》け衣はるばるときつつ都《みやこ》を恋ひぬ日もなし（旅・羈旅野・一一九五）

第三・四句は、「遥々と」に「張々と」が、「来つつ」に「着つつ」が掛かり「衣」の縁語である。「唐衣きつつなれにしつましあればはるばるきぬるたびをしぞ思ふ」（伊勢物語・九段・一〇・男。古今集・羈旅・詞書略・四一〇・業平）を本歌とし、同時に、この歌を含めた『伊勢物語』の東下りを踏まえる。半分は関東に本拠を置いた生涯を送った教定であるのに、というよりは、であるからこそ、京都に本属すべき貴族の東国に下る感懐を業平に重ねつつ、実感として詠じたのであろう。

その東国を表徴する「東野の」の句は、現行は「ひむがしの野にかぎろひの立つ見えてかへり見すれば月かたぶきぬ」（万葉集・巻一・雑歌・四八・人麿）と訓む、「東野　炎立　所見而　反見為者　月西渡」の旧訓「あづまののけぶりのたてるところみてかへりみすればつきかたぶきぬ」を意識したのではないか。少なくとも、この人麿歌を旧訓の形で『玉葉集』に採録した為兼は、教定の一首をそのように評価していたのではないかと考えるのである。

また、「露分け衣」は、『万葉集』の「夏草の露分け衣着けなくに我が衣手のふる時もなき」（巻十・夏相聞・寄露・一九九四・作者未詳）に遡る語である。雅経、雅有にも各々作例があり、(51)父子三代に詠み継がれた語であると言えよう。

次の『続千載集』には四首入集である（一首は㉖に既出）。

㊿月日のみただいたづらにこゆるぎのいそぐにつけて暮《く》るる年なみ（冬・歳暮の心を・六九八）

第二〜四句は、（「月日のみ」が）「ただいたづらに越ゆ」から「こゆ」を掛詞として「小余綾（こゆるぎ）の磯」（相模国の歌枕）へ鎖り、さらにその「小余綾の磯」から「いそ」を掛詞として「急ぐにつけて」へ鎖る。そして、結句の「年なみ」は、「年次」に「波」を掛け込めて「磯」の縁語である。この類の修辞の早い例は、『後撰集』の「問ふことを待つに月日はこゆるぎのいそに出でてや今はうらみん」（恋六・男の久しう問はざりければ・一〇四九・右近）である。また、俊成の「月日のみ流るる水とはやけれど老いのそこより年はかへらず」（俊成五社百首・伊勢大神宮・冬・歳暮・七〇）は発想の点で先蹤となる。

「いそぐにつけて」の句形は、用例が少なく、同時代では為家の「行するゑはいそぐにつけて近づけど越ゆるぞ遠き小夜の中山」（為家集・さやの中山同〔建長五〕年十一月・一三四一）が見えるのみであるが、さほど特異な措辞ではなく、直接の影響関係までは断じ難い。

51 心《こゝろ》からいくたび袖にかけつらんこりぬ別《わか》れのしののめの露（恋三・恋歌中に・一三六九）

下句は、珍しい措辞である。特に、「こりぬ別れ」は、他に例を見出せない。初句に「心から」とあることよりして、不実な恋人や偽りの約束などにも懲りない自分の心を表す常套句の「こりぬ心」を基にした教定の創出ではないか。また、「しののめの露」は、恋人との別れの涙が暗喩されている。定家に、「朝日影思へば同じ夜の夢別れに絞るしののめの露」（拾遺愚草・雑・普賢経・二九五五）がある。これは観普賢行経に基づく法文歌(52)であるが、この歌から教定が学んで恋の歌に援用した可能性は見てよいであろう。

上句は、「自分の（懲りることのない）心のせいで、一体幾度（別れの夜明けの露の涙を）袖にかけてしまったのであろうか。」といった意になろうか。

52 厭《いと》ひても心を捨《す》てぬもの《物》ならば憂《う》き世へだつる山やなからん（雑下・題不知・一九八八）

これは、「み吉野の山のあなたに宿もがな世の憂き時の隠れがにせむ」（古今集・雑下・題不知・九五〇・読人不知）を踏まえた、「厭ひてもなほ厭はしき世なりけり吉野の奥の秋の夕暮」（新古今集・雑中・題不知・一六二〇・家衡）を念頭に置いた作ではないか。同時にまた、「世を捨てて山に入る人山にてもなほ憂き時はいづち行くらむ」（古今集・雑下・山の法師のもとへつかはしける・九五六・躬恒）に答えようとするかのような意図も感じられる。とすれば、それは、教定が意識していたかどうかは別として、俊成の「世の中よ道こそなけれ思ひ入る山の奥にも鹿ぞ鳴くなる」（千載集・雑中・述懐の百首歌よみ侍りけるとき、鹿の歌とてよめる・一一五一。百人秀歌・八七。百人一首・八三）や西行の「いづくにか身を隠さまし厭ひても憂き世に深き山なかりせば」（山家集・中・雑・五首述懐・九〇九）などに答えていることにもなろう。そのことが直ちに、前代の歌人達に比しての教定個人の思想の深化を意味することにはならないが、少なくとも時代の推移に伴う和歌の表現史上の進化を認めることはできるのではないか。

その進化は、主には第二句の「心を捨てぬ」によって支えられていると言える。この「心を捨つ」の類の措辞としては、右の家衡と同族（顕季流）の隆衡に、従ってその『新古今』詠を踏まえたと思われる「奥山に身をばのがれぬあはれまた心を捨つる道を知らばや」（秋風集・雑中・題不知・一一九五）がある。教定が、同歌を『秋風和歌集』によって参看した可能性はあろうか。また、第四句の先行例は、定家の「まだ知らぬ山のあなたに宿しめて憂き世へだつる雲かとも見ん」（拾遺愚草・奉和無動寺法印早率露胆百首文治五年春・雑・四八六）がある。

なお、鎌倉前中期に活躍したと見られる藤原長綱に、「身を隠す深山の奥も急がれず心を捨つるところならねば」（長綱集・四七七）や「山の端に待つも惜しむも同じ身の心を捨てて月を見るかな」（同・ことのついでに・二六七）の歌があり、教定詠との影響関係が想定される。息雅有には、「山の端を待つも惜しむも月ゆゑになぐさめがたき更科の里」（隣女集・巻四自文永九年至建治三年・秋・里月・二一〇二）という、右の長綱詠の後者に類似した措辞(53)を用いた歌があり、長綱と教定・雅有父子と相互の影響関係の可能性を窺わせているのである。この長綱については、『勅撰作者部類』（改編本）に言う藤原氏北家藤成流（秀郷流）の薬師寺出羽守小山長村男の長綱ではなく、藤原氏北家内麿流忠綱の男で『前権典厩集』の作者、正五位下左馬頭に至った長綱と同一であると推定されていて、その長綱は、元久二年（一二〇五）頃生と推測されている。(54)ほぼ、教定と同世代と言える。伝記上の交渉関係は確認できないが、前記した⑥の歌との類想歌をも含めて教定（および雅有）と長綱との影響関係の可能性を考えてみる必要があるように思うのである。

次の『続後拾遺集』入集中の一首は、「中務卿宗尊親王家百首」の歌として既に見た。残りの一首は「中務卿宗尊親王家歌合に」と詞書する次の歌である。

(53)かひもなし結《むす》ぶばかりの名のみして手にもたまらぬ井手の玉水（恋三・八一七）

「結ぶ」は、契りを「結ぶ」に水を手で掬う「結ぶ」が掛かり、玉水の縁語である。左記の『伊勢物語』の一節を本歌・本説にしていよう。

昔、男、契れることあやまれる人に、

山城の井手の玉水手に結び頼みしかひもなき世なりけり

といひやれど、いらへもせず。

（百二十二段・二〇五。歌は、古今六帖・三一二五・作者不記〈第四句「たのめしかひも」〉、新古今集・恋五・題不知・一三六八・読人不知〈第三句「てにくみて」〉、伝橋本公夏筆本は「手にむすび」〉にも収める）

第四句の「手にもたまらぬ」は、定家の「須磨の海人の袖に吹き越す潮風のなるとはすれど手にもたまらず」[55]（新古今集・恋二・海辺恋といふことをよめる・一一一七）と同様に、恋人の離れることを水が手に留まらないことに喩える。

さて、続く『風雅集』には教定の歌は採られていない。『玉葉集』にも僅か一首の入集であることを考え併せると、京極派から見た教定の歌に対する否定的評価が窺われ、それは同時に、教定の歌風の一面を示していると も言える。

その次の『新千載集』には二首の入集を見る。

㊺惜《お》しからぬ命ばかりは長《なか》らへていつを限《かき》りの思ひなるらん（恋二・題不知・一二七二）

「惜しからぬ命」の措辞は、伊勢の「惜しからぬ命なれども心にしまかせたらねば恨みてぞ経る」（古今六帖・第四・うらみ・二一一七・伊勢ある本。伊勢集・世中の憂きことを・二〇六、下句「まかせられねば憂き世にぞ住む」）が古い例の一つで、これに拠っていよう。所収歌集からこの歌の歌人間の認知の程度は低いであろうが、実質的には本歌と見てよい。つれない相手故に惜しくないのに、ままならない命故に恨みつつ生き続けているという本歌に対して、ままならない命を生き続けて、苦しい恋の思いがいつはてるのか、としたところに趣向があろう。

一方、勅撰集では、『拾遺集』の「惜しからぬ命やさらにのびぬらん終はりの煙しむる野辺にて」（雑上・神明寺の辺に無常所まうけて侍りけるが、いとおもしろく侍りければ・五〇二・元輔。拾遺抄・五四五）が初例となる。後代には、これらの影響下に「惜しからぬ命」の歌が少しく詠まれている。(56) 教定詠は、その中にも位置付けられる。

また、『楢葉和歌集』の「惜しからぬ命ばかりは長らへて身の憂きことの数を添ふらむ」（雑三・題不知・九〇〇・公俊法師）は、上句が一致しているが、偶然であろうか。そうでなければ、教定が作歌に際して参照した、あるいは普段から学んでいた、歌集の範囲の幅広さを示すことになろう。

第四句「いつを限りの」の先行する類例は多くはないが、西行に「春を待つ諏訪のあたりもあるものをいつを限りにすべきつららぞ」（山家集・中・恋・寄氷恋・六〇七）、為家に「行き帰りいつを限りに逢ふことのなぎさに波のよるも寝られず」（為家千首・恋・七七五）があることは注意されてよい。

(55) いかにせんなぐさめかぬる秋の夜の月には馴《な》れぬ老いの涙を（雑上・題不知・一七七三）

「我が心なぐさめかねつ更科や姨捨山に照る月を見て」（大和物語・百五十六段・二六一・男。古今集・雑上・題不知・八七八・読人不知）を本歌とする。この歌については、単に信濃国の歌枕の姨捨山を背景にして月を詠じたものと解して、『大和物語』に見えるような棄老伝説との結びつきを考えない捉え方もあろう（竹岡正夫『古今和歌集全評釈』、奥村恒哉新潮日本古典集成『古今和歌集』の各当該歌部分参照）。しかし、原作時の意図や現代からの鑑賞は別として、教定は、やはり、この歌の背後にある棄老譚を意識しつつ、多年眺めてきても馴れることのない月に対する感懐をも詠じたのではないか。

また、初二句の類似する歌に、慈円の「いかにせん慰むやとて見る月のやがて涙に曇るべしやは」（拾玉集・詠百首和歌・恋・行宮見月傷心色・一九五九）や信実の「いかにせん慰む月の情けだにまた身に厭ふ老いとなりぬる」（続拾遺集・雑中・題不知・一二〇九）があるが、「いかにせん」自体は、教定詠に三首見えていて教定の好んだ句であったと思われるので、特に影響関係を見る必要はないのかもしれない。

なお、右の「我が心」歌を本歌として、雅経に、「月を見ば姨捨山の秋の空慰めかぬる心ありとも」（明日香井集・詠五十首和歌正治元年九月四日・秋・八四〇）があり、雅有にも「更科や山のは出づる月見れば慰めがたき秋は来にけり」（雅有集・仙洞御百首・秋・三三七）の他数首の類歌がある。[57] しかしながら、「姨捨山」は、平安から鎌倉期にかけても多数詠まれており、特に父子三代に共通する特徴とまでは言えないであろう。

『新拾遺集』には次の一首のみの入集であるが、この作者名の位置は兼右本他諸本の大勢が[58]「右兵衛督教定」である。小川剛生『中世和歌史の研究　撰歌と歌人社会』（塙書房、平二九・五）が、原態本を考証し翻刻する「附録一　勅撰作者部類・続作者部類　翻刻」の『続作者部類』は、「参議」に「藤教定　新拾一首（一）　右衛門督」とし、右傍に「旧本載参議部、公卿補任為非三木云々、不審」と注している。これは、『勅撰作者部類』が、「参議」に、「藤教定　山階」「従二　右衛門督」（傍記）として掲げて、続千載一首と新千載一首（「前右衛門督」）の入集を示していることを承けたものである。この教定は、藤原教頼男が該当しよう。『勅撰作者部類』は一方で、当該の教定を「散二三位」に、「藤教定　参議雅経男（一）」「三位　前左兵衛」（傍記）として掲げている。従って、『続作者部類』は、新拾遺作者の「教定」を教頼男教定と認識していたと見られる。現代の『和歌文学大辞典』（明治書院）付録「勅撰作者部類」や、『勅撰集付新葉集作者索引』（和泉書院）は、同首を当該の教定の項に配している。しかし、確かに教定は右兵衛督を経てはいるが、極官は左兵衛督であり、没後成立の諸集の位置も「前左兵衛督教定」であって、疑問を残す。『新拾遺集』の諸本では、『続作者部類』と符合する「右衛門督教定」とする本もあり、[59]『和歌文学大辞典』付録「勅撰作者部類」も、「書陵部一本：右衛門督、次項の教定（教頼男）か」と注するように、同官を極官とする教頼男教定など、別人の可能性もある。一応、取り上げてみよう。

(56)かくしつゝ年も経《へ》にけり言《こと》の葉《は》の人伝ならぬ便り待つ間《まま》に（恋一・忍久恋を・九六二・右兵衛督教定）

下句の「言の葉の人伝ならぬ便り」は、先行例を見ない。「如何してかく思ふてふことをだに人伝ならで君にかたらん」（後撰集・恋五・忍びて御匣殿の別当にあひ語らふと聞きて、父の左大臣の制し侍りければ・九六一・敦忠。拾遺集・六三五、初句「いかでかは」第五句「君に知らせむ」）などのように、「人伝」ではなく相手に思いを伝えたいという類型を逆にして、相手の言葉が「人伝」ではない機会（即ち直接の訪れ）を待っているとしたところに一首の趣向があろう。

実はこの一首は、『拾遺現藻和歌集』（恋下・四四二）に、作者位署「従二位教定」、初句欠で見えるのである。前歌の詞書は「亀山殿にて五首歌講ぜられける時、忍久恋といふ事を」で、歌題は一致する。小川剛生『拾遺現藻和歌集　本文と研究』（三弥井書店、平八・五）が注するように、「元亨元年九月二十五日亀山殿五首」の一首であろう。同集には「従二位教定」の歌が、別に二首（秋・亀山殿千首歌中に・一九二、恋下・〔恋歌の中に〕・五九〇）採録されているが、共に当該の教定の歌と一致しない。この教定は、山科教頼男の非参議右衛門督教定のことで、文永八年（一二七一）生まれで、元徳二年（一三三〇）二月十一日に六十歳で没している。同集は、『新拾遺集』の「撰集資料」とされる（前掲小川書）。同集から『新拾遺集』に撰入される際に作者を誤認したか、伝写の過程で錯誤が生じたのであろうか。一応、勅撰集の、それも通行本文の位置なので、それに従って当該の教定の歌として拾遺し、注解を加えてみた。しかし、この一首は、雅経男教定ではなく、教頼男教定の歌である可能性が極めて高いであろう。教定の和歌の特徴の考察からは除外する。

次の『新後拾遺集』には二首採られている（一首は㉚に既出）。

57 早苗取る田子《たこ》の浦人この比や藻塩《もしほ》も汲《く》まぬ袖濡《ぬ》らすらん（雑春・海辺早苗といふことを・六八八）

「海辺早苗」という珍しい題を詠んでいる。初二句は、家隆の「早苗とる田子の浦人夏かけて苗代水に入江せくらし」（建保名所百首・春・田篭浦・二二三。壬二集・七一九）に倣ったか。「田子の浦人」は、農夫の「早苗取る田子」から「田子」を掛詞に駿河国の歌枕の「田子」「の浦人」へ鎖る。

下句も、家隆の「よそに見て藻塩も汲まぬ佐保姫の霞の袖もかかる浦波」（壬二集・仁和寺法親王家十首歌に、浦霞・二一〇一）に拠ったかと思われ、そうだとすると、家隆詠に負うところが大きい歌と言える。

なお、「この比や」に注目すれば、「早苗取る田子の裳裾をうち濡らしたのもに濡るる頃にもあるかな」（大弐高遠集・月次・五月・三四五）などが先行の類例として見えるが、教定が特にこの歌を参照したと認めるべき確証はない。

最後の勅撰集で、子孫の雅世撰の『新続古今集』には六首採られているが、四首は『影供歌合』の歌、一首は「中務卿宗尊親王家百首」の歌として既に見たので、残りは次の一首である。

(58)伊勢の海人《あま》の潮《しほ》たれ衣なれてだに飽《あ》かぬみるめに乱れてぞ経《ふ》る（恋二・恋歌の中に・一一九五）

上二句は序で、「衣」が「褻れて」に掛けて、男女が「馴れて」を起こす。「みるめ」は、「見る目」に「海松布」を掛けて、「海人」「潮たれ」「乱れ」の縁語である。

「伊勢の海人の朝な夕なにかづくてふみるめに人を飽くよしもがな」（古今集・恋四・題不知・六八三・読人不知）と「伊勢の海人の塩焼き衣[60]なれてこそ人の恋しきことも知らるれ」（古今六帖・第五・しほやきごろも・三二八七・作者不記）の二首を組み合わせて、一首に仕立てたのではないか。後者は『古今六帖』歌であるが、実質的に本歌としたと見ておく。「みるめに人を飽くよし」（逢瀬で恋人を飽きる程十分に堪能する手段）を踏まえ、その手段が無い為に、（「なれてこそ」ではなく）「なれてだに飽かぬみるめ」（どんなに馴れ親しんでさえも満足することのない逢瀬）に心乱れて日を送る、という趣意であろう。

「乱れてぞ経る」の作例は多くない。好忠[61]が古いが、定家の「道芝や混じるかやふのおのれのみうち吹く風に乱れてぞ経る」（拾遺愚草・十題百首建久二年冬、左大将家・草・七三九）が、教定に比較的身近な作例となる。

最後に『夫木抄』所収歌でこれまでに取り上げていない二首を見る。

(59)神垣《かき》に誰《た》が手向《たむ》けとは知《し》らねども卯《う》の花咲《はなさ》ける木綿《ゆふ》の山陰《やまかげ》（夏一・卯花・山卯花をよめる、明玉・二四二七・前左兵衛督教定卿。歌枕名寄・豊後国歌・木綿山・五五〇四・初句「神かきの」）[62]

『無名抄』（連がら善悪事。日本古典文学大系本）に次のようにある。

（古今集三番歌の）「立てるやいづこ」といへる詞勝れて優なるを、或人の社頭の菊といふ題をよみ侍りしに、

神垣に立てるや菊の枝たわに誰が手向けたる花の白木綿

同じく「立てるや」とよみたれど、是はわざとも詞きかず手づつげに侍り。

この「或人」歌に類似するが、仮にこれを見習ったとすれば、わざわざ難じられた歌に拠ったことになるが、そこまで考える必要はないであろう。「木綿の山」は、『万葉』由来の所名・歌枕[63]の「木綿の山」に、「神垣」「手向」の縁で神事に用いる「木綿」が掛かる。「木綿の山」は、美濃（奥義抄）とも豊前（八雲御抄）ともいう。

(60)露落《お》つるあしたの原《はら》の荻の葉も夕べの風ぞ身にはしみける（秋二・荻・家集・四四九九・左兵衛督教定卿）

大和国の歌枕の「あしたの原《はら》」に、時間の「朝」を響かせて、下句の縁語「夕」と対比させる。「露落つる」と「夕べの風」は意外にも古い用例を見出せず、共に鎌倉期に詠まれるようになった措辞である。前者は、定家の「露落つる楢の葉あらく吹く風に涙あらそふ秋の夕暮」（老若五十首歌合建仁元年二月・秋・二五五。拾遺愚草・一八〇四）が早い例で、あるいはその影響下に雅経にも「露落つる四方の嵐の声ごゑに涙も堪へぬ秋の袖かな」（明日香井集・詠百首和歌・秋廿首・（元久二年）九月九日始之・露・四九〇）の作がある。後者については、「身に寒く秋は来にけり今よりの夕べの風のあはれ知れとて」（洞院摂政家百首・秋・早秋・五九三・少将）や「秋としもなど荻の葉の結びけん夕べの風に露の契りを」（院御歌合宝治元年・初秋風・八二・俊成卿女）などが、教定にとって直接参考となった可能性がある歌であろう。なお、雅有にも「吹き過ぐる夕べの風やさそふらん露も涙もとまらざりけり」（隣女集・巻二自文永二年至同六年・秋・秋風・四四七）の作がある。

五　教定の和歌の特徴

以上に、教定の現存歌六十首（二首存疑）について、適宜注解を加えつつ、主として前後代の和歌との影響関係に焦点を当て検討してきた。限られた歌数に基づく判断であり、教定の歌人としての全貌を明らかにすることにはならないであろうが、以下にその詠作の特質をまとめてみたい。

まず、『万葉集』の詞については、平安期に忘れられた歌枕「ゆききの岡」⑨「真弓の岡」㊳「木綿の山」㊾や、歌語「萩の古枝」④「露分け衣」㊾を詠んではいる。しかし、それらは、鎌倉前期から教定の同時代までに作例が存しており、時代の趨勢に従った詠作であると言え、自ら積極的に『万葉集』の歌に学んで、それを再生させようとする姿勢までは窺えない。むしろ、『古今集』を初めとした三代集および『和漢朗詠集』『後拾遺集』『金葉集』までの諸集や、『伊勢物語』などに依拠した、本歌取、本説取の多さが際立っている。

次に、教定の本歌取（本説取も含めて）を、その古歌の範囲、句の取り方、主題の転換の視点より概括してみる。本歌・本説の集別の数を整理すると次のとおりである（括弧内は同話や同歌を収める主な他作品）。『古今六帖』歌については、集の性質上所収歌が必ずしも大方の歌人間に認識されている訳ではないであろうから、必ずしも「本歌」とは言えないのかもしれないが、作者教定が依拠した古歌であると見て、ここに含めておく。

古今集　　8…②、⑤、⑭、⑲、㊱、㊴、㊷、㊽。
後撰集　　3…㉓、㉖、㊻。
後拾遺集　1…⑳。
金葉集　　1…㊴。
古今六帖　2…�54（伊勢集）、�58。

和漢朗詠集　1…㉔。

伊勢物語　4…⑦（新古今集）、㊲（古今集、大和物語）、㊾（古今集）、(53)。

大和物語　1…(55)（古今集）。

主としては三代集以前の古歌に拠っていると言える。

句の取り方としては、二句を越えない程度を取る場合が多く、最大は三句であるが、その場合は措辞を一部変化させている。句の位置は、本歌とは違えている場合（完全に異なる場合と一部は同じでも一部は異なる場合）が多いが、同じ場合（⑤⑲⑳㉓㉔㉖㊱㊷(54)(55)(58)）も混在する。ただし、その場合でも語句を微妙に変形させており、全く同一の句形を同位置に取ったものはない（ただし、二句に渡って取る場合その内の一句が一致する場合はある）。

主題については、本歌と同じ主題（四季・恋・雑といった部類）が十二例（②⑭㉔㉖㊲㊴[64]㊷㊾(53)(54)(55)(58)）[65]、主題を転換したものが七例（⑤⑦⑲⑳㉓㊱㊻）である。同主題の中でも、例えば、㉔㉖(54)(55)(58)などは句の取り方も含めて特に本歌に近いと言える。しかし、㉔は、夏山の嶺の梢に鳴く蟬から、夏山の嶺の梢に上る月に変化させ、㉖は、萩の散る段階から咲き初めへと季を戻し、(54)(55)(58)も上述したとおり趣向を変化させている。逆に、⑤⑲⑳㊱などのように本歌と同じ位置で二〜三句を取るような場合は、その句を多少変化させると共に、主題を転換させているのである。従って、少し詳しく見てみると、古歌をそっくり模倣したかのような本歌取はないと言えるのである。

引き続き、その本歌取・本説取の具体的特質を検証してみる。

教定の本歌取の一つの特徴として、近代歌人による本歌取の詠作に倣いつつ、それと同じ古歌を本歌として詠んでいる例をあげることができる。『古今集』歌を寂蓮詠に倣いつつ本歌取した②、『後撰集』歌を家隆詠や土御門院詠に倣いつつ本歌取した㊻や㉖などである。

また、古歌を本歌に取りつつ、近代歌人の詠作から一〜二句の措辞をも取り込む手法が目に付く。『古今集』

歌の上句を取りつつ、順徳院詠の下句をも取り込んだ⑲や、同じく『古今集』歌を本歌として、清輔（厳密には近代歌人とは言い難いが）詠の措辞に依拠した㊱、および『後撰集』歌を本歌としつつ、隆祐の『宝治百首』詠の下句に倣った㉓などである。これらも、教定の自覚的な詠作の方法であったのではないか。なお、『百人秀歌』（あるいは『百人一首』）の一句ほどを意識的に織り込んでいると思われる歌もある（②、㊷、本歌取の歌ではないが㉒も同様）。

さらに、古歌二首を本歌とする方法自体は珍しくないが、教定も、②、㊴、㊳で試みている。特に㊴は、『古今集』歌と『金葉集』歌に拠りつつ、両首の措辞と趣向を融合させている。これは、教定五十六歳時の作と推定されるが、四十歳代以前の②や㉖などの模倣に近いとも言える作に比すと、そこにある意味の熟達が認められようか。

なお、本説取の中には、『伊勢物語』の東下り（㊾）や『大和物語』の姥捨山の棄老譚（㊺）を取ったと思しき歌があるが、これは、自身の東国下向や老境という実際の境遇を、物語に重ね合わせつつ詠んだものであろう。

さて、教定は、全般的に見て、いわゆる王朝和歌の伝統的な語彙を用いており、その枠組みを踏み越えたような特異性を有する語は詠んでいないようである。しかし同時に、一句の中での語の組み合わせ方や、語句の続き柄について見ると、そこに、新しい措辞を創意工夫しようとする意欲が認められると思うのである。左に具体例を整理してみたい。

一つには、古歌の句の語順を入れ替える（またはそのような先行例を用いる）ことにより、意味に変化をもたせたりして新奇さを出そうとしたと思しき場合がある。「昔の跡を」→「跡は昔と」（㉟）、「昨日といひ今日と暮らして」→「今日といひ昨日と暮らす」（㊱）、「神代も聞かず」→「神代も知らず」→「知らぬ神代」（㊲）、「憂き世の外の山」→「世の憂き外の山」（㊼）などである。前三首は弘長元年（一二六一）九月の「中務卿宗尊親王家百首」の作である。五十歳頃に盛んに試みた詠み方なのであろうか。

また、「白雲の八重に重なる」を基にして「白雲」を「秋霧」に⑥、「心のうちを人に見せばや」を基にして「人」を「夢」に㊹というように、既存の句形を基に、その中の一語を詠み換えたと思しき例もある。

さらに、近代歌人の比較的珍しい措辞をさらに新奇な形へと変化させたと考えられる例がある。為家の「起き臥しなびく」から「起き臥しそよぐ」へ㊳、常套の「露干しあへぬ」と雅経の「(見まく)ほしやらぬ」から「露干しやらぬ」へ㉜などである。

同様に、平安期以前の用例がほとんどなく、鎌倉初期頃以降に少しく詠まれるようになったと考えられる、「風ぞ身に染む」③、「風をしるべ」⑳、「朝置く露」㉖、「山陰暗き」㉗、「露落つる」「夕べの風」㊵等の措辞、換言すれば鎌倉前中期に小さな流行を見た措辞を、教定も用いている。近代および同時代の表現を敏感に取り入れた姿勢が窺われると共に、やはり、新奇な措辞を好む傾向の一環として捉えられよう。

他にも、「門田の晩稲」⑧、「谷の垣ほ」㊵、「語るたより」㊹等の先例を見出せない語句や、「時知らぬ雪に光やさえぬらん」⑦、等の新奇な詞続きの表現が目に付くのである。

総じて、語彙は伝統的なものを用いつつ、各語の組み合わせ方に趣向を加えていると言える。このような作例は、ほぼ年代に拘わりなく存しているので、教定の歌人としての生涯を通じた一つの特質と見ることができる。同時に、そのような新奇な語句を詠み込みつつも、全体的に見て一首の声調は、『詞林拾葉』の言うとおり、佶屈するところの少ないなだらかな歌が多い。そのことはまた、建長三年の『影供歌合』の判詞で「歌柄」を評価されている事実と吻合するであろう。この点も教定詠の一つの側面として見ておきたいと思う。

ところで、古歌には見えない新奇な表現を詠むのに際しては、院政期末から新古今時代および教定若年時の同時代としての鎌倉前期までの諸集あるいは諸歌人の歌に拠っていると推測される場合も多いが、それを具体的に整理してみたい。

歌集の面では、『千載集』(⑫㉟)、『新古今集』(①③㉝㊾)、『新勅撰集』(⑪㊻)の勅撰集を初め、『六百番歌合』(①④㉞)、『正治初度百首』(③⑯㉙)、さらには『洞院摂政家百首』(⑧⑱)や『宝治百首』(③⑫⑱㉓)等の歌に、措辞・趣向の面で依拠したと見られる作が存している。言い換えれば、これらの諸集については教定が参看していた可能性が高いと見てよいであろう。

一方、歌人の面から見ると、特に、西行(③㉕㊹)や定家(④㉒㊶㊾㊿㊽)と家隆(⑩⑪㊻㊽㊼)の詠作との関連が注意される。西行詠と定家詠については、教定への確実な影響を認定できない場合もあり、かつ、教定が学んだと思しき場合も語句の摂取に留まっている。それに対して、家隆詠については、それからの影響が明らかで、また、着想・趣向等一首全体に倣った作がある点が注目されるのである。他には、寂蓮(①②)や隆信(④⑯㉞)、また、後鳥羽(⑬)・順徳(⑲)・土御門(㉖)の三上皇、および、為家(⑧㊳㊹)、隆祐(㉓)等の歌からの影響が窺われるのである。教定にとっての近代である新古今時代前後の歌を学んだであろうことは当然考えられることであるが、中でも、新古今の主要歌人と、言わばその二世達という、重代の歌人達の歌を特に教定が意識していたと捉えることはできないであろうか。もしそうであるとすれば、そのことは即ち、教定自身が新古今撰者雅経の子であるという境遇と無縁ではあるまい。なお、俊頼(⑫㉑)や清輔(㉒㊱)の歌にも教定が意を向けていた可能性を見ておきたい。

右に述べたような教定の詠歌の方法は、つまるところ、『近代秀歌』や『詠歌大概』に説く詠作の心得、本歌取の作法に近似しているように思う。即ち、具体的には後者の言う、「情」は人の詠んでいない新しさを旨とし、「詞」は旧く三代集の先達の用詞および新古今(までの勅撰集)中の古人の歌を用い、「風体」は時代を問わず「堪能先達之秀歌」に倣う、といった諸点は、大略、教定詠に認められる傾向と背離しないものと思う。また、本歌取について、二句および三、四字まで取ることを許容し、四季・恋・雑の主題の転換を良しとする規制も、教定の本歌取詠では一定程度実現されていると言える。さらには、三代集・伊勢物語・三十六人集を見習うべきとした点も、教定詠が依拠したと思われる古歌の範囲よりして、その姿勢が窺われるように思われる。教定は、自らの息女が為家男の為氏と婚姻することで、いわゆる御子左家と縁を結び、事実為家との親交の跡が認められるのである（前節）。加えて、上述したとおり、定家を尊崇していたと思しき点も存するのであって、教定が定家の著作を参看し、その作歌の原理を自覚的に実践し規制に従い得た可能性は十分に想定されるし、たとえ髄脳書からの直接の影響ではなくとも、結果的に定家の理念と方法に近い詠作の傾向を示すことになったとしてもまた不思議はないであろうと思うのである。

ところが一方で、やはり『詠歌大概』が言う、「近代之人」が詠出した趣向や歌詞は一句であっても取らないとする点に関しては、右に見たとおり、教定には明らかにそれに背反する詠作が存している。もちろん、教定にとっての「近代」の範囲が問題となろうが、新古今時代まではともかく、寛喜頃から宝治頃まで即ち教定の二十代から三十代の時期に詠まれた歌を取ることは当然、定家の規制に抵触すると言ってよいであろう。しかし、そういった同時代の諸集や歌人達に類似した歌を詠んでいる傾向は、同期の歌人達にある程度共通するようにも思われる。そしてまた、そこには貪欲に新しい表現を求めようとする重代の歌の家の人としての教定の意識の表れを見ることができるようにも思われるのである。さらに言えば、その作歌態度は、『八雲御抄』六・用意部の「第一にちかき人の歌の詞をぬすみとる事」で、

凡雅経はよき歌人にてありしを、後京極摂政の、人の歌をとるとはいはれけるときゝしを、さしもやと思しに、建暦の詩歌合の時、有家が、するの松やまずことゝへとよみたりしを、評定の時、定家、雅経などしきりに感じ申しを、同七月に五首の会のありしに、あし引のやまず心にかゝりてもと、やがてよみたりしは、いかなる事にか。雅経、さしも有家をうらやましくおもふべき程の歌よみにてもなきにだにかゝり。

（日本歌学大系本）

と評された、父雅経の姿勢――その表裏としての「秀句への執着」(66)――と重なると理解されるのである。

さて、当然のことではあろうが、その雅経の歌に拠ったと考えられる教定の歌（④⑧⑰㉛㉜㊵）も散見されるのである。また、男雅有の歌には、教定詠の影響下にあると見られる歌（①②④⑩⑰㉗㉙㉝㉟㊸）が相当数見出されるのである。そして、この歌の家の父子三人には、雅経詠に教定が負い、その教定詠に雅有が倣ったと思しい歌作（⑰）や、三代間に継承されたと言える、「時知らぬ」山である「富士」をめぐる詠作（⑦）、「木の葉の色」（③）、「花の下陰」（㉑）、「露分け衣」（㊾）などの措辞も存するのである。中ではしかし、事例の多寡の点だけでなく、多くが単に語句や措辞の影響に留まる雅経と教定との関係に比しては、語句だけではなく一首全体の趣向の影響にまで及ぶ教定と雅有との関係の方が、より強いように思われる。この事相については、『新古今集』撰者たる雅経と、『続古今集』撰者たり得なかった教定と、各々の歌人としての同時代に於ける存在の軽重を勘案する時、その子息に与える影響の程度は逆であってしかるべきと思われる。そこに何らかの意味を見出すとすれば、以下のようなことではないか。即ち、教定は、父雅経に十二歳で死別しており、加えて次男であった為に、直接的に父の薫陶を受けることは比較的少なかったのではないか（少年期の父との死別による、その後の父への思慕の深化はあろうが）。そして、それと表裏を為す意味で言えば、本来は庶流であるという意識が、嫡流の教雅・兼教への対抗心と相俟って、男雅有への愛情をより強くさせたのではないか。それに応じて、雅有の教定への敬愛もまた強固なものであったのではないだろうか。前節に見たとおり、教定と雅有は、雅経以上に、貴族にとって閉塞的な時代背景の中で、鎌倉に本拠を置きつつ、京都にもまた帰属するという典型的な二重の処世を送っている。そういった必ずしも安定しているとは言えない境涯を共有した父子の間の結び付きは、一般的以上に強かったであろうと想像するのである。つまりは、雅経と教定、教定と雅有の、各々の生涯と時代背景の違いからくる結び付きの度合が、歌の影響関係にも反映していると考えるのである。

ちなみに、雅有と宗尊親王との関係が指摘されているが、[67] 教定から宗尊親王への直接の影響が存したことを窺わせるような徴証——教定独自とも思われる「結ばぬ中」(45)や「世の憂き外の」(47)といった特異な措辞を宗尊が詠んでいる——もごく僅かではあるが存しているのである。関東に縁の深い重代の歌人雅経や教定から、柳営の将軍となった宗尊親王への直接的影響や、雅有を通じての間接的な影響も考慮してゆく必要があろう。

また、教定の歌が、関東の武家歌人に受容されている例(13)(22)(24)も僅かながら認められた。京都に比して、文化的にはより狭い交遊圏に於いて、関東を本拠とする武家歌人が京都出自の歌の家の人の歌を積極的に享受しようとする傾向の強さは、容易に想像できる。中央貴族文化を関東圏に移入するのに与ったと考えられる関東祗候の廷臣の役割の具体相を、微小なる和歌の表現の影響関係の中に、一応は見ることができたようにも思うのである。

なお、為理(5)、宣子(34)、頓阿(43)といった後代(鎌倉後期〜南北朝期)の歌人達による教定詠の摂取も認められることは注意しておいてよいと思う。

むすび

以上、教定の歌の特質を概括した。総じて教定の歌は、古歌の伝統的な枠組みを保持しつつ、一方で、新古今時代の試みや方法に従い、かつ、同時代の流行にも沿ったものであったと言える。そして、その詠作の位相は、新古今撰者雅経を父に持つ重代の歌人にして、歌壇を主導したいわゆる御子左家や幕府有力者との結縁も得て、関東に祗候しつつ息雅有を育んだ教定の境涯と決して無縁ではないと思われるのである。

【注】

（1）前節初出稿の注（52）に掲出した教定詠の諸集への入集状況を基にすると、総計は六十一首とすべきであった。しかしまた、そのうち、後葉和歌集二五九八＝題林愚抄五五八四＝明題和歌全集六五七〇の一首は、『新千載集』に、「文保二年八月常磐井仙洞に行幸の時人人題をさぐりて歌つかうまつりけるに、鷹狩をよめる／前右衛門督教定／はしたかの尾上にすずのきこゆるは山かたつきて鳥やたつらん」（冬・七一九）と入集しているのであった。この「前右衛門督教定」は、本節で論じる教定ではなく、明治書院『和歌文学大辞典』付録「勅撰作者部類」が記すとおり、藤原氏北家末茂流正四位下右中将教頼男で、左少将や左右の兵衛督等を経て右衛門督に任じ、元徳二年（一三三〇）二月十一日に六十歳で没した従二位教定のことであろう（尊卑分脈、公卿補任）。従って、歌数の総計は結果としては六十首に変わりはないが、初出稿の誤謬を訂正しておきたい。なお、⑮と56参照。

（2）重出する所収歌集については前節に整理したので、勅撰集等の主要歌集や、異同がある場合など、必要な場合のみ記すこととする。ここで、教定の和歌の本文の底本を左に一覧に記しておく。他の伝本に問題とすべき異同がある場合は、その都度当該箇所に記すこととする。続後撰集＝冷泉家時雨亭文庫蔵為家自筆本（時雨亭叢書影印に拠る）。続古今集＝前田育徳会尊経閣文庫蔵本（伝二条為氏筆）。続拾遺集＝同上（伝飛鳥井雅康筆）。新後撰集＝宮内庁書陵部蔵二十一代集本（五一〇・一三。兼右本）、玉葉集＝同上。続千載集＝同上。続後拾遺集＝同上。新千載集＝同上。新拾遺集＝同上。新後拾遺集＝同上。新続古今集＝同上。万代集＝阪本龍門文庫蔵本（龍門文庫善本叢刊別編一）。建長三年影供歌合＝内閣文庫本（二〇一・一九二）。東撰六帖＝島原図書館蔵松平文庫本（一二九・一九）。同抜粋本祐徳稲荷神社寄託中川文庫本（国文学研究資料館データベースの画像データに拠る）、福田秀一「祐徳稲荷神社寄託／中川文庫本「東撰和歌六帖」（解説と翻刻）」（『国文学研究資料館紀要』二、昭五一・三）の翻印参照。新和歌集＝新編国歌大観本。夫木抄＝静嘉堂文庫本。表記は、通行の字体・歴史的仮名遣いに改めて送り仮名を付し、適宜漢字を宛てまた仮名に開き（右傍に原態を示す）、清濁・句読点を施した。歌番号は新編国歌大観に従う。なお、それ以外の和歌の引用は特記しない限り新編国歌大観本に拠る（詞書等は省略する場合もある。作者名は適宜表記を改める）。『万葉集』については同書所載の西本願寺本の訓に従い、旧番号のみを記す。その他の引用は特記しない限り流布刊本に拠る。総じて、引用本文の表記は、読み易さを考慮して改める。

（3）「明石潟飽かでかたぶく有明の月吹きかへせ沖つ潮風」（隣女集・巻一正元年中・秋・七七）、「いかにせん飽かでかたぶく月影に時雨れてむかふ峰の浮雲」（同・同・冬・一一四）。「山田守る苫屋にかこふ栖柴の馴るるを厭ふさ牡鹿の声」（隣女集・巻二自文永二年至同六年・秋・鹿・四七八）、「なかなかに馴るるを厭ふことわりも憂き折節ぞ思ひ知らるる」（雅有集・仙洞御百首・恋・三五八）。

（4）早い例は、『和歌一字抄』の「落ち積もる木の葉の色はあかけれどよを照らさぬぞかひなかりける」（思・夜思落葉・八六九・行宗）である。西行（西行法師家集・二八八）や慈円（拾玉集・二〇二一＝三三九七・初句と結句異同アリ、四七九〇、五七六二）に用例が散見される。

（5）雅経は次の二首。「秋をやく木の葉の色や残るらん嵐にたへぬ宿の埋み火」（明日香井集・詠百首和歌・秋・埋火・五一三、一四二三）、「おのづから木の葉の色はよどめども暮れにしものを秋河の水」（同・雑・安儀河にて・一四九五）。雅有は次の一首。「風の音も木の葉の色も山里のひとかたならず秋ぞ悲しき」（隣女集・巻四自文永九年至建治三年・秋・秋歌中に・二一五四）。

（6）「百済野の萩の古枝に春待つとをりし鶯鳴きにけむかも」（万葉集・巻八・一四三一・赤人。古今六帖・四三八四・第四句「すみし鶯」＝万葉旧訓）。

（7）安元元年（一一七五）十月十日の『右大臣家歌合』に「めづらしや今朝初雪に宮城野の萩の古枝に花咲きにけり」（初雪・三七・基輔）の作がある。これは、雪を萩の花に見たてたものだが、「めづらしや」の表現より、萩の古枝にはめったに花が咲かないという通念が認められる。しかしながら、鎌倉期に入り、「萩の古枝」が以前より多く詠まれるようになると、例えば、「咲きそむる萩の古枝の花の色をもとの契りに秋は来にけり」（洞院摂政家百首・秋・早秋・五一七・基家）や「霧深きかくれの小野を来て見れば萩の古枝に花咲きにけり」（前長門守時朝入京田舎打聞集・萩・一八七）などと、萩の古枝に咲く花が詠まれている。雅有にも、上記基輔詠に依拠したような「降る雪は秋見し色にかはれども萩の古枝の花咲きにけり」（隣女集・巻四自文永九年至建治三年・冬・雪歌中に・二二二五〇）がある一方、「今ははや鹿の音さそへ我が宿の萩の古枝の花の下風」（同・同・秋・萩・二〇一四）の作もある。

（8）例えば、『源氏物語』に、小野で夕霧が落葉宮に拒絶されて帰る折に詠んだ、「荻原や軒端の露にそほちつつ八重立つ霧を分けぞ行くべき」(夕霧・五三〇)がある。雅経にも「麻衣八重立つ霧を分けかへりつまぎにこりぬしづのをだまき」(明日香井集・詠百首和歌・秋・霧・四九一)の作例がある。

(9) 和泉式部に「我ながら折らまほしきは白雲の八重に重なる山吹の花」(和泉式部続集・やまぶきのさきたるをみて・六八)がある。「白雲の八重に重なる」が、「山」を掛け詞として「山吹の花」を導いている。このような措辞の成立する背後に、「白雲の八重に重なる山」が常套的表現であったことを窺い得ようか。

(10) 九十九番、左「秋霧は立ち重ねたる空なれど初雁がねの声ぞへだてぬ」(為継)、右「しばしとて見るほどぞなき秋霧の絶え間を過ぐる雁の玉章」(禅信)、判詞「同じほどの歌、間字思へらんはいささかまさるべきにこそと申して、絶え間を過ぐるを為レ勝」。

(11) 例を挙げておく。雅経は、「時知らぬ富士の高嶺のゆきやらで日数のみふる東路の空」(明日香井集・内裏詩歌合・羇中眺望・一一八五)の他、『明日香井集』三五九、八六八、一〇〇六等。雅有は、「時知らぬ富士の高嶺も春はなほ霞に残る雪のむら消え」(雅有集・堀河院百首題よみ侍りしに・春・残雪・四四二)の他に、『隣女集』一七二三、一九七〇等。

(12) 例えば、『資平集』に「山もとの門田の晩稲うちなびき入り日うつろふ秋の夕風」(秋・六八)がある。

(13) 先行する類例としては、『続詞花集』に、「関路月といふ事をよみ侍りける」(一八七)の詞書で「播磨路や須磨の関屋の板廂月もれとてやまばらなるらん」(秋上・一八八・師俊)の一首がある。月が「洩れ」に、関を「守れ」を掛ける。

(14) ただし、もしそうであるならば、例えば、「さまざまに思ふ心はあるものをおしひたすらに濡るる袖かな」(後拾遺集・恋四・題不知・八一七・和泉式部)に見られる、接頭語「おし」のついた副詞「おしひたすらに」に、「濡る」の縁語として、動詞「おしひたす」が掛かるように、ここでも、副詞の「おしひたすらに」をも響かせて読むべきであろう。

(15) 澤瀉久孝『萬葉集注釋』巻第八当該歌「訓釋」参照。

(16) 例を挙げておく。「秋の夜の長ゐをやせんはかなくて紅葉の陰に日を暮らしつつ」(古今六帖・第六・紅葉・四〇七八・躬恒)、「ものへ行く道に佐保山の紅葉のおもしろかりけるを見侍るを、暮れぬといそがしければ/大中臣能

宣朝臣／見ぬ時は思ひだにやる佐保山の紅葉の陰に今日は暮らさん」（続詞花集・秋下・二六六。能宣集・一七九）

（17）「日を経つつ都しのぶのうらさびて浪よりほかの音づれもなし」（右大臣家歌合治承三年・旅・五三・兼実。新古今集・羇旅・九七一）、「うちはへてくるしきものは人目のみしのぶの浦の海人のたく縄」（千五百番歌合・恋一・二三八四・讃岐。新古今集・恋二・一〇九六）。この両首が『新古今集』に入集したことにより、「しのぶの浦」が一般化していったか。

（18）「下然えの我がたぐひこそなかりけれしのぶの浦も煙立つなり」（隣女集・巻二・恋・忍恋・六一五）、「我が恋はしのぶの浦の沖つ浪音にな立てそ人の聞かくに」（同・巻四自文永九年至建治三年・恋・忍恋・二二八八）。なお、「人知れぬしのぶの山の下露もあらはれぬべき月の影かな」（同・同・恋・寄月恋・二三二八）の上二句も、常套表現のようではあるが、初句が「人知れぬ」と連体修飾句になっている点はやや特異で、やはり教定詠に倣ったものではないか。

（19）前節に記した以外に、雅有には、「故郷の老い木の桜見に来ずは昔の人にいかで逢はまし」（隣女集・巻一自文永二年至同六年・春・花下遇友・三四四）と、「故郷」の「桜」を詠んだ歌がある。また、雅経の植えた懸の柳を詠んだ歌として、「参議雅経はやう住み侍りける家に、鞠の懸の柳二もと残りて侍りけるを見てよみ侍りける／侍従雅有／故郷の朽木の柳いにしへの名残は我もあるかひぞなき」（続拾遺集・雑上・一一四四。隣女集・巻二自文永二年至同六年・雑・二条旧跡の柳をみ侍りて・八八九）がある。さらに、「故郷の朽木の柳おのづから三代の春まで色ぞ残れる」（隣女集・巻三自文永七年至同八年・春・柳・九七一）も同じ柳を詠んでいよう。なお、懸の木ではないが、「故郷の老い木の梅は咲きにけり昔の春の色を残して」（隣女集・巻一正元年中・春・一四）という類歌もある。

（20）すぐ上の同母兄顕盛が寛元三年（一二四五）生であること（尊卑分脈）、また、兄で一族の嫡嗣たる泰盛が引付衆に加わるのはその二十三歳時であること（同、関東評定衆伝等）を勘案すると、長景は、寛元四年（一二四六）以後康元六年（一二五六）以前の間、即ち、およそ宝治建長頃の生と推定される。長景については、『新編国歌大観』第七巻「長景集」解題（濱口博章執筆）等参照。

（21）季吟『続後撰和歌集口実』は「とめまほしき心にかなはぬ道の別れは、命より惜しきとの心なるべし」とし、木船重昭『続後撰和歌集全注釈』（大学堂書店、平元・一）も、「わが思いのままにならず、どうしても行かねばならない道が悲しいのは、死別する以上に惜しまれる生別なのだった。」と、また、佐藤恒雄『続後撰和歌集』（明治書院、平二九・一）も、「死別に増さる生別の悲しみなのでした。」と、「まさる」を、惜しさがより一層増さっているとする点同様の解釈を示している。なお、別の解釈として、本歌を強く意識すれば、（自分の残りの）「命」（の長さ）よりも「別れ」（の期間）が一層長い、といった意も読み取れるのではないか。

(22)「新和歌集の成立」（『藤原為家研究』笠間書院、平二〇・九）。初出は「新和歌集の成立（続）」（『香川大学国文研究』二二、平九・九）、「新和歌集の成立」（『王朝和歌と史的展開』笠間書院、平九・一二）。

(23) 前節にも記した教定の和歌活動の一端である。改めて記すと、『新和歌集』に次のとおり見えるのである。

二条右兵衛督中将と聞こえし時、鶴岳社にて五十首歌講じ侍りけるに、山路月

藤原泰綱

越えかかる山路の末は知らねども長きを頼む秋の夜の月

同会に、海辺月

湊越す入江の波の引く潮に行く方遠き月の影かな（秋・二〇五、二〇六）

藤原泰綱は、宇都宮頼綱（蓮生）の嫡嗣、母は北条時政女。建仁三年（一二〇三）生、弘長元年（一二六一）十一月一日没、五十九歳（異説あり）。正五位下下野守、評定衆（以上、尊卑分脈、関東評定衆伝、吾妻鏡等）。「二条右兵衛督」即ち教定の「中将」在任期〜右兵衛督転任期は、前節に記したとおり、嘉禎四年（一二三八）六月二十三日〜寛元元年（一二四三）九月五日の間以降、建長三年（一二五一）二月二十四日〜同四年（一二五二）五月十九日の間以前である。従って、右は、ほぼ摂家将軍期の鎌倉に於ける、教定の和歌活動の徴証であり、同時に、宇都宮宗家との親交の痕跡であると言えよう。

(24) 本論第二編第三章第二節「『東撰和歌六帖』の成立時期」参照。

(25)『万葉集』に「きみがよもわがよもしるやいはしろのをかのくさねをいざむすびてな」（巻一・雑歌・一〇・中皇命）がある。この第四句の原本文は「岡之草根乎」である。『校本万葉集』によると、元暦校本には、右傍に朱で「カヤ子」とあり、金沢文庫本や細井本は、「ヲカノカヤ子ヲ」と訓じ（左傍に「クサィ」とある）、西本願寺本にも、左傍に「カヤィ」とある。「かやね」も有力な訓みであったのであろう。この歌を本歌として、式子内親王に「行

末はいま幾夜とかいはしろの岡の萱根に枕結ばん」（正治初度百首・羇旅・二八七。新古今集・羇旅・九四七）がある。雅経詠は、元久二年（一二〇五）十二月の「春日社百首」の一首であり、『万葉集』歌から直接「岡の萱根」の材を得た可能性もあろうが、恐らくは式子詠に学んだのではないか。

(26) 安井久善『宝治二年院百首とその研究』（笠間書院、昭四六・一一）の「宝治二年院百首作者伝」の「信覚」の項（四三七〜四四〇頁）参照。

(27) 父雅経にも、この歌を本歌として、「伊勢の海にゆらるる舟ぞあはれなる釣りする海人のうけがたき世に」（明日香井集・百日歌合毎日一首後不見建保二年七月廿五日始之・釣船・七一二）の作がある。

(28) 『古今集』の「白浪の跡なき方に行く舟も風ぞたよりのしるべなりける」（恋一・題不知・四七二・勝臣）を本歌として、「おのづからみるめの浦に立つ煙風をしるべの道もはかなし」（拾遺愚草・建暦二年十二月院よりめされし廿首・恋・一九七四）と「跡もなき浪行く舟にあらねども風をしるべに物思ふ頃」（同・恋歌とて・二六〇二）の二首を詠んでいる。

(29) 例えば、『新和歌集』に「明けばまづ風をしるべに尋ねみん寝覚めにかをる梅の初花」（春・藤原時朝稲田姫社にて十首歌講じ侍りしに、夜梅薫風・二〇・藤原時家）と「とめゆかん誰が住む宿と分かずとも風をしるべの梅の初花」（同・梅花薫風といふことを・二一・坂上家光）がある。

(30) 春下の一一一〜一一三番。一一二番の俊成女詠「風かよふ寝覚めの袖の花の香にかをる枕の春の夜の夢」の、「花の香」について、「梅が香」とする作者の意図（『千五百番歌合』の詠作時）と、「桜の薫り」とする撰者達の解釈の相違の問題は、久保田淳『新古今和歌集全評釈　第一巻』（講談社、昭五一・一〇）の当該歌の「鑑賞」に詳しい。

(31) 『新古今集』に採られた、最勝寺の鞠の懸の桜を詠んだ「なれなれて見しは名残の春ぞともなどしら河の花の下陰」（雑上・詞書省略・一四五六。明日香井集・一三二四）があり、その他に『明日香井集』に二首（一一八〇、一三一四）見える。

(32) 注（31）所掲の雅経詠と同様に懸の桜を詠んだ「行末は今日をや恋ひん諸人の袖振りはふる花の下陰」（隣女集・巻三自文永七年至同八年・春・懸の花盛りに侍る頃、百日の鞠始め侍るに、人人多くまうで来て侍りしかば・一〇三四）の他、『隣女集』に二首（一〇二二、一八三八）見える。

(33)「夏山の峰の梢の高ければ鳴く郭公声かはるかな」(寛平御時中宮歌合・夏・一一・作者不記)等。

(34)この一首は、安井久善の同百首の集成(前節注(59)所掲論攷)には含まれていない。しかし、同首は、『続古今集』の配列に於いては、直前の七三番歌「百首歌中に/中務卿親王/一方になびきにけりな谷風の吹きあげに立てる青柳の糸」の詞書を受けている。この宗尊親王の一首は、家集『柳葉和歌集』に、「弘長元年九月、人人によませ侍りし百首歌」とする、当該百首中の春の一首(七八番)として見える。従って、教定の一首も、同百首中の一首として認定してよいのではないか。

(35)『和漢朗詠集』の「花悔帰根無益悔　鳥期入谷定延期(はなはねにかへらむことをくゆれどもくゆるにえきなしとりはたににいらむことをきすれどもさだめてきをのぶらむ)」(春・閏三月・六一・滋藤)を基に、崇徳院に「花は根に鳥は古巣に帰るなり春のとまりを知る人ぞなき」(千載集・春下・一二二。久安百首・春・一九)の作がある。恐らくは、これを踏まえて、新古今時代前後に、「根に帰る花」の類例が定着したものと考えられる。

(36)位署の「前右兵衛督」は疑問だが、詞書よりして、当該の教定の作と認めてよいと考える。

(37)雅経には、この他に、「紅のやしほの丘の色ぞこきふりいでて染むる秋の時雨に」(明日香井集・詠百首和歌・秋・紅葉・四九八、一三八一にも)がある。この両首は、「いかにして恋を隠さん紅のやしほの衣まくりでにして」(古今六帖・第五・くれなゐ・三四八八・作者不記)を初めとして、長方の「紅のやしほの岡の岩つつじこや山姫のまふりでの袖」(長方集・春・つつじ・四九)や「妹が袖まきての山を紅に千しほふりいで雨や染むらん」(同・秋・紅葉・九六)および公重の「まふりでの色に時雨れや染めつらん紅深き衣手の森」(風情集・紅葉十首付落葉、御室にて・二六八)等々の平安末期の類歌に学ぶところがあったか。

(38)例歌を挙げておく。「いかにしてちしほの色を契りけむ夕日むかふる峰の紅葉葉」(壬二集・暮紅葉・二五四三)、「あかねさす峰の入り日の影をえてちしほ染めたる岩つつじかな」(秋篠月清集・五行をよみ侍りける・赤・一四九七)、「紅の千しほのまふり山の端に日の入る時の空にぞありける」(金槐集定家所伝本・山のはに日の入るをみてよめる・六三三)、「紅にちしほや染めし山姫の紅葉がさねの衣手の森」(俊成卿女集・詠百首和歌・紅葉・一一七)。なお、久保田淳は、右の良経詠から実朝詠への影響関係を想定している(和歌文学会例会(平二・一・二〇、於早稲田大学)に於ける「西行・良経・実朝」と題する発表)。本論第一編序章「実朝を読み直す」参照。

(39)角田文衛「新発見定家の小倉山荘」(『国文学』昭五七・九)。

(40)江戸期の武者小路実陰の家集『芳雲集』に「住の江や知らぬ神代の影も猶心に浮かぶ浪の上の月」(江上月・二二〇〇)がある。

(41)後鳥羽院にも、「秋は今くれなゐくくる竜田川神代も知らず過ぐる月かは」(後鳥羽院御集・建保四年二月御百首・秋・五五五)がある。

(42)「よそに見し真弓の岡も君ませばとこつみかどととのゐするかも」、「とぐら立て飼ひし雁の子巣立ちいなば真弓の岡に飛び帰り来ね」(巻二・一七四、一八二。他に一六七番の長歌あり)。一七四番歌は『袖中抄』第十五の「とつみやどころ」に所引(七〇九)。また、『八雲御抄』巻五・名所部の「岳」には、「まゆみの(万。とぐらたてかひしかりのこ)」と、一八四番歌を根拠として、大和国の歌枕として見える。『諸陵式』に「真弓丘陵岡宮御宇天皇。在大和国高市郡。/兆域東西二町。南北二町。陵戸六烟」とある地(『萬葉集注釋』一六七番歌「訓釋」による)。

(43)ただし、『堀河百首』に「引き連れてまとゐせんとや思ふどち春は真弓の山に入るらん」(雑・山・一三七五・紀伊)がある。

(44)他に、順徳院にも「時雨れ行く真弓の岡の薄紅葉たまらぬ色に秋風ぞ吹く」(夫木抄・秋六・紅葉・百首御歌・六一〇三)がある。隆祐の「染めてけり」と影響関係にあるか。

(45)『為家集』中の当該歌の番号を詠作時期別に列挙してみる。括弧内の番号は、前歌の詞書等がかかる場合。宝治二年(一二四八)―四六七、建長五年(一二五三)正月―一二一四、同年七月―六〇一・(六〇二・六〇五)、同年八月―五六〇・(一四一八)、同年九月―一二〇六、正嘉元年(一二五七)―一七六八、同二年(一二五八)十月―一五二二、同年―一三三九、弘長元年(一二六一)―一二〇八・(四〇二)、文永元年(一二六四)四月十六日―四五六・(四五九)、同二年(一二六五)―八七五、同五年(一二六八)三月十三日―一二一〇、同六年(一二六九)正月二十八日―(一五一八)。佐藤恒雄「大納言為家家集の編纂と成立」(『藤原為家全歌集』風間書房、平一四・三。初出は「大納言為家集の編纂」(『和歌文学研究』六二、平三・四))参照。

(46)能蓮藤原能盛の男。建久二年(一一九一)頃生〜建長三年(一二五一)までは生存。洛外に庵居し、晩年は東国にも住んだ。黒川昌享「能蓮と寂身について」(『連歌と中世文芸』角川書店、昭五二・二)、および『和歌大辞典』

の黒川執筆「寂身」の項参照。

(47) 同集の構成は、Ⅰ建保六年・承久元年・同四年・貞応二年・寛喜二年・同年の各百首の抄出と「雑雑会等」の歌を併せた、「自建保比至寛喜間」の歌(一〜三〇七)、Ⅱ「雑雑歌 寛喜三年貞永元々(年)等」の歌(三〇八〜三五六)、Ⅲ寛元三年と宝治二年九月の「詠百首和歌」と宝治二年七月の「詠四十八首和歌」の歌(三五七〜六〇三)となっている。さらに、Ⅳ「所所会歌等」以下三十一首の歌(六〇四〜六三四)が末尾に付されている。その中に「花薄」の歌があるのである。

(48) この歌自体は、『万葉集』の「三輪山をしかも隠すか雲だにも心あらなも隠さふべしや」(巻一・雑歌・一八・額田王)に拠る。

(49)『正治初度百首』にも「逢坂の杉間洩り来る月ゆゑにをぶちに見ゆる甲斐の黒駒」(秋・一四九・惟明親王)があり、この『金葉集』歌のある程度の流布を窺わせる。

(50)『後撰集』では、詞書に「夏の夜、しばし物語りして帰りにける人のもとに、又のあした遣はしける」とあり、この「人」(男)を「郭公」に喩えていて、下句の主語は「郭公」であると解釈されている。片桐洋一新日本古典文学大系『後撰和歌集』(平二・四)の脚注参照。

(51) 雅経は、「石上布留野の道も夏草の露分け衣袖深きまで」(千五百番歌合・夏二・八九七。明日香井集・二二三・第三句「なつぐさに」)の他二首(明日香井集・一二六七、一五三九)。雅有は、「野辺にては露分け衣干さで来て又霧深き秋のみ山路」(隣女集・巻四自文永九年至建治三年・秋・山路霧・二〇六八)。

(52)「歌の心は、衆罪如霜露、恵日能消除すといへる文によれり。朝日影の照らせるによりて、衆罪も露霜と消え尽きて、長夜の冥々たる夢の中の夢も皆覚め果てて、衆生の心に飽き足れるがごとし。ひとり仏の、此の後に涅槃の別れあらん事をのたまひつるによりて、悲しみに堪へず、しののめの露の袖を絞れりとはいへり。」(類題法文和歌集注解・巻第九(古典文庫本に拠り表記は改める)。久保田淳『訳注 藤原定家全歌集 上巻』(河出書房新社、昭六〇・三)の当該歌補注参照)。

(53) ただし、「待つも惜しむも」の原拠は、西行の「年を経て待つも惜しむも山桜花に心を尽くすなりけり」(続拾遺集・春下・九一。西行法師家集・〔追而加書〕・題不知・六一四)か。

(54) 田渕句美子『中世初期歌人の研究』（笠間書院、平一三・二）「第十章　藤原長綱」参照。

(55) 「伊勢の海に塩焼く海人の藤衣なるとはすれど逢はぬ君かな」（後撰集・恋三・同じ所に宮仕へし侍りて、常に見ならしける女に遣しける・七四四・躬恒）を本歌とする。

(56) 例えば、「惜しからぬ命ぞさらに惜しまるる君が都に帰り来るまで」（千載集・雑中・一一三一・成通）。

(57) 歌番号のみ記しておくと、『隣女集』一二二六、一五五六、一五八二、二〇八〇、二一〇二、二四四五。

(58) 書陵部（鷹・六四〇）、書陵部二十一代集（四〇三・一二）、同（五〇五・二八）、同（C一・九七）、正保四年刊二十一代集、刊年不明中本二十一代集等。なお、書陵部二十一代集（四〇〇・七）は、当該箇所落丁か。国文学研究資料館のデータベース画像に拠る。

(59) 書陵部蔵四〇〇・一〇本、樋口芳麿・久保田淳・福田秀一・井上宗雄『十三代集異同表―歌の出入作者名及び詞書中の主要語句について―』（私製油印版、昭三四・一〇）による。同書ではこの作者について、雅経男教定と教頼男教定とをあげ、いずれかは不明としつつも、後者である可能性を示唆している。他に、濱口博章氏蔵本、宇和島伊達文庫本も「右衛門督教定」。国文学研究資料館のデータベース画像に拠る。

(60) 『古今六帖』では、この一首の次に、「なれゆけばうけめよるよる須磨の海人の潮垂れ衣まどほなるらん」（三三二八）が配されている。教定が、直接同六帖に拠ったとすれば、同歌により、「塩焼き衣」を「潮垂れ衣」に置き換えたとも見られる。しかしながら、両語が相互に混乱して伝わった可能性もあるのではないか。

(61) 「蛙鳴く井手の若薦刈り干すとつかねもあへず乱れてぞ経る」（好忠集・四月をはり・一一八）。

(62) 山田清市・小鹿野茂次『作者分類夫木和歌抄』（風間書房、昭四二・五初版、昭五六・九改訂版）によると、その底本の静嘉堂文庫本の他、書陵部本・北岡文庫本の三本共に「神かきに」。

(63) 「をとめらがはなりの髪をゆふの山雲なたなびき家のあたり見む」（万葉集・巻七・雑歌・一二四四・古集）と「思ひ出づる時はすべなみ豊国の木綿山雪のけぬべく思ほゆ」（同・巻十・冬相聞・二三四一・作者未詳）。この両首を根拠に、『八雲御抄』巻五・名所部の「山」に、豊前国として見える。「ゆふの「山」」の形では、平安・鎌倉期の作例として、俊頼の「朝寝髪ゆふのみ山の郭公はやうちとけね思ひ乱れて」（散木奇歌集・夏・又、人にかはりて・二五四）と、教長の「崇徳天皇初度百首」詠「むばたまの我が黒髪をゆふの山いつしか雪の積まんとすらん」（教長集・讃岐院位の御時の百首の山の歌・八八二）を見出すのみである。㉑の場合も併せて考えると、俊頼から教長への影響を想定し得る。同時に、教定が、俊頼詠に関心を寄せていた可能性と、「崇徳天皇初度百首」を参看した可能性を見ることができるのではないか。なお、「ゆふ山」の形では、『宝治百首』に、知家の「誰しかも雲井はるかに豊国のゆふ山出づる月を見るらん」（秋・山月・一五七九。続古今集・秋上・承久二年内裏にて、待月といふことをつかうまつりける・三八四）と頼氏の「春の日のゆふ山桜咲きにけり朝ゐる雲にながめせしまに」（春・初花・四九五）がある。結局は、教定が独自に発掘した『万葉』の所名・歌枕とは言えないであろう。

(64) ㊴は『古今集』歌と『金葉集』歌の両首を取るが、春歌の『古今集』歌を基に、秋歌の『金葉集』歌の趣向を取り込んで、秋歌に仕立てたものであるので、主題を転換していないと見た。

(65) ㊿は恋歌で『古今集』歌と『古今六帖』歌両首を取るが、共に恋の歌である。

(66) 『日本古典文学大辞典』第五巻（昭五九・一〇）「藤原雅経」の項（田村柳壹執筆）。田村「藤原雅経の和歌活動とその詠歌をめぐって―特に、建仁元年新古今集撰集下命までを中心に―」（『中世文学』二二、昭五二・一〇）参照。

(67) 中村光子「宗尊親王『三百首和歌』と『隣女集』」（大東文化大学『日本文学研究』二九、平二・二）。

第五節　藤原能清伝

はじめに

宗尊親王将軍幕下の関東歌壇に主として活躍した関東祗候の廷臣歌人の内、前節までの藤原顕氏(1)と同教定(2)に引き続いて、本節と次節では、藤原能清について、その伝と和歌を論じることとする。従来、この能清自身を取り上げた論攷は見当たらないが、鎌倉時代中期の関東に祗候して活動を展開した歌人という観点から見ると、能清の生涯とその和歌の在り方は、顕氏や教定とは少しく異なる点も存していて、非常に興味深い。

一　能清の家統

能清の家系は、藤原氏北家頼宗（中御門）流である。諸資料を勘案しつつ、『尊卑分脈』を中心に『系図纂要』等の諸系図類を参看して、次頁に略系図を示してみる。

曩祖頼宗以来、近衛少・中将を務めて中・大納言に至る、後に言う羽林家の家格で、かつ、数代が検非違使別当を務めている等、全般的に見て武官の家柄と言える。特に、能清より六代の祖で羽林家（旧）持明院流の鼻祖基頼(3)（母常陸介源為弘女）は、鎮守府将軍に任じ、「出羽常陸并北国凶賊」を追討し、「弓馬を嗜み鷹犬を好む」また「武略に達す」あるいは「辞して昇殿せず」（尊卑分脈等）と伝えられる。尚武・剛勇の人物であったかと想像

〔能清略家系図〕

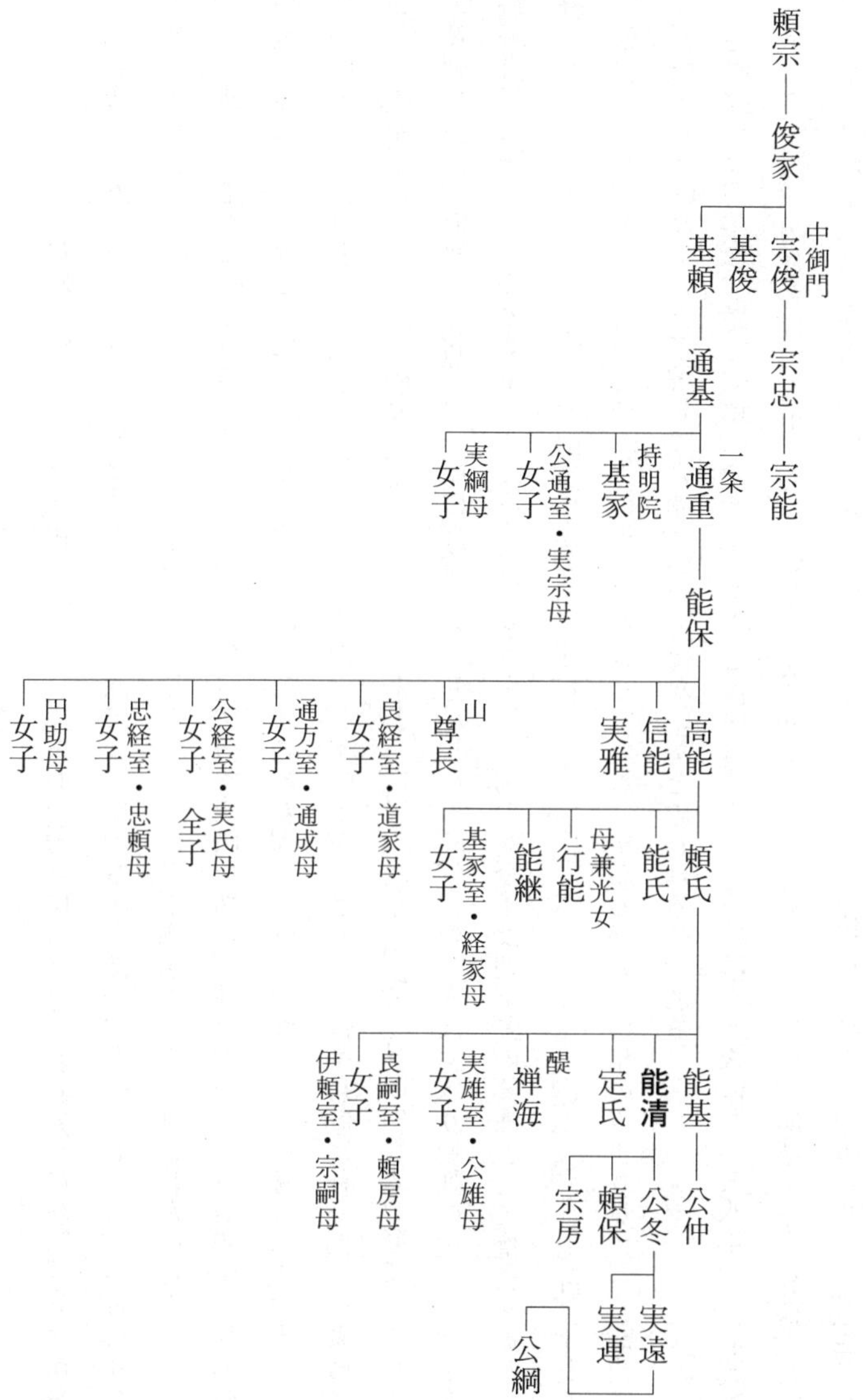
頼宗
俊家
中御門
宗俊
宗忠
宗能
基俊
基頼
通基
一条
通重
持明院
基家
公通室・実宗母
女子
実綱母
女子
能保
高能
信能
実雅
山
尊長
良経室・道家母
女子
通方室・通成母
女子
公経室・実氏母
女子
全子
忠経室・忠頼母
女子
円助母
女子
頼氏
能氏
母兼光女
行能
能継
基家室・経家母
女子
能基
公仲
能清
公冬
実遠
実連
公綱
頼保
宗房
定氏
醍
禅海
実雄室・公雄母
女子
良嗣室・頼房母
女子
伊頼室・宗嗣母
女子

される。このような血筋が、(4)この家系の鎌倉期に於ける武家方との親交の誘因の一つであったと見ることもできる。

しかし一方で、基頼の異母兄には、和漢に通じた院政期歌壇の指導者である基俊(母高階順業女)がおり、必ずしも能清の父方の血流の各人物の事跡中にその方面での才能の継承を認め得ないにしても、一族の祖先中に一流の歌人が存在した事実が、歌人能清の意識上に自覚されていたと憶測することも許されないことではなかろう。

この他、系譜上特に注目されるのは、能清の曾祖父一条能保である。鎌倉初頭における能保の政治史上の存在の重大性についてはここに縷述するまでもない。源義朝の女即ち頼朝の姉妹を娶り、頼朝の推挙も得てその妻を後鳥羽天皇の乳母として天皇に近仕し、かつ後白河法皇にも重用され、公武朝幕間に仲立ちつつ幕政の確立に重要な役割を果たした。この能保は建久八年(一一九七)に没し、翌年の嫡子高能の死去を経て、さらにその翌年の頼朝の没後、能保系の親幕の一派は沈淪する。しかしこの間、女の一人はやはり頼朝の推挙で関白九条兼実の嫡嗣良経に嫁して、後の関東申次たる関白道家を生み、別の女全子は朝幕間の要衝として権勢を振るう西園寺公経に嫁して、道家の後を襲って関東申次となる実氏を生んでいる。(5)ちなみに公経女綸子(掄子、また淑子とも)は道家室となり、関白九条教実や四代将軍頼経を生んでいる。かかる繋累の様相のみより見ても、能清の東下と幕府祗候を必然的なものと了解して大過ないのではないかと思われるのである。

能清の父は、非参議従二位頼氏である(頼氏の母は関白基房女)。頼氏は、一説に、建久八年(一一九八)生、宝治二年(一二四八)四月五日に五十一歳で没している(6)(公卿補任、百練抄、一代要記)。順徳天皇の建保三年(一二一五)正月十七日に十八歳で叙爵し、同五年(一二一七)十二月十二日に侍従となる。貞応二年(一二二三)正月二十七日右兵衛権佐に任じ、元仁元年(一二二四)正月二十三日に従五位上に昇る。同年十二月十七日に右近衛少将に任じ、同二年(一二二五)正月二十三日に越後介を兼ねる。嘉禄二年(一二二六)十二月十六日に正五位下に昇叙。

そして安貞二年（一二二八）正月五日に従四位下に叙され、二月一日に右少将に復されて四位少将となる。しかし、六月二十四日に、同月十九日の後堀河天皇の行幸と還御に供奉しなかったことにより怠状を進じるが、八月二日に返下されている。寛喜二年（一二三〇）正月二十四日には周防権介を兼ね、貞永二年（一二三三）正月六日に従四位上に昇る。嘉禎元年（一二三五）八月三十日に右兵衛督となり、同年十一月十九日に三品暲子内親王[(7)]の給により正四位下に叙され、さらに翌二年（一二三六）十二月十八日には右兵衛督のまま三十九歳で従三位の公卿となるのである。同四年（一二三八）閏二月二十七日には皇后宮権大夫に任じて、正三位に叙されている。暦仁二年（延応元年、二月七日改元。一二三九）正月に皇后宮権大夫を罷め、同年中に左兵衛督に任じるか。そして、宝治元年（一二四七）十二月八日に左兵衛督を罷めて従二位に叙され、これが極位となる（以上公卿補任、一代要記）。

能清の母は、執権泰時の連署を務めた北条時房の女である。北条時政の子にして義時の弟である時房は、建保六年（一二一八）二月の政子による皇族（後鳥羽院皇子）将軍画策の為の上洛に従い、二ヶ月程滞留している。また、翌承久元年（一二一九）正月の実朝暗殺後の二月から三月にかけての院方の親王将軍下向奏請拒否と地頭改補要求に対して、時房は答使として兵一千騎を率いて上洛している。こういった公武間に緊張が走った折にも、むしろそういう折だからこそ、時房女と能保の孫である頼氏との婚姻がまとめられる機縁が十分にあったのではないだろうか。頼氏の嫡男能基の生年は承久二年（一二二〇）であるので、頼氏と時房女との結婚は、遅くとも承久元年（一二一九）から同二年にかけての間までには為されていたことになるのである。

さて、承久三年（一二二一）五月十五日の後鳥羽院による京都守護職伊賀光季誅殺と北条氏追討の院宣に始まる承久の乱に際して、一条大夫頼氏は、翌十六日に出京し二十一日には鎌倉に下着して、政子の尋問に京都の形勢を委曲を尽くして答えている。『吾妻鏡』は、「宰相中将信能以下一族多く以て院中に候ずと雖も、独り旧好を忘れず馳せ参ずと云々。二品感悦しながら、京都の形勢を尋ぬ[(8)]」と記す。信能は頼氏の叔父で、朝廷に与した「張本」の一人ということで、七月五日（月日異説アリ）に美濃国遠山庄で斬首されている（卿相以上は洛中で斬罪という幕命に反して泰時の許可で実行。以上吾妻鏡等）[9]。この他、やはり頼氏の叔父で一条家内の院与党の中心たる法勝寺執行の法印尊長も、乱後に晦迹隠居していたのを探し出され自害し、また、頼氏の弟能氏も梟首されている（尊卑分脈）[10]。他方、頼氏の報告の翌日五月二十二日には、泰時以下十八騎を先発として、さらに続いて時房・義氏らが西上し、六月十四日の勢多の合戦を経て十五日に入洛し（院宣撤回）、十六日には時房・泰時等が六波羅に駐留するに至るのである。

頼氏と関東方との「旧好」（『吾妻鏡』の記述の偏向もあろうが）は、直接には時房女との婚姻関係によるものであろうが、のみならず、そこに至るべき父祖以来の交流をも含めたものと見るべきであろう。それは、頼氏個人に限ってみれば、具体的には、建保六年（一二一八）六月二十七日の将軍実朝の任大将拝賀の鶴岡参詣や、同七年（一二一九）正月二十七日の同じく実朝の任右大臣拝賀の鶴岡参詣の行列に殿上人の一人として供奉していること（吾妻鏡）等に窺われる、関東祗候の廷臣としての幕府への勤仕を通じて培われた交誼であろう。

能清の父頼氏の、能保以来の関東方との親和を継承するべく為された右のような処世が、その子孫の命運を決したと言える。そしてそれは、頼氏男の能基・能清兄弟等をして、関東祗候を必然たらしめることになったと見てよいであろう。つまりは、曾祖父能保以来の一族の特徴としての親幕を基本にした生き様は、父頼氏によって守られ、それが結果的には能清の将来を保障したと言えるのではないだろうか[11]。

ここで、歌人頼氏について簡略に記しておきたい。

まず、二十代から三十代にかけて、元仁二年（一二二五）三月二十九日披講の「基家家三十首」、嘉禄二年（一二二六）七月七日の基家家当座歌会、安貞元年（一二二七）三月二十日の公経家影供歌会、寛喜元年（一二二九）の「為家卿家百首」、同二年（一二三〇）一月二十七日の公経家和歌連歌会等（以上明月記）、基家や公経といった権門の会に参加している。これは姻戚関係[12]に基づいた参加の側面もあろう。さらに、寛喜四年（貞永元年、四月二日改元。一二三二）三月十四日奉納の『日吉社撰歌合』（「為家卿家百首」からの撰歌結番）、同年三月二十五日の『石清水若宮歌合』、同年四月成立の『洞院摂政家百首』、同年七月の『光明峰寺摂政家歌合』、同年八月十五日の『名所月歌合』等の作者となっている。承久の乱後十年余を経た『新勅撰集』撰進下命の年の歌壇に、当時三十五歳の頼氏はかなりの活躍をみせているのである。その後も、『宝治百首』の作者となっており、鎌倉前期の特に『新勅撰集』成立前後に活躍し、さらに『続後撰集』成立にかけての時期、即ち自身の最晩年に至るまで活動を持続したと見られる。勅撰集には、新勅撰集4首、続後撰集2首、続拾遺集2首の入集を見ている。このような父の歌人としての活躍を通じて作られる環境が、能清の歌に対する好尚を養ったものと捉えてよいであろう。

二　能清の官途

能清の没年は、一説に永仁三年（一二九五）九月一日、享年七十であり（公卿補任、一代要記、系図纂要）、生年は嘉禄二年（一二二六）となる[13]。

次に能清の官途を辿っておく。

叙爵は、四条天皇の天福二年（一二三四）十月二十九日、九歳の時である（父頼氏は十八歳時、同母兄能基は六歳時）。嘉禎三年（一二三七）三月二十七日に侍従に任じ、延応二年（仁治元年、七月十六日改元。一二四〇）正月六日に従五位上に叙される。同二年（一二四一）四月二十三日には左近衛少将となり、十二月三十日には正五位下に昇る。時に十六歳で、父の任少将が二十七歳、兄が十九歳であることに比してより早い任官である。同四年（寛元元年、二月二十六日改元。一二四三）正月七日には「府労」により従四位下に昇叙、九月九日には父や兄と同様に左少将に還任して四位の少将となっている。時に十八歳である（父三十一歳時、兄二十一歳時。以上公卿補任）。しかし、寛元四年（一二四六）正月二十九日の後嵯峨天皇の譲位に伴って、殿上人七十余人の内から擯出された四十余人の一人に能清の名が見えている（葉黄記）。その後、後深草天皇の寛元五年（宝治元年、二月二十八日改元。一二四七）正月五日に従四位上に叙され（14）（正親町院寛元三年未給による）、建長六年（一二五四）九月六日に正四位下と昇位し、正嘉二年（一二五八）七月九日に左近衛中将（元前左少将）に任じて、亀山天皇の正元二年（文応元年、四月十三日改元。一二六〇）三月二十九日に出羽権介を兼ねる。そして、文永六年（一二六九）五月一日に四十四歳で従三位に叙されて公卿の列に加わる（15）。後宇多天皇の建治三年（一二七七）九月十三日には侍従に任じて、弘安二年（一二七九）三月二日に正三位に昇り、同四年（一二八一）三月二十六日に土佐権守を兼ねる。同八年（一二八五）八月十一日に従二位（土佐権守は罷免か）、さらに伏見天皇の正応四年（一二九一）十二月二十一日に六十六歳で正二位に昇叙され、これが極位となる。そして、永仁元年（一二九三）十二月十三日、六十八歳にして参議に任じられるに至る（以上公卿補任）。この任参議について、藤原兼仲の『勘仲記』は、「一両代見任頗以中絶也」と記す。父頼氏兄能基の両代が、現任（見任）の公卿たり得なかったことを言ったものであろうか。さらに同記は「関東将軍御吹挙云々」とも記し、即ち、この任官が将軍久明親王（実際は鎌倉幕府か。当時執権貞時・連署宣時）の推輓によるものであったことを伝えている。朝幕間の仲介を家の伝統として、親幕の姿勢を保ち関東に祗候し将軍家に勤仕したことに対する、高齢をも考慮した恩典であろう。翌二年（一二九四）三月二十七日には参議を辞退し、本座として伊予権守に任じられている（以上公卿補任、一代要記）。

能清は、比較的長寿を保ち得たこともあり、参議正二位に至るが、位階はともかく参議任官は名目的処置であったろう。中御門を宗家とする庶流の持明院流がさらに一条家と持明院家に分かれた、その一条家の庶子である能清の官途の限界と言える。しかしまた、父頼氏（従二位）とその嫡男である同母兄能基（従二位）が、共に非参議のまま没していることに比すれば栄達ということになろう。そして、ともかくも家格どおり四位少将から中将を経験していることは、関東に祇候するに際しても、格式上の実効はもとより武家方に対して精神的優位を保持する拠り所となったのではないかと想像するのである。

ところで、能清の一族の一つの処世のあり方として（それはまた貴族一般にも通じるが）、女子を権門勢家と婚姻させていることを挙げることができる。祖能保の女は上記のとおり、後京極摂政藤原良経・土御門大納言源通方・太政大臣西園寺公経・右大臣藤原忠経の室家となっている。また、父の姉妹即ち能清の伯叔母は後九条内大臣基家の室となっている。それらに倣うかのように、能清の姉妹も、山階左大臣藤原実雄や、大納言藤原伊頼等の室となっている。それはつまり、幕府に親近しあるいは直接に関東に祇候しつつも、一方で女子を大貴族と婚姻させることにより京都朝廷方とも結び付きを強くすることで家勢を維持する方途であったと思われる。

能清にも京都に女子があったことが、次によって窺われるのである。

　東に侍りける頃、都なるむすめの身まかりにけりと聞きて、

　　藤原能清朝臣

　心のうちに思ひ続け侍りける

これやもし夢なるらんと思ふこそせめてはかなき頼みなりけれ（続古今集・哀傷・一四六七）

なお、能清の交流圏を伝える資料は乏しいが、次のような歌が存している。

　雪のあしたに源義行がもとへ申しつかはしける　前参議能清

踏み分くる跡こそなけれ心だに通はぬ宿の庭の白雪

返し　源義行

踏み分けん庭には跡の惜しければ雪より外の道や尋ねん（新千載集・冬・七〇六〜七〇七）

　源親行身まかりて後の遠忌に義行勧めて、源氏物語の巻巻を題にて人人に歌よませ侍りける時、桐壺巻の心を　前参議能清

限りとて出でし嘆きにくらべても長き別れは猶ぞ悲しき（新続古今集・哀傷・一六〇三）

源義行は、河内守親行の男兵衛大夫義行（聖覚）である。[16] 河内学派の祖と称された光行の孫であり、親行伝来の『原中最秘抄』に奥書を記す人物である。この義行は、寛元四年（一二四六）～建長二年（一二五〇）頃出生かと推測されており、[17] 能清より一世代下となる。京都よりも関東における交流の可能性が高いであろうか。いずれにせよ、僅かな痕跡ではあるが、能清にこの一族との交流があったことは間違いなく、それも親行遠忌の『源氏物語』巻名題の供養歌に開巻の桐壺巻を担当していることよりして、かなり親密で、かつ義行側からは相当の敬意を払われていたと見てよいのではないだろうか。

三　官人としての痕跡

能清の官人としての足跡を辿りたいが、能清の生涯を素描するだけの資料を見出していない。目についた限りの事跡を整理しておくこととする。

能清の公務の初見は、嘉禎二年（一二三六）八月四日、将軍藤原頼経が、北条泰時邸から鎌倉若宮大路の新造御所に渡る移徙の儀に、藤原教定と共に予め階下に候していることである（吾妻鏡）。時に十一歳である。父頼氏の承久の乱に対する身の処し方が、この一流の存続を保障したと言えるが、子息を鎌倉に祗候させることでそれをより確実にすることを図ったものであろう。ところで、長兄能基の『吾妻鏡』の初見は、後述のとおり、延応二年（一二四〇）五月十二日の御所御会出席であり、また、公儀では正嘉元年（一二五七）十月一日の大規模な大慈寺供養に於ける「御布施取」の役務が最初である。もちろん同書に著録されないまでも、幕府の公務に勤仕していたことは十分に考えられる。しかしまた、やはり嫡男であった父頼氏に比して、その弟の能氏の方により早い時期の幕府勤仕の記事が伝えられていることを勘案すれば、[18] 元来親幕で公武間の調整役を以て特色とするこの一族については、嫡嗣は主に京都朝廷に本属させ、庶子のいずれかを若くして関東に祇候させることを、家を守る為の方策の一つとしていた可能性があると解されるのではないだろうか。

次いで、宝治元年（一二四七）十二月十九日からの禁中の仏名会に参仕する殿上人の一人に能清の名が見えている[19]（経俊卿記）。前年正月の後嵯峨天皇の譲位による殿上人擯出を経て、後深草新帝のこの年の正月に従四位上に叙されたことで、一旦は帰洛し朝廷の儀式に参じたのであろうか。関東に祇候する廷臣にとって京鎌倉の往還は宿命と言える。[20]

以下に、『吾妻鏡』に見えるこれ以後の能清の動静を列記してみたい。

まず、建長三年（一二五一）正月十一日の将軍頼嗣の鶴岡参詣の行列に殿上人十人の一人として従っている。続いて、同四年（一二五二）十一月十一日の将軍宗尊親王の新造御所移徙に殿上人六人の一人として、教定等と共に供奉している。さらに、康元二年（正嘉元年、三月十四日改元。一二五七）二月二日の宗尊鶴岡参詣に殿上人七人の一人として、教定男雅有や顕氏男顕名と共に供奉している。また、同年十月一日の大慈寺供養には「御布施取」を顕氏・教定・兄能基・雅有等と共に役している。翌正嘉二年（一二五八）六月四日の勝長寿院供養にも、顕氏・教定・兄能基・顕氏男重氏・雅有・弟定氏等と共に「御布施取」を役している。

ところで、正嘉元年（一二五七）十二月二十四日に制定結番された「廂衆」[21]（廂番）の一番（子午）番頭に「一条少将」とある。『公卿補任』によるとこの時点で能清は散位であり、この「一条少将」を弟の定氏に比定する考えもある。[22]一方、正元二年（一二六〇）二月二十日の同結番の改定には、一番（一日〜五日）番頭に「一条中将」と見える。この時点で、能清は正四位下左中将であるが、兄能基も正四位下右中将兼美作介であり、どちらも「一条中将」との呼称に相応しく特定できない。[23]しかしながら、『吾妻鏡』には、初めの結番の行われた年の十月一日条には「一条前少将能清朝臣」とあるが、二月二日条には「一条少将能清朝臣」と見え位署に揺れがあるのである。また、旧結番と改定結番では衆人の重任も少なくなく、特に二番（阿野少将公仲）三番（中御門少将実斉）の番頭は留任で、他に旧五番番頭の「二条侍従」（雅有）は新六番番頭に「二条少将」として見える。さらに、文応二年（一二六一）正月七日の宗尊の鶴岡参詣に、能清は「御襖陪膳」を役しているが、その際に同じく殿上人として供奉している者を見ると、先の改定結番の二から六番までの番頭者のうち、二番の阿野少将公仲を除き三～六番の番頭者が含まれている。(24)以上より、この「一条少将」と「一条中将」は共に能清である可能性が高いのではないだろうか。とすれば、御所の廂の間に詰めて将軍を警護する番衆の筆頭に能清が就いていた訳であり、将軍に近仕する廷臣として厚い信任を得ていたことが窺われるのである。

その後、文永二年（一二六五）七月十六日に、将軍宗尊が北条政村息女の北条宗政への嫁娶の儀の為に政村邸に入るのに供奉している。同三年（一二六六）二月十日には、「鞠の御坪」における宗尊の馬観覧に際して北の広廂に候している。

同年七月の大方北条氏の画策による宗尊親王将軍廃位の変事直前まで、能清は将軍に近仕していたものと思われる。しかし、関東に祗候することは当家全体の処世上の方途でもあり、将軍宗尊親王に特に親昵していたかどうかは、後述する和歌の局面を含めても資料上に明確には窺い得ない。しかしまた、同じ関東祗候者でも、一時的に真観らと共に和歌の上での勤仕を主たる目途として東下したとも捕捉される顕氏のような存在に比すれば、(25)能清の関東との縁故はより永続的かつ強固であったと思われ、宗尊の帰洛に従って直ちに京都朝廷にのみ属することになったとは考え難いのである。

限られた資料に見る官人能清の事跡は、結局、先祖以来の家統に従い、殊に父頼氏の処世を基盤とした親幕の廷臣、それも恐らくは若年から晩年に至るまで主に鎌倉に在って将軍家や幕府に勤仕した廷臣の姿を窺わせている。しかしそういった言わば家の宿命に従った生涯一貫した関東への奉仕はまた、時流に従った処世でもあり、それが、父・兄を越える官位の栄進の様相に表れているようにも思われるのである。換言すれば、能清の関東祗候の意義は各代の将軍への個別的な接近ではなく、むしろ、幕府、とりわけその枢要たる北条氏の執権体制への適従にあったと見なされる。将軍各代の変遷による特段の影響はその官途に認められないからである。

四　歌人としての事績

歌人能清の事績について整理してみたい。見出した能清の歌は、重複を除き63首[26]である。また、歌人としての活動を生涯に亘って跡付けるだけの資料は見当たらない。残存資料の制約を考慮しても、能清は、顕氏や教定と比較すれば、やはり歌人としての活躍は顕著とは言えないのではないかと思われる。上述のように、基俊を家系中に持つとは言え、所詮は飛鳥井家や六条藤家のように歌の家の人ではなく、和歌に対する意識も当然専門歌人のそれと全く同一という訳ではなかったのではないかと想像されるのである。

以下に歌人としての能清の僅かばかりの足跡を辿ってみたい。

まず、正嘉元年（一二五七）十一月十日～正元元年（一二五九）九月二十八日の間に成立と推定する[27]『東撰六帖』に相当数採録されていたと推測されることに[28]よって、詠作活動は、これ以前の時期から、少なくとも関東では相当程度旺盛であったと見てよいのではないだろうか。ただし、同帖への相当数の入集は能清の活動の旺盛さや力量の高さに起因するとばかりも言えまい。同帖の撰者後藤基政から見て、一条家は本来的には主家筋であり[29]、それに対する配慮が働いたものと憶測されるからである。

なお、延応二年（一二四〇）五月十二日の御所御会に「一条少将」と見える（吾妻鏡）。これを能清と解することもできよう[30]。しかし、この時点では能清は僅か十五歳であり、また、上記のとおり能清の任少将は仁治二年（一二四一）四月二十三日である。従ってこの「一条少将」としては、時に二十一歳、正五位下右近衛少将であった兄の能基を当てるのが穏当ではないだろうか。

初出の勅撰集は文永二年（一二六五）十二月成立の『続古今集』であるが、能清は、弘長元年（一二六一）度の宗尊親王家の『百五十番歌合』と「百首」[31]、あるいは、『百五十番歌合』の「余波であるかのように」[32]催行されたという弘長二年（一二六二）度の二つの歌合『弘長歌合』と『歌合　弘長二年三月十七日』等々に代表される、同集撰定に向けた動向に呼応した、関東歌壇の側の盛んな活動に参加している。特に、弘長元年『百五十番歌合』では、初番宗尊（主宰者）・真観（宗尊の歌道師範）と次番顕氏（廷臣中最高位）・隆弁（宗尊の護持僧）に次いで、能清・公朝（隆弁に次ぐ高位の法体歌人）の番が配され、同二年の両歌合でも、初番は宗尊親王（女房）・真観で、次番に能清・時広（評定衆）が配されている。その位置付けは、同時期の関東歌壇内の能清の評価を反映していよう。その意味で同歌壇中の廷臣歌人として重要であったと言える。他にも宗尊親王家の歌合に参加していたことが勅撰集などに知られ[33]、結局同親王を中心とする歌壇の活況を支える主要人物として在ったことが窺われるのである。それを裏付けるかのように、弘長二年（一二六二）九月に藤原基家が撰したと推定されている『三十六人大歌合』の、十四番右方に能清が配されている。左方は「源具氏朝臣」[34]である。将軍宗尊親王の命で公任の『三十六人歌合（三十六人撰）』に倣って、当代現存の京都ならびに関東の歌人を結番したこの歌合に採録されたことは、歌人として相応に評価されていたと言えるが、そこには、関東縁故歌人として、将軍家と幕府に対する介意によって撰ばれたという要素もあろう。また、注（12）に既述のとおり、撰者基家と父頼氏とは従兄弟かつ義理の兄弟であり、その故か頼氏には基家主宰の歌会への参加が認められるのである。こういった厚誼が基家をして能清を撰ばせた可能性も見る必要があろう。なお、文永八年（一二七一）七〜十月に行家撰と推定されている『人家和歌集』（現存本は巻八〜十の零本）に採歌されていたらしいことが、『夫木抄』（九五八五）集付に窺知される。

その後、弘安元年（一二七八）十二月奏覧の『続拾遺集』には計六首という、能清自身としては最多の勅撰集入集を見ている。加えて、同集撰定資料として亀山院の召した「弘安百首」[35]の作者となっている。当時五十代前半であった能清が、時代の主要歌人の一人として認知されていたと見てよいのではないだろうか。

この時期にはまた、弘安四年（一二八一）のいわゆる弘安の役の後に、恐らくその戦勝を祝って法眼源承が勧進したかと考えられる[36]「十五首歌」に出詠している。『閑月和歌集』によって知られる能清（四三五）以外の作者は、イ「前大僧正隆弁」（四三四）、ロ「法印公朝」（四三三）、ハ「三善時有」（四三六）である。イの大僧正隆弁[37]は、当時園城寺長吏にして大阿闍梨位にあり、鶴岡若宮社別当職に任じていた。宗尊親王将軍幕下では、その護持僧としてあり、歌壇の主要な構成員でもあった。この隆弁は、先の文永十一年（一二七四）冬の文永の役に、鶴岡八幡宮に於いて五壇護摩一百ヶ日の中壇を務めており、今度の弘安の役でも同じく五壇法を修してその散日に蒙古軍が大風に水没し、その功で伊勢斎院勅旨田を下賜されて、永く寺供に宛てたと伝えられているのである。また、ロの僧正公朝[38]（当時法印）は、同じく園城寺の僧で隆弁の弟子にあたり[39]、同寺別当を務めている。北条氏の一員（猶子）として主に鎌倉に在って、幕府や北条氏の仏事を司り斯界にも重きを為したが、歌人としての活躍も顕著であり、鎌倉圏に於ける法体歌人の随一と言ってもよい。さらに、ハの三善時有については、詳しくは不明だが、問注所執事を家職とする三善（太田）氏の一員であると推定される[40]。即ち、現存歌に見る限り、この「十五首」の出詠者は鎌倉幕府およびその周辺の要人である。能清も、関東祇候の廷臣として勧進を受けたと考えられるのではないか。とすればまた、この「十五首」は、単に現在確認し得る「神祇歌」だけに限ってではなく、その全体の性格も、弘安の役の蒙古退散を祝ぐ趣旨で、国家防衛の任にあたった幕府関係者を中心に勧進されたものであったろうことを憶測するのである。従って逆に、能清個人について見れば、やはりこの時期にも、幕府に縁の深い人物と世上に認識されていたと思われるのである。

この他に、「弘安日吉一品経歌」とする詠が、『夫木抄』に見える。出詠者は、能清（雑十六・一六〇七九）の他に、

①「通基卿」（雑十六・一六〇八〇）、②「左近大将家教卿」（同・一六〇八一）、③「大宰権帥経任卿」（雑二・八九三六）が知られる。①は、村上源氏久我通忠男従一位内大臣通基（号後久我内大臣）、②は、藤原氏北家師実流の後花山院太政大臣通雅男正二位権大納言家教、③は、藤原氏北家高藤流の吉田為経男正二位権大納言経任（号中御門大納言）である(41)。能清を含めた四者は別に注する(42)とおりの縁戚関係にあるが、何時何如なる目的の一品経歌かは不詳である。ちなみに、曾祖父俊忠以来の日吉社信仰を保持していた為家が、父定家の三十三回忌に当たる文永十年（一二七三）四月二十一日～七月三日に、日吉社に百日参籠して「法華八講」を行った時に、人々に「一品経歌」を勧進している。嫡男為氏の不孝の振る舞いに、為家は逆修を念じて百日参籠したらしいが、為氏はその世話も放擲したという(43)。仮に、この「弘安日吉一品経歌」が為氏の勧進したものであったならば、為氏は父恩に報じたことになろう。為家の七年忌は弘安四年（一二八一）、十三年忌は弘安十年（一二八七）である。一つの可能性として記しておく。

以上に見たとおり、能清は、『東撰六帖』という関東縁故の類題集に於いて、その歌人としての存在を資料上に顕現している。従って、遅くとも二十歳代後半には歌人として活動していたと推測されるのである。そして、文永二年（一二六五）の『続古今集』撰進を控えた、弘長元年（一二六一）度を中心とした時期の宗尊親王幕下の関東歌壇の最盛期には、関東祗候の廷臣中でも、特に永年の勤仕者としての確固たる地歩の上に、和歌の局面に於いても、相応の待遇を得た活躍をしたと見てよいであろう。その後の文永三年（一二六六）七月の変事、即ち宗尊の将軍位廃絶とそれに伴う真観等有力歌人の帰洛による同歌壇の衰微以降の時期については、弘安元年（一二七八）の『続拾遺集』撰定に際して、その応制百首の員数に加わることに窺われるとおり、京都中央歌壇からも有力歌人としての認知を得ていたと捉えられる。しかし、上述のとおりこの後に将軍家の推挙によって参議に任官することよりしても、いまだ関東に勤仕する立場を継続していたと推測され、そういった政治的立場をも考慮されたものであったとも言えよう。しかし同時に、『続拾遺集』に六首という能清自身としては最多の勅撰集入集を果たすことに結実する、力量の円熟による歌人としての存在の重要度が増した可能性をも見る必要があろう。

つまりは、関東歌壇に歌人としての活躍が始まり、『続古今集』成立前の同歌壇の興隆に従ってそれがより顕著となり、再び『続拾遺集』成立期にも歌人としての活動が表面化してくると言える。このように、勅撰集という公的撰集に連動して活躍の足跡が認められることは、もとより資料上の偏向もあろうし、歌人一般にあてはまることでもあろうが、能清の場合、やはり純粋な専門歌人としてではなく、その政治的立場――それはまたこの時期の勅撰集にその性格が強いことにもよろう――を基盤とした歌人としての在り方に起因しているようにも思われるのである。

むすび

以上に能清の事跡を検証し、その和歌の外形を整理した。結局、家の伝統に従って当初から関東祇候を運命付けられ、その意味では先に論じた顕氏よりはむしろ教定に近い境涯と言える。しかしながら、和歌と蹴鞠という貴族の伝統的技芸を家職とする教定とも異なり、能清は本質的には歌人としての生き方を義務付けられている訳ではなかったと思われる。それにも拘らず、時々の歌壇の盛衰に従いつつ相応の事績を残していることは、直接的には父頼氏からの影響があると言えるであろう。しかし、その頼氏の活動も主に承久の乱以後に顕著であり、能保以来の朝幕間調整の政治的役割を担ったこの一族も、乱後の武家方の権力強化の大勢の中で、より貴族としての名目的活動に偏せざるを得なかったと見ることもできるのではないだろうか。そして、それが具体的には和歌の詠作として現れたと捉えることはできないであろうか。結局、能清の和歌活動は、鎌倉中期の典型的関東祇候の廷臣としての一つの処世であったようにも思われる。しかしながら同時に、老年期にまで活動を維持しかつ京都中央歌壇に評価されるまでになることは、それが永年の関東祗候を基盤とした官途の栄進と相俟ったものであったとしても、兄弟などの親族が特に歌人として名を成していないことを考慮すると、能清自身の資質と自覚による歌人としての成長の度合をも見る必要があると考えるのである。次節で、このような輪郭を持つ能清の和歌を考察したい。

［注］

（1）本論第一編第二章第一節「藤原顕氏伝」、第二節「藤原顕氏の和歌」。
（2）本論第一編第二章第三節「藤原教定伝」、第四節「藤原教定の和歌」。
（3）持明院の前身である安楽光院（現京都市上京区安楽小路町光照院の地）を「発願草創」したと伝える（尊卑分脈）。建立は男通基。
（4）例えば、通基男で持明院家の始祖基家は、「馬芸鷹生小弓等」を「家業と為す」と伝える（尊卑分脈）。
（5）その他、女の一人は村上源氏土御門通親の男通方に嫁して内大臣通成を生み、別の一人は左大臣藤原兼雅の男花山院忠経に嫁して忠頼を生むなど、後白河院近臣との姻戚関係も強い。また別の女は、後嵯峨院第七皇子にして園城寺長吏・天王寺別当を務める円助法親王を生んでいる。天皇・上皇や摂関家・権門および武家の諸方に繋りを持つことは、一元的永続的権力の維持が保証されない鎌倉初期という時代の転換点では家の存続にとり最重要事であったろう。
（6）『尊卑分脈』は忌日四月六日、享年五十三とする。真偽は明確にできないが、一応『公卿補任』に従って論述する。
（7）未詳。「曎子内親王」（公卿補任）は、後堀河皇女の暉子内親王や土御門皇女の曦子内親王の誤りかとも疑われるが、内親王宣下は暉子が仁治元年（一二四〇）四月二十一日、曦子が寛元二年（一二四五）十二月十六日であり、貞永元年（一二三五）十一月十九日の段階では共に内親王ではない。何らかの混乱があるか。
（8）新訂増補国史大系本に拠り、私に読み下す。以下同様。

（9）『尊卑分脈』『系図纂要』は八月十四日、『歴代皇紀』は八月十六日。『公卿補任』『一代要記』は七月日とする。
（10）『系図纂要』は日付を七月十日とする。しかし、例えば『吾妻鏡』には同月二十日の順徳院の佐渡遷御の供奉者中に、「花山院少将能氏朝臣」の名が見えている。
（11）なお、承久の乱にあって一条家は、院近臣僧として立身活躍した尊長を中心とする院方と、北条義時女と結婚して鎌倉に住した（公経猶子）実雅や頼氏等の幕府方とに、截然と分裂していること、そしてそれは尊長派と、後鳥羽院に不興を蒙った公経派との分裂と見ることができることが論じられている。上横手雅敬『鎌倉時代政治史研究』（吉川弘文館、平三・六）参照。
（12）前述のとおり、祖父能保の女の一人は基家の父良経の室となり、別の女は公経の室となっている。また、頼氏の母と基家の母は共に近衛基房女であり、両者は母方の従兄弟である。さらに、頼氏の姉妹は基家の室となっている。
（13）『尊卑分脈』は、永仁二年（一二九四）九月一日没、享年六十九とするが、ここでは『公卿補任』以下に従っておく。
（14）『平戸記』寛元二年（一二四四）正月七日の条には、「今日白馬節会如レ例、有二加叙一」として「従四位上藤原能清」と見える。『公卿補任』では、兄の能基がこの日に「従四上」（叙従四位上）とある。平経高の日記は第一次資料として尊重されよう。しかしながら、他に同記同所に「従四位上」として「源基具、父大納言八幡賀茂両社行幸賞譲レ之云々」と見えるのは、『公卿補任』では二日前の同月五日の叙位（同記自体および『妙槐記』等により確認される）の折のこととなっている。また、「従四位下藤原経嗣」と記すのは、『平戸記』自体の同月五日の叙位の条に、「従四位下藤経嗣」とあるのと重複している（この経嗣は、藤原氏北家摂家相続流近衛の正二位右大臣道経男で、正四位下右中将に至る人物か）。従って、『平戸記』の同日条はやや信頼性に疑問を残すと言えなくもない。従って、一応、「能清」は「能基」を誤ったものと見て、昇位の様相に矛盾のない『公卿補任』に従っておくこととする。
（15）これ以前に、月卿（公卿）の地位を仰ぎ見て詠んだ能清の歌として、「位山身は下ながら影見ればのぼらぬ嶺に月ぞさやけき」（続千載集・雑中・一八一六）がある。
（16）池田利夫『新訂河内本源氏物語成立年譜攷—源光行一統年譜を中心に—』（貴重本刊行会、昭五五・五）参照。
（17）池田利夫『源光行一統年譜』（武蔵野書院、昭五三・一一）および注（16）所掲書。

(18)『吾妻鏡』によると、頼氏は、建保六年（一二一八）六月二十七日の実朝任大将鶴岡拝賀供奉（能氏も従う）が初見で、以後、仁治元年（一二四〇）八月二日の頼経二所参詣供奉までに計五度の在鎌倉の記事が見える。これに対し、能氏は、建保元年（建暦三年、十二月六日改元。一二一三）一月二十六日に京都より鎌倉に参着し、以後、同六年（一二一八）六月十七日の再下向（七月五日帰洛）、同七年（一二一九）一月二十七日の実朝の任右大臣鶴岡拝賀供奉等の記事が知られる。なお、嘉禎三年（一二三七）三月九日、幕府新御所庚申和歌会の題者に「左兵衛督頼氏朝臣」と見える。『公卿補任』によると、この時点で当該の頼氏は、従三位右兵衛督であるので、合致しない。しかし、この時期に、他に「左兵衛督頼氏朝臣」は見当たらず、右の『吾妻鏡』の「頼氏」は当該の頼氏を示すものかと思われ、位署等に何らかの錯誤があろうか。

(19) まず、出居に着座する殿上人として見え、次いで「栢梨勧盃」の「二献」を務めている。

(20) 東下の折の歌として、「東へ下り侍りけるに逢坂にて／前参議能清／逢坂の関の戸あくるしののめに都の空は月ぞ残れる」（玉葉集・旅・一一三九）がある。

(21) 仙洞の儀を模して「可ㇾ然之仁」「要枢輩」を撰して六番に結番し、各々が廂の御所に交代で宿直する。

(22) 及川大溪『吾妻鏡総索引』（日本学術振興会、昭五〇・三）は能清と解し、『鎌倉遺文』八一七七も「（能清）」と傍注する。一方、御家人制研究会編『吾妻鏡人名索引』（吉川弘文館、昭四六・三）や貴志正造訳注『全譯吾妻鏡』五（新人物往来社、昭五二・六）は弟の定氏のことと解している。

(23)『吾妻鏡人名索引』は能清とし、『吾妻鏡総索引』は能基とし、『全譯吾妻鏡』五は注記していない。

(24)「四番」番頭に「讃岐守」とあるのは、「前讃岐守」（讃岐前司）と称される「忠時」ではなく、この供奉者中に「讃岐守師平朝臣」とあるのが該当すると考える。『吾妻鏡人名索引』や『全譯吾妻鏡』五は「忠時」とし、『吾妻鏡総索引』は「師平」としている。

(25) 初出稿（初出一覧参照）の顕氏の事跡にいくつかの遺漏があったが、中でも、文永五年（一二六八）十月五日の後嵯峨院出家に際し、顕氏が唄師の布施を役している記事（後深草院御記）は、文永三年の変事後の動静を伝えるものとして重要である。

(26) 諸集への入集状況を整理しておく。算用数字は歌数。漢数字は新編国歌大観番号。ただし、『摘題和歌集』は古典文庫本、『明題和歌全集』は福武書店刊行本の番号。（ ）内は他集との重出を示す。各集名は初二〜三文字を以て略記する。ただし、『三十六人大歌合』は「大歌合」、『現存卅六人詩歌』は「詩歌」、『源承和歌口伝』は「口伝」とする。

続古今和歌集　3　一四六七、一六〇六（大歌合一五八・口伝一九一）、一八二三。
続拾遺和歌集　6　三〇〇（歌枕二四二三）、八八七（六華一〇九三）、一一九〇（大歌合一六〇・二八明五七一八・題林九四六四・明題一〇六九六）、一二二一、一二六二、一二七五。
新後撰和歌集　5　六四（詩歌六六・和漢一四九・二八明四七五・明題一〇九九）、三七四（口伝一〇六）、九六六（歌苑三〇の引歌）、一二二九（歌合三三・二八明四三〇九・後葉六二四・題林一〇八六・摘題四〇九・明題一四六七）、一四二六。
玉葉和歌集　3　一一三九、一三八六（二八明三一九二・題林六五九六・摘題二一三九・明題七六一二・歌苑二九）、二五七七（二八明五七八二）。
続千載和歌集　3　三二四（新後拾二六二）、一三九二、一八一六。
続後拾遺和歌集　2　三五四（弘長二五）、七四六。
新千載和歌集　2　四三九（宗尊一五五・和漢七〇七・拾遺一一六）、七〇六。
新後拾遺和歌集　2　二六二（続千三二四）、四七七（題林五〇四四・明題五九七三）。
新続古今和歌集　1　一六〇三。
東撰和歌六帖　4　九七、一六四、一六八、二五八。
同抜粋本　7　八七、二一六、二九五、三〇七、三三一、三七四、四三九。
宗尊親王家百五十番歌合　9（10）　五、三五、六五、九五、一二五、一五五（新千四三九・和漢七〇七・拾遺一一六）、一八五、二一五、二四五、（二七五＝人家和歌集に「権大僧都公朝廿八首」の一首（一四九）として見える）。
弘長歌合　5　三、一三、二五（続後拾三五四）、三七、四九。（番号は注（32）所掲論攷の翻刻の付番による。次も同じ）

歌合　弘長二年三月十七日　5　三、一三、二三、三三（新後撰一二二九）、四三。
三十六人大歌合　5　一五二（六華三五）、一五四、一五六、一五八（続古一六〇六・口伝一九一）、一六〇（続拾
一一九〇・二八明五七一八・題林九四六四・明題一〇六九六）。
現存卅六人詩歌　1　六六（新後六四・和漢一四九・二八明四七五・明題一〇九九）。
和漢兼作集　3　一四九（新後六四・詩歌六六・二八明四七五・明題一〇九九）、四九四、七〇七（新千四三
九・宗尊一五五・拾遺一一六）。
閑月和歌集　1　四三五。
拾遺風体和歌集　1　一一六（新千四三九・宗尊一五五・和漢七〇七）。
六華和歌集　2　三五（大歌合一五二）、一〇九三（続拾八八七）。
夫木和歌抄　2　九五八五、一六〇七九。
歌枕名寄　1　二四二三（続拾三〇〇）。
二八明題和歌集　5　四七五（新後六四・詩歌六六・和漢一四九・明題一〇九九）、三一九二（玉葉一三八六・題
林六五九六・摘題二一三九・明題七六一二・歌苑二九）、四三〇九（新後一二二九・後葉六二四・題林一〇八六・
摘題四〇九・明題一四六七）、五七一八（続拾一一九〇・大歌合一六〇・題林九四六四・明題一〇六九六）、五七
八二（玉葉二五七七）。
後葉和歌集　1　六二四（新後一二二九・二八明四三〇九・題林一〇八六・摘題四〇九・明題一四六七）。
題林愚抄　4　一〇八六（新後一二二九・二八明四三〇九・後葉六二四・摘題四〇九・明題一四六七）、五
〇四四（新後拾四七七・明題五九七三）、六五九六（玉葉一三八六・二八明三一九二・摘題二一三九・明題七六
一二・歌苑二九）、九四六四（続拾一一九〇・大歌合一六〇・二八明五七一八・明題一〇六九六）。
摘題和歌集　2　四〇九（新後一二二九・二八明四三〇九・後葉六二四・題林一〇八六・明題一四六七）、二
一三九（玉葉一三八六・二八明三一九二・題林六五九六・明題七六一二・歌苑二九）。
明題和歌全集　5　一〇九九（新後六四・詩歌六六、和漢一四九・二八明四七五）、一四六七（新後一二二九・
二八明四三〇九・後葉六二四・題林一〇八六・摘題四〇九）、五九七三（新後拾四七七・題林五〇四四）、七六一

二（玉葉一三八六・二八明三一九二・題林六五九六・摘題二一三九・歌苑二九）、一〇六九六（続拾一一九〇・大歌合一六〇・二八明五七一八・題林九四六四）。
源承和歌口伝　4　九七、一〇六（新後三七四）、一八三、一九一（続古一六〇六・大歌合一五八）。
歌苑連署事書　2　二九（玉葉一三八六・二八明三一九二・題林六五九六・摘題二一三九・明題七六一二）、三〇の引歌（新後九六六）。

なお、三村晃功『中世私撰集の研究』（和泉書院、昭六〇・五）によると、『顕季集』や『元可集』（異本）にも能清詠が採録されている。

(27) 本論第二編第三章第二節「『東撰和歌六帖』の成立時期」参照。

(28) 注（26）に掲出したとおり、現存本では、春部のみの残欠本（三一九首）に四首、四季部の抄出本（四九一首）に七首採録されている。目録によると、原態は全六巻（四季・恋・雑、計二〇〇〇題）。

(29) 基政の祖父基清（実父佐藤仲清）の養父後藤実基は一条能保の北の方の乳父で、基清自身は能保の家人である。基清は、能保の死後、権勢を振るって一条家を圧迫した土御門通親襲撃を企てて流罪になっている。また、同家は「一条家と極めて緊密な関係にある累代家人である」と論じられている。上横手雅敬『日本中世政治史研究』（塙書房、昭四五・五）参照。

(30) 『吾妻鏡人名索引』、『吾妻鏡総索引』、『全譯吾妻鏡』四（新人物往来社、昭五二・四）は、いずれも能清と解している。

(31) 続古今集・一八二三、新後撰集・九六六。なお安井久善「中世散佚百首和歌二種について―光俊勧進結縁経裏百首・中務卿宗尊親王家百首―」（『日本大学商学集志』四―一（人文特集号Ⅰ）、昭四七・九）参照。

(32) 佐藤智広「宗尊親王弘長二年歌合二種について」（『昭和学院国語国文』三七、平一一・三）。この二種の歌合は、小川剛生が見出し、人間文化研究機構連携展示「うたのちから―和歌の時代史―」（平一七・一〇〜一一）に出展され、その後、佐藤の翻刻紹介によって広く知られるようになった。その功績は小さくない。

(33) 新後撰集・六四・三七四、新千載集・四三九。

（34）村上源氏中院流、通方の孫、通氏の男。参議従二位（歌合成立時は正四位下右中将（あるいは服喪か））。建治元年（一二七五）九月十四日（一説十五日）没、四十四歳（一説四十五。また、四十三）。『続古今竟宴和歌』の講師。『続古今集』以下の勅撰集に十七首入集（以上公卿補任、尊卑分脈、後深草天皇御記等）。

（35）続拾遺集・一二二一、続千載集・三二四・一三九二、続後拾遺集・七四六。なお、久保田淳の佚文集成の試み（東京大学大学院修士論文「中世和歌史の研究　鎌倉時代前期」昭三二・一二）の後、井上宗雄『中世歌壇史の研究　南北朝期』（明治書院、昭四〇・一一）による『明題和歌全集』からの拾遺の発見と、三村晃功「中世和歌拾遺（一）—『六花和歌集』『明題和歌全集』所収の新出歌をめぐって—」（『中世文学研究』一、昭五〇・七）の同集からの本格的集成を経て、小林強「弘安百首佚文集成稿」（『中世文芸論稿』一二、平元・三）がある。

（36）久保田淳『閑月和歌集』「解説」（古典文庫、昭五五・一一）参照。

（37）本論第一編第四章第一節「大僧正隆弁伝」参照。

（38）本論第一編第四章第三節「僧正公朝伝」参照。なお、公朝の実父実文の母は藤原兼光女で、その姉妹が能清の祖父高能の室となり、叔父の行能を生んでいる。

（39）隆弁・公朝は共に「円意法印」より伝法を授けられている。なお、初出稿（初出一覧参照）では、「円意」を「円位」に誤っている。

（40）この三善氏は、京都から下った官人である康信を祖とし、算博士家三善氏の一族かと推測されている。所功「続類従未収本『三善氏系図』考」（『塙保己一記念論文集』温故学会、昭四六・三）参照。『閑月和歌集』には、「三善時有勧め侍りけるとて、おくりて侍りし人人歌の中に、同じ心（前歌詞書「唯独自明了余人所不見」）を」の詞書で、平宣時の「尋ね入りてひとりながむる奥山の花咲きぬとも知る人やなき」（釈教・五〇二）が収められている。やはり幕府縁故者と推測され、即ち当三善氏の一員である可能性が高い。時代と「時有」の名を勘案すると、康有・時連父子に連なる人物が想定される。三木靖「三善氏一族の地頭職支配（その1）—備後国太田庄を舞台に—」（『鹿児島短期大学研究紀要』三、昭四四・三）参照。

（41）通基は、仁治元年（一二四〇）生、延慶元年（一三〇八）十一月二十九日没、六十九歳。家教は、弘長元年（一二六一）生、永仁五年（一二九七）八月二十六日没、三十七歳。経任は、貞永元年（一二三二）生、永仁五年（一二九七）五月十九日（一説二十日）没、六十六歳（一説六十五歳）（以上公卿補任、尊卑分脈、一代要記）。

（42）左に略系図を掲示しておく。この他、家教の父通雅の母は、高藤流の定高女で経任の一族である（定高の曾祖父光房から五代の孫が経任）。また、家教の室藤原雅平女は後嵯峨天皇中宮姞子即ち大宮院の女房であり（妹の一人も大宮院女房）、一方、経任の母は大宮院の「半物（号柳）」（尊卑分脈）である。

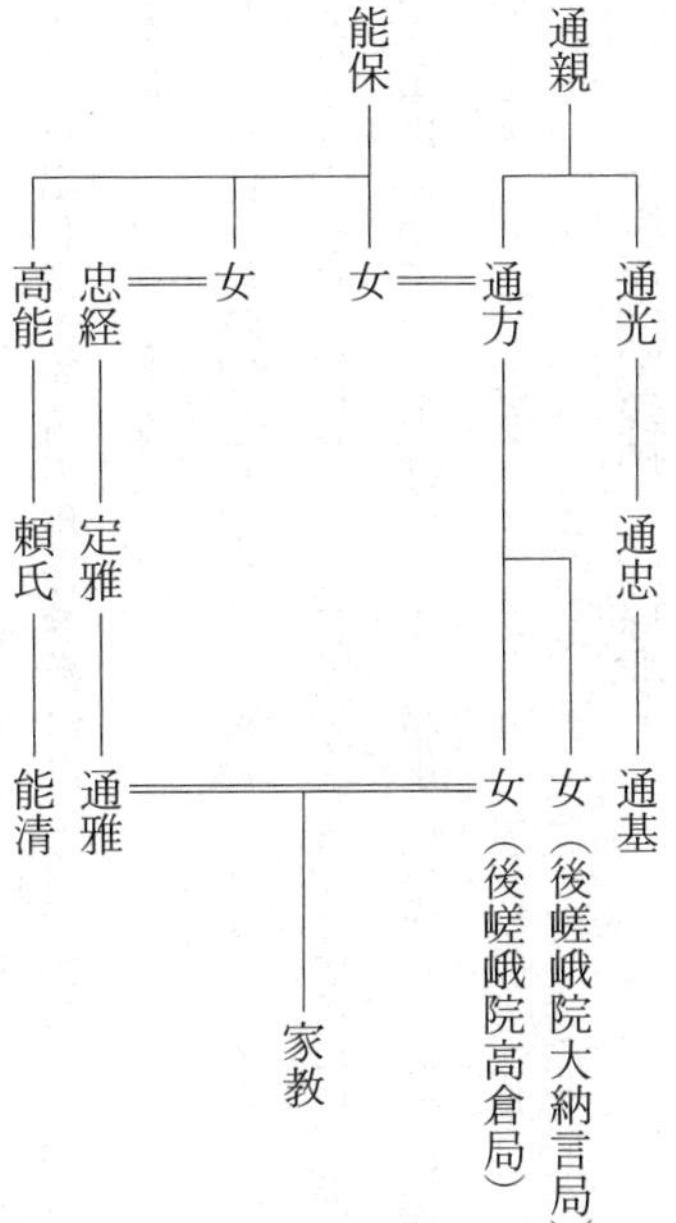

（43）佐々木孝浩「文永年中為家勧進一品経歌考」（『国文学研究資料館紀要』一九、平五・三）に詳しく論じられている。

＊右に用いた史料の依拠本は以下のとおり（新訂増補国史大系所収本等一般的なものは除く）。『葉黄記』＝史料纂集、『経俊卿記』＝図書寮叢刊、『平戸記』『妙槐記』『勘仲記』＝史料大成、『一代要記』『歴代皇記』＝史籍集覧。

第六節　藤原能清の和歌

はじめに

前節に、藤原能清の生涯を考察し和歌資料の外郭を検証した。それを踏まえて、本節では、能清の和歌について考える。見出し得た能清の現存歌数は計63首(1)であるので、詠作集成の意味も込めて全作品を取り上げ、一首毎の読みを試みつつ論じてみたい。

詞書等から作歌の時期を特定できる場合が少なく、また、時期が分明な場合もその詠作の総数が僅かであるので（最大は「弘安百首」の四首）、所収歌集毎に見てゆきたい。便宜上、勅撰集以外と勅撰集とに大別して、各々の中で成立順に従って取り上げてゆく。諸集に重複して入集の場合は、原則として成立の早い集のところで取り上げることとする（一部勅撰集入集を優先させた場合等例外もある）。

一　『東撰六帖』採録歌

最初に、正嘉元年（一二五七）十一月十日～正元元年（一二五九）九月二十八日の間成立の『東撰六帖』（春部のみの残欠）と『同抜粋本』（四季部の抄出）の所収歌から見てゆく(2)。位置は、前者が「藤原能清朝臣」、後者が「能清」である。

『東撰六帖』の「春月」題の一首から見る。

①寂《さひ》しさを誰に語《かた》らん故郷の軒端に霞《かす》む春の夜の月（九七）[3]

二句切れで、三句以下が「寂しさ」をもたらす情景。この詠み方の先行例は、建仁元年八月の『和歌所影供歌合』の慶印詠「寂しさを誰に語らむ秋風にひとり関守る足柄の山」（関路秋風・六四）があるが、これを能清が必ず知り得たとは考えにくく、また知らなければ詠めないとも思われない。むしろ、右の慶印詠・能清詠共に、『千載集』の「寂しさを何にたとへむ牡鹿鳴くみ山の里の明け方の空」（秋下・三二三・惟宗広言）に倣い、「何にたとへむ」を『古今集』の「忍ぶれば苦しきものを人知れず思ふてふこと誰に語らむ」（恋一・五一九・読人不知）以来の「誰に語らむ」に置換した（あるいはそのような先行歌に拠った）可能性の方が高いのではないか。いずれにせよ、能清が「寂しさを誰に語らん」という率直な表現を選択したことにはかわりはない。

続けて「桜」題の三首を見る。

②紛《まか》ひつる雲を麓《ふもと》に分け捨《す》てて今朝《けさ》は高嶺《たかね》の花を見るかな《哉》（一六四）

「岩根踏み重なる山を分け捨てて花も幾重の跡の白雲」（新古今集・春上・和歌所歌合に、羇旅花といふことを・九三・雅経）に拠りつつ、山に分け登って見る高嶺の桜を詠む。この雅経詠は、「岩根踏み重なる山はなけれども逢はぬ日数を恋ひやわたらん」（拾遺集・恋五・九六九・坂上郎女）を本歌にすることは、諸注が指摘するとおりである。同時に、その趣向は、崇徳院が「遠尋山花」題を詠ませた歌で、「世に遍く人の申し侍る」「優れたる」歌という（無名抄）俊成の「面影に花の姿を先立てて幾重越え来ぬ峰の白雲」（続詞花集・春下・五〇。長秋詠藻・二〇七。新勅撰集・春上・五七）に負っていよう。[4] 能清も、それは認識していたかもしれない。

上句は、（遠望していた昨日までは）山の桜の花を見紛っていた雲（即ち花）、それを分けながら山を登っていって、その雲（花）を麓の方へと捨て残して（高嶺へと到って）、ということ。下句は、雅経詠が体言を重ねて体言で止めるいわゆる新古今調の余情ある表現であるのに比して、上句から意味が明確に連繫した端的な表現となっている。

③世を捨てて尋《たづ》ね入《い》らんと思ひしに花ゆゑ《へ》見《み》つるみ吉《よし》野の奥（一六八）

「み吉野」（吉野山）の、世捨て人が分け入って住む所（隠棲の地）、桜の花を見る為に尋ね入る所(5)（花の名所）、という通念（前者は『古今集』以来、後者は西行以降明確になる）を踏まえている。この両通念は、西行の「吉野山やがて出でじと思ふ身を花散りなばと人や待つらん」（山家集・一〇三六）のように、対立的に詠歌上に顕現する。そしてその対立は、中古から中世にかけて、恐らくは多くの吉野山の花を詠んだ西行の影響下に、後者へと比重が傾いてゆくようである。例えば、『古今集』の「世に経れば憂さこそまされみ吉野の岩の懸け道踏みならしてむ」（雑下・九五一・読人不知）を本歌に、藤原長方が「花ゆゑに踏みならすかなみ吉野の吉野の山の岩の懸け道」（新勅撰集・春上・五四）と詠んでいる。能清詠も、そういった傾向の中に位置付けられる。

④散《ち》り積《つ》もる花にせかるる明日香《あすか》河浅瀬も今日《けふ》や淵となるらん（二五八）

「世の中は何か常なる明日香川昨日の淵ぞ今日は瀬になる」（古今集・雑下・九三三・読人不知）を本歌として、述懐歌を春歌に換え、大和国の歌枕「明日香河（飛鳥川）」の「あす」に「明日」を掛けて、縁語の「今日」と対照させる。

「花にせかるる」は、（散って積もる）桜の花びらに塞き止められるの意である。『御室五十首』の有家詠「春のうちはそこと限らぬながめまで花にせかるる白川の里」（春・四五七。御室撰歌合・一二）が早い。しかしむしろ、定家の『道助法親王家五十首』（春・河款冬・二四六）詠で『続後撰集』（春下・一五三、第四句「色の千入は」）にも入集の「山吹の花にせかるる思ひ河波の千入は下に染めつつ」の方が、より能清が目にして学ぶ可能性が高かったものと思われる。

ここで、『抜粋本』に移る。

⑤山里の賤が袖垣薄《うす》ければ一《ひと》つに咲《さ》ける庭の卯《う》の花《はな》（夏・卯花・八七）

「山がつの垣根に咲ける卯の花は誰が白妙の衣かけしぞ」（拾遺集・夏・九三・読人不知）を本歌として、賤の白い衣の袖と同じ色に咲く庭の垣根の卯の花を詠む。

「賤が袖垣」は、「賤が袖」から「袖」を重ねて「袖垣」（家屋や門の脇に造る短い垣根）へ鎖る。その縁で、「薄ければ」は、（衣の厚みが少ない意が普通だが）「賤が袖」の色が淡い意に、「袖垣」がまばらである意を掛けていようか。即ち、卯の花の袖垣がまばらであるので、淡い（白い）色の賤の袖と一緒になって、全体に卯の花が白く咲いているように見える、との趣向ではないかと考えるのである。

詞の面では、「一つに咲ける」は、先行例を見出し難い句である、あるいは「一つに澄める」等からの派生であろうか。また、「庭の卯の花」の句も古歌には見えず、秀能（如願法師集・四三五）や為家の「山里の庭の卯の花跡絶えて衣手濡れぬ雪ぞ降りける」（為家千首・夏・二〇五）辺りが比較的早い例で、鎌倉中期以降に多く詠まれている。能清もその流行に従ったのであろうか。

なお、雅有の「夏衣今朝たちかふる袖の色に一つに咲ける庭の卯の花」（隣女集・第四自文永九年至建治三年・卯花・一八九二）は、下句を能清詠から窃取した可能性があるか。そうであれば、両者間に『東撰六帖』を介しての影響関係が想定される。関東圏に於ける廷臣同士の詠作上の交流と同六帖の流布の問題として留意しておきたい。

⑥幾秋のつらさに堪《た》へて七夕の今朝の別れをまた《又》歎くらん（秋・七夕付後朝・二一六）

毎年の「別れ」を「歎」くことが繰り返されて「幾秋のつらさ」になり、それに堪えてきて、しかし今朝もまた「別れ」を「歎」いているのかと思いやった歌である。七夕の年一度の逢瀬の通念を踏まえて、従って毎年毎年（今年も）後朝の別れを繰り返す七夕であるという理屈を立てて、それに対する同情を率直に表明したものと解される。

⑦裾野《すその》なる浅茅色付く夕露に影《かげ》あらはるる山の端《は》の月（秋・月・二九五）

裾野の浅茅に夕露が置いて色付き、その露に山の端の月が光を映して顕れている、といった意か。長明の『正治後度百首』の「月」の「夕附日山の端深くなるままに影あらはるる浅茅生の月」(6)（六三一）に拠る詠作ではないか。

初句の「裾野」と結句の「山の端」が対照されているが、その初句の「裾野なる」の先行例としては、『続後撰集』所収の「み山には牡鹿鳴くなり裾野なるもとあらの萩の花や咲くらん」（秋中・二九〇・家長）が見える程度である。また、第二句の「浅茅色付く」は、『万葉集』（巻十・秋雑歌・二一九〇・作者未詳、同・冬雑歌・二三三一・同上）に見えるが、内一首（後者）の「矢田の野に浅茅色づくあらち山峰のあわ雪寒くあるらし」が『新古今集』（冬・六五七・人麿、四句「峰のあは雪」）に採録され、式子内親王が『正治初度百首』で「しるきかな浅茅色づく庭のおもに人目かるべき冬の近さは」（秋・二五四）と詠んでいるなど、新古今時代を経て定着した措辞である。

⑧月影も身にしむ比の秋風を夜寒なりとや衣打つらん（秋・擣衣・三〇七）

一首は、「月の光が身にしみとおるように冴えるこの頃の秋風を、いよいよ夜が寒く感じられるということで、（冬の準備の為に）衣を打っているのだろうか。」との意である。

晩秋の「風」が「寒」い中での冬仕度の為の擣衣の音の類型は、「風寒み我が唐衣打つ時ぞ萩の下葉も色まさりける」（拾遺集・秋・一八七・貫之）や「み吉野の山の秋風さ夜更けて古里寒く衣打つなり」（新古今集・秋下・擣衣の心を・四八三・雅経。百人秀歌・九七。百人一首・九四）等々、言うまでもなく様々に詠まれている。該歌もその延長上にあるが、「月影も身にしむ比」の措辞が新奇である。先行の類例としては、慈円に「月影の身にしむ音となるものは光を分くる峰の松風」(7)（拾玉集・花月百首・一三七〇。慈鎮和尚自歌合・一六九。三百六十番歌合・三四二。万代集・

二八九七、第四句「光をおくる」）があり、能清が知り得たとすれば『万代集』によってであろうか。

一方、一首全体の想念は、『白氏文集』巻十九の「聞夜砧」の「誰が家の思婦か秋帛を擣つ、月苦《さや》かに風凄じくして砧杵悲しむ」(8)（和漢朗詠集一部伝本・擣衣）の表す世界に重なる。能清がこの一節を踏まえた可能性は認めてよいのではないだろうか。そうだとすれば、言詞は原詩から離れているとも言えるが、「夜寒なりとや」の措辞に単純な理屈を立てる安易さが感じられ、それがまた能清の特質でもあろう。

⑨置く露に幾夜《いくよ》の月を宿《やと》すらん盛り久しき白菊の花（秋・菊・三三一）

置く露に月の光を映す白菊の花を詠む。菊の花自体は、『古今集』以来、その色が「かはる」「うつろふ」ものであるとの通念がある。一方、菊について菊水の不老長寿の故事に基づき〈久しさ〉が詠まれることも、「露ながら折りてかざさむ菊の花老いせぬ秋の久しかるべく」（古今集・秋下・二七〇・友則）を初めとして類型化している。しかしながら、これは菊に置いた露（菊水）に接した人間の側の〈久しさ〉を言うのであって、花自体の〈久しさ〉を詠むことは、例えば「置く霜も君がためにと心して盛り久しき宿の村菊」（長秋詠藻・三七四）のように特殊な場合である。この歌は、藤原実能建立の徳大寺に、上西門院統子が前斎院と呼ばれた時代の女房が集まって詠んだ歌の一首である。即ち、主人である「君」＝実能の為に「宿」＝徳大寺の（本来霜にうつろいやすいはずの）菊も霜が慮って「久しき」状態である、として、実能の長寿祈念と邸宅への讃美（「久しき」は「宿」にもかかる）の意を込めつつ挨拶した歌であろう。また、『続後撰集』に「うつろはで久しかるべきにほひかな盛りに見ゆる白菊の花」（賀・承保三年大井河に行幸日、内より召されける・一三四九・弁乳母）という、該歌に似た用詞の一首が見えるが、これも白河天皇に対する祝意を内包した人事に寄せた歌である。該歌のように無条件に「白菊の花」を「久しき」と詠むことは、必ずしも一般的類型ではない。後出だが、『永享百首』に「うつろふも色を添ふればおのづから盛り久しき庭の菊かな」（秋・菊・四九六・隆直）がある。これは、「色変はる秋の菊をば一年に二度にほふ花とこそ見れ」（古今集・秋下・二七八・読人不知）を本歌にする。能清詠も、この隆直の一首と同様に、『古今集』歌の「一年に二度にほふ」を踏まえて、「盛り久しき」と言ったのではないだろうか。そうだとすると、やや安易な理屈立てであり、かつ詞足らずの感は否めないであろう。

⑩水上に残りし秋の色だにも流れて過ぐる瀬瀬《々》の紅葉葉《もみちは》（冬・落葉・三七四）

これは、上流の山に残っていた「秋の色」である紅葉[9]さえも（冬になって散って）、あの瀬この瀬に紅葉が浮かんで下流へと流れ過ぎてゆく、といった趣意か。

下流の状況によって上流の「紅葉」が散ることを知る（推測する）趣向は、例えば「水上に紅葉散るらし宇治川の瀬瀬さへ深くなりまさるなり」（元真集・宇治の網代にて・一七三）等を初めとして早くから類型化している。[10]該歌もその類型の中にあるが、下句の措辞に特徴があると言える。「流れて過ぐる」は、『堀河百首』の匡房の「吉野川流れて過ぐる年なみに立ち居の影も暮れにけるかな」（冬・除夜・一一〇六）に遡る句で、[11]特にこれに学ばなければ詠めないとは思われないが、用例が希少な点は注意される。また、「瀬瀬の紅葉葉」も、作例が多くない句形だが、先行の類例としては、『万代集』に源順の歌として見える「水上に時雨降るらし山川の瀬瀬の紅葉の色深く見ゆ」（冬・冬歌の中に・一三五四）がある。これは、能清と同時代の撰集の所収歌であり、初句の一致もあるので、能清が学び取った可能性を見ておきたい。

⑪夜を寒み川瀬《せ》の水は氷りゐて月ぞ流《なか》るる《ゝ》宇治の網代木（冬・網代・四三九）

「流るる」は「川瀬の水」と縁語で、第二〜四句は、川の瀬の水は氷っていて流れず、月だけが流れている、ということ。その「月ぞ流るる」は、『古今集』の「天の河雲のみをにて早ければ光とどめず月ぞ流るる」（雑上・八八二・読人不知）に基づく。この『古今集』歌については、雲の早い流れの動きによって月が逆に早く流れるように見えることを表しているか、月がたちまちに西に渡って行く様を表しているか、解釈が分かれる。[12]しかし該歌の場合は、「雲」が詠み込まれていないので、月が天空の川を西へと流れて（渡って）いる意と解するべきであろう。しかしまた、それだけでもなく、月が氷った川面に光を映してその川筋を水ではないが流れていく、との意も読み取るべきでないだろうか。

以上で、『東撰六帖』および『同抜粋本』所収歌を終える。同書の成立時期よりして能清の三十代以前までの詠作となる。古歌の享受や同時代の流行への順応は認められるが、これは当然のことであり、その上にさらに同時代の新奇な表現を積極的に摂取しようと試みた徴候は見られない。また、用いる詞・表現は伝統的かつ平易であり、趣向も比較的単純であって、特に新しい和歌を模索したようには見受けられないが、反面、一首の首尾に破綻のない明快な理屈を立てようとする志向が窺われるように思われる。単に若年時のみの傾向であるのか、全体の特質に繋がるのか、これらの点に留意しつつ、さらに能清の歌を検証してゆこう。

二　『宗尊親王家百五十番歌合』所収歌

弘長元年（一二六一）七月七日の『中務卿宗尊親王家百五十番歌合』を取り上げる。能清は、左方三人目に「左近中将能清朝臣」として、右方「権律師公朝」と番えられている。その公朝詠と、判者基家の判詞（私に返り点を付す）も併せて検討したい。

⑫匂ひまでかはらざりせば白《しら》雪の消《き》えでや梅の花は分《わ》かまし（春・三番左・五）

一首は、「白梅がもし色だけでなく香りまで白雪とかわらず同じだったなら、雪が消えないままで、梅の花はそれだとわかるだろうか。」との意である。

「匂ひ」は、ここでは、「散ると見てあるべきものを梅の花うたて匂ひの袖にとまれる」（古今集・春上・四七・素性）と同じく、香りを言う。白梅の木にその花と見紛う白雪が降りかかっているが、香りによって梅の花が咲いていると認識できるということで、他と紛れない梅の薫香を反実仮想で賞美する。「梅の香の降り置ける雪に紛ひせば誰かことごと分きて折らまし」（古今集・冬・三三六・貫之）以来の類型上にある歌でもある。

右の公朝詠は、「帰《かへ》る雁急《いそ》げや急《いそ》げ桜《さくら》花にほひつきぬる身はあぢきなし」（六）で、基家の判詞は、「右、急《いそ》げやの句軽軽《々》なる体なれども、いづれも劣《おと》るまじくや。」である。公朝詠の口語的で俗な表現の軽薄さを指摘しつつも、宜しき持と判断したのであろうか。

⑬み吉野《三芳》の花にはしかじ唐《もろこし》に同《おな》じ名高《たか》き山はありとも（春・十八番左・三五）

唐の山との比較で吉野山の花を讃美し、同時に吉野の山自体をも誇る趣意である。初句の「み吉野の」は、下句の「同じ名高き山」と対比されており、常套句「み吉野の吉野の山（の）」（古今集・三、後撰集・一一七等）の含意があろう。

「唐の吉野の山に籠《こ》もるとも遅《おく》れむと思ふ我ならなくに」（古今集・雑体・誹諧・一〇四九・時平）を本歌とする。この本歌は、現実にはあり得ない「唐の吉野山」を仮想して、たとえそこであっても人には遅れないという、「我」の思いを誇張する趣向に「誹諧」の性格が認められる一首である。能清詠も、たとえ万一唐に我朝と同様に高名な「吉野山」が存在したとして、それでも、この大和の吉野の桜の花に如くはずもない、と極言しており、つまりは、現実には存在しない仮想の場所との比較で、現実の吉野山の桜の花をより強調して讃美する趣向である。

右の公朝詠は「春深《ふか》くゆはた染《そ》むてふ紫の藤咲《さ》きかゝる柏《かしは》木の杜」（三六）である。髄脳類に「古歌云」などとして「柏木のゆはた染むてふ紫のあはむあはじは灰の心に」（奥義抄・下巻余・問答・十　ゆはた。綺語抄、袖中抄、和歌色葉、色葉和難集等にも）という歌が見える。(13)「ゆはた（纈）」は、「ゆいはた（結機）」の転で、しぼり染め、くくり染め（およびその布や革）の意である。『奥義抄』に「柏木とは兵衛のつかさ也。その太刀の緒をば紫にそむる也と或物には書けり。又ものの色は灰にてあへばかくよめり。ゆはたは故将作の歌にもよまれて侍り。(14)」と見える。

兵衛府の武人の太刀の緒が紫であり、その紫色は媒染剤の「灰」で「あふ」（色を調合する意）ことから（「あふ」は男女が逢ふ意を掛けて）、このように詠んでいるということであろう。公朝詠はこの歌を本歌に、晩春の藤が咲く柏木の杜の叙景歌に仕立てているのである。「深く」は、春の季の経過の意に、「染むてふ」にかけて色を濃くの意を掛ける。また「杜」は「守」が響く。

判詞は、「この番短慮難レ決さま也。」と、判断を保留している。あるいはこれも宜しき持ということであろうか。

⑭身の憂《う》さに物思ひをれば夏の夜の月さへ見《み》えぬ五月雨の空（夏・三十三番左・六五）

「五月雨に物思ひをれば郭公夜深く鳴きていづち行くらむ」（古今集・夏・一五三・友則）を本歌とする。さらに、「身の憂さ」「月さへ見えぬ」の措辞と一首の構想は、「月やあらぬ春や昔の春ならぬ我が身一つはもとの身にして」（伊勢物語・四段・五・男。古今集・恋五・七四七・業平）を本歌とする「身の憂さを月やあらぬとながむれば昔ながらの影ぞ洩り来る」（新古今集・雑上・一五四二・二条院讃岐）に通う。ただし、この讃岐詠は、（老境の）憂愁の我が「身」と昔のままの「月」（という恒常の自然）との対比によって、よりその憂愁が深められているのである。これに照らすと、この一首の場合の能清は、その「月」に対する認識が異なっていたのではないか。もちろん、「身の憂さを月に慰む秋の夜に誰がため曇る涙なるらん」（続拾遺集・雑秋・月前述懐といふ心を・五八八・長景）等と同様に、「身の憂さ」を慰撫するはずのもの[15]と捉えていたと見ることもできる。しかしむしろ、西行の「嘆けとて月やは物を思はするかこちがほなる我が涙かな」（千載集・恋五・九二九。百人秀歌・八八。百人一首・八六）を念頭に置き、「身の憂さ」を「物思ひ」の口実として付会すべきものと捉えていたと見て、その月までも見えない五月雨の空の下における、他のせいにしようもない我が身自身の内なる憂愁を強調した詠作と解されないだろうか。

右の公朝詠は「筑摩江《つくまえ》の沼江《ぬまえ》の水や寒《さむ》からし人《ひと》くるしめ[16]の菖蒲《あやめ》引くなり《也》」（六六）である。『後拾遺集』の「あふみにかありといふなるみくりくる人くるしめの筑摩江の沼」（恋一・女のもとにつかはしける・六四四・道信）および

「筑摩江の底の深さをよそながら引ける菖蒲の根にて知るかな」（夏・永承六年五月五日殿上根合によめる・二一一・良暹法師）を本歌とし、[17] 菖蒲の名所としての近江国の歌枕の「筑摩江」を詠む。筑摩江の沼の水が冷たいらしい、人が苦しみながら[18]菖蒲を引いているようだ[19]、との趣旨か。

判詞は、「右、名所ことにこひねがはぬさま也。左、勝ち侍りなん。」で、能清詠が勝とされている。右の公朝詠が、『後拾遺』歌に拠って観念的に詠み、人が苦しんで菖蒲を引いているようだ（と聞く）、沼江の水は冷たいであろう、とした趣向が、歌枕「筑摩江」の通念（本意）を逸脱しているとの批判ではないだろうか。

⑮埋れ水さすがにありと浮草の玉江《え》に宿《やど》る夏の夜の月（夏・四十八番左・九五）

これは、一面の浮草に隠れて見えない埋れ水、そうは言っても、やはりそこに水はあるのだと、浮草の生じた玉江に夏の夜の月が光を映して宿っている、といった趣意か。

「さすがにありと」は他に用例を見ない句で、むしろ散文的な措辞と言える。「あり」の主体は「水」と解する。「玉江」は、越前国（一説摂津国）の歌枕で、特に「葦」がよく詠み込まれ、他には「月」「菖蒲」「鳥」等が詠まれるが、「浮草」との詠み併せは珍しい。一首の趣旨よりして、「玉え」は「絶え間」からの誤写や後代の意改である可能性も見ておきたい。

右の公朝詠は「しばしこそ集《あつ》めても身を憑みしか物憂《う》き窓に飛ぶ蛍かな《哉》」（九六）である。やや意味が通りにくいが解釈すると、「暫くの間だけは蛍を聚めてその光にこの身（の立身）をゆだねたけれども、今は、物憂い思いをして見る窓にその蛍が飛んでいるよ。」といった意であろうか。（蛍を）「あつめても」は、当然「車胤聚蛍」[20]（蒙求）の故事を踏まえていよう。また、「物うき窓」は他に用例を見ない新奇な句形であるが、下句全体としては、「長恨歌」の「夕殿に蛍飛んで　思ひ悄然たり」に通う趣がある。

判詞は、「左の月には、右の蛍、光《ひかり》さだめて劣《おと》り侍らん。」で、能清詠が勝とされている。公朝詠が夏の歌としては述懐性が強すぎることが否定的評価の要因ではないだろうか。

⑯秋萩の花咲き初《そ》むる頃《ころ》よりやひとりある鹿の妻を恋《こ》ふらん（秋・六十三番左・一二五）

『古今集』の「秋萩の花咲きにけり高砂の尾上の鹿は今や鳴くらむ」（秋上・二一八・敏行）と「秋萩の下葉色づく今よりやひとりある人のいねがてにする」（同・二二〇・読人不知）を本歌とする。

『万葉』以来、萩の花は妻呼ぶ鹿に詠み添えられる。ここでは、秋萩の花が咲き始める頃から、独り身の鹿が妻を恋しく思って（寝つくことができずに鳴いて）いるのだろうか、との推測である。

右の公朝詠は「侘びつつも住《す》み馴《な》らひぬる世の中のまた《又》あぢきなき秋の夕暮」（一二六）である。「侘びしく嘆きながらも住み続けて馴れっこになってしまったこの世の中が、秋の夕暮は、また一層ひどくどうしようもなく感じられる。」との意である。

判詞は付されていない。両首共に常套的であり、批評が省略されたものであろう。[21]

⑰久方の月の氷の名取川《なとり》無《な》き名あらはす波の音かな（秋・七十八番左・一五五。歌頭に「撰」[22]）

『拾遺風体集』[23]（秋・一一六）と『新千載集』[24]（秋上・四三九）では初句が「秋の夜の」である。[25] これは、当歌合（諸本に異同はない）および『和漢兼作集』（七〇七）のような、初句が「久方の」の本文では、「秋」の歌であることを示す表現が希薄である（むしろ冬の歌との印象もある）ことで、改変されたのではないかと考えられる。それが作者自身の手かそれ以外（編纂者等）の手になるか[26]はただちには明らかにし難い。

「名取川」は、陸奥国（陸前国）の歌枕で、『古今集』の「陸奥に有りといふなる名取川無き名取りては苦しかりけり」（恋三・六二八・忠岑）を基にして、縁語たる「無き名」（無実の評判）を取ることの喩えが常套化している。能清詠もこの類型上にあるが、人事の比喩ではなく、直接に「名取川」自体の「名」（評判）を主題として、波の音を聞く自然詠としていることがむしろ新鮮である。その点では、「名取川梁瀬の浪ぞ騒ぐなる紅葉やいとど寄りてせくらむ」（新古今集・冬・五五三・重之）と同様であると言える。一方、「月の氷」は、西行の「敷き渡す月の氷をうたがひて篊《ひび》の手まわるあぢの群鳥」（山家集・一四〇四）を初めとして、中世初頭頃に多く詠まれるようになる詞である。イ照り輝く月の光が水に映って氷のように見えるさま、あるいは、ロその氷のように冴えて澄んだ月自体、を言う。能清詠の場合は、「月の氷」（ロの意）から「氷の名取川」（「名取」に評判を取る意を掛け「無き名」と縁語）へと鎖り、結果として、上句は、月光が川の水に映じて氷っているように見える（イの意）との評判を得ている名取川、という意味になる。

一首を解釈すると、「月が冴え凍って照る下で、その光を水に映しているために氷っているとの評判を取っている名取川は、その評判が無実であることを、波の音がはっきりと示しているよ。」という意であろうか。

右の公朝詠は「白露の玉まく田居《たゐ》の朝風《かせ》に仮庵《かりいほ》の萩の散《ち》らまくも惜《お》し」（一五六）である。これは、『万葉集』巻十・相聞の「寄二水田一」の次の二首を本歌とする作であろう。「釼後　玉纏田井尓　及何時可　妹乎不相見　家恋将居（たちのしりたまくたゐにいつまでかいもをあひみずいへこひをらむ）」（二二四五・作者未詳）、「秋田之　穂上尓　置　白露之　可消吾者　所念鴨（あきのたのほのうへにおけるしらつゆのけぬべくわれはおもほゆるかも）」（二二四六・作者未詳）。「玉纏田井尓」は、現在は「たままきたゐに」と訓まれ、一説に「釼の後玉（たちのしりたま）」が序で「纏（まき）」は地名とし、また、「玉纏」が地名で「釼の後」がその枕詞ともされる（「たゐ＝田居」は「田」のこと）。それはともかく、「たままく＝玉纏（巻）」は、玉をまきつけて飾る意か、葉先が玉のように巻く意である。公朝詠の場合、どちらの意味の「玉まく」がどこにかかるかが問題となる。例えば、為家の『洞院摂政家百首』の「白露の玉まく野辺の葛蔓恨みそめたる秋の初風」（早秋・五三〇）の上句は、「白露の玉まく」の「玉まく」が「葛蔓」にもかかり、白露の玉がまきつくように置いた、玉の形に美しく巻いた野辺の「葛蔓」（葛の意でかつ「恨み」の枕詞）、といった意であろう。しかし、これを「玉まく野辺」として解すれば、「まく」は「撒く」（ふりまく）の意に取らざるを得なくなろう。公朝が、このような誤解をしていたとすると、この公朝歌の「白露の玉まく田居」は、「（穂の上に置いた）白露の玉が、ふりまかれた田んぼ」ということになろう。これに従って一首を解釈すれば、「穂の上に置いた玉のような白露を、田を吹く朝風が落としふりまいている。その風によってさらに仮庵の萩の花が散ることは惜しいよ。」という意味になろうか（「白露」と「萩」は縁語で、『万葉』歌を考慮に入れなければ、この「露」は「萩」に置いた露となろう）。なお、「仮庵の萩」の措辞は、定家の「宿りせし仮庵の萩の露ばかり消えなで袖の色にこひつつ」（続後撰集・恋四・恋の歌の中に・九二四。拾遺愚草・住吉歌合、旅宿恋・二五七二）から学び取ったものではないか。

判詞は「左右殊宜。但、猶、左の波《なみ》に心寄《よ》り侍るめるにや。尤可レ賞可レ翫。再三可二詠吟一歟。」で、左右共に「宜し」とした上でさらに左の能清詠が最大限に称揚されている。その要諦は、結句の「波」にあるという。「心寄り」は、「寄り」が「波」の縁語でもある「寄り」で、気持ちが引きつけられるとの意であろうか。基家激賞の真意は今一つ不明瞭であるが、この評価（歌頭の「撰」も含めて）が後の諸集への採録に繋がっていく一因と捉えられよう。

⑱竜田《立》河紅葉《もみち》のひまになほ《猶》見《み》れば紅くぐる冬の夜の月（冬・九十三番左・一八五）

業平の「ちはやぶる神世も聞かず竜田河唐紅に水くくるとは」（古今集・秋下・二九四。百人秀歌・一〇。百人一首・一七）を本歌とする。ただし、結句は「水括るとは」ではなく「水潜るとは」とする仕立てである[27]。即ち、竜田川の水面に散り敷いた紅葉、それでもなおよく見てみると、そのすき間に、冬の夜の月が映っているので、一面の「紅」の下にも「月」が潜っているのだ、とする趣向であろう。

この「紅くぐる」「月」の趣向については、判詞に「左、紅くぐる月、家隆卿詠じ侍るにや。」と記されている。これは家隆の「竜田山神代も秋の木の間より紅くぐる月[28]や出でけん」（壬二集・同六年同内裏御会、秋山月[29]・二四八一）

を模倣したことを否定的に評したものであろう。

右は「斑鳩《いかるか》のよるかの池は氷《こほ》れども富緒河《とみのを》ぞ絶《た》えず流《なか》るゝ」（一八六）である。『拾遺集』の巻軸に、聖徳太子が行路の餓人に慈悲をたれたことに対する餓人の返歌とされる「斑鳩や富緒河の絶えばこそ我が大君の御名を忘れめ」（哀傷・一三五一。和漢朗詠集・親王付王孫・六七三・達摩和尚、初句「斑鳩の」他）がある。この歌を初めとする、大和国の歌枕の「富緒河（鳥見の小川）」の絶えることのない流れ、という通念を踏まえている。その「富緒河」は、現富雄川のことで、生駒山地北部に源流して矢田丘陵の東を流れ、斑鳩町の法隆寺南方で大和川に注ぐ川である。

一方、「斑鳩のよるかの池」は、太子の斑鳩の宮即ち現法隆寺付近に位置したと比定される池である。『万葉集』に「斑鳩之　因可乃池乃　宜毛　君乎不言者　念衣吾為流（いかるがのよるかのいけのよろしくもきみをいはねばおもひぞわがする）」（巻十二・寄物陳思・三〇二〇・作者未詳）と詠まれている。後代では、さ程多く用いられた歌枕とは言えないが、中世では『正治初度百首』（一一七六）で俊成が詠んだのを初めとして散見される。特に家隆が二首詠んでおり、内一首は「さゆる夜の今朝いかばかり斑鳩のよるかの池は氷りしぬらん」（壬二集・大僧正四季百首・池・一一九三。洞院摂政家百首東北大学本拾遺・氷・三〇八）[30]である。あるいはこの影響もあってか、『宝治百首』で家良も「朝氷結びにけりな白糸のよるかの池はゐる鳥もなし」（冬・池氷・二二〇四）と詠んでいる。公朝詠は、これらの「よるかの池」が「氷」るとの通念を踏まえ、（氷らずに）「絶えずなが」れる「富緒河」を対照的に詠み併せたものであろう。

この公朝詠に対する判詞は「右、斑鳩《いかるか》の両名所、おもしろく続《つゞ》きて見《み》ゆ。尤勝ち侍るべし。」で、二つの歌枕の対照を高く評価しているのである。
⑲降《ふ》り積もる雪に折《お》れ伏《ふ》す常磐木《ときは》の下枝《しつえ》を分くる杜の下道《した》（冬・百八番左・二一五）
一首は、「降り積もる雪の重さに折れ曲がって横たわっている常緑樹の下枝、それをはらい分けて（進む）森の

木陰の道よ。」との意である。

「下枝を分くる」の句は、俊成の「春雨のあまねき時は藤の花下枝を分くる紫の雲」（通親亭影供歌合・雨中藤花・九五）が先行例として見える程度だが、この俊成詠の場合は、紫雲に見立てられる藤の花が、下枝と区別されることを表現したものであり、該歌に関連付けて考える必要はないのかもしれない。また、「杜の下道」の句も、存外に用例が少なく、良経の「春日山杜の下道踏み分けて幾たび馴れぬさ牡鹿の声」（新勅撰集・神祇・五五六。秋篠月清集・治承題百首・神祇・四九三）が、早い例となる。(31)『新勅撰集』所収歌として、能清がこの一首を目にする機会はあったと思われるが、これも特に影響関係を想定しなければ詠出不能と見る必然性もない措辞であろうか。

右の公朝詠は「冬寒《さむ》み雪降《ふ》りかかる玉葛《かつら》実成《みな》らぬ木にも花咲きにけり」（二一六）である。冬の木に降りかかった雪を花に見立てる類型的趣向であるが、「実成らぬ木」である「玉葛」に「降りかかる」（「かかる」は「懸ける」ものである「玉葛」の縁語）「雪」を「花」に見立てた点が新しい。第三句以下は、本歌の「玉葛　実不成樹尓波　千磐破　神曾著常云　不成樹別尓（たまかづらみならぬきにはちはやぶるかみぞつくといふならぬきごとに）」（万葉集・巻二・相聞・一〇一・大伴安麿）から二句を取り、この歌に対する報贈歌の「玉葛　花耳開而　不成有者　誰恋尓有目　吾孤悲念乎（たまかづらはなのみさきてならずあるはたがこひにあらめわがこひおもふを）」（一〇二・巨勢郎女）の「はなのみさきて」をも結句に生かしていよう。

判詞は、「左、見《み》るやうに侍れど、右今少《すこ》しの勝《か》ちも侍りなん。」である。雪の降り積もって枝が折れ伏した樹々の景をその下の道を行く視点で叙した能清詠を、恐らくは一定の評価の意味合いを以て「定家十体」の「見様」に比定していよう。その上で、公朝詠に多少の優越を認めている訳であるが、それが何に起因するかは、基家の好尚全般に関わる問題であり、右の事例だけでは判断できない。

⑳恋ひ侘《わ》ぶる身は富士《ふし》の嶺《ね》の雲隠《かく》れ下の煙を知《し》る人ぞなき（恋・百二十三番左・二四五）

「人知れぬ思ひを常にするがなる富士の山こそ我が身なりけれ」（古今集・恋一・五三四・読人不知）以来の、駿河国の歌枕の「富士の嶺」（富士山）に寄せて「人」に知られることがない恋の思いを詠む類型上にある歌である。「富士の嶺の」以下は、「恋ひ侘ぶる身」の比喩である。雲に隠れた富士の下に立つ煙は見えず人に知られることのないように、恋い侘びている我が身は姿を隠して心の中の恋のもゆる「火」の煙を人は知らない、との意である。「恋ひ」の「ひ」に、「富士の嶺」「煙」の縁で、「火」を響かせる。言うまでもなく、下句は、「水草生ひてありとも見えぬ沼水に下の心を知る人ぞなき」（古今六帖・第三・ぬま・一六八二・作者不記）を初めとした常套的表現の派生型である。

右の公朝詠は「憑めお《を》く今夜《（こよひ）》も深けぬ偽りのなき世ならばと独り恋ひつつ」（二四六）である。『古今集』の「偽りのなき世なりせばいかばかり人の言の葉うれしからまし」（恋四・七一二・読人不知）を本歌とする。「憑めおく」（恋人が自分に対してあてにさせた）「言の葉」が、即ち「今夜」行くと言った「偽り」の約束ということになる。判詞で、「右、結句お《を》きかねたるさま也。」とされている。これは、「偽りのなき世ならばと」（もしうそ偽りのない二人の間であるならばと）の第三・四句が、意味の上で、「（独り）恋ひつつ」（ただ独りで恋しく思っている）にかかり難いことを批判しているのではないかと思われる。ただし、この結句は初句に連環させて解すべきであろう。

なお判詞では、能清詠も、右の一文に続けて「左も又勝ちがたかるべし。」と退けられている。憶測すれば、一般的な詞を用いつつも、「富士の嶺の雲隠れ」といった富士の通念に反する表現がなされていることが、評価を得られなかった要因ではないだろうか。

㉑暁は帰《かへ》る袖こそ濡《ぬ》れまされとまるも同《おな》じ別れなれども（恋・百三十八番左・二七五）

一首は、「暁には、帰ってゆく者（男＝自分）の袖の方がより濡れまさるよ。留まる（見送る）者（女・相手）も、互いに別れるということでは同じだけれども。」との意である。

例えば「朝露のおきて別れし暁」（古今集・恋三・六四一・読人不知）のように、「暁」は朝露が置いて、共寝をした恋人が起きて別れる時間帯である。帰る者は、別れの涙の上にさらにその帰り道の露で袖が一層濡れるということになる。ただし、別れの涙にさらに露が加わったのでより濡れるとの趣向を重視して読むと、恋歌としては成り立ち難くなる。作者の意図は、朝露に濡れて帰る自分の方がより悲しみが強く、だからこそ袖が涙に濡れる度合が相手にまして激しいのだとの主張にあると読むべきであろう。

判詞は「右、殊宜。万里の勝にや侍らん。」で、公朝詠に最大限の評価（「万里の勝」は、はるかに比べようもない程優れているといった意か）を与えているが、その右方は当歌合では諸本共に歌本文が失われているのに対して、当歌合では左方能清の歌である「暁は」の一首が、『人家集』では「権大僧都公朝廿八首」の一首（一四九）として見えるのである。何らかの錯誤があったことは間違いないが、その錯誤は、後出である『人家集』側にある可能性が高いかもしれない。

以上に、『宗尊親王家百五十番歌合』の能清詠を、番えられた公朝詠と基家の判詞も併せて見てきた。基家の判は、能清の勝三番、公朝の勝三番、持三番（内一つ宜しき持、一つ保留）、と判断される(32)（無判一番）。能清の勝の内、三十三・四十八番は右方の公朝詠の否定によって勝となっており、七十八番のみが能清詠自体が称揚されている。逆に、公朝の勝の内、九十三番は能清詠がやや批判的に扱われており、百三十八番は公朝詠に最大級の賛辞が与えられている。全体に、基家が両者の平衡に配慮したかの印象がある。そして、基家の判詞に能清詠が具体的に評されているのは、七十八番の「波」の語による趣向と、百八番の「見るやう」の歌体についてであるが、これらもそれ以上の詳しい記述はなく、これのみによって、能清詠に対する同時代の評価を探るには不十分であろう。

なお、古歌摂取の点に於ける比較で言えば、公朝詠が勅撰集以外の古歌、特に『万葉集』の歌をも積極的に取った傾向が窺われるのに対して、能清詠にはその痕跡が認められないことは、注意されるべきであろう。

三　宗尊親王弘長二年歌合二種

引き続き、弘長二年（一二六二）に、恐らくは宗尊親王が催したと思しい二種の歌合の歌を取り上げる。国立歴史民俗博物館蔵『定家家隆両卿歌合并弘長歌合』（田中穣氏旧蔵典籍古文書H・743・50）に合冊されている。これは、小川剛生が見出し、人間文化研究機構連携展示「うたのちから―和歌の時代史―」（平一七・一〇～一一）に出展され、その後、佐藤智広「宗尊親王弘長二年歌合二種について」（『昭和学院国語国文』三七、平二一・三）が、翻刻紹介したものである。佐藤論では、内題「弘長歌合」のものをA、同「歌合　弘長二年三月十七日」のものをBとし、「両歌合とも弘長二年（一二六二）春のものであったと考えられる」と言い、他出文献の検証から、「宗尊親王主催の鎌倉での歌合であることは確実である」とし、本節二で取り上げた弘長元年七月七日の『宗尊親王家百五十番歌合』の「余波であるかのように、小規模な歌合が行われたと言うことであろうか」と言う。

Aの出詠者（左・右）は、宗尊親王（女房）・真観、藤原能清・北条時広、源時清・北条時遠、惟宗忠景・源親行、円勇・藤原（鎌田）行俊、素暹・公朝で、全一二名。歌題は、花・郭公・月・雪・恋の五題の全三十番（六番欠）である。Bの出詠者は、宗尊親王（女房）・真観、藤原能清・北条時広、源時清・北条時遠、円勇・藤原（鎌田）行俊、素暹・公朝で、全一〇名。Aの四つ目の番の惟宗忠景・源親行の番がBにはない。歌題は、月前花・霞中花・山路花・閑居花・河上花の五題で、全二十五番である。AB共に、勝負付けはあり、一部の勝負付けに小字書き入れの僅かな注が付されてはいるが、完全な判詞とは言えず、判者も不明である。

即ち、両歌合共に、初番は宗尊親王（女房）と真観の番で、能清は、次番左に「左近中将能清朝臣」として配され、右「前越前守時広」と番えられているのである。前年の盛儀『宗尊親王家百五十番歌合』では、初番宗尊

（主宰者）・真観（宗尊の歌道師範）と次番顕氏（廷臣中最高位）・隆弁（宗尊の護持僧）に次いで、能清・公朝（隆弁に次ぐ高位の法体歌人）の番が配されていたが、その位置付けを踏襲しているのであり、それはそのまま、同時期の関東歌壇内の能清の評価を映していると見てよいのであろう。

さて、Aは月日不明だが、当該写本中ではBよりも前に位置していて、佐藤論の翻刻の順もそうであるので、A、Bの順に見てゆくこととする。まずAの『弘長歌合』から取り上げる。歌番号は佐藤翻刻の番号。

㉒問ふ人の年《とし》に希《まれ》なる音信《（おとづれ）》も花し咲《さ》かずは早晩《（いつ）》と待たまし（花・三）

「あだなりと名にこそ立てれ桜花年に希なる人も待ちけり」（古今集・春上・六二・読人不知）を本歌に取る。下句は「山吹の花し咲かずはなにゆゑにうらやまれまし井手の里人」（堀河百首・春・款冬・三〇〇・永縁）に負っていようか。結句の形は、『二条太皇太后宮大弐集』（八五）に見えるが、『洞院摂政家百首』の「思ひ入る心のうちの篠薄秋の盛りをいつと待たまし」（恋・忍恋・一〇五三・信実）や『宝治百首』の「ゆふかひもかけはなれたる榊葉よ神の許しをいつと待たまし」（恋・寄木恋・二八一六・成実）が、能清の視野に入っていたであろう。

右の時広詠「移《うつ》ろはばいかにせよとてみ《御》吉野《の》の妹背《いもせ》の山に花の咲くらん」（四）に対して、能清詠が勝つ。時広詠は、「み吉野の妹背の山」に咲く「花」（桜）を詠むことや、「いかにせよとて」「花の咲くらん」の言い方が、歌枕の本意を外して伝統的ではないことが、評価されなかったのであろう。

㉓郭公夜半に鳴くなり神無備の森の梢《木すゑ》に旅寝《ね》すらしも（郭公・一三）

「旅寝して妻恋ひすらし郭公神奈備山にさ夜更けて鳴く」（後撰集・夏・一八七・読人不知）を本歌に取る。本歌の内容の詠み直しで、工夫はない。

右の時広詠「時鳥涙《なみだ》借《か》るてふ慣《な》らひにや声《こゑ》聞《き》く度《たひ》に袖の濡《ぬ》るらん」（一四）が、本歌の「声はして涙は見えぬ郭公我が衣手の漬つを借らなむ」（古今集・夏・一四九・読人不知）を上句に仕込みながら、下句で新しさを出したことに比して、能清詠が負けたのは当然であろうか。

㉔老いとなる慣《な》らひも更に厭《いと》はれず月見《み》るにのみ積《つ》もる年かは（月・二五）

「大方は月をもめでじこれぞこの積もれば人の老いとなるもの」（古今集・雑上・八七九・業平）を本歌として、それに異を立てる趣向の一首である。積もれば人の老いとなるものとして大概は月を観賞などするまいという本歌に対して、そのような老いとなる慣例（習俗）も自然と一向に厭いなどはしない（いやなものとして避けることはしない）とし、その理由を、ただ月を見るだけで年が積もるのではない（年が積もるのはただ月を見るからだけではなく、月を見なくとも年は積もる）からとする趣向である。なお、「厭はれず」の「れ」を自発として解したが、可能と見て、決して厭うことなどはできない、と解することもできようか。

「月」題であり、『続後拾遺集』（三五四）でも秋部（秋下）に収められて「月」歌群中にあるので、たとえ老いとなる基であっても見ずにはいられないほどの秋の月を賞する歌ということになる。俗信から老いを厭って観月を避けるという、雑部に収められている本歌を一応は展開している。

右の時広詠「起《お》きゐつつ何かは言《い》はむ秋の夜の月ゆゑ《へ》にこそ物も思《おも》はめ」（二六）に対して、能清詠が勝つ。時広詠は、初句に注目すれば、「独り寝のわびしきままに起きゐつつ月をあはれと忌みぞかねつる」（後撰集・恋二・六八四・読人不知）や「秋の夜の月見るとのみ起きゐつつ今宵も寝でや我は帰らん」（拾遺集・恋三・七八六・兼盛）を意識していると見てよいであろうか。第二句は、宗尊の「弘長元年五月百首歌」の「はかなしと何かは言はむ世の中はかくこそありけれ朝顔の花」（柳葉集・秋・二二六）に倣ったのかもしれない。第三句以下が、主意を表すが、下句の措辞は大仰な凡庸感が否めない。

㉕舟木《ふなき》樵《こ》る道絶《た》えぬらし能登《のと》の島鳥総《とふさ》とたわ《は》に雪の降《ふ》れれば（雪・三七）

「鳥総立て舟木伐るといふ能登の島山今日見れば木立繁しも幾代神びそ」（万葉集・巻十七・四〇二六・家持）を本

歌にしていよう。『堀河百首』の「卯の花も神のひぼろきときてけり鳥総もたわにゆふかけて見ゆ」（夏・卯花・三四四・俊頼）も踏まえ、また同百首の「炭竃やそことも見えず降る雪に道絶えぬらん小野の里人」（冬・炭竃・一〇七七・顕季）の類型の延長上にもある。「舟木」は造船の木材、「能登の島」は能登国の歌枕で七尾湾中央の島。「鳥総（朶）」は、古代に木を伐った時に、梢の枝を切り株に立てて山の神を祭る、それを言うというが、ここは、単に木の梢や葉の茂った枝を言う。能清詠第四句の「鳥総とたわに」の「と」は「も」の誤りであろう。

右の時広詠「旅人の峰の通《かよ》ひ路《ち》埋《うつ》もれて跡こそ見《み》えね雪《ゆき》の降《ふ》れれば」（三八）に対して、能清詠が勝つ。時広詠の先行類歌としては、「有明の月だに見えずなりにけり檜原が下に峰の通路」（正治後度百首・山路・六七一・長明）や「峰続き梢は深く埋もれて雪より下の谷の通ひ路」（同・雪・三四二・具親）、あるいは「来し方もなほ行く末も降る雪に跡こそ見えね帰る山人」（建保名所百首・雑・還山・一〇〇八・藤原康光）等が目に入る。比較的新しい表現の一首ではあろうが、それがまた評価されなかった理由かもしれない。

㉖はかなくも逢ひ初《そ》めなばと頼《たの》むかな後にもつらき人の心を（恋・四九）

「はかなくも」「頼むかな」は、「はかなくも今日の命を頼むかな昨日を過ぎし心ならひに」（新勅撰集・雑三・一二三六・家隆）に倣っていようか。第二句の「逢ひ初めなばと」の句は、前年の『宗尊親王家百五十番歌合』で、時広が「さてはなほ遠ざかりける憂き人に逢ひ初めなばと何思ひけん」（恋・二八〇）と詠んでいる。能清は、歌合の番の相手の先行作から敢えて取り用いたのかもしれない。下句の類例には、能清と同時代の六波羅評定衆大江頼重の「今はまたいかに言はまし恨みての後さへつらき人の心を」（新後撰集・恋六・一一八七）がある。近現代の歌に類した新しい表現を用いた歌と言えよう。

右の時広詠「人はいまだ知《し》らぬに生《お》ふる葛の根の下にしほれて幾《いく》世経《へ》ぬらん」が勝つ。これは、「いかなれば知らぬに生ふるうきぬなはくるしや心人知れずのみ」（後拾遺集・恋一・六〇六・馬内侍）を本歌にする。下句は、「谷深み木の葉隠れを行く水の下にながれて幾世経ぬらん」（堀河百首・恋・不被知人恋・一一五〇・肥後。万代集・恋一・一八二四）に負っていようか。「葛の根の」は、『万葉集』（巻三・挽歌・四二三・山前王〔或云人麿〕）の一云に見える句で、他の用例は見えない。従って、「葛の根の下にしほれて」は、拠り所のない新奇な措辞である。

以上、『弘長歌合』の五番中では、能清の勝は三番である。どちらかと言えば、古歌に依拠した表現の方が、新奇な表現よりも評価されたと見てよいであろうか。

続いて、Bの『歌合　弘長二年三月十七日』を見て行こう。

㉗花の色も一《ひと》つに見《み》ゆる春の夜はいづれを月の影と分かまし（月前花・三）

「月影も花も一つに見ゆる夜はいづれを分きて折らんとぞ思ふ」（古今六帖・第六・きく・三七三六・貫之）に依拠しているのであろう。これは、勅撰集等の確固たる撰集には見えない歌なので、本歌と見るには至らない。白菊の色が月光の白さと見紛うことは、「いづれをか分きて折るべき月影に色見えまがふ白菊の花」（新勅撰集・秋下・三一一・大弐三位）の作もあって、通念であろう。しかし、桜の「花」の白さと月光の白さについて、一つに見えるあるいは見紛うとすることは、伝統的な詠み方ではなく、春の「花」または「月」の歌の本意からは、外れるのではないだろうか。『古今六帖』歌に寄りかかって、その菊の「花」を、敢えて桜の「花」に詠みなしただけの試みのようにも思われるのである。

右の時広詠「暮れぬれどなほ《猶》木《こ》の本《もと》を立ちやらで夜《よる》さへ月に花を見るかな《哉》」（四）が勝つ。これは、慈円の「暮れぬれど花のしたにも宿借れば日数ばかりぞ春に別るる」（千五百番歌合・春四・五七四）に拠ったか。初句の「暮れぬれど」は、家集の『時広集』にも「暮れぬれど家路急がじ梅の花色にもまさる香をしめでつつ」（春・三九）と見える。上句は類型的だが、下句は新しい趣が感じられるので、そのあたりが評価されたのだろうか。なお、文永二年（一二六五）七月七日『白河殿七百首』の藤原為教詠「とまるべき宿をいづこと定むらん夜さへ月に過ぐる旅人」（秋・月前行客・二九八）の第四句は、時広詠に倣った可能性があるであろう。また、『文保百首』の小倉実教詠「面影はなほ立ちさらで木の本に暮れても花の色を見るかな」（春・一二一一。続現葉集・春下・六八）は、時広詠に近似する。偶然かと思われるが、もし実教が時広詠を見習ったとすると、この歌合の流布の範囲を、より広げて考えなければならないだろう。

㉘春風の霞吹き解《と》く隙《ひま》毎にいざよふ雲や桜なるらし（霞中花・一三）

「谷風に解くる氷の隙ごとにうち出づる波や春の初花」（古今集・春上・一二・当純）を本歌に取りつつ、「春風の霞吹き解く絶え間より乱れてなびく青柳の糸」（新古今集・春上・七三・殷富門院大輔）の言詞と意想に大きく寄りかかった一首である。「波」や「青柳」を詠じた先行歌を、「桜」にずらして仕立てただけの感じが否めない。なお、「桜（花）」を「いざよふ雲」に見立てる趣向の先行歌に、「隠れ沼の初瀬の山の桜花いざよふ雲と咲きにけらしも」（如願法師集・詠百首和歌・春・二五六）があるが、能清がこれを目にしていたかは分からない。

右の時広詠「八重霞霞《かす》める山の春風に目《め》に見《み》ぬ花も匂ひ来《き》にけり」（一四）の初二句は、伝統的ではない説明的措辞である。第四句の「目に見ぬ花」は、先行例は見えず、俗に傾いた言い方である。結句の「匂ひ来にけり」も、例えば「月させとおろさぬ窓の夕風に軒端の梅は匂ひ来にけり」（太皇太后宮小侍従集・春・窓下梅・一一）と歌われるように、桜ではなく梅の方が似つかわしい。かれこれ、三句以下は視覚よりも嗅覚に寄せて詠まれる梅を詠じたごとくである。

判が持であるのは、両首共に「霞中花」の詠み方としては不相応であると判断されたからであろうか。

㉙暮れぬとも今日《けふ》は高嶺《根》の花を見て山路《ち》の末は明日や越《こ》えまし（山路花・二三）

「紅葉葉を今日はなほ見む暮れぬとも小倉の山の名にはさはらじ」（拾遺集・秋・一九五・能宣）を本歌とする。「行きやらで秋の山路に暮れぬとも下照る峰の紅葉やはなき」（永久百首・秋・秋山・三一二・源忠房）の「紅葉」を「花」

に移したような趣もあるが、能清がこの歌に拠ったと見る必要はないであろう。むしろ、一首の山路の花を日々尋ね行くという主想は、「尋ね入る花より花に日数へて山路の末に幾夜とまりぬ」（院御歌合宝治元年・山花・四一・有教）に通う。とすれば、その淵源は俊成の「面影に花の姿を先立てて幾重越え来ぬ峰の白雲」（新勅撰集・春上・五七）に求められる。能清詠にも微かにその趣があろう。なお、宗尊がこの歌合の翌年に詠じた「弘長三年八月、三代集詞にて読み侍りし百首歌」（春）の「暮れぬとも今日はなほ見む桜花明日の命も知らぬ憂き世に」（柳葉集・四一一）は、同じ『拾遺集』歌の本歌取である。あるいは能清詠から刺激を受けた可能性もあろうか。

右の時広詠は「絶《た》えずやは人すさむらん道の辺《へ》のこの山桜里《さと》遠く［　　］」である。歌末を欠き、そうでなくともよく分からない歌である。初句の「絶えずやは」は、「堪へずやは」にしても、先行例が見えず非伝統的句形である。第二句の「人すさむらん」も同様である。「この山桜」の句は、「都人いかがと問はば見せもせむこの山桜一枝もがな」（後拾遺集・春上・一〇〇・和泉式部）に拠るのだろうが、上の「道の辺の」、下の「里遠く［　　］」との接続は、必然ではない。後代の「里遠み人もすさめぬ桜花いたくな侘びそ我見はやさん」（河海抄・松風・一三三二）も援用して考えると、一首は、里から遠い山路の道の辺に咲く山桜を、散り絶えてしまう前に、里人は賞翫するのだろうか、という趣旨を詠じているのだろうか。時広は、慣れない言詞でやや特異な歌境を詠む傾きがあるのかもしれない。

判は、能清詠が勝で、「左右共優に侍る上に、猶左勝ちたるよし」の注が付されている。

㉚ありとだに人に知《し》られぬ宿なれば花咲《さ》きぬとも誰《たれ》か問ひ来《こ》む（閑居花・三三）

一首の表現は理詰めで散文的とも言え、その意味するところは明白である。詞の面では、阿仏尼に「ありとだに人に知られぬ紅葉かな木末は四方の山をへだてて」（藤川五百首・山中紅葉・二三四）という、初二句を同じくする一首がある。しかし、むしろ「人に知られぬ宿」の措辞は、「三輪山をしかも隠すか春霞人に知られぬ花や咲くらむ」（古今集・春下・九四・貫之）を本歌とした、定家の「いかさまに待つとも誰か三輪の山人に知られぬ宿の霞は」（建保名所百首・春・三輪山・五一）から学び取ったのではないかと思われる。また、結句に「誰か問ひ来む」を置く形については、『詞花集』の「木のもとを住みかとすればおのづから花見る人となりぬべきかな」（雑上・修行しありかせ給けるに、桜花の咲きたりける下に休ませ給てよませ給ける・二七六・花山院）を踏まえた、「木のもとの住みかも今は荒れぬべし春し暮れなば誰か問ひ来む」（新古今集・春下・修行し侍りける頃、春の暮によみける・一六八・行尊）が注意されよう。この行尊詠は、樹下の「住みか」は、花が咲いている間はそれを見る為に人も来ようが、春が暮れて花が散った今では誰も訪れず荒れてしまうであろう、といった趣旨である。能清詠はこれに対して、人が存在さえ知らない「宿」はたとえ花が咲いたとしても一体誰が訪れて来ようか、との主旨で、言わば「閑居」の程度を極端に押し進めた趣向である。あるいは能清の詠作時の意識にも右の行尊詠がのぼっていたのではないだろうか。

右の時広詠「宿からの契りも悲しいかなれば独り見《み》るべき花に咲［　　］」に対して、能清詠が勝つ。時広詠は、後出の「今更に春とて人も尋ね来ずただ宿からの花の主は」（続拾遺集・雑春・四九〇・師良）と主想は同じであろう。この歌は、「春来てぞ人も訪ひける山里は花こそ宿の主なりけれ」（拾遺集・雑春・一〇一五・公任）を本歌にし、「今さら春だからといって、人も（私を）尋ねては来ない。ただ、花が本当の主人である家ゆえの、その主人である私のことは。」といった趣旨であろうか。時広詠の第二句「契りも悲し」は、定家（拾遺愚草・三九九）や俊成女（俊成卿女集・一四九）や為家（為家集・九八三、一六〇七）等が詠じた、比較的新しい句形である。

㉛吉野河浪も桜《さくら》の色に出でぬ水の心や花に［　　］（河上花・四三）

歌末を欠くが、「吉野川水の心は早くとも滝の音には立てじとぞ思ふ」（古今集・恋三・六五一・読人不知）を本歌としているのであろう。『東撰六帖』の「時分かぬ水の心も山吹の花にうつろふ井手の玉川」（春・款冬・二八二・

大江匡光）は、能清も見知っていたかもしれない。これに類するとすれば、歌末は、「うつろふ」「うつる」の類の語であろうか。なお、この歌合にも出詠の源時清に「散らぬ間の波も桜にうつろひぬ花のかげ行く山川の水」（続拾遺集・雑春・河辺花といへる心を・四九三）という類詠があるが、能清詠との先後は不明である。

右の時広詠は「散《ち》る花の淀《よど》みにとまる山川の水の心やなほ《猶》［　　］」（四四）で、判は持である。左の能清詠と同様に、『古今集』の「吉野河水の心は」歌に依拠しているのであれば、「山川（やまがは）」は、具体的には「吉野川」を念頭に置いて言ったと思しい。とすると、後鳥羽院の「吉野川井堰に花を塞き止めて水の心も春惜しみける」（仙洞句題五十首・春・河辺花・五五）に倣った一首であろうか。歌末は、「惜しむらむ」に「けり」や「らむ」等の助動詞が付いた類の語であろう。

以上の五番の判は、能清勝二番、時広勝一番、持二番である。『弘長歌合』と似たような結果で、やはり伝統的ではない詞遣いや仕立て方が、時広の歌の方にやや目立つということであろうか。

四　『三十六人大歌合』採録歌

さて、藤原基家が編んだと推定されている弘長二年（一二六二）九月の『三十六人大歌合』の能清詠を取り上げ、前記の『百五十番歌合』の基家判詞も踏まえながら、基家の評価の意味を併せて考えてみたい。

能清は「藤原能清朝臣」として右方十四人目に配され、左方「源具氏朝臣」と番えられている。この歌合は、歌仙の秀歌撰（三十六人撰）の意味合いが強く、勝負や判詞が付されている訳でもないので、特には具氏の作を取り上げない。

㉜梅の花《はな》それと見《み》えねど折る袖《そで》の濡《ぬ》るるや雪のしるしなるらむ（一五二）

「我が背子に見せむと思ひし梅の花それとも見えず雪の降れれば」（後撰集・春上・二二・読人不知。万葉集・巻八・

一四二六・赤人。古今六帖・七三九。和漢朗詠集・九四他）を本歌とする。

一首は、「雪が降る中で白い梅の花は、それだと見分けがつかないけれど、（いとしいあなたに見せようと思って）折る袖が濡れるのは、やはりそれが雪である証拠なのだろうか。」という趣意であろう。

「濡るるや」の「や」の解釈が問題となる。即ち

イ梅がこれから咲く（あるいは咲き始めている）春のごく初めの歌とすれば、「や」は軽い落胆を伴った疑問（問いかけ）で、袖が濡れるのは、やはり梅ではなく雪であるしるしなのだろうかよ、との意。

ロ梅が既に咲いている早春の歌とすれば、「や」は強い疑問（あるいは反語）で、袖が濡れるのは、（梅が咲いているはずにもかかわらず・春にもかかわらず）本当に雪であるしるしなのだろうか（いや梅も咲いているはずだ）、との意。

ハ冬の歌とすれば、「や」は詠嘆で、袖が濡れるのは、ああまさに雪であるしるしなのだろうよ、との意。

ハは単に白梅と白雪の紛淆の趣向が勝った歌となるので、春の歌に解したい。本歌と同時季と見ればロとなるが、ここでは、初春に梅の花と見紛わせて降る雪の中で初花の枝を（人の為に）折ろうとしたが、やはりいまだしであった、との思いを表出した（イ）と見ておく。

㉝藻塩《もしほ》やく煙《けぶり》は空に消えぬれど春《はる》とや月のなほ《猶》霞《かす》むらむ（一五四）

「藻塩を焼く煙は空に消えてしまったけれど、それでもやはり春だというので月が霞んでいるのだろうか。」との意で、単純な構想の歌である。「春とや」（「晴るとや」との掛詞で「空」「かすむ」と縁語）の軽妙さに特徴があると言えるが、これは、類例の「秋とや」と並んで中世に散見される表現である。[33]

なお、『新続古今集』（春上・二五）に「二品法親王覚助家五十首歌に、浦霞を」の詞書で、高階重経の「藻塩焼く煙はよその浦風に春とや空のなほ霞むらむ」が収められている。あるいは能清詠を模倣したのかもしれない。

㉞村雨はやがて晴《は》れぬる小山田のまさらぬ水に早苗取《と》るなり（一五六）

すぐに止んだ俄か雨で増水しなかった山田の田植えを詠むが、「やがて晴れぬる」と「まさらぬ水」の表現はやや説明に過ぎようか。その「まさらぬ水」は、「よに流れたるふることなれど」（左近権中将俊忠朝臣家歌合・五月雨・六・藤原顕仲詠の俊頼の判詞）と評された、「五月雨に水まさる」といった類の表現を念頭に置いて詠まれていよう。一方、「村雨」は、元来は秋のものであったが、『千載集』（一六七）『新古今集』（二二四、二二五）で、時鳥と詠み併せられており、初中夏の俄か雨として詠む認識も成立していたと思われる。従って、該歌の「村雨」は、五月雨のはしりの俄か雨で、その晴れ間（原義の五月晴れ）の「早苗取る」行為即ち田植えの歌と解される。

㉟木の葉こそ風《かせ》のさそへばもろからめなどか涙の秋《あき》は落《お》つらん（一五八）

「涙の」の「の」の右傍に「もイ」の異本注記がある。群書類従本、内閣文庫蔵本（二〇一・一八〇）、宮城県図書館蔵伊達文庫本（伊九一一・二八／二四）もこれと同様で、他の諸本の大勢も「の」である。(34) 逆に、該歌を収める『続古今集』（雑上・一六〇六）の諸本の大勢は「も」である。(35)

一首は、「秋には、風がさそうので木の葉はもろく散るのだろうけれど、何故木の葉ならぬ涙が（もろく）落ちるのだろうか。」との意である。第四句の「の」が「も」とすれば、下句は、何故木の葉だけでなく涙までも落ちるのだろうか、との含意があることになる。「おつ」は「木の葉」の縁で葉が落ちるの意が響く。

「木の葉」と「涙」の脆さ（落ちやすさ）の比較の趣向は、例えば、『源氏物語』葵巻に、「宮は、吹く風につけてだに、木の葉より、けに脆き涙は、まして、（消息を）とりあへ給はず。」（日本古典文学大系本）と見えている。これは、八月十四日の葵の上の死後（二十余日の葬儀以降四十九日以前）、光源氏が、遺児夕霧を「撫子」に喩えて亡き葵の上の美しさに劣っているとご覧になるか、と大宮（葵の上の母）へ慰めを消息する場面で、その大宮の対応についての描写である。能清が、この場面を意識していたとは断じられない。しかし、このような「木の葉」と

「涙」の比較は、和歌の実作に多くは見えないまでも伝統的通念であったことは確かであろうと思われる。

ところで、該歌は、『源承和歌口伝』の「ぬしある詞」に、「木の葉こそ時雨れてもろき色ならめさそはぬ風にふる涙かな」（一九〇・景継）に続けて、第四句「などか涙の」で引かれ（肩注「続古」）、「此歌不二庶幾一之由申侍りき。新歌出来、尤不審。なにこそあらめといへる詞、中古出来、当家寂蓮又詠レ之後、他門盛賞二翫之一。当家用否、寂蓮詠可レ知レ之。」（日本歌学大系本。以下同じ）とある。「此歌」能清詠は望ましくないことを（為家が）申しておりましたのに、「新歌」景継詠が出てきたのはとりわけ訳がわからない（不興である）、というのである。そして、「〜こそ〜め」という詞は、「中古」に出てきたが、当家（俊成家）の寂蓮がさらにこれを詠んで以後、他の門流がさかんに賞翫した、とし、さらに、当家の「用否」（用いるか否かの意か）については、寂蓮の歌で「之」即ち「用否」をわきまえるべきである、あるいは、「之」即ち「寂蓮詠」の存在を知るべきである、というのである。即ち、景継詠は能清詠と類似しているが、直接そのことが咎められているのではなく、能清詠自体が既に、「ぬしある詞」即ち寂蓮の「〜こそ〜め」を犯していることが問題だというのであろう。その寂蓮詠というのは「さもこそは跡なき庭と荒れ果てめ夢路も絶えぬ荻の上風」（玄玉集・巻七草樹下・六七九）であろうか。語法上の僅かな特徴と言える点についても、その類似を認めない態度はかなり厳しいものであり、むしろこの場合は理不尽とさえ言える。能清が寂蓮詠に倣わなければ「〜こそ〜め」を詠出できなかったようには思われないからである。それはともかく、基家が能清の秀歌の一首として撰した該歌について、為家が否定的に捉えていたと伝えられていることは興味深い。その理由が必ずしも源承の言う「〜こそ〜め」の使用にあるとは断定しきれないが、少なくとも、該歌を『続古今集』に撰入したのは、為家ではなく追加撰者のいずれかであったと推測してよいのではないだろうか。

ここで、同じく同書の「ぬしある詞」に見える能清の別の一首を取り上げておく。

㊱今日来《けふこ》ずは雪とだに見《み》じ山桜木のもとさそふ春の嵐《あらし》に（一五九）

「今日来ずは明日は雪とぞ降りなまし消えずはありとも花と見ましや」(36)（古今集・春上・六三・業平。伊勢物語・十七段・二九・〔男〕）を本歌とし、やはりこれを本歌とする定家の「桜色の庭の春風跡もなし問はばぞ人の雪とだに見ん」（新古今集・春下・一三四、千五百番歌合・四七〇）をも踏まえる。

「木のもとさそふ」の句は、先行例を見出せないが、桜の花びらが散り積もる場所である「木のもと」(37)を吹いてその花びらをさそう、との意であろう。また、「春の嵐」は、好忠や和泉式部辺りの用例(38)を先蹤とする語で、勅撰集では『金葉集』（雑上・六〇三・周防内侍）を初例とする。能清にとって身近な作例を挙げておけば、『宝治百首』の「惜しからぬ桜なりせば何ゆゑか春の嵐の憂きを知らまし」（春・惜花・六三八・弁内侍）がある。

『源承和歌口伝』は、該歌を取り上げ、「問はばぞ人の雪とだに見んといへる、新古今秀逸也。両度無念にや。」とする。右記の定家詠の下句（特に結句）を「ぬしある詞」として、能清詠がそれを犯したことを咎めたものであろう。「両度無念にや」は、「両度」が、かえすがえすも、重ね重ねといった強調で、（ただでさえ「ぬしある詞」は禁忌であるのに）これは（定家の）『新古今』の秀歌なので重ねて「無念」ではないか、との意であろうか。能清が、定家の歌から「雪とだに見」の詞を取ったことは間違いないであろうが、これを批判する態度は、やはりかなり厳格と言えようか。

さて、右の二首が「ぬしある詞」を犯しているとされることについては、既に指摘されているとおり、源承の制禁の厳格さを示す(39)ものとも言えるが、同章に特に名前を挙げて二首が取り上げられているのは能清のみであり、また、後述のとおり「古歌をとりすぐせる歌」でも能清詠二首が批判されていることをも併せて考えれば、源承の能清自身への批判的感情が感じられるのである。

『三十六人大歌合』の残りの一首に戻る。

㊲何とかは人にも今《いま》は語《かた》るべき身《み》の憂《う》きほどはよそに見《み》ゆ《る》らむ（一六〇）

宮城県図書館蔵伊達文庫本（伊九一一・二八・五八）、陽明文庫蔵本（時代不同歌合綴）は初句を「なにをかは」（前者は「を」に「とイ」と傍記）とする。「を」は「と」の誤写であろう。また、結句の「ゆ」は底本「る」を他の諸本により校訂した。なお、該歌を収める『続拾遺集』（雑中・一一九〇）の諸本は各々「と」、「ゆ」(40)。

一首は、「今は、一体どんなふうに人に語ったらよいのだろうか。この身が憂き間、それは人から私が疎遠だと見えるのだろうから。」といった意である。『続拾遺集』には「述懐歌とて」の詞書で収められている。「人」（他人）から見て「身」（我が身）が「憂き」（憂鬱の）状態のときは関係のない仲間はずれのものと見える、即ち、「憂き」状態にあるときは自分一人だけなのであって、従って、その境遇を他人に語るべき方途もない、ということであろう。仮に恋の歌として読めば、恋しい「人」から見て自分が「よそ」（無縁）だと見えている（恋人が自分に冷淡である）とき、それが即ちそのまま「身」（我が身）が「憂きほど」（憂鬱な期間）なのであって、従って、恋人に「かたるべき」方途がない、ということになろうか。いずれにせよ、やや強い調子の率直な表現であって、かつ理屈張った歌と言えよう。

以上が、基家が撰した『三十六人大歌合』の能清の五首である。総じてやや理屈・趣向が勝っていて、意味するところは明確であると言えるが、特に新しい題材や構想が示されている訳ではない。また、やや新奇な感のある詞――「春とや」「まさらぬ水」「こそ〜もろからめ」「何とかは」――を含んだ歌もある。しかし、それらの詞も、優れて個性的で新奇だという訳ではなく、類型からの派生や時代に従ったものである。宗尊親王の命で当時現存の歌人から、公任の『三十六人歌合（三十六人撰）』に倣って編んだ同歌合に能清が撰入されたことは、先に見た『宗尊親王家百五十番歌合』に於ける基家の評価とも併せて、基家の能清の歌の力量に対する一定の評価を示すものであろう。しかしながら、この詠作五首が殊更能清を撰入せざるを得ない程突出した秀歌であるとの、同時代の資料上の証左も、二首が勅撰集に撰入したということ以外にはなく、また、上記の注解よりしてもそれを認めるべき必然性はないものと考える。従って、同歌合自体が、京都方と鎌倉方の平衡に配慮した構成となっていることを勘案すれば、前節にも記したとおり、恐らくは、将軍に近仕した関東祗候の廷臣としての存在の意味が、基家をして、能清の存在を無視させなかった一つのそして最大の要因となったと見てよいのではないかと思うのである。

五　能清四十歳以降成立の打聞所収歌

以上、一～四で見たのは、能清の三十代以前成立の諸集（勅撰集以外）の詠作である。続いて、これ以降成立の諸集の所収歌を取り上げてゆく。

まず、建治二年（一二七六）閏三月に執権北条時宗が結構した屛風詩歌（図伊信入道）である『現存卅六人詩歌』（詩日野資宣撰）の一首を取り上げる。歌の撰者は真観である。題は「尋山花」で、位置は「一条新三品能清」である。

㊳今日《けふ》もまた同《おな》じ山路を尋《たづ》ね来《き》て昨日は咲《さ》かぬ花《はな》を見《み》るかな（六六）

この歌は、『新後撰集』（春上・六四）に「中務卿宗尊親王の家の歌合に、花」の詞書、第二句「同じ山路に」(41)で入集する。『和漢兼作集』（一四九）にも詞書「入道中務卿宗尊親王家歌合」、第二句「同じ山路に」で採録される。同歌合が出典であり、宗尊親王将軍在位期の鎌倉における歌合の出詠歌であろう。『新後撰集』には同様の詞書の歌が該歌も含めて五首見える。歌題を記すものが三首（六四＝尋山花・能清、一二二九＝閑居花・能清、一三三三＝千鳥・公朝）、記さないものが二首（三七四・能清、一二五九・源時清）で、内三首は能清、残りは源時清と公朝が各一首である。公朝詠は、「文永二年中務卿親王家三首歌合」（人家集、夫木抄）の歌だが、他は、時期等詳細は不明である。

該歌は、昨日は咲いていなかった花を同じ山路で今日は見る、という平明な内容である。上句は、『金葉集』の「今日もまた尋ね暮らしつ時鳥いかで聞くべき初音なるらん」（夏・尋郭公といへることを・一〇五・節信）といった先行の類例があるが、特定の依拠歌を求めるべき必要はないであろう。むしろ、「(今日) もまた同じ」は、和歌表現としては冗長ではないだろうか。加えて、一首全体の表現も説明に過ぎ散文的であると言えようか。中で、「昨日は咲かぬ」は、やや熟さない感がある。『千五百番歌合』に「氷りせし嵐を春に吹きかへて昨日は聞かぬ谷の下水」（春一・五三・保季）と見え、第四句について「昨日は聞かざりしとや言はまほしく聞こゆらむ」との忠良の判詞がある。時制の曖昧さを咎めたものであろうが、該歌についても同様の批判が可能であろうか。

次に、建治三年（一二七七）～弘安二年（一二七九）頃成立（後一部補訂か）と推定されている『和漢兼作集』の一首を見る。同集は和漢兼作の人の詩歌集とされるが、現存本には能清の詩は見えない。和歌の入集は三首であるが、内二首（一四九と七〇七）は『宗尊親王家百五十番歌合』と『現存三十六人詩歌』所収歌（⑰⑱）として既に見たので、残りは一首である。位置は「従三位藤原能清」、題は「水草」。

㊴いづれをかまづ結《むす》ばまし清水《しみづ》せく野中の道《みち》に茂《しげ》る夏草（夏下・四九四）

底本は第二句「まつむすはゝまし」とあるが、「は」の踊りは衍字と見て私に訂する。

一首は、「野中の道に繁茂する夏草が、「野中の清水」をふさいでいてどこにあるかわからない。一体、夏草と水とどちらをまず結ぼうかしら。」という意である。

「いずれをか結ばまし」は、「結ぶ」という夏草を結ぶ意と水を掬う意との掛詞の類型を活用した表現である。また、「清水せく」の「せく」は、「夏草」にかかると解される。「清水」「野中」は、播磨国の歌枕の「野中の清水」[42]を詠んだものである。もちろん『古今集』の「いにしへの野中の清水ぬるけれど本の心を知る人ぞ汲む」（雑・八八七・読人不知）を原拠とするが、例えば教長の「崇徳天皇初度百首」の「野」詠「たまぼこの道だに見えぬ夏草に野中の清水いづくなるらん」（教長集・八九〇）を初めとして、「夏草」の「茂る」（それによって場所が不明の）「野中の清水」とする趣向の歌が散見され、[43]能清詠もその類型に従ったものと捉えられる。

次に、池尾和也「『閑月和歌集』を読んでわかったこと」（『中京国文学』一二、平五・三）により、弘安四年（一二八一）閏七月十四日以後、同年十月二十三日以前に源承撰、と推定されている『閑月和歌集』の一首を取り上げる。位置は「侍従能清」。

㊵神路山嵐《ちやまあらし》ぞ払《はら》ふ西《にし》の海《うみ》に寄《よ》せ来《く》る船《ふね》の跡《あと》もなきまで（四三五）

「法眼源承勧《すゝ》め侍りし十五首歌に、神祇」と詞書する四首の歌群の一首である。これは、弘安四年（一二八一）の「弘安の役」後に、その勝利慶祝の意を込めて勧進されたと思しき「十五首歌」である。いわゆる元寇の軍船が大風雨に漂没して結果生じた勝利を、伊勢国の歌枕にして神威（皇威）を表象する「神路山」（内宮南方の連山という）の「嵐」がもたらしたものとして詠んでいる。

同機会の他者（公朝・隆弁・三善時有）詠[44]も同工異曲であるが、中で能清詠は、特にその下句の直截で説明的な表現に於いて特徴的であると言える。

なお、上述のとおり、源承が能清の歌壇的位置、つまり関東歌壇に属して真観に親昵したことに批判的であったとすれば、この「十五首歌」の員数に加えられた要因は、まさにその歌壇的位置と表裏をなす関東祗候の廷臣という境遇、即ち幕府内に重要な地位を得ていたことに存したものと捉えられるのである。

続いて、勅撰集以外の最後となるが、能清没後に成立した『夫木抄』所収の二首を見る。位置は両首間、伝本間に異同があるが、[45]正しくは「正二位能清卿」とあるべきであろう。

一首目は、「冬歌中」の詞書で、「人家」（永青文庫本等に拠る）の集付がある（現存本『人家集』には不見）。

㊶山は雪磯辺《いそへ》は潮《しほ》にみち絶《た》えぬいかで清見《きよみ》が関《せき》を過《す》ぎまし（雑三・関・九五八五）

山中の道は雪に、磯伝いの道は満ち潮（第三句「みち」は「道」と「潮」の縁語「満ち」の掛詞）に閉ざされて、通過困難の状態である「清見が関」を詠む。「清見が関」は駿河国の歌枕で、現静岡県清水市興津町清見寺付近に位置したとされる平安時代の古関。周辺の海岸が「清見潟」で、共に「波」「月」が詠み込まれるのが常套である。また、その「月」「清見」に応じて、多く秋の歌として詠まれている。例えば『建保名所百首』でも「秋二十首」に配されているごとくである。該歌は、冬の歌として「雪」と「(満ち)潮」による道の途絶を詠じて、類型を脱しており、あるいは体験に基づく実感かとも疑われる。

なお、上句の「〜は…〜は…」と続ける調子は、『詞花集』の「胸は富士袖は清見が関なれや煙も波も立たぬ日ぞなき」(恋上・二一三・平祐挙)に通う趣がある。

二首目は、「弘安日吉一品経歌」(未詳。前節参照)と詞書する次の一首である。

㊷北《きた》の嶺深《みねふか》き御法《みのり》をあふぐかな《哉》神は日吉の影《かけ》をならべて(雑十六・神祇付社・一六〇七九)

上句は、延暦寺の仏法への崇拝を表している。初句の「北の峰」が、「北嶺」即ち比叡山(延暦寺)を言う。ただし、この詞は和歌には珍しく、また「北嶺」自体も諸辞典類の用例によると中世以後に用いられており、当時新鮮さがあったかと思われる。第二句の「深き」は、初句から続いてさらに「御法」へとかかり、北嶺の奥深くの意に、深遠な仏法の意を掛ける。この修辞は、『続後撰集』の源具親の「今こそは高野の峰の月を見て深き御法の程も知らるれ」(雑中・高野山にこもりてよみ侍りける・一二一九)に学んだ可能性を見ておきたい。

下句は、日吉大社(山王権現)の神威が、延暦寺の仏法の守護神として併存していることを表していよう。「影をならべて」の句自体は平安期からあり、多くは何らかの具体物が複数その姿を並べて見えている意として用いられている。ここでは、「日吉」の「日」の縁で「影」即ち世を照らす光[46]あるいは和光同塵の光[47]を言い、延暦寺(の仏法)に対して、日吉の神がその「影」を並べていて、というのである。『正治後度百首』の具親の「神祇」の一首に「和らぐる光もいとど磨くかなはこやの山に影をならべて」(三五一)とある。「はこや(藐姑射)の山」たる仙洞(上皇)を守護して一層光彩を添える(映えを増す)和光について、「影をならべて」(多くの和光即ち仏菩薩の化身の神々が多数あることを言うか）と表現しているのである。能清が直接これに倣ったと断ずることはできないが、先行の類例として参照しておきたい。

六　能清生前の勅撰集入集歌

能清生前の勅撰集入集歌を順に見てゆくこととする。

まず、『続古今集』の三首だが、内一首（雑上・一六〇六）は『三十六人大歌合』所収歌（㉟）として既に見たので、残りは二首である。位置は「藤原能清朝臣」。

㊸これやもし夢《ゆめ》なるらんと思《おも》ふこそせめてはかなき頼《たの》みなりけれ（哀傷・一四六七）

詞書は「東《あつま》に侍りける頃《ころ》、都《みやこ》なるむすめの身まかりにけりと聞《きゝ》て、心《こゝろ》のうちに思《おも》ひ続《つゞ》け侍《はへ》りける」。関東で京都にいる息女の死を聞いて詠んだ歌であるが、『続古今集』の一首としては、詞書に「心のうちに思ひ続け侍りける（歌）」とあって、即ち、「これ」「息女の死」はあるいは夢であるだろうかと「思ふ」ことこそがはかない頼みなのであったとする歌を心中で思い続けた、ということになる。息女の死が夢であるだろうと「思ひ続け」たというのがむしろ作者の実際ではあろうが、その気持ちを歌に仕立てた能清の一首を採録し、それを「思ひ続け」たとしたところに、歌に託さざるを得なかった能清の息女の死に対する悲しみの真情を浮かび上がらせようとした撰者側の意図を見ることができる。「（心のうちに）思ひ続け（侍りける）」の類を詞書に記すことは、勅撰集では、『金葉集』正保版二十一代集本の一首が早いが（撰者俊頼の『散木奇歌集』に八首）、定家が『新勅撰集』（一首）に用い、為家が『続後撰集』（二首）に受け継ぎ、『続古今集』（八首）以降に拡大する。その意味では中世的である。なお、人の死について、その現実の「世（世の中）」を「夢」とすることは、『古今集』（八三三〜八三五）以来の類型ではあるが、該歌のような直截的表現はむしろ希であろうか。また、「せめて」は、非常に、切実にの意と見て「はかなき」にかかると(48)解しておくが、最低限の意と見て「頼みなりけれ」にかけて解すことも可能であろうか。

㊹つらきにも憂《う》きにも堪《た》へて年《とし》は経《へ》ぬいかなる時(49)か世をば厭《いと》はん　（雑下・一八二三）

「中務卿親王家百首に」の詞書で、弘長元年（一二六一）九月の宗尊親王が主催した百首歌の一首である。

一首は、「辛いことにも憂いことにも耐えて年月を過ごしてきてしまった、それでは一体どの様な時に世を厭うことになるのだろうか。」との意である。『新勅撰集』の「つらきにも憂きにも落つる涙川いづれの方か淵瀬なるらむ(50)」（恋一・七〇〇・道因法師）に拠る。初二句の詞と、下句の強い疑問の表出によって上句で示された状態の甚だしさを示す仕立て方とを倣っていよう。

『続古今集』中では、憂き世を逃れられないことを様々な形で嘆く述懐歌群（一八二〇～一八二四）に配されている。該歌も憂く辛い世を一体何時になったら逃れることができるのだろうか、との主旨である。しかし、反面、特に上句の「堪へて年は経ぬ」という率直な表現には、それなりの自負も込められているように感じられなくもない。該歌の詠出時に、能清は三十六歳で、正四位下左近衛中将兼出羽権介である。恐らくは気力・体力の充実した壮年期にあり、また、宗尊親王幕下の柳営で東国の武家に対して充分に優位を誇れる地位にあったものと思われる。幕府に祗候しつつ武衛と東国の上国の要路を兼任する廷臣としての気概を示す趣も読み取れる作であり、右に見た息女の死を聞いての詠作と表裏をなすかのごとき感があるとも思うのである。

なお、「憂きを忍びつらきに堪へて年経ぬるつれなさをだにいかで知らせん」（玉葉集・恋三・久恋の心をよみ侍りける・一五六四・基忠）は、能清詠の影響下にあるのではないだろうか。

次の『続拾遺集』には六首の入集だが、内一首（雑中・一一九〇）は『三十六人大歌合』所収歌㊲として既に見たので、残りは五首である。位置は「侍従能清」。

㊺散《ち》り積《つ》もる紅葉ならねど竜《立》田川月にも水の秋は見えけり　（秋下・題しらず・三〇〇）

『古今集』の「紅葉葉の流れざりせば竜田河水の秋をば誰か知らまし」（秋下・三〇二・是則）を本歌とし、それに異を唱える趣向。即ち、竜田川に紅葉の流れることでいつも同じはずの水もその秋が知られる、という主旨の本歌に対して、紅葉ではなく水に映る月によっても竜田川の水の秋は分かる、という主張の一首である。

大和国の歌枕の「竜田川」は、言うまでもなく『古今集』以来紅葉の名所としての通念が定着して、多くの類歌が詠まれている。それに対して「竜田川」の「月」については、それ自体が詠まれることは少なく、例えば⑱でも見たとおり、やはり紅葉の類型の中で「月」も詠み併せられる傾向があるのである。そういった中で、建仁元年（一二〇一）八月十五夜の『撰歌合』で、良経は「河月似レ氷」の題で「これもまた神代は聞かず竜田川月の氷に水くぐるなり」（八九。秋篠月清集・一一二三、第二句「神代は知らず」）と詠んでいる。もとより業平の「ちはやぶる」の歌（古今集・二九四）の本歌取である。秋の「竜田川」の「紅葉」の類型が蓄積されている中で、それに意識的に反発して、敢えて別の素材それも特に「紅葉」と同じく「秋」を代表する景物である「月」（月光を氷に喩える「月の氷」）を組み合わせて、「紅葉」の「竜田川」の上に展開しようとすることは、むしろ自然な手法と言えよう。能清詠も、そのような枠組みの中で詠まれたものと理解される。

㊻生《い》ける身のかひはなけれど恋《こ》ひ死《し》なば同《おな》じ世をだになほ《猶》や別れむ（恋二・八八七・恋歌の中に）

『新古今集』の「恋ひ死なむ命はなほも惜しきかな同じ世にあるかひはなけれど」（恋三・一二二九・頼輔。太皇太后宮亮平経盛朝臣家歌合・恋・一一六、第二句「別は猶も」）を基に、換骨奪胎したような詠作である。即ち、『新古今』歌が、「（別れて逢うことのできない恋なので）恋人と同じ世に生きているかいはないけれど、それでも、恋いこがれて死ぬであろう命はやはりまだ惜しい（死なずに同じ世に生きてありたい）。」とするのに対して、該歌は、「（恋人と別れて逢うことのできない恋なので）生きているこの身のかいはないけれど、もし恋いこがれて死ぬならば、さらに恋人の生きている同じ世からさえも別れてしまうのだろうか（死なずに同じ世に生きてありたい）。」という趣意であろう。結局両首は、叶わぬ恋なので生きているかいはないが、恋人と生死を分けたくはない（せめて同じ世にありたい）という構想は同じなのである。

同趣旨の歌は少なくないが、下句の詞の面で類似した先行例としては、やはり右の頼輔の歌に拠った、隆信の「恋ひ死なむ身を惜しむにはあらねども同じ世をだに別れずもがな」（万代集・恋三・恋には身をかふるものぞ、といひける女につかはしける・二二七六。隆信集・六三二）[51]があり、また、隆信詠との先後は明らかではないが、定家にも「惜しからぬ命も今は長らへて同じ世をだに別れずもがな」（拾遺愚草・下・恋、時雨亭文庫蔵定家自筆本に拠る）[52]の作がある。能清がこれらにも学んでいた可能性はあるのではないだろうか。

㊼行《ゆ》く年の積《つ》もるばかりと思ひしに老《お》いは涙の数《かず》もそひけり（雑中・一二二一）

詞書は「百首歌たてまつりし時」で、「弘安百首」の一首。仮に詠作時を弘安元年（一二七八）とすれば、能清は五十三歳である。

一首は、「老いというのは、ただ行く年が積もるだけだと思っていたが、実は、年の数だけでなくそれにつれて涙の数も増えてくるのであったな。」といった意である。老いて涙もろくなったことの実感かと思われるが、下句は、俊成の「かりそめの旅の別れと忍ぶれど老いは涙もえこそとどめね」（新古今集・離別・八八九）にも拠っていようか。「数もそひけり」は、数量（「涙」は「玉」を介して「数」と結びつく）もさらに増えまさったとの意で、「数」は、「（年）数」の意が響いて「行く年」の縁語である。

㊽夢《ゆめ》とてや今《いま》は人にも語《かた》らましいたづらにのみ過ぎし昔《むかし》を（雑下・題しらず・一二六二）

ただ無為に過ぎた往時を今は夢として人に語ろうかしら、といった趣意である。

上句は、『新古今集』に収められた「夢とても人に語るな知るといへば手枕ならむ枕だにせず」（恋三・しのびたる人とふたりふして・一一五九・伊勢。伊勢集・三二三。古今六帖・二九七七）を意識するか。

『続拾遺集』中では「夢」の語で連鎖する述懐歌群（一二六一〜一二七三）の一首として配されているが、中では比較的論理明快な歌である。伝統的語彙を用いつつも、全体の詞続きや句形（初句や下句）に先行例が少ないことは、能清がより簡明直截な表現を取ろうとしたことと無縁ではないと思われるのである。また、「世」や「現」を「夢」とする趣向は類型化しているが、「過ぎし昔」往時を「夢」とする先行例は意外に少なく、その点では、俊成の「夢とのみ過ぎにし方はおもほえて覚めても覚めぬ心地こそすれ」（長秋草・五社百首・夢・日吉社・一二五）に通い、恐らくはこの俊成詠に倣った為世孫為重の「夢とのみ過ぎにし方を偲ぶればうつせみの世や昔なるらむ」（百首愚草為重詠・雑・往時如夢・九七）にも類似する。

なお、『風雅集』の従二位為子の「夢とてや語りもせまし人知れず思ふもあかぬ夜はの名残を」（恋二・一〇九九）は、右の『新古今』歌に拠っていようが、上句の表現や一首の仕立て方の上で、該歌にも学ぶところがあったか。

㊾たらちねのあらばあるべきよはひぞと思ふにつけてなほ《猶》ぞ恋しき（雑下・題しらず・一二七五）

能清の父は、宝治二年（一二四八）四月五日に五十一歳で没しており（母の北条時房女の没年は不明）、「たらちね」が父を指す場合は、早くともそれ以降の詠作であるが、第二・三句の、（父か母あるいは両親が）生きていれば生きていてもしかるべき（自分の）年齢、との表現から考えて、能清の四十代以前の作であろうか。

前の一首と同様、一首の意味するところは明確であるが、表現は歌の詞として必ずしも熟しているとは言えない。特に上句の直截的表現は（韻律の点では和歌的ではあるが）、先行例を見出せないのである。結句は、俊成の「昔だに昔と思ひしたらちねのなほ恋ひしきぞはかなかりける」（新古今集・雑下・一八一五）を見習ったことの反映であろうか。

なお、『熱田本日本書紀紙背懐紙和歌』に見える「老いぬともあらばあるべきよはひぞと思ふ別れの秋ぞ悲しき」（老述懐・一六八・連阿）は、能清詠に倣ったのであろうか。

七　能清没後の勅撰集所収歌1

以下は、能清の死後に成立の諸勅撰集となる。

まず、『新後撰集』入集歌を見るが、五首の内、既に『歌合　弘長二年三月十七日』出詠歌（㉚）と『現存卅六人詩歌』所収歌（㊳）として見た二首（雑上・一二二九、春上・六四）を除く三首である。位置は、没後であるので、「前参議能清」（以下の諸撰集も同様）となる。

㊿露分《わ》くる野原の萩の摺《す》り衣かさねて月の影《かげ》ぞうつろふ（秋下・三七四）

詞書は、㊳の所で既に記したとおり、「中務卿宗尊親王の家の歌合に」である。

一首は、「野原の萩に置く露を分けてゆき、その萩の露が色をうつして染まる（模様をつける）摺り衣、それにさらに重ねて月の光が映っている。」との意であろうか。[53]「うつろふ」は、月の光が映る意に、「露」「萩」「摺り衣」の縁で、色が変わる（色の染まる）意を掛ける。

『続後撰集』入集の家隆の「はしたかの初狩衣露分けて野原の萩の色ぞうつろふ」（秋上・建保二年秋歌たてまつりけるに・二九三）に拠った作ではないか。この家隆詠はまた、『新古今集』の「狩衣我とは摺らじ露繁き野原の萩の花にまかせて」[54]（秋上・三二九・頼政）に触発されたと思しき作で、かつまた、両首共通の「露」が置いた「野原の萩」の措辞とそれに衣服が染まる趣向は、『後拾遺集』の「今朝きつる野原の露に我濡れぬうつりやしぬる萩が花摺り」（秋上・三〇四・範永）に原拠が求められよう。あるいはこれらのことは能清の念頭にもあったのではないかと思われ、その類型から脱した下句に能清の工夫があろう。

ところで、該歌は、『源承和歌口伝』の「古歌をとりすぐせる歌」（一〇六）に、『続後撰集』（秋上・二九五）入集の隆祐の「露深き秋の野原の狩衣濡れてぞ見つる萩が花摺り」（『続後撰集』では第四句「濡れてぞ染むる」）と並べられて（この隆祐詠を「とりすぐせる歌」として）見え、「上句不レ替之上、萩の摺りも珍しくや。」とされている。上句の詞と構造が近似しているのは能清詠が隆祐詠をそのまま取ったものである上に、能清詠の「萩の摺り（衣）」の語も珍しいものであって隆祐詠の「かり衣」と「萩が花ずり」から取ったものだということであろうか。しかしながら、右に記してきたとおり、上句は、むしろ隆祐詠からのみ取ったものと見る必要はなく、「萩の摺り」の語も、確かにそれ自体の用例は少ないにしても、『後拾遺集』以下の「萩が花摺り」の類の表現を基にしたものと捉える方が自然であろう。結局は、結果的に詞の類似はあるにしても、作歌に際して能清が隆祐詠を取ったものとは認め難く、その点では源承の批判は必ずしも当を得ているとは思われないのである。

ここで、同じく同書の「古歌をとりすぐせる歌」にあげられている能清の別の一首を見ておきたい。

51独《ひと》り寝《ぬ》る床の山風吹きかへて秋来《く》る宵《よひ》は袖ぞ涼《すゞ》しき（九七）

「独り寝る床は草葉にあらねども秋来る宵は露けかりけり」（古今集・秋上・一八八・読人不知）を本歌とし、「床」は近江の国の歌枕の「鳥篭（の山）」を掛け、「よひ」「袖」と縁語である。初二句は、鳥篭の山から吹き下ろしてくる独り寝をする床を吹く山風、との意である。これは、『金葉集』の「つま恋ふる鹿ぞ鳴くなるひとり寝のとこの山風身にやしむらん」（秋・鹿をよめる・二二二・三宮大進）を原拠とする修辞である。

また、「吹きかへて」（風が吹き方を変えて、風の吹く趣が変わっての意）は、直接には「秋来る」にかかり、また「涼しき」にもかかるか。即ち第二句以下は、山風が吹き方を変えて、それに伴って秋がやってくるこの宵は、（独り寝の）衣の袖がひんやりと涼しい、との意である。「秋」を「風」によって認識する『古今集』秋巻頭歌以来の通念の大きな枠組みの中で、風の吹き方の変化と秋の到来を結びつける趣向の歌としては、『千載集』秋巻頭の「秋来ぬと聞きつるからに我が宿の萩の葉風の吹きかはるらん」（秋上・秋たつ日よみ侍りける・二二六・侍従乳母）があって、該歌はその延長上に位置付けられるのである。なお、「吹きかへて」の句自体に注目すれば、『続後撰集』

に「片岡の朝けの風も吹きかへて冬のけしきに散る木の葉かな」（冬・四六四・基家）があって、これは秋から冬への推移に吹き方を変える風ではあるが、所収歌集と作者より見て、能清が学び取った可能性もあるであろう。

さて、『源承和歌口伝』は、該歌に続けて（該歌が取り過ぎた歌として）為経の「しきたへの床の山風あやにくに独り寝る夜は吹きまさるなり」（続後撰集・恋三・八五八に所収。宝治百首・恋・寄風恋・二五二九、結句「寒く吹くなり」）を挙げている。この歌を能清が知っていた可能性は高いであろうし、また確かに、「独り寝る」「床の山風」「吹き」「宵・夜」等の詞の共通性は認められるが、右に記したとおり、能清詠の詞と趣向はこの為経詠を取らなければ詠めないものではなく、[55] むしろ直接には無関係だと言ってよい。従って、能清の作歌上の意識の問題として見れば、この場合、「古歌をとりすぐせる」との批判は妥当なものとは言い難い。しかしながら、源承の意図は、たとえ結果的にではあっても既に勅撰集に入集している歌（為経詠）と同一の詞を多用したことへの批判であったと解することはできよう。しかしまた、前記の「露分くる」の一首の場合と、上述のとおり「ぬしある詞」で能清の二首が取り上げられている事実とを併せ勘案すれば、この能清詠と古歌（先行歌）の挙証は、個々の歌についての批評意識が基になっているのではなく、能清という歌人に対する批判的把握が優先して生じたもののように見受けられるのである。換言すれば、「古歌をとりすぐせる歌」の章ひいては同書全体で批判の対象となった歌は、既に指摘のあるとおり、[56] いわゆる「反御子左派」（実際には為家に対立する真観等の側）の詠が少なくないという状況の中に見れば、特に能清自身には歌壇的に偏向した意識が存していなかったにせよ、真観が宗尊親王将軍の歌道師範として下向した歌壇に関東祗候の廷臣として重要な位置を占めていた能清も、御子左家に背反する一員として源承に認識されていたと見てもよいように思われるのである。

『新後撰集』所収歌に戻る。

(52) お《を》のづから偽《いつは》りならぬ契《ちき》りをも我が心《こゝろ》とや頼《たの》まざるらむ（恋三・九六六）

詞書は「中務卿宗尊親王家百首歌に」で、弘長元年（一二六一）九月に宗尊親王が召した百首歌の一首である。この歌は、「本当に自然に偽りではないこの契りであっても、それを、あの人は、あの人自身の本心として信頼してくれないのだろうか。」といった意であろうか。『新後撰集』では、「偽り」の語を共有する「契恋」の歌群中（九六三～九六九）にある。該歌の一首前は素暹法師の「偽りと思ひながらや契るらむ知らばや人の下の心を」（九六五）である。素暹詠は、偽りと思いながら契ったのかどうか相手の奥底の「心」（心底）を知りたいと願っているのに対して、能清詠は、相手が本当に相手自身の「心」（意志）として不信感を持っているのかと嘆いている、といった微妙な相違を見せてはいるが、両首共に、相手の本心を知りたいとの主旨では一致していよう。素暹詠に比して、能清詠はやや理屈に陥っている印象がある。

初二句の措辞は、明確な先行例が見えない。同時代以降では、『嘉元百首』の為世のイ「おのづから偽りならで来るものと思ひさだむる夕暮もがな」（恋・待恋・九六五。新千載集・一三五四）や『玉葉集』のロ「おのづから偽りならぬ言の葉もあらばと頼む夜さへ更けぬる」(57)（恋二・一三九一・実泰）および『新葉集』のハ「おのづから偽りならぬ夕暮もありしならひになほ待たれつつ」（恋三・八二〇・大中臣行広女）等の類例があり、各々「おのづから」の意味が、イは「自然に、無理にではなく成行きどおりに」、ロは「もしかして、ひょっとすると」、ハは「たまたま、まれに」といったように多少異なるが、句形としては能清詠が早い例となる。また、「我が心とや」の句は、『古今集』の「主なくてさらせる布をたなばたに我が心とや今日はかさまし」（雑上・九二七・橘長盛）が原拠となり、『新勅撰集』にはこれを取った「織女の我が心とや逢ふことを年にひとたび契りおきけむ」（秋上・二一五・経輔）が見える。これらは、「自分の気持ち（意志・本心）として…か」の意に解されるが、前者は「我」が詠作主体（作者）であり、後者は「我」が「織女」（作者以外の他者）である。能清詠も、これらから同句を学び取ったものと思

われるが、「我」が詠作の主体ではない（恋の相手である）ので、その点では後者に同じである。(58)

(53)いつともかはらず夢は見《み》しかども老いの寝覚《ねざ》めぞ袖は濡《ぬ》れける（雑中・題しらず・一四二六）

これは、「いつといっても変わることなく夢は見たけれども（そして夢は今でも見るけれども）、若い時とは違い老年に至ると、その夢がさめた寝覚めの袖が涙で濡れるのであったな。」というような趣意であろう。

初句に「いつとても」を置き普遍性を表出して、主に下句である条件下での特殊性を強調する構造は、『古今集』の「いつとても恋しからずはあらねども秋の夕べはあやしかりけり」（恋一・五四六・読人不知）以来の類型だが、内容上の類似から、『千載集』の「いつとても身の憂きことはかはらねど昔は老いを嘆きやはせし」（雑中・一〇八〇・道因）が、能清詠の直接の先蹤となろう。なお、腰句に「見しかども」を据えるのも常套である。

「老いの寝覚め」の語は、仲正（続詞花集・九五七）以下教長（教長集・三二一）や上西門院兵衛（林下集・六四）の作例など、平安後期頃から散見し、新古今時代を経て、鎌倉前中期以降に多用されており（勅撰集初出は『続後撰集』(59)）、能清もその流行に従ったものと思われる。中で、「袖」の涙を詠み併せるのは、『正治初度百首』の宜秋門院丹後詠「さらぬだに老いの寝覚めの袖の上は露けきものをさ牡鹿の声」（秋・二二五二）が早い例となる。ちなみに、為家はこの「老いの寝覚め」の語を比較的多く用いており、「暁懐旧」の題で、「偲ばるる昔の夢は見えもせで老いの寝覚めに濡るる袖かな」（為家集・一五一八）という能清詠の類想を詠んでいる。

次に、『玉葉集』入集の三首を見る。

(54)逢坂《あふさか》の関の戸あくるしののめに都《宮こ》の空は月ぞ残《のこ》れる（旅・一一三九）

詞書は、「東《あつま》へ下《くた》り侍りけるに、逢坂にて」である。

一首は、「（東路へとむかう）逢坂の関の戸が開く、夜が明けて東の空が白みはじめる頃、（ふり返ると、西の方の）都の空には有明の月が残っている。」との趣意であろう。「あくる」は「開くる」と「明くる」の掛け詞で、「関の戸開くる」から「明くるしののめ」へ鎖り、「空」と縁語である。
「逢坂の関」の歌は数多詠まれているが、夜明けの開門そのものを表現した例は少ない(60)。その点から見ても、東国と京都を幾度か往還した能清の実体験に基づく詠作ではないかと思われる。明け方に東国への出口である逢坂の関にあって、都の月の名残りを惜しむ風情である。あるいは「東路の木の下暗くなりゆかば都の月を恋ひざらめやは」（拾遺集・別・実方朝臣陸奥国へ下り侍りけるに、下鞍つかはすとて・三四〇・公任）等を念頭に置いて、自らを実方の境遇に重ね合わせていたと見ることもできようか。

なお、言うまでもなく、「逢坂の関」「戸」「しののめ」「月（ぞ残れる）」といった詞は、古歌以来恋歌に用いられており、該歌も、詞書と部立を度外視すれば、後朝の歌の趣が感じられなくもない。

(55)来《こ》ぬ人をさらに恨《うら》みば契《ちぎ》りしを頼《たの》みけりとや思ひなされん（恋二・一三八六）

詞書は「契不来恋(61)といふことを」である。

『詞花集』の「雖契不来恋(62)」を詠んだ忠通の「来ぬ人を恨みも果てじ契りおきしその言の葉も情けならずや」（恋下・二四八。後葉集・三七六、下句「その言の葉は形見ならずや」）を本歌とする。『金葉集』初出歌人忠通の『詞花集』所収歌を、本歌と見ることについては、異論があるかもしれない。しかし、第二節「藤原顕氏の和歌」に記したとおり、真観が『簸河上』で、『後拾遺集』の歌を本歌に取ることを容認しつつ『金葉集』と『詞花集』の歌を本歌とすることには懸念を表明したことが逆に照らし出すように、当時既に、『後拾遺集』から『詞花集』までも含めた各集の歌が現実に本歌取されていたと見てよいと考えるのである。

両首共に、約束しても来ない恋人を恨まない趣は同様であるが、その理由が、本歌は、来ると約束した言葉も恋人の情愛ではないかと自らを慰めることにあるのに対して、該歌は、もし恨めばそれはあの人が自分に約束したのをあてにしたとおのずから見なすことになろうから、と元元あてにできない不実の恋人の約束を信頼することの虚しさ（絶望感）にあるのであり、その意味で、同じ主題の本歌を一応は理屈で展開していると言える。

この歌は、『歌苑連署事書』の「面々所詠並詞以下事」に引かれ、「続古今、今更につらしと人を恨むれば頼みし程の見えぬべきかな、あひ似たり。」（日本歌学大系本）として、「続古今」の先行歌（事実は、『続後撰集』恋五・九八六に第二句「忘ると人を」の形で収められた寂縁法師の歌）との類似を批判されている。同書の性格よりして、この批判は、主として既存の勅撰集入集歌に類似した歌を『玉葉集』に撰入したことに向けられたものと捉えるべきであろう。しかしながら、確かに両首は類同であり、能清は、この『続後撰集』の寂縁詠に想を得たのではないかと思われる。

(56)行末もさぞな憂《う》からん身の果《は》てを知《し》らぬばかりぞ頼《たの》みなれども（雑五・二五七七）

詞書は「述懐」（二五七四）がかかる。

初二句が、過去（来し方）も現在（今）も「憂（し）」であること（それだからこそ遠い先行き「行末」もそうであろうこと）を言外に表す。そして、第三句以下に、せめても我が身の最期を知らない、我が身の何時どこでどのように果てるかが分からないことだけが唯一頼みとなるものだけれど、と言うことで、つまりは、憂き身の終焉の早からんことだけが望みであることを表しているのではないか。とすれば、一見意味が通りにくく思われるが、一首の論理はむしろ明確であると言える。

なお、「さぞな」は、和泉式部（和泉式部続集・二七二）の作例辺りが早く、勅撰集では、その和泉式部詠を収めた『千載集』（八四二）を初出として『新古今集』に三例（三九五・四七〇・九八〇）見え、その後特に多用されてはいないが、鎌倉中期に作例が散見する。時代の流行でもあろうが、「さぞな憂からん」というやや強い調子に能清自身の好尚が感じられる。

以上三首が『玉葉集』所収歌である。心の有り様を論理的に叙そうとする詠作（(55)(56)）に京極派の選択して然るべき傾向が一応は認められる。しかしながら、これ以外の詠作も含めて、能清の歌にはいわゆる京極派風の特徴が顕著とは言えまい。むしろ、京極派の鋭敏な感覚性や詞の清新さとは無縁であると言えよう。このことは、能清の歌が『風雅集』には不採録であることによっても裏付けられるのではないだろうか。

八　能清没後の勅撰集所収歌2

次に、『続千載集』所収の三首を見る。

(57)一群《むら》はやがて過ぎぬる夕立《たち》のなほ《を》雲残《のこ》る空ぞ涼しき（夏・三二四）

詞書は「弘安百首歌奉りける時、夕立」で、「弘安百首」の一首である。なお、『新後拾遺集』（夏・二六二）に「夏歌中に」の詞書で重出している。

「露すがる庭の玉ざさうちなびき一群過ぎぬ夕立の雲」（新古今集・夏・二六五・公経。千五百番歌・夏三・九六八）と同様、夕立後の涼感の風情の類型上にある。その涼感を、公経詠が微細で具体的な自然観照の間接的表現によって示すのに対して、能清詠はより漠然とした大きな景を見つつも「（空ぞ）涼しき」と直叙して、より一般的な表現によって示している。ただし、公経詠と同じく『千五百番歌合』の忠良の「夕立の一群過ぐる雲晴れて名残の露は常夏の色」（夏三・九三三）等を併せて見てみると、それらの、夕立雲が「一群」過ぎて晴れるという類型を、能清詠は「なほ雲残る」としたところに若干の新しさを認め得る。

なお、「空ぞ涼しき」の句形は、「空」と「涼し」が結びつきにくいからか、意外に用例が少なく為家の『新撰六帖』詠「風や疾き衣や薄き夏秋の行き合ひの夜半の空ぞ涼しき」（第一・なつのはて・一〇七）が早く、同時代では他に行家の「入日さす杜の下葉に露見えて夕立過ぐる空ぞ涼しき」（新拾遺集・雑上・一五八二）が目に付く程度である。

⑱長《なか》らへば我が心《こゝろ》だに知《し》らぬ身の人の契《ちき》りをえやは頼《たの》まむ（恋三・一三九二）

詞書は、「弘安百首歌奉りける時」で、やはり「弘安百首」の一首である。『後撰集』の「長らへば人の心も見るべきに露の命ぞ悲しかりける」（恋五・題しらず・八九四・読人不知、雑三・心にもあらぬことをいふ頃、男の扇にかきつけ侍りける・一二四七・土佐、第三句「見るべきを」）を本歌とし、また、この歌に拠ったと思しき『千載集』の「長らへばつらき心もかはるやと定めなき世を頼むばかりぞ」（恋一・六七九・頼輔）をも踏まえるか。とすれば一首は、「生き長らえれば、「人の心」も見えるという。また、つれない人の「心」も変わるかと定めない世を頼むだけだともいう。しかし、「我が心」さえどうなるかわからないのに、「人」の約束をどうしてまた頼みとできようか。」という趣意になろう。

上句の、生き長らえれば自分の心さえどうなるかわからない、とする認識には、例えば、「長らへばまたこの頃や偲ばれん憂しと見しよぞ今は恋しき」（新古今集・雑下・一八四三・清輔。百人秀歌・八四。百人一首・八四）や「玉の緒よ絶えなば絶えね長らへば忍ぶることのよわりもぞする」（同上・恋一・一〇三四・式子内親王。同上・八九）等の歌が作用しているのではないかと思われる。

なお、「えやは頼まむ」の句形は、『新撰六帖』の信実の「秋風に散る言の葉のままならば心の色もえやは頼まん」（第五・ことのは・一七九四）を初めとして、『宝治百首』（二七〇四・経朝）『現存六帖』（一九八・少将内侍）『百首歌合建長八年』（七三七・伊嗣。「えやは頼まぬ」）および実冬（和漢兼作集・六七）や為氏（長景集・一二四）等に用例が見えており、鎌倉中期の流行句と見られる。㊼の「さぞな憂からむ」と同様に、能清もその流行に従ったと言えるが、同時に、やや強い調子の表現の選択は、能清の好尚によるものとも捉えられるのである。

㊾位《くらゐ》山身は下《シモ》ながら影見《かけみ》ればのぼらぬ嶺に月ぞさやけき（カタカナノフリガナ底本ノママ）（雑中・一八一六）

「位山」は飛驒国の歌枕（現岐阜県大野郡久々野町の山）で宮廷の官位を、「のぼらぬ（嶺）」は（高位に）昇進しないことを、また、「月」は月卿即ち公卿を各々喩えている。従って、「下」「のぼら（昇る）」「月」は、「位（山）」の縁語である。つまり一首は、位山に昇らずに下の方にいる身から仰ぎ見る高嶺に照る月の光がくっきりと冴えている、とすることで、昇進せずに低い身分から高位高官たる公卿の栄光を仰ぎ見ている（望んでいる）ことを喩える常套的趣向の歌である。能清が公卿（従三位）に列する文永六年（一二六九）五月一日（時に四十四歳）以前の詠作となろう。

なお、「身は下ながら」の原拠は、『古今集』の忠岑の長歌中の「…あはれむかしべ　ありきてふ　人麿こそは　うれしけれ　身はしもながら　言の葉を　天つ空まで　聞こえあげ…」（雑体・短歌・一〇〇三）に求められる。

次に『続後拾遺集』の二首の内、既に取り上げた『弘長歌合』の出詠歌（㉔。秋下・三五四）以外の一首を見る。

⑥⓪同《おな》じくは逢ひ見《み》むまでのしるべせよ誰ゆゑ《へ》迷ふ恋路ならねば（恋二・七四六）

詞書は「弘安百首歌奉りける時」で、「弘安百首」の一首。

これは、「同じことなら、せめて会い逢う（契りを結ぶ）ことになるまでの道案内をつけてくれ、他の誰故に迷っている恋の路ではなく、あなた故になのだから。」といった意であろう。

「逢ひ見てののちの心にくらぶれば昔は物も思はざりけり」（拾遺集・恋一・七一〇・敦忠。百人秀歌・四〇。百人一首・四三、四句「昔は物を」）を初めとして、「逢ひ見」たのちの「物思ひ」や「辛さ」を詠む類の歌は多く、一般化していよう。従って、初句の「同じくは」は、今は「恋路」に迷っている、「逢ひ見む」後も迷うであろう、だからどうせ同じように迷うのなら、という理屈ではないか。

なお、言うまでもなく下句の仕立て方は、「陸奥のしのぶもぢずり誰ゆゑに乱れむと思ふ我ならなくに」（古今集・恋四・七二四・源融。百人秀歌・一七。百人一首・一四、四句「乱れそめにし」）が想起される。ちなみに、『続後拾遺集』の前後の歌は、「誰がために君を恋ふらむ恋ひ侘びて我は我にもあらずなりゆく」（天暦御時歌合に・七四五・順）と

「誰ゆゑに思ふとかしる初瀬女の手に引く糸のおのれ乱れて」（弘長百首歌たてまつりける時、不逢恋・七四七・為家）で、いずれも「陸奥の」の歌の面影があり、意識的に配列されたものではないかと考えられる。

次の『新千載集』の入集は二首だが、内一首（秋上・四三九）は『宗尊親王家百五十番歌合』の所収歌（⑰）として既に見たので、残りは次の一首である。

(61)踏《ふ》み分《わ》くる跡こそなけれ心だに通《かよ》はぬ宿《やと》の庭の白《しら》雪（冬・七〇六）

「雪のあしたに、源義行がもとへ申しつかはしける」の詞書で、その「源義行」の「返し」は「踏《ふ》み分《わ》けん庭には跡の惜《お》しければ雪より外の道や尋ねん」（七〇七）である。この義行は、前節に記したとおり、河内源氏の光行の孫、親行の男で、法名は聖覚である。

「子猷尋戴」[63]（蒙求。出典は世説新語）の故事を踏まえる。同時に、「待つ人の今も来たらばいかがせむ踏ままく惜しき庭の雪かな」（詞花集・冬・一五八・和泉式部）を初めとした[64]、（同じく右の故事を踏まえつつも逆に）人跡の付いていない庭の雪を惜しむという通念をも、それに異を唱える方向で意識していよう。あるいは、より直接にはやはりこの和泉式部詠に異を唱えている、『続後撰集』の「庭の雪に今日来む人をあはれとも踏み分けつべきほどぞ待たれし」[65]（冬・雪を・五一六・寂蓮。千五百番歌合・二〇二三）に想を得たか。

能清詠は、「（あなたばかりか）あなたの心さえも通うことのない、この私の家の庭の一面の白雪は、（惜しむまでもなく）踏み分ける足跡とてないよ。」として、戴逵の立場で王子猷ならぬ義行を批難しつつ、雪の中の来訪を求めているのである。これに対して、義行詠は、「（訪問して）踏み分けることになる雪の一面に積もる庭には足跡が付くのが惜しいので、（今朝のように）雪が降っている以外の道を尋ねましょうか。」と応じて、訪問しないことの言い訳と後日の訪問を約している、と解される。

両人の経歴に照らすと、あるいは鎌倉圏に於ける交友であろうか。故事・古歌を踏まえて、相互に知識と情趣を解する心を試しあいつつ、むしろ実際上の訪問の有無は度外視して、廷臣同士としての信頼感の共有を確認する観念的贈答ではなかったかと憶測するのである。

次の『新後拾遺集』の入集も二首であるが、内一首（夏・二六二）は、㊽の『続千載集』入集歌の重出であるので、残りは次の一首である。

(62) 外《と》山なる楢《なら》の落葉をさそひきて枯野に騒《さは》ぐ木枯《か》らしの風（冬・四七七）

詞書は、「落葉」（四七五）を承けた「同《おな》じ心を」（四七六）がかかる。

「外山なる楢の葉までは激しくて尾花が末に弱る秋風」（続古今集・秋上・三四五・宮内卿。正治後度百首・秋・くさのはな・八二五、三百六十番歌合・三八四）を踏まえるか。とすれば、外山（山の外側の麓近く）にある楢の木の葉のあたりまでは激しく吹いていた秋風が、さらにその周囲の尾花が生える野の先の方では弱くなっている、とする宮内卿詠に対して、能清詠は、季を秋から冬に転じて、「外山の楢の木の散り落ちる葉を木枯しが吹きつれてきて、その周囲の（今は尾花も枯れた）枯野で、（落葉を吹き散らす）木枯しの風が（弱るどころか）音をたてて騒いでいる。」という趣意になる。

「枯野に騒ぐ」の措辞は、他の用例が見当たらないが、先行の類例として注意したいのは、『万代集』所収の長明の「霜うづむ枯野に弱る虫の音のこはいつまでか世に聞こゆべき」（雑一・二九二八。長明集・九四）である。仮に能清がこの歌などから「枯野に弱る」の措辞を学び取っていたとすれば、右記の宮内卿詠を対照的な風情に詠み換えるのに際して、共通する「弱る」の語の連想から「枯野に弱る」をもとに「枯野に騒ぐ」を詠出したといった可能性があるように思うからである。

最後に、『新続古今集』入集の一首を見る。

(63) 限《かぎ》りとて出《い》でし嘆《なげ》きに比《くら》べても長《なか》き別れはなほ《猶》ぞ悲《かな》しき（哀傷・一六〇三）

詞書は「源親行身まかりて後の遠忌に、義行勧《すゝ》めて、源氏物語の巻巻《々》を題にて人人《々》に歌よませ侍りける時、桐壺の巻の心を」[66]である。「文永九年（一二七二）から建治三年（一二七七）を隔たらぬころ八十余歳で没したか」とされる[67]源親行の遠忌に、息子の義行が勧進した『源氏』巻名題の供養歌の恐らくはその巻頭歌ではないか。『源氏物語』桐壺巻で、桐壺更衣が病を得て里に下がるのに当たり、桐壺帝が引き留めようとするのに対して、更衣が「限りとて別るる道の悲しきにいかまほしきは命なりけり」（一。日本古典文学大系本）と詠んで退出し、その夜中に死亡する。一首は、これを本説・本歌とし、あの桐壺更衣が「限りとて」（今を最後として）と退出して死んだ嘆きに比べてみても、御父君親行との永久の別れはより一層悲しい、として遠忌を迎えた故親行を供養しているのである。

表現は端的で、特に簡明な「比べても」の詞の効果もあって、意味明白な一首になっていると言える。

九　能清の和歌の特徴

以上に能清の現存歌63首について、一首毎に注解を施しつつ論じてきた。以下に、そこから導かれる詠作の特色を、もとよりそれは限られた歌数に基づく判断であって歌人能清の全貌究明とするには不備があるにしても、一面の特質としてまとめておきたいと思う。

まず、能清の和歌の表現の一つの特質として、直截さが挙げられる。もちろんこれは、和歌表現としての未熟さと捉えることもでき、積極的な評価のみを与えることはできない。しかし、例えば、「寂しさを誰に語らん」⑴、「幾秋のつらさに堪へて」⑹、「寄せ来る船の跡もなきまで」㊵、「つらきにも憂きにも堪へて年は経ぬ」㊹、「いたづらにのみ過ぎし昔を」㊽、「たらちねのあらばあるべきよはひぞと思ふにつけて」㊾等のように、個々の語は伝統的歌詞によりつつも率直・端的な措辞を多く詠出しているのである。それはまた、例えば、「何とかは人にも今は語るべき」（㊲）、「いかなる時か世をば厭はん」（㊹）、「夢とてや今は人にも語らまし」（㊽）、「さぞな憂からん」（㊿）、「えやは頼まむ」（58）等、強い調子のあるいはやや俗に傾いた表現ともなってあらわれている。その点も含めて、これらの措辞は能清自身の好尚に基づくものと言ってよいのではないだろうか。

一首全体の表現について見ても、例えば、年毎の別離を繰り返す七夕への同情（⑥）、逆縁の女の死に当面しての傷心（㊸）や比較的早世の亡父（母）に対する思慕（㊾）、憂き世に堪えた上での出離への願望（㊹）、無為に過ぎた往時への述懐（㊽）等、主題自体は一般的である詠作も、多くの類歌と比較すると、各々上述のとおり、直截的表現によって心情が真摯なまでに率直に表明されているのである。さらに、例えば、②や57のように、類同の『新古今』歌と比べてみるとその表現の端的な直截さが明白になる場合もある。こういった特徴は、新古今時代が過去となった時代の傾きの中に捉えるべきでもあろうが、能清自身が選択した表現であることに違いはなく、そこに能清の志向を見ることも許されるであろう。

また、恐らくはそういった詞・表現に対する能清の嗜好に通底する性向から生じた特徴として、あるいはそれらの詞・表現に支えられて自ずと顕現する特徴として、一首の構想が理詰めでその意味するところが明確（例えば⑥㊽55 56 60等）であることが挙げられる。しかしそれは、理屈張っている（㊲52等）、あるいは単純・安易（⑧⑨㉓等）とも言える訳である。その反面に、表現過剰とまではいかないまでも、説明的・散文的な傾向（⑮㉚㉞㊳㊵等）も認められるのである。

なお、真観を中心とするいわゆる反御子左（反為家）派の歌風の特質として、用語・表現の奇抜さや趣向の構えすぎが挙げられるであろうが、能清の歌には、伝統に照らせば先行例を見ない生硬な感じの表現や趣向の勝った一面も認められるが、総じては、特に真観ら反御子左（反為家）派歌人の影響を濃厚に受けているようには窺われないのである。

さて、能清の時代の鎌倉中期は、大局的に見て、先行歌（広義の古歌）や同時代詠を様々な形で摂取する方法が行われたと言えるが、その視点で能清の詠作をまとめてみる。

まず、能清が本歌に取った古歌については、古今集一二例（④⑬⑭⑯〔二首〕⑱㉒㉔㉘㉛㊱㊺㊿）、後撰集三例（㉓㉜58）、拾遺集二例（⑤㉙）、詞花集一例（55）、万葉集一例（㉕）であって、『万葉集』歌一例を除き、『古今集』を主とする勅撰集歌である。定家の主唱する本歌取説に立脚して見れば、三代集（歌人）歌を旨とする枠組みの中に一応は収まっていると言える。また、詞の取り方では、三句以上に及んで取り完全に模倣したような場合はなく、多くは一句〜二句を取り、一首中での位置を換えたり、多少字句を変化させた場合も多く、その点でも一応は定家の本歌取の規制にかなっていると言える。ただし、これら本歌取の「詞」の取り方の規制細則は、定家の言う「詞」（言詞）は古く「心」（内容）は新しくという詠作原理に、後進未熟の歌人が適従し易くする方途でしかなく、もとより重視されるべきは、その詠作の原理自体である。その意味で、「心」は新しくという原理が本歌取の際に規制として働く主題の転換は、より重要であろう。能清の本歌取で、主題（部類）が本歌から展開されている事例は、六例（④⑬㉔㉕㉙㉛）で、それ以外は、題材や趣向・構想も本歌と類似した事例がほとんどである。能清が定家の歌論・歌学を正しく理解し、それに深く傾倒していたようには見られないのである。

従ってまた、比較的近い前代から同時代までの諸集、千載集（①53）・新古今集（②㉘㊻㊽）・新勅撰集（㉖㊹）・続後撰集（㊿）・続古今集（62。後述）等の勅撰集の歌、それも、各集当代歌人か、古くとも『千載集』当代以降の歌人の歌に依拠した場合の取り方と、右の『古今集』以下の諸集の本歌の取り方との間に顕著な差異は認め難いのである。むしろ、例えば、『古今集』歌と『新古今集』歌（⑭㉘㊱）、あるいは『後撰集』歌と『千載集』歌（58）に、両者ほぼ同じ比重で依拠しているような場合もあるのである。

なお、特に『続後撰集』については、右記以外にも詞や発想の点で、能清が学んだかと思われる場合（④⑦㊷

⑸⑹）が比較的多いと言える。未だ勅撰作者たり得ていない能清にとっての、同時代の勅撰集であり、恐らくは関東に於いて名誉職的立場に自己の存在意義を見出していた能清が、歌人としての栄誉（勅撰集入集）を欲する心情も手伝い、手本として『続後撰集』の所収歌を意識していたと見ることは、全く許されない訳ではないと考えるのである。また、『万代集』（⑧⑩㊻㊽）についても、これに接していた表徴があり、同時代の大規模な撰集としてこれに学んだのではないだろうか。なお、『正治後度百首』（⑦㊷㊽）に拠っていた可能性が窺われるが、これは何らかの偶発的要因で能清が同書を座右に留めていた成果とも考えられなくはないが、むしろ現存の能清詠に偶然に顕れた結果であって、特に能清が同書にのみ親炙していた訳ではなく、むしろ参照すべき多くの応制百首の中の一つとしてあったものと思われる。

その他、歌人別に見ると、特に能清が仰望していたような歌人の存在は認められない。中では、俊成（㉙㊼㊽）・定家（④㉚㊱㊻）・家隆（⑱㉖㊿）等の和歌に学んだと思しき形跡もあるが、仮にそうだとすれば、当時の歌人一般に共通する、前代の大歌人としての認識に基づくものと把握されよう。

なおまた、『万葉集』を積極的に享受した痕跡が認められないことは、万葉を尊重した反御子左派とは一線を画すものであり、前述した用語・表現と趣向の点で反御子左派の色合いが濃くないことにも整合すると言える。

一方、能清が踏まえたであろう漢詩文や物語などについては、事例が少なく、明確なことは未詳とせざるを得ない。『蒙求』（㊶）および『白氏文集』（⑧）や『源氏物語』（㊸）などの享受の一端は窺われる。しかし、『蒙求』は当時としてはごく普通の知識であろうし、『白氏文集』や『源氏物語』も歌人としては当然備えているべき知識である上に、『源氏物語』の一首については、上述のとおり、他者の要請という外的機縁で『源氏』巻名を題として詠まれたものなのである。従って、能清が最低限の素養を有していたことの具体的証左として以上の意味は認め難いのである。

結局、能清が勅撰集に親しんでいたことは確かであろうが、それはむしろ『古今集』を主軸とした勅撰集の伝統的権威に固執したようにも窺われる。もちろんその他の撰集類にも接し、時代の流行にも従ったではあろうが、特に熱心に勅撰集以外の古歌にまで習熟しかつ貪欲に同時代作品を学び、新しい表現を模索したとは見受けられないのである。これは、能清が本来和歌の家の人ではないことと符合しよう。そして、先述の表現上の特質である直截さ・明確さについても、能清が朝幕間の調整に辣腕をふるった政治的実務者である能保の血筋を受け継ぐものであることと直ちに結び付ける安易さは許されないにしても、その血筋故に関東に祗候しつつ相応の身分に至った廷臣として、その保障の為に作歌したという一面も与ったと捉えることは可能であろう。そして、そのことが能清をして、専門歌人とはやや違う意味で熱意をもって詠作に臨ませ、かつ能清自身の中にある散文的な性質とも相俟って、結果的に曖昧さ・いい加減さを排除した和歌の表現となったと見ることはできないであろうか。その意味では、血筋が能清の和歌に影響していると言ってもよいのではないだろうか。換言すれば、そのような能清の和歌は、関東祗候の廷臣という時代が生んだ境涯が反映しているとも言えよう。

また、上記のとおり、源承が能清を批判的に見ていたであろうことは、直接には能清が関東歌壇に参加していたこと、あるいは真観の一派と見なされていたことにその理由が求められ、つまりは、和歌の上での同時代の評価も、やはり能清の境遇とは全く無縁とは言えないのである。しかしまた、上述のとおり、能清の実作には真観または反御子左派の歌風の強い影響は見受けられないのであって、少なくとも能清の自覚は希薄であったと捉えられる。なおしかし、能清が、定家の考えを特に信奉し、また為家以下の一統に親昵したとも認められないのである。要するに、能清自身には、歌壇上の対立の認識が欠けていたか、あったとしても一派に偏する意識が無かったと見てよいのではないだろうか。とすれば、そのことも能清の政治的感覚に関連するように思われるのである。

むすび

もとより、どのような歌人の作品も時代環境やそこに生きる各個人の境遇から無縁という訳にはいかないであろう。それにしても、京都と鎌倉両方に権力・権威が併存した時代の、関東祗候の廷臣歌人という能清の境遇は、その詠作に、勅撰集を中心とする伝統的な和歌の規範に従わせつつも、具体的には明確さや直截さとなってあらわれたある種の緊張感とでもいったものを付与しており、同じく関東に祗候した、六条藤家の顕氏(68)や飛鳥井家の教定(69)とは違う意味で、能清とその和歌が時代の一つの典型を示していると考えるのである。

［注］

（1）前節初出稿では、総数を五十六首としたが、前節注（26）に記すとおりであり、訂正したい。

（2）ここで、能清の和歌の本文の底本を一覧に記しておく。他の諸本に問題とすべき異同がある場合は、その都度当該箇所に記すこととする。東撰六帖＝島原図書館蔵松平文庫本（一二九・一九）。同抜粋本＝祐徳稲荷神社寄託中川文庫本（国文学研究資料館データベースの画像データに拠る）、福田秀一「祐徳稲荷神社寄託／中川文庫本「東撰和歌六帖」（解説と翻刻）」（『国文学研究資料館紀要』二、昭五一・三）の翻印参照。宗尊親王家百五十番歌合＝前田育徳会尊経閣文庫蔵本（古名人部貫・第百四十号）。三十六人大歌合＝宮内庁書陵部蔵本（特・六一）。現存三十六人詩歌＝慶応義塾大学附属研究所斯道文庫蔵本（〇九二・ト二九・一）。和漢兼作集＝冷泉家時雨亭文庫本（冷泉家時雨亭叢書影印に拠る）。閑月和歌集＝国立歴史民俗博物館蔵高松宮伝来禁裏本（H－600－688）（写真版に拠る。同本を底本とする古典文庫本を参照）。夫木和歌抄＝静嘉堂文庫本（永青文庫蔵本（汲古書院刊細川家永青文庫叢刊影印に拠る）を参照）。源承和歌口伝＝日本歌学大系本。歌苑連署事書＝同上。続古今和歌集＝前田育徳会尊経閣文庫蔵本（伝二条為氏筆）。続拾遺和歌集＝同上（伝飛鳥井雅康筆）。新後撰和歌集＝宮内庁書陵部蔵二十一代集本（五一〇・一三。兼右本）。玉葉和歌集＝同上。続千載和歌集＝同上。続後拾遺和歌集＝同上。新千載和歌集＝同上。新後拾遺和歌集＝同上。新続古今和歌集＝同上。表記は、通行の字体・歴史的仮名遣いに改めて送り仮名を付し、適宜漢字を宛てまた仮名に開き（右傍に原態を示す）、清濁・句読点を施した。歌番号は新編国歌大観に従う。なお、それ以外の和歌の引用は特記しない限り新編国歌大観本に拠る（詞書等は省略する場合もある。作者名は適宜表記を改める）。『万葉集』については同書所載の西本願寺本の訓に従い、旧番号のみを記す。その他の引用は特記しない限り流布刊本に拠る。総じて、引用本文の表記は、読み易さを考慮して改める。

（3）必要に応じて部立・詞書等および新編国歌大観番号を記す。重出状況は、前節注（26）に一覧したので特に必要がない限り省略する。

（4）拙稿「鋏と糊とコピペ、少し西行・新古今」（『鶴見日本文学会報』六三、平二〇・七）参照。

（5）西行には、「尋ね入る」の語を花に関連して吉野山に入ることに用いる傾向が認められる（山家集六二・九六・五六五・一四五六等）。

（6）「浅茅生の月」は、「浅茅生」を照らす「月」の意。「浅茅の月」とも詠まれ、雅経の「影とめし露の宿りを思ひ出でて霜にあととふ浅茅生の月」（新古今集・冬・六一〇。老若五十首歌合・三三四）等、新古今歌人達が試みている。

（7）『慈鎮和尚自歌合』の俊成の判詞に「右の光を分くらん峰の松風、殊に身にしむ音となるらんとおぼえ侍れば」とあるのは、一首を月の光を分光する松を吹く風の音が、その月の光を受けるこの身にしみて聞こえる、と解していようか。意味上は能清詠と完全に同一ではないが、「月影の身にしむ」の詞続きは印象的であったのではないか。

（8）『白氏文集歌詩索引』所収那波道円元和四年刊本影印に拠り、明暦三年覆明刊本（和刻本漢詩集成に拠る）の付訓を参照して私に読み下す。なお、この一節は、『和漢朗詠集』の「擣衣」に、「里見忠三郎氏所蔵伝後京極良経筆本」（行間小字別筆書入。校異和漢朗詠集に拠る）や国会図書館蔵菅原長親校本および内閣文庫蔵和漢朗詠集私注（新典社刊『国会図書館蔵和漢朗詠集／内閣文庫蔵和漢朗詠集私注漢字総索引』所収の翻印と影印に拠る）等に見える。

（9）「秋の色」が直接に「紅葉」を言う例は、「秋の色を払ひはててや久方の月のかつらに木枯らしの風」（新古今集・冬・六〇四・雅経）等。

（10）他に後拾遺集・三六四、高遠集・一四八、散木奇歌集・五八九等。

(11)「紅葉」について言う類句としては、同じ匡房に「高瀬舟しぶくばかりに紅葉葉の流れて下る大井河かな」(新古今集・冬・五五六)がある。
(12)「流るる月」の形では、例えば、「天の河水増さるらし夏の夜は流るる月の淀む間もなし」(後撰集・夏・二一〇・読人不知)や、これを踏まえた、「人のもとにまかりて物申しける程に月の入りにければよめる」と詞書する「いかにしてしがらみかけんあまのがはながるる月やしばしよどむと」(金葉集・秋・一九〇・師俊)等、明らかに、月が天空(天の川)を西へと渡って(沈んで)行く意味で詠まれている。
(13)この歌は、夙に『久安百首』で「紫のゆはた染むてふさす灰のあひみあはずみ人知るらめや」(恋・六六五・親隆)と受容されている。
(14)将作即ち修理大夫顕季の「君がためゆはたのきぬを取りしでて神をぞまつる万代までに」(堀河百首・雑・祝詞・一五九〇)を指す。
(15)月に心を慰撫するとの表現は常套的である。例えば勅撰集には、「秋の夜の月に心を慰めて憂き世に年の積もりぬるかな」(新古今集・雑上・一五三八・道経)、「秋の夜の長き思ひをいかがせん月に慰む心ならずは」(続後撰集・秋中・三七六・土御門院小宰相)等と見え、私家集にも、「有明の月に心は慰めてめぐり逢ふよを待つぞ悲しき」(江師集・思ふ人に別れて、つかはしける・一七〇)や「憂き世にも月に心は慰むをつひにいかなる闇にまどはん」(待賢門院堀河集・月をみて・三〇)等がある。
(16)「あふみ」は「逢ふ身・近江」の、「みくり」は「三稜草・御厨」の掛詞。
(17)公朝は、本歌合成立の弘長元年(一二六一)七月七日以前、同年(文応二年)二月二十一日に、『後拾遺集』の為家の本で校した真観の本を書写している(吉川家蔵八代集、書陵部蔵二十一代集五一〇・一三他)。公朝については、本論第一編第四章第三節「僧正公朝伝」参照。
(18)「人くるしめの」の詞自体は道信詠から取っているが、良暹詠の「底の深さ」をも踏まえて、底の深い冷たい水の中で長い根の菖蒲を引くことが「人苦しめ」であるとの意味合いも込められていようか。
(19)結句を「あやめ引きなり」と見て、本当に人を苦しめる菖蒲引きである、と解することもできようか。
(20)「宋略、車胤、字は武子、河東の人。読書を好めども、家貧にして油無し。蛍火を聚め、絹袋を以てこれを盛り、日に継ぐ。後に桓温の荊州に在り、辟して従事と為し、臨湘侯に進爵するなり。」（『蒙求古註集成』所収国立故宮博物院蔵上巻古鈔本影印に拠り、通行の字体に改めて私に読み下す）。
(21) 基家は、父良経の先例に従って、「殊なる事無き番」については判詞を省略したという（同歌合奥書）。本論第二編第三章第三節「『宗尊親王家百五十番歌合』の奥書」参照。
(22) この「撰」の文字は、宗尊親王の命により基家が撰んだ本歌合中の秀歌に、やはり宗尊の意向によって真観が付したものである可能性がある。注（21）所掲論参照。
(23) 本論底本の島原図書館蔵松平文庫本（一三〇・七）の他、書陵部蔵本（一五五・二二九）、高松宮旧蔵本、内閣文庫蔵本（二〇〇・二二六）、同（二〇〇・二二七）、北野神社蔵本、続群書類従本等も。
(24) 本論底本の書陵部蔵二十一代集本（五一〇・一三。兼右本）の他、二十一代集正保四年刊本（後印）、内閣文庫蔵本（二〇〇・九一）、高松宮旧蔵二十一代集本、桑名市立文化美術館蔵十三代集本（詞書・作者名ナシ）、陽明文庫蔵本（近／五三／一〇）、多和文庫蔵本（一一・三）、今治市河野美術館蔵二十一代集本（一〇一・六八三）等も（内閣文庫本以下は国文学研究資料館紙焼写真本に拠る）。
(25) 前節初出稿注（25）入集状況一覧に於いて、該歌の重出を和漢兼作集・七〇七のみ記したが、これは誤りである。新千載集・四三九、拾遺風体集・一一六（重出）として掲出した一首は、初句に「秋の夜の」の異同はあるが、各々「中務卿宗尊親王家歌合に」「入道中務卿宗尊親王家の歌合に」と詞書し、同じ一首の異同と認定できる。
(26) 『拾遺風体集』撰者の為相が本文を改めて採録し、『新千載集』がそれを出典とした可能性もあろう。しかし、両集の重出は他に十三首あるが、特に『拾遺風体集』を出典と見るべき明徴はない。従って、歌合内部で改変が行われて、「秋の夜」の本文の伝本が存在したことも想定されるであろう。
(27) 野中春水「異釈による本歌取―「水くくる」をめぐって―」（『国文論叢』昭二九・一一）、島津忠夫訳注『百人一首』（角川文庫、昭四四・一二、昭五四・五改版十四版）の当該歌の条、拙稿「古注の言説と和歌の実作と現代の注釈と―「括る」か「潜る」か」（『国文鶴見』五三、平三一・三。『中世和歌論―歌学と表現と歌人』（勉誠出版、令二・一二）参照。
(28) 新編国歌大観は「紅くくる」とするが、私に濁点を付した。
(29) これは、建保六年九月十三夜の三首歌会。題者は右大臣道家。この二四八一と二四八二、二四八三番歌が同会の詠。

久保田淳『藤原家隆集とその研究』（三弥井書店、昭四三・七）五〇一～五〇二頁参照。

（30）家隆は、「洞院摂政家百首」のために三種の百首を詠んだと考えられているが、この一首は東北大学本独自歌。片野達郎・安井久善『校本洞院摂政家百首とその研究』研究篇四「「前宮内卿落素百首」について」（桜楓社、昭四二・一一）参照。

（31）他に鎌倉前期の用例として『如願法師集』の一首（四四一）がある他は、能清より後代の例がほとんどである。

（32）注（17）所掲論初出稿では、公朝からみて、勝4、負3、持2とした。これは、『中世歌合集下』（古典文庫、昭三四・一〇）所収の翻印に拠り、百二十三番の判詞を「左も及勝がたかるべし。」の本文で解し、右を勝と判断した結果生じた誤りである。

（33）古歌には「秋とてや」（後撰集・八二四、古今六帖・六四四、同二九六一。異同アリ）、「春とてや」（清少納言集・六八。下句欠）が見え、「秋とや」「春とや」が生み出される素地は用意されていたとも言える。

（34）宮城県図書館蔵伊達文庫本（伊九一一・二八／五八）、彰考館蔵歌合部類所収本、陽明文庫蔵本（時代不同歌合綴）、今治市河野美術館蔵本（一二三・九五八）、熊本大学寄託永青文庫本（一〇七・三六・五）等は「なとかなみたの」、神宮文庫本（三／九六八）は「なとか涙も」（以上国文学研究資料館紙焼写真本に拠る）。

（35）本論底本の尊経閣文庫蔵本（伝二条為氏筆）の他、二十一代集正保四年刊本（後印）、『続古今集総索引』所収本（静嘉堂文庫蔵伝御子左為重筆本の翻印）、内閣文庫蔵本（二〇〇・一二四）、久保田淳氏蔵本、高松宮旧蔵二十一代集本、陽明文庫蔵本（近／五三／三）等。また、内閣文庫蔵本（二〇〇・一二六）は「なとか涙も」に「のイ」の注記。なお、書陵部蔵二十一代集本（五一〇・一三。兼右本）、武雄市教育委員会蔵（鍋島）本は「なとか涙の」（内閣文庫本以下は兼右本を除いて国文学研究資料館紙焼写真本に拠る）。

（36）「桜の花の盛りに、久しくとはざりける人の来たりける時によみける／よみ人しらず／あだなりと名にこそ立てれ桜花年にまれなる人も待ちけり」（六二）の「返し」の歌。

（37）例えば「咲きしより散るまで見れば木のもとに花も日数も積もりぬるかな」（千載集・春下・七七・白河院）。

（38）「花散りし春の嵐を惜しみおきて夏の日やりに吹かせてしかな」（好忠集・五月はて・一四九）他一首（同・九）、「花散らす春の嵐は秋風の身にしむよりも侘しかりけり」（和泉式部続集・二四、二一八＝初句「花さそふ」結句「哀れなりけり」)。

(39) 福田秀一『中世和歌史の研究』第三篇第四章「源承和歌口伝の考察」六一一～六一二頁参照(角川書店、昭四七・三、昭五七・六第三版)。

(40) 本論底本の尊経閣文庫蔵本(伝飛鳥井雅康筆)の他、書陵部蔵二十一代集本(五一〇・一三。兼右本)、二十一代集正保四年刊本(後印)、『続拾遺集総索引』所収本(書陵部蔵四〇〇・一〇本の翻印)、東京大学国文学研究室蔵本(中世一一・六―二)、内閣文庫蔵本(二〇〇・一二三)、久保田淳氏蔵本、桑名市立文化美術館蔵十三代集本(詞書・作者名ナシ)、陽明文庫蔵本(近/五三/四)、多和文庫蔵本(一〇―五)、今治市河野美術館蔵二十一代集本(一〇一・六八三)、多久市教育委員会(多久市郷土資料館)蔵本(副島家資料)等も(東大研究室本以下は国文学研究資料館紙焼写真本に拠る)。

(41) 本論底本の書陵部蔵二十一代集本(五一〇・一三。兼右本)の他、二十一代集正保四年刊本(後印)、『新後撰集総索引』本(内閣文庫蔵二〇五九八本の翻印)、東京大学国文学研究室蔵本(中世一一・六―三)、内閣文庫蔵本(二〇〇・七八)、高松宮旧蔵二十一代集本、桑名市立文化美術館蔵十三集本(詞書・作者名ナシ)、陽明文庫蔵本(近/五三/五)、多和文庫蔵本(一一・一)、今治市河野美術館蔵二十一代集本(一〇一・六八三)等も(東大研究室本以下は国文学研究資料館紙焼写真本に拠る)。

(42) 普通名詞と解する説もあるが、平安末期以降の歌学書の大勢は歌枕説を取る。鎌倉期の実作では、建永二年(一二〇七)の『最勝四天王院和歌』で「野中清水播磨」と歌枕として見える。

(43) 範宗の「建保三年四月旬十一日影供禁裏」の「夏草」詠「たまぼこの野中の清水そことだに知られぬほどに茂る夏草」(範宗集・一五七)や信実の承久元年『内裏百番歌合』の「水辺草」詠「汲みに行く野中の清水知る人も忘るばかりに茂る夏草」(八九)等。

(44) 「神風や吹きもたゆまぬこの秋ぞ海のほかなる守りをも知る」(四三三・公朝)、「音に聞く伊勢の神風吹きそめて寄せ来る波はをさまりにけり」(四三四・隆弁)、「神路山いづれの秋と契らねど我があらましを月や待つらん」(四三六・時有)。

(45) 底本の永青文庫本は、「正二位能清朝臣」と「正三位能清卿」。静嘉堂文庫蔵本、久保田淳氏蔵本は、両首共に「正二位能清卿」。内閣文庫蔵本（二〇〇・二一五）、神宮文庫蔵本（三／八三九／三六）は、両首共に「正二位能清」。寛文五年刊本、神宮文庫蔵本（三／八三八／三六）は、「正二位能清卿」と「正三位能清卿」（底本以外は国文学研究資料館紙焼写真本および『新編国歌大観』『作者分類夫木和歌抄』に拠る）。なお、底本と静嘉堂本以外には、「人家」の集付が見えない。

(46) 例えば、俊成に「なべて世を照らす日吉の神なればあまねく人も憑むなりけり」（長秋詠藻・右大臣家百首・神祇・五七〇。「日吉」の「日」に光の「日」を掛ける）といった歌がある。

(47) 日吉社の和光同塵を詠んだ歌としては、例えば、定家に「和らぐる光さやかに照らし見よ頼む日吉の七のみ社」（拾遺愚草・十題百首・神祇・七九〇）がある。

(48) 例えば、「世の中のせめてはかなきためしにや月さへかりの宿りにぞすむ」（明恵上人集・後夜の行ひし侍らむと、手を清めむがために手水桶のもとに行くに、いと少なくなれる桶の水に月の映りたるを見てよめる・五三）。

(49) ちなみに、『続古今集』には「いかなる時」を用いた歌が、下記のとおり他の勅撰集に比して多いことが注意される。「いかなる時か」＝一〇八一・一八二三、「いかなる時ぞ」＝三六七・三七七、「いかなる時の」＝二四一。他に「いかなる折に」＝一三七三。

(50) この歌は、「憂きを忍びつらきにたへて年経ぬるつれなさをだにいかで知らせん」（玉葉集・恋三・久恋の心をよみ侍りける・一五六四・基忠）や「つらきにも憂きにも人の忘られぬ心や何のむくいなるらむ」（新千載集・恋三・一三一二・達智門院兵衛督）などと享受されている。

(51) 『隆信集』の詞書は、「女のもとへ、死ぬべき心ちなんすると言ひやりたりし返事に、恋には身をもかふるものぞなど言ひたりしかば、又おしかへして」で、「女」の「返し」は「恋ひしぬと聞かば哀れもかけてまし情けなき世に長らへんとや」。

(52) 結句は、冷泉為臣編『藤原定家全歌集』本（二五三九）「わかれずもがな」、新編国歌大観本（二六七二）「わすれずもがな」、私家集大成本「わすれずもがな《かイ》」。二六七二。『玉葉集』（恋五・一七八一）には「別れずもがな」の形で入集。

(53) 「み室山下草かけて置く露に木の間の月の影ぞうつろふ」（新勅撰集・秋下・二八九・伊平）等を参照して、袖に「移ろふ」＝位置を変えた（移った）萩の露に、さらに月の光が「映ろふ」＝映っている、と解釈することも可能であろうか。

（54）この歌は、『万葉集』の「わがきぬを揩れるにはあらずたかまとの野へを行きしかば萩の揩れるぞ」（巻十・秋雑歌・二一〇一・作者未詳）に想を得ている（新日本古典文学大系『新古今和歌集』は「本歌」とする）。

（55）例えば、『新千載集』には「独り寝る床の山風ふけぬとも逢はでむなしき我が名もらすな」（恋二・一二三九・貞資）があって、「独り寝るとこの山風」の措辞があたりまえに詠出されることを示唆している。

（56）注（39）所掲福田書第二篇第一章「鎌倉中期の反御子左派」七三〜八三頁。

（57）なお、この『玉葉集』歌は、『歌苑連署事書』に「おのづから偽りならぬ言の葉もかくはと頼む夜さへありけり」（三〇）の形で見え、その後に能清の該歌が「能清朝臣、新後撰に入れり」として引かれ（模倣を咎めたか）、さらに「かくはと頼むといへる無下に弱し。夜さへありけりも、夜はもありけりとこそいはまほしけれ。すべてよろしからぬ歌なるべし。」（日本歌学大系本）と批判されている。なおまた、この能清詠の引用は、一応同書への採録歌として扱い、前節初出稿注（26）の諸集入集一覧のとおりとしておきたい。

（58）「我」を詠作主体と解すれば、下句は、しょせんはこの私の心根だ（相手から見て信用できない）というのであてにしないのだろうか、といった意になろうか。

（59）ただし、『新古今集』の切出し歌（顕昭）に見える。

（60）「夜をこめて鳥のそらねにはかるともよに逢坂の関はゆるさじ」（後拾遺集・雑二・九三九・清少納言。百人秀歌・六〇。百人一首・六二、二句「鳥のそらねは」）は、夜明けの開門を言外に示すが、この歌（とその典拠の孟嘗君の故事）を踏まえて、関の夜明けの開門を詠む歌（恋歌の比喩や「あふさかの関」以外の一般的な「関の戸」も含む）は目に付く。中で、為家の「相坂や関の戸あくる鳥のねに木の間の月の影はさしつる」（弘長百首・雑・関・六〇六）は、関の開く明け方に残っている月（有明の月）を詠んでいる点で、能清と同じ構想である。ただし、この先蹤として、父定家に「関の戸を鳥の空ねにはかれども在明の月は猶ぞさしける」（拾遺愚草・花月百首・六六八）が存しており、これに倣ったものであろう。

（61）この題は、『月詣集』（五四二・五四三）や『成通集』（八〇）『林下集』（二四四）に見える（『平安和歌歌題索引』

参照）。

(62)詞書全体は「新院位におはしましし時、雖契不来恋といふことをよませ給けるによみ侍りける」。

(63)「世説、王子猷、山陰に居して隠せり。夜大雪ふれり。眠り覚めて、屋（室）を開き、酒を酌むに、四望皎然たり。因って起ちて彷徨し、左思が招隠の詩を詠じ、忽ちに戴安道を憶ふ。時に戴は剡県に在り。一つの小船に乗り、経宿して方に至る。門に造って前まずして返る。人其の故を問ふ。王曰ふ、興に乗りて返る何ぞ必ずしも戴を見むやと。」（『蒙求古注集成』所収国立故宮博物院蔵上巻古鈔本および宮内庁書陵部蔵上巻影鈔本の影印に拠り、通行の字体に改めて私に読み下す）。

(64)他には例えば、顕季が俊頼と藤原顕仲へ遣した「雪降れば踏ままく惜しき庭の面を尋ねぬ人ぞうれしかりける」（六条修理大夫集・三一四。散木奇歌集・六七二、「雪降りて踏ままく惜しき庭の面は尋ねぬ人もうれしかりけり」）等。

(65)「山里は雪降り積みて道もなし今日来む人をあはれとは見む」（拾遺集・冬・二五一・兼盛。拾遺抄・一五八）と本文中の和泉式部詠を本歌とする。庭の一面の雪に、今日来るであろう友人を情ある人とも思い、踏むのが惜しい一面の雪も、その友人が踏み分けてしまうにちがいない時が自然と待たれた、ということか。

(66)なお、『新続古今集』のこの後の一首は、「同じ時、横笛を／寂恵法師／笛の音を長き世までに伝へずはむなしくなりし人や恨みん」（一六〇四）である。

(67)『日本古典文学大辞典』第五巻（岩波書店、昭五九・一〇）の「源親行」の項（池田利夫執筆）。

(68)本論第一編第二章第一節「藤原顕氏伝」、第二節「藤原顕氏の和歌」参照。

(69)本論第一編第二章第三節「藤原教定伝」、第四節「藤原教定の和歌」参照。

第七節　源親行の和歌

はじめに

「源親行」について、『日本古典文学大辞典』第五巻（岩波書店、昭五九・一〇）は、次のように記している。

鎌倉時代の和学者。法名は覚因。清和源氏満政流、河内守光行の男。母を藤原敦倫の女とする証跡もあるが未確定。生没年未詳。文治四年（一一八八）ごろ出生。文永九年（一二七二）から建治三年（一二七七）を隔たらぬころ八十余歳で没したか。

元久二年（一二〇五）左馬允に任じられて以来、大炊権介・式部大夫・河内守などに任官されたが、鎌倉幕府に長く仕え、和歌奉行を勤めたという。承久の乱で院方に加担した父の助命に奔走したり、自身も幕府内の政争に連座して一時失脚したが、関東在住の歌人・源氏学者として重きをなした。少年時代より藤原定家を歌の師とし、父の『源氏物語』研究を扶け、『源氏物語』をはじめ『万葉集』『古今集』の本文校訂に力を尽した。特に『源氏物語』は二十年を費して諸本を比校し、建長七年（一二五五）にいわゆる河内本を整定した。また、その注釈書『水原抄』も父の業を継承して完成させ、孫の行阿に至って成る『原中最秘抄』の基礎を築いた。（後略）

この簡にして要を得た記述は、『新訂河内本源氏物語成立年譜攷―源光行一統年譜を中心に―』（貴重本刊行会、昭五五・

五）を著した池田利夫によるものである。この源親行の現存する和歌50首を別稿「源親行の和歌注解」（『鶴見日本文学』一八、平二六・三）、「源親行の和歌注解補遺」(1)（『鶴見大学紀要』五八、令三・三）に注解した結果を踏まえて、親行の和歌につき、表現の性向や表現史上の位置取りを探りながら、その様相を明らかにしてみたいと思う。

一　本歌取

まず、親行の本歌取の詠作を整理してみよう。注解を施した親行の現存歌50首については、文治四年（一一八八）頃という親行の推定生年と、所収歌集の状況即ち初出勅撰集が建長三年（一二五一）末奏覧の『続後撰集』で最も早い入集打聞が正元元年（一二五九）成立の『新和歌集』であることから、おおよそは建保・承久年間（一二一三～一二二二）を上らない時期以降の詠作かと推測される。とするとそれは、親行の師でもある定家が詞は古きを宗として三代集歌人の用語を拠るべき古歌詞と定めた『近代秀歌』『詠歌大概』成立後の時期で、かつ真観が関東（鎌倉）で著した『簸河上』に本歌取し得る古歌の範囲を『後拾遺集』まで広げることを容認してゆく時期にも重なるのであれば、親行が真観の考えに従ったという訳ではないにしても、真観の考えは当時の現実を反映していると見てよいであろうから、同時代に関東に祗候した親行の詠作としては、本歌に取るべき古歌の範囲を三代集歌人および『後拾遺集』初出歌人の歌と見ることに一定の合理性があると考えるのである。その観点から認定した本歌取の詠作は15首で、『源氏物語』を本説・本歌にした1首（後述）を加えると16首となり、全体の三分の一強である。本歌の所収歌集・部立・作者と親行歌の所収歌集・部立および本歌からどのように詞を取っているか（句の位置・字数）を一覧すると、次のとおりになる。

［凡例］　行頭の○囲み数字は、「源親行の和歌注解」「源親行の和歌注解補遺」で付した番号（以下同様にこれを用いる）

で、その下に本歌の歌集名・部立・新編国歌大観番号・作者名↓親行歌の歌集名・部立・新編国歌大観番号。次行以下に、詞の取り方につき、本歌の第何句（算用数字）の何字分（字数）↓親行歌の第何句の何字分、というように表す。＊に特徴を簡略に記す。

①古今集・恋三・六二〇・読人不知↓続後撰集・雑上・一一〇二。
1・2句↓1・2句（下3字語彙変換）。
＊五七句を取り、部立を変換する。定家の準則に適従する。
②後撰集・雑四・一二八一・忠国↓続古今集・雑上・一六〇七。
4句↓4句。
＊詞は第四句をそのまま取っただけだが、擬人化した物の涙の述懐を詠じる趣向も倣う。
⑥後撰集・恋一・五一五・伊勢↓新千載集・恋三・一三三六。
1句↓1句、4句上4字↓2句上4字、5句中2字↓3句上2字。
＊心（意味内容）も類似。
⑦古今集・春上・三九・貫之＋同・冬・三三四・読人不知↓新和歌集・春・一六。
1・2句↓3句・2句（句末助詞1字変化）＋1・2句↓3・4句。
＊二首の四句（内一句共通）を取る。
⑨古今集・春上・一三・友則＋同・春下・一〇三・元方↓新和歌集・春・三〇。
1句上3字・2句↓5句上3字・4句（助詞2字変化）＋1句上3字・4句中2字・5句↓3句上3字・4句上2字・5句。
＊同じ詞を共有する本歌二首を綯い交ぜにしたような趣。

⑩新撰朗詠集・夏・一七一・道綱母＝拾遺抄・夏・六四→新和歌集・夏・一〇三。
3句・5句→3・5句（活用語尾1字変化）。
＊同位置に二句を取り、部立の転換なし。
㉒万葉集・巻三・雑歌・三二五・赤人＝五代集歌枕・一一九八→東撰六帖・春・二五二。
上句→上句（歌枕の「飛鳥川」を「吉野川」、「霧」を「波」に変換）。
＊本歌の序詞を叙景句に活かす（本歌に「恋」の語はあるもこれは懐古の情）。
㉕古今集・春上・四・読人不知→東撰六帖抜粋本・夏・九〇。
1句・4句上4字→1句・2句上4字（肯定形を否定形に変化）。
＊春を夏に替えただけだが、景趣は異なる。
㉖後拾遺集・夏・二一二・輔弘→東撰六帖抜粋本・夏・一四四。
3句・4句中2字・5句→1句・5句中2字（活用語尾変化）・2句（句末助詞1字変化）。
＊句の位置は変えるが、部立は同じ。
㉚古今集・東歌・陸奥歌・一〇九二→東撰六帖抜粋本・夏・一五九。
2句・3句中2字→4句・1句下2字。
＊句の位置・部立を替え、内容も新しい。定家の準則に近い。
㊳伊勢物語・五十八段・一〇六・男→東撰六帖抜粋本・秋・三二一。

2句・4句下4字・5句上2字→2句（句末2字変化）・4句上4字（助詞1字変化）・1句下2字（語彙変換）。
＊本歌を展開させたような趣。
㊴新古今集・冬・六五七・人麿→東撰六帖抜粋本・冬・三八三（第五句五字分欠損）。

1句・2句上3字→4句（助詞変化）、3句→1句、4句上2字・5句上3字→2句上2字・下3字（語彙変換）。

＊句の位置は変えるが、部立は同じ。

㊷古今集・雑上・九二九・躬恒→東撰六帖抜粋本・冬・四七一。

2句・3句→2句・1句（助詞1字変化）。

＊七五句を五七句に置換して、部立も替える。定家の準則に近い。

㊸金葉集・冬・二五七・師賢→拾遺風体集・秋・一三七。

2句・4句上4字・5句上3字→5句（肯定形を否定形に変換）・2句上4字・1句上3字。

＊冬を秋に換えただけだが、本歌を踏まえた趣向を立てる。

㊹後拾遺集・冬・四一九・快覚→拾遺風体集・冬・一六九。

2句下3字・3句上3字→2句上3字（助詞1字変化）・1句上3字（活用語尾変化）、4句上5字→2句下3字（品詞変換）、5句→5句（歌枕「志賀」を「真野」に変換）。

＊句の位置は替え詞を細かく変化させるが、部立は同じで、内容も近い。

㊼古今集・夏・一四九・読人不知→弘長歌合・夏（郭公）・一八。

1句・3句・5句→5句（語彙変換）・1句・2句（語彙変換、活用変化）。

＊句の位置を替え詞を細かく変化させつつ、部立・主題は同じだが、意想を展開する。

㊿古今集・雑上・九三〇・三条町→弘長歌合・恋・五四。

1句・2句・3句上2字→3・4句・5句上2字（語彙変換）。

＊五七句の位置を置換し詞を替え、部立も替える。定家の準則に近い。

右の本歌取を所収歌集別にまとめると次のようになる。

古今集　8例（①⑦〔二首〕⑨〔二首〕㉕㉚㊷㊼㊿）。後撰集　2例（②⑥）。後拾遺集　2例（㉖㊹）。金葉集　1例（㊸）。新古今集　1例（㊴）。万葉集（五代集歌枕）1例（㉒）。伊勢物語　1例（㊳）。新撰朗詠集（拾遺抄）1例（⑩）。

また、本歌から親行歌への部立の変換をまとめると次のとおりである。

同部立　②（雑）、⑥（恋）、⑦（春・冬→春）、⑨（春）、⑩（夏）、㉒（万葉集・雑歌→春）、㉖（夏）、㊴（冬）、㊹（冬）、㊼（夏）。

異部立　春→夏（㉕）、冬→秋（㊸）、恋→雑（①）、恋（伊勢物語）→秋（㊳）、雑→冬（㊷）、東歌→夏（㉚）、雑→恋（㊿）。

全体の数が少ないので断定はできないけれども、本歌に取った古歌としては、『古今集』が主であることは疑いなく当然であろうが、それなりの散らばりもあるので、そこに親行が専門歌人たらんとした古歌習熟の痕跡を窺い得るようにも思われる。

本歌の内容（心）との相関については、部立が転換されて、例えば「いたづらに行きては来ぬるものゆゑに見まくほしさにいざなはれつつ」（古今集・恋三・六二〇・読人不知）を本歌にした①「いたづらに行きては返る歳月の積もる憂き身にものぞ悲しき」（続後撰集・雑上・一一〇二・年の暮によみ侍りける）のように、意味内容が古歌とは離れて新しくなっている場合もあるが（㉒㉕㉚㊷）、必ずしも（詞は古く）心は新しくという定家の詠作原理に従っている訳ではなく、本歌と親行歌の部立の相関に顕れてもいるように、まま本歌の内容（心）に類似した内容を詠じている（②⑥⑩㉖㊴〔結句本文欠損〕㊹㊼）。その中には、「我ならぬ草葉も物は思ひけり袖より外に置ける白露」（後撰集・雑四・一二八一・忠国）を本歌にした②「暮れてゆく秋を惜しまぬ空だにも袖より外になほ時雨るなり」（続古今集・雑上・一六〇七・題不知）のように、取る詞は少なくても本歌の趣向をそのまま取るような場合がある。他方で、「声はして涙は見えぬ郭公我が衣手の漬つを借らなむ」（古今集・夏・一四九・読人不知）を本歌にした㊼「郭公涙借ればや老いが世の寝覚めの空に声の聞こゆる」（弘長歌合・郭公・一八）のように、句の位置を置換して語彙も変化させつつ、「我が衣手の漬つを借らなむ」を「涙借ればや」と、本歌の主旨を展開した場合もあるのである。二首の古歌の本歌取は二例（⑦⑨）あるが、これらも本歌の内容に沿った本歌取で、こういった詠みぶりは同時代の他の歌人の傾向に大きく異なるものではないであろう。(2)

詞の取りようについては、詞をそのままの位置に取っている場合もあるが（②⑩㉒）、句の位置を置換したり（⑨㉖㊴）、「さ夜更くるままに汀や氷るらん遠ざかりゆく志賀の浦波」（後拾遺集・冬・四一九・快覚）を本歌にする㊹「氷り行く汀も遠く風さえて尾花に残る真野の浦波」（拾遺風体集・冬・一六九）のように、詞を細かく分散・変化させたりする例もある（㊼も同様）。これは定家の本歌取の（初学者向けの）規制細則に部分的には適っていることになる。もちろん、定家本歌取の規制細則（句の位置と部立の変換）にそのまま適従しているような例（①㉚㊷㊿）もあるし、季を移すだけであっても、本歌の肯定形を否定形に転換して景趣を異にし心を新しくしたり（㉕）、同様に肯否定の転換から本歌を踏まえた趣向を立てたりする（㊸）のは、心を新しくするという定家の原理に遠くはない。また、右に挙げた「志賀の浦波」を「真野の浦波」とするように、鍵となる語彙や歌枕を変換する例もあるし、『万葉』の序詞を叙景に活かす例（㉒）や、『伊勢物語』の本歌を展開させるような例（㊳）もあって、これらも親行なりの、本歌の心から脱して新しい心を獲得しようとする試行や努力の結果と捉えられなくもないのである。

総じては、定家の勧説に結果的には背反するような詠作も認められるけれども、それは、定家の高度な理想の中だけでは詠出し得ないという、親行自身の力量の所以のみではない、当時の歌人一般にも当てはまる事象であって、親行の本歌取の詠作には、師説に適従しようとするような傾きを汲み取ってよいように思われるのである。

ところで、一般的に本歌取には他の先行歌が踏まえられていたり、それに似通っていたりする場合があり、親行の詠作も例外ではない。例えば、㊳「尋ね来て落穂拾はん方ぞなき田頭《たづら》の霧の秋の夕暮」（東撰六帖抜粋本・秋・秋田・三二一）は、「うちわびて落穂拾ふと聞かませば我も田面《たづら》に行かましものを」（伊勢物語・五十八段・一〇六・男）を本歌にしつつ、「ながむれば思ひやるべき方ぞなき春の限りの夕暮の空」（千載集・春下・一二四・式子）にも拠っていると思しいし、②「暮れてゆく秋を惜しまぬ空だにも袖より外になほ時雨るなり」（続古今集・雑上・題不知・一六〇七）は、「我ならぬ草葉も物は思ひけり袖より外に置ける白露」（後撰集・雑四・一二八一・忠国）を本歌にしつつ、順徳院の類詠「暮れかかる秋を惜しまぬ宿やなきふるは涙にうち時雨れつつ」（紫禁草・同〔建保六年〕九月尽、雨、当座・一〇九二）にも通うのである。即ち親行の本歌取詠には、古歌だけではなく、併せて『千載集』や『新古今集』の成立前後頃、即ち親行生年頃以降の比較的新しい歌に依拠したり触発されたり、学んだ結果が反映したりしていると思しい例（⑦⑨⑩㉒㉕㊷㊸㊹㊿）、あるいはそれら近現代の歌に依拠したとまでは推断し得ないまでも似通い類似する例（①②⑥㉚㊳）が、まま見受けられるのである。これらは、近代から同時代までの歌の傾向に親行の歌が沿っていたことを示すのであり、後述するとおり、親行の時流に対する敏感さや適応する意志と能力を窺知させるものでもある。

二　『源氏物語』の影

『源氏物語』に基づいた親行詠がある。㉜「雲はなほ槙の尾山の嶺続き夕立すらし宇治の川浪」（東撰六帖抜粋本・夏・白雨・一八〇）は、『源氏物語』「橋姫」の「かの（八宮の）おはする寺の鐘の声、かすかに聞こえて、霧いと深く立ち渡れり。峰の八重雲、思ひやる隔て多く、あはれなるに、なほこの姫君たち（大君・中の君）の御心のうちども、心苦しう、「何ごとをおぼし残すらむ。かくいと奥まり給へるも、ことわりぞかし」と（薫は）おぼゆ。／あさぼらけ家路も見えず尋ね来し槙の尾山は霧こめてけり（薫）」（六二六。尾州家河内本に拠り表記は改める）を本説・本歌にした一首であろう。『源氏』の「峰の八重雲、思ひやる隔て多く」と和歌の「槙の尾山」を「雲はなほ槙の尾山の嶺続き」に集約しつつ、和歌の「霧こめてけり」を「夕立すらし」に転換していようか。他の本歌取の詠作にも認められた手法である。同様にまた、この場面と薫の歌の両方を踏まえる「源氏取」は、新古今歌人達が先行して行っていて、(3)親行がこれらに触発された可能性も見ておく必要がある。

この傾向は、『伊勢物語』に基づいた親行詠にも認められる。⑲「明けゆかば匂ひや袖に残るべき花の影洩る春の夜の月」（東撰六帖・春・春月・九八。同抜粋本・五二）は、「春月」題で、この「花」は、『東撰六帖』の配列上「梅」題の後「花」（桜）題の前であり、「春の夜の月」を後鳥羽院が「梅が香はながむる袖にかをりきてたえだえ霞む春の夜の月」（正治後度百首・春・霞・五。後鳥羽院御集・一〇五、三句「にほひきて」）、定家が「大空は梅のにほひに霞みつつ曇りもはてぬ春の夜の月」（新古今集・春上・四〇。御室五十首・春・五〇二）と用いていることにも照らして、梅と解される。とすれば該歌には、『伊勢物語』四段の「梅の花盛りに、去年を恋ひて行きて…／月やあらぬ春や昔の春ならぬ我が身一つはもとの身にして／とよみて、夜のほのぼのと明くるに、泣く泣く帰りにけり」（日本古典文学大系本）の世界が看取されなくてはならない。しかし、それればかりではなく、該歌は、この『伊勢物語』

四段を背景にした、『新古今集』（春上）の三首「梅の花にほひをうつす袖の上に軒もる月の影ぞあらそふ」、「梅が香に昔を問へば春の月こたへぬ影ぞ袖にうつれる」、「梅の花誰が袖ふれしにほひぞと春や昔の月に問はばや」（四四・定家、四五・家隆、四六・通具）に触発されたと見られるのである。

さて他に、親行の詠作に読み取り得る『源氏物語』の影としては、次のような例がある。㉓「山吹の小島が崎に舟とめて八十うぢ人もかざしなるらし」（東撰六帖・春・款冬・二七九（底本二七八））の「小島が崎」は、山城国宇治の歌枕「小島の崎」と同じで、その原拠は「今もかも咲き匂ふらむ橘の小島の崎の山吹の花」（古今集・春下・一二一・読人不知）であるにしても、「舟とめて」とあるので、『源氏物語』（浮舟）で匂宮が浮舟を宇治川対岸の隠れ家にいざなう場面で、「小さき舟に乗り」「橘の小島と申して、御舟しばしさしとどめたる」として、交わされる（『古今集』歌を踏まえた）贈答、「年経ともかはらむものか橘の小島の崎に契る心は」、「橘の小島の色はかはらじをこのうき舟ぞゆくへ知られぬ」（七四一・匂宮、七四二・浮舟）が想起されるのである。加えて、「八十うぢ人」の「かざし」を詠むことは、親行が直接拠った歌は近現代歌であったとしても、[4]「かざしける心ぞあだに思ほゆる八十氏人になべてあふひを」（源氏物語・葵・一一三・光源氏）や、三条天皇の「長和元年大嘗会主基方」の「神楽歌」で丹波国の「ながむら山」（未詳）を詠じたという「君が御代ながむら山の榊葉を八十氏人のかざしにはせん」（栄花物語・ひかげのかづら・一〇三・兼澄。続拾遺集・賀・六二七）が基底になっていよう。また、㉟「置き迷ふ露の下荻乱れても末葉あまたに宿る月影」（東撰六帖抜粋本・秋・月・二七五）も、詠みぶりが似通う新古今歌人詠が存しているにしても、[5]荻の下の方特にその葉を言う「下荻」は、『源氏物語』「夕顔」で、光源氏の「ほのかにも軒端の荻を結ばずは露のかごとを何にかけまし」に対して、軒端荻が返した「ほのめかす風につけても下荻のなかばは霜に結ぼほれつつ」（四〇）に由来することは周知のとおりである。

なお、親行の⑥「思ひ河うたかた波の消え返り結ぶ契りは行方だになし」（新千載集・恋三・題しらず・一三三六）は、

『河海抄』（真木柱・一五三七）に引かれている。(6) 玉鬘の「ながめする軒の雫に袖濡れてうたかた人をしのばざらめや」の「うたかた」に対する注の末尾に、「水原抄／思河うたかたなみのきえかへりむすぶ契はゆくゑだになく／此道祖師歌也　尤足潤色」（天理図書館蔵伝一条兼良筆本。濁点私意）とある。「此道」以下は、源氏学の祖たる親行の歌でいかにも（源氏の本文に）彩りを与えるのに十分である、というほどの意味であろうか。これに従えば、親行はこの玉鬘の歌を意識して該歌を詠じたということになるのであろうか。

河内本本文との関わりを跡付けるような事例は認められないが、現存歌に窺う限り、親行の『源氏』学者としての面影を感じさせる程度の例証はあると言うことはできようか。

三　依拠歌および類歌の位相1

本歌取とは言えないまでも、親行の古歌や前時代歌への依拠と、近代・現代歌への依拠あるいはそれらとの類似の様相をまとめておこう。

まず、親行の志向する和歌あるいはその学習範囲の大まかな傾向を把握するために、先行歌を念頭に置いた、先行歌の意想や措辞・語詞に学んだ、先行歌の詠みぶりに触発された、などと考えられる場合ばかりでなく、先行歌に特徴的に似通っている場合も含めて、つまりは直接・間接あるいは意識・無意識にかかわらず、表現の史的流れの中では、親行の歌が結果的には適従していると見なし得る、古歌から『新古今集』成立前頃即ち親行のおおよそ十代頃までの先行歌を整理して、歌集毎（含後出）に番号で一覧してみよう。一部重複を含む。

古今集　㉑五四・読人不知、㉓一二一・読人不知、㊻九三・読人不知
拾遺集　⑭五〇三・佐伯清忠、㊸九五五・人麿＝万葉集・二四三四・人麿歌集

後拾遺集　⑬六八〇・赤染衛門、㊱八一〇・経信、㊵一〇二一・馬内侍、㊵後拾遺集国学院蔵伝定為法印本・九の次・嘉言
金葉集　⑧一六七・内大臣家越後、⑭二一八・待賢門院堀河、㉑五四五・経信
詞花集　⑪七〇・花山院、㉜七八・好忠
千載集　⑰六五三・待賢門院堀河、⑱五四四・寂蓮、㉙七〇二・俊成、㉜四〇九・師光、㊳一二四・式子、㊿六九七・宗家（新勅撰集・六六四）
新古今集　③二三六・後鳥羽院、④三四六・人麿、⑨八三六・寂蓮、⑯一三三六・定家、⑱九七四・雅縁、⑲四四、四五、四六・定家、家隆、通具、⑳六〇・読人不知、㉗五三三・俊頼、㉜二六六・俊頼、㉞五〇一・西行、㉟二九八・雅経、㊱四三三・後鳥羽院、㊸九八四・慈円、㊺五三・良暹、㊽六〇〇・良暹
万葉集　⑪三二七九・作者未詳、㉒九〇九・金村、㉕一九六三・作者未詳
続詞花集　㉑五〇・俊成（長秋詠藻・二〇七。新勅撰集・五七）
堀河百首　④六二九・顕季、㊱七二一・公実、㊻一四七・国信、㊾一六七・仲実
久安百首　㊻一一四・公能
御室五十首　㉑五九五・家隆
正治初度百首　①二二七二・信広、⑪一六二九・寂蓮、㉜一四八九・家隆、㊿一五七九・範光
正治後度百首　㊹二四八・雅経、㊽一〇三八・慈円
六百番歌合　㉖八六三・良経
水無瀬恋十五首歌合　㉔五四・雅経、㉟一四八・俊成女、㉟五一・後鳥羽院
三百六十番歌合　㊹五三七・忠良

老若五十首歌合　④二一五・定家
千五百番歌合　⑫九四一・俊成女、⑲四五三・良経、㉓六百四十五番判歌・後鳥羽院、㉔五四一・兼宗、㉕六四一・家隆、㉛九二七・寂蓮、㉜一四九五・通具、㊲六百十一番判歌・後鳥羽院、㊾三二一・有家
元久詩歌合　㉜二六・家長
散木奇歌集　⑭四二八、㊵恨躬恥運雑歌百首・一四二五＝中古六歌仙・五六、㊷一三
忠度百首　⑮五五
公衡百首　③二一
山家集　㊱二八〇＝西行法師家集・二三二＝宮河歌合・三四
長秋詠藻　㉑二〇七（続詞花集・五〇・俊成。新勅撰集・五七）
俊成五社百首　㉓三六五、㉗一二五
六条院宣旨集（俊成妻の家集）㉙七四
寂蓮結題百首　㉖二五
拾遺愚草　㉘閑居百首・三二八＝定家卿百番自歌合・三四
拾遺愚草員外　㊺三十一字歌・三三三五
壬二集　㊶二八一六（承元二年五月住吉社歌合）
拾玉集　㉗勒句百首・一一二七、㊶四四一八（元久元年七月宇治御幸宇治御所五首歌会歌稿）⑺
秋篠月清集　⑩花月百首・二九、㉖一〇八〇、㊹南海漁父百首・五三八＝後京極殿御自歌合・八四
後鳥羽院御集　㉜元久元年十二月住吉三十首御会・一三〇六、㊺建暦二年十二月廿首御会・一四七二（続後撰集・一二〇二・後鳥羽院＝百人一首・九九）

蒙求和歌片仮名本（光行）㉞二四八＝平仮名本・二〇五＝百詠和歌・二四四

八代集と『万葉集』、院政期以降の主要な定数歌や歌合や主要歌人の家集といった、重要歌集（あるいはその出典）の歌に親行が学んでいたであろうことが窺われよう。中でも、新古今時代の定数歌や歌合および新古今歌人の家集類が目立ち、親行の意識がそれらに向けられていたことが窺われるのである。それは、親行自身の生年が新古今前夜であり、幼少の親行を訓導したはずの父光行は『千載集』初出で『新古今集』にも一首入集しかつ定家より一歳年少という新古今撰者と同世代の歌人である、という時代相の必然ではあろう。また、承久三年（一二二一）の承久の乱以前から親行が地歩を占めていたと思しい[8]関東の歌人達には、頼朝の入集を見た『新古今集』を将軍実朝がいちはやく入手した[9]ことも与ってか、同集とその歌壇への相応の関心が認められるのであり[10]、その状況にも合致するのである。親行は、貞応二年（一二二三）七月に『新古今集』八本の異同を取りその用捨を定家に求めた結果を基に証本を清書した（國學院大學図書館蔵伝源親行筆本奥書）のであって、『新古今集』そのものと、それを生んだ時代の和歌への関心は特に旺盛であったと見て過たないであろう。

つまり、親行の歌は、『新古今集』所収の古人歌や新古今歌人の詠作に特徴が類似する傾向があり、総じては、これらを特に重要視して意識的に学んでいたのではないかと思われるのである。例えば、㊹「氷り行く汀も遠く風さえて尾花に残る真野の浦波」（拾遺風体集・冬・一六九）は、「さ夜更くるままに汀や氷るらん遠ざかりゆく志賀の浦波」（後拾遺集・冬・四一九・快覚）を本歌にするが、同時に、良経の「真野の浦の浪間の月を氷にて尾花が末に残る秋風」（秋篠月清集・南海漁父百首・秋・五三八。後京極殿御自歌合・八四）や雅経の「霜氷る尾花が末も波の音も結ぼほれたる真野の浦風」（正治後度百首・冬・氷・二四八。明日香井集・一四一一）あるいは忠良の「霜枯れの尾花が末に月さえて氷らで氷る真野の浦波」（正治初度百首・冬・七六六。三百六十番歌合・冬・五三七）等にも通い、これらに触発されたのではないかと見られるのである。

もう一つ、象徴的事例を挙げておこう。親行の詠作には、後鳥羽院の正治の応制百首に倣った例が認められるが、その第三度百首でもある『千五百番歌合』については出詠歌のみならず、後鳥羽院の判歌にも意を向けていたかと思しい例が存するのである。㉓「山吹の小島が崎に船とめて八十うぢ人もかざしなるらし」(東撰六帖・春・款冬・二七九〔底本二七八〕)については、二に記したとおり『源氏物語』浮舟巻を踏まえるが、特に『万葉』以来の歌句「舟とめて」を「宇治」と併せて詠む先行例は、俊成の「氷魚の寄る宇治の網代に舟とめて氷をかくる月をこそ見れ」(俊成五社百首・住吉社・冬・網代・三六五)があり、かつ後鳥羽院の判歌にも「瀬瀬下す宇治の里人舟とめて波にすむ月しばしかも見よ」(千五百番歌合・秋二・六百四十五番)があるのである。また、㊲「昨日今日打つ空蟬の唐衣夜寒になりぬ杜の下風」(東撰六帖抜粋本・秋・擣衣・三〇三)は、後鳥羽院の同歌合判歌「時ぞとや杜の秋風にはかにも夜寒になりぬしののめの空」(秋二・六百十一番)に倣ったかとも疑われる。とすればそれは、親行の、『千五百番歌合』への関心と、その歌壇の主宰後鳥羽院への傾倒とを示すものであり、親行の㊺「老いが身は後の春とも頼まねば花にあひ見ぬ人も恨めし」(隣女集・巻三自文永七年至同八年・春・一〇三六)が、後鳥羽院の「建暦二年十二月廿首御会五人百首中」の「述懐」の一首「人もをし人も恨めしあぢきなく世を思ふゆゑに物思ふ身は」(後鳥羽院御集・一四七二。続後撰集・雑中・一二〇二。百人一首・九九)の「人も恨めし」を取っていたことを裏書きすることになるのかもしれない、とも考えるのである。

右の様相を歌人別の視点から見れば、複数の事例が認められるのは、院政期の経信と俊頼父子、西行、俊成と定家父子に寂蓮や家隆や俊成女あるいは後鳥羽院や良経や慈円等である。特に俊頼ならびにその父経信については、親行の師定家が俊頼の歌を讃仰する傾きがあったこと、経信・俊頼父子を二代の比類無き歌人と併称していたこと(11)との反映であろうか。また、師の定家とその父俊成は当然としても、親行の十代から二十代前半までに成ったであろう『新古今集』の当事者達即ち、下命者の後鳥羽院、撰者の通具・（定家）・家隆・雅経および寂蓮、和歌所寄人の良経・慈円・（俊成）および開闔の家長等、ならびに主要入集歌人の西行・式子・俊成女等、それらの和歌に親行が注目していたことは間違いなく、これらに学ぶことが、若年時の訓練方法の一つだったのではないかとも思われるのである。なお、父の光行の和歌から個別の影響は強く認められる訳ではないが、『蒙求和歌』のような作品に見える特殊な「あらはれやらぬ」（㉞）といった詞の一致は、もちろん父子関係の所以であろう。

四　依拠歌および類歌の位相2

親行の詠作には建保期頃の歌との類似も目立つのである。この当時二十代後半かと推定される親行の歌との先後は直ちに断定はできないまでも、『新古今集』成立前後から建保期頃までにかけて、親行が歌人としての修養を重ねていたことを表しているのではないか、とも思われてくるのである。親行詠と類似するこの建保期頃から鎌倉時代前中期までの歌について、歌集毎に番号で一覧しておこう。一部三の一覧との重複を含む。

新勅撰集　㉑五七・俊成（続詞花集・五〇。長秋詠藻・二〇七）、㉒一九一・道家、㉟三三二・道家（道家百首・四七）、㊶四三一・雅経（内裏百番歌合建保四年・一五六）、㊷一二七五・公経、㊿六六四・宗家（千載集・六九七）

続後撰集　㉘一九八・基家（宝治百首・九二四）、㊺一〇四一・雅成、㊺一二〇二・後鳥羽院（後鳥羽院御集・一四七二＝百人一首・九九）

建保名所百首　⑯五一八・行意、㉘三〇三・定家

道助法親王家五十首　⑩三一三・雅経、㉓二四五・実氏、㉜五九九・雅経

宝治百首　⑫一一一六・俊成女、㉘九二四・基家（続後撰集・一九八）、㉙一五五五・俊成女（現存六帖・三〇九）

新撰六帖　⑧四七・為家＝現存六帖抜粋本・一四、㉚一〇二三・知家
現存六帖　㉙三〇九・俊成女（宝治百首・一五五五）
歌合建暦三年八月七日　㉚三四・俊成女
院四十五番歌合建保三年　㉘二六・家良
内裏百番歌合建保四年　⑮一四八・経通、⑰一八一・順徳院、㊶一五六・雅経（新勅撰集・四三一）
日吉社撰歌合　⑳二二・為家
拾遺愚草　⑤内大臣家百首建保三年九月十三日・一一七二＝定家卿百番自歌合・一五三、㉙〔建保四年後鳥羽院百首〕・一三八六
拾遺愚草員外雑歌　⑮四季題百首・三五三五
家隆卿百番自歌合　㊶八
壬二集　⑯〔寛喜元年〕為家卿家百首・一三二七
明日香井集　⑳湯浅宮御会建保四年九月二十日・一二五七、⑳院百首建保四年・七三九
道家百首（建保四年後鳥羽院百首）㉒一、㉗二四、㉟四七（新勅撰集・三三二）
後鳥羽院御集　⑲詠五百首和歌・六五四
土御門院御集　㉛詠百首和歌承久三年・四一
紫禁和歌草　②建保六年九月尽、雨、当座・一〇九二、⑥建保六年五月晦日内内歌合・一〇五八、⑧建暦元年三月五十首・八
為家千首　㊻一二二

厳密には、建保期には親行は二十代後半に達していたであろうから、建保期前後以降の歌々が親行の歌に全て先行すると即断することはできないけれども、少なくとも鎌倉前期の詠作状況に親行の詠作も沿っていたと言うことはできよう。例えば、㊶「はし鷹の夕狩衣白妙に雪降りしほる宇治の山風」(東撰六帖抜粋本・冬・鷹狩・四五〇)は、雅経の「狩衣裾野も深しはし鷹のとがへる山の峰の白雪」(内裏百番歌合建保四年・冬・一五六。新勅撰集・冬・四三一)に通い、「夕狩衣」の先例を通光の「草枕夕狩衣濡れにけり裾野の露も色かはり行く」(院四十五番歌合建保三年・行路秋・四一)に、「宇治の山風」の先例を家隆の「橋姫の霞の衣ぬきをうすみまださ莚の宇治の山風」(家隆卿百番自歌合・春・三宮十五首・八)や「形見とて夢は都にとどめねど寝られで明けぬ宇治の山風」(壬二集〈新編国歌大観本〉・恋・同仙洞にて住吉歌合に、寄旅恋・二八一六)あるいは慈円の「君が代を幾千歳とかしらぶらん松よりつたふ宇治の山風」(拾玉集・短冊・山風・四四一八)に求め得て、新古今歌人が建保期頃までに詠出したと思しい比較的新しい措辞に従っている一首であると言うことができる。

右に一覧した歌の作者を見ると、先に整理した『新古今集』成立前後頃までの先行歌の場合に連続した同集の当事者達に加えて、その後継者達、即ち、後鳥羽院の皇子土御門院と順徳院、定家の男為家、良経の男で九条家の道家と基家およびその縁戚西園寺家の公経と実氏等が目に付くのである。これらは、当代の帝王、師家の嫡嗣、和歌にも関東にも通じた貴顕であり、親行が見習っていたとしても不思議はない歌人達である。また、それらの歌に親行の歌が無意識にせよ類似したのだとすれば、それは親行詠が中央歌壇の時流に沿っていたことを物語ることにもなる。『新古今集』成立前後頃以降から建保期までの時期は、親行十代から三十代以前までの言わば和歌の修行期や成長期であると言え、親行はこの時期の主要歌人達の歌をも積極的に学び取ろうとしていたと見ることができよう。さらに、それに続く鎌倉中期頃の歌との類似は、親行が壮年期に於いても京都中央歌壇の詠作に常に目を向けていたであろうことを窺わせるのである。

五　親行の詠作の断面――時流との相関、失錯と新味

これまでに見たような詠作態度を取る親行は、鎌倉前期の新奇で清新な表現をも積極的に取り入れたと思しい。例えば、⑧「青柳の陰行く水の深緑浅瀬も知らぬ春の川波」（新和歌集・春・河辺柳・二四）の「陰行く水」は、為家の「唐人も今日を待つらし桃の花陰行く水に流すさかづき」（新撰六帖・第一・三日・四七。現存和歌六帖抜粋本・第一・三日・一四）と該歌とが、早い例なのである。「春の川波」も、鎌倉時代に見え始める歌句で、雅経の「霞むより緑は深し真菰生ふるみづのみ牧の春の川波」（明日香井集・詩歌合同〔元久元年〕六月・水郷春望・一一四二）が早い例で、実朝にも作例がある（後述）。時代と地域共に親行が属するところに重なって用例が残っている歌詞であり、親行の時流への敏感さを窺わせる事例と言える。(12) また、㉟「置き迷ふ露の下荻乱れても末葉あまたに宿る月影」（東撰六帖抜粋本・秋・月・二七五）の「露の下荻」の句形は、鎌倉前中期頃に、実氏の「我が袖の露の下荻とにかくに思ひ乱れて秋風ぞ吹く」（道助法親王家五十首・恋・寄草恋・九〇五）や為家の「夕暮の露の下荻そよさらにたまらぬほどの秋風ぞ吹く」（為家千首・秋・三六二）や俊成女の「消えわびし露の下荻しをれ葉に幾夜な夜なの霜結ぶらん」（宝治百首・恋・寄草恋・二八七三）等と詠まれるようになるのであり、親行詠もその時代の傾向に沿っているのである。さらに、㊶「はし鷹の夕狩衣白妙に雪降りしほる宇治の山風」（東撰六帖抜粋本・冬・鷹狩・四五〇）の「夕狩衣」は、万葉語の「夕狩」（夕方の狩猟）に「狩衣」を合わせた中世の造語かと疑われ、『院四十五番歌合建保三年』の通光詠「草枕夕狩衣濡れにけり裾野の露も色かはり行く」（行路秋・四一）が早い例で、『新撰六帖』の真観詠「ますらをが夕狩衣いと寒し末の原野の木枯らしの風」（第五・かりころも・一七四〇）がそれに続く、新鮮な歌詞であり、それを親行は詠み入れているのである。

一方親行の詠作は、本歌取歌や先行依拠歌の様相から判断されるように、おおよそは、勅撰集や重要歌集に学

び、有力な先達や定家を初めとする新古今時代の主力歌人に倣って、破綻のない詠みぶりを見せている。しかしながら、やや詞足らずで意図が曖昧であったり意味が不明瞭であったりする歌、あるいは伝統的な通念や類型から外れるような歌も存しているのである。以下に列挙してみよう。

⑰「限りあれば岩にくだくる白波もあらはれてこそつれなかるらめ」（新和歌集・恋上・寄浪増恋・五二〇）は、「限りあれば」が「あらはれて」にかかり、その「あらはれて」は、「顕れて」に「岩」「くだくる」「白波」の縁で「洗はれて」が掛かると見るが、全体の意図は分かりにくい。⑳「分け迷ふ雲の八重山跡もなし教へて帰れ春の雁がね」（東撰六帖・春・帰雁・一一二）の下句は、宗尊の「来し方にまた立ち帰る道知らば我に教へよ春の雁がね」（竹風抄・巻五・〔文永九年十一月頃百番自歌合歌〕・帰雁・九四〇）と同様の趣旨だと見るが、新奇な趣向である分意味は不明瞭であろう。㉗「菖蒲ふく五月の今日や故郷の軒の忍ぶも露はらふらん」（東撰六帖抜粋本・夏・菖蒲・一四五）は、「露」は五月の節句の「薬玉」を連想させる傾きがあるので「露」が「（薬）玉」を暗喩し「はらふ」は「払ふ」に「祓ふ」が響くと見るが、一首の趣意は不分明である。㊸「紅葉葉の下照る水の影見ればほか行く波は時雨れざりけり」（拾遺風体集・秋・題不知・一三七）も、「神無月時雨るるままに暗部山下照るばかり紅葉しにけり」（金葉集・冬・二五七・源師賢）を本歌にしているにしても、詞足らずの感は否めない。

また、⑯「武蔵野や落ちて草葉になほぞ置く分け行く人の袖の白露」（新和歌集・羇旅・野旅・四三五）は、観念的趣向が勝ちすぎていて、歌枕「武蔵野」の常套からは外れていようし、㊲「昨日今日打つ空蝉の唐衣夜寒になりぬ杜の下風」（東撰六帖抜粋本・秋・擣衣・三〇三）は、夏の涼風として「納涼」に詠まれ秋を実感させる風として「早秋」にも詠まれる「杜の下風」と、秋の末頃の「夜寒」（夜に感じる寒さの意）との詠み併せが珍しくはあるが、それはまた一般的な詠み方からは外れていることを意味しよう。さらに、㊴「有乳山嶺より寒《き》ゆる松風に矢田野の浅茅霜〔も〕〔欠字〕」（東撰六帖抜粋本・冬・霜・三八三）は、本文の欠脱があり確言はできないけれども、「有乳山嶺より寒ゆる松風」が新奇な措辞ながら、「有乳山」と「矢田野」の伝統的な景趣からは外れていると言ってよいであろう。

これらに窺えるように、伝統的な通念や類型（本意）から外れるということは、反面に新味を見せることにも繋がるであろう。㉘「長き日も夕暮待たぬ山陰になほ空閉づる五月雨の比」（東撰六帖抜粋本・夏・五月雨・一五三）の「夕暮待たぬ山陰に」の句は、詞足らずの感はあるが、「夕暮を待つことなく暗くなる山陰に」といった意味で、新鮮な措辞である。「明けぬとて横雲急ぐ山の端にあらはれやらぬ初雁の声」（東撰六帖抜粋本・秋・雁・二六五）は、西行の「横雲の風に別るるしののめに山飛び越ゆる初雁の声」（新古今集・秋下・五〇一）に拠ってか、「横雲」と「初雁」の取り合わせが新味で、「横雲急ぐ山の端」の措辞も新奇である。㊶「はし鷹の夕狩衣白妙に雪降りしほる宇治の山風」（東撰六帖抜粋本・冬・鷹狩・四五〇）は、先に記したように新古今歌人が建保期までに詠出した比較的新しい措辞に従っているが、中でも「雪降りしほる」は清新な表現である。

右に見たような親行詠の一面は、力量や個性の発現か、拠した関東の環境とそれに伴う意識の反映か、あるいは新しい局面を拓こうとした意欲がもたらした結果か、は直ちに判断できない。恐らくは、それらのどれもが少しずつ作用していると考えるべきなのであろう。

六　親行詠と関東歌人の和歌および京極派の和歌

現存歌数の限界からか、親行の詠作と他の関東歌人との関係性を色濃く見ることはできないが、将軍実朝や宗尊親王および宗尊の歌道師範として東下した真観その他の（広義の）関東歌人の和歌との関係を探っておこう。

将軍実朝と親行の歌の関係性は強くは認められないが、次のような事例がある。⑧「青柳の陰行く水の深緑浅瀬も知らぬ春の川波」（新和歌集・春・河辺柳・二四）の「春の川波」は、前記のとおり、鎌倉前期頃から見える歌句で、親行は雅経歌に学んだ可能性が高いけれども、実朝にも「立ち返り見れどもあかず山吹の花散る岸の春の川波」（金槐集定家所伝本・春・山吹に風の吹くを見て・一〇二）と「立ち寄れば衣手涼しみたらしや影見る岸の春の川波」（同・雑・屏風に、賀茂へ詣でたる所・五四二）の作例がある。新古今歌人の新味を関東歌壇が受容した事例とは言えるのである。

他方で、親行から将軍宗尊親王への影響は少しく認めることができる。「白波の跡なき方に行く舟も風ぞたよりのしるべなりける」（古今集・恋一・四七二・勝臣）を本歌にした宗尊の「白雲の跡なき峰に出でにけり月の御舟も風をたよりに」（宗尊親王三百首・秋・一三二）は、その直前に成立した『新和歌集』に入集の親行詠⑨「白雲の跡なき峰の霞より風をたよりの花の香ぞする」（春・山花・三〇。東撰六帖・春・桜・一五〇）に倣ったかと考えられる。同様に次のA～Cは、宗尊が撰集を命じたと推定される『東撰六帖』に採録された親行詠に、宗尊が依拠したと見られる例である。A⑳「分け迷ふ雲の八重山跡もなし教へて帰れ春の雁がね」（東撰六帖・春・帰雁・一一一）↓「来し方にまた立ち帰る道知らば我に教へよ春の雁がね」（竹風抄・巻五・文永九年十一月比、何となくよみ置きたる歌どもを取り集めて、百番に合はせて侍りし・帰雁・九四〇）、B㉓「山吹の小島が崎に船とめて八十うぢ人もかざしなるらし」（東撰六帖・春・款冬・二七九〔底本二七八〕）↓「舟とめて誰ながめけん橘の小島の月の有明の空」（竹風抄・巻一・文永三年十月五百首歌・島・一〇三）、C㉘「長き日も夕暮待たぬ山陰になほ空閉づる五月雨の比」（東撰六帖抜粋本・夏・五月雨・一五三）↓「さらでだに夕暮待たぬ露おきてあだし心に咲ける朝がほ」（竹風抄・巻五・〔文永八年七月内裏千五百番歌合百首〕・秋・八七一）。宗尊自身の詠作姿勢は古歌や近現代の先行歌に依存する傾きが著しいのであり、関東に在った親行の和歌も、宗尊の学習範囲に当然に入っていたということなのであろう。

親行と真観の歌の関係にも触れておこう。親行の⑪「葦垣の末越す風のにほひきて昔も近き宿の橘」（新和歌集・夏・一三四）の初二句は、「葦垣の末かきわけて君越ゆと人にな告げそことはたな知り」（万葉集・巻十三・相聞・三二七九・作者未詳。綺語抄・四九二。和歌童蒙抄・三八〇。袖中抄・三九五）に依拠していようが、真観もこの歌を本歌にして「逢ひ見むと君しも言はばあしがきの末かきわけて今も越えてむ」（新撰六帖・第二・かきほ・八〇〇）と詠じている。㉓「山吹の小島が崎に船とめて八十うぢ人もかざしなるらし」（東撰六帖・春・款冬・二七九（底本二七八））の「八十うぢ人」「かざし」の併用の例は、真観にも文永二年（一二六五）七月七日の当座歌会詠『白河殿七百首』の一首「咲きにほふ小島が崎の山吹や八十うぢ人のかざしなるらん」（春・島款冬・一一六。続古今集・春下・一六三）がある。前に取り上げたとおり、㊶「はし鷹の夕狩衣白妙に雪降りしほる宇治の山風」（東撰六帖抜粋本・冬・鷹狩・四五〇）の「夕狩衣」は、『新撰六帖』で真観も「ますらをが夕狩衣いと寒し末の原野の木枯らしの風」（第五・かりころも・一七四〇）と用いている。親行より十五歳程年少の真観が関東に本格的に拠するのは文応元年（一二六〇）十二月以降であり、右の事例は関東歌壇内の影響関係ではないけれども、少なくとも時代を共有した両者の類似した詠作であると言うことはできるであろう。

鎌倉殿御家人で宇都宮氏の景綱は、親行の詠作に注目していたと思われる。次のD～Gは、いずれも親行歌の影響下に景綱歌があると思しい事例である。D⑧「青柳の陰行く水の深緑浅瀬も知らぬ春の川波」（新和歌集・春・河辺柳・二四）↓「いと長き岸の柳の浅緑陰行く水も春風ぞ吹く」（沙弥蓮愉集・遠江僧正題を探り侍りしに・六〇）、E㉟「置き迷ふ露の下荻乱れても末葉あまたに宿る月影」（東撰六帖抜粋本・秋・月・二七五）↓「置きかふる花の千くさの露ごとに月もあまたの影ぞうつろふ」（沙弥蓮愉集・雑・六二四）、F㊵「池水の氷り残さぬ蘆間より空にうき立つ菅の〔村鳥〕」（東撰六帖抜粋本・冬・水鳥・四一八）↓「池水の汀のまさごしき波に氷り残さぬ春風ぞ吹く」（沙弥蓮愉集・春・僧正公朝続歌よみ侍りし時・一九）、G㊺「老いが身は後の春とも頼まねば花にあひ見ぬ人も恨めし」（隣女集・巻三自文永七年至同八年・春・一〇三六）↓「見るたびにのちの春とも頼まねば花にぞ老の袖は濡れける」（沙弥蓮愉集・平貞時朝臣三島社十首歌時[13]、曙花を・八〇）。宇都宮氏の打聞『新和歌集』と鎌倉の歌壇の撰集『東撰六帖』に厚遇されている親行の歌に、景綱が学んでいたとしても不思議はない。広い意味の関東歌壇が自律した歌壇であることを示す、歌壇内の影響関係の事例でもある。

さて、関東歌壇の和歌の用語や詠みぶりが京極派のそれに通う場合がある。親行の現存歌50首の中にも、京極派との繋がりを僅かながら窺い得る。

まず、前に記したように為家や親行（⑧新和歌集・二四）が用いた比較的新奇な「陰行く水」の措辞の勅撰集の初出は、京極派の『玉葉集』に採られた「風月の才に富める人」（徒然草）という平惟継の「山川の同じ流れも常磐木の陰行く水は色ぞ涼しき」（雑一・一九四二）であって、関東歌壇と京極派勅撰集とに共有された措辞であることになる。また、二に取り上げた親行歌⑲（東撰六帖・九八）の「花の影洩る」は、表記としては「花の陰洩る」が妥当で、良経の「明けはてば恋しかるべき名残かな花の陰洩るあたら夜の月」（千五百番歌合・春四・四五三。秋篠月清集・八一五）かその影響下にあると思しい後鳥羽院の「咲きあまる花の陰洩るみ吉野のおぼろ月夜に匂ふ山風」（後鳥羽院御集・詠五百首和歌・春・六五四）に、親行が学んだかと思われる。一方でこの詞は、京極派の『歌合永仁五年当座』で「心こそあくがれはつれ夜もすがら花の陰洩る月にながめて」（春月・三・新宰相）と用いられている。勅撰集に採録されることのなかった歌句だが、新古今歌人から関東歌人を経て京極派歌人に繋がってゆく流れを見ることができる。さらに、㉝「白雨《ゆふだち》の涼しく晴るる山風に日影も弱き森の下露」（東撰六帖抜粋本・夏・白雨・一八一）は、真に親行詠かは存疑ではあるが[14]、関東歌壇の歌人の所為であることは間違いない。これは、二条院讃岐の「鳴く蟬の声も涼しき夕暮に秋をかけたる杜の下露」（新古今集・夏・二七一。正治初度百首・一九三七）や、これに倣ったと見られる俊成女の「雨晴れて雲吹く風に鳴く蟬の声に乱るる杜の下露」（影供歌合建仁三年六月・雨後聞・八〇。風雅集・夏・四二五）や後鳥羽院の「六月や一群過ぐる夕立にしばし涼しき森の下露」（後鳥羽院御集・同〔承元二年二月〕外宮卅首御会・夏・一三八九）といった、新古今歌人の「森の下露」の歌の延長上にあるような一首である[15]。

総じては、新古今時代の清新な詠みぶりの影響下にあると見てよいであろう。その関東歌人の詠作が、『玉葉集』の「かれ渡る尾花が末の秋風に日影も弱き野べの夕暮」（雑一・二〇一一・読人不知）、あるいは『風雅集』の「村雨は晴れゆくあとの山陰に露吹き落とす風の涼しさ」や「一群の雲吹き送る山風に晴れても涼し夕立のあと」（雑上・一五一八、一五二五・読人不知、藤原秀治）といった、京極派を特徴付けるような叙景歌に似通っていることは見逃せない事実である。新古今歌人の新しい詠みぶりが、関東歌人の詠作を経て京極派にも連なっている、と捉えることができるのである。

むすび

親行は、恐らくは幼少期から父光行の薫陶を受けて、『古今集』を中心とする古歌に習熟していたであろうことは疑いないが、加えて、自身の初学期に成った『新古今集』とその時代に意識を傾注し、その下命者の後鳥羽院や撰者の師定家を初めとする同集の当事者達や主要作者達などの新古今歌人の歌には特に親昵していたのではないだろうか。その傾向は、他の関東歌人に共通してもいるが、さらに親行は、師の定家に従う意識を反映してか経信と俊頼父子の歌にも目を向けていたであろうし、後鳥羽院皇子の順徳天皇代の建保期歌壇の詠作にも少なからず関心を払っていたであろう。総じて親行は、伝統和歌に加えて、自身の幼少期以後三十歳頃以前に相当する、『新古今集』成立前後から建保期頃までの有力歌人の詠みぶりに習って、和歌の技量を養ったのではないだろうか。また、その後も、定家の後嗣為家や、和歌に堪能でかつ関東（鎌倉幕府）と緊密な貴顕・権門の歌に注意を払い、鎌倉中期頃の京都中央歌壇の詠風に随時適応しようと努めていたらしい節が認められるのであり、あるいは偶合ではあっても、当時の京都中央歌壇の詠み方に沿った歌を残しているのである。

視点を変えると親行は、古歌に多くを依拠しながらも時流にも敏感に反応していたと思しく、結果としてその詠作は、師定家の訓説に従おうとした傾きが見られる本歌取も、多くの場合、古歌を本歌にしつつ近現代歌にも拠っている方法が取られているのである。そういう方法の中で詠まれた『源氏物語』に関わる詠作は、源氏学者としての面影に背くものではない。一面で、親行の歌には、詞足らずの場合や意図が不分明の場合、本意を外す場合が見受けられるが、それと裏腹に、新奇新鮮な表現が認められる詠作も少しく存在している。そこに、親行自身の個性や志向と関東という環境の反映とを見るべきであろうか。その関東歌壇内では、親行の歌から宗尊親王や宇都宮景綱への影響が認められる。また、他の関東歌人の歌と同様に親行の歌も、新古今時代の新風を取り入れつつ京極派に通う側面も覗かせているのである。

親行の和歌の様相は、関東祗候の廷臣だけなく在地の武家歌人や僧侶歌人の特徴に重なり、承久の乱以前から鎌倉幕府内に地歩を固めていたと思しい親行の、関東歌人たる相貌を示しているのである。

[注]

(1) 本節でも、親行の和歌の本文は両注解稿のそれに従い(一部表記を改めた場合がある)、即ち左記の諸本に拠る。歌頭の○囲み数字は、注解稿で付した番号。ただし、注解稿では本文の右傍に記した底本の原態は省略する。続後撰集=冷泉家時雨亭文庫蔵為家筆本。続古今集=尊経閣文庫蔵伝藤原為氏筆本。続拾遺集=尊経閣文庫蔵伝飛鳥井雅康筆本。新後撰集、新千載集=書陵部蔵兼右筆二十一代集本(五一〇・一三)。新和歌集=小林一彦「校本『新和歌集』(上、下)」(『芸文研究』五〇、五一、昭六一・一二、昭六二・七)本。東撰六帖=島原図書館松平文庫本(一二九・一九)。同抜粋本=祐徳稲荷神社寄託中川文庫本(国文学研究資料館データベースの画像データに拠る)、福田秀一「祐徳稲荷神社寄託/中川文庫本「東撰和歌六帖」(解説と翻刻)」(『国文学研究資料館紀要』二、昭五一・三)の翻印参照。弘長歌合=国立歴史民俗博物館蔵『定家家隆両卿歌合并弘長歌合』(田中穣氏旧蔵典籍古文書H・743・50)の写真版(原本未見)。歌合　弘長二年三月十七日=同上。拾遺風体集=島原松平文庫本(一二九・一九)。

六華集＝島原松平文庫本（一三三二・八）。歌枕名寄＝万治二年（一六五九）刊本を底本とした新編国歌大観本。題林愚抄＝寛永十四年（一六三七）刊本（刈谷市立中央図書館村上文庫本の紙焼写真に拠る）。引用の和歌は、特記しない限り、私家集は私家集大成本（CD―ROM版）、その他は新編国歌大観本に拠る。いずれも、表記は改める。

（2）『右衛門督家歌合久安五年』（三番）の顕輔判詞や清輔『奥義抄』（盗古歌証歌）に見えるように、心を取ることを優先させる院政期の「古歌取（本歌取）」は、定家学書の成立以後も、順徳院『八雲御抄』がこれを一つの方法として認定しているし、鎌倉時代の詠作の多くも心を取っているのが実状である。

（3）挙例する。1家隆「厭ひてもなほ故郷を思ふかな槙の尾山の夕霧の空」（正治初度百首・山家・一四八九）、2通親「あさぼらけ槙の尾山に霧こめて宇治の河をさ舟よばふなり」（千五百番歌合・秋三・一四九五）、3後鳥羽院「嶺の雲槙の尾山に吹く嵐ふけぬ宿かせ宇治の里人」（後鳥羽院御集・同月〔元久元年十二月〕住吉三十首御会・秋・一三〇六）、4家長「隔てつる槙の尾山も絶え絶えに霞流るる宇治の川波」（元久詩歌合・水郷春望・二六）、5雅経「つれもなき槙の尾山は影絶えて霧にあらそふ宇治の河波」（道助法親王家五十首・秋・河霧・五九九）。

（4）親行の同時代では、承久二年（一二二〇）十月までに詠進完了という『道助法親王家五十首』の実氏詠「かざしをる八十うぢ人のあさ衣濡れて小島の山吹の花」（春・河款冬・二四五）や、文永二年（一二六五）七月七日の当座歌会詠『白河殿七百首』で真観が詠じた類似の歌「咲きにほふ小島が崎の山吹や八十うぢ人のかざしなるらん」（春・島款冬・一一六。続古今集・春下・一六三）がある。前者はあるいは該歌に先行するかもしれないが、後者と該歌との先後は判断がつかない。

（5）より直接には、雅経の「昨日までよそにしのびし下荻の末葉の露に秋風ぞ吹く」（新古今集・秋上・二九八・雅経。老若五十首歌合・秋・二一〇）や俊成女の「消え返り露ぞ乱るる下荻の末越す風は問ふにつけても」（水無瀬恋十五首歌合・寄風恋・一四八。若宮撰歌合建仁二年九月・三〇。水無瀬桜宮十五番歌合建仁二年九月・三〇）等の詠みぶりに通うのであり、これらからの影響は想定してよいのではないだろうか。

（6）「真木柱」では、玉鬘を思慕する光源氏が消息して「かきたれてのどけき頃の春雨に古里人をいかに偲ぶや」と詠んだのに対して、玉鬘が「ながめする軒の雫に袖濡れてうたかた人をしのばざらめや」と返した。『河海抄』（天理図書館伝一条兼良筆本。天理図書館善本叢書影印に拠る）は、この歌に注して、「未必 日本紀 宇多我多」と解し、「万葉十五或ウッタヘ／はなれそにたてるむろの木うたかたもひさしき年を過にけるかも」以下の「うたかた」の証歌を引き、「定家卿説云」という説を挙げる。

（7）石川一・山本一『拾玉集（下）』（明治書院、平二三・五）参照。

（8）『吾妻鏡』承久三年（一二二一）年八月二日条に「本自在二関東一積レ功也」とある。

（9）『吾妻鏡』元久二年（一二〇五）九月二日条。

（10）本論第一編第二章第二節「藤原顕氏の和歌」、第四節「藤原教定の和歌」、同第三章第三節「藤原基綱の和歌」、第四節「藤原基政の和歌」、同第四章第二節「大僧正隆弁の和歌」、第四節「僧正公朝の和歌」等参照。

（11）例えば、『近代秀歌』では俊頼の「憂かりける人をはつせの」歌について、「これは、心深く、詞心に任せて、まなぶとも言ひ続け難く、まことに及ぶまじき姿なり。」（遣送本。日本古典文学全集本に拠る）と言う。また、『顕注密勘』では、俊頼の「とへかしなたまくしのはにみがくれて」につき「たまくし」に「わが身をかくる」と詠む証歌を求めんとする顕昭説を批判する中で、定家は「（前略）俊頼朝臣の歌より前の証歌はよも侍らじもの、尋ぬべしとも思ひ寄らず。先達のことは恐れあれど、誹るにはあらず。人々の好む所のくせぐせを申すなり。俊頼朝臣はすべて証歌をひかへ道理をただして歌をよまぬ人に侍るなり。其の身堪能到りて、言ひと云ふこと、皆秀歌之体也。帥の大納言の子にて殊勝の歌よみ、父子二代並ぶ人無きに似たり。又老いて後いよいよ此の道に傍らに人無しと思ひて、心の泉の湧くに任せて、風情のよりくるに従ひて、怖ぢず憚らず言ひつづけたるが、誇り難ずべき理も思ひ続けられず、あなおもしろ、かくこそは言はめと見ゆれば、時の人も後の人も許しつれば、やがて先例証歌になりて用ゐ侍るなり。（後略）」（日本歌学大系本。表記は改める）と記す。

（12）次のような事例もある。親行の㉛「蚊遣り火の煙の末や曇るらん暮るるもやすき山の辺の里」（東撰六帖抜粋本・夏・蚊遣火・一六一）の「…もやすき」の形は、鎌倉時代以降に目立つが、信実の「おのづから時雨れてかかる浮雲の晴るるもやすき秋の夜の月」（続歌仙落書・六九）や顕氏の「真木の戸の明くるもやすき短夜に待たれず出でよいざよひの月」（宝治百首・夏・夏月・一〇六一）等の同時代例があり、時流に沿った措辞を用いていることになる。

（13）同集七九番歌の詞書「平貞時朝臣三島社十首歌時、曙花を」が掛かり、正応五年（一二九二）の北条貞時勧進「三島社十首歌」の一首であるのならば、親行の歌よりも後出だが、「曙花」の題にはそぐわないので、恐らく別機会の歌であろう。小林一彦「「正応五年北条貞時勧進三島社奉納十首和歌」を読む」(『京都産業大学日本文化研究所紀要』五、平一二・三)参照。

(14) 該歌は、『東撰六帖抜粋本』では作者名は無いが、作者を「親行」とする前歌に続く一首であるので、一応親行の歌と見られる。しかし一方で、『東撰六帖抜粋本』の「こほり行く汀も遠く風寒えて尾花に残る真野の浦浪」(冬・氷・四三三)に作者名は無く、前歌の作者は「芳家」だが、この歌は、『拾遺風体集』(冬・一六九)では、諸本一致して作者を「親行」とするのである。従って、『東撰六帖抜粋本』の作者名無表記歌の作者は、慎重に見定める必要があるのである。

(15) 後鳥羽院の別の歌「夕立の晴れゆく峰の雲間より入日涼しき露の玉ざさ」(後鳥羽院遠島百首・夏・三二)にも似通っている。「涼しく晴るる」の先行例は、慈円の「夏の雨に庭のさゆりば玉散りて涼しく晴るる夕暮の空」(拾玉集・〔四季題百首〕・草・二二三一)があるが、これは、西行の「よられつる野もせの草のかげろひて涼しく曇る夕立の空」(新古今集・夏・二六三)の「涼しく曇る」を変化させたと思しい。

第三章　ある御家人歌人父子

第一節　後藤基綱・基政・基隆の家譜と略伝

はじめに

鎌倉期関東歌壇は、宗尊親王を将軍に戴き、真観を歌道師範に仰いだ時期に最も活況を呈する。(1) 序論序章「関東歌壇の概要」に記したとおりである。その中で、(ハ) 武家歌人は、京都の宮廷歌壇にもその類の歌人は存在しているものの、武者の府である関東の歌壇にあっては、従来から論じられてきたように、(2) 政治的中心に位置した北条氏(3)を初めとして、当然その数も多く、歌壇の性格を特徴付けると言える。一方で、例えば、藤原定家のいわゆる御子左家や、(ロ) に挙げた関東祗候の廷臣歌人達（第二章）の家のように、歌人の公家と御家人の武家との姻戚関係の点からも、関東の武家は無視し得ない。また、例えば、(ニ) 僧侶に属する同歌壇主要歌人の隆弁や公朝（第四章）のように、京都の公家に生まれて園城寺に入り、坂東武者の信仰の中核である鶴岡若宮社の別当を務めたり、北条氏の猶子となって活躍したりした者もいて、それは広い意味で武家社会が生み出した歌人と言ってもよい。

本節では、その武家の中から、後藤基政とその父基綱およびその一族について考察してみたい。基政は、同歌壇の中心業績とも言える『東撰和歌六帖』の撰者であり、同歌壇を考える上では重要な歌人の一人である。また、父基綱は主に宗尊親王期以前に活躍し、鎌倉期の後藤家の礎となったと目される人物である。そこで、先学の辞典類などに於ける記述[4]を踏まえつつ、基綱と基政父子を中心に、基政の弟基隆などにも言及しながら、一族の系統や個々の伝記上の問題点を検証してみたいと思う。

一　後藤家の家譜

まず、家系を見ておきたい。諸系図間[5]に若干の異同があり、その真偽は俄かには断じ難く、検討の余地を残すが、本論を直接左右する問題点は無いので、便宜的に『尊卑分脈』（以下「分脈」と略記）第二編時長孫後藤と藤成孫後藤を、他系図を参照しつつ勘案し、抄出して次頁に示す【系図1】。

なお、後記系図類（注掲出分も含む）に見える以外に、基政男「基仲」と「基隆女妹」の存在の可能性がある。[6]加えて、基綱の女子の一人が「検非違使行兼」の「次男」の妻となっていると目される。[7]

後藤家は、源頼義の七騎に数えられた「猛将」[8]（分脈）にして「坂戸判官」（河内国坂戸に出生し当地を本領とする）また「後藤内」（藤原氏出の内舎人）と号した則明を曩祖とし、以下累代河内源氏の家人となる。[9]左記系図等により概括すると、当家は公広以下代々、衛府の判官に任じ検非違使を職掌とし、基清以下は従五位に叙され、国司に任じ、守護職にも補され、幕府・六波羅の評定衆や引付衆に加わる者が出る程度の家柄である。まずは正統的な武士の家筋と言えよう。なお、同家は代々猶子を迎え入れつつ相伝された家系でもある。[10]

〔系図１〕

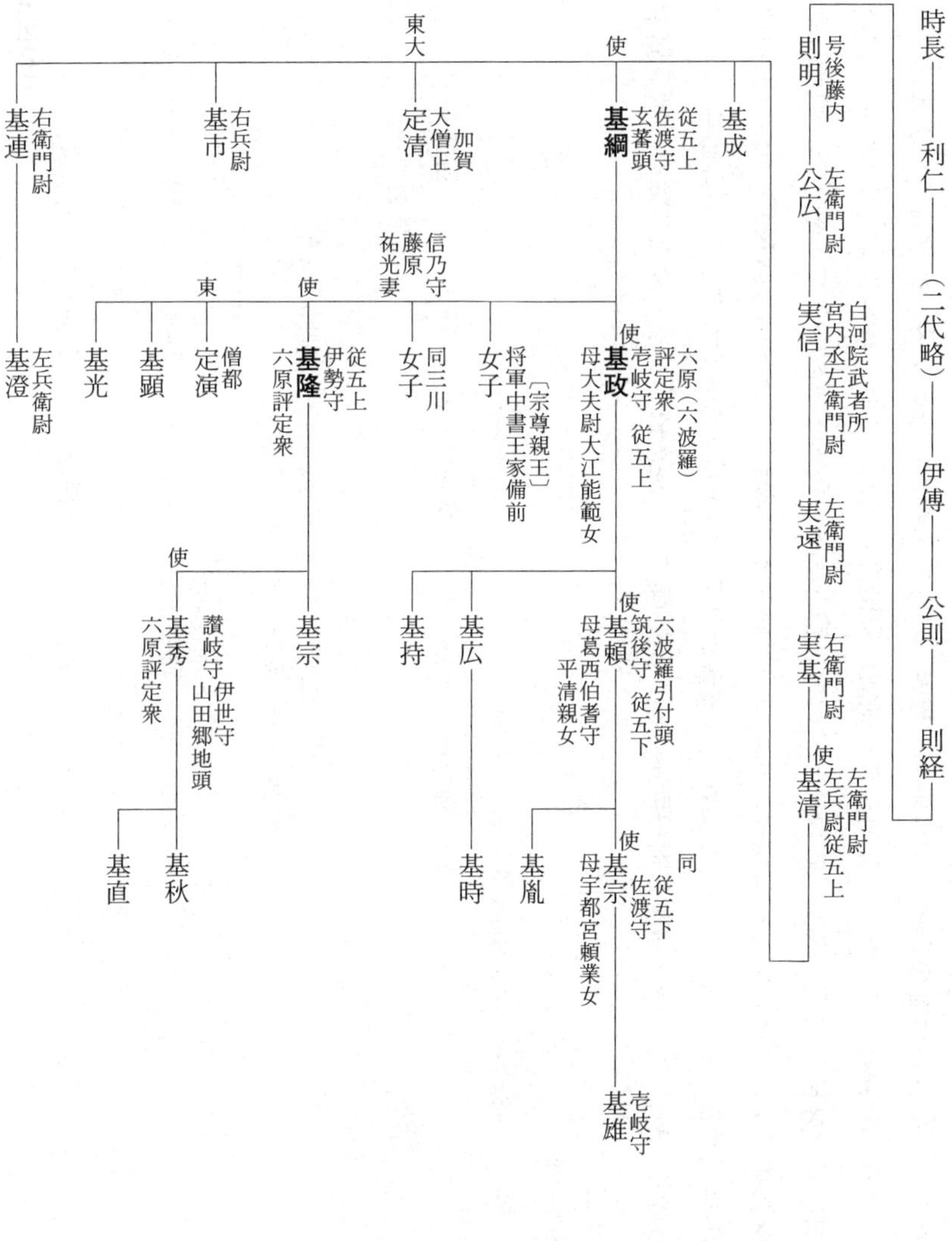
時長
利仁
（二代略）
伊傳
公則
則経
号後藤内
則明
左衛門尉
公広
白河院武者所
宮内丞左衛門尉
実信
左衛門尉
実遠
右衛門尉
実基
使
左衛門尉
左兵尉従五上
基清
基成
使
従五上
佐渡守
玄蕃頭
基綱
東大
加賀
大僧正
定清
右兵尉
基市
右衛門尉
基連
左兵衛尉
基澄
六原（六波羅）
評定衆
使
壱岐守　従五上
基政
母大夫尉大江能範女
将軍中書王家備前
〔宗尊親王〕
女子
同三川
女子
信乃守
藤原
祐光妻
使
従五上
伊勢守
基隆
六原評定衆
東
僧都
定演
基顕
基光
六波羅引付頭
使
筑後守　従五下
基頼
母葛西伯耆守
平清親女
基広
基持
基宗
使
讃岐守
伊世守
山田郷地頭
基秀
六原評定衆
同
使
従五下
佐渡守
基宗
母宇都宮頼業女
基胤
基時
基秋
基直
壱岐守
基雄

〔系図2〕

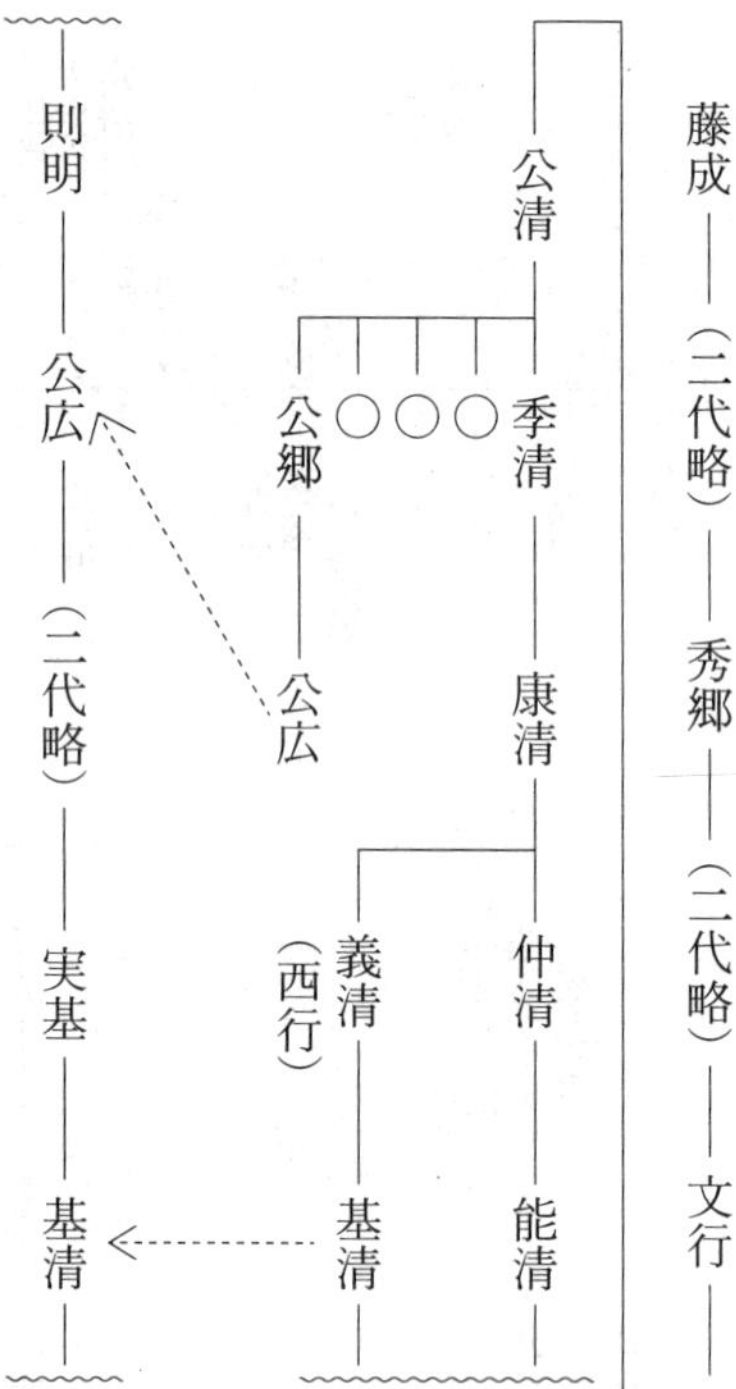

（点線の矢印は猶子に入ったことを示す）

（尊卑分脈による）

基綱の父・基政の祖父である基清[11]も実父は佐藤仲清であり後藤実基の猶子となった（分脈、系図纂要〈以下「纂要」と略記〉）。仲清は既に指摘されているごとく、[12]佐藤康清男で、義清の同腹の兄である。即ち、基清は西行の甥に当たる訳である〔系図2〕。この西行の血縁であるという事実が、基清以下一族にどのように意識されていたかは明確にし難いが、あるいは後述する基綱・基政の歌人としての活動に、直接・間接に働きかけた可能性はあるのかもしれない。いずれにせよ、基清の実家＝佐藤家と養家＝後藤家は、同族[13]（藤原氏藤成流）にして共に弓馬の家であり、家格をほぼ等しくするもの[14]である。従って、基綱・基政父子の家系を論じるに際し、その血統上からも武門であることを前提として問題は無いことになろう。

基清の養父実基は、源義朝の家人であり、保元の乱・平治の乱に参戦し、[15]『平家物語』では「後藤兵衛実基は、ふる兵にてありければ、いくさはせず…」[16]と評されている人物である。この実基の妻が、頼朝の姉妹（坊門姫＝一条能保室）の乳母であり、従って基清は、その義理の乳兄弟で、そのことが「基清の生涯を決定的に支配した」と考えられている。[17]その基清は、久寿二年（一一五五）生（秀郷流系図後藤の享年より逆算）で、左兵衛尉、[18]左衛門尉に任じ、検非違使となった（山槐記、吾妻鏡）。また、後白河院の北面の武士であったとも伝える（纂要）。父実基と共に頼朝の麾下に入り、同時に一条家にも仕え、建久九年（一一九八）正月には、後鳥羽院の北面（後には西面の武士）に加えられた（明月記、参軍要略抄下、吾妻鏡）。さらに、頼朝や能保の忠臣として、源平の争乱とその後の平家残党の追捕や義経の追跡等に存分の働きをした。『吾妻鏡』には、「馴二京都一之輩」（元暦元年（一一八四）六月一日条）、「目ハ鼠眼ニテ只可レ候之処。任官希有也。」（同二年四月十五日条「東国住人任官輩事」）と評されている。「風采はあがらないが、なかなか気性が激しく、かつ剛勇な武士」（注（11）所掲角田論攷）であったと想像される人物である。後述する基綱の人物像とは相容れないものがあり、そのことも両者の断絶の一因となったのであろうか。なお、この基清の代までは、後藤家はその職務より推しても、京都を本拠として、公家社会の一員であったものと思われる。そのことが、基綱以降の一族の性質や、同家と京都の貴族との関係の上に何らかの影響を与えたかとも憶測されるのである。

父祖以来の武門の面目を施し、守護職にも補任され[19]幕政下での後藤家の地位をも堅固にするかに見えた基清であるが、頼朝薨去後、政治的陰謀にも巻き込まれ、[20]頼朝の後裔が次々に絶え幕府が北条執権体制へと移行するにつれ、鎌倉方と疎遠になる。承久の乱では、長男左衛門尉基成と共に京方に与し、基成は宇治川に討死、自身は幕軍に参じた次男基綱の手に掛かり、承久三年（一二二一）七月二日（吾妻鏡、纂要は「三日」）六条河原に刑死する。時に基清は、検非違使従五位上左衛門少尉・院西面の武士にして六十七歳であった。[21]

ところで、基政の母は大江能範女である（分脈、纂要）。侍所司の一人であるこの能範（検非違使左衛門尉）も、院方に参陣し基清と共に刑死している（吾妻鏡）。基綱の父・岳父即ち基政の祖父二人は、北条時政・義時を実質上の首班とする幕府に賊為すものであったことになるが、実際には基綱以降同家は幕府内に地歩を固めてゆくのである。『平家物語』長門本等によれば、かつて基綱は、父基清と共に平家残党の追捕等に活躍したのであった。[22] その基綱が如何なる事情で父・兄と袂を分かつことになったのかは不明である。しかし、基綱は、承久元年（一二一九）七月十九日、頼経の入営の行列に「狩装束」で供奉し、翌年十二月一日の頼経の著袴にも近侍している（吾妻鏡）ことなどから、次のごとく憶測を巡らすことも一応は可能であろうか。即ち、基綱は承久の乱以前、鎌倉に在り藤原摂家将軍に近侍する過程で（父基清は在京御家人・検非違使として後鳥羽院周辺に祗候）、北条執権体制へ組み込まれ、あるいは自ら営利的にそこに参画しつつ、父祖以来の源氏家人たる父と敵対する道を選択する（もしくは選択せざるを得ないと言うべきか）に至ったのではないだろうか。

ともかくも基綱は、前述のとおり父基清を斬首する。これにつき『承久記』[23]には、

> 後藤大夫判官基清、降人に成たりしを、子息左衛門尉基綱申受け切てけり。「他人に切せて死骸を申請、孝養したらんには、頗る劣り也」とぞ、人々私言き申ける。

とある。また、同書前田家本では右記相当部分に続き、保元の乱に義朝が父為義を斬った例を挙げ、「それをこそ末代までのそしりなるに、二の舞したる基綱かなと、万人つまはじきをぞしたりける[24]」と批判する。さらに、『承久軍物語』本では、「子の身として、まさしく大恩の父を誅しける基綱が心こそあさましけれ」（新校群書類従本に拠り表記を改める）と記す。基綱の性格や行動の評価は別にして、[25] 少なくともこの事件そのものが、基綱をして、「御家人」として幕府の中枢に位置させること、ひいては家勢を維持させてゆくことの保障となっていると考えられるのである。事実、基綱以降も、後藤家は守護職に任じ[26]（鎌倉末期まで外様守護家の地位を保つ）、また、幕政の要職

たる幕府・六波羅の評定衆・引付衆等に就きつつ、(27)北条得宗家の激しい他家排斥の動向の中にあっても有力御家人家として存続するのである。特に、基綱の代の同家の勢力には北条一族に準ずるものがあったのではないかと思われるほどである。

ここで基綱以降の眷属中、姻戚関係等、着意される点を確認しておきたい。

一つは、基綱女二人が宗尊親王家の女房――中務卿宗尊親王家備前(28)・同三河(29)――となっていることである（分脈、原態本勅撰作者部類（前者））。何時、如何なる経緯で基綱女が親王家の女房となったかを明らかにする資料は持たない。後述するように基政は、宗尊親王の将軍就任以前に在京の経験があるので、その宮廷社会との縁故によるものかとも憶測される。あるいはまた、基綱女が親王家女房となる以前には両者間に接点が全く無かったとすれば、後藤家の、基綱と基政・基隆父子らの鎌倉圏に於ける政治的野心と手腕を想像させるのである。いずれにせよ、宗尊親王と後藤家の親密さを推察させよう。

次いでは、基政の孫基宗の母(30)＝基頼室が宇都宮頼業女（蓮生の孫）であることに注目したい（分脈、纂要）。基宗の生没年は不詳だが、父祖の子を為した年齢を考量し、(31)仮に父基頼二十五歳～三十五歳時の子とすると、弘長二年（一二六二）～文永九年（一二七二）生となる。宇都宮家と後藤家との姻戚が何時結ばれたかも不明だが、基宗の仮定生年の前頃ではあろう。この宇都宮家を中心とする宇都宮歌壇の主要業績『新和歌集』（正元元年（一二五九）八月十五日～十一月十二日に成立(32)）に、後藤家からは、（八百七十五首中）基政十二首、基隆五首、基綱女一首の入集を見ている(33)（同書巻末の「作者」記載歌数とも一致）。特に基政は、宇都宮家の者を別にすると、第三位の入集数であり(34)、為家の十一首に比しても好遇されていると言える。宇都宮・後藤両家の深交(35)を窺知させると共に、宇都宮歌壇と基政の和歌活動との関係性、敷衍すれば「鎌倉歌壇」と「宇都宮歌壇」との媒介的な存在としての基政の存在意義を想起させよう。

ここで、後藤一族の和歌活動を、撰集の入集状況に概観してみたい。

まず、諸勅撰集の各人毎の入集数を次に示す（算用数字が歌数）。

基綱　新勅撰2　続後撰3　続古今1　続拾遺1　新千載1　新続古今1　計9首

基政　続後撰1　続古今6　続拾遺1　新後撰1　玉葉1　新千載1　計11首

基隆　続古今3　続拾遺1　新後撰1　続後拾遺1　新拾遺1　新続古今1　計8首

基頼　続拾遺1　新後撰1　玉葉1　計3首

基雄　風雅1

備前　続古今1

三河　新後撰2　玉葉1　計3首

その他、関東歌壇が生んだ打聞類への入集状況を示す。

東撰和歌六帖(36)　〈　〉内は抜粋本。(37)

基綱7〈8〉　基政3〈6〉　基隆1〈8〉　基頼1（0）　定清(38)1〈2〉　三河0〈1〉

拾遺風体和歌集(39)

基綱1　基政1　三河2　基隆女妹1（注（6）参照）

柳風和歌抄(40)

三河3　基秀2　基隆女2

右の様相より、基綱以降の後藤家が、関東に於ける重代の歌人の家としてあり、鎌倉はもとより中央にも相当程度には存知されていたのではないかと推察されるのである。

以上、後藤家につき縷述した内容を、繰り返しにはなるが簡略にまとめておきたい。後藤家は、祖則明以来、源氏の家人にして衛府の判官に補される武門の家系であった。平安末期、実基やその猶子に佐藤家より入った基清等は、保元・平治から治承の戦乱に活躍した。その基清を初めとして、代々は衛門尉に任じ、検非違使となって、叙爵（叙従五位下）者が輩出し、鎌倉期にも在京役・六波羅評定衆等を務め、治安警察に従事した。殊に、基清・基綱父子は共々平家残党追捕に携わったが、両者は承久の乱に京方・鎌倉方にと訣別し、結果は、基綱が、自ら父基清を処刑し、兄基成の討死もあり、同家を相続した。基綱以降、守護職にも任じ、幕政の枢要に位置し、鎌倉末まで血脈を保つが、同時に、元来西行の血縁である事実や、役職上在京する機会が多いこと等が影響してか、また宇都宮歌壇や宗尊親王家と縁故を形成したことも与ってか、関東重代の歌道家とまでなったのである。

二　基綱像

そのような家筋であることを踏まえ、特に基綱ならびに基政の生涯と活動の概要を考察してみたい。

関東御家人家としての実質上の始祖は基綱であり、併せて重代の歌人輩出の先駆も基綱であると見られるのであり、歌人基政の活躍も父の存在を無視しては考えられないと思われるのである。

基綱は、養和元年（一一八一）生、康元元年（一二五六）十一月二十八日に七十六歳で卒去している（吾妻鏡、纂要、関東評定（衆）伝〈以下「評定伝」と略記〉）。法名は寂念（分脈時長孫、纂要）、あるいは寂仁（分脈藤成孫）とも伝える。十六歳の時、前述のとおりに父基清と共に平家残党狩りを経験する。『吾妻鏡』に初出するのは、正治二年（一二

○○）二月二十六日条で（時に二十歳）、二代将軍頼家の鶴岡参宮に供奉している。その後、三代将軍実朝の「昵近祗候人」として「学問所番」十八名の一人となる（吾妻鏡・建暦三年（一二一三）二月二日条）。なお、基綱自身、実朝への衷情には強いものがあったと思しく、実朝没後二十三年を経た貞永元年（一二三二）十二月二十七日、追善の為の大倉堂を建立供養している。承久元年（一二一九）八月二十六日には、後鳥羽院御病気見舞の使節として上洛する。その後鳥羽院に矢を向ける承久の乱時の宇治合戦では、勲功の武士を「尋究」しその交名を注して泰時に送付する務めを果たしているが、これは後述する恩沢奉行に任じる先蹤とも言えよう（以上吾妻鏡）。以上が、承久の乱以前、比較的若年時の基綱の事跡中で注意される点である。

承久の乱後の基綱の官位・職歴を、『評定伝』や『纂要』や『吾妻鏡』等により整理すると、以下のようになる。寛喜元年（一二二九）二月二十七日、「使宣旨」を「蒙」り（三月九日「申畏」）検非違使（左衛門尉）(41)に任じる。その後、七月二十六日、「叙留」（評定伝）と見え、四十九歳で従五位下に叙されたと知られる。(42)これは、検非違使尉に任じたまま叙爵（叙従五位下）される、いわゆる「大夫尉（大夫判官）」で、御家人にとっては「最大の名誉であった」(43)という。父基清は早くとも五十歳代で当官位に達したのであって、(44)それに比しても基綱は、年齢上では先行していると言える。(45)そこには、基綱が自ら執行したと伝える、父基清の承久の乱の刑死が、むしろ功績として作用したと見られなくもない。天福元年（一二三三）正月二十四日に従五位上に叙され、(46)嘉禎二年（一二三六）三月十九日には佐渡守に任じ、同三年九月十五日に正五位下に至り（「止任国叙之」）、十月二十七日には玄蕃頭となる。

ところで、『吾妻鏡』によると、寛喜元年の検非違使拝任時（二月～三月か）に基綱は在京したが、三月二十六日には帰営して将軍頼経と執権泰時に拝職の旨を報告している。他方、『明月記』同年六月二十四日条には「人云、基綱又入洛、仍可レ有二大除目一云々」(47)、七月二日条にも「今度基綱入洛之次」と見える。この「基綱」は、当該の基綱であると見てよいか。(48)さらに、『明月記』寛喜二年（一二三〇）四月二十四日条の賀茂祭行列中の「五位基綱」

については、位階の一致より当該の基綱と考えられるが、その前後には、三月十九日条と六月九日条の『吾妻鏡』により鎌倉に在ることが知られる。『明月記』中の「基綱」が当該の基綱であるとすると、この時期の京都と関東とを頻繁に往還した姿が窺知されることになろうし、藤原定家が基綱を認知していたことにもなろう。父基清についても定家は、前記（注（20）参照）の基清失脚後の関東護送と、その後の還任を記述している以外にも、何箇所かその名を記していて、(49)この父子の動静に関心を払っていたことが認められるのである。

一方、柳営で基綱は、嘉禄元年（一二二五）、「七月十一日二位家（政子）薨逝。年六十九。以後被レ始二評定一。年紀不分明。」（評定伝）とある評定衆(50)に当初から列し、寛元四年（一二四六）六月七日に名越光時の叛逆に関連し罷免される(51)まで当職にある。その後、恐らくは宝治年間頃京都大番役に勤仕し(52)、建長四年（一二五二）四月三十日に引付衆に加わり、没するまで務める。また、先にも触れたように、嘉禄三年（一二二七）十月から翌年五月十六日の間以降、越後守護に任じられていたと考えられている(53)。なお基綱は、貞永元年（一二三二）七月十日の『御成敗式目（式条）(54)』後付の「起請文」に連署している。

右の職歴や活動の概観によっても、基綱が幕府の重鎮であったことは看取されようが、引き続いて、その具体的事跡の中から着目される点を幾つか抽出して検証してみたい。

（ⅰ）譜代の検非違使にして御家人たる基綱が治安維持に従事するのは当然だろうが、就中次の一例を以てその働きが知られよう。嘉禎元年（一二三五）十二月、興福寺衆徒の蜂起に「在京勇士等」が木津河辺に馳向する（二十四日）の報を幕府が受ける（二十九日）。翌年二月、基綱が「御成敗之趣」を衆徒と「具」さに「問答」し、「一々承伏」させる（十四日）。三月二十一日、基綱（既に下向）はその功により賞される(55)（吾妻鏡）。これにつき『吾妻鏡』は「凡為レ世為レ寺。奉二為関東一。第一奉公也。尤感思食云々。」と記すのである(56)。他にも、例えば仁治二年（一二四一）十一月、三浦と小山の争いを鎮撫しているのである（吾妻鏡）。以上の事例より、基綱が父祖以来の職掌を全うする姿を見てとれるが、同時に、『吾妻鏡』の性質上、多少の誇張はあるとしても、その交渉能力、政治的手腕が感じられると共に、その根拠となる学識を含む人格が連想されようか。

（ii）鎌倉に於ける基綱の治績を検証してみると、贅言するまでもなく、将軍家の渡御等に供奉するのは、他の御家人同様当然の責務であり、建保六年（一二一八）六月の実朝鶴岡参拝供奉以下、建長八年（一二五六）七月の宗尊最明寺御参まで数多い（吾妻鏡）。他には、嘉禄元年（一二二五）十一月二十日の御所造営に関する陰陽師による方位等の測量を奉行して以後、①御元服奉行、②御祈奉行、③作事奉行、④恩沢奉行、⑤御産所奉行、⑥保検断奉行、⑦仏事奉行、⑧地奉行、等々といった諸事を奉行している。[57] 別けても、①に関しては、頼経・頼嗣二代に亘り務めており、将軍家に親近する基綱の姿が想起されよう。[58] また、④については、論功行賞という御家人の重大事を司る「頗る重」[59]い職務であるが、基綱は、遅くとも文暦二年（一二三五）五十五歳時には当職に任じ、以後も、中原師員と共に務めていたと見られる。この中原家との関係は、後述するごとく次代まで続く。少なくとも柳営内では、明経道の相伝家である同家とほぼ同格に、後藤家が評価されていたものと思われるが、その根底に基綱自身の学識教養をも想見させるのである。さらに、六十五歳の時には鎌倉の市街管理（道路・家屋・治安等）をする保司奉行人を統轄するごとき地位にあったことも知られる。[60]

右記（i）と（ii）の諸事例を勘案すると、結果的に基綱の処世が奏効した承久の乱以後、北条得宗家が権力を掌握し、執権体制を固めてゆき、その過程での他家排斥の闘諍はあっても幕政が安定する中で、壮年期の基綱は、家の職掌である検非違使として治安警察活動に従事するが、そこには武人としての活躍より能吏としての言動が窺知される。そしてむしろ幕政の公事、特に鎌倉の内務に鞅掌し、次第に柳営の「宿老」[61]（吾妻鏡）として重責を担っていったものと認識される。ここに御家人基綱の人物像の一面、相応の学識を有し政治的感覚・実務的手腕に秀でるといった一面を見ることができるように思われる。この基綱の社会的地位が後藤家存続の基となり、基政以降に継承されてゆくのである。

ところがまた、基綱には異なる側面も認められる。言わば貴族的相貌であり、以下それについて探ってみよう。基綱は、文暦二年（一二三五）三月成立の『新勅撰集』に一首の入集を果たすが、鎌倉では寛喜三年（一二三一）九月十三日の御所和歌会に源親行や伊賀光西（光宗）等と共に出座しているのを初例として、度々の和歌の行事（和歌会・連歌会・柿本影供・継歌等）に参加しており、それは最晩年にまで及んでいる（次節年表参照）。視座を変えれば、基綱は、最小限でも頼経将軍期から宗尊親王将軍期の間、一貫して歌人として存在し、殊に関東歌壇が活性化する以前、主に頼経将軍期の同歌壇の主要構成員であったと見ることができよう。(62) 同時に、その基綱には単なる一御家人歌人に留まらない部面も見受けられる。大倉の後藤宅では(63)時に評定も行われ、(64) 将軍家（頼経）も渡御している。その邸宅では度々雅宴が催行されているのである。次に例示してみよう（吾妻鏡）。

①文暦二年（一二三五）二月九日
頼経入御宿泊―武芸（御的・小笠懸）蹴鞠　酒宴　管絃　和歌会（夜）　主な供奉者―北条政村・朝直　三条親実　三浦義村・光村　伊藤祐時　参会者（夜）―北条時房・泰時

②延応元年（一二三九）七月二十日
頼経俄に渡御―管絃・舞曲等（勝長寿院の児童等を召す）　主な御供者―北条光時・実時　三浦光村・家村・資村　毛利泰光　藤原定員　伊賀光重　結城朝広

③寛元元年（一二四三）九月五日
頼経入御―和歌・管絃等　舞女参入　人々猿楽　鶏鳴以後還御　主な供奉者―北条経時・時頼・政村・朝直・光時・時長・実時・時章・時直　足利泰氏　三浦泰村・光村　安達義景　宇都宮泰綱　佐々木泰綱・

泰清　千葉秀胤　参会者―二条教定　北条資時　源親行　「壬生侍従」（隆祐か）

この基綱邸は、「此所素属二山陰一。閑寂幽棲也。加レ之紅葉緑松交レ枝之体。黄菊青苔帯レ露之粧。感荷非レ一。」（吾妻鏡右記③条）と評されている。想像するに広壮にして雅趣に富んだ自邸に、将軍や幕府要人を饗応し文事の会を執行する基綱には、その経済力・政治力の高さが感じられると共に、文事を嗜好し風雅を尊重する姿が想起される。それは、役職上滞留することも多かったと思われる京都の公家とその生活を憧憬する心情の表徴であるとも解されるのである。加えて、自覚的であるか否かは別にして、基綱が頼経将軍期の御家人達の貴族趣味的分野に於ける庇護者的存在であったとも見なされる。それを傍証するように、蹴鞠に関しては、晩年に至り「見証」（審判）を務めていることも知られるのである。(65)

視点を換えると、基綱が将軍九条頼経に相当に親近していた事実は、基綱の政治的地位にも深く関わると言える。それが、寛元四年（一二四六）閏四月に名越光時の反乱未遂に発したいわゆる「宮騒動（寛元の政変）」で、四代将軍九条頼経が失脚して鎌倉を追われ（七月十一日帰洛進発）、基綱は他の光時派（と目される者）と共に、執権北条時頼によって、評定衆を罷免される（六月七日）ことに繋がるからである。この一件は、執権あるいは北条得宗家の専制権力への道を開いたとされる。六年後の建長四年（一二五二）三月にまた、九条家の幕府転覆への関与の疑惑を機に、頼経男五代将軍頼嗣が廃され、四月一日に宗尊親王が鎌倉に入り将軍となるのと軌を一にして、基綱自身は、評定衆に加えられて名誉を回復する。しかし、以後の後藤家は、基政が引付衆から評定衆にはなれずに六波羅評定衆に転じるなど、鎌倉幕府の政権中枢からは距離を置かれることになるのである。(66) ただし、むしろそれが、基政らに京都でより多く活動する機会をもたらし、歌人としての成長を促したという側面はあるのかもしれない。

ここで、基綱の貴族的心性の、恐らくはその延長としての隠逸趣味への指向性を窺わせるような贈答歌を示しておく。[67]この贈答に、執権北条泰時と基綱との政治的な結び付き（の振る舞い）を絡め得るとすれば、何やら意味ありげにも読めるが、それは穿ち過ぎかもしれない。

藤原基綱山里に侍りけるに申しつかはしける　　平泰時朝臣

風まぜにみ雪降りしく山里のあさのさ衣いかにさゆらん

返し　　藤原基綱

思へただ　さらでもさゆる山おろしに雪を重ぬる麻の衣手（新千載集・雑上・一八二九、一八三〇）

右に見たごとき文事・伎芸等に関する事跡は、総じて、基綱が大夫判官検非違使に任じた以後の事である（無論それ以前の文事の活動は否定できない）。従って、基綱のその方面への志向は、自身は家の面目を保つ官位を得て、御家人として斯界の中枢に位置を占め、恐らくは経済力をも増大させてゆく過程、同時に北条執権体制確立に伴う鎌倉武家社会の安定による貴族的文化への関心の高まりという背景、に照応したものと判断されよう。もちろん、基綱個人の資質[68]や教育的環境も考慮されるべきであろうが、いずれにせよ、その基綱の存在と活動が、正負両方の意味で、基政以下後藤家に歌人が輩出する礎石となっていると把握し得ると思われるのである。

ここで、基綱について概括しておこう。基綱は、武家の名門に生を享け、関東御家人として二代頼家以降六代宗尊までの将軍に仕える。源平闘諍の余燼を父基清と共に潜るが、承久の乱では自ら父を処刑後、家督を継ぎ、北条執権体制下に評定衆・京都大番役・引付衆を歴任し、ならびに越前守護を務めて幕政の要路に立ち、官位も、停滞はしたが譜代の左衛門尉（検非違使）や玄蕃頭に任じ正五位下に至る。治安警察行為に従事すると共に、学識を有する平時の行政的実務者として能力を発揮し、京都と鎌倉とを繋ぐような働き方をしたものと思われる。

歴代将軍中では特に、四代将軍頼経への親近とそれ故の挫折が、基綱の晩年と後藤家の将来に影響したと言うことができる。

一方で、自身の資質と在京の経験によってか、和歌を詠作し、自邸に様々な遊興の会を催す等、京都の貴族文化への傾倒を見せる。その地位も絡み、鎌倉に於ける、同文化の先駆的実践者であり、同時にその移入の主導的存在として位置づけられよう。この基綱の、幕府の枢機としての地位・貴族文化志向の姿勢が、基政以下の子孫の存在の基盤となっていると捉えられるのである。

三　基政像

後藤の家系および基綱の事跡を踏まえつつ、基政について述べてゆこう。基隆にも言及する。

基政は、文永四年（一二六七）六月二十三日、五十四歳で卒去している（評定伝、纂要）。従って、建保二年（一二一四）生であり、父基綱三十四歳の時の子である。その官位と幕府での職歴を父同様主に『評定伝』や『纂要』により整理してみたい。基政は大略父基綱と同様の経歴を辿るが、検非違使（左衛門尉）となるのは、暦仁元年（一二三八）閏二月十五日、二十五歳の時である。父基綱の同官拝任は四十九歳である。この差異は、先述したごとく、各々の父即ち基綱の父基清、基政の父基綱の境涯の相違に起因するものと思われ、基政の出世は父の余光による所が大きいものと推測される。その後、仁治二年（一二四〇）四月七日、叙爵し[69]、続いて、寛元元年（一二四三）十一月十六日、従五位上に昇叙、建長三年（一二五一）正月二十三日、壱岐守に任じられている[70]。幕府では、父基綱卒去の翌年、正嘉元年（一二五七）四月一日、その跡を襲い、引付衆に加わっている。その後、弘長三年（一二六三）六月二日、在京人として上洛し（以後『吾妻鏡』に記載無し）、六波羅評定衆となったものと思われる。基政は基綱同様幕政の要職に就いている訳だが、評定衆に加えられるに至っていないことは、その個人的資質と父に比して早い卒去に加えて北条得宗家の権力集中の進行といった事情によるものかと思われる。

ところで、基政はある時期「春宮帯刀」を務めていたと伝えられる。『続拾遺集』には「春宮帯刀にて侍りける事を思ひ出でてよめる／藤原基政／いにしへの春のみ山の桜花馴れし三年の陰ぞ忘れぬ」（雑春・四九四）という一首が収められている。基政の当職在任期は何時で、その東宮は誰であったのだろうか。基政の名が『吾妻鏡』に初出するのは、嘉禎三年（一二三七）三月八日条で、その表記は「後藤佐渡左衛門尉」であるが、次の同年四月二十二日から暦仁元年（一二三八）二月二十八日までの各条[71]の表記は「佐渡帯刀左衛門尉」である。この記載が基政の当時の官職を示すものとすれば、一応右の期間がその在職期間となろう。ただし、初出の記載が不備とすれば、基政詠の「馴れし三年」をも勘案して、それ以前嘉禎初年頃からの可能性も否定されまい（「三年」の解釈により違いが生じようか）。

では、その期間に東宮たり得たのは誰であろうか。基政の生年も考慮すると、次の三人が挙げられる。

	名	立太子	践祚
イ	秀仁（四条天皇）	寛喜三年（一二三一）十月二十八日	貞永元年（一二三二）十月四日
ロ	邦仁（後嵯峨天皇）		仁治三年（一二四二）一月二十日
ハ	久仁（後深草天皇）	寛元元年（一二四三）八月十日	同四年（一二四六）正月二十九日

イの秀仁親王は、寛喜三年生で、東宮在位期も約一年であり、「馴れし三年の陰ぞ忘れぬ」の表現と齟齬がある。また、ロの邦仁親王も事情により立坊は無い。[72] ハの久仁親王は、寛元元年（一二四三）八月十日立太子、同四年（一二四六）正月二十九日践祚であり、「馴れし三年の陰ぞ忘れぬ」に合致する。この期間、少なくとも『吾妻鏡』には基政の事跡は記されていないので、基政が在京して「帯刀」として仕えたこの「春宮」が皇太子久仁親王である確度は高いと考えてよいであろう。

基政は、東宮帯刀や検非違使や六波羅評定衆等といったその職責上、在京の機会は当然多かったものと推察される。それを裏付ける資料を二、三示してみる。青年時に藤原定家に師事したことを示唆する、『新後撰集』（雑中・一三八五）所収の一首がある。

よみおきて侍りける歌を前中納言定家のもとにつかはすとて、
つつみがみにかきつけける　　藤原基政
おろかなる心はなほもまよひけり教へし道の跡はあれども

いかなる事情による、どの程度の師弟関係かは措いて、右の詞書は基政在京時の消息を伝えると解釈するのが自然であろうか。その時期は定家の薨去の仁治二年（一二四一）八月二十日以前、東宮帯刀在任時である可能性もあろう。

その他、時期は不詳だが、基政の在京時の私的部面を窺知させる詠作もある。『新千載集』（哀傷・二二七一）には、次の一首がある。

宮仕へする女を忍びてかたらひとりて、あひ住み侍りけるを、やむごとなき所より、きびしう咎められければ、さらになきよしをのみ答へけるに、かの女、ほどなく身まかりにければよめる　　藤原基政
ある世にもなしと答へし偽りのやがてまことになるぞ悲しき

また、『沙石集』（巻五末連歌事）には、次のように見える（日本古典文学大系本に拠る。表記は改める）。

鎌倉ノ後藤壱岐守基政在京ノ時、西山ノ花見テ帰サニ、花ヲ一枝簪ニサシテ、トホリケルヲ、或桟敷ノ女房、中ヨリ、
ヤサシクミユル花簪カナ

ト云出シタリケレバ、馬ヨリヲリテ、
モノノフノ桜ガリシテカヘルニハ

右の二種の資料については、詳しい事情は不明であるけれども、そこに記し留められた基政像には、公家社会に我が身を置き得る人、雅趣を解する教養の人の面影がある。同時に貴族側の対応にも単なる関東武士に対するそれとは違ったものがあるように見受けられる。これは、父基綱の貴族的性行に一脈通ずるものがあろうし、鎌倉に於ける基政の和歌の事跡にも照合して理解されるべき事柄であろう。ちなみに、父と同様に鎌倉京都間の往還数多の所産か、京都と関東を行き来した実体験を踏まえてか、「（旅の歌の中に）／藤原基政／逢坂のゆふつけ鳥は今ぞ鳴く都の空は夜深かりけり」（拾遺風体集・羈旅・二六一）と詠じている。

ここで、基政の御家人としての足跡を年次を追って瞥見してみよう。基政は、四代頼経から七代惟康（実質的には六代宗尊）までの将軍下に勤仕した。

頼経将軍期の嘉禎三年（一二三七）三月八日、二十四歳の基政は近習番十八名の一人に選定され[73]、同年四月二十二日、頼経の渡御に、父基綱共々供奉している（吾妻鏡）。二十代の主に頼経将軍期の基政は、折々の将軍家供奉を務めているが[74]、他に目立った職務は見えない。言わば、幕府御家人としての発動期と捉えられよう。

その後建長二年（一二五〇）十二月二十七日、将軍頼嗣の近習（六番九十六名）に結番される。この時期基政は、漸次、実際上の治政に服務したものと推測され、例えば、同三年十二月三日、鎌倉市中の商業区域制定を小野沢入道光蓮（仲実）等と奉行している[75]。

翌建長四年（一二五二）四月一日の宗尊親王の入営に、基政は「狩装束」で従い、同月三日、「御格子番」（六番七十二人）となる。同年十一月十二日、「出仕して居るものを尋ねて、用務を指定する役」（官職要解）とされる「問見参」（六番六十名）の五番筆頭に結番される[76]。この時に弟基隆も五番に結番されている。その後、建長六年（一二五四）には、鎌倉中の「物忩」（不穏な情勢）の間、諸人と共に御所に参じたり（六月十六日）、鎌倉保保奉行人（保奉行人）の「緩怠」の戒めや、政所や侍所の下役の鎌倉中の騎馬禁止、および「押買」の禁止等の奉行を務めている（十月十日）と知られる（吾妻鏡）。この頃から、基綱は最晩年に当たり、恐らくは実務から退きつつある。(77) 基政は、父基綱に代わり、後藤家当主として幕政に相応の地位を築いていったものと判断される。

それを証明するかのごとく基政は、父の没後、正嘉元年（一二五七）八月二十五日、勝長寿院造営奉行を、父子二代の同僚中原家の師連（師員男）等と共に拝命する。同年十二月二十四日には、仙洞を模し勅許を得て設置した近習の職である「廂衆」（六番六十人。廂御所に結番の次第、一番子午～六番巳亥に従って勤仕する）に、嫡子基頼と共に結番される。更に、弘長元年（一二六一）二月二十九日、幕府の大規模な新制の制定の一環として、関東祗候の諸人に対する、家屋や行粧等の「過差」の禁止以下、数ヶ条の「厳制」(78)制定を光蓮（仲実）と共に奉行している（以上吾妻鏡）。また、前年の文応元年（一二六〇）八月将軍宗尊の「赤痢病危急」により放生会を長時が「御代官」として務めた際に、回廊に参ずる者の一人に基政の名が見えてもいる（鎌倉年代記裏書）。

以上の略述をもってしても、基政が、御家人として将軍に近侍しつつ、頼嗣将軍期後半から宗尊将軍期頃以降にかけて父の地位を受け継ぎ、鎌倉の要務、主に市中の民政や幕府内の粛正に服する存在となってゆくことが了解されよう。なお、基政は、若宮大路から田楽辻子に至る間に居を構えたものと推断され、(79)その邸宅が、将軍家祈禱の大阿闍梨（左大臣法師厳恵）の休所に指定されていることが知られる（吾妻鏡・弘長三年（一二六三）正月十八日条）。

さて、基政は、右のように行政の実務に活躍する立場にあったと推定される時期の正元二年（一二六〇）正月二十日、新設された「昼番衆」（六番七十八人）に加えられている（吾妻鏡）。詳しい職務は不詳だが、当衆は「其内於二壮士一者。歌道蹴鞠管絃右筆弓馬郢曲以下。都以下堪二一芸一之輩上」として結番されたものである。はたして基政が、『吾妻鏡』の言う「壮士」に適合するのか、(80)どの「一芸」にその能力が該当するのか、即断はし難い。

しかし、①翌弘長元年（一二六一）三月二十五日に、宗尊親王の近習の中、当番の日に「可レ奉二五首和歌一」の旨を用命された「歌仙」の一人に選入されていること、[81]②同三年正月十日「堪能」を以て選定された「旬御鞠之奉行」（二十七名）にも任じられていること（以上吾妻鏡）、この二つの事実を以て勘案すれば、基政が、芸道に堪能なる人物として当時の柳営内に認められていたことは推測してよいであろう。『吾妻鏡』の記す、弘長元年七月二十二日の「関東近古詠可二撰進一之由」の基政への主命、即ち『東撰和歌六帖』の撰定も、その評価の一連の中に定位されるべきものと考えられるのである。

基政について述べてきたことを、概括しておこう。基政は、承久の乱を幼年期に迎え、未だ将軍位を繞る政治的暗闘や御家人間の紛争はあるものの、大きな兵戈を経験せずに過ごした。幕府重鎮たる父基綱の庇護下に、家職の左衛門尉検非違使に比較的若年にして補され、佐渡守や壱岐守に任じ従五位に至る。柳営では、引付衆・六波羅評定衆を歴任し、主に鎌倉市中の内政に服務し、晩年は在京した。父自身の影響とその父の築いた環境の中に、自ずと醸成されたであろう教養は、恐らくは青年期の京都滞留によって培われた経験と相俟って、基政の生涯の方向を規定したのではないだろうか。それは具体的には、芸道諸般に渡り鎌倉武家社会に頭角を顕し、そのことを以て将軍側近となり、撰集をも拝命する存在となったということに結実するのである。総じて、父の地位・役割を継承し、鎌倉圏に於ける貴族的文化をさらに促進させるのに力があったものと捉えられるのである。

ここで、基政の弟基隆と、その後の基綱の子孫につきごく簡単に言及しておく。基政弟の基隆（従五位下（上とも）・伊勢守・検非違使・六波羅評定衆）は、基政と共に、基綱の地位・事績を継承し、同家の勢力保持の一端を担いつつ、歌人として活躍し、その点からも同家および鎌倉圏の文運隆盛に貢献する人物であったものと認められるのである。一方、同家の嫡系は、基政以下基宗・基雄と相伝されたものと見られるが、各々は、ほぼ父祖の地位（六波羅関係）を踏襲しつつ、歌人としての事績を一応は留める程度の存在であったと見られる。

むすび

以上に述べたとおり、後藤基綱と基政および基隆父子は、御家人として鎌倉武家社会の一翼を担うと共に、一方で京都公家社会との、比較的緊密なる関係を保持しつつ、その文化の受容に努め、その要件たる文事・伎芸を身を以て実践した。そのことは、結果的に、京都文化の鎌倉圏への移入を促すことに繋がったとも考えられる。その活動の様相は、取りも直さず両人が、鎌倉圏の文運興隆の主導的役割を果たした武家側の教養人として無視し難い存在であったことを意味するものである、と同時に、関東歌壇に於ける父子の存在が重要であったことを示唆するものとも考えられるのである。

［注］

（1）石田吉貞「鎌倉文学圏」（『国語と国文学』昭二九・一〇）は、鎌倉に於ける「和歌連歌に関する活動」を、一源氏将軍時代・二藤原将軍時代・三宗尊親王時代・四惟康親王以後、の四期に分け、三を「鎌倉歌壇がもっとも張り切った時代であった」とする。

（2）外村展子『鎌倉の歌人』（かまくら春秋社、昭六一・一）と小川剛生『武士はなぜ歌を詠むか―鎌倉将軍から戦国大名まで』（角川学芸出版、平二〇・七）が、参考になる。

（3）北条氏関係者については、その政治的権力をも考慮し、北条氏内部での系統や各人の地位を勘案した上で歌人としての評価を下すべきであろう。

（4）久曾神昇「鎌倉時代の私撰集に就いて（三）―東撰和歌六帖・新和歌集―」（『書誌学』昭一三・四）、濱口博章「鎌倉歌壇の歴史と業蹟」（『甲南大学文学論集』昭二九・一）、石田吉貞注（1）所掲論攷、秋元信英「関東御家人の検非違使補任をめぐって―その制度的おぼえがき―」（『日本歴史』昭四八・一一）、志村士郎『金槐和歌集とその周辺―

東国文芸成立の基盤―』（桜楓社、昭五五・六）。その他、『群書解題』（東撰和歌六帖の項・谷鼎）、明治書院『和歌文学大辞典』（石田吉貞）、『和歌文学辞典』（有吉保編）、『日本古典文学大辞典』（樋口芳麻呂）、『国史大辞典』（田中稔）、『鎌倉・室町人名事典』（久保田和彦）、各当該項目等（順不同）。

（5）本文掲出分以外には『系図纂要』藤氏一五（後藤）、続群書類従巻第百五十五所収『秀郷流系図　後藤』がある。また、右記『和歌文学大辞典』の「後藤氏」の項は次の系図を掲げる（基綱女は『新和歌集』、基隆女は『柳風和歌抄』に拠る）。

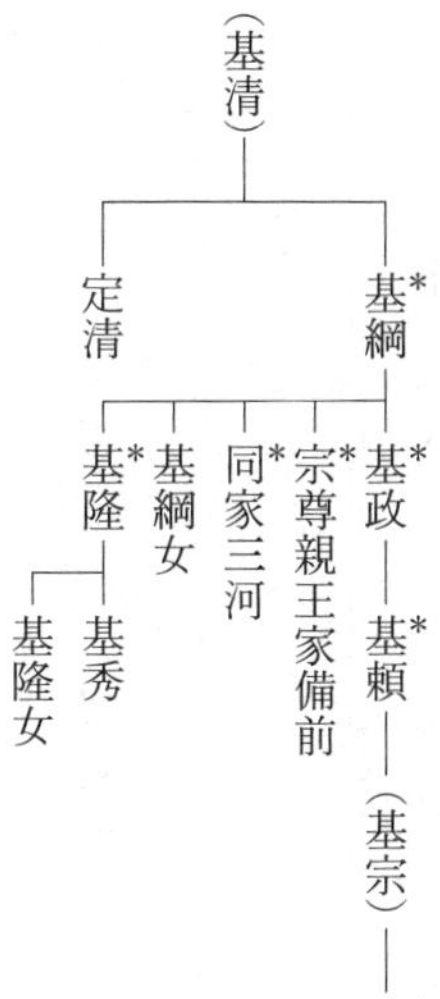

（＊は勅撰歌人。（　）内は歌人ではない）

なお、『新和歌集』巻末付載「目録」には、「藤原基綱女　一首壱岐守基政妹」とある（二荒山神社本・彰考館本・学習院大学本）。

（6）前者については、福田秀一『中世和歌史の研究』（角川書店、昭四七・三）第二篇第五章「玉葉集の撰者をめぐる論争」に於いて、「栗山甚之助氏蔵権中納言〔西園寺実衡〕宛為世自筆書状」の「冒頭に見える「基仲朝臣」」を、『実衡公記』正和四年四月廿日条「賀茂祭の記事の裏書」に「藤原基仲《基政子》関東」と見える人物であると考えている（『公衡公記』にも基仲が同祭に服す記事有）。後者については、『拾遺風体和歌集』（雑・三七〇）の松平文庫本等に、作者を「藤原基隆女妹」とする次の一首がある。「きぬぎぬの別れなりとも時鳥つらかるまじき鳥の声かな」。この作者名は、続群書類従本とその底本と考えられる内閣文庫蔵（二〇〇・二二七）本、および有吉保蔵本を底本とする新編国歌大観本では、「藤原基俊女妹」である。しかし、①系図類には「基俊女妹」も見えない。②同書の性格（関東歌壇の中心業績）。③右記三本を除き、比較的善本と思われる松平文庫本以下の諸本が、「藤原基隆女妹」である。以上を勘案すると、「藤原基隆女妹」の方にやや蓋然性の高さが認められると思われる。なお、拙稿「『拾遺風躰和

歌集』続群書類従活字本の成立経過」(『三田国文』一、昭五八・一) 参照。

(7)『明月記』安貞元年（一二二七）四月二十三日条に「検非違使行兼次男左衛門尉左衛門尉／基綱聟云々」と見える。

(8)『陸奥話記』には、頼義軍が黄海で安倍軍に苦戦する場面に「将軍（頼義）従兵、或以散走、或以死傷、所レ残纔有二六騎一。長男義家・修理少進藤原景通・大宅光任・清原貞広・藤原範季・同則明等也。」（現代思潮社古典文庫版『陸奥話記』により、表記は改める）と見える（『十訓抄』第六「可存忠直事」にも同様の記述あり）。また、後に、老衰の則明を白河法皇が召出し、合戦譚を聴聞して御衣を給する話が、『古事談』（第四「勇士」）、『十訓抄』（第六「存直事」）に見える。なお、『吾妻鏡』は、基綱の任官に関し、「曩祖秀郷朝臣以来」と記す（寛喜元年（一二二九）三月二十六日条）。

(9)『姓氏家系大辞典』および注（11）所掲角田論攷参照。

(10)則明の祖父公則は、文徳天皇六代の孫従五位下河内守源章経（式部丞・駿河守源兼宣男にして長良流の藤原知章の猶子となる。母は藤原伊傳女）の猶子となり、姓を源氏に改めたと知られる。更に、則経は藤原氏長良流従四位下少納言惟忠を実父とし公則の猶子となった。以上の要点を、左に略系図で示しておく（図A）。

図A

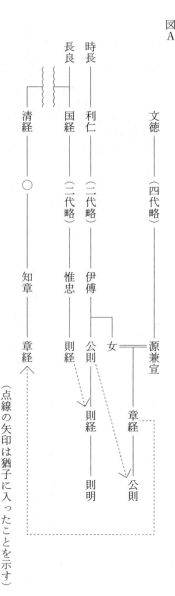

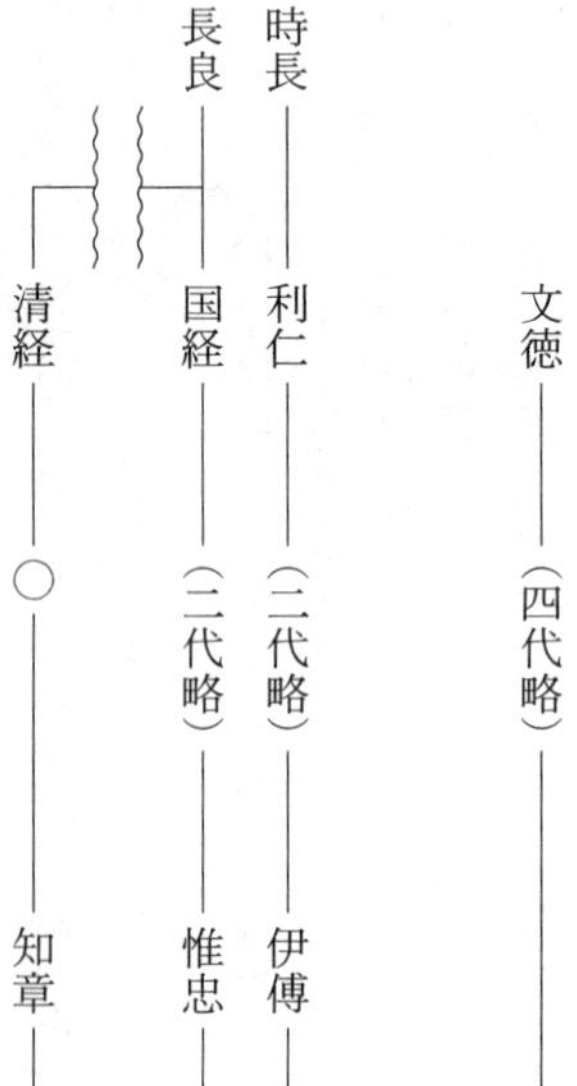

（点線の矢印は猶子に入ったことを示す）

（尊卑分脈等による）

（11）基清については、角田文衛「源頼朝の妹」（『王朝の明暗』昭五二・三、東京堂出版）ならびに上横手雅敬『日本中世政治史研究』（塙書房、昭四五・五）に詳しい。

（12）明治書院『和歌文学大辞典』の「後藤氏」の項（石田吉貞）、注（11）所掲角田論攷等。

（13）基清の四代前の公広は、元来仲清の祖父季清の弟公郷を実父とし、後藤家の祖則明の猶子となったと考えられる（分脈、纂要）。本文系図参照。

（14）両家は代々、従五位程度で左衛門尉あるいは兵衛尉に任じる者が多い（分脈等）。

（15）『保元物語』（半井本を底本とする新日本古典文学大系本）中「白河殿攻メ落ス事」に、義朝が白河北殿の門を攻める兵の中に「後藤兵衛真基」（「真」は「実」の宛字）と見える。また、『平治物語』（金刀比羅本を底本とする日本古典文学大系本）上（源氏勢汰への事）の「内裏の勢」を記す中に「後藤兵衛真基」と見える。日本古典文学大系頭注は、学習院図書館蔵本の校異「実基」をあげ、「未審」とする。系図類に見える官職と一致しており、「実」と「真」はともに「さね」と訓じるので、一応当該の「実基」と見ておく。その他、同中（待賢門院の軍の事付けたり信頼落つる事）に、「斎藤別当実盛・後藤兵衛実基、東三条の辺にて戦けるに」「真基今一騎の武者にかけあはせ」と見える。また、同（義朝敗北の事）の末尾には、真基が義朝女（頼朝の妹。後に一条能保の妻）の養育を命じられ、都へ帰り、源氏の世になり、「後藤兵衛真基も世にいでけるとぞ承り侍る」と記す。注（11）所掲角田論攷参照。

（16）巻第十一「嗣信最期」（日本古典文学大系本に拠る）。

（17）注（11）所掲角田論攷。

（18）『山槐記』除目部類承安四年（一一七四）正月二十一日に「左兵衛尉平資康、功、藤原基清、功、平盛綱、盛岡別功賞」と見える。時に基清二十歳。

（19）基清が、正治元年（一一九九）正月以前のある時期は讃岐守護（注（20）参照）、建保二年前後から恐らくは承久の乱に刑死するまでの間は播磨守護であったことが考証されている。なお、実基がその前任者だったとする説もある。佐藤進一『鎌倉幕府守護制度の研究』（東京大学出版会、昭四六・六）参照。

（20）正治元年（一一九九）正月三日の頼朝薨去直後、恐らくは源通親と大江広元の策謀により、一条能保が三金吾（基清、中原政経、小野義成）を使い謀叛との噂が都に流れ、流刑となり鎌倉へ護送される。後三月五日基清は讃岐の守護職を罷免された（明月記、愚管抄、吾妻鏡等）。なお、この後の左衛門尉還任について、角田注（11）所掲論攷は「間もなく還任したらしく」としているが、『明月記』建仁三年（一二〇三）十二月三十日条「小除目…基清還任左衛門尉」とある記事が該当するかと思われる。

（21）この間の情勢は、注（11）所掲角田論攷や角田『平家後抄』（朝日新聞社、昭五三・九）に詳しく、本節も大方それに従った。

（22）建久七年（一一九六）、一条能保の命を受け、平知盛男知忠等を追捕。注（21）所掲論攷参照。

（23）元和四年古活字本を底本とする、松林靖明校注『新訂承久記』（現代思潮社、昭五七・八）に拠る。

（24）注（23）所掲書の補注掲出本文に拠る。

（25）ちなみに、同じく承久の乱で院方に加担し斬罪と決定した源光行は、子息親行の重ねての嘆願により助命される（吾妻鏡）。注（21）所掲論攷、池田利夫『河内本源氏物語成立年譜攷』（貴重本刊行会、昭五二・一二）参照。池田「源光行における東邑—『河内本源氏物語成立年譜攷』伝記補遺」（『国文鶴見』二七、平四・一二）、「源光行自筆書状の新出をめぐりて—定家における『新勅撰和歌集』撰集と光行における鎌倉」（同四一、平一九・三）もある。

（26）安貞二年（建治前の間と正安二年以前）から元亨元年（あるいは元弘三年か）までの間、越前の守護であったことが注（19）所掲論攷に考証されている。

（27）基綱—評定衆・引付衆（評定伝、纂要）。基政—引付衆（評定伝、纂要）・六波羅評定衆（分脈）。基隆—六波羅評定衆（分脈）。基頼—引付衆（評定伝、纂要）・六波羅引付頭（分脈）。基宗—六波羅評定衆（分脈）等。

（28）『纂要』にも見える。

（29）「信乃守藤原祐光妻」（分脈、纂要。後者には親王家女房たる記事無し）。なお、『分脈』藤原氏乙麿流、二階堂行景に「母後藤基綱女」と見える。

（30）『秀郷流系図』には「宗基」とある。

（31）基綱＝次男—父基清二十七歳。基政＝長男—父基綱三十四歳。基頼＝長男—父基政二十五歳。以上『分脈』『纂要』『評定伝』より算出。なお、基宗は系図上次男と見られる（分脈、纂要）。

(32) 佐藤恒雄「新和歌集の成立」(『藤原為家研究』笠間書院、平二〇・九)。初出は「新和歌集の成立(続)」(『香川大学国文研究』二三、平九・九)、「新和歌集の成立」(『王朝和歌と史的展開』笠間書院、平九・一二)。

(33) 石川速夫『新〇和歌集』(二荒山神社、昭五一・一〇)参照。

(34) 浄意三十七首、坂上道清十六首。他に、源親行、浄忍、想生が十二首。

(35) 石田吉貞は「要するにこの家は(中略)宇都宮歌壇とも関係が深く、『新和歌集』にこの家の人々の歌が合計一八首も入っている」(明治書院『和歌文学大辞典』「後藤氏」の項)と記している。

(36) 新編国歌大観や続群書類従巻三六九所収本等、第一帖・春のみの残欠本。歌数319首。

(37) 祐徳稲荷神社寄託中川文庫本(国文学研究資料館データベースの画像データに拠る)。同本は第四帖途中までを有する抄出本。歌数491首。福田秀一「〈解説と翻刻〉祐徳稲荷神社寄託中川文庫本「東撰和歌六帖」」(『国文学研究資料館紀要』二、昭五一・三)参照。

(38) 基綱の弟。『纂要』には「大僧正　鎌倉阿弥陀堂別当　石清水別当　号加賀僧正」とあり、『秀郷流系図』は基綱、基政と同様に「歌人」と注する。その身分・地位よりしても相当有力な存在であったと考えられる。

(39) 新編国歌大観本(有吉保蔵本)および続群書類従巻三七〇所収本等、歌数533首の本。

(40) 新編国歌大観本(内閣文庫本)および続群書類従巻一五八所収本等、歌数136首の残欠本。

(41) 「高野山僧都分散」に関する嘉禄二年(一二二六)九月廿日の将軍頼経書状中に既に「左衛門尉基綱」とある(鎌倉遺文三五二九)。なお、基綱の任検非違使については、時野谷滋「鎌倉御家人の任官叙位」(『政治経済史学』三〇〇、平三・六)が、「譜代の職」でかつ「重代の器量」による抜擢として論じている。

(42) 「七月廿六日叙留。去三月九日申レ畏。」(評定伝)とある。衛門尉相当位は六・七位。

(43) 小川剛生『兼好法師』(中央公論社、平二九・一一)。検非違使尉については、同書に詳しい。

(44) 『吾妻鏡』では、建久四年(一一九三)十一月二十七日から元久二年(一二〇五)閏七月二十六日までは「後藤左衛門尉基清」、建暦三年(一二一三)一月一日以降は「(後藤)大夫判官基清」。

(45) 『吾妻鏡』(寛喜元年三月二十六日条)には、「雖レ為二譜第職一。日来被レ超二越数輩一訖。年歯四十九之今。適預二比恩一云々。」とある。

(46)『明月記』同月二十五日条で、除目の聞書を清書する中にも「従五上藤基綱」と見える。

(47)あるいは、鎌倉方の官位補任の要望を伝奏するごとき職務を負っていたことを示すものか。

(48)『吾妻鏡』同年六月二十日条には頼経の鶴岡参宮に「新判官基綱供奉」と見え、その四日後に入京する事はやや不審だが、『明月記』六月二十四日条に「昨日、高野伝法院、定毫又訴訟之間、有㆓沙汰㆒」と見え、その定豪は、これ以前鶴岡八幡宮寺社務職にあった人物で、当然基綱とも関係があり、同七月二日条の「今度基綱入洛之次、転法院訴之次、定豪吐㆓狂言㆒」という状況も納得されよう。

(49)中でも、建保元年（一二一三）八月二十九日、同九月三日〜五日条に、細川庄に於ける基清の「狼藉」についての記述が注目される。「基清無道太以不㆑及㆓是非㆒、不㆑可㆑争事也」とあり、結局は九月三日に至って詳しい事情を追及し、「向後可㆑為㆓御領㆒御計之上、不㆑及㆓是非㆒申㆑之了」と和解している。定家の基清観の良否はともかく、このことは、印象深い事件として、定家をして基清の存在を認知させたものと想像されるのである。

(50)『吾妻鏡』以外にも、「人倫売買」の禁制に関する評定衆連署状に、やはり中原師員と連判している（鎌倉遺文五四二七）。

(51)『纂要』ではこの時に評定衆となるがごとき記載であるが、恐らくは誤りか。

(52)『吾妻鏡』宝治元年（一二四七）十二月二十九日条に、大番役交替を三ヶ月に改め、その結番の十一番に「後藤佐渡前司」とある。以後、同書には建長二年（一二五〇）正月二日まで基綱は見えない。

(53)注（19）所掲論攷参照。

(54)群書類従巻四〇〇所収。なお、公布されたと見られる八月十日の日付を有する政道無私の起請文にも連署する（鎌倉遺文四三五八）。

(55)その後、再度南都鎮静の為、八月二十日明暁上洛出発の旨が見え、収拾後下向し十二月二十九日参向し報告している（吾妻鏡）。この事件については、注（11）所掲上横手論攷に言及されている。これに関する史料が『鎌倉遺文』五〇八四・五〇九一に収められている。

(56)同年三月十九日の佐渡守補任はこの功によるものか。

(57)各呼称は『官職要解』による。各々の例（分類基準も同書による）を『吾妻鏡』より抄出しておく。

①＝頼経元服（嘉禄元年〈一二二五〉十二月二十九日）。頼嗣元服（寛元二年〈一二四四〉四月二十一日）。
②＝天変御祈（嘉禄三年〈一二二七〉九月九日）。変気御祈禱（貞永元年〈一二三二〉閏九月六日）。
③＝御所御車宿建設（安貞二年〈一二二八〉四月二十一日）。竹御所営作（同年十月十九日）。小御所御作事等事始（寛元元年〈一二四三〉十月七日）。御所事始（建長四年〈一二五二〉六月二日）。
④＝光景勲行恩沢（文暦二年〈一二三五〉九月十日）。時房・泰時恩沢の沙汰（暦仁元年〈一二三八〉十二月十六日）。人々恩沢（仁治二年〈一二四一〉十月二十二日）。
⑤＝二棟御方男子平産（延応元年〈一二三九〉十一月二十一日）。
⑥＝人倫売買停止下知（延応二年〈一二四〇〉五月六日）。
⑦＝鶴岡宮寺最勝王経読経・属星祭始行（祈雨）（延応二年（一二四〇）六月二十二日）。

(58) これ以前基綱は頼経の近習に結番されている（吾妻鏡・貞応元年〈一二二二〉十月十三日条）。また、将軍頼経の私的渡御（於竹御所覧雪）に単独で供奉している（吾妻鏡・貞永元年〈一二三二〉十一月二十一日）。さらに、元服以前の頼嗣の召始沙汰や御生髪の儀の奉行も務めている（吾妻鏡・仁治二年二月二十三日・六月十七日各条）。これらの事例からも将軍近仕が推測される。

(59) 中原家は、いわゆる顕官の外記を継ぎ、明経道を伝える家。師員（元暦元年〈一一八四〉～建長三年〈一二五一〉）には、摂津守・大外記・主計頭を歴任、正四位下に至る。開始以来の評定衆として、『御成敗式条』にも連署。本文掲出分以外にも、注（50）と注（57）⑥、および、寛元二年（一二四四）八月二十四日の「今出河殿」（西園寺公経）申請の諸条（検非違使所職以下条々）の沙汰の奉行に、同世代の同僚として基綱と共に従事している。なお、その男師連も後に評定衆の一人となる。

(60) 寛元三年（一二四五）四月二十二日、鎌倉市中の禁制五ヶ条につき、執権経時は基綱を奉行として各保保奉行人に執達させている（吾妻鏡）。

(61) 髙橋慎一朗『日本中世の権力と寺院』（吉川弘文館、平二八・九）第四章「宗尊親王期における幕府「宿老」」参照。

(62) 石田吉貞は「藤原将軍時代」の基綱を「武士家人中でもっとも活躍してゐる」と言う（注（1）所掲論攷）。

(63) 同宅のある大倉は、「幕府が構えられたことから、この地域には北条政子・義時・時房などをはじめ後藤基綱・足利義氏・伊賀時家などの有力御家人の邸宅も多く、鎌倉時代の鎌倉の中枢地区」（『神奈川県の地名』平凡社日本歴史地名大系）とされる場所である。

(64) 寛喜二年（一二三〇）六月二十八日。日来行われていた執権泰時（邸）の禁忌による。

(65)『吾妻鏡』建長二年（一二五〇）三月二十六日条、同四年（一二五二）四月二十四日条。後者は宗尊親王将軍就任後。

(66) 細川重男『鎌倉政権得宗専制論』（吉川弘文館、平一二・一）第一部第二章第四節「後藤氏」参照。「引付衆から六波羅評定衆に転じる例は、基政の子基頼に引き継がれ、以降、後藤氏は一門を挙げて活動拠点を六波羅に移した」と言う。なお、六波羅探題や六波羅評定衆等全般については、森幸夫『六波羅探題の研究』（続群書類従完成会、平一七・四）、『中世の武家官僚と奉行人』（同成社、平二八・一）参照。

(67) 本文掲出歌以外に、『続後拾遺集』（雑中・山家の心を・一〇七四）の一首、「憂き事のなほも聞こえばいかがせん世のかくれ家と思ふ山路に」の作者名は、新編国歌大観本は「藤原重綱」であるが、旧編では「藤原基綱」である。新編の底本（書陵部蔵二十一代集兼右本）以下「藤原重綱」とする本は多い。しかし例えば、蓬左文庫蔵二十一代集・日本女子大学図書館蔵二十一代集・東京国立博物館蔵二十一代集・鹿児島大学附属図書館蔵二十一代集の各本は、「藤原基綱」とある。ちなみに、『題林愚抄』（八八八七）の同歌の作者名は「藤原重綱」である。これについては、小川剛生『中世和歌史の研究　撰歌と歌人社会』（塙書房、平二九・五）「鎌倉武士と和歌―続拾遺集」によれば、「重綱」が正しい。

(68) 本文に既述のごとく実朝将軍期、基綱三十三歳の時、「昵近祗候人」の中から「芸能之輩」を選び結番（学問所番）十八名の中に基綱の名が見える。

(69)『吾妻鏡』のそれ以前の記載は「佐渡判官」（一月十四日条）であり、一方それ以後は「佐渡大夫判官」（八月十五日）となる。これによっても、この間の叙爵が確認されよう。

(70)『評定伝』には「国務」とある。

(71) 嘉禎三年六月二十三日、暦仁元年二月十七日・二十二日・二十三日の各条。本文中および上記の『吾妻鏡』各条の記事は基政が鎌倉に在ることを示しているので、その点東宮帯刀の職責との関係からもなお検討が必要であろう。

(72)「四条幼帝が十一歳で急死し、そのあと、帝位に即く候補者は、土御門天皇の皇子と順徳天皇の皇子とあって、後者が有力視されていたが、執権北条泰時の断で、はからずも前者が践祚し（後嵯峨天皇）即位の式をあげ…」（井上宗雄全訳注『増鏡』（講談社学術文庫）の第四「三神山」要約）。

(73)『吾妻鏡』の基政初出記事。

(74)例えば、暦仁二年（一二三九）正月十一日、仁治四年（一二四三）正月十九日各条の頼経鶴岡御参等（吾妻鏡）。なお、寛元元年（一二四三）七月十七日、昼夜何時でも「御要」に即応する為結番された「御供」の衆百四十七名中にも基政の名は当然ながら見える。

(75)その他、同年八月四日の日付を有する「関東御教書案」に奉行人として、やはり光蓮（仲実）と共に基政の名がある（鎌倉遺文七三三四）。

(76)正嘉元年（一二五七）十二月二十四日条に「此一両年。其衆自然懈緩之間。今日更被レ撰二勤厚族一。」とあり、六番六十名が再定されるが、その中に基政は無く、嫡子基頼が加えられている。

(77)『吾妻鏡』による限り、基綱の奉行人としての最後の職務は、建長四年（一二五二）六月の御所作事であり、建長六年（一二五四）七月十四日には、放生会供奉に、障りを申し、重ねての催促も拒んでいる。

(78)放生会桟敷の倹約。博奕停止。鎌倉中の橋修理・在家の前々掃治。病者・孤子・死屍の路辺遺棄禁止。念仏者の女人以下招集・僧徒裹頭の鎌倉中横行の禁止。神社供祭以外の鷹狩停止。重大事以外の早馬禁止。長者の禁止。

(79)正嘉元年（一二五七）十一月八日の若宮大路から田楽辻子に至る火事に罹災した家屋の中に基政邸も含まれている（吾妻鏡）。

(80)『吾妻鏡』元久元年（一二〇四）八月四日条に、実朝の「御嫁娶事」につき、その夫人たる人物（坊門大納言信清女）東下御迎の供奉人物選定に関し「容儀花麗之壮士」とある。同年十月十四日条に記すその御迎の為に上洛する人々の年齢は次のとおりである。左馬権助（北条政範）十六歳、結城七郎（朝光）三十八歳。その他、多々良四郎（明宗）、宇佐美三郎（祐茂）は、治承四年（一一八〇）の石橋山の戦に従軍している世代。千葉平治兵衛尉（常秀）や筑後六郎（八田知尚）は、その頼朝挙兵以来参陣の人物を父とする世代。和田三郎（朝盛）は祖父に石橋山参戦うか。

の義盛を持つ世代。以上より、大略十代から四十代（あるいは五十代）までの各年齢層を包含していることになろうか。

（81）基政以外には、公家の冷泉侍従隆茂や持明院少将基盛、御家人の遠江次郎時通（北条）や掃部助範元（安倍）。他の越前前司時広（北条）と鎌田次郎左衛門尉行俊は、「昼番衆」。

＊本論中所引の本文は、和歌は新編国歌大観、『吾妻鏡』は新訂増補国史大系、『玉葉』は図書寮叢刊、その他は流布刊本に拠り、表記は改めた。『明月記』は冷泉家時雨亭叢書の自筆本影印版と『翻刻明月記』に拠り、表記を改めて返り点を付す。

第二節　後藤基綱・基政・基隆の和歌事績

はじめに

前節に引き続き、後藤基綱とその子の基政・基隆兄弟について、その和歌事績を整理して考察を加えてみたい。

一　集別和歌入集数

まず、基綱・基政・基隆の現存する和歌を、集別の数で次に示す。現存歌数は、基綱29首、(1)基政48首、基隆28首である。左の一覧は、概要をつかむために、単純に各集の入集数を記したものであり、入集歌の番号や重出の情況は、別にまとめて末尾に掲出しておく［補注1］。

基綱

勅撰和歌集

新勅撰2(首)、続後撰3、続古今1、続拾遺1、新千載1、新続古今1。小計9首。

万代和歌集2、秋風抄1、現存和歌六帖1、雲葉和歌集2、東撰和歌六帖7、同抜粋本8、拾遺風体和歌集1、歌枕名寄4、夫木和歌抄1、和歌題林愚抄2。

基政

勅撰和歌集

続後撰1、続古今6、続拾遺1、新後撰1、玉葉1、新千載1。小計11首。

秋風抄1、現存和歌六帖5、新和歌集12、東撰和歌六帖3、同抜粋本6、中務卿宗尊親王家百五十番歌合10、三十六人大歌合5、閑月和歌集1、拾遺風体和歌集1、歌枕名寄5、夫木和歌抄3、和歌題林愚抄2。

基隆

勅撰和歌集

続古今3、続拾遺1、新後撰1、続後拾遺1、新拾遺1、新続古今1。小計8首。

東撰和歌六帖1、同抜粋本8、新和歌集5、中務卿宗尊親王家百五十番歌合10、夫木和歌抄2、和歌題林愚抄1。

ちなみに、後掲の集別和歌の重出状況の中で、正元元年（一二五九）八月十五日～十一月十二日に成立と推定されている(2)『新和歌集』と、弘長元年（一二六一）七月七日の日付を有する『中務卿宗尊親王家百五十番歌合』(3)とで、基政と基隆の詠が各々四首と三首ずつ重複していることは、いささかの注意を要しよう。つまり、宇都宮家と後藤家との接近や結縁が機縁となったかその動向に沿ったかして、後藤基政・基隆兄弟の歌は『新和歌集』(4)に採録されたのであろう。その『新和歌集』の基政と基隆の歌で、『中務卿宗尊親王家百五十番歌合』に重出する七首は、恐らくは既存歌であり、同歌合は少なくとも当日の作でない歌を含むのであって、机上に仕立てられた歌合である可能性が高いように思われるのである。視点を変えれば、両家の結縁、基政男基頼と宇都宮頼業女の婚姻が、正元元年の前後である可能性が窺われるのである。従って、基頼男基宗の生年もそれ以後であると推定される。これは、前節の生年推定、弘長二年(一二六二)~文永九年(一二七二)と矛盾はない。

二 基綱の和歌事績

次に、主に基綱と基政および基隆の歌人としての事跡につき、便宜に各将軍期を指標として示して整理した関連年表を、末尾に掲出する【補注2】。それに従って考察してゆきたい。

基綱の和歌活動から見てゆこう。記録上、時期を特定し得る基綱の歌人としての事跡の初見は、その五十歳時の寛喜二年(一二三〇)三月十九日の連歌秀句献呈と、同三年(一二三一)十一月二十九日の御所和歌会への参加である。しかし、既に基綱は、三十三歳の時の建暦三年(一二一三)二月二日に「学問所番」(5)の一人となり、将軍実朝に近仕していた。この事実を考慮すれば、基綱が、若年時より和歌詠作を為していた可能性は認めてよいであろう。それは、将軍源実朝家の歌会に、基綱が出詠している事実を示す次の詠作によっても、裏付けられよう。

家に秋の歌よませ侍りけるに　　鎌倉右大臣
道の辺の小野の夕霧たちかへり見てこそゆかめ秋萩の花
　　　　藤原基綱
古里の本あらの小萩いたづらに見る人なしに咲きか散るらむ

白菅の真野の萩原咲きしより朝立つ鹿の鳴かぬ日はなし(新勅撰集・秋歌上・二三六~二三八)

実朝が公暁に暗殺されるのは、建保七年(一二一九)正月二十七日のことであり、基綱三十九歳の時に当たる。従って、右の一首は、壮年期を前にしての基綱の作歌活動を、一応は推察させることになる。しかしまた基綱は、承久の乱後に、家勢の維持・興隆に努める必要があった。それ故、基綱が嘉禄元年（一二二五）に評定衆となり、その後漸次柳営内に地歩を固めることになるまでは、積極的に詠歌活動に従事する余裕は、乏しかったと見るべきであろう。同時に、大局的には鎌倉の歌壇の状況も、承久の乱を経た幕政の安定への動向に呼応して活性化していったと把握されるのである。そういった背景も、幕府の枢要たる基綱の歌人としての発動期を、少なくとも記録の表面上に遅滞させていることの一因であろう。

他方で、基綱は、後掲の年表にも見るとおり、その最晩年まで歌人として活躍していたことが窺われる。つまり、実朝将軍期は措くとして、少なくとも頼経・頼嗣・宗尊の三代の将軍の下で、一貫して歌人として存在していたことになる。このことは、基綱が、宗尊親王幕下の関東歌壇の活性化期以前に、同歌壇を構成する要員として功績があったことを示唆すると共に、関東重代の歌道家に成長する後藤家の礎を築き、基政・基隆等一族の子女が歌人として活躍するに至る準備をしたことを意味するであろう。頼経・頼嗣の摂家将軍期の歌壇は、次代の宗尊将軍期に歌壇が興隆し得る言わば土壌を養った意義は有するものの、特記すべき文学的業績（作品）を生むには至らなかった。むしろその本質は、関東武家社会の京都貴族文化の模倣摂取であろうし、北条得宗家の監視下に幕府要人達が交流する場の提供という役割を付帯するものであろう。基綱はその歌壇に身を置き、種々の歌会・連歌会に北条得宗家の執権や連署以下の重鎮と同座しており、その活動の痕跡は、基綱が御家人・歌人双方の面で斯界にしかるべき地位を得ていたことの証左となるものであろう。

また、基綱が、関東祗候の廷臣歌人とも歌を媒介として交誼を結んだことを窺知させる、次のような一首がある。

前左兵衛督教定家の歌合に、同じ心（「寄月恋」）を　藤原基綱

ありし夜の夢は名残もなきものをまたおどろかす山の端の月（新続古今集・恋四・一四二八）

この一首は、次の一首と同機会の詠作である確度が高いであろう。

前左兵衛督教定中将に侍りける時歌合し侍りけるに、寄月恋

真昭法師

来ぬ人の面影さそふかひもなく更くれば月をなほ恨みつつ（続拾遺集・恋三・九〇一）

真昭法師は、俗名北条資時（時房男・評定衆）で、早く承久二年（一二二〇）一月十四日に出家して、「相模三郎入道真昭」と呼称され、建長三年（一二五一）五月五日に五十三歳で卒去している。『新勅撰集』以下の勅撰集に二十二首の入集を見、鎌倉の歌会に於いても度々基綱と同座している人物である。右記二首の詠作機会が一致するものとして、その時期即ち、前左兵衛督教定即ち藤原（二条）教定が中将であった時期は何時であろうか。特定できる資料は持たないが、『吾妻鏡』(6)の表記によって推定すれば、教定が中将であった時期は、暦仁元年（一二三八）二月二十八日以降、建長四年（一二五二）五月十九日以前のことと考えられる。従って、真昭の没年も勘案すれば、右記の「歌合」の催行時期は、早くとも暦仁元年（一二三八）二月二十八日以降、建長三年（一二五一）五月五日以前となる。これは、頼経将軍在位末期から頼嗣将軍期の前半頃までの時期に相当する。教定は、藤原（飛鳥井）雅経の男（母大江広元女）にして、頼経以下頼嗣・宗尊の三代の将軍に近仕し、文永三年（一二六六）四月八日に卒去している。歌鞠両道を家業とする京都出身の教定は、関東御家人にとっては恰好の宗匠と言え、右の歌合のごときは、そういった情勢の中に催行されたものと推測されよう。なお、前節に記したとおり、寛元元年（一二四三）九月五日に基綱が自邸に頼経を迎えて催行した和歌・管絃等の会に、教定、真昭（北条資時）は共に参会している。右の歌合も、同時期の、同様の交遊圏に生まれた事跡の一つと認められるのである。

さて、基綱は、藤原定家撰の『新勅撰集』に二首の入集を果たす。この名誉の要因は、第一に基綱が幕府の実

力者として活躍していたことに求められよう。当時、検非違使（左衛門尉）にして、京都・鎌倉を度々往還していた御家人としての存在が、定家をしてその動向を『明月記』に記し留めさせ、ひいては『新勅撰集』入集をもたらしたものと捉えられる。要するに、（もののふの八十）「宇治河集」と異名されたと伝えられるまでに、関東武家歌人を採択した撰者定家の、政治的配慮の一環の中に一応は定位すべきであろう。しかし、そのような定家の編集態度を、一様に非文学的・政治的判断に拠るものとのみ断ずることは危険であり、少なくとも一首ではなく二首の和歌を採択した理由としては脆弱であると思われる。

摂家将軍期前半の頼経将軍期は、現存資料によって整理する限り、歌人基綱の発動期ではある。しかし既にそこには旺盛なる活動の痕跡が窺われるのであり、歌人としての地位も確立していて、関東歌壇にあっては相応に主導的立場にあったものと推測されるのである。つまり、勅撰歌人となってその存在が中央歌壇に一応知られてはいたが、自身は関東歌壇の中にあって、京都文化の実践に精力的に従事した時期として概括されよう。

ところで、基政は、前節に指摘したとおり、自身定家に師事していた[7]ことを示唆する『新後撰集』の一首を残していた。後代の編纂物ではあろうが『新和歌集』の末尾に付帯の「新和歌集目録」の「作者次第不同」にも「定家卿和歌弟子」と記載されている[8]。この定家と基政の師弟関係の実際は不明であるが、その関係は恐らく父基綱を介して結ばれたものと想像される。定家薨去以前、基綱は既に検非違使を拝任し叙爵している。従って、定家にとって基綱は、御家人として認知し得る程度の存在にはなっていたものと考えられる。好士ではあろうが単なる関東武士の若輩基政が、京都歌壇の大御所たる定家に入門するに際しては、やはり御家人としてもしかるべき地位を占め、一応は勅撰歌人の栄誉に浴した父基綱の仲介を要したものと憶測されるのである。あるいは基綱自身も、関東祗候の廷臣等に仲介を求めたかとも疑われようか。

頼嗣将軍期に入り基綱は、『万代和歌集』（真観初撰、家良改撰か。現存本は初撰本）、『現存和歌六帖』（真観撰）、『秋風抄』（小野春雄（真観の偽名か）撰）、『雲葉和歌集』（九条基家撰）等の私撰集に、各々一、二首ながら、撰歌されている。これらはいずれも、いわゆる反御子左派、むしろ為家に対抗したと言うべき勢力の業績と認められるものである。基綱自身が、中央歌壇の対立抗争に自覚的であったとは考え難い。しかし、右の一連の入集は、その撰者側が、御家人歌人基綱の詠作を、知っていたことの表れであろう。他方、歌の家の当主為家の撰になる『続後撰和歌集』にも、基綱は基政と共に入集している。従って、この頼嗣将軍期に、歌人基綱は、既に中央歌壇に存知され、為家側・反為家側の両方から、その存在を無視できない程には認知されたものと判断されるのである。

以上の諸事例より見て、この頼嗣将軍期が歌人基綱の評価の点での最盛期と認められる。つまり、御家人歌人基綱が最も評価された時期は、むしろ鎌倉の歌壇自体は次代（宗尊将軍期）に比して低調であったと言える時期に当たるのである。しかしながら、この時期に基綱等の和歌が中央歌壇に進出したことが、次第に関東歌壇が活性化して中央歌壇にも評価されてゆく基盤の一つとなったものと捉えられるのである。その基綱は、宗尊親王将軍就任直後の建長八年（一二五六）七月の執権時頼邸歌会出席を最後に卒去し、その歌人としての活躍は、子息の基政・基隆等に受け継がれてゆくのである。

ここで、基綱の連歌について、簡略に言及しておきたい。(9)『吾妻鏡』によれば、貞永元年（一二三二）十一月二十九日、永福寺釣殿の観雪和歌会の折、「雪気」が「雨脚」に変わった為、「余興」はつきないが将軍頼経は還御した。その帰途の「路次」に於いて、次のような言い捨て連歌が泰時と交わされている。

…基綱申伝。雪為レ雨無レ全云々。武州（泰時）令レ聞レ之給。被レ仰云。

あめのしたにふればぞ雪の色もみる

基綱

みかさのやまをたのむかげとて　云々。

この賀趣[10]を含んだ短連歌は、「頼朝・景時等の俳諧連歌に対して、同じ云い捨てでも、かなり雅純な発想であるところに、当時の傾向の一端も窺い得るか[11]」とも評されるものである。これ以外に、作品自体は残されていないが、基綱は、寛喜二年（一二三〇）三月十九日、天福元年（一二三三）四月十七日等の連歌（長連歌か[12]）の会席に名を連ねている（吾妻鏡。他にも基綱の名が記されていない連歌会はある[13]）。

以上よりして、この頼経将軍期即ち、京都の連歌が形態の上で複式賦物に移行してそれが鎌倉にも迎えられたであろう時期[14]に、基綱が、時々の鎌倉の連歌に北条一族や源親行あるいは東胤行等と共に従事し、力を発揮していたであろうことは想像に難くないのである。頼嗣将軍期・宗尊将軍期（寛元二年〜文永三年）は、「鎌倉連歌の育成にとって見のがし得ない重要な時期[15]」ともされる。この時期、基綱の連歌関係の資料は管見には入らないが、全く連歌と無縁の状態にあったとは考え難く、相応の活動をしていたと思われる。かかる基綱の連歌の素養は、基政にも継承されたと思しく、前節に記したように、『沙石集』（後に『菟玖波集』に所収）に、某女との間の機知的唱和が伝えられているのである。弟の基隆についても、『吾妻鏡』弘長三年（一二六三）八月十二日条に、「去夜御連歌、大夫判官基隆奉〻仰合点云々。」と見える。この連歌の合点は、「もっとも早い例[16]」とされるものである。また、基隆自身は「合点したほどであるから、堪能の名を得ていたにはちがいない。」と評され、「京都から下向した公卿ではなく、将軍幕下の武士の中から連歌の点を行う者の出ていること」は「注意されることであり、鎌倉連歌の成育ぶりを示している」と考えられてもいる。連歌史上の位置付けの問題は措くとして、基隆の連歌の素養もまた、父基綱の影響下に育成されたものであり、兄基政と共に鎌倉の連歌の担い手の一人であったものと推測される。伝記上に見る基政と基隆の関係性、父基綱の事跡を基政・基隆が先後して踏襲するといった関係性より判断しても、金子金治郎の、（弘長三年六月二日に在京人となり上京している基政が）「もし鎌倉にあったならば、あるいは基政あたりが合点していたところであろうか[17]」という指摘は、妥当なものと言えようか。後藤家は、和歌のみならず連歌に於いても、父子相承しつつ活躍し、鎌倉連歌の歴史に重責を果たしたものと了解されるのである。

以上に述べてきたことを、簡略にまとめておこう。歌人基綱は、幕政が安定へと向かい、自身御家人として顕要の地位を確立した頼経将軍期に、関東歌壇に旺盛に活動し、勅撰歌人ともなり、斯界に主導的役割を果たした。それは、純然たる好士としての活動という面ばかりではなく、幕府要人達との交流の一端としての意味を持つものであったと理解される。加えて、基綱の京都貴族文化の実践は、それを柳営に定着させるのに、関東祗候の廷臣等の働きと並んで功績があったと推察されるのである。頼嗣将軍期には、その基綱の活躍が、一連の中央歌壇の撰集に撰歌されるという形に結実する。総じて、基綱は、歌道家としての後藤家の基礎を築くと共に、宗尊親王将軍期の歌壇が興隆する基盤作りの役割を果たした有力な一人と認められるのである。

三　基政の和歌事績

続いて、基政の和歌活動について考察してみたい。基政の歌人としての始発の時期は、師事したと見られる定家薨去の仁治二年（一二四一）以前に想定されよう。事実、嘉禎四年（一二三八）十一月十七日の御所和歌会に、父基綱と共に、初めて参加して以後、仁治元年までの数年間に柳営の和歌行事の記録に名を連ねることになるのである。この嘉禎四年（暦仁元年）閏二月十五日に、基政は二十五歳で検非違使に任じており、言わば御家人として一人前となり、基綱の後嗣として後藤家の家統を継承し得る地位に就いたと言える。このことが、鎌倉の公的な和歌への基政の参加を促進したと推断される。この暦仁元年は、基政が同歌壇に公式に迎え入れられた年と位置付けられよう。総じて、歌人基政の発動期は、頼経将軍期の後半と重なるものである。この時期は、背景として幕府の体制が既に強固なものとなりつつあり、それに応じて文事が鎌倉にも興隆した。個別には、当初より既に然るべき地位を斯界に築きつつあった父基綱の庇護下にあったのであるが、もちろんそれ以前の基政の初学期にも、父が影響を与えたと想像されよう。つまり、若年時の基政の和歌修養は、京都滞留や定家師事等をも併せて勘案すれば、比較的恵まれた環境の中に為されたと看取されるのである。

次の頼嗣将軍期は、歌壇自体の低調さの故か、基政の鎌倉に於ける和歌事跡は乏しい。しかし、この時期は、基政の歌が中央歌壇に認知されつつあることが窺われる。即ち、『現存六帖』『続後撰集』への入集である。その入集数は、二集で三首であり、父基綱の入集に准じて採歌されたものとも判断されよう。殊に『続後撰集』への一首入集は、基綱の嫡嗣で幕府の中堅たる基政の地位に重点が置かれた撰入であろう。

歌人基政の活躍は、宗尊親王将軍在位期に入ってより顕著となる。宗尊親王の将軍就任の年（建長四年（一二五二））の四年後に基綱が没する。従って、宗尊親王を将軍に戴き、歌壇が隆盛へと向かう状況と、基政が名実共に後藤家の当主となり（父卒去の翌年引付衆となる）、存分に活躍し得る立場になったこととが、図らずも相互に連関し、歌人基政の活躍を促したと見られるのである。

そういう中で、故基綱の活動を踏襲してか基政も、文応元年（一二六〇）、家に歌合を催していると知られる[18]が、その文応元年（一二六〇）十二月に関東歌壇は真観を歌道師範として迎え入れて（吾妻鏡）、いよいよ振興する。別けてもその最盛期は、翌弘長元年（一二六一）である。同時にこの年は、基政の活躍が顕然と認められる年でもある。同年に基政は、真観同座の二度の和歌会に参加し、「歌仙」の評価を得て（三月二十五日）和歌を奉じる[19]。更に、同歌壇最大の業績であると言える『中務卿宗尊親王家百五十番歌合』（七月七日）と同家「百首」（九月）に、弟基隆と共に作者に列するのである。そして、七月二十二日には「関東近古詠」撰進（『東撰和歌六帖』）を、宗尊親王より下命されるのである。この下命は、柳営内の歌人基政に対する評価の顕現であろうが、殊に宗尊親王の基政への信頼には絶大なるものがあるように思われる。憶測を巡らせれば、その背後には、宗尊親王の北条一族に対する一種の屈託が潜んでいるかとも疑われなくもない。あるいはまた、前節に記したように、基政の若年時に於ける宗尊親王父帝後嵯峨院周辺との交渉を措定すれば、それを淵源とした宗尊親王と基政との個人的な好誼が下命の所以であったと了解することも可能ではある。

さて、この宗尊親王・真観を中心とする歌壇に於いて、基政が関東方の歌人として主導的地位を占めたということは、本人の自覚の有無は別にして、反為家派親派としての役割を演じたことになろう。もちろんこれは基政個人の問題に留まらない。周知のとおり、反為家派が勢力拡大の為に、宗尊親王将軍下の柳営の力を利用しようとした、具体的には『続古今集』撰者の九条基家・真観等の追任[20]に結実したというような情勢の中に捉えるべきものであろう。その反為家的勢力の、基政に対する評価が、弘長二年（一二六二）九月の基家撰『三十六人大歌合』への撰入[21]となって表れ、『続古今集』への六首入集の実績へと繋がってゆくのである。

その後、基政は、御家人・歌人として恐らくは更なる活躍の余地を残しながら、五十四歳で卒去した。この基政の鎌倉に於ける地位と役割は、連歌について記述したように、弟の基隆や嫡子基頼によって継承されていったものと考えられる。しかし、既に宗尊親王は鎌倉に無く、反為家勢力も中心人物の相次ぐ死去[22]に伴い退勢消滅し、鎌倉の文運は衰退の途にあった訳であり、後藤家の人々も特記すべき足跡を残してはいない。辛うじて勅撰歌人の命脈を保ってゆく程度である。

以上、歌人基政の活動について述べたことを概括しておく。総じて歌人としての基政は、その御家人としての公的側面が父基綱の事績の継承に於いて了解されるのと同断かそれ以上に、歌人基綱のあり方と実績の踏襲と進展に於いて把捉することができる。基綱の力が隆盛であった摂家将軍期に、京都滞留と定家への入門も含めて、恵まれた環境の中に歌人として出発し、同期の関東歌壇に主導的地位を占めた父の存在の恩恵に浴してか、中央歌壇にも認知されることになった。父の死没後の宗尊親王将軍期には、御家人としての地位の向上も相俟って、基政の活動は全盛となり、鎌倉京都双方の歌壇に、相当の評価を受けることとなったのである。

むすび

後藤基綱・基政父子の歌人としての側面につき、基政の弟基隆にも言及しつつ、その活動と業績の位置付けを主眼として考察してきた。承久の乱後、幕政は、北条執権体制の確立の中に安定してゆく。それに伴い、関東にも中央貴族文化への志向の気運が高まり、柳営中枢の人々の間に、京都文化の積極的享受の姿勢が、漸次顕現することとなった。他方、その幕府体制の強化に呼応する形で、政治的・経済的接近を試みる中央貴族の地方進出が促され、加えて中央歌壇の対立的意識が、それについて一層顕著な結果を生むこととなった。言わば表裏を成すこの両面が、鎌倉文化圏形成の主要動因となり、その情勢の帰趨として、和歌史の局面に於いては、関東歌壇の成長が促進された。それは、大局的には、王朝文化の中世的展開の一側面でもある。当然、かかる背景の中に、幕府枢機たる後藤家の基綱と基政および基隆父子についても、歌壇史上の足跡を捉えるべきであろう。しかし一方で、もとより基綱と基政および基隆父子の個別的資質、その貴族的素養を考慮することなくしては、両者の和歌史上の事績、京都・関東両歌壇に於ける活躍と評価の真の意味を探ることは困難であろう。

［注］

（1）前節注（67）に記したように、『続後拾遺集』一〇七四番歌の作者名は、諸本により、「藤原重綱」と「藤原基綱」とに分かれるが、「重綱」が正しい。ちなみに、同歌を収める中世の各類題集は、『続後拾遺集』を出典とし、作者名はいずれも、「藤原重綱」（「重綱」）である。

（2）佐藤恒雄「新和歌集の成立」（『藤原為家研究』笠間書院、平二〇・九）。初出は「新和歌集の成立（続）」（『香川大学国文研究』二二、平九・九）、「新和歌集の成立」（『王朝和歌と史的展開』笠間書院、平九・一二）。
（3）『中務卿宗尊親王（家）百五十番歌合』は、研究者間の通称。新編国歌大観の底本尊経閣文庫本以下谷山茂本や松平文庫本の諸本は共通して、端作に「哥合　弘長元年七月七日」とあるのみ。
（4）前節参照。なお、宇都宮家同族の笠間時朝（勧進か）の五十首歌を、基政が詠じていると知られる（新和歌集）。
（5）幕府将軍御所内の番役（三番各六名）で、当番日には常時詰めて随時将軍の用に応じ、また和漢の古事について語るべきこととされた（吾妻鏡）。
（6）暦仁元年（一二三八）二月二十八日条「二条少将教定」、寛元元年（一二四三）九月五日条「二条中将」（中略）、建長三年（一二五一）二月二十四日条「二条中将」、建長四年（一二五二）五月十九日条「右兵衛督教定朝臣」。
（7）『和歌文学大辞典』（昭三七・一一、明治書院）は、「定家の教えを受け」（「基政」の項・石田吉貞）とし、『和歌文学辞典』（桜楓社、昭五七・五）は、「定家の弟子」（「基政」の項）とする。『日本古典文学大辞典』（岩波書店、昭五九・一〇）の「藤原基政」の項（樋口芳麻呂）、『和歌大辞典』（明治書院、昭六一・三）の「基政」の項（安井久善）は、共にこの点についての言及は無い。
（8）同記事も含めて、各作者に付された注記（含朱書）は、宇都宮二荒山神社本以下数本に見られるが、群書類従本・神宮文庫本等の諸本には無い。この点については、同集・同目録の成立問題とも絡み、なお後考を要すると思われる。
（9）同時期の鎌倉の連歌については、金子金治郎『菟玖波集の研究』（風間書房、昭四〇・一二）に詳しい。本節の記述も、同書によるところが大きい。
（10）「雨」と「天」、「降る」と「経る」を掛け、武衛（「みかさのやま」）による天下安寧の意を表したもの。
（11）注（9）所掲書134頁1〜2行目。
（12）注（9）所掲書による。
（13）嘉禄三年（一二二七）七月二十五日、将軍頼経は、方違の為に西侍火爐間に宿泊し、近習数輩が参候し、連歌等がある（吾妻鏡）。
（14）注（9）所掲書による。

(15)注(9)所掲書134頁7～8行目。
(16)注(9)所掲書135頁13行目。
(17)注(9)所掲書136頁7～11行目。
(18)『夫木抄』の公朝詠の詞書による。本論第一編第四章第三節「僧正公朝伝」参照。
(19)安井久善「中世散佚百首和歌二種について―光俊勧進結縁経裏百首・中務卿宗尊親王家百首―」(『日本大学商学集志』四一(人文特集号I)、昭四七・九)に、時期の考証と詠歌集成がなされている。
(20)正嘉三年(一二五九)三月十六日に、為家に後嵯峨院の院宣が下り、弘長二年(一二六二)九月に、基家・家良・行家・真観が追任された(家良は撰定以前に没)。
(21)この撰入の事情は、より直接的には、『中務卿宗尊親王家百五十番歌合』に基家が加判したことに関連して考えるべきであろうか。『百五十番歌合』の作者三十名中、『三十六人大歌合』に撰入された者は、宗尊親王、同家小督、隆弁、基政、公朝、能清、真観の七名である。基政は、『百五十番歌合』に於いて「前遠江守時直」と番えられている。判詞は十番中七番に付され、内四番は勝負が明示されておらず、残りの三番は基政の勝となっている。
(22)建治元年(一二七五)正月十一日、行家没(五十三歳)。同二年(一二七六)六月九日、真観没(七十四歳)。

＊本節所引の本文は、和歌作品は新編国歌大観、吾妻鏡は新訂増補国史大系などの流布刊本に拠り、表記は適宜改めた。

[補注1]

基綱・基政・基隆詠作各集番号一覧。

＊各集名の下の算用数字は入集歌数。その下に新編国歌大観番号(漢数字)を示す(現存六帖第二は通し番号)。( )内に、頭の二～四文字を各集名の略称として重出状況を示す。ただし、『東撰六帖抜粋本』は「抜粋」、『三十六人大歌合』は「大合」、『歌枕名寄』は「名寄」、『源承和歌口伝』は「口伝」とする。各集名の「和歌」は省略する。

基綱

勅撰和歌集

新勅撰集2　二三八（名寄三一六）、一〇九五。

続後撰集3　三五三（万代一〇二二・口伝一一三・名寄八三八二）、一〇七五（秋風抄二八三）、一二七一（万代三五六六・名寄一三三六）。

続古今集1　一二一九（題林七二八〇）。

続拾遺集1　四一四（題林五三四一）。

新千載集1　一八三〇。

新続古今集1　一四二八。小計9首。

私撰集・歌合等

万代集2　一〇二二（続後撰三五三・口伝一一三・名寄八三八二）、三五六六（続後撰一二七一・名寄一三三六）。

秋風抄1　二八三（続後撰一〇七五）。

現存六帖1　七六八。

雲葉集2　四二三、六四五。

東撰六帖7　四、三四（抜粋二二〈作者「藤原基滋」〉）、六七、八七（抜粋四五〈作者「藤原基滋」〉）、二六八、二七七、二八九（抜粋六〇〈作者「藤原基治」〉）。

同抜粋本8　一三二、二二五、二三七、二四六、二九六、三五七、三九六、四一五。注、『東撰六帖』で作者「藤原基綱」とする三四、八七歌と同じ、抜粋本二二、四五歌の作者名は「藤原基滋」である。抜粋本では他に、八六歌の作者名が「藤原基滋」である。この三首以外に「藤原基滋」なる歌人は見当たらない。恐らくは、抜粋や転写の過程で「綱」を「滋」に誤ったかと思われる。少なくとも、『東撰六帖』で裏付けられる二二、四五の二首については、基綱詠と認定しておきたい。『東撰六帖』で作者「藤原基綱」とする二八七歌が、抜粋本六〇歌では作者が「藤原基治」となっていて、抜粋本では他に二〇四歌の作者が「藤原基治」であることについても、同様に判断しておく。

源承和歌口伝1　一一三（続後撰三五三・万代一〇二二・名寄八三八二）。
拾遺風体集1　四八二。
歌枕名寄3（4）　一三三六（続後撰一二七一・万代三五六六）、三一六五（新勅二三八）、五三六一（夫木一四六〇五〔作者「藤原基政」。実は基政詠か〕）、八三八二（続後撰三五三・万代一〇二二・口伝一一三）。
夫木抄1　一二三四〇。
題林愚抄2　五三四一（続拾四一四）、七二八〇（続古一二一九）。

基政
勅撰和歌集
続後撰集1　一二七三。
続古今集6　六一三（名寄四七四二）、九三二（名寄五一七六・同五二八四・六華一五四五〔歌小異あり。作者「鴨長明」。錯誤か〕）、九七三（題林七七〇〇）、一五四七、一六九四（大合一一六・題林八八四八）、一七一四（大合一二〇）。
続拾遺集1　四九四。
新後撰集1　一三八五。
玉葉集1　一九六四。
新千載集1　二三七一。小計11首。
私撰集・歌合等
秋風抄1　一〇一（現存〔第二〕三三六）。注、日本文学Ｗｅｂ図書館和歌&俳書ライブラリー歌書集成の「未詳私撰集（八代和歌抄ヵ／六条切Ｉ）」（一六）に詞書「題しらず」作者位置「藤原基政」で見える。
現存六帖5　〔第二〕二〇八、三三六（秋風一〇一）、四二四（名寄五三六一・夫木一四六〇五）、〔第六〕八〇、三九三（大合一一二）。
東撰六帖3　二五、三六（抜粋二一）、二六九。

同抜粋本6　二一（東撰三六）、八三、一五四、二二九、三六七、四二二。
新和歌集12　一五、七六（宗尊四〇）、九〇、一五四、一八八、二二六（宗尊一三〇）、三一九（宗尊一九〇）、四二七、五六六、七三八（宗尊一六〇）、七八一、八七〇。
宗尊親王家百五十番歌合10　一〇、四〇（新和七六）、七〇、一〇〇、一三〇（新和二二六）、一六〇（新和七三八）、一九〇（新和三一九）、二二〇、二五〇、二七九。
三十六人大歌合5　一一二（現存三九三）、一一四、一一六（続古一六九四・題林八八四八）、一一八、一二〇（続古一七一四）。
閑月集1　一八二。
拾遺風体集1　二六一。
歌枕名寄5（一首重出）四七四二（続古六一三・六華一五四五〔歌小異あり。作者「鴨長明」。錯誤か〕）、五〇四四（歌小異あり。前歌作者名「家隆」）（夫木八七一一）、五二八四（五一七六に同じ歌。同上）、五三六一〔作者「基綱」。誤りか〕（現存〔第二〕四二四・夫木一四六〇五）。
夫木抄3　八七一一（名寄五〇四四〔歌小異あり。前歌作者名「家隆」〕）九四〇四（名寄五〇四四〔歌小異あり。前歌作者「家隆」〕）、一四六〇五（現存〔第二〕四二四・名寄五三六一〔作者「基綱」。誤り〕）。
題林愚抄2　七七〇〇（続古九七三）、八八四八（続古一六九四・大合一一六）。

基隆
勅撰和歌集
続古今集3　一一五五、一七五五、一七九六。
続拾遺集1　一三一〇。
新後撰集1　九三七（新和五五五・宗尊二五四）。
続後拾遺集1　二四五。
新拾遺集1　一三六八（題林七八五五）。

新続古今集1　二〇一五（夫木一〇九一四）。小計8首。

私撰集・歌合等

東撰六帖1　六三。

同抜粋本8　七八、一〇六、一六〇、三〇〇、三〇一、三五三、四一三、四四二。

新和歌集5　一二四（宗尊一〇四）、一八六、二八〇（宗尊一九四）、五五五（新後撰九三七・宗尊・二五四）、五七一。

宗尊親王家百五十番歌合10　一四、四四、七四、一〇四（新和一二四）、一三四、一六四、一九四（新和二八〇）、二二四、二五四（新後撰九三七・新和五五五）、二八三。

夫木抄2　一三五七、一〇九一四（新続古二〇一五）。

題林愚抄1　七八五五（新拾遺一三六八）。

［補注2］

基綱・基政・基隆和歌活動関連年表。

			基綱	基政年齢	
（将軍実朝）					
建暦三年	1213	2・2	33		基綱、「学問所番」となる。〔吾妻鏡〕
建保二年	1214		34	1	基政、生誕。
建保七年	1219	1・27	39	6	実朝薨去。これ以前、基綱、実朝家歌会に出詠。〔新勅撰集〕
（将軍頼経）					
寛喜二年	1230	3・19	50	17	基綱、将軍頼経海上遊覧（六浦津より出船。管絃あり）の連歌に秀句を献ずる。
寛喜三年	1231	9・13	51	18	基綱、御所和歌会に参加。参加者…源親行、伊賀光西等。〔吾妻鏡〕

貞永元年 1232　1・29　52　19　基綱、永福寺渡御（降雪につき林頭を見る為）の将軍頼経に従い、釣殿の和歌会に参加。参加者…北条政村、同実泰、町野俊康、藤原定員、都筑経景、東胤行、波多野朝定以下（「携二和歌一之輩」）、快雅。

帰途、基綱、北条泰時と連歌を交わす。〔吾妻鏡〕

天福元年 1233　4・17　53　20　基綱、北条泰時亭（将軍頼経、御台所入御）の連歌（「彼東壺卯花瞿麦等花盛」による）に応召参加。参加者…北条資時、同政村、源親行（「献二秀句一之間、直賜二御剣一」）、都筑経景等。〔吾妻鏡〕

5・5　基綱、御所和歌会（端午節句。題「翫二昌蒲一。聞二郭公一。」）に参加。参加者…北条政村、同資時、源親行、伊賀光西、波多野経朝、都筑経景等。「両国司」（執権北条泰時・連署同時房）披講の座に伺候。〔吾妻鏡〕

9・13　基綱、北条泰時（執権）邸和歌会（「密々之義」）に参加。参加者…源親行等。〔吾妻鏡〕

文暦二年 1235　1・26　55　22　基綱、大倉の藤原親実家（将軍頼経方違の為入御）庚申会（二首和歌。題「竹間鶯。寄松祝」）に、懐紙を進上。懐紙進上者…藤原教定、源光行、伊賀光西、東胤行等。〔吾妻鏡〕

2・9　基綱、自邸に将軍頼経を迎え、雅宴を催す（夜和歌会）。〔吾妻鏡〕

3・12　『新勅撰和歌集』成立（浄書完成）。基綱（二首）入集。

嘉禎三年 1237　3・9　57　24　基綱、新御所初和歌会（「被レ守二庚申一也」。題「桜花盛久。花亭祝言。」（一条頼氏献題））に参加。参加者…北条泰時、足利義氏、北条資時、快雅、伊賀光宗、源親行、安達義景、都筑経景、波多野朝定等。〔吾妻鏡〕

嘉禎四年 1238　11・17　58　25　基綱・基政、御所和歌会に参加。参加者…北条泰時、同資時、源親行等。（長井泰秀、「盃酒、置物等」を設える）〔吾妻鏡〕

嘉禎四年 1238　2〜建長三年 1251　5　基綱、二条教定家歌合に参加。〔新続古今和歌集〕

延応元年 1239　7・20　59　26　基綱、自邸に将軍頼経を迎え、雅宴を催す。〔吾妻鏡〕

9・30　基政、御所和歌会（題「行路紅葉。暁擣衣。九月盡。」）に懐紙を献上。懐紙献上者…北条政村、同経時、同資時、伊賀光宗、藤原定員等。〔吾妻鏡〕

延応二年 1240　5・12　60　27　基綱、御所和歌会（「於二常御所一被二披講一」。題「深山郭公。隣家橘。社頭祝。」）に参加。参加者…一条能清、北条政村、安達義景、三浦光村、伊賀光宗、快雅、藤原定員等。（「前武州（執権北条泰時）被レ奉二置物砂金羽色革巻絹以下一」）〔吾妻鏡〕

仁治二年 1241　8・15　61　28　基政、御所観月当座和歌会（「将軍家令レ翫二明月一」）に参加。参加者…北条政村、同資時、伊賀光宗等。（「女房被レ進二懐紙一」）〔吾妻鏡〕

9・13　基綱・基政、御所柿本影供和歌に参候。柿本影供（「於二広御出居一有二其儀一」）…「卿僧正快雅」、講式・伽陀を読む(1)。その後和歌披講。参候者…北条政村、同実時、同資時、三浦光村、伊賀光宗、源親行等。〔吾妻鏡〕

10・11　基綱・基政、御所和歌会に参加。参加者…北条政村、隆弁、源親行、伊賀光西等。〔吾妻鏡〕

寛元元年 1243　9・5　63　30　基綱、自邸に将軍頼経を迎え、雅宴を催す（和歌あり）。〔吾妻鏡〕

（将軍頼嗣）

宝治二年 1248　9　68　35　『万代和歌集』成立（初撰本）。基綱（二首）入集。

建長元年 1249　12～同二年 1250　9　『現存和歌六帖』成立か。現存本に基綱（一首）、基政（二首）入集。

建長二年 1250　4・18　70　37　『秋風抄』成立。基綱（一首）入集。

建長三年 1251　2・24　71　38　基綱、北条政村邸当座三百六十首継歌に参加。参加者…二条教定、坊門清基、大仏（北条）朝直、北条時直、鎌田行俊等。（「以二三百六十種重宝一。欲二置物一」）〔吾妻鏡〕

（将軍宗尊親王）

建長五年 1253　3～同六年 1254　3　『雲葉和歌集』成立か。基綱（二首）入集。

建長五年	1253	12・25	73	40	『続後撰和歌集』奏覧。基綱（三首）、基政（一首）入集。
建長八年	1256	7・17	76	43	基綱、北条時頼（執権）邸（将軍宗尊親王入御）和歌会に参加か。参加者…北条政村、同時直、二階堂行義、三浦盛時、二階堂行忠等。〔吾妻鏡〕
康元元年	1256	11・28			基綱卒去。
正元元年	1259	8〜11		46	『新和歌集』成立か。基政（十二首）、基隆（五首）、基綱女（一首）入集。
正元二年	1260	1・20		47	基政、基隆と共に「昼番衆」となる。〔吾妻鏡〕
文応元年	1260				基政、家に歌会を催す。〔夫木抄〕
文応二年	1261	1・26		48	基政、和歌会始に参加。題・読師…紙屋河顕氏。講師…中御門宗世。参加者…真観、北条政村（連署）、同長時（執権）、同時弘、同義政、安倍範元（寂恵）、鎌田行俊等。〔吾妻鏡〕
		3・25			基政、当番当日に五首和歌を奉ずる「歌仙」の一人に撰入される。衆人…冷泉隆茂、持明院（藤原）基盛、北条時広、同時通、安倍範元（寂恵）、鎌田行俊等。〔吾妻鏡〕
弘長元年	1261	5・5			基政、御所和歌会に参加。参加者…紙屋河顕氏、真観、北条時広、同義政等。〔吾妻鏡〕
		7・7			基政・基隆、『中務卿宗尊親王家百五十番歌合』作者。
		7・22			基政、「関東近古詠可二撰進一之由」（『東撰和歌六帖』）を将軍宗尊親王より下命される。〔吾妻鏡〕
		9			基政・基隆、「中務卿宗尊親王家百首」作者。
弘長二年	1262	9		49	基政、『三十六人大歌合』に撰入される。
弘長三年	1263	6・2		50	基政、在京役の為上洛。
		8・12			基隆、将軍の命により、前夜の連歌(2)に合点する。〔吾妻鏡〕
文永二年	1265	12		52	『続古今和歌集』奏覧。故基綱（一首）、基政（六首）、基隆（三首）入集。
（将軍惟康親王）					
文永四年	1267	6・23		54	基政卒去。

【年表注】

（1）「垂髪」として「羅睺丸。如意丸。摩尼珠丸。妙殊丸。」の名が記されている（吾妻鏡）。

（2）「十一日戊午。雨降。申尅以後属レ霽。於二廂御所一。御連歌五十員。掃部助範元五句。為二執筆一」。参加者…「前右兵衛督教定五句　中務権少輔重教朝臣一句　侍従基長三句　遠江前司時直五句　右馬権助清時四句　河内前司親行七句
武蔵五郎時忠四句　加賀入道親願一句　左衛門少尉行佐二句　左衛門尉行俊一句　左衛門尉忠景四句　御句（宗尊親王）八句云云。」
（吾妻鏡・弘長三年（一二六三）八月十一日条）

第三節　後藤基綱の和歌

はじめに

後藤基綱は、鎌倉時代前中期に活躍したいわゆる鎌倉幕府の御家人にして歌人である。後藤家は、西行の佐藤家と曩祖を同じくする武家の名門で、父基清は、その養母が頼朝の姉妹にして一条能保室の乳母であり、頼朝や能保の忠臣として源平の争乱から平家追討までに働いた剛勇の士であった。しかし、頼朝の死後幕府と疎遠となり、承久の乱では京都方与同としてあり、結局関東方についた息基綱は、父基清を暫首することになる。これが保障となって、後藤家は北条氏の他氏排斥をも生き延びることになる。基綱は、その過程で、実朝に近仕して歌会にも参加し、その後特に頼経将軍期には自邸に将軍を迎えた雅会を催す程に文事に傾倒し、自身歌人としても相応の事績を残している。息男基政は、父の薫陶もあってか、鎌倉中期の関東歌壇を代表する歌人となっているのである。同家の家統と両者の閲歴ならびに歌歴の外形については、基政の弟基隆にも言及しつつ、既に第一・二節で考察した。本節ではまず、基綱の現存する和歌29首について、注解を加えつつ論じてみたいと思う。

一　勅撰集入集歌1――『新勅撰』『続後撰』両集

勅撰入集歌から順次見てゆくことにする。位置は全て「藤原基綱」である。

定家撰の『新勅撰集』(1)には、二首の入集を見る。奏覧時に基綱は五十二歳で、十分な歌歴を有してはいたが、やはり鎌倉殿御家人の勅撰集入集の事由の一面は、前節に記したように、幕府の実力者で将軍実朝とも親交した者との認識が、定家の側にもあったためであろう。定家は、除目（関東方の任官叙位か）や訟務に関わって入洛する基綱の動向を知っていたのでもあった。撰入したのは次の両歌である。

①白菅《しらすけ》の真野《まの》の萩原《はきはら》咲《さ》きしより朝立《あさた》つ鹿《しか》の鳴《な》かぬ日《ひ》はなし（秋上・二三八）

これは、「（実朝が）家に秋の歌よませ侍りけるに」（二三六）の一首。「鹿鳴草」と呼ばれる萩に鹿を添えて詠む『万葉』以来の伝統的枠組みで、「秋萩の花咲きにけり高砂の尾上の鹿は今や鳴くらむ」(2)（古今集・秋上・二一八・敏行）の類型の範疇にある歌である。「白菅の真野の萩原」や「朝立つ（鹿）」の詞の面では、『万葉集』の「いざや子ら大和へ早く白菅の真野の萩原手折りて行かむ」あるいは「白菅の真野の萩原行くさ来さ君こそ見らめ真野の萩原」（巻三・雑歌・二八〇・黒人、二八一・黒人妻）(3)と「さ牡鹿の朝立つ野辺の秋萩に玉と見るまで置ける白露」（巻八・秋雑歌・一五九八・家持。新撰和歌・六〇。和漢朗詠集・三四〇、第二句「朝立つ小野の」）等に負った作であろう。(4)「朝立つ鹿の」の措辞は基綱の創出ではなく、定頼（続後撰集・九三三）や通俊（続詞花集・二一三）等々、既に平安期に詠出されている。また、『万葉』の「白菅の真野の萩原」も、既に『金葉集』の長実詠「白菅の真野の萩原露ながら折りつる袖ぞ人なとがめそ」（秋・二二九）によって摂取されている。ただし、これはやはり、実朝の「花に置く露を静けみ白菅の真野の萩原しをれあひにけり」（金槐集定家所伝本・秋・一七七）が、基綱にとって直接倣うべき先例であったと思われる。古歌や先行歌の詞を取り併せる詠法もまた、実朝に通うのである。

②佐保山《さほやま》の柞《はゝそ》の紅葉《もみち》いたづらにうつろふ秋《あき》はものぞ悲《かな》しき（雑一・一〇九五）

別本『新勅撰集抄』が引く「ものごとに秋ぞ悲しき紅葉ぢつつうつろひゆくを限りと思へば」（古今集・秋上・一八七・読人不知）を発想の枠組みの原拠として、下句は、直接には「白露は置きてかはれど百敷のうつろふ秋はものぞ悲しき」（新古今集・雑下・一七二二・伊勢）を本歌として取っていよう。伝統的な柞の紅葉の名所佐保山を詠む。初二句は、「佐保山の柞の紅葉散りぬべみ夜さへ見よと照らす月影」（古今集・秋下・二八一・読人不知）以来の句形で、実朝に「佐保山の柞の紅葉千千の色にうつろふ秋は時雨ふりにけり」（金槐集定家所伝本・秋・二六六）の摂取例がある。これは詞書が「佐保山の柞の紅葉時雨に濡る、といふことを人人によませしついでによめる」とあり、基綱も「人人」の一人であった可能性は残されるが、当該歌はこの題意にはそぐわず、別機会の作であろう。基綱が実朝歌に直接倣ったか否かは措くにしても、実朝歌は『金槐集』の諸注が記すとおり[5]、古歌や先行歌数首（右記の古今・二八一と新古今・一七二二の他、古今・七二六）に拠っており、その詠法は基綱歌も同様である。

為家撰の『続後撰集』には、次の三首が入集している。この数については、存命の幕府有力者に対する配慮は当然あろうが、歌に対する評価も皆無ではないように思われる。

③都《みやこ》にていかに語《かた》らん紀《き》の国《くに》や吹上《ふきあけ》の浜の秋の夜の月（秋中・三五三）

詞書は「月の歌の中に」（三五一）がかかり、蓮生宇都宮頼綱（三五一）北条重時（三五二）そして基綱と、関東武士が三首連続する。基綱の一首は、「都にて吹上の浜を人問はば今日見るばかりいかが語らん」（後拾遺集・羈旅・五〇四・懐円）を本歌とした詠み直しである。「紀伊国」の「吹上の浜」と「秋」「月」の取り合わせには、『新古今集』の「うち寄する波の声にてしるきかな吹上の浜の秋の初風」（雑中・一六〇九・成仲）と「月ぞすむ誰かはここにきの国や吹上の千鳥ひとり鳴くなり」（冬・六四七・良経）などが投影しているかと思われる。ただし、実朝には「吹上」の歌枕詠が五首あるが、例えば、「霧立ちて秋こそ空に来にけらし吹上の浜の浦の塩風」（金槐集定家所伝本・秋・一五六）や「衣手に浦の松風さえわびて吹上の月に千鳥鳴くなり」（同上・冬・二九七）などと、その内の四首は、右記の『新古今』歌を踏まえてか、いずれも「秋（風）」か「月」を詠み併せている。基綱が、これらに学んだと考える余地はあろう。なお、『源承和歌口伝』に、「立つ波の花かあらぬか浦風の吹上に澄める秋の夜の月」と基綱のこの歌を並べて、「近代歌、下句同ㇾ之」と注している。「立つ波の」歌は『新千載集』（秋上・四四〇）に詞書「文永七年八月十五夜内裏五首歌に、海月」として見える「山本入道前太政大臣」即ち洞院公守の歌である。確かに、両首の下句は類似していて、公守が『続後撰集』入集の基綱詠を目にしていた可能性はあるのであろう。

④身に積《つ》もる秋をかぞへてながむればひとり悲《かな》しき有明《ありあけ》の月（雑上・一〇七五）

詞書は「秋の歌の中に」であるが、この歌は建長二年（一二五〇）四月成立の『秋風抄』（雑歌・二八三）に採られており、そこでの前歌（二八二・三善康朝）の詞書「前大納言頼経家十首に」を受けるとすれば、将軍頼経家の十首歌の一首となる。木船重昭『続後撰和歌集全注釈』（大学堂書店、平元・一）が「本歌、ないしは、証歌等」として記し、佐藤恒雄『続後撰和歌集』（明治書院、平二九・一）も「参考」とする「大方は月をもめでじこれぞこの積もれば人の老いとなるもの」（古今集・雑上・八七九・業平）の、月を見ることが年を積むことに重なる通念を踏まえる。より直接には、『新勅撰集』の「身に積もる老いとも知らでながめ来し月さへ影のかたぶきにける」（雑一・一〇八五・慶忠）に拠ったか。「ひとり悲しき」の句は、隆信の二首（六百番歌合・九二二、正治初度百首・一二八三）あたりを先蹤とする。木船前掲書が、下句を「ひとり悲しく、心なしか、有明の月もひとり悲しく見えることよ。」、佐藤前掲書が「我独り悲しく、心なしか有明月も悲しそうに見える。」と通釈するように、「ひとり悲しき」の主体は、「身につもる秋をかぞへて」月を眺める人だが、同時に、「ひとり悲しき」は「有明の月」にもかかり、暁天に独倚する月に孤老の身の悲しみを重ねていよう。

⑤鳥部山《とりへ》あだに思ひし雲ぞなほ《を》月日へだつる形見《かたみ》なりける（雑下・題しらず・一二七一）

京都東山の葬場「鳥部山」の雲を荼毘の煙によそえる。「月日へだつる」の「月日」は、時日・歳月の意に天象の月と太陽の意が掛かり、季吟『続後撰集口実』も記すように、「雲」と縁語である。「あだに思ひし（雲ぞなほ）」

は、『口実』が「日比見し雲なれば心もつかずあだに思ひしに」、④掲出木船書が「いいかげんなさま、粗略に思ってとくに気にもとめないさま」、④掲出佐藤書が「いい加減に思って眺めていた荼毘の煙の雲がなお」と注するとおり、鳥部山以外の常の雲であれば特に気にもかけずにいた雲、といった意に解される。ただし、次に「なほ」と続いているので、「あだ」をはかないさまの意と見て、一首を「鳥部山では、はかなく思っていた雲は、（荼毘の煙のごとく見えて）やはりそのとおり、長い月日を隔てた故人を（かすかに）偲ぶ（はかない）よすがであったよ。」といった趣意に解することもできよう。なお、詞書は「題しらず」であるが、『続後撰集』としてはこの辺りが哀傷歌群で、該歌は亡き父母に対する追慕歌中に配列されている。特に前後は「父成仲身まかりて後《のち》、後徳大寺左大臣弔《とぶら》ひて侍りけるに」（一二六九・允仲）、「父《ちゝ》秀能身まかりて、次《つき》の年《とし》、除服すとてよめる」（一二七二・秀茂）と詞書する。従って、あるいは基綱詠も本来は父を追悼する意図をもった哀傷歌であったが、父基清の死は承久の乱で敵対した子息基綱自身の手による斬刑が引き起こしたものであり、詞書に記すことが憚られたのではないか、とも憶測されるのである。

二　勅撰集入集歌2――『続古今』『続拾遺』『新千載』『新続古今』各集

次の『続古今集』以下『続拾遺集』『新千載集』『新続古今集』には各一首のみの入集である。やはり物故した武家に対する評価の限界と言えるが、逆に見れば、一応歌人として後代までその詠作資料が伝存される程度には評価があったということになろう。

⑥袖氷《そでこほ》る霜夜《しもよ》の床《とこ》のさ筵《むしろ》に思《おも》ひ絶《た》えても明《あ》かす頃《ころ》かな（続古今集・恋四・一二一九）

詞書は「冬恋」。この題は、勅撰集では『金葉集』（四五二）が初例で、その後『水無瀬恋十五首歌合』に詠まれ、その内の定家の一首「床の霜枕の氷消えわびぬ結びも置かぬ人の契りに」が『新古今集』（恋二・一一三七）に採られている。また、『金槐集（貞享四年刊本）』（五一〇～五一二）にも同題が見えている。一首は、『古今集』の「さ筵に衣片敷き今宵もや我を待つらむ宇治の橋姫」（恋四・六八九・読人不知）が言う「宇治の橋姫」の立場か、あるいはその異伝とも見られる『伊勢物語』の「さ筵に衣片敷き今宵もや恋しき人にあはでのみ寝む」（六十三段・一一五・女）の時を少し経過させた状況かで、たとえ思いあきらめてしまってもなお恋人を待って、涙の袖が凍る霜が置く床の一人寝の寒い狭筵（「さ筵」「寒し」の掛詞）で夜を明かす時分を詠じたような趣がある。第二・三句は、顕季の「さむしろに思ひこそやれ笹の葉に冴ゆる霜夜の鴛の独り寝」（堀河百首・冬・霜・九一七。金葉集・冬・二九八）や良経の「きりぎりす鳴くや霜夜のさむしろに衣片敷きひとりかも寝む」（新古今集・秋下・五一八）を意識しているかもしれない。下句は、「待ちし夜の更けしを何に嘆きけん思ひ絶えても過ごしける身を」（金葉集・恋上・四〇二・白河女御越後）に拠るか。

⑦笹《さゝ》の葉《は》のさやぐ霜夜《よ》の山風《かせ》に空さへ氷《こほ》る有明の月（続拾遺集・冬・四一四）

詞書は前歌の「冬月を」を承ける。「さかしらに夏は人まね笹の葉のさやぐ霜夜を我がひとり寝る」（古今集・雑体・誹諧歌・一〇四七・読人不知）を本歌として、その第三・四句を上二句に取る。下句の「月」について「空さへ氷る」とする表現は、定家や家隆が試みているが、中でも直接には定家の「鏡山うつれる波の影ながら空さへ氷る有明の月」（建保名所百首・鏡山・七一一。拾遺愚草・一二六〇）に倣ったのではないか。基綱が実朝の師定家の詠作に学んでいたことを推測することは許されるであろうし、また、前節までに記したとおり、息男基政は定家に師事しており、その前提には恐らく父基綱が先んじて定家の知遇を得ていた可能性が想定されるのでもある。なお実朝も、右の『古今集』「さかしらに」歌に加えて、「笹の葉はみ山もそよに乱るなり我は妹思ふ別れ来ぬれば」（新古今集・羇旅・九〇〇・人麿。人丸集・三九、初句「笹の葉《は》も」第三句「乱るらん」結句「起きて来つ《ぬ》れば」）などを踏まえてか、「笹の葉はみ山もそよに霰降り寒き霜夜を独りかも寝ん」（金槐集定家所伝本・冬・三三五）と詠んでいる。

⑧思へただ、さらでも冴《さ》ゆる山おろしに雪を重《かさ》ぬる麻《あさ》の衣《ころも》手（新千載集・雑上・一八三〇）

「藤原基綱山里《さと》に侍りけるに申しつかはしける」と詞書する北条泰時の「風まぜにみ雪降《ふ》りしく山里《さと》の麻《あさ》の狭《さ》衣《ころも》いかに冴《さ》ゆらん」（一八二九）の「返し」である。泰時は、基綱より二歳年少だが、基綱より早く仁治三年（一二四二）六月十五日に六十歳で没している。嘉禎元年（一二三五）十二月の水争いによる興福寺衆徒の蜂起に、執権として断固たる態度（「御成敗之趣」）で臨んだ泰時の先兵は、検非違使に任じていた基綱であった。基綱は、これを話し合い（「問答」）で無事に収めてその功により賞されたことは、第一節に記したとおりである。基綱は、その他にも三浦と小山の争闘を鎮撫するなど泰時執権下の治安維持の役目を担い、また恩沢奉行等の重責にも任じており、将軍はもとより執権家の信任も厚かったと推察される。

泰時の贈歌は、『新古今集』の「風まぜに雪は降りつつしかすがに霞たなびき春は来にけり」（春上・八・読人不知。原歌万葉集・巻十・春雑歌・一八三六・作者未詳、初句「風交じり」結句「春さりにけり」）を本歌とする。里人の常用する麻衣の「麻の狭衣」の句も、勅撰集では『新古今集』（四七九・宮内卿、一一〇八・良経）が初例となる。泰時歌は、「山里の朝」から「麻のさ衣」へ、「あさ」を掛詞として鎖るか。「いかに冴《さ》ゆらん」と問いかけられた基綱の返歌は、「風」を「山おろし」に具体化して、「山里」に吹く「山おろし」に「雪」が加わった「冴」えを訴える。「雪を重ぬる」は、「山おろしに」を承けつつ「麻の衣手」にもかかり、麻の衣の袖に雪が重ね置いたさまを言うか。

この贈答は、実体験であろうか。もとより修辞上の誇張はあるにせよ、完全な虚構のやりとりというよりは、何らかの形で「山里」と見なされる場所に基綱が居していたことで生まれた贈答と見る方が、無理がないのではないか。とすれば、この「山里」は何処であろうか。泰時は承久の乱に際して西上して六波羅に駐在し、基綱も従軍したのではあっても、かかる贈答がその時に京都で交わされたとは考えられない。その後泰時は、元仁元年

（一二二四）六月十三日の父義時の死去により鎌倉に帰還して二十八日には執権職を継ぐが、一方でその後も職責上西上することが多かった基綱が、京洛近くの山里に居室を有していた可能性は絶無ではないであろう。しかし、在鎌倉の泰時との間に、雪まじりの風の天気を機縁とした贈答は成立し難いのではないか。第一節に記したように基綱の鎌倉の居館は鶴岡八幡の東方の大倉に在り、度々将軍以下を招じた雅宴・文事が催されていた。そして、そこは、「此所素属二山陰一。閑寂幽棲也。加レ之紅葉緑松交レ枝之体。黄菊青苔帯レ露之粧。感荷非レ一。」（吾妻鏡）と評される場所でもあった。あるいは、ここを「山里」と見なした上での贈答であったとは考えられないだろうか。(6)

⑨ありし夜の夢は名残もなきものをまた《又》おどろかす山の端《は》の月（新続古今集・恋四・一四二八）

詞書は「前左兵衛督教定家の歌合に、同《おな》じ心を」で、「同じ心」は「寄月恋」（一四二七）である。第二章第三節で考察したように、教定は雅経の子で関東祗候の廷臣である。この歌合は、教定が中将在任中のもので、他には真昭（北条資時）の参加が知られ（続拾遺集・九〇一）、嘉禎四年（一二三八）六月～建長三（一二五一）五月の間の鎌倉での催行と推定される。(7)

該歌は集中では、二首前が「絶恋の心を」と詞書する一首で、前後も「ありし夜の面影残る月にさへ涙曇《くも》りて遠ざかりぬる」（一四二七・頼之）と「歎きわびせめてその夜を慕《した》へとや忘《わす》れし影の月にそふらん」（一四二九・為道）であり、これらは、大枠では「絶ゆる恋」の範疇にある歌群であると言える。「ありし世」は、哀傷歌では故人の生きていた時を表すが、この「ありし夜」は、恋人が恋人として自分と共に在ったかつての夜、との意であろう。仮に、これが「ありし世」とすれば、あの人が自分の恋人として在ったかつての二人の仲、程の意になろう。一首は、逢瀬の夢の一夜は、今ではその名残もないのに、山の端の月が即ち、恋人の訪れてくるはずの夜を告げて、恋人がもはや自分を捨てていて訪れてはこないことを改めて気付かせる、といった趣意であろうか。下句の先行の類例に、『為忠家後度百首』の「真木の戸に待ち寝にしばしまどろめばさしおどろかす山の端の月」と「待ちかねて伏見の里にまどろめばさしおどろかす山の端の月」（寝待月・三四六・俊成、三五一・頼政）があるが、基綱がこれを見習い得たか否かは分からない。

三　『現存六帖』『雲葉集』採録歌

続いて、私撰集入集歌を、ほぼ成立順に従って見てゆくこととする。

真観撰の『現存和歌六帖』の現存本『現存和歌』は、建長二年（一二五〇）九月の第二次奏上本段階の本文を伝えるとされる第六帖に当るが、基綱詠は「かり」の題の下に「藤原基綱」（「原」は右傍記）として一首見える。なお、第二帖の『現存六帖第二』（時雨亭文庫本）、第一～六帖の抄出『現存六帖抜粋本』に、作者「藤原基綱」は見えない。

⑩月《つき》に行《ゆ》く雁《かり》の涙《なみだ》や氷《こほ》るらんおのが羽風《はかぜ》もさゆる霜《しも》夜は（七六八）

「雁の涙」と「おのが羽風」はそれぞれ『古今集』の、「鳴き渡る雁の涙や落ちつらむ物思ふ宿の萩の上の露」（秋上・二二一・読人不知）、「木伝へばおのが羽風に散る花を誰におほせてここら鳴くらむ」（春下・一〇九・素性）以来の詞だが、後者についてはより直接に、「さ夜深く旅の空にて鳴く雁はおのが羽風や夜寒なるらん」（後拾遺集・秋上・二七六・伊勢大輔）を本歌として取ったものであろう。「さゆる霜夜」も『金葉集』に「さむしろに思ひこそやれささの葉にさゆる霜夜のをしのひとり寝」（冬・二九八・顕季）と見える詞である。初句の「月に行く」は、「月の照る中で（飛んで）行く」の意であろうが、この詞だけは、先行の勅撰集には見えない。正治二年（一二〇〇）十二月の『正治後度百首』の季保詠「なにとなく思はぬ外の情けかな入る山人の月に行く声」（暁・七六〇）や建仁二年（一二〇二）五月『仙洞影供歌合』の良経詠「月に行く関の旅人出でぬらし山にともなふ時鳥かな」（暁聞郭公・五番左勝・九）が早い例となり、その後、「建保百首」の通光（続拾遺集・三二三）や『道助法親王家五十首』の家長（五四六）の作例がある。新古今時代に詠出された言詞にも、基綱が意を向けていたということであろうか。

建長五年（一二五三）三月～翌年三月の間に藤原基家撰の『雲葉和歌集』（現存本はいずれも巻一～十までかそれに加えて巻十五を持つ零本）には、次の二首が取られている。位署は同じく「藤原基綱」。

⑪女郎花《おみなへし》夜離《よか》れず結《むす》ぶ白露《しらつゆ》の散《ち》るやあしたの別《わか》れなるらん（秋上・題しらず・四二三）

「夜離る」は、男の女への通いが途絶えることだが、ここでは、女に見立てられる「女郎花」の縁で、夜毎に置く白露について「夜離れず結ぶ」と表したものであろう。「夜離る」を自然の景物に言うのは、「月」の場合が多く、該歌のような用法は珍しいと言える。下句も、言わば軽い調子で、伝統的表現ではない。夜毎に女郎花に置く白露が、朝に散り落ちることを、男女の別れによそえる趣向である。

⑫海《わた》の原《はら》唐《もろこし》かけて尋《たつ》ぬとも秋《あき》の泊《と》まりを誰《たれ》か教《をし》へん（秋下・六四五）

詞書は「修行し侍りし時」とある。法名を「寂念」あるいは「寂仁」と伝える基綱の出家時期は不明で、この「修行」の実態も詳らかにし難い。そもそも、武士あるいは出家した武士の「修行」とはいかなるものか、よく分からない。加えて、この詞書は「海の原」の歌にはそぐわないように思われる。『雲葉集』の本文に何らかの錯誤があるのであろうか。そうだとすると、作者位署「藤原基綱」にも疑念が生じて、基綱の歌としての認定は保留されるが、一応基綱の歌として読み解いておくこととする。

上句は、「海の原八十島かけて漕ぎ出でぬと人には告げよ海人の釣舟」（古今集・羈旅・四〇七・篁。百人秀歌・七。百人一首・一一）を本歌として詞を取る。また、「秋の泊まり」の詞は、古く貫之（貫之集・一六九）や公任（公任集・一二二）や匡房（堀河百首・八八二）などが詠み、そこでは、「泊まり」の場所を、宇治の網代の嵐（が吹いた落葉）や白川の山里（の紅葉）や立田川（の紅葉）に見ている。こういった通念を踏まえつつも、「花は根に鳥は古巣に帰るなり春の泊まりを知る人ぞなき」（千載集・春下・一二二・崇徳院）を念頭に置いて、「秋の泊まり」の場所を誰も知らないとの趣意に詠み直していよう。なお、「唐かけて」の句については、後鳥羽院が、「朝霞唐かけて立ちぬらし松浦が沖の春の曙」（後鳥羽院御集・建仁元年三月内宮御百首・春・二〇九）や「松浦潟唐かけて見渡せばさかひは八重の朝霞かな」（同集・詠五百首和歌・春・六二九）と、帝王らしく、雄大な国見風の歌に用いている。勅撰集では、『新勅撰集』の「いづこにもふりさけ今やみかさ山唐かけて出づる月影」（雑四・一二七七・家長）という、仲麿の歌「天の原ふりさけ見れば春日なる三笠の山に出でし月かも」（古今集・羇旅・四〇六。百人秀歌・六。百人一首・七）とその故事を詠み改めた一首に例がある。詠者はこれらに学んでいたとも見られるが、そうでなければ詠めない措辞とも言えず、むしろ、右記の篁詠の「八十島」を「唐」に置換したと見る方が自然であろうか。

ただ、詠者が真に基綱だとすれば、その意識の底、「海の原唐かけて尋ぬとも」と強く詠み込んだ心底に、あるいは、渡宋を企てて巨船を建造した主実朝の存在が意識されていたと見ることは穿ち過ぎであろうか。前節までに記したように、政治的な現実感覚を具えて実務的手腕に優れた基綱は、歌を通じて将軍実朝と並の君臣以上の交わりを持ち、死後も変わらぬ衷情を保ちながらも、実朝の誇大妄想的言動には必ずしも共感できなかったのではないかと思われるのである。

四　『東撰六帖』採録歌1――春部零本

基綱の嗣子基政が正嘉元年（一二五七）十一月～正元元年（一二五九）九月の間に撰したと推定される(8)『東撰和歌六帖』の現存本は、第一帖春部のみ存する零本と、第一～四帖四季部の抜粋本がある。基綱は、前者には七首（源実朝・宗尊親王二十首、北条重時十四首、同資時（真昭）十一首、同政村・同時村（行念）・東重胤（素暹）九首、宇都宮頼綱（蓮生）・藤原教定八首に次いで、源親行・円勇と共に第十位の入集数）、後者には九首採られている（重出二首）。現存歌数による限りではあるけれども、父親に対する撰者基政の評価としてあり得べき結果のように思われる。

前者から順に見てゆくこととする。

⑬雪のうちに古巣立《たい》ち出でて飛ぶ鳥の明日香《あすか》の宮に春は来《き》にけり（立春・四）

「雪のうちに春は来にけり鶯の氷れる涙今や解くらむ」（古今集・春上・四・高子）を本歌とする。「飛ぶ鳥の」は、本歌および「古巣立ち出でて」の表現よりして鶯を言うが、同時に、「明日香（飛鳥）」の枕詞でもある。従って上句は、有意の序ともなっている。「古巣」と大和飛鳥地方の旧都の総称「明日香の宮」が呼応する。「明日香の里」がより一般的であり、和歌の用例もこれがほとんどで、「明日香の宮」は、後鳥羽院の「飛ぶ鳥の明日香の宮のきりぎりす月や昔の秋に鳴くなり」（和歌所影供歌合・故郷虫・左勝・一〇九。後鳥羽院御集・一五四八）が希少な先行例となる。

⑭朝日射《さ》す軒端《はは》の垂氷《たるひ》露落ちて咲《さ》きあへぬ花に鶯《うくひす》ぞ鳴く（鶯・三四。抜粋本・二二、作者「藤原基滋」）

「軒端の垂氷」の類詞は、好忠の「峰に日や今朝はうららに射しつらむ軒の垂氷の下の玉水」（好忠集・春のはじめ・六。続詞花集・春上・六）が早く、これが後代にも影響を与えている。該歌の上句はより直接には、『源氏物語』末摘花巻の、光源氏が末摘花邸に行きその朝に女の容貌を見て驚きつつ気の毒にも思って女のうちとけなさにかこつけて詠む、「朝日射す軒の垂氷は解けながらなどかつららのむすぼほるらむ」（七七）に拠るか。あるいは鶯との取り合わせに注目すれば、『永久百首』の「東屋の軒端の垂氷鶯は雪かき分けて春や立つらん」（冬・旧年立春・四二〇・常陸）に拠った可能性も考えられる。「咲きあへぬ花」の先行例は、定家の「春霞立つや外山の朝より咲きあへぬ花を雪とやは見る」（拾遺愚草・春日同詠百首応制和歌〔後鳥羽院百首〕・春・一三〇一）がある。これは、建保四年（一二一六）正月の詠進である。また、建保六年に発起あるいは下命されて承久二年（一二二〇）十月までに詠進という『道助法親王家五十首』の「咲きあへぬ花よりしめをゆふかづら卯月をかけて神もまちけり」（夏・社卯花・二八〇・隆昭）もある。後者は前者に倣ったと思しく、基綱も定家詠に学んだのではないだろうか。

ちなみに、『嘉元百首』で実兼（空性）は「朝日射す軒の垂氷は解けやらで花の枝寒くあは雪ぞ降る」（春・春雪・

三〇三）という類歌をものしているが、これには京極派の風趣があろう。事実、伏見院にも「氷りつる軒端のみゆき朝日射して垂氷の末に玉ぞかかれる」（伏見院御集・垂氷・一五三三）という類詠[9]があるし、『風雅集』には「朝日射す軒端の雪はかつ消えて垂氷の末に落つる玉水」（冬・八四二・道意）という歌が入集している。これらは、同じく『源氏物語』歌に拠ったと思しいけれど、その先駆に基綱の一首が存しているのである。

⑮忘《わす》るなよまた《又》も来て見む春日野にいつく御室《みむろ》の梅の初花（梅・六七）

第四句「いつく」は「いつら」（続群書類従活字本）の異同があるが、本歌とする「春日野にいつく三諸の梅の花さきてありまて帰り来るまで」（万葉集・巻十九・四二四一）より見ても、「いつく」（松平文庫本・彰考館本）であるべきである。これは、入唐大使（遣唐使）藤原清河が出発前に、叔母の光明皇后から無事を祈る餞の歌を賜ったのに対して、梅の花に皇后と藤原氏をよそえてその弥栄を祈った歌という。「いつく」は「斎く」で、護り仕え祭る意である。基綱詠ではあるいは、「またも来て見む」の縁で「何時来」の意を響かせていようか。本歌の上句の詞を第三句以下に置換し（「三諸（御諸）」は神が来臨する場所で「御室」も同じ）、本歌の下句の心を上の句に別の詞で捉え直していよう。その上句の措辞については、初句に「忘るなよ」と置く形は、『拾遺集』（三〇六、四七〇）以来の勅撰集に見える伝統的なものである。「またも来て見む」は、『新古今集』の俊成の用例（九三三）が存し、実朝にも「行きめぐりまたも来て見ん故郷の宿もる月は我を忘るな」（金槐集定家所伝本・雑・故郷月・五六二）の作例がある。

⑯熊野路《くまのち》や信太《しのた》の杜の木の間《ま》より千千《ちゝ》に霞《かす》める月を見るかな（春月・八七。抜粋本・四五、作者「藤原基滋」）

第四句「千千（ちゝ）」は「千枝（ちえ）」（続群書類従活字本）および「千重（ちへ）」（抜粋本）の異同がある。これはそのまま、本歌「いづみなるしのだのもりのくすの木のちえに別れて物をこそ思へ」（古今六帖・第二・もり・一〇四九。寛文九年刊本に拠る）の「ちえ」と「ちへ」あるいは「ちぢ（ちゝ）」の異同の様相と重なる。片桐洋一『歌枕歌ことば辞典』（角川書店、昭五八・一二）は、受容例を示しながら「平安時代には「千枝に分かれて」という形が流布していたらしい」と指摘する。田中直「「楠」と「葛」—歌枕の一面—」（『銀杏鳥歌』一、昭六三・一二）も、『枕草子』（三巻本）の「花の木ならぬは」の段の「楠の木は、（中略）ちえにわかれて恋する人のためしにいはれたるこそ」との関連から、右記寛文九年版などの「流布本系本文」が「原態を伝える」と説く。該歌に即して考えると、樹間に見る月光の様態を「霞める月」と見る成因としては、「千枝に」よりは、「千千に」の方がふさわしいようにも思われるが、諸伝本にさほどの優劣がある訳でもなく、また、先行する証例も見当たらない。また、「播磨潟印南の海の沖つ波千重にぞ霞む春の曙」（草庵集・海霞といふ事を・四七）という後代の例などを援用すれば、抜粋本の「千重にかすめる」の可能性も十分に考えられるのであって、結局は結論を定め難い。いずれにせよ、この第四句が基綱詠を新奇なものとしていることは間違いない。

初句「熊野路や」から和泉国の歌枕「信太の杜」を導くことも伝統的類型には無く珍しい。京都から紀伊国熊野へ到る道筋「熊野路」は、定家の『後鳥羽院熊野御幸記』につけば、淀川を下り住吉社を経て大阪湾から紀伊水道沿いを田辺辺りまで南下して、そこから田辺川沿いを山へと分け入り登る道程である。従って、現大阪府和泉市葛の葉神社辺りに比定される「信太の杜」は、その沿道上にあると認識されてもさほど不思議ではない。しかしその場合でも、「信太の杜」の詠まれ方として必ずしも類型的一般性があるとは言えず、熊野行きの実経験から詠出されたかとさえ疑われなくもない。あるいは、現和歌山県高野口辺りの「信太」と誤認していた可能性も考えられるが、この場合も、伝統的歌枕の規範からははずれることに違いはない。

⑰紫の根《ね》延《は》ふ横《よこ》野の壺菫《つほすみれ》その色にこそ花も咲《さ》きけれ（菫菜・二六八）

初二句の措辞の原拠は、「紫の根延ふ横野の春野には君をかけつつ鶯鳴くも」（万葉集・巻十・春雑歌・詠鳥・一八二五・作者未詳）である。この摂取を清輔も「紫の根延ふ横野に照る月はその色ならぬ影もむつまし」（清輔集・秋・

月三十五首の中に・一四九）と詠み試みているが、基綱は、より直接には俊成の『久安百首』の「紫の根延ふ横野の壺菫ま袖につまむ色もむつまし」（春・八〇八。長秋詠藻・八）に拠ったのではないか。「その色」は、当然「紫」を指す。「紫の根延ふ横野の」の句は、『東撰六帖』（抜粋本）には他に二例（夏・郭公・一一九・入道大納言家弁、秋・萩・二二〇・宗尊）見え、また、関東歌壇の主要法体歌人公朝にも「紫の根延ふ横野の壺菫あらぬ種よりさける色かな」（拾遺風体集・春・三九）という基綱詠の類例が存していて、関東圏での流行を窺わせる。

⑱八橋の古《ふる》き渡《わた》りの杜若《かきつはた》なれも昔《むかし》のつまにやはあらぬ（杜若・二七七）

いわゆる業平東下りの、三河国八橋のかきつばたが咲く沢のほとりで、「かきつばた」を折句に詠んだ「唐衣きつつなれにしつましあればはるばるきぬる旅をしぞ思ふ」（伊勢物語・九段・一〇・男。古今集・羇旅・四一〇・業平）を踏まえる。「つま」は、「唐衣」歌では「妻」と「褄」の掛詞だが、この「妻」を「古き渡り」との対照で、「昔の妻」という、『後撰集』の「大方はなぞや我が名の惜しからん昔の妻と人に語らむ」（恋二・六三三・貞元親王）以来の詞に詠み込める。その「昔の妻」に「かきつばた」（古く清音）を擬する表現は、杜若を美しい女性に寓する『万葉集』の「常ならぬ人国山の秋津野のかきつはたをしいめに見るかも」（巻七・譬喩歌・一三四五・作者未詳）等以来の通念に負っていようか。

⑲岩つつじ咲きにけらしな紅葉《もみち》せぬ常磐《ときは》の山も色変《か》はるまで（躑躅・二八九）

常緑の山が紅葉の色と見える程に「岩つつじ」が咲いたことを詠む。「常磐の山」は、紅葉しない山が紅葉したと見える趣向に供された詞だが、『古今集』の「思ひ出づる常磐の山の岩つつじ言はねばこそあれ恋しきものを」（恋一・四九五・読人不知）が意識されてもいよう。「岩つつじ」は、「紅染め」（後拾遺集・一五〇・和泉式部、一五一・義孝）や「入日さす夕紅」（金葉集・八〇・摂政家参河）の色によそえたり、直截「紅」（為忠家初度百首・一二四）や「唐紅」（久安百首・一二一六）に咲くとする詠み方が既に成立している。その「岩つつじ」の紅を「紅葉」に見立てる趣向は、他には『夫木抄』に小弁の家集の作と伝える「岩つつじにほふ盛りは梓弓はるの山辺も紅葉しにけり」（春六・躑躅・二二一九）が見える。

五　『東撰六帖』採録歌２――四季部抜粋本

引き続き、『東撰六帖』抜粋本の所収歌を見る。

⑳標延《しめは》ふる山田の早苗引《ひ》き分《わ》けて心心《々》に急ぐ比かな（夏・早苗・一三二）

標を張り渡した山田の若苗を分割して、人々がそれぞれ思い思いに田植に精を出す時節、を詠ずる。「標延ふる山田の」の措辞の先例は、「注連延ふる山田の小田の苗代に雪げの水を引きぞ任する」（堀河百首・春・苗代・二三四・藤原顕仲）に求められる。基綱がこれに直接依拠していなくとも、「早苗引き分けて」の表現よりして、この「山田」は苗代を言ったと考えられる。「引き分けて」は、苗を植える為に分割することを言っていよう。この詞はさほど用例が多くなく、『六百番歌合』（賀茂祭・二〇七・顕昭）や『現存和歌六帖』（抜粋本。第一・あやめぐさ・二六・兼直）等に、葵の二葉や三枝の葉が割き分かれていることについて言う歌が目に付く程度である。また、「心心に」の句は、「皆人は心心にあるものをおしひたすらに濡るる袖かな」（新撰和歌・恋・二二七・作者不記）や「世の人の心心にありければ思ふは辛し憂きは頼まる」（古今六帖・第五・あひおもはぬ・二六二二・作者不記）といった用例が古く、勅撰集では『詞花集』の「鳴く虫の一つ声にも聞こえぬは心心にものや悲しき」（秋・一二〇・和泉式部）が初見となる。なおまた、「早苗」について「急ぐ」とする表現は、『後拾遺集』の「御田屋守今日は五月になりにけり急げや早苗老いもこそすれ」（夏・二〇四・好忠）が早く、『新勅撰集』にはこれを踏まえた「御田屋守急ぐ早苗に同じくは千世の数取れ我が君のため」（賀・四六九・実氏）が見える。各々の詞は古いものを用いつつ、「早苗引き分けて」「心心に急ぐ」といった詞続きにより、結果として比較的目新しい表現となっていると言える。

ちなみに、「心心に急ぐ」「早苗」の類例として、万寿二年（一〇二五）五月五日に東宮学士阿波守藤原義忠が任国に催行したという自歌自判の『東宮学士義忠歌合』の「取苗人」の番の自判歌に、「取りもあへず心心に急げども海人はそしらぬ室の早なへ《わせ》」（五）と見える。これは左の「手もたゆく室の早なへ《わせ》取りもあへずおのがおのがも急ぐめるかな」について、「言の葉すこしとどこほりたり」と恐らくは第四句の声調をとがめて、一首の首尾が整い流暢な右の「苗代と春見しものをいつのまに田子おりたちて早苗取るらん」（六）が勝ることを、「苗代水のかき流したる姿は、右はまさりたりと見ゆればなん」と評した上で、左歌の第四句「おのがおのがも急ぐめる」を「心心に急げども」に置換して表しつつ、それを「海人はそしらぬ」として左を批判した歌であろう。基綱がこれを知っていたとは考えられず、またもとよりこのような先行例がなくとも詠出可能な表現であろう。しかし、この歌合は阿波守義忠の任国に於ける自歌自判歌合で、農事の実見に基づく歌および判歌であるようにも思われる。時空を隔てた鎌倉期関東圏の基綱詠についても、同様のことが想定されなくもない。

㉑女郎花《をみなへし》露の濡《ぬ》れ衣干《ほ》さで着《き》ん花に立《た》つ名はさもあらばあれ（秋・女郎花・二二五）

類似の先行歌に源頼政の「無き名のみいはれの野辺の女郎花露の濡れ衣着ぬはあらじな」（頼政集・女郎花・二四七。夫木抄・四二六八）がある。これは、『夫木抄』の集付より、長寛二年八月の歌林苑（白河）歌合の歌と考証されている（『平安朝歌合大成』三五六）。「露の濡れ衣」の詞は、他にあまり例を見ない特徴的なものだが、早くは後冷泉朝の四条宮主殿の家集（四条宮主殿集・三八）に菊の花の露によせた贈答の作例が見え、また後代の宗良親王の『李花和歌集』（五一八）にも「草枕」の縁での恋の歌の用例がある。必ずしも、先行歌に拠らなければ詠出できない詞ではないであろうが、「女郎花」との縁で必然的に詠み添えられる程の類例の蓄積も存していない。頼政詠の流布の様相や基綱の周辺に存した歌書類の実態は不詳だが、武門の名流清和源氏の棟梁頼政とその歌に、基綱が目を向けていた可能性は見てよいのではないだろうか。この頼政詠も併せて、「女郎花」の歌としての趣向――女性との（憂き・無きの類の）「名」が立つ、涙の寓喩の「露」に濡れる――は、『古今集』の「女郎花多かる野辺に宿りせばあやなくあだの名をや立ちなむ」（秋上・二二九・美材）や『後撰集』の「折りて見る袖さへ濡るる女郎花露けき物と今や知るらん」「万代にかからん露を女郎花なに思ふとかまだき濡るらん」（秋中・二八一・師輔、二八二・大輔）等を原拠として形成される類型の大枠の中にある。基綱詠は、こういった通念を踏まえ、漢語「遮莫」の訓読で、古くは『拾遺集』（九三四。抄・三五三）に見られて、以後多く詠まれる「さもあらばあれ」の語を用いて、（本来濡れ衣は避けたいものだが）この涙の露に濡れた濡れ衣は乾かさずにあえて着よう、女郎花の花に立つ評判はそれはそれでかまわない、と、花（女性）との憂き名を捉え返しているのである。それは言わば歌の伝統に身を委ねるような雅致の態度の表出と言える。

㉒忘れずは恨《うら》むる人も恨むらん問《と》はねば問《と》はぬ秋の夕べを（秋・秋夕・二三七）

初句の「忘れずは」については、素性の「今来むと言ひしばかりに長月の有明の月を待ち出でつるかな」（古今集・恋四・六九一）を本歌とした『新古今集』所収の秀能詠「今来むと頼めしことを忘れずはこの夕暮の月や待つらん」（恋三・一二〇三）を念頭に置いたとすれば、訪ねようと自分が約束したことを、「人」（恋の相手）が忘れなければ、という趣意であろう。第二・三句は元々恨んでいる人がさらに恨むだろう、といった意味か。「問はねば問はぬ」は、「問はぬ」（訪れない意）の強調表現であろうか。なお、「恨む」「問はねば」「問はぬ」の詞の重なりには『伊勢物語』十三段の、（京より女）「武蔵鐙さすがにかけて頼むには問はぬもつらし問ふもうるさし」（一八）、（武蔵なる男）「問へば厭ふ問はねば恨む武蔵鐙かかる折にや人は死ぬらむ」（一九）の面影があろうか（ただし『伊勢物語』の「問ふ」は、便りで様子を尋ねる意）。

㉓手枕の露の雫をきりぎりすお《を》のが鳴く音の涙とや知《し》る（秋・虫・二四六）

「露しげき野辺にならひてきりぎりす我が手枕の下になくなり」（金葉集・秋・虫をよめる・二一八・前斎院六条。古来風体抄・五〇六他）および「秋ならで置く白露は寝覚めする我が手枕の雫なりけり」（古今集・恋五・七五七・読人不知）を踏まえ、野辺の露に比される涙の雫で濡れた手枕の下に鳴く「きりぎりす」の趣向を一歩進めて、その手枕の露（の雫）は、「きりぎりす」自身の「鳴く音」により人が泣く「涙」でもたらされたことを知っているのか、と言う。「鳴く」には「泣く」意が掛けられて、「涙」と縁語である。この下句の詞続きに込められた意味合いは珍しい。「露の雫」の詞も例が希少だが、『永久百首』に「真菰色の青葉の山も秋くれば露の雫に下紅葉せり」（秋・秋山・三一〇・仲実）という先行例が見える。なお、家隆に「あはれなり夜半の枕のきりぎりすおのが泣く音も露ぞこぼるる」（壬二集・家百首・秋・夜虫・一三八五）という類詠があるが、該歌への影響までは断じ難い。

㉔霜結《むす》ぶ麻《あさ》の狭《さ》衣うち絶《た》えて影寒き夜《よ》の月を見《み》るかな《哉》（秋・月・二九六）

「霜結ぶ袖の片敷きうちとけて寝ぬ夜の月の影ぞ寒けき」（新古今集・冬・六〇九・通具。千五百番歌合・一七九三。自讃歌・五五）を本歌のように踏まえる。「麻の狭衣」の句については、同じく『新古今集』に「まどろまでながめよとてのすさびかな麻の狭衣月に打つ声」（秋下・四七九・宮内卿）がある。「うち絶えて」は「打ち絶えて」で、「麻の狭衣」を打つ音がと絶えての意であろうが、『詞花集』（六八・通俊）や『新古今集』（一七五六・慈円）等の先例「うち絶えて」（「うち」は接頭語）は、すっかり絶えての意で、基綱はこれらの先例に倣いつつ、意味を内容に即し変化させて用いたと考えられる。「影寒き」については、定家の「浜千鳥つまどふ月の影寒し蘆の枯れ葉の雲の下風」（拾遺愚草・建仁二年三月六首、冬・二四四三）に先例が求められるが、基綱の同時代にも、『宝治百首』の「ひとり寝の枕の上に影寒し降らぬ雪気の雲間行く月」（冬・冬月・二二九二・頼氏）の作例がある。

㉕暮れ果《は》つる秋の今宵《こよひ》の悲《かな》しきは月をだに見《み》ぬ今宵《こよひ》なりけり《也》（秋・九月尽・三五七）

底本の原状は、結句の「こよひ」の右傍に「不審」とある。「こよひ」の語の重出に対する注記であろう。何らかの誤写によるものかとも疑われるが、あるいは、九月尽日三十日の「今宵」を強調するべく、あえて詠み重ねられたものであろうか。秋の終わりの夜の悲しいのは、三十日で月さえも見えない夜だからなのである、といった趣旨であろう。特に、先行歌に拠らなければ詠めない歌ではないが、『詞花集』の「秋にまた逢はむ逢はじも知らぬ身は今宵ばかりの月をだに見む」（秋・月を御らむじてよませ給ける・九七・三条院）が、せめて今年の中秋の今夜の月だけでも見ようというその月すら見えない、との意味合いで意識されているかもしれない。

㉖さ夜《よ》衣裾野《すその》の浅茅《あさち》霜枯れて月吹きすさぶ木枯らしの風（冬・冬月・三九六）

「さ夜衣」を枕詞のように用い、「さ夜衣」の「裾」から山の「裾野」を掛け起こしていよう。例えば『和歌一字抄』に見える「聞くからに露けさまさるさ夜衣裾野の小野の松虫の声」（添・虫声添・三三五・忠通）等の用法に倣ったのであろうか。ただし、この歌の場合は、「露けさまさるさ夜衣」という有意の文脈の序から、「さ夜衣」の「衣」の縁で「裾野」を起こしており、枕詞としてあるのではない。意識的か否かは別にして基綱の誤用に近い援用であろう。「月吹きすさぶ（む）」は、『宝治百首』に「さざ波や志賀の唐崎空晴れて月吹きすさむ比良の山風」（秋・湖月・一六一五・有教）と見える。基綱詠との先後は決し難い。いずれにせよ新奇な表現であり、後の京極派の「雲吹きすさぶ」（玉葉集・三七四・為道、風雅集・六四四・順徳院）といった特徴的言詞の先駆けと言えるであろう。「月」を吹く「木枯らしの風」の類型の先蹤は、「秋の色を払ひ果ててや久方の月の桂に木枯らしの風」（新古今集・冬・六〇四・雅経）に求められる。なお、宗尊の「あらち山裾野の浅茅枯れしより峰には雪の降らぬ日もなし」（柳葉和歌集・巻二・〔弘長二年冬弘長百首題百首〕・冬・雪・一九三。新後撰集・冬・五二〇）は、第二・三句をこの基綱詠に倣ったのではないだろうか。

㉗鴛鳥のお《を》のが羽風やさえつらんおりゐる水ぞ先づ氷りぬる（冬・水鳥・四一五）

⑩に記したように、「おのが羽風」は『古今集』（一〇九・素性）以来の詞だが、より直接には、それを取った「さ夜深く旅の空にて鳴く雁はおのが羽風や夜寒なるらん」（後拾遺集・秋上・二七六・伊勢大輔）に拠っていよう。また、

「おりゐる」の詞と水鳥が「氷」に下りる着想は、「あだなりなとりの氷におりゐるは下より解くる事は知らぬか」（拾遺集・物名・なとりのこほり・三八五・重之。拾遺抄・四八一）に負っていようか。それに加えて、『堀河百首』の「山川は氷りにけらし鴛鳥の羽風のさ波音もせぬまで」（冬・凍・一〇〇二・藤原顕仲。万代集・冬・一四〇八）も、基綱の意識にのぼっていたかもしれない。

六　『拾遺風体集』『夫木抄』採録歌

続いて、冷泉為相が、正安四年（一三〇二）七月～嘉元元年（一三〇三）十二月の間に撰したと推定される[10]『拾遺風体和歌集』の入集歌一首を見る。作者位置は「藤原基綱」。

㉘めづらしき軒に雫の音《をと》すなり君が手向を神《かみ》や請《う》くらん[11]（神祇・四八二）

詞書は「同《おな》じ社にて雨を祈りて降《ふ》りければ」で、「同じ社」は「八幡宮」である。「君」は将軍のことであろう。『吾妻鏡』には幕府の鶴岡社祈雨祈禱の法が度々知られる。中で、頼経将軍期の延応二年（一二四〇）夏の炎旱の際は、効験がなかなか顕れず、鶴岡若宮別当法印定親から、六月二日に勝長寿院の法印良信、さらには九日に永福寺別当荘厳房僧都へと験者が交替させられ、十五日には日曜祭と霊所七瀬の祓、十六日には安祥寺僧正良瑜の孔雀経修法が行われ、翌日には俄か雨が降るが地を潤すには及ばず、十八日から江島で三ヶ日千度の祓が行われる。そして、二十二日に鶴岡八幡の宮寺で最勝王経の読経と属星祭が行われ、それを基綱と定員が奉行したと知られるのである。結局七月に入り、四日に十壇の水天供が行われ、八日に少雨があるが地を濡らすことはなく、水天供が引き続き行われて、ようやく十三日に甚雨があり、鶴岡八幡に剣が奉納されるのである。この折である可能性はあろうが、断定はできない。

「めづらしき」は、「雫の音」にかかる。実体験に基づく神祇歌であり特異な詞遣いもないので、特に依拠歌は存しないであろう。なお底本は歌末の「うくらん」に「うけゝんイ」の異文がある。「神や請くらむ」「神や請けけむ」共に、古くからの常套ではない。前者は、『宇津保物語』に「住吉の松のゆかりと頼むかなにはの御祓神や請くらん」（きくのえん・五一三・実忠）が見えるが、その他は、『千五百番歌合』の寂蓮詠「夏はつる賀茂の川原の御祓こそ神や請くらん秋風の声」（夏三・一〇三九）を初めとして、新古今時代以降の用例となり、鎌倉中期には為家（為家五社（七社）百首・二四一）や宗尊親王の近習の一人北条時広（時広集・二五）に作例がある。後者の「神や請けけむ」は、後鳥羽院の「瑞垣や我が代の初め契り置きしその言の葉を神や請けけむ」（鴨御祖社歌合・社頭述懐・二五。後鳥羽院御集・一六九三。自讃歌・八。玉葉集・二七四八）が比較的早く、鎌倉中期には、為家（続後撰集・五七三）や真観（三十六人大歌合・二〇五）等が用いている。基綱詠もそういった小さな流行の中にあろう。

最後に、延慶三年（一三〇一）頃に藤原（勝田あるいは勝間田）長清撰とされる『夫木和歌抄』の一首を見る。作者位置は「藤基綱」。

㉙漕《こ》ぎ出《い》づる対馬《つしま》の渡《わた》りほど遠《とを》み跡こそ霞《かす》め雪《ゆき》の島松《まつ》（雑八・渡・題不知・一二二四〇）

「古来（古来歌）」の注記がある。これは、文永三年（一二六六）十月～弘安三年（一二八〇）七月に、藤原基家が撰した「古来歌合（古来歌合集）」のことと目されている。(12) 基家は、「対馬の渡り」の歌枕が平安期には例がなく、『万葉集』の「ありねよし対馬の渡り海中《わた》に幣取り向けてはや帰り来ね」（巻一・雑歌・三野連名闕入唐時、春日蔵首老歌・六二）に求められることを評価したのかもしれない。(13)「跡」を去り離れた方向・場所と取れば、一首の景としては、対馬から本州へ漕ぎ出した舟から振り返った跡に遙かに霞む雪の積もる島の松を遠望した様となろうか。しかし、上句だけを見れば、漕ぎ出して渡って行く対馬への道程がはるかに遠いのでとの意に解するのが穏当であろう。この場合の「跡」は舟の航跡で、それが遙かに霞み、行く先に雪の島の松を望む、という趣意を下句に込めたという作りであろうか。なお、「漕ぎ出づる舟」と霞む遠景の取り合わせで見れば、実朝に「難波潟漕ぎ出づる舟のめもはるに霞に消えて帰る雁がね」（金槐集定家所伝本・雑・海辺春望・五四三）があるが、基綱が特にこれを意識したとまでは言えないであろう。

七　基綱の詠風

以上に、基綱の現存歌を注解してきた。現在見出し得ている歌数は29首であるが、そこに窺われる限りの基綱の詠風の一面として、以下にまとめを記しておく。

基綱の詠作方法としてまず、言詞と想念の古歌・先行歌への依拠が挙げられる。もとより、これは歌の作り方の一つの本質でもあり、特に鎌倉中期以降の歌人にはその傾向が強く認められるが、基綱の場合には、実朝の詠み方に通い、一首について複数の古歌・先行歌に渡ることがままあるところに特徴がある（①②③⑥⑦⑭⑮⑳㉓㉗等）。依拠歌が単一の場合を含めて、その古歌の具体相は、『万葉集』（①⑮㉙）や『古今集』（①②④⑥⑦⑫⑬⑲㉓）を初めとして、他には『新勅撰集』までの勅撰集（②③④⑩⑮⑱⑳㉑㉓㉔㉕㉗。唯一『千載集』は顕在化していない）、『古今六帖』（⑯）や『堀河』（⑳㉗）『永久』（⑭㉓）両百首および『久安百首』（⑰）、『伊勢物語』（⑥⑱㉒）や『源氏物語』（⑭）、あるいは『和歌一字抄』（㉖）などで、つまり基綱の詠作は、伝統的枠組みに従っていると言える。

言詞の面に限っても、注解を加える過程に見たとおり、やはり伝統的な詞を用いる傾向が顕著である。基綱が追随した比較的新しい言詞としては、隆信や顕昭や季保などの『六百番歌合』詠（④⑩）あるいは良経（⑩）や後鳥羽院（⑬）の歌に詠まれているものである。新古今時代が基綱の用いる詞の時代上の下限であると見てよい。これは、基綱の生年が養和元年（一一八一）で、その青年期が『新古今集』成立の前後に重なることと無縁ではあるまい。鎌倉中期に活躍した他の歌人達の中に、同時代詠の詞を取り倣う例がかなり存していることに比べると、基綱はやや異なっているとも言えよう。

しかし一方で、その詞の意味や用法が本来とは異なる、即ち、新たな意味が掛かる（⑮）・歌枕の地理的規定が異なる（⑯）・意味内容が変化する（㉔）・一般の詞が枕詞のように機能する（㉖）等々の場合があったり、あるいは、伝統的詞の組み合わせにより新奇な措辞となっていたりする場合（⑯⑳㉓）が存しているのでもある。これについては、関東圏という環境と武士という境遇が生じさせた、中央貴族の伝統との感覚のずれとも言えるし、逆に、それらが与えた伝統の束縛からの自由さとも言えるであろう。そしてそれは、後の京極派和歌に見られる詠みぶりや詞の用い方に近似した作例（⑭㉖）が僅かながらでも存していることに通底すると考えるのである。

古歌依拠の詠法でいわゆる本歌取として認定した内、その本歌は、『万葉集』（⑮）と『古今集』（⑦⑫⑬）以外には『後拾遺集』（③⑩）と『新古今集』（②＝伊勢。㉔＝通具は実質的には本歌だが本歌とするには新しい）および『古今六帖』（⑯）の歌である。その取り方は大略、詞を二句程度以内に取り、最も多いのは二句と三字（あるいは六字）（⑮）である。句の位置は置換されているもの（部分的一致を含む）が四例（③⑦⑬⑮）、されていないものが四例（②⑩⑫⑯㉔）で、主題の転換については部立（部類）の変更が果たされている場合が五例（③⑦⑫⑮⑯（㉔は冬から秋と四季部内））、同部立の場合が三例（②⑩⑬）である。大枠としては、本歌の範囲も併せて、定家の歌学書『近代秀歌』『詠歌大概』等の規制に相当程度適った位相にあると言える。右に記した本歌取以外の先行歌摂取の様相についても同断であり、定家の説くところに従おうとした基綱の姿勢を見てよいのではないかと思われる。定家については、父俊成と併せてその歌についても基綱が学んでいた節があり（⑦⑭⑰）、大家でありかつは主君実朝の師でもあった定家を、直接の指導の有無は措くとして、少なくとも基綱の側からは師と仰いでいたのではないかと憶測されるのである。

ところで、実朝については、上述のように、複数の先行歌に依拠して一首に仕立て上げる方法に於いて通い合うものがあり、かつは実朝の実作に直接影響されたかと見られる基綱の作（①②）も存していて、やはり前節までに記した伝記上の知見に照応して、両者の結び付きの強さを思わせる点がある。しかし、それらは必ずしも基綱の現存歌に限っても全面的ではなくむしろ割合としては僅少であり、あるいは実朝の死後は、臣下としての衷情は保ちつつも、その歌作の影響からは脱していた可能性も窺わせるのである。

ちなみに、源三位頼政と如願法師秀能の歌に倣ったかとも見られる作（㉑㉒）も僅かながら存し、それが認められるとすれば、基綱が武将にして歌人たる人物の詠作に親しんでいた可能性を垣間見ることもできようか。

むすび

基綱は、その生涯の考察によっても、関東圏と京都圏に跨り政務に現実的な辣腕をふるった幕府の実力者にして、その基底にかなりの学識と教養を具えて鎌倉に貴族的風雅を実践した人物であると考えられる。その詠作は、定家学書に従ってか、主に伝統的歌詞を用いつつ、本歌取の場合も含めて古歌の枠組みを利用して詠作する傾向がある。髄脳類以外に勅撰集を初めとする主要歌集や類題集あるいは物語類に学んで、京都の歌人達に劣らない力を有していたと見てよい。一方で、実朝に通う方法や詞遣いの新奇さなどに、中央貴族にはない関東歌人としての詠作方法の一端も認められる。しかし、これも関東歌人全般に及ぼして言えることではなく、恐らくは基綱個人の資質と境遇が大きく与っているように思われるのである。

閲歴に見る基綱は、鎌倉中後期の鎌倉圏に京都貴族文化を移入することに主導的な実践者であったと言える。その歌業もまた、同期即ち主に実朝と頼経将軍期の関東歌壇を代表するにたる水準を示していると言ってよく、次代の同歌壇最盛期である宗尊将軍期にかけて、その基盤を固めるのに寄与した主要歌人と見なしてよいと考えるのである。そして、その資質と業績は、息男基政によって、少なくとも閲歴と歌業に見る限り、より顕著な形で継承されることになるのである。

［注］

(1) 基綱の和歌の本文の底本を左に一覧に記しておく。他の伝本に問題とすべき異同がある場合は、その都度当該箇所に記すこととする。新勅撰集＝穂久邇文庫蔵定家識語本、続後撰集＝冷泉家時雨亭文庫蔵為家自筆本（時雨亭叢書影印に拠る）。続古今集＝前田育徳会尊経閣文庫蔵本（伝藤原為氏筆）。続拾遺集＝同上（伝飛鳥井雅康筆）。新千載集＝宮内庁書陵部蔵二十一代集本（五一〇・一三。兼右本）、新続古今集＝同上、現存六帖＝呉文炳氏旧蔵「現存和謌」本（『国書遺芳』所収写真版に拠る）。万代集＝阪本龍門文庫蔵本（龍門文庫善本叢刊別編一に拠る）。雲葉集＝内閣文庫本（特九・一一。新編国歌大観本は巻一〜十は同本を底本にし巻十五は彰考館本（巳・四）を底本とする）。東撰六帖＝島原図書館蔵松平文庫本（一二九・一九）。同抜粋本＝祐徳稲荷中川文庫本（国文学研究資料館画像データベースに拠る）また福田秀一氏「祐徳稲荷神社寄託／中川文庫本「東撰和歌六帖」（解説と翻刻）」（『国文学研究資料館紀要』二、昭五一・三）の翻印参照。夫木抄＝静嘉堂文庫蔵本（一〇四・四〇）また同本を底本とする新編国歌大観本参照。表記は、通行の字体・歴史的仮名遣いに改めて送り仮名を付し、適宜漢字を宛てまた仮名に開き（右傍に原態を示す）、清濁・句読点を施した。番号は新編国歌大観に従う。

(2) 以下、和歌の引用は特記しない限り新編国歌大観本に拠る。詞書等は省略する場合もある。作者名は適宜表記を改める。『万葉集』については同書所載の西本願寺本の訓に従い、旧番号のみを記す。その他の引用は特記しない限り流布刊本に拠る。総じて、引用本文の表記は、読み易さを考慮して改める。

(3) 第二句は、巻七・譬喩歌・一三五四・作者未詳も同じ。原文「白菅之　真野之榛原」の通行訓は、「しらすげのまののはりはら」。

(4) 『新勅撰集』の古注では、契沖の『新勅撰集評注』が、『万葉集』歌（二八〇、二八一）を本歌として、その「榛原」は「はりの木」で「秋萩」ではないことを批判する。また、正路の『新勅撰和歌集抄』は、『万葉集』の二首（二八〇〜二八一）と『古今集』歌を引き、祖能の『新勅撰和歌集抄』も、『万葉集』の一首（二八〇）と『古今集』歌を引く。大取一馬『新勅撰和歌集古注釈とその研究（上、下）』（思文閣出版、昭六一・三）参照。

（5）川田順『全註金槐和歌集』（富山房、昭一三・五）、樋口芳麻呂新潮日本古典集成『金槐和歌集』（新潮社、昭五六・六）、鎌田五郎『金槐和歌集全評釈』（風間書房、昭五八・一）等。

（6）浅見和彦は「『十訓抄』の編者―後藤基綱の可能性をめぐって―」（平成九年五月二十九日、東京大学中世文学研究会第二七七回例会、於本郷会館）に於いて、基綱を『十訓抄』の撰者に比定する「可能性」を発表した。結論を慎重に保留したものであり、必ずしも公開の会での発言ではないので、内容については詳しく立ち入ることを控えるが、その質疑の過程で、『十訓抄』総序の「草のいほりを東山のふもとにしめて、蓮のうてなを西の雲にのぞむ翁」の表明との関連が問題となった。浅見は、『訓読吾妻鏡』所載の地図を示して、基綱邸が鶴岡八幡宮の東方にあることから（『十訓抄』全体の関東的性格の可能性の指摘を前提として）、この「東山」が京都のそれではないことも考える余地があるのではないか、といった趣旨を慎重に述べた。直接には浅見新編日本古典文学全集『十訓抄』（小学館、平九・一二）を参照のこと。なお、大倉の幕府から見ても、基綱邸は東方に位置する。この贈答について見れば、それが鎌倉に於けるものとすると、少なくとも「東山」の規定に齟齬をきたすものとは言えないように思われる。

（7）本論第一編第二章第三節「藤原教定伝」、同第四節「藤原教定の和歌」参照。

（8）本論第二編第三章第二節「『東撰和歌六帖』の成立時期」参照。

（9）次田香澄・岩佐美代子『風雅和歌集』（三弥井書店、昭四九初版、平三・五第四刷）および岩佐『風雅和歌集全注釈　上巻』（笠間書院、平一四・一二）参照。

（10）本論第二編第三章第一節「『拾遺風体和歌集』の成立」参照。

（11）底本の歌末は「うくらん」の右傍に「うけゝイ」とあり、諸本も「うけけむ」である。「うくらん」は「うつらん」にも読めるが、その場合は、「个」の「け」と躍り「ゝ」の草体を「つら」に誤写か。

（12）『和歌文学大辞典』（古典ライブラリー、平二六・一二）の「古来歌合」の項（久保木秀夫）参照。

（13）他にも例えば、「これよりや天の川瀬につづくらん星かと見ゆるきくの高浜」（秋五・菊・菊をよめる・五九九五）という鎌倉中後期の法印公誉の歌も、「古来歌合」に撰入されている。これは、「きくの高浜」の句の原拠が、『万葉集』の「豊国の企救《きく》の高浜たかたかに君待つ夜らはさ夜更けにけり」（巻十二・問答歌・三二二〇）に求められることが評価されたのではないか。

第四節　後藤基政の和歌

はじめに

曩祖を西行の佐藤家と等しくする関東御家人後藤家は、鎌倉時代前中期に京都貴族文化の関東移入に大きく与ったと見られる一族である。第一・二節で、家譜の概略や基綱とその男基政・基隆兄弟の閲歴と歌業の外形を考察し、さらに第三節で基綱の和歌の内容を検証した。その嫡嗣基政は、建保二年（一二一四）生、文永四年（一二六七）六月二十三日に五十四歳で卒去、検非違使・左衛門尉から従五位上壱岐守に至り、幕府引付衆に任じ、晩年は在京人として上洛して六波羅評定衆を務めている。一方で、『東撰和歌六帖』を宗尊に撰進するなど、三者の中では最も和歌の業績が顕著で、同時代の関東歌壇の最重要歌人の一人である。本節では、基政の現存する和歌48首を集成して注解を加え、その詠みぶりを探ってみたい。

一　『秋風抄』と『現存六帖』採録歌

便宜上、基政没前の私撰集、勅撰集、没後の私撰集の順に、成立時期に従って取り上げてゆくこととする。

建長二年（一二五〇）四月十八日、真観と推定される「小野春雄」撰の『秋風抄』(1)には位署「藤原基政」として、次の一首が採られている。なお、以下の諸集の位署は、特記しない限り全て「藤原基政」。

①雁鳴きて朝露寒《さむ》み月草のうつし心に野はなり《成》にけり（秋・一〇一）

詞書は「野外雁」（現存六帖第二は「あきの野」に部類）。「あきちから野はなりにけり白露の置ける草葉も色かはりゆく」(2)（古今集・物名・きちかうの花・四四〇・友則。古今六帖・三七六九・作者不記）と「いで人は事のみぞよき月草のうつし心は色ことにして」（古今集・恋四・七一一・読人不知。猿丸集・三）を本歌とする。初二句は、「雁鳴きて吹く風寒み唐衣君待ちがてに打たぬ夜ぞなき」（新古今集・秋下・四八二・貫之。古今六帖・第五・ころもうつ・三三〇五、四句「君待ちがてら」）に通う。実朝は、この貫之歌や「雁鳴きて寒き朝の露ならし竜田の山をもみだすものは」（後撰集・秋下・三七七・読人不知）等に拠りつつ、「雁鳴きて吹く風寒み高円の野辺の浅茅は色づきにけり」、「雁鳴きて寒き朝けの露霜に矢野の神山色づきにけり」、「雁鳴きて寒き嵐の吹くなへに竜田の山は色づきにけり」（金槐集定家所伝本・秋・二六〇、二六一、二六三）といった、類歌をものしている。この影響も手伝ってか、真観（新撰六帖・六五五）や雅有（隣女集・七二二、七二五、七二七）等が、初句に「雁鳴きて」を置いて、次句に風や霜の寒さを言う歌を詠んでいる。あるいは基政詠も、その範囲内にあると見るべきであろうか。

同じく、建長二年（一二五〇）九月真観撰『現存和歌六帖』（現存本は『現存和歌六帖第二』と第六帖の『現存和歌』）には、五首見えている（内一首は①に既出）。加えて『夫木抄』には、集付に「現存六」とあって、「現存和歌六帖」所収を伝える基政詠が二首見えている。内一首は現存本には見えないので、併せてここで取り上げたい。

②思ひ余りいはでの関を開けしより心の奥は知らせ初めてき（〔第二〕せき・二〇八）

師である定家の「いはつつじいはでや染むる忍ぶ山心の奥の色を尋ねて」（建保名所百首・春・忍山陸奥国・一八三。拾遺愚草・一二一六）に負っていようか。「染むる」は「初め」にずらしているのは意識的であろうか。「いはで」を、陸奥国の歌枕「磐手の関」に展開しながら掛詞で「言はで」を残す。「磐手の関」と「開けし」共々の縁語で、「（心の）奥」を仕込んでいる。その下句は、新鮮な表現である。巧みな仕立ての一首と言える。

なお、定家男為家にも「いはでのみ思ふを下に忍ぶとて心の奥よ誰に知らせん」（為家五社百首・忍恋・石清水・四九九）という後出の類詠があるが、これは父定家の一首に従ったのであろう。同じく後出の宗尊詠「陸奥にありてふ関のいはで思ふ心の奥は誰か知るべき」（中書王御詠・恋・寄関恋・一九八）は、基政の歌に倣ったかと思しい。

③昔《むかし》にもたちこそまされ民の戸《と》の煙《けぶり》にぎはふ鎌倉《かまくら》の里（〔第二〕さと・四二四。歌枕名寄・五三六一では「現存」の集付はあるが作者「基綱」とする(6)）

一首は、仁徳天皇詠と伝える「高き屋に登りて見れば煙立つ民の竈はにぎはひにけり」（新古今集・賀・七〇七。和漢朗詠集・刺史・六九三他）を本歌として踏まえ、その仁徳帝の治世の「昔」にもまさる「鎌倉の里」を言い、将軍あるいは幕府の仁政を言祝ぐ。「たち」は、「たちまさる」の接頭語「たち」に「煙」の縁で煙がのぼる意の「立ち」が掛かる。「鎌倉」に「煙」の縁で「竈」が掛かるか。

ところで、その相模国の歌枕「鎌倉」を詠むことは、『万葉集』の「薪樵る鎌倉山のこたる木をまつとなが言はば恋ひつつやあらむ」（巻十四・譬喩歌・三四三三・作者未詳）に始まるが、平安時代の用例としては、陸奥守として東下した実方の家集に「殿上にて、ほととぎす待つ頃／かき曇りなどか音せぬ時鳥」「ためすけ聞きて／鎌倉山に道やまどへる」（六一）という連歌の用例の他、『堀河百首』（一三八二）『永久百首』（五〇四）等に見える程度である。右記の『万葉』歌の「鎌倉の山（鎌倉山）」の形がより一般的で、『八雲御抄』「名所部」でも「山」の項に所載されている。「鎌倉の里」の形は、開幕後の鎌倉の印象を反映したかと思しく、その鎌倉幕府の主たる実朝が「宮柱太敷き立てて万代に今ぞ栄えん鎌倉の里」（金槐集貞享四年刊本・雑・慶賀の歌の中に・六七六。続古今集・賀・一九〇二。定家所伝本金槐集にはなし）と詠み、歌の上で特に関東圏の歌人達により通用の詞となったのではないだろうか。該歌もこの実朝詠を下敷きにしていよう。

④たち宿《やと》る誰《た》がためならし東路の浜名《はまな》の橋《はし》に海人《あま》ぞ釣《つ》りする（夫木抄・雑三・橋・はまなのはし、遠江・九四〇四・藤

基政、永青文庫本初句「や」右傍に「たイ」、結句「そ」右傍に「のイ」。歌枕名寄・五〇四四、第二句「たがためならん」結句「あまのつりする」・作者名なし）

頭書集付に静嘉堂文庫本・書陵部本は[3]「つり」、永青文庫本は[4]「現存六」とあり、両者を尊重すれば、散佚「現存和歌六帖」〔第三〕の「つり」に部類されていたものと判断される。[5]

遠江国の歌枕「浜名の橋」（浜名湖と外海を繋ぐ浜名川に掛かった橋という）は、掛詞「浜無」「名（前）」や縁語「渡る（す）」で仕立て、あるいは「水」「霞」「霧」等の景趣の中で詠まれるのが通例である。橋そのものについても早く焼失（重之集・九四）や朽損（堀河百首・一四三六・永縁）を言う例があり、同時代には、為家の「風渡る浜名の橋の夕潮《しほ》にさされて上る海人の釣り舟」（続古今集・雑下・一七三〇。万代集・三三〇七、結句「海人の捨て舟」）や宗尊の「浜名川湊遙かに見渡せば松原めぐる海人の釣り舟」（夫木抄・雑六・河・はまな川・遠江・一〇九四〇）等、浜名湖の「海人の釣り舟」を詠む例はあっても、「橋」で「海人」が「釣り」をする景を詠むことは珍しい。基政の実見が反映しているのであろうか。

初句「たち宿る」は古い用例は見えず、俊恵の「たち宿る楢の広葉に吹く風は手にもならさぬ扇なりけり」（林葉集・三一一）辺りが早く、土御門院（土御門院御集・一二八）や為家（夫木抄・三一二三）等に作例が存していて、暑気や俄雨を避ける仮の宿りに詠まれている。「誰がためならし」の句は先行例が見えない。初二句は、「海人」の家に今夜一晩宿る誰人かをもてなす為であるらしい、というほどの意か。とすれば、現実感の漂う一首である。

⑤咲《さ》かばまづ見《み》せむと思《おも》ひし秋萩《はぎ》のうつろふまでに人は問《と》ひ来《こ》ず　（〔第六〕はぎ・八〇）

「見せむと思ひし」の句を用いて、その意図が達成されない恨みを詠む例は、『古今六帖』の「我が背子に見せんと思ひし梅の花それとも見えず雪の降れれば」（第一・ゆき・七三九・赤人。万葉集・巻八・春雑歌・一四二六。後撰集・春上・二二・読人不知。和漢朗詠集・梅・九四・赤人）や『新撰六帖』の「君におきて見せむと思ひしさしぐしをあした夕べに誰かとりけん」（第五・くし・一六七二）があって、言わば六帖系類題集に細い系譜を辿ることができる。前者は『和漢朗詠集』歌として基政は見知っていたであろうし、後者は基政にはより身近であったろうか。また、『新古今集』の「ひとりのみながめて散りぬ梅の花知るばかりなる人は問ひ来ず」（春上・題しらず・五四・八条院高倉）等の、花を共に眺めるべき人が落花までに訪れない旨を言う類型の中にある歌でもある。

⑥散《ち》るを憂《う》しと思《おも》ひし花《はな》ぞ待《ま》たれける春来《はるく》るごとにもの忘《わす》れして（〔第六〕はな・三九三。三十六人大歌合・一一二）

大枠として、落花を厭いながらもなお桜に執心する、という伝統的な類型の範疇にあるが、下句に趣向がある。一首の意想の先例を探ると、『貫之集』に「散る時は憂しといへども忘れつつ花に心のなほとまるかな」（六五四）があり、これは、第二句「憂しと見れども」の形で、『万代集』（春下・三六一）と『雲葉集』（春中・一八五。新千載集・春下・一四一にも）に採られている。これに負った作であろうか。また、「…来るごとに」の措辞で、めぐる季節毎の不変の自然を詠む歌は散見されるが、やはり『万代集』に見える「新しき春来るごとに古里の春日の野辺に若菜をぞ摘む」（春上・六一・能宣。続詞花集・春上・一三。能宣集・一二六。続千載集・春上・三三）が、基政に身近な例か。「もの忘れして」の句の先行例は、『千五百番歌合』に慈円の「いかにとよ恋しきことをよしなしと思ひ果つればもの忘れして」（恋二・二四三四）があるが、これも『万代集』に「知る人も知られざりけりうたかたの憂き身はいさやもの忘れして」（恋四・二四一〇・小町。続後撰集・恋五・九九三）が見えるのである。あるいは基政には、『万代集』を披見する機会があったのであろうか。

二　『東撰六帖』採録歌

正嘉元年（一二五七）十一月～正元元年（一二五九）九月[7]の成立で、基政自身の撰と推定される『東撰和歌六帖』は、第一春のみの零本と、第一～四の四季部の抜粋本が現存する。前者には三首、後者には六首見え、重出は一首⑧。後者の後四首の位置は、「基政」。前者から見る。

⑦明《あ》くる夜の鳥は空音《そらね》になり《成》にけり霞にとづる逢坂《あふさか》の関（霞・二五）

函谷関の孟嘗君の故事を踏まえた、清少納言の「夜をこめて鳥の空音にはかるともよに逢坂の関はゆるさじ」（後拾遺集・雑二・九三九。百人秀歌・六〇。百人一首・六二、二句「鳥の空音は」）を本歌とする。「空音」は鳴き真似の意だが、「明くる夜」「霞」の縁で、天空の意の「空」が響く。「霞にとづる」の句は、「誰が里の春のたよりに鶯の霞にとづる宿を問ふらん」（千載集・雑上・九六二・紫式部）に学ぶか。ただしこれは、夫宣孝の喪中を寓意したもので、内容上の繋がりは希薄である。「とづる」は、霞にすっかりおおい閉ざされる意に、「逢坂の関」の縁で、関を閉鎖する意を掛ける。即ち、「孟嘗君の故事のように鶏の鳴き真似をしても決して通過を許すまいとされる逢坂の関、そこでは夜明けの本当の鶏の声も嘘の声になってしまったのだな。人ならぬ霞によって関はいまだ開けることなく閉じているよ。」という趣旨の歌であろう。なお、『続門葉集』に「明けぬとて行末急ぐ関の戸も霞にとづる逢坂の山」（春上・関霞をよめる・五三・蓮蔵院右王麿）という類歌が見える。

⑧梅の花笠《はなかさ》に縫《ぬ》ふてふ青柳の糸鹿《いとか》の山に鶯ぞ啼く（三六・鶯。抜粋本・春・二一）

「青柳を片糸によりて鶯の縫ふてふ笠は梅の花笠」（古今集・神遊びの歌・返し物の歌・一〇八一）を本歌にして、(8)その「青柳」の縁で紀伊国の歌枕「糸鹿の山」を詠み併せて、不自然さを感じさせない一首に仕立てている。この「青柳の糸鹿の山」の詞続きは、順徳院の「青楊の糸鹿の山の桜花都の錦たち帰り見ん」（紫禁和歌集・同〔建保四年十一月一日〕比、不廻時日詠七十首、其内廿首入火中・九六七）や、その影響下にあるのかもしれない為家の「青柳の糸鹿の山の桜花都のほかも錦とぞ見る」（為家集・春・康元元・良守法印勧進熊野山廿首・一五二）があり、他にも雅有（隣女集・一五）や実材母（実材母集・四八六）等の家集に見えている。また、時朝には「竜田姫錦織るべき色染めて糸鹿の山に時雨降るなり」（時朝集・秋・紅葉・二〇七）があり、「糸鹿の山」の鎌倉期の一定の流行が窺われる。

⑨我《わ》が背子《せこ》が標《しめ》野の原の壺菫《つほすみれ》あなかま人に摘《つ》ませずもがな（二六九・菫菜）

上句の詞続きは伝統的ではない。特に初二句の、愛しい我が夫の標野、と言い得る立場は、本来極めて限定されるはずである。「標野」の「壺菫」も、決して一般的ではない。誤用とすれば基政の詠作の方法のみならず『東撰六帖』の撰歌姿勢にも関わるが、何らかの典故に依拠したものであろうか。「あなかま」の用例は、『古今六帖』が早く、勅撰集にも散見するが、『新撰六帖』で四首（七一八・知家、一一一〇、一四八〇・真観、一八〇九・信実）詠まれていることは注意してよいであろう。

続いて、抜粋本は、重出を除き以下の五首である。

⑩道の辺《へ》の里の木末に注連《しめ》掛《か》けて今日《けふ》神祭《まつ》る遠の山本《もと》（夏・神祭・八三）

一首は、「今日、遠山の麓の里では、道ばたにある木の梢に注連縄を掛けて、神を祭っているよ。」といった趣意である。「我が庵は三輪の山本恋しくはとぶらひ来ませ杉立てる門」（古今集・雑下・九八二・読人不知）を念頭に置き、為家の『新撰六帖』詠「道の辺の杉の下枝に引く注連は三輪据ゑ祭るしるしなるらし」（第六・すぎ・二四三二。現存六帖・六八一、第二句「杉の下葉に」）にも負うか。とすれば、「木末」の木は具体的には「三輪の神杉」が想起される。第四句「今日神祭る」は、「今日祭る三笠の山の神ませば天の下には君ぞ栄えん」（後拾遺集・雑六・一一七八・範永）を初めとする「今日祭る（神）」が基になっていよう。

⑪時は今五月《さ》になれや照射《ともし》する賤機《しつはた》山にたた《い》ぬ日もなし（夏・照射・一五四）

五月の賤機山における照射狩りの盛行に懈怠なき、を詠む。「賤機山」という場所(9)はともかくも、なんらかの実体験が反映するか。「たたぬ」は「立たぬ」に駿河国の歌枕「賤機山」の縁で、「裁たぬ」が掛かる。初二句は、『万葉集』の「時は今は春になりぬとみ雪降る遠き山辺に霞たなびく」（巻八・春雑歌・一四三九・中臣武良自。初句「時者今者」の現行訓は「ときはいま」）に遡源する措辞ではあるが、これが『新古今集』（春上・九・読人不知）に入集して以降は、鎌倉前中期に、『建保名所百首』の「時は今春になりぬとみしま江のつのぐむ蘆にあは雪ぞ降る」（春・三島江・一一〇・行意）を初めとして、『新撰六帖』の「秋も今なかばになれや我が背子がかざしの萩もうつろひにけり」（第一・は月・一三一・家良）や「時は今過ぐすと思へど浅茅生の小野の盛りの花をやは見る」（第六・あさぢ・二一二四・信実）等の類辞が見えている。後二者は、基政が見習っていて不思議はない。また、宗尊には、右の「時は今は春になりぬと」を本歌にした「時は今は冬になりぬと時雨るめり遠き山辺に雲のかかれる」（宗尊親王三百首・冬・一七一。瓊玉集・冬・二七三）の作があるし、『続古今集』には「時は今は秋ぞと思へば衣手に吹き来る風のしるくもあるかな」（秋上・二八四・家持）が採択されている。こういった時代の傾向が基政の表現を支えたか。

ちなみに、基政詠に類する措辞を用いた後出歌に、永福門院の「神祭る卯月になれや榊葉にみ注連延へたる朱の玉垣」（永福門院百番自歌合・四一）があり、また、恐らくはその影響下に『師兼千首』にも「神祭る卯月になれや今日しはや注連さし渡す杜の下陰」（夏・杜首夏・二〇二）が見える。

⑫あだに見るたぐひなれとや朝貌《がほ》の色に咲くらん月草の花（秋・鴨頭草・二二九）

これは、「徒にはかなく見える同じ類であれと、月草は、朝顔と同じ色に咲いているのであろうか。」との意である。「月草」は露草、「朝顔」は桔梗や槿や牽牛子等とされるが、実体や各時代の通念は必ずしも分明ではない。しかし、両花は共に、朝露に咲くとされ（万葉集・二一〇四、同・二二八一・作者未詳等）、その花は短い命（万葉集・二七五六、新古今集・三四三・好忠）のはかないものとして、世の中や人の心などによそえられている（古今六帖・二一九五、同・三八四四・作者不記、後拾遺集・三一七・和泉式部等）。しかしまた、前者は染料として色が「うつる」「うつろふ」の類縁で詠まれる傾きが強く、後者はむしろ開花の時間の短さにまつわる詠み方が多く、また、「朝顔の」は、「咲く」の枕詞として用いられてもいて、歌の表現上では両歌を同類視することは必ずしも常套ではない。実感に基づく詠作であろうか。「色」は具体的には青色系であろうが、その色調だけではなく様子・雰囲気までを言ったものであろう。

⑬明けやらで寝《ね》覚め夜長《よなか》き手枕に涙の限《かき》り降《ふ》る時雨かな《哉》（冬・時雨・三六七）

上句は、「明けやらで寝覚め」で一旦切れて、「夜長き手枕に」と続く。「手枕」は、ここでは肘枕での独り寝。つまり一首は、「夜が明け切らずに目を覚まして、明け方までまだ長い夜の肘枕の独り寝に、涙をありたけ流すほどに時雨が降るよ。」という意味である。「なよ竹のよ長き上に初霜のおきゐて物を思ふ頃かな」（古今集・雑下・九九三・忠房）を踏まえるか。「涙の限り」の先例は、「またもこそかく行く人と別れ惜しめ涙の限り君に泣きつる」（貫之集・遠く行く人に別れ惜しみて・七二八。古今六帖・第四・わかれ・二三四四・作者不記、上句「たまもこそもの へ行く人わが惜しめ」）があるが、これは、ありたけの涙を振り絞って、といった意味か。該歌の「限り」には、この趣意も感じられるが、むしろ「侘び人や神な月とはなりにけむ涙のごとく降る時雨かな」（新勅撰集・冬・三六四・元方）に近く、流す涙と同じ程度に、との意に寄せて解するべきであろうか。

⑭蘆鴨の立《た》ちゐに騒《さは》ぐ跡ばか《斗》り氷りもはてぬ冬の池水（冬・氷・四二二）

「池水や氷解くらむ蘆鴨の夜深く声の騒ぐなるかな」（拾遺集・冬・二三一・行頼）の趣向の変型である。後代まで、「蘆鴨の群れゐる方の池水や氷りもはてぬ汀なるらん」（新後拾遺集・雑秋・八〇七・和氏）等と詠まれ、類例は少なくない。「立ちゐに騒ぐ」は、他には『澄覚法親王集』（二六三）に見える程度だが、「水鳥の立ちゐて騒ぐ磯の巣は浮かべる舟ぞよそに過ぎける」（人丸集・二八四・すはう）と詠まれ、また（千鳥等が）「立ちゐ鳴く」（金葉集・六八四・源顕仲等）とも言い、水鳥類が、水面から飛び立ったり浮いていたりして、入り乱れて鳴騒する状態を表す。

三　『新和歌集』採録歌

続いて、正元元年（一二五九）八月十五日～同年十一月十二日の成立で撰者は藤原時朝、と考証されている、[10]『新和歌集』所収歌を見る。ただし、十二首の内、『宗尊親王家百五十番歌合』の歌四首は、後に同歌合の項で取り上げる。

⑮梅の花咲《さ》かぬ限《かき》りは鶯《うくひす》の鳴《な》きての春《はる》もあらじとぞ思ふ（春・一五）

詞書は「藤原時朝よませ侍りける五十首歌中に」。本集撰者にも比定され、宇都宮氏の眷属で笠間を本拠とした時朝主催の五十首歌である。本集で他に「藤原時朝五十首歌に」とする詞書の基政の三首（一五四、四二七、五六六）も、同じ機会の作であろう。この詞書の次番歌で詞書を付さない親行（一六）と円嘉法師（一五五）の詠も同五十首歌の可能性があろうが、本集の詞書の理法が勅撰集などのそれとまったく同様かはなお明確ではない。確かなことは、基政と基隆は「時朝五十首」を詠み、それが『新和歌集』に採歌されているということである。

基政詠は、「春来ぬと人は言へども鶯の鳴かぬ限りはあらじとぞ思ふ」（古今集・春上・一一・忠岑）を本歌とし、それに異を唱える趣向を立てる。春にまず鳴く鶯と咲く梅の詠み併せは春歌の常套で、春は両者併存を当然とする通念の上に、例えば実朝は「我が宿の梅の初花咲きにけりまづ鶯はなどか来鳴かぬ」（金槐集定家所伝本・春・一三）と詠んでいる。これは諸注が指摘するように、「我が宿の梅の初花昼は雪夜は月とも見えまがふかな」（後撰集・春上・二六・読人不知）や「我が宿の池の藤波咲きにけり山郭公いつか来なかむ」（古今集・夏・一三五・読人不知）および「藤波の繁りは過ぎぬあしひきの山時鳥などか来鳴かぬ」（万葉集・巻十九・四二一〇・久米広縄）に、用詞や趣向を倣った詠作であろうが、同時に『源氏物語』の同工異曲「心ありて風の匂はす園の梅にまづ鶯の問はずやあるべき」（紅梅・五九一・紅梅大納言）を意識していようか。該歌も、「春さればまづ鳴く鳥」（万葉集・巻十・春相聞・一九三五・作者未詳）である鶯の声に梅の開花が併せられてはじめて、「春」が言わば本格的に到来すると言った通念の表出であろう。なお、「鳴きての春」はやや俗に傾いた言い方であろうか、先行例は見えない。ちなみに、後代の契沖詠「雪消えぬ垣根の梅は鶯の啼きての後もあらじとぞ思ふ」（漫吟集・春中・梅・二二二一）は、同じく「春来ぬと」歌を本歌にするが、「鳴きての」の一致が目に付く。偶合であろうが、もし契沖が基政の歌に目を向けていたことの反映だとすれば興味深い。

⑯紛《まか》へばや青《あを》葉まじりの桜色に今《いま》は卯月《うつき》の花染めの袖《そで》（夏・題しらず・九〇）

第二・三句は「夏山の青葉まじりの遅桜初花よりもめづらしきかな」（金葉集・夏・九五・盛房）に、結句は「折節もうつればかへつ世の中の人の心の花染めの袖」（新古今集・夏・一七九・俊成女）に拠る。「花染め」は露草の汁による染色で、右の俊成女詠の本歌でもある「世の中の人の心は花染めのうつろひやすき色にぞありける」（古今集・恋五・七九五・読人不知）以来、うつろいやすさの喩えで詠まれ、「花染め衣」などとも言う。その色は本来縹色とされるが、歌では春の着衣の桜色として詠まれる。ここでは、「青葉まじりの桜色」に紛う「卯月の花染めの袖」であり、あるいは表白・裏縹（など青色系）といった桜襲を言ったものであろうか。「ばや」は、終助詞で意向の意に取る。また、「今は卯月」には、「今は憂」あるいは「今はうつ（ろふ）」が掛けられているか。つまり一首の解釈は、「今は（春ではないので憂く辛い）卯月となって着ているこの花染めの衣は、（春のただ桜の花だけの色からうつろった）夏の青葉に交じっている遅咲きの桜の色として見なしたいものだ。」ということになろうか。少しく新奇な工夫のある歌と言えるか。

⑰大荒木《おほあらき》の杜の下露《つゆ》いとはやも草葉《は》に置《お》きて秋は来《き》にけり（秋・一五四）

「藤原時朝五十首歌に」の詞書（⑮参照）。本歌に取った「大荒木の杜の下草茂りあひて深くも夏のなりにけるかな」（拾遺集・夏・一三六・忠岑。新撰朗詠集・晩夏・一五九他）の季節を転換する。この手法は早く、例えば「大荒木の杜の紅葉葉散り果てて下草枯るる冬は来にけり」（堀河百首・冬・初冬・八九〇・藤原顕仲。万代集・冬・一二六三。続古今集・冬・五五九）と試みられている。山城国の歌枕「大荒木の森」（この下草）は、『古今集』の「大荒木の森の下草老いぬれば駒もすさめず刈る人もなし」（雑上・八九二・読人不知）を原拠に多くの派生歌を生むが、該歌も大枠ではその一首である。腰句「いとはやも」も、「いとはやも鳴きぬる雁か白露の色どる木木も紅葉ちあへなくに」(古今集・秋・二〇九・読人不知)を淵源とする。当然、これらを基政は学んでいたであろう。なお、「杜の下露」は、『新古今集』(二七一・讃岐、一三二〇・定家)に見えて同時代以降に定着したと思われる語だが、『東撰六帖』に「白雨《ゆふだち》の涼しく晴るる山風に日影も弱き杜の下露」(抜粋本・夏・白雨・一八一・親行)が採録されている。

⑱なべて世《よ》に物のあはれを知《し》ることも秋の夕べやはじめなり《成》けん(秋・一八八)

詞書は「秋夕」。「大底四時心惣苦(おほむねしいしこころすべてねんごろなり) 就中腸断是秋天(このなかにはらわたのたゆることはこれあきのてん)」や「物色自堪傷客意(もののいろはおのづからかくのこころをいたましむるにたへたり) 宜将愁字作秋心(うべなりうれへのじをもてあきのこころにつくれること)」(和漢朗詠集・秋・秋興・二二三、二二四・白居易、小野篁)とされ、「物のあはれは秋ぞまされる」(拾遺集・五一一・読人不知)と言い、「秋は夕暮」(枕草子)と言う、詩歌の「秋思」を基底にした秋夕の情趣の通念を踏まえつつ(㊻参照)、あらためて世の「物のあはれ」を自覚した始原を思いやる趣意。例えば『現存六帖』の「なべて世のあはれは知るやきりぎりす壁に生ふてふ草のゆかりに」(きりぎりす・三四二・式乾門院御匣)のように、秋の個別の景趣に世間全般の「あはれ」を見る趣向を、より大柄に仕立てたような一首である。直接には、『千五百番歌合』の「なべて世のあはれも秋の風そよぐ夕暮よりや思ひ初めけん」(秋四・一五九六・公継)に倣ったか。判者定家は右方の家隆詠に優位を見ているが、公継歌については「夕暮よりや思ひ初むらんなどをかしく見え侍るを」と、世の「あはれ」を秋の夕暮に思い始めるか、という趣向を評価しているのである。ちなみに、『新和歌集』で該歌の次番に位置する時朝詠「あはれ世の憂きも辛きも知ることは秋の夕べぞたよりなりけり」も、基政詠と類想である。

⑲徒歩《かち》人は暁ごとに急《いそ》げども宿《やと》に先立《さきた》つ夕暮《くれ》ぞなき(離別・四二七)

詞書は「藤原時朝五十首歌に」(⑮参照)。同時代の寂身詠「暮れぬとて野中の庵に宿借れば先立つ人ぞ主顔なる」(寂身法師集・百首中　寛喜二年・雑・夕旅・一七九)を参照すれば、この「先立つ」は、先に旅立って行き旅宿に先着する意に解し得ようか。即ち一首は、徒歩の旅人は毎暁に出立して道を急いでも、次の宿所に夕暮より前に着くことはない、といった主意か。「夕露の庵は月を主にて宿り遅るる野辺の旅人」（拾遺愚草・秋・野宿月、権大納言家、貞応・二二八八。雲葉集・秋中・五四六・定家。続古今集・羈旅・八八九）と同工異曲と言えようか。直接の実感とまでは断言できなくても、鎌倉京都間の往来が恒常化した時代性を背景として、自らも往還した基政の経験や見聞が下敷きになって成立した作とは言えよう。

⑳敷栲《しきたへ》の枕の塵《ちり》となりにけり年経《としへ》て逢《あ》はぬ恋《こひ》の積《つ》もりは（恋上・五六六）

詞書は「藤原時朝五十首歌に」（⑮参照）。「敷栲の枕の塵や積もるらん月の盛りはいこそ寝られね」（後拾遺集・雑一・連夜に月を見るといふ心をよみ侍りける・八三八・源頼家）を本歌とする。「敷栲の」は「枕」の枕詞。「塵」と「積もり」は互いに縁語で、「塵となりにけり」には、（枕の）塵や埃となってしまったの意に、（恋の積み重ねは）価値の無いものとなってしまったの意が重なり、「積もり」には、恋の（状態や思いの）積み重ねの意に、塵の堆積の意が重なる。「恋の積もり」は用例希少だが、「筑波嶺の峰より落つるみなの河恋ぞ積もりて淵となりける」（後撰集・恋三・七七六・陽成院。百人秀歌・一二。百人一首・一三）の下句からの変成か。

㉑塩木《しほき》樵《こ》る海人《あま》の行《ゆ》き来の跡見《あとみ》えて浦《うら》より続《つ》く山の細道《ほそみち》（雑上・題しらず・七八一）

「塩木」は、塩焼きのために燃やす木の意。多用される語ではない。「須磨の海人の樵れる塩木は燃ゆれども人に知られぬ我が恋ならん」（忠岑集・をんなのもとに、はじめてやり侍りし・一五六）や「海人びとは塩木も積みにいはふちのひらたけわたにさして行かなん」（伊勢大輔集流布本・ふぢのきのふねにたるに、ひらたけおしほして、これを題にてうたよみてといひたる人に・一四四）等が古い例で、基政と同時代の『秋風集』には「里の海人の積むや塩木の幾重まで重ねてからく物思ふらん」（恋上・七三二・平しげゆき）が見える。これらが序詞中や題詠の歌材として用いられているのに対して、「浦近き山路にもまたなれにけり塩木樵り積む里の海人」（明日香井集・百日歌合・塩木・七一七）や「東路の湯坂を越えて見渡せば塩木流るる早川の水」（夫木抄・はやかは、相模・一〇九四三・安嘉門院四条。左注「此歌路次記曰、足柄の山は道遠しとて、箱根にかかるなりけり、いとさがしき山をくだる人の足もとどまりがたし、湯坂とぞいふなる、からうじてこえ果てたれば又麓に、早川と云ふ河有り、誠にはやし、木の多く流るるをいかにと問へば、海人の塩木流すといふと云云」）等は、基政歌も含めて、いずれも京都・鎌倉往還の経験を有する作者によって叙景の景物として詠まれている点で興味深い。基政の歌作の環境の一端が窺われる。

㉒行末を思《おも》へば何《なに》か歎くべきさすが頼《たの》みはある身なり《成》けり（雑下・題しらず・八七〇）

一般には、例えば「頼みある身の行末と思はばやなぐさめてだにこの世過ごさん」（続後拾遺集・雑下・一一七三・読人不知）のように、身の「行末」つまり来世は、頼み難きものという通念あるいは定論の上に歌も詠まれるはずであるが、該歌は趣を異にする。「さすが」は、なんといってもやはり、という程の意であろうか。具体的に「頼み」が何を指すのかは分明ではない。後の例に、詞書を「阿弥陀経の六方証明の心を」とする「頼みある誓ひの上に重ねても三世の仏のまことをぞ知る」（続門葉集・九五六・法印定任）といった一首がある。この「六方証明」とは「六方護念」「六方証誠」とも言い、『阿弥陀経』に、六方の仏たちが阿弥陀仏の不可思議な功徳を讃歎することをいう」（中村元『仏教語大辞典』）という。やはり基政の場合も、阿弥陀仏への全面的信頼感の表出であろうか。なお、「思へば何か…べき」の形は、基家の「身にかへて思へば何か惜しむべき花をとめても同じ別れを」（宝治百首・春・惜花・六〇四）があって、これは『現存六帖』（四三〇）『秋風集』（九九）『続古今集』（一五五。以上第二句「何か慕ふべき」）他に撰入されており、基政が参看した可能性がある。

四　『宗尊親王家百五十番歌合』所収歌

ここで、弘長元年（一二六一）七月七日『宗尊親王家百五十番歌合』の歌を見たい。同歌合は、恐らくは真観の企図によるかとも想像されるが、机上に番えられたのだとしても、当時の主要な在関東歌人が出詠して、京都の前内大臣基家の判を得ている（八月十七日到来）。「前壱岐守基政」は右方五人目で、左方「前遠江守時直」と番えられている。時直は、北条時房男で、『続古今』の二首以下『続拾遺』『新後撰』『続千載』に各一首の入集の歌人である。

㉓春はまた《又》ねぐらさだむる梅が枝《え》に咲《さ》きも咲《さ》かずも鶯ぞ鳴《な》く（春・五番・一〇）

⑮に記したように、贅言するまでもなく詩歌上に梅と鶯は一対の素材だが、梅の花の咲いている時はもちろん、「梅が枝に来ゐる鶯春かけて鳴けどもいまだ雪は降りつつ」（古今集・春上・五・読人不知）とか、あるいは「来つつのみ鳴く鶯の故郷は散りにし梅の花にぞありける」（新勅撰集・春上・三六・是則。亭子院歌合・春・五・躬恒。古今六帖・第二・ふるさと・一三〇三・興風）や「花はみな散りはてぬとも梅が枝の故郷問はん鶯もがな」（寂蓮集・二三八）などともあって、梅の咲く以前から散った以後までをとおして、鶯は梅に居るべきものとの認識に立って詠まれているのである。その梅の枝を「ねぐら」という詞で表す原拠は、『拾遺集』の「天暦御時、大盤所の前に、鶯の巣を紅梅の枝に付けて立てられたりけるを見て」と詞書する一条摂政藤原伊尹の「花の色は飽かず見るとも鶯のねぐらの枝に手なな触れそも」（雑春・一〇〇九）であろうか。また、「咲きも咲かずも」の措辞は、後代の宗祇（宗祇集・二六）や肖柏（春夢草・一一二）の用例が見える程度だが、承安三年（一一七三）八月十五日夜三井寺（園城寺）鎮守新羅社の社頭で披講という『三井寺新羅社歌合』には「雲のゐる遠の高嶺の桜花咲くも咲かぬも別れざりけり」（遥見山花・七・明智）の類例が見える。しかしそれよりも、『古今集』東歌（一〇九六）や『後撰集』蟬丸詠（一〇八九。百人秀歌・一六。百人一首・一〇）の「知るも知らぬも」や、その類韻で平安時代（安法集・八一、高遠集・二一三等）から散見する「散るも散らぬも」等の、類似表現から派生した措辞かとも疑われるが、明確ではない。基政が学び用いた言詞の範囲の問題としてなお留意されるのである。

左方の時直詠は「明日香《あすか》風いたづらならず吹きにけり故《ふる》郷遠《とを》く匂《にほ》ふ梅が枝《え》」（九）で、判詞に「左、下句ことのほかにすぐれ侍《はべ》らむ」と絶賛されている。明日香から藤原に遷都後に志貴皇子が詠んだ「たをやめの袖吹き返す明日香風都を遠みいたづらに吹く」（万葉集・巻一・雑歌・五一。初句現行訓「うねめの」）を本歌に、第四句をやや新鮮な「故郷遠く」に詠み換えつつ、梅の香りを詠み益して本歌から少しく離れた歌境となっている点が評価されたのであろうか。

㉔散《ち》り残《のこ》る春もこそあれ有りて世の果《は》てとな言《い》ひそ花の聞《き》かくに（春・二十番・四〇。新和歌集・七六）

「残りなく散るぞめでたき桜花ありて世の中果ての憂ければ」（古今集・春下・七一・読人不知）と「それをだに思ふ事とて我が宿を見きとな言ひそ人の聞かくに」（同・恋五・八一一・読人不知）を本歌に取り併せる。同時に、「ありて世の果てし憂ければ花のためうしろやすくぞ風は吹きける」（雲葉集・春中・花の歌に・一九六・前摂政家民部卿〔真観藤原光俊女〕。現存六帖・はな・四二八。閑窓撰歌合・五五）に応じて反駁したかのような趣がある。宇都宮景綱にも、同様にこの一首に応駁したような「ありて世の後は憂くとも桜花さそひな果てそ春の山風」（続拾遺集・雑春・五一〇）の作があって、該歌と併せ勘案すると、『雲葉集』あるいは『現存六帖』所収歌の関東圏での享受や、御家人歌人達の学習範囲を垣間見るようにも思われるのである。また、基家の判詞には「右はさも侍《はべ》りなむ」とあり、これは、判者基家が先に『雲葉集』に撰入した真観女歌を踏まえたことを承知した物言いにも聞こえ、あるいは事前に撰者が基家であることを知った上での基政の意識的作歌をも疑わせもするのである。

なお、初二句は、「散り残る花もやあるとうちむれて深山隠れを尋ねてしかな」（新古今集・春下・一六七・道信）や「身にかへてあやなく花を惜しむかな生けらばのちの春もこそあれ」（拾遺集・春・五四・長能）等を初めとする歌に用いられた、伝統的歌句の組み合わせとも言える。

左時直詠は「いつはとは時は分《わ》かねど帰《かへ》る雁鳴《な》きて別《わか》るる暁ぞ憂《う》き」である。「いつはとは時は分かねど秋の夜ぞ物思ふことの限りなりける」（古今集・秋上・一八九・読人不知）を本歌とするが、これは判詞に「左、初五文字よりあまりに本歌結縁《けちえむ》に聞《き》こゆ」と、本歌につきすぎていることが咎められている。

㉕一夜結《ゆ》ふ菖蒲《あやめ》の枕秋ならば七夕つめに貸《か》さましものを《物》（夏・卅五番・七〇）

一首は、「夏の一夜仮に菖蒲草を結ぶ枕は、もし秋であるならば一夜だけ逢い契る七夕の織女に貸すであろうものを。」との趣意である。「一夜結ふ」は、夏の短き一夜の仮寝の（菖蒲の）草枕を結ぶ、の意に、「七夕つめ」の縁で、七夕の両星が一年に一夜契りを結ぶ、の意を掛ける。「菖蒲」を「結ぶ」の方がより一般的だが、「結ふ」は、雅経（明日香井集・三九四）に作例がある他、『現存六帖』に「菖蒲結ふ五月の夜半の仮枕さぞつかのまの夢は短き」（抜粋本・第一・あやめぐさ・二七・最智法師）と見えている。判詞は「右、さる風情も侍るべし。」で、㉔と類似するが、比較的新鮮なあるべき風情が認められたということであろう。

左は「鳴《な》き古《ふ》りて後は何せむ時鳥《ほととぎす》先づ初《はつ》音こそ聞《き》かまほしけれ」（六九）。「恋ひ死なむ後は何せん生ける日のためこそ人の見まくほしけれ」（拾遺集・恋一・六八五・大伴百世。拾遺抄・二四七。原歌万葉集・巻四・相聞・五六〇、下句「ためこそ妹を見まくほりすれ」）を本歌に、時鳥の初音に対する希求を詠む。「鳴き古りて」は、先行例の見えない新奇な句形である。後出の「鳴き古りて後にかたらへ時鳥老いて聞くべき初音ならずは」（文保百首・夏・一二二五・冬平。新千載集・夏・二二〇）が、時直の歌の影響を受けたとすると、後照念院関白太政大臣鷹司冬平がどのように時直の歌を知り得たのかが問題となろう。

㉖限りありて晴《は》るれば晴《は》るる習ひぞと思はざりせば五月雨の頃《ころ》（夏・五十番・一〇〇）

「晴るれば晴るる」を強調表現と見ると、一首は、「雨にも限度（期限）があってきっと晴れるに違いないことだとも思わなかったならば、五月雨のこの頃は（どうすればよいのか）。」といった趣旨であろうか。あるいは、「晴るれば晴るる習ひぞと」には主語の転換があると見て、上句は、雨が晴れれば心が晴れるというのが当然のことだと、という意に解されなくもないか。いずれにせよ、当然そうなる現実感の表出である。この「晴るれば晴る」は、鎌倉前期に、「晴るれば曇る」（拾遺愚草・初学百首養和元年四月・秋・三九、拾玉集・難波百首（建保七年正月）、金槐集定家所伝本・秋・二五五）や「曇れば晴るる」（後鳥羽院御集・建仁元年三月内宮御百首・冬・二五六）、あるいは「曇れば曇る」（千五百番歌合・秋二・一二六八・公経、紫禁集・同〔建保元年三月十八日〕比当座、月前花・一九一）といった類辞が行われていたことに、影響されたのではないか。同時に、㉓の「咲きも咲かずも」と同様に語を畳みかける表現であり、基政の好みを示していよう。初句の「限りありて」は、『金葉集』の「限りありて散りは果つとも梅の花香をば梢に残せとぞ思ふ」（春・二一・源忠季。七七・忠通、一六四・有仁にも）以下、行く春や散る桜などの時季や自然の、あるいは別れなどの人事の、抗し難い定めの期限を言うものとして散見される。また、「思はざりせば」は、「みづうみと思はざりせば陸奥の籬の島と見てや過ぎまし」（俊頼髄脳・四三六・寛祐。袋草紙・五八六）等、やはりほとんどが「まし」と呼応する反実仮想の用法で、該歌のような例は希である。

左は「涼しさにまた《又》も結ばむ岩代《いはしろ》の野中に立《た》てる松の下水」（九九）。「岩代の野中に立てる結び松心もとけず昔思へば」（万葉集・巻二・挽歌・一四四・長忌寸意吉麿。拾遺集・恋四・八五四・人麿）を本歌とする。「またも結ばむ」は、「水」を何度も手で掬おうの意に、有間皇子の故事を踏まえた本歌の「結び松」の縁から、再びあの「松」を結ぼうの意を響かせる。「松の下」の「水」を夏の涼として詠むことは必ずしも古くはなく、『内裏百番歌合建保四年』に「立ち寄れば涼しきのみか夏衣頃も忘れて松の下水」（夏・六六・越前）と見え、「文応元年大嘗会悠紀方御屏風歌」で「玉井」を経光が「涼しさに千歳をかねて結ぶかな玉井の水の松の下陰」（続拾遺集・賀・七六二）と詠んでいる。為家にも文永五年（一二六八）「詠百首和歌」の「結ぶ手に幾日か夏を忘れ水すみなれにける松の下陰」（為家集・夏十首・納涼・一八三二）がある。同時代の小さな流行を反映していようか。判詞は無い。(11)

㉗帰《かへ》るさに花を見《み》捨てし恨《うら》みまで月に晴れたる初雁《かり》の声《こゑ》（秋・六十五番・一三〇。新和歌集・二二六）

「春霞立つを見捨てて行く雁は花なき里に住みやならへる」（古今集・春上・三一・伊勢）を踏まえ、春の帰雁が「見捨て」て花を見ることができなかったことへの恨みまでを晴らして、秋の月が曇りなく照る中で初雁が鳴き渡ってくる、との趣意か。第二句「花を見捨てし」の措辞は、「散り初むる花を見捨てて帰らめやおぼつかなしと妹は待つとも」（拾遺集・春・五九・能宣）が早いが、伊勢詠の影響も手伝ってか、「花を見捨てて」の形で、『堀河百首』（一九六・師頼、一九七・顕季）を初めとして院政期以降に帰雁の歌に用いられている。その後、「花を見捨てし」の形では、後鳥羽院に『正治初度百首』（三四）の作例が見え、『百首歌合建長八年』に源具氏が「何とこの花を見捨てし心もて紅葉の頃は雁の鳴くらん」（秋・六一八）と詠んでいる。あるいは基政はこの具氏の一首に学ぶところがあったかもしれない。具氏詠が、春の「花を見捨て」たのに紅葉の秋にはやってきて鳴く雁の「心」への懐疑の趣向であるのに対して、基政詠は、「花を見捨て」て帰らざるを得なかった雁はしかしそのことを「恨み」としていると見て、言わば心ある雁を詠みあげていようか。

なお、「月に晴れたる」の詞句は、早い例が見えない。貞和五年（一三四九）頃光厳院主催と推定されている『歌合』に光厳院自身の「かやり火の煙一すぢ見ゆるしも月に晴れたる里の遠方」（七）があり、『風雅集』にも「くひな鳴く森一群は木暗くて月に晴れたる野辺の遠方」（夏・三七八・実明女）があって、それ以後に数例が見える。勅撰集では、右の実明女の歌が孤例である。ちなみに、類句を含む作には、飛鳥井雅有の猶子で父と同じく関東に祗候した雅孝に「隔てつる垣根の竹も折れ伏して雪に晴れたる里のひと村」（玉葉集・冬・九九二）があるが、これは基政詠に刺激されたのではないだろうか。この「雪に晴れたる」も、勅撰集では『玉葉集』のこの歌が唯一の例であり、「月に晴れたる」歌の『風雅集』撰入に通うのである。いわゆる京極派の「特異句」（岩佐美代子「玉葉風雅表現の特異性」『京極派歌人の研究』昭四九・三、笠間書院）の類を、基政が先行して詠じていることになる。

左は「秋の来《く》る方をや空に知《し》りぬらん西より出づる三日《か》月の影」（一二九）。五行説の秋と西の対応に従って、陰暦十八日頃の月、広義には有明の月が東に出て昇る時分に、西に入り残る三日月を「西より出づる」と見なした、やや誹諧に傾く趣向かと思われる。判詞に「左、下句かやうの事短慮及び難《かた》し」と評されるとおりだが、ここには判者基家側の北条氏の一員への遠慮があるようにも見える。それはともかく、右の基政歌も新奇な詠みぶりと考えられるが、この左の時直詠との比較からか、「右は常のかたにて勝ち侍《はべ》りなん」と、常套の歌のごとく評価されているのである。

㉘紅葉せぬ常磐《ときは》の山に降《ふ》る雨は秋も緑《みどり》の色や添《そ》ふらん（秋・八十番・一六〇。新和歌集・七三八、結句「色や染むらん」）

「紅葉せぬ常磐の山に住む鹿はおのれ鳴きてや秋を知るらん」（拾遺集・秋・一九〇・能宣。和漢朗詠集・秋・鹿・三三六）を本歌にし、秋は紅の通念に異を立てて、山城国の歌枕「常磐の山」の「常磐」の縁で雨が「緑」を加える、とする趣向。先行類歌に「山城の常磐の杜の夕時雨染めぬ緑に秋ぞ暮れぬる」（新勅撰集・雑四・一二七〇・行意）があるが、「緑の色」を「添ふ（染む）」が該歌の工夫と言える。

左は「秋更《深》けぬいつまでとてかきりぎりす壁《かへ》に生ひたる草に鳴《な》くらん」（一五九）。『礼記』（月令）の「季夏之月（陰暦六月）の「温風始至、蟋蟀居レ壁」を踏まえ、また、木蔦あるいは万年草の異称で、「壁に生ふ」「草」と詠まれる「いつまで草」（堀河百首・異伝歌五二・公実、久安百首・一〇七五・堀川）の縁で、「秋更けぬいつまでとてか」即ち秋も更けてしまったのにいったいいつまでといって、晩夏に壁に居るという蟋蟀は「壁に生ひたる草に」鳴いているのだろうか、と言う。判詞は「左、壁《かへ》に生ふるいつまで草の莓と近《ちか》く侍るべしにや、右は猶勝つにこそ侍らめ」とある。時直詠が咎められた近時の類歌は、『夫木抄』所伝の順徳院の「壁に生ふるいつまで草のきりぎりす秋待ち顔の露や忍ばん」（夏三・夏虫・百首御歌・三七三七）であろうか。

㉙踏《ふ》み分けし紅葉の跡も見《み》えぬまでまた《又》降《ふ》り隠《かく》す庭の白《しら》雪（冬・九十五番・一九〇。新和歌集・三一九、初句「ふみわけて」）

初二句については、「奥山に紅葉踏み分け鳴く鹿の声聞く時ぞ秋は悲しき」（古今集・秋上・二一五・読人不知）から派生して、人の訪尋に関わり「紅葉踏み分け」を援用する歌が、基俊（基俊集・一四八）を経て定家（拾遺愚草・三五二、同員外・五四一）や家隆（壬二集・一二二四）に見えていて、特に家隆の『正治初度百首』詠「おのづから紅葉踏み分け問ふ人も道絶えそむる庭の霜かな」（冬・一四六〇。壬二集・四五七）は、一首全体の景趣の上でも該歌に類似する。基政が見習ったのであろうか。一方、「見えぬまで」に着目すれば、「山里は行き来の道の見えぬまで秋の木の葉にうづもれにけり」（詞花集・秋・一三三・好忠）を踏まえ、その時季を展開したかのような趣がある。また一方、下句について見れば、公重に「問ふ人の跡踏みつくる庭の面をまた降り隠す今朝の白雪」（風情集・雪中客来・三四七）という、該歌に類想の一首がある。基政詠は、先行する類歌に比して、秋の紅葉と冬の白雪の詠み併せにより季節の移ろいをも表現している点が、新鮮と言えようか。

なお、同じ『宗尊親王家百五十番歌合』には基政の弟基隆の「問はれつる跡ともしばし見るべきになほ降り隠す庭の白雪」（冬・二二四→次節⑱）という類似歌が見える。この歌合は机上に番えられたと思しいので、必ずしも弘長元年（一二六一）七月七日かその直前に両者が詠出したとは限らないけれども、兄弟間相互の影響関係は見てもよいかもしれない。また、この歌合の主催者宗尊が二年程後に詠じた「冬の来てこやもあらはになりにしをまた降り隠す雪の寒けさ」（柳葉集・巻三・弘長三年八月、三代集詞にて読み侍りし百首歌・冬・四二九）は、「蘆の葉に隠れて住みし津の国のこやもあらはに冬は来にけり」（拾遺集・冬・二二三・重之）の詞を取り本歌とするが、下句には基政詠の影響もあろうか。さらにまた、『玉葉集』には「踏み分けし昨日の庭の跡もなくまた降り隠す今朝の白雪」（冬・九六一・俊光。俊光集・三九五、第三句「跡をさへ」）という、基政詠に酷似した歌が見える。作者俊光は、京都・関東を往還して朝幕間の調整に当たって関東に没した歌人である。基政詠を俊光が見習った可能性を見てもよいのではないだろうか。

左は「相坂の関のこなたや時雨るらん音羽《をとは》の山に雲かかるなり《也》」（一八九）。「音羽山音に聞きつつ相坂の関のこなたに年を経るかな」（古今集・恋一・四七三・元方）を本歌にして、西行の「秋篠や外山の里や時雨るらん伊駒の嶽に雲のかかれる」（新古今集・冬・五八五）の趣向を模したものであろう。基家の判詞は「雲かかるなり《也》、の二字心ゆかずや、右勝ち侍るべし」で、時直詠の「なり」が意味をなしていないことが咎められている。これについては、「なり」が伝聞推定とすれば、上句の推量の「らむ」と重複して、上句と下句が共に他方の確たる根拠になり得ない。また、「なり」が断定だとしても、詠作主体のいる側で視認できるはずの「関のこなた」の状況を推測するという、上句自体にそもそも無理がある。いずれにせよ、上下句がよく呼応していないことが、この批判につながったのではないかと考えられる。ただし、作者時直は自己を関東側と認識しつつ、その関東側を「関のこなた」と言ったのではなく、本歌に即して（元方の立場で言わば直接話法風に）京都側を「関のこなた」と言ったのかもしれない。つまり、関東側から「音羽の山に雲」がかかるのを見て、京都側が「時雨」れていることを推測する趣向を立てた、ということである。そうだとしても、それは判者基家の理解するところではなかったのであろう。

㉚富士《ふし》の嶺《ね》を見《み》ざりしほどや外《ほか》にのみ雪のみ山はありと聞《き》きけん（冬・百十番・二二〇）

冬の富士の嶺それこそがまさに「雪のみ（御・深）山」である、との主旨。『万葉』以来の、例えば西行の「風になびく富士の煙の空に消えてゆくへも知らぬ我が心かな」（新古今集・雑中・一六一五他）に顕著な「煙」に寄せて「思ひ」を言う「富士」詠の流れではなく、もう一方の、赤人の「田子の浦にうち出でて見れば白妙の富士の高嶺に雪は降りつつ」（新古今集・冬・六七五他）や業平の「時知らぬ山は富士の嶺いつとてか鹿の子まだらに雪は降るらん」（新古今集・雑中・一六一六。伊勢物語・九段・一二・男）等で印象深い、四時恒節の「雪」を言う「富士」詠の延長上にあると言える（片桐洋一『歌枕歌ことば辞典』角川書店、昭五八・一二参照）。しかし、その伝統的類型を超えて、冬季雪景の富士を間近に実見した興奮を関東歌人の立場で詠もうとした趣が、基政の経歴に照らして感じられなくもない。

なお、第三句「外にのみ」は、他に伏見院の一例（玉葉集・四四一。伏見院御集・一三一五）が見える程度で、歌語としての価値はともかく、形式的にはこれも京極派の特異句（前掲岩佐論攷）である。

左は「冬もなほ《猶》浅《あさ》沢水の底見《そこみ》えてさざれ隠《かく》れぬ薄《うす》氷かな」（二一九）。初二句は、「冬もなほ浅（き）」から、摂津国の歌枕「（住吉の）浅沢（小野の）（忘れ）水」へと鎖る。「さざれ隠れぬ」は、『宝治百首』に家良の「ゆきなやみさざれ隠れぬ谷水の」（下句欠。夏・渓五月雨・九六五）という先行例がある。川底の細かく小さな「さざれ石」までが隠れることのないの意か。即ち一首は、「冬でもやはり浅い、浅沢の水は底が見えていて、水底の小石も隠れることなくうっすらと氷が張るよ。」という意味であろう。判詞は無い。

㉛夏虫の影ばかりこそ見《み》えねども身を離《はな》れたる思ひやはある（恋・百廿五番・二五〇）

この「夏虫」は蛍のこと。「夏虫」「影」の縁で「思ひ」の「ひ」に「火」が掛かる。一首は、「夏の蛍の光る姿こそ（ここを離れて）見えないけれども、その蛍の火のように燃える思いがこの我が身を離れることがあるか、あるはずもない。」という趣意である。「心」「身」不可分の前提に、消えることのない強い恋情を反語に表現したもの。下句は、「背きてもなほ憂きものは世なりけり身を離れたる心ならねば」（新古今集・雑下・一七五二・寂蓮）に拠るか。

左は「待ち侘びて今夜も深けぬとばかりもつれなき人にいかでしらせん」（二四九）。各句共に恋の常套句で、待つ恋の類型的詠作。判詞は無い。

㉜絶《た》え果《は》てむかごとを人に待《ま》たれては我が恨みさへ咎《とか》になり《成》ける（恋・百四十番・二七九）

一首はやや屈折した表現だが、解釈を記せば、「この恋（二人の仲）が（あの人の不実のせいで）絶え果てるであろうことの言い訳を（あの人がする機会が訪れるまで）、あの人に待たれたのでは、私のあの人に対する（本来正当なはずの）恨み言までもかえって罪になるのであったな。」とでもなろうか。第二、三句ならびに下句の措辞は新奇である。

左は「暁はげに言《い》ひ知《し》らぬつらさとも思《おも》はでしもや別《わか》れ初めけん」（二七八）。歌頭に「撰」とある（同歌合の奥に言う「撰言」に該当するか）[12]。夜明けの恋人との別れの辛さ一般の通念の上に、より直接には「惜しみかねげに言ひ知らぬ別れかな月も今はの有明の空」（千載集・恋五・九四六・兼実）を踏まえて、暁の別れの表現しようもない辛さを言う。判詞は「左又優《ゆう》にくだりて侍るにや」で、時直歌が雅趣を保ちつつ率直な感懐を表明している、との評価であろうか。

以上が『宗尊親王家百五十番歌合』の基政の歌である。全十番の内、判を付されている七番は、左時直を評価するもの二番（五、百四十番）、右基政を評価するもの五番（二十、三十五、六十五、八十、九十五番）で、内明確に右を勝とするのは三番（六十五、八十、九十五番）である。時直詠は、下句を称讃され一首の姿を称揚される一方で、本歌や先行歌との近接や語意の不通を咎められ奇異な趣向を不審に思われたりしていて、つまりは出来不出来に揺れがあり、素人臭さを匂わせていると言える。そのことが結果として相対的に基政詠優位の判定にも直結し、また事実内容面でも、基政歌の伝統的な詠み方（㉗）やあるべき趣向（㉔㉕）が評価されているのであり、基家という権門にして同時代の勅撰撰者となる中央歌人からの評価を通じて、基政の言わば安定した歌力を窺い得るように思うのである。また特に、本歌の取り方や先行歌の踏まえ方などにはかなり意欲的に新味を出そうとした点も見られること（㉔㉗㉘㉙）は注意しておいてよいであろう。

五　『三十六人大歌合』所収歌

引き続いて、弘長二年（一二六二）九月に、右に見た『百五十番歌合』判者基家の撰にかかると推定されている『三十六人大歌合』所収歌を見たい。同歌合は、関東方（将軍宗尊親王）の意を受け、公任の『三十六人歌合（三十六人撰）』に倣って、現存歌人三十六名を各十首（巻頭二番と巻軸一番）と五首ずつ計二百十首十八番に番えたもので、当代の代表歌人の秀歌撰的色彩が強い。関東方からは、宗尊親王以下、同家の女房小督、鶴岡八幡宮の高僧隆弁や公朝、北条氏の長時、政村等が撰入されている。基政は、宗尊周辺の有力歌人として、また右の『百五十番歌合』での高評も機縁の一つとなって撰入されたのであろう。基政は右方十人目、「藤原基政」として、左「前大納言資季」と合わされている。基政詠の内、既に取り上げた『現存和歌』所収の一首（本歌合の一首目＝⑥）は除く。また、判を持たない机上の秀歌撰的な同歌合の性質上、特に必要がないので左方の歌はここでは取り上げない。

㉝天の河同《おな》じ交野《かたの》の女郎花《をみなへし》秋と契《ちぎ》りて誰《たれ》を待《ま》つらん（一一四）

天空の銀漢の天川に同名の摂津交野の天川をよそえるのは、業平の「狩り暮らしたなばたつめに宿借らん天の川原に我は来にけり」（古今集・羇旅・四一八。伊勢物語・八十二段・一四七・馬頭）の歌をめぐる故事以来の常套である。該歌は、天川が流れることでは天空に同じである交野の女郎花を女に見立てて、織女ならば秋七月七日と約束して牽牛を待つが、この女郎花は誰を待つのだろうか、と疑いかける趣向。「交野」の「女郎花」や「天の川」の「女郎花」は、例えば「きぎすたつ交野のみ野の女郎花かりそめにだになびかざらなむ」（袋草紙・五一二・経兼）や「ひさかたの天の河原の女郎花今日の一夜や露はらふらん」（壬二集・秋・二三四四）等と歌われている。なお、基政と同時代の源資平に「天の川同じ交野の女郎花かりにも秋を忘れやはする」（資平集・秋・六三）という、基政詠と上句を等しくする類歌がある。

㉞山里にいつしか人の待《ま》たるるや住《す》み果《は》つまじき心なるらん（一一六。続古今集・雑中・一六九四）

これは、「山里で早くも人の訪れが待たれるのは、憂き世を離れてこの山里に最後まで住みとおすことができないに違いない、我が心の故なのであろうか。」との趣意である。俗塵に生きざるを得ない基政の、実感が反映しているのであろうか。木船重昭『続古今和歌集全注釈』（大学堂書店、平六・一）は、「いつしか」を「いつのまにか。気づかないでいるうちに。」と注して「いつのほどにか」と解釈しているが、岩佐美代子「「いつしか」考」

（『国語と国文学』平三・四）が説くように、「いつしか」は「早ク早ク」と「早クモ・早速」の二つに集約される（「イツノマニカ」は誤り）。ここは、「早くも・早速」の意に解する。該歌は、山里に住み始めて程もなく人恋しさがつのる心弱さ、が主題であろう。「住み果つまじき」の先行歌は、「はかなくも月に心のとまるかなすみ果つまじきこの世と思ふに」（待賢門院堀河集・月・一一九、結句「世をば忘れて」の異文あり。続古今集・哀傷・一四二五・堀河、結句「身をば忘れて」）や「幾よしもすみ果つまじき世の中に月に心をなにとどむらむ」（久安百首・秋・一一四四・上西門院兵衛）のように、「住み」に「月」の縁で「澄み」が掛かる例が目に付く。「住み」単独の例には、俊恵の「幾程も住み果つまじき宿とてや花のねぐらに鶯の鳴く」（林葉集・春・右大臣家百首内、鶯五首・五八）がある。

㉟厭《いと》へとて思ひ知《し》らする世の中を憂《う》き度《たび》ごとに何恨《なにうら》むらん（一一八）

「世の中の憂き度ごとに身を投げば深き谷こそ浅くなりなめ」（古今集・雑体・誹諧・一〇六一・読人不知）を本歌とする。「憂き世の中自体がこの世を厭えと思い知らせるものなのだから、憂さを感じる度毎にその世の中をどうして恨むのだろうか、恨んでもしょうがない。」との趣意である。本歌が、「世の中の憂き度」が多い深刻さを、投身の繰り返しで深い谷も浅く埋まる、と、「思い切って幼稚でおどけた」（竹岡正夫『古今和歌集全評釈上』右文書院、昭五一・一一、五六・二補訂）誹諧歌であることを承けて、該歌はその諧謔を諦観に転じている、と言える。結句の「何恨むらん」に着目すれば、あるいは俊成の「人をのみ何恨むらん憂きをなほ恋ふる心もつれなかりけり」（続後撰集・恋五・九九八。長秋詠藻・久安の比崇徳院に百首歌めされし時奉る歌・恋・七六、第二句「何恨みけん」）に啓発された可能性も考えられようか。

㊱見し代こそ思ひ出でても偲《しの》ばるれ知《し》らぬ昔《むかし》のなぞや恋《こひ》しき（一二〇。続古今集・雑中・一七一四）

結句は「浅茅生に今朝置く露の寒けくにかれにし人のなぞや恋しき」（詞花集・恋下・二六四・基俊）に拠るか。「知らぬ昔」の語は、定家が二十三歳時の元暦元年（一一八四）九月「賀茂社歌合」で「偲べとや知らぬ昔の秋を経て同じ形見に残る月影」（拾遺愚草・二二八六）と詠んでいる。この歌は『定家卿百番自歌合』（四九）と『新勅撰集』（一〇八〇）に自撰され（後に井蛙抄・正風体抄が引く）、定家自負の一首である。この類の言詞は「近江のうみ夕波千鳥鳴くなれば心も知らぬ昔思ほゆ」（古今六帖・第二・くに・一二六五・作者不記）に遡源し、『新古今集』には馬内侍の「尋ねても跡はかくても水茎のゆくへも知らぬ昔なりけり」（哀傷・八〇六）が見えるが、定家詠以後にその影響からか「知らぬ昔」の詠作例が増加しているのである。『続後撰集』に式子内親王の「筆の跡に過ぎにしことをとどめずは知らぬ昔にいかであはまし」（雑中・一一四二。式子内親王集・三四四。万代集・三〇七六）が撰入されたこと自体も、その流れの中に位置づけられるが、この歌は、ある意味現実的な意識に支えられた届かぬ過去への追慕が主想である。そして実は定家も、いわゆる「藤川百首」の「逐日懐旧」題に「天の戸のあくる日ごとに偲ぶとて知らぬ昔は立ちも帰らず」（拾遺愚草・一五九九）と詠んでいるのである。同百首注に「いかに思ふとも、偲ぶとも、立ち帰らん昔なかるべし」（藤川五百首鈔。碧冲洞叢書により表記は改める）と言うごとくである。基政詠は、むしろこういった想念をさらに展開して、実見した今これまでの時を、見も知らぬ遙かな昔に優先させた、より覚醒した現実感を敢えて表出しながら、それでも「知らぬ昔」を何故恋しいのかと訝りつつ慕う、やや屈折した歌いぶりである。為家や隆祐が、「さらでだに知らぬ昔は恋しきをその神山に帰る雁がね」（為家五社（七社）百首・かへるかり・賀茂・八七）や「何となく知らぬ昔の恋しきは有明の空にめぐる月影」（日吉社撰歌合・八一。秋風抄序にも隆祐の代表歌として見える）と、自分の「知らぬ昔」を恋い慕う趣意を平易に詠んでいるのに比べると、これらが共に神社への奉献歌であることを考慮しても、やはり基政詠は特徴的と言ってよいであろう。前歌（㉟）と併せ、現実の日常への傾きを見て、基政の個性の一端を認めることができようか。

六　勅撰集入集歌1

ここで、勅撰集歌を取り上げる。入集数は、続後撰1、続古今6、続拾遺1、新後撰1、玉葉1、新千載1、である。『続古今集』への入集数の多さは、将軍宗尊の歌道師範で追加撰者の一人真観による、宗尊親近の重要歌人としての処遇に加えて、やはり追加撰者の一人基家による、『百五十番歌合』『三十六人大歌合』に見るような、高い評価も与ったのではないかと推測される。

『続後撰集』の次の一首から見よう。

㊲あらざらん後偲《のちしの》べとも言《い》はざりし言《こと》の葉のみぞ形見《かたみ》なりける（雑下・一二七三）

詞書は「人の亡《な》きあとに、古《ふる》き文《ふみ》を見出《い》だしてよめる」とある。同集では、この雑下は実質哀傷部で特に該歌の前後の配列（一二六八～一二七四）は、亡父母への哀傷歌であるので（一二七一は父基綱の歌。↓前節⑤）、この「人」も基政の親を言ったとすれば、父基綱は『続後撰集』当時いまだ存命であるので、母親であろうか。しかしなお、基政周辺の誰人かの可能性は否定しきれない。

木船重昭『続後撰和歌集全注釈』（大学堂書店、平元・一）が「本歌、ないしは、証歌等」として、佐藤恒雄『続後撰和歌集』（明治書院、平二九・一）も「参考」として、それぞれ挙げるとおり、「あらざらむ後偲べとや袖の香を花橘にとどめおきけん」（新古今集・哀傷・八四四・祝部成仲）が、基政の念頭にあったと見てよいであろう。この詞書は「子の身まかりける次の年の夏、かの家にまかりたりけるに、花橘のかをりければよめる」で、父が逆縁の子を、従って当然に「後偲べ」といった形見の言葉はあろうはずもないので、「五月待つ花橘の香をかげば昔の人の袖の香ぞする」（古今集・夏・一三九・読人不知）に寄せて橘の香に偲ぶ、という趣向である。これに対して基政詠は、「後偲べ」という本来の形見に類する言葉はついに残さなかったような故人の、その「言の葉」（「古き文」を言うか）こそが、故人の人柄を偲ばせる形見なのだった、という趣旨であろう。右の成仲詠の他、同じく『新古今集』の「通ひける女のはかなくなり侍りにける頃、書き置きたる文ども経の料紙になさむとて、取り出でて見侍りける」と詞書する、按察使公通の「書きとむる言の葉のみぞ水茎のながれてとまる形見なりける」（哀傷・八二六）も、基政が倣うところがあった一首であろう。

『続古今集』の六首の内、二首（㉞㊱）は既に取り上げたので残りは以下の四首である。

㊳伊勢島《いせしま》や遙《はる》かに月の影《かげ》さえて遠《とほ》き干潟《ひかた》に千鳥《ちとり》鳴《な》くなり（冬・題しらず・六一三。歌枕名寄・東海部一・伊勢国上・伊勢島篇・四七四二）

集の配列上は千鳥歌群と冬月歌群を連繋する位置にある。『続古今和歌集』（明治書院、令元・七）は、「参考」に、俊成の「伊勢の海清き渚に鳴く千鳥声も冴えたる有明の空」（俊成五社百首・伊勢・冬・千鳥・六二）を挙げる（久保田淳校注）。確かにこれも基政詠の先蹤には違いないが、むしろ、伊勢国の歌枕「伊勢島」に「千鳥」と「月」を詠み併せる同時代の先蹤としては、実朝の「月清みさ夜更けゆけば伊勢島や一志の浦に千鳥鳴くなり」（金槐集定家所伝本・秋・二九六）を見るべきであろう。恐らくはこの影響下に、例えば御家人歌人時朝が「伊勢島や一志の浦に月さえて波の立ちゐに千鳥鳴くなり」（時朝集・冬・島千鳥・二二〇）と詠んでいる。基政詠もその範囲内にあろうが、「遠き干潟」の語や景趣の点でより直接には、為家の「伊勢島や遠き干潟の潮がれに光満ちたる秋の夜の月」（名所月歌合貞永元年・名所月・六六。為家集・六九〇、第二句「近き干潟の」）に学んでいようか。この一首は同歌合では負けているが、定家の判詞に「遠き干潟に月の光満ちたるよし、心は侍れど」とあり、遠浅の干潟を一面に照らす月光という情景は評価されているのである。

㊴舟呼《ふねよ》ばふ富士《ふし》の川門《かはと》に日《ひ》は暮《く》れぬ夜半《よは》にや過《す》ぎん浮島《うきしま》の原《はら》（羈旅・題不知・九三二。歌枕名寄・東海部四・駿河国・富士篇・河・五一七六、同・駿河国・雑篇・浮島原・五二八四）

「浮島の原」は「浮島が原」とも言い、比較的新しい駿河国の歌枕である。現静岡県東部の愛鷹山南方にある浮島沼付近の低湿地一帯を言うとされる。「富士川の戦い」で平維盛軍が水鳥の羽音に驚逃した場所という。歌の早い用例に西行の「いつとなき思ひは富士の煙にて打ちふす床やうき島が原」（山家集・一三〇七）があるが、これは、上句の絶えぬ物思いの謂いの縁で「浮き」に「憂き」を掛けた、修辞の勝った一首である。しかしこの歌以降の時期、特に新古今時代前後から、例えば『建保名所百首』や『最勝四天王院和歌』に詠まれるなどして目立つようになる歌枕である。勅撰集の初見は、『新勅撰集』所収の良経詠「足柄の関路越え行くしののめに一群霞む浮島の原」（雑四・一二九九。後京極殿御自歌合・一六二。秋篠月清集・〔建久二年〕十題百首・地儀・二二〇）であるが、家隆も「足柄の関路晴れ行く夕日影雲に曇る浮島の原」（建保名所百首・冬・浮島原・六七九）と詠じている。実踏なき公卿達は、箱根足柄から続く場所、即ち現富士川ではなくより東寄りの現黄瀬川から鹿野川の周辺に「浮島の原」が位置すると認識していたようである。それはともかく、以後鎌倉時代を通じて歌われている歌枕ではあるが、東西往還者のもの（東関紀行・四五・〔作者〕等）を除けば、多くは「富士」「雲」「煙」「霧」「霞」「波」等との縁語の類型的詠作である。

一方、「富士の川門」は、富士川の渡しあるいは舟着き場のことであろう。この語は、ほぼ鎌倉期関東縁故歌人専詠と言ってよく、宗尊（竹風抄・六二）、雅有（都路の別れ・二三）、為相（夫木抄・六七九八）が詠んでいる。宗尊の一首などは、「忘れずよ富士の川門の夕立に濡れ濡れ行きし旅の悲しさ」（竹風抄・巻一・文永三年十月五百首歌・夕・六二）と、将軍を更迭された失意の帰洛途次を彷彿とさせる、実感に基づく作かと思われる。「舟呼ばふ富士の川門」の措辞は、基政も出詠した『宗尊親王家百五十番歌合』で、藤原（鎌田）行俊が「舟呼ばふ富士の川門の朝凪に先づ鳴き渡る友千鳥かな」（冬・二〇〇）と詠んでいる。基政詠との先後は不詳だが、富士川の渡し舟の呼号が関東武士に共有の景趣であったと見られるのである。ちなみに、「舟呼ばふ」は、『万葉』以来の歌語だが、その川は、「宇治川」（万葉集、金葉集）、「天の川」（堀河百首）、「隅田川」（定家名号七十首）が先行例で、「富士川」に言うのは、右に挙げたような関東歌人詠が主な作品である。

さて、該歌は、『六華集』に作者長明と伝える「船呼ばふ富士の河原に日は暮れぬ夜半にや行かん浮島が原」（羇旅・一五四五）と、語彙に僅かな違いがあるばかりの同一歌と言ってよい。両集どちらかに何らかの錯誤があるのであろうか。そうでなければ、基政の剽窃的模倣か、あるいは長明に仮託された異伝歌とでも言うべきであろうか。いずれにせよ、富士川の渡しに「舟呼ばふ」日暮から夜半に至るであろう「浮島の原」という行程を予見する趣向（従って方向は東下）であって、この「舟呼ばふ」(13)には、乗船し得るべく連呼する趣があり、その成否の不安が難所たる湿原「浮島の原」の深夜行を悲観させる、ということであろう。やはり京都鎌倉往来の経験や風聞に基づく地理感覚が反映された詠作と言うことはできよう。

㊵山川のたぎつ岩淵《いはふち》湧《わ》き返《かへ》り深《ふか》かりけりな底《そこ》の心《こゝろ》は（恋一・九七三。題林愚抄・恋三・寄淵恋・七七〇〇、第二句「おきつ岩ふち」）

前歌の詞書「忍恋の心《こゝろ》をよめる」がかかる。「底ひなき淵やは騒ぐ山川の浅き瀬にこそあだ波は立て」（古今集・恋四・七二二・素性）に異を立てるように応答する。即ち、山中の川の底知れぬ淵は静かで、浅い瀬のあだ波こそが徒らに立ち騒ぐ、そのように、深い思いは表立たず浅はかな心が目立つのだ、との素性歌に対して、山中の川が激しく流れ込む岩肌の淵は水が湧き返り騒いでしかしその底は深く内心の思いは深かったのだ、というのである。第二・三句は、『万葉集』の「かげろふの岩垣淵の隠れにはふして死ぬともなが名は言はじ」（巻十一・寄物陳思・二七〇〇・作者未詳）の「詞を取」（左記歌合師光判詞）った「かげろふの岩垣淵の湧き返りうは波立たぬものをこそ思へ」（千五百番歌合・恋一・二二八六・公継。続古今集・九七一）に学んだか。また、「底の心」の詞は、勅撰集では、『拾遺集』の「隠れ沼の底の心ぞ恨めしきいかにせよとてつれなかるらん」（恋二・七五八・伊尹）が初出だが、『続古今和歌集』（明治書院、令元・七）が「参考」に挙げる（藤川功和校注）、六四七「身を捨てて深き淵にも入りぬべし底の心の知らまほしさに」（後拾遺集・恋一・女の淵に身を投げよと言ひ侍りければ・六四七・道済）が、基政の直接の依拠歌であったかもしれない。

㊶明《あ》けぬれどなほ《猶》も待《ま》たれて吾妹子《わきもこ》が来《こ》ぬ夜《よ》にまさる時鳥かな（雑上・一五四七）

詞書は「中務卿親王家百首に」で、弘長元年（一二六一）九月の将軍「中務卿宗尊親王家百首」(14)の一首。時鳥を恋人の訪れ以上に待望するとの主意。「吾妹子が来ぬ夜にまさる」について、木船重昭『続古今和歌集全注釈』（大学堂書店、平六・二）は、「わたしが愛する女性の。〈来ぬ〉につづくのではなく、〈夜〉につづく。」と注して、「吾妹子の、わたしが訪れて行かない、夜にもまして、」と通釈している。確かに、「吾妹子」は男から見た女性の親しみの呼称で、「が」も多く連体修飾「の」の意での用法であり、また「来ぬ」は「行く」の意で常用され、いわゆる妻問い婚の常識に立ち『万葉』以来の用例につけば、「待つ」のは「吾妹子」でもあるので、右の解釈は妥当であろう。ただし、あるいは一つの趣向として、（もともと訪れてくるはずもない）「吾妹子」が来ない夜（従って待ち続けても訪れることのない夜）を敢えて比較の対象として持ち出して、訪れて声を聞かせること希な「時鳥」を夜明け以後まで待ち続ける風情を、戯れて強調する意図で詠まれた可能性も見ておきたい。『続古今和歌集』（明治書院、令元・七）は、下句を「愛しい恋人がやって来ない夜にまさるほど待ち遠しい時鳥だなあ。」と「通釈」している（藤川功和校注）のは、それに近い解釈だろうか。いずれにせよ「吾妹子が来ぬ夜にまさる」の句は、基政の創意か。

七　勅撰集入集歌2

『続拾遺集』『新後撰集』『玉葉集』『新千載集』の各集には各々左の一首が載せられている。

㊷いにしへの春のみ山の桜花《さくらはな》馴れし三年《みとせ》の陰《かけ》ぞ忘れぬ（続拾遺集・雑春・四九四）

詞書に「春宮帯刀にて侍りける事を思《おも》ひ出でてよめる」とある。「春のみ山」は「春の宮」を込め掛けて「春宮」を寓意し、「陰」はその恩顧を表していよう。旧稿(15)では、『吾妻鏡』の基政の位置に「帯刀」とありその在任時期も考慮し、秀仁（四条天皇）と邦仁（後嵯峨天皇）を挙げて、前者は東宮在位約一年で「馴れし三年」と齟齬があり、後者は立坊なく、結局不審である旨を記した。しかし、第一節に記したように、「馴れし三年」になお着目すれば、久仁（後深草天皇）が寛元元年（一二四三）八月十日立太子、同四年（一二四六）正月二十九日践祚であり、これに合致する。この期間、少なくとも『吾妻鏡』には基政の事跡は記されていない[16]ので、基政が在京して「帯刀」として仕えたこの「春宮」が皇太子久仁親王である確度は高いと考えてよいであろう。

一首は、「親王の宮の帯刀に侍りけるを、宮仕へつかうまつらずとて解けて侍りける時によめる」の詞書を持つ宮道潔興の「筑波嶺の木の本ごとに立ちぞ寄る春のみ山の陰を恋ひつつ」（古今集・雑下・九六六）に倣った常套の歌である。

㊸お《を》ろかなる心はなほ《猶》も迷《まよ》ひけり教《をし》へし道の跡はあれども（新後撰集・雑中・一三八五）

詞書に「よみお《を》きて侍りける歌を前中納言定家のもとにつかはすとて、つつみ紙《かみ》に書《か》き付《つ》けける」とあり、基政が定家の教えを請うていたことを示す。「つつみ紙」は、歌懐紙の裏紙を言う。

初句「おろかなる心」は、西行の「おろかなる心の引くにまかせてもさてさはいかにつひの思ひは」（新古今集・雑下・一七四九）に拠るか。用例の多くは仏道に寄せて言うが、ここではもちろん歌道上の迂愚な心底のことである。下句は、定家が教示した歌のあるべき道筋は確かにあるのだけれども、ほどの意であろう。

㊹いたづらにうつりもゆくか吾妹子《わきもこ》が衣に摺《す》らん秋萩《はき》の花（玉葉集・雑一・題しらず・一九六四）

「吹き迷ふ野風を寒み秋萩のうつりも行くか人の心の」（古今集・恋五・七八一・常康親王）を本歌とする。また、『万葉集』の「ことさらに衣は摺らじ女郎花さく野の萩ににほひてをらむ」（巻十・秋雑歌・二二〇七・作者未詳）にも拠ったか。あるいは基俊の「雨降るとうつろふなゆめ我が背子が衣に摺らむ秋萩の花」（基俊集・八月雨いたく降る頃、女にかはりて男のもとに）にも通う。

「吾妹子が」「衣に摺らん」の両詞は万葉風を意識したものであろうか。特に、後者については、基政が仕えた将軍宗尊親王には「行きていざ衣に摺らむ引馬野ににほふ萩原今盛りかも」（柳葉集・巻四・文永元年十月百首歌・秋・五八二）があるし、同じ『玉葉集』には詞書「万葉集の詞にて二百首歌読み侍りけるに、衣に摺らん」で隆博の「秋萩の咲くや花野の露分けて衣に摺らん人な咎めそ」（秋上・五〇七）がある。これは、「古尓（イニシヘニ）有監人之（アリケムヒトノ）覓乍（モトメツツ）衣丹揩牟（キヌニスリケム）真野之榛原（マノノハギハラ）」（巻七・雑歌・一一六六・作者未詳）の第四句「衣丹揩牟（キヌニスリケム）」[17]の異訓（古葉略類聚抄）や「白菅之（シラスゲノ）真野乃榛原（マノノハギハラ）心従毛（ココロユモ）不念君之（オモハヌキミガ）衣尓摺（コロモニゾスル）」（巻七・譬喩歌・一三五四・作者未詳）の結句「衣尓摺」の異説（万葉童蒙抄）等に見えるような、「コロモニスラム」という、当時通行していたらしい訓説による勒句の作ではないか。隆博より一世代上の基政も、同時代の将軍宗尊親王も同様の訓説の圏内にあったと見ることができるのではないだろうか。

㊺ある世にもなしと答《こた》へし偽りのやがてまことになるぞ悲《かな》しき（新千載集・哀傷・二二七一）

詞書は「宮仕《つか》へする女を忍びてかたらひとりて、あひ住《す》み侍りけるを、やむごとなき所よりきびしう咎《とが》められければ、さらになきよしをのみ答《こた》へけるに、かの女ほどなく身まかりにければよめる」。官女を密かに誘引して婚姻状態にあったのを宮中の筋から厳重に譴責されて、無実を主張していたところが、その女が亡くなってしまったので詠んだ歌、というのである。基政の「色好み」の一面を窺わせ、『沙石集』の連歌の記事など[18]が伝える貴族的振る舞いの面影に重ね合わされるであろう。

「ある世」は、二人の本当の仲の意と人が生きているこの世の意の掛詞、「なしと答へし」の「なし」が、二人の仲の無実の意と人（宮仕へする女）の死亡の意の掛詞で、互いに縁語である。修辞の趣向が勝った歌で、哀惜の真情の発露とは言い難いか。

八　基政没後の撰集所収歌

さて、基政没後成立の私撰集の内、まず『閑月集』所載歌一首から見たい。(19) 同集は、池尾和也『閑月和歌集』を読んでわかったこと」（『中京国文学』一二、平五・三）により、弘安四年（一二八一）閏七月十四日の弘安の役戦勝報告京都到着以後、同年十月二十三日の天台座主公豪没以前に源承撰、と推定されている。基政没後十四年を経た打聞にその歌が採られていることは、同集の性格や撰者の意識の側面からなお考えるべき余地があろうが、それは別に譲りたい。

㊻もの思《おも》ふ夕《ゆふ》べは秋《あき》の慣《な》らひとも荻吹《おきふ》く風《かせ》や知《し》らせ初《そ》めけん（秋上・一八二）

⑱に記したように、詩歌の「秋思」を前提に、別けても「秋の夕べ（夕暮）」に格別の情趣を見ることは、通念である。特に『新古今集』の後に言う三夕の歌を含む「秋の夕暮」歌の収載などを経て、基政の時代にはその通念は固定化していると考えられる。「寂しさも秋は慣らひの夕暮に絶えず尾上の鹿ぞ鳴くなる」（影供歌合建長三年九月・暮山鹿・一四六・顕氏）等と詠まれ、基政自身も⑱の一首で秋夕が世一般の「あはれ」を知る原初かと見る趣向を歌っているとおりである。該歌は、その普遍一般的な秋夕の物思いの原因を、個別具体的に「荻吹く風」に見て、それこそがこの物思いを初めて知らせたのだろうか、とする。結句は、「うたかたも思へば悲し世の中を誰憂きものと知らせ初めけん」（古今六帖・第三・うたかた・一七二六・作者不記。同・第五・思ひわづらふ・三〇一四、初句「うたがふも」）。袖中抄・四六二）や「梓弓引津の津なるなのりその誰うきものと知らせ初めけむ」（新勅撰集・恋四・九三六・読人不知）等に学ぶか。ちなみに『閑月集』には該歌の三首後に、「よしやただ秋は慣らひの夕べぞと厭はで聞《き》かむ荻の上風」（一八五・長雅）という類歌が載せられている。

続いて、正安四年（一三〇二）七月～嘉元元年（一三〇三）十二月頃に冷泉為相撰と推定される(20)『拾遺風体集』

には、次の一首が収められている。

㊼相坂の木綿《タ》付け鳥は今《いま》ぞ鳴《な》く都《みやこ》の空は夜深《ふかい》かりけり（羇旅・二六一）

「相坂の木綿付け鳥も我がごとく人や恋しき音のみ鳴くらむ」（古今集・恋一・五三六・読人不知）を本歌とする。「都の空」と対照されるのはより一般的には「山」や「山里」であるが、ここでは近江国の歌枕「相坂（逢坂）」が比較されている。羇旅の部立に収められ、前歌の詞書が「旅の歌の中に」（二六〇）であり、歌の内容からも、基政の東西往還を反映した一首かと思われる。同時代の関東祗候の廷臣藤原能清にも「逢坂の関の戸あくるしののめに都の空は月ぞ残れる」（玉葉集・旅・一一三九→第二章第六節(54)）という、類想の歌がある。詞書は「東へ下り侍りけるに逢坂にて」で、明け方前の早立ちの東下で、逢坂の関の夜明けに西を振り返った体である。基政詠も同様に実体験に基づく東下の折であろうか。基政は「木綿付け鳥」を鶏と認識していたことになる。

最後に、『夫木抄』所収歌を見る。鎌倉末期、延慶三年（一三一〇）頃に藤原長清撰とされる同抄には基政の歌三首の他に、第二節に記したとおり文応元年（一二六〇）の基政主催歌会の詠作も見えている。[21] 既に『現存六帖』の節で二首（③④）を取り上げたので、残りは次の一首である。[22]

㊽安蘇《あそ》山の中より出《い》づる白《しら》河のいかで知《し》らせん深《ふか》き心《こころ》を（雑二・山・あそ山、安蘇、上野・雑歌・八七一二）

「安蘇山」は、『万葉集』に「上野《かみつけの》安蘇山つづら野を広み延ひにしものをあぜか絶えせむ」（巻十四・相聞・三四三四・作者未詳）と見える「安蘇山」のことである。「安蘇」は上野下野に跨る地域で現栃木県の安蘇郡にあたり、「安蘇山」はその辺りの足尾山地を言うという。これと「白河」の詠み併せは他の例を見出せない。この「白河」は、足尾山地の東に接する赤城山に発して足尾山地の南を下る利根川の支流広瀬川に繋がる、現称赤城白川のことであろうか。現利根川の上流に当時「白河」の呼称があったとすれば、「安蘇」の地域も曖昧に認識されていたと思われるので、「安蘇山の中」から「白河」が源流するとの理解がなされたとしても不思議はないように思われるが、なお不明とせざるを得ない。これが基政の真作とすれば、基政が、自己の地理感覚に従って古い伝統にない詠み方を試みたように思われる。

修辞上では、例えば『古今集』の「白河の知らずとも言はじ底清み流れて世世にすまむと思へば」(恋三・六六六・貞文。五代集歌枕・河・白河・一一五三)のように、「白河」が『歌枕名寄』で巻五機(畿)内五・山城国五(一五六五)に所載するごとく山城国の「白河」のことではあっても、「白河の」から同音の「知ら」を起こす用法がある。一方では、『古今六帖』の「白川の瀬を尋ねつつ我が背子はうかはただせめこころなぐさに」(第三・う・一五〇七・作者不記)のように、「白川の瀬」を言う歌もある。そういった例を踏まえてか、該歌の上句は序で、その「白河(の瀬)」の対照と「白(しら)」の同音の縁から、「深き心」を「いかで知らせむ」と仕立てたのであろうか。

九　基政の和歌の性向

さて、以上一～八に注解しながら論じてきた結果を基に、基政の詠歌の性向について記してみたいと思う。まず、本歌取についてまとめてみる。右に本歌取を指摘した基政詠十二首の本歌の集別の内訳は、

古今集8(①⑧⑮㉔㉟㊹㊼。①㉔は二首一組)、拾遺集2(⑰㉘)、後拾遺集2(⑦⑳。⑦は百人秀歌、百人一首の歌)、

新古今集(③)

であり、

作者別では、

仁徳天皇(③)、友則1(①。読人不知歌と一組)、忠岑2(⑮⑰)、常康1(㊹)、能宣1(㉘)、清少納言1(⑦)、頼家1(⑳)、読人不知5(①⑧〔返し物の歌〕㉔㉟㊼。①は一首友則詠と一組、㉔は二首一組)

である。

部類上の主題の転換は、十二首中十首がそれを果たし（⑰は季の転換、㉔は二首の内一首が同部類）、残りの二首（⑮㉘）は、共に本歌やそこから派生する趣意や通念に異を立てて応唱するごときものであり、その意味で心の新しさは志向されている。

詞の取り方は、六首（③⑦⑰⑳㉟㊹）が二句以内・二句程度、二首（㉘㊼）が二句と三字以内、二首（⑧⑮）が三句程度、残りの二首（①㉔）は二首の『古今集』歌から一句強と二句弱、あるいは併せて三句強程度を取ったものである。句や詞の位置は、二首（㉟㊹）が二句共に移動あり、五首（③⑦⑮⑳㊼）が一句または一部語詞移動あり、二首（⑰㉘）が位置に移動なし、である。三句相当を取った一首（⑧）は、ほぼ句単位ではなく、句中の詞が解体されるようにして移動している。位置移動がない二首は、七五句や七七句を取っていない。二首を本歌とする①は、本歌の一首から第三・四句の五七句（「月草のうつし心は」）を同位置（句末「は」→「に」）に、別の本歌一首から第二句の七字句（「野はなりにけり」）を結句に移している。また、㉔は、その本歌の一首の七七句を取っているが、これは第四句に字句の変化（「見きとないひそ人の聞かくに」→「果てとないひそ花の聞かくに」）があり、かつ別の本歌の下句からの変化（「ありて世の中果ての憂ければ」→「有りて世の果て」）を組み合わせている。

右の様相は即ち、定家の学書『近代秀歌』『詠歌大概』等が示す詠作の原理と本歌取の準則および細則、――詞は古く心は新しくを基本として、その詞は三代集の先達と『新古今集』までの勅撰集の古人の用詞による。本歌取は、（比較的初学者は）主題を転換するのが良く、古歌の詞を改めずに詠み据える。その詞の量と位置は最大二句と三四字までで、七五句と七七句はそのまま取らず、五七句もその性質によっては避ける。――にほぼそのままに重なっていると言える。もちろん達成し得てない点は残るが、明らかに違反する面はほぼないと言えるのである。ただし、『後拾遺集』歌を本歌としているところに、基政の活躍した鎌倉時代中葉の同時代性[23]を認めてよいのではないだろうか。

総じて、同じ基綱の子基隆（次節参照）と同様に、あるいはそれ以上に基政の歌は、本歌をよく展開しようと努めていて、その意味では達成度は高い。本歌の素性、主題の転換、句の量と位置、本歌取の作であることの明瞭さ等、基政が、定家の本歌取の規制を大きく逸脱することなく、かつは（無意識にでも）本歌取成立の一般的要件を満たすように本歌取を行い、破綻のない詠みぶりを示せていることは、基政の師定家（の言説）に対する親炙と、基政自身の歌作の力量を思わせるのである。その技量は、師定家の歌に直接依拠したと思しい詠作でも、よく定家詠を展開していることにも窺われるのである。

次に、本歌取に準じて、古歌や先行歌の意想や言詞に応じたり倣い学んだりした可能性があると思しき作について、その依拠歌を歌集ならびに歌人別に一覧すれば、左記のとおりである（下に＊を付したものが一首全体を踏まえたもの）。

歌集

古今集（⑩⑬＊⑰㉗＊㊵＊㊷＊）、拾遺集（⑭＊㉔）、後拾遺集（㊵）、金葉集（⑯）、詞花集（㉙㊱）、新古今集（⑯㉔㉛㊲＊㊸）、新勅撰集（⑬。または古今六帖㊻）、続後撰集（㉟）、万葉集（㊹）、和漢朗詠集（⑤）、正治初度百首（㉙＊）、千五百番歌合（⑱＊㊵）、建保名所百首（②＊）、名所月歌合（㊳＊）、新撰六帖（⑤⑨⑩＊⑪）、現存六帖（または秋風集か宝治百首㉒。または雲葉集㉔＊）、万代集（⑥＊⑥）、百首歌合建長八年（㉗＊）、金槐集（①③㊳）。

歌人

赤人（⑤）、小町（⑥）、素性（㊵＊）、貫之（⑥＊）、元方（⑬）、伊勢（㉗＊）、潔興（㊷＊）、忠房（⑬＊）、能宣（⑥）、好忠（㉙）、道信（㉔）、長能（㉔）、道済（㊵）、行頼（⑭＊）、盛房（⑯）、基俊（㊱）、成仲（㊲＊）、公通（㊲＊）、俊成（㉟）、西行（㊸）、寂蓮（㉛）、定家（②＊）、家隆（㉙＊）、俊成女（⑯）、公継（⑱＊㊵）、信実（⑪）、実朝（①③㊳）、為家（⑤⑩＊㊳＊）、家良（⑪）、基家（㉒）、真観（または知家、信実⑨）、光俊女（㉔＊）、具氏（㉗＊）、読人不知（作者未詳・作者不記）（⑩⑰㊹㊻）。

前述の本歌取作も古歌摂取として ここに併せ見れば、右に一覧した様相からも、やはり定家の言説に照応する一面が見えてくる。

一つには、『古今集』を中心に三代集以下の勅撰集、特に『新古今集』の古歌人（24）にも基政は意を向けていたかのように窺われるのである。また、歌人の側面からは、赤人・小町・素性・友則・貫之・忠岑・伊勢・能宣等の『三十六人撰』（三十六歌仙）歌人を初め、元方・忠房・好忠・道信・長能・清少納言等の『中古三十六歌仙』歌人やあるいは和歌六人党の一人頼家、などが、上世の歌人達として基政の視野に入っていたごとく捉えられる。次代以降では、基俊以下俊成・西行・寂蓮・定家・家隆など、また同時代では俊成女・為家・家良・基家などであって、いわゆる御子左家の歌統と血脈ならびに新古今時代前後の大歌人、加えて基政同時代の権門にして勅撰撰者に任じる歌人達の歌に、基政が依拠した可能性が認められるのである。

このように整理できるとすれば、例えば『詠歌大概』が説く、詞は三代集の先達と『新古今集』までの古人の用語に拠り、風体は堪能の先達の秀歌（古新を問わず宜しき歌）に倣え、との作歌理念と、近代歌人の心詞は一句でも排除し、特にここ七八十年来の歌人の詠出語は禁忌とする、との規制に照らして、使用する言詞の面では厳守したとは言えないまでも、定家の時代からの時間の経過をも考慮すると、大摑みには、基政が師定家の教えに忠実に適従しようと努めた姿勢を見て取ってよい、と考えるのである。

さらに依拠歌集に焦点を当てれば、やはり『古今集』と『新古今集』を中心とした勅撰集に意を向けていたであろうことは当然として、基政の正統な歌作を志向する顕れとも言える。そして、片々たる事例ではあるが、あるいは『正治初度百首』『千五百番歌合』などを基政が参看していた可能性を見れば、『新古今集』自体への依拠と併せて、基政の新古今時代への関心のありようが窺われるようにも思われる。そうであれば、基政の姿勢は単に伝統の古さのみに泥むようなものではなく、新古今時代を志向する和歌の価値観に支えられていたということになるであろう。他方、『新撰六帖』の参看については、次節に見る弟基隆の事例を併せ勘案し、そして基政が『東撰六帖』撰者たる確度をも考慮すれば、基政の座右に同六帖が存した蓋然性の高さを認めてよいと思われるのである。大勢として、定家が指し示した歌集や歌人を尊重すべく努め、また、今日の視点からも各時代に要たる歌集・歌人に学ぼうとした基政の姿勢が窺知されるのではないだろうか。

ところで、基政にとっては前代の将軍である実朝については、基政への多少の影響の痕跡は見えるが(①③㊳)、例えばほぼ同世代の時朝など[24]と比しても、その度合は弱いと言えようか。特にまた、前節に論じたように、父基綱が、主君たる実朝の複数の先行歌に依拠する詠法を倣い、直接実朝歌に拠った作を詠じていることに比べれば、実朝の影は希薄であると言ってよい。やはり、父子世代間の格差が存したであろうし、京都文化を鎌倉に移入するに力あった後藤家ではあるが、幕府内に地歩を固めるべく奮闘した基綱と、その上に立脚した第二世代としてまた役職上も京都公家文化により親昵したであろう基政との間には、対実朝の姿勢に自ずから差違があったと考えられよう。そしてそのことは、将軍実朝の歌が、必ずしも後代の関東武家歌人全体に多大の影響を与えている訳ではないことを示唆しているように思われるのである。逆に、基政から見て、実朝の歌は必習すべきものとは認識されていなかったことを窺い得るようにも思われるのである。このことは、本来始祖を等しくする大歌人西行の歌から、基政が大きな影響を受けているようには見えないことに位相を同じくするものではないだろうか。基政にとって、彼らは仰望すべき対象ではあったのかもしれないが、第一に学ぶべきは、より正統な貴族歌人の歌であったということではないかと考えるのである。

これに関連して、基政が近仕した将軍歌人宗尊については、基政からの影響は、それかと疑われる例(②㉘)が見えなくもないが、現存歌による限り、『東撰六帖』の撰者を任用した宗尊との関係の強固さを、より積極的に裏書きする豊富な実作上の例証を見るには至らないのである。しかし、このことはなお、宗尊の詠作の側から検証されるべき余地を残していよう。

さて、基政には、比較的珍しい詞句を用いる一面が窺われる。「心の奥は知らせ初めてき」(②)、「立ちゐに騒ぐ」(⑭)「恋の積もりは」(⑳)「晴るれば晴るる」(㉖)「月に晴れたる」(㉗)「かごとを人に待たれては」(㉜)「吾妹子が来ぬ夜にまさる」(㊶)等である。特にまた関東の歌枕詠や、羇旅歌に於いて、基政は王朝の伝統にはない新奇な詠み方を見せている。これは、京都鎌倉往還の際の経験や見聞が反映したかと考えられる歌(④⑲㉑㊴㊼)や、関東御家人としての在地の意識や知識に基づくかと見られる歌(③㊽)などである。

こういった用詞の傾向に恐らくは通底する特徴として、和歌の通念に離反した措辞・観念(⑨㉒)、あるべき新たな風情(㉔㉕)、工夫された新奇な趣向(⑯㉘㉙)、などと言える、伝統的和歌の情趣に照らして新鮮な詠み方を見せてもいるのである。これらは、言わば正統な和歌の知識に基づいてこそ詠出可能な歌作であるとも言えようか。そして、これと表裏のこととして、基政の経歴の中で言わば実感や実体験に基づいているかのごとき(⑫⑲㉑㉚㉞)、あるいは武家としての物の見方が反映してかより現実主義的価値観や現実感や諦観に拠っているような(④㉖㉟㊱)詠作もあって、それらの歌にも、伝統を踏まえながらもその枠組みから敢えて離れようとした傾きが窺われるのである。こういった歌々が、結果として基政の歌作の一面としての清新さを形成していると言えよう。

なお、後の京極派の勅撰集には、基政は『玉葉集』に一首のみの入集であり、歌風全体としても、いわゆる後の京極派の好尚に適うような傾向が強く認められる訳ではない。ただしかし、基政は、結果としてではあろうが、京極派勅撰集の「特異句」(㉗㉚)や京極派の歌に類した措辞(⑪㉙)を先んじて詠じている。これは、例えば、時朝[25]や為兼の父の従兄弟景綱[26]といった宇都宮の一族あるいは基政の父基綱や弟基隆など、他の関東歌人に見られる同様の傾向と併せて、さらに考えてゆくべき課題であろう。

以上に記したような必ずしも伝統には沿わない用詞や意想は、もとより京都公家の伝統保守の側に立てば、鄙朴な俚曲の俗臭といった誇りにも繋がる、基政の詠みぶりの側面と言えるものであろう。しかし、基政の歌作には一方で、上述のように、公家の正統な詠みぶりを、恐らくは定家の教えに即くことで獲得できた側面も認められるのである。自己を「もののふ」（沙石集所伝連歌）と意識する基政が、貴族の和歌の風儀に完全には適従できないことは当然として、それは、むしろ知識技量の劣後に起因するのではないであろう。和歌に顕れるような京都公家の保守的感覚を、逆にその容れ物である和歌を自在に駆使して同等に表出し得る器量を身に付けつつ、しかもその道統を少しく踏み外すことを厭わない関東武士の自信を具えていたと見ることができると考えるのである。

むすび

関東御家人でありながら京都公家文化を特に和歌の局面で実践してその関東圏移植の一翼を担った後藤の一族は、父基綱を第一世代、基政・基隆兄弟を第二世代として、そういった世代の移行にも伴い、成熟しつつあった関東圏の文化的環境の中で、より貴族的な傾斜を強めていったと見られる。殊に基政の歌作の相貌は、ほぼ公家歌人と同様の、そして逆に身分境遇の故か同時代の中では少しく清新な詠みぶりを示している。また、同時代の歌人達が必ずしも適応してはいない定家の教えに忠実であろうと努めつつ、しかしそれによって無理破綻を見せることのない詠作を実現できていることは、基政の歌に対する習熟度が相当程度高かったことを思わせるのである。

こういった基政などに典型として顕れた関東御家人の貴族的風貌は、この時代の武士にある程度通底することのようにも思われ、いわゆる坂東武者が、その理由はひとしなみではないにせよ、京都公家文化を一方では希求し嗜好していたことを、少なくとも和歌の局面に於いて窺わせるものではないかと考えるのである。そして同時に、その詠作が、質朴の醇風とも言うべき東国武人の気質に支えられてか、たとえ結果的にではあっても、因循たる貴族の伝統和歌の世界に少しく広がりを持たせた役割を見落とすべきではないと思うのである。そういう視座を以て関東の歌人達とその和歌を考察することは、もとより京都の歌人達も交えた鎌倉時代の和歌の全体像を究明する一助になると考えるものである。

[注]

（1）基政の和歌の本文の底本を左に一覧に記しておく。他の伝本に問題とすべき異同がある場合は、その都度当該箇所に記すこととする。秋風抄＝内閣文庫本（二〇〇・二一九）、現存六帖＝〔第二〕冷泉家時雨亭文庫蔵本（時雨亭叢書影印版に拠る）、〔第六〕呉文炳氏旧蔵「現存和謌」本（『国書遺芳』所収写真版に拠る）、夫木抄＝静嘉堂文庫蔵本（一〇四・四〇）また同本を底本とする新編国歌大観本を参照、東撰六帖＝島原図書館蔵松平文庫本（一二九・一九）、同抜粋本＝祐徳稲荷中川文庫本（国文学研究資料館画像データベースに拠る）また福田秀一氏「祐徳稲荷神社寄託／中川文庫本「東撰和歌六帖」（解説と翻刻）」（『国文学研究資料館紀要』二、昭五一・三）の翻印参照、新和歌集＝小林一彦「校本『新和歌集』（上、下）」（『芸文研究』五〇、五一、昭六一・一二、昭六二・七）、宗尊親王家百五十番歌合＝前田育徳会尊経閣文庫蔵伝飛鳥井頼孝筆本、三十六人大歌合＝宮内庁書陵部蔵本（特・六一）、続後撰集＝冷泉家時雨亭文庫蔵為家自筆本（時雨亭叢書影印に拠る）、続古今集＝前田育徳会尊経閣文庫蔵本（伝藤原為氏筆）、続拾遺集＝同上（伝飛鳥井雅康筆）、新後撰集＝書陵部蔵二十一代集本（五一〇・一三。兼右本）、玉葉集＝同上、新千載集＝同上、閑月集＝国立歴史民俗博物館蔵高松宮伝来禁裏本（H・600・688）（写真版に拠る）、拾遺風体集＝島原図書館蔵松平文庫本（一三〇・七）。表記は、通行の字体・歴史的仮名遣いに改めて送り仮名を付し、適宜漢字を宛てまた仮名に開き（右傍に原態を示す）、清濁・句読点を施した。番号は新編国歌大観に従う。

（2）以下引用歌の本文は特記しない限り新編国歌大観本に拠り、表記は改める。『万葉集』は同書所載の西本願寺本の訓に従い、表記は改め、旧番号のみを記す。

（3）桂宮本（五一一・三〇）。図書寮叢刊活字翻印本に拠る。

（4）細川家永青文庫叢刊影印本による。

（5）『古今六帖』では第三に「あま」「たくなは」「しほ」「しほがま」「ふね」「つり」「いかり」「あみ」「なのりそ」と

続いていて、『現存六帖抜粋本』では「あま」の次に「あみ」「なのりそ」があり、その間に位置していたか。

(6)『歌枕名寄』は作者を「基綱」とするが、『夫木抄』は「藤基政」である。時雨亭文庫本『現存和歌六帖第二』によって、作者は基政で確定した。

(7) 本論第二編第三章第二節「『東撰和歌六帖』の成立時期」参照。

(8) この歌を踏まえた、「鶯の笠に縫ふといふ梅の花折りてかざさむ老い隠るやと」(古今集・春上・むめの花を折りてよめる・三六・源常。古今六帖・第六・むめ・四一二七＝第二句「かさにぬふてふ」、同・一四〇四。奥義抄・四四四。秀歌大体・一六等)も、諸集に採録されて派生歌を生んでいる。

(9)『東撰和歌六帖』抜粋本・四九〇に別に一首、時朝集・六一にも一首詠まれていて、関東圏での関心が窺われる。

(10) 佐藤恒雄「新和歌集の成立(続)」(『香川大学国文研究』二二、平九・九)、「新和歌集の成立」(『王朝和歌と史的展開』笠間書院、平九・一二)。後に、『藤原為家研究』(笠間書院、平二〇・九)所収。

(11) 同歌合の奥に「以レ朱書レ之」とする識語の中に、「判者被レ申云、後京極摂政判無二殊事一番不レ被レ書レ詞、仍守二彼例一少々略レ之」とある。本論第二編第三章第三節「『宗尊親王家百五十番歌合』の奥書」参照。

(12) 同歌合の奥に「以レ朱書レ之」とする識語の中に、「又宜歌等、依レ載二判紙一被レ書二進之一。件歌等、以レ朱付二撰言一、是依二御気色一也」とあり、恐らくは宗尊の意向で何らかの撰歌が行われたらしいが、これに関係するか。注(11)所掲論参照。

(13)「舟呼ばふ」の早い例は『堀河百首』の「彦星のいそぎやすらん天の川安の渡りに舟呼ばふなり」(秋・七夕・五八二・源顕仲)で、実在の川の景では『金葉集』の「宇治川の川瀬も見えぬ夕霧に槙の島人舟呼ばふなり」(秋・二四〇・基光)がある。『正治初度百首』の小侍従詠「舟呼ばふ淀の渡りの朝霧に乗り遅れたる美豆の里人」(秋・二〇五〇)などによれば、渡し守が旅人に船出を連呼する意にも解される。しかし、先の両首や「清見潟浪の関路やここならん霞のうちに舟呼ばふなり」(長方集・羈中霞・六)、「霧深き淀の渡りの曙に寄するも知らず舟呼ばふなり」(治承三十六人歌合・暁霧隔舟・一三二・寂然)、「舟呼ばふ声もおよばずなりにけり大江の岸の五月雨の頃」(万代集・夏・六八六・長俊)あるいは釈教歌だが為家の「舟呼ばふ声にむかふる渡し守憂き世の岸に誰かとまらん」(新後拾遺集・一四九六)等々から、旅人が渡し船に乗るべく呼ぶ意で、霧や霞の中で船を探しあるいは急ぐために呼び続け、しかし乗船がかなわないごとき場合の謂いに用いられている。
(14) 安井久善「中世散佚百首和歌二種について—光俊勧進結縁経裏百首・中務卿宗尊親王家百首—」(『日本大学商学集志』四一(人文特集I)、昭四七・九) 参照。
(15) 第一節の初出稿「後藤基綱・基政父子(一)—その家譜と略伝について—」(『芸文研究』四八、昭六一・三)。
(16) 寛元元年(一二四三) 七月十七日の将軍供奉人の結番に「下旬」中に基政の名前が見える後は、建長二年(一二五〇) 八月十八日の将軍家犬追物見物の行列の後詰に加わっているまで、同書には基政についての記事がない。
(17) 岩佐美代子『玉葉和歌集全評釈』(笠間書院、平八・三) はこの歌句を指摘する。
(18) 第一節三「基政像」参照。
(19) 歌の他に、「藤原基政、〔脱文か〕人人釈教の心をよみはべりけるとき、自知当作仏／猷真法師／さりともと長き闇路の末までも心の月のしるべをぞ待つ」(釈教・五〇九) とも見える。
(20) 本論第二編第三章第一節「『拾遺風体和歌集』の成立」参照。
(21) 「文応元年基政家会、沢若菜」として「今日もつむ雪げの沢の初若菜明日よりとこそ人はしむらめ」(春一・二二一・公朝)、「文応元年基政家会、野梅」として「汲み絶えし清水も春や思ひ出でん野中の梅のよその匂ひに」(春三・七〇二・公朝)、「文応元年基政家会、寄松祝」として「君がため枝差し葉差し茂岡に千代松の木のいや栄え行く」(雑三・九二二〇・公朝)。
(22) 静嘉堂本・書陵部本は作者名を欠くが、永青文庫本「藤基政」の記載によって、一応基政詠と判断しておく。
(23) 本論第一編第二章第二節「藤原顕氏の和歌」に記したとおり、顕氏にも積極的に『後拾遺集』歌を本歌とする姿勢が見え、またそのことは顕氏の兄知家や朋輩真観の言説とも照応する。
(24) 本論第二編第二章第一節「藤原時朝家集の成立」参照。
(25) 注(24) に同じ。
(26) 長崎健・外村展子・小林一彦・中川博夫『沙弥蓮瑜集全釈』(風間書房、平一一・五) の注釈参照。同書の解説でもある外村展子「『沙弥蓮瑜集』の作者と和歌」は、より積極的に為兼への「鎌倉和歌」からの影響を見て、景綱と景綱の和歌をその「異文化」の「窓口」として捉えている。

第五節　後藤基隆の和歌

はじめに

西行の佐藤家に曩祖を等しくする武家の名門後藤家の一員基隆は、父に基綱、兄に基政を持つ、鎌倉幕府の御家人にして歌人である。生没年は不詳だが、兄基政は父基綱三十四歳の時の子で建保二年（一二一四）生なので、二男である基隆はそれをさほどは下らない頃の生まれであろう。六波羅評定衆を務める一方、遅くとも弘長二年（一二六二）以後には検非違使（左衛門少尉従五位下）に任じ、文永元年（一二六四）六月二日には伊勢守に転任している。父と兄に準じて、関東圏あるいは武家層への京都貴族文化の移入と実践に与った人物の一人であったろうことは、第一、二節に記したとおりである。本節では、第三節の基綱と第四節の基政に続いて、基隆の現存する和歌を集成して、注解を加えつつその特質を論じてみたい。

一　『東撰六帖』『新和歌集』採録歌

基隆は勅撰集には、文永二年（一二六五）奏覧の『続古今和歌集』に初入集である。現存歌28首は、それ以前成立の諸集と以後の勅撰集および『夫木和歌抄』に分けられるので、その順に従って見てゆくこととする。(1)

まず、兄基政が、正嘉元年（一二五七）十一月～正元元年（一二五九）九月の間に撰したと推定される『東撰和歌六帖[2]』採録歌を見る。同書は、第一春のみの零本と、第一～四帖四季部の抜粋本が現存する。両本の作者位署は「藤原基隆」または「基隆」。基隆歌は、前者には次の一首のみ見える。

①高嶺《根》にはなほ《猶》降《ふ》る雪の半天《（なかぞら）》に消《き》えてや春の雨となるらん（残雪・六三）

初二句は、『金葉集』の「高嶺には雪降りぬらし真柴川ほきの陰草垂氷すがれり[3]」（冬・二七七・公長）に拠るか。「山の高嶺ではまだ雪として降っているものが、中空ではその雪がとけて消えて春雨となるのだろうか。」という趣意である。気象の変化の実際を捉えた詠作であろうか。それは措いても、気象の動態のこまやかな叙景ということでは、後の京極派に通じる。

抜粋本には七首見えている。父基綱の九首に比べれば、それとほぼ同等の兄基政からの評価が窺われようか。

②花染めの袖の別《わか》れの悲《かな》しさにたつ日《ひ》は聞《き》かじ蟬《せみ》の羽《は》衣（夏・更衣・七八）

初二句は、「世の中の人の心は花染めのうつろひやすき色にぞありける」、「色見えでうつろふものは世の中の人の心の花にぞありける」（古今集・恋五・七九五・読人不知、七九七・小町）を本歌にした、俊成女の「折節もうつれば替へつ世の中の人の心の花染めの袖」（新古今集・夏・夏のはじめの歌とてよみ侍りける・一七九）の「花染の袖」と、『万葉』以来男女の衣々の別れを言い、定家の「しろたへの袖の別れに露落ちて身にしむ色の秋風ぞ吹く」（新古今集・恋五・一三三六）で知られる「袖の別れ」を繋げ鎖らせている。特に、俊成女歌の春から夏への季節のうつろいの趣を「更衣」の題意を表すべく踏まえていよう。第四句は、「唐衣たつ日は聞かじ朝露のおきてしゆけばけぬべきものを」（古今集・離別・三七五・読人不知）を本歌として、その第二句を取ったもの。「たつ」は、出立の意の「立つ」に、「袖」「羽衣」の縁で「裁つ」を掛ける。

③ながめ《詠》やる向《む》かひの里の郭公卯の花月夜ほのかにぞ鳴く（夏・郭公・一〇六）

「向かひの里」は、早くは『堀河百首』に「蚊遣り火の下し燻ゆればあぢきなく向かひの里をふすぶるになる」

（夏・蚊遣火・四八一・公実）と見えるが、一般的によく詠まれる歌詞ではない。家隆に「八幡山向かひの里の時鳥忍びしかたの声も変はらず」（壬二集・同〔仙洞〕十首御歌合に、時鳥・二二三七。遠島歌合・郭公・三四。歌枕名寄・山城三・水無瀬・一〇三九）があり、「八幡山」に対する「向かひの里」で、水無瀬の里を言ったと思しい。一方で、『新撰六帖』の家良詠「山本の向かひの里と見つれども行き巡る間に日は暮れにけり」（第二・さと・七七六）は、山の麓の向かい側にある里の意で詠んでいる。基隆は、これらに学んだかと思われるが、初句の「ながめやる」からも、特定の場所ではなく一般的な向こう側の里の意に詠じたと解される。

　第四句と第五句は各々、「五月山卯の花月夜時鳥聞けどもあかずまた鳴かむかも」（新古今集・夏・一九三・読人不知）、「ほのかにぞ鳴き渡るなる郭公み山を出づる今朝の初声」（拾遺集・夏・一〇〇・望城）が原拠となる。下句全体としては、「卯の花月夜ほのかに」から「ほのかにぞ鳴く」へ鎖り、「ほのかに」を、月（卯の花）の光と時鳥の声の両者に言う、いわゆる共感覚の効果的な掛詞として用いていようか。

④蚊遣《かや》り火の煙も今は心せん月見ぬ里の名にもこそ立《た》て（夏・蚊遣火・一六〇）

「今よりは梅咲く宿は心せん待たぬに来ます人もありけり」（千載集・春上・一九・師頼。堀河百首・春・梅花・一〇〇）を踏まえる。師頼は『金葉集』初出歌人なので、今日の目から本歌たるべき古歌とは認め難いむきもあろうが、基隆の意識としては本歌として取ったと見ておきたい。

「立て」は、評判が立つの意に、「煙」の縁で煙が立つ意を掛ける。例えば定家の「人は住むとばかり見ゆる蚊遣り火の煙を頼む遠の柴垣」（拾遺愚草・奉和無動寺法印早率露胆百首文治五年春・夏・四三一）は、闇の中で蚊遣り火の煙を人家の在り所を示すたよりとする趣向の歌である。基隆の一首も、「月見ぬ里」は月の出ていない闇夜の里ほどの意であろう。「名にもこそ立て」で、そのような評判が立ってしまうからとして、蚊遣り火の立つ煙も今は（闇の中で所在を示すことはともかく）月を隠さないように心せよ、と呼びかけるやや観念的な理屈立ての一首か。

この基隆詠と同類の趣旨の歌は、『玉葉集』入集の鷹司基忠詠「月影の霞むもつらしよそまでは煙な立てそ夜半の蚊遣り火」（夏・三九五）や南朝の花山院長親詠「月見じと立つる煙か心なき賤が伏屋の夜半の蚊遣り火」（耕雲千首・夏・蚊遣火・二八五）が目に付く。関東歌人基隆の詠作が、京極派勅撰集の歌や南朝歌人の歌の先蹤となっていると見ることができる。

⑤風の音雲のけしきもかはり行く野分《のわき》になる《成》か秋の急雨《むらさめ》（秋・野分・三〇〇）[4]

「秋の村雨（急雨）」から「野分」への、気象の変化の実際を捉えようとした一首で、かつ双貫句法で仕立てられている。その点で、①と同様に、後の京極派和歌の先蹤と言ってよい。「秋の村雨」の句は、隆房（朗詠百首・一九）や公衡（公衡集・一七七）の作例が早く、家隆（六百番歌合・三六八他）・定家（拾遺愚草・二三四二他）・雅経（明日香井集・三三九他）など新古今撰者以下の用例が雁行する。勅撰集では『続拾遺集』（三四一、三四二）の基家詠と実氏詠が初出で、以後は『玉葉集』に三首（七二二・為顕、七二七・北条時春、七二八・今出河院権中納言。他に四四一・伏見院の「秋の村雨の声」が一首）、『風雅集』に四首（六四六・光厳院、六四九・徽安門院、六五一・為兼、一五四八・中臣祐夏）の他は、『新千載集』に一首（四七三・桓豪）『新拾遺集』に二首（九〇九・家隆、九五八・実氏）見えるのみである（新葉集にも二首）。新古今前夜から詠まれ始めて、京極派の好尚に適った句と言えるのである。ただし、この句は、『新撰六帖』の「むらさめ」で家良（三九六）と知家（三九八）が試みている。基隆がこれらに学んだ可能性は見ておきたい。

さらに言えば、「村雨」と「野分」の詠み併せは、定家の「花染めの衣の色もさだまらず野分になびく秋の村雨」（内裏歌合建保二年・秋雨・三三）が早く、基隆のこの一首が続き、勅撰集には『風雅集』所収の為兼詠「野分立つ夕べの雲のあし早み時雨ににたる秋の村雨」（秋下・六五一）と徽安門院詠「しをりつる野分はやみてしののめの雲にしたがふ秋の村雨」（同・六四九）の二首のみで、他には後代の武者小路実陰の「野分せし名残も晴れぬ朝ぼらけ霧よりそそぐ秋の村雨」（芳雲集・秋・秋雨・二〇八九）が目に付く程度である。俯瞰すれば、新古今歌人の新奇な試みが関東歌人を経て京極派歌人に繋がる例と言える。

⑥待《ま》てしばし西の山辺《へ》の夕づく《附》日暮《く》るれば暮《く》るる秋と知《し》らずや（秋・九月尽・三五三）

西の山辺にある夕日が暮れたら（九月尽なので）単に一日が終わるだけでなく季節の秋も暮れると知らないのか、として「夕づく日」を擬人化してしばし待てと呼びかけて、秋を惜しむ趣旨の歌である。「待てしばし」は、『古今六帖』以来の句形だが、勅撰集では『新勅撰集』の家隆詠「伊勢の海の海人のまてかた待てしばしうらみに浪の隙はなくとも」（雑四・一二八八）が初出で、基隆に近くは『新撰六帖』に知家詠「帰るさをあまつつみして待てしばし濡れなば袖を人ぞあやめん」（第五・人をとどむ・一五九三）が見える。「暮るれば暮るる」も『新撰六帖』に真観の「また今日も暮るれば暮るる空とのみ見てややみなむ袖は濡れつつ」（一・ゆふべ・二三五）の例があるが、この場合は単に「暮る」の強調表現で、該歌とは異なる用法だが、基隆にとっては歌句として学ぶべき先例であったのではないだろうか。

⑦冬河の岩波《なみ》氷る夜《よ》な夜な《〱》もなほ《猶》夢残《ゆめのこ》る村　鵆《（ちどり）》かな《哉》（冬・千鳥・四一三）

「千鳥（鵆）」は冬の夜の海岸や川辺の寒さの中で鳴くものとして詠むのが常套である。該歌はそれを「鳴く」の語を用いずに、「なほ夢残る」(5)の措辞で、起きて（鳴いて）いることを想わせる、少し分かりにくい趣向である。「夜な夜な」の語についても、「夜な夜なは目のみ覚めつつ思ひやる心やゆきておどろかすらん」（後拾遺集・恋四・七八五・道命）や「夜な夜なはまどろまでのみ有明のつきせずものを思ふ頃かな」（金葉集・雑上・異本歌七〇三・皇后宮美濃）等と、（物思いをして）眠らずに起きている状態に詠まれる傾きがある。

初句の「冬河の」は、『古今集』の「冬河の上は氷れる我なれや下にながれて恋ひ渡るらむ」（恋二・五九一・宗岳大頼。古今六帖・二六七一・作者不記）が原拠だが、『新撰六帖』にも「冬川の岸の下行く水ぬるみはえある世にもあひにけるかな」（第三・いお・九五六・家良）が見える。これは、結句の「村鵆（群千鳥）かな」（「群千鳥」の勅撰集初出は新古今）の形も、同六帖に「夕凪の蘆屋の沖の潮風にさそはれて鳴く群千鳥かな」（第三・ちどり・一一八〇・真観）があることと併せ見れば、無視し得ない事例となろう。

⑧時雨れつる外山の嶺の村雲に夕風寒《さえ》て霰《あられ》降《ふ》るなり（冬・霰・四四二）

『新古今集』の「さざなみや志賀の唐崎風冴えて比良の高嶺に霰降るなり」（冬・六五六・忠通）を本歌として踏まえるか。④の師頼の場合と同様に忠通も『金葉集』初出歌人なので、今日の目からは本歌たるべき古歌とは言い難いが、基隆の意識としては本歌として取ったと見ておく。あるいはまた、家隆の「時雨れつる宵の村雲冴え更けて霰降るなり小野の篠原」（壬二集・守覚法親王家五十首・冬・一六七三。御室五十首・冬・五八四、上句「霜枯れの風の音だに寂しきに」）や「時雨れつる宵の村雲冴え返り更け行く風に[6]霰降るなり」（壬二集・冬部・建暦二年仙洞廿首歌奉りし中に、冬歌・二五六六。新後拾遺集・冬・五二〇）といった、類詠両首などに倣ったのではないかとも疑わせる。「村雲」と「冴ゆ」や「風」を仲立ちにして、「時雨」から「霰」への移行を詠む点で共通するが、「時雨つる」後の気象の変化を写す詠みぶりとしては、京極派の好みに通うものがあろうか。[7]なお、宗尊の「吾妹子が袖に乱るる玉葛夕風冴えて霰降るなり」（宗尊親王三百首・冬・一八八）は、同じく右の忠通詠を踏まえていようが、基隆詠と下句が一致するのは、あるいは偶然ではないかもしれない。

続けて、『新和歌集』所収歌を見る。同集の成立については、正元元年（一二五九）八月十五日～同年十一月十二日の間に笠間時朝の撰にかかると推定されている。[8]時朝は宇都宮頼綱の甥であり、同集が「宇津宮打聞」とも呼称されるごとく、宇都宮氏一統の眷属縁者を基盤とした歌集であることは疑いない。兄基政の男すなわち基隆の甥基頼は、頼綱男頼業の女と婚姻関係にある。康元元年（一二五六）十一月二十八日に七十六歳で没した父基綱の歌は同集には不採録であり、それ以後に直接にはこの結縁が機縁となって、同集に基政の十二首と共に基隆詠五首が採択されるに至ったものと推測される。なお、五首中三首（一二四、二八〇、五五五）は『宗尊親王家百五十番歌合』の歌でもあるので、番の歌と共に二で取り上げることとし、ここではそれ以外の二首を見る。位置は「藤原基隆」。

⑨ながめんと植《うへ》ゑてしもの《物》を花薄茂《しけ》らば茂《しけ》れ庭も籬《まかき》も（秋・一八六）

「里は荒れて人は古りにし宿なれや庭も籬も秋の野らなる」（古今集・秋上・二四八・遍昭）と「今よりは植ゑてだに見じ花薄ほに出づる秋はわびしかりけり」（古今集・秋上・二四二・貞文）を本歌とする。遍昭詠の第四句を結句に置き、秋の野のごとき荒里の古屋の風情を「花薄」の茂る状態に具体化しつつ、秋のわびしさをかもす「花薄」を植えないとする（しかしもとよりその秋の風情を愛でている）貞文詠を逆転して、初二句でそれをあえて正面から観照するべきものとして表出する。

「茂らば茂れ」は珍しい句である。宗尊の『中書王御詠』の「秋ぞ来むさらでは人の問ふもあらじ茂らば茂れ庭の夏草」（夏・夏草・七三）が、基隆周辺に見える数少ない例となり、この一致も、⑧の下句と同様に偶然ではないのかもしれない。

⑩誰にかも言《こと》づてやりて大伴《おほとも》のみつの浜なるまつと言《い》はれん（恋上・五七一）

「いざ子どもはや日の本へ大伴の御津の浜松待ち恋ひぬらん」（新古今集・羈旅・八九八・憶良。原歌万葉集・巻一・雑歌・六三）を本歌とする。また、初句は『古今集』（雑体・一〇〇一・読人不知）、第二句は『後撰集』（恋五・九八〇・読人不知）、さらに「待つ」に「松」を掛ける結句は『拾遺集』（神楽歌・五八七・読人不記（左注住吉明神託宣））を各々原拠とする伝統的な句形である。ただし、該歌の「言はれん」は、『拾遺集』歌「住吉のきしもせざらんものゆゑにねたくや人にまつと言はれむ」のような受け身の推量ではなく、相手に自分が待っていることを「言うことができるようにしたい」という可能の意志に解される。それでも、一首の仕立て方と趣向は平明である。

二　『宗尊親王家百五十番歌合』所収歌

次に、弘長元年（一二六一）七月七日の『宗尊親王家百五十番歌合』の歌を見る。春・夏・秋・冬・恋の五題十首。基隆は右方七人目で「左衛門権少尉藤原基隆」として、左の「左近将監時遠」と番えられている。判詞は在京の藤原基家によって付され、八月十七日に鎌倉に到来した後日判である。

⑪足引の山の陰野《かげ》はなほ《猶》さえていつの雪間《ま》に若菜摘《わかなつ》ままし（春・七番・一四）

山陰の野は（春でも）なお寒くて、一体何時雪の間に若菜を摘もうかしら、の意。「山の陰野」、「いつの雪間」共に伝統的常套ではない。各々、『新撰六帖』の「里遠き山の陰野の篠薄ほにこそ出でね身を嘆きつつ」（第六・しのすすき・一九七六）と『秋風集』の「消えあへぬいつの雪間に春の来て吉野の山のまず霞むらん」（春上・早き春の歌とてよみ侍りける・六。新千載集・春上・二）という衣笠家良の両首が、基隆に身近な先行例となる。

左方の時遠歌は「うら見ばや煙を添《そ》へて藻塩《もしほ》やくあまりに霞《かす》む春の夜の月」で、基家の判詞は、「右、なほう《を》るはしきにや」である。「浦見」と「恨み」、「海人」と「余りに」の掛詞を仕込み、藻塩の煙と春霞とが重層する春月を恨む左の歌に比して、山陰の余寒の残雪に若菜摘みを思う右の基隆詠が、春の初めの歌として、よりきちんと整っている、ということで評価されたのであろうか。

⑫あだにのみ風の慣《な》らはす桜《さくら》花匂ひや誘《さそ》ふ初《はし》めなるらん（春・廿二番・四四）

一首は、「桜の花をはかないものとばかり風が繰り返し（吹き散らして）慣れさせているが、そのことこそが、（花の）匂いを風が誘って吹く初めなのであろうか。」との意である。落花を肯定的に捉えようとした、観念的理屈の一首であろう。家隆の「春風に誘はれて行く白雲の桜慣らはす山も恨めし」（壬二集・院百首建保四年、于時宮内卿従三位正月五日叙之・春・八一二。拾遺風体集・春・三三）に触発されているか。

左方の時遠歌は「惜《お》しめどもとまらで散りぬあだし世のさらぬ別れを春や見《み》すらん」で、判詞は無い。歌は、「惜しんでも桜の花は散ってしまう。はかない世の中の避けられない別れを春は見せているのだろうか。」との意で、落花に無常を見る。初二句は「惜しめども散りもとまらぬ花故に春は山辺を住みかにぞする」（後拾遺集・春下・一三二・頼宗）に拠るか。覚性の「花故にさらぬ別れぞ知られぬる飽かで散り行く一つ心に」（出観集・春・一〇四）と同工異曲と言える。なお、宗尊の「人も皆さらぬ別れのある世とや惜しむに花のとまらざるらん」（柳葉集・巻二・弘長二年十二月百首歌・花・三〇五）は、この時遠歌に影響された可能性があろうか。

⑬頼《たの》めぬに問《と》はぬは人の恨《うら》みかと思ふがほなる時鳥《ほとゝぎす》かな《哉》（夏・卌七番・七四）

「（時鳥は自分に）訪れを約した訳ではないけれど、（それでもやはり）訪れてこないのは、いかにも人の恨みのためかと思っているような様子に見える（ちっとも声を聞かせてくれない）時鳥よ。」といった趣意の歌か。「山がつと人は言へども郭公まづ初声は我のみぞ聞く」（拾遺集・夏・一〇三・是則）や「時鳥まだうちとけぬ忍び音は来ぬ人を待つ我のみぞ聞く」（新古今集・夏・一九八・白河院）等、希な時鳥の一声を自分独りで聞くという類型を踏まえ、例えば「我のみや行きて折らまし山桜人の恨みを思はずもがな」（重之集・一二〇）の桜の場合と同様に、時鳥の声を一人占めすることに対する「人の恨み」を想定し、それにかこつけて、訪れて鳴くことをしないのかと見て、逆に時鳥の一声を待望する心を詠もうとした一首ではないだろうか。⑫と同様に、理屈がかった歌と言える。

左方の時遠歌は「卯の花の垣《かき》ほの月の群《むら》雲は咲《さ》き途絶《とた》えたる青葉なり《成》けり」。垣の卯の花を月に、その間に茂る青葉を群雲に見立てた一首であろう。「卯の花のむらむら咲ける垣根をば雲間の月の影かとぞ見る」（新古今集・夏・一八〇・白河院）と「卯の花の青葉混じらず咲きぬれば雪もて結へる垣根とぞ見る」（堀河百首・夏・卯花・三四〇・師頼）を踏まえるか。判詞は「右、風情を好《この》める姿《すかた》、猶勝ち侍りなむ」とあり、基隆詠が勝となっている。単純な比喩の時遠詠に対して、人事によそえた詞遣いでやや屈折した詠みぶりの中に、時鳥の一声を求める心情を込めた基隆詠が評価されたものであろう。

⑭長《なか》き根《ね》の滴《しつく》ながらや菖蒲《あやめ》草五月の玉と袖にかけまし（夏・五十二番・一〇四。新和歌集・夏・一二四）

「つれづれと音絶えせぬは五月雨の軒の菖蒲の滴なりけり」（後拾遺集・夏・二〇八・俊綱）を初めとして、「菖蒲」と「滴」は和歌では不可分の景物だが、一方で、「菖蒲草引く手もたゆく長き根のいかで安積の沼におひけん」（金葉集・夏・一二九・孝善）などと詠まれるように、菖蒲草の根が長いことも通念である。一般的な花茎や葉ではなく根茎にしたたる滴なので、「ながらや」としたか。「五月の玉」は、五月五日の節会に飾る不浄を払う玉のことで、ここでは「滴」をその玉に見立てる。万葉語（一四六五、一九三九）だが、『古今六帖』にもその異伝歌「時鳥いたくな鳴きそなが声を五月の玉にあひぬるまでに」（第六・ほととぎす・四四二四・作者不記）があるためか、『新撰六帖』（第一）には「五日」の題の下の「今日かくる袂の花のいろいろに五月の玉も光添へつつ」（八七・為家）と「年ごとの五月の玉の緒絶えせでいつかと待ちし今日も来にけり」（八九・信実）の両首の他、真観の一首「今日こそは五月の玉に貫きとめて折にあふちの花と見えけり」（第六・あふち・二四六〇）が見える。基隆がこれらの試みに影響された可能性は考えてよいであろう。

左方時遠の「影宿《やと》す月さへ飽《あ》かで曇りけり掬《むす》べば濁《にこ》る山の井の水」（一〇三）は、「掬ぶ手の滴に濁る山の井の飽かでも人に別れぬるかな」（古今集・離別・四〇四・貫之）を本歌とした一首で、判詞に「左、下句常《つね》に聞《き》こゆ」と批判され、「右、尤も勝ち侍るべし」として、基隆詠が勝っている。

⑮雁の来《く》る嶺の秋風《かせ》寒《さむ》き夜の更け《深》ぬる空に澄《す》める月かな（秋・六十七番・一三四）

「雁の来る峰の朝霧晴れずのみ思ひつきせぬ世の中の憂さ」（古今集・雑下・九三五・読人不知）を本歌とする。雑を秋に詠み換えるが、歌境は平明である。

左方の時遠歌は「今更に思ひを添《そ》へて歎くべき人のためとや秋の来《き》ぬらん」（一三三）で、歌頭に「撰」[9]とあり、判詞も「左、愚老が心あくがるる詞《ことは》にや侍らん」と評価されている。人がいつにもまして嘆くべき秋を詠じているが、常套の措辞の各句をなだらかに組み合わせている点が基家の好みに適ったのであろうか。

⑯さのみかく涙は落《お》ちじ山颪に鹿の音添《そ》はぬ夕べなりせば（秋・八十二番・一六四）

山から吹く風の中に鹿の音が聞こえてこない夕方であったならば、このようにそれ程まで涙は流れ落ちないはずだ、として、鹿鳴の秋の悲しい風情をきわだたせる趣向の歌である。『千載集』の「夕まぐれさてもや秋は悲しきと鹿の音聞かぬ人に問はばや」（秋下・三二一・道因）と類想で、また、『新古今集』の「山おろしに鹿の音高く聞こゆなり尾上の月にさ夜や更けぬる」（秋下・四三八・実房）を念頭に置いた作か。

左方の時遠歌は「白浪のよる行《ゆ》く舟の追風《かせ》に門渡《とわた》り残《のこ》る月のさやけさ」（一六三）。「よる行く舟」「門渡り残る」の珍しい措辞を用いた一首で、「よる」は「（白浪の）寄る」と「夜（行く舟）」の掛詞である。判詞は無い。

⑰中空に浮《う》きたる雲のいづくより風に任《まか》せて時雨来《き》ぬらん（冬・九十七番・一九四。新和歌集・冬・二八〇）

『宝治百首』の為氏の「中空に浮きたる雲の果てもなく行方も知らず恋ひ渡るかな」（恋・寄雲恋・二四六〇）に初二句を学んだか。為氏詠では、第三・四句の序詞であるが、それを表の意味に活かして、断続して降る時雨をもたらす雲のように用いている。この「浮きたる雲」を「時雨」の雲とする歌は、宗尊にも「風早み浮きたる雲の行き返り空にのみして降る時雨かな」（瓊玉和歌集・冬・時雨を・二七八。柳葉和歌集・巻四・〔文永元年六月十七日庚申宗尊親王百番自歌合〕・時雨・五〇五。続古今集・冬・五八七）と見える。なお、『新和歌集』では結句「流れ来ぬらん」が諸本の本文として大勢（群書類従本のみ「ながれ」が「時雨」）だが、同集でも前後の配列は「時雨」歌群であり、「流れ」では単に「雲」が風に流れる歌となって冬の歌にはならない。同集の本文に問題があろうか。

左方の時遠歌は「志賀の浦の波《なみ》を氷に吹きなして独り残《のこ》れる松風《かせ》の声《こゑ》」（一九三）。「さ夜更くるままに汀や氷るらん遠ざかり行く志賀の浦波」（後拾遺集・冬・四一九・快覚）等の、「志賀の浦浪」が「氷る」類型の枠組みの中にある一首である。かつ一方で、「志賀の浦の松吹く風の寂しきに夕浪千鳥立ちゐ鳴くなり」（堀河百首・冬・千鳥・九七七・公実。新後撰集・冬・四八二、三句「寂しさに」）などと詠まれる、浪音の聞こえない「志賀の浦」の松籟（松風の音）を詠じてもいる。判詞は、「右、宜しきにや」で、五十二番と同様に類型的な時遠の歌に比して、基隆詠が評価されたか。

⑱訪《と》はれつる跡ともしばし見《み》るべきになほ《猶》降《ふ》り隠《かく》す庭の白《しら》雪（冬・百十二番・二二四）

「我が宿は雪降りしきて道もなし踏み分けて訪ふ人しなければ」（古今集・冬・三二二・読人不知）から「山里は雪降り積みて道もなし今日来む人をあはれとは見む」（拾遺集・冬・二五一・兼盛）へかけて、雪に孤絶する侘び住まいに訪れる人もない、また訪れる人を望むといった歌の基盤が、「子猷尋戴」の故事も与ってか形成される。その類型の中で例えば、「待つ人の今も来たらばいかがせむ踏ままく惜しき庭の雪かな」（詞花集・冬・一五八・和泉式部）等と、少しく変化のある趣向で歌が作られている。『新古今集』には、そういった、「庭」の「雪」の上の人の「跡」に主眼を置いた歌として、「庭の雪に我が跡付けて出でつるを訪はれにけりと人や見るらむ」（冬・六七九・慈円）や「今日はもし君もや訪ふとながむれどまだ跡もなき庭の雪かな」（冬・雪のあした、後徳大寺左大臣許につかはしける・六六四・俊成）等が見えている。基隆詠は、この延長上にあるとも言えるが、発想としては、例えば隆信の「それをだに埋みなはてそわくらばに訪はれし跡も雪の下道[10]」（正治初度百首・冬・一二七〇）に類似すると言える。なお、同じ歌合には、基隆の兄基政の「踏み分けし紅葉の跡も見えぬまでまた降り隠す庭の白雪」（冬・九十五番・一九〇→前節㉙）という類詠がある。この歌合は机上に番えられたと見られるので、必ずしも弘長元年（一二六一）七月七日かその直前の詠作であるとは限らないが、兄弟間相互の影響関係は見てもよいであろう。

左方の時遠歌は「山賤《かつ》のこやのたれどの隙《ひま》とめて雪降《ふ》り入《い》るる庭の松風《かせ》」（「ふりいるゝ」の「り」の右に「き歟」と傍書。島原松平文庫本も同じ）。「隙」を用いているので、「津の国のこやとも人を言ふべきに隙こそなけれ蘆の八重葺き」（後拾遺集・恋二・六九一・和泉式部）を意識するか。とすれば、「小屋のたれど」は珍奇な措辞だが、「こや」は「小屋」に摂津国の歌枕「昆陽」を掛けるか。「たれど」は、あるいは「垂れ簾」で、簡単に上から垂らした戸といったような意か。「とめて」は「覓めて」（尋ね求めての意）で、山賤の小屋の隙間を探り求めるようにして、庭の松風が雪を吹き込むといった主旨であろう。判詞は無い。

⑲恋ひ死《し》なむ後にあふせの有るべくはなほ《猶》を《お》しからぬ命ならまし（恋・百廿七番・二五四。新和歌集・恋上・五五五。新後撰歌・恋二・九三七）

恋の思いに死んで後の世でその恋人と逢うことができるなら、命は惜しくないが、それは不可能であり、やはり生きてこの世で逢いたい、との思いの表出の歌である。「恋ひ死なむのちは何せん生ける日のためこそ人の見まくほしけれ」（拾遺集・恋一・六八五・大伴百世。万葉集・巻四・相聞・五六〇、下句「ためこそ妹を見まくほりすれ」）を基に、「恋ひ死なむ命はなほも惜しきかな同じ世にあるかひはなけれど」（新古今集・恋三・一二二九・頼輔）や「恋ひ死なばのちの世とだに言ふべきに逢はではそれもえこそ契らね」（続後撰集・恋二・七一七・道因）等と展開する、類型上にある歌であろう。

左方の時遠歌は「知《し》らせばや真《ま》砂隠《かく》れの浜《はま》つづら下に苦《くる》しく思ふ心を」（二五三）。「浜つづら（浜蔓）」は、浜辺に生えるつる草で、『万葉集』の「駿河の海おしへに生ふる浜つづらいましを頼み母に違ひぬ」（巻十四・相聞・三三五九・作者未詳）が原拠である。『堀河院艶書合』に「奈呉の海の浦辺におふる浜つづら絶え間くるしき物をこそ思へ」（一三・刑部卿俊実）や「浜つづら絶え間絶え間を歎かせてくるしと思ふ我が心ぞは」（一四・四条宮の甲斐）と見える。以後、寂身の「東なる駿河の海の浜つづらつれなき君にくるな教へよ」（寂身法師集・詠百首和歌宝治二年九月於滝山詠之・恋・五二四）、長綱の「波高き駿河の海の浜つづらくるしやかかる人の契りに」（長綱集・四四九）等、鎌倉前中期に少しく作例がある。時遠の知識の拠り所は不明で、「真砂隠れの」（砂に埋もれた）から「浜つづら下に」と続けて詠むべき典故も未詳だが、「（浜）蔓」を「繰る」との掛詞で「苦しく思ふ」を起こすことは、右に見る数例の流れに沿うものと言える。「真砂隠れ」の措辞も用例は希少だが、『洞院摂政家百首』の「五月雨は舟寄すばかりなりなりにけり真砂隠れの浦の浜川」（夏・五月雨・四一五・実氏）が、時遠に身近の先行例となる。判詞は「左、浜《はま》つづら、自他多くこのほど見《み》え侍り。右、心さも侍りなん」。左についての評は、上記した鎌倉前期の「浜つづら」の用例の存在と照応する。右の基隆詠については、一応はあるべき恋歌の詠みぶりが評価されたものであろう。

⑳恨《うら》みじなこれはなべての恨みとも思ひなさるるつらさなり《成》せば（恋・百四十二番・二八三）

一首は、「世間一般によくある普通の恨みだとも心にみなされる（恋人の）辛さでもしあるのならば、恨むことはするまいにな。」といった趣意か。どうしようもない相手のつれなさの恨みを嘆じた感もある。初句に「恨みじな」を置き二句以下結句まで屈折がない。そういった点が判詞で「右、やすらかにて優《やさ》しくも侍るにや」と評された由縁であろうか。初句「恨みじな」の形は、『和歌一字抄』（四四七）にも採られた経信の「恨みじな山のはかげの桜花遅く咲けども遅く散りけり」（経信集・山花未落・三五）辺りが早いが、基隆により親近であろう一首は、『新勅撰集』の雅経の「恨みじな難波のみ津に立つ煙心から焼く海人の藻塩火」（恋二・七六一。時代不同歌合・一三二等）で、かつ鎌倉期には少しく流行した句のようである。(11)

左方時遠の「入り方《かた》の月やは人に教《をし》へけむ飽《あ》かで有明の別《わか》れせよとは」（二八二）は、西没する月を擬人化して、有明に帰る恋人への恨みを述べるが、判詞で基隆詠をより高く評価させるのに与る、理屈張った歌であろう。

以上が『百五十番歌合』の基隆の十番である。判詞のみを改めて抜くと、「右、なほうるはしきにや」（七番）「右、風情を好める姿、猶勝ち侍りなむ」（三十七番）「左、下句常に聞こゆ。右、尤も勝ち侍るべし」（五十二番）「右、宜しきにや」（九十七番）「左、浜つづら、自他多くこのほど見え侍り。右、心さも侍りなん」（百二十七番）「右、やすらかにて優しくも侍るにや」（百四十二番）、であり、六十七番の「左、愚老が心あくがるる詞にや侍らん」を除いて、即ち「殊なる事無き番」(12)の無判詞の三番以外の七番中六番が、右の基隆詠が高評されているのである。左の時遠詠が、珍奇な詞に頼る傾向を見せ、かつは類型的・常套的で比較的単純な理屈の、風情に乏しい歌が多いこととも相俟ってか、基隆詠に対する基家の評価は総じて高い。そしてその評詞は、一首全体の姿に及んでのもの言いであり、良経男にして次期の『続古今集』撰者に任じる前内大臣基家が、正面から基隆詠を認めたものと言ってもよいであろう。この歌合での活躍なども、基隆が『続古今集』に三首の入集を果たすことに与ったかと思われるのである。

三　勅撰集入集歌と『夫木抄』採録歌

最後に勅撰集および『夫木抄』入集歌を見る。位置はいずれも「藤原基隆」。『続古今集』には三首の入集。恐らくは基隆は当時存命の同時代歌人であり、兄基政も同集に六首採られており（故基綱は一首）、一族としても比較的厚遇されていると言えよう。

㉑暁《あか月》の木綿《ゆふ》付《つ》け鳥《とり》の同《おな》じ音《ね》に幾《いく》たびつらき別《わか》れしつらむ（恋三・一一五五）

詞書は「後朝恋の心《こゝろ》を」。「暁の木綿付け鳥」（明け方の鶏）は勅撰集では、『新古今集』の式子の「暁の木綿付け鳥ぞあはれなる長きねぶりを思ふ枕に」（雑下・一八一〇。正治初度百首・鳥・二九四）と『新勅撰集』の中宮（藻壁門院少将の「暁の木綿付け鳥もしら露のおきて悲しきためしにぞ鳴く」（恋三・八〇六）および『続後撰集』の為教の「憂しとのみ思ひしものを暁の木綿付け鳥は今ぞ恋しき」（恋五・九七九。秋風抄・恋下・九七七）と、先行三集にそろって見え、『続古今集』所収の該歌もその流れの中に位置付けられる。寂蓮の「牡鹿鳴く同じね山の裾なれど聞き分く袖ぞ露も置き添ふ」（寂蓮法師集・二一六。慈円への返歌）や、慈円の「山里にいへゐしすれば郭公待つも待たぬも同じ音ぞ聞く」（拾玉集・百首和歌十題・一七。他に三一〇六〈虫〉＝三六一五重出）辺りが早い「同じ音」の語を、後朝の別れを繰り返す毎朝毎朝に同じく鳴く鶏の声、の意味で用いているところに工夫があろうが、平明な一首である。なお、関東歌壇の類例として、執権北条宣時の「今ははやよそにのみ聞く暁も同じ音にこそ鳥は鳴くなれ」（続千載集・恋四・一四八五）がある。

㉒住吉《すみよし》と誰《た》が言《い》ひ置《を》きし浦《うら》ならむ寂《さひ》しかりける松の風《かせ》かな（雑下・一七五五）

詞書は「住吉に詣《まう》でてよめる」。検非違使・六波羅評定衆の職に在った基隆には摂津国の住吉（大社）参詣の機会は度々あったであろうか。「住吉と海人は告ぐとも長居すな人忘れ草おふといふなり」（古今集・雑上・九一七・忠岑）等以来の、摂津国の歌枕「住吉（の浦）」に「住み佳し」を掛け、また景物として「松」（多く「待つ」を掛ける）を詠み込む、常套的な表現の上に立つ単純な発想の歌である。平清盛の異母弟経盛の「住吉の松吹く風の音さえてうら寂しくもすめる月かな」（住吉社歌合嘉応二年十月九日・社頭月・一五。治承三十六人歌合・六二。経盛集・五七）を見習ったかもしれない。「誰が言ひ置きし」の句に、歌枕「住吉」の歴史性を認識していることが[13]仄見えるか。

㉓ありわぶる身は我《われ》のみと思《おも》ひしに誰《た》が名付《なつ》けける憂《う》き世《よ》なるらん（雑下・題不知・一七九六）

一首は、「この世に生きて在ることが難しいのは己れ独りの身だけと思っていたのに、一体他の誰が名付けた「憂き世」なのだろうか。」の意である。木船重昭『続古今和歌集全注釈』（大学堂書店、平六・一）が、「いかにも、すべての人が生きづらがっているかのように。」と、補って解釈しているのは、首肯されるべきであろう。『続古今和歌集』（明治書院、令元・七）が指摘（久保田淳校注）するように、「我が身から憂き世の中と名付けつつ人のためさへ悲しかるらむ」（古今集・雑下・九六〇・読人不知）を本歌にする。また、「世の中は昔よりやは憂かりけむ我が身一つのためになれるか」（古今集・雑下・九四八・読人不知）の発想を展開している感がある。なおまた、世間一般と自己一身との関係で見れば、「大方の秋来るからに我が身こそ悲しきものと思ひ知りぬれ」（古今集・秋上・一八五・読人不知）などとは対照的な趣がある。第三句「誰が名付けける」は、「恋ひしとは誰が名付けけむことならむ死ぬとぞただに言ふべかりける」（古今集・恋四・六九八・深養父）に基づく。歌の伝統の蓄積の上に立つ詠みぶりの点で、㉒の場合と同様である。

『続拾遺集』『新後撰集』『続後拾遺集』『新拾遺集』『新続古今集』には各一首の入集である（『新後撰集』歌については『宗尊親王家百五十番歌合』の歌として⑲に既出）。

㉔ふりまさる跡《あと》こそいとど悲《かな》しけれ苔の上まで埋《うつ》む白雪（続拾遺集・雑下・一三一〇）

同集の配列では哀傷歌群で、特に雪中の哀傷歌群（一三〇七～一三一一）である。詞書は「父基綱身まかりてのち、雪の降《ふ》りける日、かの墓所にてよめる」。基綱は、康元元年（一二五六）十一月二十八日に七十六歳で卒している。それから少し時を経た詠作か。基綱が亡くなる直前九月十三夜の『百首歌合建長八年』の「古りまさる谷のかけ道苔絶えて通ふ牡鹿の跡荒れにけり」（秋・二五二・経家）に、基隆が倣った可能性も考えられなくはない。ただし、基隆の歌の「ふり」は、（「苔（の上）」が）「古り」に「白雪」の縁で「降り」を掛ける。「苔の上」は、苔むした地面の下（墓下）や死後（泉下）の意の「苔の下」の対で、墓の上の意であろう。「埋む白雪」の句は、恵慶の「むらたづの宿れる枝と見るまでに松の緑も埋む白雪」（恵慶法師集・松の雪・一一三）が早いが、後藤家と同族である西行に「卯の花の心地こそすれ山里の垣根の柴を埋む白雪」（山家集・冬・五四一）がある。勅撰集では、この基隆の歌（他に四四四・教雅の一首）を収める『続拾遺集』が初出の歌句である。父が亡くなって後、時が経ち墓に降り積もる雪につのる悲しみを重ねる。

㉕彦星の妻待《ま》つ秋も巡《めぐ》り来《き》て行き合《あ》ひの早稲《わせ》は穂に出でにけり（続後拾遺集・秋上・二四五）

詞書は「前大納言頼経家にて、早秋の心をよみ侍りける」で、鎌倉幕府第四代将軍九条頼経家会の一首。基隆青年時の作となる。「行き合ひの早稲」は、「をとめらに行き合ひの早稲を刈る時になりにけらしも萩の花咲く」（万葉集・巻十・秋雑歌・二一一七・作者未詳）と詠まれた万葉語で、夏から秋にかけて実る早稲を言う。ここでは「彦星」「妻まつ」の縁で、七夕の両星が「行き逢ふ」意が掛かる。この「行き合ひの早稲」の用例は、清輔が『久安百首』（恋・九六四）で詠み『新勅撰集』に採られた「おのづから行き合ひの早稲をかりそめに見し人ゆゑにいねがてにせむ」（恋一・六六二。清輔集・二二六）がある。その後、建保四年の『内裏百番歌合』の道家詠「おのが秋に行き合ひの早稲をかりがねの鳴くなるなへに露ぞ置き添ふ」（秋・九四）や『現存六帖』に見える為氏詠「秋萩はうつろひぬらしをとめごが行き合ひの早稲もまだからぬまに」（はぎ・七九）などが鎌倉期の数少ない例となる。『万葉』歌を本にした為氏詠も含めていずれも、人が「行き逢ふ」の意を切り捨てた用法であるのに対して、基隆歌は、枕詞「をとめらに」がかかる原義「行き逢ひ」の語感（少女に道を行く際に逢いの意）を残していると言える。

㉖知《し》らせばや竹の籬《まかき》に這《は》ふ葛の下に恨《うら》むる節《ふし》の繁《しけ》さを（新拾遺集・恋五・一三六八）

詞書は、「中務卿宗尊親王家百首歌に、恋」で、弘長元年（一二六一）九月の同将軍家百首の一首。[14]『題林愚抄』（恋三・七八五五）[15]では「寄葛恋」に部類される。初句に、恋歌それも特に忍恋の歌の常套「知らせばや」を置き、第二・三句の詞は、『古今集』の貫之の「ちはやぶる神のいがきに這ふ葛も秋にはあへずうつろひにけり」（秋下・二六二）を本歌として取るか。また、『万葉集』の「み吉野のかげろふのをのに刈る草の思ひ乱れてぬるよしぞおほき」（巻十二・寄物陳思・三〇六五・作者未詳）と「藤波の咲く春の野に這ふ葛の下よの恋は久しくもあり」（巻十・春雑歌・一九〇一・作者未詳）の両首に拠った、『新撰六帖』の家良の「み吉野のかげろふ小野[16]に這ふ葛の下の恨みは知る人もなし」（第六・くず・二一〇一）にも学んだ一首か。結句の「節」は、「恨むべき節げにことはり」（源氏物語・若菜下）等の「心のとまる点」（岩波古語辞典）の意で、歌にも例えば「それまでは思ひ入れずやと思ふ人の恨むる節ぞさてはうれしき」（風雅集・恋三・一一七九・光厳院）などと詠まれる。該歌はこれに、「竹」の縁の「節」を掛ける。

㉗津の国の生田の川の水上は今《いま》こそ見《み》つれ布引の滝（新続古今集・雑歌下・布引滝を・二〇一五）

摂津国の歌枕、「生田（の）川」と「布引の滝」の二つを、実地勢上のとおりに結びつけて詠む。基隆に実見の機会があり、その経験に基づくかとも疑われるが、『夫木抄』（雑六・河・いくた河、摂津・一〇九一四、四句「今日こそ見つれ」）の集付に「百首歌、人家」とあって、これを信じれば定数歌詠であったことになる。いずれにせよ、意味は極めて平明である。あるいは、「貞応三年百首」または「貞応三年四季百首、冬河」と伝える為家の「水上の山の滝つせ氷るらし生田の川は行く水もなし」（夫木抄・冬二・七〇九五、同・雑六・一〇九一三重出）を踏まえるか。

さて、藤原長清撰、延慶三年（一三一〇）頃成立かとされる『夫木和歌抄』には「藤原基隆」詠が二首見えるが、共に集付に「人家」とある。文永八年頃（一二七一）に藤原行家の撰した私撰集で、現存巻八～十三巻の『人家和歌集』の入集歌で、散佚七巻部分に存したものと推測される。内一首は㉗で見た歌なので、残りは次の一首である。

㉘高島《たかしま》の山の桜や咲きぬらん水尾《みほ》の杣《そま》木にかか《い》る白《しら》雲（春四・花・題不知、人家・一三五七）

「高島」は近江国の歌枕で、その「山」は「水尾山」のこと。「水尾（山）の杣木」にかかっている「白雲」の遠望によって、「杣木」を埋めるように咲く桜の花を推測する。「高島や水尾の中山杣立ててつくり重ねよ千代のなみ蔵」（拾遺集・神楽歌・みを山・六〇五・読人不知）と「葛城や高間の桜咲きにけり竜田の奥にかかる白雲」（新古今集・春上・八七・寂蓮）の両首を本歌のごとく踏まえる。寂蓮の歌は古歌の範囲には入らないかもしれないが、基隆の意識としては依拠してよい先達であったのではないだろうか。伝統的で単純な趣向の上に、比較的珍しい「高島の山」の「水尾の杣木」を詠む。これは、『新撰六帖』の家良の「高島や水尾の杣木の山下《くだ》しくるしき世とて厭ひやはする」（二・そま・五七六）、また『宝治百首』の基家の「雲かかる真木も檜原も高島の水尾の杣山幾世経ぬらん」（雑・杣山・三五六一）や家良の「白妙の袖ぞ涼しき高島の水尾のかちのの秋の初風」（秋・早秋・一二〇五）

等々に触発されたのかもしれないと考えるのである。

四　基隆の詠み方の特徴

以上、僅か28首の現存歌ではあるが、そこに窺われる基隆詠についてまとめておく。

本歌取の詠作については、本歌の詞を取りつつよく本歌の心を展開して、達成度は比較的高いと言ってよいように思われる。それを部類上の主題の転換に見れば、一首の本歌取七例（②④⑧⑩⑮㉓㉖）の内、二例（⑧㉓）を除いて本歌の部類が転じられている。二首本歌取二例の内、一例（⑨）は二首と同部類、一例（㉘）は一首と同部類である。また、本歌とした歌の所収歌集は、『古今集』六首（②⑨〔二首〕⑮㉓㉖）、『拾遺集』一首（㉘）、『千載集』一首（④）、『新古今集』三首（⑧⑩㉘）である。『千載集』歌は『堀河百首』歌でもあり、『新古今集』の一首（⑩）は『万葉集』歌であり（別の二首の作者は忠通（⑧）と寂蓮（㉘））、また㉘は『拾遺集』歌をも本歌とするものである。従って、総じては、定家歌論に見る、いわゆる本歌取の規制に大きくは背反しないものと見なしてよいであろうが、本歌の時代範囲の下限が拡張する鎌倉中期の大勢にも無縁ではないようにも思われるのである。

古歌詞の摂取一般についても、三代集をはじめとした勅撰集を中心とする伝統的な詞を尊重し（①③⑦⑩⑲）、かつはそれらを繋げ鎖らせることにより、清新な歌詞句を生んでいる場合（②③）も認められるが、反面に、伝統的古歌詞のやや安易な組立てによる単純な趣向の例（⑩）も存しているのである。

他方で、比較的近代と同時代の歌の詞句との関連については、勅撰集では、『新古今』『新勅撰』の両集の歌に拠ったかと思しき例（②③⑥⑳㉑㉕）が見られる。私撰集では、『新撰六帖』（③⑤⑥⑦⑪⑭㉖㉘）や『宝治百首』（⑰㉘）の所収歌に倣ったかと思われる例が目に付く。同時代の身近な類題集と応制百首として、基隆がこれらに学んだ可能性は認めてよいであろうし、特に『新撰六帖』については、基隆親炙の書であったと推断してよいようにも思われるのである。

近現代歌への依拠をその作者に目を移して見れば、兄基政が師事した定家（②⑤）はもとより、家隆（③⑥⑧⑫）あるいは雅経（⑳）なども基隆にとって当然に見習うべき先達であろうし、その下の世代では、定家の子孫の為家（⑭㉗）と為氏（⑰㉕）や、あるいは反為家の知家（⑤⑥）と真観（⑥⑦⑭）などの詠作に基隆が意を向けていたかとも思われるが、いずれも現存歌の範囲の僅少な証例では確言し難い。中でしかし、家良（③⑤⑦⑪㉖㉘）については、基隆が握翫したと思しき『新撰六帖』所収歌中では、別けてもその筆頭歌人である家良自身の作が注目されていたようにも見受けられるのである。なお、将軍宗尊との和歌圏の共通あるいは相互の影響関係を示唆するかのような例（⑧⑨⑰）も存している。

以上の様相は、基隆から見て確かに学ぶべき存在に学んでいたことを窺知させるものであろう。これは逆に、無名凡手の作をやたらに剽窃することは基隆の方法ではなかったことを示しているようにも思われるのである。伝統的言詞の枠内に重点が置かれている一方で、時代と地域の流行に少しく沿った部面を見せつつもまた、鎌倉中期によく見られる近代・当代歌からのやみくもな盗用や珍奇な語詞に依存する態度は、少なくとも現存歌には顕在化していないと言えるのである。

右に述べたような使用言詞の傾向にも関連して、一首全体の歌境としては、和歌の伝統の蓄積による一種の史的通念や類型を踏まえた作（⑯⑱⑲㉒㉓）が目に付く。また、端正さや平明さやなだらかな優美さを見せる歌（⑪⑮⑳㉑㉗）が存する一方で、やや難解な屈折した観念や理屈の詠作（④⑦⑫⑬）もあって、基隆の和歌の世界があるいは少しく広がりのあるものであった可能性を思わせようし、これはまた、後の京極派の詠風につながるような一首（①④⑤⑧）を基隆がものしていることにも窺われるのである。その中には、新古今歌人（定家）から関東歌人（基隆）を経て京極派歌人（為兼および徽安門院寿子〈花園天皇皇女光厳院妃〉）へと繋がる道筋を辿り得る例（⑤）や、京極派を経てさらに南朝へと繋がり得る例（④）もあることは見逃せない。

むすび

総じて、基隆の和歌は、伝統的言詞と想念に従うことを詠法の主軸としつつ、かなりの達成度と幅広さを見せているのであって、武家歌人という枠組みを以て評価する必要のない程度に、十分に習熟した水準にあったと言ってよいのではないか。これは、基隆本人の資質と経歴がなさしめたものと見ることもできる。しかし同時に、その背景で、父基綱などの言わば第一世代による中央貴族文化の武家層・関東圏への移入を承けて、基政や基隆らの第二世代がそれをより十分に成熟させつつあったことを物語るものではないだろうか。

［注］

（1）本論第二編第三章第二節「『東撰和歌六帖』の成立時期」参照。

（2）基隆の和歌の本文の底本を左に一覧に記しておく。他の伝本に問題とすべき異同がある場合は、その都度当該箇所に記すこととする。東撰六帖＝島原図書館蔵松平文庫本（一二九・一九）、同抜粋本＝祐徳稲荷中川文庫本（国文学研究資料館画像データベースに拠る）また福田秀一氏「祐徳稲荷神社寄託／中川文庫本「東撰和歌六帖」（解説と翻刻）」（『国文学研究資料館紀要』二、昭五一・三）の翻印参照、新和歌集＝小林一彦「校本『新和歌集』（上、下）」（『芸文研究』五〇、五一、昭六一・一二、昭六二・七）、宗尊親王家百五十番歌合＝前田育徳会尊経閣文庫蔵伝飛鳥井頼孝筆本、続古今集＝尊経閣文庫蔵本（伝藤原為氏筆）、続拾遺集＝同上（伝飛鳥井雅康筆）、新後撰集＝宮内庁書陵部蔵二十一代集本（五一〇・一三。兼右本）、続後拾遺集＝同上、新拾遺集＝同上、新続古今集＝同上、夫木抄＝静嘉堂文庫蔵本（一〇四・四〇）また同本を底本とする新編国歌大観本を参照。表記は、通行の字体・歴史的仮名遣いに改めて送り仮名を付し、適宜漢字を宛てまた仮名に開き（右傍に原態を示す）、清濁・句読点を施した。番号は新編国歌大観に従う。

（3）以下引用歌の本文は特記しない限り新編国歌大観本に拠り、表記は改める。『万葉集』は同書所載の西本願寺本の訓に従い、表記は改め、旧番号のみを記す。

（4）次の三〇一番の「年をへてねりぞ朽ち行く架垣《（ませ）》も慕《（「暴」か）》水風（のわき）の跡ぞかこち顔なる」には作者名が付されていない。基隆の一首かとも疑われるが、同帖の同一作者の連続の場合は「同」が記されている場合があり、ここでは作者不明と見ておく。なお、注（1）所掲論初出稿では、基隆の入集数を春部のみの零本（続群書類従本）が二首、抜粋本（中川文庫本）が八首と記したが、ここで訂正しておく。

（5）類似表現として「夢を残す」があり、基隆周辺にも「夜をかさね松吹く風のさむしろに寝られぬままの夢を残しつ」（宝治百首・恋・寄風恋・二五四八・禅信）や「うたた寝の手枕寒き秋風に夢を残して月を見るかな」（新千載集・秋上・四三三・平宣時）などの例がある。

（6）蓬左文庫本を底本とする新編国歌大観は「冬ゆく風に」。高松宮旧蔵本を底本とする新編私家集大成および『新後拾遺集』の本文に従って「更け行く風に」に改める。

（7）これは、勅撰集では『千載集』の定家詠（冬・四一四）が早いが、それも含めて、主に新古今歌人によって試みられ、『玉葉』『風雅』の両集に改めて採録されるという点で、京極派の好尚の選別を受けていると言える。勅撰集で「時雨つる」の句は十九首見えるが、その内、『玉葉集』は八首、『風雅集』は一首である。例えば、「時雨れつる高嶺の雲は晴れのきて風より降るは木の葉なりけり」（玉葉集・冬・雨後落葉といふことを、八六八・慈円）や「時雨れつる外山の里のさゆる夜は吉野の嶽に初雪や降る」（同・冬・雪歌あまたよみ侍りける中に・九四五・道家）や「時雨れつる外山の雲は晴れにけり夕日に染むる峰の紅葉葉」（風雅集・秋下・紅葉を・六八四・良経）等。

（8）佐藤恒雄「新和歌集の成立（続）」（『香川大学国文研究』二二、平九・九）、「新和歌集の成立」（『王朝和歌と史的展開』笠間書院、平九・一二）。後に、『藤原為家研究』（笠間書院、平二〇・九）所収。

（9）同歌合の奥に「以朱書之」とする識語の中に、「又宜歌等、依レ仰載二判紙一被レ書二進之一。件歌等、以レ朱付二撰言一、是依二御気色一也」とあり、恐らくは宗尊の意向で何らかの撰歌が行われたらしいが、これに関係するか。本論第二編第三章第三節「『宗尊親王家百五十番歌合』の奥書」参照。

（10）この一首は、行平の「わくらばに問ふ人あらば須磨の浦に藻塩垂れつつ侘ぶと答へよ」（古今集・雑下・九六二）を本歌とした、定家の「わくらばに問はれし人も昔にてそれより庭の跡は絶えにき」（御室五十首・雑・閑居・五四二、新古今集・一六八六）に啓発されたか。

（11）『宝治百首』（八七九、但馬）、『中書王御詠』（一九五）、『柳葉和歌集』（四〇八、七九〇）、『為家集』（九八〇）、『隣女集』（一三一二、一六八一、二二四二）、『為理集』（三六一）、『伏見院御集』（四九〇）等々に見える。

（12）同歌合の奥に「以朱書之」とする識語の中に、「判者被ㇾ申云、後京極摂政判無㆓殊事㆒番不ㇾ被ㇾ書ㇾ詞。仍守㆓彼例㆒少々略ㇾ之」とある。注（9）所掲論参照。

（13）主に新古今時代以降に見られるようになる。例えば良経の「昔誰かかる桜の花を植ゑて吉野を春の山となしけむ」（新勅撰集・春上・五八）などは、花の名所「吉野」（山）の歴史を意識した詠み方である。なお、「花月百首」の巻頭歌でもあるこの良経歌の発想は、西行の「岩戸あけし天つみことのそのかみに桜を誰か植始めけん」（御裳濯河歌合・一。西行法師家集・〈追而書加〉・みもすそ川のほとりにて・六〇五）が先行し、定家の「ちはやぶる神代の桜なにゆゑに吉野の山を宿としめけん」（拾遺愚草・関白左大臣家百首・桜・一四〇六）へと展開する。

（14）安井久善「中世散佚百首和歌二種について—光俊勧進結縁経裏百首・中務卿宗尊親王家百首—」（『日本大学商学集志』四一（人文特集Ⅰ）、昭四七・九）参照。

（15）新編国歌大観本第四句「下にしらむる」。

（16）万治三年刊明和九年印本に拠る。第二句は、新編国歌大観本（底本、日本大学総合図書館蔵伝飛鳥井雅綱・近衛植家筆本）は「かげろのほかに」で、穂久邇文庫本は「カケロノオカニ」、永青文庫本は「かけろのほかに」など、諸本本文に異同を見せるが、上記のように『万葉集』歌に拠ったと考えて、ここでは一応刊本本文に従っておく。なおこの歌は『夫木和歌抄』にも二ヶ所（五八四九、九六七四）に採られており、これも本文に揺れがあるが、いずれも「かげろふのをのに」が優勢である。

第四章　寺門の両法体歌人

第一節　大僧正隆弁伝

はじめに

鎌倉時代中期に、主としては関東鎌倉に在って活躍し、『徒然草』第二一六段、最明寺入道時頼の話によってもその名を知られる隆弁なる僧侶歌人がいる。一方、『とはずがたり』巻二、文永十二年（一二七五）のいわゆる「粥杖事件」に登場する「隆へん」がいる。従来の注釈書類では、登場人物の一人「隆親」（隆弁の兄隆衡の二男）の子で「隆顕」の兄弟の「隆遍」であると考えられてきた。しかし、久保田淳が、完訳日本の古典『とはずがたり』（小学館、昭六〇・四）に於いて、「藤原（四条）隆房の男。この年六十八歳。隆親男の隆遍とすると年齢的に若すぎるか。」と注して、この「隆へん」を、「隆親」の叔父である本節で論じる隆弁に比定した（新日本古典文学全集『建礼門院右京大夫集　とはずがたり』小学館、平一一・一二でも踏襲）。その後、三角洋一も新日本古典文学大系『とはずがたりたまきはる』（岩波書店、平六・三）に於いて、「冷泉（藤原）隆房男。園城寺長吏、大僧正。隆親の叔父。隆親の男、隆遍は作者と同年齢で、正和四年（一三一五）ころ任権僧正と思われ、該当しない（興福寺別当次第）。」と注して、この説を補強追認した。関係略系図を左に掲げてみよう。

隆弁は僧侶としては、鶴岡若宮社別当や園城寺長吏を務め、大僧正にまで至り、主導的立場の人物であったと考えられる。一方で、この隆弁は勅撰集入集歌数二十五首を数える相応の歌人でもあり、少なくとも鎌倉期の関東歌壇に於いては重要な存在であったと考えられ、特に宗尊親王将軍との親密な関係からも注意が払われてよいものと思われる。この隆弁については、湯山学「隆弁とその門流―北条氏と天台宗（寺門）―」（『鎌倉』三八、昭和五六・九。南関東中世史論集四『鶴岡八幡宮の中世的世界―別当・新宮・舞楽・大工―』岩田書院、平七・七所収）が、その僧侶としての閲歴の基礎的考察を行っている。それに導かれながら、改めて隆弁の歌人としての側面に焦点を当てながら論じてみたい。

一　生没と出自および他の「隆弁」との区別

まず、隆弁の生没について述べる。弘安六年（一二八三）八月十五日に、鎌倉名越の長福寺[1]で入寂（七十六歳）という（続燈記、血脈等。［補注1］参照）。この没年より逆算すると、隆弁の生年は承元二年（一二〇八）となる。なお、その忌日については、『新後撰和歌集』に次の一首が見出され、それによっても確かめられよう。

前大僧正隆弁、八月十五夜身まかりて侍りける一周忌に、結縁経そへて秋懐旧といふ事を
めぐりあふ去年の今宵の月見てやなき面影を思ひ出づらむ（新後撰集・雑下・一五三七）
前大納言実冬

次に、隆弁の家系について簡略に見ておきたい。家系を概観するために、便宜に『尊卑分脈』[2]から抄出し次頁に掲出したが、『系図纂要』とも問題となる異同は無い。

隆弁の父は、藤原氏北家末茂流正二位権大納言隆季の嫡男、正二位権大納言隆房である。隆房は、久安四年（一一四八）生、承元三年（一二〇九）六十二歳で没しており、隆弁は実子とすればその最晩年の子ということになる。隆弁の母は諸資料[3]により、正二位権中納言葉室光雅女と知られる。

従って、隆弁の家系は、父方が、蔵人頭・検非違使別当・按察使等を務め、極官位正二位大納言をもって終える程度、母方が、衛門佐・五位蔵人・弁官の三事兼帯の者も出、正二位権中納言をその極官位とする程度の家柄であった。要するに隆弁の出自は、上中流の貴族にして実務的能力を以て認められる家筋であると言えよう。

父隆房は、周知のように、平安末期の親平家の公卿として政治的に活躍し、かつ一方で、風流人としても名を残した人物で、『千載集』以下の勅撰集に三十四首の入集を見ている。ちなみに、隆房の子供達、即ち、隆弁の兄弟達については、隆房嫡男正二位大納言隆衡が『新勅撰集』以下に八首の入集がある他は、本節の対象の隆弁を除いて勅撰集には入集していない。しかしながら一方で、母光雅女の血族中で注目されるのが、光雅の嫡嗣光親男に、『続古今集』撰者にして歌人として名を成した光俊、法名真観があることである。つまり、隆弁と真観とは従兄弟同士ということになる。これは後述する隆弁の活動に関連して留意されるべき事実であろう。

以上の略述をもってしても、隆弁は、政治的・実務的能力と文芸的才能を兼備した血脈に生を享けていると見なすことが了解されると思われる。

〔隆弁家系図〕

末茂――(七代略)――顕季――家保(参議 従三位)――家成(中納言 正二位)――隆季(中宮大夫 大宰帥 検別当 権大納言正二位 蔵頭)――隆房(号冷泉 検別当 正二 按察使右中将 頭 (権)大納言 母従三位藤忠隆女)

隆房の子
- 隆衡(検別当内蔵頭 大宰(権)帥正二位 按察使 中宮大夫 頭 権大納言 母平清盛公女)
- 隆宗(従三尾張守河内守 母同)
- 隆重(従五下 母同)
- 隆仲(出家 従三内蔵頭 母)
- 隆憲(母)
- 季房(安房守正五下 季房出家寂因 母正三位泰経女)
- 隆弁((大)僧正 園城寺長吏 国史大系頭書 僧、寺門伝記補録三井 続燈記園城寺伝法血脈 作大僧 母)〔如意寺 大僧 正 鶴岡別当 弘安六年 八十五寂 (系図纂要)〕
- 女子(摂政師家公室 母)
- 女子(母)
- 女子(中務基範室 母)

( )内は他資料により私に記す。

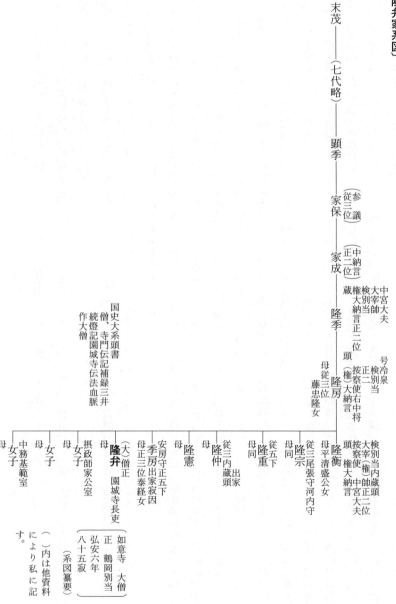

ここで、この隆弁と比較的近い時代の同名の人物との区別を確認しておきたい。その中では、まず、明恵上人高弁の弟子たる隆弁が問題となろう。この隆弁の詳伝は不明であるが、明恵の四十歳代に弟子として近侍したらしく、その著『真聞集』は明恵の行実を伝える資料となっている。(4)『真聞集』によると、この隆弁は、早く建保五年（一二一七）六月二十日、明恵により五秘密法を授けられているが、それを見ても、本節対象たる隆弁が当時十歳であれば、明らかに別人である。

他に系図類によって知られる「隆弁」(5)は、松殿関白藤原基房の孫良嗣の三男に寺法師の隆弁があるが、良嗣が貞応元年（一二二二）生であり、本節の隆弁とは別人である。また、藤原氏関白師通流に仁和寺執事成海の二男として仁和寺僧隆弁、大中臣重長の二男として僧隆弁の名が見えるが、いずれも本節の隆弁とは無関係である。

ついでに、『国書総目録』によって知られる「隆弁」の著作を見ると、次のとおりである。

①儀軌　一冊（類）仏教（著）隆弁（写）大東急（承久二写）
②真聞集（類）真言（著）明恵述・隆弁記（写）高山寺（五巻）・高野山金剛三昧院（享保七写一帖）
③都率西方往生難易法談（類）仏教（著）高弁述・隆弁記（成）寛喜元（活）真言宗安心全書下
④唯識三十頌略解　一巻（類）仏教（著）隆弁（写）薬師寺
⑤隆弁法印西上記　一冊（角）建長二年鶴岳別当（類）紀行（著）隆弁（写）東大史料（酒井宇吉蔵本写、紙背文書を付す）

この内、②は前述の『真聞集』である。④の薬師寺蔵『唯識三十頌略解』は未見である。①大東急記念文庫蔵『儀記』は「隆弁」真蹟とされ、「上覚上人許　承久二年（一二二〇）八月末　隆弁」の奥書を有する。上覚は明恵の叔父で、やはり明恵の弟子隆弁の著と考えられる。また、③『真言宗安心全書』所収の『都率西方往生難易法談』も、冒頭に「明恵上人説　隆弁闍梨記」、奥書に「寛喜元年（一二二九）六月十日聴二聞シテ之ヲ一即チ時ニ記レス之ヲ　隆弁」とあり、明恵の口述を弟子隆弁が筆記したものと考えられる。最尾⑤の『隆弁法印西上記』は、奥の識語によれば、建長三年（一二五一）正月の成立で、高野辰之『古文学踏査』（大岡山書店、昭九・三）が言うように、その内容よりして、当該の隆弁の事跡を伝えるものではあるが、隆弁自身の著作とは認められず(6)、紙背文書によれば、園城寺付属の静林坊の住僧の筆にかかるものと見られる。

二　僧侶としての事跡

僧侶としての隆弁について述べる。隆弁の事跡を伝える資料類は、本節の末尾に記したとおりである［補注1］。その資料により、年譜を作成した（和歌文学会例会（昭五八・一二・一七、於青山学院大学）発表資料）。その年譜全体は割愛するが、その中から隆弁の伝記上問題になると判断されるものを抽出し整理して論じることとしたい。

隆弁の園城寺入門は、承久二年（一二二〇）十三歳の時で、覚朝の室に入っている(7)。当時の隆弁の法名は光覚である。その後、詳しい日時は不明だが、明弁に謁し(8)、隆弁と名を改め、また、証慶や猷円にも師事し(9)、天台教学を学び、台蜜の修法を伝授される。寛喜二年（一二三〇）九月二十日および天福元年（一二三三）には、法勝寺八講に侍している（以上続燈記）。さらに、嘉禎四年（一二三八）五月三日、三十一歳の時に「蔵林坊」に於いて、円意法印より伝法灌頂を受ける（血脈、続燈記等）。そして、「弟子礼」を報じ、約千日の厳しい修法を修めたと伝えられる（続燈記）。

隆弁は、右より以前の天福二年（一二三四）三月、鎌倉に下着している。以後、時々に西へ上ることはあっても、主に関東鎌倉を本拠とした。将軍では四代頼経から七代惟康親王の時代に当たる。

ここで、僧隆弁の僧綱と役職とについて概観しておく。

先に、僧綱について見る。関東下向時の『吾妻鏡』の記載は「大納言阿闍梨隆弁(10)」である。その後、嘉禎三年

(一二三七)に三十歳で律師となり、暦仁元年(一二三八)に少僧都、仁治元年には大僧都、と立て続けに昇進し(西上記)、寛元元年(一二四三)六月二十日、三十六歳で法印に叙せられる。これは、後嵯峨天皇皇子(後の後深草院誕生の際の加持に対する賞としての叙位である(鏡)。さらに、権僧正に任じられるのは建長四年(一二五二)十月二十三日のことであるが、これもまた、後嵯峨院第三皇子にして当時鎌倉将軍であった宗尊親王の病気平癒加持の賞による昇進である(鏡、補録)。そして、隆弁五十八歳の文永二年(一二六五)十一月八日に大僧正に至る[11](鏡、門跡)。これも「御祈賞」によるもので、この時将軍宗尊親王は、隆弁に歌一首(当然に賀歌であろうか)を除書に添え贈ったと伝える(鏡)。以上のように、隆弁は、時々の賞により順調に僧綱を昇り極めたことが分かる。

次に、隆弁が務めた主な役職を見る。鎌倉に於いて、宝治元年(一二四七)六月二十七日、将軍源頼嗣が請い、隆弁は鶴岡若宮社別当に補される(補録、社務)。これは、直接的には同年四月~六月の三浦泰村の乱(宝治合戦)に際して、執権北条時頼が、隆弁に「無為御祈請」の為「如意輪秘法」を修せしめ、同十三日、その結願に当たり時頼は、「今度合戦之間。関東平安。併御法験之所レ致也云々」という自筆賀章を隆弁に遣わしており(鏡)、隆弁の法験を幕府が認め、将軍頼嗣が別当就任を要請したものであろう。なお、『補録』には「寺門預二此職一自レ是而始焉」とあり、確かにこの後の歴代の同社別当は園城寺の僧が占めている。この事実は、寺門と幕府の関係の深さを示す一端であると共に、隆弁が生涯同職にあったことよりして、隆弁自身の果たした役割の大きさを思わせるものでもあろう。なおまた隆弁は、文永八年(一二七一)には、この鶴岡八幡宮の学頭職にも補されている(当社学頭職次第)。

右の役職にも関連しようが、隆弁は、鶴岡八幡宮諸坊の供僧職を補している。例えば、宝治元年(一二四七)十一月八日、性盛を円乗坊供僧職に補し、以下同断に、建長元年(一二四九)六月十九日幸猷・頓学坊[12]、同七年(一二五五)七月十三日正尊・悉覚坊、文永十年(一二七三)五月十八日源猷・頓学坊[13]、といった具合である(供僧)。

なお、建長二年（一二五〇）十月二十八日付で、執権時頼と連署重時が、隆弁に供僧の乱行者の取締りを命じていることも知られる（『鎌倉遺文』七二四八所収関東御教書）。

以上のとおり、その役職よりしても、隆弁は比較的早期から、鎌倉僧界を管掌する立場に在ったことが窺われよう。

他方、園城寺内部に於いては、前述の鶴岡若宮社別当就任の十七年後、隆弁五十七歳の弘長四年（一二六四）二月に同寺別当に補され[14]（続燈記）、文永四年（一二六七）十二月には同寺第五十八世の長吏に補される（続燈記、補録等）。これは、翌五年（一二六八）九月に辞す（続燈記）が、その後、建治二年（一二七六）一月十八日に長吏に重補され、弘安六年（一二八三）六月一日まで、即ち、入寂直前までその任にある（続燈記）。この間文永五年（一二六八）に、隆弁は大阿闍梨位に昇り、その時以後計十一人に伝法を授けている（続燈記、血脈）。

寺門内部に於いても隆弁は顕要の地位に就く訳であるが、この栄達はやはり、僧隆弁の個人的資質はともかく、関東鎌倉に於ける地位（後述のとおり将軍と幕府の護持僧的存在であったこと）、加えてその背後にある幕府の力と無縁ではなかったと推察されるのである。

以上に隆弁の僧綱と役職を概観したが、僧隆弁は、僧綱を極めて斯界の重職を歴任したと知られる。隆弁が鎌倉幕府の体制内部と深く結び付き、そこに将軍を送る京都の貴族社会、特に後嵯峨院周辺とも関わりを持ちつつ、それらを宗教的に護持すべき職責を担うような存在であったことが窺知されるのである。

三　関東における宗教活動と験者像

右に述べたことを確認する意味も含め、主に、隆弁の関東下着後の活動につき整理しておく。年譜をまとめてみると、隆弁の宗教的活動は、生涯を通じ間断なく行われていることが了解されるが、就中、特徴的あるいは典型的と考えられるものを拾い出してみることとする。

当然ながら、種々の仏事・供養の導師を隆弁は数多く勤めているので、次に数例を列挙する。

①嘉禎三年（一二三七）十一月八日　箱根御奉幣　御経供養導師（鏡）

②嘉禎四年（一二三八）一月九日　将軍家（頼経）二所（伊豆箱根両権現）参詣　御経供養導師（鏡）

③建長元年（一二四九）十一月二十三日　永福寺（頼朝建立）供養導師（鎌倉裏書、武家裏書、九代記）

④建長六年（一二五四）三月七日　執権時頼大般若経供養（於鶴岡宮寺）導師（鏡）

⑤建治三年（一二七七）八月二十三日　御所持仏堂供養導師（建治日記）

隆弁の関東下着以後それ程年数を置かないうち（①②）から、頼嗣将軍期（③）、宗尊親王将軍期（④）を経て、ほぼ最晩年に至る（⑤）まで、隆弁が幕府中枢の仏事を掌ったことが察せられよう。ちなみに、右の諸例に類して、建長八年（一二五六。十月五日康元に改元）秋に鹿島社唐本一切経供養導師を勤めた際、笠間時朝との間に次のような贈答が残されている。(15)(16)

建長八年秋の頃、唐本一切経を鹿島の社にて供養したてまつりける、導師若宮別当僧正坊へ、供養の日は彼はからひたるべきよし、申しつかはしたりけれは、月の頃ならばよかりなんとて

権僧正隆弁

神もなほ暗き闇をばいとひつつ月の頃とや契り置きけむ

返事

久方の天の戸あけし日よりして闇をばいとふ神と知りにき（前長門守時朝入京田舎打聞歌（時朝集）・四〇、四一）

隆弁は、右の常陸一ノ宮鹿島社以外にも、様々な場所に参詣・参籠している。例えば、鎌倉将軍の信仰厚い二所権現を初め、諏訪社（宝治二年（一二四八）五月）、三島社（建長三年（一二五一）二月）、武蔵鷲宮大明神（同年四月。以上鏡）、

熊野（文永八年（一二七一）三月。続燈記）、善光寺（同年。社務）等である。隆弁が生涯を通じ、地域的にも広範囲にかなり精力的な活動を展開していたことが推測されるのである。なお、伊勢神宮参籠の折の次のような贈答も見える。

前大僧正隆弁大神宮に籠もりて侍りける時つかはしける

荒木田尚良

神もさぞわきて請くらん朝日影出づる方よりさして祈れば

返し

前大僧正隆弁

日の本に出ではじめける神なれば東の奥もさぞ照らすらん（閑月和歌集・〔神祇〕・四三一、四三二）

この詠作時期は不詳だが、隆弁詠には、関東の側に立つ強い意識を読み取ることができよう。

さて、隆弁は、天変地異・敵襲兵火といった自然の厄災や幕府と国家の危難あるいは疾病・出産等の人間の難局に対する加持祈禱で、特に法験を発揮してその力を認められ、それが斯界に地位を築かせる礎になったと考えられるのである。その種の事跡の例を抜き出してみたい。

疾病・出産の加持祈禱の類から見てみよう。前述のとおり、隆弁の法印昇進は、後嵯峨天皇中宮（藤原嬉子）御産の際、その前年に幕府より派遣され上洛し、禁中に於ける「尊星王法」に供し（寛元元年（一二四三）六月九日）、翌日皇子（久仁親王）が無事誕生したことに対する賞であった（鏡、続燈記）。またその折に、今出河入道相国公経の瘧病に祈り、効験を示している（鏡）。この上洛時の事跡（殊に前者）はまさに、少壮の僧隆弁が既にして、京洛・関東間にその密法の法力を喧伝されつつあったことを窺わせると同時に、事後一層その評判を高めて、験者としての地位を確立する基となったものと考えられる。以下に、個々人に対する加持祈禱の類例を以てその後の経過を辿ってみる。

執権経時（寛元三年（一二四五）七～八月）、将軍頼嗣（同年八～九月）、頼嗣室（檜皮姫・北条時氏女。宝治元年（一二四七）四月）、将軍宗尊親王（建長四年（一二五二）八月）等、各々の病気平癒を祈禱し、ほとんど全てに効果を示現して賞されている（以上鏡）。さらにまた、執権時頼室（建長二年（一二五〇）十二月五日・十三日）、北条時茂室（弘長三年（一二六三）十二月二十九日）等の懐妊に著帯加持を行っている（以上鏡）。特に前者では、時の為政者北条時頼をして、敢えて在園城寺の隆弁に飛脚を遣わして加持を要請し、呼び寄せる事をさせるまでになっている。その他に、時期は特定できないが、(17) 執権北条義時男で六波羅探題や連署を務めた重時との間で、次のような贈答を交わしていることも知られる。

平重時朝臣、子生ませて侍りける七夜に、よみてつかはしける

前大僧正隆弁

千歳まで行末遠き鶴の子をそだててもなほ君ぞ見るべき

返し

平重時朝臣

千歳とも限らぬものを鶴の子のなほ鶴の子の数を知らねば（新千載集・慶賀・二二八五、二二八六）

以上のとおり、幕府や京都の要人に直接親密に関わる加持祈禱を為し、法験を示している訳だが、同時に、左に例示するように、隆弁が言わば予言者的能力を有していた、あるいはそのような人物として、世上一般の通念に捉えられていたことも看取されるのである。

・頼嗣平癒の霊夢感得（寛元三年（一二四五）八月二十五日）→平癒（同九月十四日）
・時頼室の出産日時（明日酉刻）予告（建長三年（一二五一）五月十四日）→若君誕生（同十五日酉終刻後）（「兼日之仰。一事無㆓相違㆒。不㆓言語之及所㆒」（同二十七日条））
・御修法結願日宗尊親王平癒を予言（文永三年（一二六六）五月二十六日）→御修法結願し聊か平癒（同六月一日）（兼

日申状符合之由）（以上鏡）

一方で、天変地異に対する祈禱についても以下のような例を挙げ得る。月蝕（寛元二年（一二四四）一月四日）、炎旱（同年六月三日。建長四年（一二五二）六月十九日、七月十日。正嘉元年（一二五七）七月二日）、天候不順（建長八年（一二五六）六月七日、彗星の変（文永三年（一二六六）一月十二日。以上鏡）等である。関連して次のような、安達長景との贈答もある。

文永十一年七月五日、前大僧正隆弁、雨の祈りうけ給はりて程なく降り侍りしかば、

賀しつかはすとて

あめの下およばぬ袖の露までも君がめぐみにかかりぬるかな

返事

老いが身もあめの下にはふりはてて涙ぞ今は袖ぬらしける（長景集[18]・一六四、一六五）

幕府や国家の大事に於ける加持祈禱を見ると、前述した宝治合戦の際の修法の他、二度に亘る元寇に隆弁は密法を修している。即ち、文永十一年（一二七四）十一月、鶴岡八幡宮に於ける五壇護摩一百ヶ日に中壇を務め（社務）、弘安四年（一二八一）七月一日、同じく五壇法を修している（続燈記）。後者では修法散日に蒙古軍が大風に水没し、これにより隆弁は伊勢斎院勅旨田を賜わり、永く寺供に宛てたと伝えられる（続燈記）。このように隆弁は、種々の法験の賞により、様々な物品（剣、馬、絹、南延等々）や不動産類（能登国橋保、美濃国岩滝郷、六波羅大寺院等々）を得ており、経済的な力も侮れないものがあったと想像されるのである。それはともかく、国難たる元寇時に、隆弁は既に僧界の要路にあり、幕府護持ひいては国家護持の役割を以て任じていたことが窺われるのではないだろうか。ちなみに、弘安の役に関し、隆弁が「法眼源承勧進の十五首歌」で、「音に聞く伊勢の神風吹きそめて寄せくる波はをさまりにけり」（閑月集・四三四）という神祇歌を詠じているのは、右記の斎院勅旨田の下賜と無縁ではないのかもしれない。

以上に縷々述べてきたとおり、記録類に見る隆弁には、多分に験者的性格が記し留められていることが認められるが、あたかもそれをさらに敷衍するかのように、『三井続燈記』には「凡止雨祈雨。日蝕月蝕。禱レ之必応由レ是上下貴賤帰敬供養。如レ仏無レ異」とあり、また、『隆弁法印西上記』では「御祈承ルゴトニ、事トシテ成セザルハナカリケリ、或ハ世上旱魃シテ天下水トモシキニ、法験ココニアラハレテ、大雨忽ニクダリ、或ハ弓ヲ張リ、旗ヲアゲテ、世ヲミダリ、国ヲ損ントセシニ、手ニ経巻ヲ取テ、速ニ悪徒ヲタイラゲ、日蝕月蝕ハ度ゴトニ仏力法力信ヲマス、度々昇進ハ、皆法験ノ賞也」と評されている。やや伝説化の嫌いが無くもないが、この評価は、史料上の事跡に窺われる隆弁像に大きく矛盾することはないように思われる。

述べきたった事柄の他に、僧隆弁の活動としては、寺社の復興や造立およびその勧進が目立ち[19]、そこに隆弁の異なった一面、政治的手腕とでも言った相貌を窺知できると思われるのである[20]。例えば、如意寺鎮守諸社勧請・建立（建長五年（一二五三）十月二日～同六年（一二五四）六月）や鎌倉の聖福寺神殿造立勧進・上棟（同六年四月十八日。以上鏡）等である。また、建長二年（一二五〇）二月二十三日、園城寺興隆を幕府に願い出て、幕府は「当寺事。関東代々御帰依異レ他。殊有二御助成一云々」と「沙汰」し（鏡）、同年九月にこの件と世喜寺竜花（竜華）会執行の為、隆弁は西に上っている。この間の事情を記したものが前記の『隆弁法印西上記』である。さらに、正元元年（一二五九）九月十四日、本寺三摩耶戒壇の勅命に関し上洛している。ここには、周知のように山門と寺門との争いが絡んでおり、当時隆弁が既に園城寺内部に重鎮としてあったのであろうことが推測される。そしてまた、以上のような隆弁の活動は、当然鎌倉幕府の力を背景にして為されたと考えるべきだろうが、逆に、幕府の隆弁に対する信頼、或いは鎌倉に於ける隆弁の影響力の大きさを想見させるのである。

僧隆弁について簡略にまとめておく。隆弁は僧侶として、鎌倉を本拠としつつ園城寺および京都、更には地方へと跨り、非常に幅広く精力的に活動し、よくその法験を発揮して人々の信望を集め、それをも背景に僧綱を昇りつめ、重職を担った。特に、鎌倉の幕府内部や京都の後嵯峨院周辺に於いて、要人と個別的に親密な関係を保ち、自らその中枢に宗教的に関与し、鎌倉に在っては斯界の支配的人物であり、また寺門を代表すべき存在ともなった。時代の主導的僧の一人であったと言えよう。その活躍の様相は、隆弁の学識や験者としての資質のみならず、その実務的能力・政治的手腕をも想像させるのに十分でもあると考えられるのである。なお例えば、文応元年（一二六〇）から弘長三年（一二六三）にかけての日蓮の法難に、当時鶴岡若宮社別当にして権僧正の隆弁が、どのように関与したか等の問題については後考に俟ちたい。

四　執権時頼、将軍宗尊と隆弁

僧侶としての活動の諸事例で、隆弁が関わりを持った幕府要人の中でも特に注目したいのは、執権北条時頼と将軍宗尊親王である。時頼については、『徒然草』に関連して述べるが、後者宗尊親王との関係については、後に鎌倉の歌壇的状況に言及する意味からもここで確認しておきたいと思う。

時頼は、安貞元年（一二二七）生、鎌倉幕府第五代執権（寛元四年（一二四六）三月二十三日〜康元元年（一二五六）十一月二十二日）を務め、三十歳で出家し、弘長三年（一二六三）三十七歳で没する。先に見たとおり、この時頼は隆弁に相当の信を寄せ、折しも壮年期に当たる隆弁もよくそれに応えており、両者の親昵を窺わせる。その時頼に関連する説話で隆弁も名を見せている話が『徒然草』第二一六段である。これは、最明寺入道（時頼）が、鶴岡八幡参詣のついでに、足利左馬入道（時頼の義理の叔父・足利義氏）の許に立ち寄り饗応を受けた折、「年毎に給はる足利の染物、心もとなく候」と言ったのに対し、左馬入道は最明寺入道の眼前で仕立てさせ後に届けさせた、といった話である。そこに、「その座には亭主夫婦、隆弁僧正、あるじ方の人にて座せられけり」(21)と見えるのである。足利義氏と隆弁との交流の実際や詳しい事情は未詳だが、ここにも幕府要人達と日常的に密接な関わりを保っていた隆弁の姿が垣間見えるのではないだろうか。

一方、歴代将軍の下で勤めた隆弁だが、別けてもこの宗尊親王とは殊に深い結び付きがあったと思われる。前述のように、宗尊親王の父帝（後嵯峨院）周辺と隆弁とは早くから親密であった訳だが、この宗尊親王が、建長四年（一二五二）四月に、鎌倉に征夷大将軍として入営した当初にも隆弁は無為の祈禱を行っている（八月六日条）。また、先に見たとおり、同年八月には宗尊の病に祈り（六、七日）、その平癒の霊夢を感得した（二十二日）が、『吾妻鏡』の同日条は「将軍家又有二御夢想一」と記し、両者の莫逆を伝えている。そして九月七日にその折の賞により、隆弁は一村（美濃国岩瀧郷）を拝領し、権僧正昇進の直接的機縁ともなっている（鏡、続燈記）。その後も例えば、建長八年（一二五六）八月二十六日、九月一日、弘長元年（一二六一）七月三日、文永三年（一二六六）五月二十四日・二十六日、六月一日等、ほぼ将軍在位（建長四年（一二五二）四月一日～文永三年（一二六六）七月四日）の全期に亘り、隆弁は宗尊親王の病気の為に加持祈禱しあるいは平癒を予言したりしている（鏡）。以上のような事情を勘案すると、隆弁が大僧正に転ずるに際し、宗尊親王が賀歌を贈るといったことにも、単に鎌倉の将軍と高僧といった一般的な関係以上のものを看取できるのではないかと思われるのである。その両者の深交を傍証するものとして、次のような歌を挙げ得よう。

前大僧正隆弁、やよひのつごもりの日、東へまかり侍りけるにつかはしける

中務卿宗尊親王

いかにせむとまらぬ春の別れにもまさりて惜しき人の名残は

返し

前大僧正隆弁

めぐりこむほどを待つこそかなしけれあかぬ都の春の別れは（新後撰集・離別・五三七、五三八）

前大僧正隆弁東へまかるとて、秋は帰り上るべきよし申し侍りけるが、

冬にもなりにければつかはしける

中務卿宗尊親王

秋風と契りし人は帰り来ず葛の裏葉の霜がるるまで（玉葉集・雑一・二〇三六）

どちらも詠作時期を特定できないが、文永三年（一二六六）七月に、宗尊親王が、北条氏に将軍職を追われ、帰洛した後のことであるのは疑いなく、将軍ではなくなっても保たれた宗尊親王の隆弁に対する個人的信頼の大きさと、両者の長期に及ぶ交誼を想像させるのである。そのような間柄が築かれる背景には、鎌倉幕府の将軍とその護持僧という公的な交流を想定する必要はあろうが、後述のように、和歌を媒介にした、隆弁の従兄にして宗尊親王の歌道師範たる真観なども絡めた私的な交流も、重ね合わせて考えるべきかと思われるのである。

五　歌人隆弁

僧侶として右に記したような閲歴を有する隆弁の歌人としての側面につき、その外形を整理しておこう。隆弁の和歌を集別の数で左に示しておく。(22) 見出した歌数は重複を除くと、計80首である。

なお、「前大僧正隆弁」の漢詩一首（七言絶句）が『鳩嶺集』（神社）(23)に見える。題は「献栂尾社　大井御遷坐以前有社、今斗我尾是也」で「地主明神権化跡　卜㆓閑寂砌㆒鎮㆓和光㆒　行雲行雨陰霊旧　久護㆓帝都㆒送㆓幾霜㆒」と詠じる。和臭が強く格調ある漢詩とは言えまいが、分かりやすく栂尾高山寺の地主神（山の神）を讃していようか。「栂尾の地主明神権現として大菩薩が跡を垂れて、閑寂な境内を占めて和光の神威を鎮めている。行雲行雨の陰で霊は神さびて、久しく帝都を護持して幾年を送ってきたのか。」といった意味であろうか。とすると、この隆弁は先に記した明恵の弟子の隆弁であろうか。作者名に朱筆で「園城（寺）長（吏）」とあるのは後補であろうが、「前大僧正」は当該の隆弁にこそ相応しい。結局は、不明とせざるを得ない。

左の一覧は、概要をつかむために、単純に各集の入集数を記したものであり、入集歌の番号や重出の情況は、別にまとめて末尾に掲出しておく［補注2］。

勅撰和歌集　続後撰2、続古今4、続拾遺7、新後撰3、玉葉2、続千載1、続後拾遺1、新千載2、新拾遺1、新後拾遺1、新続古今1。小計25首。

その他　新和歌集1、宗尊親王家百五十番歌合10、三十六人大歌合5、東撰和歌六帖2（巻一のみの零本）、同抜粋本4（巻一～四の抄出本）、時朝集2、長景集1、現存卅六人詩歌1、人家和歌集17、閑月和歌集3、夫木和歌抄7、新三井和歌集6、井蛙抄1、六華和歌集3、和歌題林愚抄12。

次に、歌人隆弁の活動に関する事跡につき、編年にまとめたものを表示する。便宜的に宗尊親王将軍在位期とその前後とで三期に分かつこととする。

〔第一期〕　年齢

仁治二年（一二四一）34　十一月一日　御所和歌会出座。出席者　北条政村、源親行、後藤基綱、同基政、伊賀光西（光宗）（鏡）

建長三年（一二五一）44　年末（奏覧）　『続後撰集』二首入集

〔第二期〕

建長八年（一二五六）49　秋　鹿島社にて供養、時朝と贈答（時朝集）

正嘉二年（一二五八）～弘長元年（一二六一）　『東撰六帖』に撰歌（同六帖）

同　年　54　七月七日　『宗尊親王家百五十番歌合』の作者（同歌合）
九月　「宗尊親王家百首」の作者（人家集）
同　二年（一二六二）55　九月　『三十六人大歌合』に撰歌（同歌合）
文永二年（一二六五）58　十月十九日　御所連歌会出座（鏡）
十～十二月　「中務卿親王家五十首歌合」出詠（夫木抄）
十二月（奏覧）　『続古今集』四首入集
同　三年（一二六六）59　三月三十日　御所当座和歌会出座、述懐歌詠出。出席者　藤原（二条）教定、入道禅恵、北条時直、同時広、同清時、同時範、惟宗忠景（鏡）。

〔第三期〕

文永四年（一二六七）60　この前後　六十歳歌、六十余歳歌詠出（新後撰集等）
同　八年（一二七一）64　熊野参詣途次歌詠出（夫木抄）
同　年～
同十一年（一二七四）　『人家集』入集（同集）
同　年　67　七月五日　祈雨につき長景と贈答（長景集）
建治三年（一二七七）70　この前後　七十歳歌詠出（続拾遺集等）
弘安元年（一二七八）71　「弘安百首」作者（続拾遺集等）
十二月（奏覧）　『続拾遺集』七首入集（同集）
同　四年（一二八一）74　秋以降　「法眼源承勧進十五首歌」作者（閑月集）

以下に、第一期〜三期まで、順を追って隆弁の和歌活動の概要を辿ってみよう。

〔第一期〕

隆弁は、早くは仁治二年（一二四一）十月十一日、鎌倉の御所に於ける和歌会に、北条政村、源親行、後藤基綱・基政父子、光西（伊賀光宗）等と共に名を連ねている。これは隆弁三十四歳の時で、それ以前から詠作していたことは十分考えられよう。それ程活動が活発だとは言い難いこの時期の関東歌壇の和歌会に隆弁が参加していることは注意されてよい。他方、弘安四年（一二八一）、隆弁七十四歳時の法眼源承勧進十五首歌に出詠しており、隆弁は最晩年まで詠作していたことが、一応は了解される。なお、主に鎌倉時代の園城寺関係の歌を集めた打聞『新三井和歌集』に隆弁は五首の撰入だが、その一首が「あらたまる今日を千歳の初めとて君がためにや春も立つらん」（春上・一）という、立春の平明な巻頭歌であるところに、園城寺長吏にして歌人であり、その詠作は僧侶としての活動を基盤にしながらも詠作にのみ執着した訳ではない隆弁の、寺門内の評価が象徴的に表れていようか。ちなみに、それぞれの披講時期は未詳だが、隆弁の和歌活動の一環として、自身が勧進あるいは主催した歌合（または歌会）の存在を窺わせる資料を別に掲出しておく。(24)

さて、隆弁は、後嵯峨院下命で為家撰、建長三年（一二五一）末奏覧の『続後撰集』に二首の入集を見るのである。これは、右記の仁治二年御所和歌会から十年後で、この間のものと認定できる具体的な詠歌活動の資料は見出せていないが、当然相応の詠作を為し、僧侶としての活躍も相俟って京洛の人々にもその名を知られていたものと思われる。しかしながら、この『続後撰集』入集の二首も、次のとおりである。

（題しらず）　　法印隆弁

何ゆゑか憂き世の空に廻りきて西を月日のさしてゆくらん（釈教・六二〇、六一二）

四月廿日あまりの頃、駿河の富士の社に籠もりて侍りけるに、桜の花盛りに見えければ、

よみ侍りける　　　　　　　　　　　法印隆弁

富士の嶺は咲きける花のならひまでなほ時知らぬ山桜かな（雑上・一〇四九、一〇四六）

前者は典型的釈教歌、後者も詠作機会が富士浅間神社参籠の折である。この時期の隆弁は、歌人としてよりも、法印にして鶴岡若宮社別当の法力豊かな僧侶としての側面から人々に認知されていたのではないかと推測され、より直接的には、先述の後嵯峨天皇中宮御産の加持などが、同集への入集を果たす機縁の一つとなっているのではないかとも臆断されるのである。

『万代集』（宝治二年（一二四八）、真観初撰、家良再撰か）、『秋風抄』（建長二年（一二五〇）四月十八日、真観撰か）、『秋風集』（同三年（一二五一）冬頃、真観撰）、『雲葉集』（同五年（一二五三）三月〜同六年（一二五四）三月、基家撰）、（現存本）『現存六帖』（同元年（一二四九）十二月〜同二年（一二五〇）九月、真観撰か）等の諸集に隆弁の作が見えないことを考慮すると、やはり建長年間前期以前の時期に於いては、隆弁は積極的には詠作活動を行っていなかったのではないかと推察されるのであり、少なくとも右の諸集撰者のような中央歌壇の歌人達に、欠くべからざる有力な歌人として認識されていたとは言えないであろう。

〔第二期〕

隆弁の詠作活動は、交誼を結んだ将軍宗尊親王の幕府入営以後、鎌倉の歌壇自体が活性化する中で、その動向に呼応する形で盛んになっていったと判断される。周知のとおり、宗尊親王主宰の同歌壇は、文応元年（一二六〇）十二月、京都の「歌仙」（鏡）真観を歌道師範として迎え入れる。そこには、自らが中心となるいわゆる反御子左派（反為家派）の勢力拡大の一環という真観側の事情もあろうが、その関東下向に際し、従弟隆弁との縁故が少しく関与したと考えることも強ち無理なこととは言えまい。これら三者の関係には、将軍宗尊親王を中心として、護持僧隆弁と歌道師範真観という従兄弟同士の二人が支えるといった図式の中で、和歌を媒介としつつ政治的・宗教的にも絡み合う、言わば有機的結び付きを想定することが可能なのではないだろうか。
その真観下向以前、宗尊親王の命により後藤基政が撰した『東撰和歌六帖』に、隆弁はその歌を載せられる。さらに、関東歌壇の盛儀である、宗尊親王を主宰に仰ぎ恐らくは真観が勧進主導した『宗尊親王家百五十番歌合』（弘長元年（一二六一）七月七日）と「宗尊親王家百首」（同年九月）の作者となる。その『百五十番歌合』に於いて、隆弁（「僧正」）は右方二人目で、左方の従二位藤原（紙屋川）顕氏と番えられている(25)（左右一人目は「女房」宗尊親王と真観）。同歌合は京都に送られ、九条基家によって判を付される。隆弁詠は、付判の七番中七番とも好意的評価で、ほぼ勝と認定できる判詞(26)を得ている。次に例示しておこう。

百卅七番

左　従二位

あだ人の情けばかりにいつはりを知らでや深く頼め（「み」か）そめけん

右　僧正

思へただいく程ならぬ世の中にあはでやみなむ後のつらさを

右は猶艶あるかたまさるにや侍らむ。

六十二番

左　従二位

彦星の妻むかへ舟来寄れとて八十の渡りにひれ濡らすらん

右　僧正

長らへばしばしも月を見るべきに山の端近き身こそつらけれ

左（「右」か）、心外にふるまへる歟。但右、老身の上思ひよそへられて誠によろし。可レ謂二玄隔一歟。

その他、「(右)歌がらなほ優るべくや」(二番)、「右、うらうらとして勝ち侍りなん」(十七番)、「右…猶可ㇾ勝にや」(七十七番)、「(右)いかでか勝たず侍るべき」(九十二番)、「右、心ありて聞こゆ」(百廿二番)などとある。判者基家が、隆弁詠を相応に評価していると言えよう。ただし、詠歌と判詞との内容の問題や、真観と親しい基家が、関東への影響力を期待できる高僧隆弁の詠を好遇せざるを得ない歌壇的な事情、といった点は考慮されるべきであろう。

同歌合などを直接的契機として歌人隆弁が京都の人々、特に反為家派の歌人達にも認知されていったと推測され、現に、翌弘長二年(一二六二)九月、宗尊親王の命により基家が撰したとされる『三十六人大歌合』や、やはり反為家派の中心人物の一人の六条行家撰(文永末期成立)の『人家和歌集』に隆弁詠が採録されており、また、基家と行家と真観が撰者に追任された『続古今集』(文永二年(一二六五)十二月奏覧)に四首入集している訳である。この文永二年(一二六五)には、「御所連歌会」(十月十九日)、「中務卿親王家五十首歌合」(十月~十二月歟)に出詠しており、かつ『続古今集』の隆弁詠(雑下・一八一二)の詞書には「中務卿親王家にて歌あまたよみ侍けるに…」とも見え、隆弁は、隆盛を見た宗尊親王将軍幕下の歌壇の重要な構成員の一人としてあり、自身その状況下に旺盛なる詠作活動を営むようになったのではないかと推察されるのである。宗尊の家集『中書王御詠』に「前大僧正隆弁勧め侍りし住吉社歌合に」(九~一二)と見え、時期は不明ながらも隆弁が勧進した歌合への宗尊の出詠の事実は、宗尊親王将軍期の隆弁の和歌への関心の高さを裏書きするものであろう。

ところで、上述の諸事例より判断すると、この時期の隆弁の歌人としての存在につき、歌壇史的に人的紐帯に焦点を絞り見る限りでは、反為家勢力あるいは六条家一派に属すと見なすことも一応は可能かと思われる。ただし、隆弁本人の自覚はむしろ希微で、自派勢力拡充を画す真観等の側が、僧侶として重きを為し、政治的にも多大な影響力を望める隆弁の存在を利用する、といった様相ではなかったかと憶測されるのである。

〔第三期〕

さて、文永三年（一二六六）三月三十日の御所当座和歌会にも隆弁は出座しているが、その約三ヶ月後の七月に、宗尊親王は北条氏の忌避を被り将軍を更迭され帰洛し、八年後の文永十一年（一二七四）八月一日に没する。また、真観も建治二年（一二七六）六月九日に没し、その前年には六条行家が亡くなっている。中心人物を失った反為家派は、その後退勢し解消へと向かう訳である。しかしながら、この時期にも隆弁の詠作活動はかなり精力的に継続されていたと考えられる。既に弘長元年（一二六一）の『宗尊親王家百五十番歌合』の頃から、老境を詠じる傾向は見えているものの、それがこの時期には当然のように顕著となり、老いの述懐の歌を多く残している。

鈴鹿川にてよみ侍りける　　　前大僧正隆弁

七十の年ふるままに鈴鹿川老いの浪よる影ぞ悲しき（続拾遺集・羇旅・七二〇）

述懐歌の中に　　　前大僧正隆弁

見るままに老いの影こそ悲しけれ六十余りの有明の月（同・雑中・一二一一）

隆弁詠八十首の内、右のような歌は十八首を数えることができる。隆弁が、晩年にも相当量の歌を詠んでいたことを窺い知る。それを裏付けるように、隆弁は、亀山院が勅撰集（続拾遺集）撰定に際し、その資料として召した応制百首「弘安百首」（弘安元年（一二七八）披講歟）の作者となっている。当時隆弁は、園城寺長吏大僧正であり、勅撰集編纂に於いて無視し難い存在とは言えよう。しかしこのことは同時に、宗尊親王主宰歌壇の崩壊と反為家勢力の衰退との後、隆弁自身老境に入りつつも、詠作活動を積極的に行っていたことを想像させるものでもあろう。

最後に、ごく大雑把に隆弁の詠歌の傾向を概括しておく。隆弁詠を、各集の部立に従うことを優先させつつ、部が立てられていない場合は内容から判断して、部類別に一応の目安として分類整理すると次のようになる。(27)

春11　夏10　秋7　冬4　賀1　離別1　羈旅9　恋6　雑18　神祇6　釈教7

もとより隆弁の詠作の全貌は不明で、右は各集に撰入されて残された歌に見る結果にしか過ぎないのだけれども、幾らかは隆弁の詠作傾向を反映していると見ておきたい。

やはり、神祇・釈教歌と羈旅歌が一般的な歌集類の様相に照らして多いこと、同様に恋歌に比べて雑歌がかなり多いこと、に着目される。神祇・釈教歌の多さについては、高い地位にある法体歌人として、むしろ当然なのかもしれない。羈旅歌の多さもまた、僧侶としての活動地域の広範さに応じたものと言えるかもしれない。それは、先に例示した幾首かのように、その詠作機会が隆弁の僧侶としての活動や他人との交際に関わる歌が目に付くこととも、矛盾しないであろう。一方で、雑歌それも述懐歌が目立ち、恋歌をさほど積極的には詠んでいなかったように見えることは、隆弁が歌に求めたものが、実人生の心情の吐露であり、詠むべき主題を十全に詠じる意欲には傾いていなかったことを示すと見ることができるのではないだろうか。

従って、現存歌で外形的に判断する限り、おおよその傾向として、隆弁の詠歌は、いわゆる歌仙や好士などが、歌の為に歌を詠むといった類ではなく、僧侶隆弁の活動や人生に付随するもの、あるいはその社交の手段や感懐表出の方便、といった性向がやや強いのではないかと思われるのである。言い換えれば、総体的に見て、隆弁の和歌詠作は僧侶としての隆弁の幅広い活躍を基盤としている、と言えるのではないだろうか。

むすび

隆弁は、上流の実務的にも文芸的にも比較的優秀な血筋の貴族に生を享け、園城寺に入門した。後に鎌倉に下着し、そこを本拠として、四代に亘る将軍の下、広範で精力的な活動を展開した。殊に験者としてよく力を振るい、諸人の信望を集め、後嵯峨院周辺や幕府の力をも背景に順調に昇進し、鎌倉僧界や寺門内部で支配的地位に就いた。

その和歌詠作は、僧侶としての隆弁の存在に従属するものであったと考えられる。ただし、宗尊親王将軍在位期およびそれ以降に、関東歌壇の主要な一員として活動し、僧としての地位の高さも相俟って、中央歌壇も無視し得ぬ人物となっていったことは間違いないものと思われる。特に、宗尊親王主宰の歌壇に於いては、隆弁自身はその護持僧であり、歌道師範が従兄の真観であることなどから、歌壇史的には重要な存在であると考えられるのである。

[注]

（1）同寺は、北条氏名越流の時長が建長四年（一二五二）八月二十六日に死んだ後に、その孫の宗長が隆弁を開山にして創建した、同一族代々の「墳墓之地」という。『吾妻鏡』弘長元年（一二六一）二月二十日条に、隆弁が講師を務めた鶴岡八幡宮仁王会の請僧百口中に同寺の供僧十七口参入が見える。『鎌倉市史』（史料編第二）、前掲湯山論攷参照。

（2）正二位大納言。前中納言藤原公光男。乾元二年（一三〇三）五月二十七日没、六十一歳（分脈等）。

（3）『三井続燈記』に「母黄門光雅女」とあり、『続古今和歌集目録当世』にも「母中納言光雅女」とある。母方の系図を『尊卑分脈』より抄出して次頁に示す（『系図纂要』もほぼ同様）。

（4）田中久夫『明恵』（吉川弘文館、昭三六・二）ならびに奥田勲『明恵　遍歴と夢』（東京大学出版会、昭五三・一一）参照。

（5）「はじめに」に記したように、『とはずがたり』巻二（文永十二年（一二七五）正月二十一日）に「りうへんそう正」と見えるのを、福田秀一校注新潮日本古典集成『とはずがたり』（昭五三・九）が、隆弁の甥四条大宮隆親男の隆遍（興福寺別当）のこととするのは、誤りであろう。

（6）例えば、「建長二年十月十日比ニヤアリケン法印《（隆弁）》ガサレケルハ世喜寺ノ竜花会年来ノ宿願也」とか、「法印　建長二

〔注3系図〕

- 顕隆（葉室一流祖　正三位権中納言参議　按察使　三事　頭　蔵　大弁　廷佐　母美濃守源頼国女　大治四正十五薨　五十八）
  - （二代略）
    - 光雅（権中納言正二位　右衛門督検別当　三事　頭　蔵　母親隆卿女　正治二三九薨　号堀河中納言）
      - 光親（権中納言正二位　按察使検別当　頭　母右大弁重方女　承久三七廿三於駿河国被斬）
        - 光俊（右衛門権佐　右大弁正四下　母定経卿女）
      - 顕俊（正二位検別（当）　権中納言　五蔵　頭　弁　母右大弁重方女　寛喜元七廿一薨　四十八（六）　号四条）
      - 光宝（法印　権大僧都　勧　母）
      - 光円（已講　寺　母）
      - 女子（右大臣師経室　家嗣母　母）
      - 女子（典侍　母）
      - 女子（大納言隆房室　後長範僧都室　母）

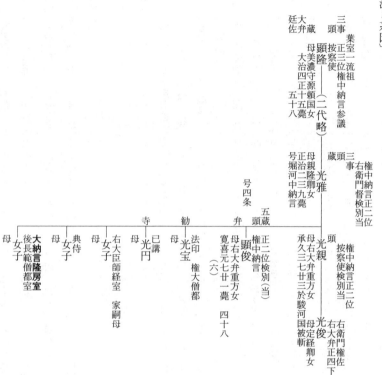

霜月廿七日ニ出京アリシカ」などと、第三者的表現の箇所がまま見える。

（7）安芸守源仲経子。僧正に至る。安貞元年（一二二七）園城寺四十五世長吏に任じる。寛喜三年（一二三一）十月一日帰寂、七十二歳（補録）。

（8）参議従二位藤実明卿息、権大納言公通卿孫。権僧正。上乗院門跡（門跡）。

（9）似絵で有名な歌人藤原隆信の子。嘉禄三年（一二二七）七月二十一日任別当。法印。『新古今集』以下の勅撰集に四首入集（続燈記、部類等）。証慶は不詳。

（10）父隆房の官名によるか。

（11）この間、僧正に転じた日時は不詳だが、『弘長元年（一二六一）七月七日将軍宗尊親王家百五十番歌合』時点の作者名表記は「僧正隆弁」であり、また、同四年（一二六四）に園城寺別当に任じられた時にも「五十七于時僧正」（続燈記）とある。

（12）注（13）の源猷と共に、補任状が『鎌倉遺文』に収められている。（12）＝七〇八六。（13）＝一一三二四。

（13）注（12）参照。

（14）この前後隆弁は関東に在ったと判断されるが、当時寺門の別当が本寺に在留しないことも許されていたらしい。例えば、隆弁の弟子に当たる公朝の別当補任に関し、「正応五年二月二十五日吉書。乍ㇾ住㆓関東㆒被ㇾ補ㇾ之」（続燈記）などとある。本章第三節「僧正公朝伝」参照。

（15）信生塩谷朝業男。元久元年（一二〇四）生、文永二年（一二六五）没。常陸国笠間を知行。検非違使。従五位下。『続後撰集』以下の勅撰集に三首入集。本論第二編第二章第一節「藤原時朝家集の成立」参照。

（16）この他、同集（一四二、一四三）に、同じ折のものと考えられる次のような贈答がある。

鹿島社にて、唐本一切経供養し侍りける時、日頃雨やまず侍りけるが、今日しも晴れて、わづらひなく供養とげられ侍りぬる事と、導師の宿坊より、よろこびつかはしけるついでに

権僧正隆弁

今よりや心の空も晴れぬらん神代の月の影宿すまで

返事

ちはやぶる神代の月のあらはれて心の闇は今ぞ晴れぬる

(17) 北条重時の子息の生年を参考までに示すと、時茂＝仁治元年（一二四〇）、業時＝同二年（一二四一）、義政＝同三年（一二四二）、である。

(18) 長景は秋田城介安達義景男。詳しくは割愛するが、義景は幕府の使者として度々隆弁の房を訪れており、また、義景の出家には隆弁が戒師を勤め、その死後十三回忌の導師も隆弁である。このような事情から、その子長景とも隆弁は親交があったものと推測される。

(19) 山城国粟田。慶滋保胤隠栖の故地と伝えられ、門跡寺院に列せられる。隆弁はその初代門跡。

(20) 隆弁は、この両寺との関係からか、「如意寺」「聖福寺殿」と号していた（社務）。

(21) 一例を挙げると、寛元三年（一二四五）八月十五日、義氏は執権経時の病平癒加持の賞により隆弁を賞している（鏡）。

(22) 『隆弁法印西上記』にも二十首余りの歌が見えるが、隆弁の詠歌と確認できるものはない。

(23) 「石清水の社僧良清が、同社についての、主として願文集の麗草を摘録部類した二巻の詩集」（図書寮叢刊解題）。なお、同集（神社）にはまた、「和前大僧正隆弁作」とする詩（院御製、按察使源朝臣資平卿）も見える。

(24) 次のとおり。「前大僧正隆弁勧め侍りし住吉社歌合に、鶯／この道と思ひなしてや鶯の花に鳴く音を神も聞くらむ」（中書王御詠・九）、「隆弁僧正の勧め侍りし／住吉の松にぞ問はむいにしへの神代もかくやのどけかりしと」（長景集・一六九）、「前大僧正隆弁家歌合、霞／権僧正公朝／鶯の春になりぬと佐保路なるはがひの山のまづ霞みぬる」（夫木抄・春二・五一四）。

(25) 九条三位顕家男。蓮生六条知家の弟。承元元年（一二〇七）～文永十一年（一二七四）十一月八日。本論第一編第二章第一節「藤原顕氏伝」参照。

(26) 同判には勝負付がない（前田尊経閣文庫本・谷山茂蔵本に拠る）。

(27) 拙稿「大僧正隆弁の和歌注解」（『鶴見日本文学』一八、平二六・三）で、注解した結果に拠る。同注解で付した和歌の通し番号で、部類を一覧しておく。

		小計
春	⑰⑱㉘㉙㊳(54)(55)(56)(57)(60)(73)	11（首）

夏	㉚㉛㊴㊵(58)(59)(67)(69)(74)(75)	10
秋	⑦⑲⑳㉜㉝㊷(76)	7
冬	㉑㉒㉞㉟	4
賀	(65)	1
離別	㉕	1
羈旅	⑩㉔㉖㉗㊹㊺㊿(52)(62)	9
恋	㊱㊲(64)(77)(78)(79)	6
雑	②⑤⑥⑧（雑春）⑨（雑秋）⑪⑯ ㉓㊶㊸㊻㊼㊽㊾(51)(63)(68)(80)	18
神祇	⑬⑭⑮(53)(70)(71)	6
釈教	①③④⑫(61)(66)(72)	7

［補注1］ 依拠資料一覧。

『三井続燈記』（大日本仏教全書）、『寺門伝記補録』（同上）、『吾妻鏡』（国史大系）、『隆弁法印西上記』（高野辰之『古文学踏査』（前掲）「隆弁法印西上記」の翻印本文、東京大学史料編纂所蔵本参照）、『園城寺伝法血脈』（東京大学史料編纂所蔵本）、『鶴岡八幡宮社務職次第』（群書類従）、『諸門跡譜』（同上）、『僧官補任』（同上）、『鶴岡八幡宮寺供僧次第』（続群書類従）、『北条九代記』（同上）、『鎌倉年代記裏書』（続史料大成）、『武家年代記裏書』、『建治三年日記』（同上）、『尊卑分脈』（国史大系）、『系図纂要』（内閣文庫蔵）、『勅撰作者部類』（原態本。小川剛生『中世和歌史の研究　撰歌と歌人社会』「附録一」）、『鎌倉遺文』。（順不同。和歌関係資料は別記。本節では、資料名は右傍線部分の略記を以て示す）。なお、引用の和歌本文は、原則として『新編国歌大観』に拠り、表記は改める。

［補注2］ 隆弁詠作各集番号別一覧。

＊各集名の下の算用数字は入集歌数。その下に新編国歌大観番号（漢数字）を示す。（　）内に、頭の二～四文字

を各集名の略称として重出状況を示す。ただし、『三十六人大歌合』は「大合」、『歌枕名寄』は「名寄」とする。
各集名の「和歌」は省略する。

勅撰和歌集

続後撰集2　六二〇、一〇四九（大合九二・名寄五一四二・六華一五六）。
続古今集4　七八一、八〇九、一七二三（題林八五二八）、一八一二（題林八七三三）。
続拾遺集7　二二四、五二四（題林七二〇）、六三五、七二〇（名寄二八）、一二一一、一四〇〇、一四一三（人家二七・名寄四六四六・井蛙四四一）。
新後撰集3　一五四、五三八（閑月三六一）、六四四。
玉葉集2　一一六五（夫木八六二一・六華一五四三（六花集注二五六））、一九九四。
続千載集1　一五二四。
続後拾遺集1　一〇五一（人家一七）。
新千載集2　一七三七（人家一四）、二二八五。
新拾遺集1　一五〇二。
新後拾遺集1　二四四（題林二六七四）。
新続古今集1　一九五一。

私撰集・私家集・歌合等

新和歌集1　四一〇（時朝一四二）。
宗尊親王家百五十番歌合10　四、三四、六四、九四、一二四（大合一〇〇）、一五四（大合九六）、一八四、二一四、二四四（大合九八）、二七四。
三十六人大歌合5　九二（続後撰・名寄五一四二・六華一五六）、九四、九六（宗尊一五四）、九八（宗尊二四四）、一〇〇（宗尊一二四）。
東撰六帖2　一九四、二三〇。
同抜粋本4　二〇九、三三七、三七五、四八〇。

時朝集2　四〇、一四二（新和四一〇）。
長景集1　一六五。
現存卅六人詩歌1　二八。
人家和歌集17　一二、一三、一四（新千載一七三七）、一五、一六、一七（続後拾一〇五一）、一八、一九、二〇、二一、二二、二三、二四（夫木八二五四）、二五、二六（夫木一〇二七五）、二七（続拾一四一三・名寄四六四六・井蛙四四一）、二八。
閑月集3　三六一（新後撰五三八）、四三二、四三四。
歌枕名寄3　二八（続拾七二〇）、四六四六（続拾一四一三・人家二七・井蛙四四一）、五一四二（続後撰一〇四九・大合九二・六華一五六）。
夫木抄7　八二五四（人家二四）、八六二一（玉葉一一六五・六華一五四三（六花集注二五六））、一〇二七五（人家・二六）、一〇八七七、一二三七五、一六〇七〇、一六三一六。
新三井集6　一、三七、七〇、八九、一〇三、一七〇。
井蛙抄1　四四一（続拾一四一三・人家二七・名寄四六四六）。
六華集3　一五六（続後撰一〇四九・大合九二・名寄五一四二）、一五四三（六花集注二五六）（玉葉一一六五・夫木八六二一）、一八六八（六花集注四五四）。
題林愚抄12　三一一、七二〇（続拾五二四）、二〇六五、二一六八、二六七四（新後拾二四四）、二九四二、七四二一、七七三三、八三五四、八五二八（続古一七二二）、八七三三（続古一八一二）、九五五五。

＊右の底本および引用和歌の依拠本文については、次節注（1）参照。

［付記］　本節の初出は初出一覧のとおりだが、その初出稿は、和歌文学会例会（昭五八・一二・七、於青山学院大学）で「大僧正隆弁について」と題し、隆弁の生涯に亘る年譜を示しつつ口頭発表した内容を基にしている。

第二節　大僧正隆弁の和歌

はじめに

前節に考察したように、隆弁の詠作活動は、僧侶としての隆弁の存在に従属するものであったと考えられるが、宗尊親王将軍在位期およびそれ以降に、関東歌壇の主要な一員として活動し、僧としての地位の高さも相俟って、中央歌壇も無視し得ぬ人物となっていったことは間違いない。特に、宗尊親王主宰の歌壇に於いては、隆弁自身はその護持僧であり、歌道師範が従兄の真観であることなどから、歌壇史的には重要な存在であると考えられるのである。その隆弁の現存する和歌80首については、別稿「大僧正隆弁の和歌注解稿」(『鶴見日本文学』一八、平二六・三)で注解を加え、個々の歌について論じたところである。ここではそれを踏まえて、隆弁の詠み方の特徴を整理して考察し、その和歌の様相をできる限り明らかにしてみたいと思う。

一　本歌取と依拠歌

まず、隆弁の本歌取についてまとめておく。注解を施した現存歌80首の内で、三代集歌人の用語を拠るべき古歌詞と定めた定家の『近代秀歌』『詠歌大概』以降の時代で、かつ本歌取し得る古歌の範囲を『後拾遺集』まで広げることを容認した真観の『簸河上』と従兄同士の同時代歌人の詠作であることを考慮して、本歌に取るべき古歌の範囲を三代集歌人および『後拾遺集』初出歌人と見るのが穏当かと考えて認定した本歌取作は、11首である。本歌の所収歌集・部立・作者と隆弁歌の所収歌集・部立および本歌からどのように詞を取っているか（句の位置・字数）を一覧すると、次のとおりになる。

＊隆弁歌の所収歌集に部立がない『人家集』については、詞書の内容から私に部類する。行頭の○囲み数字は、「大僧正隆弁の和歌注解稿」で付した番号で、その下に本歌の歌集名・部立・新編国歌大観番号・作者名、隆弁歌の歌集名・部立（部類）・新編国歌大観番号。次行に、詞の取り方につき、本歌の第何句（算用数字）の何字分（字数）→隆弁歌の第何句の何字分、というように表す。＊に特徴を簡略に記す。

②新古今集・雑中・一六一六・業平＝伊勢物語・九段・一二・男、続後撰集・雑上・一〇四九。

1句→4句の下5字、2句の6字→5句の上2字＋1句上4字。

＊詞の取り方は定家の細則に馴致しつつも、心を取る院政期本歌取に通う。

⑤拾遺集・恋二・七三〇・読人不知、続古今集・雑中・一七二二。

4句→4句、五句の下2字→五句の下2字。

＊詞の位置は一致するが、恋歌を雑の誹諧的述懐に転換。

⑲古今集・春下・九三・読人不知、東撰六帖抜粋本・秋・二〇九。

2句下4字＋3句（字余り）→4句下4字＋5句上6字。

＊②と同様。

㊲拾遺集・雑恋・一二一四・読人不知、宗尊親王家百五十番歌合・恋・二七四。

4句→4句。

＊あまり本歌に取られない歌を本歌にし、金葉集（恋下・四四一）の実能詠も踏まえる。

㊺古今集・東歌・陸奥歌・一〇八九、人家集・羇旅（旅歌に）・一九。
4句→2句、2句上3字→4句中3字、5句上2字→3句上2字。
＊詞の取り方は定家の細則に適うが、心（内容）は本歌に近い。
㊻古今集・雑下・九三八・小町、人家集・雑（述懐）・二〇。
2句→4句、3句中2字→3句上2字、4句上5字→2句上6字（活用変化）。
＊㊺に同様。
㊼新古今集・恋三・一一五七・興風、人家集・雑（述懐）・二一。

3・4句→1・2句（助詞一字変化）、5句中3字＋1句中1字→5句上3字＋中1字。
＊詞の取り方はまさに定家細則に適い部類も転換されているが、本歌に異を唱える趣向で、諧謔に傾く。
㊽古今集・恋三・六一七・敏行、続千載集・恋四・一五二四。
4句→2句、5句上2字→4句上1字（語彙変換）。
＊古歌と近代の歌（新古今集の良経詠）を取り併せる点で㊲に近い。
㊿古今集・雑上・八七九・業平、新後拾遺集・夏・二四四。
2句上2字→4句上2字、4句下3字＋5句上5字→4句下3字＋5句上5字。
＊詞の取り方は定家の細則に背かず部類も転換するが、本歌に軽く異を唱えるような誹諧性に傾く。
㊳古今集・雑上・八九九・読人不知、新続古今集・雑中・一九五一。
1句→3句、2句下5字→1句（下3字語彙変換）、3句上1字→2句中1字。
＊詞の取り方は定家の細則に背かないが、部類の転換はなく素材を詠み益す院政期的な本歌取。
㊵後撰集・夏・一七九・読人不知、題林愚抄・夏上・〔弘安百首〕・二一六八。

1句下2字＋2・3句↓1句下2字＋2・3句。

＊詞の位置は本歌に同じもその総量は定家の細則に背かないが、部類は変わらず、本歌の景物も落とされている。初句（「数ならぬ」から「時知らぬ」）の変換が趣向。

本歌は所収歌集別では、古今集6（首）、後撰集1、拾遺集2、新古今集2（内1伊勢物語）であり、歌人別では、読人不知6（内1東歌）、業平2（内1伊勢物語の男）、小町1、興風1、敏行1である。数が少なく確言できないが、歌集では三代集と『新古今集』、歌人では読人不知がやや目立ち、特定の歌人への執着はないながら、三十六歌仙歌人に意を向けているようにも窺われる。

本歌から隆弁歌への部類（部立）の異同は、次のとおりである。

夏↓夏1（例）、春↓秋1、恋↓恋1、恋↓雑2、雑↓夏1、雑↓雑3、雑恋↓恋1、東歌↓羈旅1。

同部類内の本歌取が5例、部類の転換が6例であるが、定家『詠歌大概』が説く主題転換の主旨に則して言えば、「春↓秋」「雑恋↓恋」「東歌↓羈旅」の3例は類同の主想の本歌取であり、定家が慫慂した主題の転換は行われていない場合の方が多いことになる。

それに連動する歌の内容についても、「時知らぬ山は富士の嶺いつとてか鹿の子まだらに雪の降るらむ」（新古今集・雑中・一六一六・業平。伊勢物語・九段・一二・男）を本歌にする②「富士の嶺は咲きける花のならひまでなほ時知らぬ山桜かな」（続後撰集・雑上・一〇四九）や、「鏡山いざ立ち寄りて見てゆかむ年経ぬる身は老いやしぬると」（古今集・雑上・八九九・読人不知）を本歌にする(68)「立ち返り又こそ見つれ鏡山つれなき老の影を残して」（新続古今集・雑中・一九五一）(1)のように、むしろ本歌に沿って、心を取る同工異曲風の詠み直しや、歌材を詠み益す院政期的な本歌取にも通う場合がある（他に㊺㊻）。ただし、定家の、詞は古く心は新しくという原理に基づいて、本歌取は古歌の詞を取るものである（従って心は取らない）という方法は、隆弁に限らず、定家以降の歌人が必ずしも奏功し得た訳ではなく、定家の方法に併せて院政期の方法も容認する順徳院の『八雲御抄』、あるいは定家の方法を巧みに変形させた弟子真観の『簸河上』(2)や息子為家の『詠歌一体』(3)等の歌学書が、定家の詠作の原理と本歌取の理法とを全くは継承している訳でもないのであれば、専門歌人ならぬ隆弁ならばなおさら、定家以後の時代の風に泥んでいたとしても当然であろう。そういった中で、隆弁の本歌取には、「大方は月をもめでじこれぞこのつもれば人の老いとなるもの」(古今集・雑上・八七九・業平)を本歌にする㊉「見る程もなくて明け行く夏の夜の月もや人の老いとなるらむ」(新後拾遺集・夏・二四四)のように、本歌に異を唱える趣向を構えて、やや誹諧に傾くような詠み方が窺えるが(他に⑤㊼)、これは本歌取に限らず、隆弁の歌に少しく認められるところである。なおまた、詞の取り方については、隆弁がそれを意識したかは措き、総じて定家学書が説く細則には結果として大きく背いてはいないように見える。

二　依拠歌

ところで、隆弁の本歌取詠の中には、「双六の市場に立てる人妻の逢はでやみなん物にやはあらぬ」(拾遺集・雑恋・一二二四・読人不知)を本歌にして、「思ひきや逢ひ見し夜はの嬉しさに後の辛さのまさるべしとは」(金葉集・恋下・四四一・実能)も踏まえた、㊲「思へただ幾程ならぬ世の中に逢はでやみなむ後の辛さを」(宗尊親王家百五十番歌合・恋・二七四)のように、古歌を本歌にして、院政期以降の先行歌をも踏まえた作(他に㊹)が認められる。隆弁が護持した宗尊にはかなり目に付く、二首の古歌を本歌にした本歌取が隆弁の現存歌には見えないけれども、複数の古歌・先行歌に負った歌は隆弁にも少なくない。隆弁の意識として、本歌たるべき古歌と先行依拠歌との区別が明瞭に存していたかは疑問だが、隆弁が依拠した可能性が少しでも認められる先行歌を歌集別にまとめると、次のようになる(「読人不知」は「不知」とする)。

古今集　㉑（二八五・不知）、㉒（九五二・不知）、㊼（八三五・忠岑）、69⃝（九一〇・不知）、80⃝（一〇四八・中興）

後撰集　㊺（九六一・敦忠）、57⃝（一一六〇・義方）

拾遺集　51⃝（四六二・不知）（五三九・忠見）、79⃝（七三三・不知）

後拾遺集　㉕（四七九・慶範）、㉙（九一二・上東門院中将）、㊺（五〇四・懐円）

金葉集　⑥（三〇一・永実）、⑳（六三・成通）、㉙（三四・雅兼）、㊲（四四一・実能）、㊿（五一・匡房）、69⃝（一三五・師頼）

詞花集　㊴（六二・俊頼＝金葉集公夏本・三三）、78⃝（二五八・高階章行女）

千載集　⑲（四三九・親宗）、⑳（三六八・覚盛）、㉒（三・堀河＝久安百首・一〇〇四）、58⃝（九九・能因）

新古今集　①（一九五一・寂然＝法門百首・二三）、③（六四・不知）（一一七一・道長）、⑨（五八七・具親＝千五百番歌合・一七三六＝三十六人大歌合・一〇八）、⑮（一九七八・西行）（一五四七・良経）、⑰（三・式子）、㉗（九一一・不知）、㉘（二三・良経）、㊽（九一七・行尊）、64⃝（六三五・良経）、72⃝（一九二一・円珍）、77⃝（一六八一・良経）

新勅撰集　㊵（一五八・公能＝久安百首・一二四）、㊿（一二七八・良経）、55⃝（七一・俊成）（七二・家隆）、62⃝（一三〇八・良経）（一六四・俊成）（九八七・信実）、79⃝（一一四九・寂蓮）（一一八三・道助）

続後撰集　⑩（七六四・肥後＝万代集・一九九二）、㉘（四八九・後嵯峨院＝宝治百首・二二四〇＝秋風抄・一六二＝秋風集・一一三五）、㉟（一〇二・資実＝万代集・二六〇）、㊱（八四一・宇多院）、㊶（三七三・信実）、59⃝（二三六・良経＝正治初度百首・四三八）、69⃝（二一一二・雅経＝内裏百番歌合建保四年・七六）、76⃝（二四四・貫之）、80⃝（四四七・殷富門院大輔）

万葉集　㉘（四四五二・安宿王＝古今六帖・一三五五・作者不記）、㋐（四〇九七・家持＝五代集歌枕・四七八）

古今六帖　⑳（一〇四八・紀郎女）

万代集　㊳（春下・四八六・家隆＝壬二集・院百首建保四年・春・八二〇＝続古今集・雑上・一五四一）、㊶（二七二〇・延子＝栄花物語・一四〇＝続古今集・一三一五〔該歌は続古今成立以前〕）、㊸（三六五二・成頼＝月詣集・八六七）

洞院摂政家百首　㉔（一六六九・隆祐＝隆祐集・二三一）、㋅（三七九・真観）

宝治百首　㉖（三九六六・実雄）、㉛（一七六〇・後嵯峨院）、㋆（一二九六・師継）

白河殿七百首　㋈（四四五・為家）

楢葉集　㊹（六五五・玄性）

秋風集　⑩（九九四・広経＝別本和漢兼作集・三六一）、㋒（一〇二六・崇徳院＝久安百首・九三）

新撰六帖　⑥（一一九二・為家）、⑩（一〇八三・知家＝続古今集・一七〇二）、㊻（二四六〇・真観）

三井寺新羅社歌合　㉞（三六・泰覚）、㋂（四一・賢辰）

千五百番歌合　㉔（二七二三・保季）、㋇（四八七・通光）、㋓（一〇四五・定家）（一一一四・慈円）

内裏百番歌合建保四年　㋉（六二・定家＝続拾遺集・二一一三）

百首歌合建長八年　⑨（一〇三八・実伊）

拾遺愚草　㉓（二八二四＝壬二集・三二五二）

後鳥羽院御集　㊺（一二二六）

金槐集　㊷（定家所伝本二四三）

為家千首　②（六一）

『古今集』から『続後撰集』（あるいは『続古今集』）までの勅撰集に学んでいたらしいことは、専門歌人か否かに拘わらず、当時の和歌習熟の方法として推測してよいであろう。『続古今集』については、文永二年（一二六五）十二月の同集の完成・奏覧後の作であるとすれば、その所収歌に拠った可能性も十分にあろうが、現段階ではそれを明確に判断できる歌は見出せていない。いずれにせよ、例えば㊺「枝交はす木木の梢も埋もれて花より外の山ぞはなき」（新三井集・春上・花歌中に・三七）は、結句の原態が「山の端ぞなき」だとすれば、全ての句が勅撰集に用例が見え、特に初句から四句までは常用の句であり、隆弁の用語の選択が勅撰集に学んだ伝統的で穏当な傾向にあることを窺わせる一首ということになろう。その勅撰集中では、『古今集』は措いて、特に『新古今集』に親しんでいたらしいことが窺われるのである。有力歌人が集中した時代に編まれ、和歌史を画期するような所収歌の質と、事実八代集中でも最大歌数という量との両面がこれに大きく与っているであろうが、同時に、源頼朝が入集した勅撰集として実朝が執心し、関東歌壇の歌人達にとってその存在が比較的大きかったことも関わっているのではないだろうか。同様に、『新勅撰集』についても、実朝以下の関東歌人の入集の多さが、隆弁に関心を向けさせたかも知れず、同時代の勅撰集『続後撰集』と併せて、隆弁がより親しんでいたと見てよいであろう。なお、『万葉集』については二首に依拠の可能性があるが、これも『古今六帖』や『五代集歌枕』に拠ったとも思しく、隆弁は、当時一部の歌人達が競うかのように依拠した『万葉集』を、ことさらに学ぶことはなかったと見てよいであろう。

歌人について見れば、全体には比較的有力な歌人の歌に依拠していたようにも見受けられるが、三代集については、本歌取した古歌の作者も読人不知が半数以上であるのに照応して読人不知歌が多く、隆弁が特に意を向けていたような特定の歌人が顕著には浮かび上がってこない。新古今時代以降では、俊成・定家・慈円・良経等の有力歌人の歌に、隆弁の意識が向けられていたことが推測されるような様相を示していると言ってよい。中でも、慈円と良経の歌への依拠についてはやや目立つ感がある。専門歌人ではない詠みぶりが隆弁の意に適ったと見られなくもない。また、当時の歌壇に威勢をふるったと思しい従兄真観からの影響は当然に見てもよいであろうし、同時代の歌の家の中心人物の為家についても、真観との確執というような現代の視点からの歌壇史上の判断とは関係なく、隆弁はその歌に学ぶところがあったはずだと言ってよいであろう。また、鎌倉殿源実朝や当代後嵯峨院の歌への依拠も、後嵯峨院皇子で将軍となった宗尊を護持した隆弁であれば、その可能性を高く見ることは許されるのではないだろうか。

隆弁と同時代の歌集類について言えば、いずれも僅かな痕跡であるが、真観撰と推定されている『万代集』（初撰）と『秋風集』を、従弟の隆弁が所持していたとしても不思議はない。また、『宝治百首』と『新撰六帖』は、真観も参加した時代の応制百首としてあるいは真観を含む時代の有力歌人による類題の詠作集として、隆弁に限らず当時の歌人達がこれに倣う可能性は十分に見てよい。『千五百番歌合』は新古今時代最大の、『百首歌合建長八年』は真観も出詠した当時最大の歌合であり、隆弁が護持した宗尊がこれらに学んでいたらしいことに照らせば、（4）隆弁もこれを披見した可能性を想定しておきたい。他寺院他宗派よりは和歌が盛んな園城寺の、承安三年（一一七三）八月十五日夜『三井寺新羅社歌合』については、僅かの痕跡にせよ、園城寺僧隆弁がこれに学んでいたと見ることは許されるであろう。なお、㊻「おのづから誘ひし水も絶えはてて身をうき草の寄る方をなき」（人家集・述懐・二〇）は、「侘びぬれば身をうき草の根を絶えて誘ふ水あらばいなむとぞ思ふ」（古今集・雑下・九三八・小町）を本歌にした、「いかにせん頼みし水の絶えぬれば身をうき草ぞ寄る方もなき」（広田社歌合承安二年・述懐・一五三・親重）という先行類歌があり、同じ『古今集』歌を本歌にした結果と思われるが、なおこの親重歌にも倣ったのだとすれば、隆弁の学習範囲の広さを見ることになる。同様に、㊹「まつら舟泊まりや近くなりぬらむ波路の末に雲のかかれる」（人家集・旅歌に・一八）については、嘉禎三年（一二三七）六月五日に素俊が撰した奈良歌壇の『楢葉集』の法橋玄性詠「もろこしの山もや近くなりぬらむ波路の末に雲のかかれる」（餞別付羈旅・海上逆旅の心をよみ侍りける・六五五）が非常に類似している。隆弁がこの歌を模倣したとすれば、『楢葉集』を披見し得たか、南都歌壇の歌を何らかの方法で知り得ていたことになろう。

本歌取した古歌や依拠した先行歌の傾向を総じて見れば、当時の歌人が当然に学び倣うべき歌集に、専門歌人ではない隆弁もまた従っていたことは間違いない。同時に、従兄真観や護持した宗尊との関わりの中で隆弁が和歌に習熟していったらしいことも垣間見えるのである。

三　新古今歌人とその後裔歌人詠への傾倒と時流への適応

右の依拠歌に見たように、隆弁は『新古今集』に目を向けていたと思しい。それを裏付けるかのように、隆弁には、新古今時代あるいは新古今歌人およびその後裔の表現に倣ったかもしれない歌や、結果としてであってもそれらの表現に近似した歌が目に付き、同時に新古今時代から隆弁と同時代までの特徴的な歌の詠みぶりに似通う歌、あるいは関東圏に特有の表現の中に位置付けられる歌も見受けられるのである。以下に幾つかの例を挙げておこう。

④「心無き植ゑ木も法を説くなれば花も悟りをさぞ開くらん」（続古今集・釈教・樹説苦空といふ心を・八〇九）は、題が異なりながらも、俊成の「入り難く悟り難しと聞く門を開くは花の御法なりけり」（長秋詠藻・又或所の一品経に、方便品の、其智恵門難解難入の心をよみける・四五五）や為家の「いかにして仏の種を同じくは御法の花に悟り開かん」（中院集・十二月十一日続百首・尺教・四二）に通う。㊽「昔見し人もなぎさに寄る舟の我ばかりこそ朽ち残るらめ」（人家集・二二）の「昔見し人」を用いた近似歌の先行例には、定家の「老いらくの辛き別れは数そひて昔見し世の

人の少なさ」（拾遺愚草・〔承久元年六月八条院忌日歌〕・二八七一。続拾遺集・雑下・一三三〇）がある。㉛「夕立に水増さりぬと呼ばふなり泊まり浮かるる淀の川舟」（宗尊親王家百五十番歌合・秋・九四）は、能因の「なるかみの夕立にこそ雨は降れみたらし川の水増さるらし」（能因法師集・ゆふだち・二五六）を承けたと思しい、為家の「なるかみの音羽の山の夕立に関のこなたも水増さりつつ」（新撰六帖・第一・なるかみ・四八七）や「いづみ川水増さるらし夕立にけふみかのはら雨はふりきぬ」（秋風集・夏下・二二五）が先行の類例となる。前に述べたように、隆弁は為家の歌に学んだと見てよく、為家詠に類似・類同する隆弁の歌は少なくない（右の他に②⑥㉝㊹⑺⑻等）。より細かく見れば、㊳の「またこそ見つれ」の句形のように、為家や真観が用いていて、時流にも沿っているといった例もある。㉘「春もなほ雪げに見えて佐保姫の霞裾引く富士の柴山」（宗尊親王家百五十番歌合・春・四）は、為氏の「佐保姫の霞の衣冬かけて雪げの空に春は来にけり」（新後撰集・春上・一）との影響関係を想定し得る程に類似する。

以上のように、全てが直接の影響関係にはないにせよ、俊成・定家・為家・為氏の歌、中でも特に、『千載集』と『新古今』『新勅撰』両集の撰者を祖父と父に持ち、自らも『続後撰』『続古今』両集の撰者となる、隆弁とほぼ同時代の為家に類似する表現の歌が隆弁に存していることは、正統な和歌の規範から大きく外れることのない隆弁詠の一面と捉えてよい。その視点から、さらに次のような事例も指摘しておきたい。

㉚「さびしさをともに聞きても慰まむ里にな出でそ山時鳥」（宗尊親王家百五十番歌合・秋・六四）は、慈円の「花は散りぬ月はまだしき夏山を慰めえたる時鳥かな」（拾玉集・郭公・四二九九）や秀能の「山がつの外面にかこふ楢柴のしばし慰む時鳥かな」（如願法師集・夏・四四六）などに見られるように、「山」の「時鳥」（の鳴き声）が「慰」めになるという、必ずしも古くはない、新古今歌人の歌の型に類している。㉟「芳野山み雪ぞ深く積もりぬる古き都の跡を尋ねて」（宗尊親王家百五十番歌合・冬・二一四）は、家隆男隆祐に「御芳野や古き都のみ雪とて跡なき庭に昔をぞ知る」（隆祐集・九条大納言家三十首御会永仁〔仁治か〕二年三月・故郷雪・一一六）という類詠がある。また、㉝「秋

来ても岩根の松はつれなきに涙色づく苔の袖かな」（宗尊親王家百五十番歌合・秋・一五四）のように、「苔の袖」の「色」が変わることを言う先例は、後鳥羽院の「有りしにもあらずなる世のしるしとやまづ色かはる苔の袖かな」（後鳥羽院御集・詠五百首和歌・雑・一〇三〇）があり、㊺「陸奥のまがきの島の松にともいかで都の人に語らん」（人家集・旅歌に・一九）の下句は、後鳥羽院の「過ぎ来つる旅のあはれを数数にいかで都の人に語らむ」（後鳥羽院御集・元久元年十二月八幡卅首御会・雑・一二二六）と一致する。また、㊻「昨日まで雲にまがひし山桜散る時にこそ花と見えけれ」（新三井集・春下・花の歌の中に・七〇）は、順徳院の「昨日まで雲ゐに見えしあし引の山もあらはに桜散るかな」（紫禁集・同〔承久元年二月〕十八日、題を探りて読之、当座、遠山桜・一一三〇）に近似するのである。

さて、本歌取の古歌や先行依拠歌の様相から見て、『古今集』以来の王朝和歌や伝統的な和歌の通念や措辞に歌人として不足なく習熟していたと見られる隆弁は、比較的近い時代から同時代までの新しい詠作にも関心を寄せていたと思しく、イ院政期末から鎌倉期にかけて詠まれ始めたり、ロ古く詠まれたものが鎌倉期に復活して用いられたりした措辞を、次のとおりに用いているのである。

イ院政期末から鎌倉期にかけて詠まれ始めた措辞

一村雨⑳、山颪かな㉑、跡は見えけり㉒、涙の咎㉓、すみかはる㉔、さぞ照らすらむ㉖、

霞裾引く㉘、麓なりけり㊿、浦の浜川㊾

ロ古い用例が鎌倉期に復活した措辞

憂きを知る㉓

さらに、隆弁詠の時流への適応を例示すれば、⑤「憂きものと寝覚めを誰にならひてか暁ごとに鳥のなくらん」（続古今集・雑中・一七二二）のように、『宝治百首』（雑・暁鶏・三二一一・資季）や『続後撰集』（雑中・一一五六・実経。万代集・雑二・三〇四五）や『続古今集』（哀傷・暁の心をよめる・一四七三・雅成）等々に見られる、ほぼ同時代に暁の

鶏鳴の由縁を問う歌が詠まれている中に位置付けられる場合があるし、⑱「散りまがふ久米路の桜途絶えして春風渡る雲の梯」（東撰六帖・第一・春・桜・二三〇）のように、嘉禎三年（一二三七）六月五日成立の『楢葉集』の「山川の花の浮橋途絶えして渡る嵐の跡ぞ見えゆく」（雑二・七八二・承実法師）と同工異曲で、比較的新しい時代の和歌の流れにも棹さしていたことを窺わせる一首もある。また、㊱「いかにして涙は袖にとまるらむ通ふ心は隙もなき身に」（宗尊親王家百五十番歌合・恋・二四四）のように、「袖に」「涙」が「とまる」ことを言う直近の先行歌として、「真木の屋に木の葉時雨は降りはてて袖にとまるは涙なりけり」（万代集・冬・一三五七・覚寛。続古今集・雑上・一六一三）を見出し得る例があるのである。

四　新味と誹諧性および老いの述懐

一方で、隆弁は、先行例を見出だし得ないような新鮮な措辞も、「涙にかへて」⑫「光をとめて」⑬「かさねて払ふ」㉑「泊まり浮かるる」㉛等々と詠んでいるのであった。必ずしも古歌詞にはこだわらずに、新しい措辞を用いて、新鮮な表現を求めようとする隆弁の意識が垣間見えるが、これは専門歌人ならぬ法体歌人あるいは京洛と空間を異にする関東歌人としての自由さの顕れと言ってもよいのであろう。

こういった比較的新しい表現を選択する特徴に照応するかのように、隆弁には、伝統的な通念や趣向に異を唱える、あるいはそこから脱した新奇な表現を取る、といった和歌が少しく認められる。

⑳「柞原一村雨の跡よりぞはじめて秋の色は見えぬる」（東撰六帖抜粋本・第三・秋・紅葉・三三七）は、伝統的常套に比較的新しい詞を織り交ぜつつ、自然と色づく「柞原」という既成の通念に意を唱えているし、㉑「紅葉葉の散り敷く苔のさ莚をかさねて払ふ山颪かな」（同・冬・落葉・三七五）は、院政期の歌が積み上げた「筵」に散り重なる紅葉・落葉の景趣や、「恋しくは見てもしのばむ紅葉葉を吹きな散らしそ山颪の風」（古今集・秋下・二八五・

読人不知）の願望を否定していて、既存の和歌の通念や類型を出ようとする新しさがある。また、57「茂りあふ水草まじりのかきつばた花咲く比ぞ色に出でぬる」（新三井集・春下・八七）の「水草まじりのかきつばた」が「花咲く比」に目立つようになったとするのは、必ずしも伝統的な類型ではないし、58「散りはてて花のしがらみ波越えて夏にかかれる関の藤川」（夏・題しらず・一〇三）は、「美濃の国関の藤川絶えずして君に仕へむ万代までに」（古今集・神遊びの歌・一〇八四）を原拠にしながら、この歌が言う「絶えず」の類型上にはなく、清新な歌境である。

なお細かい点にこだわれば、65「千歳まで行末遠き鶴の子を育ててもなほ君ぞ見るべき」（新千載集・慶賀・二二八五）は、「君」が「千歳」の寿命を見ることを言う通例とは異なり、七夜を迎えた「（鶴の）子」の千歳を予祝し、親たる「君」もがその千歳の寿命を見るはずであることを言うのが新鮮であるし、77「見しままのその面影は絶えはててつらさぞ残る有明の月」（題林愚抄・恋三・寄月恋・七四二一）は、「有明」の「月」については、そこに恋人の「面影」が「残」るのを言うことが多く、「つらさ」が「残る」とすることに新しさが見えるのである。さらに、70「岩が根に天降りける清滝はいづれの神の流れなるらん」（夫木抄・雑八・滝・清滝、山城名所歌、清滝、古来歌〔基家撰「古来歌合」〕・一二三七五）や71「いにしへの吉野をうつすみたけ山黄金の花もさこそ咲くらめ」（同・雑十六・神祇付社・みたけ・相模国みたけ山奉納歌・一六〇七〇）は、ともどもやや特異な詠みぶりであろうが、これらはむしろ、宗教的な関心と関東在住の意識とが生んだものと捉えるべきであろうか。

さて、隆弁には、1「何ゆゑか憂き世の空に廻り来て西を月日のさして行くらん」（続後撰集・釈教・六二〇）という、釈教歌ながらも、どうせ西方浄土を指して行くのだから、わざわざ憂き世の空に廻り来ずともよいものを、という軽い戯れにも似た含意を読み取り得るような、諧謔にも似た調子の歌がある。それはまた、5「憂きものと寝覚めを誰にならひてか暁ごとに鳥のなくらん」（続古今集・雑中・一七二二）の「暁ごとに鳥のなくらん」が誹諧に傾くような表現であることや、38「老いが身はいつも今年と思ひしにむそぢの春をなほ惜しむかな」（人家集・

暮春を・一二）の「いつも今年と思ひしに」が軽い語調の直截的表現であることにも見える、隆弁詠の特徴の一端であろうか。

このように見て来ると、隆弁が詠作に臨み、歌人として新しい工夫を企図した場合もあったであろうことや、本意や歴史的通念を承知していなかったかそれにあまり頓着していなかった場合もあったであろうことが窺われる。いずれにせよ隆弁が、中央貴族に生を受けながらも、三井寺と柳営とに跨がって精力的に活動した僧侶であったことと、そこに醸成された本人の資質とが、和歌の伝統を理解しながらも、それにのみ泥むことのない、新奇さ清新さあるいは俗に軽い諧謔性を覗かせるような、幅のある詠みぶりを可能にしたのであろう。

ところで、隆弁には、軽い語調の句を含みながら、当時の用例に照らして五十歳代の春を言ったと思しい「むそぢの春」を「老いが身」と自覚して嘆く右掲㊳の歌のように、和歌の伝統的な老境の述懐を詠じた歌が、80首中に10首（⑨⑩⑪⑫㉜㊳㊶51)60)68)）見える。その内、「むそぢ」（㊳㊶）「むそぢ余り」（⑪60)）「ななそぢ」（⑩）が半数に上り、さらに、六十四歳時頃の「山の端近き身」（㉜）や七十一歳時の「老いの影」（68)）が存することから、隆弁が遅くとも五十代には「老が身」と自覚し、特に「むそぢ」を一つの区切りに、六十歳辺りを節目として老いを強く意識したであろうことが窺われるのである。隆弁の詠作活動が壮年期以降に集中したことの反映や、今に残された歌の偶然の配分である可能性は否定できないものの、隆弁に老いの述懐の歌は目立つと言ってよいであろう。これらの歌の部類は、春（㊳60)）・秋（㉜㊶）・羇旅（⑩）・神祇（51)）・釈教（⑫）・雑（⑨〔雑秋〕⑪68)）であり、一首の主想にかかわらずに老いを述懐したと言える。隆弁の述懐の四季歌の存在は、隆弁が護持した宗尊親王には述懐の四季歌が少なからず存在し、『正徹物語』が「宗尊親王は四季の歌にも、良もすれば述懐を詠み給ひしを」（歌論歌学集成本）と評していることに照応すると見てもよい。これらの隆弁歌の大半は、⑨「幾たびか袖濡らすらん村時雨ひとりふりぬる老いの寝覚めに」（続拾遺集・雑秋・冬歌の中に・六三五）や㉜「長らへばしばしも月を見るべきに山の端近き身こそ辛けれ」（宗尊親王家百五十番歌合・秋・一二四）、あるいは⑥「今もなほ花には飽かで老いが身にむそぢ余りの春ぞ暮れぬる」（新後撰集・春下・暮春の心を・一五四）や⑧「立ち返りまたこそ見つれ鏡山つれなき老いの影を残して」（新続古今集・雑中・一九五一）のように、類型的な老いの述懐詠である。しかし、中には、㉛「この世をば厭ひ果てたる老いが身になほ住吉と思ひけるかな」（人家集・二五）という、老身の厭世にまさる神恩の現世を詠じる歌もあって、述懐の悲哀にのみ向かっているばかりでないことは、隆弁の信仰心とその背後の言わば現実主義的な精神を窺い見てよいようにも思うのである。

五　僧侶としての詠作、関東歌人としての意識

長吏に任じた園城寺の歌人として、隆弁は当然ながら相当に重んじられたと見てよい。『新三井集』の春巻頭㊹、夏巻頭㊽・巻軸㊾に隆弁詠が配されていることは、その証左である。頼朝が帰依した園城寺の僧侶でかつ宝治合戦の祈禱効験の賞を機縁に鎌倉鶴岡若宮社の別当を務めた隆弁の、精力的な活動とそれに伴う法力・法験を、幕府内のみならず当時の人々が熱狂的に支持したらしいことは、建長二年（一二五〇）に鎌倉から園城寺に上った際の描写『隆弁法印西上記』から、そこには隆弁讃仰のための誇張があるだろうことを割り引いても、容易に推測される。その法力に対する幕府の信任は、文永十一年（一二七四）と弘安四年（一二八一）両度の元寇の際の五壇法修法に隆弁が当たったことに象徴されるが、弘安度には、修法散日に蒙古軍が大風に水没し、これにより隆弁は伊勢斎院勅旨田を下賜されて永く寺供に宛てたという。その弘安の元寇退散を詠じた隆弁の歌が、㉗「音に聞く伊勢の神風吹き初めて寄せ来る波はをさまりにけり」（閑月集・羇旅・四三四）である。その伊勢の神に対する隆弁の信仰については、前節に記したが、改めて伊勢に関わる隆弁詠を取り上げてみよう。⑬「神代より光をとめて朝熊の鏡の宮にすめる月影」（続拾遺集・神祇・神祇歌の中に・一四一三）は、『人家集』（二七）では

詞書「朝熊の宮に詣でて、月を見て」で、「光」は和光同塵の和らげた光と解される。「鏡の宮」を歌に詠むのは、この歌が早い例の一つである。隆弁は伊勢神宮に参籠して、㉖「日の本に出で始めける神なれば東の奥もさぞ照らすらん」（閑月集・羈旅・四三二）と詠じている。これは、「大僧正隆弁大神宮に籠もりて侍りける時つかはしける」という皇太神宮禰宜荒木田尚良の「神もさぞ別きて請くらん朝日影出づる方よりさして祈れば」の「返し」である。詠作時期は未詳ながら、この贈答には隆弁が東国に在るとの認識が窺われ、関東僧界の要路として伊勢の御神の加護を祈念する趣も見える。ちなみに、「鈴鹿川にてよみ侍りける」と詞書する⑩「七十の年ふるままに鈴鹿川老いの浪寄る影ぞ悲しき」（続拾遺集・羈旅・七二〇）は、隆弁の鎌倉と園城寺との往還の途次か、あるいは伊勢神宮に参籠の機会かの詠作であろう。

なお、伊勢の祭神天照大神と同様に、伊弉諾尊が生んだ神である武甕槌を祀る鹿島社については、⑭「神もなほ暗き闇をば厭ひつつ月の頃とや契り置きけむ」（時朝集・四〇）や⑮「今よりや心の空も晴れぬらん神代の月の影宿すまで」（同・一四二）と詠じているが、これは常陸国笠間を本拠とする御家人歌人藤原時朝が建長八年（一二五六）秋頃に鹿島社で唐本一切経を供養した際に、時朝に贈られた歌であり、時朝はそれぞれ「久方の天の戸あけし日よりして闇をば厭ふ神と知りにき」、「ちはやぶる神代の月のあらはれて心の闇は今ぞ晴れぬる」（時朝集・四一、一四三）と返している。むしろ、関東圏の交流から生まれた一首で、隆弁の殊更の鹿島信仰を示すと見る必要はないであろう。

一方、験者としての祈禱効験に、自身が詠んだ歌が幾つか残されている。⑫「祈りつる涙にかへて老いが身の世にふる雨をあはれとは見よ」（続拾遺集・釈教・一四〇〇）は、詞書が「東にて雨の祈りし侍りけるに、ほどなく降り侍りにけるを、人の許よりしるしあるよし申したりける返事に」で、祈禱の効験あらたかなる験者としての隆弁像を示す一首である。⑯「老いが身もあめの下にはふりはてて涙ぞ今は袖濡らしける」（長景集・一六五）も、文永十一年（一二七四）初秋隆弁六十七歳の祈雨効験に際し、御家人安達長景が祝意を贈った「あめの下およばぬ袖の露までも君が恵みにかかりぬるかな」（同・一六四）の返歌である。これらに先立つ、⑰「人知れぬ深山隠れの松の戸にこれ見よとてか花の咲くらむ」（東撰六帖・第一・春・桜・一九四）は、隆弁三十六歳の寛元元年（一二四三）六月二十日に後嵯峨天皇皇子（後の後深草院）誕生の際の加持に対する賞として法印に叙せられた、その折の誰人かの慶賀への返歌で、壮年時から朝廷中枢で加持祈禱を行った験者としての活動がもたらした一首である。

隆弁の和歌が一面で宗教活動を基盤としていることは、前節にも指摘した。駿河富士社参籠詠（②）、鹿島社唐本一切経供養詠（⑭⑮）、元寇退散（源承勧進）伊勢神風詠（㉗）、諏訪社御神渡詠（㉞）、箱根神社参詣詠（㉔）、熊野参詣詠（㊿）、住吉参詣詠（51）、相模国みたけ山奉納詠（71）等々といった、神社・神道に関わる歌も少なくないが、当時の神仏習合のありようからして、何ら不思議はなく、隆弁の僧侶としての旺盛な活動の証しである。

別に、釈教歌としては、「如安養界、樹説苦空、人間羅漢」（維摩経略疏垂裕記等）に拠る経文題「樹説苦空といふ心」を詠む④「心無き植ゑ木も法を説くなれば花も悟りをさぞ開くらん」（続古今集・釈教・八〇九）、「本覚の心を詠む53「このほかに悟りはなしと悟るこそ心を知れる心なりけれ」（人家集・二八）、「密厳世界」を詠む61「迷ひしも一つ国ぞと悟るなるまことの道の奥ぞゆかしき」（新後撰集・釈教・六四四）、「弥勒」を詠む66「長き夜の暁を待つ月影は幾重の雲の上に澄むらん」（新拾遺集・釈教・一五〇二）、「補陀落山」を詠む72「浪荒き南の海の離れ島誰がため法の舟通ふらん」（夫木抄・雑十六・釈教・一六三二六）等が残されている。幅広い主題により、悟りと救済あるいは浄土往生を歌っていて、当時一般の仏教信仰の様相に沿っている。詞書に「七十二歳説法華経の心をよみ侍りける」とあり、釈尊が七十二歳から八十歳までの八年間に『法華経』を説いたという言説「伝云、仏年七十二歳、説法華経云云」（妙法蓮華経玄義等）を踏まえる、③「ななそぢの春を重ねて説き初めし法の衣の花の下紐」（続古今集・釈教・七八一）も、平安時代以来の『法華経』を最重要視する伝統の中では当然の一首である。な

お また、四で言及した⑳「岩が根に天降りける清滝はいづれの神の流れなるらん」（夫木抄・雑八・滝・清滝、山城名所歌、清滝、古来歌〔基家撰「古来歌合」〕・一二三七五）は、空海に従って密教守護を誓約したという竜女を祭神とする醍醐寺の守護神清滝権現を念頭に置くとすれば、密法の法力を以て知られた隆弁の、宗派に関わらない密教者としての姿勢が見て取れるのである。

隆弁には、右に見たような宗教活動を基盤とした詠作の様相と表裏のこととして、関東鎌倉ならびに園城寺を代表する僧であるという自負と言える、自己の立場を強く認識した歌が目立つ。前に述べたように、㉖「日の本に出で始めける神なれば東の奥もさぞ照らすらん」（閑月集・羇旅・四三二）は、隆弁が在関東者であるとの強い認識が窺われる。㉙「東にもはや咲きにけり山桜花の都の春ぞゆかしき」（宗尊親王家百五十番歌合・春・三四）も、在関東の僧侶（「山桜」）である認識が前面に出ていよう。㊾「繁かりし草のゆかりも枯れ果ててひとり末葉に残る白露」（人家集・一二三）は、詞書が「はらからあまたみまかりぬる事を思ひて」である。隆弁の「はらから」同胞は、正二位権大納言隆衡、従三位隆宗、従五位下隆重（以上の母は清盛女）、従三位隆仲、隆憲、寂因（季房）、摂政師家室、中将基範室、他に女子一名で、「繁かりし草のゆかり」の兄弟・姉妹のほとんどが死去した後の歌であろう。この「草のゆかり」は、「武蔵野の草のゆかりと聞くからにおなじ野辺ともむつましきかな」（古今六帖・第二・ざふのの・一一五七）を初めとして「武蔵野の草のゆかり」の措辞が常套であり、東国の印象が付与される。関東に拠点を置いた自らを意識して言ったと思しい。㉔「尋ね入る山路は深くなりにけり嵐の音のすみかはるまで」（現存卅六人詩歌・二八）は、詞書が「於筥根本宮詠」で、鎌倉将軍二所詣での一つ箱根神社に於ける詠作であり、幕府や将軍を護持した隆弁の行動圏を示している。㊷「目にかけて幾日になりぬ東路や三国を境ふ富士の柴山」（玉葉集・旅・旅の心を・一一六五）は、近江園城寺と相模鶴岡社に跨がり、かつ信濃諏訪社・善光寺へ向けて甲斐に旅したこともあるはずである作者隆弁の、富士山周縁の路次を往還した実感に基づく詠作と見てよい。近江国野洲・蒲生郡境の歌枕「鏡山」に「鏡」を掛けて述懐した、(68)「立ち返りまたこそ見つれ鏡山つれなき老いの影を残して」（新続古今集・雑中・弘安百首歌たてまつりける時・一九五一）についても、同様のことが言えるであろう。

以上の和歌はつまり、身分境遇によって歌人がその立場を表出することは当然あるにせよ、隆弁の場合にはそれが顕然としていることを示しているのであり、やはり隆弁の詠歌の意識はその職責と強く結びついていたと言ってよいであろう。

六　宗尊詠との影響関係、他の関東縁故歌人との類似

法体の関東歌人隆弁と、隆弁が護持した幕府六代将軍宗尊との史料上に窺われる紐帯は、前節に記したが、ここでは両者の和歌の関係を探ってみたい。

弘長二年（一二六二）九月に藤原基家が撰したという秀歌撰的歌合『三十六人大歌合』に収められた隆弁詠㉓「憂きを知る涙の咎と言ひなして袖より霞む秋の夜の月」（九四）の「涙の咎」については、文応元年（一二六〇）十月六日以前成立の『宗尊親王三百首』の「物思ふ我から曇る月影を涙の咎となに恨むらむ」（恋・二三七）と文永六年（一二六九）の「文永六年五月百首歌」（春）の「曇りこし涙の咎を今よりはかすかにゆづる春の夜の月」（竹風抄・六九八）の両首に宗尊の用例がある。前者と隆弁詠との先後は断定できないものの、時に宗尊十九歳の初学三百首であるので、隆弁詠からの影響を見ておきたい。弘長元年（一二六一）七月七日『宗尊親王家百五十番歌合』の隆弁詠㉘「春もなほ雪げに見えて佐保姫の霞裾引く富士の柴山」（春・四）も、「弘長二年十二月百首歌」の宗尊詠「時知らぬ雪げの嵐なほさえて霞に余る富士の柴山」（柳葉集・余寒・三〇一）に影響を与えていると見てよい。
(53)「このほかに悟りはなしと悟るこそ心を知れる心なりけれ」（人家集・二八）もまた、「悟るとてまよひの外に思ふこそ心を知らぬ心なりけれ」（中書王御詠・雑・釈教の歌の中に・三四七。続後拾遺集・釈教・一二七七）と、詞の運び

や趣向が似通っていて、釈教歌であれば護持僧隆弁から宗尊への影響が想定されよう。

また、⑦「いつしかと風渡るなり天の川浮津の浪に秋や立つらむ」（続拾遺集・秋上・秋歌の中に・二二四）については、宗尊も弘長元年（一二六一）九月の「中務卿宗尊親王家百首」で「天の川浮津の波の秋風に八十瀬寄り合ひみ舟出づらし」（柳葉集・巻一・弘長元年九月、人人によませ侍りし百首歌・秋・九五）という類詠をものしていて、先後は措いて相互間の影響が想定されるのである。加えてまた、⑤「憂きものと寝覚めを誰にならひてか暁ごとに鳥のなくらん」（続古今集・雑中・一七二二）の事物や本意の起源・始発を問うような趣向は、隆弁が護持した宗尊にもまま見られる傾向である。右の歌との先後は不明だが、文永元年（一二六四）十二月九日に真観が撰した宗尊の家集『瓊玉集』に「憂きを知る涙を誰に習ひてか草木も秋は露けかるらん」（秋上・秋御歌とて・一八五）という類詠があるとおりである。

さらに、他の関東縁故歌人と隆弁詠との類似を見ておこう。⑧「老いらくの心も今はおぼろにて空さへ霞む春の夜の月」（続拾遺集・雑春・五二四）は、関東に再三下向し滞在した藤原長綱の「老いらくに堪へぬ涙の落ち添ひて霞みぞまさる春の夜の月」（長綱集・いつとも思ひわかで、なにとなくかきつけし中に、春・八〇）や、宗尊の歌道師範真観の女で後嵯峨院女房であった典侍親子の「中務卿宗尊親王家百首」詠「憂き身にはさこそ心の晴れざらめ見る影さへに霞む月かな」（続古今集・七六）に似通った趣向で、関東圏に関わる歌人間に類同の歌が存していたことになる。時宗二世で関東圏に遊行した他阿上人については、他阿の「咲きつげば昔の花を今ぞ見る古き都の跡を尋ねて」（他阿上人集・其比〔文保元年十月〕、為相卿合点の歌、春・七八四）が、隆弁の㉟「芳野山み雪ぞ深く積もりぬる古き都の跡を尋ねて」（宗尊親王家百五十番歌合・冬・二一四）と下句が一致し、他阿の「白雲にまがふ高根の山桜嵐に散れば花と見えけり」（他阿上人集・文保元年、暁月房合点の歌・六七七）の詞遣いと趣向が、隆弁の㊵「昨日まで雲にまがひし山桜散る時にこそ花と見えけれ」（新三井集・春下・花の歌の中に・七〇）に似通っているのである。

他阿の詠作全体の検証の中でさらに考えるべきであろうが、今は一応隆弁詠からの影響を見ておきたい。関東祗候の廷臣飛鳥井雅有の「伊吹山朝霧立ちて鳴く雁の涙色づく秋の紅葉葉」（雅有集・名所百首和歌・秋・伊吹山・七八二）の「涙色づく」は、秀句好みの家統にある雅有が、為家の「小倉山松の木陰に鳴く鹿の涙色づく蔦の紅葉葉」（夫木抄・秋六・蔦・正嘉二年毎日一首中・六〇三七）を真似て取り込んだかと推測されるが、関東に拠した雅有であれば、隆弁の㉝「秋来ても岩根の松はつれなきに涙色づく苔の袖かな」（宗尊親王家百五十番歌合・秋・一五四）に触発された可能性をも見ておきたいと思うのである。

七　京極派および南朝の和歌との類似

隆弁の和歌と後代特に京極派および南朝の和歌との類似、あるいは場合によっては隆弁詠からそれらへの影響の可能性を指摘してみたい。それはまた、関東歌壇の和歌と京極派および南朝の和歌とが通底する、前者から後者へと和歌の特徴的な表現が連なる、という見方を支える事例の幾つかとなるものである。

隆弁の㊼「茂りあふ水草まじりのかきつばた花咲く比ぞ色に出でぬる」（新三井集・春下・八七）の「かきつばた花咲く比」は、先行例は見えず、後出には為兼の「かきつばた花咲く比は沢水の分け行く鹿もかげぞ隔つる」（為兼鹿百首・春・杜若・一七）と、南朝の『正平二十年三百六十首』の「かきつばた花咲く比は岩垣の沼のあたりを立ちも離れず」（春・沼杜若・五七・左大臣〈冬経か〉）がある。㊹「いにしへのこと語らひて時鳥哀れにぞ聞く老いの寝覚めに」（題林愚抄・夏上・寝覚郭公・二〇六五）は、「弘安百首」の一首で、「語らひ（ふ）」「時鳥」「あはれ」の詠み併せが特徴的だが、それは勅撰集には『玉葉集』の三例（三三六・俊成、三三八・式乾門院御匣、一九二五・基輔）のみである。その内の一首、永福門院内侍の父基輔の「時鳥語らふ声もあはれなり昔恋しき老いの寝覚めに」（雑一・一九二五）は、「いにしへ」と「昔」の類似と結句の一致から、あるいは隆弁詠に倣ったかと疑われる。⑥「今もなほ花には飽かで老いが身にむそぢ余りの春ぞ暮れぬる」（新後撰集・春下・暮春の心を・一五四）は、「春ごとに見るとはすれど桜花飽かでも年の積もりぬるかな」（後拾遺集・春上・九五・実政）の類型中の歌だが、後出の類例としては、後期京極派の「ここのそぢ余り老いぬる身にもなほ花に飽かぬは心なりけり」（風雅集・雑上・一四七四・氏成）や南朝の「桜花飽かれやはせぬ六十余りながめなれぬる老いの心に」（新葉集・春下・一二四・宗良）、あるいは「六十余り見れども飽かぬ山桜花も老いてや色まさるらん」（沙玉集・同じ千首の中・見花・六六三）等が見える。『新後撰集』所収歌としての隆弁詠が着目されて、これらに影響を与えたのであろうか。同じく『新後撰集』に入集した㉛「迷ひしも一つ国ぞと悟るなるまことの道の奥ぞゆかしき」（釈教・密厳世界・六四四）が、後出の「迷ひしも悟りも同じ国ぞとは胸の蓮を開きてぞ知る」（安撰集・釈教・華蔵世界を・四一六・成恵）に影響した可能性と併せ見れば(5)、その確度は低くないのではないだろうか。

そもそも隆弁の歌は勅撰集には、『風雅』を除いて、『続後撰』から『新続古今』までの各集に入集している。存命中の『続後撰』には2首、『続古今』には4首、『続拾遺』には7首で、没後では、『新後撰』3首、『玉葉』2首、『新千載』2首以外は各集1首ずつであるが、むしろ多数の歌が取られるような専門歌人ではない隆弁の歌が、細々としかし確実に各勅撰集に採録されているところに、園城寺長吏にして歌人であった隆弁の和歌史上の評価を見るべきであろう。つまり隆弁は、京極派の勅撰集である『玉葉集』には2首のみ、『風雅集』には不採録であって、京極派からの評価が高いとは言えないのである。しかしながら、『玉葉集』の隆弁の一首㉝「思ひ入れぬ人はかくしもながめじを心よりこそ月は澄みけれ」（雑一・題しらず・一九九四）は、伏見院の「月日にて思ふは遠きいにしへも心よりこそ隔てざりけれ」（伏見院御集・雑・一一九四）と同想で、現象や事象は人の「心」の持ちよう、つまり認識によるだけである（従って心の外に事物的存在はない）という、唯識説の考えに立つ為兼が主導した京極派の和歌に先立つと見てよいのである。

最後に、隆弁詠の後出歌人への影響の痕跡をもう少しだけ記しておこう。隆弁の「弘安百首」詠⑦⑦「見しままのその面影は絶えはててつらさぞ残る有明の月」（題林愚抄・恋三・寄月恋・七四二一）は、関東にも度々下向し関東に没した俊光の「言の葉とともに情けは絶えはててつらさぞ残る形見とはなる」（俊光集・恋・恋百首歌よみ侍りしに・四七〇）に酷似し、俊光が隆弁詠に倣ったかと疑われる。同じく「弘安百首」の一首で右にも挙げた⑦④「いにしへのこと語らひて時鳥哀れにぞ聞く老いの寝覚めに」（題林愚抄・夏上・寝覚郭公・二〇六五）は、『新三井集』の「あはれとてしばし語らへ時鳥残りすくなき老いの寝覚めに」（夏・法印実仙につけて送りし百首の歌の中に・一三五・沙弥即是）と近似し、作者即是の経歴は未詳も、隆弁よりは二〜三十年前後下の世代と思しく(6)、三井寺の後進が先達の歌として隆弁詠に学んだと見られるのである。

むすび

隆弁の和歌は、僧侶としての活動を基盤としつつも、その詠みぶりは、隆房を父に葉室光雅女を母に生を受けて従兄に真観を持つ者として、かつ和歌が盛んであった園城寺の法体歌人として、当時の歌壇に相当に評価され、後代の撰集にも採録され続ける程に十分な水準にあったと言ってよい。その本歌取は、心を取る院政期本歌取の方法、つまり鎌倉時代中期に一般に行われ歌学書にも容認される方法に従いながら、三代集歌人の用語を基盤に詞は古く心は新しくという原理の下で昔の歌の詞を改めることなく取り据えるという、定家の本歌取の方法とその細則からも大きく逸脱しない、穏当な詠みぶりを示していて、隆弁の和歌の力量を示している。本歌取の古歌以外の依拠歌も、平安時代以来の伝統和歌が多く、有力歌人に意を向けていたような傾向も窺われてもさほど偏向はなく、そこに歌人としての認識や個性を見る程ではない。ただ恐らく隆弁には、新古今時代への意識の傾倒はあって、俊成・定家以下の御子左家歌人あるいは良経や慈円や後鳥羽院や順徳院の和歌との表現上の近似は、偶然ではないのかもしれない。また隆弁は、比較的近い時代から同時代までの歌人達の表現にも目配りをしてそれを取り込み、時流に適応しようとしたとも思しい。

一方で、新奇清新な詞遣いや趣向も垣間見えるし、老いの述懐にも特徴が顕れていて、法体歌人としての自由さがあることも隆弁詠の一面である。これには、京都中央にさほど水準が変わらないまでに歌壇と歌人達の旺盛な活動があったと思しい関東歌壇とは言え、やはり京洛とは異なる空間であった鎌倉の地という要素も与っているのであろう。宗教的活動を基盤とする詠作では、仏教上は当時として穏当な考え方を幅広く表出し、神仏習合の時代の中で本地垂迹の思想に沿い、神社での詠作や神威の詠出も目立つのである。また隆弁は、三井寺の和歌の伝統に特徴的な表現を取っている場合があり、同寺を基盤とする撰集『新三井集』での評価も併せて、歌人としても同寺に重要な存在として位置付けられる。加えて、その三井寺と関東鎌倉の歌人としての立場や認識を鮮明にした詠作も認められるのであり、そのことが歌人としてよりも、関東（鎌倉幕府）と園城寺とに重きを為した僧侶としての意識を浮かび上がらせるとも言えるのである。特に、関東の歌人としては、関東圏の他歌人との影響関係が見られて、この歌壇の特徴の一端を覗かせている。また、京極派や南朝の和歌に繋がる詠み方も少しくあって、ここにも同歌壇の和歌表現の特徴を見せている、と捉えられるのである。

歌人の血筋を引いて鎌倉中期の関東と園城寺とに跨がり活躍した大僧正隆弁の和歌は、その身分と境遇を映し、時代と地域の特性を顕している、と言えるのである。

［注］

（1）依拠本文は、隆弁の歌については、別稿「大僧正隆弁の和歌注解稿」（『鶴見日本文学』一八、平二六・三）のそれ、

即ち左記の一覧の諸本に従い、歌頭にその通し番号を付す。他の和歌の引用本文は、特記しない限り家集は私家集大成本（CDROM版）に、それ以外は新編国歌大観本に拠り、表記は改める。諸本底本一覧　続後撰集＝冷泉家時雨亭文庫蔵為家筆本（時雨亭叢書影印版に拠る）。続古今集＝尊経閣文庫蔵伝藤原為氏筆本。続拾遺集＝尊経閣文庫蔵伝飛鳥井雅康筆本。新後撰集＝書陵部蔵兼右筆二十一代集本（五一〇・一三）。玉葉集＝同上。続千載集＝同上。続後拾遺集＝同上。新千載集＝同上。新拾遺集＝同上。新後拾遺集＝同上。新続古今集＝同上。新和歌集＝小林一彦「校本『新和歌集』（上、下）」（『芸文研究』五〇、五一、昭六一・一二、昭六二・七）本。宗尊親王家百五十番歌合＝尊経閣文庫本。三十六人大歌合＝書陵部本（特・六一）。東撰六帖＝島原図書館松平文庫本（一二九・一九）。同抜粋本＝祐徳稲荷神社寄託中川文庫本（国文学研究資料館データベースの画像に拠る）、福田秀一「祐徳稲荷神社寄託／中川文庫本「東撰和歌六帖」（解説と翻刻）」（『国文学研究資料館紀要』二、昭五一・三）の翻印も参照。時朝集＝冷泉家時雨亭文庫本（時雨亭叢書影印版に拠る）。長景集＝書陵部蔵本（五〇一・三二〇）。現存卅六人詩歌＝慶応義塾大学附属研究所斯道文庫蔵伝二条為定筆本（〇九二・ト二九・一。「二十八品并九品詩歌」と合綴）。人家集＝島原図書館松平文庫本、福田秀一「「人家和歌集（解説・錯簡考と翻刻）」（『国文学研究資料館紀要』七、昭五六・三）の本文復原案に拠る。閑月集＝国立歴史民俗博物館蔵高松宮伝来禁裏本（H－600－688）（写真版に拠る。同本を底本とする古典文庫本を参照）。歌枕名寄＝万治二年（一六五九）刊本を底本とした新編国歌大観本。夫木抄＝静嘉堂文庫本。新三井集＝有吉保氏蔵本を底本とした新編国歌大観本。井蛙抄＝日本歌学大系本。六華集＝島原図書館松平文庫本（一三二・八）。題林愚抄＝寛永十四年（一六三七）刊本（刈谷市立中央図書館村上文庫本の紙焼写真に拠る）。

（2）本論第二編第一章第二節「『簸河上』の性格」参照。

（3）拙稿「『詠歌一体』論」（『中世和歌論』勉誠出版、令二・一一）参照。

（4）本論第一編第一章第二節「『瓊玉和歌集』の和歌」、第三節「『竹風和歌抄』の和歌」参照。

（5）ただし、隆弁詠の「密厳世界」は大日如来の浄土・仏国土である「密厳浄土」のことで、成恵詠の「蓮華世界」は「蓮華蔵世界」（蓮華蔵荘厳世界海とも）の略で『華厳経』に説かれる毘盧遮那仏の願行によって現出したという浄土のことである。

（6）詞書「法印実仙につけて送りし百首の歌の中に」の「実仙」も生没年未詳である。しかし、欠文があって詳細までは詰め得ないものの、正応五年（一二九二）六月十三日に行われるはずの「僧事」で、「実仙僧都」について（恐らく叙任等が）相違なきように処置されることを請う趣を、六月十日付で「法印実円」が「蔵人大奉行殿」に宛てた挙状が「兼仲卿記正応五年九月巻裏文書」（『鎌倉遺文』一七九一六）に残されている。この実円は、『新三井集』（四九）の「前大僧正実円」と見られる。実円は、徳大寺少将公隆の子で大僧正に至り園城寺別当を務め、嘉元四年（一三〇六）十一月一日に七十五歳で没したという（寺門伝記補録）。従って、隆弁より二十四歳年少の貞永元年（一二三二）生である。実仙が、この実円の法嗣やそれに準ずるような僧であったとすれば、実円と同時代の人物で恐らくは年少と見るのが穏当であろう。「百首歌」を「法印実仙につけて送」った作者「沙弥即是」もまた、実円と同世代の人物かと推測されるのである。ちなみに、『新三井集』は、詞書の最下限正安四年（一三〇二）九月十三夜（同集二五二詞書）以降の成立であろう。

第三節　僧正公朝伝

はじめに

鎌倉時代中期に、主として関東鎌倉に在って活躍したと考えられる公朝なる僧侶歌人がいる。公朝は、『続古今集』を初出として『新後拾遺集』までの九勅撰集に計二十九首の入集を果たしている。また、後述するとおり、鎌倉期成立の各々性格を異にする私撰集に於いても重く扱われている。従って、相当の力を有した歌人であったかと推察され、少なくとも鎌倉期の関東歌壇を勘考する上では重要な存在であると思われる。従来この公朝が正面から取り上げられることはなかったので、本節ではその伝記について考察し、歌壇史上の問題についても検討を加えてみたい。

一　系譜と生没年

もとより不確かな史料ではあるが、家系の概要をつかむ為に、まず諸系図中に公朝を追ってみよう。『尊卑分脈』（以下『分脈』と略記する）藤原公季公孫八条には次頁**（系図1）**のように見える。また、『系図纂要』（以下『纂要』と略記する）藤氏廿七（姉小路）にもほぼ同様にある。(1) 一方、『分脈』桓武平氏北条には次々頁**（系図2）**のように見えるのである。

〔系図1〕

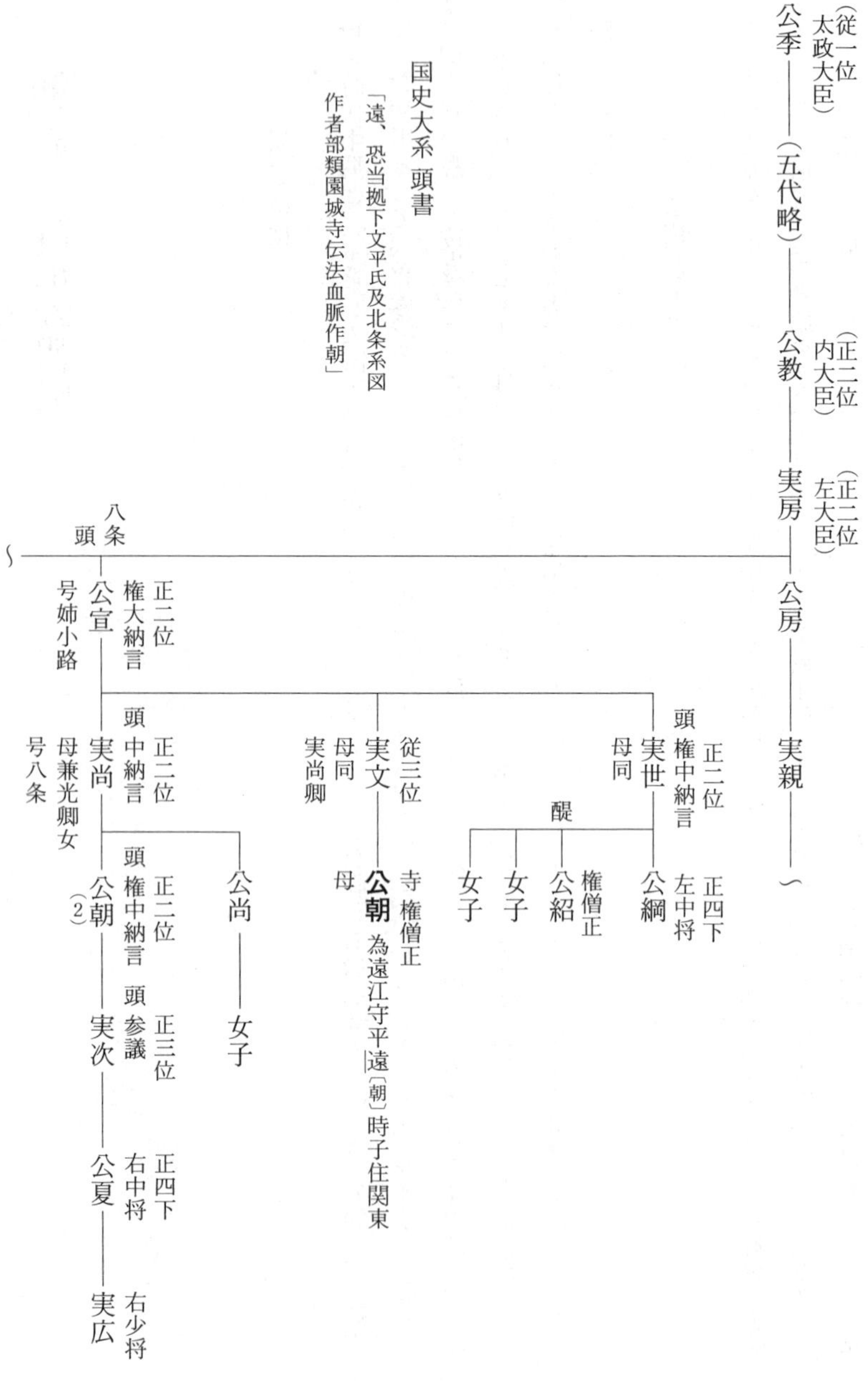

国史大系 頭書
「遠、恐当拠下文平氏及北条系図作者部類園城寺伝法血脈作朝」

〔系図2〕

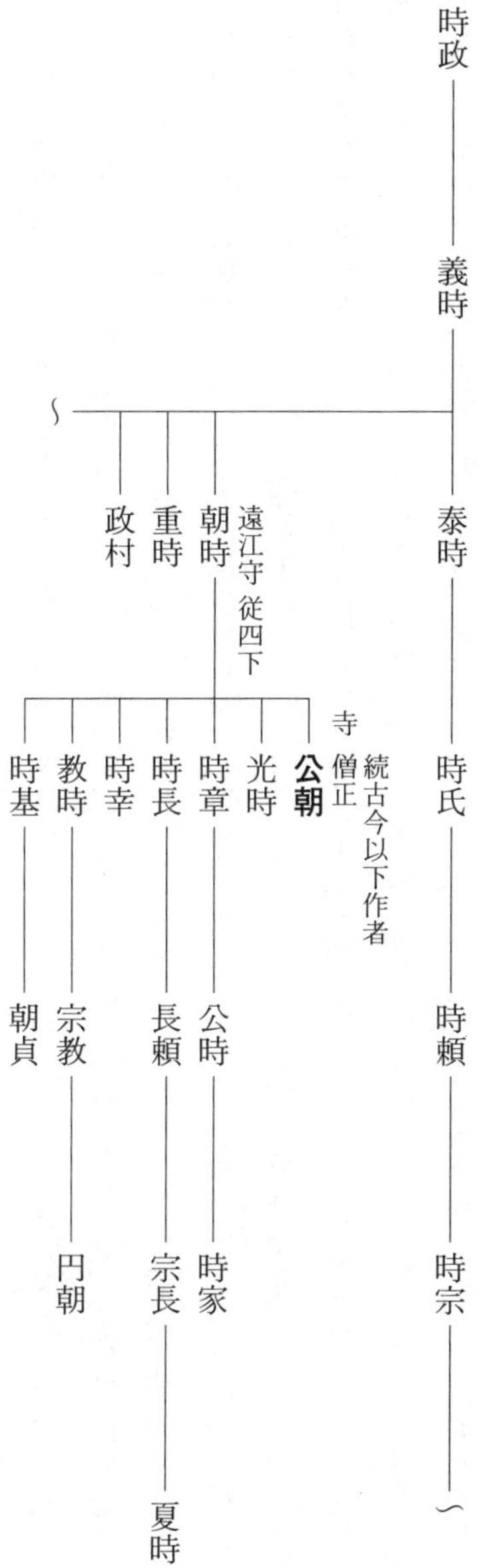

ところが、『纂要』平氏五（北条）では朝時の子の中に公朝の名は見えない。ここで『北条系図』を見ると、朝時の子女の構成には前掲両系図と異同があるものの、『分脈』と同様、その長子の位置に「公朝僧正養子」とある。更に、『勅撰作者部類』（原態本）、『園城寺伝法血脈』（以下『血脈』と略記する）、『寺門伝記補録』（以下『補録』と略記する）には、公朝は「前遠江守（平）朝時（之）子」とある。以上を勘案すれば、公朝は、正二位権大納言姉小路公宣の二男従三位実文の子として生まれ、関東の執権北条義時の二男従四位下遠江守朝時の猶子となったものと推断される。

公朝の生没年は、『血脈』、『補録』等によれば永仁四年（一二九六）に入寂である。一方で、『実躬卿記　五』（大日本古記録）の紙背文書に(3)「公朝六十九、五十八、／正応二正十四日任」とあり、正応二年（一二八九）に年六十九、臈五十八であるように見える。これによれば、公朝は、承久三年（一二二一）生、永仁四年（一二九六）没、享年七十六歳となる。しかし、この記事は、守恵と実承という二人の権僧正が僧正に転じたことを「已上永仁二年八月廿七日転正」と伝えるもので、「任日上首」(任命日に一座した上位者)四人(他には覚乗・顕覚・親玄)に関する年齢や臈数を付載しているのである。そこに、公朝に並んで見える「親玄四十六、二十八、/正応五二廿七任」は、久我通忠の子で将軍久明親王や執権北条貞時の護持僧となり鎌倉の永福寺別当を務めた真言僧の親玄のことであろう。とすると、その生年は建長元年[4](一二四九)なので(本朝高僧伝)、年齢「四十六」の年は永仁二年(一二九四)であり、記事の「已上永仁二年八月廿七日」の年紀に符合する。つまり、「公朝六十九、五十八、」という年齢と臈数は、永仁二年(一二九四)時点のものと見るべきであり、公朝は、嘉禄二年(一二二六)生ということになる。

この裏付けを探ってみたい。『寂恵法師文』は、「弘長文永のはじめ、九月六日六帖の題あまねく関東の好士に下されて十三夜の御会に詠進すべきよし仰せ下さるる時、僅かに八ヶ日の間、六帖一部の題五百廿余首を奉る事、寂恵がほか公朝法印、円勇一両人に過ぎず」と伝える。将軍宗尊が鎌倉で、弘長・文永初めの九月六日から八日間に諸歌人に六帖題で詠ませ、十三夜にその歌会を催したというのである。この「弘長文永のはじめ」の「九月十三夜六帖題歌会」(仮称)の催行年は、いつであろうか。文永三年(一二六六)七月には、宗尊は失脚し帰洛するので、その前年以前であることは確かである。その歌会時の公朝の作と見られる一首に、「六帖題、さは/今年はや四十も過ぎぬ蒲を切る沢辺の水に袖濡らしつつ」(夫木抄・雑八・沢・一二三九四)がある。この一首は、「今年はや四十も過ぎぬ」につけば、公朝が承久三年(一二二一)生とするとその四十歳は文応元年(一二六〇)なので、同年かその翌年弘長元年(一二六一)頃の詠作となり、「九月十三夜六帖題歌会」もその年の催行ということになる。が、それでは、『寂恵法師文』の「弘長文永のはじめ」の「文永」と齟齬をきたす。かといって、仮に文永元年(一二六四)の催行とすると、公朝は四十四歳であり、その年齢で「今年はや四十も過ぎぬ」と言うとは到底考え難い。公朝の当時、「四十(よそぢ)」は、「四十路」のように解されてか、三十代を言うことが多く、「今年はや四十も過ぎぬ」の「今年」は、三十代最末の年か四十歳の当年でなければならないのである。承久三年生の前提に立つ限り、公朝の「今年はや」の一首は、「弘長文永のはじめ」に宗尊が主催した「九月十三夜六帖題歌会」の歌ではなく、それ以前の作と見るしかないことになる。しかし、「今年はや」詠と同様の集付を有する、つまりは「九月十三夜六帖題歌会」の作と見てよい公朝の別の一首に、「六帖題、庭／秋の野に庭をば造れ今もかも布留の滝見る君もこそ来れ」（夫木抄・雑八・滝・ふるの滝、大和・一二三七二）がある。これは、『新撰六帖』の「宿しめてかひこそなけれ苔の上の庭造りせぬ山の岩かど」（第二・には・八一九・信実）に拠りつつ、文永二年（一二六五）七月七日の『白河殿七百首』の「今もまた行きても見ばや石の上布留の滝つ瀬跡を尋ねて」（雑・名所滝・六二〇・後嵯峨院。続拾遺集・雑上・一〇九八）にも触発された一首ではないだろうか。とすれば、この一首は当然、文永二年七月七日以降の作となり、「九月十三夜六帖題歌会」の歌であることは否定されない。同時に、「今年はや」の一首もやはり、「九月十三夜六帖題歌会」の歌と見るのが妥当だと言える。従って、宗尊の下命した「九月十三夜六帖題歌会」の催行時期は、文永二年（一二六五）と推定されるのである。とすると、承久三年（一二二一）生とした場合の公朝は、時に四十五歳ということになり、「今年はや四十も過ぎぬ」との懸隔は、さらに大きくなってしまう。公朝が嘉禄二年（一二二六）生とすれば、文永二年（一二六五）の催行の「九月十三夜六帖題歌会」の「今年はや」の一首で、公朝は自らを正しく「四十も過ぎぬ」と言っていることになるのである。

従ってやはり、公朝は、永仁二年（一二九四）に年六十九であると見てよく、嘉禄二年（一二二六）生、永仁四年（一二九六）没、享年七十一歳と推定するのである。

二　父祖とその兄弟達

公朝の祖父公宣は、公季流の三条入道左大臣実房の二男で、正二位権大納言に至っている。この公宣は嘉禄元年（一二二五）五月二十七日に四十五歳で薨じている（「自廿五日病脳（悩）」、補任）。藤原定家は公宣について、「才智能芸」は無いが「相将之子」であり、真面目な人柄であると評し、その死に対して「可レ悲之世」と記している（明月記・同年五月二十八日条）。公宣の死の三ヶ月程後の八月十九日にはその父実房が七十九歳で薨じている（分脈等）。この嘉禄元年に、公宣男の実世は二十一歳従四位上近江権介、実文は十九歳頃従五位下侍従兼伊予介、実尚は十五歳叙爵後二年の侍従であったにすぎない（補任）。このような状況の中で、公朝の父の兄弟たちは後盾となるべき父、祖父を相次いで失った訳である。実世等の母方の祖父兼光も既に建久七年（一一九六）四月二十三日、五十一歳で薨じていた（補任）。しかしともかくも、長兄実世、末弟実尚は共に蔵人頭を経て参議となり、正二位権中納言にまで至っている。だが一人実文だけは、右近中将、美作介等を経て、建長二年（一二五〇）六月に出家している。後にこの家は、官位の状況と系図の様相からして、長子実世の系統ではなく、実尚の系統に承け継がれてゆき、総じて家運は振わなかった模様である（以上、補任、分脈、纂要）。

公朝の父実文は、栄達が遅く、官人として諸記録にもあまり名を見せず、非才不遇な人物だったと想像されるのであり、子の公朝を猶子に出した事情もあるいはその辺りにあったかとも憶測されるのである。

右の血族中で着目されることは、公朝の叔父実尚と定家の孫たる御子左家嫡流二条為氏との関係である。実尚は為氏より十一歳年長であるが、両者は共に蔵人頭左中将を経て同日（建長三年（一二五一）正月二十二日）に正四位下参議となり、その後もほぼ同様に昇進し、実尚が権中納言を辞した日（正嘉二年（一二五八）十一月一日）に為氏がその任に就いている。また、『賀茂御幸記』、『公光卿記』（寛元四年（一二四六）正月二十九日、二月十六日）、『経俊卿記』（同年正月二十九日、四月二十八日）、『弁内侍日記』（建長二年（一二五〇）十一月十九日）等によっても、両者は官人として密接な交渉を持ち、恐らくは実尚がやや先輩として、(5)かなり親しい間柄であったことが窺われる。後述する公朝と為氏との交流を考える上で留意しておきたい。

公朝の曾祖父実房は、『千載集』以下の勅撰集に三十一首の入集を果たす、院政後期から鎌倉初期にかけて活躍した権門歌人である。また、祖父公宣の岳父兼光も『千載集』『新古今集』『新勅撰集』に各一首歌を載せている。この兼光は文章得業生出身で、文も幾つか残されており、自邸で歌会を催していたことも知られる。(6) つまり、公朝にとり曾祖父に当たる二人はまずは第一流の歌人、文人であったと言え、公朝がその血筋を受け継いだと考えられなくもない。しかし祖父公宣と父実文およびその兄弟たちは歌人としては名を成しておらず、公朝の母も未詳であり、歌人としての公朝に対するこの一族の役割をどこまで想定できるかについては、断定的なことは言えないように思う。

三　養家

公朝の養家である北条氏は、言うまでもなく執権・連署等を務める家柄で、鎌倉幕府の実質的支配者である。養父朝時は建久五年（一一九四）生で（分脈等）、公朝とは二十七歳の年齢差となる。朝時は名越流の祖で、式部丞・周防守・遠江守等を歴任し、評定衆にも加わった幕府の重鎮で（関東評定衆伝、纂要）、寛元三年（一二四五）四月六日、五十二歳で人々に惜しまれつつ世を去ったと伝えられている（吾妻鏡）。公朝が猶子となった時期は未詳だが（常識的には朝時没前ではあろう）、その事情としては、衰退し行く一中央貴族が我が子を託す相手として時めく権力者の一族を選択した、ということではなかったろうか。

この朝時の生涯については、公朝が残した一首を解釈する上で、注意しておかなければならない事跡がある。朝時は、建暦二年（一二一二）五月七日に、実朝御台所信子付きの官女であった、佐渡守藤原親康女との艶聞から将軍実朝の勘気を蒙り、父義時にも義絶されて駿河国富士郡に下向したという。好色に耽り艶書を通じたが拒絶されたので、深更に密かに局に行き誘い出したというのである。暫く富士郡に籠居していたのであろうがしかし、建保元年（一二一三）四月、和田氏の不穏な動きが表面化すると、朝時は二十九日に「御用心」のために召還されるのである。そして、五月二日に義盛が蜂起した、いわゆる和田（義盛）の乱（建保合戦・建保の乱）に、朝時は兄泰時等と共に和田氏の軍勢と争った。特に義盛男で猛威を振るい神のごとく次々に敵を打ち取った豪勇の朝比奈三郎義秀と、朝時は太刀を取って戦い負傷したが命は取り留め、それは「兵略」と「筋力」が傍輩に優れていたからだという（以上吾妻鏡等）。その後、恐らくは、承久の乱の活躍もあって、朝時の名越氏は義時の遺領を多く得て有力な一族となり、朝時自身は評定衆となるに至り、人生を全うしたのである。公朝が詠じた、「あはれ我が身は桑子にぞなりなまし和田の端山のたすけざりせば」（夫木抄・雑十五・綿・一五六七五）は、その経緯を寓意したものであろう。「和田」には、輪廻思想と結ぶ作繭自縛の類（摩訶止観「如蚕自縛」等）に拠る「桑子」（蚕）の縁で「綿」が掛かり、和田の乱がなければ朝時の復権はなく、公朝の人たる生も危うく、窮屈に人生を縛られていた、それを言わば天佑と見て、「和田」と「綿」の掛詞で朧化しつつ「和田の端山」として和田氏を取るに足らないものと揶揄し、「和田の端山のたすけざりせば」と言ったのであろう。解釈のみを記しておこう。「ああ、我が身は蚕になって（手足を縛られたような人生を送って）いただろうに。もし絹の綿ならぬ和田の端山、和田一族のごときが（反乱を起こして籠居していた養父朝時に武功を挙げさせる機縁をもたらし、その後の人生を開かせる道筋をつけて）佑けなかったならば。」。

さて、朝時の実子中の長子光時は、越後守、鎮西探題等を務め、当然名越流を継ぐべき位置にあったろうが、父の死の翌年、執権時頼に対する謀叛を企てて失脚し、弟時幸もこれに連座した（吾妻鏡等）。この後名越の当主となり評定衆や一番引付頭を務めた時章も、権力争いにより、文永九年（一二七二）二月十一日に、弟教時と共に、執権時宗に誅されている（関東評定衆伝、北条九代記等）。名越一族は、幕政の中枢に関与していたことは間違いないが、義時・泰時以下直系の執権に任じる一族とは自ずから区別され、確執があったと見てよいであろう。

この眷属中では、朝時女で『纂要』に「宇都宮下野守泰綱室」とある者に注意したい。これについては宇都宮氏側の系図で、泰綱男景綱、経綱に「母平朝時女」とあり確認される。泰綱は蓮生頼綱（為家の岳父）の三男で（母平時政女）、宇都宮宗家の当主であり、景綱はその跡を継ぎ、引付衆や評定衆も務めている。両者は『新和歌集』の主要歌人で、(7)いわゆる宇都宮歌壇の中心人物である。その景綱の家集『沙弥蓮愉集』に、「僧正公朝、続歌よみ侍し時」、「遠江僧正、(8)題をさぐり侍しに」と見え、公朝と宇都宮氏との歌を通しての交流が知られるのである。

北条氏は全体に、歌人として活躍した者も多く、義時・泰時・政村等々は、関東歌壇に重要な存在であった。ところが、この名越一族については、朝時に藤原秀能との贈答（如願法師集・四二七、八）があり、一応詠作を為していたと知られ、また別注(9)のとおりの記録も見出されるが、一族全体として積極的に詠歌活動に従っていたとは資料上に明確には窺知し得ない。しかし、北条氏を包括的に見れば、その中にある名越一族にも多少の文芸的雰囲気が漂っていて、少なくとも才能ある者を埋没させるような環境ではなかったのではないかと想像される。

四　法統と僧綱および僧侶としての相貌

公朝の三井寺入門の時期は未詳だが、建長二年（一二五〇）十一月二十二日、「修多羅院」に於いて円意法印を拝し「入壇受職」している（補録）。また、公朝は「本寺」即ち三井寺の別当に補されている。「正応五年二月二十五日吉書。乍レ住二関東一被レ補レ之」（三井続燈記）と見える。正応五年（一二九二）春、公朝六十七歳、亡くなる四年前のことである。この別当職に就いた公朝と同様の出自の他の僧も相応の年齢に達しており、(10)その後長吏に至る者も同職を経る場合が少なくない。(11)従って当然栄職で、公朝がその職を拝命したのは、名誉ではあったろう。近江の園城寺に帰ることなく、関東在住のまま補任されたのは、公朝が関東に強固な地歩を築いていて、寺門が勢力を張る足掛かりたり得たのに加えて、同職が不在でも本寺の実務に支障をきたさなかったからであろうか。

公朝の歌が入集している最後の勅撰集である『新後拾遺集』における作者名表記（位置）は諸本[12]とも「前大僧正公朝」であり、その他にも「（前）大僧正」と記す資料が幾つかある。[13] しかし、公朝没後の他の勅撰集[14]や、他資料、特に『血脈』や『補録』等よりして、大僧正に至ったとは認め難く、『新後拾遺集』等の表記は恐らく誤りである。つまり、公朝の僧としての最高位は僧正となる。ここで公朝の僧綱を知り得る資料を整理して年表風に左に示しておく。これらの各資料の記載が必ずしもその成立時や日付に於ける公朝の僧官位を示すとは限らないことはもちろんだが、おおむねこの年表が示すような過程を経て公朝は昇進したと判断してよいであろう。

僧公朝の活動としては、次のようなことが知られる。①弘長三年（一二六三）三月十日、義時の願で建立の大倉薬師堂修理造営の完成供養に導師を務める（吾妻鏡）。②かつて頼朝が天王寺に献じた剣が曲折を経て、執権貞時により、公朝が別当を務める頼朝墓所の法華堂に寄進される（弘安九年（一二八六）十二月五日付公朝宛貞時書状、『鎌倉遺文』一六〇六六相州文書所収法華文書）。③弘安十年（一二八七）七月二十四日、二階堂（頼朝建立の永福寺）の修理供養に公朝が導師を務める（鎌倉年代記裏書、北条九代記）。

公朝は、北条氏や幕府の仏事を司る立場にあり、鎌倉僧界に主導的存在であったかと推測されるのである。

僧綱

	日付あるいは成立時期	資料名	記載
律師（権律師）	建長二年（一二五〇）四月十八日	秋風抄	権律師公朝
	建長二年（一二五〇）九月二十四日	現存和歌六帖（第二）	権律師公朝
	正元元年（一二五九）八月～十一月	別本和漢兼作集	権律師公朝
	正嘉元年（一二五七）十一月十日～正元元年（一二五九）九月二十八日	東撰和歌六帖	権律師公朝
	弘長元年（一二六一）七月七日	宗尊親王家百五十番歌合	権律師公朝

僧都	弘長二年（一二六二）九月	三十六人大歌合	権律師公朝
	弘長三年（一二六三）三月十日	吾妻鏡	遠江僧都公朝
	文永二年（一二六五）十二月二十六日	続古今集（奏覧）	権少僧都公朝
	文永八年（一二七一）～同十一年（一二七四）頃	人家集	権大僧都公朝
法印	弘安元年（一二七八）十二月二十七日	続拾遺集（奏覧）	法印公朝
	弘安四年（一二八一）閏七月十四日～同年十月二十三日	閑月集	法印公朝
	弘安五年（一二八二）五月二十二日	一遍上人絵伝等	託磨の僧正于時／法印[15]
	弘安九年（一二八六）十二月五日	北条貞時寄進状	法印公朝
	建治三年（一二七七）正月二十九日～弘安二年（一二七九）十二月十二日 弘安十年（一二八七）十月二十一日～永仁六年（一二九八）七月二十二日（後補）	和漢兼作集	法印公朝
僧正（権僧正）	弘安十年（一二八七）八月十六日	鎌倉年代記裏書等	公朝僧正
	正応五年（一二九二）秋頃～延慶三年（一三一〇）頃[16]	新撰風体和歌抄	権僧正公朝
	正安四年（一三〇二）七月～嘉元元年（一三〇三）十二月	拾遺風体和歌集	僧正公朝
	嘉元元年（一三〇三）十二月十八日	新後撰集（奏覧）	前僧正公朝
	延慶二～三年（一三〇九～一〇）頃	夫木和歌抄	権僧正公朝

『一遍上人絵伝』等によると、公朝は一遍と書翰を交わしていたという。その両者の書翰に添付された贈答歌の部分のみを掲げると、次のようにある。

（略）

弘安五年五月廿二日法印公朝

謹上　還来穢国一遍上人足下

くもりなきそらにふけ行月も見よ
こゝろはにしにかたぶける身を

返報云

（略）

くもりなきそらはもとよりへだてねば
こゝろぞにしにふくる月景

南無阿弥陀仏　六十万人知識一遍（聖戒『一遍聖絵』。『日本の絵巻』の影印に拠る）

この時一遍は四十四歳で、公朝が十三歳年長となる。実際にはどのような形で遣り取りがなされたのかは不明だが、三井寺の僧である公朝が、いわゆる鎌倉新仏教の時宗の開祖一遍と何らかの交渉を持っていたことは注目に値しよう。右の贈歌は、時に法印であった「詑間の僧正公朝」が一遍の「道場（浄場）」へ送った書状の末尾に記されたらしい。その書状は、「仏子公朝、胡跪合掌而言」から始めて、勤修しつつ年来往生を願っていること、一遍との結縁・値遇の為に書信を寄せたこと、西方浄土に於ける引導を期して、たとえ生死が前後しても「慇懃之芳契」を忘れないで欲しい旨などを記し、「恐々敬白」で結び、右の日付以下に続けるのである。また、これとほぼ同じ内容を伝えるが、やや後出という宗俊編述『一遍上人絵詞伝』系統の『一遍上人縁起』では右記の部分に続いて、「此の人は園城一流の知徳として、柳営数代の護持をいたす、和漢の好士、優色の名人なるを、上人に帰依し給ひしさま、なほざりならざりしは、見奉り思へる所ならんやとぞ覚え侍りし。」とある（国文東方仏教叢書本に拠り、表記は改める）。「絵伝」や「縁起」類であることを思うと「上人に帰依」以下の真偽は吟味の余地があろうが、「此の人」公朝が「柳営」幕府の「護持をいたす」とあることは、前述した僧公朝の実像と一致するのである。また「和漢の好士、優色の名人」とも記されているが、「和」はともかく「漢」についての評価は注意を要しよう。『別本和漢兼作集』には公朝の詩四首が見出されるのである。前述のとおり、血筋として公朝は曾祖父に和漢兼作の人兼光を持ち、僧侶という身分からしても、相当に漢詩文に親しんでいたのではないかと推察されるのである。

以上の諸点から、公朝は斯界に重きをなす高僧であると言えよう。特に、恐らく弘安年間以降には鎌倉幕府や北条氏の護持僧的存在としてあったと考えられる。それはたとえ北条氏の力を背景に置いてみたとしても、公朝自身秀れた僧であったことを想像させるのに十分であると思われるのである。

五　詠歌の外形と詠作略年譜

ここで、公朝詠の外形を整理しておきたい。見出し得た公朝の現存歌339首の各歌集類の所収状況は、既に「僧正公朝の和歌注釈稿（一～四）」（『鶴見日本文学』一九～二二、平二七～三〇・三）、「僧正公朝の和歌注釈稿補遺」（『鶴見大学紀要（第一部）』五八、令三・三）、「僧正公朝の和歌注釈稿補遺（続）」（『鶴見大学紀要（第一部）』五九、令四・三）（以上略称「注釈稿」）で「公朝詠作各集番号別一覧」に整理したとおりであるが、それを改めて本節末尾に掲出しておく【補注1】。この中には、公朝の作であることに疑いが残る歌が6首ある。注釈稿の番号で記しておくと、8（続拾遺。新三井集作者「前僧正実伊」）、37（東撰六帖抜粋本作者名不記、前歌「公朝」）、41（同上）、52（人家集。宗尊親王家百五十番歌合「能清」）、111（夫木抄。東撰六帖「三品親王」）、329（三百六十首和歌作者名不記、二首前「大僧正公朝臣」）である。なお、公朝には家集の存在したことが知られる（夫木抄）。

左に、公朝の和歌の数を集別に示しておく（名称中の「和歌」省略）。なお、公朝の漢詩句四首（各七言二句）が『別本和漢兼作集』に見える。

勅撰和歌集

続古今集4　続拾遺集6　新後撰集6　玉葉集2　続千載集4　続後拾遺集2　風雅集1　新千載集2

新後拾遺集2　小計29首。

私撰集・歌合・その他

秋風集1　現存六帖1　東撰六帖6　同抜粋本11　宗尊親王家百五十番歌合10（あるいは9）　弘長歌合4（一首本文欠）　歌合弘長二年三月十七日5　三十六人大歌合5　人家集18　閑月集2　別本和漢兼作集3　和漢兼作集3　新撰風体抄1　拾遺風体集15（抄出本7）　歌枕名寄3　夫木抄236（二首重出）　新三井集12　六華集5　題林愚抄5　三百六十首和歌2（一七七〜一七九まで作者「大僧正公朝臣」の下にあるが、一七八は後鳥羽院宮内卿の歌、一七九は他に見えない歌）　一遍上人絵伝1

やはり同時代の歌集類や関東の撰集類への入集数が多いようだが、没後の撰集類への入集も少なくないのは、『夫木抄』が伝える公朝の「家集」が存在して、恐らくは多数の詠作が伝存していたであろうことが与ったためであろうか。

右の諸集の詞書等から知られる公朝歌の主な出典は、次のとおりである(17)（同じ定数歌・同じ機会が併存している可能性は排除されない）。

①家集・歌会

家集（「文永元年」「五十首」「百七十首」の歌等を含む）。

文応元年基政家会、文永初年（二年）九月十三夜六帖題歌会。

釈教歌探題歌会。

②定数歌等

寛元五十首、宝治元年五十首、宝治二年五十首、宝治二年百首、建長二年百首、建長七年七月七日七首、建長七年三十首、建長八年百首、正嘉二年暮春歌、文応元年五十首、文応元年百首、弘長元年九月中務卿（宗尊）親王家百首、弘安四年秋以降法眼源承勧進十五首。

熊野三十首、稲荷社百首、三島社七百首、十題三十首、百首、百七十首、三百首、七百首。

③歌合等

正嘉二年詩歌合、弘長元年七月七日宗尊親王家百五十番歌合、文永二年中務卿宗尊親王家三首歌合。

中務卿親王家歌合、中務卿親王家五十首歌合、前大僧正隆弁ガ歌合、平貞時朝臣家三首歌合、鎌倉住吉社歌合。

④その他

文永三年七月宗尊帰洛惜別歌、文永九年二月三十日以降入道宗尊在洛思慕歌、弘安五年五月廿二日一遍贈答。

〔弘安二年〕為氏帰洛惜別歌、〔正応五年〕藤原為道在関東時贈答。

三島社奉納歌、三島社奉納神楽の歌・三島社奉納神楽を和する歌・神楽を和する歌。

この内、「寛元五十首歌に」と詞書する「暮れて行く秋の形見におく山の岩垣紅葉散らずもあらなん」（新三井集・秋下・二九七）が、正しく寛元年間（一二四三〜七）の定数歌だとすると、公朝の十八〜二十二歳のもので、現存歌の時期を確認できる中で最も早い時期の詠作ということになる。京都の貴族の家に生まれ北条氏の養子となり園城寺に入った公朝ではあるが、いずれの環境にしても当時のあり方として、比較的幼少時から詠歌に親しむ機会はあったのかもしれず、より早くから詠作していたであろうと想像する。一方、「ははき木も誘ひ来ぬらむその原や八十の秋の月を宿して」（六華集・雑下・一七三七）の「八十」は、当時の用法としては七十代を言うことが多く、この歌も、永仁四年（一二九六）没で享年七十一歳の公朝の作であるから、まさにその年（あるいはその前年）の詠作であろうか。「帚木」に「その原（腹）」の縁で「母」が、信濃国の歌枕「その（園）原」に「はは（母）きぎ」の縁で「その腹」が掛かる一首で、辞世の趣さえ感じられる。となると、やはり永仁四年かその前年頃の作なのであろう。これが公朝の最も遅い時期の作ということになろう。公朝は死ぬ前まで詠歌の意欲を保っていたと思しく、生涯を通じて和歌を詠み続けたと見ても大過ないのではないだろうか。それは、現存歌の範囲内という制約ではあっても、公朝には老いの述懐の歌が少なくなく、それも余命を意識するかのような歌が目立つことと矛盾しないであろう。

以上を基に、公朝の詠作を略年譜に一覧しておく。

	年齢	
嘉禄二年（一二二六）	1	生年
寛元（一二四三〜七）	18〜22	五十首
宝治元年（一二四七）	22	五十首

二年（一二四八）23　五十首、百首
建長二年（一二五〇）25　百首
七年（一二五五）30　七月七日七首、三十首
八年（一二五六）31　百首
正嘉二年（一二五八）33　詩歌合、暮春歌
文応元年（一二六〇）35　基政家会、五十首、百首
二年（一二六一）36（二月二十一日真観本後拾遺集書写）
弘長元年（一二六一）
七月七日　宗尊親王家百五十番歌合
九月　中務卿宗尊親王家百首
二年（一二六二）37　春　弘長歌合
三月十七日　歌合
九月　三十六人大歌合に入る
三年（一二六三）38（三月十日大倉薬師堂修造供養）
文永元年（一二六四）39　春歌等（夫木）
二年（一二六五）40　宗尊主催九月十三夜六帖題歌会
十月〜〜十二月頃　中務卿親王家五十首歌合
中務卿宗尊親王家三首歌合
三年（一二六六）41　七月　宗尊帰洛惜別歌
九年（一二七二）47　二月三十日以降　入道宗尊在洛思慕歌

〔弘安二年（一二七九）54〕為氏帰洛惜別歌
弘安四年（一二八一）56　秋以降　源承勧進十五首
　五年（一二八二）57　五月二十二日　一遍へ書状、贈答歌
　十年（一二八七）62（八月二十四日　二階堂修理供養）
　　　　　　　　　　　この前後　平貞時朝臣家三首歌合（夫木）
〔正応五年（一二九二）67〕在関東の為道と贈答
永仁四年（一二九六）71「ははき木も誘ひ来ぬらむ」歌（あるいは前年か）
　　　　　　　　　　入寂

六　歌人公朝の交流1

歌人としての公朝について、主に他の歌人達との交渉関係に着目しつつ考察してみたい。石田吉貞によると、(18)鎌倉の和歌・連歌の文学活動は四期、一　源氏将軍時代、二　藤原将軍時代、三　宗尊親王時代、四　惟康親王以後、に分けられる。その中で、石田が「鎌倉歌壇がもつとも張り切つた時代」とする「三　宗尊親王時代」（将軍在位建長四年（一二五二）四月一日～文永三年（一二六六）七月四日）に於いて公朝の活動も盛んであったと思われる。そこでその宗尊親王周辺の人々と公朝との関わりから見てゆきたい。

弘長元年（一二六一）七月七日の『宗尊親王家百五十番歌合』は、将軍宗尊親王主催の関東歌壇の主要業績であり、その作者となっている者を同歌壇の主要構成員と見なすことは了解されよう。公朝はこの歌合に於いて右方三人目「権律師公朝」としてある。参加者中特に公朝との関係で注目されるのは、左方一人目「女房」即ち宗尊親王、右方一人目「沙弥真観」、同二人目「僧正隆弁」、同五人目「前壱岐守基政」である。

その中からまず、公朝と同じ寺法師である隆弁[19]について簡潔に述べておこう。隆弁は承元二年（一二〇八）生、藤原氏末茂流で冷泉大納言と称した正二位権大納言隆房[20]の出家後最晩年の子である。彼は十二歳前後で三井寺に入り、嘉禎四年（一二三八）三十一歳の時に公朝と同じく円意法印より伝法を授かっている。言わば公朝の兄弟子である。のち本寺別当を経て、文永四年（一二六七）長吏となり一年務め、建治二年（一二七六）に再補されており[21]、僧位は大僧正に至っている（以上、血脈、補録等）。この隆弁は天福二年（一二三四）三月、二十七歳の時関東へ下り（吾妻鏡・同二十二日条）、頼経、頼嗣、宗尊の三代の将軍の下で鎌倉に在り、鶴岡八幡若宮社の別当を務めるなど支配的位置を占め[22]、別けても宗尊親王とは結びつき深く、その護持僧であったと考えられる[23]。

歌人隆弁は、『続後撰集』初出で十一勅撰集に二十五首の入集を果たしており、『東撰六帖』『人家集』『閑月集』等にもその歌が見えている。関東歌壇にあっては早く仁治二年（一二四一）十月一日の御所に於ける和歌会に、北条政村・源親行・後藤基綱と基政父子・光西（伊賀光宗）等と共に参加している（吾妻鏡）。これは将軍頼経の時期で、建長三年（一二五一）末奏覧『続後撰集』に二首の入集をみることも考慮すれば、隆弁は鎌倉が宗尊親王を迎える以前から、詠作活動をして、既にその存在は知られていたと推測される。もちろん、宗尊親王将軍期には御所の歌会等に参加し[24]、歌壇の主要構成員であったことは間違いない。

このような隆弁と公朝とは、前述の『百五十番歌合』の他、文永二年末頃と推定される「中務卿親王家五十首歌合」[25]に教定や道因等と共に参加したと知られる（夫木抄）。これより時期は下るが、弘安四年（一二八一）末頃[26]の「法眼源承勧め侍りし十五首歌」にも両者は共に出詠している（閑月集）。また、時期は不明だが、「前大僧正隆弁ガ歌合」なる催しに参加して、「鶯の春になりぬと佐保路なる羽易の山のまづ霞みぬる」（夫木抄・春二・霞・五一四）と詠じている。隆弁は公朝より二十歳程年長で、出自の階層をほぼ同じくし、僧侶としても同一宗派で同一人から伝法を受け、常に公朝の上位にある者であった。また、歌人としても関東歌壇に於ける活動は隆弁が公朝に先行していたと考えられる。こういった事情、および上述の諸事例に鑑みると、両者は歌を通して直接的交流を持ち、公朝は隆弁の活動に何らかの影響を受けたのではないかと推測される。特に前述のように、公朝の実家・養家の親兄弟達に積極的な詠歌活動の形跡を確認できないことからすると、公朝が歌人として立つに際して周辺の何人かが関与した可能性を考える必要があろう。その一人としてこの隆弁あたりを想定することもできるのではないだろうか。

次に、「前壱岐守基政」つまり後藤基政(27)についても簡略に述べておく。基政は引付衆を務めた幕府の要人で、歌人としても活躍し、宗尊親王の命を受け関東歌壇が生んだ類題集『東撰和歌六帖』を撰している。その父佐渡守基綱は、宗尊親王将軍以前の時期に、自邸で大規模な和歌も含めた諸芸の会を催しており（吾妻鏡・文暦二年二月九日、寛元元年九月五日条）、同時期の歌壇の後援者的存在であったと推察される。基政もそれを承け、自邸で歌会を催すなどしているが、それに公朝が参じていたことが次の例から知られる。

文応元年基政家会、野梅　　同（権僧正公朝）

汲み絶えし清水も春や思ひ出でん野中の梅のよその匂ひに

（夫木抄・春三・梅・七〇二。同基政家会の公朝詠が同抄に他に二首ある）

文応元年（一二六〇）には、基政は四十七歳で、公朝より七歳年長である。その基政撰の『東撰六帖』に公朝は、巻一のみの零本（群書類従本等、三一九首）では六首（十三位）、巻一～四の抄出本（祐徳稲荷神社寄託中川文庫本、四九〇首）では十一首（十位）という入集状況である。公朝が多くの題詠歌をものすることにも繋がる評価であり、若年の公朝としては重視されていると言えよう(28)。そこには基政の公朝に対する評価が関わっていると思われるが、背景に両者の親交を想像させるのである(29)。

続いて、歌壇の主宰者将軍宗尊親王と公朝との関係を見てみたい。宗尊親王主催の歌会、歌合で公朝の名が見えるのは、前述した弘長元年（一二六一）七月七日の『百五十番歌合』、同年九月九日の「中務卿親王家百首」[30]、『百五十番歌合』の「余波であるかのように」[31]催行されたという弘長二年（一二六二）度の二つの歌合『弘長歌合』と『歌合　弘長二年三月十七日』、「中務卿親王家五十首歌合」（夫木抄）、「中務卿親王家歌合」（同）等である。やはり歌人公朝の宗尊親王との強い結び付きを窺わせるのである。それを裏付けるものとして、左記の二首を指摘しておきたい。一首は次のとおり。

中務卿親王都へのぼり給ひて後、よみける

僧正公朝

今はただ月と花とに音をぞ泣くあはれ知れりし人を恋ひつつ（拾遺風体集・離別・二三七）

宗尊親王が政治的動騒の中に将軍を辞し帰洛の途につくのは文永三年（一二六六）七月のことである（吾妻鏡等）。右の歌には、公朝の宗尊親王への思慕が表れているが、それは失脚した元将軍への哀惜だけではなく、和歌を通じた交情の私的感懐をも交えたものではなかったかとも憶測するのである。

もう一首は次のとおりである。

入道中務卿宗の御子、都へ上り給ひて後に、奉りける

僧正公朝

ある世にと思ふばかりのなぐさめや生ける別れの頼みなるらん（同右・二二五）

詞書の記載を信じれば、宗尊親王出家の文永九年（一二七二）二月三十日以後のことで、歌の内容も作者の晩年を思わせる。「御子」は、「親王（みこ）」と同じで、「入道中務卿宗の御子」は、宗尊自身を指すのであろう。万一、「御子」が、正応二年（一二八九）九月に帰洛した宗尊の子将軍惟康親王のことだとしても、少なくとも公朝と宗尊親王との関係の深さを否定するものではない。

七　歌人公朝の交流2

ここで、宗尊親王の歌道師範となる真観藤原光俊と、彼を中心とするいわゆる反御子左派、反為家側と公朝とがどのような関係にあったのかを考えてみたい。

真観が歌道師範として関東に下向するのは文応元年（一二六〇）十二月のことである（吾妻鏡・同二十一、二十三日条）。その背景には勅撰集（続古今集）撰者の座をめぐる「反御子左派の策謀」があったともされている。[32] この真観と公朝との交渉を顕示するものとして、次の、吉川家蔵八代集、書陵部蔵二十一代集（五一〇・一三）本他の『後拾遺集』奥書を挙げることができよう。[33]

寛元四年三月日以藤亜本又校了在判

文応二年二月廿一日以尚書禅門之本書写畢

公朝

寛元四年（一二四六）十二月の『春日若宮社歌合』を反御子左派の旗上げとする井上宗雄説は定説化しているが、その歌壇分裂の象徴的出来事の以前に、為家本『後拾遺集』を以て真観が書写校合した本を後に公朝が転写したと知られる。このような勅撰集の貸借の裏には、両者の、歌を媒介とした信頼関係が認められようし、正元元年（一二五九）八月～十一月の成立とされ、真観が撰者に擬せられている『別本和漢兼作集』現存本（零本）に公朝の作品が、歌三首と詩四首見えることを考え合わせると、真観（あるいはそれに近い京都圏の人）は、関東下向以前から歌人公朝の存在を認知し評価していた可能性が高いと思われるのである。

さて、前述した弘長元年（一二六一）の宗尊親王主催の『百五十番歌合』と「百首」は、実質上真観が勧進したものとされている。即ち、安井久善の言葉を借りれば、前者は「親王の習作の一環として、光俊が企画推進したもの」、後者は「多分に光俊の意志によって催されたもの」となる。その『百五十番歌合』は京都に送られ、真観と親しい九条内大臣基家の判を得て、八月十七日に鎌倉に戻っている（同奥書）。公朝（右方）が番えられているのは「左近中将能清」[34]で、判の付されている九番につき、公朝歌の勝三番、負三番、持三番と判断される。持の二番は、「いづれも劣るまじくや」（三番）、「この番短慮難㆑決さま也」（十八番）とあり、負の中でも「左右、殊宜、但、猶、左の波に心寄り侍るめるにや」（七十八番）のごときがある。勝の中では「右、殊宜。万里の勝にや侍らん」（百卅八番）が注意され、この一首のみ本文が散逸していて内容を確認できないが、最大級の賛辞ではあろう。総じて、判者基家が公朝詠を、公家の能清詠と同等に高評していると言える。この基家が宗尊親王の下命で撰したとされる弘長二年（一二六二）九月成立の『三十六人大歌合』に、鎌倉から隆弁・基政・政村等と共に公朝が入っていることは、その評価の表れと考えられる。そういった、公朝詠に対する好意的な見方は、やはり真観も同様であったろうことが次の資料により例証されようか。

中務卿親王家五十首歌合[35]　　権僧正公朝

かご山の榊がうれの時鳥常世の鳥の音にや鳴くらん

判者光俊朝臣云、右、常世の鳥など、日本紀まで尋ね入りてけるさまに侍れば、勝の字を許さるべくや侍らん云云。（夫木抄・夏二・郭公・二八九三）

中務卿親王家五十首歌合　　同（権僧正公朝）

波立たで風をさまれる君が代にその名あらはす浦安の国

此の歌判者光俊朝臣云、浦安国は伊奘諾尊名付け給へり、げにも他にことにこそ侍りければ波平風静なり、嘉名かたがた賞し侍るべきにこそと云云。（同・雑十二・国・一四一五六）

いずれも判者藤原光俊・真観は、典拠のある言葉に対して評価を与えている。その意義付けは措くとして、公朝が真観の意を満たす詠み方を心懸けていたとも捉えられようか。

以上の諸事例に併せて、建長年間（一二四九～一二五五）以前成立の『万代集』（初撰本真観撰）『秋風集』（真観撰か）『雲葉集』（基家撰）等に公朝の名が見えないことを考慮すると、前述の真観下向（文応元年（一二六〇）十二月）前頃から歌人公朝の存在を真観等が知り、『宗尊親王家百五十番歌合』（弘長元年（一二六一）七月）辺りが、京都の歌人達、特に反為家側の人々をして公朝を認めさせる直接的機縁となり、後に基家と真観が撰者に追任される『続古今集』に公朝が四首の入集を果たす基盤となったのではないかと推察されるのである。

ところで、その『続古今集』への入集に関連し、次のような公朝詠がある。

中務卿親王家五十首歌合　　権僧正公朝

言の葉を拾ふ乙の丑なれば昔に返る跡もかしこし

此の歌は、文永二年、続古今撰ばれたる比よみけると云云。（夫木抄・雑十八・賀・一六八一五）

一首は、『続古今集』序の「かつははからざるにかの二代のあとかはらず、今も又乙丑の年にめぐりあひて、ときいたりことわりかなへるなるべし」の部分に拠ったものと思われる。とすれば、この「五十首歌合」は、「続古今えらばれたる」後、公朝が同集を披見し得た以後のこととなろう。『続古今集』の奏覧は「乙丑」の年、文永二年（一二六五）十二月二十六日である。しかし、撰者の一人真観はそれ以前、十月十八日に関東に下向し同集の事を報じている（吾妻鏡）。従って、公朝が披見したものは、あるいは真観のもたらした稿本の類であった可能性もあろう。従って、「中務卿親王家五十首歌合」の時期は、文永二年十月～十二月頃であると推測されるのである。いずれにせよ公朝は、（実質的な）成立後間もない時期に『続古今集』を見、自己の入集の喜びを同集に対する讃美という形で表現したのではないかと思われる。

ここで、やはり『続古今集』撰者に追任された、いわゆる反御子左派の中心人物の一人六条行家の撰した『人家集』に於ける公朝の扱いに触れておきたい。同集は巻八～十の零本であるが、公朝は標目上二十八首（十首散佚）の入集歌数で、上位五名の中には入っている。[36]同集の成立は、十年程の準備期間を経て文永末年頃と推定されている。[37]反御子左派が衰退の後となるが、行家の公朝に対する評価自体は、真観や基家らのそれと重なるものであろう。

公朝は、歌道師範真観を迎え宗尊親王中心の歌壇が活発化する中で、その主要な一員としてあり、真観とも親交を結んだと推測される。さらに憶測すれば、公朝としては、自身歌人としての成長期にあって京都の歌仙から歌道を学び取る為、真観としては、北条氏に属する新進の歌人を取り込む自らの勢力拡大の一環、という形で互いに接したのではなかったろうか。そしてそのような活動の中で、公朝は、基家や行家等の京都歌壇の人々にもその存在を認められていったのではないか、とも推測されるのである。

いわゆる反御子左派、為家に対抗する勢力が勢威を得て、関東ではそれと相互の影響関係下に宗尊親王が歌壇を主宰していた時期、公朝には反御子左派との深い結びつきがあったことが認められる。これについて、福田秀一が公朝を反御子左派に分類していることは、[38]首肯されるべきである。

八　歌人公朝の交流3

ところが、事情はさ程単純ではなく、為家側のいわゆる御子左派、特に御子左家嫡流の二条家（派）と公朝との結び付きも看過し難いようであり、以下にそれを検証してみたい。

為家男で嫡嗣の為氏に関わり、次のような公朝の歌がある。

大納言為氏卿都へ帰り上りけるに　　　僧正公朝

長居する蜑もあれかしこゆるぎの急ぐ道とて帰る浪かな（拾遺風体集・離別・二三九）

為氏の母は宇都宮頼綱女で、御子左家と宇都宮氏とは当然親しく、その関係から為氏の関東下向は生涯に亘っていたらしいことが指摘されている。(39) 右の詞書の記載を信じれば、為氏が権大納言に任じられた文永四年（一二六七）二月（補任）以後のことで、一つの可能性としては、弘安二年（一二七九）四月の関東下向(40)（吉続記）の折の公朝との交流を示すかと考えられる。ほぼ同世代で為氏が一歳年少である両者の関係は、中央の和歌の宗匠＝為氏と、地方の有力歌人＝公朝という構図であろうが、その背景には、前述した公朝の叔父実尚と為氏との交流が関与したかとも想像されるのである。

その為氏の嫡嗣為世も、直接に歌を媒介として公朝と交渉を持ったことが知られる。

東に下りける比、僧正公朝百首題を探りてよみけるに、
寄舟述懐といふ題にてよみ侍りける　　為世卿
このたびは我もうかれて海人小舟風のたよりを待つぞくるしき（拾遺風体集・雑・四二三）

為世は建長二年（一二五〇）生で、公朝より二十九歳年少である。右の一首は、前記の公朝「長居する」歌を踏まえているように思われ、当然、父為氏と公朝との縁故があって、為世も公朝と接触したのではないだろうか。

さらに、為世男為道（通）については、公朝との間に贈答が残されている。

藤原為道朝臣東に侍りける時、五月五日菖蒲に添へて遣しける
前僧正公朝
旅寝とは思はざらなん草枕菖蒲に今宵結びかへつつ
返し　　為道朝臣
かりそめの菖蒲に添へて草枕今宵旅寝の心ちこそせね（続千載集・羇旅・七九八～九）

為道は文永八年（一二七一）生で（分脈等）、公朝にとっては孫程の年齢となろう。右の詠作時期は、為道が正応

五年（一二九二）「北条貞時勧進三島社奉納十首歌」（夫木抄）に参加しており、その前後辺りかとも考えられる。いずれにせよ公朝晩年のことではあろう。

このように、御子左家嫡流二条家の父子三代が関東に下り、各々が公朝と交誼を結んでいたことが窺われる。またこれに準じて、前にも記した弘安四年（一二八一）の「法眼源承勧め侍りし十五首歌に、神祇」で、公朝が「神風や吹きもたゆまぬこの秋ぞ海の外なる守りをも知る」（閑月集・羇旅・四三三）と詠じていることも無視できない。源承は、為家の二男で定家に養われ、後に反御子左派や為兼・阿仏尼・為相等に対敵し、二条家（派）の立場を墨守した人物である。(41) さらにまた、二条家（派）と公朝との関係を傍証するものとして、改めて各勅撰集に於ける公朝の入集状況を見ると、続古今4、続拾遺6、新後撰6、玉葉2、続千載4、続後拾遺2、風雅1、新千載2、新後拾遺2、となる。比較的入集数の多い『続拾遺集』は為氏の、『新後撰集』と『続千載集』は為世の撰であったことに気付かされよう。これはやはり、二条家（派）の人々の公朝に対する評価を示すものと言えるのではないだろうか。

右に見てきたように、公朝と二条家（派）との間にも親密なる関係のあったことが認められよう。それは、文永三年（一二六六）に宗尊親王が失脚し、いわゆる反御子左派が退勢し始め、建治元年（一二七五）に行家、翌二年には真観という中心人物が相次いで没し、同派が事実上解消していった時期以後のことと考えられる。つまり、反御子左派の衰退消滅への趨勢が、公朝と御子左主流二条家（派）との接近への動向と呼応しているようにも捉えられるのである。その時期はまた、御子左家当主為家が没し（建治元年）、御子左家自体が分裂し始めた時でもある。公朝にとって、その主流二条家（派）の人々は、反御子左派に代わり台頭した正統なる歌道師範家の者として存在したのではないだろうか。公朝自身は、鎌倉で僧界の地位を確立するとともに、歌人として熟達期に入り、歌壇にも指導的位置を占めるに至っていたものと推測される。従って逆に、二条家（派）にとって公朝は、無視できない、自派の勢力に引き入れるに値する存在になっていったのではないかと思われるのである。

最後に、その二条家(派)とは対立し、鎌倉後期に歌道師範として関東に勢力を張った冷泉為相の撰と目されている『拾遺風体集』[42]に於ける公朝の扱いについて触れておきたい。公朝没後の撰である同集(歌数533首)に公朝歌は十五首採られている。これは、為家(17首)、宗尊親王(16首)に次ぎ、定家と並び第三位である。ほぼ最高度の処遇と言えよう。同集の性格は、所収歌人の構成から、冷泉派(および京極派)に厚く二条派に冷淡で、同時に「鎌倉歌壇」を代表するものとされている。[43]そのことは首肯されるべきであり、その反二条派的側面を傍証あるいは表徴するものとして、所収歌中より次の一首を挙げておきたいと思う。

続拾遺によみ人しらずと入りける歌の名をあらはされてよめる　　知円法師(「智円法師」とも)[44]

あらはれて今は朽ちせぬ名取川身を埋もれ木となに思ひけん(雑・四三四)

二条為氏撰『続拾遺集』入集をめぐる右のような一首を採択することにも、同集撰者の反二条的態度を窺知し得るのではないだろうか。そのことを裏付けるものとして、同趣旨の一首を勅撰集中にも見出せるので別に記しておく。[45]そのような『拾遺風体集』に厚遇されていることより見て、[46]鎌倉に拠点を得、「鎌倉歌壇の指導者と仰がれることに満足した」[47]ともされる撰者為相にとって公朝は、少なくとも二条家(派)との関係に固執し、冷泉家(派)を攻撃するような存在としてではなく、同歌壇の代表的一員として認識評価されていたものと思われるのである。

むすび

以上、歌人公朝について、その歌壇的位置に注意を払いつつ考察してきた。歌人公朝は、一党一派に偏し、その立場を墨守するような存在ではなく、むしろ様々な立場に通じ、歌壇的動向に呼応し、結果としては臨機応変とも解される処世法を示していると言えよう。これは、公朝自身の性格や身分（僧侶）や境遇（猶子）等に要因を帰して捉えることもできよう。しかし、次のように考えることも可能ではないだろうか。即ち、総体的に見ればその時々の京都＝中央歌壇の動きに、鎌倉＝地方歌壇が影響を受けることは避けられぬことであり、その関東歌壇の代表歌人公朝も、時の大勢に追従することは免れ得なかったと言えるのではないだろうか。別言すれば、折々関東に下向する中央の歌人達――そこには関東の京都に対する政治的力の優位性を背景として考える必要があろうが――に対し、一地方歌人である公朝が、彼らを歌の師表として仰ぎ接近するのは然るべきことであったのではないだろうか。逆に、対立抗争の中にある中央歌壇の人々にとって公朝は、僧としての昇進も絡み歌人として成長する過程の中で、自らの勢力拡張の為に十分な影響力を期待できる、地方の有力歌人となっていったのではないだろうか。

以上は、公朝の歌壇的交流の状況に対する一つの解釈である。ただし、それとは別に、公朝自身が、和漢両面に才能を具有し、その道に励んだ一廉の人物であったろうということは見失ってはなるまい。僧正公朝は、京都の貴族に生を享け、北条氏の猶子となって関東鎌倉を本拠とし、僧界に主導的地位を占め、同時に歌壇の主要な一員であった。歌壇史上に見るその立場は、一言で言えば時流に応じたものであった。しかしそれは、中央の京都歌壇が分裂し対立抗争を繰り広げた鎌倉中後期に於ける、地方の関東歌壇自体の特質の中で捉えられるべきであり、公朝の姿に、地方歌人の一つの在り方の典型を見出すことも可能であるように思われるのである。

【注】

（1）『纂要』では、次のようにある。

公宣─┬─実世
　　　├─実文
　　　└─実尚

（2）この他、実親男にも「右中将　従四位　母従二位時賢女　公朝」と見える。しかし、他の資料からも系図上の混同である可能性はないと考えられ、本節で扱う、寺法師で勅撰歌人の公朝とは区別しておきたい。

（3）小川剛生氏のご教示を得た。記して感謝申し上げる。なお、初出誌では次のように推定した。

（i）公朝の実父実文の生没年も不明である。同腹（母従二位権中納言藤原兼光女）の兄実世が元久二年（一二〇五）生、弟実尚が建暦元年（一二一一）生であり（纂要）、実文の生年の上限は一応建永元年（一二〇六）と考えられる。また、実世は四歳で叙爵だが、昇進の状況や極位極官（実世正二位権中納言）から、実文がそれより若年の叙爵とは考え難く、仮に建暦元年（一二一一）正月五日の実文の叙爵（公卿補任、以下補任と略記する）を兄同様四歳の時とすると、承元二年（一二〇八）生となり、これが下限と考えられる。そこで便宜上実文の父公宣は、養和元年（一一八一）生で（纂要等）、長子実世は二十五歳の子とすると、公朝は寛喜三年（一二三一）生ということになる。

（ii）ところで、『血脈』、『補録』によると、公朝が円意法印より伝法を授けられたのは、建長二年（一二五〇）であり、（i）の推定生年に従えば二十歳の時のこととなる。ところが、その伝法被授時の年齢について考察してみると、詳述は割愛するが、比較的若年であるのは親王や摂関家の子弟等が多く、特に二十歳前後で伝法を受けているのはほぼ貴顕出身の者であると言える。故に公朝の「入壇受職」（補録）が二十歳の時のことであるのはやや不都合に思われる。今仮に公朝は三十歳の時に伝法を授かったとすると、承久三年（一二二一）生、父実文十五歳の時の子となる。

（iii）以上（i）と（ii）の二推定の中間をとり、公朝は実文二十歳の時の子で、伝法を授かったのが二十五歳の時とすれば、その生年は嘉禄二年（一二二六）となる。

なおまた、『入来院家所蔵平氏系図』には、公朝の項に「永仁四廿二卒、七十七」とある。忌月日は不審で、この享年によると、承久二年（一二二〇）生となる。山口隼正「入来院家所蔵平氏系図について（下）」（『長崎大学教育学部社会科学論叢』六一、平一四・六）参照。

（4）髙橋慎一朗『日本中世の権力と寺院』（吉川弘文館、平二八・九）第六章「『親玄僧正日記』と得宗被官」は、『密宗血脈鈔』を典拠に挙げつつ、『醍醐寺文書』の『舎利法』の本奥書を根拠に、「建長元年（一二四九）の生まれであることは確実である」と言う。

（5）例えば、実尚は後嵯峨院の践祚に「剱璽使」を務め、為氏は次の後深草院の践祚に同じ役を務めている（践祚部類鈔）。

（6）『本朝文集』に文四篇があり、『嘉応元年宇治別業和歌』に序を記している。久保田淳『新古今和歌集全評釈』七五四番〔作者〕の項参照。

（7）石川速夫『新式和歌集』（二荒山神社、昭五一・一〇）解題。

（8）『吾妻鏡』の記事の「遠江僧都公朝」より、当該の公朝を指すと考えられる。養父朝時の職名によるものか。

（9）『吾妻鏡』弘長元年（一二六一）三月二十五日条の「以二歌仙一被二結番一、各当番日。可レ奉二五首和歌一」に「遠江次郎時通」と見え、『新和歌集』に時兼の歌一首が見出される。この両者は、『纂要』『北条系図』等に朝時男としてある。

（10）例えば、大納言師頼の孫権僧正頼兼は、三十七歳で伝法を受け、七十歳で権僧正となり、七十二歳で別当職に就いている（補録）。

（11）五十世重円、五十二世公縁、五十八世隆弁、六十世浄雅等（補録）。

（12）国歌大観（正保版本同）、書陵部蔵二十一代集（五一〇・一三）＝兼右本（新編国歌大観底本）、同（五〇八・二〇八）、同（四〇〇・一〇）、京都府立京都学・歴彩館蔵二十一代集、早稲田大学国文学研究室蔵二十一代集等の諸本。

（13）『風雅集』（京都府立京都学・歴彩館本）の一首（一四五四）、『新千載集』（国歌大観本、書陵部五〇八・二〇八本）の一首（二一三二）、『新三井集』（新編国歌大観本）の三首（七、二六六、二九七）、『六華集』（古典文庫本＝島原松平文庫本）の二首（一七三七、一八〇二）等。
(14)新後撰集、続千載集、続後拾遺集＝「前僧正」。玉葉集、風雅集＝「僧正」。
(15)「呼二称託摩僧正一」（補録）、「号二託麻僧正一」（血脈）を裏付ける。「タクマ」（表記は宅間、宅摩等様々）は鎌倉の地名。絵師宅磨氏の居地（大日本地名辞書）。現在、宅間谷は報国寺の東南。公朝がそこに住した故の呼称か。
(16)久保木秀夫『中古中世散佚歌集研究』（青簡舎、平二一・一一）第二章第五節「新撰風躰和歌抄」参照。
(17)出典別に注釈稿の歌番号を記して一覧にしておく。（　）内は歌題等。〔　〕内は推定等。

①家集・歌会

家集　90（文永元年、春歌中）、98（文永元年、春歌中）、100（舟中見遠花）、104、108（文永元年、春歌中）、113（松藤を）、117（神祭）、120（文永元年、名所郭公）、122（夜河）、130（七夕歌中）、133（野薄）、145（絶恋）、147（秋歌中）、160（大鷹狩）、168（神祇）、171（羇中雨）、172（文永元年、祝歌）、173、177、181（寺）、196（百七十首中）、197（鶴）、198（海眺望）、199（千鳥を）、201（海辺雪）、229（ぬさ）、237（鵜）、238（鳥）、243（雑歌中）、276（五十首歌中）、279（矢）、283（寄玉聞恋）、312（文永元年、旅泊）。

文応元年基政家会　88（沢若菜）、93（野梅）、186（寄松祝）。

文永初年九月十三夜六帖題歌会　86（春立つ日）、87（若菜）、94（梅）、99（山ざくら）、105（三月三日）、106（桃）、112（藤）、115（さうび）、116（社まつり〔神まつり〕）、124（あぢさゐ）、125（扇）、128（なごしのはらへ）、138（はた）、169（夏風）、175（題不記〔「山」か〕）、180（はまゆふ）、182（そま）、189（社）、190（なきな）、193（かり）、202（あま）、203（藻）、206（江）、207（うらみ）、210（すずき）、211（塩）、213（柳）、215（夕立）、216（ふね）、219（題不記〔「はま」か〕）、223（秋のかぜ）、224（かた）、225（いかり）、226（むまや）、227（とまり）、231（庭）、232（さは）、236（わし）、239（からす）、241（おほたか）、242（みやこどり）、244（虎）、246（うし）、247（かめ）、249（魚）、250（題不記〔「ふな」か〕）、251（鮎）、252（題不記〔「たひ（鯛）」か〕）、254（すげ）、255（山ぢさ）、256（むし）、257（かへ）、258（かつら）、259（題不記〔「すもも」か〕）、261（題不記〔「くに」か〕）、266（やな）、269（題不記〔「となり」か〕）、270（こほり）、272（むしろ）、〔273（かど）〕、274（書）、275（たち）、277（まゆみ）、〔280（みの）〕、281（かさ）、282（ことのは）、284（題不記〔「たま」か〕）、285（かは衣）、286（〔「ころも」か〕）、287（おほたかがり）、288（〔綾〕）、289（布）、290（題不記〔「わ

た」か〕〕、291（斤）、293（あふひ）、299（ちかふ）、304（寺）、305（むま）、306（ほふし）、307（つかひ）、310（よる〔「よひ」か〕〕、311（幸行〔行幸〕）、314（かや）、316（ひる）。

釈教歌探題歌会　301。

②定数歌等

寛元五十首歌　327。**宝治元年五十首**　114。**宝治二年五十首**　220。**宝治二年百首**　221。**建長二年百首歌**　101。**建長七年七月七日七首歌**　129。**建長七年三十首**　131。**建長八年百首**　183、187。**文応元年五十首**　170（風を）。**文応元年百首**　200（島蛍）。**弘長元年九月中務卿（宗尊）親王家百首**　3、89（弘長元年）、92（弘安元年→弘長元年の誤り）、134（弘長元年）、151（弘安元年→弘長元年の誤り）、152（同上）、178（弘長元年）、205（弘長元年）、208（弘長元年）、214（弘長元年）、222（弘長元年）、265（弘安元年→弘長元年の誤り）、323。**弘安四年秋以降法眼源承勧進十五首歌**　68（「神風」）。**熊野三十首**（円勇と同機会か）82。**稲荷社百首**　107、188。**三島社七百首歌**　240、253。**十題三十首**　176（雪）、295（旅）。**百首歌**　97（花）。**百七十首歌**　196（家集、百七十首中）、209、217、233。**三百首歌**　74。**七百首歌**　102、110（岸山吹）、119、136（鹿）、137（鹿）、139（雁）、140（秋田）、141（野分）、142（擣衣）、143（擣衣）、146、156、158、174、192、204、212（隠居）、218、228、230、245、260（春曙）、263（古宮〔故宮〕）、264（同上）、271、313、315。

③歌合等

正嘉二年詩歌合　191（羈中春）。**弘長元年七月七日宗尊親王家百五十番歌合**　43（春）、44（春）、45（夏）、46（夏）、47（秋）、48（秋）、49（冬）、50（冬）、51（恋）、〔52（恋）〕。**文永二年中務卿宗尊親王家三首歌合**　16（千鳥）。**中務卿親王家五十首歌合**　96、121、185、262、267、278、309。**中務卿親王家歌合**　95（柳）、109（苗代）、118（早苗）、135（鹿）、153（千鳥）、179（時雨）、194（恋）、234（納涼）、235（水）、300（社）、318（南北梅花）。**前大僧正隆弁ガ歌合**　91（霞）。**平貞時朝臣家三首歌合**　144（相後恨恋）。**鎌倉住吉社歌合**　317（鶯）。

④その他

正嘉二年暮春歌　294。**文永三年七月宗尊帰洛惜別歌**　77。**文永九年二月三十日以降入道宗尊在洛思慕歌**　67。**弘安五年五月廿二日一遍贈答**　330。**為氏帰洛惜別歌**　78。**藤原為道朝臣在関東時五月五日贈答**　20。**三島社奉納歌**　103（神楽、大君）、148、149、155、159、161、162、248（神楽、篠波＝細波）。**三島社奉納神楽の歌**　184。**三島社奉納神楽を**

和する歌　132（篠波＝細波）、163（庭火）、164（同上）、165（同上）、166（同上）、〔167（宮人）〕、297（湊田）、298（蟋蟀）。
神楽を和する歌　150。

(18)「鎌倉文学圏」（『国語と国文学』昭二九・一〇）。

(19) 本章第一節「大僧正隆弁伝」参照。行論の便宜に、初出の文章の形を残した。

(20) 久保田淳『新古今和歌集全評釈』七四二番〔作者〕の項参照。

(21) この間文永八年十二月、鶴岡八幡社学頭に任じており（当社学頭職次第等）、七代将軍惟康の時期にも鎌倉に下ったものと思われる。

(22) 隆弁は、鎌倉諸坊の別当、供僧を補している（鶴岡八幡宮寺供僧次第等）。

(23) 隆弁の昇進に宗尊親王が直接関与し、歌を遺していることや両者の贈答歌等からも判断される（補録。吾妻鏡・建長四年十一月三日条、同・文永二年十一月九日条。新後撰集・五三七、五三八。玉葉集・二〇三六等）。

(24) 文永二年十月十九日「於㆓御所㆒有㆓御連歌御会㆒」、同三年三月三十日「於㆓御所㆒有㆓当座和歌御会㆒」（吾妻鏡）、「中務卿親王の家にて歌あまたよみ侍りけるに……」（続古今集・一八一二）等。

(25) 本論第一編第二章第三節「藤原教定伝」参照。

(26) 久保田淳『閑月和歌集』（古典文庫、昭五五・一一）解題参照。

(27) 前章第一節「後藤基綱・基政・基隆の家譜と略伝」、第二節「後藤基綱・基政・基隆の和歌事績」参照。行論の便宜に、初出の文章の形を残した。

(28)『夫木和歌集』の公朝歌（二百三十六首）の三分の一強（八十一首）が「六帖題」の歌である。これらのほとんどは、上述した、文永二年（一二六五）九月十三夜の宗尊主催の六帖題歌会の詠作と思われる。

(29) 続群書類従本では、実朝、宗尊（各20首）、重時（14）、真眼（11）、政村、行念、素暹（各9）、蓮生、教定（各8）、基綱、親行、円勇（各7）の順。

(30) 安井久善「中世散佚百首和歌二種について―光俊勧進結縁経裏百首、中務卿親王家百首―」（『日本大学商学集志』四－一（人文特集号I）、昭四七・九）に於いて、時期の考証と詠歌集成がなされている。

(31) 佐藤智広「宗尊親王弘長二年歌合二種について」（『昭和学院国語国文』三七、平二一・三）。この二種の歌合は、小川剛生が見出し、人間文化研究機構連携展示「うたのちから—和歌の時代史—」（平一七・一〇〜一一）に出展され、その後、佐藤の翻刻紹介によって広く知られるようになった。その功績は小さくない。

(32) 安井久善『藤原光俊の研究』（笠間書院、昭四八・一）第三章第九節。

(33) これについては、早く、松田武夫『勅撰和歌集の研究』（日本電報通信社出版部、昭一九・一一）が、吉川家蔵八代集の奥書を紹介した。後に、福田秀一「鎌倉中期反御子左派の古典研究—附、鎌倉中期歌壇史略年表—」（『成城文芸』三九、昭四〇・五。『中世和歌史の研究』（角川書店、昭四七・三）所収）が、兼右本二十一代集を加えて指摘している。この他、鹿児島大学附属図書館蔵玉里文庫八代集（五／天31－484）、東京国立博物館図書室蔵二十一代集（と9615／29－7／二－8）、穂久邇文庫蔵二十一代集（四二帖本）、同八代集（一四帖本）の各本にも同様の奥書がある。

(34) 頼宗流一条、従二位頼氏男で正二位に至る。永仁三年没（七十歳）。母が北条時房女で政村の叔父に当たる。関東歌壇とは縁が深い。能清については、第一編第一章第五、六節に詳述。

(35) 『夫木和歌抄』では他に、教定、道円（時家）、隆弁の歌に同歌合名があり、宗尊親王の家集（私家集大成Ⅰ、Ⅲ）にも見える。

(36) 福田秀一「人家和歌集（解説・錯簡考と翻刻）」（『国文学研究資料館紀要』七、昭五六・三）参照。

(37) 水沢利忠「大倉山文化科学研究所所蔵人家和歌集」（『大倉山論集』五、昭三二・一）の解題と、それを補訂した福田秀一の説（『中世和歌史の研究』角川書店、昭四七・三。一七五頁）による。

(38) 注（33）所掲論攷。ただし、福田は、「鎌倉中期反御子左派の活動と業績（下）」（『国語と国文学』昭三九・一一）では、公朝を反御子左派には分類していない。

(39) 金子磁「藤原為氏の生涯」（立教大学『日本文学』三一、昭四九・三）。

(40) 注（39）所掲論攷に指摘されている。

(41) 石田吉貞「法眼源承論」（『国語と国文学』昭三一・八）、『藤原定家の研究』、福田秀一『中世和歌史の研究』（角川書店、昭四七・三）等参照。

(42) 成立時期は、乾元元年（一三〇二）七月〜徳治三年（一三〇八）二月と推定されてきた。濱口博章「鎌倉歌壇の一考察」（『国語国文』昭二九・七）。福田秀一「暁月房為守の経歴と作品」（『国語と国文学』昭三四・六）が補訂。

しかし、同集所収歌の勅撰集との重複状況――『続拾遺集』以前重複無し、『新後撰集』との十四首以後八十一首重複――から、撰者は『新後撰集』（嘉元元年十二月十八日奏覧）披見以前に同集を編んだ可能性が高い。従って、同集の成立時期を、正安四年（一三〇二）七月二十一日以後、嘉元元年（一三〇三）十二月の『新後撰集』奏覧の前後頃以前と推定したところである。本論第二編第三章第一節「『拾遺風体和歌集』の成立」参照。

(43) 注（42）所掲濱口論攷、『群書解題』や明治書院『和歌文学大辞典』の当該項目等。

(44) 『拾遺風体集』の広本系諸本はすべて「知円」か「智円」で、抄出本系はこの歌を欠く（本論第二編第三章第一節注（14）参照）。鎌倉初期の御家人小田知家の曾孫の知景（系図纂要）、知成（尊卑分脈）の法名に「知円」が見えるが、これが当たるか否かは分からない。「智円」は、園城寺と延暦寺の僧に見えるが、これも不明である。知円も智円も、他に歌人としての事跡は見出せない。新編国歌大観『続拾遺和歌集』の解題（佐藤恒雄）に、「神宮文庫蔵勅撰歌集一覧続拾遺集の項」の記事、「撰近古以来歌為此集、被召百首歌、奏覧之後撰者参詣住吉玉津島、於玉津島者被新造社、四十首許為勅定被出歌云々、此内如円観意等類、経年申立所存被還入云々」を引き、「奏覧後、勅定によって四〇首ほどの歌が切り出され、如円、観意らの歌は後にまた切り入れられたというのである。事実とすれば、現存伝本はどの時点の本文を伝えるものなのか、あらためて究明しなければならなくなる。」と言う。現行の『続拾遺集』に見える「題しらず／如円法師／ふきおくるあらしを花の匂ひにて霞にかをる山ざくらかな」（雑春・四九二）と「題しらず／観意法師／夕暮はころもでさむき秋かぜにひとりやこえんしら川の関」（羇旅・六七四）が、「切り出され」「後にまた切り入れられた」歌であろう。この間の事情は詳らかにできないが、撰者為氏と歌人の間に、作品撰入をめぐり何らかの悶着の類があったことは間違いないであろう。もしかすると、「知円」は、この「如円」の誤写かと疑われなくもない。しかし、「続拾遺によみ人しらずと入りける歌の名をあらはされて」が「為勅定被出歌…経年申立所存被還入」に等しいとは言えないし、『拾遺風体集』の諸本にも「如円」は見えないので、結局、「知円・智円」なる法体歌人が存在した可能性を、完全に否定することはできない。

(45) 冷泉派以上に反二条派的な京極為兼の撰になる『玉葉集』には、「同じ集（新後撰集）に名を隠して入り侍る事を思ひて／中臣祐臣／和歌の浦に跡付けながら浜千鳥名にあらはれぬ音をのみぞみなく」（雑五・二四五三）の一首があり、逆に二条為世撰『続千載集』には、「玉葉集に名を隠され侍る事をなげきてよみ侍りける／権少僧都能信

／あらはれぬ名ををし鳥のみがくれて沈む恨みにねこそなかるれ」(雑下・一九三七)の一首がある。

(46) 為相の門弟とされる遠江国勝間田の住人である藤原長清撰の『夫木抄』に公朝詠が相当数採られていることも、同様に考えるべきか。

(47) 福田秀一「延慶両卿訴陳状の成立」(『国語と国文学』昭三二・七。注(33)所掲書所収)。

[補注1] 公朝詠作各集番号別一覧。

＊各集名の下の算用数字は入集歌数。その下に、新編国歌大観番号(漢数字)を示す。( )内に、頭の二〜四文字を各集名の略称として重出状況を示す。ただし、『東撰六帖抜粋本』は「抜粋」、『三十六人大歌合』は「大合」、『歌枕名寄』は「名寄」とする。各集名の「和歌」は省略する。各末尾に底本を示す。

勅撰和歌集

続古今集4　五〇一(現存〔第二〕二七・和漢八五三・名寄一一六一)、一一四二、一八一七、一八五二。尊経閣文庫蔵本(伝為氏筆)。

続拾遺集6　五〇一、五四二(名寄一六九三)、五九七、六二一(抜粋二四三・新三井二六八〔作者「前僧正実伊」〕)、六三八、一二〇七。尊経閣文庫蔵本(伝飛鳥井雅康筆)。

新後撰集6　九〇、三七二(大合一二八)、六四一、一一四八(人家・一五一、題林・八四三二)、一二九六、一三三三。書陵部蔵兼右筆二十一代集本(五一〇・一三)。

玉葉集2　七〇五(題林三九四二)、二六七七。同右。

続千載4　四七二、七九八、一〇九三、一九二五。同右。

続後拾遺集2　一一〇三(名寄二七〇三〔作者名無し〕)、一二九六(秋風六〇二)。同右。

風雅集1　一四五四。同右。

新千載集2　二六七(人家一三九・六華三九七〔作者「土御門院」〕)、二一三二。同右。

新後拾遺集2　四七六（題林五〇八八）、六〇一（大合一二二・題林一二四三）。同右。　小計29首。

私撰集・歌合等

秋風集1　六〇二（続後拾一二九六）。書陵部蔵本（五〇一・一二七）。

現存六帖1　［第二］二七（続古五〇一・和漢八五三・名寄一一六一）。冷泉家時雨亭文庫本（影印版に拠る）。

東撰六帖6　九（抜粋九）、六〇、六四（抜粋三七）、九六（抜粋五一）、二一〇、二二四。島原図書館松平文庫本（一二九一九）。

同抜粋本11　九（東撰九）、三七（東撰六四）、五一（東撰九六）、一四八、一四九〔前歌の作者名が掛かるとすれば公朝歌〕、二〇八（別本五九四）、二四三（続拾六二一・新三二六八〔作者「前僧正実伊」〕）、二八五、三六八、三六九〔前歌の作者名が掛かるとすれば公朝歌〕、四三四。祐徳稲荷神社寄託中川文庫本（国文学研究資料館データベースの画像データに拠る）、「祐徳稲荷神社寄託／中川文庫本「東撰和歌六帖」（解説と翻刻）」（『国文学研究資料館紀要』二、昭五一・三）の翻印を参照。

宗尊親王家百五十番歌合10（あるいは9）　六、三六（夫木一〇〇一九）、六六（夫木二六三八）、九六、一二六（人家一四〇）、一五六、一八六（人家一四六・夫木一〇七八〇）、二一六、二四六、二七五〔作者「能清朝臣」、錯乱か〕（人家一四九）。尊経閣文庫蔵本。

弘長歌合4（一首本文欠）　二二、三四、四六、五八（夫木九九一一）。歌番号は注（31）所掲論攷の翻刻の付番に拠る。次も同じ。

歌合弘長二年三月十七日5　一〇、二〇、三〇、四〇、五〇。

三十六人大歌合5　一二二（新後拾六〇一・題林一二四三）、一二四、一二六（名寄七三一一）、一二八（新後撰三七二）、一三〇（六華一八〇二〔六花集注三九八〕）。書陵部蔵（特六一）本。

人家集18　一三四（六華一六一）、一三五、一三六（和漢二九八）、一三七（類似歌、別本五九三・和漢四三四）、一三八、一三九（新千二六七・六華三九七〔作者「土御門院」〕）、一四〇（宗尊一二六）、一四一、一四二、一四三、一四四、一四五、一四六（宗尊一八六・夫木一〇七八〇）、一四七（新後撰一三三三）、一四八、一四九（宗尊二七五〔作者「能清朝臣」、錯誤か〕）、一五〇（拾遺二二五）、一五一（新後撰一一四八・題林八四三二）。島原図書館松平文庫本。福田秀一「人家和歌集〔解説錯簡考と翻刻〕」（『国文学研究資料館紀要』第七号、昭五六・三）の本文復元案に拠る。

閑月集2　四三三、五〇四。国立歴史民俗博物館蔵高松宮伝来禁裏本（H-600-688）（写真版に拠る。同本を底本とする古典文庫本を参照）。

別本和漢兼作集3　五九三（和漢四三四・人家一三七〔改作か〕）。五九四（抜粋二〇八）、五九五。他に四首の漢詩句あり。島津忠夫氏蔵本（『別本和漢兼作集と研究』（未刊国文資料）の翻印に拠る）。

和漢兼作集3　二九八（人家一三六）、四三四（別本五九三）、八五三（続古五〇一・現存〔第二〕二七・名寄一一六一）。書陵部蔵本を底本とする新編国歌大観本。同本の親本の冷泉家時雨亭文庫本（冷泉家時雨亭叢書影印版）を参照。

新撰風体和歌抄1　八（日本文学Web図書館和歌&俳諧ライブラリー「歌書集成」）。西本願寺蔵手鑑『鳥跡鑑』所収「伝藤原清範（後京極良経）筆断簡」。久保木秀夫『中古中世散佚歌集研究』（青簡舎、平二一・一一）第二章第五節「新撰風躰和歌抄」所載写真版に拠る。

拾遺風体集15（抄出本7）　八、二〇、三九、一一五、一五九〔抄〕、二二五〔抄〕（人家一五〇）、二三七〔抄〕、二三九、三二八〔抄〕、三五一、三八二〔抄〕、四〇〇、四三二、四八一〔抄〕。五〇二〔抄〕。島原図書館松平文庫本（一三〇七）。

歌枕名寄3　一一六一（続古五〇一・現存〔第二〕二七・兼作八五三）、一六九三（続拾五四二）、二七〇三〔作者名無し〕（続後拾一一〇三）、七三一一（大合一二一六）。万治二年（一六五九）刊本を底本とした新編国歌大観本。

夫木抄 236（二首重出）　一五、二二〇～二二三、五一四、七〇一～七〇三、七八三、一〇八九～一〇九〇、一一二五～一一二八、一一七九、一二〇六、一四九七、一七五三、一七六五、一七七九、一八八四～一一八五、二〇八一～二〇八二、二一六九、二一九四、二二〇一、二三三四、二四七三～二四七四、二五四一、二六三八（宗尊六六）、二七九一、二八七五、二八九三、三一四八、三二八六、三三五六、三四二一、三四七七、三六六五、三七八七、三九六五～三九六六、四二一〇、四二八三、四三四二、四七〇三～四七〇四、四八四九～四八五〇、四九五九、四九六八、五〇二二、五四三八、五七九二～五七九三、五八六一～五八六二、六〇二〇、六〇五三、六八〇三～六八〇五、六八二六～六八二八、六八七七～六八七九、六九七〇、七〇四一、七一三二、七四二五、七四三一～七四三二、七五三四～七五三五、七五三六（六華一三八九〔六花集注一六一〕）、七五三七～七五三八、七七六一、七七六九～七七七〇、七八八八、七九九七、八一九九、八二六九、八二九六、八三四八、八四八九、八八一七、八九四一、八九

五七、八九九〇、八九九九、九〇一〇、九一四七（夫木一五九六九）、九二一七、九二二〇、九二四〇、九三二八、九四五一、九六八四、九七三五、九七四四、九七七〇、九九一一（弘長歌合五八）、一〇〇〇五、一〇〇一九（宗尊三六）、一〇一四四、一〇一四八、一〇三三七、一〇四六九、一〇四八九、一〇五〇二、一〇五三六、一〇五四四、一〇五七三、一〇五八〇、一〇六五二、一〇六八一、一〇六八八、一〇六九四～一〇六九五、一〇六九九、一〇七八〇（宗尊一八六・人家一四六）、一〇九五九、一一〇六五、一一一七六、一一三一一、一一三九四、一一五四五、一一七三四、一一八三三、一一八五八、一一八六三、一一八八八、一一九〇四、一一九三四、一一九四〇、一一九五六、一二〇〇一、一二一六七、一二二八六、一二三六七、一二三七二、一二三九四、一二四二四、一二四五三、一二五〇〇、一二六六六、一二六七九、一二七一八、一二七二四～一二七二五、一二七七八、一二八五一、一二九二六～一二九二七、一二九六一～一二九六二、一三〇六九、一三一五九、一三一六一、一三一七七、一三一八五、一三一九五、一三二五四、一三五二五、一三六三五、一三六六二、一三八五六、一三八六七、一三九五五、一四一三五、一四一五五～一四一五六、一四二八四～一四二八六、一四二九一、一四三三八、（前歌を承け作者を「同」とする一四三三九は雲居寺結縁経後宴歌二〇、木工助敦隆の歌）、一四三九二、一四四二七、一四五九四、一四七八二、一四九六四～一四九六五、一五〇八四、一五〇九八、一五一〇九、一五一二二、一五一三六～一五一三七、一五一七一、一五一九三、一五二八一、一五三二七～一五三二八、一五五三一、一五五四八、一五六〇七、一五六四二、一五六六七、一五六七五、一五六九七、一五七一八、一五七二〇、一五七二八、一五八三六、一五八九一、一五九六九（夫木九一四七）、一五九七〇～一五九七一、一六〇八九、一六一二〇、一六一六五、一六三四五～一六三四六、一六四五六、一六五三七、一六五四九、一六六二九、一六七七四（題林愚抄一〇〇〇〇〔作者「公雄」〕）、一六八一五～一六八一六、一六八六〇、一六九〇七、一六九二二、一六九七〇、一七〇二九、一七〇五二。静嘉堂文庫本。

新三井集12　七、一八、六〇、一二四、一四七、一六八、一七四、一七九、一九二、二六六、二六八〔作者「前僧正実伊」。錯誤か〕（続拾六二一・抜粋二四三）、二九七。有吉保氏蔵本を底本とした新編国歌大観本。

六華集5　一六一（人家一三四）、四九四（三百六十一七七）、一三八九（六花集注一六一）（夫木抄七五三六）、一七三七（六花集注三九〇）、一八〇二（六花集注三九八）（大合一三〇）。

題林愚抄5　一二四三（新後拾六〇一・大合一二二）、三九四二（玉葉七〇五）、五〇八八（新後拾四七六）、八四三二（新後撰一一四八・人家一五一）、一〇〇〇〇（作者「公雄」）（夫木抄一六七七四）。寛永十四年（一六三七）刊本（刈谷市立中央図書館村上文庫本の紙焼写真に拠る）。

三百六十首和歌2（一七七～一七九まで作者「大僧正公朝臣」の下にあるが、一七八は後鳥羽院宮内卿の歌、一七九は他に見えない歌）一七七（六華集四九四）、一七九。島原図書館松平文庫本を底本とする新編国歌大観本。

一遍上人絵伝1　聖戒本。『日本の絵巻』の影印に拠る。

＊本節に引用の本文は、特記しない限り、以下のとおり。公朝歌（含む贈答）は、右記の諸本を底本とした「僧正公朝の和歌注釈稿（一～四）」（『鶴見日本文学』一九～二二、平二七～三〇・三）、「僧正公朝の和歌注釈稿補遺」（『鶴見大学紀要（第一部）』五八、令三・三）、「僧正公朝の和歌注釈稿補遺（続）」（『鶴見大学紀要（第一部）』五九、令四・三）（以上略称「注釈稿」）の本文に拠る。その他の和歌は、新編国歌大観に拠る。表記は改める。

第四節　僧正公朝の和歌

はじめに

前節に記したとおり、公朝は、嘉禄二年（一二二六）生まれで、永仁四年（一二九六）に七十一歳で没した。実父は従三位藤原実文で、養父は北条義時男の名越朝時である。園城寺別当を務め、僧正に至った。『続古今集』を初出として『新後拾遺集』までの九勅撰集に計29首の入集を果たしている。また、鎌倉期成立の各々性格を異にする私撰集に於いても重く扱われている。従って、相応の力を有した歌人であったかと推察され、少なくとも鎌倉期の関東歌壇を勘考する上では重要な存在である。

公朝が残した詠作の外形・概要については、前節にまとめて記したとおりである。その公朝の現存歌（重複を除く）計339首について、「僧正公朝の和歌注釈稿（一～四）」（『鶴見日本文学』一九～二二、平二七～三〇・三）、「僧正公朝の和歌注釈稿補遺」（『鶴見大学紀要（第一部）』五八、令三・三）、「僧正公朝の和歌注釈稿補遺（続）」（『鶴見大学紀要（第一部）』五九、令四・三）（以上略称「注釈稿」）に注釈を施した。その結果を基に、公朝の和歌について、その特徴をまとめて論じたい。公朝の歌の本文や引用の本文は、右記注釈稿のそれに拠る（原則として詞書の類は和歌の前に記すが、作者位署は省略する。底本の原状は一部漢字の訓みに有用な場合等を除き省略する）。なお、公朝の作であることに疑いが残る歌6首[1]については、各種歌数の集計等には含めておくが、直接に論及することは控えることとする。

一　本歌取の特徴1――『万葉集』歌の本歌取

公朝の本歌取・本文取（漢詩文を本文に取る作）・本説取（物語・説話類を本説に取る作）の詠作の概要については、別に一覧にまとめてみた。(2)注釈者の認定による限り、その数は公朝の現存歌339首の内145首（本歌取118首、本文取7首、本説取20首）である。現存歌に占める割合4割強は決して低くないであろう。時代の傾向はあるにせよ、公朝の詠作の一つの傾きではあろうが、その特徴は数ではなく、本歌・本文・本説に取る典故の多様さに求めるべきである。具体例を挙げつつ、公朝の本文・本説を含む本歌取の手法とそれがもたらす詠風について考察してみたい。

古歌に拠る公朝の本歌取から見てゆく。大まかな傾向を知る為に、一首の古歌を本歌に取った詠作について、その古歌を所収歌集別の数にしてみると次のとおりである。

古今集24（首）　後撰集4　拾遺集7　後拾遺集6　金葉集1　詞花集1　新古今集2　新勅撰集1

万葉集42（内長歌6）　伊勢物語1　和漢朗詠集1　古今六帖1　五代集歌枕1　日本書紀1　神楽歌4

一首の古歌を本歌にした本歌取に限ってみても、本歌の主題（春夏秋冬・恋・雑等の部立・部類）は転換されている割合が多いようである。勅撰集のみに限り、公朝詠の所収歌集の部立に従って（一部部立・部類がないので内容から判断）、本歌から公朝詠が主題（部立・部類）を転換している割合を示せば、勅撰集歌本歌取46に対して29首で、6割強である。公朝詠の所収歌集の部類は絶対ではなかろうし、ここでは他の同時代歌人との数値の比較もできないけれども、もしこの割合が多いのだとすれば、それは『近代秀歌』や『詠歌大概』等の定家学書やその類の所説と全く無関係ではないであろう。しかしそれよりも、古歌に拠りつつそこに新奇さを求める公朝の姿勢が与っているのではないかと推測するのである。

まず、『万葉集』歌を本歌に取る歌について取り上げる。公朝の場合、多くの歌人が本歌に取るはずの『古今集』

歌に比しても、『万葉集』歌を本歌にする数が倍程度に上回っている。数量の多さと内実の変化の度合の点で、公朝の本歌取の傾向の一端を示すと思われる。それを具体的に見てみよう。[3]

194「中務卿親王家歌合、恋／何とまた人の刈らまく惜しむらん標結はましを越の菅原」（夫木抄・雑四・原・こしのすがはら・九九一二）は、『万葉集』の「ま玉つく越の菅原我刈らず人の刈らまく惜しき菅原」と「山高み夕日隠れぬ浅茅原のち見むために標結はましを」（巻七・譬喩歌・一三四一、一三四二・作者未詳）の並びの両首を、本歌に取り併せた歌である。このような安易とも言える方法はしかし、実朝や宗尊といった関東歌壇の主宰たる鎌倉殿の常套でもあった。本歌に即いた比喩表現で言わば失恋を詠じているが、恋歌の本意から外れている感があり、誹諧や諧謔と背中合わせの軽みが感じられなくもない。また、264「おしてるや海かたまけて御食向《みけむ》かふ味原宮に玉拾ふかも」（夫木抄・雑〔十二〕・故宮・あぢはらのみや、同〔摂津〕・一四二八五）は、『万葉集』の次の長歌を本歌にする。「やすみしる　我が大君の　あり通ふ　難波の宮は　くぢらとる　あま片づきて　玉拾ふ　浜へを近み　朝はふる　波の音騒き　夕かりに　棹の音聞こゆ　暁の　寝覚めに聞けば　あま石の　潮干のともに　いる渚《す》には　千鳥妻呼び　葦へには　たづ鳴きとよみ　見る人の　語りにすれば　聞く人の　見まくぞ欲しき　御食向かふ　味原宮は　見れど飽かぬかも」（巻六・雑歌・一〇六二・福麿歌集）。これに基づきながら、それを解体して歌詞の組み合わせを弄んだような仕立てであり、そこに公朝の手法の一端が垣間見えるであろう。ちなみに公朝の現存歌には、『万葉集』の長歌を本歌にする歌が7首（短歌との取り併せ一首を含む）あり、[4] ここにも公朝の『万葉集』への傾倒が窺われるのである。

204「七百首歌中／大和路の吉備の児島は遠けれど千重の五百重の浪間より見ゆ」（夫木抄・雑五・島・きびのこじま、備中・一〇五七三）は、『万葉集』の「大和路の吉備の児島を過ぎて行かば筑紫の児島思ほえむかも」（巻六・雑歌・九六七・旅人）を本歌にする。同時に、「千重の五百重の浪」は「沖つ藻を隠さふ波の五百重波千重しきしきに恋ひ渡るかも」（万葉集・巻十一・寄物陳思・二四三七・人麿歌集）、「遠けれど」は「雖遠」（同・巻三・譬喩歌・三九六・家持、巻八・雑歌・一五七四・作者未詳、巻十一・寄物陳思・二四五四・人麿歌集）の西本願寺本等訓の形（現行訓は「とほけども」）、「浪間より見ゆ」は「浪（波）間従所見」（同・巻七・雑歌・一一九四・藤原卿、一二三三・作者未詳）の西本願寺本等訓の形（現行訓は「なみのまゆみゆ」）に拠っていよう。ほぼ全ての詞を『万葉集』歌に負った一首であり、それは公朝の意識的な所為ではないだろうか。これと同様に、214「弘長元年中務卿親王家百首／高島の阿渡川波に船泊めて明日は勝野の原を行かなん」（夫木抄・雑六・河・あどかは、吾跡又阿渡、近江・一一一七六）は、「高島の阿渡川波は騒けども我は家思ふ旅寝悲しみ」（万葉集・巻九・雑歌・一六九〇・人麿歌集）、「大御舟泊ててさもらふ高島の三尾の勝野の渚しぞ思ふ」（同・巻七・雑歌・一一七一・作者未詳）、「いづこにか我が宿りせむ高島の勝野の原にこの日暮れなば」（同・巻三・雑歌・二七五・黒人。新勅撰集・羇旅・四九九・読人不知、初句「いづくにか」結句「この日暮らしつ」）の三首を、本歌にすると見てよい。公朝自身が「本歌」と認識していたかまでは分からないが、少なくとも、『万葉』歌三首を組み合わせて仕立て上げた一首とは言え、『万葉』歌に精通してそれを自在に詠み込む公朝の詠法の一面を見ることができる。

古歌三首の本歌取はともかく、公朝も二首の古歌を本歌に取ることが少なくない。これは時代と地域の詠み方の傾向でもある。

その中で次の一例は、長歌を本歌に取ることが少なくない公朝らしい一首である。222「弘長元年中務卿親王家百首／敷島の中の水門のさ夜千鳥妻呼び立てて浦伝ひ行く」（夫木抄・雑七・湊・なかのみなと、讃岐・一一八八八）は、『万葉集』の「玉藻よき　讃岐の国は　国からか　見れども飽かぬ　神からか　ここばかしこき　天地の　日月と共に　満ち行かむ　神の御面と　敷島の　中の水門ゆ　舟浮けて　我が漕ぎ来れば…」（巻二・挽歌・二二〇・人麿）と「円方《まと》の湊の渚《す》鳥波立てば妻呼び立てて辺に近づくも」（巻七・雑歌・一一六二・作者未詳）を本歌にすると認められる。「敷島の中の水門」が基づいた、『万葉集』歌の原文は「次来　中乃水門従」で、西本願寺本訓・寛永刊本訓は共に「つぎてくる　なかのみなとゆ」、現行訓は「継ぎ来たる　中の水門ゆ」である。「しきしまの　なかのみなとゆ」と訓むのは、神田本・広瀬本等である。仙覚の『万葉集註釈』に「次来ノ句、次未トカク。コレニヨリテ古点ニハ、シキシマノと点す。イタク荒涼也。師中納言伊房卿手跡本、次来中乃〔水〕門従、書之、尤可然。コレニツキテ、カミノミオモト、ツギテクルト和スベシ。アキツシマハノスメラミコトノワカミコタチ、アレツギ、タリタマフ心也。中ノミナト、ハ、阿波国ニミヅノミナトアリ。中湖トイフハ、牟夜戸与二〔奥〕湖一中ニ在ルガ故、中湖ヲ為レ名ト。見二阿波国風土記一。」（仁和寺蔵本影印版に拠り、表記は改める。〔 〕は万葉集叢書または日本古典文学大系風土記逸文による）とある。『夫木抄』には人麿歌を「しきしまの　なかのみなとに　舟うけて　わがこぎくれば　ときつかぜ　くもゐにふくに　おきみれば　あとゐなみたち」（雑七・なかのみなと、讃岐・長歌、万二・一一八八九）の形で抄録する。公朝が何れに拠ったかは正確には不明だが、同時代に「しきしまの　なかのみなとゆ」という本文がある程度流通していたことは間違いないだろう。

また例えば、6「題しらず／楢の葉の名に負ふ宮の郭公代代に古りにしこと語らなむ」（続拾遺集・雑春・五四二）は、「神な月時雨ふりおける楢の葉の名に負ふ宮のふることぞこれ」（古今集・雑下・貞観御時、万葉集はいつばかりつくれるぞと問はせ給ひければよみて奉りける・九九七・文屋有季）と「あをによし奈良の都は古りぬれどもと時鳥鳴かずあらなくに」（万葉集・巻十七・三九一九・家持）の両首を本歌に取る。前者の『古今集』歌が詞書に「貞観御時、万葉集はいつばかりつくれるぞと問はせ給ひければ」とあるので、もう一首に『万葉集』歌を取り併せたのは意識的であったのかもしれない。ここに、公朝の本歌取の詠み方の特徴が認められると共に、上代とその都「奈良」への関心が窺われるのである。これについては後にまとめて論じる。

二　本歌取の特徴2

引き続き、公朝の本歌取の特徴を、具体的に作品の中に探ってみよう。

32「（残雪）／鶯はや鳴かましを外面なる竹の葉山に雪は降りつつ」（東撰六帖・春・六四）は、「み園生の竹の林に鶯はしば鳴かましを雪は降りつつ」（古今六帖・第六・うぐひす・四四〇九・作者不記）を本歌にしていると見る。比較的新しい大和国の歌枕「竹の葉山」は、「夕まぐれ竹の葉山は深けれど声より浅き春の鶯」（紫禁集・同比〔建保元年三月十八日〕当座・竹裏鶯）や「鶯の帰る家路も花やなき竹の葉山の谷の夕風」（光経集・同〔承久二年三月〕廿四日内裏当座歌合に、鶯帰谷・五六）等に拠ったのであろうか。それは措いて、本歌は、『万葉集』（巻十九・四二八六・家持）では、四句「之波奈吉尓之乎（しば鳴きにしを）」であり、詞の一致からは『古今六帖』の形を基にしたとみるべきであろうか。『新撰六帖』『現存六帖』が先行して成立した時代の関東圏の『東撰六帖』所収歌ではあっても、この公朝歌の詠作機会は不明である。それでも、そもそも『古今六帖』は作歌に有用であり、まして将軍宗尊親王が鎌倉で文永二年（一二六五）に九月十三夜の「六帖題歌会」を催すという歌壇の状況があり、そこに参加した公朝であれば、たとえそれ以前でも以後でも、『古今六帖』に目を向けていたとしても不思議ではない。ただし、一般には『古今六帖』歌を他の歌人達（読者）が認識し得たのかについては疑問が残ることは確かであろう。とすれば、この公朝詠は、『万葉集』歌に拠りつつも、一部句形を『古今六帖』の形の歌に基づいて変化させたものと捉えるべきであるのかもしれない。細かい本文異同が絡むので断言はできないけれども、もしそのような詠作であるならば、当時の髄脳類等が説き今日それを基に想定する本歌取の方法や規制には無頓着な、古歌に拠りつつも自在柔軟に歌を仕立てる、公朝の作歌の姿勢や手法を見ることになるのであろう。

205「弘長元年中務卿親王家百首／別れ路に身を焼くおきの数添へて都島辺に飛ぶ蛍かな」（夫木抄・雑五・島・み

やこじま・一〇五八〇）は、「おきのゐて身を焼くよりも悲しきは都島辺の別れなりけり」（伊勢物語・百十五段・一九六・女。古今集墨滅歌・物名・おきのゐ、みやこじま・一一〇四・小町。小町集・ゐでのしまといふ題を・三〇）を本歌にする。「暮れかかる雲間の星の数添へて天つ空まで行く蛍かな」（楢葉集・夏・一六二・静厳）との類似も見逃せないかもしれない。「おき」は「熾・燠・煨」で熾火の略とすると、「蛍」の火の見立てであろうか。「都島」は、『能因歌枕』『八雲御抄』は陸奥国とするが、よく分からない歌枕である。古歌の難義の詞を敢えて詠もうとする姿勢が窺われようか。また、265「弘安〔張〕元年中務卿親王家百首／国見せし昔は遠く霞み来ぬ吉野の宮の春の夜の月」（夫木抄・雑〔十二〕・故宮・よしののみや・一四二八六）は、『万葉集』の長歌「やすみしし　我が大君の　神ながら　神さびせすと　吉野川　たぎつ河内に　高殿を　高知りまして　登り立ち　国見をすれば　たたなはる　青垣山の　山つみの　たつるみつきと　春へには　花かざし持ち…」（巻一・雑歌・幸二于吉野宮一之時柿本朝臣人麿作歌・三八）を本歌にして、源実朝の「誰住みて誰ながむらむ故郷の吉野の宮の春の夜の月」（金槐集定家所伝本・春・三四）にも拠っていよう。「霞来ぬ」も鎌倉前期の小さな流行の歌詞である。このような古歌と近代歌の取り併せも、将軍実朝や宗尊がよく用いた手法である。同時に、公朝の古代に対する関心が垣間見える一首である。

『後撰集』の歌を本歌に取ることは、他の歌人と同様にさほど多くはない。『後撰集』の本文に関わる一例を挙げておこう。201「家集、海辺雪／湊越す潮風寒し紀の国や浦の初島雪は降りつつ」（夫木抄・雑五・島・浦のはつしま、摂津又紀伊・一〇五〇二）は、「あな恋ひし行きてや見まし紀の国に今もありてふ浦の初島」（後撰集〈堀河具世筆本・雲州本〉・恋三・七四二・戒仙。古今六帖・第三・しま・一九一一・忠岑。五代集歌枕・うらのはつしま・一四八七・戒仙）を本歌にする。『後撰集』の新編国歌大観本の底本の定家年号本天福二年三月本等の主要伝本は、第三句が「津の国の」である。他集に拠った結果かもしれないので確言はできないが、公朝の依拠した可能性のある『後撰集』の伝本の問題として注意しておきたい。

一方で、神楽歌を本歌に取るのは、公朝の詠作の特徴の一つであろう。「三島社奉納神楽の歌」や「三島社奉納神楽を和する歌」あるいは「神楽を和する歌」を詠じて（5）実際に神楽の場に臨んだ経験を持ったであろう公朝は、本歌取以外でも神楽歌に負った作を残している。以下に、公朝の神楽歌の本歌取の例を挙げておこう。

132「三島奉納神楽を和する歌に、篠波／唐崎の松吹く風に女郎花なびくを見れば御稲《みしね》搗くかも」（夫木抄・秋二・女郎花・四二八三）は、神楽歌の「細波や　志賀の唐崎や　御稲《みしね》搗《つ》く　女《をみな》の佳さや　さや　それもがな　かれもがな　愛子夫《いとこせ》に　ま　愛子夫にせむや」（小前張・細波・本）に和した歌である。広い意味で本歌取と言ってよい。「女郎花なびくを見れば秋風の吹きくる末もなつかしきかな」（千載集・秋上・二五二・雅兼）も踏まえているかもしれない。ちなみに、宗尊親王に「さざ浪や志賀の唐崎うらさびて荒れたる都松風ぞ吹く」（柳葉集・巻五・文永二年閏四月三百六十首歌・雑・八〇三。中書王御詠・雑・故郷・二四九）、また隆弁に「月影も更けやしぬらむ唐崎の松吹く風の音の澄めるは」（人家集・月を・一六）がある。（志賀の）「唐崎」の「松」「吹く」「風」を、将軍宗尊親王とその護持僧の隆弁、隆弁と同じ園城寺僧の公朝が揃って詠じていることは偶然ではないであろう。

また、94「六帖題、梅／住吉のきしもせざらん人ぞ憂き遠里小野の梅の盛りに」（夫木抄・春三・梅・七〇三）は、『拾遺集』神楽歌の「住吉のきしもせざらんものゆゑにねたくや人にまつと言はれむ」（五八七、左注「ある人のいはく、住吉明神の託宣とぞ」）と『万葉集』の「住吉の遠里小野の真萩もて摺れる衣の盛り過ぎ行く」（巻七・雑歌・一一五六・作者未詳。古今六帖・第五・すりごろも・三三一一・作者不記。五代集歌枕・遠里小野・七一三・作者不記。新千載集・秋下・五二七・人丸）を取り併せていよう。同様に、150「神楽を和する歌中／利根河の河原を行けば小夜千鳥石踏む道にをち返り鳴く」（夫木抄・冬二・千鳥・六八〇五）は、「篠《ささ》分けば　袖こそ破《や》れめ　利根川の　石は踏むとも　いざ川原より　いざ川原より」（神楽歌・採物・篠・末。新勅撰集・神祇・五四四、五句の反復無し）を、「暁の寝覚めの千鳥誰がためか佐保の川原にをち返り鳴く」（拾遺集・雑四・初瀬へまで侍りける道に、佐保山のわたりに宿りて侍りけるに、千鳥の鳴くを聞きて・四八四・能宣）と併せて取っていよう。たとえ神楽歌に基づくような特異な本歌取の場合でも、複数の古歌を取り併せる自在な柔軟さは、公朝の詠作が目指す傾きを示していよう。

三　本文取と漢詩句、老いの述懐

公朝の「本文取」と「本説取」の歌（本歌取の本歌に当たるのが本文や本説である歌）を取り上げる。「本文」「本説」の定義・用法は、歴史的にも現代の研究上でも揺れがある。それを私見でまとめると、次のとおりである。(6)

①歴史的には「本文」は、早く〈本歌〉の意に用いられているが、和漢の別は不明も広く典故（あるいは証文・証歌）の意に用いられている場合がある。

②一方で、漢故事の類の典故を「本文」、また、典故の漢詩や漢文を「本文」と言う場合もある。

③詠作で本にした典故を広く「本説」と言うが、物語を「本説」と言う例がある。

④中世和歌注釈では、典故たる漢詩・漢文を「本文」、典拠たる物語・説話・伝承・注釈等を「本説」とするのが穏当か。ただし、漢文由来の故事の類で、すでに我が国の中で通用の説話本文が成立しているような場合は、「本説」とするのが自然か。

いずれにせよ、各々が定義して用いることが必要であろうから、ここでは④の立場を取ることとする。本文の所収の集は、『和漢朗詠集』がほとんどである。参考の詩と共に、公朝の本文に依拠した歌の番号を本文の集別に一覧しておく。

本文

和漢朗詠集　105夫木抄・春五・三月三日・一七五三（春・三月三日・三九・道真）、115夫木抄・夏一・二三三四（夏・首夏・一四七・白居易）、126夫木抄・夏三・瞿麦・三四七七（管絃・五絃弾・四六三・白居易）、

137夫木抄・秋三・鹿・四八五〇（秋・鹿・三三四・温庭筠）、146夫木抄・秋六・六〇二〇（秋・紅葉・三〇四・以言）、276（述懐・七六〇・惟良春道）。

白氏文集　288夫木抄・雑十五・綾・一五六四二（巻四・新楽府・繚綾）、292夫木抄・雑十五・車・すみの車・一五七一八（巻四・新楽府・売炭翁）。

参考

和漢朗詠集　38東撰六帖抜粋本・秋・初秋・二〇八（秋・秋興・二二二・白居易）。

新撰朗詠集　170夫木抄・雑一・風・大空の風・七七七〇（雑・述懐・七〇八・惟良春道）。

『白氏文集』を本文にした一例を見ておこう。292「冬歌中／雪をこそ積み余りつれ市の南門の外なる炭の車に」（夫木抄・雑十五・車・すみの車・一五七一八）は、「売炭翁」の「夜来城外一尺雪　暁駕ニ炭車一輾レ氷轍　牛困人飢日已高　市南門外泥中歇」を本文に取る。全体は次のとおり。「売炭翁　伐レ薪焼レ炭南山中　満レ面塵灰煙火色　両鬢蒼蒼十指黒　売レ炭得レ銭何所レ営　身上衣裳口中食　可レ憐身上衣正単　心憂ニ炭賤一願ニ天寒一　夜来城外一尺雪　暁駕ニ炭車一輾レ氷轍　牛困人飢日已高　市南門外泥中歇　翩翩両騎来是誰　黄衣使者白衫児　手把ニ文書一口称レ勅　廻レ車叱レ牛牽向レ北　一車炭重千余斤　官使駆将惜不レ得　半疋紅紗一丈綾　繋ニ著牛頭一充ニ炭直一」（白氏文集・諷諭・売炭翁。『神田本白氏文集の研究』の影印に拠り通行字体に改め、私に返り点を付す）。貧しい売炭翁が、せっかく願いどおりに雪が降って寒くなった（炭価が上がった）はずなのに、官使に安い対価で車に満載の炭を召し上げられる悲哀を、「雪をこそ積み余りつれ」として同情した、と見ることができる。白詩の本文取だが、後述する公朝の民に対する憐憫の情を詠じるような歌に通うのである。

ここで、『別本和漢兼作集』（五九六～五九九）所収の公朝の漢詩句四首を読んでおきたい。

古寺春

①千花苑裏春風夢（せんくわゑんのうちのしゆんぷうのゆめ）　一実観前暁月心（いつじつくわんのまへのけうぐゑつのこころ）。

「千花」は、多くの花の意だが、「紅葉乱飛。暗成㆓千花錦繍帳㆒」（本朝文粋・十三・大江匡衡）や「千花百草凋零後（せんくわはくさうてうれいののち）　留向紛紛雪裏看（とどまてふんぷんたるゆきのうちにむかてみる）」（新撰朗詠集・竹・四〇三・白居易）等と見え、他に仏典にも多く見られる。下句の二字目は、島津忠夫氏蔵本を底本とする未刊国文資料は「実」とするが、同じ底本の新編国歌大観は「宝」におこしている。原本未見で断言はできないが、「千花」の対としては「一実」が本来であろうか。「実」を花に対する果実の意味ではなく用いた「側対」の技法であろう。「暁月」は、『和漢朗詠集』に三例ある他、『新撰朗詠集』の「陶君籬旧寒花悴（たうくんまがきふりてかんくわかしけたり）　商老山深暁月幽（しやうらうやまふかくしてけうぐゑつかすかなり）」（閑居・五八一・源経信）が、④で公朝が詠じている「漢四皓」の故事を仕込んでいる。対句で、題の「古寺春」の景趣を描く。詩句の意味は「境内に春の花が咲き乱れ夢のような風景だ、一実観によって真実を悟ればその象徴として月を暁に見る。」。

②少年昔悦上陽近（せうねんのむかしはよろこべりしやうやうのちかきことを）　衰暮今悲残日窮（すいぼのいまはかなしむさんじつのきはまれることを）

　　老情不㆑耐㆑冬

「少年」と「衰暮」の対は、『続詞花集』（跋）に「僕自少年昔、迄衰暮今」と見える。「上陽」は正月のこと。とすると、対としての「残日」は年暮の残り少ない日々を言うか。ただし、「少年昔」の対の「衰暮今」からすれば、人生の残り少ない日々を言うか。両者が掛かっているのだろうか。いずれにせよ、「残日」は『新撰朗詠集』に「家訓欲聞残日少（かくゐんきかむとするにさんじつすくなし）　洛陽風月莫遅帰（らくやうのふうぐゑつにおそくかへることなかれ）」（餞別・五九八・菅原輔昭）や「白首七旬残日少（はくしゆしちしゆんさんじつすくなし）　蒼波万里遠天垂（さうはばんりゑんでんたれり）」（老人・六八一・大江以言）等の例がある。五字句の句題詩で、冬の詩会での設題であろうか。題意は「老いの感情は冬に耐えられない」。詩句の意味は「少年の昔は春正月が近いことを悦んでいた（新年を待望していた）ものだが、老衰した今は一年の残りの日がなくなっていくことが悲しい。」。

於㆓羈中㆒即事

③嶺上星沈嵐気曙（みねのうへにほししづみてらんきのあけぼの）　湖西月落鶴声空（こせいにつきおちてかくせいのそら）

「嵐気」は、山の湿潤な空気、あるいは山中のもや。「湖」は、琵琶湖か。趣が類似する詩句が、『和漢兼作集』に「松色独醒紅葉嶺（まつのいろひとりさめたりこうえふのみね）　鶴声欲曙白雲楼（つるのこゑあけなむとすはくうんのろう）」（秋下・山中秋興・八三〇・近衛兼経）と見える。詩句の意味は「（東の）嶺の上の星は沈みそれに代わって曙光に照らされてもやが立ち上り、湖の西に月が沈んで空には鶴の声が響く。」。

感懐

④名利眼前無隙地（みやうりのがんせんにげきちなし）　幽閑胸裏有商山（いうかんのきようりにしやうさんあり）

「商山」は、漢の四皓、即ち秦末の動乱を避けた四人の賢人が隠棲した山。「幽閑」は「人間栄耀因縁浅（じんかんのえいえうはいんえんあさし）　林下幽閑気味深（りんかのいうかんはきびふかし）」（和漢朗詠集・閑居・六一七・白居易）等の例がある。詩句の意味は「名利を求める者の目には隠遁の場所などどこにもないが、閑寂に過ごす者の胸中にはあの四皓隠棲の商の山があるのだ。」。

以上ばかりで、公朝の詩作の力量を判断することは難しいであろうが、対句や平仄は一応定格に従っているようである。中で④には、漢故事の制約の下ではあるが、公朝の価値観が垣間見えようか。[7] また、②は老境の感懐であり、公朝の詠作に目立つ老いの述懐の歌に通じるところがある。趣旨が通う公朝の歌を挙げておこう。

17昔見し月にも袖は濡れしかど老いはさながら涙なりけり（玉葉集・秋下・月の歌とて・七〇五）

27後の世を近くなりぬとおどろくやさすがに老いのしるしなるらん（新千載集・雑下・題しらず・二一三二）
82いにしへは明け行く空の月にのみ傾く影を嘆きてぞ見し（拾遺風体集・雑・熊野卅首・四〇〇）
315老いが身は近く越えなん死出の山遠つ国とは言ふべくもなし（夫木抄・雑十八・哀傷・七百首歌・一七〇二九）

四　本説取1

続いて、公朝の本説取の歌番号を本説の作品別に一覧してみる。

日本書紀　89（神代下）、121（神代上）、122（神武即位前紀戊午年八月乙未条）、160（仁徳天皇）、165（神代上）、238（神武即位前紀）、262（神武三十一年）、266（神武即位前紀）、275（景行天皇四十年是歳）、311（景行天皇四年か）。

古事記　163（上）、237（上）。

祝詞　168（六月晦大祓、祈年祭）。

蒙求　210（張翰適意）、272（陳平多轍）、284（顔駟蹇剝。漢の顔駟の故事、文選・思玄賦注所引漢武故事にも）、312（袁宏泊渚）。

その他　259（「李下に冠を正さず」の故事、古楽府）、269（古列女伝・「孟母三遷」の故事。蒙求では軻親断機）、273（「門前雀羅を張る」、「門前市を成す」の故事、史記、漢書等）、282（「衆口鑠金、積毀鎖骨」の故事、史記等）、305（「塞翁馬」の故事、淮南子）、316（「巫山の夢」、「朝雲暮雨」の故事、文選）。

公朝の詠作の傾向として古代への関心があると思われるので、まず、記紀を本説にした歌から見てゆく。『日本書紀』を本説とする10首（89、121、122、160、165、238、262、266、275、311）、『古事記』を本説とする2首（163、237）を併せ見ると、宗尊親王家の定数歌や歌合、歌集中の題詠歌、『古今六帖』の題詠歌、いずれの詠作機会の歌であっても記紀神話を踏まえる公朝の独自さが窺われるのである。加えて、『日本書紀』に基づく歌が『古事記』のそれよりも多いことは、公朝の知識と関心のありようの一端を示唆し、公朝の歌の特徴の一面を形成していると言えるのかもしれない。具体例を挙げて検討しよう。

121「中務卿親王家五十首歌合／かご山の榊がうれの時鳥常世の鳥の音にや鳴くらん」（夫木抄・夏二・郭公・二八九三）は、『日本書紀』の次の記事を本説とする。「是《こ》の時に、天照大神、驚動《おどろ》きたまひて、梭《かび》を以《も》て身《み》を傷《いた》ましむ。此《これ》に由《よ》りて発慍《いか》りまして、乃《すなは》ち天石窟《あまのいはや》に入《い》りまして、磐戸《いはと》を閉《さ》して幽《こも》り居《ま》しぬ。故《かれ》、六合《くに》の内常闇《うちとこやみ》にして、昼夜の相代《あひかはるわき》も知らず。時に、八十万神《やそよろづのかみたち》、天安河辺《あまのやすのかはら》に会《つど》ひて、其《そ》の禱《いの》るべき方《さま》を計《はか》ふ。故、思兼神《おもひかねのかみ》、深く謀《はか》り遠く慮《たばか》りて、遂《つひ》に常世《とこよ》の長鳴鳥《ながなきどり》を聚《あつ》めて、互《たがひ》に長鳴せしむ。亦手力雄神《またたちからをのかみ》を以て、磐戸《いはと》の側《とわき》に立《かくした》てて、中臣連《なかとみのむらじ》の遠祖《とほつおや》天児屋命《あまのこやねのみこと》、忌部《いみべ》の遠祖太玉命《ふとたまのみこと》、天香山《あまのかぐやま》の五百箇《いほつ》の真坂樹《まさかき》を掘《ねこじにこ》じて、上枝《かみつえ》には八坂瓊《やさかに》の五百箇の御統《みすまる》を懸《とりか》け、中枝《なかつえ》には八咫鏡《やたのかがみ》を懸け、下枝《しづえ》には青和幣《あをにきて》、白和幣《しろにきて》を懸《とりし》でて、相与《あひとも》に致其祈禱《のみいのりまう》す。又猿女君《さるめのきみ》の遠祖天鈿女命《あまのうずめのみこと》、則ち手に茅纏《ちまき》の矟《ほこ》を持ち、天石窟戸《あまのいはやと》の前に立たして、巧《たくみ》に作俳優《わざをき》す。」（神代上。日本古典文学大系の訓読文による。以下同様）の部分である。「かご山の榊のうれ」と「常世の鳥」の詠み併せは、この天岩戸の祭祀の本説に基づき、「常世の鳥」に黄泉路に通う「時鳥」の印象を重ねたと見られる。それにしても上下句共に例を見ない新奇な措辞で、本説に基づきながら、自在の表現を取る公朝の自由さを見てよいであろう。

また、122「家集、夜河／そひ川に阿太の鵜飼部《（うかひべ）》篝さし千代の日嗣の贄《（にへ）》供ふなり」（夫木抄・夏二・鵜河・三一四八）も、『日本書紀』の「水《かは》に縁《そ》ひて西《にしのかた》に行きたまふに及びて、亦梁《う》を作ちて取魚《すなどり》する者有り。天皇問ひたまふ。対へて曰さく、「臣は是苞苴擔《これにへもつ》が子なり」とまうす。苞苴擔、此をば珥倍毛菟《にへもつ》と云ふ。梁、此をば揶奈と云ふ。此則ち阿太の飼《う》鸕部《かひら》の始祖なり。」（神武即位前紀戊午年八月乙未条）を本説に取り、併せて『万葉集』の「婦負川の早き瀬ごとに篝さし八十伴の緒鵜川立ちけり」（巻十七・見二潜レ鸕人一作歌一首・四〇二三・家持）をも踏まえていよう。「そひ川」は、

『万葉』歌の「婦負川」（越中国の所名で現在の神通川の古代の呼び名という）の「婦負（めひ）川」を（「女」の「め」を「曾」の「そ」に）誤解から派生したとも思しいが、公朝は同じ本説に基づき、別に266「六帖題、やな／そひ川に梁打つ男《をのこ》早くこそ贄供へけれ橿原の宮」（夫木抄・雑〔十二〕・故宮・かしはらの宮、大和・一四二九一）とも詠んでいて、「そひ川」を歌語（歌枕か所名）として認識していたらしい。それは、本説の『日本書紀』の「水《かは》に縁《そ》ひて」も与っているのかもしれない。「阿太」（「安太」や「阿陀」とも書く）は、大和国の所名で吉野川の中流域に位置する。本説の当該部分は、『古事記』（中巻・神武天皇）では、神武天皇が「吉野河の河尻に到」ると、「筌《うへ》を作《ふ》せて魚を取る人」がいたが、それは「国つ神」で「名は贄持之子《にへもつのこ》」と自称したといい、「此は阿陀の鵜養の祖」とある。この一首も、『日本書紀』の本説に基づきながらも、和歌では他に見えない珍しい表現を用いている。前掲266歌の、神武天皇が即位した「橿原の宮」という歌に詠まれるのが稀な宮殿の名を用いていることも同様である。用詞の点は措いても、『日本書紀』に依拠する姿勢は公朝の詠作の特徴の一つと言ってよいであろう。

さらに、215「六帖題、夕立／妻籠めて八重立つ雲になる神や簸の川上の夕立の空」（夫木抄・雑六・河・ひの河・一一三一一）は、「八雲立つ出雲八重垣妻籠めに八重垣作るその八重垣を」（日本書紀・巻一・一・素戔嗚尊。古事記・上巻・一、三句「妻籠みに」。古今集・仮名序）を本歌にして、「川上に夕立すらし水屑せく梁瀬のさ波立ち騒ぐなり」（詞花集・夏・七八・好忠）にも負う。「夕立の空」は「天の原豊旗雲になるかみの音過ぎやらぬ夕立の空」（新撰六帖・第一・なるかみ・四八九・信実）や「思ひやるそなたの雲になる神の音にのみ聞く夕立の空」（宝治百首・夏・夕立・一一三七・師継）等に拠っていようか。これも、古歌を踏まえながら、近代の歌詞をも取り込む当時の関東歌壇にまま見られる手法を見せている一首であるが、公朝の『日本書紀』への傾倒、古代への関心、記紀神話への好奇心が浮き彫りになる歌である。ちなみに、「簸の川上」は、真観に「ちはやぶるこの八重垣も春立ちぬ簸の川上は氷解くらし」（新和歌集・雑上・六七三・真観）の用例があり、その真観が文応元年（一二六〇）五月に鎌倉で書き表して将軍宗尊親王に渡ることを企図したと思しい歌論書の『簸河上』の冒頭は、「三十一字の歌はみなもと簸河上より出でて流れ難波津に至る」である。これらに触発されたのであったかもしれない。

五　本説取2

続いて、『古事記』の記事に基づく歌も検討しておく。

163「三島社にたてまつりける神楽を和して云ふ歌、庭火／庭火焚き常世にありし長鳴きの鳥の音聞けば明けぬこの夜は」（夫木抄・冬三・神楽・七五三四）の題の「庭火」（「庭燎」とも書く）は、庭でたく照明の火だが、特に夕方から奏される神楽の照明の火を言う。いわゆる聖火として中心に置かれたらしく、浄めの意味もあるという。神楽歌「庭燎」の「深山には　霰降るらし　外山なる　真拆の葛　色づきにけり　色づきにけり」（一）は、庭火を焚き楽人が位置に着き、神楽が始まる前の歌という（日本古典文学大系『古代歌謡集』頭注参照）。一首は、もちろんそのことを踏まえてはいようが、同時に、神楽の起源とされる天岩戸の天鈿女（天宇受売）命の滑稽な舞の場面を本説とする。「…常世《とこよ》の長鳴鳥《ながなきどり》を集めて鳴かしめて…天宇受売《あめのうずめ》命、天の香具山の天の日影《ひかげ》を手次《たすき》に繋《か》けて、天の真拆《まさき》を縵《かづら》と為《し》て、天の香具山の小竹葉《ささば》を手草《たぐさ》に結ひて、天の石屋戸に汙気《うけ》伏せて、蹈《ふ》み登杼呂許志《とどろこし》、神懸《かむがか》り為て、胸乳《むなち》を掛き出《い》で裳緒《もひも》を番登《ほと》に忍《お》し垂《た》れき。爾に高天の原動《とよ》みて、八百万の神共《とも》に咲《わら》ひき。…故《かれ》、天照大神出で坐《ま》しし時、高天の原も葦原《の》中《つ》国も、自《おのづか》ら照《て》り明《あか》りき。」（古事記・上。日本古典文学大系の訓読による。以下同様）である。

一方で、165「庭火焚き茅纏《ちまき》の矟《ほこ》を取り持ちて岩戸の前に領巾《ひれ》振るや誰」（夫木抄・冬三・神楽・七五三六）は、同じ天の岩戸神話を、『日本書紀』の「又猨女《さるめ》君の遠祖天鈿女命《あまのうずめのみこと》、則ち手《て》に茅纏《ちまき》の矟《ほこ》を持《も》ち、天石窟戸《あまのいはやと》の前《まへ》に立《た》たして、巧《たくみ》に作俳優《わざをき》す。亦天香山の真坂樹を以て鬘《かづら》にし、蘿《ひかげ》を以て手繦《たすき》にして、火処焼《ほところや》き、覆槽《うけふ》置せ、顕神明之憑談《かむがかり》す。」（神代上）を本説として取っていよう。公朝の、神話に対する強い関心と、記紀双方に通じた知識のありようが垣間見えると共に、やはり『日本書紀』への傾斜が窺われるのである。

237「家集、鵜／ひさかたの天《あま》のみ孫の生まれます渚の宿は鵜の羽をぞ葺く」（夫木抄・雑九・鵜・一二六七九）は、『古事記』の次の部分を本説にしていよう。「是に海神《の》の女、豊玉毘売命《の》、自ら参出《まゐで》て白しく、「妾《あ》は已《すで》に妊身《はら》めるを、今産む時に臨《な》りぬ。此《こ》を念《おも》ふに、天つ神の御子は、海原に生むべからず。故、参出到《き》つ」とまをしき。爾に即ち其の海の波限《なぎさ》に、鵜《う》の羽《は》を葺草《かや》に為《し》て、産殿《うぶや》を造りき。是《こ》に其の産殿、未だ葺《ふ》き合《あ》へぬに、御腹《みはら》の急《あわただ》しさに忍《しの》びず。」（上）。「天のみ孫」は、一般的には天孫瓊瓊杵尊のことだが、ここは下句の内容から、「鵜葺草葺不合尊（うがやふきあへずのみこと）」のことである。「渚の宿」は、本説の「波限」の「産殿」を言う。歌語としては、一般的な海面の家のことを言うか、あるいは、惟喬親王が領したという文徳天皇の離宮で業平が「世の中に絶えて桜のなかりせば春の心はのどけからまし」（古今集・春上・五三）と詠じたという、「渚の院」のことを言うことが多いので、その点では珍しい詠み方である。古代神話に基づいて和歌の伝統を超える、公朝独自の用法である。

ここで、記紀以外の言説を本説とする歌も幾つか取り上げて、その特徴を考察しておく。

269「同（六帖題）／あまたたび隣をかへて教へける人の親こそ賢かりけれ」（夫木抄・雑〔十二〕・隣・一四四二七）は、題「となり」を詠んでいよう。この歌は、『蒙求』にも「孟母是三迁〔「遷」の俗字〕者也。」と注する、『古列女伝』（四庫全書）等に伝えるいわゆる「孟母三遷」の故事を歌に詠じた早い例であろうか。道歌に繋がる趣があるが、公朝の興味の幅広さとそれを和歌に詠む自在さが伺われる。また、273「かど／引きかへて雀の網を掛けてけりこや市をなす門と見えける」（夫木抄・雑十三・門・かど・一四九六五）は、『史記』「汲鄭列伝」や『白氏文集』と、『戦国策』（斉策）や『漢書』を典故とする、「鄭崇伝」「門前雀羅を張る」（門外に網を張り雀を捕まえられるほど閑散とした様子から、人の往来もなく寂れてひっそりとしているさまを言う）と「門前市を成す」（人の出入りが多いことを、市場に人が群れ集る様子にたとえて言う）の故事を組み合わせて本説とする。ここにも、公朝の幅広く歌材を求める旺盛な好奇心が窺われるのである。

312「家集、文永元年、旅泊／忘るなよ同じ浮き寝の楫枕思ひ思ひに漕ぎ別るとも」（夫木抄・雑十八・旅・一六九〇七）は、『蒙求』の「袁宏泊渚」を本説とする。(8)「晋書、袁宏字彦伯、少以二文彩一著、乗レ船泊二牛渚中一、于レ時始秋長江、迥遠風清月朗、宏中夜誦レ曾、所レ作詠史詩、時謝鎮尚、同泊二此渚一、聞二宏詞綺一、皆所レ未レ聞、乃乗二小船一、歴二諸商売一、問二誦詩者一、或云二袁郎一、謝尚於レ是進レ舟、呼与共相語、大相賞得二結交一、而別去也、鎮西云二即謝尚一。」（蒙求古註集成所収国立故宮博物院蔵上巻古鈔本。私に返り点を打つ）である。これに基づくのであろうが、源光行の『蒙求和歌』（片仮名本）の「いかにせむ同じ浮き寝に有明の月の友舟漕ぎ別れては」（羈旅・袁宏泊渚・九七）にも刺激されたのかもしれない。『蒙求和歌』の影響の可能性は、他（209と272）にも窺われるのである。幼学書『蒙求』に関わる知識は、当時の大方が共有していたであろうが、それに依拠して和歌を詠むことは、決して一般的ではなかったであろう。将軍源実朝に献じられたともされる源光行の『蒙求和歌』の存在が、公朝にも影響した可能性は見てよいかもしれないが、多くの関東歌人が必ずしも『蒙求』を基にした歌を詠んでいる訳ではないので、そこに公朝の詠作の傾きを認めるべきである。

305「六帖題、むま／世の中は北の叟《おきな》の馬なれや良きも悪しきも後を知らねば」（夫木抄・雑十七・翁・一六五三七）は、『淮南子』（人間訓）を典故とするいわゆる「塞翁馬」の故事を本説にする。日本の説話集には、『古今著聞集』（巻二十・唐土北叟が馬の事）に「唐土《もろこし》に北叟といふ翁ありけり。賢く強き馬をなん持ちたりける」（日本古典文学大系）、『十訓抄』（六・三十一）に「昔、唐土に北叟といふ翁あり。賢く強き馬を持ちたり」（新編日本古典文学全集）とあって、比較的早くこの故事が知られていたことが分かる。和歌にこの「北の叟」即ち「塞翁」を詠むことは、土御門院の「心をば北の叟にならへどもまた立ち返る駒だにもなし」（土御門院御集・獣名十首・三五七）が早く、『新撰六帖』にも、家良の「心をばいかにならはむ方もなし北の叟に身はなりぬとも」（第二・おきな・八五六）や知家の「いにしへの北の叟もあるものをなどあやにくに世を嘆くらん」（同上・八五八）が見える。つまり公朝詠は、鎌倉時代前中期の傾向に従ったものと言えるのである。ただし、公朝は故事の内容に沿って詠じていて、その分、道歌風な趣を見せていることを、公朝詠の傾きとして捉えてよいであろう。

六　歌枕・所名の歌の特徴

公朝には、一般的な歌枕を詠む歌の[9]他に、比較的珍しい歌枕やあるいは歌枕とは言えないような所名を詠んだ歌[10]も目に付く。その具体例を少し挙げてみよう。

189「六帖題、やしろ／渡辺や橋の上手を初めにて多かる紀路の端社《つま》かな」（夫木抄・雑三・橋・わたのべのはし・九四五二）の「渡辺の橋」は、難波江の渡り口に架けられた橋を言う。摂津国西成郡淀川の南の摂津国府の所在地で、淀川河口の港の要地であった。「紀路の端社」とあるので、特に熊野参詣九十九王子社（熊野権現末社）の第一王子渡辺王子の地を言ったのであろう。これを詠んだ歌は希少で、公朝の旺盛な知識欲に基づく特異な詠みぶりを窺わせるのである。また、218「七百首歌中／有り通ふ舟漕ぎ寄せよやまとだの清き浜見ん照れる月夜に」（夫木抄・雑七・浜・きよきはま・一一七三四）は、『万葉集』の「有り通ふ難波の宮は海近み海人をとめらが乗れる舟見ゆ」（巻六・雑歌・一〇六三・福麿歌集。五代集歌枕・なにはのみや　摂津国・一八〇七・福丸。風雅集・雑中・一七〇六・読人不知、四句「あまをとめ子が」）と「大伴のみつとは言はじあかねさし照れる月夜にただにありとも」（巻四・雑歌・五六五・賀茂女王）に拠っていようが、「やまとだ」は、能登半島中央部七尾湾西湾に注ぐ熊木川中流右岸の河岸段丘辺りの地名という「山戸田」（山津田・山濃田・山田とも書く）のことであろうか。これも、公朝の知識欲とそれを詠もうとする貪欲さの表れではあろう。さらに、236「六帖題、わし／陸奥の蝦夷が千島の鷲[11]の羽に妙なる法の文字もありけり」（夫木抄・雑九・鷲・一二六六六）は、西行の「いたけもるあまみが時になりにけり蝦夷が千島を煙こめたり」（山家心中集・雑上・一五七。西行法師家集・〔追而書加〕・五九六、初二句「いたちもるあまみがせきに」）と、知家の「巣立ちけむその山知らぬ鷲の羽の身を離れたる名のみふりつつ」（新撰六帖・第二・わし・七〇三）に学んでいようか。「千島」は現在は北海道の千島列島を言うが、もちろん中世には、「北海道」という地域区分の認識はないはずである。「古くは北海道の北にありと考えられていた」（角川古語大辞典「えぞがちしま（夷千島）」の項）とも言うが、ここは初句に「陸奥の」とあるので、公朝が特に何処を指したかは不明であるが、今の東北地方以北の島々という漠然とした認識であったのではないだろうか。この「陸奥の」「蝦夷」の「千島」は、賀茂真淵も「いざ子ども心あらなん陸奥の千島の蝦夷もやさしとぞ聞く」（賀茂翁家集・四七五）と詠んでいて、江戸時代になっても、さして変わらない認識であったことが窺われる。「陸奥の蝦夷が千島」は確かに曖昧だが、それを厭わずに珍しい所名を詠むところに公朝の自在さと貪欲さを見るべきである。

園城寺僧・北条氏の猶子・鎌倉在住という身分境遇の、公朝ならではの所名詠を取り上げておく。

295「十題三十首、恋／門《と》中よりはや漕ぎ返せ山田舟比良の高嶺に雲かかりたり」（夫木抄・雑十五・船・あさづま々〔舟〕・一五八三六）や313「七百首歌中／さざ波や矢ばせの舟の出でぬ間に乗り遅れじと急ぐ徒歩人」（同・雑十八・旅・一六九二二）は、共に琵琶湖の渡船を歌っている。中世を通じて「山田」と「矢ばせ」（矢橋）は湖南と大津・湖西を結ぶ渡船場であった。また同様に、公朝は関東に拠しながらも、233「さざ波や三井の玉水汲み上げていただく末を我も流さん」（夫木抄・雑八・井・三井・一二四二四）や304「わたつうみの花の朝《あした》を待つべくははや湧き返れ三井の玉水」（同・雑十六・寺・一六四五六）と、琵琶湖畔に位置する園城寺の名の由来の三井を詠じているのである。園城寺出身の僧として、琵琶湖周辺の土地勘があり、海上交通のありようにも通じていたのであろうが、それを率直に和歌に詠むところに、公朝の作歌姿勢の一端を見ることができる。ちなみに、右の「さざ波や」は、枕詞として琵琶湖南西岸（現滋賀県大津市）にある「三井（三井寺）」（園城寺）にかけているらしいし、「わたつうみ」を琵琶湖の意味に用いてもいるらしいが、それらの用法は伝統的ではない。「いただく末を」「我も流さん」や「はや湧き返れ」といった例を見ない措辞と共に、和歌の伝統や枠組みを踏み外すことを厭わずに独自さを好む、公朝の姿勢を見ることができるのである。

一方、314「六帖題、かや／狩り人の弓末振り立て違へども笠はた見えぬ那須の高萱」(夫木抄・雑十八・狩猟・一六九七〇)は、「那須」の「狩り人」を詠む。これは和歌では珍しく、「高萱」の行き違いに「弓末」だけが見えて「笠(や旗)」が見えないという趣向も新しい。日頃から武士に接することもあったはずの関東歌人公朝が、「ますらをの弓末振り立て射つる矢の後見むひとは語り継ぐがね」(万葉集・巻三・雑歌・三六四・金村)、「たまぼこの道行き違ふ狩り人の跡見えぬまで暗き朝霧」(恵慶法師集・九月ばかり、花見に人人まかりて、秋のの、花、きりを・九〇)、「み狩り人那須の夏野は心せよ高草隠れ折れ木伏すなり」(夫木抄・雑十八・狩猟・〔寛元二年〕岡屋入道摂政家百首、狩猟・為家)、「もののふの矢並つくろふ籠手の上に霰たばしる那須の篠原」(金槐集・冬・霰・三四八)といった歌々に負いつつ詠じた結果なのであろう。これも、前掲の295や313と共に、公朝自身の地縁・境遇と和歌の知識・指向がよく顕れた一首と言ってよい。

もう少し公朝の境遇と地縁に関わる所名詠を見ておこう。

325「名所薄／信濃なる穂屋の薄の秋風に尾花波寄る諏訪の水海」(新三井集・秋上・一九二)は、「信濃なる穂屋の薄も風吹けばそよそよさこそ言はまほしけれ」(袖中抄・九八一。色葉和難集・一五三)や「鶉鳴く真野の入江の浜風に尾花波寄る秋の夕暮」(金葉集・秋・二三九・俊頼)や「秋風に尾花波寄る我が宿ぞ山里よりも露けかりける」(秋風集・雑上・一〇八八・輔仁。新千載集・秋上・三五一。和漢兼作集・秋上・五六八)等に負っていようか。「穂屋」は、穂が付いた薄で葺いた小屋で、神事に用いる。ここは特に、諏訪明神の御射山祭(みさやままつり)に作られる上社の神事用の仮小屋のそれを言うか。御射山祭は、諏訪の神が狩をするという伝承にちなみ、上下両社で七月二十七日を当日に、二十六日から五日間行われる御狩の神事のことである。神主が穂屋に五日間の神事の間籠もる。「鎌倉時代には諸国の武士が参集して、小笠懸・草鹿・流鏑馬・鷹狩、また競馬・相撲なども盛大に行われた」という（角川古語大辞典）。本章第一、二節に記したとおり、公朝と似た境遇の隆弁が、諏訪社や善光寺に参じつつ実見したであろう諏訪湖の、いわゆる「おみ渡り（御神渡り）」を念頭に置いて「神世より諏訪のみ海に影とめて氷を渡る冬の夜の月」（宗尊親王家百五十番歌合・冬・一八四）と詠み、在京の基家の判詞には「諏訪のみ海、の詞聞き慣れねど」と指摘されるけれども、北条氏の一員となり鎌倉に在った公朝にとっても、「諏訪の水海」は親近感のある所名であったのかもしれない。また、161「三島社にたてまつりける歌に／三島野に神の御鷹を引き据ゑて狩らぬ日もなし大年の贄《にえ》」（夫木抄・冬三・鷹狩・七四三一）は、「矢形尾の鷹を手に据ゑ三島野に狩らぬ日まねく月ぞ経にける」（万葉集・巻十七・思二放逸鷹一夢見感悦作歌一首并短歌・四〇一二・家持）を本歌にする。本歌の「三島野」は、左注に「右射水郡古江村取二獲蒼鷹一。形容美麗鷙レ雉秀レ群也。」とあるので、越中国の所名（現富山県射水市大門・二口・堀内付近の野）を言う。関東に在って北条氏の猶子であった公朝は、鎌倉幕府将軍崇敬の三島社の奉納和歌にあえて同名の「三島」の「野」の鷹狩を詠じたのではないか。「神の御鷹」も、本歌左注の「蒼鷹」を踏まえつつ、「三島社」奉納の和歌なので、「神の」を冠したのであろう。とすれば、公朝歌の「三島野」が、越中の所名なのか、三島社付近のそれなのかは不分明である。大嘗祭の「大贄」を言ったかと思われる「大年の贄」という新奇な詞と共に、あえて曖昧な「三島野」を用いているところに、公朝の地縁性と、その自由な態度や自在の手法を見ることができるのかもしれない。

　そのような自在さを示す所名の歌をもう少し検討してみよう。

128「六帖題、なごしのはらへ／蘆原や蛍かかやく神までも飛び散るばかり祓へ捨つなり」（夫木抄・夏三・荒和祓・三七八七）の「蘆原」は、蘆の群生する野原が原義だが、「神」の縁で日本の古名「蘆原国」の意が浮かび上がる。

同時に、「蛍かかやく神」が蛍が光り輝くように光輝に満ちた神ということだとしても、微かに「奥山にたぎりて落つる滝つ瀬のたま散るばかりものな思ひそ」（後拾遺集・雑六・一一六三・貴船明神）が想起される、「飛び散るばかり」と共に、他に例を見ない措辞で、その用詞に公朝の自在さが窺われる。また、178「弘長元年中務卿親王家百首／下道《しもつみち》高麗の里人頃頃に吉備の山田の早苗取るなり」（夫木抄・雑二・山・きびの中山、備中・八八一七）の「下道」は備中国の郡名、「吉備」は古い国名だが、「高麗の里人」は未詳である。「頃頃に」は、「高麗」に「独楽」が掛かり、その縁で擬態語の「ころころに」が掛かるのであろうか。これは措いても、この一首の所名の用い方は独特である。さらに、212「七百首歌、隠居／み吉野の山のあなたのとをつ川いづみの原も哀れ憂き世を」（夫木抄・雑六・河・とをつかは、大和・一〇九五九）は、「み吉野の山のあなたに宿もがな世の憂き時の隠れがにせむ」（古今集・雑下・九五〇・読人不知）を本歌にして、「吉野山遠つ川上雪深み煙や民の家居なるらん」（堀河百首・冬・雪・九四七・国信）や「吉野山雪げの雲のただよふは遠つ川上ふしきすらしも」（有房集・二五八）の「吉野山」の「遠つ川上」にも負っていようか。「とをつ川」は、「古くは、遠津川・十尾津川・遠都川とも書」（角川日本地名大辞典）いたという現在の十津川（現奈良県吉野郡十津川村を流れる川）のことであろうか。右の「吉野山」の両首の「遠つ川（上）」も、あるいはこの川のことかもしれない。公朝歌は、「山のあなたの遠つ」から「十津川」へ鎖ると解される。一方、「いづみの原」は未詳で、本文に何らかの誤りがあるか、そうでなければ、奈良京へ流れる木津川の古名「泉川」の流れる流域の平地を、実際の地勢を理解せずに、単に大和国の辺りということで、「吉野」と「十津川」に結び付けて言ったのではないだろうか。そうだとすると、自在さを超えた公朝の空想を見ることになる。

ちなみに、上述した公朝の古代への関心に関わる所名の詠作を挙げておく。263「七百首歌、古宮／いにしへの長柄の都跡もなし橋柱だに朽ち果つる世に」（夫木抄・雑（十二）・故宮・ながらのみや、摂津・一四二八四）は、一見類型的な詠み方だが、「長柄の宮」を言ったのであろう「長柄の都」は、伝統的な歌詞ではない。「橋柱だに朽ち果つる世に」も珍しく、「長柄の都」の「跡」の無さを「長柄」の「橋柱」の跡の無さに比較して言う趣向は新奇である。古代への関心を示しながら、その皇宮の名称を変化させて用いて新味を見せるのは、公朝詠の特徴の一つと見てよい。

七　公朝の視線と関心1

公朝の和歌に窺われる、公朝の視線が注がれた対象や関心のあり所を探ってみたい。

典故の本文に白居易の「売炭翁」を選択した公朝の翁に対する同情は、貧しい民に対しても向けられている。118「中務卿親王家歌合、早苗／日を送る道を苦しみ坂越えて阿倍の田の面に早苗とるらん」（夫木抄・夏一・二五四二）は、「坂越えて阿倍の田の面にゐるたづのともしき君は明日さへもがも」（万葉集・巻十四・相聞・三五二三・作者未詳）を本歌に取りつつ、「日を送る道を苦しみ坂越えて」とした表現に、公朝の農民への眼差しが看取される。また、289「六帖題、布／世の末の習ひと聞けど麻布の薄くなり行く民もいとほし」（夫木抄・雑十五・布・あさ布・一五六六七）も、貧しい民への憐憫の情の表出である。これらは、291「同（六帖題）、斤／掛け稲の秤《はかり》の石は重くとも今年は民の愁へあらじな」（夫木抄・雑十五・斤・一五六九七）という豊作に愁いを払う民への同情を詠じた一首と表裏一体であろう。公朝の人民・百姓に対する心情が見えるのみならず、その生業の一場面を切り取って詠む好奇心と自在さとが窺われるのである。

他方、182「六帖題、そま／杣人は斧に幣帛《みてくら》取り添へて木祭《こまつり》すらし谷深く入る」（夫木抄・雑三・杣・八九九九）は、「木祭」の実態がよく分からず、実見に拠るのか知識に基づくのかも分からないが、公朝の、農民と同様に「杣人」へ向ける関心と、その生業への好奇心とそれを和歌に詠もうとする意欲の旺盛さが感じられる詠作である。また、

278「中務卿親王家五十首歌合／鳴る矢もて鹿取りなびく夏草に末弭《うらはず》伏せて狙ふ猟夫《さつを》か」（夫木抄・雑十四・箭・一五一三六）は、「紀の国の昔弓雄の鳴る矢もて鹿取りなびく坂の上にぞある」（万葉集・巻九・雑歌・一六七八・作者未詳。神田本等の訓による。袖中抄・二二二）を本歌にするが、猟夫の鹿狩りの弓矢の狙い方の実際を詠んだのであろうか。さらに、287「六帖題、おほたかがり／降る雪に落ち草とむる犬飼ひの革の袴は見るも恐ろし」（夫木抄・雑十五・袴・一五六〇七）は、為家の「野を寒み鷹も真白に降る雪の落ち草とめてあさる狩り人」（新撰六帖・第二・おほたかがり・七三二。現存六帖・第二・おほたかがり・一〇八）に倣ったかと思われる。宗尊親王将軍幕下の関東歌壇でも、六帖題の詠作が盛んであったが、それには『新撰六帖』や『現存六帖』の成立が影響したのであろう。それにしても、「犬飼ひ」の装束を詠じた一首の内容は特異である。これらに、公朝の詠作の対象の広範さと生業う民人への関心の高さを窺い得るのであり、かつそれを歌に詠み込もうとする意欲の表れを見ることができるのである。

ちなみに、公朝は、右の「革の袴」のように人の身なりに関心を向けた、和歌の伝統からは外れるような歌を他にも残している。281「六帖題、かさ／世を捨てぬ人のさまかは覆《おほ》ひ笠かけぬばかりはかごとなれども」（夫木抄・雑十四・笠・おほひがさ・一五一九三）は、「覆ひ笠」が後世の虚無僧等が被る編み笠のようなもので、それは被っていないけれども、他の身なりは全て俗世を脱した人の姿だ、という趣旨であろうか。和歌としては珍しい内容である。また、280「みの／雨衣蓑着て家に入る事は神やらひより忌むといふなり」（夫木抄・雑十四・蓑・一五一七一）も、人の服装に目をむけているが、加えて、道歌に繋がるような、生活上の作法・慣習を詠じた珍しい一首である。さて、公朝自身は北条氏の養子となり鎌倉に暮らしたけれども、そこに刀剣を佩いて跋扈したであろう武士に対しては、真意としてどこまでかは措いて、ある種の警戒心も懐いていたらしく、それを歌に詠じている。243「家集、雑歌中／武士《もののふ》の提げ佩く太刀の尻鞘の虎の尾踏みて恐ろしの世や」（夫木抄・雑九・虎・一二九二六）と244「六帖題、虎／武士の太刀尻鞘の虎の尾はこの国にても踏まば恐ろし」（同上・一二九二七）の、「虎の尾」を「踏」

むは、『書経』の「心之憂危。若下蹈二虎尾一、渉中于春氷上。」（君牙）を典故とし、いわゆる「虎尾春氷」（虎の尾と春の氷）即ち極めて危険なことの喩えから、危険を冒して物事を行おうとすることを言う。「武士の提げ佩く太刀の尻鞘」と「武士の太刀尻鞘の」の序が有意とすれば、太刀を佩く武士に対する公朝の警戒感を見ることになる。武者の府の鎌倉に在ったことが詠ませたと思しいが、同時にこの「虎の尾を踏む」故事を踏まえた歌は珍しく、武士への警戒心以上に、公朝の旺盛な好奇心と新奇な内容を詠出しようとする意欲が窺われる。ちなみに、前者の「恐ろしの世や」の句は、和歌の伝統にはなく新奇である。「ことごとし特《ことひ》の牛の角先のきらある見るも恐ろしの世や」（新撰六帖・第二・うし・八八九・信実。現存和歌六帖抜粋本・第二・うし・一三六）が先行し、将軍宗尊親王には「侘びぬれば熊の棲むてふしはせやましばしの程も恐ろしの世や」（柳葉集・巻五・文永二年潤四月三百六十首歌・雑・八三一）がある。公朝詠も宗尊詠も、信実詠に倣ったのかもしれないし、公朝と宗尊との間の相互の影響関係もあったのかもしれない。六帖題の歌を詠じた関東歌壇に於いては、『古今六帖』よりも、直近の『新撰六帖』や『現存六帖』の和歌に学ぶところが大きい場合もあったのではないだろうか。いずれにせよ、公朝が好んで用いたと思しい「恐ろし」（243、244、276、282、287）の使用は、公朝の詠む対象の雅ならざる性質や武士に囲まれた環境を反映したのであろう。

同様の一首に、276「家集、五十首歌中／手に取れば人を刺すてふいが栗の笑みの内なる刀恐ろし」（夫木抄・雑十四・刀・一五一〇九）がある。これは、「言下暗生消骨火（ことばのもとにはそらにほねをけすひをなす）咲中偸鋭刺人刀（ゑみのうちにはひそかにひとをさすかたなとし）」（和漢朗詠集・述懐・七六〇・惟良春道）を本文に取り、「何事を思ひけりとも知られじな笑みの内には刀やはなき」（新撰六帖・第五・かたな・一八二六・家良）にも影響されていようか。「琳賢がもとより、いがぐり、あけびなどつかはして／いが栗は心弱くぞ落ちにけるこの山姫の笑める顔見て／かへし／いが栗は君が心にならひてやこの山姫の笑むに落つらむ」（行宗集・一六五、六）や「よしやよしやむかじ《おそろしやむきと》

やむかじ《もむかじ》いが栗の笑みもあひなば落ちもこそすれ」（古今著聞集・好色第十一・道命阿闍梨歌を以て和泉式部に答ふる事・二二九・道命）との類似も気になるところである。本文に基づきつつ、これらの歌に倣ったにしても、特異な歌境の一首である。これも武者の府である鎌倉に在ったことから生まれた一首ではあろう。そこに、誹諧の趣がありまた道歌に連なる感もあるところに、公朝の詠みぶりの一端を見るべきである。誹諧味については、例えば、252「同（六帖題）／桜鯛花の名なれば青柳の糸を垂れてや人の釣りけん」（夫木抄・雑九・鯛・一三一九五）のように、「青柳・柳」と「桜・花」を一具に詠む和歌の通念・類型に従いながら、「（桜）鯛」を持ち出して常套の「青柳の糸」で釣り糸を表す、和歌の伝統の上におかしみを醸す歌にも認められよう。

八　公朝の視線と関心2

右に指摘した道歌風の趣がある公朝の歌を、さらに取り上げてみたい。

245「七百首歌中／耳洗ふ人もなければ山川に水飼ふ牛を引きも返さず」（夫木抄・雑九・牛・一二九六一）は、『荘子』（逍遙遊）等に伝えるいわゆる「許由巣父」の故事で有名な許由の「洗耳於潁水浜」（高士伝）の本説に基づく。堯が許由に天下を譲ろうとするのを許由は拒み、また召して九州の長にしようとするのを聞いた許由が潁水で耳の穢れを洗っているのを見た巣父は、そんな汚水は牛にも飲ませられないとして牛を連れて帰ったという故事である。弘安六年（一二八三）脱稿という無住の『沙石集』（巻十・俗士遁世シタル事）には、次のようにあって、該歌の表現はそれに通う。「漢朝ノ賢人ノ心ミナ如レ此。許由ト云ヒシ賢人ハ、帝王ヨリ大臣ニナサルベキヨシノ宣旨ヲ聞キテ、潁川ト云フ河ニ行キテ耳ヲ洗ヒテ、蒼夫ト云フ賢人、牛ヲ引キテ潁川ヘ行キテ水ヲ飼ハムトス。許由ガ帰ルニ行キ遇ヒヌ。許由ガ云ハク、大臣ニナサルベキ宣旨ヲ聞キテ、耳ガヨゴレテ覚エツレバ、潁川ニテススギテ帰ル也ト云フ。サテハ其ノ水ハヨゴレヌルニコソ、牛ニハカハジトテ、巣夫牛ヲ引キテ帰リヌ。許由耳ヲ洗ヒ、巣夫牛ヲ引クト申シ伝ヘタルハ此ノ事也。末代ハ、斯カル耳ヲバカタジケナク思ヒテ、綿ニテモツツミ錦ニモマトヒ、ヨソノ人マデモ、ワザトモ行キテモヲガミゾセマシ。」（日本古典文学大系本に拠り、表記は改める）。梶原景時の血筋で宇都宮氏にも縁戚があり関東に縁故ある無住の『沙石集』が直接の典故である可能性は残るが、そうすると、出典の「七百首歌」が弘安六年（一二八三）以後の定数歌ということになるが、その判断は難しいであろう。いずれにせよ、漢故事によって、出世栄達に腐心する世相を嘆き批判する警世の趣を持った道歌風の一首である。

259「同（六帖題）／誰も見よ李《すもも》の下の道せばみ冠《かぶり》傾け手やは触れつる」（夫木抄・雑十一・李・一三九五五）は、「君子防二未然一。不レ処二嫌疑間一。瓜田不レ納レ履。李下不レ正レ冠。」（古楽府・君子行）等の、いわゆる「李下に冠を正さず」の故事を本説として踏まえる。これを詠むことは珍しく、一首には道歌に通じる趣がある。公朝の詠作の基盤の幅広さと、それを活かして詠作する意志が見て取れる。また、282「六帖題、ことのは／心せよ偽り人の言の葉は黄金を消すと聞くも恐ろし」（夫木抄・雑十四・金・一五二八一）は、真観の「偽りの人の言の葉心せよ海をさへ焼く火ともなるなり」（新撰六帖・第五・ことのは・一七九五）に倣ったかと思しいが、第二〜四句は、『史記』（魯仲連・鄒陽列伝第二十三）等に見える「衆口鑠金、積毀鎖骨（衆口金を鑠かす、積毀骨を鎖す）」の故事に基づいていて、これも、伝統的な和歌からは逸脱する、嘘つきの人の言は黄金さえも消滅させるという警世の一首である。真観の歌に比してもより即物的で現実的な処世上の訓戒を、漢故事を踏まえつつ、道歌のように敢えて和歌の形に押し込んだような一首と言えるであろう。

北条時頼が「子息教訓のために作った道歌集」（古典ライブラリー版和歌文学大辞典）という『西明寺（殿）百首』は幾つかの伝本があり、それらは明らかな他人詠を含み真に時頼作かは極めて疑わしいが、関東武士と道歌とが親しい関係にある印象をもたらすものではあろう。その萌芽は、『新勅撰集』に撰入された北条泰時の「世の中に麻はあとなくなりにけり心のままの蓬のみして」（雑二・題しらず・一一五二）に求められるであろう。(12) 関東歌人公朝の道歌風の詠作は、本人の独創のみに発するものではなく、武者の府である関東鎌倉という環境も与っていることは想定してよいのではないだろうか。

ちなみに、274「六帖題、書／何として内外の書を学びけん巻くも延ぶるも物憂かる世に」（夫木抄・雑十四・文・一五〇八四）は、何らかの典故があるかとも疑われるが未詳である。「学びけん」が自分について言ったのなら、過去に比した現在の修養の懈怠あるいは修学を脅かす世上の不安を言ったことになろうか。あるいは、世間の人一般について言ったのなら、過去の人々の勤勉に比した現在の人々の怠慢を言ったことになろう。いずれにせよ、「内外の書」や「巻くも延ぶるも」は伝統的歌詞ではなく、歌境もあまり例を見ず、むしろ教戒の道歌に傾く趣が感じられる。また、288「同（六帖題）／つちに引く春の衣の一襲《かさね》千千の黄金の数にまされり」（夫木抄・雑十五・綾・一五六四二）は、「…昭陽美人恩正深　春衣一対値千金　汗沾粉汚不二再著一　曳レ土踏レ泥無二惜心一…」（白氏文集神田本・巻四・新楽府・繚綾）を典故にしつつ、「繚綾」を織り上げる女工の苦労とそれを惜しみもしない昭陽殿の美人を叙した風諭を、そのままの訓読を交えて直叙している。白居易の風諭の思想性を捨象して受容する平安朝以来の和文・和歌の伝統に従うことなく、白詩を本文にした特異な言葉遣いの即物的な表現の和歌となっていて、そこには、道歌的教訓性が感じられなくもない。そういった詠作を厭わない、公朝の方法の一端を示していると言えるであろう。

九　上古憧憬と神国意識、回顧・回想の述懐

これまでも少し触れてきたように、公朝には古代あるいは上代とその都「奈良」への関心があったようである。ここでまとめて取り上げてみよう。

91「前大僧正隆弁ガ歌合、霞／鶯の春になりぬと佐保路なる羽易の山のまづ霞みぬる」（夫木抄・春二・霞・五一四）は、『万葉集』の「鶯の春になるらし春日山霞たなびく夜目に見れども」（巻十・春雑歌・一八四五・作者未詳。赤人集・一四四、二句「春になりぬらし」）や「時は今は春になりぬとみ雪降る遠き山辺に霞たなびく」（巻八・春雑歌・一四三九・中臣武良自）や「春日なる羽易の山ゆ佐保のうちへ鳴き行くなるは誰呼子鳥」（巻十・春雑歌・一八二七・作者未詳）等に拠り、平城京の北東方の山麓一帯の地である「佐保（の里）」へ通う道である「佐保路」（「佐保道」とも）と、大和国の歌枕で平城京東部の春日大社の背後にある春日山の一峰ともいう「羽易の山」（「羽買の山」とも書く）を詠み併せる。『万葉』歌に学んだ知識を基に詠み直したのであろう。上代の「奈良」平城京への公朝の関心が窺われる。なお、出典の歌合の主催者である園城寺長吏で鶴岡八幡宮若宮社別当を務めた隆弁の従兄真観に、「佐保路」を詠じた「さざれふみはや行きて見む佐保路なる川ぞひ柳もえ渡るらし」（宝治百首・春・行路柳・三〇四）があり、公朝がこれを見習った可能性はあろう。同様に、96「中務卿親王家五十首歌合／夜の間にも奈良山桜咲きにけり今朝白たへに霞み渡れり」（夫木抄・春四・花・一〇八九）も、真観の「ひさかたの天の白雲たなびくは奈良山桜今盛りかも」（現存六帖・やまざくら・六一六）に学んだのであろうか、伝統的な歌詞ではない、平城京北側の丘陵地を言う「奈良山」の「山桜」である「奈良山桜」を詠じているのである。また、97「百首歌に、花／あをによし奈良の明日香のたをやめがかざしに折りし八重桜かも」（夫木抄・春四・花・一〇九〇）は、「故郷の飛鳥はあれどあをによし奈良の明日香を見らくしよしも」（万葉集・巻六・雑歌・大伴坂上郎女詠二元興寺之里一歌一首・九九二）を本歌にしつつ、「たをやめの袖吹き返す明日香風都を遠みいたづらに吹く」（万葉集・巻一・雑歌・五一・志貴皇子）や「いにしへの奈良の都の八重桜今日ここのへににほひぬるかな」（詞花集・春・二九・伊勢大輔。新撰朗詠集・雑・禁中・四八四）あるいは「あをによし奈良の明日香はいたづらになほ八重桜今も咲かなん」（現存六帖・さくら・五七二・入道前摂政〔道家か〕。夫木抄・春四・花・春歌中、現存六・一〇九一・読人不知）等にも負っていようか。本歌の題詞も承けて、奈良平城京に於ける明日香ゆかりの地としての願興寺の建てられた場所である「奈良の明日香」を詠じたのであろう。公朝は、上代の「奈良」の都に深い関心を寄せていたのであった。

それに関わり、往時の平城京に限らず、公朝は憧憬にも似た感情を古代あるいは上代に抱いていたのではないかと思わせるような歌を詠み残している。

265「弘安〔張〕元年中務卿親王家百首／国見せし昔は遠く霞み来ぬ吉野の宮の春の夜の月」（夫木抄・雑〔十二〕・故宮・よしののみや・一四二八六）は、先に記したように、「やすみしし　我が大君の　神ながら　神さびせすと　吉野川　たぎつ河内に　高殿を　高知りまして　登り立ち　国見をすれば　たたなはる　青垣山の　山つみの　たつるみつきと　春へには　花かざし持ち…」（万葉集・巻一・雑歌・幸二于吉野宮一之時柿本朝臣人麿作歌・三八）を本歌に取り、源実朝の「誰住みて誰ながむらむ故郷の吉野の宮の春の夜の月」（金槐集定家所伝本・春・三四）にも倣う。「国見」は、天皇が高所に登って国土を望み見る統治儀礼で、本歌から、吉野川沿いの宮滝付近に離宮があったという「吉野」に持統天皇が行幸した「国見」を念頭に置き、「昔は遠く」から「遠く」を重ねて「遠く霞み来ぬ」と言い、時間と空間で遥かに離れた古代の吉野に対する思いを表出する。

一方で、311「同〔六帖題〕／東にも跡あることぞ巻目の日代の宮の古き行幸は」（夫木抄・雑十八・行幸・一六八六〇）の「東にも跡あることぞ」は、過去の天皇の東国行幸の事跡を言うのであろう。「巻目（巻向・纏向）の日代の宮」は、大和国の景行天皇の皇居であるから、即位四年二月十一日に景行天皇が美濃に行幸した事跡が、まずは考えられる。これは、佳人〔美人〕と評判の八坂入彦皇子の娘の弟姫を妃にするためで、泳宮（くくりのみや）（現岐阜県可児市の旧久々利村か）に滞在したが、結局、弟姫はこれを拒み、姉の八坂入媛を後宮に推して、天皇はこれを許して妃としたという（以上日本書紀）。この事跡を本説として念頭に置いた詠作と見るのが穏当であろうか。

ここであえて、他の可能性を探ってみたい。特に天平十二年（七四〇）十月二十九日に聖武天皇が藤原広嗣の乱を避けて関東に行幸した（続日本紀）ことを言った可能性はないであろうか。「巻目の日代の宮」には、次のような故事が伝わる。雄略天皇が「長谷の百枝槻《ももえつき》の下に坐しまして、豊楽《とよのあかり》為《し》たまひし時、伊勢《の》国の三重の婇《うねべ》、大《おほ》御盞《みうき》を指挙《ささ》げて献りき」という折に、その婇が「大御盞」に「落葉」が落ちて浮いているのを知らずに天皇に「大御酒」を献じたので、天皇が婇の首を斬ろうとした時に、婇が「吾《あ》が身を莫《な》殺したまひそ。白すべき事あり」と言って、「纏向の　日代の宮は　朝日の　日照る宮　夕日の　日がける宮…」（古事記）と歌い、その歌故に婇は赦されたというのである。この婇は「伊勢国三重の婇」である。広嗣の乱から逃れた聖武天皇の行幸は、『万葉集』には「十二年庚辰冬十月依二大宰少弐藤原朝臣広嗣謀反発レ軍幸二于伊勢国一之時河口行宮内舎人大伴宿祢家持作歌一首／河口の野辺にいほりて夜の経れば妹が手本《たもと》し思ほゆるかも」（巻六・雑歌・一〇二九）と記し留められているが、その次に聖武天皇の「妹に恋ひ吾《わが》の松原見渡せば潮干の潟に鶴《たづ》鳴き渡る」（万葉集・巻六・雑歌・一〇三〇）が配されていて、左注に「右一首今案、吾松原在二三重郡一、相二去河口行宮一遠矣、若疑御二在朝明行宮一之時所レ製御歌、伝者誤之歟」とあるのである。公朝は、伊勢国三重の縁で、雄略天皇の行幸と聖武天皇の行幸を重ねたのではないだろうか。その可能性を見ておきたい。もしそうだとすると、それを盛り込むには三十一字の和歌では自づから詞足らずであったろうか。

以上のいずれにせよ、公朝の、広範な興味や知識を基にして歌を詠もうとする、発想の自在さが窺われると共に、天皇行幸を通した古代への深い関心を見ることができる。

こういった心の傾きの延長上に、公朝の神国日本の讃美の意識があるのかもしれない。

68「法眼源承勧め侍りし十五首歌に、神祇／神風や吹きもたゆまぬこの秋ぞ海の外《ほか》なる守りをも知る」（閑月集・羇旅・四三三）は、為家二男の源承（俗名為定）勧進の十五首歌で、「この秋」から、文永・弘安の元寇両度の内、弘安四年（一二八一）の六月から閏七月にかけての弘安の役以後に詠まれたと推測されている（久保田淳『閑月和歌集』

（昭五五・一一、古典文庫）「解題」）。「神風」は『万葉』以来、主に伊勢の神の神威・神徳を示す風の意で、「神風や」は伊勢の内外宮に関する語の枕詞に用いられるが、ここは弘安の役で、七月三十日夜半から閏七月一日にかけて元と高麗の軍船を漂没させた台風（大風雨）を、伊勢の神威の風として讃嘆して言う。「海の外なる守り」は、日本の沿海・外海に於ける（伊勢の神の）加護あるいはそれによる防備、ということであろう。北条時頼の後に幼少の時宗の眼代として執権を務めた北条長時に、「みことのり道にそむかぬゆゑとてや海の外にも守りあるらむ」（三十六人大歌合・一三七。夫木抄・雑十八・賀・同〔建長八年百首歌合〕〈錯誤か〉・一六八三三、作者「前大納言顕朝卿」〈錯誤か〉）の作例がある。『閑月集』では、同じ詞書の下、公朝詠の後に次の三首が続く。「前大僧正隆弁／音に聞く伊勢の神風吹きそめて寄せ来る波はをさまりにけり／侍従能清／神路山嵐ぞ払ふ西の海に寄せ来る船の跡もなきまで／三善時有／神路山いづれの秋と契らねど我があらましを月や待つらん」（四三四～六）。隆弁は鎌倉に於いて幕府や国家に関わる加持祈禱を担う存在で、二度に亘る元寇にも密法を修し、弘安四年（一二八一）七月一日に鶴岡八幡宮で五壇法を修した。修法散日に蒙古軍が大風に水没し、これにより隆弁は伊勢斎院勅旨田を賜わり、永く寺供に宛てたと伝えられるのである。従ってここでは、公朝だけが特に伊勢の神意の「神風」による日本の海防を詠じ感嘆している訳ではない。

しかし公朝は、文永二年（一二六五）頃に、261「六帖題／神国と豊葦原を定め置きて君の護りの限りなの世や」（夫木抄・雑（十二）・国・一四一五五）と詠み、日本を「神国」と規定してその神による天皇の治世の永続的加護を讃えている。「神」の「国」故の日本加護の認識は、弘安の役どころか文永十一年（一二七四）冬の文永の役以前に既に存していたことになる。日本は神の国だという類の考え方は、古く『日本書紀』（神功皇后）の「必其国之神兵也」といった言説に淵源し、「神国」の詞自体も鎌倉時代以前に既に、『台記』康治元年（一一四二）十一月二十三日条に「日本者神国也」と見える。また、『保元物語』に「我朝はこれ神国なり」（将軍塚鳴動并びに彗星出づる事）、『平家物語』(覚一本。屋代本・中院本および源平闘諍録にも)に「日本は是神国也。神は非礼を享給はず」(巻二・教訓状)「夫我朝は神国也」(巻五・福原院宣)「我国神国也。神非礼を享給べからず」(巻十一・腰越。『義経記』にも同様の章句あり)、『太平記』に「三国に超過せる吾朝神国の不思議は是也」(巻二十七・雲景未来記事)「我朝は神国の権柄武士の手に入り」(巻三十五・北野通夜物語事付青砥左衛門事)等とあることは周知のとおりである。南北朝期の北畠親房の『神皇正統記』の「大日本者神国也」も、よく知られていよう。その意味では、公朝は忘れられた存在だが、ほぼ同じ時代に限って見れば、弘安の役を経て時代の空気にもなってゆく「神国」たる日本という認識、例えば京極為兼が『為兼卿和歌抄』で日本を「神国」と見るような意識が、文永・弘安の役以前の在関東の法体歌人の中にも存在していたことは見逃してはならないであろう。

さてまた、262「中務卿親王家五十首歌合/波立たで風をさまれる君が代にその名あらはす浦安の国」(夫木抄・雑〔十二〕・国・一四一五六)も、宗尊親王が将軍在位時の作であるので、両度の元寇以前の作である。「昔、伊弉諾尊、此の国を目《なづ》けて曰《のたま》はく、「日本《やまと》は浦安の国、細戈《くはしほこ》の千足《ちだ》る国、磯輪上《しわかみ》の秀真《ほつま》国。」とのたまひき。」(日本書紀・神武天皇・三十一年。日本古典文学大系の訓み下し文による)を本説にし、「浦安の国」(浦浦の波が静かで平安な国)も「日本は浦安の国」に拠るのであろう。ここにも、神代以来の日本を誉め讃える意識が窺われるのである。このような公朝の意識や価値観は、先に見た記紀神話に対する強い関心と密接に結びついたものであったろう。

一方で、上古に向けられた眼差しに通底してか、公朝には往時を回顧して詠嘆するような詠作が存している。

105「六帖題、三月三日/かき流す巴《は》の字の水は絶え果てて空にのみ見る春のさかづき」(夫木抄・春五・三月三日・一七五三)は、菅原道真の「春之暮月(はるのぼぐゑつ) 月之三朝(つきのさんてう) 天酔于花(てんもはなにゑへり) 桃李盛也(たうりのさかんなるなり) 我后(わがきみ) 一日之沢(いちじつのたく) 万機之余(ばんきのあまり) 曲水雖遥(こくすいはるかなりといへども) 遺塵雖絶(ゐちんたえんたりといへども) 書巴字而知地勢(はのじをかいてちせいをしり） 思魏文以翫風流（ぐゐぶんをおもてふりうをもてあそぶ） 蓋志之所之（けだしこころざしのゆくところ） 謹上小序（つつしんでせうじよをたてまつる）」（和漢朗詠集・春・三月三日付桃・三九）を本文に取る。曲水宴の起源の遙けさと遺風の途絶を叙し、魏の文帝の往時を想起して風流を再興する本朝の聖徳を讃える道真の詩序を踏まえて、さらに公朝の在った当時の関東には曲水の宴が絶えて行われていなかったことを述懐しているのであろう。また、公朝は、307「六帖題、つかひ／今の世にありとは聞かず唐土《もろこし》の文学ぶてふ倭使ひは」（夫木抄・雑十七・使・やまとつかひ・一六六二九）と、廃絶された遣唐使（それ以前の遣隋使も含むか）を詠む。同使は、推古八年（六〇〇）年の第一次遣隋使を承けて、同二十六年（六一八）に隋が滅し唐が建って以降の遣唐使としては、舒明二年（六三〇）の犬上御田鍬の第一次以来、寛平六年（八九四）の大使菅原道真自身による廃止の建議を経て停止されるまで二十次（異説あり）に亘り続いた。これらは、公朝の詠作対象の広範さを示す歌であるが、往時を回顧し行事の途絶や政策の廃絶を詠嘆する公朝の姿勢が浮かび上がる歌でもある。その姿勢は、125「六帖題、扇／大扇差し返してぞ行ひの深き事をば習ひ伝へし」（夫木抄・夏三・扇・三四二一）という、全ての語句が伝統的和歌に見えないか作例希少である仕立てにより、朝廷の儀式とその伝承に関わる内容を詠じていることと表裏なのである。

十　釈教歌の特徴、僧侶の意識

園城寺僧である公朝の、釈教歌を取り上げ、僧侶としての意識を探ってみたい。

301「釈教の歌の題を探りてよみけるに、大日／三十《みそぢ》余り七つの宮に影宿す月の主も心なりけり」（夫木抄・雑十六・釈教・一六一六五）の、「三十余り七つの宮」は、伊勢皇大神宮（内宮）の十別宮と二十七摂社を合わせた三十七宮社を言うのであろう。題の「大日」は大日如来のことで、伊勢皇大神宮の祭神である天照大神（天照坐皇大御神）の本地仏として見たのであろう。とすると公朝は、真言密教系の神道解釈である両部神道の考え方に立っていたことになる。「心なりけり」の「心」は、大日如来の仏心、それが垂迹した天照大神の神意、精神といった意味に解されようか。真意をつかみ難い歌であるが、園城寺僧で鶴岡八幡宮を信仰の中核とする鎌倉に在り、その八幡神に奉納し（241）、将軍崇敬の三島大社にも関わり（103、184、240）、かつ時宗の開祖一遍とも贈答を残す公朝の、宗教観や信仰のありようの複雑さ多様さが見えてくるが、それは、和歌の伝統に泥まない自在さで幅広い対象を詠じた公朝の詠作と、一脈通じてくるようにも思われるのである。また、302「三心の心を／二つなく頼むになればおのづから三つの心はありけるものを」（夫木抄・雑十六・釈教・一六三四五）の「三心」は、浄土への往生を願う、至誠心・深心・回向発願心の三つの心で、念仏者に必須の心という。『観無量寿経』に「若有衆生願生彼国者。発三種心即便往生。何等為三。一者至誠心。二者深心。三者迴向発願心。具三心者必生彼国（若し衆生有って彼の国に生ぜんと願ふ者は、三種心を発さば即便往生す。何等をか三と為す。一には至誠心、二には深心、三には回向発願心。三心を具する者は必ず彼の国に生ず）」（大正新脩大蔵経）とある。これも、公朝の多面的な信仰と和歌のありようの一端を示すと言えよう。

一方で公朝は、303「観経、禁母縁を／帚木に何の恨みを結びけん所も置かぬ秋の霜かな」（夫木抄・雑十六・釈教・一六三四六）は、『観無量寿経』の比喩説であるいわゆる「禁母縁」を詠む。「時阿闍世聞此語已。怒其母曰。我母是賊。與賊爲伴。沙門悪人。幻惑呪術。令此悪王多日不死。即執利剣欲害其母（時に阿闍世、此の語を聞き已《おわ》りてその母を怒りて曰く。我が母は是れ賊なり。賊と伴なればなり。沙門は悪人なり。幻惑の呪術をもって、此の悪王をして多日死せざらしむと。即ち利剣を執り、其の母を害せんと欲す）」とある。「禁母縁」の語は、『観無量寿経疏』に「三従時阿闍世下至不令復出已来明禁母縁（三に時に従ひ阿闍世下り至り復た出でしめずして已に来たりて禁母の縁を明らかにす）」や「三就禁母縁中即有其八（三に禁母の縁のなかに就きて即ち其の八あり）」と見える。「帚木（ははきぎ）」は、信州伊那郡園原（現長野県下伊那郡阿智村）の伝説の木か、あるいはあかざ科の一年草「箒木（はうきぎ）」のことであろう。いずれにせよそこに、「母」が掛かる。「結び」は、「帚木」の縁で「箒木」に繋ぐ意に、母に恨みを生じる意が掛かる。「秋の霜」の縁で、霜が結ぶ意も掛かるか。「秋の霜」は秋に置く霜で、即ち漢語「秋霜」は、鋭い刃を霜にたとえて、霜剣・霜刃・霜刀などとも言う。ここは、『観無量寿経』の「母」を害せんとする「利剣」を喩えていよう。また、306「同題（六帖題）歌に／世の常のあまの仕業《しわざ》と諌むれば仏を釣りし法の師もあり」（夫木抄・雑十七・法師・一六五四九）は、「ながゐするあまの仕業と見るからに袖のうらにもみつ涙かな」（金葉集・雑上・五五二）に拠るか。この『金葉集』歌は平康貞女の「磯菜摘む入江の波の立ち返り君見るまでの命ともがな」（同上・五五一）に対するその娘の返歌で、「海人」に母を表す「阿摩」が掛かる。公朝歌はさらに、「仏」「法」の縁で「尼」が掛かるのであろうか。「仏を釣りし法の師」はよく分からない。あるいは、釈迦が禅定に入った時に成道を妨げようとした魔羅あるいは煩悩（降魔）を言うかと疑われる。菩提樹下で瞑想する釈迦に、煩悩の化身の魔羅が美しい三人の娘を送り込み誘惑させたが、釈迦はそれに屈せずに悟りを開いたという（阿含経・相応部）。以上二首には、仏説についても人があまり詠まないような題材を取り上げて、きわどい言葉遣いと趣向で歌に仕立てる公朝の態度が透けて見えようか。

さて、釈教の趣がある賀歌や雑歌にも公朝の和歌表現の独自性は発現している。310「六帖題、よる／我が君を千歳と祈る時なれや北にむかへる宵の行ひ」（夫木抄・雑十八・賀・一六八一六）は、帝位にも寓される北辰（北極星）に向かって行う修法を詠じたのであろうか。公朝の属した天台宗寺門派（園城寺）では、北辰を尊星王と言い（真言宗では妙見）、特に息災延命を願いこの尊星王（妙見）を供養して行う祈禱・修法である「尊星王法（供）」は、「中世、寺門派に伝った最大の秘法とされた」（角川古語大辞典）という。あるいはこのことであろうか。公朝独自の歌境である。また、235「中務卿親王家歌合、水／行ひに注ぐ水こそ氷りぬれ散らす杖にて打ちたたけども」（夫木抄・雑八・水・一二五〇〇）は、僧侶たる公朝の生活の実感に基づくのかもしれないけれども、用詞も特異でかつ細かい景趣の趣向がかった一首で、公朝の独自性が窺われる。さらに、286「六帖題／とき置きし法の衣を我がものと争ひて引く夢もまさしや」（夫木抄・雑十五・衣・のりの衣・一五五四八）は、「とき置きし法の衣」に「説き置きし法」と「解き置きし法の衣」が掛かる。「夢もまさしや」の「夢」は煩悩やこの世の迷妄の意味であろうか。法衣を我が物と争う僧侶達の煩悩を、本当なのかと批判する趣意に解してみたい。仏典や説話類に何らかの典故があるのかもしれないが、不明である。いずれにせよ、仏教者の煩悩を嘆じているようであり、珍しい歌想であることは間違いない。

十一　特異な詠みぶり

ここでもう少しだけ、公朝の特徴ある和歌を見ておこう。

200「文応元年百首、島蛍／たはれ島浪の濡れ衣着る人の思ひを見せて飛ぶ蛍かな」（夫木抄・雑五・島・たはれしま・一〇四八九）は、「名にし負はばあだにぞ思ふたはれ島浪の濡れ衣幾夜着つらん」（後撰集・羇旅・一三五一・読人不知。伊勢物語・六十一段・一一一・女、二句「あだにぞあるべき」結句「着ると言ふなり」）を本歌にする。「たはれ島」（「多波礼島」「戯島」「風流島」等と書く）は、肥後国の歌枕に「たはれ（戯れ・淫れ）」が掛かり、「浪の濡れ衣」は「浪の濡れ」から「濡れ衣」へ鎖り、「思ひ」は「ひ」に「蛍」の縁で「火」が掛かる。「思ひ」と「蛍」は、思いに燃え焦がれる恋情に寄せて詠み併せられるのが類型で、「たはれ」の「濡れ衣」を「着る人」の「思ひ」を「蛍」の「火」に寓意するのは伝統的ではない。『夫木抄』の部類に従えば雑歌で、述懐歌ということになるが、あたかも島に無実の罪で流罪になった人のような趣の歌ということになり、これもまた古くからの伝統ではない。述懐歌としても新奇で、仮に恋の歌あるいは「蛍」の歌としても本意を外していよう。そうまでしても独自の歌境を目指す公朝の姿勢を見るべきであろう。また、219「六帖題／徒歩人は千重の浦わに行き悩みこぬみの浜の真砂苦しも」（夫木抄・雑七・浜・こぬみのはま、許奴美、駿河・一一八三三）の「こぬみの浜」は、駿河国の歌枕で、「行き悩み」から「来ぬ」が掛かるのであろうか。それにしても、「千重の浦わ」「真砂苦しも」は共に例を見ない用詞で、徒歩人が畳畳と重なる浦伝いに行き悩んで浜の砂に足を取られ苦しむといった趣向も珍しい。独特な歌境の一首と言えるであろう。さらに、220「宝治二年五十首／宮木守る伴の緒広き大伴の御津の浜松霞み渡れり」（夫木抄・雑七・浜・みつのはま、三つ、近江又摂津・一一八五八）は、「靫《ゆき》掛くる伴の緒広き大伴に国栄えむと月は照るらし」（万葉集・巻七・雑歌・一〇八六・作者未詳）と「いざ子どもはや日の本へ大伴の御津の浜松待ち恋ひぬらん」（同・巻一・雑歌・六三・憶良。新古今集・羈旅・八九八）の両首を本歌に取る。本歌の「大伴」の序「靫掛くる伴の緒広き」は、大伴氏が武力を以て朝廷に仕えた部族であるので言う。公朝詠の「宮木守る伴の緒広き」は、その点では意味をなさないのである。公朝は、「さざなみや近江の宮は名のみして霞たなびき宮木守りなし」（拾遺集・雑上・四八三・人麿）などに拠りつつ発想したのであろうか。この一首は公朝の自在さを示しているとも言えるが、その自在さは一般的通念を外すことによって獲得されていると言える。

なお一例を挙げれば、前節に論及した290「あはれ我が身は桑子にぞなりなましわたのはやまのたすけざりせば」（夫木抄・雑十五・綿・一五六七五）が、特異な内容で興味深いので再説しておこう。「桑子にぞなりなまし」は先行の類例に「なかなかに恋に死なずは桑子にぞなるべかりける玉の緒ばかり」（伊勢物語・十四段・二〇・女）があるが、この「桑子」は夫婦仲の良いとされる蚕を言ったものであり、公朝歌と内容上は関係ない。公朝歌の「桑子」は、輪廻思想と結ぶ「作繭自縛」（繭となって自ら縛る。自縄自縛の意味）の類（摩訶止観「如蚕自縛」等）に拠る「桑子」（蚕）であり、その縁で下句の「わた」に「綿」が掛かり、公朝の養家北条氏に滅ぼされた「和田」氏との掛詞になっているのである。養父朝時は、建暦二年（一二一二）五月に御台所信子付きの女房親康女との艶聞から将軍実朝の勘気を蒙り、父義時にも義絶されて駿河国富士郡に籠居も、建保元年（一二一三）五月の和田義盛の乱に加勢すべく許されて鎌倉に戻り、義盛男で勇猛の聞こえ高い朝比奈義秀と戦い負傷したという。その後の承久の乱の活躍も経て、朝時の名越氏は有力となり、朝時自身は評定衆となるのである。この経緯を念頭に、和田の乱がなければ朝時の復権はなく、公朝の人たる生も危うく、窮屈に人生を縛られていた、それを天佑と見て、「綿」との掛詞で朧化しつつ和田氏を揶揄し、「和田の端山のたすけざりせば」と言ったのであろうが、他に例を見ない様な典故を踏まえて、諷喩の傾きに自己の境遇を述懐した特異な一首であり(13)、それを厭わずに詠じる公朝の自在さを改めて確認することができるのである。

むすび

以上に、公朝の特色ある詠作を取り上げて考察してきた。それについて、総じて認められる公朝の和歌の様相の要点をまとめて記しておきたい。

京都の中流貴族の子として生まれ鎌倉の北条氏の養子となり、園城寺僧としても地位を占め関東歌壇に活躍した公朝の詠作は、相当の知識教養を基盤にして古歌・漢詩文・説話・伝承等に依拠しながら、多様多彩な対象を縦横に和歌に詠み込もうとしたと見られるところに最も大きな特徴がある。当代から後代までの諸歌集類に於ける公朝歌の入集状況から知られる以上に、歌人公朝は才知にたけ意欲旺盛であったと見てよいであろう。その詠作の自由自在さは、新鮮で独特な歌境を生むが、その反面で伝統的通念や類型（本意）を外れた詠み方となって顕れてもいる。それは、公朝の無知や拙劣を示すものではなく、むしろ才気あるいは自信の表しであったのではないだろうか。換言すれば、公朝は、伝統的な和歌やそれに従っている近代・当代の和歌に依拠しつつも、敢えて和歌の伝統からはずれる内容を柔軟に詠じることがままあったと見てよいということでもある。

第一、二節で論じたように、公朝に類似するような出自境遇の隆弁は、僧侶としての活動と相俟った地域的広範さを基盤としながらも、藤原隆房を父に葉室光雅女を母に真観を従兄とする家統に背かず、和歌の伝統的価値観に沿った穏当な詠みぶりを示している。幾分清新な用詞や趣向の歌を残し、老いの述懐詠に特徴を見せ、神仏習合・本地垂迹の思想や三井寺園城寺の和歌の伝統に従った和歌、あるいは神社に於ける詠作や神威の表出に、園城寺長吏にして鶴岡若宮社別当に就いた隆弁の立場が強く表れている。つまり、隆弁の和歌は、その身分境遇と時代地域を反映したものではあっても、それを超えようとする程の歌人としての意識の所産ではないということになる。これに比べると、公朝の和歌は、当然ながら重なる部分はあるが、かなり異なる部分がある。少しく自らの境遇（藤原氏の男子で北条氏の猶子）と地縁（鎌倉と園城寺）に基づいた歌を詠み残し、多く教養ある関東圏の法体歌人としての観察や知見とそれが自ずと求めさせたであろう対象の多彩さの上に、多様な色合いの歌を詠み置いたと言ってよい。様々な歌枕・所名を詠んだ公朝の歌が、その土地への実際の関心というよりは和歌の上での興味で詠まれているらしいことは、その証左の一つであろう。一方で、公朝の歌に強く窺われる記紀神話や古代の治世への関心は、当代・当世に対する否定的見方と表裏であろうか。実際に政治権力を担う関東に在ったことがむしろ促したのかもしれない、公朝の当代の治世に対する批判的精神が、当時の武士間に萌芽したらしい道歌に連なるような教訓性・教戒臭を漂わせる歌を残させたと一先ずは見ておく。同時に、誹諧味も公朝詠の特徴の一つであるけれども、それは法体歌人としてあり得べきことではあったろうか。

総じて公朝の詠作は、京都と鎌倉あるいは公家と武家とに跨がった身分境遇の変転を経験しつつ、武者の府であり新しい仏教たる禅宗臨済宗の拠点である鎌倉に、古い天台宗寺門派の僧侶として在った公朝という関東歌人だからこそ詠み果たし得た結果であったと見てよい。しかしそれ以上に、公朝の他者とは異なる和歌を詠む歌人であろうとする意欲、和歌の伝統に従うことよりも自分の恣に詠作せんとする意志、そしてそれを実現することができる知識と能力を、公朝の和歌の中に認めるべきなのであろう。その意味では、鎌倉期の関東歌人の中でも、特にその和歌の力量と独自性を以て特異な存在であったと評することができるであろう。一遍と公朝没後の編述であるにしても、『一遍上人縁起』が公朝について「此の人は園城一流の知徳として、柳営数代の護持をいたす、和漢の好士、優色の名人なるを、上人に帰依し給ひしさま、見奉り思へる所ならんやとぞ覚え侍りし。」（国文東方仏教叢書本）とするのは、一遍を讃仰すべくそれに交流した人を誉め持ち上げたであろうことを考慮してもなお、当時の一定の評判を伝えているのではないかと思われてくるのである。そしてまた、当時の関東歌壇がそのような歌人を擁していたのであれば、その歌壇の評価もまた従来の見方とは異なってこなければならないのではないだろうか。

［注］

（1）「注釈稿」の番号を記しておく。8（続拾遺。新三井集作者「前僧正実伊」）、37（東撰六帖抜粋本作者名不記、前歌「公朝」）、41（同上）、52（人家集。宗尊親王家百五十番歌合作者「能清」）、111（夫木抄。東撰六帖作者「三品親王（宗尊）」）、329（三百六十首和歌作者名不記、二首前「大僧正公朝臣」）。

（2）本歌（本文・本説）所収歌集別一覧。注釈稿の歌番号・所収歌集類名・部立等・歌番号の順。（ ）内は本歌の歌集類名・部立・番号・作者（「不知」は「読人不知」、「未詳」は「作者未詳」）の順。

①一首本歌取（本歌所収歌集類別） **97首**

古今集 24首 1続古今・秋下・五〇（古今・恋五・七八〇・伊勢）、8続拾遺・雑秋・六二一（古今・秋上・一九六・忠房）、10続拾遺・雑中・一二〇七（古今・恋四・七〇五・業平。伊勢物語・百七段）、11新後撰・春下・九〇（古今・賀・三五八・素性）、15新後撰・雑上・一二九六（古今・雑上・八九二・不知）、26新千載・夏・二六七（古今・雑下・九三三・不知）、33東撰六帖・春・九六（古今・恋五・七四七・業平。伊勢物語・四段・男）、34東撰六帖・春・二一〇（古今・春下・八二・貫之）、51宗尊親王家百五十番歌合・恋・二四六（古今・恋四・七一二・不知）、62人家集・鹿・一四二（古今・秋上・一九〇・躬恒）、66人家集・恋心を・一四八（古今・恋五・七七二・

不知）、92夫木抄・春三・七〇一（古今・冬・三三七・友則）、108夫木抄・春五・一八八四（古今・神遊びの歌・一〇八二）、116夫木抄・夏一・二四七三（古今・神遊びの歌・一〇七六）、131夫木抄・秋二・四二一〇（古今・雑上・八八六・不知）、142夫木抄・秋五・五七九二（古今・恋四・七二四・融。伊勢物語・一段・二、異同あり）、152（夫木抄・冬二・六八二七（古今・賀・三四五・不知）、177夫木抄・雑二・八四八九（古今・春上・五・不知）、212夫木抄・雑六・一〇九五九（古今・雑下・九五〇・不知）、268夫木抄・雑十二・一四三九二（古今・雑下・九六二・行平）、324新三井集・秋上・一七九（古今・雑下・九四一・不知）、332弘長歌合・月・三四（古今・恋五・七八七・是則）、333弘長歌合・雪・四六（古今・雑上・八七五・兼芸）、338歌合弘長二年三月十七日・閑居花・四〇（古今・雑上・八八九・不知）。

後撰集　4首　77拾遺風体集・離別・二三七（後撰・春下・一〇三・信明）、200夫木抄・雑五・一〇四八九（後撰・羇旅・一三五一・不知。伊勢物語・六十一段・一一一・女、異同あり）、201夫木抄・雑五・一〇五〇二（後撰〈堀河具世筆本・雲州本〉・恋三・七四二・戒仙、定家筆本等異同あり。古今六帖・しま・一九一一・忠岑。五代集歌枕・うらのはつしま・一四八七・戒仙）、202夫木抄・雑五・一〇五三六（後撰・雑一・一〇九三・素性）。

拾遺集　7首　54三十六人大歌合・一二六（拾遺・秋・一八四・元輔。和漢朗詠集・秋・菊・二六五・中務、異同あり）、107夫木抄・春五・一七七九（拾遺・哀傷・一三五〇・聖徳太子）、133夫木抄・秋二・四三四二（拾遺・秋・二一三・好忠）、134夫木抄・秋三・四七〇三（拾遺・雑下・五一四・躬恒〔＋参考歌千載・秋上・二八一・俊頼〕）、175夫木抄・雑二・八二九六（拾遺・哀傷・一三五〇・聖徳太子）、229夫木抄・雑八・一二二八六（拾遺・恋五・九二六・人麿）、339歌合弘長二年三月十七日・河上花・五〇（拾遺・哀傷・一三一三・中務）。

後拾遺集　6首　7続拾遺・雑秋・五九七（後拾遺・雑一・八五三・実綱）、45宗尊親王家百五十番歌合・夏・六六（後拾遺・恋一・六四四・道信）、61人家集・秋歌に・一四一（後拾遺・雑一・九〇三・道綱母。蜻蛉日記・一八・五代集歌枕・八三一）、67人家集・別恋・一五〇＝拾遺風体・離別・二二五（後拾遺・雑二・九二八・不知）、119夫木抄・夏二・二七九一（後拾遺・雑五・一一四二・和泉式部）、185夫木抄・雑三・九二一七（古今・大歌所御歌・水茎ぶり・一〇七二）。

金葉集　1首　335歌合弘長二年三月十七日・月前花・一〇（金葉・春・五六・匡房）。

詞花集　1首　37東撰六帖抜粋本・夏・五月雨・一四九（詞花・恋上・一八八・実方）。

新古今集　2首　81拾遺風体集・雑・三八二（新古今・秋上・二八五・家持）、190夫木抄・雑四・九六八四（新古今・雑下・一六九七・道真）。

新勅撰集　1首　23続後拾遺・雑中・一一〇三（新勅撰・恋五・一〇二二・貫之）。

万葉集　42首　39東撰六帖抜粋本・秋・二八五（万葉・巻十一・寄物陳思・二四三六・人麿歌集。五代集歌枕・九三五）、50宗尊親王家百五十番歌合・冬・二二六（万葉・巻二・相聞・一〇一・安麿）、55三十六人大歌合・一三〇（万葉・巻十一・寄物陳思・二六五一・未詳。拾遺・恋四・八八七・人麿、異同あり）、72拾遺風体集・春・八（万葉・巻一・雑歌・二〇・額田王）、74拾遺風体集・春・三九（万葉・巻十・春雑歌・一八二五・未詳）、88夫木抄・春一・二二一（万葉・巻八・雑歌・一四二七・赤人）、97夫木抄・春四・一〇九〇（万葉・巻六・雑歌・九九二・大伴坂上郎女）、99夫木抄・春四・一一二六（万葉・巻十・春雑歌・一八一七・人麿歌集。五代集歌枕・三二四・人丸、異同あり）、104夫木抄・春四・一四九七（万葉・巻十・秋雑歌・二二〇六・未詳。五代集歌枕・二六二、異同あり）、118夫木抄・夏一・二五四一（万葉・巻十四・相聞・三五二三）、123夫木抄・夏二・夏神楽・三二八六（万葉・巻三・雑歌・三七六・湯原王）、141夫木抄・秋四・五四三八（万葉・巻十四・相聞・三四九七・未詳）、143夫木抄・秋五・五七九三（万葉・巻七・譬喩歌・一三一六・未詳）、148夫木抄・冬二・六八〇三（万葉・巻七・雑歌・一一二五・未詳）、151夫木抄・冬二・六八二六（万葉・巻七・雑歌・一二三一・未詳）、153夫木抄・冬二・六八二八（万葉・巻十七・三八九一・旅人傔従等）、154夫木抄・冬二・六八七七（万葉・巻七・雑歌・一二〇二・未詳）、155夫木抄・冬二・六八七八（万葉・巻三・雑歌・三七一・門部王。五代集歌枕・九三二）、161夫木抄・冬三・七四三一（万葉・巻十七・四〇一二・家持。左注も）、162夫木抄・冬三・七四三二（万葉・巻六・雑歌・九七〇・旅人）、180夫木抄・雑二・八九五七（万葉・巻四・相聞・四九六・人麿。拾遺・恋一・六六八）、183夫木抄・雑三・九〇一〇（万葉・巻二・挽歌・一五四・石川夫人）、186夫木抄・雑三・九二二〇（万葉・巻六・雑歌・九九〇・紀鹿人）、187夫木抄・雑三・九二四〇（万葉・巻十・秋雑歌・二一八五・未詳）、191夫木抄・雑四・九七三五（万葉・巻七・雑歌・一一四〇・未詳。新古今・羈旅・九一〇・不知）、204夫木抄・雑五・一〇五七三（万葉・巻六・雑歌・九六七・旅人）、208夫木抄・雑五・一〇六八八（万葉・巻四・相聞・五七五・旅人）、217夫木抄・雑七・一一五四五（万葉・巻十二・羈旅発思・三一六四・未詳）、220夫木抄・雑七・一一八五六（万葉・巻七・雑歌・一〇八六・未詳）、221夫木抄・雑七・一一八六三（万葉・巻十七・四〇二〇・家持）、223夫木抄・雑七・一一九〇四（万葉・巻七・一二三一・未詳）、242夫木抄・雑九・一二八五一（万葉・巻二十・四四六二・家持）、267夫木抄・雑十二・一四三三八（万葉・巻十一・寄物陳思・二六八三・未詳）、277夫木抄・雑十四・一五一二三（万葉・巻二・相聞・九六・久米禅師）、278夫木抄・雑十四・一五一三六（万葉・巻九・雑歌・一六七八・未詳）、279夫木抄・雑十四・一五一三七（万葉・巻九・雑歌・一六七八・未詳）。

（内長歌　6首）117夫木抄・夏一・二四七四（万葉・巻三・雑歌・三七九・大伴坂上郎女）、135夫木抄・秋三・四七〇四（万葉・巻六・雑歌・一〇四七・田辺福麿歌集）、188夫木抄・雑三・九三二八（万葉・巻九・一七四七・虫麿歌集）、264夫木抄・雑十二・一四二八五（万葉・巻六・雑歌・一〇六二・福麿歌集）、265夫木抄・雑十二・一四二八六（万葉・巻一・雑歌・三八・人麿）、319新三井集・春下・六〇（万葉・巻九・雑歌・一七五一・虫麿歌集）。

伊勢物語　1首　205夫木抄・雑五・一〇五八〇（伊勢物語・百十五段・一九六・女。古今墨滅歌・一一〇四・小町）。

和漢朗詠集　1首　322新三井集・夏・一六八（和漢朗詠集・夏・納涼・一六六・中務）。

古今六帖　1首　32東撰六帖・春・六四（古今六帖・第六・うぐひす・四四〇九。万葉・巻十九・四二八六・家持、異同あり）。

五代集歌枕　1首　271夫木抄・雑十三・一四七八二（五代集歌枕・きなれの里・一七五八・金村。原歌万葉集・巻六・雑歌・九五二・金村歌、或云車持朝臣千年、異同あり）。

日本書紀　1首　215夫木抄・雑六・一一三一（日本書紀・巻一・一・素戔嗚尊＝古事記・上・一＝古今歌名序）。

神楽歌　4首　103夫木抄・春四・神楽歌、大君・一二〇六（神楽歌・湯立歌・本、末＋古今・春上・五四・不知）、132夫木抄・秋二・三島社奉納神楽を和する歌に、篠波・四二八三（神楽歌・小前張・細波・本）、297夫木抄・雑十六・神祇・一五九七〇（神楽歌・小前張・湊田・本）、298夫木抄・雑十六・神祇・一五九七一（神楽歌・小前張・蟋蟀・本）。

②二首本歌取　20首

6続拾遺・雑春・五四二（古今・雑下・万葉集はいつばかりつくれるとぞ・九九七・有季＋万葉・巻十七・三九一九・家持）、12新後撰・秋下・三七二（新古今・恋五・一四三二・不知。俊頼髄脳・二一一他＋万葉・巻十二・寄物陳思・三〇〇一・未詳。五代集歌枕・六六六）、43宗尊親王家百五十番歌合・春・六（古今・仮名序・かぞへ歌。拾遺・物名・四〇五・黒主＋古今・春上・三一・伊勢）、49宗尊親王家百五十番歌合・冬・一八六（万葉・巻十二・寄物陳思・三〇二〇・未詳＋和漢朗詠集・親王・六七三・達磨。拾遺・哀傷・一三五一・飢人、異同あり）、53三十六人大歌合・一二四（伊勢物語・二十三段・四七・男＋同上・四八・女）、87夫木抄・春一・二二〇（新古今・賀・七一一・貫之＋拾遺・春・一八・人麿。和漢朗詠集・春・若菜・三五、異同あり）、94夫木抄・春三・七〇三（拾遺・神楽歌・五八七・住吉明神＋万葉・巻七・雑歌・一一五六・未詳）、114夫木抄・春六〔恋か雑か〕・二二〇一（万葉・巻二・挽歌・一八五・日並皇子尊宮舎人等＋古今・恋一・四九五・不知）、127夫木抄・夏三・納涼・三六六五（和漢朗詠集・夏・納涼・一六六・中務＋拾遺・雑上・四五五・貫之）、150夫木抄・冬二・千鳥・六八〇五（神楽歌・採物・篠・末。新勅撰集・神祇、結句反復なし・五四四＋拾遺・雑四・四八四・能宣）、194夫木抄・雑四・九九一（万葉・巻七・譬喩歌・一三四一・未詳＋同上・一三四二・未詳）、197夫木抄・雑四・一〇一四八（万葉・巻三・雑歌・二七一・黒人＋新古今・恋五・一四三一・不知。万葉・巻十・秋相聞・二二四七・未詳、異同あり）、199夫木抄・雑五・一〇四九六（万葉〈広瀬本〉・巻七・雑歌・一二三八・未詳＋同上・一二三九・未詳）、222夫木抄・雑七・一一八八八（万葉・巻二・挽歌・二二〇・人麿〈長歌〉＋万葉・巻七・雑歌・一一六二・未詳）、234夫木抄・雑八・一二四五三（万葉・巻九・雑歌・一七四五・虫麿歌集。五代集歌枕・一七二五、異同あり＋拾遺・夏・一三一・恵慶）、317新三井集・春上・七（古今・雑下・九六七・深養父＋詞花・雑上・三一六・清少納言）、323新三井集・秋上・一七四（古今・秋下・二八七・不知＋新古今・秋上・三〇三・具平）、327新三井集・秋下・二九七（拾遺・秋・二一四・兼盛＋古今・秋下・二八二・関雄）、331弘長歌合・郭公・二二（古今・恋五・八〇七・典侍直子＋千載・夏・一五一・道命）、334弘長歌合・恋・五八（万葉・巻七・譬喩歌・一三四一・未詳＋万葉・巻七・譬喩歌・一三四二・未詳）。

③三首本歌取　**1首**

214夫木抄・雑六・一一一七六（万葉・巻九・雑歌・一六九〇・人麿歌集＋同・巻七・雑歌・一一七一・未詳＋同・

巻三・雑歌・二七五・黒人。新勅撰・羈旅・四九九・不知、異同あり）。

④本文取　**7首**

105夫木抄・春五・三月三日・一七五三（和漢朗詠集・春・三月三日・三九・道真）、115夫木抄・夏一・二三三四（和漢朗詠集・夏・首夏・一四七・白居易）、126夫木抄・夏三・三四七七（和漢朗詠集・管絃・五絃弾・四六三・白居易）、137夫木抄・秋三・鹿・四八五〇（和漢朗詠集・秋・鹿・三三四・温庭筠）、146夫木抄・秋六・六〇二〇（和朗詠集・秋・紅葉・三〇四・以言）、276夫木抄・雑十四・一五一〇九（和漢朗詠集・述懐・七六〇・惟良春道）、288夫木抄・雑十五・綾一五六四二（白氏文集・巻四・新楽府・繚綾）、292夫木抄・雑十五・一五七一八（白氏文集・巻四・新楽府・売炭翁）。

参考詩　38東撰六帖抜粋本・秋・二〇八（和漢朗詠集・秋・秋興・二二三・白居易）、170（新撰朗詠集・雑・述懐・七〇八・惟良春道）。

⑤本説取　**20首**

89夫木抄・春一・二二二（日本書紀・神代下）、121夫木抄・夏二・二八九三（日本書紀・神代上）、122夫木抄・夏二・三一四八（日本書紀・神武天皇即位前紀）、160夫木抄・冬二・七四二五（日本書紀・仁徳天皇）、163夫木抄・冬三・七五三四（古事記・上）、165夫木抄・冬三・七五三六（日本書紀・神代上）、168夫木抄・雑一・七七六一（祝詞・六月晦大祓＋祝詞・祈年祭）、210夫木抄・雑五・一〇六九五（蒙求・張翰適意）、237夫木抄・雑九・一二六七九（古事記・上）、238夫木抄・雑九・一二七一八（日本書紀・神武天皇即位前紀）、259（「李下に冠を正さず」の故事、古楽府・君子行）、262夫木抄・雑十二・一四一五六（日本書紀・神武天皇）、266夫木抄・雑十二・一四二九一（日本書紀・神武天皇即位前紀）、269夫木抄・雑十二・一四四二七（「孟母三遷」の故事。蒙求・軻親断機）、272夫木抄・雑十三・一四九六四（蒙求・陳平多轍）、273夫木抄・雑十三・一四九六五（「門前雀羅を張る」と「門前市を成す」の故事、史記と漢書等）、275夫木抄・雑十四・一五〇九八（日本書紀・景行天皇）、282夫木抄・雑十四・金・一五二八一（「衆口鑠金、積毀鎖骨」の故事、史記等）、284夫木抄・雑十四・一五三二八（蒙求・顔駟蹇剝。漢の顔駟の故事、文選・思玄賦注所引漢武故事）、305夫木抄・雑十七・一六五三七（「塞翁馬」の故事、淮南子）、311夫木抄・雑十八・行幸・一六八六〇（日本書紀・景行天皇四年か）、312夫木抄・雑十八・一六九〇七（蒙求・袁宏泊渚）、316夫木抄・雑十八・

一七〇五二（巫山の夢の故事、文選）。

（3）公朝の歌の番号は、「注釈稿」のそれに拠る。

（4）一首は、二首本歌取の本歌一首が長歌。注（2）参照。

（5）前節注（16）参照。

（6）これについては、和歌文学会平成二六年度七月例会（一九日。於二松學舎大学）「〈発表特集〉和歌注釈の現在」に於いて「中世和歌注釈の課題処々」の題で発表した。

（7）老いの述懐に類する公朝詠の「注釈稿」の歌番号を、参考までに記しておく。4、5、10、15、16、17、27、57、63、82、176、195、315、340等。

（8）これについては、「何だこの歌は」（『三田評論』平二九・七）に記した。

（9）歌枕・所名を歌番号で一覧にしておく。1（常磐山）、12（春日野）、22（真野の萩原）、23（巻目）、26（明日香川）、29（越路）、36（富士の鳴沢）、37（室の八島）42（三船山）、44（柏木の杜）、45（筑摩江の沼江）、49（斑鳩のよるかの池、富の緒河）、54（籬の島）、55（難波）、60（大堰川）、65（更科、姨捨山）、74（横野）、78（小余綾の磯）、80（あだし野）、81（三室山）、91（佐保路なる羽易の山）、93（〔野中の清水〕）、94（住吉の岸、遠里小野）、96（奈良山）、97（奈良の明日香）、98（佐保山）、99（朝妻）、100（播磨路、武庫山）、101（和泉）、102（み吉野）、104（南淵山）、106（天の川）、108（細谷川、吉備）、110（大堰川）、113（武隈）、119（山科の里）、120（高安、生駒の山）、121（かご山〔天の香具山〕）、127（泉川）、131（石上布留）、132（唐崎）、133（北野）、134（野路の玉川）、135（春日野、飛ぶ火）、136（石上布留〔枕詞と掛詞〕）、137（立野の原）、138（越路）、139（越の大野）、142（陸奥、信夫の里）、143（高安の里）、144（逢坂の関、粟津の杜）、145（横野）、147（柞の杜）、148（神奈備川）、149（淀の渡り、美豆野の里）、150（利根川）、151（水茎の岡の湊）、152（さしでの磯）、153（荒津の海）、154（玉の浦）、156（但馬、雪の白浜）、157（水茎の岡の湊）、162（栗栖の小野）、165（〔天の岩戸〕）、173（羽易の山）、174（渡の山）、175（片岡山）、176（鏡山、老曾）、177（畝傍の山）、178（吉備）、179（近江路）、180（三熊野）、181（高野）、184（鞆岡）、187（二上、大坂）、188（竜田路、小桜の嶺）、190（春日）、191（猪名の柴原）、193（富士の裾野）、195（羽束師の森）、197（年魚市潟、桜田）、198（奈呉の海、淡路島山）、200（たはれ島）、201（紀の国、浦の初島）、202（松が浦島）、203（槙の島、宇治）、207（難波江）、208（日下江）、

212（み吉野の山、十津川）、213（六田河）、214（高島、阿渡川）、217（室の浦）、219（こぬみの浜）、220（大伴の御津）、221（越の海、信濃の浜）、222（敷島の中の水門）、223（水茎の岡の湊）、224（鳴海潟）、226（清見潟）、227（播磨路、室の泊）、228（清見が崎）、229（淡路の門、住吉の岸）、230（那智のお山）、231（布留の滝）、233（三井）、234（那賀）、239（大堰川）、242（難波堀江、高津の宮）、250（西川＝桂川。揚子江によそえる）、255（初瀬）、265（吉野の宮）、271（きなれの里）、272（唐土）、277（信濃）、279（紀の国）、283（唐土）、295（比良の高嶺）、299（常陸）、304（三井）、307（唐土）、311（東）、325（諏訪の水海）、328（園原）、334（越の菅原）。

（10）特異な歌枕・所名を歌番号で一覧にしておく。39（香取）、84（鶴の岡辺）、87（奈良の朝〔の原〕）、90（大内の真袖が原）、92（跡見の岡）、118（阿倍）、122（そひ川、阿太）、128（蘆原〔蘆原国〕）、155（飫宇の浦）、160（百舌鳥野）、161（三島野）、178（下道高麗の里）、179（比良の大山）、180（紀路）、186（茂岡）、189（渡辺、紀路）、192（粟栖の小野）、194（越の菅原）、199（竹島）、204（大和路の吉備の児島）、205（都島）、209（松が江）、210（松が江）、212（いづみの原）、215（簸の川上）、218（山戸田）、225（薩摩潟）、236（陸奥の蝦夷が千島）、238（宇陀の県）、241（八幡の宮）、260（弥陀の御国）、261（神国、豊葦原）、262（浦安の国）、263（長柄の都）、264（味原宮）、266（そひ川、橿原の宮）、270（愛宕の里の大宮所）、275（伊勢島やみそしの浜）、295（門中、山田（舟））、301（三十余り七つの宮）、304（わたつうみ＝琵琶湖）、311（巻目の日代の宮）、313（矢ばせ（の舟））、314（那須）、315（死出の山、遠つ国）、322（飛鳥井）、325（信濃なる穂屋）。

（11）「鷲の羽」は、「蝦夷」の特産で、矢羽に用いられたという。蝦夷を沙汰した（蝦夷管領・蝦夷代官）安東氏あたりを通じて鎌倉にもたらされ、よく知られていたのであろう。ちなみに、安東氏の家紋は檜扇に鷲の羽である。

（12）これについては、拙稿「鎌倉期関東歌壇と道歌」（『日本文学』令四・五）参照。いわゆる「道歌」の源流の一つが、鎌倉期関東歌壇の中に求められること、それに公朝の歌が与っていること等を論じた。

（13）注（8）に同じ。

第二編　歌書研究

第一章　篋河上論

第一節　『篋河上』の諸本

はじめに

『篋河上』は、『代集』の「弁入道の篋河上といふ口伝」という記述、また、信頼すべき古証本の康永二年（一三四三）六月奥書の「真観右大弁光俊抄する所なり。篋河上と号すと云々。」（読み下し・句読点私意）という所伝、などにより明らかなとおり、弁入道真観藤原光俊撰の髄脳書である。本書は、昭和十七年五月文明社初版、昭和三十一年一月風間書房初版の『日本歌学大系』第四巻に収められて以後、本格的な流布を見ているが、その本文は、昭和十五年五月付で、底本として静嘉堂文庫蔵伝冷泉為相筆本が採用され、「和歌古語深秘抄」本と「図書寮」本によって校正されている。これは、後述するように、今日の段階から見ても極めて妥当な底本の選定と言える。加えて、その本奥書の言うところ、即ち、文応元年の夏半ば過ぎに、本山の不満の訴えの為に下った鎌倉の荏駉に宿り、雨の続く中で徒然を解消する為に、将軍（宗尊親王）御所の間近でにわかに和歌の奥義を記した、という所伝、これに基づき、記録類を併せて考証した、文応元年（一二六〇）五月半ば過ぎ真観撰とする同書解題の説は、既に定説となっている。

良質の本文の提供と成立の基礎的考証の両点で、静嘉堂本を発見・採択したことは、秀れた見識だったと言え、歌学大系が同書の基礎研究に果たした役割は非常に大きいと思われるのである。

ただし、歌学大系の活字本文について言えば、校訂および句読の打ち方や清濁の施し方に、私見とは異なりがあり、それはともかくも、明らかなる誤脱も僅かながら認められるのである。そこで、見出し得た限りの諸伝本によって、今一度、本文の問題から調べ直してみようと考えるに至った。その調査に基づき、『国文学研究資料館紀要』（二二号、平八・三）に、「校本『簸河上』」（以下「校本」と略称し、その頁数・行数や通し番号等はそのまま用いる）を公表した。それを付編二に所収している。本節では、静嘉堂本の底本たるべき価値の問題や各伝本の素性とそれらの関係性などについて、その概要を述べてみたい。[1]

一　諸本の書誌

「校本」作成の時点では九伝本を調査し、「校本」ではその内の七本を対象とした。その後、兼築信行氏所蔵本の存在を同氏から教示いただき、また調査する機会にも恵まれた。本節では、同本についても論及したい。なおこれに伴って、「校本」の校合の順序（2書陵部本、3・4京大本・賜蘆拾葉本）とは異なる取り上げ方で論じる必要が生じたことを記しておく。

まず、計十本の各書誌を左に記す。各本初行下の漢字はその略号。

1　静嘉堂文庫蔵伝冷泉為相筆本（一〇五・九）　＝静

閲覧不許本につき原本未見。同文庫員成沢麻子氏の御教示に従う。氏に感謝申し上げる。〔鎌倉末～南北朝期〕写。綴葉装、一帖。金茶色地に梅花文の金襴裂表紙、縦一六・二×横一六・〇糎。見返し、白地に銀切箔散らし。外題、内題共にナシ。料紙、厚手斐紙。墨付四十六丁（一折目十二丁、二折目十六丁、三折目十八丁）。毎半葉六行、一行十一字内外。字面高さ、約一四・〇糎。本奥書「本云／文応改元之暦朱律過／半之天依本寺之鬱／訴下東関之旅宿、／遂乃荏駒雨裏為消／百千万緒之徒然45オ」柳営風前忽写三十／一字之秘訣者也／為之如何〳〵。／」に続いて、「真観／右大弁光俊朝臣所抄也／号簸河上云々45ウ」たゞし此もじ／哥のしうくの時見合／かよひもちゐる／康永二年六月六日／以証本書加畢（花押）46オ」一見以後納文／庫了／柿本余胤竹薗朽株（花押）46ウ」（清濁私意）と、加証（加筆）および伝領の奥書識語がある。「柿本余胤竹薗朽株」は、順徳天皇の曾孫で、正三位源彦仁の子の忠房親王か。母は二条良実の女。正平二年（一三四七）七月没、享年未詳（六十三歳とも）。初め臣籍降下も、文保三年（一三一九）に後宇多院の猶子となり親王宣下、無品の弾正尹となる。『亀山殿七百首』等に出詠し、『玉葉集』以下の勅撰集に二一首入集の歌人である。康永二年（一三四三）時点の「柿本余胤竹薗朽株」に当てはまる。宗尊から見て忠房は、はとこの子（再従甥）に当たる。別に、「了佐極札一枚」と墨書する極札と「古筆了悦（花押）（琴山印）」と署名する極札を付す（これ等によると、奥書の前者の内「たゞし此」以下は洞院公賢、後者「一見」以下は与（興イ）良親王筆とする。また、本文についても為相筆と極めつつ、公賢が九丁と四十四丁を補写し、他に十ヶ所を加筆したとする）。

2　書陵部蔵（一五五・七二）阿波国文庫本　＝阿

〔江戸中期〕写。袋綴、一冊。布目肌色地緑色竜唐草文刷表紙。縦二六・三×横一八・六糎。外題、左肩題簽

に「籔河上 光俊 全」。内題、ナシ。料紙、楮紙打紙。墨付二十丁、遊紙前後各一様。毎半葉八行、一行二十二字内外。字面高さ、約二〇・三糎。本奥書（「校本」参照）に続いて、「真観／右大弁光俊朝臣所抄也／号籔河上云々／たゞし此もじ哥のしうくの時見合かよひ22オ」もちゐる／康永二年六月六日以証本書加畢判／一見以後納文庫之／柿本余胤吁《竹藪》薗朽株判」（静本に同じ）とある。一丁オと尾丁ウに「阿波国文庫」の子持枠朱印。

3　京都大学附属図書館蔵本（二二・ヒ・四）。　＝京

寛文九年三月写。袋綴、一冊。栗皮原表紙に重ねて濃肌色布目後装表紙、縦二四・三×横一六・八糎。外題、左肩子持枠刷題簽に「籔川上」。内題、一オに「籔川上」。料紙、斐紙。墨付十五丁、遊紙前後各一様。毎半葉九行、一行二十二字内外。字面高さ、一八・六糎。奥に、「右一帖者海住山亜相高清卿自筆也14ウ」見于奥書而／件抄載条々儀可謂五璞（不審。あるいは「璟」（光る玉）または「璪」（玉に彫った飾り）等の異体か誤写か）玉集乎／仍借筆終書功可禁外見而已／永正元年五月廿一日／諫議大夫藤基春15オ」此一冊以持明院基春卿墨痕謄／写之者也／時寛文九年春三月日」とある。朱の合点・符点あり。

4　内閣文庫蔵賜蘆拾葉（二一七・一一）第九集所収本　＝賜

文政二年五月下旬写。袋綴、一冊の内（「草木歌合」「寛喜元年十一月女御入内月次御屏風十二帖倭歌」「新百人一首」「隠岐記」「寛政二年新営内裏色紙形詠歌」と合写）。茶色表紙、縦一八・四×横一二・六糎。表紙左肩子持枠刷題簽に「賜蘆拾葉　八十二」と墨書、素紙の扉（原仮綴表紙）左肩に「賜蘆叢書　八十二」、右肩に「九集」と打付け墨書。改丁して、当冊の目録が「○籔河上／○草木歌合／○寛喜元年御屏風和歌／○新撰百人一首／○隠岐紀行／○源氏物語ふせ屋の塵／ゆかりの月／内裏新造画図和歌／以上八部」とあり（内実と合致せず）、改丁して（ここから本文と同

じく飾り波罫料紙）、表左端（原扉題）に「簸河上　完」とある（改丁して本文があるが端作題ナシ）。料紙、楮紙鶯色飾り波罫、高さ一五・八×幅一・六糎、六行。本文墨付八十丁、内「簸河上」二十四丁、遊紙中後各二様。「簸河上」の奥に、「右以沢菴和尚真蹟本文政己／卯歳仲夏下浣日令書写者也／源朝臣正路」とある。本文巻頭に「浅草文庫」と「新見文庫」の共に重郭朱印。

5　書陵部蔵（五〇一・三九〇）御所本　＝書

〔江戸前期〕写。綴葉装、一帖（三折）。濃茶色布地銀糸梅花文織表紙、縦二三・八×横一七・七糎。外題、左肩題簽に「簸河上」（霊元天皇筆）。内題、ナシ。料紙、斐紙。墨付十九丁（一折目六丁、二折目八丁、三折目五丁）、遊紙前一枚後二様。毎半葉九行、一行十六字内外。字面高さ、約一八・六糎。漢字に多く傍訓を付す。

6　兼築信行氏蔵本　＝兼

〔江戸前期〕写。仮綴、一冊の内。縦二四・二×横一七・二糎。外題、左肩に「愚秘抄　全」と打付墨書。「愚秘抄」（実は『愚見抄』）「倭歌三重大事」「新撰髄脳」「和歌可有用心事、不可好詠詞」「哥四病事」等と合写。内題、一八ウに「簸河上」。料紙、楮紙。墨付本文三十七丁、内「簸河上」十丁分、遊紙前一様（「寿福」等の墨書あり）。毎半葉九〜十二行（「簸河上」部分は十二行）。字面高さ、約二一・七糎。（「簸河上」初行）。「簸河上」の奥に「簸河上　弁入道光俊撰也　法名真観／右和哥以為尹卿本授合畢可止他見者也／相伝了俊　七帖之内／相伝前上総介範政／相伝前伊与守義世／相伝頼氏永春／永享七年九月七日」とある。「授合」は「校合」の誤写であろう。「七帖」は「愚秘抄」「倭歌三重大事」「簸河上」「新撰髄脳」「和歌可有用心事」「不可好詠詞」「哥四病事」を指すか。奥に「相伝了俊在判／相伝散位範政在判／相伝伊与守義世／相伝沙弥永春／同（永享七年）九月七日／号愚秘抄

下終」とある。その他も各奥書によると、「愚秘抄」は了俊・範政から義世へ「永享弐年十一月」に相伝、「倭歌三重大事」は了俊・範政・義世から永春へ「永享七年九月六日」に相伝、「新撰髄脳」「和歌可有用心事」「不可好詠詞」「哥四病事」は「簸河上」と同様の相伝。一ォに「兼築／蔵書」（陰刻）、三七ゥに「兼築／信行／蔵書」の朱印。

7　宮城県図書館蔵伊達文庫本「代々集巻頭和歌」（伊九一一・二〇一・四七）所収本　＝伊

元禄二年十二月写。袋綴、一冊の内（外七書と合写）。縹色表紙、縦二七・九×横一九・五糎。外題、中央上に題簽して「代々集巻頭和歌／遠所御抄／和歌用意条々／耕雲口伝抜捽／和歌之切字／簸河上抜捽／順徳院御百首／隠岐院御百首」とある。これらの八書の合写。内題、三六ォに「簸河上抜捽」。料紙、斐紙薄様。墨付六十七丁、内「簸河上」十三丁、遊紙後一様。毎半葉十一行、一行二十二字内外。字面高さ、約一八・五糎（「簸河上」初行）。「簸河上」の奥に、「右之一冊中院前内府通村公以御自筆／之本令書写遂校合畢／承応元年師走二日／（一行空白）／元禄二己巳十二月五日得簸川上全本仍此／不足を補て全本とせり但件全本には／一条ごとに一ノ文字無之又五葉めゥラ／俊頼朝臣／件本には是を上へあげて一条とせり／件本ノ奥ニ／右大弁光俊朝臣作47ゥ」右之一冊中院前内府通村以自筆之／本令書写遂校合了／連歌宗匠里村玄祥自筆之本ニテ令書／写遂校合畢／と有て無年号　共之記」（清濁私意）とある。一ォに「伊達伯／観瀾閣／図書印」の朱印。

8　和歌古語深秘抄七所収本。金城学院大学図書館蔵本（九一一・一一・E七八）　＝古

元禄十五年一月刊（修〈注〉）。袋綴、十冊の内第七冊。雷文繋菊牡丹花薄縹色刷文表紙、縦二二・四×横一六・一糎。刊記（第十冊巻軸）「元禄十五壬午孟春日／出雲寺和泉掾開板」。第一冊巻首に「恵藤一雄」の序、第十冊巻

軸に抜を有する。外題（当該冊）、左肩題簽に「和歌古語深秘抄　瑩玉集／籤川上　七」。内題、九オに「籤河上（右傍に「ヒノカハカミ」と朱書）」。当該冊本文二十三丁、内「籤河上」十五丁。無辺無界。毎半葉十行、一行二十一字内外。柱刻、「（柱題）籤河上　（丁付）○一（〜十五終）」。奥に「右之一冊中院内府通村公以自筆之本令／書写遂校合畢」とある。各冊一オに「常／民」の朱印。

〈注〉なお、第四・五冊から第八冊を経て第六冊に戻る（丁付もこの部分で通しとなっている）形で、「（和歌）六部抄」が取り込まれている。承応年間頃刊の『和歌六部抄』と比較すると、本文印面は酷似している。ただし、同抄は四周単辺の匡郭を有するのに対して、本書にはない。また、版心の丁付についても、例えば冊変わりの初丁に『和歌六部抄』では「○十一」とあるのに対して、本書では「一ヨリ○十一」などのようにある。同抄の版木を流用して、匡郭を削去し、版心丁付に一部入木した修本か。

9　大阪府立中之島図書館蔵本（二二四・一〇〇）　＝中

文政五年六月写。袋綴、一冊の内（外八種と合写）。仮綴原装表紙に重ねて山吹色後装表紙、縦二三・九×横一六・八糎。外題、後装表紙左肩に、「耕雲口伝外八種」と打付墨書。また、原装表紙上中央に朽葉色の紙を貼付して、「耕雲口伝／桂明抄／新撰髄脳／後鳥羽院御口伝／莫伝抄／家隆和歌口伝／瑩玉集／籤川上／和歌肝要／右全部」と墨書。これらの九書の合写。墨付四十三丁、内「籤川上」六丁分。毎半葉十三行、一行三十八字内外。字面高さ、約一九・二糎。尾丁に「横／井」と「候通／□□（判読不能）」の陰刻朱印各一。奥に「右新撰髄脳已下七部古語深秘抄之抜萃也／干時文政第五午季夏仲旬写之／横井候通」とある。この書写奥書のとおり、和歌古語深秘抄本の写し。

10　書陵部蔵（二六六・二五五）鷹司本　＝鷹

〔江戸後期〕写。袋綴、二冊の内の第二冊（「後鳥羽院御口伝」「近代秀歌」と合綴）。墨色木目艶出表紙、縦二〇・二×横一四・一糎。外題、左肩に「新撰随脳　公任作　坤（乾）」と朱打付け書。内題、一オに「簸河上」。料紙、楮紙打紙。墨付三十丁、内「簸河上」十三丁、遊紙、「簸河上」と「後鳥羽院御口伝」の次に各一様。毎半葉十一行、一行二十字内外。字面高さ、約一七・二糎。一オに、「鷹司城南／館図書印」の子持枠朱印。『和歌古語深秘抄』本の忠実な写しと見られる。

二　静嘉堂文庫本および阿波国文庫本

初めに、底本たるべき伝本についての結論から言えば、1の静嘉堂本は、成立を示す本奥書を有して、それを信頼させるに足るだけの書写時期の古さと相伝過程の由緒を併せ持ち、かつ本文にも、あるべき原本文からの隔たりを推測せざるを得ないような特に不合理な疵を見せてはいない。これに対して、後述のように、他の諸本は、いずれも近世期の書写あるいは刊行であるばかりでなく、何よりも、同本に比して各々大小の欠脱や独自の誤謬あるいは改変など、本文に何らかの瑕疵があるのである。従ってやはり、この静嘉堂本が最も尊重すべき伝本であると考えるものである。

その静嘉堂本は、古筆家の極めによると、冷泉為相の筆にかかるとされる。現存する為相の真筆と写真版等で照合する限りでは、同筆と断定するには至らないが、ほぼ時代を同じくする比較的近似した書風と認められる。奥書は、その本をもとに、康永二年（一三四三）六月六日に証本を以て書き加えたと伝える。これは、極めによると洞院公賢が、現行本の九丁と四十四丁および他の十ヶ所を補写・加筆したことになる。公賢の日記『園太暦』はこの年六月の伝存を聞かず確認できないが、事実、これらの部分は墨痕が異なっている。ただしまた、当該の両丁の位置については、綴葉装に於けるしかるべき落丁のあり方と符合はせず、如何なる事情の欠落による補写かは原本を実見し得ず、詳細は不明である。なお、公賢には消息が現存するが、写真版による限りでは、同定し難いようである。ともかくも、さらに奥書は、この本を、「柿本余胤竹園朽株」即ち皇統に連なる歌人その人が、一見以後に文庫に収めた旨を記している。同じく極めによると、その人物は、宗良親王の子「与良親王」(異本注記の言う「興良親王」は護良親王の子か)とするが、これについては不詳である。極めによる伝称筆者と伝領者の真偽はともかく、鎌倉末から南北朝期の間の写しと見て大過はないようであり、加筆と伝領を伝える両奥書自体も偽作と見るべき事由はない。従って、康永二年以前に書写された本に、しかるべき歌人が証本を以て校合加筆し、それを、皇族歌人が伝領保持したものと見てよいと考えられるのである。同本は、2~10の諸本に対して、独自の異同はあり、固有の欠落箇所がごく少部なくはないが、それは明らかなる誤写・誤脱とは考え難く、その点だけでも完本として優位にあると言えるのである。

次に、2の阿波国文庫本については、1の静嘉堂本と同じ本奥書以下の識語をそのまま有しており、本文も静嘉堂本に極めて近くほとんど異同が無い。詳しくは省略するが、僅かにある異同については、多く、阿波国文庫本の単純な誤写と見られるものである。中で例えば、「校本」一四九頁後半3(この頁数と前後半の別と通し番号は以下同様)の文脈上「これらの」とあるべき部分に於いて、静嘉堂本では「ら」が変形して「こ」にも見えるのに対して、阿波国本が「これこの」とあり、一五〇頁前半9の「多く」とあるべき部分に於いて、静嘉堂本では「多」の漢字がやや変形して「拵」にも読めるのに対して、阿波国本が「拵」となっていることを指摘できる。また、例えば、一五六頁後半37の諸本が「いと〱」か「いとゝ」とある部分に於いて、静嘉堂本では上の「と」に当たる箇所が虫損により判読不能であるのに対して、阿波国本のみが「いよ〱」となっていたり、一五七頁前半2の他本全て「現存」とある部分に於いて、静嘉堂本では「存」の箇所が虫損により判読困難であるのに対して、阿波国本のみが「現在」となっている点なども注意される。即ち、阿波国文庫本は、静嘉堂文庫本から直系の書承関係、それも恐らくは直接の親子関係にあると考えられるのである。

三　京都大学本・賜蘆拾葉本・書陵部本

3と4の京大本と賜蘆拾葉本について見ると、この両本は親しい関係にあると言える。「校本」一五五頁後半48に記した大部の欠文、および一五六頁前半25・一五六頁後半17と20・一五七頁前半8他に見える欠落と、それらについての、「虫食」と「破損」の注記の共通より見て、同一の祖本を想定し得る。その他の細かい異同は省略するが、それらもまた両伝本が同一の祖本から派生したことを強く示唆していると見てよいと考えるのである。そして、諸本との異同の状況よりして、その祖本の本文の系統は、静嘉堂文庫本に大きく異なるものではなく、同類の本文であったと判断されるのである。しかしなお、右記の欠文の点で底本としては使用し難いであろう。

京大本は、奥書によると、長享二年（一四八八）に没している権大納言海住山高清筆の本を、永正元年（一五〇四）五月二十一日に参議持明院基春が写した本を、さらに寛文九年（一六六九）三月に「瞻写」（臨写）した本である。

一方、源（新見）正路編の『賜蘆拾葉』本は、奥書より、沢庵筆本を以て文政二年（一八一九）五月下旬に書写せしめた本であると知られる。沢庵は正保二年（一六四五）十二月に没している。従って、ここで言う沢庵本は、京大本から直接の書承関係にはなく、高清筆本か基春筆本あるいはそれと何らかの書承関係にある本から書写されたものである可能性が高いということになろう。

続いて、5の書陵部本は、漢字に多く訓の傍書が付されている点に他とは違う特徴がある。しかしそれ以外は、表記上の違いを除いて静嘉堂本と大きな異なりはなく、これも本来的には同系の本文と見て大過ないと考えられる。ただし、「校本」一五四頁前半39の「おほよそ」の後に「歌をよまむには題《タイ》をよく心うへき也」の一文が、この書陵部本のみ存している。これは、『俊頼髄脳』の引用部分で、同書には確かにこの一文が存しているが、それ故に逆に、同書から後人が竄入させた可能性があると思われる。なおまた、一五四頁前半45の欠文は、前後の「よむべき文字」という同字句の目移りの誤写による脱文と考えられる。従って、この本も右の両本と同様底本とすべき信頼性にはやや欠けると判断されるのである。

四　兼築本

さて、6の兼築本は、奥書によると、「為尹卿本」を以て校合した本で、了俊から範政・義世を経て、永享七年（一四三五）九月六日の「倭歌三重大事」に続いて翌七日に、「新撰髄脳」「和歌可有用心事」「不可好詠詞」「哥四病事」と共に、頼氏（永春）に相伝されたものである。「為尹卿」は、冷泉為相次男為秀の子為邦の男にして為秀の猶子となった為尹（康安元（一三六一）年～応永二十四（一四一七）年正月二十五日）であろう。言うまでもなく了俊は、為秀の門弟であり、その子為尹の本による校合本を伝えることに不思議はない（了俊の甥泰範の子範政以下の相伝過程については、合写する他書の素性と併せて該本全体の問題として今後究明すべき課題であろう）。これを信ずれば、該本は、歌道家の古鈔本に依拠して校合された然るべき本文を伝えていることになる。確かに、静嘉堂本を初めとする他の諸本とは異なる特徴ある本文で注目に値するが、それは必ずしも原態をとどめる信頼すべき本文とは言えないようである。

例えば、「校本」一五〇頁8行目の「又はしめに」から次行の「たゝ」まで、一五一頁11行目の「ことさらに～又」、一五五頁1～2行目の「いと～とりたらんは」といった、他本に比して兼築本が独自に欠く部分がある。特に一五五頁の一文は、直前の「よみたらんは」と末尾の「とりたらんは」との目移りによる誤脱であろう。前二者も、誤脱である可能性があるが、その一文がなくとも前後の文脈はつながらなくもなく、意識的省略の可能性もあろう。そうだとすれば、例えば、一五一頁17行目の「これおなしさまなるへし」、一五四頁7行目の「かれにいはく」」、一五六頁11行目の「といひけるなりとのせたれはあふきて信をとるへきにや」等の兼築本が独自に欠く部分は、文を意識的に簡略化した結果と見てよいのではないだろうか。ただし、最後の一例は、この前に「此哥は新撰髄脳にも貫之哥の本とすへし」（諸本「この哥をは新撰髄脳にも貫之か哥の本とすへし」（静嘉堂本））とあり、省略して全体の文意をより明確にしようとした結果、趣旨が変化したものと捉えられるのである。

その視点で見ると、一五一頁14〜15行目の諸本が「けにもよまさらんにはおとる、二句のすゑのおなし字あるうたは、むかしいまさりあふへきにもあらす。されは、すへてこれをとかとすること、いまはきこえぬことになんはへれと」（静嘉堂本。句読点私意、以下同様）とあるのに対して、兼築本は「二句の末同字は、今の世にはとかとすることにもあらす」とあり、一五四頁15行目の諸本が「必よむへからさる文字とは、たとへは、野外河辺なとやうなる題に、外、辺」とあるのに対し、兼築本は「かならすかならすよむへからすといへる字は、野山の外、辺河の辺、此類成」（「野山」は「野外」の誤りか）とあることが目に付く。これらは、兼築本本文が、内容を要約して省略しつつ改変した結果と考えられよう。他にもより短い文に同様の現象が認められるのであり、また、助詞や接続詞などについても省略（あるいは誤脱）されたと見られる部分が散見するのである。

加えて、一五七頁3行目の諸本「たゝし、後拾遺はみなをし、ひたゝけてとりもちゐることになんなりて侍り。金葉、詞花もさることゝもにてはへるめれは、くるしかるましきことにこそ」（静嘉堂本）とあるのに対して、兼築本は「但、後拾遺、金葉、詞花もさる事ともにて侍れは、くるしかるましき事にこそ」とあって、恐らくは文を簡略にしようとした結果、文意が損なわれてしまったと見られる箇所も存しているのである。

他には、一五〇頁16行目の諸本「是はみやまとみやこと也」に対し、兼築本は「是は太山のみとみやこのみと也」とあり、また一五六頁6行目の諸本「けたかくとをしろき一のことゝすへし」（静嘉堂本）に対し、兼築本は「長高遠白秀逸成へし」とあって、表現をより明確にすべく改めたと見られる部分がある。これ以外にも、同様の理由からか、語順を入れ替えたと思われる部分が幾つかある。なお、一五三頁5～6行目の諸本「みたりてもよみはへるへきにや」と「か、らてはいかにとしてちかふ所あるへしとみえす」との間に、兼築本のみ「本のま、にてはひきかへたる所なくては不可能」との独自本文が存している。ここは、本歌取で五字句と七字句との変換を説く部分である。この独自の一文は、五字句と七字句が本歌と同じままでは許されないことを重ねて明言したものである。原本文に存した可能性も絶無ではなかろうが、やはり兼築本本文の増補と考えられ、書写者の意識的補入や、こういった点についてある程度敏感な人物などが記した注文の本行化の可能性をより強く見ておきたいと思うのである。

以上、総じて兼築本の独自異文については、成立の草稿段階に於ける複数の原本の存在の可能性を、僅かに示唆するものと見ることもなお許されない訳ではないであろう。しかし上述のように、むしろそれらは、いずれかの時点で、静嘉堂本等が伝えるような原本文をもとに、然るべき意識を有した人物が手を加えた結果と見る方がより穏当だと考えるのである。そしてそれは、「為尹卿本」がもたらしたものである可能性がまず第一に想定されるのではあるが、確言はできないであろう。

ちなみに、例えば、一五一頁9行目の諸本「琴高か水にしつみてもぬれす」（涇県の「琴高」の故事）に対し、兼築本は「琴高く水に沈てもぬれす」とあり、一五五頁6～7行目の諸本「月をみれはさらしなおはすても」に対し、兼築本は「月を見れは更に科をはすても」とあって、意改によるような誤文が見えている。これも右に述べた後人の手による改変の一環とも見なせようが、他にも不注意による単純な誤写が散見し、また筆致も必ずしも丁寧とは言い難いので、該本自体の書写段階での誤写により発生した独自の誤本文である可能性が高いかと思われる。

結局、兼築本は、その校合本と相伝過程とに興味深い点があるものの、「簸河上」の原本文に後人の手が加えられたと考えられ、また、誤写・誤脱も存しているので、底本たる価値には欠けると言えよう。なおまた、一五二頁前半38の「つねに（常に）」のように、書陵部本とのみ共有する独自本文が存し、一五〇頁後半19の「けふ」（静阿伊古鷹）と「のへ」（京賜書中）の対立や、一五一頁後半19の歌句中の「おもひもしらす」（静阿京賜）と「おもひしらすも」（書伊古中鷹）の対立に於いても共に兼築本は書陵部本に一致しており、他本との比較では書陵部本にやや近いと言うことができる（他のより細かい異同でも同様の傾向が認められる）。しかし、両者の直接・間接の書承関係を推定するには至らないのである。

五　異本注記本文

ところで、前述した極札も記すとおり、静嘉堂本には、二丁分の補写以外に十箇所余りの加筆が認められる。異本注記が七箇所、その他は字間補入一箇所、傍書三箇所である。これが、康永二年奥書の言う「証本を以て書加畢んぬ」の結果だと、一応は考えられるところである。

傍書や補入は元の本文の誤りを訂したと見られる箇所であるので、対立する本文を記したイ本注記の七つの各箇所について、諸本の本文と比較した結果を整理すると、次頁の一覧のようになる（表記方法の違いを除く）。なお、9の中之島本と10の鷹司本については後述のとおり7の古語深秘抄本の写しであるので省略する。

多くは、静嘉堂本の本行本文に変わるところがない。しかし、③と④については、7の伊達文庫本と8の古語深秘抄本がイ本本文と一致しているので、先の康永二年奥書の言う「証本」の系統の本文を僅かに伝えている可能性があろうか。ただし、この両本も、他の五ヶ所についてはイ本本文と全く一致せず、また、他の異同についてはむしろ逆に、両本のみが静嘉堂本や阿波国本の本文に一致する場合が散見するので、不審が残るのである。

イ本注記本文一致一覧　　阿京賜書兼伊古（＊＝『新撰髄脳』引用部分(2)）

①＊底本　おほよそ　　〇〇〇〇〇〇〇

イ本　おほかた　○××××××

②＊底　やをみたる　○○○○△○○（△＝「姿を見たる」）

イ　やさは見たる　○××××××

③　底　ます〱　○○○○○××

イ　さらに　○××××○○

④＊底　おほえ　○○○○○××

イ　さとり　○××××○○

⑤　底　かな　○○○○○○○

イ　をや　○××××××

⑥　底　おどろかしき　○○○○○○○

イ　ふるまじき　×××××××

⑦　底　としに　○○　○○○○（兼築本当該部分欠）

イ　世に　○×　××××

六　伊達文庫本と古語深秘抄本および中之島図書館本

さて、この伊達文庫本と古語深秘抄本の両本は、右記の点以外にも諸本に対して共通本文を有し、近似した関係にある。「校本」一五六頁前半29諸本「これらをくしたる哥とてあまたかける中に」の部分を共通して脱していることなどがその顕著な例である。それ以外の細かい異同の状況も、例えば、一五〇頁前半46の諸本「一歌中に」が両本は「一首の中に」、一五一頁後半19の諸本「おもひもしらす」が両本は「思ひしらすも」「おもひしらすも」とあり、さらに漢字・仮名の表記方法なども併せて、同様の方向性を示しているのである。なお、右の「一歌中に」は書陵部本「一哥の中に」兼築本「一首中に」で、また「おもひもしらす」も書陵部本・兼築本共に「おもひしらすも（思しらすも）」である。これら四本の、他に比しての近接の可能性も窺知されるのである。しかし、表記方法などのより細かい異同では、むしろ京大本・賜蘆拾葉本が伊達文庫本・古語深秘抄本に近似している状況にあり、これら諸本間での親疎は一概に断じ得ないのである。

書誌に記したとおり、7の伊達文庫本は、その書写奥書によると、承応元年（一六五二）十二月二日に中院（源）通村筆本を以て書写した抜粋本あるいは零簡をもとにしている。この本は、奥書に言うところでは、例えば現状にも「校本」一五〇頁後半8と24および一五一頁後半48に見るように、「二」「一」と箇条を立てて記す特徴を有していたと見られる訳である（従って少なくとも現状のその部分はこの本文を伝えているか）。その本をもとに、森共之なる人物が、同じく通村筆本を書写しさらに里村玄祥筆本によって書写した無年号の完本を元禄二年（一六八九）十二月五日に得て、不足を補い完本としたというのである。しかしながらなお、先の古語深秘抄本との共通の脱文の他、一五二頁前半6や一五五頁後半35に記したような独自の脱文が存している点で、有力な伝本とは言い難いものである。

一方、8の古語深秘抄本は、元禄十五年（一七〇二）一月京都出雲寺和泉掾開板の整版本である（精査はしていないが、他に江戸版の後印本もある）。これは、奥書から、伊達文庫本と同じく、源通村筆本を以て書写校合した本をもとにしていることが分かる。即ち、この奥書に加えて先に記した本文の異同の状況より見て、伊達文庫本と古語深秘抄本の共通の祖本として、通村筆本を想定してよいと考えられる。ただ、この古語深秘抄本は刊本であるだけに、かなり本文も整定されていると憶測される。例えば一つの問題は、「校本」一四九頁11行目下の「本にあらず実にあらざれば」の「本」の部分が、伊達文庫本を含めて他本全て「本」であるのに対し、古語深秘抄本のみ「花」になっているのである。これは、版本の底本の段階で既にそうなっていた可能性もあろうが、別の可能性として、版行の段階で、「実」との対で「花」に改訂されたとも考えられる訳である。(3)

なお、9の中之島本は、書誌に記したとおり、奥に「右新撰髄脳已下七部古語深秘抄之抜萃也／于時文政第五午季夏仲旬写之／横井俟通」とあり、その本文も古語深秘抄本に比して、表記上の違いはあるもののほぼ一致する。奥書が言うとおり、文政五年（一八二二）六月に於ける古語深秘抄本の写しであろう。

また、10の鷹司本も、詳しくは割愛するが、その本文は、漢字・仮名の別から仮名の字母まで、古語深秘抄本と近似している。ただし、それらの表記もまま一致せず字・行詰めや字体が異なるので、透写ではなく、中之島本と同様、江戸後期に於ける古語深秘抄本の忠実な写しであろう。

七　書承関係の想定と諸本の分類

以上に記述したところを基に、まず、大まかな書承関係の概念を諸本の系統図として示せば、それは左掲のようになろうか。

結局、成立段階での長期の推敲過程や幾次かの草稿の書き直しなどによる、複数の原本の存在やそこから派生

〔諸本系統図〕

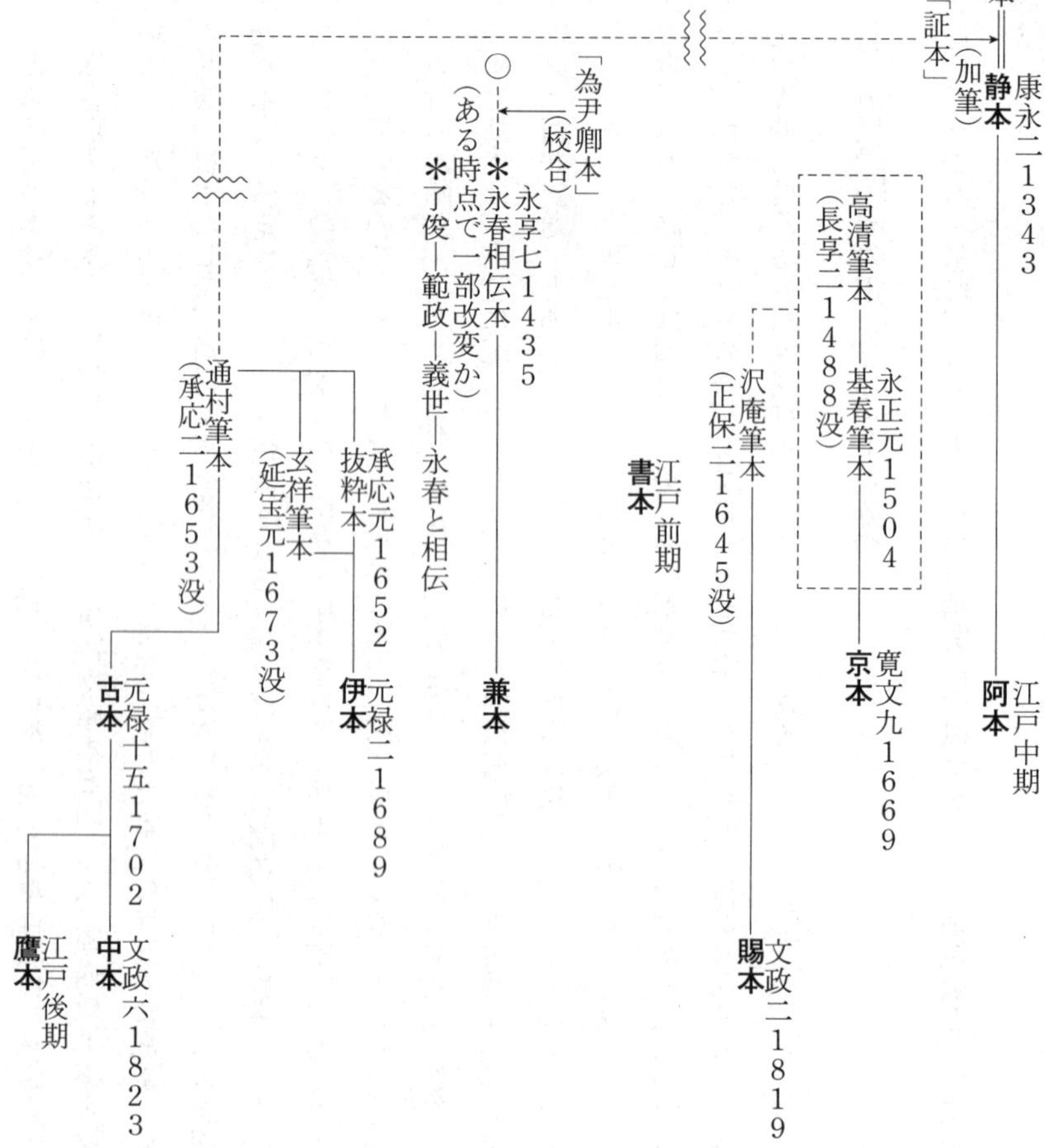
伝為相筆本
「証本」
（加筆）
康永二1343
静本
江戸中期
阿本
高清筆本
（長享二1488没）
永正元1504
基春筆本
寛文九1669
京本
沢庵筆本
（正保二1645没）
文政二1819
賜本
江戸前期
書本
「為尹卿本」
（校合）
永享七1435
＊永春相伝本
（ある時点で一部改変か）
＊了俊―範政―義世―永春と相伝
兼本
通村筆本
（承応二1653没）
承応元1652
抜粋本
玄祥筆本
（延宝元1673没）
元禄二1689
伊本
元禄十五1702
古本
文政六1823
中本
江戸後期
鷹本

する別系統を特に想定せざるを得ないような、本文上の大きな異なりは認められないのである。これは、本奥書が言う、旅宿で俄かに書いた、という事情にも矛盾しないものであって、恐らくは、大略同一の本文を原本に想定してよいと思われるのである。

従って、これらの諸本を敢えて分類するとしても、現時点では先述した多少の対立的本文を規準にする以外には方途がないであろう。それは、左記のようになる。なお、兼築本については、一部後人の改変と思量される本文を有しており、その点では他の諸本とは区別されるのであるが、ここでは、その改変を経る以前の本文は大略諸本に同様で中では書陵部本に近くあったと推定する立場で見ておくこととする。

Ⅰ類
　イ　1静嘉堂文庫本
　　　2阿波国文庫本
　ロ　3京大本
　　　4賜蘆拾葉本
　ハ　5書陵部本
亜Ⅰ類
　ハ′　6兼築本（一部改変本）
Ⅱ類
　イ　7伊達文庫本
　ロ　8古語深秘抄本

9鷹司本
10中之島本

しかしながら、先にも触れたとおり、字句や表記方法の違いなどまでも含めたより細かな異同状況について検証すると、例えば書陵部本・兼築本と伊達文庫本・古語深秘抄本との間など、むしろ右の分類で隔てた伝本間に共通性が認められる場合もなくはなく、それらの伝本の共通祖本の存在やある段階での交渉などを想像させるのである。未発掘の伝本や逸文資料の出現によっては、分類を改める必要が当然生じるものと思われるのであるが、一先ずの見解を提示しておくこととしたい。

むすび

結論としては、既に述べてきたとおり、静嘉堂文庫本を以て底本とすればよいことになる。ただ、問題は、同書の校訂に資すべき有力な伝本が無いということである。

阿波国文庫本は、静嘉堂文庫本の書写本であり、同本の物理的破損などによる事後に於ける本文の遺失を補う意味以上には益し得ないであろう。京大本と賜蘆拾葉本は各々依拠本を明らかにしている点有力ではある。両者に共通の祖本が想定されるので、どちらかと言えば公家間に書承の京大本に、本文参照の意味が多少なりとも認められるべきであろうか。書陵部本は、付訓がある程度解釈上の参考にはなろうが、本文自体については静嘉堂文庫本を相対化する程の異なりはないのである。兼築本は、興味深い異文を有するものの、それらは主に後人の改変と考えられ、解釈上に有益な示唆を与えるではあろうが、「簸河上」の原本文への遡及に資するには極めて慎重であるべきかと思われるのである。

これらⅠ類の諸本に比しては、静嘉堂文庫本奥書に記す「証本」であるイ本系の本文の名残を伝えている可能性があるという点に於いて、静嘉堂文庫本とは遠い関係にあるⅡ類の伊達文庫本と古語深秘抄本の両本に、対校本たる意義が少しく存していると言えるであろう。ただし、古語深秘抄本を用いる場合、同本が版本であるだけに、祖本を共通する伊達文庫本をも併せて注意深く校訂する必要があると考えるものである。

[注]

（1）静嘉堂文庫本の一一丁表五行目の「すくれたることある時は」が、歌学大系本の五八頁一行目は「秀れたる事は」で、「ある時」を誤脱。静嘉堂文庫本の一六丁裏六行目から一七丁表三行目にかけての「すへていましめたり今をおもくしいにしへをいやしうするにゝたりこの髄脳にはすくれたる時は」が、歌学大系本の五八頁一八行目～一五九頁一行目は「すべて戒めたり。此髄脳には勝れたる時は」で、「今をおもくしいにしへをいやしうするにゝたり」を誤脱。

（2）『新撰髄脳』の引用本文については、既に指摘されているとおり、現行の本文の系統に属するものとみてよいと考える。中で、島原松平文庫本等により近似する点が見出されるが、同本がむしろ一致しない点も存しており、『新撰髄脳』側の諸本の分類も併せてさらに精査の必要がある。久曽神昇「新撰髄脳に就いて 附喜撰偽式（上、下）」（『書誌学』四—五、五—一、昭一〇・五、七）参照。なおまた、『俊頼髄脳』の引用本文については、ごく短い引用ではあるが、当該箇所は諸本間に少しく異同が認められ、久曽神の分類（『日本歌学大系』第一巻同書解題）による、定家本よりは顕昭本に近いと言える。中でも、伊倉史人の分類（和歌文学会平成七年五月二十日の早稲田大学に於ける例会の口頭発表「『俊頼髄脳』の伝本についての再検討—俊頼髄脳伝本考続貂—」の資料）に従うと、Ⅱ類（イ）の（b）とする顕昭寿永二年奥書本（内閣文庫蔵「俊秘抄本」等）に最も近い。真観が参照した「俊頼朝臣と申しし哥仙の口伝」とは、この系統に属する本文であった可能性が高いであろう。伊倉氏から教示と資料の提供を受けた。記して厚くお礼申し上げる。

（3）この部分、静嘉堂本は「本にあらず実にあらざれば、見るもの信ぜずといふことしかなり。」（清濁・句読点私意）

とあるが、歌学大系では「本にあらず」が「花にあらず」に校訂されている。これについては、「本」に対して「花」とあるのは、古語深秘抄本のみで、歌学大系は同本を校合本に用いているので、これに従って改めたものと推測される。この処置は、前文の「たねほかをもとむべからず」の「種」の縁と、「実（み）」に対する「花」という一対の概念とによって、判断したものと思量される。この問題については、次節で論じる。

第二節　『簸河上』の性格　付補説――『八雲御抄』と『秋風抄』と『簸河上』

はじめに

第一節にも記したとおり、古く『代集』に「弁入道の簸河上といふ口伝」と見える『簸河上』は、『日本歌学大系第四巻』（文明社初版、昭一七・五。風間書房初版、昭三一・一）に、静嘉堂文庫蔵伝冷泉為相筆本を底本とした校訂本文が活字化されて、現代に本格的な流布を見た。同本の康永二年（一三四三）六月六日の補写奥書には「真観右大弁光俊朝臣抄する所なり。簸河上と号す」と伝え、本奥書には、文応元年の夏半ば過ぎに、本山の不満の訴えの為に下った関東鎌倉の荏鞆に宿り、雨の続く中で非常な徒然を解消する為に、幕府の間近でにわかに和歌の秘訣を記した、と言う。これに基づき、記録類を併せて考証した、文応元年（一二六〇）五月半ば過ぎ真観撰とする久曽神昇による同大系解題の考証は、定説である。良質の本文の提供と成立の基礎的考証の両点で、静嘉堂本を発見・採択したことは、優れた見識だったと言える。

しかしながら、その活字本文については、少部の誤脱はともかくも、字句の校訂と清濁・句読の施し方に私見とは異なる点もある。諸本の本文について、改めて調査して諸本の性格と関係性について検証し、校訂本文を公にした次第である。(1) 前節に論じたように、現存諸本の様相は、成立段階での長期の推敲過程や数次の草稿の手直しなどに起因する複数の原本の存在を想定して、異なる系統を立てる必要があるような本文上の隔たりは認められず、それは、本奥書が言う旅宿で忽卒に記したという事情に矛盾しないことも示している。

一方、校訂本文の今更の公刊は、当然ながら『簸河上』をどのように読むかという問題に関わってくる。本節では、先行の諸説が指摘する点(2)――根本主義、例歌（実作）よりも論述（歌論）を重視、『新撰髄脳』と『俊頼髄脳』を祖述敷衍、『万葉集』や『日本紀』・『風土記』を尊重（古代重視）、為家とは対立的、「たけ高く遠白き」体を第一とする等々――を踏まえつつも、別の視点から問題点に論及し、鎌倉中期の関東で成った本書の、和歌史上に持つ意味について考えてみたいと思う。

一 『簸河上』の構成

まず、『簸河上』全体の構成を確認しておきたい。仮に記号を付して整理すれば次のようになろう。

序論①和歌の起源と現在および両者の比較（現状の批判）。

②まず髄脳口伝等により、歌の「有様」を知るべきこと。

③次に代々の勅撰集により、「姿」は古きを捨てず、「詞」は新しきにつくべからざること。

本論一＝序論②の各論

④三体六体・四病八病等の本質論への当代に於ける懐疑と現実的な詠作の様相を知る為の『新撰髄脳』への準拠の宣言。

⑤『新撰髄脳』引用a（姿と心の在り方や本に歌枕・末に心を表す詠み方等）とその私説（具体例および老楓病のこと）。

⑥『新撰髄脳』引用b（二所に同事の忌避）とその例歌の要点の注。

⑦『新撰髄脳』引用c（二所に同心異詞の忌避）とその例歌の要点の注と私説（亭子院歌合の先例と非難されていない現代での不可避）。
⑧『新撰髄脳』引用d（一字でも同心の字の忌避）とその例歌の要点の注と私説（批正されない現状でも用心すべきこと）。
⑨『新撰髄脳』引用e（dについて秀逸の場合の猶予）とその例歌の要点の注と私説（絶対的先例の今に用いられないこと）。
⑩『新撰髄脳』引用f（二句末および詞末に同字の忌避等）とその例歌の要点の注と私説（今に不実効でも知識をもつべきことおよび腰尾病のこと）。
⑪『新撰髄脳』引用g（野卑無味の古詞の禁忌）、h（古人の詞を「ふし」とせず珍しき詞を詠むべきこと）、i（古歌を本文に詠む場合の独善の戒め）、j（歌枕・古詞等拠るべきものの例）。
⑫gの私説（新式の全面禁止に比し秀逸の場合の猶予への賛意）。
⑬hの私説（歌の肝心とする評価と近代歌の当代歌摂取の批判）。
⑭iの私説その一（本歌を取った後歌を現今歌が取ることへの批判と拠るべき歌集名および二句の取り方と主題の転換等）。
⑮iの私説その二（近代歌の万葉語の独善的摂取の批判）。
⑯jの私説（歌の本懐とする評価と「新名所」産出の『日本紀』への興味）。
⑰⑯の補足意見（『風土記』の意義と歌仙基俊の歌合判の例）。
⑱漢文・釈教による詠作の戒めと楽府・朗詠詩および『白氏文集』の容認。
⑲『俊頼髄脳』のこと（否定的評判と題詠の様相部分に対する肯定）。

⑳『俊頼髄脳』引用x（題の文字の詠み方）。
㉑xの私説その一（必詠の文字の題の具体例）。
㉒xの私説その二（不必詠の文字の題の具体例）。
㉓xの私説その三（心を「まはして」詠むべき文字の具体説）。
㉔xの私説その四（「ささへて」詠むべき文字の具体説）。
㉕『俊頼髄脳』引用y（優なる心・珍しい「ふし」・飾った詞の兼具が良歌で、「遠白き」を第一とすること）とその例歌の私注。『新撰髄脳』引用k（貫之の根元歌のこと）を含む。
㉖本論一のまとめ（詠作の様相は『新撰髄脳』と『俊頼髄脳』両書に尽くされていること。「たけ高く遠白き」姿と「幽玄」の尊重）。
本論二＝序論③の各論
㉗歴代勅撰集中の『万葉』・三代集作者の歌を「本」とすべきこと。
㉘『後拾遺集』〜現代の作者の歌の要語の使用の禁止（『後拾遺』『金葉』『詞花』各集への現実的猶予とただし後二者を「本」とすることの制限）。
結語㉙『新撰髄脳』引用l（「はかばかしくもならはぬ人のために」云々）に倣いつつ初学者向けであることの弁解と謙辞。

本書は、言わば序論と本論と結語から成る。一見整った構成に見えるが、分量配分の点では相当に不均衡である。序論は①の説き起こしから、②で髄脳口伝類に拠り歌の有様を知るべきことを言い、③では勅撰集に拠り「姿」は古きを捨てず「詞」は新しきにつくべからざることを説く。本論は、その②③両者についての各論から成るが、分量および内容上の力点から見ても、②についての各論即ち右に本論一とした④から㉖の部分が過半を占めて、序論③についての各論である本論二の㉗㉘は添え物程度の構成になっているのである。これは一つには、本論一が『新撰髄脳』の大半と同書を発展させた所論を内包する『俊頼髄脳』の一部を引用し、それを注解説明する形で叙述されていることに起因する。特に、公任『新撰髄脳』へのほぼ全面的依拠による祖述敷衍の形態は、それ自体真観の和歌観を考える上で重要ではあるが、一面、真観がこの著作を成すに際して、独自の説を熟考して開陳したのではなく、むしろ性急かつやや安易な態度で臨んだという印象を生じさせなくもない。(3) 先述した本奥書の言う「忽」ちに書いたという事情を、内容上に確かに物語るように思われるのである。そしてそのことは、真観の執筆動機に関わり、歌学についての内在的な欲求から必然的に生まれたというのではなく、やはり本奥書の「柳営風前」という執筆場所が朧げに示し、それをもって既に論じられている宗尊親王との関係という、(4) より外在的かつ世俗的な目的――勅撰集(『続古今集』)撰定を背景とした将軍宗尊親王への接近とその為の現実重視の論理構築の要請――に基づく著作であることを思わせるのである。

さて、その『新撰髄脳』本文については、久曾神昇により、(5) 伝本は多く近世の書写にかかり、書陵部蔵(一五〇・六二三)本系の異本以外は流布本として同系統で甲乙二類四種に分かたれ、また現行本文には脱落錯簡があることが明らかとなっている。『簸河上』所引本文も久曾神の検証のとおり、(6) 大勢の本文に大きく相違するところはない。ただし、甲乙を類別する「もがりぶね」の歌と次文の有無では、『簸河上』所引本文はこれを有していて、さらに細かい点に幾つかの異同の規準を見れば、(7) 調査し得た諸本中では、流布本乙類第三種「在判本」に属する島原図書館蔵松平文庫本に類する本文が、真観が用いた『新撰髄脳』本文と推定される。

一方、『俊頼髄脳』の引用本文については、同書の全体量に比して『簸河上』にはごく一部の引用にすぎないが、現存『俊頼髄脳』諸本は本文系統を異にしており、引用箇所についても諸本間に少しく異同が認められる。『俊頼髄脳』の伝本は、定家本と顕昭本とに大別されているが、[8] 伊倉史人が、旧説を補正した新たな諸本の分類を発表している。[9] それに従って諸本本文を比較すると、『簸河上』所引本文は、Ⅰ類イの定家本には遠くⅡ類の顕昭本に近い。さらにその顕昭本中でも、Ⅱ類イのbに分類する内閣文庫蔵で顕昭寿永二年奥書を有する「俊秘抄」本に最も近似している。Ⅱ類イに分類される伝本には顕昭奥書を持たないものもあり、比較本文の絶対量も少ないので想像の域を出ないが、真観の歌壇史的位置を併せ勘案すると、真観が見た「俊頼朝臣と申しし歌仙の口伝」として、赤瀬知子の指摘[10]のように、六条家周辺に伝えられた本であった可能性を見てよいのではないだろうか。

二　「本にあらず」か「花にあらず」か

序論③で、静嘉堂文庫本は「（代々の勅撰集の）おもむき、よくわきまへさとりなば、おのづからよろしき歌などか言にあらはれざらむ。本にあらず実にあらざれば、見るもの信ぜずといふことしかなり」[11]とあるが、歌学大系本では「本にあらず」が「花にあらず」に校訂されている。諸本中で「花」とあるのは古語深秘抄本のみで、歌学大系本は校合本の同本に従って改めたものと思われる。この処置は、前文の「たねほかをもとむべからず」の「種」の縁と、「実」に対する「花」という歌学上に一対の通念とによって判断したものと推測される。しかし、第一節に論じたように、古語深秘抄本は伊達文庫本と共通して通村筆本を祖本とし、その伊達文庫本の当該部分は「本」とある。「本」と「花」の草体には誤写が想定されるが、花と実一対の概念が確立していれば、この部分が「本」から「花」に誤たれることはあっても、逆に「花」を「本」に誤つ可能性はより低いであろう。従って、通村筆本は「本」とあったかと推測され、版本刊行の際に右に記したような文脈上の理由のみで、現に「花」とある然るべき伝本もないままに、「本」から「花」に改められた可能性が高いのではないか。となれば、その古語深秘抄本によって「本」を「花」に校訂することもまた、本文上の根拠は無いと言える。その上で、現存の諸写本が本文系統を同じくする中で、成立期から百年を経ない鎌倉期の書写にかかる唯一の古鈔本静嘉堂文庫本が「本」とある事実には、相応の重みを認めるべきかと考えるのである。

さらに解釈上では、この部分が仮に「花」と「実」だとしても、その意味合いは、定家の説く花は詞で実は心というような概念ではなく、むしろ『新撰万葉集』や『古今集』の両序などに言う、花は表面の華美流麗さ、実は内容の質実素朴さ、といった意味合いで捉えるべきであろう。しかしながらなお、「本にあらず実にあらざれば」だとしても、『籭河上』自体が冒頭部に言う「今の人は文をかざるをもととす」や、また別に引く『新撰髄脳』の「貫之が歌の本とすべし」の「本」のように、「本」を物事の根元と解し、「実」を真実と解すれば、それもまた文脈が通らない訳ではない。従って、先述の諸本本文上の知見を併せれば、少なくとも新たな伝本の出現で本文上の根拠を得るまでは、この部分については古語深秘抄本以外の諸本のとおり、「本」のままに措くべきかと考えるのである。

他方、本論一④の「まづ髄脳につきて歌のさまをしるべしといふは、三体六体のおもむきをもわきまへ、四病八病のおこりをもしるべきなり」の、「三体六体」と「四病八病」は諸髄脳に記されているが、一文は本質論的起源論的な物言いである。真観の念頭にはそう表現させるべき古い髄脳類が在ったのであろうか。いわゆる和歌四式を見ると確かに、「三体」は『歌経標式』に、「四病」は『喜撰式』(真式とされる『倭歌作式』)に、「八病」は『孫姫式』に、それぞれの現行本にも見える。しかし、「六体」は『奥義抄』所引の「喜撰式」(偽式)にのみ見える。真観が、これらの知識を直接どのように得たかは特定できず、またもとより和歌的環境の中で自然と身に付く程度の知識ではあったろう。しかしこれらを全て原髄脳から引用する『奥義抄』を、真観が学ぶことは十分にあり得たと思うのである。これについては、⑤の「和歌式には、一歌中にこめおもひたることなくいひもらしたるをば老楓病と申したるなり」の引用文が、ほぼそのまま『奥義抄』所引「喜撰式」に見えていてしかし現行『倭歌作式』には見えない事実を併せ見れば、その蓋然性は高いと言えるのではないだろうか。

④は右に続けて、「ただしいまのよにはもちゐずなりにたることなれば、末をすてて本にかへらんこともあぢきなし。ただ歌をよむべきありさまばかりしりてはべりなん」と言う。そもそも『簸河上』の冒頭は、『古今集』序を踏まえ、人代の和歌の起源を「簸河上」即ち神代の素戔嗚尊から説き起こして、「難波津」即ち大鷦鷯（仁徳）帝を経てその「末」である現状について、創意を「宗」とする古人と文飾を「本」とする今人の対比で、歌道の変容を「楚夏の音に異ならず」(12)「天地よりも隔たれり」と批判し、「かなしきかな、風俗の人にうつることをや」と、時風流俗に歌人が染まることを嘆息する。衒学的誇張と相俟って原理主義的な趣が存している。しかしながら、この本論一の書き出しで、既にその原則を猶予して現実を肯定するところに論の始発を据え、詠作方法の論拠を諸髄脳中の『新撰髄脳』に求めるのである。古代の原理と当世の現実という背反する二律を盛り込むことは、一方で権威を装いつつ、他方で実状を排斥せずむしろ迎合する処置を施したものと言える。それは、進献先宗尊の境遇と能力を踏まえた、著者真観の柔軟な姿勢と見ることもできる。(13)

関連して、⑰に「基俊と申しし歌仙は、歌合の判にこのふみをひきて申したることおほし」とある。基俊を「歌仙」とする認識には、⑲の「俊頼朝臣と申しし歌仙」と併せて『中古六歌仙』との関連が仄見えるが、それはともかく、『平安朝歌合大成』に基俊判の十四の歌合の判詞を検すると、明確に「このふみ」即ち『風土記』を引くものが証本中には見えない。しかし、保延元年（一一三五）八月の「播磨守家成の歌合」の佚文である『袖中抄』「ははき木」の項の「家成卿歌合、藤原為忠鹿歌云」には、「ははき木につまやこもれる」の為忠の歌について、「基俊判云（中略）昔風土記と申す文見侍りしにこそ、此のははきぎのよしは大略見侍りしか。されど年久に罷り成りてはかばかしくも覚え侍らず」（日本歌学大系本。表記私意）と、基俊が『風土記』を引き合いに出したことを伝えている。あるいは歌合から直接にではなく、真観は『袖中抄』の知見に基づいているかとも疑われるのである。

上述の顕昭奥書本『俊秘抄』や『奥義抄』に拠った可能性を思い併せれば、真観の歌学上の知識が必ずしも原典に遡及せず六条家の髄脳類を経由して蓄積されたものであることが憶測されよう。真観と知家や顕氏などとの親交を考えれば六条家歌学への親昵に不思議はないが、むしろこういった要領の良さには、然るべき重代の歌の家の歌学涵養の在りようとは異なる方途で知識を吸収せざるを得ない、真観の一種の合理性を見ることができようか。それは、真観の実務官僚としての経歴とも無縁ではあるまい。

三　『新撰髄脳』の咀嚼と定家所説の転成

さて、⑫⑬の「いまこれをいふに、古語をばよむべからず、とある、まことにしかなるかな」と「ふるく人のよめることばをふしにしたるわろし、とある、これうたの肝心なるべし」の部分については、本論一即ち「まづ髄脳につきて歌のさまをしるべし」の部の核心の一つで、『新撰髄脳』の言説についての真観の全面的肯定とその解説である。⑫では続けて「和歌新式にはすべていましめたり。今をおもくし、いにしへをいやしうするにたり。この髄脳には、すぐれたる時はゆるされたる、いといみじ」と言う。ここでの、真観の考え方即ち、『新撰髄脳』では古語詠出を不可としつつ秀逸の場合には許容されている、その点が素晴らしいとする思考法は、『秋風抄』の序で、「清行式」（不参看者を批判）を引いて古語や卑陋の地名や奇物の異名の詠出を戒めつつも、しかし定家や家隆のような抜群の歌人については例外とし、彼らだけは「詞はふるきにより」「心はあたらしき」（新編国歌大観本）を用いて秀歌を作り得たことを認めるという論法に、ほぼ類同すると言ってよい。

ここで、建長二年（一二五〇）四月十八日「小野春雄」撰とする『秋風抄』の序との関係を確認したい。『簸河上』は、⑱に「まことにうたにはなれたるとほきもろこしのふみ、ふかきみのりのをしへなどよめることは、そのみちのためにたやすきやうなれば、このみよむべからず」と、漢文や仏経義について詠むことは安直軽率なので好み詠むべきではない、という主旨を述べている。これが如何なる理念に基づくかは不明だが、『秋風抄』序も「あるはもろこしのふみにたづさひてことばをかざり、あるは法のをしへにつきて心をぬすめり」と、漢文・釈教による詠作状況を批判的に捉えている。『簸河上』は、これをより明確に否定的に主張したものと言えよう。この特徴的な思考の一連は、「小野春雄」を真観の仮名と見る推測[14]に、新たに資する証左たり得るものであろう。

ところで、先の「古語をばよむべからず」「ふるく人のよめることばをふしにしたるわろし」の『新撰髄脳』の所説の肯定と、本論二の「代々の宣旨集をひらきてすがたふるきをすてじ」「(詞)あたらしきにつく事なかれ」という真観自身の主張、および右の『秋風抄』序の言説を共に真観のものとして併せ見れば、真観は定家を敬してしかし遠ざけているかの印象が拭いきれない。例えば定家の説く「詞は古きを慕ひ、心は新しきを求め、及ばぬ高き姿をねがひて」(近代秀歌。日本古典文学全集本。以下定家書は同様)の言を、あえて棚上げにしつつ自説を展開しているようにも思われるのである。

そもそも真観が和歌を師事した定家の歌論書の所説と関連すると思われる『簸河上』の言説について見てみたい。まず、⑱で「定家卿」と明示し、『白氏文集』を参看すべきを定家が言ったことを述べる。言うまでもなく、『詠歌大概』等に見られる主張の再説である。㉔の「むすび題をば一句にはこめよむべからず。又、上句にもよみつくすべからずとぞ、先賢のいましめは侍りける」については、『毎月抄』の「結題をば一所に置く事は、無下の事にて侍るとやらむ。また、頭にいただきて出でたる歌無念と申すべし」や『定家卿相語』の所伝[15]とほぼ同趣旨である。『毎月抄』が真作ではないにせよ定家作と信じられてきた程[16]にその思考と大きくは隔たらないであろうこと、『定家卿相語』が自著ではないにせよ門人藤原長綱の筆録であることを思えば、この「先賢」も、限りなく「定家」に近いと見てよいであろう。ちなみに、㉑の「関をよまんには、かならずその名をさしてよめとぞと先達は申されし」については、僅かに俊成や定家の歌合判詞[17]に、「関」を特定しない歌についての批判を見出すのみである。この「先達」も「定家」を指すかとも想像したいが、なお断定は控えたい。

一方、本論二㉗の「代々の宣旨集をひらきて、すがたふるきをすてじとは、新古今、新勅撰、続後撰のなかにも、万葉集、三代集の作者の見ゆるをば本として、それは新古今の歌なればとてきらはじとなり」という、勅撰集を披見して古体に拠ることについては『万葉集』と三代集の作者であれば新古今等の歌であっても排除しないとする考えは、『詠歌大概』の「詞不レ可レ出二三代集先達之所一レ用、新古今古人歌同可レ用レ之」との考え方を、「詞」の問題としてではなく、むしろ同書の「常観二念古歌之景気一可レ染レ心」の方法に結び付けて援用したものであろう。加えてその際、真観の念頭には宗尊を含めた同時代の、あるいは関東という地域の詠作の実状[18]が意識されていたのではないだろうか。また、㉘の「後拾遺の現存の作者より当世までの歌をば、一句半句乃至一字なりとも、その歌のこれはふしよと見えんをばもちゐじ。いはんや心をもとり詞をもまねびてんは、歌にはあらじとなり」も、『詠歌大概』の「近代之人所二詠出一之心詞雖レ為二一句一謹可レ除二棄之一」を真観なりに捉え直しての表現ではないか。しかし真観は、時代の推移に従って、「後拾遺はみなほし、ひたたけてとりもちゐることになんなりて侍り。金葉、詞花もさることどもにてはべるめれば、くるしかるまじきことにこそ。されども、三代集の歌などのやうに本とするまではいかが侍るべからん」と、『後拾遺』および『金葉』『詞花』への依拠を、三代集までとひとしなみに摂取している現状から容認し[19]、現実主義的な姿勢を見せているのである。ただしまた、『後拾遺集』は（三代集に合わせて本歌に）取り用いることになったと宣言しつつ、『金葉』『詞花』両集は「本」つまり本歌取の対象とすることには懐疑的であったらしいことは、当時の本歌取の様相に照らして見るべきである。定家の所説を踏まえつつ真観は、それを恐らくは実状との折り合いの中で、少しずつずらし改変して自らの所論として表明しているように思われるのである。

四　真観の本歌取説

さてまた、右に記した部分について、焦点を「本」（本歌）の取り方に絞れば、定家が「詞」の問題として用いる歌の範囲を説いているのに対して、真観は必ずしも「詞」にのみ限定した物言いではない、という差異は注意されなければならない。㉗では「すがたふるきをすてじ」の説明の中で「本」とすべき歌の範囲を言い、㉘では「（詞）あたらしきにつく事なかれ」の説明の中でまた「本」とする歌の規制を述べる。一応は「心をもとり詞をもまねびてんは、歌にはあらじ」と言うが、「心」を学ぶこと自体を禁止している訳ではなく、「姿」と「詞」のどちらを「本歌」に求めるべきかも曖昧である。これは、時代（と地域）の[20]現況を踏まえた真観自身の「本歌」に対する観念に連動して生じたものと捉えてよい。

⑭の「古歌を本文にしてよめることあり、それはいふべからず、とある」以下にも、本歌を取った後歌をとる式[21]の当代の本歌取批判と、あるべき本歌取の姿についての見解が述べられている。「十余代勅撰三十六人家集などをひらきて、いうなる詞をとり、ふかきこころをまなび侍るべし」とは、一見定家の規制に従っているかのようではある。しかし、本歌とすべき勅撰集が全勅撰集に拡散されていることは上記㉗㉘の場合と同断に、時代の推移に従うものと見ても、古歌の詞を取ることと、古歌の景気を自らの心に味わい学ぶことが定家の所論中では截然と区別されているのに対して、真観の所説ではそれが混合されて、結果、「本歌」の取り方として、「優なる詞」を取るだけでなく「深き心」をも学ぶべきだということになって、定家の「情以レ新為レ先、求二人未レ詠之心一詠レ之」（『詠歌大概』）あるいは「心は新しきを求め」（『近代秀歌』）という基本的理念とは、やはり差異を生じているのである。

また、右に続けて、具体的な歌句の取り方として「古歌の第一二句をとりて今歌の第三四句におき、又古第三四句をいまの第一二句におくこと、先達のをしへひさしくなれり。かくて、上下句をちがふることもたびかさなりぬれば、例のこととみゆ」とある。これについても、『近代秀歌』や、定家作ではなくとも定家の考え方に寄せていると思しい『毎月抄』が言う、第二三句の七五や下句の七七をそのまま取り置くことの禁止や、「詮」となるべき詞を上下句に分かち置くべきことの規制とは、全く同様という訳ではない。真観の意識的改変とすれば、それがあえて「先達」と記させた原因であろうか。何れにせよ、その方法も「ひさしく」続いて類型化したと批判しているのである。

加えて、右にさらに続けて説く、季や主題の転換に関しての理想と現実が定家の場合とは微妙に異なっている。即ち、定家の場合、花を花のまま月を月のまま詠むことは非常に構想が浅いか逆に達者の業であるから、普通は春を秋冬に恋を雑季に詠み換えるべきだとするのに対して、真観は、花を紅葉に雪を霰に主題を詠み換えるだけでは心詞が本に変わらないのであって、ただ花を花に月を月に本歌を動かさずに、その心のみを変えて姿を珍しくせよと説くのである。その「心をかへてそのすがたをめづらしく」も、定家の「心は新しきを求め、及ばぬ高き姿をねがひて」とは、同一ではない。『秋風抄』の序で、「あるはふるきことばをねがひて、およばぬすがたをまなび」という定家の所説と同じ態度を、それは「清行式」を見ない者の好み詠むような戒められるべき態度だと批判していることと併せ考える時、そこには、真観の定家から乖離した志向が窺知されるのである。そのような説を主張するにあたり、『新撰髄脳』敷衍の文中に滑り込ませたことは、定家を傷つけることなくその所説を超越するべく公任を援用する行為であったのではないか。個々の事由として、福田秀一が指摘する[22]「万葉や記紀・風土記[23]などを尊重し、特にその点で為家と対抗してゐた真観にとって」同髄脳の所説が「有力な後楯」となったという点などは、まさにそのとおりであろう。六条家歌学にも親しんだであろう真観の、本歌に対する考え方に関してもそれは同様であったのではないだろうか。

むすび

真観は、『新撰髄脳』の言説を祖述する過程で、定家の論を自説に引きつけて解釈し直し、それが目的か結果かは決し難いが、定家の所説とは少しく離れた、あるいは混濁した本歌の論に変貌させている。本質的ではない、『白氏文集』尊重や結題に関する規制では定家説をそのまま受容しており、これは真観の恣意的改変と見てよい。『簸河上』の成立時期は、真観が勅撰集（『続古今集』）撰者の地位をめぐって策動し始めるかと想像される時期であり、同年末には再び関東に下り、「当世歌仙」として幕府に出仕する。「十余代の勅撰」との表現も、穿って見れば、『続後撰集』を超えた次代の勅撰集を多分に意識した表現のようにも読み取れるのである。(24) この段階で、真観は、自己顕示の意味合いをも込めて歌論上に独自性を示そうとし、六条家一統に親近しつつあるいは多少は為家への対抗心も手伝ってか、定家説から離れるような志向性を持ったかとも憶測する。ただしそれは、実は定家の所説が非常に高度な理想で、同時代の、それも特に関東歌壇の和歌が必ずしもその導くところに従い得てはいない現況の中で、真観自身やまた『簸河上』が渡ることを期待した宗尊親王などの歌の現実を、論の側面から追認し保証しようとした結果でもあるのではないかと思量するのである。定家の所説を超えて、時代（と地域）の詠作の現実と自説とを整合させる、あるいは新たな論理で時代（と地域）の和歌の現状を認容する必要があったのではないか。

山田洋嗣は、『源承和歌口伝』について、鎌倉中期に於いては普通一般の詠法として「本歌」を「取る」ことがあり、その中の特殊な方法である定家の「本歌取」の実践の困難さが詞や表現によって新しさを獲得する院政期的方法へ回帰させ、その目標・原理の異なる二つの「本歌取」の併存が同書の所説の不明確さの原因であると説く。(25) 反為家の真観も、またそれに対する急先鋒の為家男源承も、定家を仰ぎつつ敬遠するか追従するかの違いはあれ、結局は、同時代の和歌の実状の中で定家の所説に適従し切れなかったという点では同様であったと見ることができよう。詠法に本質的に存在し定家が規制した「本歌取」は、鎌倉中期に於いては規制内容が空洞化されて、しかしその所説の存在故に歌学書の記述に際してある種の圧力となったとも言えるであろう。新古今歌人達の一部の達成や定家の説く理想は、結局鎌倉中期の和歌には全面的には継承され得ず、その情勢の中で著作しなければならない歌人の屈折が窺われるが、そこには、極めて現実的かつ合理的な真観の処世と絡み合った和歌観と同時代の和歌の実像が投影していると考えるのである。その『簸河上』が、関東柳営の前で書かれ、将軍宗尊に渡ったであろうことにも、時代の世相が反映していると言ってよいと思うのである。

[注]

(1)「『簸河上』の諸伝本について」(『国文学研究資料館紀要』一三、平九・三)、「校本『簸河上』」(同上一二、平八・三)。→本論第二編第一章第一節「簸河上の諸本」、付編二「校本『簸河上』」。

(2) 福田秀一『中世和歌史の研究』(角川書店、昭四七・三)、安井久善『藤原光俊の研究』(笠間書院、昭四八・一一)、『日本古典文学大辞典第五巻』(昭五九・一〇)の当該項目(細谷直樹)、『和歌大辞典』(昭六一・三)の当該項目(福田秀一)等。

(3) 注(2)所掲安井書は、「いわば軽い気持ちで、しかし充分な自信を秘めて、常日頃の所懐を一気呵成に述べたものであ」るだけに「「全体の構成が不均衡」とみられるところがたしかに存在する」と述べている。

(4) 久曾神『日本歌学大系第四巻』(風間書房、昭三一・一)同書「解題」は、文応元年冬に真観が宗尊の「師」として「招聘」されるに至る素因を、同書成立の五月段階で東下した真観が和歌に「優れてゐる」ことを宗尊が耳にしたことに求める「臆測」を述べているのに対して、注(2)所掲安井書は、久曾神が「宗尊親王の依頼によって執筆されたものと推定」した、と解してこれを肯定している。

（5）「新撰髄脳に就いて　附喜撰偽式（上、下）」（『書誌学』四―五、昭一〇・五、同五―一、昭一〇・七）。

（6）注（5）所掲論攷（下）。

（7）『簸河上』と松平文庫本が共に「一文字なれども、心同じきは」とある部分が他本では「心」が無く、「所々に多くよめるはみなさる様なり」とある部分が他本では「みな」が無いといった点等。

（8）『日本歌学大系第一巻』（昭三二・三）同書久曾神「解題」。

（9）「『俊頼髄脳』の伝本についての再検討―俊頼髄脳伝本考続貂―」（和歌文学会例会、平成七年五月二十日、於早稲田大学）。

（10）赤瀬「『俊頼髄脳』における享受と諸本―諸本論のための試論―」（『国語国文』昭五七・八）は、「真観が用いたのは「俊頼口伝」などという書名を有する」、赤瀬自身が「略本系Ⅱ類」とする本（含内閣文庫本）「に近いものと考えてよい」とし、その「俊頼口伝」は六条家周辺で享受されたものを中核に御子左家周辺で享受されたものによって改変されたと推定しつつ、真観が六条家系の『俊頼髄脳』に「触れた」可能性を示唆する。

（11）本文は、通行の字体を用いて適宜表記を改め、歴史的仮名遣いに従って送り仮名を補い、清濁を施して句読点を付す。以下同様。

（12）「楚夏の音」は、『文選』（巻六・魏都賦）の「楚」と「夏」とは「土風」の乖離でそれぞれの「音」があるということから、環境により避け難く生じる「音」（和歌をよそえる）の懸隔を示す。

（13）注（2）所掲安井書の「親王将軍の理解の度合を考慮して、その段階に合わせた程度の解説書とみるべきであるとの見解は、首肯される。

（14）佐々木信綱（改訂日本歌学史）、久曾神昇（日本歌学大系第四巻）、本位田重美「現存和歌六帖考」（『国語国文』昭三四・八）等の所説。注（2）所掲安井書は、家良と光俊共撰の可能性を見るが、「実際の編修作業の中心は光俊とし、また同抄序文に「光俊の歌論面における主張が、弱いながらも盛り込まれている」ことを肯定しており、その点で著者の主張と矛盾しない。なお、本節の後の「付補説」参照。

（15）「安貞二年二月十四日前民部卿定家卿に見参す。結題事」の条（六百番歌合・余寒・七番左の難陳を踏まえる）。

（16）『毎月抄』には、偽書説、定家真作存疑説がある。近年では、渡邉裕美子「〈毎月百首を詠む〉ということ―『毎月抄』の時代―」（『日本文学』平二五・七）と寺島恒世「後鳥羽院と定家と順徳院―「有心」の定位をめぐって―」（『和歌文学研究』一一四、平二九・六）が、説得的に定家真作を疑わせている。

(17)『建春門院北面歌合』（関路落葉・二番）の俊成判詞、『冬題歌合』（冬関月・二十番）の衆議判の定家判詞等。

(18)樋口芳麻呂「宗尊親王初学期の和歌―東撰和歌六帖所載歌を中心に―」（『愛知教育大学国語国文学報』二二、昭四四・三）、本論第一編第一章第一節「『宗尊親王家百五十番歌合』の宗尊と真観の番を読む」、第二節「『瓊玉和歌集』の和歌」、本論第一編第二章第六節「藤原能清の和歌」等参照。なお、『簸河上』成立以後の宗尊の詠作も、『簸河上』の所説に調和する側面があると言ってよい。本論第一編第一章第三節「『竹風和歌抄』の和歌」参照。

(19)例えば、六条家の一員で真観と交わり関東にも祗候した顕氏について、本歌に拠る歌89首中、その本歌の数は、古今45、後撰7、拾遺10、後拾遺14、金葉3、詞花1、千載3、新古今4、万葉10等（含重複）である。本論第一編第二章第二節「藤原顕氏の和歌」参照。顕氏の実作と真観の理論とに相関があることは、顕氏の『日本書紀』に基づく詠作と「日本紀をみ侍れば、げにおもしろき所々あり」という真観の言説との間にも認められる。

(20)例えば、注（19）に記す藤原顕輔曾孫顕氏や注（18）に記す一条能保孫能清等の「本歌」をとる方法は、「心」（一首の意想）を再生する類が多く、「詞」との截然とした分離の認識は見えない。

(21)例えば、藤原雅経男にして関東に祗候した教定の詠作に認められる。本論第一編第二章第四節「藤原教定の和歌」参照。

(22)注（2）所掲書。

(23)『夫木抄』（雑五・池・一〇七五九）の康元元年の真観詠の左注は、「ぬまのをの池」の伝承を「風土記」を持ち出して記す。左注が真観自身の記述に基づくとすれば、「風土記」への傾斜は遅くとも数年前には既に存していたことになろう。

(24)注（5）所掲論攷（下）参照。

(25)「鎌倉中期における「本」、「本歌」に関する二、三の問題―『源承和歌口伝』注解」補説―」（『立教大学日本文学』六八、平四・七）。また、「『源承和歌口伝』が鋭く反御子左派を衝くのは、源承には安易に見えた当時の「本」の摂取の実態と、その上に立って、追認し取り込むがごとき形で反御子左派の方法が開発されていき、御子左的「本」の方法をないがしろにしていったという事情による」とする考えにも、基本的に賛成である。

付補説――『八雲御抄』と『秋風抄』と『簸河上』

第二節の「『簸河上』の性格」の文中に十分に論及できなかった『簸河上』と『秋風抄』序、および順徳院『八雲御抄』との共通点を指摘しつつ、順徳院歌学や定家歌学と真観との関係性に言及してみたい。

文応元年（一二六〇）夏半ば過ぎに鎌倉で成った、真観藤原光俊の髄脳『簸河上』の中に次のような一節がある。

まことにうたにはなれたるとほきもろこしのふみ、ふかきみのりのをしへなどよめることは、そのみちのためにたやすきやうなれば、このみよむべからず。楽府朗詠などの中なる詩の心などは、風情おのづからよりきたらん時はよむべし。それもこのみもちゐることはよろしとはせざるべし。むかしいまの歌にこのすがたみゆることなり。定家卿は文集をもみるべきものなりとこそ申されければ、さやうにも侍るべきやらん。（校本『簸河上』）

楽府・朗詠詩の切実な場合や定家が（『詠歌大概』等で）認めた『白氏文集』は例外として、「全く和歌に疎遠な漢文や深淵な釈教を詠むことは、歌道にとって安易であるから好み詠んではならない。」というのである。

一方、建長二年（一二五〇）四月十八日に「小野春雄」撰とする打聞『秋風抄』の序にも次のようにある。

あるはもろこしのふみにたづさひてことばをかざり、あるは法のをしへにつきて心をぬすめり。これもよせおもくかれもなさけ有りといへども、そのいにしへを思へば、かかるべくなんあらざりけるにや。ただ、はなをもてあそび、月をあはれむ心をのみぞあらはせりける。（新編国歌大観本）

「ある者は漢文に関わらせて言葉を装ったり、ある者は仏教義に即してその心をそっくり真似ている。これも典故は重々しく、あれも深い情緒があるとは言うけれども、昔を思うとこのようなはずではなかったのではないか。ただ花を賞翫し月を感動する心だけを表していたのだった。」というのである。

後者が漢文や釈教に依拠した詠作状況を一面で評価しつつの批判であるのに対して、前者はより明確に否定的に捉えた主張である。十年の時間差や序文と歌論の違いを勘案すれば、両者が同一人の一連の特徴的な思考の表れである可能性を見てよいのではないか。「小野春雄」を真観の仮名とする従来の推測を補強する傍証となろう。

ところで、右のような理念は真観独自であろうか。『簸河上』より二、三十年先に成った、順徳院歌学の集大成『八雲御抄』の巻六用意部には、次のような一説がある。

稽古といふに、天竺、震旦のことをみるにもあらず、ただふるき歌の心をよくよく見るべし。（日本歌学大系本）

「天竺」が釈教、「震旦」が漢文に対応するとすれば、この言説は真観の考え方にそのまま重ね合わせられるであろう。

また『秋風抄』序では右掲の部分に続けて、ある者は古い詞や無名の地名によって新奇さを獲得したと思っている、と述べて、

これらのたぐひは、清行式を見ざる人のこのみよめるなるべし。かの式には、凡和歌は先花後実、不詠古語并卑陋之所名奇物之異名、かくのごとくぞいましめたりける。

と、「清行式」を援用しつつ批判する。これについても、『八雲御抄』用意部中の、歌は恐ろしげなものをも優しく言い表すべきものであることを説く部分に、

安倍清行が式曰、「凡和歌者先花後実、不詠古語并卑陋所名奇物異名、ただ花のなかに花をもとめ、玉のなかにたまをさぐるべし」といへり。

と引用されているのである。

真観は、母の定経女従三位経子が順徳院乳母であり、官人としての始発も、六歳年長の順徳天皇の代である。真観が『八雲御抄』に学び、その言説を自著に借用した可能性は考えてよい。

なお追究したいが、それは一先ず措くとして、順徳院には寵臣の一人に為家があったことは周知のとおりである。弘長〜文永（一二六一〜一二七五）頃成立の為家の歌学書『詠歌一体』は、『八雲御抄』の影響を色濃く受けている。[1] 比較すれば父定家からの継承は、少なくとも現存する髄脳類に見る限り圧倒的とは言えない。第二節に論じたが、このことは定家を師とする真観についても同様である。『簸河上』では、定家の考えを継承敷衍している部分もあるが、それを含めても、例えば冒頭に挙げた定家の『白氏文集』容認に論究する記述にも歯切れの悪さが見えるように、総じては定家の所説を敬遠しているかのような印象が払拭されないのである。

為家と真観は、鎌倉中期の歌壇に対立したとされる。確かに勅撰集（『続古今集』）撰者の地位をめぐる動き——為家の単独撰者に真観を含む四人が追任された背景に真観の策謀があったか——などはそれを十分に推測させる。その両者が共に『八雲御抄』に聴従し、しかし、特に本歌に関する論などの重要な点でも定家歌学に必ずしも完全には追随していないことは注意されてよい。これは、君臣の関係と親子あるいは師弟のそれとでどちらが優先したかというような事柄ではない。一つの考え方としてあえて述べておけば、定家の歌論の理想の高さがその最大の原因といえるのではないだろうか。嗣子為家や才子真観をしても全き相承をなし得ないところにこそ定家の歌論の特質が見えるようにも思うのである。逆に、順徳院の歌論は、その中には定家の考え方をも含み込みながら、後継に受容されやすい幅広さや寛容さを持っていたとも言えるであろう。また、神格化される以前の「定家」受容のあり方、子孫と弟子各人の独自性も考慮されるべきであろう。

定家が和歌史・文学史に大きな位置を占めることは言うまでもないが、それを先入観として、後代に全ての点で影響を与えたと考えることは早計であろう。むしろ孤絶ということもあり得る訳である。いずれにせよ、実作も併せて虚心に本文を読み解いてゆくしかないのである。

【注】

（1）佐藤恒雄「歌学と庭訓と歌論―為家歌論考―」（和歌文学論集7『歌論の展開』風間書房、平七・三）参照、拙稿「『詠歌一体』論」（『中世和歌論―歌学と表現と歌人』勉誠出版、令二・一一）参照。

第二章　家集三種

第一節　藤原時朝家集の成立

はじめに

宇都宮氏の一族で下野国笠間に拠した藤原時朝は、鎌倉期に関東（鎌倉）歌壇と併存した、いわゆる宇都宮歌壇の中心人物の一人で、同歌壇の主要業績と言ってよい『新和歌集』の撰者と見られている。その家集の成立について、伝本やその本文および和歌の内容に論及しながら考えてみたい。

一　時朝の閲歴

家集の成立について論じる前に、時朝自身について述べておこう。時朝の伝については、既に先学による諸論[1]が存するので、詳しくはそれらに譲り、本節では、生没年・家系・官位等のごく基本的な閲歴のみを確認の意

系図①

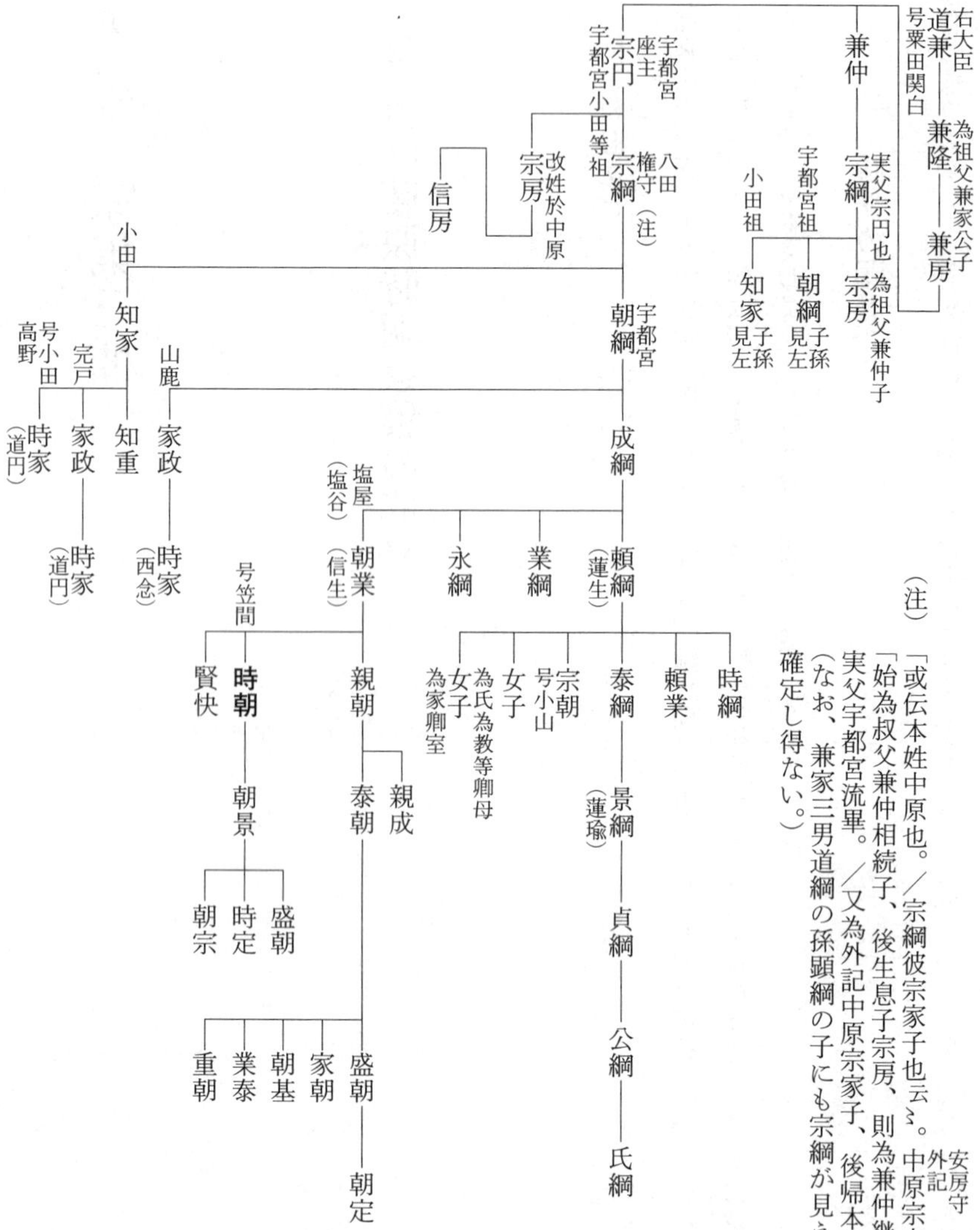

（注）「或伝本姓中原也。／宗綱彼宗家子也云々。中原宗忠（安房守外記）—宗家（伊豆守外記）」「始為叔父兼仲相続子、後生息子宗房、則為兼仲継嗣、而帰実父宇都宮流畢。／又為外記中原宗家子、後帰本姓。」（なお、兼家三男道綱の孫顕綱の子にも宗綱が見え、実父を確定し得ない。）

味を以て記しておくこととしたい。

時朝の没年については、『吾妻鏡』文永二年（一二六五）二月九日条に、

丑剋。笠間前長門守従五位上藤原朝臣時朝卒。年六十二。

とある。この忌日と享年は、『系図纂要』『塩谷正系譜』[2]も同様である。これに従えば、生年は、元久元年（一二〇四）となる。『塩谷正系譜』には、同年「五月五日生」と記す。『大沢手記』[3]なる資料にも、同日生誕とあるが、年紀は建仁三年（一二〇三）であり、疑問を残す。この生誕日は、その真偽をにわかには断じ難く、一説として記すにとどめたい。結局、右以外の資料に異伝もあり[4]、また、異説もないことはないが[5]、ここでは、『吾妻鏡』以下の所伝に拠り、時朝は、元久元年（一二〇四）生、文永二年（一二六五）二月九日没、享年六十二歳と見ておくこととする。なお、諡号（法名）を「（楞厳寺）晏翁海公」とも伝える（系図纂要、笠間城記等）。

時朝の家系は、諸系図上は藤原氏北家道兼流である。前頁に、『尊卑分脈』から摘要して示しておこう（**系図①**）。これを、『系図纂要』と比較すると、同書では時朝男の名が「景朝又朝景」とある。これについては、『吾妻鏡』や『新和歌集』[6]の記載よりして、「朝景」が正しいと推断される。時朝の甥や曾孫などにも異なる点があるが[7]、その他ここで特に問題とすべき異同はない。ただし、時朝の祖父として見える「成綱」と伯父として見える「業綱」[8]については（共に「ナリツナ」と読み得る）、『尊卑分脈』の系譜略図では、

系図②

宗円——宗綱——朝綱——業綱┬頼綱┬泰綱——景綱
　　　　　　　　　　　　　│　　├親朝
　　　　　　　　　　　　　│　　└時朝
　　　　　　　　　　　　　└朝業

となっており、他の諸系図でも様々の異同がある。(9) この系図の乱れについては、頼綱・朝業らの実父は、成綱ではなく、右系図上では祖父に当たる朝綱であり、成（業）綱もその男であるとする考証(10)があり、そういった事情に起因するものかと考えられる。

なお、『塩谷正系譜』(11)に於いては、朝業は、清和天皇の孫源義家の六代の後胤左衛門尉下野武者所朝義の養子としてある。同譜自体の信憑性に疑問がなくもなく、後代の系図作成上の偽説とも見られるが(12)、当時の武家も含めた貴族社会に於ける養子・猶子縁組の常套性や鎌倉初期における地方豪族の「総領制的支配体制(13)」の方法に鑑みれば、全くあり得ないことではなかったと言えるであろう。しかし、いずれにせよ、朝業自身の出自が宇都宮氏であることは動くまい。

その宇都宮氏および小田氏等の曩祖は、源頼義の安倍氏征伐（前九年の役）の際、調伏祈禱の為に宇都宮に下ったとされる、宇都宮座主（宇都宮二荒山神宮寺座主か）宗円である。この宗円の男の宗綱については、右掲『尊卑分脈』の注するところによれば、伯父兼仲の相続子となるが、息宗房が生まれたので彼を兼仲の継嗣として、中原宗家の猶子となったとされている。また別に、宗綱は中原宗家の実子とも注されているのである。従って、この宗綱の宇都宮氏の本姓が藤原か中原か即断はできない（太田亮『姓氏家系大辞典』は、理の自然から宗綱の本姓中原氏の伝を史実と見る）。しかしまた、右記の宗房についても中原に改姓とあり、系譜上その息たる信房も、『吾妻鏡』文治二年（一一八六）二月二十九日条に、「中原信房」（ただし宗房の「孫子」とある）と見えているのである。つまりは、この一族が、卑官ながら実務階級としての力を有していたであろう中原氏と何らかの縁戚関係にあったことは間違いなく、そのことが、宇都宮氏の勢力拡大に寄与したのではないかとも想像されるのである(14)。ともあれ、宗綱男の朝綱を祖として、その嫡流の子孫は、代々宇都宮検校(15)に就き、また、武官の職責(16)に任じ、幕府の要路(17)を占めている。鎌倉期には、同氏は、関東の武門の名流としての地位を確立していたものと思われる。

時朝の父は、この宇都宮氏庶流の従五位下左兵衛尉塩屋（塩谷）朝業である。生年については確定はできないが、没年は一応嘉禎三年（一二三七）と考えられている。[18] 朝業は、承久二年（一二二〇）に実朝の横死を機に出家し、信生と号した。歌人として『信生法師集』を残し、『新勅撰和歌集』以下の勅撰集に計十三首入集している。その兄で、宇都宮氏嫡流の頼綱（蓮生）もまた、『新勅撰和歌集』以下の勅撰集に三十九首の入集を見る歌人である。その女の一人が、藤原定家の嫡男為家に嫁して為氏・為定（源承）・為教を生んでいる。この頼綱が定家に「嵯峨中院障子色紙形」[19]（『百人秀歌』）を依頼したことは周知のとおりである。

時朝が、この父と伯父の志向した和歌を初めとする貴族文化的雰囲気の中で、その影響下に成長することができたであろうこと、また、従姉妹が中央歌壇の和歌宗匠たる為家に嫁し、御子左家と姻戚関係にあるという事実を深く認識していたであろうことは、想像に難くない。後述するとおり、そのことが、『時朝集』の成立にもかかわったと推測されるのである。ちなみに、『笠間城記』等には、時朝が頼綱の猶子であったとする伝もある。

ここで、時朝の官位についてまとめて記しておく。

『吾妻鏡』に於ける時朝の初見は、文暦二年（九月十九日嘉禎元年と改元。一二三五）六月二十九日で、明王院供養の将軍頼経の参堂行列に寺門内で「御剣」を役す諸人中に「笠間左衛門尉時朝」と見える。時に時朝三十二歳で、これ以前の左衛門尉任官となろう。次いで、時朝が使宣旨を蒙り検非違使に補せられ、判官（衛門尉で検非違使を兼ねる。廷尉とも）となるのは、『吾妻鏡』『検非違使補任』等によれば、仁治二年（一二四一）八月二十五日以前のことである。[20] なお、仁治三年（一二四二）の後嵯峨天皇の大嘗会に、時朝は寄検非違使を務めている（時朝集）。その後、時朝は長門守に任じられる。『吾妻鏡』の位署に拠れば、寛元元年（一二四三）七月十八日以後、同四年（一二四六）八月十五日以前のことである。しかし、『検非違使補任』によれば、検非違使から長門守（名国司）への転出は、宝治二年（一二四八）十二月十七日のことである。この当否については、判断材料をもたず、留保せざるを得ない。なお、同書では、宝治二年の時点で既に従五位に叙されている。[21]時朝がその長門守を辞するのは仏像の銘および『吾妻鏡』の位署よりして、[22]建長五年（一二五三）十月以降、同六年（一二五四）八月十五日以前と推定される。時朝五十〜五十一歳のことである。

以上を要するに、時朝の官途は御家人の一つの典型と言ってよいであろう。

なお、時朝の笠間入領について、『笠間城記』等の諸資料は、元久二年（一二〇五）のことと伝えている。これを信じれば、時朝は時に二歳であり、名目上の将として、宇都宮氏の勢力拡大の為に当地に進出させられたものと見なされるのである。しかしながら当初の事情が如何なるものであったとしても、時朝を始祖として、笠間氏は、鎌倉期から南北朝・室町期へと血脈を保つことになるのである。

二　時朝家集の両伝本とその構成

さて、時朝の家集の成立について考えてみたい。時朝の家集の伝本としては、宮内庁書陵部蔵の二本（共に御所本）が知られてきたが、冷泉家時雨亭文庫の調査によって、本節で論じる書陵部の両本は、「冷泉家時雨亭文庫蔵両本の忠実な転写本」であることが明らかにされた（冷泉家時雨亭叢書『中世私家集　七』（朝日新聞社、平一五・八）「解題」（井上宗雄・浅田徹執筆））。その公刊影印版を見る限り、時雨亭本と書陵部本間に書写上の小異はあって、それはそれで興味深いが、本節の所説を改める必要はないと考えるものであり、また、同書解題の結論も本節にほぼ異ならない。時雨亭文庫本については必要に応じて影印版により言及しながらも、初出のとおり、書陵部蔵の両本について論じることとしたい。本節では、総称を『時朝集』とし、両伝本を甲本、乙本と仮称することとする。

両伝本の書誌を記す。

甲本　五〇一・二八二本〔江戸前期〕写　縦二五・二糎、横一七・七糎、綴葉装一帖。内曇斐紙表紙、中央に「前長門守時朝入京田舎打聞集」*と打付墨書する（霊元天皇筆）。本文料紙は斐紙。毎半葉八行～十二行、和歌一首一行書、詞書ほぼ三字下げ。字面高さ約二三・〇糎。本文墨付三十二丁（一折目六丁、二折目八丁、三折目八丁、四折目八丁、五折目二丁）。鉤点・縹色小紙片貼付・イ本注記等が散見される。

乙本　五〇一・二六七本〔江戸前期〕写　縦二五・〇糎、横一七・五糎、綴葉装一帖。内曇斐紙表紙、中央に「勅撰并都鄙打聞入長門前司時朝哥」と打付墨書する（霊元天皇筆）。本文料紙は斐紙。毎半葉八行～一一行、和歌一首一行書、詞書二～三字下げ。字面高さ約二一・二糎。本文墨付三十丁（一折目六丁、二折目八丁、三折目一六丁）。鉤点・小丸点・墨竪線・イ本注記等が散見される。

＊時雨亭文庫両本は外題末尾「謌」。なお、本節中の歌番号は甲本に付した通し番号（新編国歌大観番号）。

甲乙両伝本の関係から検証したい。

『時朝集』の組織構成を概観してみると、次のとおりである（以下、引用本文は原則として甲本により、通行の字体に改める）。上段が本文に記す標目、下段が歌番号（歌数）。

所入撰集歌次第不同	一～一四三（実数一四三首、内三首他者詠）
続後撰に入歌　一首	一（一首）
秋風集に入歌　一首／右大弁光俊朝臣撰	二（一首）
雲葉集に入歌　二首／九条前内大臣家撰	三～四（二首）
明玉集に入歌　四首／正三位知家卿撰	五～八（四首）

現存六帖に入歌　七首／右大弁光俊朝臣撰　　九〜一五（七首）
撰玉集に入歌　六首／寂身撰　　一六〜二一（六首）
楡関集に入歌　十六首／播州西円撰　　二二〜三七（一六首）
拾葉集に入歌　五首／清定撰　　三八〜四三（六首）（四〇は隆弁詠）
東撰六帖に入歌　四十七首／後藤壱岐前司基政撰　　四四〜九〇（四七首）
新玉集に入歌　五十三首（乙本「五十一首」）　　九一〜一四三（五三首）
／播州西円撰号宇都宮打聞　　（一四〇は浄意詠、一四二は隆弁詠）
未入集歌　百五十首　　一四四〜二九二（実数一四九首。乙本一一六首、元来
は甲本と同数か）
春　　一四四〜一六三（二〇首）
夏　　一六四〜一八一（一八首）
秋　　一八二〜二一三（三二首）
冬　　二一四〜二二一（八首）
恋　　二二二〜二四四（二三首）
雑　　二六一　　二四五〜二七九（三五首）
神祇　　〜（乙本欠）　　二八〇〜二八二（三首）
釈教　　二九二　　二八三〜二九二（一〇首）

本集は、前半部「所入撰集歌」と後半部「未入集歌」とに二大分されている。

その前半部「所入撰集歌」は、「続後撰（集）」から「新玉集」まで、一勅撰・九私撰の諸集入集歌が、各々の

標目下に分類所収されている。それらはまた、寂身という、[23]その出自は京都で晩年は東国に居した、言わば都鄙混淆の人物の撰になる「撰玉集」を境界として、それ以前の「続後撰」～「現存六帖」が中央歌人撰の諸集、以後の「楡関集」～「新玉集」が東国歌人撰の諸集という構成となっていよう。ちなみに、両伝本の外題は、この前半部の構成に由来するものであろう。即ち、甲本の外題は、「前長門守時朝」の「京」と「田舎」の「打聞」に「入」った（歌）の「集」（親本「謌」）の意であり、乙本のそれは、「勅撰」「并」びに「都」と「鄙」の「打聞」に「入」った「長門前司時朝」の「哥」（親本「謌」）といった意になろうか。[24]なお、この「所入撰集歌」の本文を、現存する各集の本文や目録と比較すると、[25]原資料である各集から、ほぼそのままの形で採録されたものと推測される。

一方、後半部「未入集歌」の内部は、四季・恋・雑・神祇・釈教に部類され、各部内も、主題に従い比較的整然と配列されている。

「所入撰集歌」の各集の標目に付記された歌数は、完本の現存する『続後撰和歌集』と『秋風和歌集』に於ける所載実数に比しては正確である。また、右に記したとおり、各集に所収された時朝詠が、その本文のままで『時朝集』に採録されたと推断されるのである。従って、現在完本が存在していなかったり、集全体が散逸したりしている、『雲葉集』以下の諸集への入集数の付記も概ね正確であろうと類推される。中で、「拾葉集に入歌　五首」とあるのは、贈答の相手の隆弁詠（四〇番）を除いた歌数である。同様に、「新玉集に入歌」について見ると、甲本で「五十三首」とあるのは、贈答二組の各相手の浄意詠（一四〇番）ならびに隆弁詠（一四二番）を含めた歌数であるが、乙本では「五十一首」と、他者詠を除外した歌数となっている。従って、この付記は、時朝自身の歌数について意識的であると言え、同時に、甲本と乙本との先後関係を示唆していよう。

三　両伝本の特有歌と重出状況

ところで、「未入集歌」の「百五十首」については、両伝本の実数（甲本一四九首、乙本一一六首）との差異はさて措き、「所入撰集歌」の総歌数一四三首（他者詠三首を含む）に対して、集全体の構成上の均衡を考慮しつつ、同集編纂の当初より企図された歌数と推測される。

右記の「未入集歌」の付記歌数と両伝本の所収実数との差異の不審にも関連して、甲乙両本間の所収歌の出入を見ることとする。

甲本のみが有して乙本に無い歌は三十四首ある。次に一覧する。

イ　一九二番

浦霧

一九一　たちこむるきりにもゝれてみゆる哉ふちえの浦の松のむらたち

露

一九二　なに事も思はぬ草のたもとまて秋のならひの露はをきけり

乙本ナシ

虫

一九三　わひ人の草のとさしは野となりて虫の音きかぬゆふくれそなき

ロ　二三一・二三四番（各々一一八・一一七番と同じ歌。乙本では削除か。後記重出状況一覧ef参照）

ハ　二五一番

秋歌の中に

二五〇　あきも今はきさのをかはに風さえてや丶はたさむくよやふけぬ覧

乙本ナシ

河千鳥

二五一　くれはとりあやのかはへに霧こめてこゑはかりするむら千鳥かな

秋述懐といふ事を

二五二　なかき夜の老のねさめは物うきにいたくな吹そよはの秋風

改作か

二五三　色かはるあきの草葉にをくつゆはわか老らくの涙とそみる

二五四　とふ鳥のはかひのやまの秋のしもふりゆく身こそかなしかりけれ

初紅葉

二五五　かきくらししくる丶あとをけさみれはかたへ色つく峯の紅葉丶

乙本のみアリ

河辺落葉

くれは鳥あやのかはせにおりはへてつもるもみちや錦なるらん

里擣衣

二五六　あつさゆみふし見の里に夜もすから夢うちさますあさのさ衣

ニ　二六一～二九二番

この内、イに掲示した一九二番歌については、乙本不載の合理的理由には思い至らず、単純な誤脱を憶測するのみに留まる。

ニは、乙本が甲本に比して、巻軸部分三十二首を欠くものである。これについては、乙本の掉尾歌が最終丁裏の紙幅左端に位置していることよりして、落丁等の物理的理由に起因する脱落の可能性が高いと思われる。これについては、親本である時雨亭文庫本も同じ状態であり、書陵部乙本はそれをそのまま書承したのである。時雨亭叢書解題（井上宗雄・浅田徹）が指摘するとおり、時雨亭文庫本の末尾の一括が、書陵部乙本が写される以前のいずれかの段階で失われた可能性が高いであろう。

ハに掲示した甲本二五一番の「河千鳥」を題とする歌については、乙本では、類似した上句の独自歌が「河辺落葉」の題で四首後方に位置している。当該箇所は「雑」の部であるが、同部内の配列構成は、冒頭より、雑春（二四五～二四六番）、雑夏（二四七～二四九番）と続いて、雑秋（二五〇～二五五番）の歌群となっている。ところが、「千鳥」は、例えば、『堀河百首』では「冬十五首」中に収められるなど、平安後期以降は、冬の歌題として定着している。従って、甲本の二五一番歌は、その配列上の誤謬を正すべく、乙本に於いては、秋の「落葉」の歌に改作されて二五五番の後方に配された可能性が想定されるのである。

ロの二三一・二三四番の二首は、各々、一一八・一一七番歌と同一である。これについては、後述するとおり、甲本では重出の状態にあるものが、乙本では、その重出解消のため、「未入集歌」中の二首が削除されたものと推測されるのである。

この推測にも関連して、引き続き、乙本のみが有し、甲本に無い歌について検討を加えることとする。乙本の独自歌は、前述した甲本二五一番歌の改作と推測する「くれは鳥」の一首を除き、次のホとヘに記す二首のみである。

ホ　一四四の前「つくはねの」

未入集歌　百五十首

春

乙本のみアリ

山霞 つくはねの山のをのへも霞つゝ春はあつまに立はしめけり

浦霞

一四四　あつさゆみいそまの浦にやくしほの煙とみれは霞たなひく

ヘ　二二九の後「草の葉に」

寄波恋

二二九　いかにせむ身はうき舟のこかれてもおもふによらぬ袖の浦波

乙本のみアリ

寄草恋 草の葉にけさをく露はきえにけりわか涙こそ袖にたえせぬ

寄鹿恋

二三〇　嵐吹すゝのまろやのつまこひはたれかまさるとしかもなく也

ト　二五五の後（前記ハ参照）

結論から言えば、右のホとへの乙本独自歌二首は、前述したロの二三一・二三四番の二首のごとく、甲本では重出しているが乙本では削除されたと推測される、その重出歌の一方（削除歌）に代わり、追補入されたものと考えられる。つまり、甲・乙両本共、現所収歌の実数は措くとして、「未入集歌」の歌数は「百五十首」と注記されており、原態に於いては、両伝本の歌数は一致していたか、少なくとも一致させようとする意図は存したものと思われるのである。ここで、集中の、重出状況を整理し一覧にしてみると、次に示すとおりである。

a　二四番（「楡関集に入歌」中の一首）
　　四七番（「東撰六帖に入歌」中の一首）
b　二八番（「楡関集に入歌」中の一首）
　　一一六番（「新玉集に入歌」中の一首）
c　三一番（「楡関集に入歌」中の一首）
　　八八番（「東撰六帖に入歌」中の一首）
d　三三番（「楡関集に入歌」中の一首）
　　七四番（「東撰六帖に入歌」中の一首）
　　　――甲本・乙本共重出。
e　一一七番（「新玉集に入歌」中の一首）
　　二三四番（「未入集歌」「恋」中の一首）
　　　――甲本のみ重出。

f　一一八番（「新玉集に入歌」中の一首）　乙本は「未入集歌」中の各首ナシ。
二三一番（「未入集歌」「恋」中の一首）

g　六七番（「東撰六帖に入歌」中の一首）　甲本のみ重出。乙本は二六一番歌以降を欠き、その原態については不明。しかし、ｅｆと同様であったか。
h　二七二番（「未入集歌」「雑」中の一首）
八一番（「東撰六帖に入歌」中の一首）
二七三番（「未入集歌」「雑」中の一首）
i　一二八番（「新玉集に入歌」中の一首）
二六六番（「未入集歌」「雑」中の一首）

j　二二八番（「未入集歌」「恋」中の一首）　甲本・乙本共重出。ただし、乙本は二四二番歌をやや太の線で墨消（左記＊参照）。
二四二番（「未入集歌」「恋」中の一首）

＊ｊの乙本の状態

寄名所恋

二二八　~~わかこひはあはての浦のあまを舟よるへきかたもしほやひく覧~~

寄舟恋

二四二　わかこひはあはての浦のあまを舟よるへきかたもしほやひく覧

名所恋有右

参考

早苗

一七四　あらき田のをたの早苗をとるしつか袖ほしあへぬ五月雨の空

五月雨

二四八　あらき田のをたの早苗もとりわびぬしばしはれよ五月雨の空
又有右

右の内、a～dについては、各組の両首共に「所入撰集歌」中の諸集への入集歌として採録されていることから、諸集への入集歌を全て掲出するべく、甲・乙両本共に重出状態のまま所載されたものと考えられる。

e～iは、一方が「所入撰集歌」中にあり、他方が「未入集歌」中にあるという状態で重出しているものである。その内、e・fについては、甲本では、重出しているが、乙本では、「未入集歌」中の各首は見えない。これは、乙本編纂時に、重出に気付き、「未入集歌」中の各首を削去したものと推測されよう。g～iについては、乙本の現状では、前述したとおり、二六一番以降の本文を欠脱しており、その原態については不明である。しかしながら、やはり、e・fの場合と同様に、甲本では重出していたものを、乙本の編纂段階に於いて、「未入集歌」中の各首を削去したものではないかと憶測されるのである。

なお、jについては、甲・乙両本共に、重出の二首が「未入集歌」中にあり、本来はどちらかが削除されるべきものであったろう。乙本の現状では、二四二番歌がやや太い墨線で結句の途中まで消されて左傍に「名所恋有右」と注記されている。また乙本ではこれと同様に、一七四番歌の類似歌の二四八番歌が第三句まで墨消されて左傍に「又有右」と注記されている。これらについては、乙本が一応成書化された後で、その重出に気付いた編纂者の手により付された結果が書承されたとも見られる。ところが、両伝本の竪線・合点や傍書等は、(26)その状態よりして、甲本乙本別々に後人の手により付されたものと推察されるのである。従って、二四二・二四八番歌の乙本の墨消・傍書も、編纂者以外の後人が、重出に気付いたり、重出と見誤って付したものかとも思われる。この点については、親本である時雨亭文庫本も同じ状態であるが、左傍の注記の文字が、写真版に見る限りでは、本文と同筆か異筆かを判断できず、結局は不明とせざるを得ない。しかしいずれにせよ、二二八番歌と二四八番歌の重出は、乙本を成書化する段階では、その編纂者に重出が認識されなかったものと考えられるのである。
結局のところ、e～iの五組については、甲本では重出状態であったものを、乙本では、その重出を解消するために、「未入集歌」中の各首が切り出され、その代替として、別の歌五首が継ぎ入れられた（前記ホ・への二首以外は巻軸脱落部分に存したか）と推測するのである。

四　両伝本間の配列の異同

以上のごとく思量することは、即ち、甲本と乙本との本文の差異を、甲本から乙本へという編纂過程の推移の中に起因するものと捉える、換言すれば、甲本から乙本へと同一編者が改訂したと見ることに繋がるのである。その視点を持ちつつ、さらに両伝本間の異同を検証してみたい。

配列については、次に記すとおりの異同がある（甲本を底本とし、□と↓は乙本の異同を示す）。

後久我太政大臣家へたてまつりし
三百六十首歌の中に
一〇七　虫のねもかれはてぬれはをのつから草のはらとふ人たにもなし

①

六帖題にて歌よみ侍けるに
にしき
一〇八　たかために山のにしきをたつたひめ秋くるたひにをりはしめけむ

冬

なけくこと侍けるころしくれのし侍ければ

一〇九　よの中をあきはてしよりむらしくれふるはわか身の涙なりけり

（一一〇〜一一一・「恋部」・一一二〜一一八略）

乙本　寄夢恋

題不知

一一九　さたかにもねられはこそは夢にたに見しおもかけを人にかたらめ

②

六帖題にて歌よみ侍けるに　ナシ

思わつらふ

一二〇　ゆきやせんこよとやいはんとおもふまにやすくも月のふけにけるかな

乙本　女の許よりかくてゆきはなれなは思もいてしなと申て侍ける返事

題不知

一二一　人はいさわれはわすれすいもか島かたみの浦のありあけの月

六帖題にて歌よみ侍りけるに　ナシ

③

一二二　いまはまたひとりぬる夜もねられけり身はならはしの年もへぬれは

ひとりね

浄忍法師鹿島社にて十首歌講し侍けるに

寄松恋

一二三　かゝる身のともこそなけれたかさこの松もものおもふ色しみえねは

寄玉恋といふ事を

一二四　わすられぬそのまほろしのうつゝにてかさしの玉そかたみなりける

雑　ナシ　①

②

③

六帖題をもて三百六十首歌をよみける中に　ナシ

一二五　みつとりのあをはの色のこまひきしそのひはわれもいてゝつかえき

あをむま

人をよふ

一二六　わかやとのむめはさかりになりにけり花のたよりにきませわかせこ

いそ

一二七　舟よするたよりもみえぬあらいそにおふるみるめはかる人もなし
ふね
一二八　むこの浦のいり江のすとりさはくらしあみひくをふねちかつきにけり
あみ
一二九　あちのすむすさのいり江にひくあみのつなくるあまのいとまなのよや

④
仁治三年大嘗会のよりけんひるしつとめ侍てよめりける
一三〇　よそに見し日かけのいとのたまかつらかけてそきつるおみの衣て

ナシ　［六帖題歌に］　かみ　［を］　ナシ
一三一　くろかみにしろかみましるほとまてに君につかへて年そへにける

④

羈旅（後略）

甲本に於いては、①②③の各歌は、「六帖題にて歌よみ侍（り）けるに」の詞書を有し、分散しているが、乙本に於いては、一二四番歌の後に一括して配されている。同様に、④も一三〇番歌の前に置換された形となっている。そして、以上の配列の移動の結果乙本に於いて生じることになる詞書の重複も、一一九・一二一番の二首の連続する「題不知」は、各々、より具体的な詞書に換えられ、また、一二四番の後から一三〇番の前までに配されることになる九首の「六帖題」歌群でも、その最初に位置する一〇八番歌＝①の「六帖題にて歌よみ侍けるに」のみが記されて、残りの「六帖題」云々という類似する詞書は削去された形となっている。以上の配列の異同は、甲本から乙本へと配列が整序された結果と推定されるのである。

五　両伝本間の和歌本文の異同

続いて、両伝本間の本文字句の異同を考察することとする。

まず、和歌本文の主要異同を次に例示する（本行甲本、右傍乙本）。

＊歌本文

三五　ゆふたすきかけていのりし白妙の袖にもけさ《ふ》はあまるうれしさ

九一　ふしのねの煙はか《春》り《と》はかすめともなけ《を》風さむしうき島かはら（親本第四句「なを風さむし」）

一一九　さたかにもねられはこそは夢にたに見しおもかけを《と》人にかたらめ

一二一　人はいさわれはわすれす《し》いもか島かた見の浦のありあけの月

一三六　よの中はかりねのとこの草まくらむすひもはてぬ夢とこそ見れ《かとそみる》

一五九　とませかはみねの桜もおちたきりい《つ》はまそ花の井せきなりける

一七二　かしまかたおきすの杜のほとゝきす舟をとゝめてそはつねきゝつる

一八一　いま《今日より》又《は》・あらふる神もまもる覧なこしの祓われはしつれは

一八七　霧ふかきかくれのをのをきてみれは萩のふる枝に《も》花さきにけり

一九六　あきつすのほかにもそらやはれぬらんやまと島ねは《に》月そさやけき

二一三　もみちはも《ゝ》けふは嵐にさきたちてとまらぬ秋のくれそかなしき

二一八　霰ふるたましまかはの夕嵐ふちせに波のたゝぬま《ひ》そなき

二一九　ぬれてほすいそやのあまのそて島にをのれしほたれて鳴千鳥哉（親本第四句「をのれしほれて」）

二二二　いくたひもたちこそかへめ恋ころも色にはいてし袖はくつとも

二三二　いかにせむあふせもしらす《ぬ》こひせかはつもる涙やふちとなるらん

二五五　かきくらししくる《時雨し》ゝあとをけさみれはかたへ色つく峯の紅葉ゝ

中には、九一番・二一九番の各第四句などのように、時雨亭文庫本からの転写過程の誤記によって生じた可能性が高い異同もある。しかし、他の場合について見ると、必ずしも単純な誤写による異同ではなく、両伝本（親本）間に於いて意識的な本文の修訂が存したものと思われるので、それらについて検討してみよう。

一五九・二五五番については、甲本に比して乙本では時制を確然とさせるべく改めたとも思われる。同様に、一二一・一八一・二三二番の場合も、乙本の形がより明確な表現となっている。[27]

一七二番の場合、甲本・乙本間に語句の意味には微妙な差異があるが、一首全体としてはほぼ同様の意に解され、甲本の字余りが乙本で解消されたと見られる。[28]

二二二番は、甲本の形（第四句「色には出でし」あるいは「色には出でじ」）では解釈し難く、「し」とオドリ字との誤写の可能性もあるが、改訂が存したとすれば、それは、甲本の形から乙本への形という方向であろう。

九一番の第二句については、両伝本共解釈可能だが、甲本の方が乙本に比してより単純な表現で、乙本には表現の工夫が認められよう。また、一三六番は、八五番の「よの中はかりねのとこのくさまくらむすひもはてぬ物にそ有ける」の改作歌と考えられる。この場合も、両伝本の形とも解釈可能だが、やはり、甲本に比しては乙本の方がより熟した表現のように思われる。従って、これらにも改訂の痕跡を見るとすれば、やはり、甲本から、乙本へという過程であろう。

その他の三五・一八七・二一三・二一八番については、各々一字の異同で、何らかの誤写により生じた可能性もなくはない。また、いずれも甲・乙両本の形共に解釈可能で、かつ、必ずしも甲本→乙本の改作過程を示すものとも思われない（特に、二一三番は、甲本の方が優位な表現であろう）。しかし、乙本→甲本の過程を明確に示すとも考え難い。いずれにせよ、これらの異同（時雨亭文庫本も同様）が単純な誤写に起因するものではないとすれば、作者（あるいは撰者）の和歌表現の細部にこだわる姿勢を示していることになる。

以上を勘案すると、解釈上甲本に比し乙本の方に優位性が認められる異同が多く、従って、総じては甲本から乙本へと本文が改められたことが窺知されるのである。

六　両伝本間の詞書の異同

次に、詞書の異同についてみたい。一部を次に例示する（本行甲本、右傍乙本）。

＊詞書（これ以外は後掲）

三五　…かしまの社へ《に》まいりて…

九七　題不知《郭公・》

一一二　こひの歌よみ侍ける中に・・・・・・・・《京極入道中納言家へつかはしける千首歌中に忍恋を》

一一六　長政朝臣に付て富小路前太政大臣家へ御点申ける歌の中に…《富小路前太政大臣家へ長政朝臣に付て》

一一七　并冷泉前大納言家より十首撰給うち也《・・・・・・・・・・・・・》（ただしこれは小字注記）

一一九・一二一（前記配列異同参照）

一八〇　夏暁《月》・（親本「夏暁月」）

一一九・一二一番の詞書については、前述したとおり、配列の改訂に伴い、甲本に比し乙本は、より具体的詠作事情を示す詞書になっている。同様に一一二番の詞書についても、乙本がより具体的で詳しいものとなっている。

九七番と一八〇番の詞書は、各々の歌は、「人つてにきくとはすれと郭公なとわかやとにこゑおしむらん」、「月はなを山のはとをくのこれともあくるはちかき暁のそら」であり、乙本がより詠作内容に合致しているのである。従って、後者は当然、書陵部甲本の誤脱であろう。

以上の事例による限りでも、両伝本間の本文の異同は、やはり、甲本から乙本への本文の改訂の方向性を示しているように思われる。

さらに、次に示すような詞書に於ける細部の異同の諸例がある（右側甲本、左側乙本）。

A　三三　甲本　鎌倉入道前大納言家…　　九一　甲本　入道・大納言家…
　　　　乙本　鎌倉・・前大納言家…　　　　　乙本　鎌倉前大納言家…
　一六五　甲本　鎌倉入道大納言家…
　　　　乙本　鎌倉の前大納言家…
　　参考　一三二　甲本・乙本共　鎌倉前大納言家…

B　一〇一・一一五　甲本　壬生・二品へ…
　　　　　　　　乙本　壬生の二品へ…
　　参考　三一　甲本・乙本共　壬生の二品家へ…

C　七　甲本　…よみ侍けり《る（親本）》　九一　甲本　…よめ・りけり《る（親本）》　九四・一三五　甲本　…よみ・ける
　　　乙本　…よみ侍ける　　　　　　　乙本　…よみ侍りける　　　　　　　　乙本　…よみ侍ける
　一三〇　甲本　…よめりける

乙本　…よみ侍ける
参考　一三六　甲本・乙本共　…よみ侍ける

D　一一八　甲本　寄煙恋・・・・
乙本　寄煙恋といふ事を
一九六　甲本　正元々年八月十五夜会に／秋明月といふ事をよみ侍る
乙本　正元々年八月十五夜会に／秋明月といふ事を・・・
二〇〇　甲本　海辺月・・・・
乙本　海辺月といふ事を
参考　甲本・乙本共　二五二　秋述懐といふ事を（二五四までかかる）　二五五　初紅葉

E　一二四　甲本　寄玉恋といふ事を
乙本　寄玉恋・・・・
参考　一二三　甲本・乙本共　浄忍法師鹿島社にて十首歌（を）講し侍けるに／寄松恋

F　一三九　甲本　釈教／我宿何在生此悪子・・・
乙本　釈教／我宿何在生此悪子の心を
参考　一三八　甲本・乙本共　神祇／八幡宮にまいりて／述懐の心を（乙本の親本は改行ナシ）

G　二四八　甲本　五月雨歌の中に
乙本　五月雨・・・・
参考　二四七・二四九　甲本・乙本共　郭公・夕立

H　九一　甲本　入道・大納言家御上洛の時・・・・／うきしまかはらにて…

乙本　鎌倉前大納言家御上洛の時供奉し侍て／うきしまかはらにて…

参考　一三二　甲本・乙本共　…鎌倉前大納言家御上洛之（の）時／供奉し侍けるにはまなの橋にて…

I　一一二の前　甲本　恋部

乙本　恋・

参考「新玉集に入歌」中の他の部立名には甲本・乙本共「部」ナシ。

J　一四〇　甲本　長門守・時朝…

乙本　長門前司時朝…

参考　外題の異同に照応か。

これらについて見ると、A・Bの人名の表記については、乙本では甲本に比してはより統一性が認められる（ただし、乙本九五「鎌倉入道前大納言家…」の表記もあり、これは親本に同じで、完全に統一されてはいない）。詞書末尾については、Cの場合は、甲本では「よみ侍けり」（誤写）「よめりけり」（誤写）「よみける」「よめりける」「よみ侍ける」とあり、乙本では全て「よみ侍（り）ける」とある。Dの場合は、乙本では、まず、各々、「（漢字三字題）といふ事を」の詞書があり、その次歌は、各々、一一九「寄夢恋」、一九七「同会に河辺月」、二〇一「波間月」とあるのみで、「といふ事を」は省略されているのである。これは、例えば甲本・乙本共に、二五二番の「秋述懐といふ事を」の次歌の詞書が「初紅葉」とのみあることよりして、乙本では、漢字三字題の場合、「〜といふ事を」の詞書を先行させ、その次歌では「といふ事を」を省略するという統一が図られたものと推測される。同様に、Eについては、甲本では、三字題の連続する場合の後出の歌に「といふ事を」が付されているが、乙本では、それを省略したものであろう（原則的には、先行する一二三番に「といふ事を」が付されているべきか）。

また、Fについては、乙本では前歌の「…の心を」を付す記述方法と同一となっており、統一を図ったものであろう。Gについても、乙本では、前後歌の歌題のみの形式に揃えるべく、甲本にある「の中に」を削去したものと思われ、Hも、類似した詞書である一三二番の記述方法に揃えたものと考えられる。

残りのIについては、「新玉集に入歌」中の部立名の一つであるが、甲乙両本とも、他の部立は、全て「〜部」と記されておらず、乙本に於いては、この「恋」部も、その書式にあわせるべく修訂したものと思われる。なお、Jについては、両本の外題の異同（前記書誌参照）に照応していよう。

以上よりして、甲本では不統一であった詞書の細部について、乙本では、その記述を統一して全体に整合させるべく本文を改めようとした意図が明らかに看取されるのである。

七　両伝本の先後と撰者

以上の甲乙両伝本間の本文異同に関する諸事例より見て、両本の本文の先後関係は、甲本が先で、乙本が後、それも、甲本の本文を基に、乙本へと本文が精整されたものと推定されよう。加えて、その乙本の編纂者は、甲本内部の細かい部分にまで精通し、その上で、時朝の歌を熟知しているか、または、その資料を豊富に有しつつ、その和歌自体の修訂をも熱心かつ自在に行い得て、さらには、詞書の細部の整合にまで注意を払う程の意欲を持った人物であったと想定されるのである。

同時に、その判断は、前半部「所入撰集歌」と後半部「未入集歌」とを合わせた集全体の両伝本間の本文の異同の状況に対して可能なのである。即ち、上述した「新玉集に入歌」の部分の配列の異同も含めて、前半部「所入撰集歌」の部分の甲乙両本間の異同も、甲本の本文成立後に、その原拠資料たる各集自体に改編が施されて、それが乙本の本文に反映したものとは考え難いのである。しかしなお、就中、「楡関集」「新玉集」両集に「入歌」

の部分に、異同が集中していることは注意される。両集は、宇都宮播磨西円の撰にかかる。従って、『時朝集』の撰者は、勅撰集や、中央歌人撰の他の私撰集に比して、さほど躊躇を覚えずに、この両集の原態を無視して、あるいは撰者西円の了解を得つつ、本文を改訂することが可能であった人物とは言えないであろうか。また、強いて逆の過程を仮定すれば、西円自身が、その編纂の両集を改編した場合にも、それを敏感に察知して、『時朝集』の本文に、その改訂を反映させることが可能だった人物が、同集の撰者であったはずであると考えられるのである。それゆえ、いずれにせよ、『時朝集』前半部を特に独立させて見た場合、その本文については、『時朝集』撰者と、西円とが比較的親密なる関係にあるという条件下に、甲本から乙本へと本文の改編がなされたものと把握されるのである。

以上に考察した、『時朝集』の構成内容や、甲乙両伝本間の異同の様相よりして、甲本の本文が、時朝の詠作資料を駆使しつつ、確たる編纂意識を以て撰修され、さらに乙本の本文は、それを基に、細部に及んでの注意が払われつつ、修整を得てより精撰されたと考えられるが、それでもなお未完成であったかと思われるのである。

これに加えて、甲乙両本共に集の冒頭にある「前長門守藤原時朝」という署名の存在や、「東撰六帖に入る歌中の、四二番歌の歌題「葵」の下の「けんひゐしになり侍てかものみあれのひ／まいりてよみ侍ける」(『東撰六帖』抄出本に見える当該歌にこの注記はナシ)や、七八番歌の歌題「路」の下の「仁治元年大嘗会によりけんひゐしつとめ侍／けるに殿上人なとにたちましりて侍ける事を」(29)(『東撰六帖』現存本は当該歌の部分欠)という付記を含めた、詞書に見える時朝の経歴に関わる具体的記述の諸例を勘案するならば、甲乙両本を併せて、『時朝集』の撰者としては、橋本不美男(30)や福田秀一(31)が指摘したとおり、時朝自身を比定するのが、最も蓋然性が高いと考えるものである。(32)この自撰説の措定の下に論を進めてゆきたい。

八　成立時期

それでは、『時朝集』が自撰として、その編纂時期は何時であろうか。指摘されているとおり[33]、同集の詞書中、最終の日付は、時朝五十六歳時の「正元々年八月十五夜」（一九六）であり、それを成立時期の上限として、時朝の忌日の文永二年（一二六五）二月九日が確実な下限となろう。

さらに、その成立時期の範囲を絞ることができるかを検討してみたい。

先に言及した、前半部の時朝詠入集の諸撰集の成立時期を一覧にすると次のとおりである[34]。

続後撰集　建長三年（一二五一）十二月二十五日（一説十月二十七日）奏覧、為家撰。
秋風集　建長三年（一二五一）末頃か、光俊（真観）撰。
雲葉集　建長五年（一二五三）三月〜同六年三月、基家撰。
明玉集　建長六年（一二五四）〜正嘉二年（一二五八）十一月、知家撰。
現存六帖　建長元年（一二四九）十二月十二日〜同二年九月二十四日、光俊（真観）撰。
撰玉集　建長三年（一二五一）九月以降か、寂身撰。
楡関集　寛元三年（一二四五）八月五日以降か、西円撰。
拾葉集　建長八年（一二五六）秋以降か、清定撰。
東撰六帖　正嘉元年（一二五七）十一月十日〜正元元年（一二五九）九月二十八日、基政撰。
新玉集　建長八年（一二五六）秋以降か、西円撰。

参考
新和歌集　正元元年（一二五九）八月十五日〜同年十一月十二日、時朝撰か[35]。

概括すれば、これらは、大略、時朝の壮年期から老年期に成立したものとなろう。もし右記の諸集が、おおよそ成立時期に従って順に配されているとすれば、「楡関集」も建長年間の成立かもしれない。それは措いて、さらに各々成立時期の下限を特定できるものについて見ても、時朝の忌日である『時朝集』の成立時期の確実な下限と齟齬をきたすものはない。また、『東撰六帖』の成立時期の下限は、正元元年（一二五九）八月十五日である『時朝集』の成立時期の上限と見合わなければならないものとして捉えるべきであろう。[36]

ここで問題となるのは、宇都宮歌壇の中心業績とされる「宇都宮打聞」『新和歌集』と、『時朝集』との関係である。現存本『新和歌集』には、時朝詠は五十一首採録されているが、『時朝集』の「所入撰集歌」には、同集の名は見えないのである。小林一彦は、「宇都宮歌壇」の本質を、時朝と浄意法師との出会いを契機とした、常陸から下野にかけての地域に於ける詠作活動の総体と規定した。[37]これに対して、田渕句美子は、「宇都宮歌壇」には「宇都宮宗家と時朝の二つの円」が存在すると捉える。[38]これを踏まえつつ、渡邉裕美子は、「宇都宮歌壇の活動の中心は、やはり宇都宮にあり、しかも神宮寺や当主の居館といった宇都宮のまさに心臓部で主に展開されている」と説き、「宇都宮歌壇のイメージは」「京都歌壇や関東歌壇の衛星のようなものではないか」と言う。[39]これらの歌壇総体の捉え方の異なりは、どこに焦点を当てなにを重視するかによって生じているように思われるが、笠間時朝と浄意法師が同歌壇に重要な位置を占めていたことには異論がないであろう。その「宇都宮歌壇」を母体として生み出された『新和歌集』が、もし、『時朝集』成立以前に完成していたのであれば、当然「所入撰集歌」に記載されているべきとの考え方が穏当であろう。これについては、『新和歌集』の成立時期の問題とも絡み、種々の見解が示されてもきた。しかしいずれにせよ、『新和歌集』が『時朝集』に先行することは間違いなく、同時に、『時朝集』乙本の本文の方が甲本に比してより『新和歌集』の本文に親近していることも確かなのである。[40]従って、次のように考えるものである。

1『新和歌集』が、正元元年（一二五九）八月十五日〜十一月十二日の間に成立する。

2時朝は、『新和歌集』の存在を認知しつつも（時朝撰であればこれは当然）、それが未完成であるか自撰であるが故に、自ら編纂した家集『時朝集』甲本に自詠入集の撰集として所載することをし得なかったか、さし控えたかしたのではないか。

3『時朝集』が甲本から乙本へと精撰され、その精撰本が、『新和歌集』の本文にも影響したのではないか。とすれば、各編纂に要する時間を考慮しても、『時朝集』成立の下限は、正元元年の翌年文応元年（一二六〇）〜弘長元年（一二六一）の間頃か、それをさほど下らない頃と考えるべきことになろう。

九　所収歌の検証

引き続き、成立時期限定の徴証を探求するべく、『時朝集』の所収歌について検証したい。

関東歌人一般について、その詠作方法が、『万葉』『古今』集等の古歌や、当代の中央歌人の作品に直接に依拠するものであろうことは予測的に言えると思われるが、時朝の詠作は、その典型を示すと考えられ、複数の先行作の歌句を取り併せた詠作が目に付く。特にまた、時朝には、その若年時から、晩年までを含めた意味での同時代作品から、積極的に享受しようとする姿勢が窺知されるのである。その中の典型的な諸例を示してみよう（歌頭に番号が時朝歌で表記を改め清濁を施す。左側にその依拠歌）。

①内裏名所百首　建保三年（一二一五）十月

浦霞

一四四　あづさゆみいそまの浦にやくしほの煙とみればかすみたなびく
あづさ弓いそまのうらに引く網の目にかけながらあはぬ恋かな（恋・磯間浦・八四三・定家）

いかにせん磯間のうらにやく塩の空にはしるき煙たちけり（同右・八四六・兵衛内侍）

②歌合（冬題歌合）　建保五年（一二一七）十一月

三三　いそげどもゆふひさきだつやまもとのなほ里とほきのぢのしのはら

八二　わけゆけばなほ里とほしむさしのや草のゆかりにやどやからまし

冬の日のゆくほどもなき夕暮に猶里遠き武蔵野の原（冬夕旅・九〇・知家。続拾遺集・羈旅・六九八）

③洞院摂政家百首　貞永元年（一二三二）四月

いろ

二七五　いかにせむよそにはみえぬものなれば心のいろをしる人はなし

はやくより思ひ初めてし年月の心の色をしる人ぞなき（恋・忍恋・一〇三三・知家）

④光明峰寺摂政家歌合　貞永元年（一二三二）七月

二二四　よとともにしのぶの浦にひくあみのなどめにあまる涙なるらん

伊勢の海たえぬうらみにひく網のめにあまりぬるわがなみだかな（寄網恋・二〇四・家隆）

⑤新勅撰集　文暦二年（一二三五）三月精撰本進上

紅葉

二〇四　風さえてさむきあさけの露霜にちぐさの杜も色づきにけり

かりなきてさむきあさけのつゆじもにやのの神山いろづきにけり

（秋下・三三七・実朝。金槐集・秋・三〇二）

かりがねのさむきあさけのつゆならしかすがのやまをもみたすものは

（万葉集・巻十・秋雑歌・二一八一・作者未詳）

寄名所恋

二二八　わが恋はあはでの浦のあまを舟よるべきかたもしほやひくらん

わがこひはあはでのうらのうつせがひむなしくのみもぬるる袖かな（恋二・七六九・兼実）

あまを舟よるかたもなし涙せく袖のみなとは名のみさわげど

（宝治百首・恋・寄湊恋・二七六〇・実氏。続後撰集・七三五にも第三句「なみだ河」で入集。⑦⑨参照）

⑥新撰六帖　寛元二年（一二四四）六月以後頃か

いはでおもふ

一一　いかにして心のうちをはるけましわれとはいはずとふ人はなし

いかでかはわれとはいはじくちなしの色をその名に人のしりけん（第五・くちなし・一八八二・為家）

三八　あはれよのうきもつらきもしることは秋のゆふべぞたよりなりける

一〇三　なにごともおもひもわかぬ身なれども秋のゆふべはものぞかなしき

あはれたれなにのならひにいひそめて秋の夕はかなしかるらん（第一・あきの晩・一五二一・為家）

こころなき身にもあはれはしられけりしぎたつ沢の秋の夕暮（新古今集・秋上・三六二・西行）

六帖題にて歌よみ侍りけるに、思わづらふ

一二〇　ゆきやせんこよとやいはんとおもふまにやすくも月のふけにけるかな

いかにせんいかにかせましおもはじとおもへばいとど人の恋しき

（第五・おもひわづらふ・一五八二・為家）

まつもこずまたぬにもまたとはれけり人のこころをいかがさだめむ（同右・一五八三・知家）

七夕

一八四　七夕のなみだの露のたまかづらかけてぞかへるかささぎのはし
たえずおくなみだの露の玉かづらつらきこころはかけはなれにき
（第五・たまかづら・一六五六・家良）

⑦宝治百首　宝治二年（一二四八）正月〜秋頃

四五　　柳
みちのべのふるきの柳もえいでてかげふむほどになりにけるかな
道のべに朽ちぬと思ひし古柳春日まちえてひこばえにけり（春・行路柳・三〇九・成茂）
うちなびきはるは来にけり青柳のかげふむ道ぞ人のやすらふ
みよしののおほかはの辺のふる柳かげこそ見えね春めきにけり
（新古今集・春上・六九、七〇・高遠、輔仁親王）

二一一　（河辺落葉）
もみぢ葉のながれていづるみなとがはこれや錦のうらといふらん
身を秋の袖に波たつみなと河これやうき名のとまりなるらん（恋・寄湊恋・二七七六・成実）

二三五　寄湊恋
よそにのみみつのみなとのあまを舟こがれけりともいかでしられん
二三六　なみだおつる袖の湊のあまをぶねよるべしらねば身こそこがるれ
あまを舟よるかたもなし涙せく袖のみなとは名のみさわげど
（恋・寄湊恋・二七六〇・実氏。続後撰集・七三五にも第三句「なみだ河」で入集。⑨参照）
あふことはよをへだつなと玉がきの水のみなとにたむけをぞする（同右・二七八一・真観）

⑧〔現存六帖〕（第三帖か）　建長元年（一二四九）十二月～同二年九月

島千鳥

二一九　ぬれてほすいそやのあまのそで島におのれしほたれて鳴く千鳥かな

唐衣うらわの蜑の袖しまに春のかすみは立ちぞしにける

（夫木抄・春二・四七〇・「しま、現存六」・成茂）

⑨続後撰集　建長三年（一二五一）十二月奏覧

橋上落花

一五八　あをやぎのかづらき山に花ちりてとだえもみえずくめのいは橋

かづらきや花ふきわたす春風にとだえも見えぬくめのいはばし

（春下・一一三・公経。洞院摂政家百首東北大学本・一〇八・初句欠）

（初秋風）

一八三　風の音はいつしか秋にたつた山そめぬこずゑは色みえねども

かぜのおとにけふより秋のたつたひめ身にしむいろをいかでそむらん（秋上・二三九・良経）

（寄河恋）

二三四　なみだがはみなとは袖のうらながらわが身こがれてよるふねもなし

あまを舟よるかたもなしなみだ河そでのみなとは名のみさわげど

（恋二・首歌たてまつりし時、寄湊恋・七三五・実氏、宝治百首・二七六〇・第三句「涙せく」。⑦参照）

⑩為家五社百首（七社百首）　文応元年（一二六〇）九月末～同二年二月

雁

一八六　いまはまた秋風さむくなるままにころも雁がねそらになくなり
よはにふく秋かぜさむくなるままにころもうつなりかものかはかみ（擣衣・三七四七・（賀茂））
いもせやまみねのあらしやさむからんころもかりがねそらになくなり（金葉集・秋・二二一・公実）

⑪その他

一八二　　初秋風
秋のたつしるしなりけりあさといでの身にしみわたる荻のうはかぜ
かぜの音にものおもふわれか色そめて身にしみわたる秋の夕暮（山家集・一〇三八。万代集・二八七五・西行）
あはれわが身にしみわたる夕かなしぐれてさむき秋の山かぜ（新撰六帖・一五五・光俊）
秋のたつしるしなるべし衣手に涼しきけしきことになりゆく（堀河百首・立秋・五七五・紀伊）
昨日こそ夏はくれしかあさ戸出の衣手さむし秋のはつかぜ（金槐集定家所伝本・秋・七月一日のあしたによめる・一五五）

二三七　　寄海辺恋
しほむかふおきつ舟人こぎまよひあはれゆかれぬ恋のみち哉
うきなかのあしかりをぶねこぎまよひ猶おなじ江にまたやこがれむ（光明峰寺摂政家歌合・寄船恋・一八〇・為家）
塩むかふかげのみなとのいりなみにあはれわが身のいでがての世や（新撰六帖・みなと・一二一二・為家）
ゆらのとをわたるふな人かぢをたえ行へもしらぬ恋のみちかな

（新古今集・恋一・一〇七一・好忠。百人秀歌・四七。百人一首・四六）

まず、『新撰六帖』や『宝治百首』からの影響が顕著である点が留意される（⑥⑦）。

また、歌人個別について見ると、西行や定家・家隆といった前代の大歌人、および、階級的・地域的に、関東歌人の一つの規範たる実朝、これらからの影響は、当然のこととして時朝の詠作に認められる（①④⑤⑥⑪）。加えて、中央の歌道師範でありかつ時朝には姻戚筋に当たる為家や、鎌倉前中期に於ける関東への中央歌人の勢力拡大の為の進出の動向を反映するかのように、いわゆる反御子左（反為家）派の六条藤家の知家や真観藤原光俊といった専門歌人の詠作にも範を仰ぐ傾向が窺われるのである（②③⑥⑦⑩⑪）。

なお一層興味深いことは、貴顕からの影響作が散見されることである。即ち、後京極良経については、その歌人としての存在の側面に時朝への影響の理由を求め得るにせよ、その父兼実の作の時朝詠への影響の可能性を併せ勘案するならば、やはり、柳営に将軍を送りつつ、関東申次として勢を振るった九条家の父祖としての存在が、関東御家人たる時朝をして、その詠作を学ばせたと理解することもできよう（⑤⑨）。これについては、寛元四年（一二四六）の将軍九条頼経失脚後に、九条道家の関東申次の座を襲った西園寺実氏の作を踏まえていると考えられる詠作が『時朝集』に散見され、加えて、実氏の父公経の作に学んだと考えられる詠作が存在していることによっても裏付けられるのである（⑤⑦⑨）。

以上の、言わば中央の歌道師範ならびに関東に影響力を持つ顕官の存在とその詠作に、時朝が意を向けていることの傍証として、次に一覧するとおりの時朝の詠作進献の事実が挙げられよう（『時朝集』『新和歌集』による）。

京極（入道）中納言家（藤原定家）　千首
壬生二品家（藤原家隆）　百首
冷泉前大納言家（藤原為家）　百首・恋百首（撰歌十首を下賜）

後久我太政大臣家（源通光）　三百六十首
富小路（前）太政大臣家（西園寺実氏）　百首（点申請）
九条（前）内大臣家（藤原基家）　三百六十首
衣笠（前）内大臣家（藤原家良）　三百六十首（撰歌十首を下賜）
鎌倉三品親王家（宗尊）　三百六十首

つまり、時朝には、歌人としては、定家・家隆・為家、貴顕としては、実氏・源通光、両者の性格を兼具した、将軍宗尊親王・衣笠家良・藤原基家等に、相当数の詠作を進献し、撰歌や、点を要請していることが知られるのである。このような行為は、もちろん、時朝の歌道上の情熱の発露と言える。しかしまた、それのみならず、政治的にも、歌壇上にも時々の有力者達の意を迎えることが、自身の存在を認知させる近道と信じた地方歌人の心情がなさしめた必然的結果であったと言ってもよいであろう。

さて、以上に略述した時朝の詠作態度の問題はさて措き、『時朝集』の成立時期に直接関係すると考えられる一例として、前記⑩の為家歌からの時朝歌への影響を指摘したい。即ち、これは、為家の『五社百首（七社百首）』の一首からの影響例である。同百首は、文応元年（一二六〇）九月から、翌年（一二六一）正月にかけて詠作され、二月頃成書化されたと推定されている。従って、時朝歌が、それを踏まえて詠まれたものとすれば、当然、その詠作時期は、時朝が、為家の同百首を披見した以後となり、それを収める『時朝集』成立時期の上限もそれに準じるのである。

一方、先述した『宝治百首』からの時朝への影響を念頭に置きつつ、同百首と同じく後嵯峨院の下命により『続古今集』撰修に際して詠進され、弘長元年（一二六一）秋冬頃には作品が出揃ったと見られる『弘長百首』について検証すると、『時朝集』には、明らかにこの百首を踏まえていると思しき詠作は認められないのである。(41) 無論、この応制百首が、当の『続古今集』撰定以前に、どれ程それも関東の地に流布していたかは不明である。しかし、その構成歌人[42]や、上述したような時朝の詠作方法よりして、やはり、同百首が成立してある程度の時日を経過して『時朝集』が成立したのであれば、その影響を受けた最近作が採録されている可能性が低くはないように思われるのである。一応、この点も、一傍証として考慮に入れてもよいと考えるものである。

むすび――時朝家集の成立

以上に縷述した諸事象を総合的に勘案して、『時朝集』の成立について結論を述べたい。次の関係略年表に沿って記すこととする。

関係略年表

元久元年（一二〇四）五月五日	時朝生
宝治二年（一二四八）正月十八日〜秋頃	宝治百首部類本成立[43]
建長三年（一二五一）十二月二十五日	続後撰集奏覧（一説十月二十七日）
正嘉三年（一二五九）三月十六日	後嵯峨院為家に勅撰集撰進下命
正元元年（一二五九）八月十五日	時朝集詞書最終日付
正嘉元年（一二五七）十一月十日〜	東撰六帖成立か
正元元年（一二五九）九月二十八日	
正元元年（一二五九）八月十五日〜 十一月十二日	新和歌集成立か
文応元年（一二六〇）九月末〜	為家五社（七社）百首詠作・現存本成立[44]

翌年（一二六一）正月十八日・二月　弘長百首詠作
弘長元年（一二六一）秋〜冬　勅撰集撰者に基家ら四名追任
弘長二年（一二六二）九月　時朝没（六十二歳）
文永二年（一二六五）二月九日
同年　十二月二十六日　続古今集撰定

成立時期の確実な上限は、集中の詞書により、正元元年（一二五九）八月十五日となる。そして、同集「所入撰集歌」に記載の諸集中、最も遅い成立と見られる『東撰六帖』の成立——正嘉元年（一二五七）十一月十日〜正元元年（一二五九）九月二十八日——以後となる。また、不記載ではあるが時朝に極めて近く撰せられたであろう『新和歌集』の成立——正元元年（一二五九）八月十五日〜十一月十二日——に雁行する時期になる。

さらに、時朝が、為家の『五社（七社）百首』——文応元年（一二六〇）九月末〜翌年正月十八日に詠作、二月頃現存本成立か——を披見した以後であり、逆に、『弘長百首』——弘長元年（一二六一）秋・冬頃成立か——披見以前である、と推測されるのである。従って、『時朝集』は、大略、弘長元年（一二六一）自体をも含めて、その年をさほど下らない頃までに自撰されたものと推定されるのである。

では、一応この説に立脚することが許されるとして、その成立の契機、換言すれば、時朝の家集編纂の意図は奈辺にあったと考えるべきであろうか。晩年を自覚した時朝が、自詠を整理しようという動機は、多少なりとも存したかと想像される。さらに、この家集の構成内容に注目してみると、集中の詞書より判断しても、少なくとも千首以上の作を詠出していたはずの時朝が、その中の三百首足らずを既存の諸集への入集歌と未入集歌とに分割して編纂しているのである。言わば秀歌撰であり、同時に、新たな撰集に備えた自詠の資料として、入集の重複を避け得る為の配慮とも言える性格をも有しているのである。これに関連して、上述の推定成立時期を少々遡る正嘉三年（一二五九）三月十六日に、後嵯峨院から為家に勅撰集撰進の下命があったことが注意されるのである。

周知のとおり、この勅撰集即ち『続古今和歌集』は、その後、弘長二年（一二六二）九月に、基家・家良・行家・光俊に撰者追任が下命される。その間の為家の撰集意欲と作業の進展については、論議の交わされているところである。[45] しかし、その真相が如何様であったとしても、東国に拠する卑官の武家歌人時朝にとっては、現に撰集が下命され、その被下命者が、自らの縁者たる為家であったという事実は、相当重い意味を有するものであったと想像されるのである。そして、その下命を時朝が知り得たとすれば、既に、同じく後嵯峨院下命為家撰の『続後撰集』に於いて一首の入集を果たしているだけになおさら、再びその栄誉を、より多くの入集によって求める方向へと心情が揺り動かされたとしてもそれは至極当然であったろう。そして、その情動が、勅撰集撰進を意識しつつ、自詠の存在とその価値に対する自負を、撰者にして姻戚の為家に対して訴え掛けるべき意図を有した家集の編纂に進展した、と想像することも強ち無理なことではないのではないかと考えるのである。[46]

そうであったとしても、時朝の歌は『続古今集』に採られることはなかった。同集の撰者に先任した為家が四人が撰者に追任されて意欲を失ったらしいことや、時朝自身が成立前に没したことなどが影響したのであろうか。その後、時朝の歌は、『続拾遺集』（五八七）と『新続古今集』（一九三二）に各一首ずつ入集する。前者は『時朝集』には見えない歌で、後者は『時朝集』（六）に「明玉集に入る歌」として見えるが、詞書の一致から判断して『新和歌集』（七三三）が直接の出典だと考えられるのである。結局、時朝の家集が勅撰集撰修の資料として使われることはなかったということであろう。

和歌上の価値付けはともかく、笠間時朝の詠作とその家集の成立には、鎌倉中期に於ける在関東の武家歌人としての存在の意味が、ことに色濃く投影しているように思われるのである。

【注】

（1）主なものを次に挙げておく。①橋川正「新和歌集の研究―特に藤原時朝について―」（『歴史と地理』五―三、大九・三）、②名越時正「鎌倉時代に於ける東国武士の内面的生活―馬場資幹と笠間時朝の場合―」（『芸林』四―四、昭二八・八）、③安武千恵「歌人としての塩谷氏―時朝を中心として―」（『下野史学』一四、昭三七・一〇）、④笠間史談会『笠間時朝　上、下』（笠間史談会、昭三八・五）、同書を「一般向の読物に再編」した⑤同会編『笠間時朝―その生涯と業績―上、下』（筑波書林、昭五五・六、昭五六・一）、⑥久野勝弥「笠間時朝を通してみた宇都宮歌壇（上、下）―新和歌集の名称、及び新玉集との関係について―」（『芸林』一六―三、四、昭四〇・六、八）、⑦多々良鎮男「宇都宮氏関係の文学」（『作新学院女子短期大学紀要』四、昭五二・一一）、⑧志村士郎「東国文学成立の基盤」（『学苑』四六九、昭五四・一。『金槐和歌集とその周辺―東国文芸成立の基盤―』桜楓社、昭五五・六に「東国文芸成立の基盤」として所収）等。以上は、主に時朝自身の伝記的考察およびそれを含む論攷。宇都宮氏全体については、⑨外村展子『宇都宮朝業日記全釈』「解説」（風間書房、昭五二・八）に詳しい。また、⑩長崎健「信生法師伝―「塩谷正系譜」をめぐって」（『中央大学文学部紀要』文学科三〇、昭四七・三）も、家系について論じている。なお、長崎には他に⑪「蓮生法師年譜　付　詠歌集」（『中央大学文学部紀要』文学科四七、五六・三）がある。⑫小林一彦「宇都宮歌壇の再考察―笠間時朝・浄意法師を中心に―」（『国語と国文学』昭六三・三）では、宇都宮歌壇に於ける時朝の存在意義が歌壇史的に解明されている。その他夙に、⑬稲賀敬二『源氏物語の研究―成立と伝流―』（笠間書院、昭四二・九）第二章第二節三「建長五年三月廿八日の源氏談義―異本紫明抄の成立前後―」が『異本紫明抄』の撰者に時朝を比定したのに対し、堤康夫⑭「『異本紫明抄』編者に関する一考察―清原教隆との関係を中心にして―」（『国学院雑誌』昭六二・一）および⑮「『異本紫明抄』編者考―その周辺の人々を探る―」（同上昭六二・七）は、時朝説を否定して金沢実時を想定している。時朝の造仏については、⑯大口理夫「笠間時朝とその造像」（『日本彫刻史研究』創芸社、昭二三・一〇）が早く、他に、⑰久野健「茨城県仏像の項一〇～一四」（『関東彫刻の研究』学生社、昭三九・一〇）や⑱北口英雄・細田憲示・古島哲夫「笠間時朝造像仏」（『栃木県の美術』茨城県立美術館、昭四七・一一）および⑲麻木脩平「笠間時朝発願の大日如来」(『MUSEUM』四五三、昭六三・一二)等がある。宇都宮氏の仏教との関わりについては、外村展子前掲書や、⑳中西随功「宇都宮歌壇の浄土教」(『印度学仏教学研究』三二―二、昭五九・三)に詳しい。なお、宇都宮氏および宇都宮歌壇の総説としては、㉑石田吉貞「宇都宮歌壇とその性格」(『国語と国文学』昭二二・一二。『新古今世界と中世文学』北沢図書、昭四七・一一に所収)の先駆的業績の他、㉒二荒山神社編(石川速夫他執筆)『中世宇都宮氏の文化』(二荒山神社、昭四九・一〇)、㉓宇都宮市史編さん委員会編(石川速夫他執筆)『宇都宮市史　中世通史編』(宇都宮市、昭五六・三)、㉔渡辺幹雄『下野の和歌―下野和歌史の試み―』(下野新聞社、昭五八・一一)、㉕多々良鎮男「宇都宮歌壇」(『作新国文』五、平五・七)等がある。また、㉖久野俊彦「宇都宮歌壇関係研究文献目録草稿」(都留文科大学『説話文学研究会誌』一、昭五四・三)がある。以上は、初出時の参考文献である。その後の関係論攷については、必要に応じて当該箇所に注記したが、その他は割愛する。なお、市村高男編著『中世宇都宮氏の世界　下野・豊前・伊予の時空を翔る』(彩流社、平二五・一一)は、主に歴史学・文化財学の論攷を収める。

(2) 長崎健「信生法師伝―「塩谷正系譜」をめぐって」(注(1)⑩所掲)に拠る。

(3) 笠間史談会『笠間時朝　上、下』(注(1)④所掲)に拠る。同書によれば、『大沢手記』は、足利市の丸山瓦余氏が、栃木県山苗代の旧庄屋大沢勝左衛門蔵の「塩谷家歴代記録」十冊に基づいて手記したものという。

(4) 『笠間城記』には、忌日について「九月十二日　失年号」とある。また、西念寺蔵の系図では、文永二年二月九日に七十五歳で卒とする。さらに、「稲田御旧蹟記」引用系図では、文永乙卯(二年)二月九日に、七十八歳で卒とする。注(1)④所掲笠間史談会編書に拠る。

(5) 注(1)④所掲笠間史談会編書では、『吾妻鏡』および上記の諸資料を検討した上で、「時朝の出生を元久元年(一二〇三)ごろとみることにする」(西暦ママ)としている。

(6) 『吾妻鏡』正嘉元年(一二五七)一月一日以下の各条に「長門三郎朝景」「長門三郎左衛門尉朝景」等と見える。「三郎」の意味するところは不明だが、「長門」とあるのは、時朝の官によるものと思われ、この人物が時朝男であると推測される。また、『新和歌集』三一番以下に「藤原朝景」として計八首入集している。その中の七首は、時朝が稲田姫社に於いて講じた十首歌と、それとの呼応関係にある、光俊が鶴岡社に於いて講じた十首歌の詠である。

両十首歌への「朝景」の参加は、時朝の嫡嗣としての資格によるものであろう。

（7）『系図纂要』では、時朝の兄親朝の子として、親成・泰朝の弟に、「親時／塩谷五郎」とある。また、時朝の孫盛朝の子として、「長朝／三郎兵衛尉」とある。その他、泰朝の子孫にも『尊卑分脈』と異同がある。

（8）『吾妻鏡』文治五年（一一八九）七月十九日条に「同（宇都宮）次郎業綱」と見える。また、建久元年（一一九〇）十一月七日条に、「同（宇都宮）次郎業朝」（国史大系本）とあるのは、「業綱」のことであろう。高橋秀樹編『新訂吾妻鏡三』（和泉書院、平三〇・九）によれば、北条本・島津本・毛利本共に「同次郎業朝」とあり、同書索引の「業朝」項は「前項（業綱）と同人か」とする。なお、同書には宇都宮氏の「成綱」に該当する人物は見えない。

（9）『宇都宮系図』は、『尊卑分脈』と同様だが、図中に「一本」として「朝綱」の子に「成綱弟朝業」と見える。また、同系図別本は、『尊卑分脈』系譜略図と同様である。さらに、もう一つの別本では、「業綱」「朝業」「頼綱」がこの順で「朝綱」男として見える。

（10）外村展子は、『宇都宮朝業日記全釈』（注（1）⑨所掲）に於いて、『下野国誌』に拠ると、成綱は仁安元年（一一六六）生（『宇都宮系図』の一本に拠ると保元元年（一一五六）生）となり、その七歳（一説十七歳）時に、嫡子頼綱が生まれたことになり、問題があるとし、建久五年（一一九四）の朝綱の「公田掠領」発覚の際に、頼綱・朝業らの「子息達」（成綱は二年前没）の「処罰を軽くする為に」、「祖父」と「孫」としたと結論している。

（11）同譜の「朝義」の項に「嗣子不恵依而宇都宮業綱二男竹千代為養子」と注し、また、「朝業」の項には、「養父朝義　実父業綱　題名取合命名朝業」と注する。なお、『堀江氏系図』には、「宇都宮右兵衛尉業綱二男四郎兵衛尉朝業」と見える。注（2）所掲長崎健論攷参照。

（12）長崎健は、注（2）所掲論攷で、同系図内部の記事の矛盾を指摘した上で、「このように、記事にみられる不整合は、「塩谷正系譜」が本来的に有している信憑性を疑わしめるものであろう。この「塩谷正系譜」も、系図成立のひとつの型である、ある時点での家系誇示のための目的的作成によるものであろうから、歴史研究の根本資料としての系図が本来的に有している三等史料としての価値を超えるものではない。」と批判している。

（13）長崎健は、注（2）所掲の論攷に於いて次のように述べている。「朝業による塩谷家創設とは、鎌倉時代初期における豪族の地方支配体制にみられる惣領制的支配体制によるものと思われる。つまり、当時の関東の武将が一族の統率者として自らは鎌倉にあって幕政に与りながら、地頭職などによってその地を領有するにいたるときには、庶子あるいは一族の主たるものを充てるもので、宇都宮氏による塩谷の地の攻略領有がおこなわれたとき、朝業が充てられたものであろう。あるいは、塩谷家を嗣ぐということによって、塩谷の地の支配体制を確立しようとしたのかもしれない。こうした、宇都宮家による総領制的な地方支配体制は、朝業の次子時朝を充てての笠間の地の劫掠に、より直接的にあらわれている。」

(14) 佐々木紀一「桓武平氏正盛流系図補輯（上、下）」（『国語国文』平七・一二、平八・一）は、宇都宮氏と中原氏との関わりの意味を見事に解明し、同時に、宇都宮氏が歌人を輩出していわゆる宇都宮歌壇を形成するにいたる歴史的基盤についても説得力ある説を示している。

(15) 寺社（この場合宇都宮二荒山神社とその神宮寺）の事務を司る者の意と思われる。『下野国史』「宇都宮系図」に記す「宇都宮社務」のことであろう。『尊卑分脈』では、宗円は「宇都宮座主」であるが、「宇都宮系図」では宗綱は「宇都宮社務并日光山別当職」とある。宇都宮検校＝朝綱・頼綱・泰綱・景綱・貞綱・公綱（『尊卑分脈』等）。

(16) 朝綱＝左衛門尉・鳥羽院武者所後白河院北面、成（業）綱＝左兵衛尉・左衛門尉、（頼綱＝伊予国守護職、泰綱＝美濃国守護職）、朝業＝兵衛尉。なお、頼綱以下代々、下野守に任じている。位階はほぼ従五位下〜正五位下（『尊卑分脈』等）。

(17) 評定衆＝泰綱・景綱。引付衆＝景綱・貞綱・公綱（『関東評定衆伝』『尊卑分脈』等）。

(18) 石田吉貞「宇都宮歌壇とその性格」（『国語と国文学』昭二二・一二）の所説。朝業の生没年については諸伝・諸説ある。それらを左に記しておく。なお、『塩谷正系譜』では「承安四甲午年正月二十四日生」と記す。注（2）所掲長崎健論攷参照。

生年	没年
承安三年（一一七三）	嘉禎三年（一二三七）
同　四年（一一七四）	嘉禎四年（一二三八）
寿永元年（一一八二）	宝治二年（一二四八）
元暦元年（一一八四）	

(19)これが、一般に『小倉百人一首』の原型と見なされ、『小倉百人一首』は定家撰であるとされてきた。しかし、現在それは否定されている。田渕句美子『『百人一首』の成立をめぐって―宇都宮氏への贈与という視点から』（『中世宇都宮氏　一族の展開と信仰・文芸』戎光祥出版株式会社、令二・一）、『百人一首の現在』（青簡舎、令四・一〇）所収諸論等参照。

(20)秋元信英「関東御家人の検非違使補任をめぐって―その制度的おぼえがき―」（『日本歴史』昭四八・一一）参照。

(21)なお、笠間楞厳寺千手観音菩薩立像の背銘に「建長四年壬子七月　従五位上行長門守藤原朝臣時朝」とある。注（1）④所掲笠間史談会編書に拠る。

(22)京都蓮華王院脇立千手観音立像（百二十号）の背銘に「建長五年歳次癸丑十月五位上行長門守藤原朝臣時朝」とある。一方、『吾妻鏡』建長六年（一二五四）八月十五日条には「長門前司時朝」と見える。ただし、康元元年（一二五六）六月二十九日条に「長門守」とある（その後は全て「長門前司」である）。これを信ずれば、下限は同日に引き下げられる。なお、『吾妻鏡』建長三年（一二五一）十一月十三日条に「長門前司」とあるのは、その前後が全て「長門守」である中で不審。

(23)藤原氏北家良門流。俗名周防守某。周防守兼盛（能蓮法師）男。生没年未詳（文治・建久頃～建長三年生存）。曾祖父盛重以来重代の院近習の武士の家に生を享け、衛門尉に任じる。若年で出家、西山に草庵を結び、京都歌壇に参加しつつ、筑紫・伊勢・三河等に旅する。晩年は東国に移住して三河滝山等に庵居している。『新勅撰和歌集』以下の勅撰集に六首入集。

(24)外題は全て表紙に打付け墨書されているが、その位置は時雨亭文庫両本は表紙左端であるのに対して、書陵部両本は表紙中央である。書陵部両本が、同機会に時雨亭文庫本両本を書写したとすれば、親本両本の外題末尾が共に「謌」であるのを、甲本は「集」、乙本は「哥」としているので、甲本の「集」は単なる誤写ではなく、意図的な措置かとも疑われる。

(25)現存諸集に所収する当該歌の番号を『時朝集』の番号順に列挙しておく。（　）の中が各集現存本の番号（『新編国歌大観』番号）。一（『続後撰和歌集』八四六）。二（『秋風和歌集』七七一）。三（『雲葉和歌集』六五一）。一三（『現存和歌』八五〇）。四四（『東撰和歌六帖』二〇）、四五（同上一二六）、四六（同上一四七）、四七（同上三〇一）、四八（『東撰和歌六帖』抜粋本九五）、五〇（同上一二八）、五一（同上一六四）、五二（同上一七六）、五四（同上二三〇）、五五（同上二三六）、五七（同上二五五）、六〇（同上三三四）、その他、同六帖詠の題およびその順序は、現存本目録と同じ。

（26）両伝本の合点・注記等の現状を次に記しておく。親本の時雨亭文庫両本については、時雨亭叢書解題参照。

＊甲本

・合点　六、八六、一〇五、一七七。

・歌頭に小紙片貼付　一〇、一一、一四、七二、七四、七七、八〇、八一、八六、八七、八九、一二〇、一二二、一二五～一二七、一二九、一三一、二六四、二六七、二六九、二七二、二七四～二七七、二七九、二八八、二八九。

・イ本注記　九一第二句「煙はかりは《はるとイ》」、九二詞書「進三百六十首哥て《をイ》」。（一七七第三句「ぬれ《あま》衣」）

・その他　一三〇詞書「大嘗会《如本に歟》の」

＊乙本

・合点　四二、五三、一七七。

・歌頭に小丸印　六、一二、一五、三九、五九、一〇九、一一〇。

・イ本注記　一七六第四句「晴《てイ》ものこる」、一八六第五句「空《にイ》なくなり」、二〇六第三句「染《てイ》けり」、二〇九第四句「紅葉山は《のイ》」、二一三初句「もみちはゝ《もイ》」、二四四初句「夢《にイ》たに」。

・竪線　一八九第五句（「秋ふけにけり」二重線）一九四第一句～二句の一部（「ふなはりのゐかいの山」）（二重線）、二〇六第四句の一部（「あかみの山」）、二一七第四句の一部（「ゆきみの里」）（二重線）、二二三初句（「さらはたゝ」）、二四四第三句（「みえよかし」）。

（27）同首の異同は微妙である。甲本の形では、「あふせもしらずこひせがは」の「しらず」は、動詞「恋ふ」の連用形としての「こひ」（あるいは「恋ひす」の未然形としての「こひせ」）にかかることになる。しかし、乙本では、「しらぬ」が、名詞としての「こひ」（あるいは「こひせがは」）にかかることになる。

（28）同首は、『新和歌集』巻第九雑歌上に入集し、そこでは、第四句は現存諸本全て「ふねをとめてそ」の形である。

(29) 上述したとおり、乙本一二一番歌の詞書は、「題不知」から、「女の許よりかくてゆきはなれなは思もいてしなと申て侍ける返事」という具体的事情を示すものに改められたと推測される。その他「未入集歌」中では、一九六番の「正元々年八月十五夜会に、秋明月といふ事をよみ侍る」や二八〇番の「宇都宮大明神、御本地馬頭観音、等身泥仏につくりまいらせて、彼神宮寺に安置したてまつりて、正嘉三年正月廿九日供養し侍りしついてに、御宝前に参てよみ侍る」などの詞書に、具体的詠作事情が示されている。

(30)『桂宮本叢書』第六巻「前長門守時朝入京田舎打聞集」「解題」(養徳社、昭三一・一〇、昭四四・四再版)に於いて、「(時朝)生前の勅撰は本集に記される続後撰集のみである。この意味から云へば本集の成立は、続後撰の成立後(建長三年/一二五一)であり、底本・校合本間の差少の相違、又端作の署名から見て恐らくは自撰であり、恰も時朝の歿年に近い頃、続古今集勅撰の事が進められてゐたので、これと本集の成立との関係も十分可能性のある事である。」と述べている。

(31)『私家集大成』中世Ⅱ12時朝「解題」(明治書院、昭五〇・二、昭五八・二再版)に於いて、「本集の成立は、「所入撰集歌」に勅撰集として「続後撰」しか挙げていない点から、一応の見当がつけられる。と言うのは、時朝はその後「続拾遺」「新続古今」の両集にも入集するのであるが、それは没後である。それと題名や冒頭の署名、また現存二本の異同や見せ消ち等から推測される推敲の状況などから、本集は恐らく晩年の自撰になるものと考えられる。」と述べている。

(32) 久野勝弥は、注(1)⑥所掲論攷に於いて、『時朝集』の成立について次のように論じている。即ち、同集の詞書と同集に『新和歌集』および『続拾遺集』の時朝の入集歌不記載の事実より、「正元元年から文応二年の三~四年間の撰定となる」。しかし、同集と『新和歌集』との比較よりして、両集は、「ごく接近した時期に、同じ場所で撰定されたものとは考へられ」ず、「両集がほとんど関係なく成立したものとみて間違いな」く、同集が「撰定されそうな場所を撰択すると京都付近が考へられる」。さらに、西山善峰寺と宇都宮氏との関係および同寺別院観念三昧院(往生院)住持の玄観坊承空の多数の和歌集の書写活動を勘案すると、「蓮生らに依って移入された宇都宮歌壇の歌集、あるひは、勅選集などから時朝の歌のみが書き抜きされ、承空の手控程度のものであつたものが「時朝田舎打聞集」の原形ではなかろうか。而して、この仕事は永仁年間、書写活動の始まる前。承空が鎌倉から西山往生院に移ったと考へられる建治年間のことであろう」。以上であるが、本節に記した論拠により、この建治年間承空原撰説には従えない。なお、久野が名前を列ねている笠間史談会編『笠間時朝　下』（注（1）④所掲）に於いては、『時朝集』の詞書と同集に『続後撰集』の時朝の入集歌記載の事実より、同集の「編纂は建長三年（一二五一）から正元元年（一二五九）頃の間であることは間違いないであろう」としている。

（33）注（1）所掲の笠間史談会（④）・石川速夫（㉓）・外村展子（⑨）の各著書および『日本古典文学大辞典』「前長門守時朝入京田舎打聞集」の項（佐藤恒雄執筆。岩波書店、昭五九・四）。

（34）続後撰集＝『勅撰次第』『諸雑記』（『拾芥抄』）。秋風集＝安井久善『秋風和歌集』（古典文庫、昭四四・二）「解説」等の所説。雲葉集＝安井久善「類従本雲葉和歌集の誤綴について」（『古典論叢』二、昭二六・九）や『群書解題』九（昭三五・一一）の「雲葉和歌集」の項（樋口芳麻呂執筆）等の所説。明玉集＝安井久善「夫木抄にみえたる散佚歌集について」（『中世私撰和歌集攷』昭二六・一）や簗瀬一雄「中世散佚歌集の研究（一、二）」（碧沖洞叢書、昭三三・一〇、昭四〇・一二）の当該節や『和歌文学大辞典』（古典ライブラリー、平二六・一二）の「明玉集」の項（木村尚志執筆）等の所説。現存六帖＝佐藤恒雄「現存和歌六帖の成立（Ⅰ、Ⅱ）」（『藤原為家研究』笠間書院、平二〇・九所収）の所説。撰玉集・楡関集・拾葉集・新玉集＝『時朝集』中の記載等による（本節初出注釈書当該箇所参照）。東撰六帖＝第三章第二節「『東撰和歌六帖』の成立時期」。

（35）佐藤恒雄「新和歌集の成立」（『藤原為家研究』笠間書院、平二〇・九）の説。初出は「新和歌集の成立（続）」（『香川大学国文研究』二二、平九・九）、「新和歌集の成立」（『王朝和歌と史的展開』笠間書院、平九・一二）。なお佐藤は、『時朝集』に「新和歌集」の名が見えないことについては、両者が共に時朝の手で同時並行的に編纂された集であるので、「あえてその家集にその名を顕示して、所収歌の全てを採録することはしなかったのではあるまいか」と言う。

（36）本論第二編第三章第二節「『東撰和歌六帖』の成立時期」参照。

（37）注（1）⑫所掲小林論攷。

（38）「関東の文芸と学芸」（岩波講座日本文学史第5巻『一三・一四世紀の文学』岩波書店、平七・一一）。

（39）『「新和歌集」からみた宇都宮歌壇」（『歌人源頼政とその周辺』青簡舎、平三一・三）。

(40) 拙稿「『時朝集』と『新和歌集』の先後について」(『中世文学研究』一五、・八)参照。

(41)『時朝集』五三番「薄　たび人のいるののすすきほにいでてまねくは草のたもとなりけり」は、『弘長百首』(弘長元年(一二六一)秋冬頃か)の「旅人のいる野のすすきほに出でて袖のかずそふ秋風ぞふく」(秋・薄・二五三・実氏、新後撰集・二九七)と酷似している。しかし、五三番歌は「東撰六帖に入歌」中の一首であり、『東撰和歌六帖』の成立時期について、正嘉元年(一二五七)十一月～正元元年(一二五九)九月説をとる立場から、また、同首は『古今集』の「秋の野の草のたもとか花すすきほにいでてまねく袖と見ゆらん」(秋上・二四三・棟梁)に依拠しての詠作と見られることからも、実氏詠は、時朝詠より後の作と考えておく。

(42) 作者は、実空(実氏)・基家・家良・融覚(為家)・為氏・行家・寂西(信実)。

(43) 安井久善『宝治二年院百首とその研究』(笠間書院、昭四六・一一)研究篇三「成立時期および成立事情」等の所説。

(44) 佐藤恒雄「七社百首考」(『藤原為家研究』笠間書院、平二〇・九)等の所説。

(45) 安田徳子は、「続古今和歌集の撰集について」(『中世文学』二七、昭五七・一〇)に於いて、『源承和歌口伝』の記事を基に、正嘉三年(一二五九)三月十六日の為家への撰集下命から、弘長二年(一二六二)九月の基家・家良・行家・光俊らの撰者追任までの三年間に、「為家の撰集はある程度進んでいたと推定することができる」としている。一方、佐藤恒雄は、『和歌大辞典』(明治書院、昭六一・三)の「続古今和歌集」の項に於いて、その三年間について、「折悪しく病と衰老に疲弊して作業は思うように進捗せず、いつしか三年を経過するといった事態が、宗尊親王の師となりその威を背景に勢力を伸ばしてきた真観の画策を助長し、弘長二1262年九月、四人の撰者が追加された」と述べている。この両説を受けて、小林強は、「続古今和歌集の成立に関する疑義—弘長二年九月の撰者追加下命に至るまでの為家の撰集意欲の推移をめぐって—」(『研究と資料』一八、昭六二・一二)に於いて、安田説を批判した論を展開し、作業遅延の理由については「佐藤氏の見解から一歩も進展しなかった」としつつ、正元元年(一二五九)八月一日「為氏への撰者譲与を断念し、自ら撰集作業を開始することを決意する。その際に俊成の五社百首の例に倣い七社百首の詠進を企図する」、文応元年(一二六〇)九月末「撰集作業が思惑通り進展しないので、七社百首の詠進を開始する」、弘長二年(一二六二)五月二十四日「後嵯峨院の撰者追加の意向を察知して「覚書」を執筆する」、同年九月「撰者追加に失望して、撰者辞退を決意して、為氏に撰者委任状を与える」と整理している。

なお、小林はさらに、「続古今和歌集の成立に関する一疑義続考」（『研究と資料』二〇、昭六三・一二）を提出している。なお、その後、佐藤恒雄「続古今和歌集の撰集について」（『藤原為家研究』笠間書院、平二〇・九）が、「続古今集沙汰事」（『経光卿記』抜粋）を読み解き、同集撰集の「最終段階のありよう」を明らかにしている。

（46）『時朝集』撰定の動因について、石川速夫は、橋本不美男説（注（30）参照）について批判しつつ、「恐らく『新○和歌集』の一応の成立を見るころにこの集は成立したとみてよさそうである。とすると、この集の撰せられた契機は、『続古今集』勅撰の事が進められていたのに応じてではなく、『新○和歌集』撰集に関して提出されたものではなかったかとも考えられよう」（『宇都宮市史　中世通史編』第四章「宇都宮歌壇の誕生」＝注（1）㉓所掲）と述べている。本節に論じたとおり、著者は、『時朝集』の成立を、『続古今集』撰進と関連させて考える立場にある。しかしながら、拙稿「『時朝集』と『新和歌集』の先後について」（『中世文学研究』一五、・八）に於いて論述したとおり、『時朝集』精撰本が、『新和歌集』の本文に影響を与えたと推測されるのである。従って、その意味に於いて右記石川説の後半部分には賛意を示すものである。しかしまた、石川は、『時朝集』は、「正元元年（一二五九）八月十五夜の歌を収めているから」、『新和歌集』が一応成立したと「想定する」正元元年（一二五九）「七月以前という時期よりはやや後れてできたことになるが」、『時朝集』に『新和歌集』の名が見えないことに関して、「このことは、時朝晩年の自撰と見られるこの集で、時朝はまだ「新○和歌集」の存在を知らなかったことになる訳で、時朝を「新○和歌集」の撰者に擬する最大の難点になるであろう。」（『新○和歌集』「解説」二荒山神社、昭五一・九。『宇都宮市史』も同様）と述べている。時朝自撰の家集が、『新和歌集』撰集に関して「提出された」という考え方と、時朝が、『新和歌集』の「存在を知らなかった」こととは、その間に時間的差異を見るとしても、やはり整合しないのではないか。

［付記］　本節は、長崎健・外村展子・中川博夫・小林一彦『前長門守時朝入京田舎打聞集全釈』（風間書房、平八・一〇）の「解説」に基づき、改稿したものである。「全釈」は四人の分担執筆で、その成果にも負っている。改めて、長崎健氏、外村展子氏、小林一彦氏に感謝申し上げる。

第二節　『瓊玉和歌集』の諸本

はじめに

後嵯峨院の第三皇子にして鎌倉幕府第六代将軍となった宗尊親王の家集の内、その前半生の将軍在位時、在関東時の詠作を収める『瓊玉和歌集』の諸伝本について、各伝本の特徴と伝本間の異同とその関係性等を考察して、諸本の類別を試みながら、拠るべき本文を提示したいと思う。

一　宗尊の家集について

本論第一編第一章第二節「『瓊玉和歌集』の和歌」に記したように、宗尊親王の現存家集（含定数歌）は、五種が知られている。1文応元年（一二六〇）十月以前に詠作の『宗尊親王三百首』、2文永元年（一二六四）十二月九日の真観撰『瓊玉和歌集』、3弘長元年（一二六一）～文永二年（一二六五）の五年間の詠作を五巻に収める文永三年（一二六六）七月帰洛以前に自撰かと目される『柳葉和歌集』、4その文永三年七月を挟み同二年春から同四年十月頃までの詠作を収める文永四年（一二六七）十一月前後の自撰と思しい『中書王御詠』、5文永三年（一二六六）七月の帰洛以後から文永九年（一二七二）二月の出家半年後までの詠作を含み同年末に自撰と見られる『竹風和歌抄』である。

本節の対象は、この内の2『瓊玉和歌集』（以下『瓊玉集』と略記する）である。同集については、『瓊玉和歌集新注』（平二六・一〇、青簡舍。以下『新注』と略記する）で全歌に注釈を加え、集の概要や和歌の特徴についても解説した。それを基にした論が、本論第一編第一章第二節の「『瓊玉和歌集』の和歌」である。それら注釈や論述の基盤となるのが、『新注』の解説を初出とする本節の論である。

ここで、右に記した現存書以外の宗尊の家集について、改めてまとめておこう。

宗尊の散佚家集については、建長五年（一二五三）から正嘉元年（一二五七）までの詠作を修撰したという6「初心愚草」（吾妻鏡・弘長三年七月二十九日条）と、小川剛生『武士はなぜ歌を詠むか―鎌倉将軍から戦国大名まで』（角川学芸出版、平二〇・七）が指摘した、7「春草集」（看聞日記・永享八年八月二十八、二十九日条）と8「秋懐集」（十輪院内府記・文明十五年九月二十六日条）が知られる。これらは、室町中期までは伝存していたことになるし、『夫木和歌抄』には「御集」と集付けする宗尊詠の中には、現存家集に見出せない歌や、現存家集を出典としないと思われる歌が相当数存していて、別種の家集の存在が疑われるのである。また、宗尊家集と見られる断簡両種、次の9と10の存在が報告されている。

9伝世尊寺行尹筆　A梅沢記念館蔵『あけぼの』所収断簡（三首。内一首『瓊玉集』一六〇）、B田中登氏蔵断簡（二首。内一首『瓊玉集』四一五）、C同上（二首。内一首『瓊玉集』四〇七）、D春日井市道風記念館蔵断簡（二首。内一首『瓊玉集』三七〇）、E出光美術館蔵『墨宝』所収断簡（二首。内一首『瓊玉集』二七九〈二・三句に異同あり〉）、F石澤一志氏蔵（一首、『瓊玉集二八六』）。

10伝伏見天皇筆　a五島美術館蔵『筆陣毫戦』所収断簡（二首。内一首『中書王御詠』二二五）、b田中登氏蔵断簡（一首上句。『中書王御詠』二一七上句）、c『中島家所蔵手鑑』所収断簡（二首）、d徳川美術館蔵『桃江』所収断簡（一首）、e佐佐木信綱資料館蔵断簡（一首）、f橘樹文庫蔵断簡（三首。内一首『拾遺風体集』一〇〇、初句小異あり、作者「藤原行実」）、g個人蔵手鑑所収伝後伏見院筆断簡（一首。『中書王御詠』二一二）、h同上伝後伏見院筆断簡（二首）、i同上伝後二条院筆断簡（一首）。

9については、田中登の口頭発表「別本宗尊親王御集について」（和歌文学会大会、昭六三・一〇・一六、於日本大学）とこれを成稿した「別本宗尊親王御集について」（『和歌文学研究』五八、・四。『古筆切の国文学的研究』（風間書房、平九・九）「散佚した宗尊親王御集」所収）が、A～Cを紹介しつつ、文永元年（一二六四）十二月以前の詠作であることを推断し、親王の初学期の歌を収める「初心愚草」との関係が注目されても初心愚草そのものかは即断はできず検討の余地がある、と言う。その後、『秋の特別展　諸家集の古筆』（春日井市道風記念館、平一二・九）と『秋の特別展　世尊寺流の書』（同上、平二一・九）がDを（後者はCも）を、別府節子「自筆自詠の和歌資料を中心とした中世古筆資料」（『出光美術館研究紀要』一六、平二三・一）がEを、石澤一志「中世歌書古筆切三種―畠山切・散木奇歌集切・宗尊親王家集切―」（『国文鶴見』五二、平三〇・三）がFを、それぞれ紹介している。

10についてはまず、久保田淳「中世和歌片々」（『和歌史研究会会報』九五、・六。『読売新聞』昭六三・一〇・二四夕刊既報）がaを紹介し、文永三年（一二六六）七月四日に将軍を廃されて上洛する「旅懐を吐露した作品を含んでいた」、『中書王御詠』とは異なる家集と考えられることを指摘する。その後、田中登「伝伏見天皇宸筆宗尊親王御集切について」（『青須我波良』四〇、平二・一一。『古筆切の国文学的研究』（風間書房、平九・九）「散佚した宗尊親王御集」所収）と「古筆切と和歌―私家集を中心に―」（『王朝私家集の成立と展開（和歌文学論集4）』（風間書房、平四・一）が、a～d（後者はa～c）を取り上げ、これらの歌は宗尊が将軍を廃されて帰洛する折かそれ以降の作であることや、現存する四つの家集とは異なることを確認し、「廃将軍の憂き目を見た宗尊親王の悲痛な想いを新たに発見することができる」と言う。いずれにせよ、宗尊には現存する家集とは別の家集が存在したことは疑いないであろう。その後、『佐佐木信綱資料館収蔵品図録』（鈴鹿市教育委員会、平一三・三）がeを、『古筆への誘い』（徳植俊之執筆。三弥井書店、平一七・三）がfを、別府節子「自筆自詠の和歌資料を中心とした中世古筆資料」（『出光美術館研究紀要』一六、平二三・一）がg〜iを（伝後伏見院筆断簡と伝後二条院筆断簡を伝伏見院筆断簡の「連れ」と認定して）、それぞれ紹介している。

また、これら伝世尊寺行尹筆切や伝伏見天皇筆切とは別に、宗尊親王の詠草あるいは家集かとも思しい、次の断簡が報告されている。

11伝為氏筆

12伝後京極良経筆切

11は、久保田淳「歌切三点」（『和歌史研究会会報』四〇、昭四五・一二）が、大正十一年六月に東京美術倶楽部で行われた入札目録所載の「為氏　九首懐紙」と題する幅物の写真によって紹介する。「小さな不鮮明な写真であるが、為氏風の流麗な仮名である」と言い、全文を翻印している。端作に「探題謌合　十一月六日／万葉詞」とあり、恐らくは当該歌合の作者一人の詠作が、「万葉詞」の「題」と共に九首続いている。その内の、「いろつく山の／しくれぬとみゆるそらかな雁なきていろつくやまのあきのむらくも」が、『続古今集』（秋下・五〇七）に「中務卿親王」の作として見えることから、「とすると、これは宗尊親王の詠草切なのであろうか」と記している。なお、田中塊堂『つちくれ帖』（千草会、昭四七・九）に、影印と初めの三首の翻印が載せられている。

12は、『古筆学大成』20（講談社、平四・六）に所載されている。秋七首の内三首が『柳葉集』（七四五＝続古今集・三七八、二八（五句に異同あり）、三九一）に見えるが、他は現存の宗尊家集や他歌集には見えない。

なお、以上の諸断簡については、久保木秀夫『散佚歌集切集成　補訂第二版』（二〇一二・九、日本学術振興会科学研究費補助金・基盤研究）（C）研究成果、鶴見大学）が、網羅して、翻印本文と依拠文献を記載している。また、公開データベースがある。

二　諸本の書誌

『瓊玉和歌集』（以下『瓊玉集』とする）の管見の及んだ現存伝本は、次のとおりである。各々の書誌を記す。各本初行下の漢字はその略号（「底」は『新注』の底本の意味）。各末尾に、書陵部本（五〇一・七三六）を底本とする私家集大成ならびに新編国歌大観の番号（算用数字で表記）に従って（以下本節で用いる歌番号は同様）、本文の有無と配列の異同の要点を記しておく。「欠」は一首全体が、「歌欠」「詞欠」はそれぞれ和歌、詞書が無いことを示す。

①宮内庁書陵部本（五五三・一八）　＝書

〔室町後期〕写。綴葉装、一帖。藍色地金色雲形文緞子表紙、縦一六・〇×横一六・二糎。見返、斐紙に銀切箔散らし。外題、ナシ。内題（扉題）、「瓊玉和謌集」。本文料紙、楮紙（打紙）。墨付、五十四丁（一折目十三、二折目二十、三折目十二、四折目九）。遊紙、前一葉。毎半葉、十二～十五行内外、和歌一首二行書。字面高さ（和歌一首目）、約一三・八糎。五四丁表に「正和三年四月十日令書写之訖／故中務卿親王宗尊御詠／藤民部卿為明（花押）」の奥書があるが、これは偽奥書か（後述）。

54歌・55詞欠。104欠。349歌～358上句欠、377～387上句欠（二五～二七行分、二丁分の落丁）。433欠。494欠。

335が369と370の間に詞書「春恋を」で位置。392と393が逆順。

②国立公文書館内閣文庫本（二〇一・五〇六）　＝内

寛文三年九月二十四日写。袋綴、一冊。水色表紙、縦二七・八×横二〇・四糎。見返、本文共紙（芯に反故あり）。外題、表紙左肩に「瓊玉集　全」と打付墨書。内題（端作）、「瓊玉和謌集巻一（～十）」。本文料紙、楮紙（打紙）。墨付、五十丁。毎半葉、十行、和歌一首一行書。字面高さ、和歌一首目（除集付）、約二二・一糎。集付アリ。一

丁表右下に、「尚書□」（判読不能）朱印、一丁裏右下から上にかけて、「和学講談所」「浅草文庫」「書籍館印」の各朱印。五〇丁裏に「此一冊古筆不慮一覧之則一日借留倉卒／令書写則遂校合者也／寛文三年九月廿四日　良世（花押）」の書写奥書。

34歌・35詞欠。120欠。371歌・372詞欠。396歌・397詞欠。

335が369と370の間に詞書「春恋を」で位置。392と393が逆順。

378は行間細字補入。

③国立歴史民俗博物館蔵高松宮伝来禁裏本（H・六〇〇・五七一／る函二九五）　＝**高**

〔江戸前期〕写。袋綴、一冊。灰青色横刷毛目表紙、縦二七・一×横二〇・〇糎。見返、本文共紙。外題、左肩題簽（一五・一×三・六糎）に「瓊玉和歌集」と墨書。内題（端作）、「瓊玉和哥集巻第一（〜十）」。本文料紙、楮紙（打紙）。墨付七十六丁、遊紙、前後各一葉。毎半葉、十行、和歌一首二行書。字面高さ、和歌一首目一行目（除集付）、約二〇・〇糎。集付アリ。最終丁裏左に、「于時永享八辰年六月日」の識語あり。その下に、「幸仁」の方形朱印（二・六×二・六糎）。後見返右下に「明暦」（後西天皇）の長方形朱印（五・〇×三・四）。高松宮（有栖川宮）第二代良仁親王（後西天皇）から、その皇子の第三代幸仁親王に伝来。後西天皇は、寛永十四年（一六三七）〜貞享二年（一六八五）二月二十二日、四十九歳。幸仁親王は、明暦二年（一六五六）三月十五日〜元禄十二年（一六九九）七月二十五日、四十四歳。

34歌・35詞欠。120欠。371歌・372詞欠。396歌・397詞欠。

335が369と370の間に詞書「春恋を」で位置。201と202が逆順。208と209が逆順。350と351が逆順。392と393が逆順。

④宮内庁書陵部本（五〇一・七三六）　＝**底**

〔江戸前期〕写。袋綴、一冊。白茶色地藍色雲竜刷文表紙、縦二八・三×横二〇・六糎。見返、楮素紙。外題、

左肩題簽（朱色地刷文様、一六・〇×三・四糎）に「瓊玉集」と墨書。内題（端作）、「瓊玉和謌集巻一（〜十）」。本文料紙、楮紙（打紙）。墨付、五十丁。遊紙、前後各一葉。毎半葉、十行、和歌一首一行書。字面高さ（和歌一首目、除集付）、約二二・三糎。濃縹色の不審紙（ちぎり紙片）および縹色方形小紙片貼付散見。集付アリ。

五〇八首完存。

⑤慶応義塾大学図書館本（一四一・一一三・一／準貴）　＝慶

〔江戸後期〕写。袋綴、一冊。白色無地表紙、縦二二・〇・×横一四・八糎。見返、本文共紙に、本文と別筆で「此ひとはゝ子をしへ子石井をし／もとめ得しとて恵みたびければ／岸本の朝田すぎ来し水ぐきを／いしゐにくめるえにはふかしな／のちの印に書けるは　呉升舎直子」（清濁私意）とあり。本文料紙、楮紙。墨付四十丁。毎半葉十一〜十二行内外、和歌一首一行書。字面高さ、和歌一首目（除集付）、約一七・八糎。集付アリ。一丁表右下に、「岸本家蔵書」その上に「朝田家蔵書」その右横に「刀水書屋」、右上に「日尾瑜印」の各朱印、四〇丁裏左下にも「快馬／渡刀／水」（「渡」の三水は「水」と兼ねる）の陰刻朱印。一丁表に付箋して、ペン書きで「朝田家蔵書／岸本家蔵書｝岸本由豆流也／日尾瑜印　日尾荊山也／呉升舎直子　日尾荊山之女也」とあり（渡辺刀水筆か）。

五〇八首完存。

⑥丹波篠山市立青山歴史村青山文庫本（二五九）　＝青

〔江戸中期〕写。袋綴、一冊。白茶色表紙（極薄い横刷毛目あり）、縦二八・一×横二〇・三糎。見返、本文共紙。外題、左肩濃肌色題簽（一六・一×三・三糎）に「瓊玉和歌集」と墨書。内題（端作）、「瓊玉和歌集巻第一（〜十）」。本文料紙、楮紙。墨付、五十一丁。遊紙、前一葉。毎半葉十行、和歌一首一行書。字面高さ、和歌一首目、約二三・〇糎。

86歌・87詞欠。270欠。

⑦ソウル大学中央図書館本（三一二六・一八五）　＝京

〔江戸初期〕写。袋綴、一冊。藍色表紙、縦二七・八×横二〇・〇糎。見返、本文共紙。外題、左肩に「瓊玉集宗尊親王」と打付墨書。内題（端作）、「瓊玉和歌集巻第一（〜十）」。本文料紙、楮紙（打紙）。墨付、五十二丁。遊紙、後一葉。毎半葉十行、和歌一首一行書。字面高さ、和歌一首目、約二二・七糎。見返中央やや上に、「京城帝国大学図書庫」の方形朱印（五・五×五・四糎）あり。一丁表中央部上端に、上記朱印の下部を割印。「一誠堂」のラベルを貼付した後誂えの帙を備える。五二丁表に、「此一冊者以　禁中御証本留／写畢／慶長三年三月日　主左少将基任／重而可加清書之」の奥書。これは、⑦〜⑪の諸本に小異を伴って共有（後述）。

86歌・87詞欠。270欠。

⑧静嘉堂文庫本（八二・四四）　＝静

〔江戸中期〕写　袋綴、一冊。白地雲英藻模様表紙、縦二四・二×横一七・二糎。見返、本文共紙。外題、左肩単枠題簽（一六・五×三・三糎）に「瓊玉和歌集」と墨書。内題（端作）、「瓊玉和歌集巻第一（〜十）」。本文料紙、楮紙（打紙）。墨付、四十六丁。毎半葉十一行、和歌一首一行書。字面高さ、和歌一首目、約一九・四糎。一丁表右下に、「藤原実富之印」（五・六×一・六糎）、「西南堂蔵書」（六・六×二・二糎）、右上に、「色川参中蔵書」（三・〇×三・〇糎）の各朱印。四六丁表に⑦京本と同種の奥書。

32欠。86歌・87詞欠。175欠。270欠。

⑨島原図書館松平文庫本（一三六・二三）　＝松

〔江戸中期〕写。袋綴、一冊。藍色地雷文繋蓮華唐草文表紙、縦二七・四×横二〇・一糎。見返、本文共紙。外題、左肩題簽（一四・五×三・二糎）に「瓊玉和哥集」と墨書。内題（端作）、「瓊玉和歌集巻第一（〜十）」。本文料紙、楮紙（打紙か）。墨付、八十三丁。遊紙、前後各一葉。毎半葉十行、和歌一首二行書。字面高さ、和歌一首一行目、約一九・八糎。八三丁裏左下に、「尚舎源忠房」の子持枠緑印（四・〇×一・四糎）、「文庫」陰刻朱印（一・九×二・六糎）あり。八三丁表に⑦京本と同種の奥書。

86歌・87詞欠。270欠。

⑩上賀茂神社三手文庫本（今井似閑、歌／申二三四）　＝三

〔江戸中期〕写。『大江千里集』と合綴。袋綴、一冊。薄藍色地白抜水玉文表紙、縦二七・三×横一九・九糎。見返、素紙（やや厚手の楮紙）。外題、表紙中央に「大江千里集／瓊玉和哥集　宗尊親王／家集」と打付墨書。内題、一丁表左肩に扉題「大江千里集」、端作「大江千里集」、二七丁表左肩に扉題「瓊玉和哥集」（本文料紙と異なり見返と同じ料紙）、端作「瓊玉和歌集巻第一（〜十）」。扉題は本文と別筆で料紙も異なるので、現装丁成立時に付すか。本文料紙、楮紙（打紙）。墨付、七十九丁（含扉。千里集二十六丁、瓊玉集五十三丁）。遊紙、中（千里集と瓊玉集の間）一葉（本文料紙と異なり見返と同じ料紙）、後一葉。毎半葉、千里集八行、和歌一首二行書、瓊玉集十行、和歌一首一行書。字面高さ、千里集一首目一行目、約一六・八糎、瓊玉集一首目、約二〇・八糎。二丁表左下から上に、「今井似閑」方形（三・二×三・二糎）朱印、「上賀茂奉納」瓢箪形（六・四×三・九糎）朱印、「賀茂三手文庫」長方形（七・六×一・四糎）陰刻朱印。朱墨・藍墨（青墨）補筆あり。七九丁表に⑦京本と同種の奥書。

86歌・87詞欠。270欠。

⑪山口県立山口図書館本（九七。今井似閑本）　＝山

〔江戸中期〕写。『大江千里集』と合綴。袋綴、一冊。茶色無地表紙、縦二五・七×横一九・六糎、表紙やや右上に「辰九十六」と打付墨書。見返、素紙（本文料紙と異なる）。外題、左肩題簽（二六・六×四・〇糎）に「大江千里集／瓊玉和歌集」と墨書。内題、一丁表左に扉題「大江千里集／瓊玉和歌集　宗尊親王／家集」（本文と同筆か）、端

作「大江千里集」、（二七丁表に）同「瓊玉和歌集巻第一（〜十）」。本文料紙、楮紙。墨付、八十九丁（含扉。千里集二十六丁、瓊玉集六十三丁）。遊紙、前後各一葉。毎半葉八行、千里集和歌一首二行書、瓊玉集和歌一首一行書。字面高さ、千里集一首目一行目、約一七・一糎、瓊玉集一首目一行目、約二〇・一糎。二丁表右上に、「明倫館印」方形（三・二×三・二糎）朱印、その左に「安政七改」子持枠長方形（三・三×一・七糎）朱印、その左に「明治十四年改」長方形（三・六×一・二糎）朱印。見返と前遊紙との間に、「大江千里集／瓊玉和歌集　一冊」と墨書した短冊形紙片（一三・一×二・一糎）あり。朱補筆あり。八九丁表に⑦京欠と同種の奥書。

86歌・87詞欠。270欠。

⑫神宮文庫本（和書三門／一一五二）　＝神

〔江戸中期〕写。袋綴、一冊。茶色渋引（横刷毛目記録表紙）、縦二八・〇×横一八・九糎。見返、本文共紙。外題、左肩に「瓊玉和歌集　全」と打付墨書。内題（端作）、「瓊玉和歌集巻第一（〜十）」。本文料紙、楮紙。墨付、四十四丁。遊紙、前一葉。毎半葉十一行、和歌一首一行書。字面高さ、和歌一首目、約二二・〇糎。一丁表右下に「勤思堂」丸形（直径三・〇糎）朱印、その上に「林崎文庫」子持枠長方形（七・五×一・九糎）朱印、右上に「林崎文庫」方形（四・四×三・七糎）暗朱（葡萄茶色）印。後見返に、「天明四年甲辰八月吉旦奉納／皇太神宮林崎文庫以期不朽／京都勤思堂村井古巌敬義拝」（七・九×二・九糎）の暗朱印。

204が209の後（巻四巻軸）に位置。245と246が逆順。359が355と356の間に位置。

⑬群書類従本（国文学研究資料館蔵　ヤ〇・二七・一〜六六六）　＝群

刊本（版本）。巻二百三十所収。末尾に⑦京本と同種の奥書。

204が209の後（巻四巻軸）に位置。245と246が逆順。359が355と356の間に位置。

また、456の後（巻九巻軸）と巻十の端作との間に二字下げやや小字にて「うき身こそかはりはつとも世中の人の心の昔なりせば／続拾遺懐旧ニ入此集ニ不見」とある。これは、『続拾遺集』（雑下・一二四九）に「懐旧の心」の詞書の下に収められている宗尊の一首で、『中書王御詠』（雑・二九六）には「述懐」題の一群中に収められている歌である。後代の誰人かによる注記であろう。

⑭ノートルダム清心女子大学黒川文庫本（H一五三・一―一／黒川本）　＝黒

黒川文庫の本文は、群書類従本の忠実な模写で、仮名遣いや漢字の訂正・行間や上欄に注された集付（部立・詞書を含む）・参考歌等については、黒川氏の校勘・考査の結果と見られる。従って、原則として『新注』の校異には含めず、必要のない限り考察対象としても割愛し、必要に応じて言及することとする。

なお、以上の他に、⑮国立国会図書館本（二四四・二八）と⑯三康図書館本（五・一四八二）と⑰宮内庁書陵部本（一五五・三三三）の存在が知られる。⑮国会本は、江戸中後期頃の書写と見られ、⑧静嘉堂文庫本と同じく色川三中の蔵書印を持ち、書形や書式や書体・書風等の外形から奥書・識語類と和歌・詞書の欠脱の様相や本文細部の特徴に至るまで静嘉堂文庫本に近似しつつ、静嘉堂文庫本に比してやや劣後する点もあるので、静嘉堂文庫本と直接の書承関係（親子関係）か、極めて近い関係にあることは間違いない。⑯三康本は、比較的新しいやや乱雑な書写にかかり、奥書・識語類と和歌・詞書の欠脱の様相から、後述するⅡ類の、それも⑥青山会本以下の諸本と同類の伝本であることは疑いない。⑰書陵部（一五五・三三三）本は、「右一本或人携来。雖不分明多／元禄七年十一月十四日午後に筆をとり／初更終程に書写畢。以類本重而／可令校合者也／六十三老乃恒」（「恒」はあるいは「徳」）との書写奥書を有する。後記する、⑦京本～⑪山本と⑬群本が共有する「慶長三年三月日」の書写奥書を持っていて（一部欠）、かつ86歌・87詞書と270詞書・歌を共通して欠く⑥青本～⑪山本等と同じくこれらを欠いており、同類の本文と見て過たないであろう。なお、本来は、

たてまつらせ給し百首に款冬を
山吹の花折人かかはつなくあかたのいとに袖のみゆるは（86）
人々によませ給し百首に
ことしより松の木陰に藤を植て春の久しき宿となしつる（87）（④底本による）

とあるべきを、⑰書陵部本（一五五・三三三）は、86歌と87詞書を誤脱するので、86詞書を87歌の詞書として整合させるべく「款冬を」を「藤を」としている。この点で、同様に「款冬《藤歟》を」とする⑦京本・⑧静本に近いと言える。いずれにせよ、この⑰書陵部本（一五五・三三三）は、同類諸本が持たない集付を独自に有しているなどの興味深い点はあるものの、70歌、111詞書、160歌、394詞書をも誤脱していて、その点で劣後の本文であることは否めないのである。

もとより、これら三伝本についても、本集の広い意味での享受史の観点から、精査の要があることは当然だが、本節の分類や結論を左右するような本文を有しているとは考えられず、『新注』に示す校異には含めず、考察の対象から除外した。

ところで、金沢市立中村記念美術館蔵の『古筆手鑑』に押されている「二条家為明卿」（琴山印。古筆了佐か）の極札を持つ断簡一葉の本文は、①書陵部本（五五三・一八）の、落丁部分（三折目の二葉目の紙で四丁分）、歌番号では349歌〜358上句と377〜387上句に相当する部分の内、377〜382詞書部分に該当する。同断簡の料紙は、楮紙（打紙）で、縦横共に一五・六糎だが、天地左右が少し裁断されているように見受けられる。墨跡は一三行、和歌一首二行書で、字面の高さは約一四・一糎（和歌一首目一行目）である。これらの料紙と法量と書式ならびに、書体・書風の一致から、まさしく①書陵部本の第三折目第二葉が、本体から外れた後に、左右に切り分けられた内の左側を、さらに表裏に剝ぎ分けた内の表であると推断されるのである。これは既に、佐藤智広「宗尊親王『瓊玉和歌集』

伝本分類私考」（『昭和学院短期大学紀要』三四、平一〇・三）が、指摘し的確に論証しているところである。『新注』の校異に、この断簡本文を①書陵部本として記している所以である。

三　従来の研究

さて、『瓊玉和歌集』（以下『瓊玉集』とする）の諸本については、早く『私家集伝本書目』（明治書院、昭四〇・一〇）が「宗尊親王」の項で、柳葉和歌集・中書王御詠・竹風和歌抄・宗尊親王三百首と共にその伝本の所蔵を示している。本集については（以下の〇囲み数字は右の「諸本の書誌」の番号を便宜の為に私に付す。以下同様）、⑤慶大（一四一・一一三）・⑮国会（一・二四四・二八）・①書陵部（正和三為明筆）・④書陵部（五〇一・七三六。御所本）・⑧静嘉堂（八二・四四。色川本）・③高松宮（歌二・二九五）・②内閣（二〇一・五〇六。和学講談所旧蔵）・⑫神宮（文・一一五二）・⑩三手（中・二三三・二三四）・⑪山口県立（九七。今井似閑本）・⑨島原公民館（一三六・二三。松平文庫）・⑬群書類従二三〇の諸本を掲出している。その後、『私家集大成　第4巻　中世Ⅱ』（明治書院、昭五〇・一一。担当樋口芳麻呂）が、④宮内庁書陵部本（五〇一・七三六）を底本に採用し、「解題」に、その簡要な書誌を記す。また、「伝本として、①宮内庁書陵部蔵五五三・一八本、③高松宮本、⑨島原松平文庫本・②内閣文庫本・⑧静嘉堂文庫本・⑮国会図書館本・⑫神宮文庫本・⑩三手文庫本などが存する」と紹介して、書陵部本（五五一・一八）の「正和三年」の奥書を掲げつつ「古写本だが、落丁があり、歌数は四八五首にすぎない」とし、さらに、高松宮本（現歴博蔵本）の「永享八辰年」の奥書を掲げつつ「歌数は五〇四首である」と指摘する。続いて、『新編国歌大観』第七巻（角川書店、・四。担当黒田彰子）も、④書陵部本（五〇一・七三六）を底本とし、解題に「本集の伝本は、宗尊親王の家集の中では比較的多く、底本の他に、⑨島原松平文庫本、⑧静嘉堂文庫本、②内閣文庫本などがあるが、いずれも底本と同一系統に属するものと思われる。他に古写本として、二条為明の奥書を有する①書陵部蔵本（五五三・一八）と、永享八年の奥書を有する③高松宮旧蔵本がある。この二本は、系統をわかつ程ではないが、底本以下の伝本とは多少の異同が認められる。この二本と底本を比較すると、親王の他の家集等により確認しえた範囲では、おおむね底本の本文の方が良好である。ただし、親王の現存四集のうち三集までに霊元天皇宸筆の題簽や内題を有する伝本があること、また、それぞれの伝本がきわめて少ない上に書写が新しいことなどを考慮すると、明らかな脱落・誤写はあるにせよなお写本二種は相応の価値を有するものと思われる」と記している。後に結論するとおり、④書陵部本（五〇一・七三六）を底本に採用したことは、極めて妥当な判断であると言えるのである。

さて、より本格的な本集伝本の考察は、佐藤智広の㋑「宗尊親王『瓊玉和歌集』伝本分類私考」（『昭和学院短期大学紀要』三四、平一〇・三）、㋺「宗尊親王『瓊玉和歌集』の詞書について—「き」と「けり」の使いわけを中心に—」（『昭和学院国語国文』三六、平一五・三）によって、初めて行われたと言ってよい。前述のとおり、佐藤は論攷㋑で、①書陵部本（五五三・一八）の欠脱部に相当する中村記念美術館蔵『古筆手鑑』の断簡を発見しつつ、「歌本文の差異から、伝本をひとまず四グループに分け」て「形態的な特徴からこれを補強し、各グループの、全体における位相を考察し」ているのである。今その分類を論攷㋺によって示せば、次のとおりである（伝本名は本節のそれによる）。

Aグループ　④書陵部本（五〇一・七三六）、①書陵部本（五五三・一八）、②内閣文庫本、③高松宮本。
Bグループ　⑮国会図書館本、⑦ソウル大学本、⑧静嘉堂文庫本、⑨松平文庫本、⑩三手文庫本、⑪山口図書館本、⑰書陵部本（一五五・三三三）、⑥青山会本。
Cグループ　⑤慶応大学本。
Dグループ　⑫神宮文庫本、⑭黒川文庫本、⑬群書類従本。

BとDのグループ分けについては全く異論はないが、AとCのグループ分けについては、後述するように、私見と異なる点がある。佐藤論攷は、研究史上に重要な意味を持つことは疑いなく、教えられる点も少なくない。しかし、その論証の過程や方法が本論とは異なるので、これを踏まえつつも、逐条に反言することはせず、拙論としての考え方を以下に示していきたいと思う。

四　本奥書と集の成立

諸本には共通して、次の本奥書と和歌一首があり、『瓊玉集』の成立を伝えている。今④の書陵部本（五〇一・七三六）で示すと、次のとおり。

文永元年十二月九日

奉　仰真観撰之

おひてかくもしほに玉そやつれぬる

浪は神代のわかのうらかせ

即ち、文永元年（一二六四）十二月九日に、宗尊親王の仰せを奉じて真観が撰したというのである。真観は、俗名藤原（葉室）光俊、弁入道とも呼称する。建仁三年（一二〇三）生まれ、建治二年（一二七六）六月九日に七十四歳で没した。本集撰進時には六十二歳である。父は権中納言光親、母は藤原定経女の順徳院乳母従三位経子である。右少弁・蔵人に任じるも、承久の乱で父に連座して筑紫配流、貞応元年（一二二二）に帰洛する。嘉禎元年（一二三五）に正四位下右大弁に至るが、翌年二月二十七日に出家する。その歌論『簸河上』は、宗尊に渡ることを意識してか、文応元年（一二六〇）五月半ば過ぎに、柳営近くで著述したものであり、その年十二月二十三日に真観は宗尊の許に初出仕を果たしている。その後、弘長二年（一二六二）九月に真観等が『続古今集』撰者に追任されたことには、真観の宗尊への教唆の噂があり、真観は否定しているが、少なくとも世上間には背景に宗尊の存在が影響したと捉えられていたようである。和歌を通じた両者の関係は、極めて親密であったと見てよく、真観からの家集撰進の働きかけが先行したかもしれないが、宗尊が真観にそれを託すほどには信頼していたことは確かではないだろうか。奥書付属の歌は、「年老いて私真観が掻き集める藻塩草ならぬ、このように書く詠草、即ちこの撰集により、かえって宗尊親王の玉の御歌がみすぼらしくやつれてしまった。けれども、和歌の浦に寄せる波が風に吹かれるように、この歌うたの並びは、神代から続くすばらしい和歌の風を靡かせているのだ。」といった趣意であろうか。

これに続く、「中務卿宗尊親王後嵯峨院第一皇子／母　准后棟子」という識語は、恐らくは江戸時代以降の後人の付記であろう。①書・⑫神・⑬群本がこれを欠く。①書本については、他本に比しては古写であり、識語が記される以前の時代の書写であることが窺われよう。⑫神本と⑬群本については、同識語を持たない祖本を共通にしていることによると考えられる。

五　諸本の書写奥書

さて、①の書陵部本（五五三・一八）は、近世期の書写がほとんどの現存諸本中で唯一、室町期の書写にかかるかと見られる古写本である。その書写奥書は、次のとおり。

正和三年四月十日令書写之訖
故中務卿親王宗尊御詠（私注、「詠」は「哥」に上書）
藤民部卿為明（花押）

ここに言う「為明」は、二条為世の孫で正二位中納言為藤の男、正二位権中納言に至る為明であろうか。為明は、永仁三年（一二九五）生まれであり、正和三年（一三一四）には二十歳である。その任民部卿は、貞治三年（一三六四）の四月十四日で、その年の十月二十七日に七十歳で没するのである。従って、右の書写奥書は、偽奥書である可能性が高い。為明が四季部六巻までを奏覧し門弟頓阿が完成させた『新拾遺集』に入っている宗尊詠八首全てが『瓊玉集』所収歌でないことは、これに矛盾しない。確かに諸本中では比較的古写の伝本ではあるが、その本文は、書誌および第五節の一覧表に示したように、落丁があり、それ以外にも幾つかの歌を逸している。かつ細かい本文の異同についても、例えば、「裁ち縫はぬ衣と見えて朝ぼらけ水上霞む布引の滝」（巻一・春上・7）の歌末が書本のみが「松」となっている、あるいは「いひしらぬつらさそふらし雁がねの今はと帰る春の曙」（同上・35）の第四句が書本のみが「人はいとへる」となっている等々、他本に比して優良とは言えない本文をまま有していて、証本として信頼するに足るものではないと言わざるを得ないのである。

また、③の高松宮旧蔵本の奥には「于時永享八辰年六月日」とある。永享八年丙辰（一四三六）は、室町時代後花園天皇代の年紀だが、同本は疑いなく近世の書写にかかり、これは書写や所持の本奥書ということになる。誰人の如何なる事情による書付けの痕跡かは全く分からないが、この年に遡る由緒を有する本文であることを疑うべき事由も今のところは見当たらない。

一方、⑦のソウル大学本（京城帝国大学旧蔵本）以下⑪の山口図書館本までの五本および⑬の群書類従本（その転写本の⑭黒川本も）が有する書写奥書を、ソウル大学本によって掲げてみると、次に示すとおりである。この書写奥書の共有は、⑬群本を除いて、後掲の一覧表に見る本文の欠脱の共通と齟齬しない（ただし⑧静本は、同じ書写奥書を有する他本に比して本文32と175を固有に誤脱）。

此一冊者以　禁中御証本留

写畢

慶長三年三月日

主左少将基任

（一行分空白）

重而可加清書也

「基任」とは、蔵人頭左中将基継男で、参議従三位に至る藤原基任であろう。天正元年（一五七三）正月十一日生まれ、慶長十八年（一六一三）正月十四日に四十一歳で没している。天正十七年（一五八九）正月十一日に十七歳で左少将に任じ、慶長十三年（一六〇八）正月十二日、三十六歳で左中将に転じている。この間、右中将を経た可能性もあろうか。いずれにせよ、慶長三年（一五九八）三月に宮中伝来の然るべき証本を以て書写した本を、二十六歳の左少将基任が手に入れ、重ねて清書すべきであるとした本であろう。

同じ奥書を持つ他本について見ると、⑧静嘉堂本は、右とほぼ同様の書式で記されている。⑨松平文庫本は、「禁中」の上の一字分の空白はなく、「三月日」と「主左少将」の間の一行分の空白もない。⑩三手本と⑪山口図書館本は、同様に一字と一行の空白がない上に、「主左少将基任」から「主」が消えて、「三月日」の直下に一字分程度の空白を置いて「左少将基任」とのみある。⑬群書類従本は、「禁」の上の一字分の空白はあるが、⑩三手本・⑪山口図書館本と同様に、一行の空白はなく、「主左少将基任」の「主」もなく、「三月日」の直下に数字分程度の空白があって「左少将基任」とのみあり、その後の「重而可加清書也」はないのである。⑦京本と⑧静本の形が本来で、⑨松本は字間を詰めた書式で、「禁中」に対する敬意と「主基任」が「慶長三年三月日」の書写者ではないことを示す意図とが希薄になり、⑩三本と⑪山本および⑬群本は、あたかも「左少将基任」が書写者であるかのように変形していることになる。もとより、⑩三本と⑪山本の両本は共に今井似閑本であり、直接の書承関係にあるか、そうでなくとも極めて近い関係にあることは間違いないであろう。また、⑬群本がこの両本のような本文と何らかの関係性を有していることも推測されるのである。

ここで、⑩三本と⑪山本との関係を細かい点に窺っておく。例えば、「空もなほ秋の別れや惜しむらん涙に似たる夜半のむら雨」(秋下・272)の第四句を、⑩三本は「涙にゝたる」とあって、「涙」と「に」の間(あるいは「に」の上部)の左傍に朱丸点を打ち「に」の右傍に「にカ」と朱書するが、字母「耳」の「に」と踊り字の「ゝ」の連綿が「と」に見えなくもなく、右傍の「に」が「こ」に見えなくもない。一方、⑪山本の第四句は「涙ことたる」である。とすると、⑩三本のような表記を「涙ことたる」と見誤った反映が⑪本の本文かと疑われるのである。さらに精査を要するが、⑩三本の本文が⑪山本のそれよりもやや上位にある可能性を見ておきたい。

ところでまた、書写奥書では⑩三・⑪山本に比して妥当性を見せる⑦京・⑧静・⑨松本だが、これら三伝本は一方で、宗尊の歌の掉尾(508)から一首前の507歌「万代のかすにとらなむ君かすむ亀のお山の滝のしら玉」の後ろに各数行分の余白を取り丁表から丁裏にわざわざ替えて、宗尊歌掉尾の508歌「すへらきの位の山の小松原ことしやちよのはしめなるらん」と、右掲真観の本奥書(含509真観歌)を続けて書写している。508詞書「文永元年大嘗会の心をよませ給けん」と本奥書の「文永元年十二月九日」(以上⑦京本で示す)を一連のものと誤解したことの反映であろう。⑩三・⑪山両本も同様に508を丁の表を裏に替えて記すが、奥書は連続させずに丁を替えている。これと同様に、⑬群本は、508歌の後ろに一行分の余白を残して、丁を替えて奥書がある。

なお、全体の考察からは除外した同じ奥書を持つ⑰書陵部本(一五五・三三三)について記しておけば、「禁中」の上の空白は半字分程度残るが、「三月日」の下に数字程度の余白を取って、「主左少将基任」とあり、次の「重而可加清書也」を欠く、という様相である。⑩三・⑪山・⑬群本に近いが、「主」を残している点ではこれらとも同一ではない。いずれにせよ、この奥書本文の様相が他本に劣後であることは、先に記した本文誤脱の様相と矛盾しないのである。

同種の書写奥書を持つ⑦京・⑧静・⑨松・⑩三・⑪山・⑬群の六伝本には、当然に共通の祖本を想定しえようが、中では、⑦京・⑧静・⑨松の三伝本、⑩三・⑪山・⑬群の三伝本に、より関係性が強いことが窺われよう。ただし、次節に見るように、⑬群本は、他の五本と本文内容に懸隔があるので同類ではなく、むしろ他の五本、とりわけ⑩三・⑪山両本のような本文が部分的に反映している本文である可能性を想定すべきかと考えるのである。

六　和歌・詞書の有無と配列順の異同による諸本の分類

①書本の落丁に起因する本文の脱落分は除き、諸本の和歌・詞書の有無と配列順の異同を一覧表に示すと、次頁のとおりになる。結論から言えば、これらの位相は、先に述べた書写奥書の共有の様相、後に述べる諸伝本間の細かい字句の異同の様相とも大きく矛盾はしないので、これに従って、諸本を三区分に類別することとする。Ⅱ類本についてはさらに、歌数の一致と書写奥書の共有から、④底本と⑤慶本を第1種、⑥青本から⑪山本までの六本を第2種に細分しておく。

これらの和歌・詞書の有無は、ある歌とその次の歌の詞書が欠けたために出典と齟齬する前歌の詞書と次歌とが結び付いている錯誤の情況や、同じ詞書がかかる歌の配列で二首目以降を欠くという様相等に照らして、104、120、433、494を除くと、編纂過程に生じたのではなく、全て転写の過程の誤脱に起因すると疑いなく判断される。104、120、433、494の四首については、後述のようにⅠ類本が編纂のより早い段階の本文を伝えるとすれば、後に追加された可能性を完全には排除することができない。しかしながら、偽奥書を持つ①書本の書写の杜撰さや、②内本・③高本の他箇所の明らかな誤脱の存在に照らせば、やはりこれらも誤脱である可能性が高いと見るのが穏当であろうか。現段階では、本集の総歌数は、377の本歌の注記が本文化した378（後拾遺集・別・四七八・長能）を除いて、宗尊の和歌五〇七首と真観の和歌一首の計五〇八首で、誤脱を除いて所収歌に異なりはないと見るべきか

和歌・詞書有無および配列順異同一覧（一首全体・和歌・詞書無しは×印で示す。配列順異同は該当する場合は○印で示す。）

分類	本	32	34歌35詞	54歌55詞	86歌87詞	104	120	175	202 201の順	209 208の順	209 204の順	246 245の順	270	351 350の順	355 359 356の順	369 335 370の順	371歌372詞	393 392の順	396歌397詞	433	494
Ⅰ類	書			×		×										○		○		×	×
	内		×				×									○	×	○	×		
	高		×				×		○	○				○		○	×	○	×		
Ⅱ類1種	底																				
	慶																				
同2種	青				×								×								
	京				×								×								
	静	×			×			×					×								
	松				×								×								
	三				×								×								
	山				×								×								
Ⅲ類	神									△（補正済）	○	○			○						
	群										○	○			○						

と考える。その点では、現存本文は、複雑な編纂過程を想定させるものではない。なお、④底本と同じ歌数で配列も同じ伝本は、唯一⑤慶本のみである。両者の間に他に比して強い類似性を認めてよいであろう。

七　配列順の異同に窺う諸本の関係

右の一覧にも示すとおり、所収歌の配列には、複数の伝本間に共通して認められる異なりが存する。その配列の異同について、諸本間の異なりが編纂上の異なりに関わる可能性がある点を確認する意味もこめて、やや詳しく検討してみよう。掲出本文は、④の書陵部本（五〇一・七三六）を底本にした整定本文に拠る（以下特記しない限り同様）。

巻七恋上に収める335は前の334から詞書「春恋」の二首連続で、次歌336の詞書「秋恋」と対照する配列である。

　百番御歌合に、春恋

言はで思ふ心の色を人問はば折りてやみせん山吹の花（334）

涙にて思ひは知りぬとどむともかたしや別れ春の曙（335）

　秋恋

つつめども涙ぞ落つる身に恋の余るや秋の夕べなるらん（336）

ところが、①書・②内・③高の三本は、335が次巻恋下にあり、369と370の間に「春恋を」の詞書で、次のように配されている。

　三百首御歌中に

暮れなばと契りてもなほ悲しきは定めなき世の暁の空（369）

　春恋を

涙にて思ひは知りぬとどむともかたしや別れ春の曙（335）

逢後契恋

いかにせむ逢ふまでとこそ歎きしにその面影の添へて恋しき（370）

369の結句「暁の空」と335の結句「春の曙」との類縁にかろうじて連接の意味合いが見出されようか。しかし、369の主題は370と共に「逢後契恋」と見てよいが、春曙に寄せた恋歌である335の主題は前後の369や370と明らかに異なるであろう。①書・②内・③高本と④底本以下の諸本との配列の異なりが、真観の編纂時の推敲の痕跡であるとするならば、やはり①書・②内・③高本の形が先行して、その後に配列上の不合理を正すべく、334の詞書「百番御歌合に、春恋」の「春恋」題の下に335歌を配する、④底本以下の諸本の形に改められたと見るべきであろうか。この判断につけば、両者の間に編纂時の修整に起因した異同に基づいた本文の類別を想定することになろう。①書本以下の諸本を、④底本以下の諸本に比較すればやや先行するもの（原撰）として、第Ⅰ類とする次第である。

なお、④底本以下の諸本の形の場合、335歌には334歌の詞書「百番御歌合に、春恋」がかかるが、『柳葉集』にはその「百番御歌合」に該当する「文永元年六月十七日庚申に自らの歌を百番ひに合はせ侍るとて」（四五〇～五六二）の「春恋」題の下に、334歌のみしか見えない。しかし『柳葉集』には、当該「（文永元年六月十七日庚申）百番自歌合」の二〇〇首の内の一一三首が所収されているに過ぎず、そこでは同一の題で複数の歌が連続している場合もままあるので、335歌も本来その「百番自歌合」の一首であった可能性は残ろう。ただしまた、「百番自歌合」の一首ではないものが、結句の「春の曙」の縁から「春恋」題の下に配された可能性も見ておく必要はあろうか。

また一方、338と339の詞書には伝本間で二大別される異なりがある。④底本と⑥青・⑦京・⑧静・⑨松・⑩三・⑪山の諸本は、次のとおりである。なお、338詞書を⑤慶本は行間小字補入で有しているので、④底本以下と同様の形と判断しておく。

恋の心を

袖を我いつの人間にしぼれとて忍ぶに余る涙なるらむ（337）

よそにては思ひありやと見えながら我のみ忍ぶ程のはかなさ（338）

奉らせ給ひし百首に、不逢恋

逢ふ事はいつにならへる心とてひとり寝る夜の悲しかるらん（339）

思ふにもよらぬ命のつれなさはなほながらへて恋ひや渡らん（340）

さりともと月日の行くも頼まれず恋路の末の限り知らねば（341）

この部分が、①書・②内・③高・⑫神・⑬群の諸本では、次のようにある（①書本で示す）。

恋心を

そでをわれいつの人まにしぼれとてしのぶにあまるなみだなるらむ（337）

たてまつらせ給し百首に

よそにてはおもひありやとみえながらわれのみしのぶほどのはかなさ（338）

不逢恋

あふ事はいつにならへるこゝろとてひとりぬるよのかなしかるらん（339）

おもふにもよらぬいのちのつれなさはなをながらへてこひやわたらん（340）

さりともと月日のゆくもたのまれずこひぢのすゑのかぎりしらねば（341）

『柳葉和歌集』にも収める各歌の出典は、337が「弘長三年八月三代集詞百首」（仮称）、338～341が「弘長二年冬弘長百首題百首」（同上）である。出典を「弘長二年冬弘長百首題百首」とする歌は、本集では「奉らせ給ひし百首に（＋歌題）」の類の形の詞書が付されているのが普通であるが、歌題が記されていない例も散見するので（166、

188、284)、338の場合にも①書本以下の諸本のように、歌題が付されていなかったとしても不思議ではない。また、338～341歌は338歌と本来は同機会の百首歌の連続した歌群であり、その詞書「たてまつらせ給し百首に」を338歌に付して、それを承けながら339に「不逢恋」の歌題を付す意図であったと見れば、①書本以下の形でも矛盾はない。しかしながら、やはり①書本以下の形では、339～341が338とは別機会の歌だと誤解される(と編纂者が考えた)可能性が否定できないであろう。④底本以下の337～341の詞書の付され方でも、338の出典が明示されない恨みは残るものの、それは本集の他の箇所でもまま見られる現象でもあれば、④底本以下の形は①書本以下の形に比して、より合理的に整理された印象が拭えないことも確かである。本集の編纂過程が反映した配列の異なりかとも疑われるのであり、①書本以下の形が原撰で④底本以下の形が精撰である痕跡を、ここにも見ておきたいと思うのである。

なお、私家集大成と新編国歌大観で共に378の番号を付与されている、377の本歌である『後拾遺集』(別・四六七)の長能歌は、恐らくは何人かによる本歌を指摘する注記が本文化したものと見てよいであろう。Ⅰ類本では、①書本(中村記念美術館蔵『古筆手鑑』所収断簡)が、他の歌と同様の字の大きさで二行書きだが他の歌より三字下げ(詞書より一字下げ)で記し、歌頭に「後拾／藤長能」と注していて、②内本も「後拾　藤原長能」と注しつつ行間に三字下げの小字により補記しているのは、本来の姿を留めたものであり、Ⅰ類本の古態性を認めることができよう。他の諸本は、この長能歌を他の宗尊歌と同じ書式で記していて、①書本や②内本の形よりは後出の形を示している。その内、⑤慶本のみが「後拾　藤原長能」と注するのは、②内本の類の本文との関係の強さを窺わせるであろう。④底本は、「後拾」の集付を記しつつも長能歌を他の宗尊歌と同じ書式で記しているので、この点では、むしろ劣後の本文である。

ここで、⑫神本と⑬群本の近さを配列上に確認しておこう。巻四秋上204「袖の上にとすればかかる涙かなあな言ひ知らず秋の夕暮」が、⑫神本・⑬群本は、同上209「あはれ憂き秋の夕べのならひかな物思へとは誰教へけん」の後、秋上巻軸に位置している。ちなみに、⑫神本は、209が208「憂き事を忘るる間なく歎けとや村雲まよふ秋の夕暮」の前に位置しているが、両首の歌頭に「後」「前」とあって補正されているのである。209、208の順になっている③高本との関連が疑われるが、現時点ではよく分からない。だが、194〜208は、結句に「秋の夕暮」を持つ歌の一群で、これは意識的な配列と思しく、撰者真観の最終的な意図は④底本以下の配列順にあったと見てよいであろう。この配列異同の先後は不明だが、⑫神本と⑬群本の親近は窺えよう。また、⑫神本・⑬群本は、巻五秋下245「百番御歌合に／里は荒れていとど深草茂き野にかれなで誰か衣打つらん」と246「五十首御歌合に／偽りの誰が秋風を身に染めて来ぬ夜あまたの衣打つらん」が逆順になっている。245・246の順と、246・245の順と、どちらの場合も前後の擣衣歌群の中で違和感はなく、この配列異同の先後も不明であるが、⑫神本と⑬群本の近さは動かないだろう。

さらに、巻七恋上356から359までの、詞書「待恋の心を」の下の四首は、次のとおり。

待ち侘びて独りながむる夕暮はいかに露けき袖とかは知る（356）

来ぬ人をいかに待てとか秋風の寒き夕べに月の出づらん（357）

宵の間に頼めし人はつれなくて山の端高く月ぞなりぬる（358）

寝ねがてに人待つ宵ぞ更けにける有明の月も出でやしぬらん（359）

この356から359の四首が、⑫神本・⑬群本は、359、356、357、358の順に配列されている。355「また人を待ちぞ侘びぬる偽りにこりぬ心は秋の夕暮」の結句「秋の夕暮」と356「夕暮」の繋がり、356夕暮・357月の出・358高き月・359有明の月の並び、の両面から見て、359に始まる⑫神本・⑬群本の配列に比して、底本以下の配列の方がより自然であろう。この配列の異同の先後も不明だが、やはり⑫神本と⑬群本の他本に比した関係の深さは明らかである。

以上、⑫神本・⑬群本の他本との配列の異同が、撰集の過程で生じたのか、転写の過程で生じたのかは不明とせざるを得ないが、⑫神本と⑬群本を一つの類として他と区別することは認められるものと考える。

なお、巻八恋下の392「奉らせ給ひし百首に、同じ心（逢不会恋）を／沢田河井手なる蘆のかりそめに浅しや契り一夜ばかりは」と393「見るたびに辛さぞまさる今はとて人の急ぎし有明の月」が、他本と逆順である②内本と③高本は、その点で親しい関係性を覗かせている。この配列の他本との先後を、内容上に推測することは不可能であるが、諸本全体の関係性に照らせば、独自の錯誤と見るべきであろうか。③高本のみが巻四秋上の201「いつまでかさても命の長らへて憂しとも言はむ秋の夕暮」と202「尋ねばや世の憂き事や聞こえぬと岩ほの中の秋の夕暮」が他本と逆順であることも、同断であろう。

八　異本注記と細かい異同および集付等に窺う諸本の関係

諸伝本の本文に注記された異本本文の様相に窺い得る事柄を確認しておきたい。

まず、112「おのが妻恋しき時か郭公山より出づる月に鳴くなり」の初二句には、諸本間の対立的異同の典型が認められる。「をのつからつまこひしきか」（書本）とする①書本・②内本・③高本と、「をのか妻恋しき時か」（底本）とする④底本～⑬群本（⑥青本二句末「ときは」、⑩三本・⑪山本初句末「いま」）とに分かれ、⑤慶本は「をのかつまこひしきときは《つからつま恋しきかはイ》」というように、その対立を異本注記で示しているのである。この様相は、和歌・詞書の有無と配列順の異同によるⅠ～Ⅲ類の分類に矛盾せず、Ⅰ類とⅡ類・Ⅲ類との間の差異と、⑤慶本のその両者間に跨がる本文上の接触を窺わせるのである。

次に、④底本には、多数ではないが本文の右傍に異文が注記されている。292「橋立や与謝の浦わの浜千鳥鳴きて渡る暮のさびしさ」の「浦わの」の傍記異文は、④底本が「うらはの《みなと》」、⑥青・⑦京・⑧静・⑨松・⑩三・

⑪山本が「うらはの《みなとイ》」である。この傍記異文に該当するのは、⑫神・⑬群の本文「みなとの」である。また、400「恨むべき我が身の咎は忘られて訪はぬを憂きになすぞ悲しき」の歌末の傍記異文は、④底本が「かなしき《はかな》」、⑤慶・⑥青・⑦京・⑧静・⑨松・⑩三・⑪山の諸本が「悲しき《はかなきイ》」（⑦〜⑩は本行「かなしき」）であるのに対して、⑫神本が「はかなき」、⑬群本が「はかなき《かなしきイ》」であり、④底本以下の諸本と、⑫神・⑬群の両本とが、相互の本行本文を異文として有しているのである。以上より、④底本およびそれと同様のⅡ類本諸本の異本注記は⑫神本以下のⅢ類の本文に、Ⅲ類の⑫神本以下の異本注記は④底本以下のⅡ類本の本文に拠ったことが窺われるのである。

これに関連して、⑤慶本独自の異本注記本文について見ると、例えば、1「大伴の御津の浜松霞むなりはや日の本に春や来ぬらん」の歌末に、⑤慶本のみが「きぬ《たつイ》らん」の傍記異文を記すが、「たつらん」を本文とするのは⑦京・⑧静・⑩三（以上「立らん」）・⑪山・⑫神・⑬群（以上「立覧」）の諸本である。しかし多くの場合、74「ときはなる松にもおなじ春風のいかに吹けばか花の散るらむ」の第三句に見える、⑤慶本独自に「春風の《をイ》」とする傍記異文「春風を」と一致するのが②内本と③高本の本文であるように、⑤慶本の傍記異文は②内本③高本に類する本文である可能性が高いことはほぼ疑いないところである。なお、Ⅱ類の⑤慶・⑥青・⑦京・⑧静・⑨松・⑩三・⑪山の諸本中には、411「民安く国治まれと身ひとつに祈る心は神ぞ知るらん」の結句に、「神もしるらん《そイ》」（慶）「神もしるらん」（青）、「神そ《も》しるらん《らく》」（京・静）「神そ《もイ》しるらん」（松）、「神かしるらん」（三・山）といった本文の対立があって（①書・②内・③高・⑫神本は「かみそしるらん」「神そしるらん」、④底・⑬群本は「神そしるらん《もうくイ》」）、その点に見る限り、⑤慶・⑥青本、⑦京・⑧静・⑨松本、⑩三・⑪山本、の三つに区別される。一方では、⑥青本から⑪山本までの六伝本は共通して、490「とにかくになほ世ぞ辛き賤しきも良きも盛りの果ての憂ければ」の結句を欠き、かつ、⑦京・⑧静・⑨松・⑩三・⑪山の五伝本は、先に記したように508の一首を態々丁替えして記し、一見当該歌を欠く形になっているのである。これらの六伝本は、一括して捉えるべきであり、中では⑥青本が、比較的優位にあると見ることができる。さらに細かく見れば、⑨松本と今井似閑本たる⑩三・⑪山の両本が近い関係にあると認められる異同（330、417、419、425、449等）が存してもいる。なお、⑩三本には藍と朱の、⑪山本には朱の、それぞれ本文異同等に関わる注記が存している。両本は、同じ今井似閑本で、両者本行の本文は酷似していることは既に指摘したとおりである。しかし、この注については、一致する場合もある一方で、例えば、59「訪はるべき宿ともさらに頼まぬを人待ち顔に花の咲くらん」の第三・四句「頼まぬを人待ち顔に」は、両本共に「たのまぬ人《本ノ》待かほに」としながら、⑩三本は、「ま」と「ぬ」の間に藍補入符を打ち右傍に藍で「れカ」と注して即ち「頼まれぬ人待ち顔に」が本来かと疑うのに対して、⑪山本は「ぬ」と「人」との間の左傍に朱で「をカ」と注して即ち「頼まぬを人待ち顔に」が本来かと疑っているのであり、両者の注記は別機会か別人の手で区々に記されたとも考えられるのである。

ところで、⑨松本には、現存本に見えない異本注記本文が存する。例えば、238「山の端の夕べの空に待ち初めて有明までの月に馴れぬる」には「空に《をイ》」、401「身の程を思ひ知りつつ恨みずは頼まぬ中となりぬべきかな」には「中と《のイ》」という異本注記が見えるが、この「空を」や「中の」の本文は、現存諸本には見えないものである。現存本と異なる本文による校合、一つには本集の現存本以外の伝本との校合、一つには該歌所収の他集本文との校合、がなされた可能性を僅かながら窺わせていよう。ただし、一方で、267「鳴く鹿の声聞くときの山里を紅葉踏み分け訪ふ人もがな」の結句に見える、⑨松本独自に「とふ人もかな《なしイ》」とする異本本文「とふ人もなし」は、③高本独自の本文に同じであり、③高本の類の本文との接触の可能性も、微かに認められるのである。

なお、⑬群本は⑫神本に非常に近似するが、⑫神宮文庫本が⑬群書類従本の直接の親本である可能性が低いことは、例えば305「言問ひし花かとぞ思ふうち渡す遠方人に降れる白雪」の第四句が、⑫神本が「をちかた人に」であるのに対して⑬群本が「をちかたのへに」であること等の、細かな異同の様相によって明らかである。また、その⑫神・⑬群の両本は、373「思ひ侘び人にもかくと言ふべきに忍ぶる程はそれもかなはで」の結句が「それもかなはず」で、それは②内・③高本に一致するという点が存していることも注意しておいてよい。さらにまた、⑭黒本は⑬群本の忠実な書写本だが、239「秋の夜の心長きは涙とて入るまで月に絞る袖かな」の第二句が、⑬群本「心なかきは」であるのに対して⑭黒本「心なりせは」等の仮名の誤読、この場合は字母「可起」の「かき」を「利勢」の「りせ」に誤読か、に起因する誤写も存している。

さて、歌頭の勅撰集入集歌を示す集付は、①書本・③高本・⑥青本・⑩三本・⑪山本・⑫神本以外の諸本が共有する278の「続古」の一箇所以外には、②内・③高・④底・⑤慶・⑬群本が有している。次に、列挙しておこう。

1「続古」(内・高・底・慶・群)、4「続古」(内・高・底・高・慶)、5「続後拾」(内・底・慶・群)「続古拾本マ、」(高)〈事実は続後拾遺〉、6「続古」(内・高・底・慶・群)、18「新後拾」(群)、27「新千」(内・慶)「新古」(高)〈事実は新千載〉、28「続古」(内・高・底・慶)、31「新千」(内・慶)、44「続千」(内・底・慶)、45「続古」(内・底)、53「続古」(内・高・慶)、61「新後拾」(群)、67「続古」(内・底・慶)、90「続古」(内・慶)、96「続古」(内・底・慶)、97「続古」(底)、98「続古」(内・底・慶)、102「続古」(内・慶)「続拾」(底)〈事実は続拾遺〉、111「続古」(内・高・底・慶)、113「続古」(内・底・慶)、127「続後拾」(内・底・慶)、135「続拾」(内・底・慶)、136「続古」(内・底)、141「続古」(内・底・慶)、154「続古」(内・底・慶)、167「続古」(内・底・慶)、169「新後拾」(内・慶)、170「続古」(内・高・慶)、183「新古」(高)〈錯誤か〉、184「新千」(内・慶)、204「続古」(内・高・底・慶)、209「続古」(内・高)、213「続古」(内・底・慶)、224「続古」(内・慶)、244「続古」(内・底・慶)、272「続古」(内・底・慶)、278「続古」(内・底・慶・京・静・松・群・黒〈二句の右傍〉)、284「続古」(底)、288「続古」(内・底・慶)、290「続古」(内・底・慶)、296「続古」(内・高・底)、323「続古」(内・底・慶)、327「続古」(内・底・慶)、329「続後拾」(底)、334「続古」(内・底・慶)、340「続拾」(内・底・慶)、344「続古」(内・高・

底・慶)、349「続古」(内・底・慶)、356「続拾」(内・慶)、360「続古」(内・底・慶)、378「後拾　藤原長能」(内・慶)「後拾」(底)〈377の本歌〉、392「続古」(底)、395「続古」(内・底・慶)、399「新古」(底)〈事実は新後撰〉、402「続古」(内・底)、403「続古」(内・底・慶)、404「続古」(内・底・慶)〈内・慶は「同」〉、408「続古」(内・底・慶)、409「新後」(底)、414「新後」(底)、420「続古」(内)、423「続古」(内・底・慶)、433「新後」(内・底・慶)、435「続古」(内・底・慶)、441「続古」(内・底・慶・群〈「続古今」〉)、472「続後拾」(底)、493「続古」(内・底・慶)、495「続後拾」(底)、508「続古」(内・底・慶)。

このような様相から、多くの集付は、②内・④底・⑤慶本が一致していると言える。もとより事実に基づく勅撰集の集付は、各伝本区々に付されたとしても一致して不思議はないが、近世以前にそれを行うことが相当に困難であることも間違いないであろうから、本文自体に類似性や関連性がある伝本同士の場合、集付も相互に関係している可能性は高いであろう。中で④底本は、他本にない独自の集付も含め、一部に錯誤はあるものの、比較的には正確に付されていて、これは書写の丁寧さや歌頭の不審紙様の小紙片貼付の様子から見て、該本に真摯に向き合った何人かによって付された集付である可能性を見るべきであろうし、他本に拠ったとしても、忠実に書写されたものと見てよいであろう。また、②内本と⑤慶本のみが錯誤も含めて共通している場合が散見して、両本の一致度が他本に比して高いことは、先に述べた⑤慶本の異本本文が②内本の類の本文であることに照らせば、⑤慶本本文が②内本の類の本文に接触したことを裏付けるものと見てよいのではないか。③高本のそれも、他本からの書写であるとすれば②内本の類に拠った可能性が高いであろうが、錯誤が多く杜撰さは否めない。なお、⑬群本の集付は、②内・③高・④底・⑤慶の四本とは無関係に、本文転写のいずれかの段階で付されたものであると見られる。

むすび

『瓊玉和歌集』の現存本には、数次の編纂段階を示すような、あるいは編纂時の大改訂を示すような、本文上の痕跡は認められない。しかしながら、唯一室町期にかかる書写と見られる①書陵部本と、②内閣本および③高松宮旧蔵本のⅠ類本は、編纂上の改編に起因して④底本以下のⅡ類本と⑫神宮文庫本以下のⅢ類本に先行するかと思われる異なりが認められるので、これを原撰の姿を窺わせる諸本として一括した。ただし、①書陵部本には落丁が存する上に本文書写上の欠陥と奥書の信頼性への疑義があり、かつ②内閣本と③高松宮旧蔵本にも本文の欠落が認められるので、いずれも優良な本文とは言い難い。

群書類従本を含むⅢ類本については、⑫神宮文庫本と⑬群書類従本は、直接の書承関係にはあると推断することはできないが、極めて近似した本文であり、⑭黒川文庫本は群書類従本の忠実な書写本である。これらⅢ類本は、Ⅰ類本に通う点も僅かに認められるが、Ⅰ類本ともⅡ類本とも異なる独自性も存していて、これらを一括して類別することには躊躇はないが、なお僅かながら残る配列上の他類との異なりが、編纂過程で生じたのか、書写過程で生じたのかは、それのみに見る限りでは判断がつかない。⑫神宮文庫本は、京都の村井古巌敬義によって、天明四年（一七八四）八月に伊勢神宮林崎文庫に奉納されており、同六年（一七八六）に見本として『今物語』が刊行されたのを初めとする『群書類従』の、少なくとも木版刊本の⑬群書類従本を書写したものでないことだけは確かである。同時に、その群書類従本『今物語』奥に「右今物語以村井敬義本書写以屋代弘賢横田茂語本校合了」とあるように、『群書類従』のある本は、村井敬義の本を底本に用いているのである。⑫神宮文庫本かこれに近い村井敬義本が、⑬群書類従本の底本に用いられた可能性は高いのではないだろうか。ただし、⑬群書類従本は、Ⅱ類諸本が共有する「慶長三年三月」の書写奥書を⑩三本・⑪山本に近い形で有しているが、⑫神宮文庫本はこの奥書を欠くという異なりがあるので、⑫神宮文庫本は何らかの事情でこの類の奥書を受け継がなかったが、⑬群書類従本は、この類の奥書を有する伝本、例えばこの奥書を有する別の村井敬義本やⅡ類のある伝本等からこれを書承したということになる。いずれにせよ、Ⅲ類本とⅡ類本との関係を異本注記に窺えば、Ⅲ類本はⅡ類本とは対立的な関係性が認められるのであり、後代の書写上に発生した変化ばかりではなく、比較的早いある段階で既にⅢ類本独自の本文の異なりが存在していて、それらがⅡ類本と接触することで、相互の異本注記に繋がったらしいことは、認めてよいであろう。

比較的には精撰本と判断されるⅡ類本はさらに、本文の有無と配列の一致および奥書の共有から、第1種④底本・⑤慶大本と、第2種⑥青山会本・⑦京城大本・⑧静嘉堂本・⑨松平文庫本・⑩三手文庫本・⑪山口図書館本の諸本とに、種別することができるが、⑤慶大本と⑥青山会本とにも近い点があり、第2種中では⑥青山会本が優位である。またさらに細かくは、⑦京城大本・⑧静嘉堂本・⑨松平文庫本がより近く、共に今井似閑本たる⑩三手文庫本と⑪山口図書館本は親子か兄弟等即ち直接か間接かの書承の親しい関係にあることは疑いなく、同時にそれらは⑨松平文庫本とも近い点が存している。なお、その⑨松平文庫本の異本注記に、現存本とはやや異なる類の伝本が存した可能性を僅かながら見ることができる。

結局、書写が精確丁寧であり、本文に欠脱がなく、伝来も信が置けるという点で、優良な本文を有して注釈等の底本とするのに堪え得るのは、Ⅱ類の④底本、即ち書陵部（五〇一・七三六）本であることは、動かし難い結論であろう。

第三節　藤原雅有家集の成立

はじめに

『隣女和歌集』は、鎌倉中後期の歌人、飛鳥井雅有の家集であり、書名は序文の末尾に記すごとく西施の顰みに倣った「隣の女」の故事に基づく謙称である。雅有は、藤原雅経の孫で教定の子。母は源定忠女か。仁治二年（一二四一）生で、正安三年（一三〇一）正月十一日に六十一歳で没した。参議を経て民部卿、正二位に至る。父祖以来の縁で関東祇候の廷臣として活躍し、京鎌倉間を往還、『飛鳥井雅有日記』等の紀行日記を残した。「弘安源氏論議」に加わり、また「永仁勅撰の議」に連なり勅撰撰者の地位を窺う。『続古今集』以下に七一首入集する。国立歴史民俗博物館蔵高松宮旧蔵本『隣女和歌集』は、巻一を欠く恨みはあるものの、諸伝本中の最古写本であり、非常に高い価値を有すると考えられるのである（以下、この本を「該本」あるいは「歴博本」等と呼称する）。この高松宮本について詳細な考察を加え、雅有家集全体の成立の問題に論及しようと思う。

一　書誌

まず、当該本の書誌を記す。

国立歴史民俗博物館蔵『隣女和歌集』。

請求番号、H・600・1189／マ・20。有栖川宮・高松宮旧蔵禁裏本。

〔鎌倉時代末期〕写、綴葉装（列帖装）三帖。帖順に巻二〜四を所収。巻一を欠き、原四帖の初帖欠か。各帖七折（以下便宜のため、一帖目を一、二帖目を二、三帖目を三、各折を①〜⑦とする）。

梔子色裂地に藍色緙淡黄色糸縁取り十字形崩し花紋と卍繋ぎ文様の表紙、見返し楮紙打紙素紙、共に後装。書型、第一帖、縦二四・五×横一五・八糎、第二帖、縦二四・七×横一六・二糎、第三帖、縦二四・八×横一六・四糎。

内題、「隣女和哥集巻第二（〜四）自文永二年／至同六年（〜自文永九年／至建治三年）」。外題、ナシ。

本文料紙、斐紙（ごく少量楮が混じるか）。第一帖一〇二丁裏まで毎半葉八行、以後九行（内外）、和歌一首二行（上下句分かち）書き、詞書二字下げ（第二帖巻三のみ三・四字下げ）。字面高さ、約二〇・二糎（一帖一首目）。ほぼ同一筆の書写と見られるが、第二帖（巻三）のみやや筆勢が細弱で、詞書も他と違い三・四字下げであり、全体の風趣を少しく異にする。それでも、字形や書風に大きな違いは無い。あるいは別機会の転写かよく似た周辺の別手か、と疑われなくもないが、同一の手による差違の範囲内にあると見ておく。巻三巻軸識語に伝える「依恩劇、雖不終功及両年間、為粉《ママ》失乞返々了」という事情に関係があるのだろうか。

墨付丁数、第一帖、113丁、①14（丁）、②〜⑤各18、⑥16、⑦11。第二帖、121丁、①18、②〜⑥各20、⑦3。第三帖、133丁、①18、②〜⑥各20、⑦15。

各巻（各帖）の所収の歌番号（新編国歌大観番号に従う）と歌数は、以下のとおり。巻第二（第一帖）187〜891（七〇六首。内三首重出、506と622b・564と570・565と599。622bは新編国歌大観になし）、巻第三（第二帖）892〜1701（八一〇首。内六首他者詠、1036親行・1045定清・1627厳雅・1630厳雅・1640最信・1642定清）、巻第四（第三帖）1702〜2618（九一七首、内二首他者詠、2599 2600宗成）。187〜2618まで計二四三二首（622bを含めると二四三三首）。なお、巻第二と巻第三巻軸識語中の歌数、「已上七百三首」と「已上八百四首」は、正しく重出と他者詠を除いた数を記していて、識語記主（書写者）の真摯な姿勢が窺われる。

遊紙、前後共に後装の楮紙打紙、第一帖、前1（葉）、後5、第二帖、前1、後2、第三帖、前1、後4。

後装の状態は、以下のとおり。第一帖、表紙見返しは一折目の最尾丁と貼繋、前遊紙は一折目の最尾の前丁と貼繋、後見返しは七折目初丁と貼繋、後遊紙の第五～二葉は七折目第二～五丁と貼繋、後遊紙第一葉は七折目第六・七丁に重ねて貼繋。第二帖、表紙見返しは一折目の最尾丁と貼繋、前遊紙は一折目の最尾の前丁と貼繋、後見返しは七折目初丁と貼繋、後遊紙の第二～一葉は七折目第二～三丁と貼繋。第三帖、表紙見返しは一折目の最尾丁と貼繋、前遊紙は一折目の最尾の前丁と貼繋、後見返しは七折目初丁と貼繋、後遊紙の第四～一葉は七折目第二～五丁と貼繋。

第三帖は、本来の三折目と四折目とを前後取り違えた誤綴による錯簡が存する。すなわち現状は、三九丁裏から七九丁裏までが、1955歌～1958詞書・A2100詞書後半（「ほとによみ侍し」）～2242歌・B1958歌～2100詞書前半（「人の許へまからむと申て月まつ」）、の順になっているが、A部分とB部分とが前後交替すべきものである（歌番号は新編国歌大観番号に拠る。以下同様）。

後誂えの二重桐箱を備える。外箱（縦二九・〇×横二〇・七×高八・〇糎）は、木地なりに組み紐を付け、蓋上面左上に「百卅六」の貼紙、中央上に「隣女集」の墨書。内箱（縦二七・三×横一八・八×高五・五糎）は、漆塗り磨き仕上げで、蓋中央上に「隣女集」の金漆書。なお、第一帖に「文化九／申七月」（縦四・九×横四・〇糎）、第三帖に「文政五／年入日」（縦六・八×横五・四）の年紀を記す袋状の紙を挟んでいる。中に煙草葉の類を入れた防虫の具か。

参考までに、合点の原状を左に記しておく。

巻二巻軸には「已上七百三首／合点者故戸部禅門也／勅点四十五首頭朱／与第一同日／前参議藤原朝臣」とある。

「故戸部禅門」は為家、「勅」は伏見天皇で、「同日」は、他本の巻一巻軸の識語中の「永仁元年十二月十二日被返下之」（内閣文庫本・群書類従本・東海大学付属図書館桃園文庫本）を承ける。

巻三巻軸には「已上八百四首／点者戸部禅門也、星点者／権黄門也、依恩劇、雖不終功及／両年間、為粉失《ママ》乞返之了／永仁二年十二月廿三日」とある。「戸部禅門」は巻二と同じく為家で、「権黄門」は為兼であろう。

巻第二

墨鉤点　188、194、196、197、199、203、208、210、213、214（行家卿同）、216、219、221、222、224、226、231、232、236、240、242、243、245、249、259、262（行家卿同）、286（行家卿同）、289、293、295、298、301、303、305（行家卿同）、316、330（行家卿同）、331、332、339、343（藤亜相）、344、348、364、365、366、371、372（藤亜相）、377、379、380、388、389、392、399、408、410、412、413、415、416、417、423、426、427、434、436、440、444、446、451、453、454、455、456、460、462、464、465、473、482、483、486、487、490、491、492、493、500、502、503、504、505、506、507、508、522、526、528、534、535、536、538、541、545、546、550、554、555、559、561、563、564、565、567、568、569、571、577、578、579、582、583、586、587、589、602、612、614、615、619、622、623、626、634、635、636、638、643、645、647、649、651、653、655、656、657、658、659、660、672、686、689（藤亜相）、692、693（藤亜相）、698、699、705、709、711、712、730、740、743、746、748、749、752、755、760、763、767、768、772、775、776、778、779、780、783、784、788、790、795、798、799、801、802、803、806、819（藤亜相）、820、821、822、823、824、825、826、828、830、831、832、834、839、841、842、845、846、847、849、850、852、854、855、856、857、859、862、863、869、870、873、876、877、879、880（行家卿同）、884、888、889、890、891。

朱鉤点　192、197、214、232、233、243、260、287、289、303、304、307、316、322、368、373、377、385、387、399、436、473、498、539、543、567、578、598、615、630、653、656、696、742、772、781、782、798、831、842、845、877、889。

巻第三

墨鉤点　900、910、912、918、920、921、922、933、944、960、963、969、971、974、975、978、983、984、988、989、994、996、999、1000、1003、1005、1011、1016、1023、1029、1032、1040、1041、1044、1047、1057、1062、1073、1077、1078、1082、1084、1087、1088、1091、1094、1099、1102、1105、1112、1114、1122、1126、1128、1132、1142、1148、1149、1150、1151、1154、1156、1157、1158、1159、1163、1168、1169、1171、1176、1177、1182、1183、1184、1186、1187、1190、1198、1199、1200、1201、1202、1205、1207、1220、（1221擦消）、1222、1226、1231、1232、1236、1237、1238、1239、1241、1247、1248、1257、1260、1263、1266、1275、1276、1277、1278、1281、1282、1283、1284、1292、1300、1304、1308、1311、1314、1316、1322、1324、1325、1327、1329、1330、1331、1333、1336、1343、1344、1346、1351、1352、1353、1356、1360、1363、1364、1371、1387、1394、1396、1397、1398、1407、1411、1415、1416、1418、1426、1431、1436、1442、1443、1452、1454、1456、1463、1480、1482、1487、1497、1503、1516、1518、1519、1522、1524、1526、1529、1530、1533、1534、1537、1540、1541、1542、1546、1547、1548、1549、1551、1554、1556、1565、1571、1572、1573、1575、1579、1581、1585、1586、1588、1590、1595、1596、1607、1612、1613、1622、1623、1627、1628、1637、1639、1640、1641、1642、1648、1653、1655、1660、1663、1667、1672、1673、1675、1676、1677、1678、1681、1682、1689、1691、1695、1699、1700。

星点　902、（905、擦消）、908、910、913、931、956、989、990、1023、1032、1038、1041、1073、1082、1084、1087、1088、1089。

二　他の伝本、別本および雅有の筆跡との比較

ここで、『隣女和歌集』の諸伝本の概要について簡略に記しておきたい。

序文と巻一～四を完備する現存本は、〔江戸中期〕写の内閣文庫本（二〇一・五〇二。「内閣本」とする）と群書類従本（巻二四三。「類従本」とする）の二本のみが知られる。他には、巻二～四が存する当該の歴博本と、その転写本と見られる書陵部本（一五四・三。御所本）がある。それ以外の多く、書陵部本（二六六・一一二。鷹司本）、神宮文庫本（文・一四四六。林崎文庫本）、三手文庫本（申・二六二。今井似閑本）と山口県立山口図書館本（一一二。同上）、島原図書館松平文庫本（一三六・六〇）等々の伝本は、巻二のみの零本である。『私家集大成』中世Ⅱ（明治書院、昭五

○・一二）「雅有」の「解題」（鹿目俊彦・濱口博章）は、阿波国文庫旧蔵本の奥に「右隣女和謌集者飛鳥井雅有卿家集也、此冊巻第二、自文永二年至同六年云々、而今巻付略之、始末可為不足逐求他本可増補者也」とあり、「巻二に相当する一冊が流布していたようだ」と指摘する。また、『扶桑拾葉集』には序を、『賜蘆拾葉』にも序と巻一を収める。なお、現行の刊本としては、群書類従活字本と、内閣文庫本を底本にした私家集大成本（中世Ⅱ）と新編国歌大観本（第7巻）がある。

つまり、首巻（序文と巻一）の本文は、内閣文庫本と群書類従本（あるいは『賜蘆拾葉』本やその派生本）に拠るしかなかったのであり、それが、私家集大成でも新編国歌大観でも、内閣文庫本を底本に選択した理由であろう。歴博本は、後述のとおり証本たるべき古鈔本であるが、もちろん本来は首巻も備わっていたのであろう。けれどもそれが、いずれかの時点で巻二～四と離れてしまい、その古鈔本の首巻は、現在のところ所在不明であり、この欠の故に刊本の底本たり得てこなかったのである。

江戸後期の書写ながらその欠を補うと目される伝本が、東海大学付属図書館の桃園文庫本である。その翻印本文を、付編三「桃園文庫蔵『隣女和歌集』首巻（序・巻一）翻印・解題」に収めた。詳しくはその解題に譲るが、歴博同本は、「前参議藤原朝臣（花押）」の署名・花押を含めた飛鳥井雅有自筆本の臨模本である可能性が高く、歴博本首巻の復元に資する伝本と見てよい。さらに、近年になって、林原美術館に首巻の伝本が蔵されていることが報告された。即ち、池田光政筆の両本（書籍五〇五－二、書跡五〇一－一四）と池田綱政筆本（書籍二九三－二一）である。特に、光政筆両本は、それぞれ寛文十二年（一六七二）六月と十二月の、「此一冊（帖）者参議藤原雅有卿之以自筆本書写之畢」という、書写奥書を有している。寛文年間の岡山藩主による雅有自筆本の転写本であり、歴博本を復元するのに資するであろうその価値は高い。同本については、坂本美樹「新出資料・林原美術館所蔵『隣女和歌集』（巻一）三本の紹介」（『関西大学博物館紀要』二三、平二九・三）と「『隣女和歌集』巻一の基礎的考察」（『國文學』

一〇二、平三〇・三）に詳しい。前者は、右記三本の書誌と本文比較および書籍五〇四－一四本（寛文十二年十一月書写本）の翻印、後者は桃園文庫本と光政筆両本および綱政筆本の本文の比較検討である。坂本は、「林原美術館蔵本の六月書写本が現在のところ「隣女集」巻一の最善本と考えてよいであろう」と結論している。しかしながら、この林原文庫本両本は、桃園文庫本の欠を補う点があり、その意味では貴重だが、付編三「桃園文庫本『隣女和歌集』首巻（序・巻一）翻印・解題」に述べるように、三本の底本と思しい、歴博本巻二〜四巻三帖の僚巻たる首巻一帖（原本）との関係性では、林原美術館両本が桃園文庫本よりも優位にあるとは言えないのである。従って、歴博本首巻の復元には、桃園文庫本を基にして、林原美術館蔵光政筆両本等を用いて校勘するべきであろう。

さて、歴博本について、前掲『私家集大成』「解題」は、天理図書館蔵『別本隣女集』の「筆跡と酷似し、ほぼ同筆と思われる。天理本が所伝のごとく雅有自筆であれば、この本も雅有の自筆自詠となろう」と言う。また、歴博本は巻一を欠くが、同様に巻一を欠き歌数も一致する書陵部御所本巻軸の「以雅有卿自筆校了」という識語についても、その「自筆」が高松宮本（歴博本）である可能性を見ている。これに関しては、福田秀一が「両本が同一人の筆ということと雅有自筆ということとは別問題であり」（天理図書館善本叢書『平安鎌倉歌書集』「解題」、八木書店、昭五三・七）と言うとおり、雅有の真跡が確認されない限り、推測の域は出ないであろう。なお、詳しくは省略するが、『新編国歌大観』第七巻（角川書店、平元・四）の「解題」（青木賢豪・田村柳壱執筆）は、書陵部御所本（一五四・三）は、歴博本の転写本である可能性が高いことを指摘する。

ちなみに現在、雅有自筆とされる和歌懐紙が、『日本書蹟大鑑第五巻』（講談社、昭五四・一〇）に収載されている。一方、伝雅有筆の『後拾遺集』『千載集』の断簡すなわち「八幡切」は各々数十葉が確認されている。両者について、小松茂美は「共通する趣をもつが、同筆とはいえない」（上掲書）、「明らかに別手である」（『古筆学大成』9解説、講談社、平元・一）と言う。和歌懐紙と書写本断簡との、それも写真版での比較でもあり、明確には言えないが、両者は、時代を違えずまた筆致も共通する点を存しているように見える。「明らかな別手」とまで判断し得るか否かは、原本の実見が必要であろうが、両者の比較的の共通性になお着目してよいようにも思われる。なおまた、同和歌懐紙の三行五字の書式には飛鳥井流たることを窺わせ、「和歌所別当柿下臣喬」の署名も、人麿影供を行った同家の風儀に背反はしない。しかしながら、これを雅有の「隠し名」かと見て、『続拾遺集』の和歌所別当であったと推測する小松の説にはにわかには従い難い。確かに雅有の自筆であるとする根拠は、何か他に求められるのかもしれないが、少なくとも同書の解説には明示されていないように思われるのである。またしかし、この和歌懐紙と八幡切の筆者の同定は措くにしても、少なくとも両者は、歴博本や天理本の筆跡とは異なることは疑いない。結局は、該本の筆者の同定も、現段階では留保せざるを得ないのである。

また、『別本隣女集』を最初に本格的に紹介した植谷元「飛鳥井雅有「別本隣女和歌集」について」（『ビブリア』一四、昭三四・六）は、本文を雅有の「自詠自筆」と見て、弘安元年（一二七八）の歌を「成立順に順次書き加えた「原形式」の集で、「先行「隣女和歌集」に連続すべき一連の雅有の作品」と考証した。この弘安元年説に対して、前掲『私家集大成』中世Ⅱ（明治書院、昭五〇・一一）「解題」は、同集の「一夜百首和歌」中の「九月尽／ふりそむるかしらのしもをかたみにてよそちにかゝるあきのわかれち」（二七一）と「堀河院後百首題をよみ侍しに」中の「秋風／露よりもことしはもろきなみたかなよそちにかゝる秋のはつかせ」（五七三）の二首を指摘し、この「よそちにかゝる秋」という表現から察すると、三九歳の秋、すなわち弘安二年と考える方がよさそうで、弘安元・二年の詠を集めたものと考えては如何であろう」と言う。[(1)] この補正を経た、弘安元年～二年という所収歌の詠作年次の点は基本的に定説化しているが、植谷が言うように自筆であるかについては疑問が残る。福田の前掲「解題」は、『別本隣女集』は「見せ消ち訂正や除棄歌印あるいは合点など、少なからぬ加筆訂正の跡を有し、それをもって、『弘文荘待賈古書目』も植谷も、雅有自筆の証とされた」としつつ、それについて、「散見する除棄符号」は、自筆であるか否かはともかく、そのほとんどが雅有自身の意図に出ていることは疑ない」と言い、「雅有がある人に清書せしめた本文を自ら見直したとも推測しうる」とも述べている。雅有の「筆」と「意図」を分けるこの見解に従うべきであろう。

三　加筆訂正1

さて、歴博本にも、右に言う『別本隣女和歌集』と同様に、数種の加筆訂正があるので、それらを検討してみたいと思う。

例えば467・468は、「わがやどのおきふきすさむ夕風にしのびあまれるむしのこゑかな」(以下濁点・読点私意)と「くれゆけばおきふきまさるあき風にこゑうちそふるにはの松むし」の二首だが、該本本文は、467の「わかやとのおきふき」に468の「まさる」以下が接続した一首の形で本行に記され、467の「すさむ」以下は見消ち傍記と下欄余白に小字で、468の上句は行間に小字で、各々書かれている。これは、二句目に共有する「おきふき」の目移りによる誤写を訂した結果であろう。同様に、初句に「きよたき」を共有する1641と1642にも、目移りによる誤写の本文の訂正の跡が認められる。また、2042と2043は「夜鹿」と「暁鹿」の題で、2043の歌本文冒頭は2042の冒頭「月のすむよを」が見消ちされて「夢さむるねやの」が傍記されているのであり、題の「鹿」字の目移りによる誤写本文の訂正であろう。以上と同類の痕跡が、2087と2088の間や2359と2360の間などにも認められる。これらは、該本の本文が、別のある本から書写されたものであることを示唆し、かつその書写者が雅有本人であることを疑わせるものであろう。

一方、該本は原則として、歌一首が上句と下句で二行分かち書きされているが、下句が小字で補記されている例が、1272(行間)、2118(行間)、2271(行端)等に見られる。これも、書写の際の誤脱を訂した結果を示すと見てよいであろう。

右のような二種の誤写の痕跡を、2303は一首の中に見せている。「いつまでかあらばあふよをたのみけん恋しなぬ身となげくころかな」の二句目は「あらはあらはあふよ」で、衍字の「あらは」が見消ちされており、また下句も丁尻行端に小字で記されている。これも「あらは」と「あふよ」の「あ」字の目移りの誤写であり、歌本文二行目に記されるべき下句の書き落としであろう。このような本文を持つ該本を、歌の作者その人の自筆と考えるのには、やはり強く躊躇を覚えざるを得ないのである。

ちなみに、本文の数字分誤脱を補入符と傍記または傍記のみで訂する箇所が、各巻に散見する。「はや山かつの」（1859）が「は山かつの」の「は」と「山」の間に「や」を補入符で傍記するごとくである。このこと自体が、作者以外の手による書写本であることを思わせるが、中でも例えば、487や2384は、「あしのやの」が「あしの」の「し」と「の」の間に「のや」傍記、「いくありあけの」が「いくあけの」の「あ」と「け」の間に「りあ」補入符傍記、となっており、各々「の」字と「あ」字の目移りの誤脱を推測させ（626の「猶」の下の衍字「なを」の見消ち訂正なども同様か）、歌の内容を理解した自筆書写の本文たり得ないことを示唆しているのである。

加えて該本は、一首全体を行間や行端に小字で記す箇所も散見する。これは、書写者が誤脱して後に補記したと見てよいであろうが、中でも例えば、1111は詞書「五月雨つゞきて侍しころ、法印定清が許より、やまざとにふる五月雨よ道たえてとはねばとて（丁替）やとはれざるらん、と申て侍し返事に」に続く一首が、1112の詞書「夏月」との間に小字補入されているのであり、やはり内容を理解した者の書写になるとは考えにくいのである。同様に、1589の詞書は「丹後前司定有、美乃国へ下向せんとし侍ころ、かねて日ごとになごりおしみ侍とて」であるが、「下向せん」と「とし侍ころ」の間で丁の表から裏へ替わり、その「とし」が歌頭と同じ位置に誤記されて、墨線で消されているのである。これも、書写の際の本文の無理解を窺知させるものではないだろうか。

以上より、たとえ清書の際のある程度機械的な書写を想定したとしても、やはり該本の書写が雅有本人にかかるとは考え難く、その周辺の何人かの書写本である可能性をより高く見るべきではないだろうか。なお、『別本隣女集』も該本と同様に、雅有本人の書写とは考え難い、目移りによる誤写を訂した痕跡が散見するのである。

四　加筆訂正2

さらに、例えば285は「このさとの秋にてしりぬこしぢにははつかりがねとはるといふらん」の結句の「と」に「は歟」の傍記があり、706も「あさましやみはてぬゆめのなごりだにはかなくけさはうちなびきつゝ」の結句の「ひ（び）」に「け（げ）歟」の傍記がある。各々「はるはいふらん」「うちなけ（げ）きつゝ」とあるべきことを示すが、これは一首の内容から見て共に傍記本文につくべきであろう。この類の傍記は、本行本文とは別筆かと見られるが、時代はさほど隔たらないようにも思われる。別筆とすれば、本行本文の書写者は歌の内容を承知していない者即ち雅有本人ではないと言えるし、仮に同筆の場合は、言うまでもなく該本本文全体がその依拠本を書写したものとなって、つまりは雅有の自筆本ではあり得ないことになる。

これにも関連して、歌頭の集付を、歴博本が欠く巻一は内閣本に拠り補いつつ一覧すると次のとおりである。

巻一　19（続古今）、63（入新後）、88（入新後）、90（入続拾）、156（入続千）、161（入新後）。巻二889（続拾）。

巻三　1667（続拾）。巻四　2128（入新後）、2594（入玉葉）。

雅有没後の『新後撰集』以下の入集をも記しており、少なくともこれらが一連の行為だとすれば、雅有自身によるものではあり得ない。それを裏書きするように、該本の集付の筆跡も、本文とは別の手である。これらは、後代に何人かが該本に関与した痕跡であろう。

なお、740は、「遠村煙／ゆきくらすあづまの野ぢのをちかたにけぶりのたてるやどやからまし」の一首の下欄に、

「雖有合点、後見風土記、東野者山城国也、非東路、仍参差了」との注記がある。類従本等はこれを有していないが、内閣本等には存している。該本のこの注記部分の筆跡は、右の集付とは異なるようだが、本行本文とは近似した書体と言えない訳ではない。しかし、細筆で記されていて同定は困難であり、その点からは、この付注の時期や筆者は特定し難い。1543詞書下の「有注」や2097歌下の「下句古例消了」、あるいはまた『別本隣女集』664歌下の「近年依禁制鵜舟不上」などと併せて、なお検討されるべきであろう。

ところで、本集の歌数は、四巻完備の内閣本が二六一七首で、同じく四巻の類従本はそれより七首を欠き詞書きの欠脱も存する。歴博本は、現存三巻で比較すると、内閣本に対して欠く歌は無く、逆に内閣本には存在しない（類従本には存する）、

わかのうらやいへのかぜなきあま人もおもひはるけて月はみるよを（2549）

の一首を有している。該本は、2548歌が「よそにのみみかさの山のみねのつきうら山しくもさしのぼるかな」であるのに対して、内閣本は結句が「月は見るよを」と、2549歌の結句と同じ形になっており、何らかの錯誤による一首の欠脱と考えられる。従って、この三巻に見る限り、歴博本は歌の出入りの点で両本より優位にあると言ってよいであろう。

他方、例えば271は詞書「水無瀬殿の柳をみ侍て」で、歌は「みなせがはあれにしみやをきてみればくちきのやなぎはるめきにけり」である。この初句については、例えば内閣本は「みなとかは」で「と」に「せ歟」の傍記があるなど、「みなとかは」の異文が存する。該本の「みなせかは」の「せ」は「世」を字母とするが、494の第二句「くもらさ（ざ）りせは（ば）」や923の初句「いせのあまの」等の「せ」もほぼ同様に、該本のこの字の書体は「止」を字母とする「と」にも読み得る癖を見せている。また、273は「春雨」題の「はるさめのふるともみえぬゆふぐれにあやしくおつるのきのたま水」で、「あやしく」に「かすかに」の傍記がある。歌詞に馴染まない「あ

やしく」を「かすかに」に訂した結果かと思われ、それ自体作者雅有の関与を示すとも考えられるが、それはともかく、「かすかに」の二つ目の「か」は「可」を字母としていてなお、「三」の「み」字にも誤読される形である。それに従うかのように、例えば内閣本は「あやしく」に「かすみに」の傍記、類従本や神宮本・三手本等の巻二残欠本は本行「霞に」といった異同を見せているのである。これらも、歴博本が諸本の系統の中で高く遡る位置にあることを窺わせるものである。

五　異文傍記

さて、歴博本には、カタカナとひらがなの異文傍記が、［カタカナ］＝巻二　199、344、351、377、417、426、593、758、797（見消アリ）、850、巻四　2351、2387、［ひらがな］＝巻二　273（前掲）、590、718、巻三　1337、1511、巻四　2157、2210、2364、2507、2585、2608等に散見する。いくつかの例を取り上げてみる。

［カタカナ］

若菜

a　たがためのわかなゝればかかすがのゝゆきまをわけていそぎつむ《クルソデノミユ》らん（199）

花下遇友

b　ふるさとのおいきのさくら《ニニホフサクラヲ》みにこずはむかしの《ニ》人にいかであはまし（344）

潤月ある春のするゑにほとゝぎすのなくをきゝ侍て

c　よのつね《ツネノヨ》のう月になれてほとゝぎすかずそふはるにまたきなくらん（377）

かの和琴のてをつたへて侍事をおもひいだして

d　ゆくへなくわらやのあとはなりぬれどひきし《ノコル》しらべは身にそのこ《トマ》れる（758）

　aは、内閣本や三手本も歴博本と同様の傍記を有し、類従本は本行本文のみで、神宮本は傍記本文が本行本文である。bは、内閣本は同様で、神宮本・三手本等の巻二残欠本は上句は同様だが下句の「ニ」は無く、類従本は上句は本行本文のみで下句は本行が「に」である。cは内閣本他は同様だが、類従本は本行のみである。dは、類従本や神宮本・三手本（「ノコル」は「ノヨル」）等の巻二残欠本は同様の傍記を有し、内閣本は第四句「ひさししらへ」とある本行の傍記は同じで、結句は「身にそのこれる」の本行に「にそ」を見消ちして「にそトマ」の傍記である。これらの点にも、歴博本本文の純粋さや優位性が窺われよう。同時に、これらの傍記は一首の表現の修正を示すものであり、歌の作者その人の意志によるものと考えるのが穏当であろうか。カタカナ表記であり、本行本文の筆跡との同定は容易ではなく、雅有の筆と特定することもまた困難であるが、「ク」や「マ」等の字形の古さも考慮すると、本行本文とほぼ時代は等しくすると見てよいであろう。この類のカタカナ傍記のおおよそは、雅有自身の本書編纂への関わりの痕跡と言ってよいのではないだろうか。

［ひらがな］

（雪）

eあまのとはなを雲くらきしの丶めの山のはしらみ《ろく》つもるはつ雪（590）

（千鳥）

fあり明の月かたぶけばあはぢしまゐじまが《にしにめぐりて》いそにちどりなくなり（1337）

寄海恋

g伊勢のうみにしほくむあまの袖も猶《はたゞ》ぬる丶ばかりぞ色はなかりき（2364）

（述懐）

hつれもなくうきよにめぐるたぐひとてありあけの月をながめつる《ともとこそみれ》かな（2507）

内閣本は、e〜h全て同様である。eは、類従本や三手本・神宮本等の巻二残欠本は歴博本の傍記本文が本行本文である。fは、類従本は傍記本文に「イ」の異本記号を付す。gは、類従本は傍記はなく本行は「袖も猶」が「あとも猶」となっている。hは、類従本は本行本文と傍記本文が交替して傍記には「イ」の異本記号を付す。右以外はいずれも少字句の傍記だが、「たひ《い》いつると」という、本行本文とは異なる筆体で鯛の仮名遣いを訂している1511（題の「たひ」には傍記ナシ）を除くと、全て傍記本文の方がより妥当な本文であり、現に内閣本と類従本ではそれが本行本文となっている。以上の点にも、カタカナ傍記と同じく、該本本文の優位性と純良さを認めて、そこに雅有の関与の痕を見ることができるのではないだろうか。ただし、これらのひらがな傍記も、本行本文と同筆か否かは断じ得ず、雅有の筆跡である可能性の判断も留保せざるを得ない。

なお、巻三にはカタカナ傍記が無くてひらがな傍記も少なく、巻二と四ではそれぞれカタカナ傍記とひらがな傍記の数の多さが逆になっている点は、仮に雅有の関与だとしてもそれが少なくとも両度に及んだ可能性があることも含めて、各巻の編纂と該本本文成立の過程に関わり何らかの意味があるのかもしれない。後考に俟つ。

六　本文の細部

以上に見てきたような視点で、さらに該本本文の細部を覗いてみる。例えば1386は「人しれずたのむるくれをしりがほにうたてこゑするのきの松風」で、詞書（題）が「たのむる」と行間に小字で記されている。前歌1385は「忍恋」題で「すぎたてるかど丶も人のをしへねばいづくをゆきてみわのやまもと」、後歌1387の題は「待恋」であり、一見、この前後の恋題は漢語あるいは漢字表記に見える。しかし、1384の題は「くちかたむ」であり、また、1386歌は「頼むる（恋）」題に何ら齟齬しない。1386歌は「忍恋」より「たのむる（恋）」が相応しいと考えなおした作者あるいは編纂者の意識を反映した痕跡ではなく、書写者が書き落とした題を補訂したと見るべきであろう。(2)

一方で、723は「宮こにも夜さむにあきのなり行ばつれなき人もさすがわすれじ」で、「行」の右に「ゆか」と傍記する。これは「ゆけば」や「ゆくは」ではなく「ゆかば」なのだ、という意味の注記ではないか。これについては、該本が作者あるいは編纂者に遠くないところで書写されたことを窺わせる痕跡と捉えてよいであろうか。また、1962の初句「漕かへる」の「漕」の字は何か字を擦消した上に重ね書きしたようであり、右に本行とは別に見える筆跡で「こき」の傍記がある。「漕」字の判読困難を恐れた注記であろう。

ところで、570は「まがひつるたかねの雲はそらはれてしぐれをのこす山のもみちば」で、歌頭に「再出」とあり、上句と下句に合点様に斜めの墨線を引き、「まかひ」の左横にも墨消ちの線を引く。564と重出であり、墨線は削去（除棄）の意図を示すものであろう。内閣本は重出はそのまま注記類はなく他と同様の合点（鉤点）があり、類従本と神宮本・三手本等の巻二残欠本は後出の一首がない。また、599は「冬暁月　さゝのはゝしもをかさねてさやぐなりみやまの月のありあけのかげ」で、詞書と歌に他の合点とは異なる庵点（横画が波打つ鉤点）様の符号を打つ。詞書を「冬暁」とする565と重出で、同じく削去符の意図であろう。内閣本は重出はそのまま歌頭にのみ他と同様の合点があり、類従本と神宮本・三手本等の巻二残欠本は後出の一首がない。同様に、622と623の間にある一首622bは「月前顕恋　せきかぬるなみだの露にやどりきて人にしらるゝそでの月かげ」で、歌頭に「在上」とあり、599と同種の符号を歌頭にのみ打つ。これも詞書をも等しくする506と重出（別本418にも詞書を異にして所載）であり、やはり削去符であろうが、部類からすれば秋部に所収の前出歌が除かれるべきであろう。類従本と三手本・神宮本等の巻二残欠本は重出はそのままで注記類はなく、内閣本には後出の一首がない。

巻二には七〇六首を収めるが、以上の三首が重出して、歌の実数は七〇三首であり、巻軸識語の「已上七百三首」と符合する。ただし、冬部の「冬山」題の「ふりつもるゆきのしたしばうちなびきさびしさまさる冬の山かぜ」（566）は、「雪」題の下（591）にも収められている。この類は他に、巻を越えても見られる。巻二春部の「うぐひすのうたのなかに／ゆふぐれはやまとやみえむうぐひすのまがきの竹にねぐらしむなり」(220)が、巻三春部の「夕鶯」題の下(927)に収められている。また、巻三雑部の「除目／この秋はわがなもらすなみかさやまさのみしぐれにそでやぬるべき」(1670)が、巻四雑部に、詞書「おなじころ、秋の除目ちかくなりて、さやうの事うれへ申人のまうできて、歌よみ侍しついでに」(2555)の下に収められている。他に、巻二「鶯の歌の中に」220と巻三「夕鶯」927、巻三「寄河恋」1460と巻四同題2362は同じ歌で、巻二「藤」371と巻四「松上藤」1863は一字異なるが同じ歌か。これらは、勘違いや見落としによる重複の可能性も捨てきれないが、同じ歌を別機会に再利用した結果、もしくは別題(詞書)に同じ歌を配した措置と見るべきである。同様に、巻二秋部507と恋部629に「月前逢恋」題の同じ歌があるのは、前者が九月十三夜為家家探題歌会「月前…」題の作六首の一首なので、そのまとまりを優先して秋部に置きつつ、内一首を恋部に配したのであろう。[3] 従って、前記の注記や削去符は、本書編纂者の手かその意志を承けた者により付されたものと思われ、該本はその過程を留めているのであり、該本が編纂者自身に極めて近い位置に成った可能性を示しているのではないだろうか。なお、以上に見る限り、巻二残欠本の本文は類従本に近いが、それに反する点もあり、また残欠本諸本内の差異も存しているようである。

ちなみに、天理本『別本隣女集』の「除棄歌印」(前掲解題)は、該本の599歌や622と623の間の歌に打たれた、庵点(横画が波打つ鉤点)様の符号と同様である。これと同種の符号が、該本の巻四の2097、2204、2249、2405、2471(詞書も)、2494(詞書も)、2511、2536の八首に打たれている。この内、2097は雅有の他書所収歌(都路の別れ・三二)、2471は雅有男雅顕の他集歌(右近少将藤原雅顕集・八二、新千載集・離別・七五八・藤原雅顕)である。それ以外は不明だが、これも何らかの理由による削去を示す符号であろうか。巻四の端作の下には「八百九拾七首」とあるが、該本の歌数は九一七首である。仮に八首を除いても九〇九首であり、符合しないが、今は不明とせざるを得ない。

結局歴博本は、現存諸本中では、圧倒的に書写年代が古く、また本文内容も系統上高く遡るのであり、作者あるいは編纂者に極めて近いところで書写成立したかと考えられる。序と巻一を欠くことが惜しまれるが、諸本間における本文の優位性は疑う余地がないであろう。

参考までに、完本であり『私家集大成』と『新編国歌大観』の底本でもある内閣本との細かい字句の異同で、『新編国歌大観』の校訂表に見えないものとして一例をあげておく。「(六月祓)／みそぎするあさのたちえのとりもあへずふけ行そらに秋風ぞたつ」(該本1986)の結句には「秋風ぞふく」(内閣本)の異同がある。「たちえ」と「たつ」の重なりを嫌えば、しかし「ふけゆく」と「ふく」も重なるのであり、先例(老若五十首歌合・一九四の後鳥羽院詠等)に照らしても「六月祓」の題意にはむしろ「たつ」が適っていて、こちらが原本文であると考えられるのである。

七　成立説と序文の読解

『隣女和歌集』は、該本の欠く巻一が「正元年中」(一八六首)、巻二が「自文永二年至同六年」(七〇六首、三首重出)、巻三が「自文永七年至同八年」(八一〇首)、巻四が「自文永九年至建治三年」(九一七首)の作を収めており、所収歌の上限は正元元年(一二五九)で、その下限が建治三年(一二七七)である。また、巻一から三までの巻軸にある合点の次第を記した識語の年紀の幅は、巻一「正応五年五月日書之　前参議藤原朝臣」が最も早く、巻三の「永仁二年十二月廿三日」が最も遅く、即ち、正応五年[4](一二九三)五月から永仁二年(一二九四)十二月二十三日までである。このことから、本書の原態を、永仁頃までの歌を収めた五巻以上の形であったか、あるいは老病故に業半ばで中絶したか、とする考えも示されている(『群書解題第九巻』昭三五・一一、辻信執筆「隣女和歌集」の項)。また、弘安元年(一二七八)の作を収めて同年頃に成立したとされる別本『隣女和歌集』は、『隣女和歌集』に「連続すべき一連の雅有の作品」であり(植谷前掲論攷)、あるいは『隣女和歌集』巻四を承けて編集形式を変えて「整理しようとした」か、との見方もある(『日本古典文学大辞典第六巻』昭六〇・一二、佐藤恒雄執筆「隣女和歌集」の項)。

その上で、序文も含めた本集の成立は、永仁三年（一二九五）前半ともされ（前掲佐藤項目）、動機としては、永仁元年（一二九三）八月の伏見院によるいわゆる「永仁勅撰の議」が考えられてもいる（群書解題、新編国歌大観解題等）。集中の作品の詠作年次の下限建治三年（一二七七）と巻軸識語の正応五年（一二九三）との懸隔をどう見るか、によっていくつかの解釈は可能であろう。しかしながら、本集の現存本の形が成ったのは、永仁二年（一二九四）十二月二十三日以降であることだけは間違いないのである。

ここで、序文が成立の事情を示唆していると思うので、その全文を、桃園文庫本を底本に、林原文庫光政筆両本・内閣本・群書類従本を対校して作成した整定本文で示す。表記は適宜改める。現代語の訳を記しておく。

［序本文］

①やまとうたは、みなかみ籖の河より出でて流れ、玉垣の国つわざとなれりしより、代々の勅撰、家々の打聞、いにしへのあとを継ぎて今の世に絶えずなりぬるなかに、歌よみと思へる人、高きも下れるも、みづからの歌をしるして家の集とせり。かれは心の花いたづらに散りうせ、詞の林むなしく埋もれ木とならんことを惜しみ、もしは末の世の集のためと残し、かつは亡きあとの形見と思へるなるべし。

②ここに人なみなみに、正元よりこのかた和歌の浦にかき捨てし藻屑を、今拾ひ集めて、隣女和歌集といへることあり。先に言ふところの歌仙たちのおもむきにはあらず。これはただ、この道にふける思ひにひかれて、堪へざる身愚かなる詞をかへりみず、折につけ時に従ひてこころざしを述ぶる数を見て、年々に深くなり浅く怠る心のほどを知らんためばかりに書き留めぬるを、白糸のこの筋をば知らず、呉竹の世の常にならひて見ん人は、賤が垣根にさらす布を心一つに花と誤り、難波江に生ふる蘆をも我が目には良しと見るになんなりぬべし。

③おほよそいとけなかりしより、数々に書き置きし言の葉、度々の宿の煙に大空の霞となりにしかば、過ぎにし

弘安の初めより、ことなる節なしけれど、ゐなのささ原茂るにまかせて、高き短きをも言はず、なほき宮木まじはらざれば、朽木の杣にまがりゆがめるをも嫌はず、さながら書き載せぬる、あざけり今の人の聞き、後の世のそしり、逃るるかたなく、憚りおほしけれど、願ふところは、心ざしの深くて、世の営みに紛れぬかたをあはれみて、つたなき詞、いやしき姿をば、思ひ許せとなり。

④又、題の次第、歌の匂ひ、詞の書きざま、古き言、かやうの節々、さながら多く、かたくなに違ひひがめること、みづからととのへんとすれば、老いの病もの憂く、再び見んはたはれはづかしく、いはんや人の手を借らむすらかたはらいたきによりて、この道にあやめもわかぬともがらに任せて書き集めさせぬれば、うしろめたけれど、力無き身のいたつきになんまけにたる(5)。もし見む人このおもむきを思ひてあざけることなくは、望むところたりぬべし。

⑤そもそも我が上は、新古今・新勅撰の姿を心にかけ、中ごろよりは万葉・古今等の心地を、いかでかと請ひ願へども、箕裘をだに学び見ず、かの西施が隣の女の、かれをうらやめるよそほひ、もとのかたちよりはますます醜くなりにけるになずらへて、この集の名とせり、といふことしかり。

[現代語訳]

①和歌は、源の「簸の河」から流れ出て、(玉垣の)国の技となってから、代々の勅撰集や家々の私撰集が、昔のあとを受け継いで今の世に絶えることなくあった中で、歌人と思っている人は、身分が高い者も低い者も、自詠を記して家集としている。それらは、「心の花」たる歌がはかなく散り失せ、「詞の林」たる歌がむなしく埋もれ木となるだろうことを惜しんで、あるいは後代の撰集の為にと残し、また没後の形見とも思っているのであるに違いない。

②ここに、波ならぬ人並みに、正元以来の、和歌の浦に掻き捨てた藻屑のように書き捨てた歌を、改めて拾い集めて「隣女和歌集」と言っている事がある。先に言うところの「歌仙」達の（家集の）趣ではない。これはただ、歌道に耽る思いに導かれて、歌に堪えない身の愚かな詞などを省みることなく、時節折々に従って志を述べ詠じる歌の数が多くなったのを見て、その年その年で和歌に深く向けたり浅く怠ったりする、自分の心の程を知ろうとするためだけに、（それらの歌をこの家集として）書き留めてしまったのだけれど、しかし、（白糸の筋の）この筋道を知らずに、（呉竹の節の）世の中の常に倣ってこの家集を見るような人は、賤家の垣根に晒してある布のようなこの家集を、私の思いとは関係なく勝手に花と見誤り、難波江に生える蘆のような悪しきこの家集もその人自身の目には良しと見ることになってしまうに違いない。

③おおよそ幼かったときから、数々多く書きおいた歌が、度々の家の火災で大空の霞と失われてしまったので、（再びそうなることを恐れて）去る弘安の初めからの、格別な見所はないのだけれど、猪名の笹原の茂るように歌が増えるのにまかせて、その笹の高い短いように歌の勝っているのも足らないのも判断せず、真っ直ぐな宮木のような良い歌は混じっていないので、朽木の杣のように曲がり歪んでいる悪い歌も嫌うことなく、（どんな歌でも）そのまま書き載せてしまった、それに対する嘲りを今の人が聞き、後の世（の人）が誹り、それらを逃れる方途はない。憚りは多いのだけれど、願うところは、（私自身の歌に対する）志が深くて、世の中のすることに同じようには紛れない点を憐れんで、この家集の歌の拙い詞や卑しい姿を、心に許し認めよ、ということである。

④また、題の配列や、歌の余情や、詞（詞書）の書き様（の拙劣さ）や、古めかしい言い方など、このような諸点がそのまま多くあって、見苦しく間違い誤っていることを、自分で整えようとすると、この身の老いの病がもの憂く辛く、もう一度見るようなことはばかばかしく気後れして、ましてや人の手を借りるようなのさえもきまりが悪いのによって、この歌の道にまだ分別もなく未熟な輩に任せて、歌を書き集めさせてしまったので、気がか

りだけれども、力のない身の病気にまけてしまった。もし、この家集を見るような人は、この趣旨を思って嘲笑することがないとしたら、望むところが満たされるのに違いない。⑤そもそも、私の初めの時期は、新古今集や新勅撰集の姿を心に掛けて、少し前頃からは、万葉集や古今集等の境地を、何とかしてと請い願っているけれども、「箕裘」（家業あるいはその継承。礼記・学記）をさえ学び習うことなく父祖の業を継承できず、あの（春秋時代の越の美女）「西施」の「隣の女」（荘子・天運）が（むねを病んで矉する）西施をうらやんだ（真似た）ありさま、即ちもとの姿形よりますます醜くなったそのことになずらえて、この集の名前としている、というのは以上のような次第なのである。

むすび――成立過程

この序文自体、例えば結辞が『新勅撰集』序に倣ったかと見られるなど、興味深い内容を持つが、その考察は別に譲り、ここでは成立に関わる点にのみ焦点を絞りたい。

すなわち、②は、正元以来の歌を自撰した「隣女和歌集」と呼ぶ家集が既に存在することを言い、③④は、さらに加えて弘安以来の歌を自身の老病故に末輩に委ねて雑纂させたことを示している、と考えるのである。あるいは④は、既存の「隣女和歌集」の再修整をも末輩に託したことを窺わせているように読めなくもない。しかしいずれにせよ、②と③④とが、正元以来の歌の自撰と、弘安以来の歌の他撰と、両度の家集編纂があったことを伝えていると見ることは、現存家集の在り様に照らしても、許されるのではないだろうか。つまり、この正元以来の歌の纂修が、現存四巻の部類されている『隣女和歌集』にあたり、弘安以来の歌の収集が、部類なく詠作機会のまま書載されている現存一巻の『別本隣女和歌集』の類に相当する、と考えるのである。

その巻四までの「隣女和歌集」には、巻一巻軸に「已上百八十六首、墨者中書大王御点、朱者戸部尚書点也。右愚詠、

去正元二年之春、依二竹園之召一、所二書進一三百首之内也。両方無点歌等除レ之畢、正応五年五月日書レ之、前参議藤原朝臣（花押）。／勅点十八首頭朱、永仁元年十二月十二日被レ返二下之一、前参議雅有」（桃園文庫本）、巻二巻軸に「已上七百三首、合点者故戸部禅門也。勅点四十五首頭朱、与二第一一同日、前参議藤原朝臣」、巻三巻軸に「已上八百四首、点者戸部禅門也、星点者権黄門也、依二恩劇一、雖下不二終功一及中両年間上、為二粉失（ママ）一乞返レ之了、永仁二年十二月廿三日」とある。

この「前参議藤原朝臣」は雅有自身である。他は、当時の歌壇状況を考えれば、周知のとおり、「中書大王」「竹園」は宗尊親王、「戸部尚書」「故戸部禅門」「戸部禅門」（存疑）は為家、「勅」は伏見天皇、「権黄門」は為兼、と推定される。

とすれば、少なくとも為家の加点を得ている巻三までは建治元年（一二七五）五月一日為家没以前の成立であろう。その巻一は、宗尊に召されて加点も得た当初の三〇〇首を、正応五年（一二九二）五月に雅有自身が無点歌を除いて一八六首にしたものであり、また巻一・二は、永仁元年（一二九三）十二月十二日までに伏見天皇の加点を得、かつ巻三は、翌年（一二九四）の十二月二十三日までに為兼の加点を得ていることになる。なお、巻二の合点に散見する「行家卿同」の注記が、藤原行家の加点を示すとすれば、行家没の文永十二元年（一二七五）正月十一日以前ということになる。ちなみに、同様に記す「藤亜相」は、文永四年（一二六七）二月二十三日から翌年正月二十九日まで権大納言に任じた為氏か、正応五年（一二九二）十一月五日から十二月二十五日まで同職に任じた為世を指すのかもしれないが、ここでは保留しておく。

一方、歴博本『隣女和歌集』と天理本『別本隣女和歌集』は同筆であると見てよく、表紙は前者が改装であり比較できないが、綴じ方（綴葉装で各帖七折）・書型（縦二四糎前後で横一六糎前後だが後者がやや小さい）をほぼ等しくし、字面の高さ（約二〇糎。天理本は影印の印面から推定）と一面行数（前者814まで八行、以後ほぼ九行、後者ほぼ九行）および書式（一首上下句二行分書、詞書二字下げ、該本巻三のみ三・四字下げ）等もほぼ一致する。永仁二年（一二九四）十二月二十三日以降に書写成立した歴博本と天理本は、同機会の書写成書化ではないだろうか。なお、先に述べたとおり、歴博本は本文の書写状況から自筆とは認めがたく、雅有筆と伝える天理本「別本隣女和歌集」も、これに同筆とすれば、自筆ではないであろう。

以上の諸点を総合して勘案すると、家集および該本成立の道筋は以下のようには考えられないだろうか。

まず、雅有自身が、文永八年（一二七一）以後、建治元年（一二七五）五月一日の為家没以前に、正元以来の歌を収めた巻三までの部類家集を編纂する。巻一は宗尊に召され加点も得た「三百首」であって、さらに巻一から三までには為家の加点を得た。その後、永仁の勅撰企画に至るような機運を察知してか、正応五年（一二九二）五月の段階で、巻一を無点歌を除く百八十六首にする。そして、永仁の勅撰企画に連動して、巻一・二には、永仁元年（一二九三）十二月十二日に伏見天皇の勅点を得る。さらに、永仁二年（一二九四）十二月二十三日までに、為兼の加点を得る。建治三年（一二七七）以後のいずれかの段階で巻四を追加していた。程を経ず、末輩に委ねて、弘安初め(6)以来の歌を詠作機会毎の雑纂家集として編纂した。現存『別本隣女歌集』の弘安元年（一二七八）～二年頃の歌だけでなく、それ以降の歌の部分も元来は存していたのかもしれない。(7)その上で、雅有自ら記した序文を「隣女和歌集」の序として付した。また、これまでのいずれかの段階で、雅有による細かな修正が家集全体に渡り少なくとも両度に及んで加えられたかもしれない。

その他撰雑纂家集の一部が、『別本隣女和歌集』ではないか。天理本はその原本である可能性があるし、書写本としても原本に極めて近いと見てよいであろう。自撰（自筆）の部類家集「隣女和歌集」四巻も、その折に同じ手によって書写されたのであり、それが当該の歴博本『隣女和歌集』ではないだろうか。

【注】

（1）これは、「よそぢ」がまさしく「四十」を指すという前提に立った立論であろう。しかし、当時の和歌の実際では、「よそぢ」は、三十代を指すことが少なくない。もちろん、「よそぢに余る」という場合は四十歳過ぎを言うことが普通なので、対照的に「よそぢに掛かる」の場合は四十歳未満を言うのであろう。それでも、三十九歳に限定する必要はないであろうし、三十九歳を含めてもいいであろう。結局、この歌のみによって、『別本隣女和歌集』の歌の詠作年次を特定することには、慎重であるべきかと考えるのである。後述のとおり、『隣女和歌集』序で、雅有自身が言う「公安の初め」と見ておくしかないということになる。初出では、植谷の弘安元年説に沿って論じたが、鹿目・濱口解題を踏まえ、弘安元年〜二年の幅を見ておくこととする。

（2）初出では、1384の題が「くちかたむ」であることを軽視して、1385「忍恋」と1387「待恋」にはさまれた1386の「たのむる」の小字補入は、「1386歌は「忍恋」より「頼むる（恋）」が相応しいと考えなおした雅有自身の意識を反映したものとは考えられないだろうか」と述べた。この考えは、撤回する。

（3）上述した564と570の重出も、前者が十月一日為家家探題歌会「冬…」題の作五首の「冬落葉」の一首で、後者の詞書は「落葉歌中に」である。重出配置したが、同じ冬部で近接しているので、後者に削去符を付したか。

（4）初出では、誤って「正応元年（一二八八）」と記した。訂正する。

（5）『徒然草』巻末の「才のほど、すでに顕れにたり」の「にたり」と同様の語法か。

（6）初出では、「弘安元年（一二七八）」とした。

（7）初出では、「弘安二年以降の部分も元来は存していたのかもしれない」とした。注（6）部分も含めて、基本的な考え方は変わっていないが、趣旨をより明確にするために補正する。

第三章　打聞と歌合

第一節　『拾遺風体和歌集』の成立

はじめに

鎌倉後期の関東歌壇の主要業績である『拾遺風体和歌集』(1)（以下『拾遺風体集』と略記する）の成立については、早く、石田吉貞による「乾元元年から延慶元年まで」との時期の推定(2)（根拠は記されていないが、恐らくは作者位置によるか）が存している。その後、濱口博章の本格的考察(3)によって、作者の位置（「式部大輔広範卿」と「式部大輔広範卿女」）の記載による広範の任式部大輔以後、「為相」が「朝臣」であることによる為相の任参議以前（もしくは為兼の任権大納言以前）や構成（為相自身と為相に関係ある人の歌が多く、また冷泉派に厚く二条派に薄く、かつ藤原長清が入集）ならびに書名（為相の官侍従の唐名が「拾遺」）あるいは当時の歌壇状況（為相が「鎌倉歌壇」に重きを為していたこと）等から、その成立時期は、乾元元年（一三〇二）七月二十一日以後、延慶元年（一三〇八）五月（もしくは同三年）以前で、撰者は、冷泉為相もしくは為相と極めて親しい人と推定され、「公的な、勅撰集に範をとった」「冷泉派の歌集」であり、同じく為相撰と考えられる『柳風和歌抄』と共に「鎌倉歌壇を代表するもの」との評価を得た。この推論は、同集の研究に於いて極めて重要であり、基礎的な考証はほぼ尽くされていると言える。これ以降、大筋としてその結論は定説化しつつ、福田秀一による、勅撰集を撰進し得なかった為相の自足の撰集(4)で成立時期の下限は徳治三年（十月九日延慶と改元、一三〇八）二月（為相の叙従三位）に縮め得る(5)、との追認・修正や、谷鼎による、巻首への順徳院詠の配置と至尊としては後鳥羽・土御門・順徳の三院が主であることに「光俊（真観）の影響が相当にありそうである」、との見解(6)などが示されている。さらに、井上宗雄は、濱口説の定説化を承認した上で、「藤原頼基朝臣」の位署に注目して、「嘉元二年七月叙三位の前かとも思われるが、まずその前後、大ざっぱに嘉元年間の成立といってよいであろう」、また、「続拾遺以前の入集歌は採っていないが、新後撰とはかなり重複する。従って新後撰披露と前後して成立したものと考えてよい」と説いているのである。(7)その後に刊行の諸辞典類(8)では、以上の所説が踏襲されているが、中で、『日本古典文学大辞典』（岩波書店、昭五九・四）の当該項目（大島貴子執筆）は、乾元元年（一三〇二）以降徳治三年（一三〇八）以前の成立で冷泉為相撰かとの濱口説を継承しつつ、「本書には『続拾遺和歌集』までの勅撰集に入集していない歌が収められているから、「拾遺」には文字通り、勅撰に漏れた歌を集めたとの意味も含まれているのであろう」との書名に関する新見を示しているのであった。

著者は、かつて、この『拾遺風体集』の諸問題について、修士論文(9)（昭和五十六年度）にまとめ、それを基に、昭和五十八年一月に続群書類従所収本の本文の素性（続類従本は内閣文庫の一本（二〇〇・二二七＝乙本とする）を底本、別の一本を対校本（二〇〇・一六＝甲本とする）として成立し、若干の改訂を含みつつ活字化に至る）に関する論文を公にし、(10)また、主に諸本と成立に関して、和歌文学会昭和六十二年十一月例会で口頭発表を行ったことがあり、(11)その要旨は公刊されている。(12)その段階では、未調査の伝本が数本(13)あった為に、後に閲覧の機会を得られれば、改めて諸本論をまとめたいと考えていた。しかし残念ながら、それを十分に果たせないままに現在に至っている。なおこの間、『新編国歌大観』第六巻（昭六三・四）に、有吉保氏蔵青谿書屋旧蔵本を底本とする本文が収められ、その解題（有吉執筆）では、撰者については為相説、成立時期については井上が留保しつつ主張したところと同じ嘉元二年（一三〇四）七月下限説が示されている。

現存諸本の包括的調査を為し得ないままに成立の問題を論じることにはややためらいを覚えるが、右のような事情を踏まえ、この際、同集の成立に関して、先行の諸説を整理しつつ、改めて私見の要点を記しておきたいと思う次第である。

一　作者の位署と勅撰集との重出

『拾遺風体集』の伝本は、周知のとおり、広本系と抄出本系とに大別されるが、(14)本節では、主に広本系の成立を論じて、抄出本系の派生については、ごく簡略に記すにとどめ、抄出本系の伝本系統やその本文が広本からの抄出と認められる事由等は、割愛することとしたい。

まず、成立時期について、従来の説に従って改めて所収歌人の位署に注目すると、直接に問題となるのは、次のごときである。(15)

①式部大輔広範卿（三九五、五一五）。
②式部大輔広範卿女（四八五）。
③藤原頼基朝臣（一八七）、頼基朝臣（三三〇）。

①と②より、非参議従三位藤原広範が式部大輔に任じた正安四年（十一月二十一日乾元と改元、一三〇二）七月二十一日（公卿補任）が、上限となる。一方、③より、藤原頼基が従三位に叙された嘉元二年（一三〇四）七月二十

四日（公卿補任）が、下限となる。

ここで問題となるのは、前記濱口論攷でも取り上げられた、続類従本等に見える「権中納言公雅」（二九三）、「公雅卿」（四六〇）の存在であろう。濱口は、

a正二位権大納言藤原公雅（西園寺流、実明男。宝治二年（一二四八）三月二十日、六十六歳で没）

b正二位権中納言三条公雅（本名公夏、公卿補任では乾元元年（一三〇二）より「公雅」。公泰男。暦応三年（一三四〇）八月、七十七歳で没）

の両者を、慎重に検討した上で、前述の上下限の範囲に収まる、為家と同時代のaの公雅と認定した。これはしかし、井上宗雄が、「公雅」を「公雄」とする続類従本以外の本文が良いとした考えに従うべきかと思われる。より具体的に見ると、続類従本の本文は、二九三番の作者は、その底本たる内閣乙本の「権中納言公雅」（内閣甲本「権中納言公雅卿」）を採択しつつ、四六〇番の作者は、底本に「公雄卿」とあるのを退けて校合本たる内閣甲本の「公雅卿」を以て、両首間の統一を図るべく校訂したものと推測されるのである。諸本を見渡すと、両首の作者は、四六〇番が内閣甲本を除き、また二九三番も内閣甲・乙両本と書陵部本を除き、「公雄」とある。[16] その小倉公雄は歌人としての事績[17]から見ても入集に不思議はなく、かつ、生没年は不詳だがその官位――文永四年（一二六七）二月二十三日任権中納言、同九年（一二七二）二月二十二日正二位権中納言で出家――は、上述の成立時期の範囲に「権中納言」、「卿」と表記されることに[18]も矛盾しないのであって、この両首の作者は、小倉公雄と認定してよく、即ち、松平甲本以下の「権中納言公雄卿」「公雄卿」が妥当な本文だと思量するのである。[19]

以上より、集中作者の位置に基づく本集の成立時期の範囲は、正安四年（一三〇二）七月二十一日〜嘉元二年（一三〇四）七月二十四日ということになる。

さて一方、本集所収歌の勅撰集との重出状況（数）は以下のとおりである。[20]

新後撰集…一四（首）、玉葉集…一六、続千載集…五、続後拾遺集…八、風雅集…五、新千載集…一三（内一首重複）、新拾遺集…九、新後拾遺集…四、新続古今集…七。

右の状況より見て、『新後撰集』以後の各集との関係（例えば本集より採録された可能性等）は措くとして、少なくとも、本集の撰者が意識的に『続拾遺集』以前の勅撰集所収歌を採択しなかったことは明白であろう。と同時に、本集の成立は、撰者の『新後撰集』披見以前であると推断され（本集撰者の境遇によって披見の時期は違うであろうが）、従って、井上の説いたとおり、『新後撰集』奏覧の嘉元元年（一三〇三）十二月十八日（一説十九日）の前後に、『拾遺風体集』の成立時期の下限を設定してよいと考えられ、前述の位置による下限を少し引き上げる余地があるものと思われるのである。

二　集の構成

ところで、右記の勅撰集との重出状況は、また、『拾遺風体集』の撰者が「勅撰和歌集」を強く意識していたことの表れと捉えることができる。ここで、濱口が「勅撰集に範をとった」とした本集の構成を確認してみたい。部立構成と各部の歌数および巻頭・巻軸の歌人の配置は次のとおりである。

部立	歌数	巻頭	巻軸
春歌	四五	順徳院御製	高階基政朝臣
夏歌	三六	後京極摂政太政大臣（良経）	後鳥羽院御製
秋歌	六四	隆祐朝臣	藤原兼綱朝臣
冬歌	四五	藤原隆祐朝臣	衣笠内大臣（家良）
賀歌	一五	定家卿	前参議俊憲

哀傷歌	一五	五節（上東門院五節）	菩提院法親王
離別歌	二三	隆持卿（実は隆博か）(21)	常盤井入道前太政大臣（実氏）
羈旅歌	三二	前大納言為氏	九条内大臣（基家）
恋歌	七九	中務卿宗親王（宗尊）	道因法師
雑歌	一七九	慈寛法師	法印円曾(22)
雑歌	一二六	慈寛法師	法橋顕昭
神祇歌	一四	僧正公朝	能因法師
釈教歌	三九	弘法大師	法印円曾

この部立の順序は、『新古今集』に一致する。各部の歌数も、秋が多く、冬が春と同数であることは、やはり『新古今集』（春一七四、夏一一〇、秋二六六、冬一五六。新編国歌大観本）に類似する。ちなみに、雑歌に比して恋歌が少ないことは、本集に女性歌人の入集数が少ないことと併せて注意される事実である。

次に、試みに四季部について主題配列のあり様を見ると、左に示すとおりである。

・春

立春（一・二）、霞（三～七）、若菜（八）、残雪（九）、梅（一〇～一二）、柳（一三）、若草（一四・一五（若菜））、春有明（霞。一六）、帰雁（一七～二二）、雲雀（二三・二四）、花（二五～三一）、落花（三二～三六）、苗代（三七）、菫（三八・三九）、杜若（四〇）、款冬（四一・四二）、藤（四三）、暮春（四四）、三月尽（四五）。

・夏

更衣（四六）、残花（四七）、卯花（四八～五〇）、葵（五一）、時鳥（五二～六一）、橘（六二）、橘・菖蒲（六三・六四）、五月雨（六五〜七〇）、照射（七一）、鵜飼（七二）、蛍（七三・七四）、逐涼[23]（七五）、夕顔（納涼。七六）、納涼（七七・七八（蛍））、夏扇（七九）、六月祓（八一・八二）。

・秋

立秋・初秋（八二・八三）、七夕（八四）、荻葉風（八五〜八七）、尾花・鶉（八八）、鹿（八九〜九二）、雁（九三・九四）、虫（九五〜九七）、秋夕暮（九八〜一〇二）、秋風（一〇三〜一〇五）、霧（一〇六〜一一一）、田家秋（一一二・一一三）、月（一一四〜一二八）、擣衣（一二九〜一三一）、鴫（一三二）、紅葉（一三三〜一四〇）、秋霜・菊（一四一）、暮秋（一四二〜一四四）、閏九月尽（一四五）。

・冬

初冬時雨（一四六）、時雨（一四七・一四八）、落葉（含嵐・木枯。一五〇〜一六二）、寒草（霜枯れ。一六三〜一六六）、氷（一六七〜一六九）、千鳥（一七〇〜一七二）、冬月（一七三〜一七五）、霰（一七六・一七七）、鷹狩（一七八）、網代（一七九）、雪（一八〇〜一八五）、豊明節会（一八六）、炭竈（一八七）、埋火（一八八）、歳暮（一八九・一九〇）。

右に見るように、各部立内の主題の配列（およびそれらの連繋[24]）については、勅撰集と類同の規範性が認められるのである。

なお、秋の巻軸は、「閏九月尽」と題する「藤原兼綱朝臣」の「なが月の日かずまされるとしなれどあかぬは秋の別なりけり」（一四五）という一首である。同首は、『赤染衛門集』（五六八）所収歌[25]であり、この兼綱は、粟田関白右大臣道兼の男で正四位下右中将に至り、後冷泉朝の天喜六年（一〇五八）七月二十九日に七十一歳で没した人物である。右に記したとおり、他の巻頭・巻軸歌人は、ほぼ新古今時代から鎌倉中後期までに活躍した人物であって、兼綱はやや異質であろう。つまりこの一首は、少なくとも歌人兼綱の面からの採択とは考え難く、やはり比較的珍しい「閏九月尽」の歌題を以て配されたものと推測される。そして、それは、同じく秋巻軸に「閏九月尽の心を」を配する『新古今集』に倣ったものと考えられるのである。

また一方、賀部の巻頭・巻軸は、「建長二年百首歌たてまつりけるに／定家卿／さざれ石もいはほとなりてあすか河淵せのこゑをきかぬ御代かな」（一九一）と「御屏風歌／前参議俊憲／霰ふる玉野の原に御狩してあまのひつぎの贄たてまつる」（二〇五）という、御代と皇統を祝ぐ歌が配されている。また、「文応元年大嘗会、主基方備中国稲春歌」（二〇二）や「続古今竟宴歌」（二〇四）が収められているなど、単なる私的打聞にしては、公的なるものへの傾斜が強いとの印象を払拭しきれないのである。後者については、『続古今集』（一八九六）に「新古今集竟宴歌」が収められて以後、『続拾遺集』（七五一）と『玉葉集』（一〇九四）および『続千載集』（二一三七）には、「続古今集竟宴歌」が収められているのである。この種の歌の入集は、『拾遺風体集』の撰者が、『続古今集』や『続拾遺集』などに範を求めつつ、それらと同列にあることを誇示しようとする思惑の反映のようにも思われ、事実、本集成立以後の『玉葉集』や『続千載集』にも同様の詠が存していること[26]は、そのような思惑が的はずれではなかったというように把握することができるであろう。

さらに、雑部には、「続拾遺に読人しらずと入りける歌の名をあらはされてよめる／知円法師／あらはれて今はくちせぬ名取川身を埋木と何思ひけん」（四三四）との詠が見えている。これと同趣の詞書を有する歌が、『玉葉集』には「おなじ集（新後撰集）に名をかくしていり侍ることをおもひて／中臣祐臣／わかのうらに跡つけながらはま千鳥名にあらはれぬねをのみぞ鳴く」（雑五・二四五三）、また、『続千載集』には「玉葉集に名をかくされ侍る事をなげきてよみ侍りける／権少僧都能信／あらはれぬ名ををし鳥のみがくれてしづむうらみにねこそなかるれ」（雑中・一九三七）と見えているのである。『新後撰』『続千載』の両集が二条為世の、『玉葉集』が京極為兼の撰にかかるのを思う時、これらの歌の採録には、「勅撰集」の権威とそこに入集することの栄誉ならびに隠名で採択されることの悲運を前提とした、歌壇の対立的雰囲気の中での競合意識の反映を窺い得るように思われるのである。右に記した『続古今集竟宴歌』の採録の状況と併せて勘案すれば、『拾遺風体集』の撰者には、同集を勅撰集としての格に近付けようとするような意識が存し、（為氏への対立意識が存したかは措くとして）少なくとも結果としては、為世や為兼らの勅撰集に対抗する要素を包含する撰集となったと考えられるのである。

三　歌人別の入集数と撰歌の範囲

さて、既に濱口によって検証済み(27)の所収歌人の各入集数（三首以上）を、改めて確認しておくと、次のとおりである。

為家…一七(28)（首）、宗尊親王…一六、公朝…一五、定家…一五、家隆…一四、隆祐…一四、寂蓮…一〇(29)、為相…一〇、光俊…一〇、為氏…九（実際には八首(30)）、基家…九(31)、雅有…八、西行…七、寂恵…七(32)、為道（通）…七、長明…七、俊成…六。五首―円曾、家良、西円、為顕、平宣時。四首―安嘉門院四条、慶融、後鳥羽院、慈寛、順徳院、為兼、定円、平時治、知家、二条院讃岐、信実、雅経、雅成親王（六条親王）。三首―和泉式部、国助、実氏、慈円、俊成女、為守、土御門院、平時高、伏見院（中院）、宗泰、行家（実際には四首(33)）、行俊、良教、良心。

第一位の為家以下、定家、寂蓮、為相、為氏、為道、俊成、為顕、慶融、為兼、女流一位の安嘉門院四条、俊成女等、いわゆる御子左家の近親者が目に付き、この家筋の者が撰者であることを想像させるに難くない様相を示している。どの撰集にも相当数入集しても不思議のない歌人達ではあるが、例えば西行の七首を一つの目安として見ると、やはり、俊成・定家を祖とする家統による偏重の姿勢は自ずと明らかであると思われる。ただ、濱口も指摘するように、「二条派には薄」い姿勢が窺われるが、その中でも、現存者であり同家嫡流である為世が二首[34]のみの入集（これは例えば為守の三首に比しても冷遇と言える）である点は、本集撰者が、系統や年齢等の点で為世を特段には尊重する立場にはないことを物語っていよう。

また、入集数第二位の宗尊は言うまでもなく第六代将軍であり、三位の公朝[35]は、同親王幕下に活躍した関東歌壇を代表する歌人である。また、幕府執権にして為氏・為世とも交流した歌人である北条宣時を初めとして、北条や他家の武士も、各自の入集数は少ないながらも数多くの人物が採録されている。逆に、数少ない女流歌人の中には、宗尊親王家の女房の名[36]（小督、三河）が見えている。さらには、西円と浄意や景綱などの、いわゆる宇都宮歌壇の構成者も含まれており、加えて、寂恵や雅有などの関東に縁故のある人物も比較的厚遇されているのである。なお、作者の時代範囲としては、新古今時代以降当代までを中心とし、古いところでは、弘法大師や好忠、女性では和泉式部などの名も見えてはいるが、その類はごく少数である。

一方で、離別・羇旅の所収歌五十五首中十二首までが、京と関東との往還にかかわり、神祇歌巻頭の二首は、鶴岡八幡に関わる詠作である。これらの諸点だけでも、関東という地域による採択の指向性が明白であろう。

要するに、部立構成と主題配列ならびに作者の構成・配置および詠作機会という外形的な特質に見る限り、本集は、少しく勅撰集を意識した感のある構成様式の中で、御子左家という血縁的枠組みと関東という地縁的基盤の採択基準が二つながら存していると言える。従って、先述の推定成立時期に、このような歌集を撰修し得た人物としては、従来の説どおり、為相がまず最初に考えられて然るべきであり、書名が単に（恐らくは様々な歌の）「風体」の「拾遺」といった意だけではなく、当時の為相の官である侍従の唐名「拾遺」の意を含んでいると見ると、この為相撰者説は、極めて蓋然性が高くなろう。

なお、抄出本の撰者（抄出者）については、具体的人物を比定するような見通しは立てられないが、その抄出歌には右に記してきた広本系の性格要素がそのままに尊重保持されているとは認め難く、広本の撰者自身ではなく、その元来の編纂意図を汲むことにはこだわらなかった、後人の手になるのではないかと推測されるのである。

むすび――成立と背景

さて、以上のとおり、『拾遺風体集』の成立については、時期が、正安四年（十一月二十一日乾元と改元、一三〇二）七月二十一日以後、嘉元元年（八月五日乾元二年を改元、一三〇三）十二月の『新後撰集』奏覧の前後頃以前、と推定されるのであり、撰者は、従来の為相説が追認されるのである。この推測の上に立脚して、当時の歌壇状況を背景にして、主に為相の撰集動機の面に焦点を絞り、本集の成立過程について以下に記してみたい。

まず、いわゆる永仁の勅撰企画に望みながら撰者たり得ず、関東にも拠点を有した為相が、より直接には、正安三年（一三〇一）十一月二十三日の後宇多院による為世への勅撰集撰進の下命（もしくはそこに至る気運）を契機として、それに対抗するべく、撰集を思いたったものと憶測されるのである。そして、翌年（一三〇二）から嘉元元年（一三〇三）にかけての間に、関東方の資料なども拾集しつつ（あるいは乾元元年（一三〇二）二月に仮寓した(37)『夫木抄』撰者の長清家などでも関係の和歌資料を収集した可能性も考えられるか(38)）、特に、嘉元元年（一三〇三）五月二十九日の再東下（為兼卿記(39)）以前には部立の編成ならびに歌の選択や配列構成といった編纂の基礎的作業が為されていたかと想像するのである。この再東下以降にも歌の切継ぎや表記の手直しなどの撰修の細かい作業が継続されたことは想定してもよいであろう(40)。しかし、本集所収歌人には、現存『嘉元百首』の作者が四人（為世・公雄・為相・覚助）含まれているが、本集と同百首との間には一首も重出がない。特に、為相自身が、この再東下以前に詠進した「嘉元百首」の詠出以降に本集の編纂が本格的に行われたとすれば、まさに、為世の新しい勅撰集に対抗するべく、自己の最近作を（応制百首であることを隠しつつ）撰歌入集させることもしかねないのではないかと疑われ、それ以前に一応の成書化を見ていたのではないかとも思うのである。またしかし、これについては勅撰集撰進の為の応制百首から勅撰集奏覧以前に採録することをさすがに憚ったとも見られるのであり、確言はできず、一つの可能性として記すに留めたい。

要するに、『拾遺風体集』は、勅撰撰者たり得なかった冷泉為相が、二条為世の編むであろう勅撰集（『新後撰集』）を十分に意識しつつ、勅撰撰者に匹敵するべき力量と地位を他に誇示し自らも確認する為に、『新古今集』に範を求め、自身の家統という血縁と京都方・関東方双方に跨る地縁とを基盤として、撰歌編纂したものと考えられるのである。

その本集の本文は、調査できた現存諸本に拠る限り、精撰されて撰者の庶幾した完全な姿に到達しているとは認め難いものであるが、その本文状況をも踏まえた上で、では、本集が為相の和歌観をどの程度まで反映し、それが如何なるものであるのかについては、集の内実をさらに追究する必要があるであろう。

［注］

（1）初出では「躰」とした。これは、「體」の異体字（俗字）であり、通行の字体に統一する本節では、「体」を用いる。しかしながら、諸本の内題がほとんど「躰」で表記されていることからすれば、「躰」を用いることに一定の合理性がある。
（2）「宇都宮歌壇とその性格」（『国語と国文学』昭二二・一二）。
（3）「鎌倉歌壇の一考察―拾遺風躰和歌集・柳風和歌抄について―」（『国語国文』昭二九・七）。『中世和歌の研究　資料と考証』（新典社、平二・三）所収。後者では一部表現等が改められているが、ここでは原則として初出誌に拠った。
（4）「延慶両卿訴陳状の成立」（『国語と国文学』昭三二・七）。『中世和歌史の研究』（角川書店、昭四七・三）に所収。
（5）「暁月房為守の経歴と作品」（『国語と国文学』昭三四・六）。注（4）に同じ。
（6）『群書解題』第十巻当該項目（続群書類従完成会、昭三五・七初版、昭五七・七第三版）。

(7)『中世歌壇史の研究　南北朝期』(明治書院、昭四〇・一一初版、昭六二・五改訂新版)。以下、井上の説は全てこれに拠る。

(8)『和歌文学大辞典』(峯村文人執筆。明治書院、昭三七・一一)、『和歌文学辞典』(有吉保編。桜楓社、昭五七・五)、『和歌大辞典』(斎藤彰執筆。明治書院、昭六一・三)、別冊国文学『古典和歌必携』(三村晃功執筆。学燈社、昭六一・七)等。

(9)慶應義塾大学大学院文学研究科に昭和五七年一月提出の「拾遺風躰和歌集の研究—及びその周辺—」。

(10)「拾遺風躰和歌集」続群書類従活字本の成立経過」(『三田国文』一、昭五八・一)。

(11)和歌文学会昭和六十二年十一月例会(昭六二・一一・二一。於大妻女子大学)の「拾遺風躰和歌集について—諸本と成立—」と題する発表。

(12)『和歌文学研究』(五六、昭六三・六)に掲載。

(13)①久曽神昇氏蔵本、②有吉保氏蔵本、③竹柏園本。①と②は未見である。③は、天理大学附属図書館現蔵(九一六二・イ一九三)で、弘治三年(一五五七)五月の本奥書を有した文政八年(一八二五)八月写本。またその後、内藤記念くすり博物館に、二本の伝本が所蔵されていることが分かった。その九一一・シ・五一〇一一本は、〔室町後期〕写で高松宮伝来禁裏本に近く、九一一・シ・四七三七六本は、享保二年(一七一七)十二月写で、高松宮伝来禁裏本に近いが松平文庫蔵(一三〇・七)本の要素もある。詳しくは、天理図書館蔵竹柏園本と共に稿を改めたいが、現時点では、本節の説を改めるべき本文上の特徴を見出してはいない。

(14)各伝本の歌数は次のとおり。末尾の( )内に、注(11)所掲発表等の伝本論に用いている略号を記しておく。広本系…国立公文書館内閣文庫蔵本(二〇〇・二一六)=五三三首(内一首朱小字補入。内甲)、島原図書館松平文庫蔵本(一三〇・七)=五三一首(松甲)、宮内庁書陵部蔵本(一五五・二二九)=五二九首(書陵)、国立歴史民俗博物館蔵高松宮伝来禁裏本=五一三首(高松)、内閣文庫蔵本(二〇〇・二二七)=四九三首(内一首朱小字補入。内乙)、宮内庁書陵部蔵続群書類従原本=四九一首(続類従)、慶応義塾図書館(三田メディアセンター)蔵本(一二八・一七〇・一)=四一二首(慶応)。抄出本系…松平文庫蔵本(一三〇・八)=三一八首(松乙)、北野神社(北野天満)蔵本(シ第二九四号)=三一八首(北野)、彰考館文庫蔵本(巳四・〇六八七六)=三一七首(彰

甲）、同蔵本（巳五・〇六九〇五）＝三一七首（彰乙）。なお、内乙本に内甲本を併せた本文である続群書類従本と、有吉保氏蔵本を底本とする新編国歌大観本は、共に五三三首。

(15) 便宜上、『拾遺風体集』の本文は、原則として新編国歌大観本に拠り、その番号を用いる。ただし、問題となる異同がある場合には、その都度記すこととする。

(16) 抄出本系には両首は見えない。

(17)『続古今集』に二首、『続拾遺集』に五首入集し、以下の全勅撰集にも計一〇三首（重出一首）入集。弘安・嘉元（および文保）の各百首の作者。新家裕子「小倉公雄年譜」（『立教大学日本文学』五四、昭六〇・七）参照。

(18) 濱口が指摘するように、現官位ではなく前職や極官での記載にも「前」を付さないこと、また、同一人に数様の位署書があることは、他にもまま見えている。

(19) 新編国歌大観本は、二九三番を「権中納言公雅」、四六〇番を「公雄卿」とする。

(20) 以下に、各勅撰集との重出歌を番号で記しておく。上段が各勅撰集の、下段が『拾遺風体集』の新編国歌大観番号。
新後撰集…一五一—四四、二〇二—六四、二六三—八四、四〇一—九七、四四四—一四八、五四九—二二一、六六九—四九九、七三四—四八六、一〇六四—三三一、一三九二—四三〇、一四六三—四三一、一五五二—二一五、一五八六—一九二、一五九七—二〇一。

玉葉集…五八一—九四、七三四—一〇八、九二九—一七二、一〇八三—二〇〇、一一七五—二五六、一一四二—二六〇、一二三七—二七二、二〇〇四—三七九、二三〇三—二〇八、二四六七—四五五、二五一八—四五六、二六四二—五一二、二六五四—五二三（作者名異なる）、二七四九—四八七、二七七六—四八八、二七八六—四八三。

続千載集…七—一、二四六—五七、六四五—一七九、九五五—五一一、一二一六—三一五。

続後拾遺集…二一〇—六七、三九三—一三四、四四四—一六六、五三一—二三一、五五一—二四三、七四七—三三二、一〇六四—四七四、一三四三—四九一。

風雅集…一三九〇—三四七、一四〇三—三四六、一五八七—三八三、一七八二—四七七、二〇二一—二〇六。

新千載集…九—五、五三—一二、一五五—六、四三九—一一六、五六八—一三六、六三一—一五七、六四九—一七五、一〇四八—三〇二、一一三五—二八一、一四三一—二三四、二〇二八—四〇二、二〇六三—二二一・三九四。

新拾遺集…二五九—七〇、七三七—二二六、八〇五—二四五、八一九—二四九、八四三—二六五、八八七—二五五、一七七九—二〇四（作者名欠か）、一七九三—四二二、一八五八—四六八。

新後拾遺集…七四五—一二二、九七四—二八〇、九九八—三〇六（作者名異なる）、一四七二—四九六。

新続古今集…八〇—一〇、三三二—七五、五二五—一一三、一二九二—二九四、一三八二—二九二（作者名異なる）、一四九五—三一三、一六二九—三五八。

（21）松甲本の「隆将卿」以外は、「隆持卿」で諸本に異同はない。しかし、当該歌（二二一）は、『新後撰集』（離別・五四九）に作者「大蔵卿隆博」として見える。

（22）新編国歌大観本は「法眼」とあるが、松甲・書陵両本の本文に拠って「法橋」と改める。

（23）新編国歌大観本は詞書に「月前納涼」とあるが、松甲本以下の諸本は「月前送涼」とある。この一首は、『散木奇歌集』（三一四）に「月前遂涼」（私家集大成本、「遂」は「逐」が正しいか）としてあり、また、『新続古今集』（夏・三三二）にも「月前逐涼といふ事を」として収められている。『拾遺風体集』の本文としては、元来「逐」とあるべきものが、いずれかの段階で「送」に誤たれたものと見ておく。

（24）例えば、八五〜八七番は荻（葉風）、八九〜九二番は鹿の歌群であるが、その間の八八番には尾花（あるいは鶉）の主題でかつ「秋かぜ」の詞を含む歌を配して、「をぎの上風」の詞を含む八七番と「秋かぜ」の詞を含む八九番とを繋いでいる、といった事象。

（25）詞書「のちの九月つごもりの日、かねつなの中将」。

（26）『風雅集』（二一九三）、『新拾遺集』（一七七九）、『新後拾遺集』（一五五二）にも、「続古今集竟宴歌」が収められており、慣例化している感がある。また、『新後拾遺集』には「新古今集竟宴歌」（一五五一）、『新続古今集』には「風雅集竟宴歌」（八〇一）が収められている。

（27）注（3）所掲初出誌では続群書類従本に、同論攷所収書では新編国歌大観本に依拠していると思われる。

（28）新編国歌大観本では一八首だが、三八四番の「時雨／藤原為家／聞くたびにさそはれやすき涙かなわが心をばとめぬ時雨に」は、為家の家集には見えず、諸本の状況、即ち内乙本の作者名不記以外は抄出本も含めて作者名を「藤原為守」とすることからして、作者「為守」が有力と判断しておく。なお、佐藤恒雄『藤原為家全歌集』（風間書房、平一四・三）は、新編国歌大観本に拠って同歌を為家の歌として収めている。

(29) 新編国歌大観本では一二首だが、三七五番の「山家月／寂蓮法師／いつまでかかくても独山ざとの松のあらしの月にふく夜と」は、寂蓮の家集には見えず（半田公平『寂蓮法師全歌集とその研究』（笠間書院、昭五〇・三）は、本集を有吉氏蔵本に拠っている為、本集の項で採録）、諸本の状況、即ち作者名を同じく「寂蓮法師」とする書陵・内乙両本（および続類従本）以外は抄出本も含めて「寂恵法師」とすることからして、作者「寂恵」が有力と判断しておく。また、三八〇番の「擣衣／寂蓮法師／かくばかり夜を長月のから衣人やかはりてうちあかすらむ」についても、「寂蓮恵法し」とある内乙本および続類従本以外の諸本全て「寂恵法師」であり、これも作者「寂恵」が有力と判断しておく。

(30) 四四番に「暮春暁月／為氏卿／つれなくて残るならひを暮れて行く春にをしへよ有明の月」とあるのは、『新後撰集』一五一番に作者名「前大納言為世」として見える一首。

(31) 新編国歌大観本では一一首（三二三・三二四番の連首の内、詞書・作者名不記の後者を別人の作と見れば一〇首）だが、その内の三二三・三二四番の二首については作者名を「九条内大臣女」とする伝本（松甲・高松・慶応および抄出本）の本文を尊重しておく。

(32) 新編国歌大観本では五首だが、注（29）に記したとおり、三七五・三八〇番の二首を作者「寂恵」と見ておく。

(33) 二〇四番に「続古今竟宴歌／しきしまの道の光とまきまきの中にみがける玉をみるかな」と、作者名を記さず（二〇三番作者は「光雅卿」）にある一首は、『新拾遺集』一七七九番に作者名「従二位行家」として見える一首。

(34) 一一一番と四二三番。ただし、注（30）のとおり、実際には三首。

(35) 本論第一編第四章第三節「僧正公朝伝」、第四節「僧正公朝の和歌」参照。

(36) 本論第一編第一章第四節「宗尊親王将軍家の女房歌人達」参照。

(37) 「乾元元年二月藤原長清家歌合、松／同（参議為相卿）／さ夜ふけてただここに聞く浦波のこゑをわけたるいその松風」（夫木抄・巻二十九・一三七四六）等。

(38) 大塚勲「『夫木和歌抄』の編者藤原長清について」（『ぐんしょ』二八、平七・四）が、『夫木抄』の撰者の藤原長清について、従来言われてきたような、遠江の勝田（また勝間田）に拠した武士ではなく、「公家のひとりであろう」

（南家真作流丹波守惟清の子判官代長清の可能性を示唆）との異説を示した。その論証過程で、「藤原長清」が「勝田越前左近大夫入道蓮昭」と同一人とすることに疑義を呈し、遠江勝田氏の本姓が「平」であったろうことなどを指摘する。しかし、小林一彦「『夫木和歌抄』の成立―撰者をめぐる問題」（『国文学　解釈と鑑賞』平一九・五）がこれに反論し、小川剛生「勅撰集入集を辞退すること―新千載集と冷泉家の門弟たち」（『中世和歌史の研究　撰歌と歌人社会』塙書房、平二九・五）が、長清と蓮昭が同一であることを同時代資料から証明したように、大塚説は否定される。ここでさらに、大塚説の和歌をめぐる問題点について、言及しておく。大塚は、従来の長清を勝田氏とする根拠とされる、『夫木抄』所収の「永仁二年春藤原長清家にて、名所花を／前参議為相卿／たつねきてかつみるからにかつまたの花のかけこそたちうかりけり」（右論攷引用のまま。春四・一一〇九＝新編国歌大観番号）の一首について、歌題が「名所の花」であるので、「名所であれば名所（歌枕）の「勝田」は大和や美作のそれで遠江の勝田ではなかろう」とし、かつ、同歌が、『古今集』の「けふのみと春をおもはぬ時だにも立つことやすき花のかげかは」（春下・一三四・躬恒）を「本歌としている」ので、「その名所とその詠んだ場所とが同じである必然性はない」とし、「つまりこの歌から藤原長清の家が遠江の勝田に在ったとすることはできない」と説いている。しかし、たとえ『古今集』歌（「本歌」と見るかどうかは措くとして）を踏まえた詠作と見ても、歌中の「名所」と詠作の場が異なるとも断定し得ないのではないだろうか。たとえ「名所」（歌枕）として大和や美作の「かつまた」が遠江のそれよりも一般的であるとは言っても、それは「勝間田の池」としてであって、「名所の花」の題で無条件に態々詠出するような「名所」として認識されていたかは疑わしく、ここではやはり、「長清家」の言わば家誉めの祝意を込めて、その所在地名「勝田（かつまた）」を同音の「且つ」に導かれる形（「又」もかけるか）で詠み込んだと見る方が、より穏当ではないかと考えるのである。あるいは、たとえ歌中の「かつまた」が大和・美作のそれであったとしても、詠作地が遠江の「かつまた」である縁で同名の名所をあえて詠むということも十分にあり得たのではないかとも思うのである。また、大塚は、別の『夫木抄』所収歌「いとふなよきく河わたる道をよきてとはむとおもふかつまたの里」（右論攷引用のまま。雑十三・一四六一一）について、その「詞書に「家集　かつまたの里勝田　遠江　又大和或美作」とあ」ることに関して、この歌が『藤谷和歌集』では「海道百首歌中」の一首（勝間田　遠州・一二八五）で、この「勝田」が「遠江の勝田であるにもかかわらず、編者長清はそれと断定していないの」

は「長清が勝田氏の人ではなかったからであろう」と述べている。大塚論の、『夫木抄』の西順抄出本や寛文五年刊本に「遠江国住人勝田前越前守長清朝臣撰之畢」や「長清　法名蓮昭（照）」とあることに信を置かず、勝田氏の本姓が平氏である可能性が高いと見る立場に立つのであれば、長清が勝田氏であることは疑わしいと言えるのであろう。それでももしかし、それを以て、「藤原長清」の拠所が遠江の「勝田」ではないとは言えないであろう。大塚がいずれの本文に依拠したかは不明で（恐らくは桂宮本かそれを底本とした図書寮叢刊本か。なお、寛文五年刊本も同様だが「美作」は「美濃」とある）、周知のとおり『夫木抄』の本文研究はいまだ定説を見ていない。しかし、比較的書写の古い有力伝本と見られる、（大塚自身も「代表的写本」としている）静嘉堂文庫蔵本・永青文庫本に拠る限り、右の「いとふなよ」の次の読人不知の一首「なはしろの水ふみにこしけふよりはさなへとるらんかつまたのさと」の題詞には「かつまたのさと　勝磨田　大和又美作」とあって「かつまたのさと」の在国を確定していないが、「いとふなよ」の一首の題詞には「かつまたのさと　勝田遠」（静嘉堂本）「かつまたの里　遠近江」（永青本）とあり、後者の表記にはやや不審を残すものの、この一首については、明らかに遠江の勝田と認定されているのである。この事実は、逆にこの抄の撰者が、為相詠の「かつまた」に関しては、その所在が遠江であることを承知していたことの証左にもなり得るとも言えるのである。従って、長清が勝田氏であったか否かに関わらず、少なくとも、その在所は遠江であった蓋然性は依然として揺るがないのである。

(39) 注（7）所掲井上書所収「冷泉為相・為秀略年譜」参照。

(40) 本集の現存諸本は、全体としては完全に精撰された本文とは言い難い誤謬（作者の誤り、歌の重出等）や表記等の不統一が認められ、特にまた中には未完成の推敲過程を示すかのごとき様相も存し、いくつかの祖本を想定すべき本文状況を見せている。

第二節　『東撰和歌六帖』の成立時期

はじめに

柳営政治が北条氏による執権体制下に安定化した鎌倉中期には、武家の京都文化への志向が高揚し、同時に、その幕府体制の強化に呼応する形で、中央貴族達の関東への下向が促進された。この表裏をなす両面が相俟って、東の地にも一種の文化的雰囲気が現出したと考えられるのである。わけても、貴族文化の象徴と言える和歌については、鎌倉には既に頼朝や実朝以来の伝統も存していて、東人達の詠作意欲も決して希薄ではなく、一方、折からの中央歌壇の対立的情勢が、都の歌人達の関東進出を一層促すこととなった。こういった背景の中で、関東にも歌壇と称すべき活動が興隆したのである。その関東歌壇の業績の一つに類題集の『東撰和歌六帖』（以下『東撰六帖』と略す）がある。関東歌壇内には、京都中央歌壇を模倣して極力同じような状況を生み出しかつ対抗しようとする力が働いたことであろうから、言うまでもなく歌人達が詠作に際して参考としたであろう類題集は、歌壇と言える程に和歌活動が展開されれば、当然に必要な撰集とされたことであろう。『古今六帖』を規範として、鎌倉時代中期には『新撰六帖』、『現存六帖』という類題集形式の撰集が相次いで成立する。こういった京都中央の歌壇の動きにも恐らくは刺激され、鎌倉の歌壇もその成熟の度合に応じて、独自の類題集に対する欲求が高まり編纂に至ったかと想像されるのである。この『東撰六帖』の成立時期をめぐる問題について、改めて検証してみたいと思う。

一　撰者と二つの成立説

『東撰六帖』は、将軍・執権をはじめ、幕府の武家や官吏、ならびに、関東祗候の廷臣や親幕の公家、および、鎌倉僧界の僧侶などの詠を、二百題に部類し、四季・恋・雑の六帖に編纂した類題集である。題目録と第一帖春部のみが完存し、別に、四季部（第一～第四帖）からの抄出本が現存する。

その撰者は、笠間時朝（宇都宮一族）の家集『前長門守時朝入京田舎打聞歌』（『勅撰并都鄙打聞入長門前司時朝歌』とも。以下『時朝集』とする）の前半部の「所入撰集歌」（既存各集へ入集の時朝詠を集毎に一括所載する）に、「東撰六帖に入歌　四十七首／後藤壱岐前司基政撰」とあることにより、関東御家人にして歌人の後藤基政と知られる。また、成立時期については、従来、次の二つの説が提出されている。

イ　弘長元年（一二六一）七月二十二日～文永二年（一二六五）九月十七日

ロ　正嘉二年（一二五八）七月九日～正元元年（一二五九）九月二十八日

イ説は、[1]『吾妻鏡』弘長元年（一二六一）七月二十二日の条の

今日。関東近古詠可二撰進一之由。被レ仰二壱岐前司基政一。

という記事を、宗尊親王から基政への『東撰六帖』撰進の下命を伝えるものと見て、それを上限とし、他方、集中では、その宗尊は「三品」と表記されているので、宗尊が「一品」に進む、文永二年（一二六五）九月十七日をもって下限とする考え方である。

これに対し、ロ説は、[2]集中作者の位署に注目し、その中で、「藤原雅有」に「朝臣」が付記されていないことから、雅有が四位に達する以前であるので、その正五位下に叙された、正嘉二年（一二五八）七月九日をもって

上限とし、一方、「花山院宰相中将長雅」より、長雅が参議右中将から権中納言に転任する、正元元年（一二五九）九月二十八日をもって下限とする考え方である。

この両説の当否については、樋口芳麻呂が、ロ説を主張しつつ、「外部徴証（吾妻鏡の記載）よりは、内部徴証（六帖中の作者の位署）の方が信憑されるべきであろう」としていることに従うべきであると考える。また、樋口は、その傍証として、「遅くとも弘長元年三月以前には成立をみていたと考えられる時朝集が、「東撰六帖に入歌」と明記して、東撰六帖中の時朝の歌四七首を引いており、時朝集の成立よりも以前に既に東撰六帖が撰せられていたという事実を挙げることも出来よう」と述べている。『時朝集』の成立時期には異論があるものの、同集と『東撰六帖』との関係を指摘したことには大きな意義があると思われる。

本論では、この樋口の論に導かれつつ、『東撰六帖』の成立時期について、若干の私見を述べることとしたい。まず、『時朝集』の前半部「所入撰集歌」に、「東撰六帖に入歌」の記載がある点に関して、その『時朝集』の成立時期については、次のように考えるものである。

・集中の詞書の最終日付は正元元年（一二五九）八月十五夜である。

・集中に、為家の『五社（七社）百首』（文応元年（一二六〇）九月末～翌年（一二六一）正月十八日に詠作、二月頃成書化か）から影響を受けたと考えられる詠作がある。

・集中に、『宝治百首』からの影響作が顕著であるのに対して、『弘長百首』（弘長元年（一二六一）秋冬頃詠作か）からの影響歌が認められない。

以上の諸点を勘案すると、『時朝集』の成立は、弘長元年（一二六一）を含めてその年をさ程下らない頃までの間に自撰されたものと推定されるのである。(3) 従って、『吾妻鏡』の弘長元年七月二十二日の記事が同六帖下命を示し、それから程経ない時期の成立であるとすると、同六帖の歌を収める『時朝集』の推定成立時期と、やや齟齬をきたすことになると考えられるのである。

ところで、宇都宮歌壇の中心的業績で時朝詠を五十一首収める『新和歌集』は『時朝集』に先行し、(4)正元元年（一二五九）八月十五日〜十一月十二日に成立したと推定されている。(5)『時朝集』の前半部「所入撰集歌」の部分には、宇都宮歌壇を母体として生まれたと考えられる「楡関集」（西円撰）「拾葉集」（清定撰）「新玉集」（西円撰）の名が見えているので、同歌壇の実態とそこに於ける主要歌人時朝の在り方を併せて考慮するとき、(6)その『時朝集』「所入撰集歌」に、先行する『新和歌集』が記載されていて然るべきではあろう。しかし、これについては、『新和歌集』が時朝近辺の編纂で未完成であるか時朝自身の編纂であるので、(7)自撰家集『時朝集』に所載することをし得なかったか控えたかしたのではないかと考えられる。その『新和歌集』に、次のような歌が収められている事実を指摘したい。

六帖題にて歌よみ侍りける中に、日を　藤原時朝

いづるひのかたはあづまの山がつもあふぐは君がみかげなりけり

月

かささぎのみねとびこゆるかず見えて月すみわたる雲のかけはし　（巻十・雑下・八〇一、八〇二）

六帖題にて歌よみ侍りけるに、墨を　円勇法師

するすみに衣をふかくそめながらこころのいろはあさましの世や　（巻十・雑下・八四九）

右の三首は、いずれも現存本『東撰六帖』（春部）および『東撰六帖抜粋本』（四季部）には見えない。しかし、時朝も円勇も同六帖の作者であり、また、現存題目録の「雑」には、「日」「月」（順序同じ）「墨」が存していることよりして、右の三首は、『東撰六帖』の所収歌であったとしても不思議ではない。

ところで、将軍宗尊親王の家集『中書王御詠』と『竹風和歌抄』には、「六帖の題の歌」の類の詞書の詠作が見える。それらは、「弘長文永のはじめ、九月六日六帖の題あまねく関東の好士に下されて十三夜の御会に詠進すべきよし仰せ下さるる時、僅かに八ヶ日の間、六帖一部の題五百廿余首を奉る事、寂恵がほか公朝法印、円勇一両人に過ぎず」（寂恵法師文）と伝えられる折の一詠作であろう。即ち宗尊が鎌倉で、弘長・文永初の九月六日から八日間に諸歌人に六帖題で詠ませ、十三夜にその歌会を催した折に詠んだ歌ということになる。

この「弘長文永のはじめ」の「九月十三夜六帖題歌会」（仮称）の催行時期については、本論第一編第四章第三節「僧正公朝伝」に記したが、再説しておこう。次のように推定される。文永三年（一二六六）七月には、宗尊は失脚し帰洛するので、その前年以前であることは確かである。参加者公朝に、「六帖題、さは／今年はや四十も過ぎぬ蒲を切る沢辺の水に袖濡らしつつ」（夫木抄・雑八・沢・一二三九四）がある。この「今年はや四十につけば、当時「四十（よそぢ）」は「四十路」のように解されてか三十代を言うことが多く、「今年」は三十代最末の年か四十歳の当年でなければならず、嘉禄二年（一二二六）生まれの公朝の四十歳は文永二年（一二六五）なので、その年かその前年の文永元年の詠作ということになる。一方で、同じく公朝の「六帖題、庭／秋の野に庭をば造れ今もかも布留の滝見る君もこそ来れ」（夫木抄・雑八・滝・ふるの滝、大和・一二三七二）は、『新撰六帖』の「宿しめてかひこそなけれ苔の上の庭造りせぬ山の岩かど」（第二・には・八一九・信実）に学びつつ、文永二年（一二六五）七月七日の『白河殿七百首』の「今もまた行きても見ばや石の上布留の滝つ瀬跡を尋ねて」（雑・名所滝・六二〇・後嵯峨院。続拾遺集・雑上・一〇九八）にも触発された一首ではないだろうか。そうとすれば当然、「秋の野に」歌は、文永二年七月七日以降の作ということになる。従って、宗尊の下命した「九月十三夜六帖題歌会」の催行時期は、文永二年（一二六五）のことと推定されるのである。

その「六帖題歌会」設題の基本は『古今六帖』の題にあるが、同六帖の題を踏襲しながらも取捨のある『新撰六帖』にのみ見える題があるので、これにも従っていようか。宗尊はこれに先んじて、弘長元年（一二六一）七月二十二日に後藤基政に「関東近古の詠」撰進を下命（吾妻鏡）していることになる。これが、現存『東撰六帖』に関連することに異論はないだろう。宗尊自身は、『新撰六帖』や『現存六帖』の歌に依拠した詠作が目立つし、『竹風抄』に収める「文永三年十月五百首歌」の現存歌は二八八首（「墨」題は見えないが「日」「月」題は含む）だが、その題は多く『古今六帖』あるいは『新撰六帖』に重なる。これらは総じて、宗尊の六帖題歌に対する関心の高さを示すと見てよく、それは大量の定数歌を立て続けに詠じて和歌に習熟し和歌に耽溺しようとする姿勢の顕れなのであろう。

ともかく、右に挙げた『新和歌集』所収の、時朝と円勇の「六帖題にて」詠じた歌は、同集の成立時期から見て、宗尊主催の（文永二年）「九月十三夜六帖題歌会」詠ではないことは確かである。宇都宮歌壇の「六帖題」歌会の類は、宗尊のそれに先行して宗尊に刺激を与えたのかもしれないし、鎌倉と宇都宮とが並行して「六帖題」への関心が高まっていたのかもしれない。『東撰六帖』は、そういった気運の中で成立したことは間違いない。

いずれにせよ、『新和歌集』の編纂資料として『東撰六帖』自体が用いられ、そこから直接採歌されたかどうかについてはなお判断できないが、(8)『東撰六帖』が『新和歌集』成立以前の成立であることは疑いなく、『東撰六帖』成立時期の下限は『新和歌集』の成立時期の下限以前であることは間違いないであろう。右記の六帖題歌三首が採録されている『新和歌集』の成立時期が、正元元年（一二五九）八月十五日～十一月十二日であれば、もちろん『東撰六帖』の成立時期は、イ説の弘長元年（一二六一）七月二十二日～文永二年（一二六五）九月十七日の範囲ではあり得ないことになるのである。

二　作者の位置

ここで、『東撰六帖』の作者の位置の中で、僧綱に注目してみたい。園城寺長吏に任じ鶴岡若宮社の別当をも務め、宗尊親王の護持僧であった隆弁は、同六帖では、「権僧正隆弁」（建長四年（一二五二）十月二十三日補任）である。隆弁が僧正になった明確な時期は不詳だが、弘長元年（一二六一）七月七日の『宗尊親王家百五十番歌合』では、右方二人目に、「僧正隆弁」として見える（『三井続燈記』には弘長四年（一二六四）二月の園城寺別当補任時に「五十七于時僧正」とある。文永二年（一二六五）十一月八日到大僧正）。同歌合催行の実際を裏付ける資料は見出せない（『従二位顕氏集』には「将軍家歌合弘長元年七月七日」とあるが）。しかし、この歌合の伝本としては、尊経閣文庫蔵本と谷山茂氏蔵本および島原松平文庫本が知られ、尊経閣本は、二階堂政行の要請により室町の「柳営」（将軍足利義尚）に伝わった原本をもとに実隆が書写したものと推定され（『古典文庫』解題参照）、信を置ける本文を有していると考えられる。また、「僧正隆弁」の位置、および、「哥合　弘長元年七月七日」の内題につき、伝本間に異同はない。従って、弘長元年（一二六一）七月七日の時点で、隆弁が僧正であったことは信じてよいものと思われる。とすれば、当然、「権僧正隆弁」と記す『東撰六帖』は、弘長元年七月七日以前には成立していたことになるのである。(9)

以上の諸事例を勘案すればやはり、『東撰六帖』が、イ説の弘長元年（一二六一）七月二十二日～文永二年（一二六五）九月十七日の成立であるとは考え難いのであり、ロ説の作者の位置に拠る考え方を支持すべきであろう。

それでは、改めてその位置について確認をしておきたい。直接問題となる作者の位置は、次の三例である。

a「藤原雅有」

b「六条二位顕氏」

c「花山院宰相中将長雅」

従来の説では、前述したとおり、aの藤原（飛鳥井）雅有について、「朝臣」が記されていないことから、雅有が四位に至る以前であるとして、その期間を、正嘉二年（一二五八）七月九日（叙正五位下）～正元元年（一二五九）

十一月二十一日（従四位下に昇叙）に区切り、その叙正五位下の日をもって、『東撰六帖』の成立の上限としている。しかし、雅有は、仁治三年（一二四二）十二月二十五日に叙爵し（その後幼名雅名を改名）、建長三年（一二五一）十二月二十二日に従五位上に叙されている（『公卿補任』による。以下同様）。従って、「藤原雅有」の位署によって、同六帖成立の上限を設定することには、問題が残ろう。

そこで、bの藤原（紙屋河）顕氏が、正三位から従二位に昇叙された、正嘉元年（一二五七）十一月十日を、同六帖成立の上限とする方が、妥当であると考えられる。

一方、下限は、既に指摘されているとおり、cの参議兼右中将の藤原長雅が、権中納言に転任する、正元元年（一二五九）九月二十八日となる。

以上より、『東撰六帖』の成立時期は、現存本による限り、正嘉元年（一二五七）十一月十日以後、正元元年（一二五九）九月二十八日以前、と考えられるのである。

むすび――成立時期と『吾妻鏡』の記事の関係

その上で、改めて問題となるのは、先に記した『吾妻鏡』弘長元年（一二六一）七月二十二日条の記事を、どう捕捉するかという点であろう。これについては、樋口も指摘するように、次のような解釈が可能となろう。

①下命の年記に錯誤があるとみる。

②『東撰六帖』とは別書の撰進下命とみる。

③既に成立していた『東撰六帖』への新たな撰進下命――私的撰集から公的撰集への格上げ――とみる（石田吉貞説を受ける）。

これらの是非については、新たな判断材料を持たない。けれども、①には、『吾妻鏡』本文の信憑性を疑う理由は見当たらない。②についても、都合よく別の同類書の存在を仮定することには賛成できない。③が、合理的な見方であろう。これを別の視点から見て、次のようには考えられないだろうか。

既に、関東歌壇の主要歌人として旺盛に活躍していた後藤基政(10)は、折からの中央歌壇の類題集撰集の趨勢にも従い、また作歌の習練や便宜のために、かねて関東歌壇の歌を収集して部類整理した類題集を編んでいた。将軍となった宗尊は、前代頼嗣将軍の時代から将軍近習であった基政を、正嘉元年（一二五七）十二月二十四日に仙洞を模し勅許を得て設置した近習の職である「廂衆」に登用し、弘長元年（一二六一）三月二十五日には近習の中で当番の日に「可レ奉二五首和歌一」の旨を用命された「歌仙」の一人に選入する。つまり宗尊は、この時期に側近の歌人として基政を厚遇したのである。そういう状況の中で、基政が撰していた類題集の存在を何らかの形で（あるいは基政が献じたか）知った宗尊が、それを基にして自らが中心となる歌壇の類題集として整備するべく、弘長元年（一二六一）七月二十二日に基政に改めてその撰進を下命した、ということではなかっただろうか。

［注］

（1）イ説の立場の論攷（『吾妻鏡』の記事を論拠の一つとする）を挙げておく。①濱口博章「鎌倉歌壇の歴史と業績」（『甲南大学文学会論集』一、昭二九・一）。②谷鼎『群書解題』「東撰和歌六帖」の項（昭三五・七）。③福田秀一「鎌倉中期歌壇史における反御子左派の活動と業績（下）」（『国語と国文学』昭三九・一一、『中世和歌史の研究』角川書店、昭四七・三所収）、『和歌大辞典』「東撰和歌六帖」の項（明治書院、昭六一・三）。なお、早く、中垣五郎「源実朝の和歌」（『国語』昭一四・二。鎌田五郎『源実朝の作家論的研究』風間書房、昭四九・五の論攷に同じ）や爾富破摩雄「実朝の歌と東撰六帖」（『アララギ』昭一四・四）が、『吾妻鏡』の記事による成立説を示している（前者は、斎藤茂吉『源実朝』（岩波書店、昭一八・一一）による。後者は、本論の結論と同じ期間に「撰定着手」としている）。また、『和歌文学大辞典』（明治書院、昭三七・一一）の当該項目（松浦貞俊執筆）では、「文永1264〜1275始め頃の成立かとの説がある」としている。

（2）ロ説の立場の論攷（集中の位置を論拠とする）を挙げておく。①石田吉貞「宇都宮歌壇とその性格」（『国語と国文学』昭二二・一二）、「鎌倉文学圏」（同上昭二九・一〇）（ただし、前者では論拠を示していない）。②樋口芳麻呂「宗尊親王初学期の和歌—東撰和歌六帖所載歌を中心に—」（『愛知教育大学国語国文学報』二二、昭四四・三）・『日本古典文学大辞典』「東撰和歌六帖」の項（昭五九・七）。

（3）本論第二編第二章第一節「藤原時朝家集の成立」参照。

（4）拙稿「『時朝集』と『新和歌集』の先後について」（『中世文学研究』一五、・八）参照。

（5）佐藤恒雄「新和歌集の成立」（『藤原為家研究』笠間書院、平二〇・九。初出は「新和歌集の成立（続）」（『香川大学国文研究』二二、平九・九）、「新和歌集の成立」（『王朝和歌と史的展開』笠間書院、平九・一二）の説。

（6）小林一彦「宇都宮歌壇の再考察—笠間時朝・浄意法師を中心に—」（『国語と国文学』昭六三・三）により、宇都宮歌壇の本質を「浄意法師を指導者に仰ぎ、笠間時朝を中心として、常陸から下野にかけての広い地域で展開された詠作活動の総体である」と規定する考え方が、示されている。

（7）注（3）所掲節参照。注（5）所掲佐藤論攷は、『時朝集』に「新和歌集」の名が見えないことについては、両者が共に時朝の手で同時並行的に編纂された集であるので、「あえてその家集にその名を顕示して、所収歌の全てを採録することはしなかったのではあるまいか」と言う。

（8）時朝の二首は、『時朝集』（七一、七二）の「所入撰集歌」の「東撰六帖に入歌」の部分に、

雑

日

いづる日のかたはあづまのやまがつもあふぐは君がみかげなりけり

月

かささぎのみねとびこゆるかずみえて月すみわたる雲のかけはし

と、『新和歌集』の配列と一致して見える。これについて、注（4）所掲拙稿に於いて、『時朝集』と『新和歌集』

の先後関係を論じる中で、『時朝集』の精撰本が『新和歌集』の本文に影響したと推測する過程で、『新和歌集』の二首（八〇一・八〇二）は、『東撰六帖』から直接ではなく、『時朝集』「所入撰集歌」の「東撰六帖に入歌」の二首（七一・七二）から採録された可能性があることを述べた。

（9）本論第一編第四章第一節「大僧正隆弁伝」参照。

（10）本論第一編第三章第一節「後藤基綱・基政・基隆の家譜と略伝」参照。

第三節　『宗尊親王家百五十番歌合』の奥書

はじめに

宗尊親王将軍幕下で関東歌壇が最も活況を呈した弘長元年（一二六一）度の七月七日の『宗尊親王家百五十番歌合』は、同歌壇の主要業績の一つである。伝本は、尊経閣文庫蔵本、島原図書館蔵松平文庫本、谷山茂氏蔵本が知られる。中では、尊経閣本が最善本として尊重される。その奥書について考察を加えてみたい。

一　書写奥書

奥書は二種ある。前の一つは、歌合本文に続いてある、判詞等についての識語と言うべきもので、後の一つは、右末から半丁おいてある、書写奥書である。後者については夙に、大野木克豊『前田家尊経閣国書善本解題』の基礎的考証が存し、谷山茂・樋口芳麻呂『未刊中世歌合集　上』（古典文庫、昭三四・三）所収同歌合解題により追認されている。これに従いつつ、改めて書写の経緯と同本の素性を確認してみたい。

その書写奥書全文は、次のとおりである（通行の字体に改めて私に訓点を施す）。

此一冊中古ノ竹園ノ御会、当時柳営ノ御本也。爰ニ山城ノ判官藤原ノ朝臣、依リレ慕フニ二親族之旧歌ヲ一申シ二出デ之ヲ一、則チ借リテ二下愚之悪筆ヲ一書キ二写ス之ヲ一。蓋シ匪ズ二翰墨之可キニレ観ル、唯ニ為《ため》ナルノミト二歌詠之可キガレ玩ブ焉云々。仍チ無クレ拠ルレ于レ辞スルニ、令ムレ応ゼ二其ノ命一ニ矣。

文明十五年九月二日　権中納言藤原

これに、『実隆公記』（史料編纂所蔵自筆本）文明十五年（一四八三）九月二日条の同本書写に関する記事（省略）を併せ勘案すると、以下のような事情と考えられる。

〈この一冊は、鎌倉期の皇統の御会の、室町幕府将軍足利義尚現蔵の本である。山城判官二階堂政行が、そこに見出した親族（歌合出詠者の行方。あるいは行俊についてもそう認識したか）の旧歌への追慕の念で、自分権中納言三条西実隆に書写を依頼してきたので、「下愚の悪筆」のままに書写した。それは、政行が筆跡を鑑賞するのではなく、単に歌を賞翫する為だということなので、辞退する根拠もなく、自らをその命に応ぜしめただけである。文明十五年八月三十日に書写を終えて、九月一日の夕刻に校合せしめ、二日の朝に政行に送った。この奥書はやはり政行の命で御所で書き加えた。〉

右の本は、書写の経緯と書写者よりして、原本とは断じられないまでも然るべき古鈔本に依拠した、相当に信頼し得る伝写本と言えよう。しかし、尊経閣本には、『実隆公記』に転載された書写奥書の署名の下の「判」に相当する、書き判（花押）が見えず、同本は少なくとも政行に書き与えた本そのものではないのではないか。また、実隆の真筆と照合するに、比較的近似した同時代の書風ではあるが、むしろ別筆と認めるべきかと思われる（参考、島谷弘幸「三条西実隆と三条流」（『東京国立博物館紀要』二六、平三・三））。とすれば、尊経閣本は、右の実隆書写本から直接同時代に転写された可能性の高い本であって（極札は飛鳥井頼孝筆とする）、従ってやはり、現存本中では最も信頼するべき伝本であることには相違ないと考えるのである。

二　歌合の識語

さて次に、歌合の識語について考えてみたい。初行の肩に「以朱書之」とあるが、これは書写段階での注記であろう。以下の全文を左に示す（通行の字体に改めて私に訓点を施し、便宜上四分割して番号を付す）。

①八月十七日判到来《ス》。②判者被《テ》レ申《サ》云《フ》、後京極摂政《ノ》判、無《キ》二殊《ナル》事一番、不レ被レ書《カ》レ詞《ヲ》。仍《チ》守《リ》二彼《ノ》例一《ヲ》、少々略《スト》レ之《ヲ》。③又宜《シキ》歌等、依《リ》レ仰《セニ》載《セテ》二判紙《ニ》一被《ル》レ書《キ》二進《セ》之《ヲ》一。④件《ノ》歌等、以《テ》レ朱《ヲ》付《ス》二撰言《ヲ》一。是《レ》依《ル》二御気色《ニ》一也。（④の「朱」は「来」を文意により校訂する）

「判者」は、在京の前内大臣藤原基家である。右の要旨を辿ってみる。

〈①八月十七日に判が京都から鎌倉に到来した。②判者基家公がおっしゃるには、父後京極摂政良経公の判は「殊なる事無き番」には詞を書かれなかったので、その先例を守り、自分も少し判詞を省略したという。③基家公はまた、「仰せ」により秀歌を判紙に書載して奉られた。④それらの秀歌には朱で「撰言」を付したが、これも「御気色」によるのである。〉

②の良経の「例」は具体的には不明であるが、本歌合は、確かに、百五十番中四十一番が無判であり、また、例えば「両首いひしれるさま也」「左さも侍ぬべし」等の非常に短い判詞も少なくないのである。

③の「仰せ」は、宗尊親王の命令の言葉と見るのが最も穏当であろう。京都の基家に加判を依頼するに際して、あらかじめ、宗尊が、秀歌の抜き書きを所望したということではなかったか。

④の「御気色」も同様に、宗尊親王の意向以外には考え難いであろう。その意を拝して、朱で「撰言」を付した人物が、即ちまた、この識語を記した人物――鎌倉に在って基家から送られてきた判を受けてこの一文を草した人物と推測されるのである。その行為はまた、歌合の実務面を担ったことの表れでもあろう。その人物は、歌

合出詠者である可能性が高いであろうし、それは、やはり真観ではなかったかと思うのである。

「撰言」については明確にし難い。現存本の歌頭に散見する「撰」の文字のことを指しているのか、あるいは改めて秀歌の撰定理由を書いたことを言っているのであろうか。それは措くとしても、真観が宗尊親王の意を汲んで、何らかの朱筆を加えたと見るのが、最も蓋然性が高いと考えるのである。

むすび

以上の推測が正しいとすれば、本歌合は、宗尊親王を主宰者として、真観が実務面を担当し、基家の加判を受けたということになろう。そして、宗尊親王自身の、この歌合に対する意欲的な取り組みの姿勢、ひいては、同期の宗尊の和歌に対する積極性が窺われ、また、前年末に「当世歌仙」(『吾妻鏡』)として東下した真観の旺盛な活動の一端と、当時の両人の緊密な関係の徴候を認めることができるかと考えるのである。

付編　資料

一　内閣文庫蔵『鎌倉将軍家譜』翻印

緒言

『鎌倉将軍家譜』は、初代源頼朝から第九代守邦親王までの、鎌倉幕府歴代の征夷大将軍の閲歴を記す。三代将軍徳川家光の時、林羅山（道春）が子の鵞峰（春斎）を従わせ、寛永十八年（一六四一）八月十七日に仰せ（家光の鈞命）を奉じて、二十日から十余部の記録を考勘して抄出し、二十八日に進覧したという（奥書）。続けて羅山等は、翌寛永十九年二月までの間に、『京都将軍家譜』『織田信長譜』『豊臣秀吉譜』を編している。

同書は、恐らくは『吾妻鏡』を含むであろうが、依拠した記録の子細が不明な二次的編纂書であるので、史料としての信頼度は絶対ではないものの、鎌倉幕府将軍歴代の閲歴を一覧できるのが利点であろう。江戸時代に板行され、明治十六年九月刊の活字本も存するが、簡便に見られない。原本と思しき内閣文庫蔵本を翻印して、利用に供したい。なお、同本は現在、国立公文書館デジタルアーカイブで画像を見ることができる。

書誌

簡略に書誌の外形を記しておく。

国立公文書館内閣文庫蔵「将軍家譜」(一四八・一八)五冊の内の一冊。他は、『織田信長譜』一冊、『豊臣秀吉譜』上中下三冊。

寛永十八年(一六四一)八月写。袋綴、一冊。香色表紙、縦二七・一×横一九・四糎。外題、左肩打付書「関東将軍家譜」。見返し、本文共紙。料紙、楮紙。本文墨付、三十六丁。地面高さ、約二一・五糎。毎半葉十行、注文小字双行。内題、1オに「鎌倉将軍家譜」。奥書、「寛永十八年八月十七日奉　仰同二十日考十余部/記録抄出之同二十八日進覧之/道春/春斎侍側」。印、表紙右上隅と36ウ左上隅に「昌平坂/学問所」の墨印、1オ右上隅に「林氏/蔵書」の朱印他、同右下隅に「「江」「雲」「渭」「樹」」の朱印(陰刻陽刻交互)、その上に「浅草文庫」の墨印。林羅山旧蔵。本文墨書同筆の付訓、返り点、音・訓号付、朱の読点・竪点(人名・地名符等)が全体に施されている。一部に見消ち、補入符、摺り消しによる訂正、朱の見消ちと薄墨による行間補入がある。

〔例言〕

一、国立公文書館内閣文庫蔵『鎌倉将軍家譜』(一四八・一八)の翻印である。

一、できる限り底本の面影を残すように努めたが、翻字は次の方針に従った。

1. 字体は通行の字体に統一した。

2. 私に句読点を打った。人名の列記等は「・」で示した。

2. 改行は底本のままとした。丁の変わり目は、1オ(ウ)」のように記した。

3. 朱の系線(①頼朝と頼家・実朝を結ぶ。②頼経と頼嗣を結ぶ。③宗尊と惟康を結ぶ。④久明と守邦を結ぶ)は省略した。

4. 朱の読点・竪点(人名・地名符等)は省略した。また、一部朱筆の別を示すことも割愛した。

5. 不審箇所には、「(ママ)」を付した。

〔翻印〕

鎌倉将軍家譜

一代
頼朝 治《チ》レ世《セ》《オサムルヿヲ》二十年。

清和天皇十代左馬頭源ノ義朝ノ三男。

母ハ熱田ノ大宮司散位藤原ノ季範カ娘《ムスメ》。

後白河院保元三年二月三日、任ス二皇后宮ノ権ノ少進一ニ。時ニ
歳十二。

二条ノ院平治元年正月廿九日、任ス二右近ノ将監一ニ。

同年二月十三日、停《ヤメ》テ二皇后宮権ノ少進ヲ一補《フ》ス二上西門院ノ蔵
人一ニ将監ハ如シレ元ノ。 1オ」

同年六月廿八日、為《ナル》二内ノ蔵人一ト。

同十二月十四日、任ス二右兵衛ノ佐一ニ。

同月二十七日、義朝与《ト》二平ノ清盛一合戦ノ時以テ下累代所ノレ伝ル
之源太カ産衣《ウフキ》ノ鎧《ヨロヒ》及ヒ鬚切《ヒケキリ》ノ太刀上ヲ授ク二頼朝一ニ。同ク在リ二戦場一ニ、進テ到ル二
六波羅一ニ、義朝軍敗レテ赴ク二東国一ニ。頼朝困労ノ後《ヲクレ》テ到ル二江州森山一ニ、

里人欲レ執《トラエ》ント二頼朝一ヲ。々々抜テ二鬢切一ヲ、自ラ斬《キリ》殺ス二二人一ヲ。里人恐レ懼《ヲチ》テ
逃ケ去ル。会《アヒ》ヌ乙(「甲」ニ上書)義朝使ノ二ル下甲鎌田政家ヲ初メハ号ス二政清一ト帰テ尋ネ中頼朝上ヲ。即チ追テ及《シキ》ヌ二義
朝一ニ。既ニシテ而又後レタリ。遂ニ与《ト》二義朝一相ヒ失ス。頼朝凌《シノイ》テレ雪ヲ独リ行キ、到テ二浅井ノ
北ノ郡一ニ暫ラク憩《イコ》フ二於民家一ニ。明年二月、首《カト》途シテ赴キ二美濃ノ青墓《アフ》一ニ、直《チキ》ニ到テ二
不破ノ関ノ之原一ニ、為《メ》ニ二平氏家臣弥平兵衛宗清一カ被レ虜《イケトラ》レ入ル二六 1ウ」
波羅一ニ。依テ二清盛継母池ノ禅尼懇望一ニ、宥メテレ之ヲ配ラル二伊豆ノ国一ニ。時ニ永
暦元年三月十一日也。歳十四。
安元々年、頼朝在リ二伊東祐親カ宅一ニ。祐親欲スレ害セントレ之ヲ。即チ密カニ出テ二、
伊東一ヲ入ル二北条一ニ。藤九郎盛長・佐々木三郎盛綱従フレ焉ニ。
伊豆ノ国豪傑《カウケツ》北条ノ四郎時政ハ者、上野ノ介平ノ直方カ五代ノ
之孫ナリ也。以テ二頼頼《朝》一ヲ為シレ壻《ムコ》ト、納《イ》ル二其ノ女《ムスメ》政子一ヲ。
治承三年、高雄ノ僧文覚流サル二伊豆ノ国一ニ。来テ謁ス二頼朝一ニ。
同四年、源三位頼政及ヒ子《コ》仲綱、欲スレ討ント二平家一ヲ。四月、潜カニ勧《ス、》メ二
茂仁《ヒト》ノ親王一ヲ高倉ノ宮、或ハ云以仁《モチヒト》、使ノ下《シメ》二十郎蔵人行家ヲ帯セ中其ノ令旨上ヲ、赴キ二
伊豆一ニ告ケ二頼朝一ニ請フレ揚ケント二義兵一ヲ。自リ二永暦元年一至ルマテ二今《コ》歳《トシ》一ニ二十一年、時ニ頼朝歳三十四。同 2オ」
八月、頼朝遣ハシ二時政及ヒ佐々木ノ一族等一ラヲ、撃チ二滅ス山木ノ判官
平ノ兼隆一ヲ、是レ平家一流ノ之氏族ナリ也。頼朝赴キ二相模一ニ、与《ト》二大《オホ》庭《ハ》ノ
三郎景親等一戦フ二石橋山一ニ。敵乗ルレ勝ツニ。頼朝僅カニ率ヒテ二七騎一ヲ入ル二

椙山ニ。土肥ノ実平従フ之ニ。梶原景時在テ敵陣ニ密カニ合ス心ヲ於頼
朝ニ。故ニ又遁テ到ル箱根ニ。而ノ後ニ自リ土肥ノ真名《マナ》鶴カ崎、乗テ舟ニ赴ク房
州ニ、三浦ノ一族来リ従フ焉。九月、赴キ上総ニ向フ下総ニ。千葉《チハ》ノ介常
胤・上総ノ介広常来リ属ス焉。十月、赴ク武蔵ノ国ニ。畠山ノ重忠馳セ
加ハル焉。相ヒ従フ者《ノ》已ニ及フ三万余ニ。乃チ著《ツ》ク相模ノ国鎌倉ニ。関東八
州并ニ甲斐ノ源氏等《ラ》悉ク来リ従フ。於テ是《コ、》ニ、遷テ由比《ユヒ》ノ郷鶴岡ノ八幡
宮ヲ於小林ノ郷ニ、以テ崇《アカ》ム之ヲ。　2ウ」
頼朝率テ二十万騎ヲ越ユ足柄山ヲ、景親逃《タウ》亡ス河村山ニ。天野ノ
遠景生《イケ》捕《トリテ》伊東ノ祐親ヲ献ス之ヲ。
頼朝到リ黄瀬河ニ進テ赴ク駿州賀島ニ。先《サキ》是ヨリ、平家聞テ頼朝揚クト
兵ヲ、使ノム惟盛・忠度・知度等《ラ》ヲ以テ兵ヲ東行セ。陣ス於富士川ノ西ノ岸ニ。
一夕驚テ富士沼ノ水鳥ノ羽音《ハヲト》ニ而乱レ走ル。
頼朝使ノム(ママ)武田ノ太郎信義ヲ居《ヲ》キ駿州ニ、安田ノ三郎義定ヲノ守ラ遠
州ヲ。
九郎義経自リ奥州来テ謁ス頼朝ニ於黄瀬川ニ。
頼朝帰テ相模ノ国府《コフ》ニ行フ勲功ノ賞ヲ於家臣ニ。景親降参ス。遂ニ梟ス
其ノ首《カフヘ》ヲ。　3オ」
十一月、頼朝赴テ常州ニ撃ツ佐竹ヲ。

以テ二和田ノ小太郎義盛ヲ一補《フ》ス二侍所ノ別当ニ一。
十二月、鎌倉大倉ノ郷新造ノ亭有リ二移徙ノ之儀一。出仕ノ侍三
百十一人。東国見テ二其ノ有道ヲ一推テ(ママ)而為ス二鎌倉主《トノ》ト一。明年二月、清盛薨。由是諸国多属頼朝。
寿永二年七月、於テ二由比ノ浜ニ一見ル二牛追フ物《モノ》ヲ一。
後鳥ノ(ママ)羽院元暦元年、伊予ノ守木曽義仲在テレ洛ニ無礼ナリ。正
月、範頼・義経奉《ウケ》テ二頼朝ノ命ヲ一、上洛シ追二討ス義仲ヲ一。属スル二範頼ニ一者ノ五万六千余人、
属スル二義経ニ一者ノ二万余人。
二月、範頼・義経為シテ二使節ト一討ツ二平家ヲ一。攻メ二落ス摂州一ノ谷ノ城ヲ一。虜リ二
重衡ヲ一送ル二之ヲ於鎌倉ニ一。　3ウ」
頼朝於テ二朝務ノ事ニ一、註《シル》シ二其ノ所存四ケ条ヲ一、以テ二大蔵ノ卿高階《タカシナ》ノ朝
臣泰経ヲ一被ルレ奏セレ之ヲ。
三月、下二知シ鎮西九国住人等《ラ》ニ一、使《シム》下早ク為《シ》テ二御家人ト一安二堵シ本
領ヲ一且ツ追中討セ平家ヲ上。
頼朝叙ス二正四位下ニ一。以テノレ誅スルヲレ義仲ヲ故ナリ也。
四月、使ソム下二池ノ大納言平ノ頼盛及ヒ室家ヲ一如クレ元《モト》ノ領セ中三十四ケ
所ヲ上。報ユトナリ二禅尼《ニ》ノ之恩ヲ一也。
八月、新ニ造ル二公文所ヲ一。以テ二中原ノ広元ヲ一為ス二別当ト一。
文治元年正月、使ソム下二範頼ヲ一到リ二長門ノ赤間関ニ一渡テ二豊後ニ一以テ攻メ中

平家上ヲ。　4オ」
二月、義経赴キ二讃岐ノ国一ニ、攻メ二落ス屋島ノ城一ヲ、安徳帝并ニ宗盛等ラ
出テ二、内裏一ヲ赴クレ海ニ。於テレ是ニ焼ク二内裏一ヲ。
三月、義経渡リ二壇ノ浦一ニ攻ム二平家一ヲ、関東ノ軍兵同ク赴ク焉。戦フ二於海
上一ニ。平氏遂ニ敗ル。安徳帝沈ムレ海ニ。虜ル二宗盛及ヒ子《コ》清宗一ヲ。返シ下送ル神
璽賢《カシコ》所《トコロ》ヲ於帝都上ニ。
四月、頼朝叙ス二従二位一ニ。追罰スルノ二平家一ヲ之賞ナリ也。
五月、義経以《ヰ》テ二宗盛父子一ヲ赴ク二鎌倉一ニ。然モ義経違フ二頼朝ノ旨一ニ。故ニ
不スレ能ハレ入ルヿ(ママ)鎌倉一ニ。
六月、誅ス二宗盛・清宗一ヲ(ママ)於近江ノ国一ニ。誅ス二重衡ヲ於南都一ニ。
八月、勅使江ノ判官公朝《キン》来ル二于鎌倉一ニ。文覚上人亦同ク来ル。　4ウ」
十月、勝長寿院供養。義朝ノ菩提所、初ハ号《ナツ》ク二南ノ御《ミ》堂一ト。
十一月、時政在京、奉《ウ》テレ仰ヲ言《イハ》ク《マフス》、諸国地頭守護不スレ論セ二権門、
勢家ノ庄公一ヲ、可《ヘキ》レ充《アテ》二課《ヲホス》(ママ)兵粮米一ヲ之由云々。勅ノ許スレ之ヲ。
同二年三月、六十六ケ国被レ補(ママ)二惣《フ》追捕使并ニ地頭一ヲ。由テ
レ是ニ諸国ニ置テ二守護一ヲ、押ヘ二国司ノ之威一ヲ僅カニ存ス二吏務ノ之名一ヲ。所《アラユル》ノレ有ル庄
園郷保ニ補ス二地頭一ヲ而本所如シレ無《ナキ》カ。時政補ス二七ケ国ノ地頭一ヲ。
同三年十月、修二造ス閑院ノ皇居一ヲ。

同四年正月、御的始《ハシメ》。
同五年、頼朝叙ス二正二位一ニ。
三月、大内修造。　5オ」
閏四月、奥州ノ泰衡《ヤス》殺ス二義経於衣河ノ館《タチ》一ニ。是レ任セ二勅定一ニ且ツハ
従テナリ二頼朝ノ命一ニ也。
八月、頼朝率テレ軍ヲ到リ二奥州一ニ与ト二泰衡一合戦。九月、泰衡敗死ス。
求ム二出羽○陸奥州ノ田文《フミ》一ヲ。
十二月、以テ二梶原景時一ヲ為ス二厩ノ別当一ト。
建久元年十一月、頼朝入洛。参内院参。不スレ経ヘ二参議中
納言一ヲ、直キニ任ス二権大納言一ニ。被ルレ進セ下砂金八百両、鷲ノ羽二《タ》櫃《ヒツ》、御
馬百疋上ヲ。其ノ後チ参二詣石清水一ニ。又兼テ任ス二右近衛ノ大将一ニ。有リ二拝
賀一。
十二月、直衣《ナフシ》始メ。　5ウ」
辞二退シ両職一ヲ而帰ル二鎌倉一ニ。　令ム下ノ二高能一ヲ守ラ中六波羅一ヲ上。高能ハ者左兵衛ノ督《カミ》能
保ノ子《コ》、即是レ頼朝ノ之甥《ヲイナリ》也。（ママ）
同二年正月、政《マン》所《トコロ》ノ吉書始メ。且ツ定ム二其ノ役人一ヲ。
令ム下ノ二能保一ヲ守ラ中京都上ヲ。令ム下ノ二天野ノ遠景一ヲ為タラ中鎮西ノ奉行上。
同三年七月、任ス二征夷大将軍一ニ。勅使持ソ二宣旨一ヲ到ル二鎌倉一ニ。頼

朝東帯ノ受クレ之ヲ。

四年三月、以テ二幡磨ノ国ヲ一委《ユタ》ネテ二沙門文覚・重源ニ一、修二造ス東大寺ヲ一。

五月、造二替《タイ》ス鹿島ノ神社ヲ一。

到テ二富士野ニ一有リ二巻狩一。

八月、置ク二範頼ヲ於伊豆ニ一。　6オ」

同五年十一月、海道駅《ムマヤ》定ノ支配。

同六年二月、頼朝入洛、朝廷ノ群臣来リ賀ス。此ノ行《タヒ》也頼家政子《コ》同ク上洛ス。為メナリレ見ンカ二東太寺ノ供養ヲ一也。

頼朝詣《モウ》ス二東太寺ニ一。帝行幸ノ落二慶ス之ヲ一。頼朝布施馬一千疋、米一万石、黄金一千両、絹《キヌ》一千疋。

帝還幸。頼朝参内シ献スレ馬ヲ。

六月、頼朝・頼家及ヒ政子《コ》帰ル二鎌倉ニ一。

同九年十二月、稲毛《イナケ》ノ三郎重成為ニ二亡《メ》妻追福ノ一、供二養ス相模川ノ橋ヲ一。頼朝赴クレ焉ニ。帰路落テレ馬ヨリ成スレ病ヲ。重成カ妻ハ者時政カ女《メ》、政子ノ妹ナリ也。

土御門ノ院正治元年正月十三日、征夷大将軍正二位前ノ権大納言兼右近衛ノ大将源ノ朝臣頼朝薨ス。年五十三。　6ウ」

執権　一代　北条ノ時政

二代
頼家　治世五年。

童ハ名ハ万寿公《キミ》。

母ハ従二位平ノ政子、遠江ノ守北条ノ時政カ娘《ムスメ》。

安徳帝寿永元年壬寅八月十二日庚戌、誕二生於鎌倉比企谷《ヒキカヤツ》一ニ。有リ二鳴弦蟇目《ヒキメ》ノ之儀式一。

後鳥羽ノ院文治四年七月、御着甲《ヨロヒメシ》始。時ニ七歳。

同五年正月、御弓始メ。　7オ」

建久元年四月、以テ二下《シモ》河辺ノ庄司行平ヲ一為ス二御弓ノ之師ト一、

同六年二月、与《ト》二頼朝一同ク上洛。六月参内。賜フ二御剣ヲ一。

同八年十二月、叙シ二従五位上ニ一。任ス二右近衛ノ少将ニ一。

同九年正月、任ス二讃岐ノ権ノ介ニ一。

十一月、叙ス二正五位下ニ一。

土御門ノ院正治元年正月、転二任ス左近衛ノ中将ニ一。宣下ニ云ク、

続キ二前ノ征夷将軍源ノ朝臣遺跡ヲ一、宜《ヘシ》クレ令ソ下二家人郎従等《ラ》ヲ一如クレ旧《モト》ノ

奉中行セ諸国ノ守護ヲ上。即チ有リ二吉書始メ一。

四月、造ル二問注所ヲ一。

同二年正月、叙シ二従四位上ニ一、聴《ユル》《ユルサル》二禁色ヲ一。　7ウ」

殺ス梶原カ一族ヲ。
二月、造営ス寿福寺ヲ。僧栄西開山。
十月、頼家叙シ従三位ニ、任ス左衛門ノ督ニ。
建仁元年七月、百日ノ御鞠。九月、以テ紀内所ノ行景ヲ為ス鞠ノ
師範《ハン》ト。
同二年七月、遊猟ス伊豆ニ。
八月、叙シ従二位ニ、任ス征夷大将軍ニ。
同三年六月、使ノム和田ノ平太胤長ヲ入ラ伊豆ノ伊東崎ノ洞ニ。使ノム
仁田ノ四郎忠常ヲ入ラ富士ノ人穴ニ。
七月、頼家有リ病。八月、以テ関西三十八ケ国ノ地頭職ヲ、譲リ　8オ」
舎弟千幡君ニ実朝、以テ関東二十八ケ国ノ地頭并ニ惣守
護職ヲ、譲ル一幡君ニ。頼家ノ長子。
九月、北条ノ時政・義時殺ス比企《キ》ノ能員《カス》ヲ。時ニ一幡君モ亦被ル害セ。
能員ハ者一幡君ノ外祖《ソ》。
頼家落シ飾リヲ、下向伊豆ノ修禅寺ニ。
十一月廿七日、殺ス平ノ高清ヲ。小名《ヲサナ、》ハ六代。
元久元年七月十八日、薨ス於修禅寺ニ。歳廿三。或ハ曰ク、於テ浴室ノ中ニ被ル害セ。
執権　北条ノ時政

三代
実朝　治世十七年。　8ウ」

童名ハ千幡君。

母ハ同二シ頼家一ニ。建久三年壬子八月九日己酉、誕二生於
鎌倉名越ノ館一ニ。有二リ鳴弦蟇目ノ之儀式一。

建仁三年九月、為《ナ》リテ二関東長者一ト。叙二シ従五位下一ニ、任二ス征夷大
将軍一ニ。

十月、実朝元二服ス於時政カ名越ノ亭一ニ。御家人百余輩著座。

政所始。時政持二参ス吉書一ヲ。実朝始テ著《キ》ル二甲冑一ヲ。又乗ルレ馬ニ。且ツ
有二リ弓始ノ儀一。

実朝任二ス右兵衛ノ佐一ニ。

十二月、諸人訴論是非、進二覧メノ文書一ヲ之後《チ》、至テ二三ケ日一ニ、不ンハ　9オ」

レ加《ヘ》二下知一ヲ者、可キノレ被ルレ処セ二奉行人ヲ於緩怠ノ過《トカ》一ニ之由、儲《マフ》ク二其ノ法一ヲ。

元久元年正月、実朝読書始。孝経。中原ノ仲章為《タ》リ二侍読一。

賜フ二砂金五十両、御剣一腰一ヲ。

実朝叙二ス従五位上一ニ。

二月、実朝出テ二由比ノ浜一ニ、御二覧笠懸遠笠懸ノ的一ヲ。

三月、任二ス右近衛ノ少将一ニ。

十‐月、坊‐門ノ前ノ大‐納‐言信清ノ息‐女、自レリ京下二‐向シ鎌倉一ニ、為《ナ》二ル実
朝ノ御《ミ》‐台‐所一ト。

同二‐年正‐月、叙二シ正五‐位‐下一ニ、兼二ネ加賀ノ介一ヲ、任二ス右近衛ノ権ノ中‐

将一ニ。　9ウ」

四‐月、詠二ス十二‐首ノ和‐歌一ヲ。

六‐月、時政カ妻《メ》牧ノ御方《ヲカタ》、令《ム》三レソ義時ヲ殺二サ畠山ノ重忠一ヲ。

閏七‐月、牧ノ御方奸‐謀発‐覚《アラハル》ス。時政落レ飾リヲ、下二‐向ス伊豆ノ北条ノ
郡一ニ。以二テ義時一ヲ為二ス執‐権一ト。誅二ス右衛門ノ権ノ佐源ノ朝雅一ヲ。朝雅ハ者牧ノ御方カ壻《ムコ》ナリ。

九‐月、藤兵衛ノ尉朝親自二リ京都一下著シ、持二‐参ス新古今和歌
集一ヲ以テ献レス之ヲ。

建永元‐年二‐月、叙二ス従四‐位‐下一ニ。

十‐月、実朝以二テ頼家ノ子《コ》善哉公《サイキミ》一ヲ為二ス猶‐子一ト。

承元々‐年正‐月、叙二ス従四‐位‐上一ニ。

同二‐年十二‐月、叙二ス正四‐位‐下一ニ、　10オ」

同三‐年四‐月、叙二ス従三‐位一ニ。

七‐月、実朝被レル奉《タ》ラ詠‐歌ヲ於住吉一ニ。并ニ為《メ》レニ点ノ被レル遣二サ藤原ノ定家一ニ。

八‐月、定家献二ス詠‐歌口‐伝一‐巻一ヲ。

同四‐年正‐月朔‐日、義時為二ノ奉‐幣‐使一ト詣二ス鶴岳一ニ。右‐大‐将‐家ノ

時、不スレ及ハ二日次《ヒナミ》ノ沙汰一ニ、大略以テ二元日一ヲ有リ二御奉幣一。近年廃スタレテ而
無シ二此ノ儀一、今年被ルレ興サ二佳例一ヲ。

順徳院建暦元年正月、叙シ二正三位一ニ、兼ヌ二美作ノ権ノ守一ヲ。

七月、実朝読ム二貞観政要一ヲ。

九月、善哉公落シレ飾リヲ、号ス二公暁一ト。

同二年、叙ス二従二位一ニ。 10ウ」

建保元年二月、叙ス二正二位一ニ。

五月、和田ノ義盛謀叛シ、一族戦ヒ死ス。

十一月、定家献ス二万葉集一ヲ。

同三年正月、遠江ノ守時政入道於テ二北条一ニ卒ス。歳七十八。

二月、諸国関渡シ、被ルレ止メラ二旅ノ煩一ヒヲ。

同四年六月、宋朝ノ陳和卿参着シ、対ノ告ク二前身一ヲ。

任ス二権中納言一ニ。

七月、転二任ス左近衛ノ中将一ニ。

同五年四月、造リ二唐船一ヲ欲スレ入ントレ宋ニ。不スレ果タ。

六月、公暁自リ二園城寺一下著シ、補ス二鶴カ岳ノ別当一ニ。 11オ」

同六年正月、任ス二権大納言一ニ。三月、任ス二左近衛ノ大将一ニ。

勅使権ノ少外記中原ノ重継下向シ、授ク二左馬寮ノ御監ノ之宣

旨。
四月、尼御《アマミ》台所在京。叙従三位。
六月、勅使内蔵頭忠綱朝臣下向。是大将拝賀御車
并調《テウ》度等、持参。
実朝為大将拝賀詣鶴岡、雲客并御家人供奉。
七月、直衣《ナフシ》始。
定侍所司五人。北条泰時為別当、山城大夫判官行村、三浦左衛門義村、江判官能範《ノリ》、伊賀次郎兵衛尉光家。　11ウ」
十月、任内大臣。大将如元。
禅定尼三位、叙従二位。
十二月、任右大臣。大将如元。仙洞賜御車并調《テウ》度等、
承久元年正月廿七日酉刻、実朝為拝賀、参詣鶴岡。
月卿雲客并御家人等行列供奉。義時俄有病、
譲御剣仲章而退。及夜陰、右大臣神拝事終退出之
処、別当阿闍梨公暁窺来于石階《ハシ》之際、取剣、犯右大
臣。即薨。時歳廿八。或曰、公暁詐為婦人形狙《ウカヽ》撃之。義
時遣兵誅公暁(ママ)。
執権　時政僅二歳余　12オ」

二代 義時 時政ノ二男

右三代将軍、自ニ治承四年一至ルマテ二承久元年一ニ、合セテ四十年。

四代 頼経《ツネ》 政子聴レク「政ヲ八年、治世十八年。

大織冠《ショクワン》鎌足《カマタリ》二十一代光明峯《フ》寺ノ関白左大臣藤原ノ道家公ノ四男。

母ハ准《シュン》三后従一位倫《リン》子、西園寺ノ太政大臣藤原ノ公経公ノ娘《ムスメ》。

建保六年戊寅《ツチノヘトラ》正月十六日、誕ニ生於京都一ニ。（童名ハ三虎御前《コセン》。）

承久元年七月十九日、下ニ向鎌倉一ニ。（時ニ二歳。）頼朝卿ノ後室ノ禅尼、重ンスニ将軍ノ旧好一ヲ。故ニ為メニ継カンニ其ノ後嗣一ヲ、申シ請フ之。勅ノ許レス之ヲ。

（初メ頼朝ノ姉《アネ》嫁スニ権中納言藤ノ能保一ニ。々々ノ女メ嫁スニ後京極ノ摂政藤原ノ良経公一ニ、生ムニ道家公一ヲ。）

此ノ日酉ノ刻、有リニ政所始メ一。頼経幼《ヨウ》稚ノ之間ハ、二位ノ禅尼垂レテニ簾ヲ一聴レク政ヲ。

同二年十二月、着袴《ハカマキ》。

同三年五月、後鳥羽ノ院可キノレ追ニ討ス義時等ラ一ヲ之院宣、聞ニュニ於鎌倉ニ。義時遣ハ〆諸将ヲ撃ツ之ヲ。時房・泰時・時氏率テ十万余人ヲ発ス東海道ヨリ。武田・小笠原等率テ五万人ヲ発ス東山道ヨリ。朝時ノ義時ノ二男率テ四万人ヲ向フ北陸道ニ。共ニ約〆期ヲ而進ム。六月、与《ト》京軍、大ニ戦フ于宇治勢多ニ。京軍敗績ス。時房・泰時両刺史、移リ住ス13オ」六波羅ニ。捜《サカシ》リ索メテ官軍ノ余党ヲ、以テ糺《タヽ》ス之ヲ。七月、後鳥羽ノ院遷幸於鳥羽ノ院ニ。泰時等《ラ》立テ、持明院ノ守貞親王ノ子《コ》茂仁《ヒト》ヲ、為ス帝ト。号ス後堀川ノ院ト。

後鳥羽ノ院、遷幸シ於隠岐ニ、順徳院遷幸ス於佐渡ニ。自リ是以後、譲位践祚、毎ニ事問テ於関東ニ、而〆後ニ行フ之ヲ。

閏十月、土御門ノ院遷リ土佐ニ、又移ル阿波ニ。

後堀川ノ院貞応元年正月、有リ弓始《メ》ノ之儀。

二月、於テ南庭ニ有リ犬追フ物。頼経御覧。

同二年六月、義時造替ス駿河ノ浅間ノ宮ヲ。

元仁元年四月、頼経御手習ヒ始《メ》。手本御硯等《ト》ハ者、道家公所ナリ被ル、贈也。13ウ」

六月十三日、義時卒ス。歳六十二。泰時・時房自リ京下着。二位ノ禅尼以テ両人ヲ、為シテ御後見ト、執リ行フ武家ノ事ヲ。時盛時房ノ子・時氏泰時ノ子上洛シ、以テ守ル六波羅ヲ。

八月 時房・泰時雖モ奉ルト執事ヲ、以テノ義時ノ忌ヲ故ニ不ス出仕セ。二品禅尼勧之。故忌畢出仕政所。
義時継室尼《アマ》、依二位禅尼命、籠居伊豆国北条、流伊
賀式部丞光宗於信州。継室以其所生之子《コ》政村、為執権、且欲立其婿宰相中将
藤原実雅為将軍。事覚《アラハル》。故如此。光宗者、継室兄弟也。
九月、泰時配分義時遺跡庄園於男女子息、請二品
禅尼、授之。二品感嫡子分甚不足。14オ」
嘉禄元年十一月、頼経元服。
同二年正月、頼経叙正五位下、任右近衛少将、補《フ》征
夷大将軍。
七月、二位禅尼平政子逝去。法名如実。年六十九。
安貞元年正月、頼経兼近江権介。
同二年七月、渡御三浦義村田村山庄、有遠笠懸。
寛喜元年二月、駕舟遊三崎津、眺望風景。時房・泰時
供奉。有管絃詠歌。
同二年正月、応宣旨、使御家人之内子一人候滝
口。14ウ」
三月、重時泰時弟上洛、候六波羅。
六月、時氏卒。歳二十八。

十二月、頼家卿息女竹御所、為頼経御台所。頼経年十三。竹御所年廿八。
同三年二月、叙従四位下。少将如元。
三月、着御四位袍、准拝賀、拝春日別宮。
転任右近衛中将。
四月、叙正四位下。
諸国地頭所務沙汰。
貞永元年正月、兼任備後権守。 15オ」
二月、叙従三位。中将如元。
五月、泰時定成敗式目五十ケ条。
十月、泰時下行九千余石米、救飢饉。
四条院天福元年正月、任権中納言。
文暦元年三月、北条経時泰時嫡孫時氏子元服於頼経御
前。
七月、使奉行人誓書、是不論貴賤親疎、可致正儀沙
汰之由也。
御台所難産僊化。年卅二。
十二月、辞中納言、叙正三位。 15ウ」

嘉禎元年十月、任陸奥《ムツ》出羽按察使(ママ)。

十一月、叙従二位。

同二年二月、停薩摩守公業《ナリ》所領伊予宇和郡事、被進常磐井入道相国。

相模守時房任修理権大夫。

三月、武蔵守泰時叙従四位下。

十月、南都衆徒所領、新補《フ》地頭。

十一月、任民部卿。

十二月、泰時兼任左京権大夫。

同三年三月、沙汰京都結番事。 16オ」

暦仁元年正月、将軍家上洛。

二月十七日、著御六波羅新造宅。二十二日、御参太相国之亭。次御参一条殿道家公。二十三日、参内。此夜小除目《チモク》。将軍家任権中納言、兼右衛門督。二十六日、補検非違使別当。二十八日、被奉御馬于公家。

今日、中納言等御拝賀也。為御覧御出立、大殿《オホト》道家公、渡御六波羅殿、於門外御下車、是為希代事。則被差進前駆五人。廿九日、大理庁始也。検非違使廿六

人皆参ル。其ノ中《カ》ニ五-位ノ尉八-人。大-理〈経頼〉出-御、各遂《くト》ク二面-拝一ヲ。及テ
レ晩ニ、御-参-内。至テレ暁ニ、渡二御前ノ右-府〈実氏〉并ニ准-后ノ御亭一ニ。翌-日 16ウ」

還ル二六波羅一ニ。

三-月、任ス二権大-納-言一ニ停ム二督別-当一ヲ。

渡二御北山ノ別-業一ニ。

四-月、大-納-言御-拝-賀。

渡二御仁和寺一ニ。

辞ス二権大-納-言一ヲ。

一条殿於テ二法性寺一ニ剃-髪。摂-政-殿〈兼経公〉・将-軍-家、共ニ渡御。

五-月四-日、被ルレ進セ二菖-蒲ノ枕〈鏤ム二金-銀一〉一 并ニ扇ヲ於公-家一ヘ。

六-月、参二詣春日ノ社一ニ。

為メニ二洛中警-衛一ノ出シ二辻-々一ニ、可《ヘ》キノレ懸レ篝《カヽリ》ヲ之由、被ルレ定メ。仍テ被ルレ充《ア》テ二催-ノ役ヲ 17オ」

於御-家-人等《ラ》一ニ。

七-月十-六-日、蒙ル二本-座ノ之宣-旨一ヲ。

廿三-日、御二参石清水ノ八幡宮一ニ。

八-月、御二参賀茂祇園北野吉田等ノ社一ニ。

十-月十二-日、参-内。十三-日、出-京赴ク二関東一ニ。廿九-日、着ク二鎌倉一ニ。

仁治元年三月、御家人并ニ伺候ノ人々、万事止メ過差《シヤ》ヲ、可キノ

用ユ倹《ケン》約ヲ之条々、沙汰有リ之。

十一月、鎌倉中辻々警固焼ク篝ヲ。

是年、時房卒ス。　17ウ」

同三年六月、泰時卒ス。年六十二。法名観阿。

後嵯峨寛元三年七月五日、頼経於テ久遠寿量院ニ剃

髪。号ス行智ト。

同四年七月、前《サキノ》将軍入道大納言藤原ノ頼経辞シ鎌倉ヲ、

帰リ洛ニ、入ル六波羅ノ若松殿ニ。此ノ時三浦ノ光村残リ留リ于御簾ノ砌ニ、有リ密談。[今茲](摺消か)時ニ ○頼経

年廿九。

康元々年八月十一日、薨ス於京都ニ。年三十九。

執権　平ノ政(ママ)ノ子聴「政ヲ八年

義時

時房義時ノ弟　18オ」

三代
泰時義時ノ嫡男

経時泰時ノ嫡孫 時氏ノ一男

時頼経時ノ弟

五代
頼嗣 治世八年。

母大納言定能卿孫中納言親能卿女。号二棟《ムネ》御方、又号大宮殿。

延応元年十一月廿一日、誕生於鎌倉施薬院使良基朝臣薬師堂之宅。

仁治二年二月、着袴。18ウ」

寛元二年四月廿一日、元服。時六歳。頼経可譲征夷大将軍之旨、被告於京都。勅許之。廿八日、頼経（嗣）蒙征夷大将軍宣旨、任右近衛少将、叙従五位上。

十二月、読書始。筑後守正光為侍読。

同三年七月、武蔵守経時妹《イモト》為御台所。年十六。号檜《ヒハ》皮姫君。時頼嗣僅七歳。

同四年三月、経時有病、譲執権於其弟左近将監時頼。

閏四月、経時卒。年三十三。法名安楽。

五月、北条光時義時孫、朝時子、与時頼欲争執権。不能成而」19オ」祝《キル》髪《カミヲ》。六月、流之於伊豆。乃没収其所領越後国。

十二-月、叙ス二従四位下一ニ。少-将如レ元ノ。
賜フ二御-教-書ヲ於諸-国ノ守-護地-頭一ニ。
後深草ノ院宝治元-年五-月、御-台-所遷-化。歳十八。
秋田城ノ介義景、告ク三三-浦ノ若狭前-司泰村及ヒ弟光村等ラ、
慕ヒレ頼経ヲ、潜カニ挟ム二ヿヲ野-心一ヲ。時頼不スノレ信セレ之ヲ、而為メニレ避ケンカ二服-忌一ヲ、行テ宿ス二彼ノ
館一ニ。頗ル有リレ疑-慮、俄ニ帰リ-去ル。泰村大ニ-驚テ謝スレ之ヲ。時頼已ニ和-平ス。然レモ
義景等ラ、以テ二此ノ便一リヲ、率テレ兵ヲ攻ムレ之ヲ。泰村防クレ之ヲ。時頼不スレ得レ已ムヿ遣ハシ
レ兵ヲ撃チレ之ヲ、遂ニ滅ス二泰村カ一-族一ヲ。
建長二-年二-月、時頼諫ムル二頼嗣一ニヲ、以テスレ可ヘキレヿヲ有ル二文-武ノ稽-古一。19ウ」
三-月、造ル二閑院殿一ヲ。
五-月、読ム二帝範一ヲ。清原ノ教隆《ノリ》ノ真人《マツト》候ス焉。時頼書二写ノ貞観政
要一ヲ、献スレ之ヲ。
同三-年七-月、叙シ二従三-位一ニ、任ス二左近衛ノ中-将一ニ。時頼叙ス二正
五-位-下一ニ。皆是レ造ルノ二閑院一ヲ之賞ナリ也。
十二-月、佐々木ノ氏信・武藤景頼、生《イケ》二-虜リ謀《ト》-叛-人了行法
師・矢《ヤ》-作《ハキ》左衛門ノ尉・長ノ次郎左衛門ノ尉久連《ツララ》等一ヲ、献スレ時頼ニ。
推-問スルノ之処ニ、是レ前-将-軍頼経於テ二京都一ニ、有リト二乱ルノレ世ヲ之企一云-々。
依テレ是レニ鎌倉-中物《モノイソカハシ》-忩。

同四-年二-月、時頼・重時遣ハシ二使-節ヲ於京都一ニ、迎フ二宗尊親王一ヲ。　20オ」

其ノ書-状、時頼自-筆、
重時加-判、他-人不レ知レ之ヲ。

三-月廿-日、頼嗣避テレ鎌倉ヲ、四-月、帰-洛。

康元元-年十-月、於テ二京都一ニ早-世。年十-八。

執-権　四代　経時
時頼
重時　泰時ノ弟

六代
宗《ソウ》《ムネ》-尊《ソン》《タカ》親-王　治-世十五-年。

後嵯峨院ノ第一ノ皇-子。

母ハ准-后平ノ朝臣棟子、蔵-人勘-解-由ノ次-官棟基カ女メ。　20ウ」

仁治三-年、誕二-生ス於京都一ニ。

建長四-年正-月八-日、於テ二仙洞一ニ、御-首-服。加-冠ハ左-大-臣藤原ノ兼平。摂-政兼経公被ルレ献セ二親-王御-袍御-笏ト等一ヲ。御加-冠ノ之後チ叙ス二三-品一ニ。九-日、御-行《アリキ》始メ。公-卿六-人扈-従ス時歳十-一。

三-月十九-日、出テレ、自レ仙(ママ)-洞一、入リ二六波羅一ニ。即チ赴ク二関東一ニ。月-卿雲-

客并武士供奉。依時頼之招也。後嵯峨院微行粟田口、見之。四月朔日、着鎌倉。入時頼館。五日、任征夷大将軍。十四日、政所始、御弓始。

八月、為将軍拝賀、欲詣鶴岡、有病不果。

十一月、新造御所御移徙。　21オ」

同五年十一月、時頼建建長寺而供養之。宋朝道隆禅師為導師。号蘭渓。

同六年四月、西国地頭所務沙汰、且定唐船員《イン》数。五艘之外、不可置之、速可令破却。

閏五月、時頼申云、近年武芸廃、而自他門共好非職才芸事。已忘吾家之礼訖。可謂比興。然者弓馬芸者、追可試会。先於当座、被召決相撲《スマイ》勝負。将軍家従之。即有相撲六番。

十一月、熊野本宮造営。　21ウ」

命奉公諸人面々、可為弓馬芸事。

十二月、於御所、光源氏物語事、有御談儀。河内守親行候之。

康元々年十一月、時頼於最明寺落飾。号覚了房道崇。時歳三十。

家督時宗幼稚ノ間、譲ル二執権ヲ於武蔵ノ守長時一ニ。重時カ子。

正嘉元年二月、時頼入道家督正寿七歳、於テ二御所一ニ元服ス。賜テ二宗ノ字一ヲ、号ス二時宗一ト。

九月、勝長寿院造営。

十月、大慈寺供養。

同二年六月、勝長寿院供養。（コノ一行小字行間補入）

時頼召シ二出ス青砥左衛門ノ尉藤綱一ヲ。藤満カ子。

十月、仰ニ云ク、可シレ用ユ二三代将軍并ニ二位家ノ御成敗一ヲ。不スレ可ラレ改ム 22オ」レ之ヲ。

十一月、百日ノ御鞠。

亀山ノ院文応元年二月、故《モト》ノ摂政兼経公息女十二歳、為ナリテ二最明寺ノ猶子一ト、下着。入リ二山ノ内ノ亭一ニ、備ハル二御息所《ミヤストコロ》一ニ。三月、御家人賀ノ二嫁娶一ヲ、有リ二進物一。七月十六日、沙門日蓮作テ二安国論一巻一ヲ、以テ献ス二時頼一ニ。（コノ小字双行ハ改行シテ本行ノ条文デアルベキ）

十二月、入道右大弁藤原ノ光俊ノ朝臣自リレ京都下着。当世ノ歌仙ナリ也。

京上リ諸役ノ沙汰。

是年、宋ノ沙門普寧来ル。号ス二兀庵一ト。

弘長元年二月、海道駅《エキ》馬送四夫ノ定メ。 22ウ」

寺社興行ノ之沙汰。

三月、評定衆起請。

十一月、陸奥ノ守重時卒ス。歳六十四。号ス二極楽寺一ト。

同三年二月、於テ二相模ノ守政村カ亭一ニ、有リ二和歌ノ会一。一日千首。

七月、詠歌為メニレ合点ノ、遣ハス二民部卿為家入道一ニ。

自ミ撰ノレ詠歌ヲ、号ス二初心愚草一ト。

八月、臣範御読合。

十一月、時頼入道於テ二最明寺一ニ卒ス。歳三十七。有リ二哀傷御詠一。

十二月、右少弁経任《タフ》ノ朝臣為シテ二仙洞ノ御使一下着シ、弔フ二最明寺一ヲ。　23オ」

文永元年八月十日、時宗執権。

同二年九月、御息所姫君御産。

同三年四月、将軍家有リレ病。以テ二松殿ノ僧正良基一ヲ為ス二験者一ト。或ハ曰ク、欲スルレ変ントレ世ヲ者託《ノ託》（言偏誤筆）二事ヲ於詠歌一ニ、時々近ク候スレ営中ニ。毎ニ至ルレ深更ニ、故ニ時宗心ニ疑フレ之ヲ。六月、於テ二相模ノ守時宗カ亭一ニ、有リ二秘計ノ沙汰一。良基俄ニ退二出ノ御所（ママ）一ヲ逐電ス。若君入二御相州ノ亭一ニ。鎌倉騒動ス。七月、相州ノ使者参ルレ御所ニ。往還両三度、中務ノ権ノ大輔北条ノ教時《ノリ》ノ朝臣召シ具シ甲冑ノ軍兵数十騎ヲ、自リ二薬師堂ノ谷ノ亭一、至ル二塔ノ辻ノ宿所一ニ。依テレ之ニ、其ノ近-隣彌く成ㇾ群-動ヲ。相州以テㇾ使-者ヲ制スㇾ之ヲ。教時無シㇾ所ニ陳-謝一スル。於テ 23ウ」
ㇾ是ニ将-軍-家乗リニノ女-房ノ輿一ニ、出テニ御-所ヲ一即チ帰-洛。入ルニ北条ノ時茂カ六
波羅ノ亭一ニ。教時ハ者義時ノ孫朝時ノ子。時茂ハ者重時カ子長時カ弟。良基入テニ高野山一ニ、断-食ノ
而死ス。
十月、前-将-軍宗尊親王移テ居スニ土御門万里小路一ニ。承明門院ノ旧-跡也。於テㇾ是ニ謁スニ仙-洞及ヒ母准-后一ニ。中-納-言経任為ㇾ御-使ト赴クㇾ関東ニ。有リㇾ請フニ「於北条一ニ。故ニ如シㇾ此。
同九-年二-月、剃-髪、法-名覚恵。
同十一-年七-月、薨ス。歳三-十-三。

執-権　時頼 五代

重時

政村 重時カ弟 24オ」

長時 重時カ子

時宗 時頼ノ子

七代
惟康ノ親王　治世二十四年。

母ハ近衛ノ摂政太政大臣藤原ノ兼経公ノ娘メ宰子。

文永元年、誕二生ス於鎌倉一ニ。

同三年七月廿七日、任二シ征夷大将軍一ニ、叙二ス○従四品位一ニ。

是年、蒙古国王致二ス書ヲ于日本国一ニ。

同四年、僧紹明帰ルレ自レ宋。号二ス南浦一ト。

同六年、宋ノ僧正念来朝。号二ス大休一ト。

同七年十二月、惟康叙二シ従三位一ニ、任二シ左近衛中将一ニ、賜二フ源ノ朝臣ノ姓一ヲ。24ウ」

二月、惟康兼二ヌ尾張ノ権ノ守一ヲ。

同八年○十月、北条ノ左近将監義宗長時カ子入洛シ、居二ル六波羅ノ北方一ニ。

是年、日本遣レシ使ヲ報二セムレ蒙古国一ニ。

正月五日、惟康叙二ス従二位一ニ中将如レ元ノ。

同九年○二月十七日、後嵯峨院崩ス。先レキ是ヨリ、西園寺ノ太政大臣実氏公ノ女メ、為ナ二リテ後嵯峨院ノ中宮一ト、生二ム後深草院ノ(ママ)・亀山ノ院一ヲ。而メ宝治元年、後嵯峨院譲レル位ヲ。後深草院即レク位ニ。正元元年後深草ノ院譲レリ位ヲ、亀山院即レク位ニ。至レテ是ニ、後嵯峨院遺勅ニ曰ク、後来後深草・亀山両院ノ子孫相替テ可レシ即二ク帝位一ニ云々。

実時宗之所為《シハサナリ》也。其意欲使皇胤為二流而分王威、
也。初承久之役、西園寺公経通志於義時。故推挙之、25オ」
使監察朝廷。爾来《シカシヨリコノタ》、公経并子孫歴世、官至相国、屢為
帝外戚。初摂関家、唯近衛殿九条殿両流而已。四条院仁治三年、良実為関白。是二条殿祖也。後嵯峨院
寛元四年、実経為関白。是一条殿祖也。後深草院建長四年、兼平摂政、是鷹司殿祖也。乃為五流。皆是当
時頼之時。蓋分摂関権歟。
同月、北条式部丞時輔時宗兄在六波羅、密欲謀時宗。
北条尾張守公時・入道見西・同遠江守教時応焉。
十一月、教時・見西於鎌倉被殺。時輔於六波羅被殺。
中御門中将実隆籠居。
同十年五月、政村卒。歳六十九。
六月、北条義政執権。重時四男。25ウ」
同十一年十月、筑紫早馬来於六波羅、告蒙古賊船
到対馬島合戦。
後宇多院建治元年、鎮西送蒙古并高麗人等、不入
洛、直来於関東。
十二月、北条時国上洛。居六波羅南方時国者時房曾孫。

同二年。四月、蒙古ノ使者到ル長門ノ室ノ津ノ浦ニ。〔正月、惟康兼ヌ讃岐ノ権ノ守ヲ。〕八月、到ル関東ニ。九月、於テ龍ノ口ニ、梟ス首ヲ。

弘安二年。〔正月、惟康叙ス正二位ニ、〕時宗遣ス使ヲ于大元ニ。招ク禅僧有ル名者ヲ。明州ノ太守以テ沙門祖元ヲ而充《ア》ツ之レニ。祖元字ハ無学。

同三年二月、殺ス元ノ使杜世忠ヲ。 26オ」

同四年、大元ノ大将阿刺《シ》罕・范文虎及《ヒ》忻《キン》都・洪茶丘、率テ十万人ヲ来テ攻ム日本ヲ。九州ノ人防キ戦テ大ニ勝ツ。時ニ大風、賊船皆漂溺ス。十万ノ衆得ル還ルヿヲ者ノ僅ニ三人。皆云フ、我カ朝霊神ノ之所ナリ助クル也。

是年、元ノ沙門祖元来テ見ユ於時宗ニ。

同五年、時宗建テ、円覚寺ヲ、以テ祖元ヲ為ス開基ト。

同六年二月、北条ノ業時執権。重時カ五男。

同七年四月四日、時宗卒ス。歳三十四。法名道果（ママ）。号ス宝光寺ト。

六月、北条ノ時国在テ京ニ悪逆ス。応ソ召ニ赴ク鎌倉ニ。八月、伏誅ス。

十月、時宗ノ子貞時歳十四続テ家督ヲ執権。於テ是ニ外祖城ノ陸 26ウ」奥ノ守泰盛専ニス威ヲ。貞時ノ家令平左衛門ノ尉頼綱与《ト》泰盛相ヒ悪シ。

同八-年四-月、貞時任ス二相模ノ守一ニ。
頼綱告ク乙泰盛カ子宗景欲スルヿヲ甲下改テ二藤原氏ヲ一為シレ源氏ト密カニ謀-叛シテ而
為ナラント中将-軍ト上。
十一-月、泰盛・宗景伏-誅ス。其ノ党皆平ク。於テレ是ニ頼綱独リ振ルレ威ヲ。
同十-年、北条ノ宣時執-権。時房カ孫。
六-月五-日、○惟康任二中-納-言一、兼ヌ二右近衛ノ大-将ヲ一。（コノ一行小字行間補入）
伏見院正応元年、将軍惟康親王賜源姓。先是経二（コノ一行朱ニテ見消チス）
十-月四-日、親-王宣-下、叙二二品一、或ハ曰ク叙二一品一ニ、（コノ一行小字行間補入）
品、叙一品、任中納言、兼任右大将。（コノ一行朱ニテ見消チス）
~~同~~正応二-年八-月、鶴岡放-生-会、将-軍-家参-詣。　27オ」
九-月、鎌倉物-忽、将-軍-家俄ニ上-洛。武-士寄テ二網-代ノ輿ヲ一、逆《サカサマ》ニ載ス
レ之ヲ。鎌倉ノ人語リテ曰ク、惟康親王流ルレ洛陽ニ。歳二-十六。於テ二嵯峨ニ一剃-髪。
正中二-年十-月、薨ス。歳六-十-二。

執-権　六代時宗
義政重時カ四-男
業時重時カ五-男
貞時時宗ノ子

宣時 時房カ孫

八代
久明ノ親王　治世二十年。　27ウ」
後深草ノ院第二皇子。
母ハ三条ノ内大臣藤原ノ公親公ノ女《メ》従二位房子《フサコ》、号ス御匣《ミクシケ》
殿ト。
文永十一年、誕生ス於京都ニ。
正応二年九月、貞時使ムノ飯沼ノ判官等《ラ》七人ヲ上洛シ迎へ之ヲ。
避テ旧将軍惟康親王ノ所ノ過タル足柄山ヲ、改テ其ノ路次ヲ而入ル京ニ。
十月三日、久明ノ親王元服。九日、任ス征夷大将軍ニ。十日、
自リ仙洞入テ六波羅ニ、即チ首途ス。
二十五日、征夷大将軍一品式部卿ノ親王久明下着
鎌倉ニ。　時歳十六。　28オ」
貞時壊《コホ》チ惟康旧館ヲ、新ニ造リ御所ヲ奉ル居キ焉。以テ惟康ノ女《メ》ヲ為ス御
息所ト。
同三年三月、甲斐ノ源氏浅原ノ八郎為頼強弓ノ大力（ママ）ナリ也。
於テ諸国ニ成ス悪逆ヲ。故ニ没収所領ヲ。令ムノ群国尋索メ之ヲ。為頼中（○朱）、

潜入京、夜到内裏、籠紫宸殿、武士

○攻之。為頼自殺。其所放之矢、書曰太政大臣源為頼(ママ)云々。三条宰相中将実盛依有同意之風聞、被召捕(ママ)到六波羅。四月、実盛及子侍従公久到鎌倉。

十一月、時輔次男某、憑三浦介頼盛、謀叛、被誅。

是年、禁制造作修理用途・垸《ワウ》飯役・五節供充課百姓云云。但以地頭得分、可致沙汰。并禁人倫売買。 28ウ」

永仁元年三月、以北条兼時〔時頼ノ孫〕為鎮西探題。居筑前、以監九州。又置長門探題、以監中国。

四月、鎌倉大地震。死者一万余人。

貞時家令頼綱剃髪号杲円。威権日盛。其次男安房守任廷尉。号飯沼殿。密議立安房守為将軍。杲円長子宗綱以告貞時。々誅杲円及安房守等。宗綱亦流佐渡。其後赦之。

同二年十二月、評議被捨置之訴人、各有愁憤、企越訴、非制限。

同四年十一月、吉見孫太郎義世〔範頼四世ノ孫〕謀叛、被執。 29オ」

斬之於龍口。

同五-年、評-定スラク越-訴ノ之事、向-後停二-止ス之一ヲ。但シ評-定ノ之内、有ラハ二余-残ノ事一、奉-行-人可レシ沙二-汰ス之一ヲ。替-銭借-物ノ事、可レシ有ル沙-汰。書二-載セハ其ノ利-分一ヲ者、可レシ任ス二証-文一ニ。

同六-年二-月、流ス二権中-納-言藤原ノ為兼ヲ於佐渡一ニ。依テナリレ有ルニ二隠-謀ノ之聞一ヘ也。嘉元々-年、逢テレ赦ニ帰-京。

正安二-年七-月、異-賊防-禁ノ事、被ルレ相ヒ二-触レ於上総ノ前-司北条ノ実政一ニ在リ二鎮西一ニ義時ノ玄-孫并ニ西-国堺相-論ノ事、可レシ沙二-汰ス之一ヲ。

後伏見ノ院正安三-年八-月、貞時薙チ《ソル》-髪《カミヲ》法-名崇演。譲ル二執-権ヲ於其ノ壻《ムコモロ》師時一ニ時頼ノ孫。以テレ時村ヲ副《ソ》フレ之ニ、与《ト》レ師時連-署時村ハ者、政村カ子。。 29ウ」

是-年、元ノ僧一寧・子曇来ル。一寧号スレ一山ト。子曇号スレ西礀ト。

後二条ノ院乾元々-年九-月、貞時供二-養シ最勝園寺一ヲ、以テ二源恵僧正一ヲ為スレ導-師ト。将-軍-家出-御。源恵ハ者、頼経ノ子。

嘉元々-年、貞時ノ子高時生ル。或ハ云ク、永仁元-年生ルト。

同三-年春、北条ノ宗方時頼ノ孫、貞時カ従《イトコ》-兄-弟与《ト》レ師時、相-悪シ。時村カ孫熙《ヒロ》時ハ者、貞時ノ壻ナリ也。以下テノ与《ト》レ師時娅《アヒムコ》上ナルヲ故ニ師時・時村相-睦シ。宗方欲《ホ》ス二（ママ）先ツ殺レシ時村ヲ而図ラント二師時・熙時一ヲ。四-月、宗方詐リテ称シテ二将-軍ノ命一ト、而率テレ群-士ヲ、夜襲テレ時村ヲ殺スレ之ヲ。貞時使ム下二北条ノ宗宣・宇都ノ宮貞綱ヲ一誅セ中宗方ヲ上。

七‐月、貞時使ムノ二レ宗宣ヲ執‐権セ一。　30オ」

此ノ代ニ、貞時聞テ二出羽ノ羽黒ノ修‐験《ケン》‐者ノ之訴‐訟ヲ一、察シ二回‐国‐使ノ之
濫‐悪ヲ一、且ツ知テ二民‐間ノ之所ヲレ愁ル一、而執ヘテ二濫‐悪ノ者数‐百‐人ヲ一、而罪スレ之ヲ。

又、久‐我ノ内‐大‐臣通基無フノレ故ヘ被レレ廃セ、蟄《チツ》二居ス於城‐南ニ一。貞時糺シ二
其ノ無ヲ一レ罪、執‐奏ス。帝驚テ而許スレ之ヲ。

花園ノ院延慶元‐年八‐月、将‐軍久明ノ親王上‐洛。

後醍醐帝嘉暦三‐年十‐月、薨ス。年五‐十五。

執‐権　七代 貞時
宣時 時房カ孫
師時 時頼ノ孫
時村 政村カ子　30ウ」
宗宣 宣時カ子

九代 守邦ノ親‐王　治‐世二‐十五‐年。

母ハ征‐夷大‐将‐軍惟康親王ノ娘メ。

乾元々‐年、誕二生ス於鎌倉ニ一。

延慶元年八月、任征夷大将軍。

同三年六月、金沢貞顕入洛、居六波羅北方。義時六世孫、越後守顕時子。

応長元年九月、師時死。年三十七。

同十月、貞時卒。年四十。号最勝園寺。高時僅九歳。故使宗宣・熙 31オ」時執権、以長崎入道円喜為内管領。与高時舅《ヲチ》秋田城介時顕共輔《タス》高時。

正和元年六月、宗宣死。年五十四。

同四年七月、北条基時執権。業《ナリ》時孫、後剃髪号信忍（ママ）。称普恩寺。

九月、北条惟貞居六波羅南方。宗宣子。

同五年七月、高時執権。年十四。

八月、熙時死。

文保元年三月、高時任相模守。

同二年、花園院内禅、後醍醐帝即位。初自後深草・亀山、皇胤二流、相代即位。皆是関東之意也。後醍醐者、31ウ」後宇多愛子也。朝廷皆以為此皇流宜為帝室之正統。至是、勅使到関東、欲立後醍醐之子護良《モリ》為春宮。高時不聴。遂立後二条院子邦良為太子。後醍醐銜《フク》レ之ヲ。

元応元-年四-月、僧疎《ソ》石到ルレ鎌倉ニ。号ス二夢窓一ト。

元亨元-年十二-月、高時使メ下ム常葉ノ駿河ノ守範貞ヲシテ居中ラ六波羅上ニ。範貞ハ者、重時カ曾-孫。英時為ナル二鎮西ノ探-題一ト。

同二-年三-月、奥州ノ安藤五郎及ヒ又太郎謀-叛ス。高時使メ二ムレ兵攻メ一レ之ヲ。

四-月、後宇多ノ院使メ下ム大-納-言藤原ノ定房ヲシテ一到中ラ関東上ニ。請テ曰ク、委ネテ《マカセテ》二 32オ」世-事ヲ於帝一ニ、而其ノ身早ク隠二-居セン於大覚寺一ニ也。高時聴ユルスレ《キク》之ヲ。

頃-年摂津ノ国住-人渡辺ノ右衛門ノ尉挟ムレ野-心ヲ。高時使メ下ム河内国ノ住-人楠ノ正成ヲシテ一撃中チ平ケ上之ヲ。又、紀伊ノ国安田ノ庄司有リレ逆-心、正成撃チ二-殺ス一之ヲ。賜フ二安田カ旧-領ヲ於正成一ニ。又、大和ノ国越智ヲ四郎与トレ六波羅相-拒コハム。攻トモレ之ヲ不スレ利アラ。正成襲ヒ-撃テ滅スレ之ヲ。

同三-年、勅-使参-議藤原ノ資朝到ルレ関東ニ。

正中元-年、後醍醐ノ帝連-年欲スレ滅サント二鎌倉一ヲ。九-月、土岐ノ頼員到テレ六波羅ニ、告ク二密-謀ヲ於範貞一ニ。々々使メ三ム兵ヲシテ撃二-殺サ土岐ノ頼貞《サタ》・多治見《チミ》ノ国長一ヲ。

同二-年五-月、関東ノ使-者入リレ洛ニ、捕ヘテ二権-中-納-言資朝・蔵-人 32ウ」右-少-弁藤ノ俊基一ヲ、帰ルレ鎌倉ニ。以テノレ預カルヲ二帝ノ密-謀一ニ故ヘナリ也。

七月、将軍家使僧疎石上洛。応勅也。
勅使大納言藤宣房到鎌倉。賜告文於高時。
流藤資朝於佐渡。赦藤俊基帰京。
嘉暦元年三月、高時祝髪。号宗鑑。其弟左近大夫泰家
欲執権。長崎新左衛門尉高資《スケ》強《シイ》使泰家剃髪、令金
沢貞顕執権。泰家欲殺貞顕。於是貞顕亦薙髪。四月、
守時長時曾孫。号赤橋。・維貞執権。
同二年正月、元僧正澄号清拙《セツ》来居建長寺。
十月、維貞死。　33オ」
同三年七月、前中納言藤原為相《スケ》卒于鎌倉。
元徳二年五月、範貞捕僧円観・文観・忠円・知教・教円、
遣之鎌倉。依侍帝呪《シユ》詛高時也。又、捕《トラ》一条中将為明。
以帝之近臣也。既而赦之。
殺資朝○于佐渡。
六月、茂時執権。熙《ヒロ》時子。
七月、文観・忠円・円観配流。
捕俊基到関東殺之。
高時欲使長崎高頼殺高資。事覚《アラハ》高頼左遷於陸奥《ムツ》。

元弘元年八月、関東使者上洛、欲易帝位。後醍醐帝 33ウ」
入笠置山。召楠正成。使大納言藤原師賢登比叡山。
範貞遣兵攻之。
九月、範貞遣兵、攻破笠置城。
十月、後醍醐入六波羅。
立光厳院為帝。
関東軍兵攻赤坂城。々主楠正成拒之。
同二年三月、範貞帰鎌倉。仲時（基時子）・時益（政村曾孫）上洛
居六波羅。（仲時居北方。時益居南方。号西六波羅。）
流後醍醐帝於隠岐。
五月、後醍醐近臣死罪流刑。 34オ」
七月、楠正成出張於天王寺。六波羅兵攻之不克。
九月、高時徴群国之兵数十万余人、使上洛。
光厳院正慶二年二月、関東大軍攻落赤坂城。（楠正成家
人居之。）又、陥吉野城。（護良王子所守也。）於是諸軍相会攻千剣
破城。々主正成能防之。東国囲之不克。
三月、赤松円心自播摩乱入京都、与六波羅合戦。
後醍醐帝遁出、隠岐国、入伯耆国船上。遣兵攻六波

羅。

四-月、高時使ム下名越《ナコシ》ノ尾張ノ守高家・足-利ノ治部ノ大輔高氏上-洛シ撃タ中赤松ヲ上。高家討-死ス。高氏応ジ二後醍醐ノ之勅ニ一、攻ムレ六波 34ウ」羅ヲ。

五-月七-日、高氏・円心等ラ攻メ二-落ス六波羅ヲ一。仲時・時益出-奔ス。時益中テレ矢ニ而死ス。仲時到テ二江州番馬ニ一自-害ス。

十《八》日、新田ノ義貞起ス二兵ヲ於上野ノ国ニ一。高時遣ハシ下恵性等ラヲ一攻メ上レ之ヲ。不レ克タ。義貞進メテレ軍ヲ攻メ二-入リ鎌倉ニ一、守時・基時及ヒ大仏ノ貞直・金沢ノ貞将等ラ皆戦-死ス。恵性及ヒ高時之子邦時・々行遁レテ出ツレ鎌倉ヲ。廿二-日、高時於テ二東勝寺ニ一自-害ス。茂時・範貞等ラ以-下ノ一-族悉ク自-殺ス。城ノ入道円明・長崎入道円喜等ラ皆-死ス。是ノ-日、将-軍守邦剃-髪。

義貞索メテレ邦時ヲ、殺スレ之ヲ。 35オ」

廿七-日、小弐・大友・菊池等ラ起シ二兵ヲ於九-州ニ一、攻メテ二探-題英時ヲ一、殺スレ之ヲ。

長門ノ探-題上野ノ介北条ノ時直降-二参ス官-軍ニ一。

七-月、守邦薨ス。年三-十-三。

執権　貞時

師時
宗宣
熙時 時村ヵ孫
基時 業《ナリ》時ヵ孫
八代
高時 貞時ノ子　35ウ」
貞時 義時六‐世ノ孫 顕時ヵ子
守時 長時ヵ曾‐孫
維貞 宗宣ヵ子
茂時 熙《ヒロ》時ヵ子

右自リ二治承四‐年一至ルマテ二正慶二‐年一関東ノ将‐軍九‐代合テ百五‐十四‐年。（3行分空白）　36オ」
寛永十八年八月十七日奉　仰、同廿日考十余部記録初抄出之、同廿八日進覧之。
道春
春斎侍側
（6行分空白）　36ウ」

（翻印了）

二　校本『簸河上』

緒言

恐らくは将軍宗尊親王に献じられるべく、文応元年（一二六〇）五月半ば過ぎ（静嘉堂文庫本等奥書）に成立した『簸河上』は、真観藤原光俊の手になる現存する唯一の歌論書である。鎌倉中期の歌壇上の争いが顕然とする時勢下に、為家に対抗する一方の雄として活躍した真観の歌観を知るべき重要な資料である。本書の各伝本の、素性と価値や諸伝本間の関係性については、第二編第一章第一節「『簸河上』の諸本」に記した。また、本書の内容の概要と和歌史・歌学史上の位置付けについては、本論第二編第一章第二節「『簸河上』の性格」に論じた。

本書は、「静嘉堂文庫蔵伝冷泉為相筆本」を底本として、「古語深秘抄本」「図書寮御本」を以て「校正」された活字本文が、『日本歌学大系4』（昭三一・一初版）に収められ、流布している。これに重ねて、同じ本を底本とした印刷本文を今さら提供するのは、屋上屋を架するの感を否み難いところではある。しかしながら、日本歌学大系本の本文に、僅かばかりではあるが、誤脱と見られる箇所が存してもいるので（ただしまた、昭五三・一二第5版によるのみで、諸版を精査してはいない）、その欠を補訂する意味も込めて、この際、同じ底本を用い、計六本の対校本を以て校合した異同を示し、校本として翻印することとした次第である。

底本の複写と翻印を御許可下さった静嘉堂文庫、ならびに諸本の閲覧調査と複写に便宜を頂戴した兼築信行氏、御所蔵機関とその関係者各位に、深く感謝申し上げる。また特に、底本の書誌につき懇切な御教示を賜った成沢麻子氏に、厚く御礼申し上げる。

〔例言〕

一、『簸河上』の校本である。内題から本奥書までを対象とする。

一、底本および校合本には左記の諸本を用いた。（ ）内は現蔵者の函架番号。各伝本名の下の漢字は本書の略号。

底本

静嘉堂文庫蔵伝冷泉為相筆本（一〇五・九）。底。

同本は、閲覧不許本につき原本未見だが、同文庫員成沢麻子氏の御教示に従って、その書誌を簡略に記しておく。

写本、枡型綴葉装、一帖。内題・外題共、ナシ。金茶色地に梅花文の金襴裂表紙（縦一六・二×横一六・〇糎）。見返し、白地に銀切箔散らし。料紙、厚手斐紙。墨付四十六丁（一折目十二丁、二折目十六丁、三折目十八丁）。本文、毎半葉六行、一行十一字内外。字面高さ、約一四・〇糎。本奥書（本文参照）に続いて、「右大弁光俊《真観》朝臣所抄也。号簸河上云々。45ウ」たゞし此もじ、哥のしうくの時見合かよひもちゐる。康永二年六月六日、以証本書加畢。（花押）46オ」一見以後、納文庫了。柿本余衛竹薗朽株（花押）46ウ」と、加証（加筆）および伝領の奥書識語がある。別に、「了佐極札一枚」と墨書する極札と「古筆了悦（花押）（琴山印）」と署名する極札を付す。これ等によると、奥書の前者は洞院公賢、後者は与（興イ）良親王筆とする。また、本文についても為相筆と極めつつ、公賢が書継いだ旨を記す。これも含めた詳細については第二編第一章第一節「『簸河上』の諸本」参照。

校合本（1～5は写本、6は版本）

1宮内庁書陵部蔵阿波国文庫本（一五五・七二）。阿。

2宮内庁書陵部蔵本（五〇一・三九〇）。書。

3京都大学附属図書館蔵本（二二・ヒ・四）。京。

4国立公文書館内閣文庫蔵「賜蘆拾葉集」八十一所収本（二一七・一一）。賜。

5宮城県図書館蔵伊達文庫本「代々集巻頭和歌」所収本（伊九一一、二・一・四七）。伊。

6元禄十五年刊「和歌古語深秘抄」七所収本（金城学院大学蔵本。九一一、一・E七八・七。国文学研究資料館紙焼写真本に拠る）。古。

7兼築信行氏蔵本。兼築本。

なお他に、大阪府立中之島図書館蔵「耕雲口伝外八種（小字右ヨセ）」（外題）所収本（二二四・一〇〇）、宮内庁書陵部蔵鷹司城南館本（二六六・二五五。外題「新撰髄脳」）の両伝本の存在が知られるが、共に、右の「和歌古語深秘抄」本の写しと見られるので、省略する。

一、底本の翻印については次の方針によった。

1．底本の面影を残すべく、漢字・仮名の別、仮名遣い等はすべて底本どおりとするが、用字はおおむね通行の字体に改める（「歌」に対する「哥」「謌」等、底本どおりとした場合もある）。

2．読解の便宜をはかり、改行や段落等の書式については、底本の状態を尊重しつつも内容を考慮して私意によって改める（引用について「」を用いる場合もある）。底本の改面についてのみ、1ｵ」の如く示す。

3．私意により、句読点を打ち、清濁を施す。

4．歴史的仮名遣いを、（）に入れて右傍に示し、私に送り仮名を補った場合はその右傍に圏点を付す。

一、本文の校訂および校異については次の方針によった。

1. 底本の本文が、誤り（誤字・脱字・衍文等）や読解不能（誤筆・虫損等）と認められる場合には、諸本で校訂し、［校異］に底本の状態を示す。なお、誤筆・虫損等による読解不能箇所は□で、読解困難箇所は［ ］で表し、推測し得る限り原状の字形をその中に入れて示す（校合本も同様）。

2. 校異は次のように表示する。

イ、上に底本の本文を句読点・濁点および補った送り仮名を除いた状態で掲げ、—を付した下にそれに対する各本の異同を示して、（ ）に入れて各本の略号を示す（校合本全本一致の場合は「全」、一本のみ異なる場合は「阿以外」などとする）。

ロ、1により底本を校訂した場合には、校訂本文を上に掲げ、—を付した下に底本の本文とそれに対する各伝本の異同を示す。末尾に校訂事情を付記する場合がある。

ハ、底本に異本注記や見消ち等の傍書がある場合には、本行本文を上に掲げ、—を付した下に底本の原状とそれに対する各本の異同を示す。

ニ、校異の掲出は、右掲の校合本の1～6の順による。異同箇所については便宜上、各頁の一～九行目を前半とし、十～十八行目を後半として、各々の中で通し番号（二ケタのアラビア数字）を付して示す。なお、7兼築本は、後に一括して揚げる。

ホ、その他については適宜注記する。

一、第二編第一章第一節「『籔河上』の諸本」では、初出誌の頁数・行数を用いている。それを活かすために、版面を初出誌と同じに組み、その頁数を、本書の頁数とは別に、天の柱に示した。

〔本文〕

簸河上[1]

三十一字の歌は[2]、みなもと[3]簸河上[4]よりいでゝ[5]ながれ難波津[6]にいたる。そのすゑ[7]たえずしてみづがきのひさし[8]くなり[9]にける、わがくに[10]のことわざになむ[11]はべり。し1ｵ」かはあれど、いにしへ[12]の人は意[13]をたつるを宗[14]として、今[15]の人は文をかざる[16]をもとゝ[17]す。かくてこのみち[18]のつたはれる[19]には似たれども[20]、そのさま[21]のかはれること[22]、たゞ[23]楚夏[24]の音1ｳ」にことならず。まこと[25]にあめつちよりもへだゝれり。かなしきかな[26]、風俗[27]の人にうつること[28]をや。

もしこゝろざし[29]これに[30]ありといはん人は、まづ[31]髄脳口伝等に2ｵ」つきて哥のありさま[32]をしるべし[33]。

つぎには[34]代々の宣旨《シ》集《シウ》[35]どもをひらきて、すがたふるきをすてず[36]、詞[37]あたらしきにつくことなかれ[38]。情中[39]にあれば[40]、たね[1]ほ[2]2ｳ」かをもとむべからず。これ[3]らのを《(お)》[4]もむき、よくわきまへさとりなば、を《(お)》のづからよろしき哥[5]などか言[6]にあらはれざらむ[7]。本[8]にあらず実[9]にあらざれば、見る[10]もの信ぜず[11]といふ[12]3ｵ」ことしかなり[13]。

まづ[14]髄脳[15]につきて哥[16]のさまをしるべし[17]といふは、三体[18]六体のおもむき[19]をもわきまへ、四病[20]八病のを《(お)》[21]こりをもしるべきなり[22]。たゞ[23]しいまのよ[24]3ｳ」にはもちゐず[25]なりにたることとなれば[26]、末[27]をすてゝ本[28]にかへらん[29]こともあぢきなし。たゞ[30]哥をよむべきありさまばかり[31]しりてはべりなん[32]。そのこと[33]、あまたの4ｵ」式[34]髄脳にみゆる[35]ことなれど[36]、新撰[37]髄脳と申[38]す・ふみは、そのことば[39]すなほ[40]にしてみむ[41]ものゝさとり[42]やすかりぬべかれば、これ[43]をしるしておろ〳〵申[44]す・べし。かれ[45]にいはく、4ｳ」

おほよそ[46]哥は[47]、こゝろ[48]ふかくすが[49]たきよげにてこゝろ[50]お《(を)》かしきところ[51]あるをすぐれたりといふべし。事[52]おほくそ[53]へくさりてや[54]をみたるはいとわろきなり[55]。ひとすぢにすく[56]5ｵ」よかになんよむべき。心姿[57]あひ具する[58]・ことかたくは、まづ[1]心[2]をとるべし。つゐ《(ひ)》に心[3]ふ[4]かゝらずは、すがたをいたはるべし。そのかたち[5]といふは、うちぎゝきよげ[6]にゆへ《(ゑ)》ありて哥[7]とき5ウ」こえ、もしはめづらしくそへなどしたるなり。ともにえ[8]ずなりなば、いにしへの人多[9]く本に[10]うたまくらをゝ《(お)》きて末に[11]心[12]をあらはすさまをなん[13]、中[14]ごろよりはさし6オ」もあらねど、はじめにお[15]もふことをいひあらはしたるは、な[16]を《(ほ)》わろきこと[17]になむする。

いま[18]これをいふに、本に歌枕[19]をゝ《(お)》きてす[20]ゑにおも[21]ふこゝろをあらはすとは[22]、たとへば、ひさ[23]6ウ」かたのそらとも月とも、あし[24]ひきのやま[25]、を《(お)》してる[26]うみ、たまぼこのみち、あまざかる[27]ひな、ゝ《(な)》ど[28]いふやうなること[29]ゞもを上三句[30]のあ[31]ひだにを《(を)》きて、下[32]二句におもふ[33]ことを7オ」いひのぶべきなり[34]。まことに[35]、かくては、哥[36]のさまのたけありてふるめかしく、いひしれりときこゆる[37]ものなり[38]。又[39]、はじめにおもふ[40]ことをいひあらはしたるはわろきこと[41]になむと7ウ」ある、たゞ[42]このまゝにこ[43]ゝろえてよみ侍らざらむ[44]。さてことたりぬべしといへども、和哥式[45]には、一[46]歌中にこめおもひ[47]たること[1]なくいひもらしたるをば老[2]楓病と申したる8オ」なり[3]。かるがゆへ《(ゑ)》にわろきとはいふにこそとしりぬれば、ます[4]〱あやまち[5]なか[6]るべし。

又[7]いはく、

哥にむねとさるべきこと[8]とは、二[9]ところにおなじこと[10]のある[11]なり。たゞし[12]、8ウ」詞[13]おなじけれど心[14]ことなるはさるべからず。

[15]み[16]やまには松[17]の雪だにきえなく[18]に宮こ[19]はけふのわかな[20]つみけり

是[21]はみやま[22]とみやこと也[23]。

詞[24]ことなれど心おな[25]じきは猶[26]さるべし。9オ」

[27]も[28]がり船[29]いまぞなぎさにきよす[30]なるみぎ[31]はのたづの声[32]さは《(わ)》ぐ也[33]。

[1][2]これは、なぎさとみぎはとなり。[3]亭子院哥合にも、[4]山と峯とよめる[5]哥をば[6]病とさだめられたる、[7]これにおなじ。[8]たゞし9ウ」いま[9]のよにはかつてとがめなき。これらは事[10]なれど、を(お)のづから哥合[11]の時、判者[12]毛をふき[13]侍らむには、例[14]なきにあらねば作者[15]のがれがた10オ」かるべし。

一[16]字なれど[17]も心[18]おなじきは、な[19]を(ほ)さるべし。

[20]御[21]さぶらひみかさ[22]とまうせ[23]みやぎ[24]の丶この[25]したつゆはあめ[26]にまされ[27]り

[28]これは、御侍[29]、御笠となり。10ウ」かやう[30]の事、当時[31]はいとたゞされねども、よまざらん[32]にはしかじと[33]ぞおぼえ[34]侍る。すぐれたること[35]ある時[36]は、惣じ[37]てさるべからず。11オ」

[38]み[39]やまにはあられふるらし[40]とやまなる[41]まさき[42]のかづらいろ[43]づきにけり

み[44]山、外山となり。たとへば、琴高[45]が水にしづみてもぬれず、師門[46]が火のためにもやかれ11ウ」ざりしがごとし。さ[47]れども、いま[1]はすべてもち[2]ゐざるすがたなればよしなし。

[3]ことさらにとりかへ[4]してよみ、ところ[5]〳〵におほくよ12オ」めるは、みなさるやう[6]なり。又、二句[7]のすゑにおなじ[8]字あるは、よ[9]の人みなさる[10]ものなり。句[11]のすゑにあらねども詞[12]のすゑにあるは、みゝ[13]にとまりてなんきこゆ[14]。12ウ」

[15][16]ちりぬればのちは[17]あくたとなる花[18]をおもひ[19]もしらずまどふてふかな

[20]これは、ちり[21]ぬればのちは[22]のはの字なり[23]。げにもよまざら[24]んにはおとる[25]、二句[26]のすゑのおなじ[27]13オ」字あるうたは[28]、む[29]かしいまさりあふべきにもあらず。されば、すべてこ[30]れをとがとすること[31]、いまはき[32]こえぬこと[33]になんは[34]べれど、さる[35]ことぞとはしりてもつべきにや。13ウ」おなじ[36]ことばなれども[37]、ささ[38]へてきこゆるうた[39]のよまれんときは、あら[40]たむべきなり[41]。第[42]二句と第三句との[43]をはりの字おなじき[44]をば、腰[45]尾病とも申し14オ」たり[46]。これ[47]おなじさまなるべし。お[48]ほよそ、こはくいや[49]しく、あまり[50]老らかなる詞[51]などをよくはからひしりて、すぐれたること[52]あるにあらずは14ウ」

[1]よむべからず。かも、[2]らし、などの[3]古詞などは、[4]つねによむまじ。ふるく人のよめる[5]詞を[6]ふしにしたる、わろし。[7]一ふしにても[8]めづらしき[9]詞をよみ[10]いでんと[11]お15オ」もふべし。[12]古哥を本文にしてよめる[13]ことあり。[14]それはいふべからず。[15]すべてわれは[16]さとりたりと[17]おもひたれど、[18]人のこゝろえがたき[19]ことはか[20]ひなく[21]なむある。[22]むかしの15ウ」やうを[23]このみて、[24]いまの人[25]ことにこのみよむ、[26]我ひとりよしと[27]おもふらめど、[28]なべてさしもおぼえねば、あぢきなく[29]なむあるべき。[30]又、[31]歌枕、[32]貫之がかける古詞、日本紀の国々16オ」の[33]うたによみつべき[34]ところなど、[35]これらを見るべし。[36]已上

[37]いまこれをいふに、[38]古語をばよむべからずと[39]ある、[40]まことにしかなるか[41]な。[42]和哥新式にはすべていましめたり。[43]今を16ウ」おもくし、[44]いにしへをいやしうするに[45]ゝたり。[46]この[47]髄脳には、すぐれたる時はゆるされ[48]たる、いといみじ。げにもいやしき[49]さまなる[50]うたに、[51]かも、ずも、らし、17オ」などよめる[52]は、かたはらいたく、[53]めにたち[54]みゝに[55]おどろかしきものなり。

ふるく人のよめる[1]ことばをふしにしたるわろし、とある、[2]これ[3]うたの肝心なるべし、17ウ」[4]近代の[5]哥を[6]みれば、[7]ふるきまでもいはず、[8]昨日のうたをば[9]けふとり、[10]けふの哥をば[11]あすの風情と[12]おもへり。[13]このことひとり[14]なげゝども、[15]なげくにかひなし。

[16]古哥を本18オ」文にして[17]よめることあり、[18]それはいふべからず、[19]とある、[20]これみな[21]むかしいまのす[22]がたなり。[23]このごろの[24]哥は、[25]本歌をとると[26]おもひては[27]本哥を[28]とりたる[29]後哥をとる。[30]草18ウ」創はかたく[31]守文はたやすきに[32]ゝたり。あひつぐところ、すでに哥の[33]孫にあたれり。かくて[34]本歌にはへだゝり、[35]後哥をばやぶる[36]ものなり。[37]たゞ[38]こひねがふ[39]ところは、[40]十余代19オ」勅撰卅六人家集などをひらきて、[41]いうなる詞をとり、[42]ふかきこゝろを[43]まなび侍るべし。[44]古哥の第一二句[45]をとりて[46][47]今哥の第三四句にを(お)き、又古第三四句を[48]いまの第一二句[49]に[50]を(お)19ウ」くこと、[51]先達のをしへ[52]ひさしくなれり。かく

て、上[1]下句をちがふること[2]もたびかさなりぬれば、例[3]のことゝみゆ[4]。又、花の哥を本として紅[5]葉の哥にあらため、雪[6]哥20ｵ」を[7]とりては霰[8]の哥によみ[9]などしたるをみれば[10]、題[11]目はあらねども心詞[12]すべて本にかはる所[13]なし。たゞ[14]花の哥[15]を花に、月の哥[16]を月に、本[17]哥をはたらかさずして、しかも20ｳ」その心[18]をかへてそのすがたをめ[19]づらしくよまんとおもふ[20]べし。又[21]、ふるき[22]五字[23]を七字になし、たとへ[24]ば五言詩[25]を七言詩[26]につくるがごとし[27]。七字をも五字につゞめ、もし[28]は21ｵ」七字を二句にかけてもよみつべ[29]からん詞をば、か[30]ならず古哥[31]には一句にこそあれといふ[32]ことなく、み[33]だりてもよみ[34]はべるべきにや。かゝらでは、い[35]かにとしてちがふ21ｳ」所[36]あるべしとみえず。お[37]ほかた本哥[38]にすがるといはゞ、その[39]こゝろざし、たゞ天にひかれ地[40]にかゝれるものゝごとし。

む[41]かしのやうをこのみてわれ[42]ひとりよしと22ｵ」お[43]もふらめども、さしもおぼ[44]えねばあぢきなし、とあるは、これいはれたること[45]なり。近[46]代哥たゞこれなり[47]。万[48]葉のことばなればとて、よしあしもわくところ[49]なく、とよ[50]22ｳ」はたくもにい[1]りひさしとよみ、[2]を(お)のつものかくれの山[3]などゝりつれば、人はしらぬこと[4]をはじめてわれ[5]ひとりしりてよめるとお[6]もへり。かやう[7]のこと、よく[8]〳〵おもひ[9]23ｵ」はからふべきことに[10]なん。

又[11]、哥枕[12]、貫之[13]がかける古詞、日[14]本紀名所などみるべし[15]、とある、これおほ[16]きなる哥[17]の本懐[18]なり。ふるき[19]哥枕、日[20]本紀のなかよりい[21]できたる名所か[22]ゝとみゆる23ｳ」をば、今[23]のよには新名[24]所と名[25]づけられたるとかや。日本紀[26]をみ侍[27]れば、げにもおもしろ[28]き所々あり。

これ[29]につぎては、諸[30]国風土記といふふみ[31]あり。こ[32]れまたみつ[33]べき24ｵ」ふみ[34]にこそ侍る[35]・めれ。いみじきこと[36]おほくのせたるなり[37]。山[38]河の名のおこりくわ(は)[39]しくみえたり。その山[40]にはなにと[41]いふ木あり、この[42]野にはそれといふ草[43]生・ひたり、あるうら[44]にはしほやき[45]、24ｳ」ある[46]島にはめかる[47]といふまでもしるせる国も侍る[48]・なり。又、国によりて風俗[49]かはれば、もの[50]ゝ異名もみ[51]ゆめり。されば、基[52]俊と申し・し哥仙は、哥[53]合の判に[54]このふみをひきて申し・たるこ[55]25ｵ」とおほし。しか[56]

れども、このふみよにまれらにして人もちゐざれば、汾河におちにし筐にことならず。

まことにうたにはなれたるとを(ほ)きもろこしのふみ、ふかきみのりのをしへ25ウ」などをよめることは、そのみちのためにたやすきやうなれば、このみよむべからず。楽府朗詠などの中なる詩の心などは、風情おのづからよりきたらん時はよむべし。それも26オ」このみもちゐることはよろしとはせざるべし。むかしいまの哥にこのすがたみゆることなり。定家卿は文集をもみるべきものなりとこそ申されければ、さやうにも26ウ」侍るべきやらん。

又、俊頼朝臣と申し哥仙の口伝といふものあり。ことひろくしてあやまりおほしとぞ申しつたへたれども、題の哥をよむべきさまし27オ」るせるところはさもやとみたまふれば、かきいだしはべるなり。かれにいはく、

おほよそ題の文字は、三字四字五字ある題もあるを、かならずよむべき文字、必ずよむべから27ウ」ざる文字、まはして心をよむべき文字、さゝへてよむべき文字あるを、よく〳〵こゝろうべきなり。心をまはしてよむべき文字をあらはによみたるもわろし。たゞあらはに28オ」よむべき文字をまはしてよみたるもくだけてかろくきこゆるとぞ、ふるき人申しける。かやうの事はならひつたふべきにあらず。たゞわが心えてよむべきなり。28ウ」

これらのおもむきをみるに、題に必ずよむべき文字といふは、天象、地儀、居処、植物、動物、雑物などをば、題のまゝによむべきにや。関をよまんには、かならずその名29オ」をさしてよめとぞ先達は申されし。まことにたゞの野山こそあれ、その関とあらはさでは荒涼なるべし。又、さくらといふ題に花とよめる、とがなし。

必ずよむべからざる29ウ」文字とは、たとへば、野外河辺などやうなる題に外、辺、又、寄題に寄字、述懐の述字、これらはさすがに人よむことなければ、しるすにもを(お)よばぬことなるべし。

まはして心を30オ」よむべき文字とは、すべて詞の字也。仮令鶯声稀など申さむ題に、さゝへてまれなりなどはよむべからざるにや、念なかるべし。鳴く日すくなしとも、ひさしくきかざるつるに30ウ」いまなくこそめづらしけれ、な

どやう[1]によむべきやらん[2]。又、まれなること[3]をよめらん[4]ふるき哥[5]を本文として、その心[6]をとりて[7]よみたらん[8]、いといみじかるべし。又、とし[9]にまれなるなど[10]31オ」いふゝるき詞[11]をとりたらん[12]は、さゝへたりとも、これ[13]はふるく[14]よみきたれる詞[15]にて、とがとも[16]きこえざる[17]べし。たゞ題にすがりて、鳴[18]・鶯のこゑぞまれ[19]なるなどやうに、よむまじ[20]31ウ」きにや。郭公[21]幽などいは[22]ん題に、かすかなり[23]とよめらん[24]、ほいなかる[25]べし。ほのかにきこゆ[26]。などやうのことば[27]をもとめて、くも[28]井はる[29]かにすぎぬるかとも、お《を》[30]ちのさとにはさだかにこそ32オ」きくらめ[31]などいふ心ち[32]をよくおもひ[33]つゞくべきにや[34]。月前遠情[35]など申さむ[36]題に、とを《ほ》[37]き心[38]のとよみたらん、ある[39]べきことにもあらず。たとへ[40]ば、月をみれ[41]ばさら[42]しなお《を》ば32ウ」すても心にうかび、もろこしのから[43]くにまでもへだてずおもひ[44]やらるゝさま[45]をよむべきにこそ。深雪[46]などいふ題を[47]えてふかしとよめらん、心うかる[48]べし。ふみわけ[49]33オ」がたしとも、いくへ[50]つもるらんども[51]、ふかきこと[52]にたとへてよそへよみたらん[53]、いとお《を》[54]かしかるべし。すべて[55]恋述懐[56]の題にかやう[57]のことおほかるべし。これ[58]になずらへてし[1]33ウ」るさば[2]、これはかならず[3]よむべからざる文字に[4]おなじけれども、かれはす[5]べて心をもまはさぬ事[6]なれば、各[7]別にしるせるなり[8]。

また[9]、さゝへ[10]てよむべき文字とある[11]は、か[12]なら34オ」ずよむ[13]べき文字とい[14]ふにこそはおなじ[15]かるらめ。を《お》のづから題[16]によりて思[17]ひ・わくべき文字もや侍[18]らん。又、春[19]夏秋冬とあらん[20]題をえては[21]字のまゝによみても侍[22]る・べし。その時[23]の34ウ」景[24]物をとりてもよむ[25]べし。先達みなかよはしてよめり。すべて題をえて[26]よまむには、題のほか[27]のことをよみまじふべからず。その[28]題のことは《わ》[29]りを卅[30]一字[31]によみみつべし。35オ」たゞ[32]し、題によりてよみぐ[33]したるもくるしからずきこ[34]ゆることあり[35]。よくおも[36]ひはから[37]ふべき事[38]になん。立春とい[39]はん題に、霞[40]たち、雪[41]ふり、氷[42]とくなどていのこと[43]35ウ」は、みな[44]はるのはじめの景気[45]にて、題のほか[46]のものとも見えぬなり。百首哥[47]など[48]よまむに、かたはらの題に霞[49]のあらんには、立春早春[50]の哥には、霞[51]ならぬ風情をめぐ[52]36オ」らさんとおもふべし。これにていづれの題もみなを《お》しはかられぬべき[1]ことになんは[2]べれば、かず〳〵にのせず侍[3]り。[4]むすび題をば一句にはこめよむべからず。又、上[5]句にもよみ36ウ」つくすべからずとぞ、先[6]賢のいましめは侍りける。

同口[7]伝にいはく、

お[8]ほかた哥のよきといふは、心[9]をさきとしてめづらしきふしをもとめ、詞[10]をかざりよむべきなり[11]。37オ」心あれ[12]どもこ[13]とばかざらざれば、哥[14]おもてめでたしともきこ[15]えず。こと[16]ばかざりたれどもさせるふしなければ、よしともきこえず。めでたきふしあれども優[17]なる心[18]ことば37ウ」ぐ[19]せねば、又[20]わろし。けだかくとを(ほ)じろき、一のこと[21]ゝすべし。これらをぐ[22]したらん哥は、よ[23]のすゑにはおぼろけの[24]人[25]はおもひかく[26]べきにもあらず[27]。已上[28]。38オ」

これ[29]らをぐしたる哥とてあまたかける中に、

[30]か[31]ぜふけばおきつ[32]しらなみたつ[33]た山よは[34]にやきみが[35]ひとりこ[36]ゆらん

し[1]らなみといふは[2]ぬす人の名なり[3]。38ウ」さるもの[4]ゝたつた山をおそろしくひとりこゆらん[5]と、お[6]ぼつかなさによ[7]める哥なりとしるせり。この[8]哥をば[9]新撰髄脳[10]にも「貫之が[11]哥の本とすべしといひけるなり[12]。」との39オ」せたれば、あふぎて信[13]をとるべきにや。

お[14]ほかた哥[15]をよむべきありさ[16]ま、こ[17]の二つのふ[18]みにもる[19]ゝところあらじとこそみたまふれ[20]。あまたのすがた39ウ」さ[21]ま〳〵にしるせるこ[22]となれども、たけたかくと[23]ほしろき第一とぞお[24]ぼえ侍る。又[25]、幽[26]玄なる哥[27]の、身をせ[28]め、心をくだき、詞[29]をのこ[30]し、物を[31]思はせたる、た[32]とへが40オ」たきすがたのあるなり[33]。さる哥ぞ[34]、心をたね[35]としてよめるかと見[36]えて、い[37]と〳〵いみじきものなる[38]。このや[39]うの哥ぞ、おぼろけの人まな[40]びがたかるべき。40ウ」

次[41]に、代々の宣旨集をひらきてすがたふるき[42]をすてじとは、新[43]古今、新勅撰、続後撰の[44]なかにも、万葉集[45]、三代集[46]の作者の哥[47]の見ゆるを[48]ば本として、それは新古今[49]の哥なればとて41オ」きらはじとなり[50]。

あたらしきにつく事なかれといふは、後[1]拾遺の現[2]存の作者[3]より当世[4]までの哥をば、一[5]句半句乃至一字なりとも[6]、そ[7]の哥の[8]これはふしよと見えんを[9]ば41ウ」もちゐじ[10]。いはんや[11]、心をもとり[12]詞をもまね[13]びてんは[14]、哥にはあらじ[15]となり[16]。たゞし[17]、後拾遺[18]はみなを《ほ》し[19]、ひたゝけて[20]とりもちゐる[21]ことになんなり[22]て侍り。金葉[23]、詞花42オ」もさることゞもにては[24]べるめれば、くるしかるまじきことにこそ[25]。されども[26]、三代集[27]の哥などの[28]やうに[29]本とするまではいかゞ侍る[30]べからん。ことには、きの[31]ふけふといふばか[32]42ウ」りなる人々の哥を[33]へつらひよまじと[34]おもふべき[35]ことになん。

新[36]撰髄脳に、「これはみな人の[37]しりたることなれど、まだはか[38]〴〵しくもならはぬ人のために、ほゞかき[39]を《お》くなるべし。」43オ」とあるにいまの[40]心ざしおなじといへども、人には[41]異同[42]の性あり。仏[43]な[44]を《ほ》難解の衆生をばこしらへかねて、つ[45]ゐ《ひ》に鶴[46]林にはかくれたま[47]ひにし事なり。いかにいは[48]43ウ」むや、かくしるせ[49]ればとて、これ[50]にしたがひ給へ[51]とはゆめ[52]〳〵おも[53]はざる事になん[54]侍るべし。44オ」半面空白44ウ」

本云[1]
文[2]応改元之暦朱律過半之天、依本寺之鬱訴、卜東関之旅宿、遂乃荏鞆雨裏、為消百千万緒之徒然、45オ」柳営風前忽写[3]
三十一字之秘[4]訣者也。為之如何〳〵。（別ニ識語二行アリ）45ウ」（加証（加筆）奥書識語）46オ」（伝領奥書識語）46ウ」

〔校異〕

149頁前半

1簸河上―ナシ（底阿書）簸川上（京）簸河上《完》（賜）簸河上　抜恈（伊）簸河上《ヒノカハカミ》（古）諸本オヨビ底本中ノ「簸河上」ノ表記ニヨリ内題ヲ付ス　2歌―哥（書伊）謌（賜）　3みなもと―源（京）　4簸河上―簸河上《ヒノカハカミ》（書）　5いてゝなかれ―いてゝ（阿）出て流（京）出てなかれ（伊）　6難波津―難波津《ナニハツ》（書）　7そのすゑたえす―そのすゑたへす（阿）其末絶す（京）そのすへ絶す（伊）その末たえす（古）　8ひさしく―久しく（伊）　9なりにける―なりにけり（阿）成にける（京）　10わかくに―我国（京伊古）我くに（賜）　11なむはへり―なむ侍り（京賜）なんはへり（古）　12いにしへ―いにしゑ（京）古（古）　13意―意《コヽロ》（書）　14宗として―宗《ムネ》とし（書）むねとして（京賜）　15今―いま（書賜）　16かさる―かされる（古）　17もとゝ―ことと（伊）　18このみち―此道（京伊古）　19つたはれるには―つたはれるは（阿）伝はれるには（伊）　20似たれ―似《ニ》たれ（書）　21さまの―さま（阿）　22こと―事（阿伊古）　23たゝ―只（伊古）　24楚夏の音―楚夏《ソカ》のこゑ（書）　25まことにあめつち―天地（伊）　26かな―かなや（書）　27風俗―風俗《フウソク》（書）　28こと―ナシ（京賜）事（伊）　29こゝろさし―心さし（京賜伊古）　30これ―是（伊）　31まつ髄脳口伝等―まつ髄脳《スイナウ》口伝《クテン》等（書）先髄脳口伝等（古）　32哥のありさま―哥の有様（京）歌の有さま（伊古）　33しるへし―知へし（京）しるし（伊）　34つき―次（書古）　35宣旨集―宣旨集《シシウ》（書以外）宣旨集《センシシウ》（書）　36すてす―捨す（伊）　37詞―詞の（阿）詞《コトハ》（書）　38こと―事（阿京古）　39情中に―こゝろうちに（書）情内に（古）　40あれは―ナシ（阿）

149頁後半

1たね―た○《つ歟》ね（阿）　2ほかを―外を（京伊）　3これらの―これこの（阿）是此（伊）　4をもむき―おもむき（阿

以外）　5哥—歌（古）　6言—言《コト》（書）　7さらむ—さらん（阿古賜）　8本—花（古）　9実—実《マコト》（書）　10見るもの—みる物（伊）　11信せす—信《シム》せす（書）　12いふこと—いふ事（阿京賜古）　云事（伊）　13しかなり—しかり（書）　しか也（京古）　14まつ—先（古）　15髄脳—髄脳《スイナウ》（書）　16哥—哥《ウタ》（書）　歌（京伊）　謌（賜）　17しるへし—しる［へ］し（阿）　知へし（京）　18三体六体—三体《タイ》六体《タイ》（書）　19をも—を（伊）　20四病八病—四病《ヒヤウ》八病《ヒヤウ》（書）　21をこりをも—おこりとも（書）　おこりをも（京賜古）　起りをも（伊）　22なり—や（伊）　23たゝし—但（京）　24いまのよ—いまの世（書京賜）　今の世（伊古）　25もちゐすなりにたる—もちひす成にたる（古）　26こと—事（書京伊古）　27末をすて、—末《スヱ》をすて、（書）　すゑを捨て（伊）　28本—本《モト》（書）　29かへらんことも—かへらんことを（阿）　かへらむも（書）　かへらむ事も（京賜）　かへらむことも（伊）　帰らん事も（古）　30たゝ哥を—只歌を（京）　たゝ謌を（賜）　31ありさま—有様（京）　有さま（古）　32はへりなん—侍《ハヘ》りなん（書）　侍なむ（京）　侍りなん（賜）　33こと—事（伊古）　34式髄脳—式髄脳《シキスイナウ》（書）　式すいなふ（京）　35みゆる—見ゆる（伊古）　36こと—事（書）　37新撰髄脳—新撫《撰歟》髄脳（阿）　新撰髄脳《シムセムスイナウ》（書）　38中ふみ—中文（伊）　中すふみ（古）　39ことは—こと葉（京）　40すなほに—すなほ［に］（阿）　41みむものゝ—みんものゝ（書）　みむもの（京）　見むものゝ（賜）　見んものゝ（古）　42やすかりぬ—やすかる《り歟》ぬ（伊）　43これ—是（京伊）　44申へし—申すへし（古）　45かれにいはく—これにいわく（伊）　46おほよそ—おほよそ《かたはイ》（傍書アルイハ「かたイ本」カ）（底）　おほよそ《カタイ本》（阿）　おほよそ（書伊古）　凡（京賜）　47哥—歌（賜）　48こゝろ—心（書京古）　49すかた—姿（古）　50こゝろ—心（京賜伊古）　51ところある—所有（京）　所ある（賜）　52事—ナシ（伊）　53そへくさりて—そへてさりて（京）　うへくさりて（伊）　54やをみたるは—やをみたるは《さは見イ》（底阿）　やをみたるは（書京）　や《よ》をみたるは（賜）　を《と歟》みたるは（伊）　よみたるは（古）「やとみたるは」（『新撰髄脳』本文）トアルベキカ　55なり—也（京伊）　56すくよかになん—すくよかにてなん（京）　すくよかにてなむ（賜）　57心姿—心姿《コヽロスカタ》（書）　心すかた（京）　58具ること—具る事（阿）　具《ク》すること（書）　具する事（京伊古）　くする事（賜）

150頁前半

1まつ—先（古） 2心—こゝろ（阿伊） 3心—ナシ（伊） 4ふかゝらすは—ふかゝら［す］は（阿） 5かたち—［か］たち（阿） 6きよけに—よけに（伊） 7哥ときこえ—哥ときこへ（阿賜） 哥と聞え（京） 哥も聞え（伊） 8えす—ゑす（阿） 得す（伊古） 9多く—捧て（阿） おほく（阿以外） 10うたまくらをゝきて—哥枕をおきて（阿伊） 哥枕《ウタマクラ》をゝきて（書） うたまくらをきて（京） 哥枕を置て（古） 11末—末《スヱ》（書） すゑ（古） 12心—おもふこゝろ（書） こゝろ（賜伊） 13なん—なむ（書） 14中ころ—なかころ（書） 中比の（伊古） 15おもふこと—思ふこと（阿） 思ふ事（京賜） おもふ事（古） 16なを—猶（京伊） 17ことになむ—ことになん（阿伊古） 事になむ（京） 事になん（賜） 18いまこれを—今是を（伊） 19歌枕をゝきて—哥枕《ウタマクラ》をゝきて（書） 歌枕をおきて（京） 哥枕ををきて（古） 20すゑ—末（阿京伊古） 21おもふこゝろ—おもふ心（書古） 思ふ心（京賜伊） 22とは—は（阿） と（京） 23ひさかたのそら—久かたの空（京賜） ひさかたの空（伊古） 24あしひきのやま—あしひきの山（阿書伊古） 足引の山（京） 足引のやま（賜） 25をしてるうみ—［を］してるうみ（阿） をしてる海（京賜） おし照海（伊） おしてるうみ（古） 26たまほこのみち—たまほこの道（京） 玉ほこの道（伊古） 27ひなゝと—ひ［な］なと（阿） ひななとゝ（伊） 28いふやう—いふ様（京賜） 云やう（伊） 29ことゝも—事とも（書賜伊古） 事共（京） 30上三句—上《カミ》三句《ク》（書） 二三句（伊） 31あひたにをきて—間に置て（京） あひたにおきて（賜） あひたに置て（伊） 32下—下の（伊） 33おもふこと—おもふ事（書古） 思ふ事（京） 34なり—也（京伊） 35まことに—実に（京賜） 36哥—歌（賜古） 37きこゆる—聞ゆる（京古） 38ものなり—なり（伊） 39又—また（京賜） 40こと—事（京伊古） 41ことになむ—事になん（書京伊古） 42たゝこの—只此（京） 43こゝろえて—こゝろへて（阿） 心えて（書賜古） 心得て（京伊） 44侍らさらむ—侍《ハヘ》らさらん（書） 侍らむ（京） 侍らん（古） 45和哥式—和歌《ワカ》の式《シキ》（書） 和歌式（京賜） 46一歌中に—一哥の中に（書） 一首の中に（伊古） 47おもひ—思（伊）

150頁後半

1ことなく—事なく（阿古）ことなむ（書）　2老楓病—老楓病《ラウフウヒヤウ》（書）　3なり—や（伊）也（古）　4ます〱—ます〱《さらにイ》（底阿）また〱（書）ます〱（京賜）更に（伊古）　5あやまち—あやまり（書古）　6なかるへし—なるへく（阿）　7又いはく—又いわく（阿）またいはく（賜）　8ことは—ことは一　哥にむねとさるべき事は（伊）事は（古）　9二ところに—ふたところに（書）二所に（京賜）　10おなしこと—おなし事（書伊）同しこと（京）おなしきこと（賜）　11あるなり—ある也（京）あるをいふなり（伊古）　12たゝし—但（京）　13詞—ことは（書）　14心ことなる—こゝろことなる（賜）心異なる（伊）　15みやま…—歌頭ニ合点アリ（京）　16みやま—み山（伊）　17松—まつ（書賜）　18きえ—消（伊）　19宮こはけふの—みやこはのへの（書）みやこは野への（京賜）都はけふの（伊）みやこはけふの（古）　20わかな—若菜（京伊）わか菜（古）　21是—これ（書賜古）　22みやまとみやこ—太山と都（京）　23也—なり（阿以外）　24詞—詞《コトハ》（書）一　詞（伊）　25おなしき—同き（京）　26猶—なを（阿以外）　27もかり船…—歌頭ニ合点アリ（京）　28もかり船—もかりふね（書）藻かり船（京）もかり舟（賜）藻刈舟（伊）　29いまそなきさに—今そ渚に（伊）いまそ渚に（古）　30きよす—［き］よす（京）　31みきはのたつの—汀の田鶴の（伊）　32声—声《群歟》（阿）こゑ（書）　33也—なり（阿以外）

151頁前半

1これ—是（阿京伊古）　2これはなきさとみきはとなり—ナシ（書）　3亭子院哥合にも—亭子院哥合《テイシノキンノウタアハセ》には（書）亭子院の哥合にも（京）　4山と峯—山とみね（書）やまとみね（京賜）　5哥—歌（賜古）　6病と—病《ヤマヒ》と（書）病に（京賜）　7これ—是（京）　8たゝし—但（京）　9いまのよ—いまの世（書京賜）今の世（伊古）　10事—こと（伊古）　11哥合の時—歌合のとき（京）歌合の時（賜）哥合のとき（伊）　12判者毛を—判者毛《ハンシヤケ》を（書）　13ふき侍らむ—ふき侍《ハヘ》らむ（書）ふき侍らん（京賜伊）吹侍らん（伊）　14例なきに—例《レイ》なきに（書）例なき事に（古）　15作者—作者《サクシヤ》（書）　16一字—一字《シ》（書）一　一字（伊）　17とも—と（書）　18心おなしき—心同しき（京）こゝろおなしき（古）　19なを—猶《ナヲ》（書）猶（京伊古）　20御さふらひ…—歌頭ニ合点アリ（京）　21御—み（書）　22みかさ—御かさ（伊）御かき（古）　23まうせ—申せ

（書京） 24みやきのゝ―みや木のゝ（賜） 宮城野の（伊古） 25このしたつゆ―木の下露（京賜伊） 木のした露（古） 26あめ―雨（伊古） 27まされり―まきれり（阿） 28これ―是（京伊） 29御侍御笠となり―御侍《ミサフライ》御笠《ミカサ》となり（書） 御侍御笠なり（伊） 御侍御かさ《とイ》なり（古） 30かやう―か様（賜） 31当時―当時《トウシ》（書） 32には―に（書） 33とそ―と（伊）とも（古） 34おほえ侍―おほへ侍る（阿伊） 覚侍る（京） 35こと―に（伊） 事（古） 36時―とき（書京賜伊） 37惣して―惣《ソウ》して（書） 38みやまには…―歌頭ニ合点アリ（京） 39みやま―み山（書伊古） 40ふるらし―こからし（京） 41とやま―と山（書） 外山（京賜伊古） 42まさき―まさ木（書賜伊古） 43いろつき―色付（賜伊） 色つき（古） 44み山外山―み山外《ト》山（書） みやまとやま（京） 深山と外山（伊） み山と外山（古） 45琴高―琴高《キンコウ》（書） 46師門か火―師門《シモム》か火《ヒ》（書） 47されとも―され共（伊）

151頁後半

1いま―今（伊古） 2もちゐさる―用さる（京） もちいさる（賜） もちひさる（伊古） 3ことさらに―こと更に（古） 4よみ―読み（伊古） 5ところ〳〵―所〳〵（京伊） 所々（賜古） 6やうなり―様なり（京賜） やう也（古） 7二句のすゑ―二句《ク》のすゑ（書） 二句の末（京伊） 8おなし―同し（京） 9よ―世《ヨ》（書） 10さるものなり―さるもの也（京） するもの也（伊） 11句のすゑ―句《ク》のすゑ（書） 句の末（京伊） 12詞―ことは（書） 13みゝ―耳（伊） 14なんきこゆ―なむ聞ゆ（京） なん聞ゆ（伊） 15ちりぬれは…―歌頭ニ合点アリ（京） 16ちり―散（京賜伊古） 17のちはあくたと―後はあくたと（賜） 後はあくたに（伊） 18花―はな（書） 19おもひもしらす―おもひしらすも（書古） 思ひもしらす（京） 思ひしらすも（伊） 20これは―是は（阿伊古） されは（京） 21ちり―散（賜） 22のち―後（賜伊） 23なり―也（伊） 24さらん―さらむ（書京） 25おとる―をとる（伊） 26二句のすゑ―二句《ク》のすゑ（書） 二句の末（伊古） 27おなし―同（京賜） 28うた―哥（賜以外） 歌（賜） 29むかしいま―昔今（京） むかし今（伊古） 30これ―是（京） 31こと―事（阿以外） 32いま―今（伊） 33きこえぬこと―聞えぬ事（京伊） きこえぬ事（古） 34なんはへれと―なむ侍《ハヘ》れと（書）

なむ侍れと（京）なむはへれと（賜）35こと―事（古）36おなしことは―同こと葉（京）おなしこと葉（賜）おなし詞（伊古）37とも―共（京）38ささへてきこゆるうた―さゝへてきこゆるうた（阿書）さゝえて聞ゆる哥（京）さゝえてきこゆる哥（賜）さゝへてきこゆる哥（伊古）39よまれんとき―よまれむ時（書）よまれん時（京賜伊古）40あらたむ―あしたよむ（伊）41なり―也（京）42第二句と―第二句《タイク》と（書）第二句（伊）43をはり―おはり（京賜古）44おなしき―同しき（京）45腰尾病―腰尾病《エウヒヒヤウ》（書）46たり―なり（京）也（賜）47これおなし―是同し（京）これをなし（賜）是おなし（伊古）48おほよそ―一凡（伊）凡（古）49いやしく―いやしき（伊古）50あまり老らかなる―あまりに老《オイ》らかなる（書）あまりおひらかなる（京賜）あまり老くかなる（伊）51詞―ことは（書）52こと―事（京賜伊古）

152頁前半

1よむ―読む（京賜）2らし―こし（伊古）3古詞なとは―古詞《フルコトハ》なんとは（書）4つねに―つゐに（阿）常に（伊）5詞―ことは（書）こと葉（京賜）6をふしにしたるわろし一ふしにてもめつらしき詞―ナシ（伊）7一ふし―ひとふし（書）8めつらしき―珍しき（京）9詞を―ことはを見て（書）10いてん―出ん（京）11おもふ―思ふ（京賜）12古哥を本文に―古哥《フルウタ》を本文《ホンモン》に（書）13ことあり―事あり（京賜伊）事有（古）14それ―是（伊）15すへてわれは―都我は（京賜）すへて我は（伊古）16さとり―おほえ《さとりイ》（底）覚《さとりイ》（阿）おほえ（書京賜）さとり（伊古）底本ノ見消チ・イ本本文ニ従ウ 17おもひ―思ひ（京賜）18こゝろえ―こゝろみ（阿）心え（書）心得（京賜）心得ぬ（伊古）19こと―事（伊古）20かひ―かゐ（賜）21なむある―なんある（書伊古）なむあり（京）22むかしのやう―昔の様（京）むかしの様（賜）23このみて―ふみて（京）好て（伊）24いま―今（伊古）25ことに―とことに（京賜）26我―われ（書）27おもふ―思ふ（京）28おほえ―おほへ（阿）29なむある―なんある（書伊古）南有（京）30又―また（阿）31歌枕―哥枕《ウタマクラ》（書）哥枕（京古）32貫之かかける古詞日本紀の国々―貫之《ツラユキ》かかける古詞《フルコトハ》日本紀《キ》の国国（書）33うた―哥（書京伊古）34ところ―所（京賜）ところ〱（伊古）35これらを見る―是等をみる（京）36已上―ナシ（伊）37いまこ

れをいふに—いま是をいふも（京）今是をいふに（伊）今これをいふに（古）38古語をはよむ—古詞をはよむ（阿）古《コ》語《キョ》をはつねによむ（書）39ある—あり（京賜）40まことに—誠に（古）41かな—かな《をやイ》（底阿）かな（底阿以外）42和哥新式—和哥我《新歟》式（阿）和哥新式《ワカノシムシキ》（書）和歌新式（京伊）43今をおもくし—今《イマ》ををもくし（書）44いにしへ—古（京）45にゝたり—ににたり（阿）に似たり（京賜伊古）46この髄脳—この髄脳《スイナウ》（書）此髄脳（京賜古）47髄脳にはすくれたる時は—ナシ（伊）48たる—たり（京賜）49さま—様（京）50うた—哥（書京伊）歌（賜古）51かも—かゝ（伊）52は—ナシ（伊）53め—目（京賜）54みゝ—耳（京賜伊）55おとろかしき—おとろかしき《ふるましきイ》（底）おとろかしき（全）

底本ノイ本本文「ふる」ハ「劣」ニモ見エル

152頁後半

1ことはを—こと葉（京）ことは（賜）こと葉を（伊）2これ—是（京伊）3うたの肝心—哥《ウタ》の肝心《カンシム》（書）哥の肝心（京賜古）歌の肝心（伊）4近代—近代《キンタイ》（書）5哥—歌（京伊）6みれは—見れは（伊古）7ふるき—古き（京）8昨日のうたをは—昨《キノフ》日の哥をは（書）昨日の哥は（京賜）きのふの歌をは（伊）昨日の歌をは（古）9けふ—今日（書京）10けふの哥—今日の哥（京賜）今日の歌（古）11あすの風情—あすの風情《フセイ》（書）明日の風情（京古）12おもへり—思へり（京賜）13このこと—この事（書京賜古）此事（伊）14なけゝとも—歎とも（京）なけくとも（賜伊）15なけくに—ナシ（京）歎に（賜）16古哥を本文に—古哥《コカ》を本文《ホムモム》に（書）古歌を本文に（伊）17よめること—よめる事（賜）読ること（古）18それ—其（京）19ある—あり（京）20これ—是（京）21むかしいま—昔今（京伊古）22すかたなり—姿也（京）すかた也（古）23このころ—此ころ（京古）この比（賜）此心（伊）24哥—うた（古）25本哥—本歌（賜）26おもひ—思ひ（京賜）27本哥—本歌（京伊）古歌（古）28をとりたる後哥を—ナシ（伊）29とりたる後哥—とりたる後哥《ノチノウタ》（書）取たるのち歌（古）30草創—草創《サウサウ》（書）31守文—守文《シウフム》（書）32にゝたり—ににたり（阿古）に似たり（京賜伊）33哥の孫—哥の孫《縷歟》（阿）哥の孫《マコ》（書）歌の孫（伊古）34本哥—本歌（京伊）35後哥—後哥《ノチノウタ》（書）後歌（賜伊）

36ものなり—もの也（阿）物也（京賜）物なり（古）　37たゝ—只（伊）唯（古）　38こひ—これ（阿）　39ところ—所（京）　40十余代勅撰卅六人家集—十余代《ヨタイ》の勅撰《チヨクセム》卅六人の家集《ケシウ》十余代勅撰三十六人家集（伊古）　41いぅなる詞—いそなる詞（阿）いぅなることは（書賜）いふなること葉（京）優なる詞（伊）ゆぅなる詞（古）　42ふかきこゝろ—ふかき心（書賜伊古）深き心（京）　43まなひ侍へし—まねひ侍るへし（古）　44古哥—古哥《コカ》（書）古歌（賜）　45句—ナシ（書）　46とりて—取て（京）　47今哥—いまの哥（書）今歌（京賜伊古）　48をいまの—をとりていまの（書）を今の（京伊古）　49句—ナシ（伊）　50にをくこと—におくこと（阿）にをく事（京賜古）　51先達—先達《センタツ》（書）　52ひさしく—久しく（京）

153頁前半

1句—句《ク》（書）　2こと—事（京伊古）　3例のこと丶—例のことく（阿伊古）例《レイ》のこと丶（書）例の事と（京）　4みゆ—見ゆ（賜伊）　5紅葉の哥—紅葉《モミチ》の哥（書）紅葉の歌（京）　6雪哥—雪の哥（伊以外）雪のうた（伊）　7とりては—取て（京）とりて（賜）　8霰の哥—あられの哥（書）霰の歌（古）　9よみ—読（京）　10みれは—見れは（古）　11題目—□《題欤》（字体不詳）（阿）題目《タイモク》（書）　12詞—詞《コトハ》（書）こと葉（伊古）　13所—こと（阿）所《トコロ》（書）　14たゝ—只（京）　15の哥を花—ナシ（阿）の哥をはな（京賜）のうたを花（伊）　16哥—歌（京伊古）　17本哥—本歌（京伊古）　18そのすかた—其姿（京）　19めつらしく—めくらして（伊）　20よまんとおもふ—よまむと思ふ（京賜）　21又—また（阿）　22ふるき—古き（京）　23五字を—五字《シ》を（書）五字○《を》（伊）　24たとへは—ナシ（京賜）　25五言詩を—五言詩ヲ（底）五言の詩を（阿伊）五言詩《ココムノシ》を（書）五言詩を（京賜古）諸本ニヨリ底本ノ「ヲ」ヲ「を」ニ改メル　26七言詩に—七言の詩に（阿）七言詩《コンノシ》に（書）七言に（伊）　27つくる—作る（京伊）　28もしは—もしはもしは（後ノ「もしは」墨消）（底）もしは（全）墨消ニ従イ衍文ト見テ諸本ニヨリ改メル　29よみつへからん詞—よみくへからむこと葉（京賜）よみつへからむ詞（古）　30かならす—必（京）　31古哥—古哥《コカ》（書）ふる歌（賜）古歌（伊）　32こと—事（書伊古）　33みたり—みたる（阿）　34よみはへる—よみはつる《へ欤》（阿）読侍（京賜）読はへる（古）　35いかにとして—いかにともて（京。「いかにとも、て（ちがふ)」ノ文脈カ）いかにして（伊古） 36所あるへしとみえす―ところあるへしとも見えす（書）所あるへしと見えす（賜）所有へしもみえす（伊）所あるへしとも見えす（古） 37おほかた―大かた（京古） 38本哥―本哥《カ》（書）本歌（伊） 39そのこゝろさし―その心さし（書賜古）其心さし（京伊） 40地―地《チ》（書） 41むかしのやう―昔の様（京）昔のやう（古） 42われひとり―我独（京）我ひとり（賜伊） 43おもふらめとも―おもふにめとも（阿）思ふらめとも（京賜） 44おほえねは―おほへねは（阿）おほえぬは（書）覚えねは（京） 45ことなり―事也（書京賜）こと也（古） 46近代哥―近代《キンタイ》哥（書） 47なり―ナシ（書）也（古） 48万葉のことは―万葉集《マンエウシフ》の詞（書）万葉の詞（伊古） 49ところ―所（書伊古） 50とよはたくもに―とよはた雲ニ（書）とよはた雲に（伊古）

153頁後半

1いりひさし―いか《いり歟》ひさし（阿）いり日さし（書）伊李久し（京。上二字字母ノママ）伊里久し（賜。同上）入日さし（伊古） 2をのつもの―をのへ里の（京賜）をきつもの（古） 3なとゝりつれは―なととりつれは（阿伊古）なと《と》りつれは（書）なととりつれて（京）なとゝりつれて（賜） 4こと―事（伊古） 5われ―我（京賜伊古） 6おもへり―思へり（賜古） 7かやうのこと―かやうの事（書伊古）か様の事（京賜） 8よく〳〵―よくよく（伊） 9おもひ―思ひ（京賜伊） 10ことになん―事になむ（京賜）事になん（伊古） 11又―また（阿） 12哥枕―哥枕《ウタマクラ》（書）歌枕（京賜伊） 13貫之かかける古詞―貫之かける古詞（阿）貫之《ツラユキ》かかける古詞《フルコトハ》（書）貫之かゝける古詞（京） 14日本紀名所なと―日本紀名所なる（阿）日本記名所《キメイショ》なと（書）日本記名所なと（伊） 15みる―見る（阿以外） 16おほきなる―大きなる（伊） 17哥の―哥（伊古） 18本懐なり―本懐《ホンクワイ》なり（書）本様也（京）本様なり（賜） 19ふるき哥枕―ふるき哥枕《ウタマクラ》（書）ふかき歌枕（京）ふるき歌枕（伊） 20日本紀のなかより―日本記の中より（書）日本紀の中より（京賜古）日本紀の中に（伊） 21いてきたる―いてたる（書） 22かとみゆる―とみゆる（阿）歟とみゆる（京賜）をみゆる（伊）かと見ゆる（古） 23今のよ―いまの世（書京賜）今の世（伊古） 24新名所―新名所《シムメイショ》（書） 25名つけ―なつけ（書京賜）名付（伊古） 26日本紀―日本記《キ》（書）日本記（伊）27み—見（京賜古）28おもしろき—面白（京）29これ—是（伊古）30諸国風土記—諸国風□《土歟》（字形不詳）記（阿）諸国風土記《ショコクフトキ》（書）諸国の風土記（伊）諸国風土紀（古）31ふみ—文（伊古）32これまた—是また（京）これすかた（賜）これ又（伊）是又（古）33みつ—見つ（京古）34ふみ—文（京）35侍めれ—侍めれ《ハンヘル》（書）36こと—事（書賜古）事を（京）事のみ（伊）37なり—也（京古）38山河の名—山川の名《ナ》（書）山川の右（京）39くわしくみえたり—くわしくみへたり（阿）くはしく見えたり（書京賜）委みえたり（伊）くはしくみえたり（古）40山には—山は《に》（底）山には（全）諸本ニヨリ底本ノ右傍小字「に」ヲ本行全角ニ改メル 41なに—何（京賜伊古）42この野—この野《ノ》（書）此野（京伊古）43草生たり—草生たり《クサヲイ》（書）44うら—浦《ウラ》（書）浦（京賜伊古）45しほやき—塩やき（京賜伊）46ある島—ある島《シマ》（書）或島（賜）47めかるといふ—めかると（書）和布かるといふ（伊）48侍なり—侍るなり（阿）侍る也（伊古）49風俗かはれは—風俗《フウソク》かはれは（書）風俗かはれ共（伊）50ものゝ異名—ものゝ具名《異歟》（阿）ものゝ異《ヰ》名《ミヤウ》（書）物の異名（伊古）51みゆ—見ゆ（古）52基俊と申し哥仙—基俊《キシユン》と申哥仙《カセン》（書）基俊と申し歌仙（京賜伊）基俊と申せし歌仙（古）53哥合の判—哥合《ウタアハセ》の判《ハン》（書）54このふみをひきて—此文をひらきて（伊古）55こと—ナシ（書）事（京賜伊古）56しかれとも—然とも（京賜）

154頁前半

1このふみよに—此文世に（京賜伊古）2まれら—まれ〱（阿古）まれ（京賜）稀（伊）3もちゐ—もちひ（伊）用ひ（古）4汾河におちにし—汾河《フンカ》におちにし（書）紛河におちにし（京賜）汾河におちにし（伊）5筐にことならす—筐《フンハコ》にことならす（書）筐にもならす（伊）筐にことなら［す］（古）6まことに—誠に（伊）7うた—哥（阿以外）8とをき—遠き（伊）9ふみ—文（伊古）10みのり—御法（伊古）11よめること—読る事（京賜）12みちのために—道《ミチ》のためしも（書）道〱の（京）道のために（伊）13やうなれは—様なれは（賜）やうなれと（伊古）14このみよむ—好み読（京）このみ読（伊）15楽府朗詠—楽府朗詠《カフラウエイ》（書）楽風《カフ》朗詠（京）楽府《カフ》朗詠（賜）16中なる詩—中なる詩《シ》（書）中詩

（伊古） 17心—こゝろ（阿） 18風情おのつから—風情《フセイ》をのつから（書）風情をのつから（京賜伊古） 19もちゐること—用る事（京）もちゐる事（賜）もちひる事（伊）もちひること（古） 20よろし—よろしき（伊） 21むかしいまの哥に—昔今の歌に（京）むかし今の歌に（賜）昔今に（伊）昔今の哥に（古） 22このすかたみゆること—このすかたみゆる事（書）此姿みゆること（京）此すかた見ゆる事（伊古） 23定家卿は文集—定家卿《サタイエノキヤウ》は文集《フンシフ》（書） 24みるへきものなり—見るへきものなり（書賜）見るへきもの也（京）見るへき物なり（古） 25とこそ—とぞ（書）底本「とそ」ニモ見エル 26さやう—さ様（賜） 27侍へきやらん—侍へきやらむ（書）侍るへきやらん（伊古） 28俊頼朝臣—俊頼朝臣《トシヨリノアソン》（書） 29哥仙の口伝—哥仙《カセン》の口伝《クテン》（書）歌仙の口伝（京賜伊古） 30もの—物（京賜伊） 31こと—事（京賜） 32あやまり—あやまち（賜） 33題—題《タイ》（書） 34を—ナシ（伊） 35ところ—所（京賜伊古） 36さもや—さりや（京） 37みたまふれ—云たまふれ（京賜）見給ふれ（伊古） 38かきいたしはへるなり—かきいたし侍る也（京）かき出し侍る也（伊） 39おほよそ—おほよそ哥をよまむには題《タイ》をよく心ぅへき也（書） 40三字四字五字—三四五字（書） 41かならす—必（京） 42文字—もし（京賜） 43必よむ—かならすよむ（書賜古）必読（京） 44文字—文字を（書） 45あるをよく〳〵…あらはによむへき文字（次行）—ナシ（書） 46こゝろぅへきなり—こゝろぅへきなる（阿）心得へき也（京古）こゝろぅへき也（賜）心ぅへきなり（伊） 47文字—もし（京）

154頁後半

1よみ—読（京） 2文字—もし（京） 3まはし—まわし（阿） 4かろくきこゆる—わろくきこゆ（書）かろく聞ゆる（京古） 5ける—けり（賜） 6かやうの事—かやうのこと（阿）か様の事（京賜） 7つたふ—つとふ（阿）伝ふ（京） 8たゝわか—只我（京）たゝ我（賜伊） 9心えてよむへきなり—心してよむへきなり（阿）心得て読へき也（京）心得てよむへき也（賜）こゝろえてよむへきなり（伊） 10これらの—これこの（阿）これ此（伊）是等の（古） 11おもむき—趣（京） 12みる—見る（賜伊古） 13必よむへき—かならすよむへき（書）必読へき（京）かならす読へき（賜） 14天

象地儀—天象《テンシヤウ》地儀《チキ》（書） 15居処—居所《キヨシヨ》（書）居所（京伊古） 16植物—植物《ウエモノ》（書） 17動物—動物《ウコキモノ》（書）ナシ（京賜）
18雑物—雑物《サウモツ》（書） 19題—題《タイ》（書） 20よむ—読（賜） 21関—関《セキ》（書） 22その—其（古） 23先達—前《先》達（底）先達（書
以外）前達《センタツ》（書）底本ノ傍記ト諸本ニヨリ底本ノ「前」ヲ「先」ニ改メル 24まことに—誠に（古） 25野山こそ—野山［こ］（書
そ（阿）野山《ノヤマ》こそ（書） 26関—せき（書） 27荒涼—荒涼《クワウリヤウ》（書） 28さくら—桜（京賜伊古） 29花とよめる—は何とよめ
るも（京賜） 30とかなし—とりなし（阿） 31必よむ—かならすよむ（書古）必読（京） 32文字—文字《モシ》（書） 33たとへ
は—縦は（伊） 34野外河辺—野外河辺《ヤクワイカヘム》（書）野山《外》河辺（賜） 35外辺—外辺《クワイヘン》（書） 36寄題に寄字—寄題《ヨセタイ》に寄字《ヨスルシ》（書）
37述懐の述字—述懐《シユツクワイ》の述字《シユツノ》（書）述懐の述の字（伊） 38こと—事（京賜伊古） 39しるす—しらす（伊） 40をよはぬこ
と—及はぬ事（京）をよはぬ事（賜古）及ぬ（伊） 41よむ—読（京） 42詞の字也—詞の詞也（阿）詞《コトハ》の字也（書）詞の
字なり（賜伊） 43仮令—仮令（阿） 44鴬声稀—うくひすのこゑまれなり（書） 45申さむ—申さん（書賜伊古） 46なと
はよむ—とは読（京）とはよむ（賜） 47念—念《ネン》（書） 48鳴—なく（書）啼（京） 49いまなく—いま鳴（京）今なく（伊
古）

155頁前半

1やうに—様に（京賜） 2やらん—やらむ（書京賜） 3まれなること—稀なる事（京）まれなる事（賜伊古） 4よめ
らん—よめらむ（書京賜） 5ふるき哥—ふかき哥（阿）ふるき歌（賜） 6その—其（京古） 7心をとりて—心にと［り］
て（阿） 8よみたらん—読たらむ（京）読たらん（賜） 9としに—としに《世イ》（底阿）としに（書伊）年に（京賜古） 10
まれなる—稀なる（伊） 11いふゝるき詞—いふふるき詞（書以外）いふふるきことは（書） 12たらん—たらむ（書京賜）
13これ—是（伊古） 14ふるくよみきたれる—ふるくよみきれる（阿）ふかく読来れる（京） 15詞にて—詞に［そ］（阿）
ことはにて（書古）こと葉にて（伊） 16とかとも—とかにも（京賜）咎とも（伊） 17きこえ—聞え（京古） 18鳴鴬の
こゑ—なくうくひすのこゑ（書）啼鴬の声（京伊）鳴鴬の声（古） 19まれなる—稀なる（京） 20よむ—読（京） 21郭

公幽—郭公《ホトヽキス》幽《カスカナリ》（書） 22いはん題—いはん題《タイ》（書） いはむ題（京） 23かすかなり—幽也（京） 24よめらん—よめらむ（京） よめ覧（賜） 25ほい—本い（京） ほひ（賜） 26きこゆ—聞ゆ（京） きこゆる（古） 27ことは—詞（京賜） 28くも井—雲井（阿以外） 29はるかにすきぬる—杳に過ぬる（京） はるかに過ぬる（賜古） 30おちのさとには—をちのさとには（書） 遠の里に（京） をちの里に（賜） 遠の里には（伊） をちの里には（古） 31なと—と（京賜） 32心ち—心地（京賜伊古） 33おもひつゝく—おもひつゝけく（書） 思ひつゝく（京賜） 34にや—［に］や（阿） 35月前遠情—月前遠情《マヘノエンセイ》（書） 36申さむ—申さん（伊古） 37とをき—遠き（伊） 38心のとよみたらん—こゝろのとよみたらん（書） 心のとよみたらむ（京） 39あるへきこと—有へき事（京） あるへき事（賜伊） 40たとへは—設は（賜） 41みれは—見れは（古） 42さらしなおはすて—更級姨棄《カウキウイキ》《サラジナヲハズテ》（書） 更科伯母棄（伊） 更科をはすて（古） 43からくに—国（京） から国（賜古） 44おもひ—思ひ（京賜伊古） 45さまをよむ—様を読（京） 46深雪なと—ふかき雪なと（書） 深雪と（古） 47えて—へ《え》《ヒ》て（阿） 得て（伊） 48よめらん—よめらむ（書賜古） よめ覧（京） 49ふみわけ—ふみ分（賜） ふみあけ（伊） 50いくへ—いくえ（京） 51らんとも—らむとも（書京） 覧とも（賜） らんも（伊） 52ことに—こと［に］（阿） 事に（書伊古） 53よみたらん—よみたらむ（京賜） 読たらん（古） 54おかしかる—をかしかる（京） 55すへて—［す］へて（阿） 56恋述懐—恋述懐《コヒシユツクワイ》（書） 57かやうのこと—かやうの事（書京伊古） か様の事（賜） 58これ—是（伊）

155頁後半

1しるさは—しるさす（阿書京賜） 2これはかならす—是は必（京） 3よむへからさる—読へからさる（京） よむへしさる（伊） 4おなし—同し（京） 5すへて—都（京賜） 6事—こと（古） 7各別に—各別《カクヘチ》に（書） 8なり—也（京賜伊） 9また—又（阿以外） 10さゝへて—かならす（伊古） 11あるは—いふは（伊古） 12かならす—必（京） さゝへて（伊古） 13よむへき文字—よむへき文字《モシ》（書） 読へき文字（京） 14いふにこそは—いふこそは（書） いふにこそ（京賜） 15おなしかる—同しかる（京） 16題—題《タイ》（京） 17思わく—おもひわく（書古） 思ひわく（京賜伊） 18侍らん—侍

らむ（阿書京） 19春夏―春［夏］（阿） 春《ハル》夏（書） 20あらん―あらむ（阿京賜） 21えて―得て（伊） 22侍へし―侍《ハンヘル》へし（書）侍るへし（伊古） 23時―とき（京古） 24景物―景気《ケイキ》（書） 25よむ―読（京） 26えてよまむ―えてよまん（賜）得てよまん（伊古） 27ほかのこと―外のこと（阿） ほかの事（書賜） 外の事（京伊古） 28その題の―その（阿） 其題の（京） 29ことはり―ことは［か］り（書） 30卅一―三十一（書伊古） 31よみみつ―よみゝつ（書） よみつ（伊） 読みつ（古） 32たゝし―但（京賜伊） 33よみくしたるも―よみたしたるも（阿） 読くしたるも（京） よみくしたるもく（伊）よ［み］くしたるも（古） 34きこゆること―きこゆるも（書） 聞ゆる事（京） きこゆる事（賜古） 35ありよくおもひはからふへき事―ナシ（伊） 36おもひ―思ひ（京賜） 37はからふ―［は］□らふ（阿） 38事になん―ことになん（書）事になむ（京） 39いはん―いはむ（京賜） 40霞たち―霞［た］ち（阿） 霞《カスミ》たち（書） 霞立（伊古） 41ふり―ふる（伊古）42氷―氷《コホリ》（書） 43こと―事（京賜） 44はるのはしめ―春のはしめ（書京賜古） 春の始（伊） 45景気―景物《ケイフツ》（書） 景［気］（古） 46ほかのもの―外の物（京伊） ほかの物（賜） 47哥―歌（京賜） 48なとよまむに―なとをよまんに（書） など

虫食――――（約四字分）トアリ「よまむに」カラ「これらをぐしたらん」（156頁7行）マデナシ（京） なと……破損

……（約八字分）トアリ「よまむに」カラ「これらをぐしたらん」（156頁7行）マデナシ（賜） なとよむに（伊古） 49霞―かすみ（書） 50の哥―哥（書） の歌（伊） 51霞ならぬ風情―霞《カスミ》ならぬ風情《フセイ》（書） かすみならぬ風情（伊古） 52めくらさん―めくらさむ（書古）

156頁前半

1こと―事（書） 2はへれは―侍《ハヘレ》は（書） 侍れは（伊） 3侍り―侍なり（書） 4むすひ題―結ひ題（伊） 5上句にも―上句［に］も（阿） 上の句（伊） 6先賢―先賢《センケン》（書） 7口伝―口伝《クテン》（書） 8おほかた哥の―大かた歌の（伊） 大かた哥の（古） 9心―こゝろ（書） 10詞―ことは（書） 11なり―也（書） 12あれとも―あれ共（古） 13ことは―詞（伊）14哥―歌（伊） 15きこえす―きこへす（阿） 聞えす（古） 16ことは―詞（伊古） 17優なる―優《ユウ》なる（書） 18心こと

は—ことは（書）心詞（古）19くせねは—［く］せねは（阿）具《ク》せねは（書）くさらねは（伊）具せねは（古）20又—また（阿）21こと丶—ことく（伊）ことと（古）22くしたらん哥—くしたらむ哥（書）くしたる哥（伊）くしたる歌（古）23よのすゑ—世のすゑ（書古）よの末（京）世の末（伊）24の—ナシ（阿）25人は——《虫食》（約四字分）（京）——《破損》（約二字分）（賜）26おもひ—思ひ（京賜伊）27にも—も（京）28已上—ナシ（伊古）29これらをくしたる哥とてあまたかける中に—ナシ（伊古）30かせふけは……—歌頭ニ合点アリ（京）31かせふけは—風ふけは（京古）風吹は（伊）32おきつしらなみ—奥津しら浪（京）奥津しら波（賜）奥津白波（伊）33たつた山—龍田山（賜）たつ田山（伊）34よは—夜半（伊）35きみ—君（全）36こゆらん—こゆらむ（京賜）ゆくらん（古）

156頁後半

1しらなみといふは—しらなみとは（書）しら波と云は（京）しら波といふは（賜）白波といふは（伊）白浪といふは（古）

2ぬす人—盗人（伊古）3なり—也（賜）4たつた山—たつ山（底書賜）たつた山（阿伊古）立田山（京）阿本等ニヨリ底本ノ「たつ山」ヲ「たつた山」ニ改メル 5らん—らむ（京）6おほつかなさ—おほつかなき（伊古）7よめる哥—読る哥（京）よめる歌（伊）8この哥をは—此哥をは（京）この歌をは（賜）此歌を（伊）此哥を（古）9新撰髄脳—新撰髄脳《シンセンスイナウ》（書）10にも—にて（伊）11哥—歌（京賜伊古）12なり—也（京伊）となり（古）13信—信《シム》（書）14おほかた—大かた（伊古）15哥—歌（京賜伊）16ありさま—有様（京）17この二の—この二の《フタツノ》（書）この——《虫食》（約三字分）（京）この——《破損》（約二字分）（賜）此二の（伊古）18ふみ—文（伊）19ところ—所（京賜伊古）20みたまふれ——《虫食》（約三字分）れ（京）——《破損》（約四字分）れ（賜）見給ふれ（伊）の給ふれ（古）21さま〱—さ［ま］〱（阿）22こと—事（京伊古）23とほしろき—とをしろき（書賜伊古）と《も歟》をしろき（京）24おほえ侍—覚侍（京）おほえ侍る（伊）おほえ侍る也（古）25又—ナシ（古）26幽玄—幽玄《ユウクエン》（書）27哥—［哥］（阿）歌（古）28せめ—せめて（京賜）29詞—ことは（書）こと葉（古）30のこし—残し（京）31物を思はせ—物をおもは［せ］（阿）物をおもはせ（書京

賜伊）ものをおもはせ（古） 32たとへ―たへ（書） 33なり―也（京賜） 34そ―も（伊） 35たね―種（伊） 36見えて―みえて（京古） 37いと〱―い［と］〱（底）いよ〱（阿）いと〱（書）いとゝ（京賜伊古）底本ノ推定本文ト書本ノ本文ニ従ウ 38なる―也（伊）なり（古） 39やう―様（京賜） 40まなひ―まねひ（書） 41次に代々の宣旨集―次《ツキ》に代々《タイ〱》の宣旨集《センシシウ》（書） 42ふるき―ふかき（京） 43新古今新勅撰続後撰―新古今《シンコキン》新勅撰《シンチヨクセンソク》続後撰《コセン》（書） 44なか―中（書京賜伊） 45万葉集―万葉集《マンエフシフ》（書）万葉（賜） 46三代集―三代集《タイシフ》（書）ナシ（京） 47哥の見ゆる―哥のみゆる（書京）歌のみゆる（賜伊） 48をは本と―を［は本］と（阿）を本と（伊古） 49新古今の―新古今《シンコキン》（書） 50なり―也（京古）

157頁前半

1後拾遺―後拾遺《コシウヰ》（書） 2現存―現［存］（底）現在（阿）現存《ケンソン》（書）現存（京賜伊古）底本ノ推定本文ト書本以下の諸本ノ本文ニ従ウ 3作者―作者《サクシヤ》（書） 4当世までの哥―当世にての歌（伊） 5一句半句乃至一字―一句半句乃至一字《クハンクナイシシ》（書）一句半句の書一字（伊） 6なり―也（古） 7その哥―其歌（伊古） 8のこれは―（虫食）―（約三字分）れは（京）（破損）------（約三字分）れは（賜）の是は（伊古） 9見えん―見えむ（京賜） 10もちゐし―もちひし（伊）用ひし（古） 11いはんや―いはむや（書） 12心―こゝろ（古） 13詞―ことは（書） 14まねひてんは―まなひてんは（京賜古）まねひてん（伊） 15哥―歌（賜伊） 16なり―也（京賜） 17たゝし―但（京） 18後拾遺―後拾遺《コシウヰ》（書）後撰集（京） 19みなをし―見なをし（賜） 20ひたゝけて―ひ［たゝ］けて（阿） 21もちゐる―用る（京）もちひる（伊古） 22ことになんなりて―事になむなりて（書）事になむ成て（京）事になんなりて（賜古） 23金葉詞花も―金［葉］詞花も（阿）金《キン》葉詞花《エフシクワ》も（書）金葉詞花をも（京賜古）金葉詞花（伊） 24さることゝもにてはへる―さる事ともにて侍（京賜）することもにて侍る（伊） 25こと―事（書京賜） 26されとも―され共 27三代集―三代集《タイシフ》（書） 28哥―歌（伊古） 29やうに―様に（京賜） 30侍へからん―侍《ハンヘル》へからん（書）侍へからむ（京賜）侍るへからん（伊古） 31きのふ―昨日（京賜古） 32といふ―ナシ（伊） 33哥―歌（伊） 34よまし―よめし（書） 35おもふへきこと―おもふへき事（書）思ふへき事

（京）思ふへきこと（伊古）36新撰髄脳に―新撰髄脳《シンセンスイナウ》には（書）37しりたること―しりたる事（書京）歌たること（伊）知たる事（古）38また―又（京賜）39ほゝかきをく―粗きをく（京）粗かきをく（賜）40いま―今（伊古）41には―に（京）42異同の性―異同《キトウ》の性《セイ》（書）異同の様（京賜）43仏なを―仏《ホトケ》なを（書）仏（京賜）44難解の衆生―［難］解の衆生（阿）難解《ナンケ》の衆生《シユシヤウ》（書）45つゐに―終（京）46鶴林―鶴林《カクリン》《ツルノハヤシ》（書）47たまひにし事なり―給にし事なり（京賜）たまひしことなり（伊）給ひしこと也（古）48いはむや―いはんや（書古）況哉（京賜）況（伊）49しるせれ―せるせれ（京）50これ―是（古）51給へ―たまへ（書伊）52ゆめ〱―努々（京賜）53おもは―思は（古）54なん侍へし―なむ（京賜）なん侍るへし（伊古）

157頁後半

1本云…（本奥書全文）―ナシ（阿以外）2文応改元―文□《応歟》改［改元］（阿）3忽―惣（阿）4秘訣―秘吷（阿）

［兼築本校異］

校異の掲出方法は、例言と同様である。ただし、通し番号はふらず、各頁毎に行順に分けて記す。上に底本本文、―を付した下に兼築本の異同を示す。見やすさを考えて文節単位を中心にし、「校本」の掲出方法にも配慮しつつ適宜文を切り出して示すこととする。なお、底本本文の校訂や原状の注記は省略する。

149頁

L4　三十一字の―抑卅一字の　歌は―哥は　なかれ―流　いたる―至り　そのすゑたえす―其末絶す　みつかきの―瑞籬

の　ひさしく―久

L5　わかくにのことわさに―我国の事わさに　はへり―侍る　しかはあれと―しかあれ共　いにしへの―古の　意をたつるを―想をたつる事を　宗として―旨とし

L6　かさるを―かさる事を　このみちの―道の　似たれとも―にたれとも　そのさまの―其様　かはれること―変る事たゝ―只

L7　まことに―誠　あめつち―天地　へたゝれり―隔れる　ことをや―ことを

L8　こゝろさし―心さし　これに―是に　いはん―いはむ　まつ髄脳口伝等につきて―髄脳口伝に付て　ありさまをしるへし―あり様を可知

L9　つきには―ナシ　ひらきて―ひらき見て　すかたふるきを―ふるき姿を　すてす―捨す　詞あたらしきに―新き詞につくこと―付事

L10　たねほかを―種を外に　これらの―是等々　をもむき―趣を　よくわきまへ―能々わきまえ　さとりなは―さとりて侍らはなとか　なとか言に―ナシ

L11　見るもの―見る物　いふこと―云事

L12　まつ―先　つきて―付て　さまを―様を　いふは―云は　おもむきをも―趣をも　をこりをも―おこりをも　しるへきなり―しるへき也

L13　たゝし―ナシ　いまのよには―今の世に　もちゐす―用す　なりにたること―なりたる事　すてゝ―捨て　本に―本かへらんことも―帰らん事も

L14　哥を―哥　ありさま―有様　はかりしりて―斗を知て　はへりなん―侍なん　そのこと―ナシ　式髄脳に―髄脳にことなれと―事なれは

L15　そのことは―其詞　すなほに―すなをに　みむもの丶―みん者　さとりやすかりぬへけれは―さとりかるへし　これを―是を　かれにいはく―彼に云

L17　おほよそ―凡　こゝろふかく―心ふかく　すかた―姿　こゝろおかしきところ―おかしき所　すくれたりと―勝たりと

L18　やをみたるは―姿を見たるは　わろきなり―悪也　ひとすちに―一すちに　すくよかになん―すくよかになむ　よむへき―読へし　姿―すかた　あひ具ること―相くする事

150頁

L1　まつ―先　とるへし―取へし　つゐに―終に　ふかゝらすは―深からすは　すかたをいたはるへし―姿をいたわるへし　そのかたちといふは―其姿と云は　うちきゝ―打きゝ

L2　ゆへ―故　もしは―若は　そへなとしたるなり―そへなしたる也　ともに―又ともに　いにしへの人―古人　多く―多

L3　うたまくらを―哥枕を　さまを―様を　中ころよりは―中比より　はしめに―始に

L4　いひ―云　わろきことになむする―悪事になん

L5　いまこれをいふに―今是を云に　歌枕を―哥枕を　するに―ナシ　おもふこゝろを―思心を　ひさかたのそらとも―久方の空共

L6　あしひきのやま―足引の山　をしてるうみ―おしてる海　たまほこのみち―玉ほこの道　ひなゝといふやうなる―ひなゝと云様なる　ことゝもを―事ともを　あひたにをきて―間おきて

L7　ことを―事を　いひのふへきなり―云述へきなり　まことに―誠　かくては―かくて　さま―様　たけありて―長あ

りて　ふるめかしく―古めかしく
L8　きこゆる―聞ゆる　ものなり―物也　又はしめにおもふことをいひあらはしたるはわろきことになむとある―ナシ
L9　たゝこのまゝに―此まゝに　こゝろえて―心得て　よみ侍らさらむ―よみ得たらん　さて―ナシ　いへとも―いへ共
一歌中に―一首中に　おもひたることなく―思たる事を
L10　いひもらしたる―云もらしたる　申たるなり―申たる也　かるかゆへに―故に　わろきとはいふに―わろきに
L11　あやまち―あやまり
L12　いはく―云
L13　さるへきことは―去へき事は　二ところに―二所に　おなしことの―同字の　あるなり―ある也　たゝし―但　おなしけれと―同けれは　ことなるは―異なるは
L15　みやまには……―歌頭に○アリ　みやまには―都には　きえなくに―消なくに　宮こは―宮古は　けふの―野への　わかな―若な
L16　みやまとみやこと―太山のみとみやこのみと
L17　ことなれと―ことなれとも　おなしきは―同は　さるへし―可去
L18　もかり船……―歌頭に○アリ　もかり船―もかり舟　いまそなきさに―今そ渚に　みきはの―汀の　さはく也―さはくなり

151頁
L1　これは―是は　なきさとみきはとなり―渚と汀と也　亭子院哥合にも―亭子院の哥合にも　よめる―読る　さためられたる―定られたり　これにおなし―是に同　たゝし―但

L2　いまのよには—今の世には　かつてとかめなきこれらは事なれと—只是はとかなき事なれとも　をのつから—おのつ
から　時—時は　毛を—毛《ケ》を　ふき侍らむには—吹侍らんには
L3　あらねは—あらす　のかれかたかるへし—のかれかたし
L4　おなしきは—同は　なをさるへし—猶去るへし
L5　御さふらひ……—歌頭に○アリ　御さふらひ—みさふらひ　まうせ—申せ　みやきの丶—宮城の丶　このしたつゆは—
木の下露は　あめに—雨に　まされり—まされる
L6　これは—是は　御笠となり—御笠と也　かやうの—か様の　た丶されねとも—た丶されすなれとも　おほえ侍—覚侍
る
L7　すくれたること—又勝たる事の　ある時は—有には
L8　みやまには……—歌頭に○アリ　みやまには—深山には　あられ—霰　とやまなる—外山なる　まさきの—正木の　い
ろつきにけり—色付にけり
L9　み山外山となり—山二あり　琴高か—琴高く　しつみても—沈ても　やかれさりしかことし—焼さるかことし
L10　されとも—しかれとも　いまは—今は　もちゐさる—用さる　すかた—姿
L11　ことさらにとりかへしてよみところ〳〵におほくよめるはみなさるやうなり—ナシ　又—ナシ　するゐに—末　おなじ
字—同字の
L12　よの人みな—ナシ　さるものなり—去物也　句のするゐに—又句の末に　詞のするゐにあるは—ナシ　み丶にとまりてな
ん—耳にたちて　きこゆ—きこゆる有
L13　ちりぬれは……—歌頭に○アリ　ちりぬれは—散ぬれは　のちは—後は　あくたとなる—あくたに成　おもひもしらす
—思しらすも　かな—哉

L14　これは―是は　ちりぬれは―ちりぬれはのはと　のちはのはの字なり―後のは也　けにもよまさらんにはおとる―ナシ　すゑの―末　おなし字あるうたは―同字は

L15　むかしいま―今の世には　さりあふへきにもあらす―ナシ　されはすへてこれを―ナシ　とかとすること―とかとするにもあらす　いまはきこえぬことになんはへれと―ナシ

L16　ことそとは―事そとは　もつへきにや―もつへし　おなしことは―同詞　なれとも―なれ共　ささへて―さゝへてきこゆるうたの―ナシ　よまれんときは―よまれぬ時は

L17　第二句と―第二の句　第三句との―第三の句の　をはりの―終の　おなしきをは―同をは　腰尾病とも―腰病と　申たり―申也　これおなしさまなるへし―ナシ

L18　おほよそ―ナシ　こはくいやしく―又余いやしく　あまり―ナシ　老らかなる―らう〱なる　詞なとを―詞なとはすくれたることあるに―勝たる事に

152頁

L1　なとの―なと様の　つねに―つねには　よむまし―よむましき也　よめる―よむ　ふしにしたる―ふしにしたるは

L2　よみいてんと―読いたしてんと　よめることあり―よむこと有

L3　すへてわれは―又我は　さとりたりと―おほへたりと　おもひたれと―思ひたれとも　こゝろえかたき―心得かたきことは―事　かひなくなむ―あひなくなむ　むかしの―昔の

L4　やうを―様を　いまの―此　よしと―よと　おほえねは―おほへ侍らねは　あちきなくなむ―あちきなくなん

L5　あるへき―あるへし　又歌枕―又哥　かける―書る　うたに―哥に　ところなと―所なと　これらを―是等を　見るへし―能々見しるへし

L6　已上—以上
L7　いまこれをいふに—今是を云に　よむへからすと—常によむへからすと　まことに—誠に　和哥新式には—和歌の新式には　今を—いまを
L8　いにしへを—古を　いやしうするにゝたり—賤するににたり　この—此　すくれたる—勝たる　ゆるされたる—ゆるされたり
L9　さまなる—様なる　うたに—哥にも　めに—目に　みゝに—耳に
L10　ものなり—物也
L11　よめる—よむ　ことはを—詞を　とある—といへる　これうたの—返し　ふるきまても—古までも
L12　昨日のうたをは—きのふの哥をは　あすの—明日の　このこと—此事　なけゝとも—ナシ
L14　本文にして—本文として　よめること—よむ事　これ—是は　むかし—昔　すかたなり—哥也　このころの—比の
L15　本歌をとるとおもひては—ナシ　後哥を—後の哥を　守文は—まほり文は　やすきにゝたり—やすきににたり
L16　すてに—既に　本歌には—本哥には　後哥をは—後をは　やふるものなり—やふる也　たゝ—只　こひねかふ—危きところは—所
L17　十余代—十余代の　卅六人—三十六人　いうなる詞をとり—幽なる詞ひとり　こゝろを—心を　まなひ—学　第一二句を—一二句を
L18　今哥の—今哥　をき—おき　古—古哥の　いまの—今の　をくこと—おく事　をしへ—おしへ　ひさしく—久

153頁
L1　上下句を—上下の句　ちかふることも—違ふる事も　かさなりぬれは—重なりぬれは　こと丶—事と　雪哥を—雪の

哥を
L2　とりては―ナシ　題目はあらねとも―表同からね共　すへて―惣　所―事　たゝ―只　哥を―哥をは
L3　月の哥を―月をは　本哥を―ナシ　その―其　そのすかたを―其姿を
L4　七字になし―七字なす　五言詩を―五言の詩を　七言詩に―七言の詩に　つくるか―作か　七字をも―七字を　もし
は―又
L5　七字を―七字をを　かけても―かけも　かならす―むへし必　古哥には―古謌には　こと―事　みたりても―みたれ
ても
L6　はへるへきにや―侍へしにや　かゝらては―本のまゝにてはひきかへたる所なくては不可能かゝらては　いかにとし
て―又如何として　所―心　あるへしとみえす―有へきとも見えす　おほかた―大方　すかると―すかれと　そのこゝ
ろさし―其心さし
L7　たゝ―ナシ　ものゝ―物の
L8　やうを―様を　このみて―好て　われ―我　よしと―よまむ　おもふらめとも―おもふらめ共　おほえねは―おほへ
ねは　これ―是
L9　ことなり―事也　近代哥―近代の哥　これなり―是也　万葉のことは―万葉集の詞　よしあしも―よしあし　ところ
―所　とよはたくもに―とははゝ雲に
L10　いりひさしとよみ―いり日ねし　をのつもの―おのくもの　なとゝりつれは―なとしりつれは　ことを―事　はしめ
て―はしめん　われ―我　しりて―知て　よめると―読ると
L11　おもへり―おもへる　かやうのこと―か様の事　よく／＼―能々　ことに―事
L12　又―ナシ　貫之かかける―貫之かける　日本紀―日本記　みるへしとある―みるへきとあり　これ―是　おほきなる

—大なる　日本紀の—日本記の

L13　なかより—中より　いてきたる—出来の　今のよには—今世に　新名所と—新名所とかや　名つけられたるとかや—
名付られたり　日本紀を—日本記を　み侍れは—見侍れは

L15　これにつきては—ナシ　ふみ—文　これまた—皆以　みつへき—みるへき　ふみにこそ—文にこそ　侍めれ—ナシ
こと—事　のせたるなり—のせたる物也

L16　山河の—山川の　くわしく—秀　みえたり—見えたり　その—其　この—此　いふ—云

L17　うらには—浦には　ある—あり　めかるといふまても—めかるなといふ　侍なり—あり　よりて—より

L18　ものゝ—物の　みゆめり—見ゆる也　基俊と申し哥仙は—基俊は　このふみをひきて—此文を引て　こと—事　おほ
し—多し　しかれとも—然とも

154頁

L1　このふみよに—此文世には　まれらにして—まれにして　もちゐされは—用されは　汾河に—紛河に　おちにし—多
し

L2　まことに—誠に　うたに—哥に　はなれたるとをき—はなれたれと　ふみ—文　みのりの—中々頃の　をしへなとを
—教なとを　よめる—よむ　その—其　みちのために—道も

L3　やうなれは—様なれは　このみよむへからす—好むへからす　心なとは—心は

L4　このみもちゐることは—好事は　よろしとは—よろしと　むかしいまの—昔今の　このすかた—此姿　みゆることな
り—見ゆる事也

L5 みるへきものなり―見るへき物也　とこそ―とそ　侍へきやらん―侍るへきやらん

L6 申し―申　ものあり―物有　こと―事　あやまり―あやまち　おほしとそ―おほしと　申しつたへたれとも―申つたへ侍れとも

L7 哥を―哥　さま―様を　ところは―所　みたまふれは―見給れは　かきいたしはへるなり―書出侍也　かれにいはく―ナシ

L8 おほよそ―ナシ　文字は―字は　ある題もあるを―あるにも　かならすよむへき文字―ナシ　必す―かならす　よむへからさる文字―不可読字

L9 よむへき文字―可読字　さゝへて―又さゝへて　よむへき文字―可読字の　よく〳〵―能々　こゝろうへきなり―可心得也　文字を―字を

L10 よみたるも―詠たるも　たゝ―又　あらはに―あ《ら》はらに　文字を―字を　まはしてよみたるも―まはしたるも　かろく―悪く　きこゆるとそ―きこゆるなり

L11 ふるき人申ける―ナシ　かやうの事は―ケ様に事は　たゝわか―只我と　心えてよむへきなり―得てよむへき也

L12 これらの―是等々　おもむきを―趣を　みるに―見るに　必―かならす　文字といふは―字と《ト》云は　居処―居所

L13 まゝに―まゝ　よむへきにや―よむへき也　よまんには―よむには　その―其　先達は―先達　まことに―実に

L14 さくらといふ―桜と云

L15 必―かならすかならす　よむへからさる―よむへからすといへる　文字とは―字は　たとへは―ナシ　野外河辺なとやうなる題に外辺―野山の外河辺の辺此類也　寄題に―ナシ　述字―述《懐》の字

L16 これらは―是等は　よむこと―よむ事　しるすにも―しるすに　をよはぬことなるへし―不及事

L17 まはして―ナシ　文字とは―字とは　すへて―ナシ　なと申さむ―なと〻云　なとは―とは　よむへからさるにや―

不可読

L18　鳴―なく　すくなしとも―すくなし共　ひさしく―久しく　いまなくこそ―今鳴こそ　めつらしけれ―めつらしき

155頁

L1　やうに―様に　まれなることを―まれ成事を　ふるき―ナシ　その―其　よみたらん―読たらんは　いといみしかるへし―ナシ

L2　又としにまれなるなといふゝるき詞をとりたらんは―ナシ　これは―是は　よみきたれる―きたれる

L3　きこえさるへし―聞えさるへし　題に―哥に　鳴鶯のこゑそ―鳴声の　やうに―いふ様には

L4　郭公幽なと―時鳥幽なるなと　題に―題には　かすかなりと―幽と　やうの―様の　ことはを―詞

L5　くも井―雲井　すきぬるかとも―過るかとも　おちのさとには―又おちの里には　いふ心ちを―云心地を　おもひつゝくへきにや―おもひつゝけへきにや

L6　申さむ―いはん　とをき―遠き　心のと―心の　よみたらん―よまん事　あるへきことにも―あるへきにも　みれは―見れは

L7　さらしなおはすても―更に科をはすても　もろこしのからくにまても―もろこしまても　おもひやらるゝ―思もひやらるゝ　さまを―様を

L8　えて―得て　よめらん―よね《ヒ》めらん　心うかるへし―心うかるへし（「し」は「き」に重書）　かたしとも―かたし共　いくへつもるらんとも―きえすつもるとも　ふかきことに―又ふかき事に

L9　よみたらん―よみたらんは　おかしかるへし―おかし　すへて―惣して　かやうのこと―か様の（「の」は「の」に重書）事　これに―是に（「に」は「等」にも見える）

L10 しるさは—しるさす　これは—是は　文字に—字に　おなしけれとも—おなしけれ共
L11 しるせるなり—記也
L12 また—又　よむへき文字と—読へき字と　文字といふにこそはおなしかるらめ—字にこそあるらめとも　をのつから
—ナシ
L13 思わくへき—おもひわくへき　文字もや—字もや　えては—得ては　侍へし—侍るへし　その—其
L14 よむへし—む《よ》へし　みな—皆　よめり—詠せり　ほかのことを—外の事を
L15 その—其　ことはりを—ことはかりを　よみつへし—読みつへし　たゝし—但
L16 こと—事　よく—能々　たち—立　ていの—体の　ことは—事
L17 みな—皆　はるの—春の　ほかのものとも—外の物とも　見えぬなり—見えぬ也　百首哥なと—百首なと　よまむに
—読に　あらんには—あらむには
L18 早春の—早春　霞ならぬ—霞からぬ　めくらさんと—めくらさむと　これにて—是にて　題も—題をも　みな—皆
をしはかられぬへき—おしはからひぬへき

156頁

L1 ことになん—事にて　はへれは—侍れは　かす〳〵に—数々は　侍り—ナシ　むすひ題をは—結題をは　一句には—
一句に　上句にも—上の句に
L2 つくすへからすとそ—尽すへからすとそ　先賢の—先達の　いましめは侍りける—いましめ侍るける
L3 いはく—云
L4 おほかた—大方　よきと—能と　もとめ—もとめて　かさりよむへきなり—かさるへき也

L5　ことは―詞を　おもて―おもての　ことは―詞　よしとも―良にも

L6　きこえす―聞す　ふし―ふしは　心ことはくせねは―心詞をもたねは　けたかく―長高　とをしろき―遠白　一のこと丶すへし―秀逸成へし

L7　これらを―是等を　くしたらん―くしたる　よのすゑには―世の末はに

L8　これらを―是等を　中に―ナシ

L9　かせふけは…―歌頭に○アリ　かせふけは―風吹　おきつしらなみ―奥津しら波　たつた山―立田山　よはにや―夜半にや　きみか―君か

L10　しらなみと―白浪と　名なり―名也　さるもの丶―さる物に　たつた山を―たつ田山　おそろしく―おそろしき　おほつかなさに―おほろかなさと　よめる哥なりと―よめると

L11　この哥をは―此哥は　貫之か哥の―貫之哥の　といひけるなりとのせたれはあふきて信をとるへきにや―ナシ

L13　おほかた―大方　哥をよむへき―哥読へき　ありさま―有様　ふみに―文に　ところあらしとこそ―所なしと　みたまふれ―見へ侍るや覧

L14　さま〳〵に―様々に　こと―事　たけたかく―長高　とほしろき―遠白　おほえ侍―覚侍る　哥の―哥

L15　のこし―残し　思はせたる―おもはせたる　たとへかたき―たへかたき　すかたの―姿　あるなり―ある也　哥そ―哥とも　たねとして―種として　見えて―みえて

L16　いと〳〵―いと丶　ものなる―物也　このやうの哥そ―是又　まなひかたかるへき―学かたかるへき也

L17　次に―ナシ　すかたふるきを―古すかたを　すてしとは―わするなと云は　なかにも―中にも

L18　見ゆるをは―みゆるをは　本として―本とせん　それは―是は　きらひしとなり―きらはしと也

157頁

L1　つく―付　いふは―云事は　乃至―の至（「の」は「能」の草体にも見える）その―此

L2　これは―ナシ　見えんをは―みえむをは　もちゐし―用し　いはんや―況哉　心をもとり―心をも　まねひてんは―学てんは　あらしとなり―あらしと也

L3　たゝし―但　後拾遺は―後拾遺　みなをしひたゝけてとりもちゐることになんなりて侍り―ナシ　さることゝもにてはへるめれは―さる事ともにて侍れは

L4　ことにこそ―事にこそ　三代集の―三代の　やうに―様に　侍へからん―侍らん

L5　きのふけふと―昨日今日と　いふはかりなる―云はかりなる　へつらひ―へつらい　ことになん―事になん

L6　これは―是は　しりたることなれと―しれることなれとも　また―いまた　ほゝかきをくなるへし―粗書置へし

L7　いまの―今の　おなしと―同と　いへとも―いえとも　人には―人に　なを―猶　衆生をは―衆生を

L8　つゐに―終に　鶴林には―鶴林に　たまひにし事なりいかにいはむや―給にし事を覧哉　これに―是に　ゆめ〳〵―努々

L9　おもはさる―思はさる

三　桃園文庫本『隣女和歌集』首巻（序・巻一）解題と翻印

はじめに

『隣女和歌集』（序と和歌四巻）は、鎌倉時代中後期に最も重要な位置を占める歌人の一人藤原雅有の家集である。本論第二編第二章第三節「藤原雅有家集の成立」に記したように、家集に付された自序から、この四巻の編年・部類家集は、自撰自筆により成ったと考えられる。

現存する完本は、江戸初期写の内閣文庫本（二〇一・五〇二）と群書類従本（巻二四三）の二本のみが知られる。国立歴史民俗博物館蔵高松宮旧蔵本（H－600－1189／マ函20）と、その転写本の書陵部蔵本（一五四・三。御所本）は、巻二～四三帖の残欠本である。その他の伝本はほぼ、巻二のみの零本である。

国立歴史民俗博物館蔵本三帖（以下「歴博本」とする）は、首巻（序と巻一）の一帖を欠くが、鎌倉時代の書写にかかる現存最古写本であるのみならず、他撰雑纂家集と見られる『別本隣女和歌集』の原本かそれに極めて近く書写されたと推測される天理図書館本（以下「天理本」とする）の成立時に、同じ手によって書写されたと見られる貴重な善本である。同本については影印版が公刊されたが(1)、その重要度に鑑みて別に翻印紹介し(2)、次節にそれを所載する次第である。同本の首巻一帖の所在は現在も不明で、序と巻一の首巻については拠るべき古鈔本が欠けていることになる。江戸後期の書写ではあるが、歴博本から離れた首巻一帖を底本にしたと目される重要な伝本が、東海大学付属図書館が収める桃園文庫に蔵されている。初出誌に解題を付して翻印紹介したところである。「藤原雅有家集の成立」に既述のとおり、近年になり、桃園文庫蔵本と同様に序と巻一を有する首巻の伝本として、林原美術館蔵池田光政筆の両本（書籍五〇五・二、書跡五〇一・一四）と池田綱政筆本（書籍二九三・二一）の存在が判明した。光政筆両本は、それぞれ寛文十二年（一六七二）六月と十一月の、「此一冊（帖）者参議藤原雅有卿之以自筆本書写之畢」（括弧内十一月本）という書写奥書を有する、雅有自筆本と光政が見なした、恐らくは桃園文庫本と同じ本を底本にした転写本であり、歴博本の復元に資するであろうその価値は低くはない。

この林原美術館蔵本については、坂本美樹「新出資料・林原美術館所蔵『隣女和歌集』（巻一）三本の紹介」（『関西大学博物館紀要』二三、平二九・三）と「『隣女和歌集』巻一の基礎的考察」（『國文學』一〇二、平三〇・三）に詳しい。前者は、右記三本の書誌と本文比較及び書籍五〇四・一四本（寛文十二年十一月書写本）の翻印、後者は桃園文庫本と光政筆両本及び綱政筆本の本文の比較検討の論攷である。坂本（後者）は、「林原美術館蔵本の六月書写本が現在のところ「隣女集」巻一の最善本と考えてよいであろう」と結論する。

しかしながら、この林原文庫本両本（以下、六月書写本を「林原六月本」「六月本」、略号「六」、十一月書写本を「林原十一月本」「十一月本」、略号「十一」、両本を「林原本」「（林原）両本」、略号を「林」とする）は、桃園文庫本（以下「桃園本」、略号を「桃」とする）の欠を補う点があり、その意味では貴重だが、解題に述べるように、三本の底本と思しい、歴博本巻二〜四巻三帖の僚巻たる首巻一帖（原本）との関係性では、必ずしも林原美術館両本が桃園文庫本よりも優位にあるとは言えないのである。なお、林原美術館両本間の関係については、坂本自身が、光政筆の後出本である「寛文十二年十一月書写本」を翻印紹介する理由を、「脱落箇所の少ない」（補入符等により補訂されているので正確には脱落ではない）ことに求めているように、つまりは坂本が言う「最善本」にも書写の不用意が認められるのである。

従って、歴博本首巻の復元には、桃園文庫本を基にして、林原美術館蔵光政筆両本を用いて校勘するべきであると考えるのである。右記のように、光政筆の十一月書写本は、翻印本文が公刊され、六月書写本との異同も報告されているし、閲覧と写真撮影も許可される。桃園文庫本は一般に撮影が不可であり、その翻印本文の必要性はなお高いのである。本書にも改めて、同本の解題と翻印本文を収める次第である。なお、東海大学付属図書館のホームページ（２０２１・07・31）に、令和三年六月十七日に同図書館と国文学研究資料館との間で、「日本語の歴史的古典籍の国際共同研究ネットワーク構築計画におけるデータベース構築に関する覚書」が締結され、国文研が、「桃園文庫（とうえんぶんこ）」（約２０００点）のデジタル化を３年計画で進めて、国文研の「新日本古典籍総合データベース」で閲覧・活用できるようになる旨の告知が出された。その後、それが実行されている。

〔解題〕

一　桃園文庫本の書誌と概要

まず、該本の外形の書誌を記す。

東海大学付属図書館蔵桃園文庫『隣女和歌集』。桃・三〇・三二。〔江戸後期〕写。袋綴、一冊。後補朱色地卍繋文様（空押）表紙、縦二八.〇、横二〇.二糎。内題（端作）は、「隣女和詞集巻第一　正元年中」。また、元表紙（現状扉）の左肩に「隣女和詞集」。外題は、表紙左肩に刷子持ち枠（重郭）題簽を貼付して「隣女和歌集　青木信寅旧蔵」と墨書（本文と別筆か）。見返しは素紙、本文料紙は薄様。本文料紙全体に虫損があり、総裏打ち修補する。

墨付二八丁、他に元表紙の現状扉一枚にも墨付けあり。遊紙前一丁、後二丁。毎判葉九行、歌一首二行書き。界線二四．〇×一六．一糎、字面高さ、序冒頭約一九．八糎、歌一首目約二〇．〇糎。扉右下に「青木／印」（虫損）の方形朱印（三．三×三．三）を捺す紙片あり、印記の上に左から右に「二（朱）千七百（三）十二（墨）」と記す。
巻軸の和歌本文の奥に次の識語がある。

「已上百八十六首 墨者中書大王御点 朱者戸部尚書点也 （一行空白）27オ」「右愚詠去正元二年之春依竹園之召／所書進三百首之内也両方無点哥等／除之畢／正応五年五月日書之　前参議藤原朝臣（花押模写）／勅点十八首　頭朱／永仁元年十二月十二日被返下之27ウ」「（半丁白紙）28オ」「前参議雅有28ウ」。

後遊紙一枚目に貼紙して、次のようにある（表記は通行字体に改める）。

青木信寅旧蔵　臨写本隣女和歌集／臨写本隣女和歌集は青木信寅の珍蔵にかゝるもの、飛鳥井雅有の自／筆本を臨摹せるものなり　本書によりて雅有の書風、花押等を知り／得たると共に　元来隣女和歌集巻一は雅有の自筆にて独立せしもの／なることを知り得たり　なほ　群書類従所収の本も　雅有自筆本の系／統なりと雖も　朱合点（定家合点）の位置を誤りて意味不明なりしが／本書によりて　朱合点は第五句左下に存すべきものなること実証せられたり／その他墨点、集附、片カナ註等につき類従本を補ふ処少からず、又／本文につきても本書によりて正さるゝ処多大なり／昭和二十五年七月十七日　池田亀鑑

この池田亀鑑の識語の、飛鳥井雅有自筆本隣女和歌集巻一の臨模であり、拠り所たるべき貴重な伝本である、

との指摘は重要である。該本がその紙質や筆致よりして、或本の臨模か透写である可能性は極めて高いと見てよい。奥の「前参議藤原朝臣（花押）」（と「前参議雅有」。この意味合いは不審）の署名・花押が後人の偽筆でない限り、雅有自筆本を祖本とすることになるが、桃園文庫本が真に雅有の自筆本を直接の底本としたとは限らない。書風は、鎌倉時代書写の同筆と見られる歴博本と天理本の両本に近似し、臨模であることを考慮に入れても、その底本が両本と異筆であったと推定するには到らないのである。

なお、池田識語が、群書類従本の朱合点の位置を補正し得る、とする点は妥当だが、それを定家合点としているのは、奥書識語が点者を言う「朱者戸部尚書点也」の「戸部尚書」（民部卿）を定家と見たための誤りである。言うまでもなく、『隣女和歌集』巻一成立時に、定家は世になく、この「戸部尚書」は息子の為家であることは間違いない。ちなみに、「墨者中書大王御点」の「中書王」は宗尊親王である。

ここで、該本即ち『隣女和歌集』首巻の位置付けを考えるためにも、『隣女和歌集』の成立過程について確認しておきたい。詳しくは、本論第二編第二章第三節「藤原雅有家集の成立」に記したが、自序や各巻の付記などから考えられる『隣女和歌集』の成立過程について、その結論を再説する。

まず、雅有自身が、文永八年（一二七一）以後、建治元年（一二七五）五月一日の為家没以前に、正元以来の歌を収めた巻三までの部類家集を編纂する。巻一は宗尊に召され加点も得た「三百首」であって、さらに巻一から三までには為家の加点を得た。その後、永仁の勅撰企画に至るような機運を察知してか、正応五年（一二九二）五月の段階で、巻一を無点歌を除く百八十六首にする。そして、永仁の勅撰企画に連動して、巻一・二には、永仁元年（一二九三）十二月十二日に伏見院の勅点を得る。さらに、永仁二年（一二九四）十二月二十三日までに、為兼の加点を得る。建治三年（一二七七）以後のいずれかの段階で巻四を追加していた。程を経ず、末輩に委ねて、弘安初め以来の歌を詠作機会毎の雑纂家集として編纂した。現存『別本隣女和歌集』（『雅有集』）の弘安元年（一二七八）～二年頃の歌だけでなく、それ以降の歌の部分も元来は存していたのかもしれない。その上で、雅有自ら記した序文を「隣女和歌集」の序として付した。また、これまでのいずれかの段階で、雅有による細かな修正が家集全体に渡り少なくとも両度に及んで加えられたかもしれない。

その他撰雑纂家集（の一部か）が、今言う『別本隣女和歌集』（『雅有集』）ではないか。天理本は、その原本である可能性があるし、書写本としても原本に極めて近いと見てよいであろう。自撰（自筆）の部類家集「隣女和歌集」四巻も、その折に同じ手によって書写されたのであり、それが高松宮旧蔵歴博本『隣女和歌集』（現存三帖）ではないだろうか。

右の成立過程を踏まえて、奥識語の「前参議藤原朝臣（花押）」（と「前参議雅有」）の署名・花押も含めて忠実に底本の原状を反映しているであろう桃園文庫本の位置付けを考えると、雅有自身が、文永八年（一二七一）以後建治元年（一二七五）五月一日の為家没以前に、正元以来の歌を収めて自撰した、自筆の部類家集三巻の内の、巻一相当部分を底本あるいは祖本とすると推測されるのである。桃園文庫本が、池田識語の言うとおり、雅有自筆本を底本に直接臨模してその書風を忠実に伝えているのであるとすれば、他撰雑纂家集の天理本『別本隣女和歌集』、その成立に併せて再び雅有周辺の手で改めて書写されたと推定される自撰部類家集四巻の内の三巻と目される歴博本『隣和歌集』、その両本と桃園文庫本は同時代風の書跡ではあっても、同じ手ではないはずなのだが、そのようには見えない。他方で、桃園文庫本の奥書の「正應五年五月日書之　前参議藤原朝臣」には臨模した花押が存しているが、歴博本の巻二巻軸の「与第一同日　前参議藤原朝臣」には花押がない。歴博本は雅有以外の手にかかるのであるから、これは自然なことである。

では、桃園文庫本の署名・花押の存在をどのように考えるべきであろうか。元々雅有自筆の原本でも、巻一巻軸には雅有が識語を書いて「前参議藤原朝臣（花押）」（と「前参議雅有」）と署名・書き判し、他者の手で書写された歴博本成立時に首巻の署名・花押部分のみを雅有が自書した、あるいは歴博本書写者がその署名・花押を模写したとすれば、桃園文庫本の底本が現在所在不明の歴博本の首巻一帖であった可能性がある。現に歴博本の首巻が失われていることからすれば、その可能性は極めて高く、それは、歴博本三帖及び天理本（善本叢書影印印面の寸法から類推）と桃園文庫本の書写字面の高さがほぼ約二〇糎で一致していることでも裏付けられよう。また、桃園文庫本の書写面に引かれた界線（二四・〇×一六・一糎）は、底本の料紙の寸法あるいは書型を示したと思しいが、それが歴博本の表紙の寸法（二四・五～八×一五・八×一六・四糎）とほぼ同じであることは、その補強となろう。さらに、底本を模した桃園文庫本の筆致・書風は、現存歴博本のそれにほぼ重なる。細かい書体も、例えば漢字の「秋」の旁の払いが内側に跳ねている点、平仮名の字母「世」の「せ」が字母「止」の「と」と区別できない場合がある点等、両者に一致する点は少なくない。桃園文庫本の底本が雅有自筆本である可能性は限りなく低いと言うべきであり、その底本は歴博本と同じであると見てよい。

ただいずれにせよ、桃園文庫本が、池田識語が言うように、他本の合点や注記類のみならず本文の誤謬を批正しうる価値のある伝本であると見てよいことは動かないところである。

二　桃園文庫本の本文の価値　林原美術館本との関係

ここで、他本に比して桃園本の本文の優位性を示す一例を挙げておく。序で、該本が「そも〱、わがゝみは新古今新勅撰のすがたを心にかけ、なかごろよりは万葉古今等の心地をいかでかとこひねがへども」（4ウ3～7行。句読・清濁私意）とある箇所の「わかゝみは」の部分は、内閣文庫と群書類従本では「わかみは」とある。(3) 漢字を宛てれば、前者は「我が上は」、後者は「我が身は」であろうが、後文の「中頃より」との対比より見て、「我が上は」が妥当である。現行諸本は「ゝ」を誤脱した結果であると考えられるのである。これについては、林原美術館蔵両本も桃園文庫本に同じである。

その林原美術館蔵両本と桃園文庫本との関係について、述べておこう。坂本「『隣女和歌集』巻一の基礎的考察」は、林原六月本が桃園本に「秀でている」理由として、次の点を挙げている（①〜③は中川の整理）。
①桃園本序の「弘安のはしめよりことなるふしなしけれと」（3オ1〜3行）、「はゝかりおほしけれと」（3ウ1行）が、六月本では「弘安のはしめよりことなるふしなけれと」、「憚多けれと」となっているのは、六月本本文の方が「妥当」であること。
②桃園本118歌の「としをふるやとにしけれるしのふ草／したはのつゆよ人のもらすな」の結句が、六月本では「人めもらすな」となっているのは、桃園本の誤写であること。
③桃園本164歌の「あらいそにうちすてらるゝわすれ［　］（一〜二字分空白）／わすれす人をうらみつるかな」の第三句が、六月本では「忘れかひ」となっているのは、桃園本の「目移り」（第三句と第四句の上三字が共に「わすれ」であることから言うか）による欠脱であること。
③については、内閣文庫本・群書類従本も句末「かひ」であって、明らかに桃園本本文の欠脱であり、六月本（十一月本も）の形が原態であろう。この点は、林原両本が桃園本の欠を補う点で、確かに優位である。
①については、今日の文法上の形容詞ク活用「なし」「おほし」の活用からすれば、桃園本の「ふしなしけれと」「おほしけれと」（内閣本同じ）は破格で、六月本（十一月本も）の「ふしなけれと」「多けれと」（類従本同じ）が正格であろう。しかし、当時雅有が、「なし」や「おほし」を今日言うシク活用のように用いていた、あるいは「なし」や「おほし」に助動詞「けり」接続をさせていた、といった可能性は絶無であろうか。歴博本の、主に平仮名に一部比較的簡体で常用の漢字を交えている用字の様相に、桃園本や林原両本の底本の用字も同様であったと見て

よく、少なくとも林原両本の「憚多けれと」は、書写者が漢字を宛てたと推測されるのである。その点、桃園本は底本をそのまま忠実に写し取ったと見てよい。林原両本の書写者池田光政の当時も桃園文庫本書写の当時も、やはり「なしけれと」「おほしけれと」は誤りと認識されたであろうから、底本の「なしけれと」「おほしけれと」を改めつつ書写することはあっても、底本に「なけれと」「おほけれと」とあるものを態々「なしけれと」「おほしけれと」に書写する必然性はないであろう。誤写とすれば、同様の誤写が連続して重なったことになり、桃園本の底本を正確に模そうとした書写の姿勢に照らして、あり得ないように思われるのである。つまり、この異同を以て、林原六月本（十一月本も）が桃園本に対して優位であるとは言えず、むしろ林原両本の書写の姿勢に少しく疑念を生じさせるのである。

ちなみに、序中の「ちからなき身のいたつきになんまけにたる」は、解釈が難しい。「身のいたつき」（4オ9行）は「身の病き（労き）」（自身の病苦）で、「まけ」は「負け」（あるいは「曲げ」）であろうか。とするとこれは、「力がない自分自身の病苦に負けてしまった（ゆがめてしまった）」という意味であろうか。「まけにたる」の「にたる」は、『徒然草』巻末の「才のほど、すでに顕れにたり」の「にたり」と同様であろうか。それでもやはり、今日の目からは一般的とは言えまい。時代の様相か個別の営為かは措いて、これがこの序の語法の特徴を示すのだとすれば、右の「なしけれど」「おほしけれど」の例と符節が合うようにも思われるのである。

②については、意味を取り易いように表記を改めると、「年を経る宿に茂れる忍ぶ草下葉の露よ人の洩らす」（桃園本）であり、その結句が、林原両本では「人目洩らすな」であることになる。俊恵の「知らせばや茂き人目を忍ぶ草下葉に結ぶ露ばかりだに」（続詞花集・恋上・四七九）を参考にすれば、「人目洩らすな」が作意であるように思われなくはない。しかし、「人目洩らすな」の句形は、後出の「月見れば千千に我が身をなす袖の涙よよその人目洩らすな」（新明題集秋・月催涙・二二三五・教亮）が目に入る程度であり、「人目洩らす」は、「袖濡るる山井

の清水いかでかは人目洩らさで影を見るべき」（新勅撰集・恋一・六五九・待賢門院堀河。久安百首・恋・一〇六四）や「大井河人目洩らさぬ今日やさは杣の筏士暮を待つらむ」（新拾遺集・恋三・一一一二・馬内侍。馬内侍集・九六）のように、否定形で用いられているのである。必ずしも、「人目洩らすな」が常套とは言えない。もちろん、「人の洩らすな」も、他には例を見ない句形ではある。雅有の一首を結句「人目洩らすな」で解釈すると、「長い年を経ている家に茂る忍草、その下葉の露のような、心の下に忍ぶ恋の涙の露よ、他人の目を避けて洩らすことをするな。」となろうか。「人の洩らすな」であれば、「わざわざ他の人が洩らしてくれるな。」ということであろうか。これは、歌として無理があるかもしれない。結局、「乃」の「の」と「女」「め」の単純な誤写であろうから、「人め」の本文が原態であろうことは否定されないが、これも、林原両本が桃園本に対して絶対的に優位であることを示す程のものではない。

もう少し、桃園本と林原本との異なりを追尋してみよう。

60番歌は、桃園本が「しからきのみやまにかせやむかふらん／おのへのしかのこゑよは《カヘ》るなり」であるのに対して、林原六月本は「しからきの外山にかと《せか》やむかふらん／おのへのしかのこゑよは《かへイ》るなり」、同十一月本は「しからきの外山にかせやむかふらん／おのへのしかのこゑよはるなり」である。六月本の「かと《せか》や」は、単に「せ（世）」を「と（止）」に見誤ったことの反映と思しく、十一月本の「よはる」の傍記異文「かへ（る）」が無いことは、十一月本段階で光政が本文を選択した結果と見てよいと思われる。問題は、「みやまに」（桃。内閣本・類従本も）と「外山に」（林）の異同である。歴博本に「と山」の表記はあるが、「外山」と「外やま」の表記は一つもない。従って、林原本は底本の平仮名に漢字を宛てたと見られるが、これだけでは、底本が「みやまに」「み山に」、「とやまに」「と山に」の何れであったかは推定できない。これについては、『雅有集』（天理本）に見える類詠、「とやまよりみ山にかせやむかふらん／こよひはしかのこゑそきこえぬ」（堀河院百首題よみ侍りしに・秋・鹿・四八五）

に照らせば、60歌も「みやまに」が雅有の作意で、従って底本の原状もそうでなければならず、桃園本が正しくそれを伝えていると推断される。古歌の「昨日かも霰ふりしは信楽の外山に霞春めきにけり」（寛和二年六月十日内裏歌合・春・霞・二・惟成。新撰朗詠集・春・霞・七六、下句「外山に霞たなびきにけり」。詞花集・春・二）以来、「信楽（紫香楽）の」は「外山」と結び付けて詠まれる傾向にある。事実雅有自身も、『隣女集』巻一（桃園本）で「しからきのと山はゆきけなをさえて／よそにかす《サトノミカスム》めるはるのあけほの」（春・六）、「しからきのとやまにふかきゆふけふり／よにたつ人のすみかならしを」（雑・一六七）、巻二（歴博本）でも「はるかすみたちにけらしなしからきの／とやまのあさひかけそくもれる」（霞・二〇四）と詠じているのである。「信楽の深山（深山）」の作例は、該歌以外に見当たらない。憶測すれば、和歌に通じた光政は、六月本書写の段階で、底本の原状が「しからきのみやまに」とあったとしても、和歌表現の伝統から「信楽の外山に」が正しいと信じて、「しからきの外山に」と書き写し、十一月本でもそれを踏襲したのではないだろうか。光政が底本の本文を自分なりに解釈して、漢字を宛てつつ本文を少しく改めることがあったとすれば、林原本は、底本そのままではなく、多分に光政の考えが反映した本文ということになる。

三　林原美術館本の特徴　桃園文庫本の優位性

林原本の漢字の用字について見ると、例えば、51「あまのかは」を林原本は「銀河」（六月・十一月）、「ひさかたの」を林原本は65「久かたの」（六月）「ひさ堅の」（十一月本）、75「すまのうら」を「陬广のうら」（六月・十一月）、「ありあけ」を林原本は77「晨明」（六月・十一月）や78「在明」（六月・十一月）、「もみちは」を林原本は83「紅葉丶」（六月・十一月）等々という具合である。即ち、林原本は歴博本には全く見られない漢字表記になっていて、それは全体に及んでいるのであり、光政の作為的書写であることが推測される。そうした結果か、101「したはよりかへぬみとりはほのみえて／はつゆきうすきをかのへのまつ」（桃）の結句は、「岡の辺の松」の意味であろうが、これを林原本は「岡野への松」（六月）や「岳野への松」（十一月）と書写していて、雅有の作意や底本の原状の表記からは離れた意味の用字になっているのである。このように見てくると、上述した林原本の「ふしなけれと」「憚り多けれと」は、光政が底本の原状の「ふしなしけれと」「はゝかりおほしけれと」を、自分の理解により、文字を改めて写したことの反映ではないかと強く疑われてくるのである。

なお六月本と十一月本の間の違いについて見れば、107「なにはかたゆふしほみちてあまのすむ／いそやにちかくなくちとりかな」（桃）の「あまのすむ」と「なく」が、六月本は「あまの住」「なく」、十一月本は歴博本に全く見えない用字で「蜑の住」「啼」となっていて、六月本よりも十一月本で亢進した光政の、底本から離れるような用字法が窺われるのである。また、90「あくるよのとやまふきおろす《こす集如此》こからしに／しく《入続拾》れてつたふみねのうきくも」（桃）の第二句が、六月本は「とやまふき颪《こす集如此》」、十一月本は「とやまふきこす」となっていて、光政が六月本段階で「おろす」に漢字を宛て、十一月本段階で「集」即ち『続拾遺集』（冬・三八四）の形「と山吹きこす」に従ってか、その本文を選択して本行本文を改めたことが推測されるのである。さらに、161「しらせはや人をうらみのこひころも／なみ《入新後》たかさねてひとりぬるよを」（桃）の歌末が、六月本は同じだが、十一月本は「かな」になっている。この歌は、『新後撰集』（恋二・八八〇）に入集しているが、兼右本以下多くの伝本の歌末は「よを（夜を）」で、「かな」の本文の伝本を見出せてはいない。単純な誤写ではないとすれば、光政はたまたま「かな」の本文を持つ『新後撰集』に従ったのかもしれないが、そうであっても、『隣女集』底本の本文を改めたことに違いはない。拠るべき本文のないままに改めたのだとすれば、古歌人の和歌本文さえも自ら改めて憚らない、光政の恣意的な姿勢を見ることになるが、そこまでは断言できない。ちなみに、歌頭や歌脚に付された合点を十一月本が写し洩らしていることにも、六月本に比した十一月本の底本を尊重しない傾きが見て取れるのである。

なお、林原両本には三六～三九と四一および一五八と一六四と一六六番歌の歌脚（歌末の二字ほど部分の六月本左側、十一月本右側）に朱の合点（鉤点）が付されているが、これは桃園本にはない。桃園本の書き落としか、林原本の独自の書き入れか、今は判断できない。また、林原両本には一六七～一七〇の歌頭に合点（鉤点）が付されているが、これが桃園本にはないことについても、同様である。

林原本の底本が、桃園本と同じく歴博本から離れた首巻一帖であったとして、歴博本と林原本を比べれば一目瞭然だが、林原本の筆跡は底本を模そう、似せようとしたものではなく、光政自身の筆致なのであろうし、その用字・表記も多分に光政の意志が反映していると見て間違いない。一面九行や和歌二行書や題ほぼ二字下げなどの書式は、歴博本・天理本に異ならないが、書写字面の高さは、歴博本・天理本より六月本が二糎程、十一月本が六糎程短く、林原本が底本を模するように写し取ろうとはしなかったことは明らかである。桃園本にある奥識語の「前参議藤原朝臣」の下の花押が、林原本にはないことは、それに矛盾しない。なお、桃園本識語末尾の「前参議雅有」も、やはり林原本にはないが、それが林原本の写し落としや省略なのかは、よく分からない。この署名の意味が曖昧で、そもそも底本に存していたのかが判然としないからでもある。

以上から、底本の原状との距離の点では、林原本の六月本が比較的近く、十一月本はより離れていると言うことができる。そしてその点では、桃園文庫本が、表記も含めて最もよく底本の原状を保存していると見てよいのである。

むすび

結局、林原美術館蔵の両本は、一部に桃園文庫本を補完する本文を有してはいるが、総じては、底本である歴博本巻二〜四三帖の僚巻と思しい『隣女和歌集』首巻一帖の古鈔本をそのままに書写したのではなく、用字・表記を恣意的に変え、また一部本文を改めた可能性があるのであって、本文解釈上に「妥当」であるか否かは措いて、古鈔本の本文に忠実であるか否かの点で、桃園文庫本の優位は動かないのである。

序と巻一〜四までの四巻を備えるべき『隣女和歌集』の伝本は、完本として内閣文庫本（二〇一・五〇二、和学講談所本）と群書類従本（巻二四三）が知られるのみであり、古鈔本たる歴博本とその書写本の書陵部本（一五四・四三）も序と巻一の首巻を欠き、その他には巻二のみの幾本かが存しているにすぎない。桃園文庫本『隣女和歌集』は、書写こそ新しいが、雅有の近くに成った本である歴博本三帖の僚巻たる一帖を底本として、その本文を精確に写し取ったと見られる、現時点では序と巻一の首巻の最善本であると言ってよい。現在失われている歴博本首巻一帖の復元は、桃園文庫本を底本として、林原美術館両本で対校し、あるべき本文を求めてなされるべきである。

［注］

（1）『国立歴史民俗博物館蔵貴重典籍叢書　文学編第十巻（私家集4）』（平一三・九、臨川書店）。拙稿「解題」参照。
（2）「歴博本『隣女和歌集』翻印」（『鶴見大学紀要（国語国文学編）』四三、平一八・三）。
（3）同序を収める『扶桑拾葉集』や『賜蘆拾葉』の本文も同様。

付記　本節は、平成一四〜一六年度科学研究費基盤研究（c）（2）（一四五一〇四七二）「藤原雅有の基礎研究―雅有全集の作成―」の成果の一部を基にしている。
桃園文庫本『隣女和歌集』については、伊倉史人氏よりご教示をいただいた。深く感謝申し上げる。

〔例言〕

底本の面影を極力伝えるべく、次の方針で翻印した。

1．平漢字・仮名・反復表記の別などの用字や表記法は底本のままとし、私に句読・清濁を施すことはしなかった。

2．平仮名・片仮名は通行字体に統一した。漢字は、底本の表記に従ったが、異体字も含めて通行字体に統一した。「歌」「謌」「哥」は区別した。

3．改行も底本どおりとし、改丁は、「1オ」の形で示した。

4．歌頭の墨鉤点は「＼」「／」で、歌脚の朱鉤点は「＼(朱)」のごとく示した。なお、鉤には長短があるが、全て同じ長さとした。

5．底本の文字誤脱を示すと思しき、補入符様の小星点は「○」で示した。本文の欠脱と思しい箇所は「[　]」で示した。虫損箇所は、文字を推定し、「[こ](虫損)」のごとく示した。

6．歌頭に通し番号を付した。『私家集大成』『新編国歌大観』番号に同じ。

7．林原美術館蔵池田光政筆の寛文十二年六月書写本（書籍五〇五・二）、同十一月書写本（書跡五〇一・一四）との、表記の異なり（見消ちや補入符による補訂を含む）を除く主な異同を記す。前者の略号は「六」、後者の略号は「十一」とする。両本の略号は「両」とする。両の場合の表記は六による。

底本とした桃園文庫本の調査と翻印を御許可下さった東海大学付属図書館に深く感謝申し上げる。また、池田光政筆本の調査を御許可下さった林原美術館に厚く御礼申し上げる。

〔翻印〕

『隣女和歌集　青木信寅旧蔵』（表紙）

隣女和謌集」（現状扉、元表紙）

（半丁白紙）」

（一丁白紙）」

やまとうたはみなかみひの河
よりいてゝなかれたまかきの国
つわさとなれりしより代々の
勅撰家々のうちきゝいにしへの
あとをつきていまの世にたえす
なりぬるなかに哥よみとおも
へる人たかきもくたれるもみつ
からのうたをしるしていへの集と
せりかれは心のはないたつらに　1オ」
ちりうせことはのはやしむなし
くむもれきとならんことをおしみ
もしはすゑのよの集のため
のこしかつはなきあとのかたみと
おもへるなるへしこゝに人なみ〳〵

に正元よりこのかたわかのうらに
かきすてしもくつをいまひろひ
あつめて隣女和詞集といへるこ
とありさきにいふところの哥仙　1ウ」
たちのおもむきにはあらすこれ
はたゝこのみちにふける思に
ひかれてたへさる身をろかなる
ことはをかへりみすおりにつけ
ときにしたかひてこゝろさし
をのふるかすをみてとし〳〵に
ふかくなりあさくをこたる心の
ほとをしらんためはかりにかき
とゝめぬるをしらいとのこのすち　2オ」
をはしらすくれ竹のよのつねに
ならひてみん人はしつかゝき
ねにさらすぬのを心ひとつに花
とあやまり難波えにおふるあ
しをもわかめにはよしとみるに
なんなりぬへしおほよそいと

けなかりしよりかす〳〵にかき
をきしことのはたひ〳〵のや
とのけふりに大そらのかすみ　2ウ」
にまきれ《となり》にしかはすきにし弘安
のはしめよりことなるふしなしけ
れとゐなのさゝ原しけるに
まかせてたかきみしかきをもい
はすなほきみや木ましはらされ
はくちきのそまにまかりゆか
めるをもきらはすさなからかき
のせぬるあさけりいまの人の
きゝのちの世のそしりのかるゝ　3オ」
かたなくはゝかりおほしけれと
ねかふところは心さしのふかく
てよのいとなみにまきれぬかた
をあはれみてつたなきことは
いやしきすかたをはおもひゆ
るせとなり又題のしたい哥の
にほひことはのかきさまふる

ふしなしけれと――ふしなけれと（両）

おほしけれと――多けれと（両）

「哥」は、二行後の「言」に近い字形。

き言かやうのふし〳〵さなから
おほくかたくなにたかひゝか　3ウ」
めること身つからとゝのへんとす
れはおいのやまひ物うくふた
たひみんはたわれはつかしく
いはんや人のてをからんすらか
たはらいたきによりてこのみち
にあやめもわかぬともからにま
かせてかきあつめさせぬれは
うしろめたけれとちからなき
身のいたつきになんまけにたる　4オ」
もしみむ人このおもむきをお
もひてあさけることなくはの
そむところたりぬへしそも〳〵
わかゝみは新古今新勅撰のす
かたを心にかけなかころより
は万葉古今等の心地をいかて
「かと」（虫損）こひねかへとも箕裘をたに
まなひみすかの西施かとなり

「言」は、二行前の「哥」に近い字形。相互に「言」
「哥」に見えなくもない。

あつめさせ—集させ《本ノママ》（六）

の女のかれをうらやめるよそ　4ウ」
ほひもとのかたちよりはま
す〳〵みにくゝなりけるにな
すらへてこの集の名とせりとい
ふことしかり

しかり―しかなり（十一）

（五行空白）　5オ」
（半丁白紙）　5ウ」

隣女和謌集巻第一　正元年中

春

一　＼ゆきのうちのみやまのさとにたつ春は
冬のひかすをかそへてそしる＼（朱）

二　＼けさよりははるのとなりになりぬとや
ふゆをへたてゝかすみたつらん

三　＼けさみれはこほりとけぬ○《る》たにかはの
したゆくなみにはるやたつらん　6オ」

四　＼うくひすもかすみもをそきゆきの中に
はるしるものはこゝろなりけり

五　＼春はきぬゆきけのくもははれやらて

／さなからかすむみよしのゝやま／(朱)

六　／しからきのと山はゆきけなをさえて
よそにかすめる《サトノミカスム》はるのあけほの

七　／ほの／＼とあけゆくそらをみわたせは
やまもとよりそかすみそめける

八　／はるのきるかすみのころもたちこめて　6ウ」
よるへもみえすそてのうらなみ

九　／もしほやくうらのけふりをたよりにて
春はなみちそまつかすみける／(朱)

一〇　／み山にはなをしら雪のふるすより
のきはにうつるうく○《ひ》すのこゑ

一一　／はるきてもなを風さむきみ山きの
かけのゝくさにのこるあはゆき／(朱)

一二　／かすめともまたみとりにはなりやらて
かれのゝくさにのこるしらゆき／(朱)　7オ」

一三　／いつくにもむめかゝそするはるの日の
いたりいたらぬさとのなけれは

一四　／ふるさとのおいきのむめはさきにけり
むかしのはるのいろをのこして

一五　／あさみとりなひくもしるしあをやきの
いとかのやまのみねのはるかせ／(朱)
一六　／はるきてもいくかもあらぬにいつしかと
こゝろにかゝるはなのしらくも／(朱)
一七　／くもははなははくもとやまかふらん　7ウ」
そらにかすめるかつらきのやま
一八　／みよしのゝやまのさくらのはなさかり
みねにもおにもかゝるしらくも／(朱)
一九　続古今／よしの山はなよりおくのしらくもや
かさなるみねのさくらなるらん／(朱)
二〇　／ふもとよりいくへのくもをわけすてゝ
しらぬやまちの花をみるらん
二一　／みよしのゝはなのかゝみとみゆるかな
あをねかみねのはるのよの月　8オ」
二二　／くれぬとも月にはみてんはるのよの
やみはあやなきはなさかりかな
二三　／もゝしきやおほうち山のさくらはな
くもゐにふかくにほふはるかせ
二四　／たちはなのにほひならねとふるさとの

のきのさくらにむかしこひつゝ

二五　╱いさゝらはちりなはなけのはな桜
風よりさきにおりつくしてん

二六　∥（朱）ゆきとふるはなにのきはゝうつもれて　8ウ」
さくらをふけるはるのやまさと╱（朱）

二七　╱をのつからこゝろとけさはちりはてゝ
さそふ風をもまたぬはなかな

二八　╱けさふかはいかにかせをもかこたまし
のとけきそらにちるさくらかな

二九　╱みねのくもみきはのなみそさはくなる
ひら山風にはなやちるらん╱（朱）

三〇　╱かへるへきならひなりともはるのかり
ことしはかりははなにやすらへ　9オ」

三一　╱さすかまたはなのなこりやおしからん
なきてわかるゝはるのかりかね　　下句合点なし（十一）

三二　╱なのみしてときはの山のいはつゝし
みとりにかゝるはなもさきけり╱（朱）

夏

三三　╲わかさりし卯花かきもしろたへに
さきあらはるゝなつはきにけり

三四　╲しつのめかさらせるぬのやゝまさとの　9ウ」
かきつのたにゝさけるうのはな

三五　╲としことのをそさになれてほとゝきす
またぬうつきのそらになくなり

三六　╲まちわひぬをのかさ月のそらにたに
なをもつれなきほとゝきすかな　歌脚合点（朱）あり（両）

三七　╲いりひさすくものはたてのをりはへて
なくやさ月の山ほとゝきす　歌脚合点（朱）あり（両）

三八　入続千╲すゝかやまあけかたちかきせきのとを
ふりいてゝなくほとゝきすかな　10オ」　歌脚合点（朱）あり（両）

三九　╲なつのよのありあけのそらの郭公
おなしねさめの人やきくらん　歌脚合点（朱）あり（両）

四〇　╲なけやなけさよのねさめの郭公
ふたこゑきゝきておもひ出にせん

四一　╲ひところゑはゆめとおもひておとろけは
うつゝなりけるほとゝきすかな　歌脚合点（朱）あり（両）

四二　╲しられけりひけるあやめのなかきねに

またみぬゝまのそこのふかさも

四三 ／あしひきのとを山をたにそてぬれて　10ウ」

いくほともなきさなへとるらし

四四 〃（朱）さみたれは日かすふれともなにはかた　歌頭合点（朱）なし（十一）

／もとのみきはをこえぬしらなみ／（朱）

四五 ／さみたれにあまのかはなみたかからし

／つきのみふねのわたるよもなき

四六 ／たか袖のうつりかよりかたちはなを

／むかしことゝふつまとなしけん／（朱）

四七 ／みしかよとさこそはいはめ月かけの

いるをもまたすあくるそらかな／（朱）　11オ」

四八 ／さみたれにきえぬうふねのかゝりひや

かつらのかはのほたるなるらん

四九 ／こかくれにしつみなかるゝ山の井の

あかてもなつの日をくらすかな

秋

五〇 ／うたゝねのたもとをかけてふく風の

めにみぬいろに秋をしるかな

五一　／ひさかたのそらになかれぬあまのかは　11ウ」
なをほしあひのかけそみえける
五二　／あきの露たかたまくらとむすふらん
いるの丶す丶きほにいてにけり／(朱)　歌脚合点(朱)あり(両)
五三　／なか〱にちくさのはなもなきのへの
しの丶をす丶き風そさひしき
五四　／むさしのやちくさのはなのいろ〱に
をきかへてける秋のしら○《っ》ゆ
五五　／秋かせのふ〻く《き》しくをの丶あさちはら
むすひもあへす露そこほる丶　12オ」
五六　／あきもた丶おもへはおなしゆふくれを
なかめからにやさひしかるらん
五七　／はるはこしあきはみやこにくるかりの
いつもたひなるねをやなくらん
五八　／あき風にかりはきにけりしら雲の
みちゆきふりにこゑそきこゆる　歌脚合点(朱)あり(両)
五九　／久かたのあまとふかりのおほひはに
はつしもふりぬあり明のそら　歌脚合点(朱)あり(両)
六〇　／しからきのみやまにかせやむかふらん　12ウ」
みやまに―外山に(両)、かせや―かと《せか》や(六)、

おのへのしかのこゑよはる《カヘ》なり

六一　╱ふきをくるみやまあらしにつたひきて
さとまて《コノサトサラヌ》かよふさをしかのこゑ

六二　╱むらしくれはれゆく雲のおひ風に
山めくりするさをしかのこゑ

六三　╱みやきのゝこのした露にたちぬれて
入新後
いくよかしかのつまをこふらん╱（朱）

六四　[╱╱]（虫損）（朱）ねさめしてなをのこすよもなか月の
ありあけの山のさをしかのこゑ　13オ」

六五　╱久かたの月こそあらめあけゆけは
しかのこゑさへ山にいるらん

六六　╱╱（朱）うつらたつあさちのはすゑうちなひき
ゆふへの露に秋風そふく╱（朱）

六七　╱ゆふされは草はの露をふきすきて
なみたをさそふそてのあきかせ

六八　╱さひしさはゆふへの風とおもひしに
うすきり○《まよふ》あけほほの（ママ）ゝそら

六九　╱山のはにまつよの月はいてにけり　13ウ」
このさと人やいねかてにする

よはる《カヘ》―よはる《かへイ》（六）よはる（十一）

あけほほゝ―明ほのゝ（両）

七〇　＼くもりなきそらすみわたるなかきよの
月のみふねのやまの秋かせ

七一　＼山さとのにはのおきはらつゆちりて
身にしむいろの月そさひしき

七二　＼おきあかす露のよすからかけとめて
月にやとかすにはのおきはら＼(朱)　　下句合点なし（十一）

七三　＼むさしのはこゝろつくしの山もなし
またれんものかあきのよの月　14オ」

七四　＼神もさそ秋もなかはといはしみつ
なになかれたる月はみるらん＼(朱)

七五　＼すまのうらせきふきこゆる秋風に
月さひわたるなみのをちかた

七六　＼つきかけはよるともみえすみつしほの
なかれひるまのこゝちのみして＼(朱)

七七　＼あかしかたあかてかたふくあり明の
月ふきかへせおきつしほかせ

七八　＼しはのいほまつのあみともまはらにて　14ウ」
まとよりいつるありあけの月

七九　＼きり／＼すなにをうらみてあさちふの

あり明の月にねはつくすらん／(朱)
八〇　／たひねするの風をさむみきり〳〵す
くさのまくらのしたになくなり／(朱)
八一　／ふるさとのにはのあさちふうらかれて
むしのねよはきあきのゆふしも
八二　／ふきすくる風ならねともおきのはに
をとつれてふるあきのむらさめ　15オ」
八三　／もみちはゝをのれとそむるいろなれや
ときはの山もしくれふるなり
八四　／山人のそてもいろにやいてぬらん
つたはひかゝるたにのしたみち
八五　／もみちはをよるさへみよとてる月の
ひかりさやけき神なひのもり
八六　／をしかなくあり明のころの山のはに
／もみちをわけていつる月かけ
八七　／露しもにかねてこのはのうつろひて　15ウ」
しくれをまたぬ神なひのもり

冬

八八 ／神な月しくれすとてもあかつきの
入新後 ねさめはそてのかはくものかは／(朱)
八九 ／かみな月ふゆのはしめはかきくもり
しくれはさためありけるものを
九〇 入続拾 ／あくるよのとやまふきおろす《こす集如此》からしに
しくれてつたふみねのうきくも／(朱) 16オ」
九一 ／たかねにはゆふひさすなりいこま山
ふもとのさとのくもはしくれて
九二 ／なにゝかはもみちのぬさをたむくらん
しら《タカタメニ》すやあらし神なつきとは
九三 ／さひしさをいかにしのはん神なつき
風にしくれてこのはふるころ
九四 ／くれなゐにいはなみたかしみなのかは
おなしたかねにもみちゝるらし／(朱)
九五 ‖(朱)かたをかのはゝそのこのはちりはてゝ 16ウ」
にはにをとする山おろしのかせ
九六 ／風さむみ日かけにもるゝ山したの
くちはかうへにのこるあさしも
九七 ／をとさむしゆふしもむすふあさちふの

ふきおろす《こす集如此》—ふきこす（十一）

かれはのをのにあらしふくなり

九八　／山さとのいはのかけちのしもくつれ
とはんといひし人もまたれす

九九　／むらさきにかはりしはなもしもをけは
又しらきくとうつろひにけり　17オ」

一〇〇　／またふらぬゆきけのそらの雲をみて
かねてこりをく山のしたしは

一〇一　／したはよりかへぬみとりはほのみえて
はつゆきうすきをかのへのまつ

一〇二　／のこりなくはらふも風のこゝろにて
たゆめはつもるまつのしら雪

一〇三　／とにかくに冬はやまちそたえにける
このはのゝちはつもるしらゆき／(朱)

一〇四　／けさみれはあきさくはなのあともなし　17ウ」
ゆきそふるえのみやきのゝはき／(朱)

一〇五　／さえ〳〵し雲はゝれぬる山のはの雪よりいつるありあけの月（行間小字一行書き補入）

一〇六　／なにはえやしほせふきこすうら風に
かれはたになきあしのむらたち

一〇七　／なにはかたゆふしほみちてあまのすむ

いそやにちかくなくちとりかな

一〇八 ／さよちとりなくこゑさむしあり明の
月のてしほやみつのはまかせ／(朱)

一〇九 ／心あるあまそきくらんまつしまや
をしまのちとり月になくこゑ 18オ」

一一〇 ／ふゆもなをあさきよとみそこほりける
たきりておつるうちかはのみつ

一一一 ／すはのうみやふなちはたえて［こ］(虫損)のころは
こほりのうへをかよふかち人

一一二 ／山さとのかけひのみつはをとたえて
こほりもゆめもむすふころかな

一一三 ／なみこゆるうちのかはせのあしろきに
いさよふ月のかけのさむけさ

一一四 ／いかにせんあかてかたふく月かけに 18ウ」
しくれてむかふみねのうきくも／(朱)

一一五 ／ふしのねは又もありけりゆきのうへに
けふりそなひくをのゝすみかま

恋

二一六 ／あやしくもなかめかちなるゆふへかな
わかこゝろこそひころにもにね
二一七 ／まくらたにしらぬおもひをいかゝせん
うちぬるほともあらはこそあらめ　19オ」
二一八 ／としをふるやとにしけれるしのふ草
したはのつゆよ人のもらすな　　人の―人め（両）
二一九 ／かくはかり人めをつゝむおもひありと
ちらすなつゆのそての秋かせ
二二〇 ／人やきくけしきはいろにみえねとも
しのふの山のまつのあきかせ
二二一 ／あふことはたれゆへつゝむ恋ちとて
おもひもしらす人のつれなき
二二二 ／あまころもぬれそふそてのうらみても　19ウ」
みるめなきさにもしほたれつゝ／（朱）
二二三 ／あらくまのすむなる山のおくまても
きみたにあらはゆきてたつねん
二二四 ／ひろせかはそてつくはかりたつぬれと
あふせもしらぬみをいかにせん
二二五 ／いのらすよいなりのやまのすきのはの

つれなきいろに人ならへとは

一二六　‖(朱)きえかへりまつゆふくれのそらのくも
むなしきはてはうちしくれつゝ　20オ」

一二七　／まちわひぬたのめてもこぬいつはりは
たかならはしのゆふくれのそら

一二八　／たのめつゝくらせるよひのふけゆくを
かこちかほなるそてのつゆけさ

一二九　／たのめつゝこぬいつはりをまつのとの
さゝていくよかよをあかすらん

一三〇　／われのみやうきみかりのゝならしはの
／ひとよもなれぬ人をこひつゝ／(朱)　　歌脚合点（朱）なし（十一）

一三一　／しらせはやあふせもしらぬかたふちの　20ウ」
やかてもふかき恋のこゝろを／(朱)

一三二　／あふせなきわか恋かはをゆくみつの
ふかきよとみにそてやくちなん

一三三　‖(朱)あはてのみたゝいたつらにこひしなは
／なにゝかへつるいのちとかせん

一三四　／我こひはあふをかきりとおもふ身の
ひをふるまゝによはりぬるかな

一三五　╲ひと夜とてあたにやおもふさゝたけの
このよはかりのちきりならしを　21オ」
一三六　〃(朱)あふことはたまさかやまのたにかくれ
したゆくみつのこかくれてのみ╲(朱)
一三七　╲あかさりしけさのなこりをみにそへて
又ねのとこもおきうかりけり
一三八　╲わかれちになかめし月のあり明は
つらきなからのかたみなりけり
一三九　╲なれし夜はならへしとこのまくらにも
ぬるよなけれはうとく成つゝ╲(朱)
一四〇　╲わたりけんあふせもみえすあすかゝは　21ウ」
きのふにかはる人のこゝろに╲(朱)
一四一　╲われならはこよひの月にさそはれて
おもはぬなかの人もとひなん
一四二　╲たつねゆくわかしるへせよ夜半の月
なれにしそての露のおもかけ
一四三　╲風ふけはたゝよふくものなかそらに
╲うきておもひのきえやはてなん╲(朱)　下句合点なし（十一）
一四四　╲なかめやるそなたのくもをたよりにて

／そてにしくるゝわか涙かな　22オ」　同右

一四五 ／けふりたつおもひはたれもするかなる
ふしのたかねをよそにやはみる

一四六 ／けふりたつむろのやしまはとをけれと
くゆるおもひのかよふころかな

一四七 ／もしほやくなにはをとめかあしのやの
ひまなくゝゆるしたけふりかな

一四八 ／わか袖につれなきなみはかけなから
月日そこゆるすゑのまつやま

一四九 ／いせしまやしほひのかたによる浪の　22ウ」
いやとをさかるなかそつれなき

一五〇 ／しくれにはつれなき山のまつたにも
さそふ風にはなをなひきけり

一五一 ／ひとよとてかりねのゝへのさゝまくら
むすひし露のちきりわするな

一五二 ∥(朱)こひしともたれにいひてかなくさまん
おなしこゝろの人もなきよに／(朱)

一五三 ∥(朱)つれもなき人をかならすこひよとは
こゝろよいかにたれかをしへし　23オ」

一五四 ＼いとせめてものおもふときのふてすさみ
たゝかくことは恋しとそいふ

一五五 ＼よしさらは心のまゝにうらみてん
／つらきを人の思しるやと

一五六 入続千 ＼さすか又こゝろやかよふつれもなき　又―又《ナヲ》（両）
人もゆめちにあひ《フサカノヤマ》みつるかな

一五七 ＼いかにせんはなにこゝろそうつりぬる
みやまかくれのくちきなるみも

一五八 ⫽（朱）しけかりしことのはやまのあをつゝら　23ウ」　上句左合点あり（十一）
／おもひたえてはくる人もなし　下句左右合点なし（両）歌脚合点（朱）あり（両）

一五九 ⫽（朱）あはてのみとしふるさとのきのくさ
／かれねわするゝことのはもうし＼（朱）　下句合点なし（十一）

一六〇 ＼みをしれはうらみんとしもおもはぬに
／こゝろにもあらすぬるゝそてかな

一六一 入新後 ＼しらせはや人をうらみのこひころも
なみたかさねてひとりぬるよを　よを―かな（十一）

一六二 ＼まれにてもあひみはとこそ思しに
／たえぬは人のうらみなりけり＼（朱）　24オ」

一六三 ＼ふえたけのひとよのふしのうきねのみ

なく〳〵人をうらみつるかな

一六四　／あらいそにうちすてらるゝわすれ［空白］　［空白］―かひ（両）
わすれす人をうらみつるかな　歌脚合点（朱）あり（両）

雑

一六五　／わかれちにいとひなれたるつらさにて
さならぬよはのとり◦《の》ねもうし

一六六　／はる〳〵とみやこをよそにへたつなり　24ウ」
こえゆく山のあとのしらくも　歌脚合点（朱）あり（両）

一六七　しからきのとやまにふかきゆふけふり　歌頭合点あり（両）
よにたつ人のすみかならしを

一六八　あまのはらふりさけみれはあつまちや　同右
ふしのけふりにあき風そふく

一六九　ふしのねはいかなる神のちかひにて　同右
つれなきゆきのやまとなりけん

一七〇　ゆふされはしほやみつらんい勢のうみ　同右
ひかたにむかふおきつしらなみ　25オ」

一七一　／おなしくはみやこへさそふなみもかな
みつのこしまは人ならすとも

一七二　／むろのとやおいてふきまはすゆふ風に

かたほにかけてよするあまふね

一七三　＼はる〳〵とよふねこくなるこゑすなり
＼ひらのみなとのありあけのそら

一七四　⫽(朱)たひ人のかちの丶はらにひはくれぬ
いつれのくさにまくらむすはん

一七五　＼ゆきくれぬいさやとからんまつ風の　25ウ」
＼こゑするかたやすみよしのさと／(朱)　下句合点なし（十一）

一七六　⫽(朱)よをいとふみ山のいほのさひしさに
又うかれぬるわかこ丶ろかな

一七七　⫽(朱)かた山のそはのいし井のさ丶れみつ
＼あさましきみはすむかひもなし／(朱)　下句合点なし（十一）

一七八　＼つ丶らはふやまのこさかのみちせはみ
くるしきものをよをわたる身は

一七九　＼うかりけるみやまかくれのいはねまつ
いろもかはらてくちやはてなん／(朱)　26オ」

一八〇　⫽(朱)うきことのなをみにそは丶いか丶せん
よしの丶おくによをいとふとも／(朱)

一八一　⫽(朱)よの中はかくこそありけれにこりえの
＼ほりえの水のすみかたのみや／(朱)　下句合点なし（十一）

一八二　／なにことかいまはあらんとおもへとも
身のゆくすゑそさすかゆかしき／(朱)
一八三　(朱)〃ゆくすゑのあらましことになくさみて
はかなくすくす月日なりけり／(朱)
一八四　／うき身にもなをゆくすゑそまたれける
きみかみかけをたのむはかりに／(朱)　26ウ」
一八五　／なかきよにまよふうきみのしるへせよ
わしのみやまのあり明の月
一八六　／きみかよはなからのはまにひろふとも
つきぬまさこのかすもかきらし
(二行空白)
已上百八十六首　墨者中書大王御点　朱者戸部尚書点也
(二行空白)　27オ」
右愚詠去正元二年之春依竹園之召
所書進三百首之内也両方無点哥等
除之畢
正応五年五月日書之　前参議藤原朝臣(花押模写)　花押ナシ(両)
勅点十八首　頭朱
永仁元年十二月十二日被返下之　27ウ」

（半丁白紙）　28オ」
前参議雅有（丁中央）　28ウ」
（半丁白紙）」
（貼紙）」
（一丁白紙）」
『（後表紙）』

「前参議雅有」ナシ（両）

四　歴博本『隣女和歌集』（巻二〜四）翻印

緒言

『隣女和歌集』（四巻）は、鎌倉時代中後期に最も重要な位置を占める歌人の一人藤原雅有の家集である。序文から、この四巻の部類家集は、自撰により成ったと考えられる。現存する完本は、江戸初期写の内閣文庫本（二〇一・五〇二）と群書類従本（巻二四三）の二本のみが知られ、その他の伝本は巻二のみの零本である。活字刊本は、『私家集大成　第4巻（中世Ⅱ）』（昭五〇・一一、明治書院）所収本（雅有Ⅰ「隣女和歌集」）と、『新編国歌大観　第7巻（私家集Ⅲ）』（平元・四。角川書店）所収本（「隣女和歌集」）がある。

私家集大成は、内閣文庫本を底本とし、解題（書籍版。鹿目俊彦・濱口博章）に「底本は誤写・誤脱が散見し、翻刻にあたって（ママ）と注記したものもあるが、以下にその箇所の幾つかを列記する」として、一覧にして内閣文庫本と群書類従本および高松宮蔵本との異同を示す。新編国歌大観は、解題（青木賢豪・田村柳壹）に、「欠脱歌の少ない」内閣文庫本を底本に、「底本の欠脱歌一首を」「高松宮旧蔵本によって補い、本文校訂に際しては巻一は」「類従本」、「巻二以降は」「類従本と」「高松宮旧蔵本との二本を用いることにした」といい、「校訂表」を付す。

本論第二編第二章第三節「藤原雅有家集の成立」に詳述したように、ここで「高松宮蔵本」「高松宮旧蔵本」と呼ばれている国立歴史民俗博物館蔵本（H・600・1189／マ—20）三帖は、巻一を欠くが、鎌倉時代の書写にかかる最古の伝本である。のみならず、他撰雑纂家集の通称『別本隣女和歌集』の原本かそれに極めて近く書写されたと推測される天理図書館本「飛鳥井雅有集」（天理図書館蔵九一一・二四・イ六一・A九二二）の成立時に、同じ手によって書写されたと見られる貴重な善本である。

天理図書館本の翻印本文は、『私家集大成　第4巻』に雅有Ⅱ「飛鳥井雅有集」（書籍版担当鹿目俊彦・濱口博章、CD—ROM版担当濱口博章）、『新編国歌大観　第7巻』に「雅有集」（担当は青木賢豪・田村柳壹）として収められている。しかし、歴博本影印版の国立歴史民俗博物館蔵貴重典籍叢書『文学篇第十巻　私家集四』（平一三・九、臨川書店）公刊後に成った私家集大成CD—ROM版（平二〇・一一）でも、『隣女和歌集』の解題（新編補遺。濱口博章）に、この影印版と、中川「桃園文庫本『隣女和歌集巻一』翻印・解題」（三の初出）を紹介しつつ、底本は書籍版から変更されていない。

よって、ここに国立歴史民俗博物館蔵本を翻印する。これらの僚巻たる首巻の行方は不明だが、その忠実な臨模本と目される伝本と目される、東海大学付属図書館蔵本を三に翻印する。

〔例言〕

一、国立歴史民俗博物館蔵（有栖川宮・高松宮旧蔵禁裏本）『隣女和歌集』（H・600・1189／マ―20）三帖（巻二～四）の翻印である。該本は、巻一を欠く。書誌およびその意義については、本論第二編第二章第三節「藤原雅有歌集の成立」に記した。

一、次の方針で翻印した。

1．漢字・仮名の別や仮名遣い、踊り字などは底本のままとし、表記は通行字体を用いた。「哥」「謌」は「歌」に統合した（一部例外あり）。「雲井」「くも井」の「井」は「ゐ」とした。

2．見消ち・墨線（墨滅）の他、傍記・補入・加筆訂正等は、極力底本のとおりに表した。ただし、見消ちの符号の位置は左傍に統一した。適宜注記によって示した場合もある。

3．私に清濁の別を施し、識語類には読点を打った。

4．底本は歌一首上下句二行書きだが、ここでは一行に組んだ。詞書は歌より二字下げに統一した。左注の類は三字下げとした。

5．歌頭に新編国歌大観番号を付した（六二二bは新編国歌大観になし）。

6．巻四（第三帖）に誤綴による錯簡が存しているが、これを本来の形に復元して歌を配列した。

7．右記2、6については、本論第二編第二章第三節「藤原雅有家集の成立」に著録した。

底本とした禁裏本の調査と翻印を御許可下さった国立歴史民俗博物館に深く感謝申し上げる。

〔翻印〕

隣女和歌集巻第二　自文永二年至同六年

春

歳内立春

一八七　めづらしきとしにもあるかなひとゝせにふたゝびはるのひかりみつれば

立春

一八八　いづくよりくる春なればあまのとのあくるもまたずかすみそむらん

一八九　あまのとのあけがたちかく鳴とりのこゑのうちにやはるはたつらん

一九〇　わがまちしはるやきぬらむあまのとのあくるもしるきとりの声かな

一九一　あらたまのとしたちかへるときなれやゆふつけどりのこゑぞきこゆる

一九二　あ（朱）たらしきとしのはじめとなにかいはんけふはよはひぞふりまさりける

一九三　はるのたつけふだにいまだくれなくにやがてもふかきあさがすみかな

正月二日あめのふり侍しかば

一九四　あたらしきとしはいくかもあらねどもふりぬるものはこのめはるさめ

初春

一九五　はるたちてけふみかのはらみわたせばいつしかかすむいづみがはかな

一九六　たにがはにうちいづるなみのをそければのきばのむめやはるのはつはな

一九七　しら（朱）雪のふりかくしてしむめのはなけさいろみえてはるはきにけり

雪中子日

一九八　よろづよを君にゆづれとひく松のはなさくまでにあはゆきぞふる

若菜

一九九　たがためのわかなゝればかかすがのゝゆきまをわけていそぎつむ《クルツデノミユ》らん

二〇〇　かつきゆるゆきまもしろし白妙のそでをつらねてわかなつむのは

二〇一　袖ぬるゝのべのゆきげのわすれ水いへぢわすれてつむわかなかな

二〇二　わかなつむのべのゆふ風なほさえてかへるたもとはゆきにぬれつゝ

野遊

二〇三　おもふどちむめさくのべにたづねきてはなみがてらのわかなをぞつむ

霞

二〇四　はるがすみたちにけらしなしがらきのとやまのあさひかげぞくもれる

二〇五　山風やさえずなりゆくころしもぞかすみの衣たちかさねける

二〇六　はる山のたにのとかげにわがをればかすみたなびきむもれたりけり

二〇七　いりあひのひゞく山辺をながむればいとゞをぐらのなにぞかすめる

二〇八　みわの山をしへしすぎはうづもれてかすみぞたてるはるのしるしに

二〇九　ふじのねのめづらしげなきけぶりかとみしはか《ソ》すみのはじめなりけり《ル》

二一〇　のどかなるたごのうらなみはるかけてたゝぬ日もなきあさがすみかな

二一一　うどはまにぬぎしをとめがあまつ袖おもかげたてるはるがすみかな

二一二　はるされぱかすみのそこにうづもれてそのなばかりやうきしまのまつ

二一三 はるがすみやへのしほぢのなみまよりみえしこじまもいづくなるらん

二一四 行家卿同 (朱) みわたせばあしやのおきのゆふなぎにかすみにうかぶあまのつりぶね

二一五 さだかなるゆめにはおとるうつゝかなかすむなにはのはるのゆふぐれ

あしやに侍しに、住吉にまかりてよめる

二一六 すみよしのきしよりみればあしのやのわがすむうらはかすみなりけり

うぐひすのなかざりければ

二一七 としのうちになきふるしてし鶯のはるてふなへにこゑもきこえぬ

うぐひすのうたのなかに

二一八 うぐひすはいづれのむめにうつろひてなれにしはなにをとづれもせぬ

二一九 はるさめにぬれつゝぞなくうぐひすのかさにぬれ《ふ》といふむめはさけども

二二〇 ゆふぐれはやまとやみえむうぐひすのまがきの竹にねぐらしむらん《なり》（九二七と同歌）

余寒

二二一 はるたちてつのぐみわたるあしのやもなをよな／＼の風ぞさむけき

二二二 春きてもやま風さむく猶さえてゆきげながらにかすみ《む》そらかな

残雪

二二三 たちさらぬ雲かとぞみるかづらきのたかまの山にのこるしらゆき

二二四 かづらきや山のかすみはとだへ《え》してゆふひうつろふみねのしら雪

二二五 まがひつるかすみも雪もいろ／＼にあらはれわたるあさぼらけかな

二二六 わび人のすむかくれがの山里ははるをしらせぬゆきのつれなさ

海のほとりの山に、雪の〻こりて侍をみて

二二七 山のは〻なをしらゆきのふりそひてなみぢばかりぞかすみそめぬる

正月ばかりにものへまかり侍みちにて、おとこ山をみやりて

二二八 神さびてとしたけにけるをとこ山かしらの雪はくろきすぢなし

おなじとき、道のほとりの竹をみ侍て

二二九 つもりけむゆきのふかさはきえはて〻のちさへしるきたけのしたをれ

摂津国よりまかりのぼりて

二三〇 たび衣ゆきうちはらひわけしかどみやこははるのけしき成けり

春雪欲消

二三一 あすからはわかなやつまむ春の日のうら〻にてらす野辺の白雪

春歌の中に

二三二 (朱)いはそ〻く山のしづくのこゐすなりみねのしらゆきとけやしぬらん

二三三 (朱)むめがえにか〻れるゆきのあさごほり花まちつけてきえばきえなん

二三四 むめがえにさくかとすればかつちりてにはにつもるやはるのあは雪

二三五 しもがれのまだいろかへぬふるさとにさきちる花やはるのあはゆき

二三六 いつしかとまたる〻はなのおもかげもちるはものうきはるのあはゆき

二三七 しら雪のふりしくやまか花ならばさけるさかざるえだはかへなん

二三八 はるきてもまだしもがれのさくらぎに花のぬれぎぬきするあは雪

二三九 さくらばなさきぬとみえしきさらぎのそらだのめして雪ぞなをふる

二四〇 たれかけふ花とみざらむきさらぎのそらもくもらでふれるあはゆき

谷春水

二四一 うぐひすのたにのといづるやすらひにまづをとづるゝゆきのした水

こやの池をみやりてよめる

二四二 春風にみぎはのこほりとけぬらしさゞなみよするこやのいけ水

(朱)焼野雉

二四三 やけのこるかた山はたのむらすゝきたのむかげとやきゞすなくらん

二四四 やけのこるかたのゝはらをわけ行ばそでふる草にきゞすなくなり

梅

二四五 しら雪のかゝれるえだのむめのはなかをとめてだにわかれざりけり

二四六 ふく風はいづくよりかはさそふらむのべにはみえぬむめ(ゆ)がゝぞする

二四七 むめのはなかをふきかくるはるかぜにさながらそでをまかせつるかな

二四八 見わたせばさとは霞にうづもれてそこはかとなく梅がゝぞする（小字一行書き行間補入）

二四九 はるの夜のつきはおぼろにかすめどもさやかにゝほふのきのむめがえ

二五〇 むばたまのやみこそあらめ月にさへいろもわかれぬむめのはなかな

二五一 月夜よしむめもさかりのいろなればたれとはなくてまたずしもあらず

梅の木のもとにて、月をみ侍て

二五二 月のもるむめのしづえにたちよればかげもにほひも身にうつりつゝ

梅の歌中に

二五三　むめがえにふるはる雨のしづくこそ花のちるかとあやまたれけれ
二五四　はるさめをかたいとにしてよりかくるはなだのいろのたまのをやなぎ
二五五　みる人のこゝろをふかくそむればやからくれなゐに梅はさくらん
二五六　くれなゐにゝほはざりせばむめの花けふふるゆきにいかでおらまし

梅のちるを見て

二五七　いとふべき風よりさきにかつちればをのれのみうきのきの梅枝
二五八　いにしへのためしもきかずはる風にかほれる雪ぞ袖にちる《り》くる
二五九　ちりぬとてなにかは花をわきていはん春の日かずもうつろひにけり

梅のちりてのちよめる

二六〇　むめ(朱)のはなちりぬるのちのこのもとはうぐひすさへぞをとづれもせぬ

柳漸低

二六一　みどりこがふりわけがみのあさみだれまだうちはへぬあをやぎのいと

柳歌中に

二六二　行家卿同　さほひめのかざしのたまかあをやぎのうちたれがみにかゝるしら露
二六三　むめはちりさくらはおそきこのほどはながめにかく《か》るあをやぎのいと
二六四　ぬきとむるはなはなけれどむめがえにみだれてかゝるあをやぎのいと
二六五　河ぎしになびくやなぎのかげみればそこのたまもぞなみにみだるゝ
二六六　たちこむるかすみのそでのほころびにみだれてみゆるあをやぎのいと
二六七　さほひめのたつやかすみのうす衣はつるゝいとかみねのあをやぎ

二六八　春風はのどかにふきぬあさみどりかすみになびくあをやぎのいと

二六九　あさみどりかすみのうちにかげろふのあるかなきかのあをやぎのいと

二七〇　はるさめのよにふることはくるしとやゝなぎのいとのむすぼゝるらん

水無瀬殿の柳をみ侍て

二七一　みなせがはあれにしみやをきてみればくちきのやなぎはるめきにけり

路辺柳

二七二　わがごとく人やおりけむみちのべのひともとやなぎ枝ぞさびしき

春雨

二七三　はるさめに《の》ふるともみえぬゆふぐれにあや《かすみに》しくおつるのきのたま水

二七四　むめがゝのうつろふそでもうちしめりうたゝあるさまのはるのよの雨

二七五　やよひまでさきをくれぬるさくらぎの花をすゝむるはるさめぞふる

二七六　人とはぬむぐらのやどにわびつゝもわが身よにふるはるさめのころ

二七七　みかさ山よそなるそではゝるさめのよにふりはてゝぬれぬ日ぞなき

閑居春雨

二七八　むめもちりうぐひすさへにをとたゆるやどはながめのうちぞさびしき

帰雁

二七九　あまのはらかすみのうちにねをたえてたがさそふとかかりのいぬらん

二八〇　はるごとにかへるもつらしかりがねのなかしかよひぢかすみへだてよ

二八一　しのゝめのかすみのころもたちかへる袖のわかれにかりもなくなり

二八二　さくらさく山のおのへをかつこえてわかれもゆくかはるのかりがね

二八三　あふさかのとりよりさきにかへるかりをのれなきてやたち○《わ》かへるらん

二八四　かへるかりつれなくみゆるありあけの月をのこしてかすむ山本

二八五　このさとの秋にてしりぬこしぢにははつかりがねとはるといふらん

かまくらへまかりくだらんと思ひたち侍ころ、かりのこゑをきゝて

二八六　行家卿同　ふるさとにわれもことしはかへるかりあづまこしぢのみちはかはれど

かりのこゑをきゝて、こしなる人をおもひいでゝ

二八七　(朱)かへるかり秋風ふかばわかれにしわがひとつらをさそひてもこよ

こしよりまうできたる人の、かへり侍しかば

二八八　かりがねにあらぬものから春たてばもとのこしぢにかへりゆくらん

(朱)遠所にまかりて心ならずひさしう侍て、帰雁をきゝて

二八九　ふるさとにかりかへるなりこのはるは我もともにとおもひしものを

二九〇　ふるさとにいかなるかりのかへるらんおもはぬかたにわれぞとしふる

二九一　はるきてもわれはかへらぬなげきすと雲ゐのかりよいもにつげこせ

ものへまかりて、月をみ侍て

二九二　ゆふづくよ竹のしたみちすぎ行ば葉わけのかげぞ袖にかすめる

春月

二九三　このまだに心づくしの山のはのかすみよりもるゆふづくよかな

二九四　しもがれのまだ色かえ《へ》ぬ木の間にもなをはれがたきはるのよの月

二九五　はるがすみおぼつかなしやをぐら山まつの木ずゑにうつる月かげ
二九六　はるの夜の月はをぐらの山ながらかはをときよきかめのをの滝
二九七　かねのをとはかすみのそこにとだえしてゆきにかげそふみねの月かげ
　　月をみて
二九八　むかしわがおもひしまゝにつのくにのなにはの春の月をみるかな
二九九　あけぬるかかすみのうちにかげたえてあるかなきかのやまのはの月
　　山家春曙
三〇〇　あけぬるかしばのかこひのひまみえてかすみにのこる山のはの月
　　花
三〇一　さきやらぬはなまつころはいたづらにゆきてはきぬる春のやまもと
三〇二　(朱)きのふだにさきぬとみえし山ざくらけさゝへいかになをまたるらん
三〇三　さきさかずかつとふべきをやまざくらたづぬるみちにあふ人ぞなき
三〇四　(朱)さきさかずよそにてもみむはるがすみはなのあたりをよきてたゝなん
　　桜をうへをきて、ものへまかり侍とて
三〇五　行家卿同　うへをきしわかぎのさくらさきそめばつげよわがせこみにかへりこん
　　花歌中に
三〇六　このまよりひれふる袖とみえつるはけさゝきそむる花のひと枝
三〇七　(朱)をそくときさくらをやどにあまたうへてはなのさかりのひかずをぞみる
　　花のかたはらのきに、うぐひすの鳴を

三〇八　さかりなるはなには風をあてじとやわれとよそなるうぐひすのこゑ

花歌中に

三〇九　花をみるはるの日かげのゆふかづらながしとたれかかけておもはむ

三一〇　さくらぎに枝ぬきみだるあをやぎのいとははなだの色にぞ有ける

三一一　夜のほどにはなやさくらんあさぼらけかすみのうちにかゝるしら雲

三一二　たよりにもあらぬのもせにゐる雲のゆくかたなきやさくらなるらん

三一三　いろかよふたかねのくものいつはりをこりずもはなと又ながめつる

三一四　まがへずはたづねざらましたのめつゝまてばや雲をはなとみつらん

三一五　たちかくす霞やなぞとあしがきのよしのゝはなをみるよしもがな

三一六　(朱)人しれぬ花やさくらむはるがすみたなびく山にうぐひすのなく

三一七　さくらさくあしやのさとのうすがすみそらさへ花の色にみゆらん

三一八　かすみしくあしやのさとのはなざかりうら山かけて人にみせばや

三一九　はるさめのしづくの露のあさじめりいろなつかしき山ざくらかな

三二〇　あさがすみたちまふ山のはるさめにさきすさみぬるみねのさくらぎ

三二一　はるさめにぬるともゆかむしめゆひし山のさくらはちりもこそすれ

三二二　(朱)このあめにさきだつはなはちりぬともをくれし枝はさかりなるらん

三二三　はるさめにしほるゝはなをあはれとやさくらが枝にうぐひすのなく

三二四　月きよみさ夜ふけがたにたちいでゝはなのこかげにたちぞやすらふ

三二五　花にほふやよひのそらのうすぐもりかすめる月にあくがれぞゆく

月夜にはなをたづね侍て

三二六 山ざとのはなみにゆくと月かげにわけいるそではさよふかき露

よしの山の花おもしろきよし、人の申侍をきゝて

三二七 をとにきくよしのゝ山のさくらばなこのはるゆきておもひいでにみん

花歌中に

三二八 春ごとにあくがれいでゝみしかどもかゝるところの花はなかりき

三二九 としをへてみやこのはなもみしかどもこの山ざとにゝるはなぞなき

三三〇 行家卿同 いまさらにたれかとはむとおもへどもなをたのまるゝはなざかりかな

三三一 とはれぬもうき身をしればうらみぬをかこつかたなるはなざかりかな

三三二 さくらばなにほふころだに人もこずちりなんのちにたれをまたまし

三三三 とはれぬも身にはうらみずおほかたははなをたづぬる人もなきかな

三三四 わがやどのはなのおもはむこともうくほかのさくらにめかれやはせん

三三五 かぎりなきおもひのまゝにたをるとも人なとがめそ花のやまもと

三三六 かつみてもあかぬこゝろにおりつればはなのためこそ色なかりけれ

三三七 さくらばなまつもおしむもくるしきにこりぬこゝろをあはれとやみぬ

三三八 さくらばなあすよりのちはしらねども心のどかにけふはみるかな

三三九 よの中はさてもやうきとさくらばなちらぬ春にもあひみてしかな

三四〇 ちるはをしにほひはまさるかず／＼におもひおもはぬはなのした風

三四一 さくらばなかつみながらに恋しきはちりなむのちをおもふなりけり

三四二　かつみつゝかねてこひしきなごりかなちることやすきはなとおもへば

春禁中

三四三　藤亜相　もゝしきやおほうちやまのさくら花むかしかざしゝはるぞわすれぬ

花下遇友

三四四　ふるさとのおいきのさくら《ニニホフサクラヲ》みにこずはむかしの《ニ》人にいかであはまし

朝夕に奉公し侍しに、労によりてこもりゐて

三四五　ことしげきよにもつかへてこのはるは心のどかにはなをみるかな

一両年在京ながら、或所労或服にて出仕におよばず侍て

三四六　いひしらぬ身のつらさかなよそにだに雲ゐのさくらみてやゝみなん

あづまの故宅にひとりかへりすみ侍て

三四七　いにしへも人はとひこずわぎもことみてなぐさみしはなはさきつゝ

閑居花

三四八　さしこもるむぐらのかどもあけぬべし人だのめなるはなざかりかな

惜花

三四九　いまよりは人もとひこじさくら花ちるはなごりのおしきのみかは

落花随風

三五〇　をぐら山ふきこす風のつてにこそあなたおもての花はみえける

風前花

三五一　けさよりは《イマハトテ》こゝろづからもちる花にうたてふきそふはるの山風

三五二　山たかみ雲ゐをわたるはる風にみだるゝ花のゆくへしらずも

落花

三五三　かねてだにあらましごとのうかりしはさはこの風よはなちらすめり

三五四　われからもうつろふはなの風ふけばかごとをかけてちる桜かな

三五五　はるさめに庭ゆくみづのさゝらなみまなくながるゝはなのうたかた

三五六　ぬれ〳〵もきのふみましをはるさめのはるゝまつまに花ぞちりぬる

三五七　春の色ははやくうつりぬよしのがはいはきりとほるはなのしらなみ

三五八　なにゝかはかごともかけむかねてより風にさきだつはるのしらなみ

三五九　あしの屋のをかべのさくら風ふけばおよばぬなみの花さへぞちる

三六〇　ときならぬみぞれとぞみるはるさめにふりそはりぬる花のしらゆき

三六一　にはのおもにまなくふりしくあはゆきのきえぬものからなみにたつらん

三六二　さくらばなちるこのもとにたちよればそでこそぬ[れ](墨汚)ね雪はふりつゝ

三六三　さくらさく[こ](墨汚)ずゑのくもはかつきえてふりまさりゆくにはのしらゆき

はなのちるおり雁のかへるをかける屏風の絵をみて、よみ侍し

三六四　はなもねにいまかへるとやふるさとの雲ぢにむかふはるのかりがね

花前無常

三六五　ゆめのよをあはれとみつゝながむればいやはかなにもちるさくらかな

三六六　つねならぬならひもかなしさけばかつちりゆくはなのあはれよの中

落花歌中に

三六七　よの中のうきかず〳〵にちるはなのなげきをさへもそふるはるかな

ものへまかるみちにて

三六八　なはしろのあぜのなかみちすぎ行ばひぐれさびしくかはづなくなり

藤

三六九　うつろはぬまつにかよへるいろとてやときはのもりにかゝるふぢなみ

三七〇　さきかゝるこずゑのふぢのいろながらおなじときはのまつにやはあらぬ

三七一　まつにのみ枝をつらぬるちぎりもてなどかはふぢのあだにうつろふ（一八六三と同歌か）

三七二　（藤亜相）いけみづにはるのなごりはかげとめつみぎはのふぢのはなのしがらみ

春日社の御前の藤をみ侍て

三七三　かすが山ふぢのかたえのはなさかでとしふるとだに神はしらずや

暮春

三七四　あはれてふことをのこさで花をさへさそひていぬる春にもあるかな

三七五　つねよりもひかずくはゝることしだにやすくすぎぬるはるにもあるかな

三月尽

三七六　きのふだになげきしものをはるの日のけふばかりなるいりあひのかね

閏月ある春のすゑに、ほとゝぎすのなくをきゝて《侍》

三七七　よ《ツ》の《ネ》つ《ノ》ね《ヨ》のう月になれてほとゝぎすかずそふはるにまだきなくらん

三七八　なつだにもめづらしときくはつ声を春よりもらすほとゝぎすかな

夏

三七九　首夏
＼さきあへぬかきねなれどもうのはなのなにおふ月ははやたちにけり

三八〇　卯月に鶯をきゝて
＼ちりのこるさくらとやみるうのはなのさけるかきねにうぐひすのなく

三八一　卯花
神まつるもりのゆふしでいろそへてさきまがへぬる野辺のうのはな

三八二　うのはなのかきほの月よかげきよみやみもあやなきにはのかよひぢ

三八三　葵
いのるぞよそのかみやまのみづがきのひさしきみよにあふひあれとは

三八四　賀茂祭日よみ侍し
よのつねのとしにあひ《ふ》のくさならばよそにみあれのかざしならじを

三八五　神まつり
＼（朱）たがさとにかみまつるらん昨日今日さかきばとりてかへる山人

三八六　ほとゝぎすを待侍て
いたづらに花たちばなはちりにけり山ほとゝぎすまつとせしまに

三八七　郭公歌中に
＼（朱）わがそのゝあふちのはなのちらぬまに山ほとゝぎすきつゝなかなん

三八八　＼ほとゝぎすいつもかはらぬふるごゑとおもひすてゝもなをぞまたるゝ

三八九　＼あしのやはうきふししげきさとなれば《ゃ》山ほとゝぎすねをたえてこぬ

人の郭公聞侍よし申侍れば

三九〇　まちわぶる我よりさきにほとゝぎすねたくも人にきかれぬるかな

郭公歌中に

三九一　めづらしきはつねなれども人づてにきけばふりぬるほとゝぎすかな

三九二　いざよひの月・《と》ともにも山のはをまたれていづるほとゝぎすかな

三九三　なごりをばこゝろにとめて郭公いづくのくものよそにすぐらん

三九四　ほとゝぎすさ夜ふけがたの一こゑはまどろまねどもおどろかれけり

三九五　きゝもせずきかぬにもあらずほとゝぎすとをきくもぢのさよの一こゑ

三九六　われぞまづなきはじめぬるほとゝぎすものおもふやどのさよのひとこゑ

三九七　ほとゝぎすさ月まつまのしのびねを夜ぶかくおきてひとりきくかな

三九八　なきぬ(朱)なりさ夜ふけがたのほとゝぎすおなじねざめにたれかきくらん

三九九　よひながらあけぬる月のほのかにもあかぬねになくほとゝぎすかな

四〇〇　ありあけの月まちいづるたかねよりをくれてすぐるほとゝぎすかな

四〇一　わがやどのはなたちばなやにほふらん窓ちかくなくほとゝぎすかな

賀茂社にまうでゝ侍しとき、郭公をきゝ侍て

四〇二　神山のみねよりいでゝほとゝぎすたゞすのもりのかたになくなり

はこねをとほり侍とて

四〇三　はこね山くものうへなるすぎがえにあまたこゑするほとゝぎすかな

たごのうらにて

四〇四　たごの浦のなみかたかけてふじのねの雲になきいるほとゝぎすかな

嵯峨にかへりまうできて侍しに

四〇五　かへりすむをぐらのやまのほとゝぎすこぞかたらひしわれをわするな

夢後郭公

四〇六　あふとみてさめぬるゆめのつれなさにかへてうれしきほとゝぎすかな

郭公歌中に

四〇七　しでの山こえてくるなるほとゝぎすわがおもふ人のゆくへかたらへ

四〇八　なにごとをいかで《に》なげきてほとゝぎすものおもふやどをなきてすぐらん

四〇九　たちばなは花こそちらめほとゝぎすなどことゝひしねさへかれぬる

五月五日よめる

四一〇　あやめぐさまどほ○《に》ふける宿なれどこゑもりこぬほとゝぎすかな

四一一　たまかくるさ月のけふのなつ衣もはなのたもとにかへりぬるかな

四一二　あしのやのあしのやへぶきふきそへてのきばひまなきあやめ草かな

早苗

四一三　よそながらみるさへくるし五月きておりたつたごのいとまなの身や

五月雨

四一四　さみだれにはやなりにけりさきそめしはなたちばなにながめせしまに

四一五　けふいくか露もしづくももる山のしたくさくつるさみだれのころ

四一六　おちまさるたきのしらいとをりはへてふるさみだれは日かずへにけり

四一七　さゞなみやあれたる《ニシ》みやこうらさびていとゞふりぬるさみだれのころ

四一八　はつせ山ひばらもみえずさみだれの雲のそこなるいりあひのかね

蟬

四一九　さみだれの雲ゐるみねのこのまよりほのかにもらすせみのはつこゑ

盧橘

四二〇　ねやちかき花たちばなのにほひきてわがそでのかの名をぞたてぬる

四二一　おもひいでゝたれしのべとはなけれどもわが袖ふれんのきのたちばな

夏夕月

四二二　ほとゝぎすなく一こゑにあくるよをなをのこしても月ぞかくるゝ

夏月

四二三　しほ風のすゞしきいそのまつかげにまさごかたしき月をみるかな

四二四　みなとえのあしのしげみをわけわびて月のみふねもさはるころかな

照射

四二五　かり人のいるのにたてるならしばのなれていくよのともしつらん

蛍

四二六　よはの月をよばぬたにのこがくれにみゆるひか《光ミユルヤ》りはほたるなりけり《ナルラム》

四二七　さ夜ふけてあしやのさとをみわたせばたのもはるかにとぶほたるかな

四二八　やゝしげるさつきのいけのうき草のうきておもひにとぶほたるかな

四二九　むらさめの露けきはなのゆふがほにひかりそへてもゆくほたるかな

夏草

四三〇　ふみわけてさらにやゆかむたまぼこのみちもなきまでしげる夏草

蚊遣火

四三一　ゆふがほの花さきかゝるあづまやのまやのあまりにたつるかやり火

夕立

四三二　ゆふだちのそらもとゞろになる神のこゑするかたにむかふあま雲

四三三　日はくれぬとおもへばくものをぐら山みねよりいづる《すぐる》ゆふだちのあめ

松陰納涼

四三四　おきつ風すゞしきいそのまつがねにころもかたしき日をくらすかな

あふさかにて

四三五　あふさかのすぎのこかげにこまとめてすゞしくむすぶはしり井の水

(朱)山家晩涼

四三六　あめそゝくそとものましば風すぎてなつをわするゝ山のゆふかげ

晩夏

四三七　ひぐらしのなくゆふぐれにふく風のをとにぞあきはちかづきにける

六月祓

四三八　あさのはのゆふしでながるこのかはのみなかみにたれみそぎしつらん

四三九　恋せじとちかはぬ人もけふごとにみたらしがはにみそぎをぞする

みな月のつごもりの夜読侍し

四四〇　夏秋もおもひさだめぬさよなかに風ふきわくるにはのおぎはら
四四一　なつあきのゆきあふそらをかぞふればとしのなかばゝこよひなりけり
四四二　さ夜なかに《と》よはふけにけり夏はてゝあきこそいまはたちかはるらし

秋

立秋

四四三　久方のあまのかはなみあきたちぬけさよりいかにしづ心なき

初秋

四四四　なみだゞにおきどころなき我袖に又露そへて秋はきにけり
四四五　いまよりの風のけしきをいかゞせんきのふけふだにまづぞかなしき

秋風

四四六　あき風のさむきゆふべはなにごとをおもふとなしに涙おちけり
四四七　ふきすぐるゆふべの風やさそふらん露もなみだもとまらざりけり
四四八　このゆふべむらさめふりてわがゝどのいな葉をわたるかぜのすゞしさ
四四九　おぎのをとによひのうたゝね夢さめて涙こぼるゝ袖のあき風
四五〇　秋風の身にしむからによのなかのいまさらなどかかなしかるらん

七夕

四五一　あまのがは月のみふねはいでにけりたなばたつめやいまわたるらし
四五二　あまのがはとわたるくものあきのそでちよをひとよにかさねてしかな

七月七日、雨のふり侍を

四五三　＼かきくもりけふゝるあめはたなばたのくれまちわぶる涙なるらし
同日、人のもとへ申侍
四五四　＼わが恋はかたのゆくなるあまのがはけふまちえてもわたるせもなし
かぢのはを
四五五　＼あまのがはあふせのふねのわたしもりはやいそぎとれけふのかぢのは
八日朝、人のもとより帰侍てよめる
四五六　＼けさはわが身にしられてもかなしきはたなばたつめのわかれなりけり
故宮萩
四五七　露わけておのへのみやをきてみればいまはのらなるあきはぎのはな
草花露
四五八　はれあがるきりのなごりに露おちておるそでぬるゝ秋はぎのはな
野にまかりて、をみなへしをおりて
四五九　をみなへし花にこゝろのうつろはゞあやなくのべにけふやくらさん
四六〇　＼をみなへしおりてかへらばおなじのにすむらんしかやつまごひにせん
ものへまかりて
四六一　山ざとにわがうへをきしをみなへしあやなくちるなかへりゆくまで
草花歌中に
四六二　＼うすくこきち草のはなのうつろへば花ぞかへりて露をそめける
四六三　そめいだす野べのにしきのいろ〳〵にかへりてうつる秋のしら露

四六四　秋の露たがたまくらにむすぶらんいるの丶すゝきほにいでにけり

四六五　あしやにすみ侍しころ、ほにいでたる田をみて
浦ちかきまつをふきこすしほ風にたのもさへにぞなみはたちける

露

四六六　こゝろなきくさばゝなにをおもふらんわが衣でににたる露かな

虫

四六七　わがやどのおぎふきま《す》さる《む》秋《タ》風にしのびあまれるむしのこゑかな（下句小字下欄補入）
四六八　くれゆけばおぎふきまさるあき風にこゑうちそふるにはの松むし（上句小字行間補入）
四六九　月みつゝものおもふやどのあさぢふになく松むしのまつ人はこず
四七〇　きり〳〵すをのがなみだかよもすがらこゑする草にきえかへる露
四七一　きり〳〵すなくのゝあさぢ色づきぬなみだの露やよさむなるらん
四七二　あき（朱）をへばのべとやならむ虫のねもかつ〳〵しげき草のひとむら
四七三　いろかはるはぎのしたばの露さむみひとりやむしのいねがてに鳴
四七四　のもやまもいろづきそむる秋風の身にさむき夜はむしもわぶなり

鹿

四七五　をみなへしおほかる野辺にたつしかのな○《に》をあかずとつまをこふらん
四七六　さをしかのしがらむのべのまはぎ原花をばのこせ露はちるとも
四七七　わがゝどのわさだかるまであしびきの山たちいでぬさをしかのこゑ
四七八　やま○《だ》もるとまやにかこふならしばのなるゝをいとふさをしかのこゑ

月

四七九 かぜそよぐのきばのおぎのほのかにも露にかげそふ秋の三日月

四八〇 まだいでぬこよひの月のさやけさもかねてしらるゝゆふひかげかな

四八一 そらはれて山のはのこるゆふぎりにたちはなれたる月のさやけさ

四八二 さをしかのつまどふやまの松のはに月はうつりてよぞふけにける

四八三 いつはりのなにこそあ《り》けれをぐら山くもりなきよの月はさやけし

四八四 わすれずよまたゆきてみむ大井がはたまちるせゞにさえし月かげ

四八五 おもひきやとしふるさとをすみかへてことしみやこの月をみむとは

船にのりて読侍し

四八六 いり江よりふねこぎいでゝあしのやのうらのみなとの月をみるかな

月前眺望

四八七 あし《のや》のうらぢをゆけばすみよしのまつさへみゆる月のさやけさ

月歌中に

四八八 月のすむあしやのたつみきりはれて夜さへみゆるすみよしのまつ

四八九 月もなをすみよしとてやよとゝもにいりえのみづにかげやどすらん

四九〇 まつの《ヒ》がえに月のしらゆふかけてなを神さびまさるすみよしのうら

八月十五夜読侍し

四九一 なにはがた秋のもなかの玉がしはあらはにみゆるなみのうへかな

四九二 なにはえやしほのさしくる浪のうへにやどる月さへかげぞみちぬる

同夜にあかしにまかりて侍しに、くもりて侍しかば

四九三　＼まちえたるこよひの月はくもれどもあかしのうらの名にぞなぐさむ

ふくるほどに、はれて侍しかば

四九四　よひのまにくもらざりせば月影のかくばかりやはうれしからまし

四九五　こゝろある人こそなけれあきのよの月もなだかきうらのとまりに

四九六　むかしよりおもひしことはこれぞこのこよひの月をあかしにてみる

船にのりて読侍し

四九七　あかしがたおきにこぎいでゝ月みるをつりするあまの名をやたつらん

四九八　＼あ（朱）かしがたきよき月よにこぎゆけばあはぢのしまにちどりともよぶ

いさりびをみて

四九九　くまもなきあかしのおきの月かげにひかりそへたるあまのいさり火

暁がたに、すまへこぎかへり侍しに

五〇〇　＼いける身のおもひいでなれやあかしより月にこぎゆくすまのうらなみ

かへりてのち月をみ侍て

五〇一　月みればまづぞこひしきよとゝもにながめあかしのなみのかよひぢ

九月十三夜、入道前大納言為家々の会に題をさぐりて、月前橋

五〇二　＼あかでのみあくるもつらしかづらきやくめぢのはしの秋のよの月

月前海

五〇三　＼みくまのゝうらよりをちの秋風にきりのよそなる月をみるかな

月前薄

五〇四　さをしかのいるのゝおばなてる月のたびねのとこや露のたまくら

月前葛

五〇五　ふきかへすまくずがはらのあき風に月にうらみてしかもなくなり

月前顕恋

五〇六　せきかぬるなみだの露にやどりきて人にしらるゝそでの月かげ（六二二に再出）

月前逢恋

五〇七　わくらばにあふとみるよの月だにもあかぬなみだにかきくらしつゝ（六二九と同歌）

月の歌中に

五〇八　おいとなるうさをばしらでこの秋も月みるよはぞみにつもりぬる
五〇九　わがそでに露ぞをくなる月みつゝものおもふまによやふけぬらん
五一〇　あはれいかに人まつやどにうらむらん秋風さむく月ぞふけゆく
五一一　月かげのふけゆくまでにひとりゐてちゞにものおもふ袖の露かな
五一二　ふるさとののきのいたぶきつまくちてしのぶをわくる月のさびしさ
五一三　ふるさとはのきもる月の影のみぞむかしのあきにかはらざりける
五一四　うたゝねの袖ふきかへす秋風にゆめぢたがへて月をみるかな
五一五　ふくるまでながめざりせばよひのまにくもりしまゝの月にやあらまし
五一六　かどたなるしぎのはをとにねざめしてかたぶく月にものおもふかな
五一七　秋風にものおもひをればはまゝつのこずゑをいづるいざよひの月

五一八 あきかぜに雲のたなびく山のはをいざよひのぼるありあけの月
五一九 浦さぶるまつの秋風さよふけてくもがくれゆくありあけの月

駒迎

五二〇 あけぬるかゆめもいくたびさめかへりねざめのゝちもながきよの月
五二一 あづまより秋はみやこのくもゐまでたなびきのぼるきりはらのこま

秋歌中に

五二二 秋はぎの花ちるまでにひさかたのくもゐのかりのをとづれもせぬ
五二三 萩もちりわさだのをしねかりすぎぬいつか雲ゐのかりはきなかん

初雁

五二四 あきかぜのさむくふきにしゆふべよりかどたのおもにかりはきにけり
五二五 きりふかきくもぢやまよふわがゝどのわさだにおつるはつかりのこゑ
五二六 から衣つまふく秋のゆふかぜにうらめづらしきかりのはきにけり
五二七 きりたちてあさぐもりする秋山のみねとびこえてかりはきにけり
五二八 野も山もいろづきぬらしきりたちてさむきあさけにかりはきにけり
五二九 いづくよりけふゆきくれて秋のよの月のみやこにかりのきぬらん

和琴を弾侍しとき、雁のすぎ侍しかば

五三〇 秋風にこゑをまがへてひくことのことぢにゝたるかりのつらかな

鴫

五三一 やまだもる秋のかりいほのいなむしろしぎのはをとにゆめもむすばず

霧

五三二　ほどちかくさきだつ人のこゑはしてそのあとみえぬ山のゆふぎり

山路霧

五三三　これやこのやみのうつゝのうつの山きりにわけいるつたの下みち

さがにすみ侍しころ

五三四　あさといでにをぐらの山をながむればきりたつそらのなにこそ有けれ

むこ山のきりをみて

五三五　うら風にとやまはみえ《はれ》てをく山のまきたつみねにのこるゆふぎり

秋歌中に

五三六　なべてよの野やまのくさきはなもはも秋のさかりとみゆるいろかな

五三七　あきされはものおもふ人のいかならんわがそでだにもほすひまもなし

五三八　さびしさは山ざとからとおもひしにみやこの秋もなみだおちけり

五三九　(朱)をぐら山おのへふきこすあきかぜにまつよりつたふいりあひのかね

五四〇　うらぢまであきの山おろしさそひきぬのでらのかねのいりあひのこゑ

五四一　やどちかしいくたのもりのいくたびもとはむとぞおもふ秋のかぎりは

五四二　なみよする秋のしほ風よをさむみいりえのかたにちどりなくなり

五四三　(朱)ゆふぎりのはるゝとだえにながむればいり日にほへるあはぢしま山

ながづき

五四四　かぜさむみよをなが月になりにけりいまよりいかにねざめせられん

九日、人のもとに申つかはし侍し
五四五 もろともにけふはつむべきしら菊のはなれてよそにそでぞ露けき
菊
五四六 おる人もおいせぬきくにをく露のたまのおながきかざしとぞみる
擣衣
五四七 みやこにはまだいりたゝぬ秋風のをとはのさとにころもうつなり
遠村擣衣
五四八 このさとはひとりある人のやどならしなべてよりまづうつころもかな
五四九 ほのかにもころもうつなるこゑすなりたが山ざとのねざめなるらん
秋時雨
五五〇 かりがねのきこゆるそらのゆふしぐれなみだながらやこのはそむらん
紅葉
五五一 きのふけふ秋風さむくあめふれば山のこのはやいろかはるらん
五五二 このあさけはつしもふりてしかのたつとやまのはゝそいろづきにけり
五五三 しら露となにはたてどもをくからに秋のくさきのもみぢしぬらん
五五四 ゆふひさすくものはたてのからにしきたつたのみねはもみぢしにけり
五五五 みねはるゝきりのなごりに露をちてゆふひいろづく山のもみぢば
秋歌中に
五五六 もみぢばをさそふあらしにねをたえて露のそこなるにはのまつむし

暮秋霜

五五七 たづぬべきゆくへもしらず草のはらしもにあとなく秋はいぬめり

九月尽

五五八 なが月もけふくれなゐのからにしきもみぢのかげはたちもさられず

同日、あす京へ出侍らんとて、さがり《の》宿所にて読侍し

五五九 たちかへり秋もろともにわがいなばこのやまざとぞ人めかれなん

冬

初冬

五六〇 神な月けさはことなるけしきかなきのふもふりし時雨なれども

時雨

五六一 とふ人はかれぬるにはのふゆくさにをとづれかゝ《は》るむらしぐれかな

旅宿時雨

五六二 まさきちるみねのむら雲たちまよひをとふりそふるゆふしぐれかな

五六三 かりねするさゝのまろやにもるしぐれなみだのほかに又しぼれとや

十月一日、入道前大納言為家卿家にて題をさぐりて読侍し歌の中に、冬落葉

五六四 まがひつるたかねの雲はそらはれてしぐれをのこす山のもみぢば（五七〇に再出）

冬暁

五六五 さゝのはゝしもをかさねてさやぐなりみやまの月のありあけのかげ（五九九と同歌）

冬山

五六六 ふりつもるゆきのしたしばうちなびきさびしさまさる冬の山かぜ（五九一と同歌）

（朱）冬田

五六七 秋はつるかりたのとまやあれはてゝこゝろのまゝにもるしぐれかな

冬夢

五六八 たえずするしぐれのをとにねざめして冬のよさへのゆめぞみじかき

落葉歌中に

五六九 しぐれだにひまなきものを神無月ふりそはりぬるやまのもみぢば

五七〇 再出 まがひつるたかねの雲はそらはれてしぐれをのこす山のもみぢば（五六四に既出）

五七一 なにしおはゞあらしの山のもみぢばやほかよりさきにちりはじむらん

五七二 もみぢちるこずゑは冬の風さびてにはにとまれる秋のいろかな

霜

五七三 こまなめてあさふむのちのをがやはらかれはのしもにかぜさやぐなり

閑庭霰

五七四 にはのおもはふるやあられのたまさかにふみわけてとふあとだにもなし

霰歌中に

五七五 そらさゆるありあけの月はありながらむら雲みだれちるあられかな

野寒草

五七六 むしのねもはなのいろ／＼かれはてゝみしにもあらぬのべのさびしさ

寒蘆

五七七 かぜさゆるいけのみぎはゝつらゝゐてひとりなみよるあしのむらたち

千鳥

五七八 うら風の(朱)ふきあげのまさごかたよりになくねみだるゝさよちどりかな

五七九 浦風につきふけゆけばあしのやのわがすむかたにちどりなくなり

五八〇 すみよしのまつのこずゑをこす浪《は歟》のいりえにかよふちどりなりけり

五八一 なには《江》より《や》こほるしもよのあしまよりたちゐるなみはちどりなくなり

五八二 うらづたふゆふなみちどりたちまよひやそしまかけて月になくなり

五八三 あかしがたしほかぜさむく月さえてしまがくれなくさよ千どりかな

五八四 さほがはのみぎはのこほりふみならしつまよびまどふさよちどりかな

氷

五八五 おほ井がはあらしの山のさむければふもとのみぎはまづこほりけり

なるみがたをすぎ侍しに、ひがた《がた（「ひがた」の本行の「かた」は判読不能の下の字に上書）》にこほりのひまなく侍しかば

五八六 なるみがたしほひのみちをあけ行ばなみのなごりぞまづこほりける

雪

五八七 このさともうら風さむし雲かゝるかづらき山はゆきげなるらし

五八八 くもかゝるみねのまつ風をとさえてさむきゆふべにあは雪ぞふる

五八九 さえくらすしぐれのあめやこほるらんかつみるまゝにゆきに成ぬる

五九〇 あまのとはなを雲くらきしのゝめの山の葉しら《ろ》み《く》つもるはつ雪

五九一 ふりつもるゆきのしたしばうちなびきさびしさまさる冬の山かぜ（五六六と同歌）

五九二 冬さればいづくもゆきのしらやまをこしぢにのみとおもひけるかな

たかき山に雪のしろく侍をとひ侍しに、きそのたけと申侍しかば

五九三 ゆきしろきかたやいづくとことゝへばきそぢの山と人はいひけり《フナ》

海辺雪

五九四 しらゆきのふりしくときはをしなべてなみまともなきあはぢしま山

冬月

五九五 月かげはふけぬともねじわが袖にをけらむしもはうちはらひなん

五九六 冬のよのあか月までにつきみるとわがをるそでにしもはおきつゝ

五九七 ひろさはのいけのこほりにかげさえてともかゞみともみゆる月かな

旅宿冬月

五九八 草枕(朱)しもをかたしくそでのうへにまたかげこほる月のさむけさ

冬暁月

五九九 さゝのはゝしもをかさねてさやぐなりみやまの月のありあけのかげ（五六五と同歌）

六〇〇 しもこほるにはの冬くさうちなびき有明の月にあらしふく也（小字一行書き行間補入）

月をみ侍しおり、ゆきのふるをみて

六〇一 くもるとていとひもはてぬ雲まより月はあり明にゆきぞかつちる

神楽

六〇二 いまもなを神代の風やかよふらんあづまのことのあさくらのこゑ

六〇三 あめのしたみちあるときぞおなじくはかみよにかへす《せ》あさくらのこゑ

六〇四　神代よりいろもかはらでみや人のかざしにさせるわかざくらかな

歳暮雪

六〇五　くれゆけばとしこそつもれけふまではわが身のよそにふれるしらゆき

老後歳暮

六〇六　ながれゆくとしのとまりをたづぬればおいのなみよるわが身なりけり

歳暮歌中に

六〇七　さだめなきならひとしればおいがよにおよばぬ身にもおしきとしかな

六〇八　ふたとせといへばひさしきなのみしてけふとあすとは程なかりけり

恋

初恋

六〇九　しのぶ山わがまだしらぬみちなればふみそむるよりくるしかりけり

六一〇　しのぶ山これよりおくのいかならんふみそむるよりかつまよひゆく

六一一　しのぶ山たがしるべよりふみそめてわが身ひとつにみちまよふらん

見恋

六一二　あさりするあまならぬ身のみるめゆへあさゆふそでになみをかくらん

六一三　かぜふけばあしやのなみにうく草のなをだに人のなをたえねとや

忍恋

六一四　(朱)ときは山いろこそみえね下くさのしたばの露はかはくまもなし

六一五　したもえのわがたぐひこそなかりけれしのぶのうらもけぶりたつなり

六一六 冬河のこほりをくゞるいはなみのしたむせぶとも人はしらじな

六一七 あひみてののちの《ヒ》はたつなもおしからずまだきいろにはいでじとぞ思ふ

六一八 しのびつゝとしのへぬればわれながら心づよしと身をおもふかな

契恋

六一九 なみこえむするゑをばしらずするゑの松かはらぬいろとたのめをくかな

待恋

六二〇 たの○《め》つゝこぬ人よりもいつはりにこりずまたるゝわれぞつれなき

六二一 ぬれつゝもあめにさはらずこよひこばおもひけりとは身をもたのまん

月前顕恋

六二二 a 月夜よし秋風さむしこよひだにとはずはゆかむ人なとがめそ

b 在上 せきかぬるなみだの露にやどりきて人にしらるゝそでのつきかげ（五〇六に既出）

不逢恋

六二三 いのらずよそのかみ山の草の名のわが身にうときかざしなれとは

六二四 こひぢにはなどあふさかのなかるらん人めはせきのとざしなれども

六二五 うき身にはそをだに後の思ひ出になきなばかりのあふこともがな

臥無実恋

六二六 あひみてもあはぬなげきの恋衣かさねても猶なをなにかへだつる

逢恋

六二七 こよひだに涙はかけわが袖のうらめしかりし月日わすれて

初夜逢恋

六二八　ふけぬまにやがてさめぬるよひの夢あふとばかりもみやはさだむる

月前逢恋

六二九　わくらばにあふとみるよの月だにもあかぬなみだにかきくらしつゝ（五〇七と同歌）

後朝恋

六三〇　（朱）おもひをく心はかげとそひぬるをいかでわが身のたちかへりけん

忍帰恋

六三一　ゆめならばけさのつらさも《は》なからましやみのうつゝぞかきくらしぬる

六三二　とりをだにまたでぞかへる人しれぬわが身ひとつにねをばなきつゝ

逢不逢恋

六三三　かへるさの袖はまぎれしあり明の月たちかくすみねのよこぐも

六三四　わかれぢにかこちし月のめぐりきていまはかた見とみるもはかなし

変恋

六三五　わがそでにならひにけりな松山のまつとせしまにこゆるしらなみ

片思

六三六　わがためにつらきむくひのたがはずは人もこひぢにかくやまよはん

恨恋

六三七　みだれつゝもにすむゝしのなをわすれかるてふあまのうらみつるかな

遠恋

六三八　あづまぢのみちのをくよりたつ人のあふさかとほき恋もするかな

名立恋

六三九　しのぶ山しのびしみちもふみまよひおもはぬかはのうき名とりぬる

思高恋

六四〇　ちぎりあればそらなる月もおもひがはふかきみづにはやどるとぞきく

ゆめに人にあふとみて

六四一　ゆめにてもうつゝのうさにかはらずはおもひたえつゝなげかざらまし

人のもとへ申つかはし侍し

六四二　ゆめとだにおもひわかれぬはかなさのなごりよいかにうつゝなるらん

六四三　いろみえぬこゝろのみこそかなしけれおもへど人のしるよしもなき

六四四　このごろのうつゝはゆめにをとりけりぬるよならではあふよしもなし

六四五　人はいさおもひもいでじわれのみぞつらききをしたふためしなるべき

たのめ侍人にあはずして、遠所へまかるとて、申つかはし侍る

六四六　わかるてふことはあひてののちの名をまだきになげくわれぞあやしき

ものへまかり侍る人の許に

六四七　あふことはなみにたゞよふみるめだにはてはかれなんのちのかなしさ

鎌倉へまかりて侍しが、やがてかへりのぼるべきよしおもひて侍しに、心ならずひさしう侍て

六四八　けふ〳〵とまつらむいもがしたひものひきちがへてやとし月をへん

六四九　から衣つましなければふるさともたびのやどりにから《は》ざりけり

六五〇 旅ころもかたしきわぶるわれよりもひとりふすらんいもをしぞおもふ

六五一 草枕ひとりぬるよの露けさはみやこのとこもかはらざるらん

六五二 さきそむるわかぎの花のまどをにも君をみし日のなりまさるかな

六五三 よな〳〵のゆめぢはたえずかよへどもうつゝにこえぬあふさかの山（小字一行書き行間補入）

六五四 草枕（朱）たびのやどりにいもこふとわがぬるそでは露にぬれつゝ

ものへまかり侍みちより、人の許へ申つかはし侍し

六五五 ときはなるまつらんとしもたのまねばおもふものからいそぐたびかは

ちりがたなる萩につけて、人のもとにつかはし侍し

六五六 あき萩（朱）のはなならなくに人ごゝろうつろふいろのあだにみゆらん

もみぢにつけて、人のもとへ申つかはし侍し申つかはし侍し

六五七 したぞめの心のいろにくらべみよなをふかゝらぬみねのもみぢば

薫物を人のもとにつかはすとて

六五八 あふことのとだえがちなるなげきよりくゆるおもひのたぐひともみよ

六五九 けぶりたつわがしたもえのたぐひともいはゞあだにやおもひけたれん

寄日恋

六六〇 あまのはら雲ゐのよそにわたる日のおよばぬかげをみしぞこ《ひ》しき

寄月恋

六六一 なみだあれば袖にも月はやどりけりこひしきかげよなどかつれなき

六六二 わするなよゆくすゑかねてよもすがらちぎりし月のあり明のかげ

寄雨恋

六六三　なには人あしふくこやにふるあめのをとにぞたてぬそではぬれつゝ

六六四　つゝみかね人めにあまるわがそでのなみだまぎるゝよひのむらさめ

六六五　我ゆへのなみだとやみぬなきあかすそでよりくもるけさのさみだれ

寄風恋

六六六　あふことはおもひたえぬる我やどにうたてあるなのまつ風のこゑ

寄雲恋

六六七　ながむればそらゆく雲のはてもなしあふをかぎりのこひぢならねど

寄煙恋

六六八　恋しなばくもとなりてもきみがすむあたりのやまをたちはな《は》なれじ

六六九　あしの屋のしたゝくけぶりひまあらばもらしやそめん名にはたつとも

寄春恋

六七〇　みてだにもなぐさみなまし春がすみ君があたりをたちなへだてそ

寄夏恋

六七一　みるもうしわが身もさぞな夏むしのおもひにかへてすつる命は

寄秋恋

六七二　わかれにし人のかたみかあきかぜのふくにつけてはこひしかるらん

六七三　つまこふるおのへのしかの人ならばあひかたらひてねをばなら《か》まし

寄冬恋

六七四　ものおもふたもとは冬のほかなれや涙のかはのこほるよもなき

六七五　なみだがはこほらぬ浪もこほればやゆくかたもなきおもひなるらん

寄朝恋

六七六　かへるさのそでよりおちし涙にやけさのみちしばいろかはりけん

寄夕恋

六七七　ともすればなをたのまるゝゆふべかなあひみしころの心ならひに

六七八　ゆふぐれはたのみなれにしときとてやおもひたえてもかなしかるらん

寄夜恋

六七九　まどろまばわするゝほどもあるべきをくるゝよごとにゆめにみゆらん

六八〇　おもひかねうちぬるさよのかねのをとにゆめはたえてもさめぬこひかな

寄山恋

六八一　このごろはせきもりもゐぬあふさかをなどこえやらぬ身とはなるらん

六八二　露ふかきは山しげやまわけいれど我こひぢにはあふ人もなし

寄滝恋

六八三　み山ぎのこがくれおつるたきつなみ心くだくと人はしらじな

寄野恋

六八四　みやぎのゝこのしたしげき露よりもそでのなみだぞあめにまされる

寄杜恋

六八五　わが袖のなみだともみよいろかはるしのだのもりのちえのゆふ露

寄石恋

六八六 ＼たにかげのこけのしたなるたまがしは人にしられぬとしぞへにける

寄河恋

六八七 涙河そでのうきなみたちさはぎ人めづゝみもせきぞわびぬる

六八八 おほ井がはせきのいはまをもる水のわきかへりてもむせぶころかな

六八九 藤亜相 ＼たきがはのいはにくだくるしら浪の人めもしらずちるなみだかな

寄池恋

六九〇 いかにせむいけのみなくちいゐいでばまだきにもれんなこり《そ》おしけれ

故郷恋

六九一 もりいづる袖のなみだかふるさとののきのしのぶにあまるゆふ露

寄木恋

六九二 ＼＼いまも又かきながさばやいにしへのかきのもみぢのみづぐきのあと

六九三 藤亜相 ＼しほみてばなみこすいそのいはねまつぬれてとしふるそでのつれなさ

寄葵恋

六九四 いのるぞよけふのかざしのくさのなのあふひをかみのしるしと思はん

六九五 いまぞしるあふひてふなをかごとにてかけしおもひをかみやうけゝん

寄夢恋

六九六 ＼(朱)おもひねのゆめさへおなじつれなさのうつゝにゝたるよはのおもかげ

六九七 あふとみてあくるわかれをなげくまにはかなくゆめのさめにけるかな

六九八 あふことはゆめよりほかのみちもがないかにねしよかうつゝなりけん

寄鏡恋

六九九 こひしのぶ人はうつらでますかゞみかげとなるみをみるぞかなしき

恋の歌中に

七〇〇 あまのはらかすみをわたる月かげのおぼつかなくもよそにみるかな

七〇一 なにゆへにつゝみそめけむわが恋をしらばぞ人のあはれともみん

七〇二 あしびきの山井のこほりうちとけていはぬをそらにくむ人もがな

七〇三 すみよしのまつとしきかばしらなみのほどをもをかずたちかへりなん

七〇四 ゆきかへりあふさかやまはこえぬれどわが恋ぢにはおなじ名ぞなき

七〇五 もろともにいのちぞしらぬわかれてもあらばあふよのなどかなからん

七〇六 あさましやみはてぬゆめのなごりだにはかなくけさはうちなび《げ歟》きつゝ

七〇七 袖の露ひるまもたえぬあふことは又ねにかよふゆめぢなりけり

七〇八 うつゝにもゆめにもつねにみし人のねてもさめてもあはぬころかな

七〇九 くれたけのひとよへだつる程だにもなをうきふしにものぞかなしき

七一〇 おもひきやあふせのうらをわかれきてみるめをよそにからむものとは

七一一 かよひぢのなかこそたえめきみがすむあたりをさへにたちわかれぬる

七一二 あだなりし花のこゝろをみてしよりうしろやすくもたのまれぬかな

七一三 風あらきうらこぐふねのわびつゝもおもふかたにや《は》らずやあるらん

七一四 たのめつゝこざりしよはのつらさだにわすれがたみにこひしきやなぞ

七一五　わくらばにあひみしよはのなごりこそこのごろまでもねられざりけれ

七一六　さらにまたあらたまりぬるなげきかななれしむかしを春とおもへば

七一七　ながむればものおもひまさるひさ方の月には人のかげやそふらん

七一八　ものおもふなみだやおちてつもりけ《る》ん《ら》ながむる月のそでにやどれる

七一九　秋はたゞ草葉ばかりとみしものをことしはそでに露ぞこぼるゝ

七二〇　おほかたの秋の露だによひ〳〵はほしあへぬそでにそふ涙かな

七二一　われればかりかなしきものか秋風はつれなき人の袖もふくらん

七二二　かりなきて秋風さむみくれゆけばわが恋まさるとふ人はなし

七二三　宮こにも夜さむき《に》あきのなり行《ゆか》ばつれなき人もさすがわすれじ

七二四　わすれずはおもひやらなん君こふとねなくにあかすよはのあき風

七二五　かりなきてふく風さむき秋のよにひとりかたしくそでをみせばや

七二六　わがためにくる秋なれやしげかりしことのは山のいろかはりゆく

七二七　かりなきてはだれしもふりさむきよを君き○《ま》さずはあかしかねつき《も》

七二八　ものおもふたもとや秋のまくずはらうらむるたびに露のこぼるゝ

七二九　ちぎりきなありあけのそらをかたみにて月みむごとにおもひでよとは

七三〇　まつ山とちぎらぬなかのそでにだにわが身こすなみたちさはぎつゝ

七三一　あふことのたえばおもひもたえはせでこゝろひとつになにのこるらん

七三二　かたみだに身にはのこらでおもひいづるこゝろのみこそなごりなりけれ

雑

てる日

七三三　あきらけきひかげやそらにてらすらんみちあるみよといのるこゝろは

庚申に夜もすがら月を侍《（ママ）》て

七三四　月ゆへにまどろまぬとはなけれどもこよひかひある光とぞみる

月夜に木のかげのにはにうつり侍たるをみて

七三五　むばたまのやみにはみえずこのもとに《の》くらきも月のかげにぞありける

雨はれて暁ふかく月み侍しに、庭のこずゑの露、風にちり侍けしき、時雨にゝて侍しかば

七三六　風かよふこずゑのつゆのむらしぐれ月はくもらぬありあけのそら

ものへまかり侍道にて

七三七　月またばよもふけぬべしゆふやみのたど〳〵しきをしるゐて行かな

桂里といふ題を探て

七三八　久方のなかなるさとのちかければたのむ光に我身もらすな

伏見里

七三九　くれ竹のふしみのさとのみやばしらよろづよふともあれんものかは

遠村煙

七四〇　ゆきくらすあづまの野ぢのをちかたにけぶりのたてるやどやからまし　雖有合点、後見風土記、東野者山城国也、非東路、仍参差了

伏足柄山にて富士をみて

七四一　あしがらのゆふこえくればいりひさすふじのたかねに雲ぞかゝれる

あひ沢にて雨のふりしに

七四二 そま山(朱)のひばらがうれもみえぬまで雲たちわたりあめはふりきぬ

たごのうらにてしほや見侍しとき

七四三 たごのうらになびく煙をしるべにてあまのしほやにたづねきにけり

ふじ河にてよみ侍し

七四四 ふじがはのわたせをふかみいはもとのはしにかゝれば日ぞくれにける

いかだをみて

七四五 ふじ河をくだすいかだのみなれざほはやくみやこをみるよしもがな

うつの山にて人にわかれて

七四六 わかれぢのなみだにくれてうつの山うつし心もなく〳〵ぞゆく

さやのなか山にて故郷を思出て

七四七 あらし吹さやのなか山さやかにもわがふるさとのおもほゆるかな

浜なのはしにて

七四八 ゆふひさすはまなのはしをみわたせばいりうみとをくしほぞみちくる

七四九 うちわたすはまなのはしのはし〴〵らみらくすくなくしほぞみちくる

のがみにて

七五〇 ゆきしろきいぶきの山をめにかけてのがみを行ばあらしさむけし

ふはのせきやをかやにてふきて、ひさしをいたにてし侍をみて

七五一 をがやふくふはのせきやのいたびさしひさしくなりぬこけおひにけり

いぬかみにて、いさやがはをとひ侍しかども、しらずと人申侍しかば

七五二　いづくぞとながれをとへばいさや河いさとこたへてしる人もなし
雪いたくふり侍しかば、おいそのもりにたちよりて
七五三　ゆきふかきおいそのもりにたちよればしらぬあらしもそではらひけり
にはかにゆきのふるに、かゞみ山をみて
七五四　したひこし日かげもみえずかゞみやまちりかひくもり雪のふれれば
せたのはしにて
七五五　まさごぢのきよきかはらにこまとめてあふ人すぐすせたのながはし
あふさかにて
七五六　あづまにていつかといひしあふさかのせきのすぎむらいまぞこえゆく
せみまろが事をおもひいでゝ
七五七　いにしへのあづまのことのあとゝへばわらやもみえぬみねのまつ風
かの和琴のてをつたへて侍事をおもひいだして
七五八　ゆくへなくわらやのあとはなりぬれどひきし《ノコル》しらべは身にそのこ《トマ》れる
はしり井にてしばしやすらひて
七五九　はしり井のみづのうへなるふたもとのすぎゞうき山はあふさかのせき
京の旧宅に一日侍て、やがてつの国へまかり侍らんとて
七六〇　よゝをへてのこるみやこのふるさともひとよばかりのやどりなりけり
ゐなのにて
七六一　こまなべてゐなのゝはらをあさ行ば衣でさむしありまやまかぜ

上のはらといふところにて

七六二　こまとめて上のはらよりみわたせばなにはのうらはたゞふもとかな

ありまやまにて

七六三　ありま山ゆきげのみちをこえ行ばきゞのしづくにそでぞぬれぬる

あしやにこもりゐて侍しころ

七六四　あづまにておもひしよりもつのくにの難波わたりのはるぞさびしき

七六五　ながむればそこはかとなくさびしきはあしやのおきのかすみなりけり

七六六　ゆふぐれにあしやのおきをながむればかすみこぎゆくあまのつりふね

七六七　なつかりのあしやのなだにみるめかるあまたのとしをすぐしつるかな

七六八　ふるさとをわかれてほどはへぬれどもなをかりねなるあしのやのさと

七六九　きゝなれしゆふべにもにぬながめかなあしやのてらのいりあひのかね

ことをひきならしてあそび侍に

七七〇　あしのやのおかべのいそのことのねにかよひまされるうらのまつ風

七七一　おもひいでゝいましのぶとはふるさとにとゞまる人のしらずやあるらん

(朱)おなじころ、人のもとへ申つかはし侍し

七七二　めぐりあはむいのちしなくはこれぞこのながきわかれのかどでなるべき

七七三　うみ山のちさとをこえておもひやるこゝろばかりはへだてざりけり

七七四　あしのやのなだのやかたのかりびさしかりそめにだにとふ人もなし

みづからしほやきてよみ侍し

七七五　かりにこしあしやのさとにとしをへてしほやくあまとなりにけるかな

雑歌中に

七七六　ゆふさればしほみちくらしあしのやのふかえのはしにかゝるしらなみ

七七七　きぢの山ふもとにまよふよこ雲にたちまよひぬるおきつしらなみ

浦ちかくねて読侍し

七七八　ねざめしてきしうつなみのをときけば枕のしたにうみはありけり

ものへまかる人のさはる事侍て、一夜とまりけるに、つかはし侍る

七七九　ゆきやらぬけふのとまりはかぎりなくしたふこゝろやせきとなるらん

みやこより人のまうできて、ほどなくかへりてのち、つかはし侍し

七八〇　みやこ人こゝろもとめぬあしのやはたゞうきふしの名にこそありけれ

かづらき山をみやりて

七八一　(朱)はるさればかすみのいくへゝだつらんくもゐにうすきかづらきの山

住吉をみやりて

七八二　(朱)みわたせばあしやのおきのなみまよりひとむらかすむすみよしの松

七八三　あしのやのしほぢのかすみそらはれてゆふひにみゆるすみよしのまつ

同所にまかりて、帰侍てよめる

七八四　よのなかのうきはいづくもかはらぬをたれすみよしのさとゝいふらん

みのおちかくやどり侍て

七八五　草枕かりねのやどにきこゆなりみのゝをやまのあか月のかね

あかしへまかり侍し道にて

七八六　いそづたひ石ふむみちのとをければこまゆきなづみ日もくれぬべし

すまの関やのあとの松をみ侍て

七八七　これやこのすまのせきやのまきばしらのこる松さへこけふりにけり

あかしにて

七八八　あしのやのうらよりうらにつたひきてあし《か》もすまもけふみつるかな

七八九　みぬ人にいかでかたらんことの葉はおもふばかりもいはれざりけり

みやこへのぼり侍し時、なにはにてあはぢしまをかへりみて

七九〇　みやこへとなにはのうみをこぎ行ばあとにかすめるあはぢしま山

よどにとまりて千鳥をきゝて

七九一　ふねとむるよどのわたりのふかきよに枕にちかくちどりなくなり

あまのがはにて

七九二　ひさかたのたなばたつめにあらぬみのあまのかはせにふなでをぞする

橋をみて

七九三　きゝわたるあまのかはせのはしなれどもみぢもみえずかさゝぎもなし

とばに思の外にとまりて

七九四　みやこ人しらずまつらしちぎりをく日かずをすぎてとまるこよひを

ものへまかるとき、木幡山にて

七九五　こはた山みねたちこえてみわせたばふしみのをだにさなへとるなり

宇治にて

七九六　又もこむうぢのはしひめわれをまてもみぢのころの月のよな〳〵

同時、道にて

七九七　わけわぶるみちのしる《ユク》へを宮こぞとおもはゞいかにいそがれなまし

(朱)伊勢に侍てよみ侍し

七九八　我こえし山ぢをみればしら雲のはるゝときなきたかねなりけり

山をこゆとて

七九九　涙だにほしあへぬ袖をみ山ぢのこのした露にぬれぬ日はなし

河のほとりをまかるとて

八〇〇　つばなさくかはらのしばふこまなめてあさふむみちにひばりたつなり

鎌倉へまかり下侍とて、会坂にて

八〇一　ゆくすゑをおもふぞとをき宮こいでゝまづこゑ《え》そむるあふさかの山

かゞみの宿にて

八〇二　たまくしげあけてぞみつるかゞみ山よのまは月のくもりにしかば

いさやがはゝこの河と、人の申侍しかば

八〇三　このかはといへばその名にたがひけりしらずいさやととはゞこたへよ

ふはのせきにて

八〇四　せきのと《もり》のもるやまよりも心をばみやこにのみぞとゞめをきにし

やつはしにて

八〇五　いにしへにかはらず身にもかなしきははる〳〵きぬるみちのやつはし

はまなのはしにて

八〇六　みやこおもふ心もしばしなぐさむははまなのはしのわたりなりけり

うつの山にて

八〇七　ゆめぢにもうつの山べのうつゝにもみやこにかへるわがこゝろかな

きよみが関にて、めをかりて

八〇八　きよみがたしほひのいそにおふるめをかりにたちよるあまとなる身か

八〇九　きよ見がたなみのせきもりかげとめてゆめぢをさへもゆるさゞりけり

みをのさきにけぶりのたち侍しかば

八一〇　もしほやくあまやすむらんみをのさきまつにかさねてたつけぶりかな

京より人のをとづれして侍し返事に

八一一　こゝろあらば我をなとひそみやこ人いとゞそなたのわすれがたきに

かへりのぼり侍し時、ふじの山をみて

八一二　ふじのねのけぶりはたえてとしふるにきえせぬものは雪にぞ有ける

八一三　ながめつゝけふはくらさむふじのねのゆきすぎがたきうきしまのはら

はまなのはしにてやどゝり侍しとき

八一四　まつかげにこまひきとめて海ごしにむかひのさとのやどをとふかな

月あかく侍しかば、ふねにのり侍て、きみどももおほくあそび侍しに

八一五　あづまぢのおもひいでなれやよもすがら月にさほさすいりうみのふね

ふたむら山にて

八一六 しりしらずあふ人ごとになるみがたしほのみちひをとひ〳〵ぞゆく

しほのひるほどを待侍しとき

八一七 なるみがたしほひをまつと山かげにをりしあひだにこの日くらしつ（下句小字紙端補入）

羈旅歌中に

八一八 みやこ思わが涙よりぬれそめてそでにあまれるあか月の露

八一九 藤亜相 露しげきゐなのゝはらのさゝまくらひとよなれどもふしぞわびぬる

八二〇 ふるさとにたちかへるべきわがためはみやこもたびのやどり成けり

もゝしき

八二一 もゝしきのちかきまもりのかずながらいかに雲ゐのよそになる身ぞ

庭

八二二 草ふかみうづもれはつるわがやどのにはのをしへのみちやたえなん

庭松

八二三 たれか又きゝもとがめむあとたえてすむやまざとののきの松風

山家

八二四 かりそめとおもひしかどもをぐら山まつもとしふるともとなりけり

八二五 山ざとはのきばにたてるまつをのみとしふるともとたのみけるかな

八二六 わくらばに宮こにすまふ時だにもなを山ざとをはなれざりけり

八二七 みやこをばかけはなれつゝ山かづらはふきあまたのとしぞへにける

八二八　あとたえてわがよへぬべき山ざとにすみうきほどのみねの松風

山ふかきいほりにまかりて、炭やくをみ侍て

八二九　おもひきやまきのと山のたにのとにけぶりをたてゝすみやかむとは

閑居

八三〇　いとまなくつかへしものをやまざとにあはれのどけくとしをふるかな

八三一　(朱)あしのやのなだのかりやのかやすだれひまある身とぞいまはなりぬる

無主草菴をみて

八三二　世をすてゝすみこし山のいほりをも心とまるとなをやいでけん

玉

八三三　たまひろふかたをしらねばわかの浦やむかしのあまのあとやたえなん

鏡

八三四　ますかゞみそこなるかげのありがほにみゆるものからなきよなりけり

箏

八三五　ゆふさればものおもふやどのことのねになげきくはゝる松の秋風

あまの河といふ箏を人につかはすとて

八三六　たなばたのちぎりだになきあまの河雲ゐのよそのかた見ともなれ

鐘

八三七　おどろかすうきよのなかのかねのをとにたれもねざめてあはれとぞきく

灯

八三八　くれたけのよながきとこにねざめして又かゝげつるまどのともし火

物名、てうし

八三九　よひ〳〵にかよひしなかのみちたえてうしとも人をうらみつるかな

山鳥

八四〇　山どりのおろのはつをのをろかにもおもはずながらへだてそめてき

かめ

八四一　にごりなき御代のためしはかはかめのせにうかびにし水ぐきのあと

(朱)懐旧

八四二　むかしまでとをくはいはじすぎぬればきのふのこともこひしかりけり

八四三　恋しくはまたもあひなん思ひいづるわが心こそむかしともなれ

八四四　ゆくみづになにかたとへん思ひいづるたびにむかしはたちかへりけり

(朱)夢

八四五　なにごともむかしながらにみる夢のさむるぞかはるうきになりける

八四六　つねならぬうつせみのよをみる夢のさめておもひぞいとゞはかなき

亡父のおもひに侍しころ

八四七　あはれともよそにきゝこしふぢ衣わが身のうへになるぞかなしき

八四八　なき人のくもとなりにしなごりには涙のあめぞたえずふりける

やまひ大事に侍しとき

八四九　なき人のあとをもしばしとふばかり露のいのちのきえずもあらなん

八五〇 草枕た〻かりそめとおもひしにや《ハ》がてもながきわかれなりけり

八五一 わかれぢをなげく心のあまりにはとはぬ人さへうらめしきかな

なげきの中に、とかくわづらはしき事侍しかば

八五二 わかれてもあふさきるさにくるしきはうきよをすぐる道にぞ有ける

五月五日よみ侍し

八五三 すみぞめの袖のなみだのしら露をさ月のたまと人やみるらん

八五四 すみぞめの衣ならずはあやめぐさけふわがそでにねはかけなまし

八五五 ふぢ衣やつる〻としのたもとにはあやめにあらぬねぞか〻りける

なき人の鏡をみて

八五六 ある程ぞか〻みはうつすなき人のおもかげみるは心なりけり

いろぬぎ侍し日、よみ侍し

八五七 なき人のかたみのいろのころもだにはてはかへぬるいまぞかなしき

亡父が墓所へまかりて

八五八 わけいりてむかしをこふるこのもとにおもかげあらぬ月ぞもりくる

無常歌中に

八五九 よしのがはよしやよの中うかぶあま《は》のきゆるまつまのほどもはかなし

八六〇 すみぞめのふぢの衣をきてしより人のあはれも身にぞしらる〻

なげきのころ、さがにこもりゐてよめる

八六一 をぐら山ふもとのさとにこもりゐてうきよのさがとなげくころかな

八六二　日をかさねふるさみだれの露よりもなをひまなきは涙なりけり

雅経卿うへをきて侍かゝりの桜を

八六三　うへをきし人のかたみとたづねきてみればはかなくちるさくらかな

したしく侍女の身まかりて後、そこに侍人のもとへ、たちばなのさかりに申つかはし侍し

八六四　しのぶらむむかしの袖のゆかりにもはなたち花のまどをとへかし

述懐

八六五　おもふこと人にはいはであまのはらふりさけみつゝなげく比かな
八六六　いかばかりあはれなるらん世中をいとひてみばや秋のよの月
八六七　あとたゆるみ山のいほにひとりゐて秋のあり明の月をみてしか
八六八　露だにもやどかるかやはあるものをなどかわが身のおきどころなき
八六九　秋はいぬ袖はしぐれのひまもなしあはれみかさの山のながな
八七〇　いたづらにわが身ふり行しぐれゆへみかさの山のかげをまつかな
八七一　よをすてゝいらむ山ぢはちかけれどなどかこゝろのとをざかるらん
八七二　うきことのきこえぬ山もあるなるをおもひ○は歟ゐらでなをなげくかな
八七三　すみわびぬ山にてもなをかなしきはところもわかぬうきよなりけり
八七四　よのなかはところもわかぬうさなれや野にも山にもなげきのみある
八七五　なにはえやそこのたまもにすむゝしのたゞわれからとよをばうらみず
八七六　わかのうらやいそがくれなるあしたづのなくねもけふぞ人にしらるゝ
八七七　(朱)あさゆふにしほくむあまのぬれ衣いとひがたきはうきよなりけり

八七八 みなといりのあしわけぶねにあらぬ身のさはりがちなるよにもふるかな
八七九 よをわびてすむかくれがのあしのやもなをうきふしのやむときもなし
八八〇 行家卿同 いまはわれむぐらのやどにかどさしてなしとこたへてあるべきものを
八八一 おもふより心はまたもなきものをいとはむとてもなをぞよにふる
八八二 ひとすぢにうしとはいはじすぎ行ばつらきもはてのなきよなりけり
八八三 おもひとけばおしからぬ身のをしきかないかにならへる心なるらん
八八四 よの中をすてぬをうしといひながらすて心よはくも猶すぐすかな
八八五 すてやらぬわが身をしればよのつねのおもひなれにし心なりけり
八八六 はかなくもしなばけぶりとならん身をいけるほどゝてなにをしむらん
八八七 世中をいとはむといふことくさのあらましにのみなりやはてなん
八八八 あさゆふはわれとわが身をいさめてもそむかれぬよのはてぞかなしき
(朱)二条旧跡の柳をみ侍て
八八九 続拾 故郷のくち木のやなぎいにしへのなごりはわれもあるかひぞなき
亡父が日記を見侍ついでに、本望の不達侍し事を思いだして読侍し
八九〇 花さかでかれにし藤のすゑなればなにをまつとかたのみかくべき
神祇
八九一 ゆふかけていのるみむろのさかきばのかはらぬいろや君がよろづよ

已上七百三首

合点者故戸部禅門也
勅点四十五首 頭朱
与第一同日
前参議藤原朝臣

隣女和歌集巻第三　自文永七年 至同八年

春

立春

八九二　きのふけふみやこにはるをさきだてゝまだとしこえぬあふさかの山

八九三　あふさかのゆふつけどりのなくこゑやけさたつはるのはじめなるらん

八九四　はるのくるいはとのせきのあくるだにゆふつけどりのこゑをまちけり

八九五　山ざとのにはのかよひぢあともなしゆきのいづくにはるのきぬらん

八九六　あとたえてゆきにこもりし山ざともありとやこゝに春のきぬらん

将軍従三位左近中将になり給て、正月一日

八九七　みかさ山みもとのまつのわかみどりちよにさかえん春ぞきにける

同日雪ふり侍しに、出仕し侍とて

八九八　はるのくるにはのしらゆきふみわけてみちあるみよにいでつかへつゝ

十二月つごもりごろに、京よりまかりくだり侍て、元日に

八九九　みやこをばかすみへだてゝふるさとにとしとゝもにもたちかへるかな

山早春

九〇〇　たちそむるあさまのたけのあさがすみ春きにけりとみやはとがめぬ

初春

九〇一　あか月のかねのひゞきととりのねといづれかはるのはじめなるらん

九〇二　○むつきたちいまは春べとうぐひすのきなくかきほのゆきのむらぎえ

春夕月

九〇三　めづらしきはるのひかりとみゆるかなけふみか月のくもまもるかげ

九〇四　はるたちてけふみか月のほのかにもかすみそめぬるみねのまつばら

処々子日

九〇五　（擦消）○のべごとにけふひくまつのよろづよをあまたかぞへてきみぞみるべき

余寒

九〇六　うぐひすのたえてこゑせぬさとならばゆきのうちにやはるをまたまし

九〇七　冬さむみくものいづくにのこりてかはるたつそらにまたゆきげなる

九〇八　○うづもれしのきばゞかりはあらはれてなをゆきさむきみねのまつ風

九〇九　たにがはにうちいでしなみのたちかへりなをよな〳〵はこほるころかな

霞

九一〇　○あけはつるかねのひゞきにやまのはのなを夜ぶかきやかすみなるらん

九一一　たよりにもあらぬけぶりのおほぞらになびきそむるやかすみなるらん

九一二　この春はをぐらのやまのゆふがすみおぼつかなくもへだてつるかな

九一三　○かざしおるかたやいづくぞみわのやまひばらかすめる春のあけぼの

雪中霞

九一四　よしの山みねのしらゆきなをさえてふるさとばかりかすむそらかな

九一五　たえ〴〵にみねのかすみやたちぬらんまだとけそめぬゆきのむらぎえ

九一六　さとちかきふもとはゆきやきえぬらんみねをのこしてたつかすみかな

深山霞
九一七　さびしさはまだゆきゝえぬおく山のまきのこずゑのかすみなりけり
遠山霞
九一八　あしびきのとを山かづらはるかけてやゝながき日にかすむそらかな
河辺霞
九一九　あさみどりかすみもふかしたかせさすよどのわたりの春のあけぼの
海辺霞
九二〇　すまのあまのしほやきごろもはるたちてまどをにかすむあはぢしま山
九二一　きよみがたはるのゆふぐれみわたせばかすみにたてるみをのまつばら
九二二　あまをぶねいまこそよそにへだてつれかすみのをちのみくまのゝうら
九二三　いせのあまのすむなるさとのゆふけぶりしるべをそへてたつかすみかな
九二四　わすれずよなにはの春のゆふがすみそこはかとなきうらのをちかた
鶯未鳴
九二五　むめのはなさきちるをかはちかけれどまだこゑきかぬ春のうぐひす
雪中鶯
九二六　うぐひすのこほる涙やおちつらんこづたふえ《え（本行の「え」はなぞり書き）》だのはるのあはゆき
夕鶯
九二七　ゆふぐれは山とやみえんうぐひすのまがきのたけにねぐらしむなり（一二二〇と同歌）
九二八　うぐひすのをのがは風もなをさえてくるゝまがきにあはゆきぞふる

竹間鶯

九二九　のきばなるたけのさえだにこづたひてちよをならせるうぐひすのこゑ

閑居鶯

九三〇　やへむぐらさしこもりにしふるさとはよをうぐひすのねをのみぞきく

鶯歌中に

九三一　○あさがすみたちにし日よりうぐひすのたえずこゑきくはるの山ざと

九三二　むめのはなありとはこぞやならひけんゆきのかきねにうぐひすのなく

九三三　しらゆきのふりてつもれるたにかげにひとりはるしるうぐひすのこゑ

九三四　わがやどにはつねなけばやとふ人のめづらしといふ春のうぐひす

九三五　わがやどのはなのねぐらによがれしていづれのむめにうぐひすのなく

春氷

九三六　のべははやなつみのかはのやまかげになを冬のこるうすごほりかな

九三七　ゆきどけののきのいとみづくりかへしまたふきむすぶはるのやま風

九三八　はる風にむすびしつらゝとけそめてたるみのみづはいはそゝくなり

焼野

九三九　むさしのゝおぎのやけはらたつきじのつまこもるべき草かげもなし

若菜

九四〇　むさしのはたゞけふもやけいつしかとあすよりやがてわかなつみてん

九四一　たづねてもたれにとはましくさのはらわかなつむべくゆきやけぬらん

九四二 いまははや雪きえぬやととぶひのゝのもりもけさぞわかなつみける
九四三 冬がれのおぎのふるえをふみしだきむれゐてのべのわかなつむなり
九四四 しろたへの袖ふりはへていそのかみふるからをのゝわかなつむなり
九四五 さはみづのうちいづるなみに袖ぬれてこほりのあとにねぜりつむなり
九四六 わがやどはいまはの山しちかければきのふもけふもわかなつむなり
九四七 山ざとははなまつほどのなぐさめにかきねのわかなつまぬ日はなし

題をさぐりて歌よみ侍し中に、白馬

九四八 もゝしきやおほうち山のあさがすみたなびきわたる春のあをむま

残雪

九四九 まきもくのひばらのゆきもきえなくにこまつかすみてあくるしのゝめ
九五〇 うちわたすをちかた人のそでさえてまだゆきしろきおぎのやけはら

つぼみたる梅の枝を人のをこせて侍しかば

九五一 おる人のゆくすゑとをきいろみえてさかりまだしき春のむめがえ

月前梅

九五二 のきちかくながむる袖にむめのはなかごめの月のかげぞうつろふ
九五三 ふりにけり春やむかしのむめのはな月はみしよにおもがはりせで
九五四 むめのはな月のかつらのなになればいろもひかりもかはらざるらん
九五五 にほひもてわかばやおらんはるがすみ月にあまぎるよはのむ○《め》がえ
九五六 むめのはないろこそみえねかぜふけば月の光のにほふなりけり

九五七　風さむみかすまぬ月のみやこにもむめのにほひにはるやしるらん

夜梅

九五八　むめちかきよどこねなればたまくらのすきまの風もはなのかぞする

暁梅

九五九　はるのよのあか月をきのそでのかにうつりにけりなのきのむめがえ

行路梅

九六〇　かぜかよふみちゆきぶりのむめがゝをおりけるそでと人やとがめん

九六一　たまぼこのゆくてのかきほするゐなびきむめがゝをくる庭のはる風

故郷梅

九六二　むめのはなさきぬとつげばみにゆかんふるさと人よものわすれすな

折梅

九六三　むめのはなおりてかざゝんわが身にはおいとはいはずうさやかくるゝ

梅歌中に

九六四　うぐひすのこゑせぬやどもむめのはなにほふにつけてはるぞしらるゝ

九六五　はるかぜのうぐひすさそふむめがゝにわれさへあやなあくがれにけり

九六六　まつ人もこぬものゆへにむめのはなにほひを風のなにさそふらん

九六七　わが袖ににほひかうつせむめのはなさきちるをかの春のゆふかぜ

九六八　うぐひすのこづたふえだのむめのはなは風をさむみゆきぞちりける

柳

九六九　をそくとく春しるいろもあらはれぬこなたかなたのきしのあをやぎ
九七〇　つらゝゐしこのかはやなぎかげみえてうちいづるなみに春風ぞふく
行路柳
九七一　ふるさとのくちきのやなぎをのづから三代の春までいろぞのこれる
春雨
九七二　くれぬともゆくすゑちかしあをやぎのかげふむみちをたれかいそがん
九七三　かきくもるそらにはもえぬかげろふのあるかなきかにはるさめぞふる
九七四　なみこえぬふるかはのべのはるさめにみどりばかりやふかくなるらん
旅春雨
九七五　けふいくかみのしろごろもほさできぬひなのながぢのはるさめのそら
春月
九七六　ふるさとのあれたるのきのいたまよりむめがかながら月ぞもりくる
九七七　さらでだにみやこ恋しきつきかげのをぐらの山のなにぞかすめる
雨後春月
九七八　はれやらぬゆふべのあめのなごりさへかすみにそへてくもる月かげ
海辺春月
九七九　はるのよの月をへだてゝみくまのゝうらよりをちにたつかすみかな
水上春月
九八〇　かすみたつなにはのはるのよはのつきおぼろけならぬあはれとぞみし

九八一　はるのよのおぼろのしみづかげみればやどれる月の名にこそありけれ

春暁月

九八二　山のはのかすみをわけてほの〴〵といざよひのぼるあり明の月

野遊糸

九八三　あをやぎのかぜにみだるとみえつるはかすみのひまの野辺のいといふ(ママ)

待花

九八四　まちわぶるおもかげみせてよしの山はなにさきだつ峰の白くも

九八五　わすれてはとはずと人をおもふかなはなまつさとのみねのしらくも

九八六　うぐひすのはつねまちえしゆふべより花をゝそしといはぬ日もなし

九八七　とふ人のなきにつけては山ざとの花をゝそしとうらみつるかな

人のもとへ申つかはし侍し

九八八　さきそむるはつはなざくらなべてよの人にふるさぬいろをみせばや

九八九　○たれゆへにまたれしはなぞ山ざくらさきぬときかばとふ人もがな

花歌中に

九九〇　○きのふまではなをゝそしとまつことのけさより人にうつりぬるかな

九九一　たがさとにつげはやらましわがやどのはつはなざくらさきそめぬとも

九九二　きのふけふたがまちえたるはなゝらんとをきやまべにかゝるしらくも

九九三　あけわたるみねのかすみはとだえしてさきあらはるゝ山ざくらかな

九九四　はなざかりいくかもあらじとおもふよりよるもやすくはねられざりけり

九九五　あしのやのわがすむさとにうへをきしはなもいまこそさかりなるらめ
九九六　人しれぬはなやさくらむみわのやまかすみのうちのみねのしらくも
九九七　さくらばないまさかりなりつくばねのこのもかのもにかゝるしらくも
九九八　きのふけふまなくときなく白雲のたつたの山ははなざかりかも
九九九　ふきをくるかぜこそにほへやまたかみくものあなたやさくらなるらん
一〇〇〇　こゝろあてにくもをさながらたづねいる山のかひあるはなざくらかな
一〇〇一　みよしのやなぎたるあさのはるかぜになをくものこるやまざくらかな
一〇〇二　くもにのみまがひはてなばはなざくらよしのゝ山のかひやなからん
一〇〇三　きてみればくもにまがひしいつはりをたゞすのもりはさくらなりけり
一〇〇四　山ざくらかすみのいくへへだつらんいろこそみえねかはにほひつゝ
一〇〇五　よしの山はなのさかりのあさがすみふるさとかけてにほふはる風
一〇〇六　ふく風ものどけきころときさらぎのなかばにかゝるはなざかりかな
一〇〇七　はなかくすかすみふきとく春風はいとひいとはぬおもひそひけり
一〇〇八　かぜふけばこのもとごとにゆきやらではなにくらせるしがの山ごえ
一〇〇九　ふく風のうしろめたさにまちえてもしづ心なきやまざくらかな
一〇一〇　たのめつゝこぬ人よりもやまざくらにほふさかりの風はうらめし
一〇一一　山ざくらおればかつちるそでのうへにそへてみだるゝはなのあさ露
一〇一二　をぐら山かすみのひまにかつきえてはなにうつろふみねの月かげ
一〇一三　みづならぬはなのかゞみはやまざくらこのまをいづるみねの月かげ

一〇一四　このはるは月とはなとのあひにあひてものおもふころのよはぞかさなる
一〇一五　いたづらにわが身ふりゆくながめにもはるのものとてはなはわすれず
一〇一六　みわの山ひばらにまじるさくらばなはるはかざしをおりやかへまし
一〇一七　山ざくらわきてよきけんそま人のこゝろのいろもはなにみえつゝ
一〇一八　あかでこそけふもかへらめしがのさとはなのかげみる山の井のみづ
一〇一九　さくらばなはるもいろ〳〵にうつろへばひとつみどりののべとやはみむ
一〇二〇　やどからにとふ人もなきやまざとははなのなたてに身ぞなりぬべき
一〇二一　あくがれてはなをやみましこのさとにたえてさくらのなきよなりせば
一〇二二　いつまでかあくがれはてんきのふといひけふとくらせるはなのしたかげ
一〇二三　○はなみてもまづぞこひしきこゝのへのみやこもいまやさかりなるらん
一〇二四　はるごとにくもゐはるかにおもひやるみやこのはなもわれをわするな
一〇二五　わするなよなれしをぐらのやまざくらみやこのほかにはるはへぬとも
一〇二六　このごろとおもふもかなしをぐら山ふもとのはなのこぞのおもかげ

花のさかりに雪のふり侍しに

一〇二七　山ざくらさくほどもなくちるとみておしむたもとはゆきにぬれつゝ

つぎの日よみ侍し

一〇二八　ふればかつきのふのゆきはきえにけりなごりをはなのいろにのこして

花遅

一〇二九　こぞはやはなみしころをこの春はなをくもさむくあは雪ぞふる

花有遅速

一〇三〇 さくらばなさきちるやまかきのふけふところをかへてかゝるしらくも

一〇三一 をそくときやまのさくらのはなゆへにまつもおしむもしづ心なし

見処々花

一〇三二 ○うつりゆくこゝろをはなにまかすればいく山ざとの春をとふらん

ひざくら

一〇三三 かすみはれそらものどけきひざくらのはなのかげにてけふはくらさん

懸の花さかりに侍ころ、百日のまりはじめ侍に、人〳〵おほくまうできて侍しかば

一〇三四 ゆくすゑはけふをやこひんもろ人のそでふりはふるはなのしたかげ

源親行、陽福寺の花みるとて使ををこせて侍しに、目のいたはり侍て、えまからで申をくり侍し

一〇三五 うき身にはさもこそはるのよそならめはなをだにみぬきのふけふかな

返事　親行

一〇三六 おいが身はのちのはるともたのまねばはなにあひみぬ人もうらめし

落花

一〇三七 はるのよの月もくもらでふるゆきはさけばかつちるさくらなりけり

一〇三八 ○山風やみねのさくらをさそふらんのべゆく袖にゆきぞみだるゝ

一〇三九 さきさかぬはなのほかなるこずゑまでけふはあまねくちるさくらかな

一〇四〇 さくらちるみねのしらくもいつきえてふもとになみのたちかはるらん

一〇四一 ○山河のきしのさくらのかげみればはなのうへこす水のしらなみ

一〇四二　さくらちるにはのいけ水うづもれてはなよりほかのなみもさはがず
一〇四三　おちつもる庭のさくらにかぜふけばもとのこずゑをこゆるしらなみ
一〇四四　のちもなをわすれがたみにしのべとやあかでわかるゝ山ざくらかな
法印定清、遅桜さけるよしつげて侍しに、さはる事ありてをそくまかり侍しかば、をくり侍し
定清
一〇四五　くれてゆく春をかぎりとみる月にはやくもちれるをそざくらかな
返事
一〇四六　ちりはてゝのちはなにせんをそざくらはなのさかりはをとづれもなし
三月三日
一〇四七　はなのせにさかづきながすみづぐきのあとはいくよの春をへぬらん
春田
一〇四八　をやまだのなはしろ水にかげみえてみねのさくらぞ風にみだるゝ
喚子鳥
一〇四九　たれをかもしる人にしてよぶこどりなくやおのへのまつかあらぬか
藤
一〇五〇　はなのさくはるにあふこそかたからめふぢのすゑばのかれも行かな
つ花
一〇五一　ふるさとの庭もまがきもあともなしつばなぬくのといつなりにけん
蛙

一〇五二　なはしろのたにのかけひにみづもりてしめゆふをだにかはづなくなり

題をさぐりて、はるの歌よみ侍し中に

一〇五三　よしの河きしの山ぶきうつろひてかはづなくせにはる風ぞふく

山吹

一〇五四　春の色はうつりにけりなよしのがはかはづなくせの山ぶきのはな

一〇五五　よしの河かはづなくせにかげみえてはるもうつろふきしの山ぶき

一〇五六　たつたがはそこなるはなのしがらみやみむろのきしの山ぶきのかげ

一〇五七　みるもうしやよひの月のありあけにのこりすくなき山ぶきのはな

一〇五八　かげばかりうつるとみえしたにがはのなみにちりしくきしの山ぶき

暮春

一〇五九　ちるはなはよどむい《は》はまもあるものをたきつせはやくゝるゝはるかな

三月尽

一〇六〇　さくらだにいまはながれぬやまがはのよどまで行やはるのわかれぢ

一〇六一　ゆくはるはわれをもおしめいのちこそ又あはむともさらにたのまね

夏

首夏

一〇六二　たれかまづころもほすらん久方のあまのかぐ山なつはきにけり

一〇六三　なつごろもけさたちかへてはなぞめのそでのわかれにはるぞなりぬる

更衣

一〇六四　これやこのあまのはごろもなつたちてたもとぞうすきくものうへ人

一〇六五　はなのいろは袖にのこりしかたみだにけさはかへぬるしらがさねかな

余花

一〇六六　ほとゝぎすたづねいるさのやまかげにおもひのほかのはなをみるかな

卯花

一〇六七　とふ人の袖かとみえてゆふぐれはものおもひまさる庭のうのはな

一〇六八　かはしまのいそこすなみのかげながらたちかへらぬやさけるうのはな

一〇六九　うのはなはやみぢまよはぬひかりかなころものうらのたまがはのさと

一〇七〇　うのはなのかきねのほかもしろたへに光そへたるたまがはのつき

郭公

一〇七一　うつゝにはさもこそあらめほとゝぎすゆめぢにさへもひとこゑはなけ

一〇七二　わがやどのはつうのはなの月夜よしまたずもあらぬほとゝぎすかな

一〇七三　○人ならばおもひたゆべきあめもよになをたのまるゝほとゝぎすかな

一〇七四　このさとになきてすぎぬるほとゝぎすたれかはつねといまはきくらん

夢中聞郭公

一〇七五　ほとゝぎすはつねきゝつとおどろけばおもひねにみるゆめにぞ有ける

聞後待郭公

一〇七六　ほとゝぎすあかぬは人のこゝろにてきゝてしもこそなをまたれけれ

郭公鳴橘

一〇七七　ほとゝぎすこぞのやどりのたちばなにこゑもかはらでいまきなくなり

卯月にものへまかり侍しみちにて、森の下にて月をみ侍て

一〇七八　ほとゝぎすきかずはすぎじゆふづくよこのまもりくるもりのしたみち

馬上郭公

一〇七九　ほとゝぎすこゑきくほどはこまとめてしばしくさかふもりのしたかげ

雨後郭公

一〇八〇　むらさめのはれゆくみねのくもまよりこゑもりいづるほとゝぎすかな

郭公歌中に

一〇八一　ほとゝぎすよそにはすぎじうの花のまがきはやまとくればみえなん

一〇八二　○ほとゝぎすふたむら山をゆふこえてなるみのかたの月になくなり

一〇八三　ほとゝぎすくものいづくにすぎぬらんまだよひのまの月をのこして

一〇八四　○ほとゝぎすまつよひすぎてありあけの月のほのかにひとこゑぞなく

一〇八五　ふたこゑとなをもかたらへほとゝぎすねざめぬ人にあけばかたらん

一〇八六　しきたへのちりはらふまにほとゝぎすなくやさ月のよはあけにけり

葵

一〇八七　○かみ山におふるあ○《ふ》ひのふたばよりかけしこゝろはいまもかはらず

菖蒲

一〇八八　○ひく人もなきみごもりのあやめぐさよにしづみぬるねこそなかるれ

同題を五十首よみ侍し中に、朝菖蒲

一〇八九　○あさといでののきのあやめにかぜすぎてかほれる露ぞ袖にかゝれる

寄菖蒲蓬

一〇九〇　枝かはすちぎりのすゑやよゝへてもあやめよもぎとむ○ぼ《す》ゝるらん

寄同橘

一〇九一　のきちかき花たちばなもあやめぐさたがひにそでのかにぞしみぬる

寄同蛍

一〇九二　おなじえのちぎりしられてあやめ草のきばにすだく夏むしのかげ

寄同枕

一〇九三　まくらとてむすぶばかりのあやめぐさあやめもしらずあくるゆめかな

寄同笛

一〇九四　笛たけのねやのまくらのあやめぐさひとよのふしとたれむすびけん

寄同船

一〇九五　かはぶねのよどのにおふるあやめぐさひくてのなはに露ぞみだるゝ

寄同神楽

一〇九六　わがそでのあやめのくさのねにそへてひきむすびぬるこもまくらかな

早苗多

一〇九七　さとごとにさなへとるなりあまさがるひなのながぢにさ月きぬらし

夏草

一〇九八　露をかぬなつのゝくさのひとゝほりこれやゆきゝのふるのなかみち

夏草埋水

一〇九九 なつ草のもとのこゝろをくみみずはのなかのしみづたれかしらまし

照射

一一〇〇 かつきゆるみねのほぐしのかげながらほのめきわたるよこぐものそら

一一〇一 ふけ行ばしかやみ山にかへるらんおのへのともしとをざかるなり

山五月雨

一一〇二 なつ衣ほさでやくちんさみだれのはれぬくもゐのあまのかぐやま

一一〇三 このごろもきえんものかはふじのねのゆきよりしたのさみだれのくも

河五月雨

一一〇四 ふるさとのあすかをゆかぬかはみづもせはふちになるさみだれのころ

一一〇五 みなの河みづまさるらしつくばねのみねにはれせぬさみだれのくも

野径五月雨

一一〇六 さみだれにのべゆく人のみかさやまなにもかくれずぬるゝそでかな

田家五月雨

一一〇七 さなへとるたづらのいほのあしすだれひまこそなけれさみだれのくも

五月雨歌中に

一一〇八 かち人のゆきあふさかもさみだれにわたればぬるゝ水まさるなり

一一〇九 さみだれはひとよのほどにかはしまのさゝこすなみのをとまさるなり

一一一〇 涙さへぬれそふそではほしわびぬものおもふやどのさみだれのころ

五月雨つゞきて侍しころ、法印定清が許より、やまざとにふる五月雨よ道たえてとはねばとて
やとはれざるらん、と申て侍し返事に
一一一一 とはぬをもわれにてしりぬこのさとの山ぢたえぬる五月雨のころ（小字一行書き行間補入）

夏月

一一一二 ゆふだちのくもはあとなくそらはれて露のなごりにやどる月かげ
一一一三 あかでこそかげもきえぬれみじかよのあまのとわたるあり明の月

橘

一一一四 さ月きていまもはなさくたちばなのなにおふさとはむかしこふらし
一一一五 おりつればわがそでのかをたちばなのむかしにたれかおもひなすらん
一一一六 たちばなのにほふのきばゝあれはてゝむかしをしのぶ人だにもなし

山路蛍

一一一七 ゆきくらす山ぢはるかにかげみせてさとまでをくれよはの夏むし

水辺蛍

一一一八 おほ井がはゐせきをこゆるかゞりびやうぶねにあらぬほたるなるらん

海辺蛍

一一一九 よとゝもにたきもすさめぬいさりびやなみまにすだくほたるなるらん
一一二〇 みなといりのをぶねのかゞりやすらはであしまをゆくやほたるなるらん

古庭蛍

一一二一 いにしへはふみゝし庭のあとゝへばふるきのきばにすだく夏むし

蛍歌中に

一一二二　＼すむ人のおもひあるよとみせがほにむぐらのやどにとぶほたるかな

一一二三　しらたまか露かなにぞとたどるまにきえかへりつゝとぶほたるかな

鵜川

一一二四　さつきやみ月なきころのかつらがはあらぬかげさすよはのかゞり火

一一二五　いはゞしのちぎりならねどうかひぶねあくればかへるよどのかはなみ

水鶏

一一二六　＼なつのよのこゝろしりてやくるゝよりまきのとたゝくゝひなゝるらん

一一二七　山ざとのさよふけがたのまきのとをたゝくやいまはくひなゝるらん

蟬

一一二八　＼よの中はむなしきものとうつせみの身をなげきてやねをばなくらん

一一二九　わすれては秋かとぞおもふひぐらしのなく山かげのならのした風

夕立

一一三〇　ほとゝぎすまつとはなしに行やらで山ぢくらせるゆふだちのあめ

一一三一　なつの日のかげろふをちのみねづたひよそにすぎゆくゆふだちのくも

遠島夕立

一一三二　＼このうらはゆふだちはれてなみまよりみゆるこじまにくもぞかゝれる

夕顔

一一三三　すぎやらでをちかた人にことゝひしみちのゆくてのやどのゆふがほ

故宅夕顔

一二三四 さとはあれぬたれいにしへにすむ人のかたみはかなきはなのゆふがほ

納涼

一二三五 すゞしさのてすさみなれやよるもなを月にしほくむすまのうら人

一二三六 すゞしさにえぞすぎやらぬはつせがはふるかはのべのすぎのしたかげ

一二三七 このごろはふく風をのみまつかげのまきのいたどをさゝでいくよぞ

一二三八 くれぬとも人やりならぬみちなればあかでわかれし山の井のみづ

一二三九 山の井にかげさしいでゝむすぶてのしづくもみゆる月のすゞしさ

一二四〇 ゆきやらではまなのはしの松かげにこまひきとむる袖ぞすゞしき

六月祓

一二四一 みなかみにたれかみそぎをしかまがはうみにながる《いでたる歟》ゝなみのしらゆふ

秋

立秋

一二四二 ものおもふ涙のつゆのおちそめてわがそでよりぞ秋はしらるゝ

旅宿立秋

一二四三 あきやたつ露ふきむすぶ風のをとに草のまくらもよさむにぞなる

山家立秋

一二四四 いつのまにさびしくなりぬまつのとをしあけがたの秋のはつかぜ

初秋

一一四五　あさまだき秋たつ風にあさぢふのをのゝしばふは露ぞこぼるゝ
一一四六　きのふだにをとたてそめしおぎのはにあきとしらるゝ風ぞふくなる
一一四七　なみのをともすゞしくなりぬなつくさののじまがさきのあきのはつかぜ

七夕

一一四八　ひこぼしのつまゝつ秋のゆふぐれはくものはたてにものおもふらし
一一四九　たなばたの涙のつゆのくれなゐにもみぢのはしはうつろひにけり

同庚申

一一五〇　たなばたのまれなるなかにあらねどもわれさへこよひねであかすらん

同別

一一五一　あまのがはくものしがらみかけとめよぬれてはかへるそでのわかれぢ
一一五二　たなばたのあまのはごろもおさをあらみまどをにきてもたちかへりつゝ
一一五三　あまの河わかるゝふねのわたしもりなしとこたへてけさはかへすな

萩

一一五四　さをしかのつまどふのべのこはぎはらあか月つゆにはなさきにけり
一一五五　つまごひのこゑはきかねどむさしのやしかなく草のはなさきにけり
一一五六　さをしかのたちならすのゝあさ露にはなさきそむるはぎの一枝

草花露深

一一五七　さのみやは風もはらはむみやぎのゝこのしたふかきはぎのあさつゆ

女郎花

一一五八 をみなへしおらではすぎじ白露のあだのおほのゝ名にはたつとも
一一五九 よはの露こゝろをくともをみなへしかりねのゝべのたまくらにせん
女郎花をうへ侍とて
一一六〇 あだなりと名にはたつともをみなへしおほかるのべとうへやをかまし
薄
一一六一 さびしさはほやのすゝきのそよとだにおなじ心にいふ人もがな
一一六二 わぎもこがたまくらのゝのはつをばないつしか露にむすばれにけり
古庭薄
一一六三 ふるさとは庭もまがきも秋のゝおばなをわけてとふ人はなし
鶉鳴草花中
一一六四 むさしのやおばなみだるゝあき風にそこはかとなくうづらなくなり
刈萱
一一六五 ふきまよふ風をまつまの露にだにかつみだれぬるをかのかるかや
秋花を
一一六六 色〳〵の花もかぎりはなかりけりゆくすゑとをきむさしのゝ原（一行書き。歌末一字左脇）
蘭
一一六七 ふるさとにたれかへるらんかすがのはにしきとみゆるふぢばかまかな
荻風
一一六八 あききてはおいのねざめにあらねどもおぎふく風によをのこすかな

一一六九　かぜわたるおぎのうはゞはよそなれどねざめのそでにかゝるつゆかな（小字一行書き行間補入）

一一七〇　なれぬれど又もゆめぢもたえぬべしねやちかくふくをぎのうは風

一一七一　山ざとはおぎふく風のたよりにもそよともなどかいふ人のなき

秋夕

一一七二　ゆふぐれはさらでもかなしわがやどのおぎの葉はよきて風はふかなん

日ぐらしを

一一七三　さびしさは色こそみえね秋風のふくなる山の日ぐらしの声

雁

一一七四　うすぎりにつらをはなるゝかりがねははなだのおびの中ぞたえ行

一一七五　たがためのたまづさなればかりがねのわれをばよそにへだてゆくらん

一一七六　みよしのゝたのもをすぎていづかたによるさへかりの月にゆくらん

一一七七　こしの秋みやこのはるのいかなればかりのこゝろのすみうかるらん

暮山鹿

一一七八　なくしかもくものはたてに物やおもふゆふゐる山にこゑぞきこゆる

麓鹿

一一七九　たえ〴〵にしかのねをくるあらしやまさがのゝいほのねざめにぞきく

霧間鹿

一一八〇　さをしかのつまをばよそにへだてゝやきりよりをちにねをつくすらん

鹿声幽

一一八一　さをしかのいるの丶おばなほのかにもわがたまくらにこゑかよふなり

鹿歌中に

一一八二　みる人のおるだにおしき秋はぎのはなふみしだきしかのなくらん

一一八三　風さむきふじのすその丶しかのねにぬるよすくなきたごのうら人

虫

一一八四　草のはらたがたのめをくゆふつゆをなみだにかりてまつむしのなく

一一八五　まつむしのこゑするのべのはなす丶きたれとさだめて人まねくらん

一一八六　きり〴〵すまくらのしたにをとづれてあきのゆめぢはすゑもとほらず

一一八七　露ふかきむぐらのやどのきり〴〵すたれもおもひにねこそなかるれ

一一八八　まどろまぬかべのそこなるきり〴〵すうきよのゆめはなれもかなしな（「き」に「な」を上書）

一一八九　つゆながらこはぎちるの丶あきかぜにこゑもみだれてむしぞなくなる

一一九〇　あさぢふはまだいろみえぬ露じもにやがてかれゆくむしのこゑかな

一一九一　いろかはるはぎのしたばのつゆさむみよな〳〵むしのこゑぞかれゆく

露

一一九二　むさしのはみきやいかにと人とはゞほさでぞ袖のつゆをみせまし

一一九三　まくずはらまたたちかへり秋風のはらふあとよりむすぶしら露

一一九四　ふるさとはむぐらの露のたま〳〵も月のほかにはかげもとゞめず

秋歌中に

一一九五　あけぐれのあさぎりふかしあまをぶねおなじとまりにこぎやかへらん

夕月

一一九六　さびしさのときはわかねどゆふづくよをぐらの山のまつのあき風

待月

一一九七　むさしのは月のいざよふ山もなしなにゝさはりてなをまたるらん

一一九八　くもりなき秋のならひのこよひとて月もくれゆくそらやまつらん

出月

一一九九　あき風をたかねのくもにさきだてゝはれぬるのちにいづる月かげ

一二〇〇　みるまゝにこずゑにとをくなりにけりみねをわかるゝあきのよの月

月前草花

一二〇一　月みればわがいねがてになりにけりはぎのしたばの色はしらねど

一二〇二　月かげもうつりにけりなをみなへしおほかるのべのつゆにまかせて

一二〇三　月もなをあだにぞみゆるをみなへしおほかるのべのつゆのやどりは

一二〇四　わすれずよをばなが袖をかたしきてつゆにねしよのむさしのゝ月

一二〇五　秋かぜに月よゝしとやはなすゝきこてふにたるそでのみゆらん

月前雁

一二〇六　かりがねのつらをみだるゝそらみればいる山のはのゆみはりの月

月前鹿

一二〇七　かぜさむくふけゆく月にうらみてもなきてもしかのつまやつれなき

月前松

一二〇八　すみよしのまつはいくよにふりぬともおなじえにすむ月やしるらん

月前楸

一二〇九　わかのうらやいそべのまつのよゝをへてなれぬる月よあはれとをしれ

月前櫛

一二一〇　ふけぬともあかですぎめやひさぎおふるきよきかはらのあきのよの月

月前舟

一二一一　このごろはつげのをぐしもてにふれず月に心のあくがれしより

月前眺望

一二一二　ゆめにだにまたやみざらんうきねせしまくらのしたのなみのうへの月

月前祝

一二一三　わがこゝろもろこしまでもかよふらしまつらがおきの月をながめて

山月

一二一四　つもりてはふちとなるべき菊のつゆかつ〴〵ちよの月ぞやどれる

一二一五　たぐひなきさびしさなれやひとりみるみやまの月にあき風ぞふく

峰月

一二一六　こゝにだになぐさめがたき月かげををばすて山にたれかみるらん

一二一七　いにしへのおもかげみえてまつらがたひれふる山のこのまもるつき

谷月

一二一八　神もなを月みむとてやふじのねのけたぬおもひもけぶりたえけん

一二一九　にしはるゝたにのこかげのしばのいほいりがたばかり月をみるかな

河月

一二二〇　すみだがは名におふとりはあともなし月にみやこのことやとふべき

水上月

一二二一　よし（擦消）の河よしやいはなみはやくともやどれる月のかげしよどまば

滝月

一二二二　かめのおのたきのしらたま君がよのちとせのかずを月にみるかな

野月

一二二三　はなにあかでひとよわがねしむさしのゝ草のまくらの月ぞわすれぬ

里月

一二二四　おちたぎつかはをときよく月さえてうぢのさと人ころもうつなり

水郷月

一二二五　かつらがはもみぢやなみにながるらんやどるせばかり月ぞくもれる

都月

一二二六　月やあらぬおなじくもゐとおもへどもみやこのかげぞわきてこひしき

一二二七　わすれずよこぞのこよひはみやこにてをぐらの山の月をみしかな

題をさぐりて秋歌よみ侍し中に

一二二八　ことしよりひなにいくとせながらへてみやこわすれず月をながめん

関月

一二二九　にしにゆく月にたぐへてあふさかのせきのあなたをおもひこすかな

一二三〇　あふさかやくもぢをすぐる月をだにもるし水にはかげとゞめけり

海上月

一二三一　しがのうらや月のでしほはなけれどもなみにやどれるかげぞみちぬる

湖辺月

一二三二　おきつ風ふきあげのまさご白妙にひかりかよへる秋のよの月

一二三三　うらづたふあかしのなみにかげみれば月のたびねもやどはさだめず

一二三四　わすれめやすまのとまやにひと夜ねてなみにしほれし袖の月かげ

一二三五　ふたつなき月ときゝしにわたの原うら／＼ごとにかげやどしけり

一二三六　ながむればわがねぬともゝありあけの月にうらこぐあまのつりぶね

一二三七　月かげにやどもさだめずあくがれてやそしまつたふあまのつりぶね

一二三八　かげやどす月さへいはにこゆるぎのいそのなみふく秋のしほ風

一二三九　なみかくるいらごがさきの月かげにたまもかりしくあまのつりぶね

一二四〇　かくてやまばおぼつかなしやゆふづくよほのみのさきはあすもきてみん

旅泊月

一二四一　ゆらのとやあけがたちかき月にまたまくらをわたる松風のこゑ

一二四二　いでやらぬ《で》いくよあかしのとまりぶねおもはぬかぜぞ月はみせける

岸月

一二四三　あけがたによやなりぬらんすみよしのきしにむかへるあきの月かげ

山家月

一二四四 かげふけてひとりながむる山ざとは月よゝしともたれにつげまし

一二四五 ちぎりをく人だにとはぬやまざとにみやこの月はしたひきにけり

田家月

一二四六 月かげをのきのかけひにせきいれて水のまゝにもながしてぞみる

一二四七 ひとりすむいほとはいはじ月もなをいなばの露にかげやどしけり

月臨秋穂

一二四八 ほにいづるいなばのつゆのかずみえてとばたのおもに月ぞさやけき

故郷月

一二四九 ふるさとののきのしのぶをもりかねてそでにすくなき月のかげかな

故宮月

一二五〇 ふけゆけどみる人もなしたかまどのおのへのみやのあきのよの月

社頭月

一二五一 いそのかみふるのやしろもいまさらに月にみがけるあけのたまがき

古寺月

一二五二 はつせ山あらしをさむみいはのうへにたびねをしつゝ月をみるかな

惜月

一二五三 いる月のさらぬわかれはいかゞせん山のこなたにくもかくれぬる

擣衣幽

一二五四　さそひこすおのへの風にきこゆなりやまのあなたにころもうつこゑ

菊

一二五五　しらぎくのはなおるまにもわがそでにちよのか○《ず》をく秋のゆふつゆ

一二五六　まてしばしうつろふきくのはながたみめならぶいろのあるよならねば

秋閑居

一二五七　くさばよりひとめぞはやくかれにけるまだしもをかぬあさぢふのやど

秋雨

一二五八　あきのあめのまどうつこゑに月かげはくもるよさへもねられざりけり

一二五九　かみな月まだきしぐれのかねてよりはれぬ山べをとふ人もがな

一二六〇　山ひめのあきはしぐれにかすそでのもみぢのにしきおりはつくさじ

雨後紅葉

一二六一　そめすてゝしぐれはいづちすぎにけんつゆをもみぢにかたみとゞめて

深山紅葉

一二六二　おくやまのいろなき木々のしづくにもぬるればかはる下もみぢかな

一二六三　みやまぎのしづくをそへて下もみぢたえぬしぐれやちしほそめけん

一二六四　み山ぎのときはにまじるしたもみぢあきのいろこそすくなかりけれ

一二六五　しらくものはれぬこずゑの色みえてとやまはうすくもみぢしにけり

一二六六　いはねふみくもゝかさなるみねこえてなをおくやまのもみぢをぞみる

一二六七　みやこにてかゝるもみぢの色やみしたゞおく山のこずゑなりけり

里紅葉

一二六八 やまふかきいろにはにねどこのさともしぐれにけりとみゆるもみぢば

紅葉歌中に

一二六九 ゆふぎりのへだつる山のしたもみぢいろこそみえね露はそむらん

一二七〇 ゆふづくひうつろふやまのうすもみぢふかくそむるは心なりけり

一二七一 なきわたるかりのなみだのゆふ露に色づきそむるみねのならしば

一二七二 あき風にはゝそいろづくさほ山のみねはこひしき秋のおもかげ（下句小字行間補入）

一二七三 風さむきあきのあさけの露じもにいろづきあへずちるはゝそかな

一二七四 くれぬとも秋はうからじもみぢばをちらぬかたみとたのむよならば

秋歌中に

一二七五 をぐら山もみぢかつちるなが月のあり明の月にしかぞなくなる

暮秋

一二七六 秋のいろはあさぢがすゑにうつりきて人めもかるゝしものふるさと

一二七七 のも山もいまはかぎりの色みえてうつろひはつる秋ぞかなしき

九月尽

一二七八 秋はつるいろをみせてやもみぢばもえだにのこらずけふはちるらん

一二七九 わがやどのまがきはやまにつゞけどもとまらぬ秋やよるもこゆらん

暁九月尽

一二八〇 くれぬとてなげくひとよの秋もはやふけゆくかねのあかつきのこゑ

一二八一　ゆく秋をこよひばかりとおしむまの心もしらぬとりのこゑかな

一二八二　行あきをおしむこゝろはふかきよをあけぬととりのおどろかすらん

一二八三　なきそむるゆふつけどりのひとこゑにやがてや秋のたちわかるらん

一二八四　はなすゝきあか月つゆをかたみにてそでのわかれに秋はいぬめり

一二八五　あか月はうきものなれやきぬ／＼のそでよりほかの秋のわかれも

小九月尽

一二八六　なが月となにこそたてれおほかたの日かずもたえて秋のくれぬる

冬

初冬

一二八七　神な月けさはしぐれずもみぢ葉のちるこそ冬のはじめなりけれ

時雨

一二八八　かみな月よのうきときやこれならんもみぢこきちらしふるしぐれかな

一二八九　いまははやまさきのもみぢあともなしと山をかけてしぐれふるころ

一二九〇　ゆめさむるねやのいたまをもる時雨なれよりさきもぬれぬ袖かは

河時雨

一二九一　みなせがは山もとめぐるむらくもにしぐれのあめもたえ／＼ぞふる

人に餞し侍時、旅歌あまたよみ侍し中に、時雨を

一二九二　ゆく人もとゞまるそでもつゆけきをかさねてぬらすむらしぐれかな

落葉

一二九三　ふきしほるむべ山風のあらしやまたえぬこのはゝあめとふりつゝ
一二九四　くれなゐにながるゝかはのみな○《かみは》のがはもみぢをはらふあらしなりけり
一二九五　山ざとのすみうきときはこれぞこのもみぢみだるゝみねのゆふかぜ
一二九六　もみぢばに庭のかよひぢあとたえてをちかた人のをとづれもなし

落葉与時雨為友

一二九七　こずゑをも雲をもかぜやさそふらんもみぢとゝもにふるしぐれかな

冬歌中に

一二九八　このはなきよそのこずゑはをとたえてまつにのみふく冬のやま風
一二九九　あらしさへこのはのゝちはをともせで山辺さびしき神な月かな

霜

一三〇〇　たちかへりまたふみわけていつかみむさがのゝ冬のしものふるみち
一三〇一　さえこほる袖のゆふしもうちはらひけふいくさとのたびねしつらん
一三〇二　よをさむみねてのあさぢふうちなびきはつしもしろし水ぐきのをか

行路暁霜

一三〇三　たまぼこのみちの冬くさしもわけてあか月さむきそでのかへるさ

霰

一三〇四　風さはぐかれのゝまくずたちかへりあられたましく冬のゆふぐれ
一三〇五　そともなるたけのおちばにをとづれてたまこきは《ち》らしふるあられかな

山路霰

一三〇六　み山ぢのまきのはつたひもるあられそでにくだけてものぞかなしき

霰驚夢

一三〇七　なれゆへにみはてぬゆめかまきのやにあられたまちるをとぞきこゆる

寒夜

一三〇八　＼ふしわびぬあられみだれてしもこほるさゝのまろやのよはのさむしろ

暁初雪

一三〇九　あり明の月かとたどるやすらひにやがてもそでにつもるはつゆき

雪歌中に

一三一〇　のきちかきたけのはしだりむばたまのねぬるひとよにつもるしらゆき

一三一一　＼ふるゆきのやがてつもらばたれかまづあとつけそめてけさはとひこん

一三一二　たえぬとてにはのかよひぢうらみじなゆきよりさきも人しとはねば

一三一三　わくらばにとはるゝあともかつきえてゆきをうらむる庭のさびしさ

一三一四　＼山ざとのたにのかけはしいまさらにゆきふみわけてたれかかよはん

一三一五　きのふけふふりつむゆきのこゝのへにあさぎよめせぬとものみやつこ

松上雪

一三一六　＼たかさごのおのへのまつもいたづらによにふるものとつもるしらゆき

一三一七　きてみればゆきもこだかくつもりけりたがひきうへしやどのまつがえ

一三一八　ふもとにはつもりもあへずかつきえてまづゆきしろきみねの松原

谷雪

一三一九 ふるゆきはよのうきことのつもればやふかきたになくうづもれぬらん

河雪

一三二〇 水はやきゝしのかはたけおりふせてこほらぬふちにつもるしらゆき

枯野雪

一三二一 うづもれぬかれのゝおばなうちなびき風にみだれてあはゆきぞふる

浜雪

一三二二 あま人のしほくむみちもたえはてゝなにふりにけるゆきのしらた《は》ま

行路雪

一三二三 あさまだきさきだつ人のあとゝめてゆきをわけゆくのぢのかや原

京よりくだり侍しに、ふたむら山にて

一三二四 ふるさとにいかでしらせんやまたかみゆきふみわけてこえわびぬとよ

ゆきはれて暁月によぶかく立侍しに

一三二五 あふ人もさきだつあともなかりけりわがふみそむるみちのしらゆき

をさきが原といふ所にて

一三二六 くもはれてあさひにみがくしらたまのをさきが原にこほるあはゆき

一三二七 ふりうづむゆきのしたなるもとがしはもとこしかたをわすれやはする

一三二八 みちすがらわすれわびぬるをぐら山みなれしさとのゆきのおもかげ

はしもとにて

一三二九 なみこゆるしづえばかりはあらはれてゆきにかくるゝいそのまつばら

さかわといふ所にて、あしがらをみやりて

一三三〇 こえきつるあとのやまのはゆきしろしこのさとまでのくもはしぐれて

山家雪

一三三一 やまざとは日をふるゆきにうづもれてのきばをわくるにはのかよひぢ

一三三二 わればかりふみならしたるあともうししばこるのきのゆきのかよひぢ

故郷雪

一三三三 きのふけふうづもれはつるならのはのなにおふさとにふれるしら雪

嵐吹寒草

一三三四 あらち山みねのあらしにゆきちりてやたのゝおばなそでこほるなり

千鳥

一三三五 冬さむみしほ風あれてこよろぎのいそのなみわけちどりなくなり

一三三六 うきまくらねざめてきけばあはぢしまとわたるちどり月になくなり

一三三七 あり明の月かたぶけばあはぢしまゐじまがいそに《にしにめぐりて》ちどりなくなり

一三三八 さよちどりなくこゑちかしあり明の月のでしほやみつのまつばら

一三三九 さよちどりなくこゑさびしありあけの月のかたぶくうらのをちかた

氷

一三四〇 冬ごもるたるみのこほりいはとぢてたえずそゝくはしぐれなりけり

一三四一 ちりはてしこのはのゝちのをとづれもけさ又たえてこほるたにがは

一三四二 あさきせも冬はさはがずやま河のうはなみたちてこほるこのごろ

一三四三 たつたがはわたればこほりなかたえてもみぢのにしき色ものこらず

一三四四 冬さむみ人もすさめぬ山の井にたえずむすぶはこほりなりけり

湖上氷

一三四五 こほりとぢいまはよせこぬさゞなみのしがのはま風さむくふくらし

冬月

一三四六 なごりなくゆきげの雲はそらはれてつもるとみゆる庭の月かげ

一三四七 ひろさはのいけのつゝみをてる月はともにくもらぬかゞみとぞみる

江水鳥

一三四八 なにはえや《の》こほりのとこやさえぬらんおちばかたしくよはのあしがも

網代

一三四九 ふけゆけばもる人もなしあじろぎにいざよふなみのをとばかりして

一三五〇 あじろぎのうぢのかはをさいとまなみひおのよるさへうちもやすまず

豊明節会

一三五一 山あゐのをみのころもの日かげよりとよのあかりといひやそめけん

年内鶯

一三五二 もろともにはるまちわびてさきそむる冬木のむめにうぐひすぞなく

寒梅

一三五三 あしがきのゆきまのむめはさきにけりはるのとなりやまぢかゝるらん

年中冬尽といふ題をさぐり侍て

一三五四　をくるとていくかもあらじとし月をさそはで冬のひとりゆくらん

恋

初恋

一三五五　いせのあまのけふやきそむるしほがまのやがてもからくたつけぶりかな

一三五六　たきそむるうらのもしほびいつのまにやがてなき名をそらにたつらん

一三五七　ふみそむるこひぢのおくにありといふ山はしのぶの名をもゝらすな

聞恋

一三五八　さのみやはをとにきくべきたかさごのおのへのまつのあらしならぬを

不見恋

一三五九　みるめなきわが身はしがのうらなれやそでのさゞなみひるときもなし

人づて

一三六〇　いかにせんみぬめのうらのさよちどり人づてならぬこゑぞゆかしき

初見恋

一三六一　ゆきまよりけさみえそむるわか草のわがしたもえにいつかなりけん

一三六二　なみまわけけふかりそむるみるめゆへやがてもそでのしほたるゝかな

恋歌中に

一三六三　くもまよりほのかにみえしみか月のわればかりこそおもひいづらめ

忍恋

一三六四　いまよりは月をもめでじまくらだにしらぬ涙にかげやどしけり

一三六五　あやなくもかげやどしけりいまよりは月にもそでのなみだしらせじ
一三六六　つきゆへにぬれぬるそでとかこちてもいりなんのちをいかゞこたへん
一三六七　ふじのねのかみだにけたぬけぶりと《を》もなをしたもえにわれぞとしふる
一三六八　おく山にやくすみがまのゆふけぶり人もとがめぬ身のおもひかな
一三六九　したむせぶあしやのこやのゆふけぶりいかなるひまにもらしそめまし
一三七〇　あづまやののきのかやまをもるしぐれをとにぞたてぬ袖はぬれけり
一三七一　たづねみよしのぶの山もをのづからこゝろのほかに露はもりつゝ
一三七二　しのぶ山人のこゝろのおくのみちゆめにあふともさらにしられじ
一三七三　としふともをとになたてそしのぶやまいはまをくゞるたにのした水
一三七四　人しれぬこゝろのおくのやまもなをしのぶてふなのよにぞきこゆる
一三七五　おくのうみのうのすむいしをこす浪のかけておもふと人はしらじな

見忍恋

一三七六　しられじなあまもあさらぬあらいそのそこのみるめにぬるゝたもとは

月前忍恋

一三七七　つゝみあまるなみだやそでにおちつらんおもひのほかにやどる月かげ

忍久恋

一三七八　しぐれもるまきのをやまの下もみぢ人もとがめぬあきぞへにける
一三七九　わがそでやついにはくちんたまがしはなみのしたにもぬれつゝぞふる
一三八〇　つれなしやかれなでのきのしのぶぐさいやとしのはになにしげるらん

一三八一　しのぶればくるしきものをいかにしておもふにまけぬとしのへぬらん

言始恋

一三八二　はるのたにけふかけそむるいけみづのいひいづるより袖はぬれつゝ

契恋

一三八三　身をかへてのちもかれじとちぎれどもまつこのよこそうしろめたけれくちかたむ

尋恋

一三八四　をのづからとふ人あらばいつはりはなべてうきよのさがとこたへよ

一三八五　すぎたてるかどゝも人のをしへねばいづくをゆきてみわのやまもとたのむる（小字行間補入）

一三八六　人しれずたのむるくれをしりがほにうたてこゑするのきの松風

待恋

一三八七　いまもうしたがつれなさのはじめにてまつといふ名をかこちそめけん

一三八八　こずとてもまたではあらじわれさへにたのめしことをいかゞたがへん

一三八九　いつはりもまこともけふぞしらるべきたのめそめぬるゆふぐれのそら

一三九〇　なれぬればたのむるまでもいつはりとおもふものからなをぞまたるゝ

一三九一　さすがなをたのめしよはとおもふらんいひしばかりはわすれしもせじ

寄月待恋

一三九二　よしさらば月よゝしともつげやらじたゞまつむしのこゑにまかせて

寄莚待恋

一三九三 さのみやはむなしきよはもつもるべきたゞちりはらへねやのさむしろ

不遇恋

一三九四 こえやらであふさかやまにまどふかなせきとめがたき涙なれども

一三九五 もりわぶる人めのせきはありながらわがこひぢにはあふさかぞなき

一三九六 よな〳〵はそでのみぬれていたづらにゆきてはきぬるみちしばの露

顕恋

一三九七 よしやさはおもひけりともしるばかりそでの涙を人につゝまじ

一三九八 みる人のとがむるほどになりにけりあさまのたけの思ひならねど

逢恋

一三九九 おもひねにかねてあひみしぬばたまのゆめはうつゝにまよひなるかな

馴恋

一四〇〇 わがなみだあふをかぎりと思しにあけ行そではなをしほれけり

一四〇一 すまのあまのしほやき衣たゞなれんまどをにあるもうきよならずや

稀遇恋

一四〇二 おもひねのゆめもあふよのかずならばまどをなりとはうらみざらまし

一四〇三 おもひねのゆめをうつゝにとりそへばあふよのかずやさすがつもらん

一四〇四 あふことはとをやまどりのをのれのみおもひみだれてなかぬ日はなし

後朝恋

一四〇五 なごりおもふ又ねのゆめぢたちかへりくるゝをまたであひみつるかな
一四〇六 かへるさのけさのなみだにくらぶればあはでこしよの袖はしほれず

別恋

一四〇七 あか月のとりよりさきのわかれにもわがなくねこそなをうかりけれ
一四〇八 夜ぶかしといひなぐさむるわかれぢをすゝむるとりのこゑもうらめし
一四〇九 あり明の月をばなにかわきていはんつれなきものはわかれなりけり
一四一〇 あけわたるみねのよこぐもたちわかれおなじそらにやわれもきえなん

傀儡恋

一四一一 さゝまくらぬしさだまらぬわかれかなかはる一よのつゆのちぎりは

遇不遇恋

一四一二 あひみてもあはでのうらのそのころに又たちかへるおきつしらなみ
一四一三 あひみしとおもふばかりをなごりにてこゝろのほかはかたみだになし
一四一四 ありしよにたがふちぎりのすゑの松たがそでよりかなみはこえにし

昔あへる人

一四一五 いにしへの野中のしみづいまさらにおもひいづればぬるゝそでかな

久恋

一四一六 人しれぬとしのへぬれば山ふかくたつをだまきの我もつれなし
一四一七 としをへばおもひやよはるかたいとのながらへてみるたまのをもがな
一四一八 もゝよこそしぢのまろねも人はすれあふをかぎりのかずをかけとや

一四一九　よそにみしかづらきやまのみねのくもこゝろにかけてとしはへにけり

違約恋

一四二〇　わがためはいつはりになるあふことのまことをたれに人のみすらん

形見

一四二一　わすれじといひしにたがふことのはぞつらきながらのかたみなりける

ふみたがへ

絶恋

一四二二　うちつけにうらみやかけんはまちどりふみたがへたるあとをたづねて

一四二三　あふことにかへしいのちのなにとまたながらへてうきよをもみるらん

夜恋

一四二四　あづまやのまやにはあらぬあまそゝきあまりにぬるゝよはのそでかな

一四二五　たのめどもねられぬよはのからころもかへしてはなをみをぞうらむる

一四二六　たがそでにいまはかゝらむかよひこしあか月おきのみちしばの露

独寝恋

一四二七　ひとりねのみはならはしもいつはりにおもひしらるゝよな〱ぞうき

しづく

一四二八　しのびねのなみだまがへてあしびきの山のしづくにそでやかさまし

うたかた

一四二九　うちはらふそでのうたかたあはれにもうみとあれぬるとこのうへかな

思

一四三〇　いたづらにわれのみもえてふじのねのならぬおもひにとしはへにけり

互思恋

一四三一　わすれずはおもひをこせんこゝろこそ我しのぶよりなをかなしけれ

一四三二　ひとかたになをざりならばたのめしもいつはりになるよはもあらまし

片思

一四三三　月みてもまづぞこひしき人はいさたれをいかにとおもひいづらん

一四三四　もしほやくなるみのうらのかたおもひけぶりもなみもわがみにぞたつ

一四三五　風ふけばおばながもとのおもひぐさかたなびきなるそでのつゆかな

恨恋

一四三六　いかにせんみを秋風にまくずはらかへりしまゝのつゆぞかはらぬ

一四三七　しばしこそわがみのうさとなげきしかあまりになれば人ぞつれなき

一四三八　おもひしるわがみのうさもひとごゝろつらきもともにうらめしのよや

寄日恋

一四三九　あさごとにあまのいはとをいづる日のおもひやむべき時のまもなし

寄月恋

一四四〇　よな〳〵はねられぬまゝにながめわびぬ月みよとしも人やちぎりし

寄煙恋

一四四一　ふじのねのむなしけぶりにとしはへぬならぬおもひのなをばたてつゝ

一四四二　ふじのねのもえつゝとはにたつけぶりさのみおもひによをやつくさん
一四四三　いたづらにうきなをたてゝふじのねのけぶりくらべに身ぞなりぬべき
一四四四　あさましやあさまのたけのけぶりにもたちまさりゆくみのおもひかな
一四四五　あづまぢやむろのやしまにたつけぶりこゝろのほかのおもひともみず
一四四六　いつまでかむろのやしまもよそにみしもゆるけぶりはわが身なりけり
一四四七　ならはずやおもはぬかたのうらかぜにたくものけぶりなびくこゝろは

寄露恋

一四四八　わがそでのたぐひもうしやいろかはるのきのしのぶにかゝるゆふつゆ

寄雨恋

一四四九　しられじなまきのをやまにふるしぐれ色こそみえねそではかはかず
一四五〇　あめふれどなをぞまたるゝ中〳〵にかゝるおりもや人はとふとて

寄霜恋

一四五一　そでのしもまくらのちりもいかゞせんきみがこぬよのつもるのみかは

寄雪恋

一四五二　ふるゆきにわがかよひぢはうづもれぬたゆみやすらんよはのせきもり
一四五三　ふりそむる庭のしらゆきいつのまにふかくもこひの身につもるらん

寄橋恋

一四五四　いはゞしやいかにちぎりをかけそめてよそにふみみるなかとなりけん
一四五五　ありしよのまゝのつぎはし中たえてとしのわたりにそでぞくちぬる

一四五六　くりかへしもとのかたにやみちのくのとつなのはしのこひわたるべき

寄水恋

一四五七　やつはしのくもでにものをおもふかなみづゆくかはをそでにながして

寄春氷恋

一四五八　こほりだにとまらぬ春もとけがたく人の心のむすぼゝるらん

寄河恋

一四五九　うき名のみよにはながしてぬるとこの涙のかはに身ぞしづみぬる

一四六〇　みなせがはしたゆくみづもある物をそでにうきぬるわ○《が》なみだかな（一三六二と同歌）

寄滝恋

一四六一　をとなしのたきのみなかみたづぬれば人めをしのぶなみだなりけり

寄塵恋

一四六二　あはぬよのねやのさむしろしきたへのちりはらふまでつもる《り》ぬるかな

あやめ草の五十首の中に

寄昌蒲見恋

一四六三　かくれぬのあやめにまじるくさの名のかつみし日よりぬるゝ袖かな

寄昌蒲顕恋

一四六四　きのふまでみごもりなりしあやめ草けさわがそでにねをぞかけつる

寄昌蒲夢見恋

一四六五　あやめ草まくらにむすぶゆめぢさへあかぬひとよにわかれぬるかな

寄昌蒲違約恋

一四六六　あやめ草ながきちぎりを引かへてひとよばかりにいまはなすらん

寄松恋

一四六七　なみこゆるうのすむしまのいはねまつぬれはぬるともいろにいでめや

寄木恋

一四六八　しのぶればにしきゞをだにえぞたてぬちつかこふともたれかしらまし

寄鳥恋

一四六九　あふことのたえぬるのちはつらしともうしともきかぬとりのこゑかな

寄鵆恋

一四七〇　はまちどりしほひのかたにひくなみのとをざかりぬるあとになくなり

寄蟬恋

一四七一　おくのうみのなみこすいしにすむとりのうき人ゆへにぬるゝそでかな

一四七二　さとゝをきみ山がくれになくせみのねをつくせども人もとがめず

寄衣恋

一四七三　いせのあまのしほたれ衣なればなをぬるときのまもそではしぼらじ

寄糸恋

一四七四　あふことはゆめにもいまはかたいとのたまのをとけてぬるよなければ

寄弓恋

一四七五　たちかへり身をぞうらむるあづさゆみひきちがへたるこゝろづよさは

寄舟恋

一四七六　わがこひはひくしほむかふみなといりのあまのをぶねのよるべだになし

一四七七　あしわくるみなとのをぶねうきふしにさはりがちなるほどをうらむる

一四七八　わがこひはよるべもしらずかぜふけばなみにながるゝあまのすてぶね

寄火恋

一四七九　あまつそらくもゐにものをおもふかなゑじのたくひのよるはもえつゝ

一四八〇　つれなきをうらむるあまのすむさとはけぶりやきたてこがすもしほび

寄夢恋

一四八一　もろともにあふとだにみばむばたまのゆめばかりにもなぐさみなまし

雑

雲

一四八二　山たかみゆふひうつろふしらくものたなびくかたやみやこなるらん

月あかき夜、人にさそはれて、はじめて人に対面して、後朝に申つかはし侍し

一四八三　人はいさおもひもいでじわれのみやあくがれしよの月をこふらん

六帖題にて読侍し歌中に、いざよひ

一四八四　山のはをいざよふつきのいでがてにうききよにすむはわが身なりけり

ありあけ

一四八五　ながらへてすむべきよとはおもはねどありあけの月のなをめぐるかな

あか月やみ

一四八六 しばしともえこそとゞめねゆふ月よあかつきやみといそぐかへさは

峰松

一四八七 かずならぬみのゝをやまのひとつまつ又たぐひなくよをやつくさん

山家松

一四八八 やまざとはのきばのまつのなかりせば又ともゝなくよをやつくさん

一四八九 よの中のうさにくらべてすむさとのみねのまつかぜ心してふけ

一四九〇 いたづらによにふるものとひきうへしまつもこだかきのきの山かげ

一四九一 ものおもふよはのねざめのあらましをまつにこたふるのきの山かぜ

六帖題にてよみ侍し歌中に、つばき

一四九二 こせ山のつら〳〵つばきつらからばあふにはかへぬ身をやつくさん

からもゝ

一四九三 ふるゆきはきえぬものからもゝちどりいまははるべとけふぞなくなる

くるみ

一四九四 このさとはやまもとめぐるみちとをみゆきかへるまに日はくれにけり

むろ

一四九五 いにしへの人にたとへしあまそぎのきしのなかばにたてるむろのき

かつら

一四九六 さとゝをみわがすむいほの山かづらさてもうきよをかけははなれず

竹

一四九七　かは竹のながれてのよもたのまれずうきふしゝげく身はしづみつゝ

一四九八　うきふしのいろもかはらでくれ竹のよにふるともはわが身なりけり

たかむな

一四九九　いとゞなをおやのこゝろやまよひけんゆきまをわけておいしたけのこ

よもぎ

一五〇〇　ふるさとにのきをあらそふよもぎふのもとみし庭のおもかげはなし

わすれぐさ

一五〇一　つれもなき人のゝきばのわすれぐさかれねしのぶの露をのこして

ねぬなは

一五〇二　いたづらにゆきてはくともいけにおふるねぬなはたてじ人のきかくに

藻

一五〇三　わかのうらやむかしのあとにとしをへてかきあつむるはもくづなりけり

一五〇四　なつ草ののじまがさきのあさなぎにあまのをとめごたまもかるみゆ

浦鶴

一五〇五　わかのうらや雲にのぼりしあしたづのかたみばかりのあともとゞめず

六帖題にてよみ侍し歌中に、にはとり

一五〇六　うちはへてねをのみぞなくにはつどりかけのたれおのながきおもひを

からす

一五〇七　あけぬとてねやたちいでゝながむればやもめがらすの月になきける

にほ

一五〇八　風ふけばにほのうきすのうきにのみながるゝものは涙なりけり

鵜

一五〇九　大井河ゐせきのさなみたちかへりおなじせめぐるかゞり火のかげ

すゞき

一五一〇　よの中はたゞあき風にすゞきつるうらのとまやぞすみよかりける

たひ

一五一一　なみあらきいそらがさきにたひ《い》つるとあさるあまぶねこぎかへるみゆ

あゆ

一五一二　いまもかもたましまがはゝいにしへのかしこきあとにこあゆつるなり

ひお

一五一三　まきのしまあじろによするひをへてもみまくぞほしきうらのわたりは

くも

一五一四　さゝがにのくものすがきのいとすゝき露もみだれて秋風ぞふく

をぐら山

一五一五　をぐら山はてはわが身のかくれがとあらましにのみおもふころかな

ふかくさ山

一五一六　＼みしよこそおもかげさらねふかくさやふりにしさとの山のはの月

とりべ山

一五一七　とりべ山あすをばしらでくれぬまのけふのけぶりをあはれとぞみる

みかさ山

一五一八　こえわぶるみかさの山のみねのまつつれなき名のみとしはへにけり

みわの山

一五一九　月日のみすぎのしるしはかひもなし人もたづねぬみわのやまもと

かづらき山

一五二〇　よそにのみみてはやまじなこのさとにしぐれてむかふかづらきのくも

吉野山

一五二一　よしの山はなちるまでのやどもがなふるさと人はまちわびぬとも

さやのなか山

一五二二　おほゐがはわたせをおほみ行くれて月にこえゆくさやのなかやま

うつの山

一五二三　うつの山うつゝはいはじゆめぢさへなどこえがたきとしのへぬらん

ふじのね

一五二四　ふじのねのけぶりのゆへはしらねどもたえぬおもひのたくひとぞみる

やまびこ

一五二五　山びこのこたふるこゑにしられけりありてなきよのゆめのうつゝは

谷

一五二六　たにふかみみ草がくれのさゞれ水よにすみわぶとしる人もがな

一五二七　たきゞこるたにのをがはゝあさけれどあしたゆふべの風もねがはず
いはほ

一五二八　こけふかきいはほにねざすまつのはのかず〳〵とをきちよのゆくすゑ
むめづがは

一五二九　かげうつすむめづのかはのはやきせにいはこすなみも花ぞちりける
たなかみ河

一五三〇　なみさはぐたなかみ河のあじろぎにこほりいざよふ冬のよの月
ひと夜河

一五三一　たなばたのちぎりにゝたる一夜がはこのあふせこそやがてたえぬれ
ゐせき

一五三二　ゐぐひたてこなたかなたにせきかけてもとのながれはせだえしにけり
瀬魚梁

一五三三　山がはのやなせのさなみたちまよひゆくへもしらぬわが身かなしも
池

一五三四　よの中のうきめのいけの水をあさみすみわぶる身のはていかならん
たのむの池

一五三五　よをさむみこほりにけりなあしがものうきねのとことたのむいけ水
うきめのいけ

一五三六　はちすばのうきめのいけのむらさめにみだれては又むすぶしら露

いか保の沼

一五三七　したにのみおもふこゝろのふかさをもいかほのぬまのいかでしらせん

江

一五三八　さとはあれしなにはほりえにすむとりのをのが名のみぞみやこなりける

みしま江

一五三九　みしまえやしほのひくまはあらはれて又みごもりのあしのわかだち

たま江

一五四〇　かげやどすほどだにもなしなつかりのたまえのあしのみじかよの月

澪標

一五四一　我ごとやなにはほりえのみをつくしいたづらにのみよにたてるらん

山の井

一五四二　あさましやいまはむすばじ山の井によにすみわぶるかげはみゆらん

嵯峨野　有注

一五四三　わすれずよあづまにかへるなごりとてゆきふみわけしさがのかよひぢ

かすがの

一五四四　かすがのをやきしけぶりのきえはてゝあとにもゆるはわらびなりけり

武蔵野

一五四五　むさしのははぎのしたばの露わけてはなのなか行秋のたび人

みくまの

一五四六 しるらめやたのむこゝろはみくまのゝうらよりをちに身をへだてゝも

入野

一五四七 いかばかり露みだるらんさをしかの入のゝはらは秋風ぞふく

野亭

一五四八 涙そふつゆのたまくらそでぬれぬのちのさゝやのよはのまろぶし

すまの関

一五四九 すまのうらせきやもみえぬゆふぎりにそでにふきこす秋のしほ風

かすみの関

一五五〇 ゆくすゑのかすみのせきははる〴〵とながむるかたのなにこそ有けれ

一五五一 あづまぢやはるはかひなくすぎにけりかすみのせきの名はとまれども

はまなの橋

一五五二 との海のしほ風まつにふきこしてはまなのはしに月わたるなり

里

一五五三 あづまにはすみよしといふさともなしいづくにしばしみをもかくさん

山なしの里

一五五四 いづくにか身をばかくさんいとひてもうききよのほかの山なしのさと

たまがはの里

一五五五 さかりなるきしのうのはな日にみがき風にみがけるたまがはのさと

さらしなの里

一五五六　秋はなをなぐさめがたきうきよとは月にもしるやさらしなのさと

海

一五五七　よの中にしづみはつればわたつうみのそこをふかめて身をぞうらむる

海人

一五五八　しかのあまのめかりしほやくそでもなをうちぬるほどはぬるゝものかは

いかり

一五五九　ふねとめていまひきおろすいかりなはかつしづみ行身をいかにせん

塩竈

一五六〇　あさりするひがたにあまやいでぬらんけぶりたきさすうらのしほがま

ねぬなはの浦

一五六一　すゞしさの月にしほくむあま人や夏はさながらねぬなはのうら

たかしの浜

一五六二　おきつなみたかしの浜のまつかげにちどりなくなりよぞふけぬらし

うき島

一五六三　うきしまの名をもいとはじ世中よおもひさだむるすみかなければ

ながらの橋

一五六四　いにしへのながらのはしよあとばかりなにのこりてもいくよへぬらん

磯浪

一五六五　あらいそのいはうつなみのわれなれやこゝろくだけぬ時のまもなし

旅歌中に

一五六六　けふも又さとなきのべにゆきくれぬさのみやしもに枕むすばん

一五六七　なれもまたたびねのそでにしたひきぬおもひやらるゝふるさとの月

一五六八　をくらさぬ心なりともうつのやまうつゝにしばしゆめにだにみよ

一五六九　草枕あか月ごとのとりのねにけさのなごりをおもひわするな

一五七〇　あかしがた月だにやどるあきのよをかぜにまかせてこぎやすぎなん

くだり侍し時、あふさか山をこえ侍とて

一五七一　＼あふさかのやまのすぎむらすぎがてにせきのあなたぞやがて恋しき

鳴海にて

一五七二　＼みやこのみとをくなるみのはまちどり日かずにそへてねぞなかれける

清見関にて人／＼ふねにのりて、めなどかり侍しに

一五七三　＼きよみがたなみまをわけてかづけどもしのぶみやこはみるめだになし

富士山をみ侍て

一五七四　いづくよりゆきはふるらんあまのはらくものうへなるふじのしば山

送旅人

一五七五　＼したひくる心のまゝに身をやらばやがてやこえんあしがらのやま

京に侍人のもとへ

一五七六　もがみがはたゆるあふせもいなぶねののぼりわづらふしばしばかりぞ

遠江へまかる人に

一五七七　こえぬともさやのなかやまわがなかに心へだつなみねのしらくも
するがへくだる人に、たきものつかはすとて

一五七八　ゆくかたの山はふじのねくらべみよわがしたもえのおなじけぶりぞ
近江へくだる人に、装束つかはすとて

一五七九　あふみぢやのぢのゆふ露ふかゝらばみのしろ衣たちもかさねよ
美濃へくだる人に

一五八〇　したはるゝ心のまゝにおなじくはゆきてやみましつきよしのさと
甲斐へくだる人に

一五八一　わかるれば袖こそぬるれかりそめのゆきかひぢとはおもふものから
信濃へくだる人に

一五八二　さらしなの月みむたびにおもひいでよなぐさめがたく君をこふとは
常陸へくだる人に、扇つかはすとて

一五八三　ひたちなるかすみのうらのはれせねばあふぎの風をたぐへてぞやる
みちのくにへくだる人に

一五八四　しひてゆくこゝろよいかにあづまぢのなこそのせきのなをばきかずや
つくしへくだる人に

一五八五　あすよりはかへりこむ日をまつらがた心づくしにわれやしのばん
遠所なる人のもとへ申つかはし侍し

一五八六　君があたり雲ゐはるかになりぬれどおもふこゝろはへだてざりけり

入宋し侍僧のもとへ

一五八七　なみぢわけこぎわかるとももろこしのとらふすのべもうきよならずや

人のめのもとより、男こゝにとゞまりたるときく、と申をこせて侍返事に

一五八八　たづねみよたがすむさとのぬれぎぬにみかさの山の名をかざすらん

丹後前司定有、美乃国へ下向せん~~とし~~とし侍ころ、かねて日ごとになごりおしみ侍とて

一五八九　けふまではなをゆくすゑもあるものをいまはといはんときいかならん

下向してのち、思やりてよみ侍し

一五九〇　たび衣さぞなつゆけきをくれゐておもひやるだに袖はぬれけり

都

一五九一　うつゝこそみやこへだつる身なりともよがれぬゆめのかよひぢもがな

一五九二　あかざりしみやこのみこそこひしけれ月みるたびにものわすれせで

一五九三　いにしへのならのみやこにあらねどもわが身ふるればとふ人もなし

禁裏

一五九四　もゝしきををとにのみきく山がはのうきせにしづむ身をいかにせん

一五九五　まだしらぬ雲ゐをこひてあしたづのさはべにひとりなかぬ日はなし

山家

一五九六　人めとてみてなぐさむもあはれなりつまぎのしづがよそのかよひぢ

一五九七　きくもうし思ひいれじとしのべどもゆふぐれごとのみねのまつ風

暁、山ざとより帰侍とて

一五九八　木がくれの山もとゝをくなるまゝにいりぬとみつる月ぞいでぬる

閑居

一五九九　わがやどはやへむぐらしてかどさゝむよにすめばとてとふ人もなし

やど

一六〇〇　よしの山うきよへだつるやどもあらばすみうかれぬる身をばなげかじ

山田

一六〇一　いたづらによにたてるかな秋はつる山田のそほづをのれうれへて

故郷

一六〇二　ふるさとは風もたまらぬいたまあらみねやながらみるよはの月かげ

寺（小字行間補入）

一六〇三　さととをみけぶりもたゆるみやまぢのゆふべのてらにかへるそでみゆ

一六〇四　はつせ山ゆふゐるくもにこえくれてひばらにしづむいりあひのかね

水郷

一六〇五　よの中をうぢのさと人しかぞすむわれもゆきてや身をかくさまし

王昭君

一六〇六　あさごとのかゞみのかげをたのみきてみやこのほかをみるぞかなしき

六帖題にてよみ侍し歌中に、おや

一六〇七　たらちねのこゝろのやみのふかさをもこをおもふみちにいまぞしりぬる

わかいこ

一六〇八　わがごとやいとけなきこのおもふことといはでのみこそねをばなきけれ

つかひ

一六〇九　かりがねの雲ぢのつかひきりわけてつばさにかくるつゆのたまづさ

かり

一六一〇　かり人のいるのゝはらになくしかはいのちにかへてつまやこひしき

色

一六一一　つきくさのはなよりあだにうつろふは人のこゝろの色にぞありける

つゐ

一六一二　きみがよのちとせのさかのためとてやそのかみ山にうづゐきるらん

かざし

一六一三　かざしこし雲ゐのさくらわするなよみやこのほかに身はふりぬとも

たまくしげ

一六一四　たまくしげみやこのてぶりえぞしらぬあづまのたみとおとろへしより

はた

一六一五　かずならぬ身はいやしくてしづはたにものおもふことは人にをとらじ

綿

一六一六　よろづよのはるとふくなるふえのねにかざしのわたも花とみえつゝ

裳

一六一七　わぎもこがひきものすがたうちはへておもかげにのみこひぬ日はなし

和琴

一六一八　山かづらもみぢのえだにひきかけてあらしのこゑをてにぞきかする

寄月管絃

一六一九　かきならすあづまのことのこゑたてゝ月のしらべにかよふまつ風

懐旧

一六二〇　いくほどもつもらぬとしのわが身にも思ひいでおほくすぐしつるかな

一六二一　おもひいづるこゝろをのみぞしのびけるわするゝときはむかしともなし

秋懐旧

一六二二　ふるさとはむかししのぶのゝきばよりみしよにゝたる月ぞもりくる

夢

一六二三　ぬるが中もさむるうつゝもかはらぬをわくるこゝろやゆめとなるらん

夢のうちにてよみ侍し

一六二四　たがために秋のきぬらんふるさとのぬしなきやどのにはのあさぢふ

無常

一六二五　あすまでのいのちもいまやしら露のかゝる草葉に風ぞふくなる

一六二六　ものごとにうつろひ行ばありはてぬよのはかなさも秋ぞしらるゝ

小僧都厳雅、病かぎりになりてのころ、手本をくるとてつゝみがみに

一六二七　いにしへのかしこき筆のあとまでも我かたみとやのちはなるべき

返し

一六二八　よゝふともきみがかたみとみづぐきのあともかしこき道をならはん
　　　身ちかくめしつかひ侍もの、みまかりて、いまけぶりとなすよしきゝ侍て、律師厳雅許へ申つかはしはべりし
一六二九　かやり火のけぶりをみてもかなしきはくもとなるらん山のはのそら
　　　返事　　　　　　　　　　　　　　　　　　　　　　　厳雅
一六三〇　かやりびのけぶりのいろも時しあればむせぶ心をそらにみせけり
　　　釈教歌中に、三界唯一心
一六三一　おもひとけばこほりもなみもうたかたもひとつながれの山がはのみづ
　　　三世不相待
一六三二　いにしへとおもへばやがてむかしにてこゝろのまゝのよにこそ有けれ
　　　心仏及衆生是三無差別
一六三三　ぬるゆめもさむるうつゝもひたすらにおもへばおなじこゝろなりけり
　　　是法住法位世間常住
一六三四　大かたのみづのこゝろをしりぬればたちゐるもなみはかはらざりけり
　　　煩悩即菩提
一六三五　風ふけばにはかにあれてさはげどもなみはさながらもとのいけ水
　　　唯境無識
一六三六　みる人もきく人もなしたかさごのおのへの松にわたるゆふかぜ
　　　唯識無境

一六三七　ねぶりこそゆめともみゆれ世中はたゞおもひわく心なりけり

六帖題よみ侍し歌中に、法師

一六三八　あらはるゝころものたまやこれならんこけのたもとにむすぶしら露

法印最信、日蝕の御いのりし侍しに、雨ふりて侍しかば、のちの日申つかはし侍し

一六三九　おほふなる我たつそまの雲よりやきのふのあめのふりはじめけん

返し

一六四〇　つたへこしわがたつそまのみのりこそきのふの雨といまはなりぬれ

法印定清、まうできて物がたりし侍しついでに、真言の記教にすぐれたることなど申てかへり侍て、次の日申をくり侍し

一六四一　きよたきをくだすいかだのさすさほにのりのながれの淵瀬をぞしる

返し

一六四二　きよたきをくだすいかだのさすさほに《のながれのふちせふみわけて》水のみなかみいかでたづねん

有宣法師、としへてのちまうできて、物がたりなど申て酒すゝめて侍しに、ゑひて袈裟をわすれて侍しを、朝にかへすとて

一六四三　としをへてまれにあひみしよひのまのなごりありともけさぞしりぬる

述懐

一六四四　よの中をいとはんとおもふあらましのいつかまことにならんとすらん

一六四五　としたけばいらむとおもふ山ぢこそ月日にそへてちかくなりゆけ

一六四六　かねてよりよのうき時としめをきし山ぢもいまやちかくなるらん

一六四七　ゆくすゑもさぞなことしのけふまではおもひしことのかなひやはする
一六四八　心からわれとわが身をせめぎつゝなげくもいへばうきよなりけり
一六四九　よの中に我をとむるはさりともとゆくすゑたのむこゝろなりけり
一六五〇　よのうさをおもひしらずはいかゞせんなげく心のなどかいとはぬ
一六五一　しづかなるねざめはたれかこゝろにてそむかれぬ身をおもひすつらん
一六五二　人ごとにおもひつきせぬうきよとやあさまのたけもたえずもゆらん
一六五三　月もなをあはれとみずやわかの浦にしづみはてぬる浪のしたくさ
一六五四　わかのうらやむかしのあとはありながらまよふを月のしるべやはせぬ
一六五五　わかのうらにしづみはてぬる身をしらでそでにうかぶはなみだなりけり
一六五六　うら風や波にながるゝなびきものさしてよるべもなきわが身かな

寄月述懐

一六五七　はれがたき身のなげきかな月みてもなをかきくらすそでの涙は
一六五八　あまぐものうへゆく月のわれなれやよにすむとだにしられざるらん

寄秋雨述懐

一六五九　ふりはてゝ秋のしぐれにかすそでをほさでくちなん名こそおしけれ

寄鳥述懐

一六六〇　なつかりのあしべのとりにあらぬ身のよにたつそらもなく〳〵ぞふる

名所述懐

一六六一　よの中はなにかなにはのうらむべきもにすむゝしのなにしづみつゝ

一六六二　よのなかのうきたびごとにみよしの丶山をあはれといはぬ日もなし

なげくこと侍人のもとへ申つかはし侍し

一六六三　三代すぎてしづむためしもある物を我ひとりとはなになげくらん

京にすみ侍ながら、所労にて出仕せずして、くだりてよみ侍し

一六六四　久方の雲ゐのかげはよそなりきみやこの秋の月はみしかど

人におほくこえられ侍ころ、関屋といふ題をさぐりて

一六六五　わがごとやふはのせきもりとしをへてこえゆく人のかずをみるらん

転任事申侍しに、奏者心にいれずしてひさしくありて、五月五日雨のふり侍しに、人のもとへ申つかはし侍し

一六六六　みごもりにくちやはてなんかくれぬのあやめはけふも人しひかねば

続拾
一六六七　いかにせんわが身ふりゆくさみだれにたのむみかさの山はかひなし

おもふこと侍て

一六六八　すみよしの神をやいまはかこたましまつもむなしくとしのへぬれば

題をさぐりてよみ侍し歌中に、四方拝

一六六九　はるのたつ雲ゐの竹のおきふしてよのためよもにさぞいのるらし

除目

一六七〇　この秋はわがなもらすなみかさやまさのみしぐれにそでやぬるべき（二五五五と同歌）

文の心よみ侍し歌中に

人行、莫大於孝

一六七一 いにしへのあとはかた〴〵おほけれどおやにつかふる道ぞかしこき

進思尽忠、退思補過

一六七二 心をばつかふるみちにすゝめどもなをたちかへり身をぞいさむる

一人有慶、兆民頼之

一六七三 あまつそら春たちくればのも山もをのがさま〴〵花ぞさきにけり

在上不驕、高而不危

一六七四 おほぞらのほしのくらゐはたかけれど道たがはねばかげぞひさしき

戦々兢々、如臨深淵、如履薄氷

一六七五 そこゐなきいはかきふちのうすごほりこゝろもとけぬよの中のうさ

夙夜匪懈、以(字体は本字の「㠯」)事一人

一六七六 しもゆきにわが身をせめてくるとあくと君につかふるとしぞへにける

資於事父以(字体は本字の「㠯」)事君、其敬同

一六七七 たらちねのおやにしたがふこゝろもて君につかふる道ぞかはらぬ

自天之時、就地之利

一六七八 なつはうへ秋はかりたにたつたみのをのがまゝなる身とやしるらん

不以一悪忘其善

一六七九 あだにちるいろをうしとて山ざくらいづれの花におもひおとさん

倹以養性

一六八〇 世中はたまのうてなもなにかせんくさのいほりも心こそすめ

禍福無門、唯人所召

一六八一　うらみじなには入江のよしあしももにすむゝしのなにぞありける

欲悔非於既往、唯慎過於将来

一六八二　ゆくすゑをいまはおもはんおもひがはすぎにしうさはまたもかへらず

慾生於身、不遏則身喪

一六八三　ふゑによる秋のをしかもおもひより身をいたづらになしぞはてぬる

茅茨不剪

一六八四　とゝのへぬくさのゝきばゝよゝへてもみちあるみよのためしにぞひく

王者欲明、讒人弊之

一六八五　久方の月日はいづらくもるべきたゞあまぐものおほふなりけり

いはし水

一六八六　やはらぐる月のひかりもいはしみづこゝろきよさにやどるとぞきく

たむけ

一六八七　たちかへりとしをへだてぬあふさかとせきもる神にたむけせし哉

しめ

一六八八　いまよりはひくしめなはのうちはへて神のこゝろに身をばまかせん

七夜に人〳〵歌よみ侍しに

一六八九　行すゑはおもふもとをしよろづよをかぞふるけふはなぬかなりけり

祝

一六九〇　わが君のめぐみぞとをきあまのはら月日のかげのさすにまかせて
一六九一　しきしまの外にはくものみだるとも神よの月のかげはくもらじ
一六九二　君がよのともなりけるをいたづらにおのへにたてるまつとみしかな
一六九三　かめのおの山のいはねにむすこけのかはらぬいろや君がよろづよ
一六九四　なみ風ものどけきころとわかのうらやなぎたるあさのたづのもろごゑ
一六九五　よものうみのはまのまさごのかず〳〵にいはほとならんみよぞひさしき
一六九六　かぎりなくおもふこゝろにまかせてもなをいひしらぬみよのゆくすゑ
一六九七　さかさまにかぞふるとしの神よまでくらべてあまる君がゆくすゑ
一六九八　君が代を神にぞいのるすみよしのまつはやちたびおひかはるまで
寄月祝
一六九九　きみがよを月にぞいのる行すゑのかぎりもしらぬ秋にまかせて
一七〇〇　くもりなきみよをしらする月かげにちとせをそへてまつかぜぞふく
寄里祝
一七〇一　いにしへのかしこきあとにたちかへり今もみちあるかまくらのさと
已上八百四首
点者戸部禅門也、星点者権黄門也、依怱劇、雖不終功及両年間、為粉失《（ママ）》乞返之了
永仁二年十二月廿三日

隣女和歌集巻第四 自文永九年至建治三年 八百九十七首

春

立春

一七〇二 あふさかのとりよりさきのねざめこそまづはるをしるはじめなりけれ

一七〇三 われぞまづはるはしりぬるしの丶めのとりよりさきの老のねざめに

一七〇四 あまのとをいづるあさ日やあづさゆみはるのひかりのはじめなるらん

一七〇五 けふやがてきゆる雪まのまつがえやはるのみどりのはじめなるらん

一七〇六 しらゆきのふりかくしてしわがやどをいかにたづねてはるのきぬらん

一七〇七 きえあへぬみねのしら雪ほの〴〵とかすむをみればはるぞきにける

一七〇八 はれやらぬそらの雪げのうすぐもりかすみになしてはるぞきにける

山立春

一七〇九 はるきぬといふばかりにてあしびきの山かきくらしゆきはふりつ丶

一七一〇 はるのたつあさけのそらにみわたせばとをき山べぞまづかすみける

一七一一 はるたつとくもゐのよそにしられけりけさまづかすむかづらきのやま

一七一二 けさみればかすみのころもたちそめてそでふる山にはるはきにけり

羇旅立春

一七一三 あふさかをわれよりさきにまづこえてけさはみやこにかへるはるかな

禁中立春

一七一四 けさは丶やかすみもやがてこ丶のへのおほうち山にはるはきにけり

山家立春

一七一五　はるたちてあらはれそむるまきのやのきばにおつるゆきのたまみづ

故郷立春

一七一六　かすみたちいまははるべとなにはづにけさきえのこる雪やこのはな

早春

子日

一七一七　ねのひするまつのちとせを君がためそらにたなびくはるがすみかな

一七一八　かすがのゝこまつをきみがやどにうへて神のたもてるよはひうつさん

朝霞

一七一九　あさぼらけいづれやまともみえわかでかすみにたてるみねのまつばら

一七二〇　さしのぼるあさひにみねはかつはれてかすみのこれるをちのやまもと

山霞

一七二一　かすがやまはるはいろそふひとしほに松よりほかもかすむそらかな

一七二二　さほひめのかすみのころもはる風にそでふる山はみゆきけぬらし

一七二三　ときしらぬ山ともいはじふじのねの雪にかゝれるはるのかすみは

河霞

一七二四　つらゝゐしほそたにがはゝうづもれてかすみおびたるきびのなかやま

野霞

一七二五　春のゝのおぎのやけはらけさみればわかなつむべくかすむそらかな

一七二六　のべみればまだみどりにはなりやらでかすみばかりぞ春めきにける

浦霞

一七二七　すまのあまのやくしほけぶり空にのみたちみちぬるやかすみなるらん

里霞

一七二八　いつかみむあしやのさとのゆふなぎにひとむらかすむすみよしのまつ

鶯

一七二九　春たつといふばかりなるかすみよりほのめきいづるうぐひすのこゑ

一七三〇　あけぬるかねやのいたまのひまみえてほのかにしつるうぐひすのこゑ

一七三一　うぐひすのはかぜやなをもさえつらんこづたふむめはゆきとふりつゝ

一七三二　いまさらにゆきふらめやもうぐひすのこづたふむめのはなやちるらん

谷鶯

一七三三　われのみやあはれときかんやまがつのかきつのたにのうぐひすのこゑ

野鶯

一七三四　きのふけふわかなつみにとはるのゝにきつゝなれぬるうぐひすのこゑ

山家鶯

一七三五　ふるすよりみやまづたひにこの里はまづきゝそむるうぐひすのこゑ

竹間鶯

一七三六　いろかへぬ春のともとやくれたけのちよをならせるうぐひすのこゑ

遠鶯

一七三七　このさとになきてうつろへかすみ立をちかたのべのうぐひすのこゑ
近鶯
一七三八　けさよりはよそにもきかずさきそむるのきばのむめのうぐひすのこゑ
若菜
一七三九　もえいづるわかなもあらばつむべきをのべのいづくかゆきまなるらん
一七四〇　ふるさとをたちいでゝみればかすがのゝとぶひのかたにわかなつむなり
一七四一　かすがのにわかなつむなるそでなれや雪よりのちのゆきのむらぎえ
一七四二　ことゝはむをちかたのべにうちむれてしろくみゆるやわかなつむそで
一七四三　ふるさとはわかなつめどもみよしのゝ山かきくらしゆきはふりつゝ
一七四四　ふぢごろもそでうちはへてやまがつのかきつのたゐにねぜりつむなり
雪中若菜
一七四五　鶯のこゑきくのべのわかなさへそでにたまらぬはるのあは雪
岡若菜
一七四六　みづぐきのおかのやかたをたちいでゝねてのあさけにわかなつむなり
野若菜
一七四七　人ごとにわがしめしのゝわかなとやをのがさま〳〵けさはつむらん
一七四八　のべみればきゆる雪まもしろたへの袖ふりはへてわかなつむなり
沢若菜
一七四九　こほりとけうちいづるなみに袖ぬれてのざはのわかなたれかつむらん

海辺若菜

一七五〇　なみあるゝのじまがさきのあま人はいそなはつまでわかなをぞつむ

行路若菜

一七五一　みわたせばゆくもかへるもみちのべのさはだのわかなつまぬ日もなし

春草処々

一七五二　おなじのもまづやきそめしかたみえてをくれさきだつはるのわか草

遥見残雪

一七五三　はるがすみ冬をへだてゝかづらきや雲ゐのよそにのこるしら雪

春雪

一七五四　ふるさとははやかすめどもみよしのゝ山のしらゆきふりまさりつゝ

一七五五　あさみどりかすむ日かげに山のはのゆきさへけさははるめきにけり

一七五六　はるもなをくものいづくの冬なればかすみをわけて雪はふるらん

山春雪

一七五七　このさとははやかすめどもあしがらのはこねの山にゆきはふりつゝ

岡春雪

一七五八　あさひさすのきばにつたふみづ草《ぐき》のをかのやかたのゆきのむらぎえ

杜春雪

一七五九　はる風にみだれしいとのくりかへしやなぎのもりにあはゆきぞふる

河春雪

一七六〇　こほりとけ《ぢ》まだうちとけぬ谷河になみのはなちるはるのあは雪

湖辺春雪

一七六一　ひとしほもゆきのうちにやまさるらんみどりかくるゝしがのはままつ

関春雪

一七六二　あふさかのせきにや冬のとまるらんをとはの山にのこるしらゆき

橋春雪

一七六三　はるがすみたちわたれどもあとたえてゆきのみふかきみねのかけはし

里春雪

一七六四　はるもなを冬につゞきのさとなればゆきげはなれずたつかすみかな

春氷

一七六五　うちいでしいはまのなみもたちかへりはるさへこほるたにがはのみづ

梅遠薫

一七六六　このさとはまださきやらぬ梅がゝのいづくの風ににほひきぬらん

雪中梅

一七六七　ふる雪のにほふよならばむめのはなをしるべにわきておらまし

月前梅

一七六八　しらゆきのふりかくせどもむめのはなをうづもれぬいろとこそみれ

紅梅

一七六九　むめのはなかやとまるとてたちならすそでにうつるは春のよのつき

一七七〇　わぎもこがたちよるそでもくれなゐのこぞめに丶ほふのきのむめがえ

一七七一　くれなゐのいもがころもに梅のはないろこそあらめかさへわかれず

そのかみうへおきて侍紅梅、としひさしうさかず侍しが、はじめてさきて侍をみて

一七七二　おのづからはるしるとしもありけるを身のたぐひとはなにおもひけん

落梅

一七七三　風吹ばにほひばかりとみしむめのいろさへけさはさそはれぞゆく

一七七四　わがそでにむめふきたむる春風はつらきばかりをえこそうらみね

柳歌中に

一七七五　あをやぎのいとふきなやむはる風にあさ露もろくたまぞみだるゝ

一七七六　たちよればそでにみだるゝたまぼこのみちゆきぶりのあをやぎの露

一七七七　あさみどりいとよりかくるあをやぎの《ゃ》ちるはなゝらでねにかへるらん

霞間柳

一七七八　さほひめのかすみのころもたえ〴〵にはつるゝいとやきしのあをやぎ

一七七九　かげろふのもゆるのはらをきてみればかすみになびくあをやぎのいと

雪中柳

一七八〇　うちなびくやなぎのいとのたちかへり又かきくもるにはのしらゆき

雨中柳

一七八一　たちよりてみる人もなきあをやぎにいとかけそふるはるさめぞふる

水辺柳

一七八二　池水になびくたまもとみえつるはきしのやなぎのかげにぞ有ける

遠村柳

一七八三　たがさとのこずゑなるらしあさみどりかすみになびくあをやぎのいと

隣家柳

一七八四　春風にわがやどかけてなびくなり人のかきねのあをやぎのいと

故庭柳

一七八五　ふるさとははらふ人なきにはのおもにあさぎよめするあをやぎのいと

二条の旧跡の懸を《の》柳を思やりて

一七八六　ふるさとのにはのおしへのあとながらのこるやなぎもよゝふりにけり

一七八七　三代のこるおいきのやなぎふるさとにいまひとはるのさかりまたなん

蕨

一七八八　たちわたるはるのかすみをけぶりにてけさもえそむるのべのさわらび

春雨

一七八九　みよしのゝ山にはゆきやふるさとのかすみもさむきはるさめのそら

一七九〇　さほひめのかすみのころもたてぬきにいとよりかくるはるさめぞふる

一七九一　おぼろなるはるのならひのあさぐもりかすむとみれば春さめぞふる

中将所望し侍しころ、春雨ふり侍しに

一七九二　わが身よにふるかひもなきはるさめにぬれぬみかさの山のなもがな

帰雁

一七九三　春はこし秋はみやこにかへる山かりのためなる名にこそありけれ

一七九四　雁のゆくこしのくになるしら山のしらねばこそあれことづてなまし

一七九五　かへるかりなきゆくかたをながむればくものみのこるきたの山のは

夕帰雁

一七九六　ぬししらぬたそかれどきのうすゞみにかくたまづさのかへるかりがね

一七九七　ゆふひさすみねのかけはしあとたえてかすみにきゆるかりのひとつら

夜帰雁

一七九八　なにゆへにいそぎてかりのかへるらんはなのさかりの月をみすてゝ

京へのぼらんとてのころ、帰雁を

一七九九　旅にてもをとづれかはせふるさとにわれさへかへるはるのかりがね

喚子鳥

一八〇〇　よぶこどりよぶかひもなしやまびこのこたふるこゑもをのがねなれば

待花

一八〇一　さらでだにまたるゝはなのおもかげをほのかにみせてかゝるしらくも

遠尋花

一八〇二　みやこ人とはぬにつけてこのごろはいとゞまたるゝ山ざくらかな

一八〇三　はなとみるとやまのくもをわけすてゝかすむたかねにかへさわすれぬ

初花

一八〇四　さきそむるはなかあらぬか山のはにかゝるともなきみねのしらくも

一八〇五　山ざとのはつはなざくらけふも猶くもとみればやとふ人もなき

一八〇六　けさやがてたれにかみせむまちわびしはなさきそむるのきの一枝

一八〇七　たづねいる山のはつかにさきそむるはつはなざくらあすもきてみん

ことばをかきて歌よみ侍しに、みやこのはなさきはじむるころ、山ざとへまかりて侍に、花いまだをそくしといふ題をとりて

一八〇八　たづねいる山ぢはをそきこずゑかな宮こよりこそはなはさきけれ

障子のゑをみて

一八〇九　ふく風やのどけかるらしあづさ弓はるをかぎらぬはなをみるかな

暁花

一八一〇　いつのまにとりのなくまでふけぬらん月と花とはみるほどもなし

雲間花

一八一一　しらくもとみゆるもはなか山ざくらにほひを〻くれみねのはる風

月前花

一八一二　このはるは月のころしもさかりにてよるもめかれぬ山ざくらかな

山花

一八一三　またれつるはなやさくらしつねよりも山○《の》はしろくかゝるむらくも

嶺花

一八一四　しら雲のたつたのやまとみえつるはをぐらのみねのさくらなりけり

河花

一八一五　まだちらぬはなのかげさへよしのがはゆくすゑみえてうつろひにけり

名所花

一八一六　やどりしてはなちるまではみよしのゝふるさと人に身をやなさまし

都花

一八一七　はるをへてにほふさくらのこゝのへにおほうち山はくもぞかさなる

一八一八　みよしのはやまのはたかきなのみしてさくらははなのみやこなりけり

年のうちに京へのぼり侍らむとし侍しに、おもひのほかにとゞこほりて

一八一九　おもひきやなをこのはるもこの里のはなにみやこをこひむものとは

花比眺望

一八二〇　さきにほふはなの宮こをみわたせばたゞこゝのへのはるのしらくも

閑居花

一八二一　はるきてはにほふさくらのやへむぐらしげれるやども人はとひけり

一八二二　春きてははなをあるじとたのめどもなをやどからにとふ人もなし

一八二三　花ゆへにひとのとひくるやどならばちるになげきを猶やそへまし

花下待人

一八二四　ちりはてむあすはなにせん山ざくらきのふけふこそ人もまたるれ

花誘引人

一八二五　いづくにかはるのこゝろのとまるべきはなよりのちぞやどもさだめん

花忘愁

一八二六　おもふことみればわするゝ花にまたなげきくはゝる春風ぞふく

花歌中に

一八二七　みよしのゝやまのさくらやさきぬらんふるさとにほふはるかぜぞふく

一八二八　ゆふひさすみねのかすみもさくら色のうすくれなゐににほふころかな

一八二九　あけぬれどみねをわかれぬよこ雲のはなになりゆく山ざくらかな

一八三〇　みねの雪おのへの雲にうつろひてはなにぞまどふみよしのゝやま

一八三一　くもとみえゆきにまがひて山ざくらはなこそさかねかはにほひつゝ

一八三二　山ざくらいまさかりなりくもゝなくなぎたるあさにふれるしら雪

一八三三　よそにたつくもゝさながら花とみてまがふいろなき山ざくらかな

一八三四　はなにあかでいくさとすぎぬかへりみるやどのこずゑはくもとなるまで

一八三五　たがさとにはなさきぬらんあし引の山○《の》はならでかゝるしらくも

一八三六　よしの山ことしはをそきはなゝれややよひにかゝるみねのしら雲

一八三七　つきのすむそらはかすみて山桜こずゑばかりにかゝるしらくも

一八三八　月もらぬこのまもはるはいとはれずちることおしき花のしたかげ

一八三九　はなみてもそでこそぬるれいたづらにわが身ふりぬるはるさめのそら

一八四〇　いまよりはたれをかまたむはるさめのつゞけるころのはなのふるさと

一八四一　ふるさとゝやどをあらしていまよりははなみがてらにたれをさそはん

落花

一八四二　春はたゞさてもや人のまたるゝとはなゝきさとにやどやからまし

一八四三 よしのやまはなやちるらむ昨日よりうすくなりゆくみねのしら雲
一八四四 冬ちかきいろをみせてやあしかきのよしのゝはなもゆきとふるらん
一八四五 雲ときえゆきとふりても山ざくらゆくへもしらぬはるの色かな
一八四六 みよしのゝ山のあなたもさくら花さそふあらしのかくれがやなき
一八四七 おほぞらにかすみのそではおほへどもなを春風にちるさくらかな
一八四八 わがやどのわかきのさくらさきしよりめかれずみつゝちらしつるかな
一八四九 庭のおもはやみともみえぬ光にてをぼろ月よにちるさくらかな
一八五〇 春のよのゆめよりもなをはかなきはさくとみしまのさくらなりけり
一八五一 きのふかもさかりとみしは山ざくらねぬるひとよのゆめにぞ有ける
一八五二 きのふまでこずゑのゆきとみしはなのよのまにみづのあはれよの中
一八五三 やり水のいはゞしばかりあらはれてこけにふりしくはなのしら雪

花後春風

一八五四 ちるはなのおもかげのこすかたみさへあだなる雲にはる風ぞふく
一八五五 やまざくらあかずさそひし春風のかたみの雲を又はらふらん
一八五六 ちるはなにいとひなれにしなごりとてくもにもつらきみねのはる風

三月三日

一八五七 いでゝなをまたるゝものははなのせのいしまによどむはるのさかづき

苗代

一八五八 あしねはふさはのぬま水ひきかけてのだのなはしろしめはへる《て》けり

一八五九　なはしろのをだのしめなはひきはへては○《や》山がつのいとまなきころ
一八六〇　なはしろの池のみなくちさしとめて水もまかせぬはるさめのころ

菫菜

一八六一　ふるさとのあさぢがはらのつぼすみれ人めすさめぬとしやつむらん

杜若

一八六二　たづねずは花もみましやかくれぬのいはかきつばたいまさかりなり

松上藤

一八六三　まつにのみ枝をつらぬる（「そ」に「る」を上書）ちぎりもてなにかはふぢのあだにうつろふ（三七一と同歌か）

淵辺藤

一八六四　山がはのそこひもしらぬふちなれどあだにさわぐやきしのふぢなみ

藤歌中に

一八六五　こゝのへににほふさくらはかざしてきまだみにかけぬ春のふぢなみ

中将にて石清水臨時祭の使つとめて、あづまにまかりくだりて、つぎのとしの春、ふぢをみ侍て

一八六六　みれば又みやこにかへるこゝろかなこぞのかざしのはるのふぢなみ

躑躅

一八六七　たつた山からくれなゐのいはつゝじ春もゝみぢの色かとぞみる

蛙

一八六八　はなのいろははやくうつろふ山吹のさけるよしのゝかはづなくなり

款冬

一八六九　さきしづむきしの山ぶきなみこえてはなのいろなるたにがはのみづ
一八七〇　くちなしのいろもあやなし山吹のさけるゐでにはかはづなくなり

河辺山吹

一八七一　やまぶきのかげゆくかはの水の色やにごらぬみよのためしなるらん

吉野河の山吹を

一八七二　はなはなをちぎりありけりよしのがはさくらの丶ちのきしのやまぶき

庭山吹

一八七三　ゆふぐれのまがきはかはるいろもなしをのがなのみや山ぶきのはな

山吹のさかりに人まうできて、よるになりぬ、いまはかへらんと申侍しかば

一八七四　ゆふぐれのにはのまがきは山ぶきのはなにつけてもよるはかへるな

暮春雲

一八七五　はるふかきあをばのやまのしら雲はさきをくれぬる花かとぞみる
一八七六　山たかみあをば○《に》のこるはなとみておられぬくもにさそはれにけり

暮春月

一八七七　やよひ山はなよりのちのひかりかなあを葉わけいづるありあけの月

暮春歌中に

一八七八　はなもちり月もありあけにうつろひぬあはれあなうのはるのわかれや
一八七九　ひとかたに《の》なごりやおしきやまざくらちるや丶よひのありあけのつき
一八八〇　くれはつる春のゆくへはしらなみのあとなきかたにたつかすみかな

一八八一　くれてゆくはるよびとめぬよぶこどりなにぞはありてなくかひもなし

一八八二　かげばかりそこにしづみし山ざくらなみにうきてもくるゝはるかな

惜春といふことを

一八八三　としごとにおしむかひこそなけれどもこりぬ涙ぞはるにさきだつ

一八八四　ちる花におしむこゝろはつきにしを又なげかゝるゝはるのくれかな

一八八五　なをざりにおしきはるかはくれゆくも命のほかの月日ならねば

春残二日

一八八六　ちるはなのかたみのいろの衣だにけふとあすとや身にもならさん

三月のすゑに卯○《の》花のさけるを見侍て

一八八七　まだきよりやよひをかけて夏ごろもさらしそめぬる岸のうのはな

三月尽鶯

一八八八　うぐひすのをとづれさへやたえはてんけふよりのちのはるのふるさと

小三月尽

一八八九　よのつねの日かずにくるゝはるだにもさらぬわかれはつらくやはあらぬ

夏

四月朔ごろ、京へのぼり侍らんとて

一八九〇　けさは又はなのたもとをぬぎかへてひとへにいそぐたびごろもかな

卯花

一八九一　夏ごろもけさたちかふるそでの色にひとつにさけるにはのうのはな

一八九二　わが袖にまがひやすらむとふ人もなき山ざとのにはのうのはな
　　朝卯花
一八九三　うのはなのさけるかきねとしりながらいくたびいもがそでとみつらむ
一八九四　たちどまるそでかとぞみるわぎもこがかへるあさけのにはのうのはな
一八九五　あさといでのいもがそでかとみるまでに庭しろたへにさけるうのはな
　　夕卯花
一八九六　まだいでぬやまのあなたの月かげのかねてうつるやにはのうのはな
一八九七　このごろはそらにしられぬゆふづきのさとわくかげやにはのうのはな
　　卯花歌中に
一八九八　うのはなのさけるかきほかしら浪のよせてかへらぬたまがはのさと
　　残花
一八九九　ほとゝぎすたづぬる山のをざくらはつねにかへて花をみるかな
一九〇〇　ほとゝぎすはつねたづねている山のあらぬかひあるはなをみるかな
　　葵
一九〇一　うちわたすをちかた人もけふはみなそのかみ山のもろかづらせり
一九〇二　あまつ日のかげにあふひの草ながら月のかつらにかけもはなれず
一九〇三　あさゆふの日かげのまゝのあふひ草君にしたがふみちをしらせて
　　賀茂祭
一九〇四　もろかづら月日にちぎる草きとや雲ゐのつかひけふかざすらん

神祭

一九〇五　たがさとにかみまつるらむ山人のかへるつまぎにさせるさかきば

待郭公

一九〇六　ほとゝぎすはつねやきくと卯花のさけるあたりにやどやからまし

一九〇七　ほとゝぎすはつねはいかにうのはなのさきちるをかのむらさめのそら

一九〇八　人ならばおもひたゆべき雨もよにいとゞまたるゝほとゝぎすかな

一九〇九　こよひだにきかでやあけむ郭公雨のはれまのむらくもの月

一九一〇　ほとゝぎすはつねまつまに卯花の月もありあけのかげぞすくなき

長景すゝめ侍し歌の中に、同題

一九一一　またできくとしはなけれどほとゝぎすねぬよのいたくつもるころかな

四月許に嵯峨にまかり侍て、京へ帰らんとて、そこにすみ侍人のもとへ申つかはし侍し

一九一二　みやこにてなにをかたらむ郭公はつねをきかでたちかへりなば

人伝聞郭公

一九一三　なきぬとも我にかたるなほとゝぎす人よりのちのこゑやまたれじ

賀茂にて、社頭郭公といふことを

一九一四　しめのうちにはつねたむけて郭公そのかみ山をなきていづなり

二声郭公

一九一五　みじか夜となにはたてどもほとゝぎすまだよひながらふたこゑぞきく

河辺郭公といふことを

一九一六　五月雨のふるかはのべのすぎがえになくほとゝぎすまたもあひみん

宇津山にて郭公をきゝて

一九一七　みやこにてまづやかたらむ郭公うつの山ぢにはつねきゝつと

旅にて郭公を聞侍りて

一九一八　みやこまでわれをやをくるやどごとにおなじこゑなるほとゝぎすかな

奈良にまかりて侍しに

一九一九　ふるさとのならの宮このほとゝぎすしらぬむかしのこともかたらへ

一九二〇　こがくれのみかさの山のほとゝぎすとしへぬるねを神はきかずや

内野にてほとゝぎすをきゝて

一九二一　いにしへをなれもしのぶや郭公おほうち山のあとになくなり

内裏にて郭公を聞侍て

一九二二　久方のくものうへにてきく時もなをよそになくほとゝぎすかな

郭公歌の中に

一九二三　おなじくはあけはてゝなけ郭公またぬ人にもはつねきかせん

一九二四　まてしばしつらさうらみむほとゝぎすまたれ〳〵てすぐる一声

一九二五　ほとゝぎすけさよりぞなく五月をばをのがときはのもりのむらさめ

一九二六　ほとゝぎすいまひとこゑはあし引の山のあなたの人やきくらん

一九二七　一こゑのなごりもつらしほとゝぎすこゆるたかねのゆふぐれのくも

一九二八　郭公ゆふつけどりにあらぬねもきゝてぞこゆるあふさかのせき

一九二九　ほとゝぎすなくにうたゝねをさますらんふたこえときくきくゆめもこそみれ

一九三〇　ありあけの月ながめずはほとゝぎすゆく方しらぬねをやしたはん

一九三一　やまざとは人こそとはねほとゝぎすたえずかたらふこゑばかりして

一九三二　ほとゝぎすなくねきこえぬあづまぢに身は山がつのなぐさめもがな

ひさしく郭公なかず侍ころ

一九三三　みやこおもふわれにならへなほとゝぎすあづまにきてはねをのみぞなく

潤五月あるとし、郭公をきかず侍しに、なき侍よし人のかたりしに

一九三四　ほとゝぎすさ月くはゝることしだに人づてにのみきゝてやみぬる

菖蒲

一九三五　五月きてあすのあやめをひく袖にまづけふかゝるいけのさゞなみ

雨中菖蒲

一九三六　ふるさとはのきのしのぶもひまなきにあまりにふけるあや○《めぐ》さかな

六日菖蒲

一九三七　あづまやのまやのあまりに《の》あやめ草たまさへふけるあまそゝきかな

薬玉

一九三八　うらがれて袖にのこれるあやめ草ときすぐるねはわれのみぞなく

早苗

一九三九　たまのをのながきためしはいろ〳〵のはなぬきかくるそでのしらいと

一九四〇　さかきさすもりのしめなはくりかへしみとしろをだにとるさなへかな

一九四一 けふもなをおくてのやま田すきかへしさみだれすぎてとるさなへかな

夏歌中に

一九四二 夏草の野島がさきのしほ風にすゞしくさはぐなみのさや《ゆ》りば

長景許にて題をさぐりて、夏草

一九四三 なつくさはにはのおしへのあとばかりわがみちみせよやどのこのもと

庭の夏草あとなきまでしげりにたり、とうらみ侍る人の返事に

一九四四 あさゆふにおもひやらるゝかよひぢにこゝろもしらずしげるなつ草

照射

一九四五 このまよりみねのほぐしのほのめくをやみをわすれて月かとぞみる

一九四六 さ月やみおもひのほかに月かげのいざよふ山やともしなるらん

一九四七 きのふたつと山すそのにしかやなきおのへをこえているともしかな

山五月雨

一九四八 さびしさは夏こそまされ五月雨にかきこもりぬる山かげのいほ

河五月雨

一九四九 いづみがはいつみしよりもさみだれはけふみかのはらなみぞこゆなる

沼五月雨

一九五〇 たづねばやいづれあさかのぬまならむ水のみふかきさみだれのころ

夏月

一九五一 人しれずすみける月のあたりしもまづはれそむるさみだれの雲

一九五二　まつほどは秋におとらぬ月かげのいでゝはやがてあくるみじかよ
転任事年久かなはで、賀茂にて、河夏月といふことを読侍しに
一九五三　この夏もみたらしがはにてる月のしづめるかげにすみやはつべき
長景すゝめ侍し歌中に、浦夏月
一九五四　このごろはながゐのうらのあま人も月をみるめのよるぞみじかき
一九五五　ぬるがうちもさむるうつゝも夏のよはみはてぬゆめにあくる月かげ
新樹間暁月
一九五六　にはのおもはあか月やみとみえながら木かげのほかにありあけの月
朝橘
一九五七　あさとあけにふきいるゝ風のにほふかなのきのたちばな花さきぬらし
故郷橘
一九五八　五月きていまもはなさくたちばなのなにおふみやこあれまくもおし
右近橘を見侍て
一九五九　雲のうへわがたつかたのそでふれてみはしのにしにゝほふたちばな
歌合し侍しに、月前蛍
一九六〇　月はなをこゝろづくしのこのまにもさはらぬかげやほたるなるらん
江蛍
一九六一　なにはえのたまものひかりあらはれてなみのうへにもとぶほたるかな
一九六二　漕《こぎ》かへるたなゝしぶねのいさりびやおなじいり江にもゆるなつむし

浦蛍

一九六三　身をてらすひかりはみえね○どわかのうらにほたるあつめてとしはへにけり

蛍歌中に

一九六四　煙たつおもひとぞみる夏むしのもえてみだるゝふじのなるさは

鵜河

一九六五　はるゝよのあしまの水にかげみえてなみのそこにもとぶほたるかな

一九六六　あらし山かたぶく月のかつらがは光をかへてのぼるかゞり火

蚊遣火

一九六七　月をみるやどこそなつはしられけれほかにはたつるよはのかやり火

一九六八　さびしさにたつるけぶりとなけれどもしばおりくぶるよはのかやり火

一九六九　みな月もすゞしかるべきゆふぐれのあつさをそふるのきのかやり火

氷室

一九七〇　ときしらぬふじよりほかのひむろ山こほりてのこる冬のしらゆき

晩立

一九七一　ゆふだちの雲ゐにひゞくかみなびのみむろのきしは水まさるなり

晩立に日影のみへ侍しかば

一九七二　かきくらすくものいづくのひまもりてゆふだちながらいりひさすらん

山家夕立

一九七三　風はやみすゞしくゝもるあまぐものわがゐる山のゆふだちのあめ

月前納涼

一九七四　ながむればすゞしかりけり夏のよの月には秋のかげやそふらん

暁納涼

一九七五　この程はゆめをわかれて有明の月にしみづをむすびかへぬる

山家納涼

一九七六　やまかげや風ふきいるゝ松のとをさゝでいくよかあかしきぬらん

三首歌合し侍し時、同題

一九七七　すゞしさはしみづをにはにせきとめてゆふひよそなる山かげのいほ

納涼歌中に

一九七八　ゆふづくひよそにうつろふ山かげのすゞしきやどにかよふまつ風

一九七九　かたをかのならの葉そよぎかぜすぎてゆふかげすゞし日ぐらしのこゑ

一九八〇　むすぶてにさはぐいづみのさゝらなみたちよる人のかへりやはする

夏神楽

一九八一　かはやしろさかきのえだにおりはへてなみにかさぬる夏ごろもかな

一九八二　河やしろなみかけごろもをりはへてしのにこゑするほとゝぎすかな

一九八三　さかきさすきよきながれの河やしろしのにかけほす夏衣かな

六月晦日、みたらし河にて風すゞしく侍しに

一九八四　秋風はけふよりふきぬみそぎするみたらしがはのもりの下かげ

六月祓

一九八五　みそぎがはあか月かけてよる浪のかへるやなつのわかれなるらん
一九八六　みそぎするあさのたちえのとりもあへずふけ行そらに秋風ぞたつ

秋

初秋

一九八七　さよふくるみそぎにかけしゆふしでのなびきしまゝに秋風ぞふく
一九八八　露はいまをきもやすらむあけぬまは風こそ秋のはじめなりけれ
一九八九　いつしかとはやうらがなしまくず原くれゆくそらの秋のはつかぜ
一九九〇　秋はきぬけふよりのちのゆふぐれを風につけてもとひ《ふ》人もがな
一九九一　月のいろ風の声までわび人のこゝろつくせと秋やきぬらん
一九九二　風かよふそでになみだの露ちりてねざめよりこそ秋はきにけれ
一九九三　露よりもまづおちそむる涙かなねざめのとこの秋のはつ風
一九九四　風のみやあきのけしきにかはるらん露はならひのあさぢふのやど
一九九五　ふるさとはいつも露けきあさぢふに風こそかはれ秋やきぬらん
一九九六　秋はきぬかぜはさびしくふきかへぬとふべき人はをとづれもなし
一九九七　をとたてゝひと夜ふたよに成にけりおざゝがはらの秋のはつ風
一九九八　よな〳〵はすゞしくなりぬをざゝふくわさだのいほのあきのはつ風

初秋月

一九九九　いまよりのこゝろづくしもかつみえてくもまにいづるあきの三日月

初秋露

二〇〇〇　あさとあけてにはのおぎはらみ渡ば露こそ秋ははじめなりけれ
二〇〇一　秋風はまだをとづれぬおぎのはの露にぞけさはおどろかれぬる
二〇〇二　いつのまにをきかさぬらん夏ごろもまだひとへなるそでのしら露

七月六日

二〇〇三　みじかしとあすはうらみむ秋のよをけふたなばたやながしといふらん

七夕

二〇〇四　秋の日もながしとや思ふたなばたにかしつるいとのくるゝまつまは
二〇〇五　秋きてもなをみじかよをたなばたはなどなが月とちぎらざりけん
二〇〇六　あまのがはもみぢのはしは秋のよの月のかつらのかげにやあるらん
二〇〇七　たなばたのもみぢのふねやあまのがはとわたる月のかつらなるらん

ひとりすみ侍し秋、七夕を

二〇〇八　たなばたにことしはかさじひとりねのあきをかさぬるよはのさごろも

七夕後朝

二〇〇九　きぬ〳〵にかへるわかれの袖こえてわが身うきぬるあまのかはなみ
二〇一〇　ゆくすゑはまたとをざかるあまのがはきのふぞちかきわたりなりける

萩

二〇一一　秋たちていくかもあらぬあさ露にまづさきすゝむはぎのひと枝
二〇一二　このねぬるあか月露にさきそめて花まどをなるもとあらのはぎ
二〇一三　さをしかのけさなくこゑにのべみればもとあらのこはぎさきそめにけり

二〇一四　いまはゝやしかのねさそへわがやどのはぎのふるえの花のした風

二〇一五　みるひとのこゝろばかりとおもひしに月もうつろふはぎのうへの露

女郎花

二〇一六　よそにのみみてこそやまめあさまだきをればこぼるゝはぎのうへの露

二〇一七　はなにあかでなをやすぐさん女郎花秋のかぎりはのべにありとも

二〇一八　いろかはるたがあき風にをみなへしなみだこぼるゝのべのしら露

二〇一九　をみなへし風のこゝろのいかなればなびくものからなをそむくらん

薄

二〇二〇　さをしかのいるのゝおばなくれ行ばたがたまくらと露むすぶらん

二〇二一　ゆふされば人まつやどのあき風にそでかとみゆるはなすゝきかな

二〇二二　人めなきやどのかきほの秋風におばながそでのたれまねくらん

蘭

二〇二三　をりいだす野辺のにしきのふぢばかま風と露とをたてぬきにして

草花

二〇二四　いまはまたおもひぞいづるさがの山みなれし秋のはなのいろ〳〵

刈萱

二〇二五　いはしろのをかのかるかやゆふ露にまつならねどもむすばれにけり

荻

二〇二六　きゝなるゝかきねのおぎのをとづれもいまはたかなし秋のはつ風

山家秋風

二〇二七 やまかげやあしふくのきの荻のはも《に》ひまこそなけれあき風のこゑ

秋夕

二〇二八 むらくもの風にみだるゝやまのはのゆふひの色も秋ぞさびしき

二〇二九 をぐら山くるゝふもとの秋風にきりのそこなるいりあひのかね

秋夕立

二〇三〇 夏だにもすゞしかりしをのわきだつ風をたよりの秋のゆふだち

初雁

二〇三一 久方のあまつさぎりのあさぐもりふく風さむくかりはきにけり

二〇三二 こはぎちるゆふ風さむみやまがつのうつあさごろもかりぞなくなる

二〇三三 秋風のさむく日ごとになりゆけばころもかりがねなかぬよもなし

二〇三四 雲ゐまでいなばの風やさそふらんふしみのをだにかりはきにけり

二〇三五 月はなをひかりもみえぬ秋のよのきりにもれくるはつかりのこゑ

二〇三六 秋風にくもかはれぬる山のはの月をよこぎるはつかりのこゑ

二〇三七 ながむればあき風いたくさよふけてかたぶく月にかりぞなくなる

月夜にかりのなきわたり侍しに、和琴の月の調の事思いでゝ

二〇三八 ひさかたのかつらのかげにとぶかりは月のしらべのことぢとぞみる

鹿

二〇三九 をみなへしおほかるのべになくしかはいかなるくさのつまをこふらん

二〇四〇　さをしかのいるのゝおばなかりそめにむすぶいほりはねむかたもなし

二〇四一　つまこふるときをばたれにならふらんふじのすそのゝさをしかのこゑ

夜鹿

二〇四二　月のすむよをうぢやまの秋風にみやこのたつみしかぞなくなる

暁鹿

二〇四三　月のすむよ《夢さむるねやの》をいたまに月もりてた枕なるゝさをしかのこゑ

二〇四四　さびしさをいかにしのべとやまざとのねざめの月にしかのなくらん

二〇四五　さをしかもねざめのゝちぞなきそむるなにゝおどろく夢にかあるらん

基盛朝臣許の探題に、同題

二〇四六　よをかさねつれなきつまやあり明のつきずうらむるさをしかのこゑ

やまざとにまかりて、鹿をきゝ侍てのち、よみ侍し

二〇四七　わすれずよねざめの月のありあけにほの〳〵きゝしさをしかの声

虫

二〇四八　まつむしのはつねをさそふ秋風のほのかにわたるにはのおぎはら

二〇四九　露さむきはぎの下葉の色みえてはやいねがてのむしのなくらん

二〇五〇　つゆじもにかれぬときはのなはふりてなくねことなる野辺のまつむし

二〇五一　ゆふぐれのをのゝしのはらしのびかねあまりてむしのこゑぞほのめく

二〇五二　はなみむとうへしまがきの一むらに《を》のべありがほにむしぞなくなる

二〇五三　いでやらぬゆふべはさぞな月かげの入がたにしもまつむしのなく

二〇五四　ながきよになにをあかずときり〳〵すあけてもこゑのなをのこるらん

月前虫

二〇五五　まだきよりしもとや月をみづぐきのをかぬさきにもよはるむしのね

終夜聞虫

二〇五六　よもすがらねぬともとなるきり〳〵すあはれとおもへあはれとぞきく

夢後虫

二〇五七　なれゆへにさめけるゆめかきり〳〵すまくらのしたにこゑぞきこゆる

壁底虫

二〇五八　きり〳〵すかべにおふてふくさのなの秋のおもひのねをやなくらん

蛬の枕辺になくを

二〇五九　宮こおもふまくらのしたのきり〳〵すわがなくねをもあはれとやきく

秋の歌の中に

二〇六〇　むしのこゑしかのなくねも秋はたゞひとつ涙にあはれとぞきく

露

二〇六一　風さむみくれゆく庭をながむればはぎのしづえをのぼるしら露

二〇六二　涙さへもろくなりゆくあき風にくさのかきはも露ぞこぼるゝ

二〇六三　さをしかのあさたつのべの跡なれや風よりさきに露ぞみだるゝ

霧

二〇六四　あけぐれのそらとみしまにわが袖のおぼえずぬるゝ秋のはつぎり

二〇六五　あらし山みねのあさひははれながらふもとはくらき秋のかはぎり
二〇六六　ちどりなくさほのわたりの河ぎりにこまゆきなづみいへぢともしも
二〇六七　すみよしのきしのわたりになりにけりきりのあなたのまつかぜのこゑ

山路霧

二〇六八　野辺にては露わけごろもほさできて又きりふかきあきのみやまぢ

関霧

二〇六九　秋ふかくきりたつころはむさしのゝかすみのせきもなをやかふらん

槿

二〇七〇　うすぎりのまがきの竹のよをこめてぬれ〳〵さける花のあさがほ
二〇七一　あさがほのはなのやどりにをく露のいつまでかゝるいのちなるらん

待月

二〇七二　まちわぶる月かげさそへあし引の山のあなたのまつのゆふ風
二〇七三　かぎりあれば山のあなたにすむ人もまだいでぬまの月はまつらん

未出月

二〇七四　いづくにてたれとこよひの月をみむとよはた雲にいりひさすなり

出月

二〇七五　秋風にたなびく雲はきえはてゝまつにかくるゝ山のはの月

山月

二〇七六　かねてよりくもな《き》よそらをながめつゝくらせるよひの山のはのつき

二〇七七　くもりなよ《き》かげをやそらにうつすらんかゞみの山の秋の夜の月

二〇七八　いくちよもくもりはあらじ君がすむはこやの山の秋のよの月

二〇七九　露じものまだいろそめぬこのまよりしたてる山は秋のよの月

二〇八〇　月もなをなぐさめがたきうきよとやかげすみはてぬをばすての山

嵐山の月をみて

二〇八一　きりはるゝをぐらの山の秋風に名にゝぬよはの月をみるかな

嶺月

二〇八二　秋の夜はむべ山かぜのなもしるし雲もかゝらぬみねの月かげ

山路月

二〇八三　ふじのねは雲よりたかき山なれどなをそらとをくすめる月かげ

二〇八四　ふけゆかば月もいでなむくれぬともいそがでこえよさやのなかやま

二〇八五　山ぢまでしたひてけりな久方の雲ゐになれしよはの月かげ

河月

二〇八六　みなせがはしたゆくみづはしらねどもうへにこほりて月ぞながるゝ

野外月

二〇八七　夜はの月まつもおしむも山のはのつらさしられぬ山のはの《むさしのゝ》はら

二〇八八　山のはやいづくなるらんむさしのはおばながすゑに月ぞかたぶく

関月

二〇八九　あふさかのせきもるみづのなかりせばそらゆく月をいかでとゞめん

海辺月

二〇九〇　くまもなき月によるともしらねばやかれなであまのもしほたるらん

二〇九一　なにはがたそこにうつれるかげみれば月のかつらにかゝるしらなみ

二〇九二　すみよしのまつほどもなくいでにけりゆふべにかゝるなみのうへのつき

二〇九三　すみよしのまつはふたゝびおいぬれど神代の月のかげぞかはらぬ

二〇九四　いづくにもひかりをわかぬ月をだになをすみよしとあまはいふなり

聖福寺の住吉新宮にて、同題を

二〇九五　きりはるゝみこしの《が》さきのなみかけてなをすみよしの月をみるかな

浜月

二〇九六　白妙のひかりぞきよきふきあげのはまのまさごの秋のよのつき

八月十五夜

二〇九七　秋の月ながめからなるひかりかとこよひをしらぬ人にとはゞや　下句古例消了（都路の別れ・三一・作者〔雅有〕と同歌）

九月十三夜、雨ふり侍しに

二〇九八　なが月のなだかきかひもありなましきのふの月のこよひなりせば

旅宿月

二〇九九　ひきむすぶくさの枕の露にまた月もたびねやよさむなるらん

人の許へまからむと申て、月まつほどによみ侍し

二一〇〇　ありあけの月まつほどのやすらひをとはぬつらさに人やまつらん

ものへまかり侍る道にて

二二〇一　ゆふやみの山のはすぎてながむればはるかに月はすみのぼりけり

里月

二二〇二　山のはをまつもおしむも月ゆへはなぐさめがたきさらしなのさと

山家月

二二〇三　たがさとにまづうつろひてながむらんわがすむみねをいづる月かげ

二二〇四　月はゝやこのまのほかにさしいでゝこゝろづくしはのきの山かぜ

二二〇五　この秋はおのへのいほにすみかへてこゝろつくさぬ山のはのつき

二二〇六　にはのおものしかのかよひぢ跡みえて月にたまちるはぎのうへの露

二二〇七　秋風に月さえのぼるやまのはののきのつまどふさをしかのこゑ

二二〇八　あとたえてよをうぢ山は人もなしみやこのたつみ月のみぞすむ

二二〇九　きり〳〵すなくやまざとの秋の月たゞわれのみぞあはれともみる

二二一〇　したもみぢいろづく山の木のまよりのきばにうつるよはの月かげ

二二一一　のきばゆくかけひのみづのをとはしてひとりこほれる秋のよの月

二二一二　山ざとにすむ月かげのみやこまでいかでこゝろをさそひゆくらん

二二一三　やまふかきすみかならずはながめつゝこよひの月にたれをまたまし

二二一四　としをへてなれずはいかにすみわびんひとりみやまの秋のよの月

二二一五　とふ人のかげだにみえぬ山ざとにあひやどりしてすめる月かな

二二一六　やまざとも月のよごろはこゝろせよ《む》おもひのほかに人もとひけり

二二一七　われのみやあはれとみまし山ざとのこよひの月に人こざりせば

二一一八　身にうとく雲ゐのかげはへだゝりてなれてひさしき山のはの月（下句小字行間補入）
二一一九　こぬまでもみやこは人のまたれしをおもひたえたる山のはの月

故郷月

二一二〇　さびしさはいづくの秋と人とはゞたゞふるさとの月をこたへん
二一二一　月のみやのきをあらそふよもぎふのもとみしかげにかはらざるらん

月の歌あまたよみ侍しに

二一二二　木のまよりこゝろづくしにもる月のかげみるからに秋ぞかなしき
二一二三　おぎ○《の》葉にはつ秋風のをとたてゝ月のかつらにかゝるしらくも
二一二四　かりがねのきこゆるそらをながむれば夜わたる月に秋風ぞふく
二一二五　かねてだにはやいねがてとなげくよの月のころにもなりにけるかな
二一二六　まどろまぬよはつもるともそれをだにおもふことゝて月をながめん
二一二七　いまよりは露もはらはじ月かげをそでのもと《の》はいかでみるべき
二一二八入新後　おもふことありしむかしの秋よりやそでをば月のやどゝなしけん
二一二九　よもすがらながむるそでのしほるゝは月の光やなみだなるらん
二一三〇　風にこそつゆもおつなれ月みればすゞろにもろきわがなみだかな
二一三一　やまどりのおのへの月のますかゞみかげみるからにねこそなかるれ
二一三二　くもりなき秋の月夜にみわたせばかゞみのうちの影にぞありける

暁月

二一三三　すみはてぬみやこの秋のなごりとてよな〳〵みつるありあけの月

二一三四　山のはにたゞよふ雲はあけぬめりそらゆく月にながめせしまに

惜入月

二一三五　又いでむのちのたのみもわすられているをかぎりとみつる月かな

擣衣

二一三六　たがさとのねざめなるらむ月景のいるやまもとにころもうつこゑ

二一三七　ころもうつよそのゆめさへたえぬらんわが身一のねざめなれども

二一三八　秋風はまづこのさとやさむからんほかよりさきにうつ衣かな

二一三九　いろかはるはぎの下葉の秋風にやゝいねがてのころもうつなり

山家擣衣

二一四〇　ひくるればさむくふくなる山風にこゑうちそふるあさのさごろも

二一四一　まさきちるみねのあらしに月さえておのへのいほにころもうつなり

田家擣衣

二一四二　しかのたつ山だのなるこひきかへてねぬてすさみ《び》のころもうつなり

二一四三　山だもるひたになれてや衣うつやどにもしかのとをざかるらん

待菊

二一四四　よのほどに花やさくとてみる菊のいくあさ露にそでぬらすらん

菊歌中に

二一四五　よろづよもおいせぬ秋のしらぎくになにぞは露のあだにをくらん

二一四六　けふまではなをしらぎくの露じもにまづうつろふはにはの月かげ

二一四七　とふ人のそでかあらぬかしもまよふたそかれどきのにはのしらぎく
或人の夢に、政村朝臣此題にて人〱をすゝめて歌よませて、心経を書供養せよと見侍とて、
時村すゝめ侍しに、庭前菊
二一四八　露はらふそでかとぞみる秋風にみだれてなびくにはのしらぎく
人にかはりて
二一四九　それをだになだゝるやどのしるしとてときはににほへにはのしらぎく
秋霜
二一五〇　野辺みればはぎの下葉も色づきてゆふ風さむくむすぶはつしも
二一五一　まくずはふおのゝあさぢのゆふしもにむしのうらみもかれまさるなり
秋歌中に
二一五二　ゆふづくひうつろふ山のあき風にもみぢぬ秋《松》も色はみえけり
二一五三　かはりゆくよそのもみぢに秋もなをひとしほまさる松のいろかな
二一五四　かぜのをともこの葉のいろも山里はひとかたならず秋ぞかなしき
二一五五　きのふけふしぐれがちなる山べかなあはれこのはのいろかはるころ
ものをおもひてよみ侍し
二一五六　わがそでもいろづくほどになりにけり涙しぐるゝころのあき風
紅葉色浅
二一五七　しぐれゆく雲たちかへれ《り》なをそめよたゞひとしほのみねのもみぢば
月前紅葉

二二五八　月かげのいたらぬたにのこかげまでしたてる山はもみぢなりけり

雨中紅葉

二二五九　ひさかたの月のころこそもみぢばのよるのにしきもいろまさりけれ

雨後紅葉

二二六〇　かきくもりしぐるゝあめのいかにして日かげのいろももみぢそむらん

紅葉間松

二二六一　しぐれつるひとむらくもの露のまに山をちしほのいろにそめけん

庭紅葉

二二六二　ときはなるまつもしぐれのそむれとやもみぢのころぞいろまさりける

柞黄葉

二二六三　わがやどはたつたのふもとしぐれしてみねよりつゞく庭のもみぢば

紅葉歌中に

二二六四　はゝそ山まだいろあさし神無月しぐれぬさきの秋のひとしほ

二二六五　ふるさとにあさぢいろづく雁なきてきりたつ山はもみぢしぬらし

二二六六　そめそめぬよはのしぐれのむら雲もけさのもみぢのいろにみえけり

二二六七　そめかへしなにをあかずとしぐるらむもみぢにかゝる秋のむら雲（小字一行書き行間補入）

暮秋

二二六八　こがらしにのこるもみぢもある物をおしむかひなく秋のゆくらん

二二六九　ふりにけりみそぢあまりの秋くれていまはおひそのもりのゆふしも

山暮秋

二二七〇　なが月もゆふくれなゐのもみぢばにいまはかぎりとやま風ぞふく

野暮秋

二二七一　なが月ものこりいくの丶をざ丶はらひとよふたよにむすぶ霜かな

暮秋鹿

二二七二　ちりつもるもみぢふみわけなが月のありあけの月にしかぞなくなる

暮秋暁月

二二七三　秋のよもあさぢがすゑのしら露にやどるもよはきありあけの月

二二七四　なが月はかぎりとぞみるはつ秋のありあけだにも月はうかりき

暮秋落葉

二二七五　秋の色もいまはかぎりにうつろひてありあけの月にちるもみぢかな

二二七六　なが月のあり明のそらのこがらしにきりのはおつるまどのむらさめ

暮秋雨

二二七七　秋はつるけふのそらこそはれやらねしぐれは冬のはじめとおもふに

九月尽日

二二七八　雲のうへをこふるながめにしらざりつあきはけふこそくれて行なれ

暁九月尽

二二七九　ふけゆくをおしみ／＼てなが月のわかれのかねのあか月のこゑ

小九月尽

二一八〇　あすまでもあるべき秋のことしもけふをかぎりにくれてゆくらん

冬

初冬

二一八一　きのふだにあらしのをとはたかさごのおのへのまつに冬はきにけり
二一八二　まつのをとのけさよりことにきこゆるはあらしのつてに冬やきぬらん
二一八三　しぐれせぬ山のこのはもさだめなくふるこそ冬のはじめなりけれ
二一八四　冬きぬといふばかりにて秋だにもしぐれしそらのけさははれぬる
二一八五　ゆく秋のかたみの露もひぬ袖にしぐれかさなる冬はきにけり
二一八六　きのふみしのべのゆふ露をきかへてしものふりはに冬はきにけり

時雨

二一八七　神な月あれたるやどのひとりねのそでのほかにももるしぐれかな
二一八八　いひしらずさびしきものはねざめするまきのいたやのしぐれなりけり
二一八九　けさみればをちのたかねぞくもるなるたがすむさとのまづしぐるらん
二一九〇　神無月しばこる峰やしぐるらむゆふひにぬれてかへる山人
二一九一　ふけゆかばゆきをやみましよひのまのそらさへさえてふるしぐれかな

旅時雨

二一九二　ふるさとの木ずゑのいろやいかならんしぐれはたびのそでぬらすらん

亡屋時雨

二一九三　さとはあれてふりにしやどは時雨だになをもりすてゝあともさだめず

人のもとに申つかはし侍し

二一九四　よのうさも人のつらさも神無づきひとつ涙にふるしぐれかな

落葉

二一九五　おもひやる山ぢはさぞなみやこだにふみわけがたき庭のもみぢば

二一九六　うつりゆく雲のはたての山風にそらにみだるゝみねのもみぢば

二一九七　とふ人のあとあるやどゝみせがほにかぜふきわくるにはのもみぢば

基盛朝臣許にて、朝落葉

二一九八　しぐれつるよはときゝしもけさみれば露なきにはのこのはなりけり

山路落葉

二一九九　もみぢばにみちなくみゆる山ざとはあらしのさきにとふべかりけり

杜落葉

二二〇〇　ちらぬまにとはましものをかみなづきいくたのもりはあらしふくなり

残菊

二二〇一　うつろひしいろともみえず秋はてゝふりゆくしものしらぎくのはな

霜

二二〇二　みつしほのさしこすほどはつらゝゐてすゑばにのこるあしのあさしも

二二〇三　しばのとをゝしあけがたの風さえてにはのくちばにこほるあさしも

二二〇四　冬草のくちばがうへにをくしもはきくよりのちの花とこそみれ

寒草

二三〇五　秋くれし露よりしもにむすびきてのきばのおぎのをとぞかれぬる

二三〇六　長月のもとのしづくもほしやらですゑばにこほるしものした草

二三〇七　にはふかきくちばがうへもしろたへにふるえにこほるはぎのあさしも

二三〇八　山ざとの人めはときもなきものを草ばゝ冬ぞかれまさりける

江氷

二三〇九　みつしほのいりえの《は》浪にたちかへりあしまにのこるあさごほりかな

冬月

二三一〇　さとわけてくもりくもらず《ぬ》そらなれば《や》月のよそなる雲ぞしぐるゝ

二三一一　ふゆがれのおばながそでのしろたへにしもをかさねてこほる月かげ

二三一二　ふけ行ばこほりぞまさるちどりなくきよきかはらの冬のよのつき

二三一三　ふりすさむゆきげの雲のたえまよりこほりかさぬるにはの月かげ

二三一四　これやこのたかねの松のひまならん雪のそこよりいづる月かげ

千鳥

二三一五　うらちかきやどこそ冬はさびしけれねざめのちどり月になくなり

二三一六　ありあけの月のでしほのうら風にいりうみとをくちどりなくなり

水鳥

二三一七　よな〳〵のこほりのとこやさむからんおちばかたしくいけのあしがも

霰

二三一八　さゆるひにふるやあられのなごりまでこほりてのこるにはのたまざゝ

二二一九　このごろはあられみだるゝたまざゝの葉わけの風のをとのみぞする
二二二〇　あらしふくまさきのかづらちりはてゝと山もいまはあられふるなり
二二二一　みよしのはけふもみゆきやふるさとのならのかれはにあられちるなり
二二二二　ふしわびぬあれたるやどのいたまあらみもるやあられのとこのたまくら
二二二三　涙だにをきどころなきわがそでにたまこきちらしふるあられかな

月前霰

二二二四　月かげはくもりもはてぬうすぐものたえまがちにもふるあられかな

冬歌中に

二二二五　冬のよはまつなきやどにすむ人やあらしもきかでゆめむすぶらん
二二二六　ちりはてしこずゑはかよふをともせずまつばかりにやあらしふくらん
二二二七　くれゆけばあらしのをともはげしくてまた雪げなるくものいろかな
二二二八　人とはぬまどのくれたけうちなびきゆきげの風のをとのみぞする

初雪

二二二九　さよなかにねざめざりせばはつ雪のふりにけりともあすぞしらまし

朝雪

二二三〇　あくるまであり明の月はさえつるをいつくもりけんけさのしらゆき
二二三一　むばたまのよはのさごろもさえ／＼てうらめづらしきけさのはつゆき

夜雪

二二三二　くもふかきやみはあやなし白雪のひかりは月におとりやはする

山雪

二二三三　まきのとをしあけがたにながむれば山のはしろくゆきはふりつゝ

二二三四　くもはれぬみやこもけふは時雨してゆきになり行しがの山ごえ

二二三五　この山やいかにみゆらむ宮こだに木ずゐははなとまがふしらゆき

二二三六　このさとはあられみだれてあしびきのとを山ちか《しろ》くふれるはつゆき

山路雪

二二三七　あとたゆるやまぢはよそにあらはれてつゞらおりにもふれるしら雪

野雪

二二三八　くれゆけば野風にさむみ雪ちりておもはぬ草のやどりをぞかる

二二三九　わがあとをゝくるゝ人やとめくらんいまふみそむるのぢのしらゆき

雪中船

二二四〇　見渡ばうぢのしばふねうづもれてゆきこぎくだすまきの島人

雪中旅

二二四一　おちつもるつたのくちばゝうづもれてゆきわけわぶるうつの山ごえ

山家雪

二二四二　ふれやゆき山ぢたゆともうらみじな人めはやどのならひなければ

二二四三　ふるゆきにとふ人もなし山ざとはしばこるみちのあとばかりして

閑居雪

二二四四　さしこむるむぐらのかれはうづもれてゆきにとぢぬるやどの門かな

雪歌中に

二二四五　さよ衣そでさえ〳〵てあまのとのをしあけがたにふれるしらゆき

二二四六　きのふかもたかねばかりにみし雪のはやふもとまでけさぞふりぬる

二二四七　あり明の月はくもまにみえながらそでにみだるゝよはのしらゆき

二二四八　よひのまにさえつる月はくもれどもおなじ光にふれるしらゆき

二二四九　あくるまでさやかにみえし月景のいつくもりてかゆきのふりけん

二二五〇　ふるゆきは秋みしいろにかはれどもはぎのふるえに《の》花さきにけり

二二五一　わがやどのまつはかひなくふるゆきにをちかた人のたれをとふらん

二二五二　くれゆかばはらひもあへじゆきつもる山のしたしばけさやからまし

二二五三　をの山のゆきふみわけてたちかへる宮こはけふもしぐれなりけり

二二五四　おほはらや山のはしろくふりそめてみやこもけさはゆきげなりけり

二二五五　はしたかのすゞのしのはらふりすさみつもりもあへぬみかりばのゆき

二二五六　ふるゆきにをちかた人のみちはあれどわがあとばかりなどかたえぬる

賀茂の臨時祭の舞人つとめて侍しに、雪のふりて侍しを思いでゝ

二二五七　わすれずよそのかみ山のやまあゐの袖にみだれしあけぼのゝゆき

人のもとに申つかはし侍し

二二五八　ふりそむるほどこそ人もまたれつれおほ《も》ひたえぬる雪のしたみち

雪のふる日、とはずと申人の返事に

二二五九　おもひやる心は人もしらゆきにあとつけてこそとふべかりけれ

夢中によみ侍し

二二六〇 ゆきふれば庭もこずゑも白妙の花と月とをひとつにぞみる

神楽

二二六一 神がきのまつのあらしにかよふなりあづまのことのよりあひのこゑ

二二六二 山人の庭火にこれるみほたきにさせるさかきのかをぞ○《と》めこし

禁中神楽

二二六三 とのもりのにはびのかげもほの〴〵とあくる雲ゐのあさくらのこゑ

二二六四 たきすさむ雲井の庭火かげそひてほのかにかへすあさくらのこゑ

遠炭竈

二二六五 まきのたつすみやくみねやとをからん日ぐれてかへるをのゝさと人

歳中梅花を

二二六六 冬ながらはるたつとしのいろみえてゆきまににほふむめのはつはな

二二六七 としくれて春のとなりもあしがきのまぢかきやどにさけるむめがえ

年暮如水

二二六八 こほりだにむすびもとめぬたき河のはやくながれてくるゝとしかな

基盛朝臣の許にて、歳暮

二二六九 あはれなりみそぢあまりのとしくれてよそに思ひし老ぞちかづく

恋

初恋

二三七〇 きのふまでかゝるこゝろはしらざりきながめがちなるけふのそらかな
二三七一 おぼつかなこひてふこともしらぬ身にたがならはしのそでぬらすらん（下句小字紙端補入）
二三七二 さやかにもみざりし月のおもかげにくもりそめぬるわがなみだかな
二三七三 わが恋はまだたにいでぬうぐひすのはつねなけどもしる人もなし
二三七四 花すゝきほのみしのべのゆふぎりにしほたれそむる袖としらずや
二三七五 はなすゝきほに出そむる袖とた《て》やかこちがほにも露のをくらん
二三七六 山あひのはつしほごろもいつのまに心にふかくおもひそめけん
二三七七 おちそむるそでのしら露つもりては涙のかはの名にやながれん
二三七八 あふとみしゆめのちぎりをたのみにてそのねざめよりおもひそめてき

聞恋

二三七九 おぎはらやはつ秋風のひとこゑをきゝそむるより袖ぞつゆけき
二三八〇 しらかはの関のあなたにありときくつぼのいしぶみいかでふみみん

見恋

二三八一 はるのよのかすみへだてゝゆく月のほのかにみてしかげぞ恋しき

忍恋

二三八二 したにのみしのぶもぢずりしのぶれどおもひみだるゝいろやみゆらん
二三八三 なにゆへにしたのみだれとなりぬ《に》けん心のをくのしのぶもぢずり
二三八四 露とだにそでにはみせずよな／＼の人なきとこにあまるなみだを
二三八五 つゝみかね露もるそでのしたもみぢいろにいづともうきなちらすな

二三八六 我こひはみ山つゞきのみちなれや人しれずのみふみまよふらん

二三八七 わが袖のなみだなるらしみ○《な》せがはうへはつれなきしたのかよひぢ

二三八八 わが恋はしのぶのうらのおきつなみをとになたてそ人のきかくに

忍通書恋

二三八九 まだきよりうきなやもれんふく風にかきやるそでの露のたまづさ

忍契恋

二三九〇 すゑのまつゆくすゑちぎるなみよりもをとにたつなとまづやかけまし

顕恋

二三九一 ひとりねのよな〳〵ゆるすなみだよりやがてうき名のよそにもりぬる

待恋

二三九二 わがやどはのきのしのぶに露ちりてくるゝよごとにまつ風のこゑ

二三九三 人はいさこぬ夜あまたのいつはりをまたじとまではえこそ思はね

二三九四 うらみずよそらだのめなるゆふぐれもいはでこしよをなぐさめにして

人のふけてこと申侍が心本なくて

二三九五 君がこんときこそあらめまつことのわがゆくよさへかはらざるらん

不遇恋

二三九六 あふさかにあらぬなこそのせきもりをわが恋ぢにはたれかすへけん

二三九七 あふことはかたのにたてるならしばのいつならひてかみねば恋しき

二三九八 かりがねにゆきちがふなるつばくらめあふたのみなきねをのみぞなく

二二九九　よもすがら月にたづねしともぶねのあはでこがるゝえにこそありけれ
二三〇〇　あふことはまどろむよはのあらばこそゆめばかりなるちぎりをもみめ
二三〇一　はかなくもゆめになぐさむうつゝかなあふとみつるをおもひいでにして
二三〇二　年をへばいとふにまけぬこひしさのこゝろくらべもたれかよはらん
二三〇三　いつまでかあらばあらばあふよをたのみけん恋しなぬ身となげくころかな（下句小字行間補入）

人のもとへ申つかはし侍し

二三〇四　ながらへぬちぎりとならばわかれぢにあはでさきだついのちともがな

或人の夢に、政村朝臣此題にて人〳〵をすゝめて歌よませて、心経をかき供養せよ、と見侍とて、時村すゝめ侍しに、不逢恋

二三〇五　あふことにかへぬいのちのさきだゝばよしのちのよをいまはたのまん

遇恋

二三〇六　こひしなぬ身のおこたりのつらさこそあふよはかへてうれしかりけれ
二三〇七　うらみこし○《うさも》つらさもわすられてあふよはものもいはれざりけり

別恋

二三〇八　わかれぢの人のかたみも我身よりあまるおもひのなみだなりけり
二三〇九　まちしよのふけしつらさもしのびきてたへぬいのちはわかれなりけり
二三一〇　わかれぢをすゝむるとりのをのれさへなどあか月はねをつくすらん
二三一一　かへるさをなをよぶかしといひなせばいつはりしらぬとりのねもうし

後朝恋

二三一二　けさはしもたれにわかれてかへるらんわが身はなれぬ君がおもかげ

二三一三　おもひをくこゝろは露も身にそはでわれにもあらずかへるけさかな

二三一四　わかれぢにともなふ月はあけはてゝおもかげのこるそでのあさ露

二三一五　いにしへもわがまだしらぬわかれぢにはむすぼゝれたる袖のあさしも

二三一六　あふとみるまたねのゆめのさむるこそふたゝびつらきわかれなりけれ

遇不遇恋

二三一七　たが中のこゝろづくしにふきかへてよそになりゆくまつ風のこゑ

二三一八　あふさかのゆきゝぬになれし鳥のねをいくよむなしきとこにきくらん

二三一九　よをかさねながめぞあかすこひしくは月みよとしもちぎらざりしに

二三二〇　ありしよをさながらゆめになしはてゝやみのうつゝになをまよへとや

二三二一　まつよひの日ごろにもにずふけしこそこゝろがはりのはじめなりけれ

二三二二　あふことはうつゝともなきひとよにてふたゝびゆめをなどみざるらん

二三二三　あふことは夢よりほかのみちな《ぞ》きいかにみしよかうつゝなりけん

二三二四　すゑのまつたがちぎりよりかけそめてつれなきなみをそでにこすらん

二三二五　人はいさなみやこすらん我ばかりちぎりしすゑのまつとせしまを

寄月恋

二三二六　いつとても月のよごろはねられぬをあやしくもろきわがなみだかな

二三二七　秋のよの月よいかなるかげなればながむるからに人のこひしき

二三二八　人しれぬしのぶのやまのした露もあらはれぬべき月のかげかな

二三二九　くもれたゞあなあやにくや人しれぬわがかよひぢの秋のよのつき
二三三〇　ながめつる月をぞかこつやどらずはなにゆへそでの露もしられん
二三三一　いまよりはこゝろしてみむ人めもるそでのなみだに月やどりけり
二三三二　たのめても人ぞつれなき我そでの涙に月のよがれやはする
二三三三　ながむればわがこゝろのみあくがれて人をさそはぬやどの月かげ
二三三四　ひとはいさこよひの月をながめてもおもひやいづるわれぞわすれぬ
二三三五　あふことはぬるよをたのむ夢ぢさへなをたえぬべき月のころかな
二三三六　あめにだにたのめぬよはもこし人のつらさをみする月のかげかな

寄星恋

二三三七　七夕のくものころものまどをなるちぎりくらべに我やなりなん（詞書と共に小字一行書き行間補入）

寄雲恋

二三三八　こひしなん身をばおしまじ白雲のきえてあとなきうき名なりせば
二三三九　おもひきやたかまのくものよそながらやがてへだてゝとをざかれとは

寄風恋

二三四〇　わがそでのなみだならねど大方も秋風ふけば露ぞみだるゝ
二三四一　うきものとおもひそめてきたのめつゝこぬゆふぐれのまつ風のこゑ
二三四二　つれもなき人のこゝろのかぜならばまつにはたえずをとづれなまし

寄雨恋

二三四三　くれなゐはそらにまがはぬ涙かな秋のしぐれにそではかせども

二三四四　わが袖よなどてなみだにそまるらんまきのを山もしぐれもらすや

寄煙恋

二三四五　いつとなくおもひにむせぶけぶりかなむろのやしまやわが身なるらん

寄霞恋

二三四六　つれもなき人のこゝろやはるがすみまぢかきさともへだてゆくらん

寄霧恋

二三四七　かきくらすこゝろのほかもはれがたくそらさへ秋はきりこめてけり

寄稲妻恋

二三四八　よひのまのそらにほのめくいなづまのかげばかりだにみてやゝみなん

寄霜恋

二三四九　みせばやなまつよの月のかげたけてしもをきまよふあかつきのそで

寄霰恋

二三五〇　みせばやなあられみだれてさむきよにひとりかたしく袖のこほりを

寄春恋

二三五一　春のよのみはてぬゆめのなごりしもなどぐさめがたくけさまよふ《キツラサナル》らん

寄夏恋

二三五二　みしぶつきおりたつたごにくらべみよわがこひぢこそ袖はくちぬれ

寄秋恋

二三五三　我そでを人なとがめそ野も山も秋はならひの露ぞみだるゝ

一三五四　しのぶ山なにはかくれぬ露ゆならばそむるしたばのいろやみゆらん

一三五五　わが涙もみぢをそむる露だにもいつかはをのがいろにいでける

寄冬恋

一三五六　神な月そらのはれまもわがそではたえぬしぐれにぬれぬ日もなし

寄朝恋

一三五七　たちかへるみちのあさぢのあさ露は袖よりつたふ涙なりけり

寄山恋

一三五八　ちぎりをきしすゑのまつ山いかならんまづ我そでぞなみはこえける

一三五九　人ごゝろつらさはゆきとつもればや身はふじのねのもえわたるらん

人　寄岡恋

一三六〇　けふまではしのびのをかのしのすゝきいつほにいでゝ人をこひまし

寄原恋

一三六一　こひしなぬいのちぞつらきながらへていきのまつばらまつかひもなし

寄河恋

一三六二　みなせがはしたゆく水もあるものを袖にうきぬる我なみだかな（一四六〇と同歌）

寄江恋

一三六三　わがそでもいろにないでそなにはえのなみのした草ぬればぬるとも

寄海恋

一三六四　伊勢のうみにしほくむあまの袖も猶《はたゞ》ぬるゝばかりぞ色はなかりき

二三六五　いせのあまのしほたれ衣いつよりかなみのよる〳〵そでぬらしけん
寄浜恋
二三六六　つれなさのかぎりもはてもしらなみのはまゝつがえのとしはへにけり
寄浪恋
二三六七　まつ山にあらぬわが身をこすなみもちぎるにたがふなみだなりけり
寄里恋
二三六八　おもふともかひなきよにやながらへんいはでのさとのいはでやみなば
寄橋恋
二三六九　いはゞしのよるのちぎりもあらばこそあくるばかりをうらみわたらめ
寄社恋
二三七〇　すみよしの松になびかぬゆふだすきつれなかれとは神にかけきや
寄紅葉恋
二三七一　よそにみししのぶの山のしたもみぢよるのたもとにたれうつしけん
寄藤恋
二三七二　いつはりとおもひながらもたちかへりまつにたのみをかくるふぢなみ
寄卯花恋
二三七三　よひ〳〵にまちえしそでのおもかげをかきねにのこすにはのうのはな
寄瞿麦恋
二三七四　よをかさねはらはぬ露やつもるらん君こぬやどのとこなつのはな

寄葛恋

二三七五　秋風のふきしくをのゝまくず原うらむるほかのことのはもなし

寄雉恋

二三七六　けぶりたつやけのゝきゞすつま恋にわが身ももえてねをのみぞなく

寄郭公恋

二三七七　ほとゝぎすほのかなるねをきゝしより袖のなみだのさみだれのころ

寄糸恋

二三七八　あはでふるこひのみだれのかたいとはくるしとばかりいかでしらせん

旅恋

二三七九　ふるさとのあれたるやどにいもをゝきてたびをし行ばしづ心なし

二三八〇　かりねする草のまくらの露けさもそでのなみだにまさるなりけり

二三八一　かりそめの一夜なれどもさゝまくらむすびし露のちぎりわするな

恋歌中に

二三八二　なにはなるみつともいかゞかたらましうつゝともなきゆめのなごりは

二三八三　いかにせん露とこたふるわが袖のなみだもあらぬいろとなりなば

二三八四　まちわびてうらみしよはのそのまゝにいくあ○《りあ》けのつらさみすらん

二三八五　をのがねにおきわかれにしあしたよりゆふつけどりのなかぬよもなし

二三八六　わがためにおもへばつらきいのちかな人のうきよをながらへてみる

二三八七　としをへておもひけりともしるばかりかはるなみだのいろもかくさじ《ヲミセバヤ》

人と恋歌の贈答し侍しに

二三八八 とへかしな涙しぐるゝ神無づきそでのもみぢのいろはいかにと

返し

二三八九 たれをかはわきてもとはむ神無月なべてしぐれのそむるたもとを

人のもとへつかはし侍し

二三九〇 こひしさのなぐさむことはなけれどもかこつかたとてねをのみぞなく

京なる人のもとへ申つかはし侍し

二三九一 おもひいづやさこそこゝろはへだつともちぎりをきにしむらくもの月

京へのぼり侍しころ、いまだあはぬ人の許へつかはし侍し

二三九二 こひしさのあまりになればみづぐきにかきながすべきことのはもなし

ものへまからんとて、人のもとへ申つかはし侍し

二三九三 あぢきなやなどてこゝろをくだくらんかさねぬそでのよそのわかれに

人の、しのぶ、わすれ草をみせ侍しかば

二三九四 めにちかき人のつらさをいとひてもくもぢへだてんほどのかなしさ

夏恋

二三九五 わすれ草うき名に人のかれゆかばひとりしのぶの露やはらはん

二三九六 ものおもへばあくがれいづるたまがはのうきせにもえてとぶほたるかな

絶恋

二三九七 なには江やあしのしげみにとぶほたるさてもおもひはかくれざりけり

二三九八　あふとみしゆめぢばかりのすさびだにたえてうつゝのなぐさめもなし

二三九九　なをざりにこよひばかりのちぎりかといひしは人のまことなりけり

忍絶恋

二四〇〇　あふことはのきのしのぶをかごとにてやがてわするゝくさぞしげれる

長景すゝめ侍し歌の中に、恨絶恋

二四〇一　つらしとて人をも身をもうらみしは猶もなごりのあるよなりけり

思

二四〇二　せみはもえほたるはなかず我のみやひとつにかねてとしのへぬらん

片思

二四〇三　いつのよのわがつれなさのむくひとていとふ人しもこひしかるらん

二四〇四　なびかじなしほやくうらのかたおもひわれのみむせぶむなしけぶりは

恨

二四〇五　秋風のふきしくのべのくずかづらうらむるほどのうらみ《ことの》はもなし

二四〇六　おぼろけのうらみとやおもふ秋風のふきとふきにしをのゝくずはら

二四〇七　わぎもこやまくずがはらにいりにけんうらむるほかのことのはもなし

二四〇八　なにゆゑに人のつらさもまさるぞと心にとひてねをのみぞなく

二四〇九　たちかへりおもへば人もつらからずわが身ひとつのうきよなりけり

二四一〇　身のうさをおもひしらずはなけれどもつらきは人のこゝろなりけり

雑

月

二四一一　月かげのよひあかつきはかはれどもまたゆみはりにたちかへりぬる

二四一二　わがごとや人も月夜をたのむらんくれてゆきゝのあふさかのせ《や》ま

雲

二四一三　かざしおる袖かとぞみるみわのやまひばらのうへにかゝるしら雲

羈中雲（小字行間補入）

二四一四　ゆくすゑにながめしみねのしら雲はこゆる山ぢのあとうづむなり

二四一五　かへりみるみやこのさかひいづくともしらぬ山ぢのあとのしらくも

松

二四一六　うへをきし人はいくよにふりぬらんこだかきまつにこけおひ○《に》けり

二四一七　ちとせまでかげはならべていたづらによにふるともとまつをみるかな

蓬

二四一八　つゆはらふ人こそなけれふるさとのにはのよもぎふ風にまかせて

鶴

二四一九　なにはがたうらふ《こ》ぎくればあり明の月のでしほにたづぞなくなる

浦鶴

二四二〇　雲ゐにもこゑはきこえてあしたづのよにたつそらもなく〳〵ぞふる

二四二一　わかのうらにはねをならべしともづるの我あとばかりなどかたゆらん

鶏

二四二二　にはつとりかけのたれおのうちはへてうきよはいつもねぞなかれける
二四二三　あけやらぬねざめの又ねさめかへりいくたびとりのこゑをまつらん
名所の歌あまたよみ侍し中に、嵐山
二四二四　うき人のこゝろのあきの嵐やまとなせのたきはそでにおちつゝ
二四二五　たきゞこるゆふべはきたのあらし山かへさゝびしきたにのかよひぢ
かめ山
二四二六　よろづよのありかずにせんかめ山のまつのいはねのたきのしらたま
をぐら山
二四二七　さびしともいつかはきかむおぐら山むかしなれにしみねのまつかぜ
たかをの山
二四二八　たかをやまたえずしぐるゝころなれや宮このいぬゐくもぞはれせぬ
松のお山
二四二九　よろづよと君がみかげをいのるかなまつのお山の神にまかせて
宇治山
二四三〇　わがいほはあづまのおくにありながらよをうぢ山といはぬ日もなし
とり辺山
二四三一　いけるよにたえぬおもひのはてやさはとりべの山のけぶりなるらん
かさとり山
二四三二　かさとりの山にいるともわび人は身をしる雨に袖やぬれなん

かすが山

二四三三　いまはゝや神だにしらじかすがやまよにあらはれぬたにのむもれぎ

みかさ山

二四三四　ふりいづるわが身しぐれのみかさやまいつまでおなじかげにかくれん

かづらき山

二四三五　かづらきのふもとにかゝるしら雲はいづれの山のたかねなるらん

二四三六　しられじなかづらき山にゐる雲のはれぬおもひのこゝろたかさも

三輪山

二四三七　いはとあけしそのいにしへの笛竹のいくよになりぬみわの神すぎ

天香具山

二四三八　やをよろづ神のうたひしもろごゑにいはとをあくるあまのかぐやま

吉野山

二四三九　みよしのゝ山のあなたをたづぬともうきよのほかのやどやなからん

すゞか山

二四四〇　おもひいづるむかしはいまにならねども又けふこゆるすゞか山かな

さやの中山

二四四一　あづまぢのさやのなかやま中たえて宮こをいでゝや又かへりみむ

宇津山

二四四二　ふるさとのゆめにもみえようつの山うつゝにまよふつたのしたみち

二四四三　宇津の山うつゝもゆめとなりにけりいにしへわけしつたのしたみち

二四四四　うつの山またこの秋やわけわびんこそふみなれしつたのしたみち

さらしなの山

二四四五　身のうさぞなぐさめがたきさらしなの山よりいづる月はみねども

ちとせ山

二四四六　ゆくすゑはかぎりもしらぬ君がよをたれかちとせの山といひけむ

かみなびのもり

二四四七　たれにかはもみぢのぬさをたむくらん冬（「冬」は何かの字に上書か）たつ月のかみなびのもり

山なしの里

二四四八　いづくにか身をばかくさんことしげきうきよへだつる山なしのさと

不破関

二四四九　こまとめてふはのせきもりことゝはむこしぢにかゝるみちはいづれぞ

宇治橋

二四五〇　いたづらにとしふりまさるわが身をやあはれとはみるうぢのはしもり

すみの江

二四五一　すみのえの松ならねどもいたづらに神さぶるまで身ぞふりにける

塩竈浦

二四五二　なのみしてやくとはきかぬしほがまのうらのけぶりやかすみなるらん

若浦

二四五三　いにしへのしぢのまろねにあらねどもも丶よかずかくわかのうら人
二四五四　わかのうらにしづみし袖ぞほしわぶる人にこされしなみのさはぎに

野

二四五五　むさしのや露もるいほのさ丶まくら夢もむすばであけぬこのよは
二四五六　むさしのはこと山みえね《ぬ》あまぐもにふじのねばかりのこるしらゆき
二四五七　ゆめのうちはなをふるさとのそらながらさむればあらぬのべの月かげ
二四五八　わすれずよおばなかりふくのべのいほの露のまくらになれし月かげ

橋

二四五九　うらやましながらのはしのあとまでもくちはてぬなのたゆるよぞなき
二四六〇　山がはのいはとかしはのつたひばしふみもさだめぬよをわたるかな

海路

二四六一　これやこのいなのみなとになりぬらんなみぢにかよふみねの松風
二四六二　たよりなきおきにでにけり山のはもめにみぬ風のしるべばかりに

眺望

二四六三　わたのはらなぎたるあさにみわたせば雲ゐのみこそかぎりなりけれ
二四六四　はるならぬながめのすゑのかすむこそとをき雲ぢのかぎりなりけれ

あづまに侍しころ、思都といふ題にて

二四六五　あづまぢにいかにすみてかすみだがはこと丶ふとりの名をばわすれん
二四六六　すみだがはわがおもふかたのみやこどりこひしきたびにことやとはまし

二四六七　みやこおもふゆめのかよひぢさめかへりうつゝにみるもふるさとの月

　京へのぼらんとて、かどいでの所にて

二四六八　このほどはふるさとながらやどかへて旅にさきだつたびねをぞする

　竹下といふ宿にとまりて

二四六九　たびごろもなれにしさとをへだてきてふたよになりぬたけのしたぶし

　青墓にて故相公の歌をおもひいでゝ

二四七〇　いづくぞとたづねしこけのあをはかに今もをきそふそでのつゆかな

　あしやにすみ侍しころ、京より人まうできて帰侍しに

二四七一　たづねくるふるさと人のかへるさはわが心さへとまらざりけり
（右近少将藤原雅顕集・八二、新千載集・離別・七五八・藤原雅顕と同歌）

　あづまへ下とて京出侍しに、雨そほふり侍しかば

二四七二　わがそでにあめもなみだもふりそひぬみやこわかるゝよこぐものそら

　鏡山にて

二四七三　こしかたのおもかげみせよかゞみ山けふよりのちのわすれがたみに

　なるみのしほみちて、山ぢにかゝらんとて

二四七四　しほみたばよそになるみのうらわかれしらくもかゝる山ぢにぞゆく

　同旅宿にて

二四七五　おもひねのみやこのゆめぢみもはてゝさむればかへる草まくらかな

　しほひさかより船にのりて、浜名橋のやどにつき侍とて

二四七六　みなとよりいりうみとをくさすしほにさほをまかせてのぼるあまぶね

同旅の道にて

二四七七　あはれけふみやこにかへる人もがなおぼつかなさのことづてもせん

菊河にて

二四七八　露ながらぬれてほすなり旅ごろもさやの山ぢのきくかはのみづ

宇津山にて

二四七九　みやこにはあをばをぞみしうつの山つたもかへでももみぢしにけり

六連にて

二四八〇　たちまよふなみかあらぬかわたの原ちさとのおきにみゆるしら雲

旅歌中に

二四八一　みやこをばかつへだてつゝあふさかのすぎのこずゑにかゝるしら雲

二四八二　いる月にみやこをこひてながむればおなじそらをも山ぞへだつる

二四八三　草枕むすばぬほどはたびねにてまどろむゆめはみやこなりけり

二四八四　とりのねをたびのゆめぢのかぎりにてむすびもはてぬ草まくらかな

二四八五　なみかくるあまのとまやにひとよねてもしほもたれぬそでぬらしつる

あづまに侍しころ、京より人の、いのちのうちにいかでいまひとたびたいめんし侍べき、と申をくりたりし返事に

二四八六　あふことをいまひとたびとおもふにもうしろめたきはいのちなりけり

さどの国へながされて侍人のもとへ申つかはし侍し

二四八七　すみなるゝふるさとながらみるだにもさびしき月におもひこそやれ

二四八八　はるかなるなみぢともなしあさゆふにおもふこゝろはゆきかへりつゝ

二四八九　人しれずねてもさめてもおもひやるおもかげならでいつかあひみむ

定有、春ゐなかへ下侍しに

二四九〇　かりがねの春のつらさにいつなれて花のころしもわかれゆくらん

人の餞別に

二四九一　かへりこむたのみばかりになぐさみておもはぬかたのみちいそぐなり

山家風

二四九二　すみなればさびしからじとおもひしにきゝしまゝなるみねのまつ風

真木柱

二四九三　すみなるゝこのやま里のまきばしらあとだにのこれわがのちのよに

夕樵夫

二四九四　たきゞこるみねのあなたや時雨けんゆふひにぬれてかゝ（ママ）るやまびと

閑居煙

二四九五　さびしさにしばおりくぶるゆふけぶりさとのしるべとみやはとがめぬ

田家

二四九六　よのなかはいほさすをだになくしかのおどろきながらたちもはなれず

二四九七　秋はつる山だのいほのひたぶるによにすてられてひく人もなし

故郷

二四九八　ふるさとはまつの風のみをとづれて月よりほかにすむかげもなし

和歌会百日満侍て、又百日始侍らんとて

二四九九 わかのうらもゝよのかずをかきのべてもくづのほかのたまをたづねん

二五〇〇 わかのうらやことしよとせの秋をへてもゝたびゝろふかひもあらなん

これは、百日歌よみ侍ことのつもりたることをよめる

河内入道覚因之許へ、揚名介事とひ侍とて

二五〇一 君ならでたれにかとはんゆふがほの花のあるじはしる人もなし

返事

二五〇二 ゆふがほのはなのあるじも白露のをきわすれにし袖ぞぬれそふ

人の琴をかりて、三年といふに返とて

二五〇三 いまはとてみとせてならすことのねにひきわかるゝもかなしかりけり

述懐

二五〇四 花のさく春にやあふとまちしまに身はとしふかきたにのむもれぎ

二五〇五 としごとにおいのかずをば身にとめてよそにわかるゝはるのいろかな

二五〇六 おとろふるわが身ひとつにあらぬよにおなじかげなる月をみるかな

二五〇七 つれもなくうきよにめぐるたぐひとてありあけの月をながめつるかな《ともとこそみれ》

二五〇八 山のはにいるみちしらぬあり明はうきよにめぐるわがともにせん

二五〇九 我をなをともとやみらむたかさごのおのへにくちしまつのむもれぎ

二五一〇 かずならでおいぬるともはたかさごのまつともいはじたにのむもれぎ

二五一一 つれなくてよにふるともとたかさごのまつもわれをばあはれとやみぬ

二五一二　そま人のきのふのやまにのこすきのたゞいたづらにとしやふりなん
二五一三　ひとめみしくもゐをこひてあしたづのかへるさはべにねをのみぞなく
二五一四　身ひとつのうきにあまりしあしたづのこをおもふねをかさねてぞなく
二五一五　なみこゆるおきつこじまのいはがねにすむなるとりの名にぞしほるゝ
二五一六　なにはえやあまのすてぶねいたづらにひく人なくて身ぞしづみぬる
二五一七　いかにせんわがみよどめるふるかはのすゑはたえぬとなげくころかな
二五一八　わがよにやあとはたえなん雲ゐまではのおしへのみちはありしを
二五一九　くものうへにわが身はとをくへだてきぬちかきまもりのなをたのめども
二五二〇　ながらへば君がめぐみもまつべきをさだめなきよに身はふりにけり
二五二一　すみわぶる身はすみのえにしづむともことの葉のこせきしのまつがえ
二五二二　もろこしのふみみるあとはかはれどもゆきをあつむるやまとことのは
二五二三　うき身にはまたわたらじとみづぐきのあとをいづくのはしにのこさん
二五二四　ますかゞみうつれるかげや人ながら人かずならぬわが身なるらん
二五二五　あはれわが身はかずならでいたづらにうきことおほくつもりゆくらん
二五二六　おいらくよなさへうきよにしづむ身をなを人かずにたづねてやこん
二五二七　あめのしたよにふる人はおほけれどわが身ひとつのそでぞかはかぬ
二五二八　うれしさをつゝみもなれぬ我袖にたえずかゝるはなみだなりけり
二五二九　くりかへしおもふもかなしおとろふる身はやまがつのしづのをだまき
二五三〇　あらましをおもひつゞけて身のうさをわするゝほかのなぐさめもなし

二五三一 おもへども身のうきことはかず／＼にさのみはえこそいはれざりけれ

二五三二 なにごとにとまるこゝろのあるよぞとわがつれなさをたれにとはまし

二五三三 よの中をすつともしばしすみなれんみやこにとまるこゝろのこさで

二五三四 いとはれぬうきよとたれかなげかましいつもねざめのこゝろなりせば

二五三五 ながらふる人のためしをひきかけてしらぬいのちのあすをまつかな

二五三六 いとはれぬよをやそむかんむかしよりおもふことのみたがふみなれば

二五三七 うきことのかぎりをみるもうれしきはよをいとふべきみちぞしらるゝ

二五三八 すみわびていまはとおもふ山ぢまでおなじこゝろにいる人もがな

二五三九 としたけばいらむといひしみ山ぢのおいをもまたずいそがるゝかな

二五四〇 うきはよのならひといひしなぐさめもあまりふるればかひなかりけり

二五四一 かすが山神のめぐみのはるもなをよばぬたにのこけのむもれぎ

二五四二 かすがのや神もさこそはわすれ水よにすむかずにあらぬ身なれば

二五四三 いのりこし神にわが身をまかせてもかひなくしづむえにこそありけれ

二五四四 神がきにいのるわがよもかひなくはそをだにいとふみちをしらせよ

二五四五 よゝふりてそのなをかけしかしはぎのはもりの神よいまもかはるな

二五四六 よゝへぬるちぎりくちずはかしはぎのはもりの神もわれをわするな

中将を申侍しかども、かなはずしてなげき侍しころ、寄月述懐といふ事をよみ侍し中に

二五四七 おもひいでのありやなしやを人とはゞ月みるほかはいかゞこたへん

二五四八 よそにのみみかさの山のみねのつきうら山しくもさしのぼるかな

二五四九　わかのうらやいへのかぜなきあま人もおもひはるけて月はみるよを
二五五〇　おもふことあるとはなしにあぢきなくよをかさねてもみつる月かな
二五五一　われのみやしづみはつべきみなそこにやどれる月もそらにこそすめ
二五五二　すみわたるわが身よいかにみな人のおしむ月だに山にいるなり
二五五三　をくらさでいらむやまべにさそへ月よにすむかひのある身ともなし
二五五四　ありあけの月ならなくに山のはにおもひもいらでよにやめぐらん
おなじころ、秋の除目ちかくなりて、さやうの事うれへ申人のまうできて、歌よみ侍しついでに
二五五五　この秋はわがなもらすなみかさ山さのみしぐれにそでやぬるべき（一六七〇と同歌）
おなじこゝろをよみ侍し
二五五六　みかさ山などこえがたくなりぬらんよゝのふるみちあとはあるみに
転任のこと上首多とて沈淪し侍ころ、河といふ題にて
二五五七　いかにせんわが身せかるゝふるかはのよどめばすゐのたえぬべき身を
二五五八　もがみがはのぼるとはなきいなぶねのくだりはてぬる身をいかにせん
二五五九　山がはにしづみはてぬるむもれ木のうきなばかりやよにはながさん
雅顕、少将所望のころ、長景許の探題に、述懐
二五六〇　こえかねてわが身としへしみかさ山こをおもふみちに又かへりぬる
老人述懐といふ題をさぐりて
二五六一　ふじのねのゆきにこがるゝ煙こそとしふる人のおもひなりけり
所どもめされ侍しころ、人の物へまかり侍しに

二五六二　よるべなき身はうき草となりはてゝさそはぬ水をなをしたふかな

難事侍しころ

二五六三　ゆくすゑはかゝるべしともしらでこそさりともとのみたのみきつらめ

賀茂社に述懐卅首をよみて奉し中に

二五六四　あはれとも神はきかずやほとゝぎすうきみやまべのこがくれのこゑ

二五六五　なにごとにとまるこゝろと身にとへばたゞいひやらずぬるゝそでかな

二五六六　よの中はかくこそありけれとばかりのうきなぐさめにとしをふるかな

二五六七　いまぞわがともとしりぬるいたづらにとしへてたてるたかさごの松

二五六八　身のうさはさてもかくてや山どりのをのれうらみてねをばなくべき

懐旧

二五六九　おもひいでのありしはさぞないにしへの《は》うかりしさへになどか恋しき

二五七〇　おもひいでのありきあられ《ず》はしらねどもむかしときけばまづぞ恋しき

二五七一　こひしさのさむるよぞなき夢とのみなりしむかしやうつゝなるらん

寄夢懐旧

二五七二　おもひねのこゝろからなる夢にだによな〳〵ごとのむかしやはみる

夢

二五七三　いかばかりゆめぢはちかきみやことてうたゝねのまにゆきかへるらん

二五七四　ぬるがうちもうつゝのほかのよをやみるなにをなにとてゆめとわくらん

二五七五　うしとてもこのよのゆめはみもはてじながきねぶりをいかでさまさん

或人の夢に、政村朝臣此題にて人〳〵をすゝめて歌よませて、心経を書供養せよとみ侍とて、

時村すゝめ侍しに、難叶思

二五七六 ゆくすゑをかねてよりみる夢もがなたのみなきよもおもひさだめむ

右題をあまたよみ侍し中に

二五七七 ゆめならでいかでふたゝびたらちねのむかしながらのおもかげをみん

二五七八 おもひいづるおもかげならでたらちねにいまひとたびのあふこともがな

無常歌中に

二五七九 おもひとけばきえん程なき命かなこほりのうへのはるのあはゆき

二五八〇 よの中は日かげにおりてをく花のしばしもいかであらんとすらん

二五八一 久方のあまつくもゐにとぶとりのあとはかもなきよにこそありけれ

二五八二 ながらふるよそのならひにをこたりてたのむいのちのあすもはかなし

二五八三 きのふみし人はけふなきよの中にあすまでわが身あらんとやする

先人日記をみ侍て

二五八四 ゆめならでみぬよのことをみつるかなむかしかきをくふでのすさみに

同時に、亡父無文燻革韈ゆりずして身まかりし事を思侍て

二五八五 あやめなきけぶりのいろを身にそへてたえにし跡のおもひはるけん

同月忌の日

二五八六 ほとゝぎすけふはまつかなしでの山こえにし人のゆくへかたら《れと》へ

二五八七 たらちねのあとゝふけふをかたみにてゆくへもしらぬむかしこひつゝ

世中さはがしく侍しころ

二五八八　うらめしき春にもあるかな桜花心のどかにまつ人もなし

人〳〵おほくうせ侍しころ

二五八九　この春はねなくにみつるゆめよりも花のちるこそのどけかりけれ

二五九〇　かぎりなきこのゆめみてもよのうさを猶をどろかぬ身とやなりなん

諒闇のよし聞侍て

二五九一　はるのひのかすみのたにゝいりしより心のやみにはなをだにみず

二五九二　よのうさをなにゝつけてかなぐさめんはなをみるべきはるにあらねば

二五九三　くれし日のそのゆふべよりすみぞめのかすみのころもそらもきてけり

入道中書王うせ給よしきゝ侍て

二五九四 入玉葉　つかへつゝなれしむかしのまゝならばこよひやよをばそむきはてまし

二五九五　めのまへにみましうきよをひきかへてくもゐのよそのあはれとぞきく

人のもとへ申つかはし侍し

二五九六　いかばかり君もなげかんめのまへにありしながらのうきよなりせば

雅顕少将あづまへ下侍し時、石帯を宗成朝臣にかりて侍しを、なくなりてのち、かへしつかはすとて

二五九七　めぐりあふちぎりたえぬるいしのおびのかへすにつけてぬるゝ袖かな

返し 事哥　宗成

二五九八　よにふればうさのみつもるしら雪のしらぬ山ぢにあとやたえなん

二五九九 かけてだにかたみなれとはおもひきやこはうき帯のかごとばかりも
二六〇〇 うしとのみおもひきえなでみし人のあとをものこせにはのしらゆき
釈教歌中に、無常偈を
二六〇一 身をなぐる人こそなけれいにしへのなかばののりはいまもきけども
照見五蘊皆空、度一切苦厄の心を
二六〇二 ぬるがうちにみゆるはゆめとしりぬれどうきもつらきもなきよなりけり
信解品の心を
二六〇三 いそぢあまりもとのすみかをあくがれてしらぬさかひにまよひこしかな
神祇
二六〇四 いはし水にごりなきよといのりをく心のそこをあはれとやみぬ
賀茂のみたらしにてあそびて、又のちにまかりて侍しに
二六〇五 ありしよの月をこひつゝたづねきて又みたらしのあり明のそら
蹴鞠の道は賀茂成平が流なる事を思ひて
二六〇六 たえ行ば神もあはれとみたらしやしめのほかなるながれならねば
神祇歌中に
二六〇七 すみよしのうらさびてみしいにしへのあり明の月を神もわするな
二六〇八 さゞなみのしがのからさきいくちよか神のみゆきにあひおひの松
新熊野六月会に参詣して
二六〇九 けふよりはおもひへだつる《な》みくまのゝうらよりをちにわれはすむとも

毎朝弾神琴て、諸社に法楽し侍とて

二六一〇　あさごとにかみにたむけてひくことの庭火のかげやよをてらすらん

あづまにて中将になりて、やがて都にのぼりて拝賀申ついでに、殿上ゆるされ侍しかば

二六一一　あづまよりみかさの山をまづこえてくものうへなる月をみるかな

祝

二六一二　よろづよもみやこをかけてあづまぢのせきのふぢかはたえずつかへん

二六一三　よをてらす君がみかげはあまのはらゆくすゑとをき月日なりけり

二六一四　ちよふべききみがときはのかげみえて池のみぎはにたてる松がえ

二六一五　あらいそのいはうつなみにちるたまのしられぬかずはきみがよろづよ

二六一六　わたつうみのおきつしらなみ昔よりよせくるかずを君がよにせん

二六一七　すみよしのまつのときはにいのりてもひさしくなりぬ君がよろづよ

二六一八　すみのえのまつにとはゞや君が代にいまいくたびかおひかはるべき

初出一覧

・本論文の章節名の下に、原題、初出誌・初出書名、刊行年月、出版社名を記す。再録された場合はそれも記す。
・全体に統一と補正のため、初出から一部表現・語彙・表記等を改めた場合がある。

序論　鎌倉期関東歌壇と周辺の概要

序章　関東歌壇の概要―鎌倉期関東の歌人と歌壇序説
東国歌人と鎌倉―関東歌壇瞥然―（『悠久』七　鶴岡八幡宮　平九・七）
関東の歌壇と和歌（口頭発表）（中世文学会第一一四回大会シンポジウム「中世文学と鎌倉」　平二五・六・一　於日本大学）＊両者を併せて改稿。

第一章　関東歌壇の和歌
第一節　和歌表現史上の位置
鎌倉期関東歌壇の和歌―中世和歌表現史試論―（『中世文学』五九　平二六・六）
第二節　歌壇内の和歌の様相
鎌倉期関東歌壇の和歌の様相（『国文鶴見』四八　平二六・三）
第二章　関東歌壇の周縁
第一節　西行と関東
西行の影―『十訓抄』と関東歌人に見る（『国文学』四五・五　学燈社　平一二・四）
＊「西行の影響―『十訓抄』と関東歌人に見る」として『中世和歌論―歌学と表現と歌人』（勉誠出版　令二・一一）所収を一部補正。
第二節　鹿島の宗教圏と和歌
鹿島の宗教文化圏　和歌をめぐって（『解釈と鑑賞』六七・一　至文堂　平一四・一一）

本論　鎌倉期関東の歌人と歌書

第一編　歌人研究

序章　実朝を読み直す―藤原定家所伝本『金槐和歌集』抄

第一章　将軍宗尊親王と周辺

同題（『源実朝　虚実を越えて』アジア遊学二四一　勉誠出版　二〇一九・一二）

第一節　『宗尊親王家百五十番歌合』宗尊と真観の番を読む

弘長元年の宗尊親王（一）―『宗尊親王家百五十番歌合』の詠作について―（『古典研究』一　平四・一二）

第二節　『瓊玉和歌集』の和歌

『瓊玉和歌集』の和歌について（『鶴見日本文学』一七　平二五・三）＊「解説」の一部（同題）として『瓊玉和歌集新注』（青簡舎　平二六・一〇）所収

第三節　『竹風和歌抄』の和歌

同題（『竹風和歌抄新注　下』青簡舎　二〇一九・一〇）

第四節　宗尊親王将軍家の女房歌人達

同題（『中世文学研究』二二　平八・八）

第二章　関東祇候の廷臣歌人達

第一節　藤原顕氏伝

藤原顕氏について（上）―関東祇候の廷臣歌人達（二）―（『徳島大学教養部紀要』（人文・社会科学編）二六　平三・三）＊「藤原顕氏の生涯」として『藤原顕氏全歌注釈と研究』（笠間書院　平一一・六）所収

第二節　藤原顕氏の和歌

藤原顕氏について（下）―関東祇候の廷臣歌人達（二）―（『中世文学研究』二〇　平六・八）＊「藤原顕氏の詠風」として『藤原顕氏全歌注釈と研究』（笠間書院　平一一・六）所収

第三節　藤原教定伝

藤原教定について（上）―関東祇候の廷臣歌人達（一）―（『中世文学研究』一六　平二・八）

第四節　藤原教定の和歌

藤原教定について（下）―関東祇候の廷臣歌人達（一）―（『中世文学研究』一七　平三・八）

第五節　藤原能清伝

藤原能清について（上）―関東祇候の廷臣歌人達（三）―（『中世文学研究』一八　平四・八）

第六節　藤原能清の和歌　藤原能清について（下）—関東祇候の廷臣歌人達（三）—（『中世文学研究』一九　平五・八）

第七節　源親行の和歌　源親行の和歌の様相（『これからの国文学研究のために』笠間書院　平二六・一〇）

第三章　ある御家人歌人父子

第一節　後藤基綱・基政・基隆の家譜と略伝　後藤基綱・基政父子（一）—その家譜と略伝について—（『芸文研究』四八　昭六一・三）

第二節　後藤基綱・基政・基隆の和歌事績　後藤基綱・基政父子（二）—その和歌の事績について—（『芸文研究』五〇　昭六一・一二）

第三節　後藤基綱の和歌　後藤基綱の和歌について（『中世文学研究』二三　平九・八）

第四節　後藤基政の和歌　後藤基政の和歌について（『中世文学研究』二五　平一一・八）

第五節　後藤基隆の和歌　後藤基隆の和歌について（『中世文学研究』二四　平一〇・八）

第四章　寺門の両法体歌人

第一節　大僧正隆弁伝　大僧正隆弁—その伝と和歌—（『芸文研究』四六　昭五九・一二）

第二節　大僧正隆弁の和歌　大僧正隆弁の和歌の様相（『国文学叢録—論考と資料』笠間書院　平二六・三）

第三節　僧正公朝伝　僧正公朝について—その伝と歌壇的位置—（『国語と国文学』六〇・九　昭五八・九）

第四節　僧正公朝の和歌　僧正公朝の和歌の様相（『鶴見日本文学』二三　平三一・三）

第二編　歌書研究

第一章　簸河上論

第一節　『簸河上』の諸本　簸河上の諸伝本について（『国文学研究資料館紀要』二三　平九・三）

第二節　『簸河上』の性格　付補説―『八雲御抄』と『秋風抄』と『簸河上』
『簸河上』を読む（『国語と国文学』七四・一一　平九・一一）
中世歌学の一断面から（『鶴見大学国語教育研究』三七　平一〇・六）

第二章　家集三種
第一節　藤原時朝家集の成立
（時朝集全釈）解説（『前長門守時朝入京田舎打聞集全釈』　風間書房　平八・一〇）
第二節　『瓊玉和歌集』の諸本
『瓊玉和歌集』の諸本について（『芸文研究』一〇一　平二三・一二）＊「解説」の一部（同題）として『瓊玉和歌集新注』（青簡舎　平二六・一〇）所収
第三節　藤原雅有家集の成立
（隣女和歌集）解題（『国立歴史民俗博物館蔵貴重典籍叢書　文学編第十巻〈私家集４〉』臨川書店　平一三・九）

第三章　打聞と歌合
第一節　『拾遺風体和歌集』の成立
『拾遺風躰和歌集』の成立追考（『中世文学研究』二一　平七・八）
第二節　『東撰和歌六帖』の成立時期
『東撰和歌六帖』成立時期小考（『中世の文学　附録』一四　三弥井書店　平元・六）
第三節　『宗尊親王家百五十番歌合』の奥書
『宗尊親王家百五十番歌合』の奥書について（『日本古典文学会々報』一一三　日本古典文学会　平五・一）

付編　資料
一　内閣文庫蔵『鎌倉将軍家譜』翻印
『鎌倉将軍家譜』翻印（一〜七）・解題（『銀杏鳥歌』四〜六、八〜一二　平二・六、一二、平三・六、平四・六、一二、平五・六、一二、平六・六）
二　校本『簸河上』
同題（『国文学研究資料館紀要』二二　平八・三）
三　桃園文庫本『隣女和歌集』首巻（序・巻一）解題と翻印

桃園文庫本『隣女和歌集』巻一翻印・解題（『国文鶴見』四〇　平一八・三）
桃園文庫本『隣女和歌集』首巻の位置（『国文鶴見』五五　令四・三）

四　歴博本『隣女和歌集』（巻二～四）翻印

歴博本『隣女和歌集』翻印（『鶴見大学紀要（国語・国文学編）』四三　平一八・三）

あとがき

源実朝の『金槐和歌集』の文庫本を手に入れたのは、与謝野晶子と吉井勇の短歌や、『平家物語』と『新古今和歌集』の文庫本を手に入れるよりも遅かったように思う。大学で国文学を専攻し、卒業論文の題材に『新勅撰和歌集』を選び、和歌の配列を描く論じたが、その時に、同集に関東武士の歌が撰入されていて、「(もののふの八十)宇治川集」の異名があることを知った。大学院入学後に、樋口芳麻呂校注『金槐和歌集』(新潮日本古典集成)を読み、的確な付注の大切さを学んだ。川田順校註『全註金槐和歌集』(冨山房)をようやく古書店から買い求めて読み、これが樋口注の原点であることを知るのは、二十数年後のことである。

修士課程のある授業の期末の報告の題材に、『東撰和歌六帖』を選んだ。続群書類従の書目でたまたま目にして「東撰」に興味を引かれたのだと思う。本文・伝本を少し調べて解題を書き、初句と作者の索引を付しただけのものだったが、今でもその索引を使うことがある。担当教授からそれを評価するような声を掛けてもらった。中世の関東の和歌に関する資料や論文を少しずつ集めて修士論文の主題を模索するなかで、鎌倉末期の『拾遺風体和歌集』とその周辺に焦点を絞っていき、併せて鎌倉期の関東の和歌状況の全体を見渡してみたい欲が出てきたように記憶している。

博士課程の指導教授の授業で、今後の研究の構想を話す機会があり、鎌倉期の関東歌壇を対象として、歌壇史研究、歌人の伝記研究、歌書の伝本研究、和歌の作品研究を統合した、やや欲張った研究に取り組みたい旨を報告した。どれぐらいの期間でそれをやるのかを問われて、十年程でやりたいと答えた。そのテーマで、そんなに時間がかかるはずはない、かける必要はない旨を諭された。そんなものかとぼんやりと思ったが、結果としてそうではなかった。自分の能力の無さを棚上げにして言えば、関東歌壇とその和歌には、今にして思えば当たり前ながら、その究明に多くの時間を要するだけの質量と価値があった。この分野の研究は、必ずしもなおざりにされてきた訳ではないが、やはり同時代の京都の歌壇や和歌に比べれば、置き去りにされてきた印象は否めない。それには、折口信夫が源実朝の和歌に田舎渡りの宗匠の手が入っていると言ったというような、関東歌壇とその和歌自体の意義に対する研究者側の、ある種の思い込みがまったく関係していないとは言えないように思う。文学作品の価値に軽重を見ることに意味はあるだろう。それでも、研究では極力先入観や偏見は排されて然るべきであることを、自戒を込めて思う。

件の修士論文では、『拾遺風体和歌集』の伝本や僧正公朝の伝記等を調べて論じた。大学院生であった頃は、歌壇史研究、伝記研究、伝本研究の類が和歌研究の主潮の一つであった。その顰みに倣うようにして、研究を始めたのだけれども、『拾遺風体和歌集』の伝本研究は、今日まで未了である。公朝の伝記の考察から始まり、その和歌を読み、歌人としての全体像を論じるに至ったのは、つい数年前のことである。これは、私自身の怠惰が原因に他ならないが、それでも、対象の価値の上下にかかわらず追究の継続は必要であることを、今は実感することができたように思う。博士課程では、公朝と同門の大僧正隆弁や関東の御家人後藤氏父子あるいは『東撰六帖』等について伝記や成立を論究したが、いまだ和歌の内容の研究には及んでいなかった。

徳島大学に勤務した時期に、京極派和歌の表現に関心を寄せて研究しつつ、宗尊親王の研究の必要性に気づき、伝記資料や家集類の諸本の調査・収集を始めた。紀要類には自由に書けた。そこに、関東祗候の廷臣藤原顕氏について、伝記と全歌の注釈とその意義をまとめて公表でき、歌壇史を背景とした歌人の伝記と作品を併せて考究することに意味があることを再認識した。小川剛生氏と共同で宗尊の年譜や家集外の歌の集成の成果を発表することもできた。

この時期に、中四国中世文学研究会に入れていただき、年に二回の研究会への参加（研究発表と論文批評は輪番）、年に一本の論文執筆が、十一年の間（十五号〜終巻二十五号）続いた。同人諸氏から薫陶を受けたが、中でも和歌を研究している稲田利徳氏と佐藤恒雄氏からは、多くのことを学んだ。同人誌『中世文学研究』に、関東祗候の廷臣歌人藤原教定と藤原能清の伝記と和歌、後藤父子の和歌に関する論文を掲載してもらった。今は解散した同会の恩恵は非常に大きい。

この時期にはまた、国文学研究資料館併任助教授に任じて、月に一度数日間資料館に通うことが二年半程続いた。その間に、多くの資料に触れてそれらを集めることができたし、『簸河上』の伝本研究や校本を紀要に公表する機会に恵まれた。資料館併任を誘ってくれた佐々木孝浩氏、ご架蔵の伝本を快く調査させて下さった（現物を宅配便でお送りいただいた）兼築信行氏には、感謝しかない。

鶴見大学に移って以降、紀要類や学内学会誌等に、大部な分量の論攷でも掲載することができたことは非常な幸運で、多くの関東歌壇関連の論攷類を公にすることができた。また、和歌文学大系（明治書院）の『新勅撰和歌集』と『玉葉和歌集』の注釈を担当させていただき、その過程を通して得た知見が、京都と鎌倉の関係や藤原定家や為家と関東の関係あるいは関東歌人の和歌と京極派和歌との関係等々の面で、鎌倉期関東歌壇の研究に大いに役立ち、論文にそれを反映させ得たと思っている。また、今はない『国文学』（學燈社）や『解釈と鑑賞』（至文堂）に書かせていただいた論文が、関東歌壇の周縁を考える機会となった。『国立歴史民俗博物館蔵貴重典籍叢書』で『隣女和歌集』を担当させていただき、同本を熟覧する機会に恵まれて十分な調査ができ、雅経の孫・教定の子で関東に祗候した飛鳥井雅有の和歌を研究する基礎を築くことができた。

この間のある一時期、関東歌壇の研究への意欲を失いかけたが、平成二十五年度中世文学会春季大会のシンポジウム「中世文学と鎌倉」に「関東の歌壇と和歌」を報告する機会を与えられたこと、論文をやりとりした際に前田雅之氏からの叱責を受けたことなどがあって、どうにか研究を続けることができた。前後して、鈴木健一氏の推薦で東国歌人と関東歌壇の概要をまとめることができたこと、渡部泰明氏の指嗾で『金槐和歌集』を読み直すことができたこと、新注和歌文学叢書（青簡舎）の編集委員浅田徹氏・久保木哲夫氏・竹下豊氏・谷知子氏から宗尊親王の全家集の注釈の機会を与えられたことなどが、本書の成り立ちを直接支えている。

不十分ながら、一連の関東歌壇関連の論文をまとめて、学位論文（慶應義塾大学、平成二十四年二月受理）「鎌倉期関東歌壇の研究」として提出することができ、それを基に本書を刊行することができるのも、優れた研究者に囲まれ、志ある出版社に支えられる環境があったからだと思う。

指導教授ではなかったが、先輩でもある川村晃生先生が研究者として常に先を走って、行く道を示して下さったことは心強かった。改めて感謝申し上げたい。

学部学生の時からお教えいただいた池田利夫先生、大学院以来ご指導いただいた大曾根章介先生には、言葉にはできないほどのご恩がある。本書を直接献じることができないことはまことに無念である。

久保田淳先生が大学院から今日まで導いて下さっていることは、この上なく有り難いことである。それに本当の意味で報いるには、さらに研究し続けていくしかないと思っている。

小川剛生氏には、本書全体にさまざまな批正と助言をいただいた。深甚の敬意と謝意を表したい。

漢詩文に関わることについては、金文京氏、佐藤道生氏、堀川貴司氏から重要な批正と意見を頂戴した。深く感謝申し上げる。

日頃から研究会などで意見を交換し刺激をいただいている、田渕句美子氏、渡邉裕美子氏、木村尚志氏、また、論文や私信を通じてご教示下さっている佐藤智広氏、小山順子氏にも、この場を借りて御礼申し上げたい。

同僚の伊倉史人氏と田口暢之氏は、本編や資料編を細部に及んで丁寧に批正してくれた。平藤幸氏は、全編の校正に協力してくれた。河田翔子氏は、大部の索引の作成に助力してくれた。これらなくしては、本書は刊行に至らなかった。心より感謝したい。

最初の著書『藤原顕氏全歌注釈と研究』（笠間書院）を出版していただいた時からお世話になるばかりの、花鳥社の皆様には御礼の言葉もない。いつも暖かく見守りご助言下さっている橋本孝氏、前掲書を担当して下さった重光徹氏、勤務校関連の学内誌や編著を担当して下さっている相川晋氏に、心よりの感謝を申し上げる。

本書の編集をご担当下さったのは大久保康雄氏である。入稿は七年程前の平成末であった。不備や見落としが多く、校正を重ねることとなった。それに伴い、索引の入稿は大きく遅れた。大久保氏は、辛抱強くお待ち下さり、適切なご指示で最後まで導いて下さった。本書がかく成ったのは、大久保氏のご尽力があったからこそである。心より厚く御礼を申し上げる。

現時点で、六代将軍宗尊親王の『柳葉和歌集』と『中書王御詠』、八代将軍久明親王とその和歌、北条氏の有力歌人政村や時広とその和歌、あるいは関東歌壇と道歌の関係等について研究を進め、幾つかの著書・論文を発表してきているが、それら以外にも本書に収めていない、鎌倉期関東歌壇の追究すべき課題は多い。例えば、『宗尊親王家百五十番歌合』を初めとする関東歌壇の歌合・歌会に出詠の歌人達の個々の素性や歌業と全体像、関東歌壇や関東圏に成立した『万葉集』『古今集』あるいは『源氏物語』の注釈・注説と歌壇の和歌との関連等々である。本書の続編を期して、さらに研究を進めていきたい。

令和七年三月　　中川博夫

索　引

【例言】

・本編の索引は、人名索引、書名索引、事項索引、和歌初句索引からなる。各所在箇所を、本編の頁数で示す。

・人名索引は、主に近世以前の人名を、一部物語中の人物や神等を含めて、名により立項した。男性と僧侶は、通行の読み、女性は、一部通称を除き音読みによって、五十音順に配列した。

・書名索引は、主に近世以前の書名・作品名を、通行の読みにより、五十音順に配列した。原則として、「…和歌集」の「和歌」は省略した。

・事項索引は、和歌研究に関係する主なものを、通行の読みにより、五十音順に配列した。

・以上は、各語を悉皆に採録した訳ではなく、煩雑を避けるために、見出しの語に寄せたり、省略したりした場合がある。特に、引用史資料、引用参考文献、一覧表、年表等の中の語については、原則として採集していない。なお、当該項目を対象とした節や当該項目が頻出する箇所等については、一括して「(頁) - (頁)」のように示した場合がある。

・和歌初句索引は、引用した和歌を、歴史的仮名遣いによって、五十音順に配列した。初句が同じ場合は第二句を、第二句まで同じ場合はそれ以下の句を掲出した。「ん」は「む」に統一した。「梅」は「むめ」とした。連歌の初句と一部近代詩の冒頭句の索引もとり、ここに配列した。なお、本文中で清濁を施していない場合も、この索引では清濁を区別した。

人　名

【あ】

葵の上（源氏物語）　564
明石尼君（同上）　236
明石君（同上）　236, 239, 240
明石入道（同上）　70, 238, 240, 272
明石姫君（同上）　180, 241
赤染衛門　60, 190, 614
赤人　502, 563, 606, 717, 735, 752, 753
顕家　17, 329, 331-335, 340, 357
顕氏（藤原）　15-17, 19-22, 24, 36, 37, 39, 44, 49, 62, 64, 66-68, 72, 73, 154, 166, 188, 225-227, 237, 254, 256, 327-365, 369-408, 418, 422, 512, 521-524, 527, 530, 555, 594, 630, 685, 748, 759, 805, 965, 973, 1113, 1114
顕氏（源・細川）　25
顕雄　331
顕香　331
顕方　342, 422
顕兼　331
顕実母　258, 259
顕季　328, 329, 331, 346, 354, 557, 596, 602, 614, 692, 695, 732, 788
顕輔　116, 190, 329, 331, 340, 354, 356, 388, 389, 973
章経　656
顕俊　810
顕朝　208, 916
顕名　331, 341, 342, 354, 422, 521
顕仲（藤原）　140, 602, 702, 707, 724
顕仲（源）　43, 147, 190, 381, 407, 722, 758
秋成　65
顕教　331
顕雅　97
顕統　208
顕基　331
顕盛　17, 23, 36, 412, 504
章行女　305, 821
顕良女　324
阿崔　245
あさくらの宣耀殿中納言乳母　318
朝忠　305
朝綱（大江）　243
朝成　83
阿闍梨　235, 241
安宿王　822
敦忠　308, 373, 490, 586, 821
阿仏尼　16, 20-25, 34, 35, 37, 65, 154, 216, 314, 474, 560, 727, 869, 1097
尼右衛門督局　293, 294, 322, 323
尼君　236, 237
尼左衛門督局　322, 323
天照大神　832, 918, 919
天鈿女　899
天之尾羽張神　90
天児屋根尊　477
阿弥陀如来（仏）　243, 247, 727
天鳥船神　95
有家　12, 16, 72, 113, 181, 190, 237, 329, 331, 354, 389, 430, 615
有季（文屋）　390, 888
有季（源）→浄意
有資　418
有忠　63, 248
有親　337
有仲　43
有長　234, 346
有教　359, 426, 448-453, 459, 560, 706
有仁　237, 445, 731
有房　43, 208
有雅　423, 436
安嘉門院　294
安嘉門院四条→阿仏尼

【い】

家賢　254
家清　331, 337, 358, 480

家定　338, 434
家実　335, 336, 339
家季　339
家隆　12, 16, 37, 40, 58, 65, 72, 75, 76, 81, 124, 141, 190, 191, 194, 197, 210, 225, 232, 237, 295, 296, 316, 321, 349, 392, 393, 449, 458, 459, 483, 490, 491, 497, 549, 550, 557, 577, 592, 598, 612, 614, 615, 617, 618, 620, 629, 692, 705, 734, 743, 752, 753, 762, 763, 765, 767, 780, 821, 822, 826, 965, 1010, 1015, 1016, 1097
家親　55
家経　324
家時　359
家仲　19
家長　63, 254, 394, 540, 615, 618, 629, 695, 697
家成　331, 346, 788
家教　526, 534, 535
家衡　329, 331, 334, 358, 477, 485, 486
家房　301, 359
家村　645
家基　62
家保　331, 788
家良　44, 75, 86, 154, 169, 187, 188, 191, 216, 225, 226, 347, 348, 430, 468, 550, 619, 670, 678, 721, 736, 752, 753, 763, 764, 767, 777, 778, 780, 804, 901, 909, 972, 1012, 1016, 1019, 1028, 1093, 1097
伊奘諸尊　832
為子（為家女）　225
為子（従二位。為教女、為兼姉）　62, 64, 248, 398, 576
和泉式部　146, 190, 193, 228, 234, 303, 309, 311, 372, 404, 503, 560, 566, 583, 587, 701, 702, 721, 771, 772, 1097, 1098
伊勢　190, 482, 483, 487, 575, 605, 689, 710, 732, 752, 753
伊勢大輔　695, 706, 913
一条局（殿）　16, 293, 295, 321, 322, 323
稜威雄走神　90
一遍　854, 855, 919, 924, 925
妹尼　235
殷富門院大輔　225, 559, 821

【う】

右衛門督　15, 21, 22, 187, 294, 296, 318, 320-322
右衛門佐　293, 295
鸕鷀草葺不合尊　900
浮舟　235, 236, 612
右京大夫→建礼門院右京大夫
右近　480, 484
氏成　838
氏之　25
宇多院　821
空蟬　125, 236
馬内侍　174, 190, 557, 614, 740

【え】

栄雅→雅親
永寿麿（報恩院）　258
永春　939, 940, 945, 952
栄前　346
永福門院　62-64, 248, 249, 251, 721
永福門院少将　63
永福門院内侍　248, 837
慧遠　136
恵慶　169, 381, 407, 776
越後　293
越前　130, 304
右衛門督→うえもんのかみ
円意　534, 790, 851, 861, 872
円経　346, 347, 366
延子　822
円助法親王　153, 528
円曾　1094, 1097
円朝　24, 845
円珍　821
円瑜　442, 443
円勇　15, 16, 20-22, 226, 461, 554, 697, 846, 875, 876, 1110-1112
円融院　403

【お】

王子猷　587

王命婦（源氏物語） 240
大君（同上） 239, 241, 611
正親町院 518
大国主命 90
大平 95
大宮（源氏物語） 564
大宮院→姞子
興風 149, 233, 300, 728, 818, 819
憶良 766, 922
遠智娘 230
落葉宮 502
朧月夜 126, 236, 239
臣狭山命 90
尾張（皇嘉門院） 310
女三宮（源氏物語） 236

【か】

甲斐（四条宮） 772
懐円 689, 821
快雅 14, 20
快覚 607, 609, 616, 770
戒仙 890
薫 121, 236, 239, 241, 611
加賀 293
嘉喜門院 59, 64
覚恵→宗尊親王
覚寛 347, 828
覚助 62, 208, 1099
覚盛 821
覚勝→公経
覚性法親王 54, 185, 768
覚朝 790
覚誉法親王 251
景家 21
景季 9, 11, 14
景高 9
景綱 6, 16, 18, 20-24, 29, 34, 41, 43, 44, 54, 55, 62, 63, 67, 69, 73, 74, 192, 208, 209, 248, 257, 304, 397, 427, 428, 442, 466, 467, 625, 626, 628, 729, 755, 759, 851, 980, 981, 1023, 1098
景時 14, 672, 911
景朝 981
景盛 434
景盛女（松下禅尼） 330
景頼 420
花山院 561, 614
鹿島神 90-94, 96-98, 101, 103-105
柏木 236
賈嵩 242, 274
和氏 25
春日 293
春日の本神 97
和義 25
勝臣 506, 624
勝俊→長嘯子
金村 72, 172, 614, 904
兼明 243, 244, 475
兼定 359
兼実 33, 96, 190, 191, 457, 504, 514, 737, 1011, 1015
兼季 62
兼澄 612
兼綱 1093, 1095
兼経 221, 258, 336, 338, 360, 895
兼直 346, 702
兼仲（勘解由小路） 518
兼仲（道兼流） 980, 982
懐成親王→仲恭天皇
兼宣 656
兼教 410, 417, 420, 422, 424, 499
兼平 338, 339, 419
兼雅 528
兼通 244
兼光 848, 849, 855
兼光女 513, 534, 844, 872
兼宗 615
兼守 9
兼盛（平） 146, 190, 314, 556, 602, 771
兼盛（藤原） 1024
兼行 58, 211
鎌足 90
神聞勝命 90
亀山院 244, 257, 348, 439, 518, 525, 807
加良→紀内山加良
観意→基永

観兼　300
顔駟　176, 896
観暹　113

【き】

徽安門院　250, 255, 763, 780
紀伊　508, 1014
季吟　460, 504, 690
嬉子　794
暉子　528
曦子　528
儀子　64
宜秋門院丹後　63, 122, 147, 190, 306, 480
北白河院→陳子
姞子　340, 348, 535
紀内山加良　416
紀郎女　822
魏文帝　918
貴船明神　906
救済→ぐさい
行意　394, 618, 721, 733
行円→行宗
敬月　9
慶算　472
行証→宗尊親王
行尊　190, 309, 561, 821
教長→のりなが
行澄→宗尊親王
行日　36
行念→時村
卿局　293, 323
清家　331
清河　699
頊子　64
許渾　243
清定　29, 986, 1007, 1110
清輔　76, 116, 185, 192, 329, 331, 354, 369, 382, 388, 391, 401, 404, 408, 466, 474, 476, 497, 585, 629, 700, 777
清忠　613
清経　656
清時　15, 21, 22, 36, 802
清水観音　315
清基　15, 421, 425
清盛　332, 775
清盛女　74, 788, 834
許由　910
清行　975
桐壺帝　589
桐壺更衣　589
桐壺更衣母　236
公篤　23
公雄　1092, 1099, 1102
公蔭　208
公賢　937, 942, 943
公郷　636, 657
公実　375, 614, 733, 762, 771, 1014
覲子→宣陽門院
公重　64, 190, 507, 734
公重女　255
公佐　294
公相　191, 303, 334, 358, 359
公隆　842
公忠　168
公継　71, 182, 314, 468, 725, 744, 752
公綱　980, 1023
公経　10, 76, 114, 143, 191, 392, 468, 471, 514, 516, 519, 529, 584, 618, 620, 661, 731, 794, 1013, 1015
公経室　513, 529
公任　524, 561, 567, 582, 696, 737, 961, 969
公直　421
公仲　421, 522
公長　761
公夏→公雅（三条）
公宣　844, 845, 847-849, 872
公則　635, 656
公教　844
公教女　335, 359
公衡　63, 78, 190, 225, 763
公広　634-636, 657
公雅（西園寺）　1092
公雅（三条）　1092
公通　742, 752, 811
公光　334, 358, 359, 809
公基　294

公守　63, 248, 690
公泰　1092
公能　381, 614, 821

【く】

空海　834, 1094, 1098
公暁　667
救済　93
宮内卿　184, 190, 299, 305, 588, 693, 705, 856
国信　42, 614, 906
国経　656
国時　16, 23
国房　117
国冬　258
雲居雁　180, 236, 241
黒人　173, 195, 688, 887

【け】

景行天皇　914
経子　810（定経女）, 975, 1044
契沖　117, 258, 712, 723
慶範　821
慶融　474, 1097
源恵　21, 22, 24, 25
憲玄　331, 357
兼好　104, 475
顕昭　116, 123, 125, 126, 329, 331, 354, 356, 389, 391, 601, 630, 702, 709, 962, 965, 1094
憲性　357
源承　311, 565, 566, 570, 579, 593, 748, 833, 869, 915, 970, 973, 983
玄性　822, 825
玄祥　950
賢辰　822
元稹　245
元盛　294
建礼門院右京大夫　19, 24, 25

【こ】

耕雲→長親
公縁　873
孝王　157
光覚　790
公豪　748
光厳院　53, 63, 208, 249, 250, 732, 763, 777
光西→光宗
公順　263
後宇多院　26, 35, 257, 439, 518, 937, 1099
公朝　15, 16, 18, 20, 21, 22, 24, 25, 28, 30, 36, 37, 40, 43, 62, 64, 76, 225, 226, 431, 446, 524, 525, 534, 543, 549, 553, 554, 555, 568, 570, 596, 599, 633, 678, 701, 738, 759, 811, 812, 843-932, 1094, 1097, 1098, 1111
紅梅大納言（源氏物語）　723
孝文帝　157
高弁　789
高峰顕日　153
弘法大師→空海
光明皇后　699
公誉　713
光蓮→仲実（小野沢）
小督　15, 20-22, 30, 36, 37, 40, 41, 208, 293, 295-300, 306-312, 320, 678, 738, 1098
後光厳天皇　208
後西院　456, 1035
小宰相→土御門院小宰相
後嵯峨院　17, 36, 40, 44, 59, 64, 150, 153, 154, 188, 191, 192, 199, 221, 222, 224, 225, 230, 258, 262, 266, 283, 288-290, 292, 293, 295, 296, 327, 328, 340, 342, 348, 392, 394, 407, 421, 426, 429, 430, 448, 518, 521, 528, 530, 535, 649, 663, 675, 678, 746, 791, 792, 794, 798, 799, 803, 804, 808, 821, 822, 824, 833, 836, 847, 873, 983, 1016, 1017, 1019, 1028, 1030, 1045, 1111
小侍従　468
越部禅尼→俊成女（としなりのむすめ）
後白河院　98, 332, 338, 434, 514, 528, 637, 1023
巨勢郎女　551
後醍醐天皇　56, 208, 212, 215
小大進（式乾門院）　347, 366
後鳥羽院　16, 52, 54, 59, 63, 71, 80, 93, 95, 96, 122-129, 191, 192, 202, 225, 248, 254, 300, 323, 333, 411, 445, 460, 471, 497, 508, 514, 515, 529, 562, 611, 614, 615, 617, 618,

620, 626, 627, 629, 631, 637, 638, 642, 696, 698, 708, 709, 732, 827, 839, 1090, 1093, 1097
後鳥羽院下野　64
言道　208
近衛殿　293-295
後花園天皇　1046
小兵衛督　62
後深草院　34, 258, 348, 518, 521, 649, 746, 791, 833, 873
後深草院二条　258, 259
後伏見院　62, 63, 252, 1032, 1033
小弁（祐子内親王家）　702
後堀河院　28, 127, 294, 334-338, 414, 515, 528
小町　190, 228, 386, 718, 752, 753, 761, 818, 819, 824, 890
小町姉　177
後村上院　59, 64
惟明親王　307, 468, 471, 509
惟方　83
惟清　1105
維貞　16, 23, 24, 27
惟喬親王　900
伊尹→これまさ
惟忠　656
惟継　626
伊綱　361
伊長　142
伊信　29, 568
維順　411
是則　574, 728, 768
伊平　187, 303, 600
伊尹　63, 728, 744
伊通　207
伊光　361
維光　411
維光女　350
伊傅　656
維盛　742
惟康親王　16, 34, 35, 67, 154, 221, 222, 258, 651, 790, 863, 876
伊頼　519
厳恵　20, 221, 652
厳雅　20, 21, 36, 410, 429, 1064

【さ】——————————

西円　16, 22, 29, 43, 44, 986, 1006, 1007, 1097, 1098, 1110
西音→時実
西行　10, 17, 31, 33, 52, 77-88, 117, 118, 119, 123, 190, 192, 225, 276, 294, 301, 302, 310, 312, 449, 468, 485, 488, 497, 502, 509, 538, 545, 548, 595, 614, 617, 618, 623, 631, 636, 641, 687, 714, 735, 743, 746, 752, 754, 760, 776, 783, 821, 902, 1011, 1014, 1015, 1097
宰子　154, 221, 222, 258, 262, 295, 323
在子→承明門院
西住　83
最信　20-22, 1064
最智　730
斉明天皇　229, 230
左衛門督　296
左衛門佐　296
坂上郎女　304, 537, 913
朔平門院　208
狭衣（狭衣物語）　125
貞顕　26, 27
定有　410
定家　10, 12, 16, 26, 28, 31, 33, 35, 38, 41, 43, 46, 49, 52, 58, 63, 64, 71, 72, 75, 76, 78, 79, 81, 86, 87, 93, 95, 96, 97, 99, 104, 115, 116, 120, 123, 127, 128, 130, 141, 166-168, 170, 180, 182, 190, 191, 196, 198, 210, 211, 225, 227, 229, 236, 248, 250, 273, 301, 304, 314, 328, 330, 333, 334, 337, 346, 349, 352, 354, 357, 359, 361, 369, 372, 375, 381-385, 392-394, 401, 402, 404, 416, 417, 432, 450, 451, 465, 466, 474-476, 485-487, 491, 492, 497, 498, 526, 538, 549, 561, 566, 572, 575, 591, 592, 600, 601, 603, 604-612, 614-618, 620, 622, 627-630, 633, 643, 650, 660, 669, 670, 673-675, 688, 691, 692, 698, 700, 705, 710, 711, 715, 716, 725, 726, 734, 739, 740, 742, 746, 751-754, 756, 761-763, 779, 780, 783, 816-820, 822, 823, 825, 826, 839, 848, 869,

870, 885, 963, 965-971, 973, 974, 976, 983, 1009, 1015, 1016, 1024, 1093, 1096, 1097
定氏　513, 521, 530
実氏母→公経室
定員　14, 645, 707
貞重　22, 23
定高　535
定忠　434
定忠女　434, 435, 1063
貞綱　6, 23, 980, 1023
定経　975, 1044
貞時　16, 22-24, 26-28, 34, 43, 62, 330, 518, 846, 852
定成　63
定信　69
定平　359
貞広　17, 23, 24, 62
貞房　23
定房　397
貞成　398
貞文　147, 750, 766
定雅　535
貞懐　24
貞元親王　701
貞泰　330, 331
貞世　25, 939, 940, 945, 952
定能女　434
貞頼　25
定頼　688
狭手彦　387
讃岐局　322
実明　811, 1092
実明女　53, 732
実氏　75, 154, 191, 207, 216, 225, 226, 300, 348, 359, 392, 419, 426, 448, 514, 618, 620, 621, 702, 763, 773, 1011-1013, 1015, 1016, 1028, 1094, 1097
実雄　191, 206, 225, 307, 468, 519, 822
実興　64
実陰　140, 208, 432, 455, 456, 508, 763
実方　228, 276, 582, 716
実兼　52, 62, 63, 208, 251, 313, 698
実材母　719
実定　65, 190, 305
実重　397
実隆　32, 62, 94, 150, 258, 1113, 1119
実忠　708
実親　844, 872
実経　339, 827
実遠　294, 295
実遠女　40, 294, 320, 321
実時　17, 38, 76, 221, 409, 412, 434, 435, 446, 645, 1020
実時女　17, 412, 434, 435
実利　310
実俊　208
実朝　6, 8-12, 14, 17, 19-25, 29, 31, 32, 37, 38, 46, 59, 60, 61, 64, 69, 71, 75, 87, 113-130, 173, 191, 192, 194, 195, 203, 210, 217, 219, 223, 225, 226, 233, 246, 292, 327, 476, 515, 516, 530, 616, 621, 623, 624, 642, 644, 662, 663, 667, 668, 687-689, 692, 697, 699, 708-711, 715, 716, 723, 742, 752, 754, 823, 824, 844, 849, 876, 886, 890, 901, 914, 922, 983, 1010, 1015, 1107
実尚　844, 848, 868, 872, 873
実宣　359
実教　208, 559
実房　298, 359, 470, 770, 844, 847-849
実藤　418
実文　18, 534, 844, 845, 848, 849, 872, 884
実冬　585, 787
実政　838
実雅　513, 529
実光　418
実基　533, 635-637, 641, 657
実守　55
実泰　14, 17, 434, 580
実世　844, 848, 872
実能　541, 817, 820, 821
左兵衛督　236
猿丸　137
三条天皇　612, 706
三条町　197, 607
三宮大進　578

【し】

慈円　33, 64, 78-81, 84, 95, 96, 104, 113, 117, 119, 121, 185, 190, 225, 302, 308, 448, 450, 454, 488, 502, 540, 558, 614, 617, 618, 620, 631, 705, 718, 771, 774, 782, 822-824, 826, 839, 1097
慈寛　1094, 1097
似閑　1038, 1042, 1047, 1058, 1062, 1067
志貴皇子　729, 913
式部卿親王家藤大納言　16, 321
重顕　24
重家（藤原）　190, 329, 331, 332, 340, 356, 389, 397
重家（佐治）　84
重氏　15, 16, 22, 23, 36, 37, 39, 331, 350, 429, 521
成実　269, 331, 336, 346, 348, 464, 555, 1012
重胤　8, 14, 32, 33, 46, 697
成親　331
茂綱→もちつな
重継　331
重綱　662, 676
重経　563
重時　14, 15, 19-21, 23, 24, 27, 29, 158, 422, 689, 697, 792, 795, 812, 845, 876
重長　789
重成　25
重教　36, 48, 180, 350, 387, 397
成範　235
茂範　37, 323
重衡　24
滋藤　507
重政　313
重村　22, 23
重茂　25
重保　305
重之　548, 707, 734
重能　25
始皇帝（秦）　142
侍従　293
侍従乳母　578
四条→阿仏尼
自性→行継
四条天皇　68, 334, 337, 339, 399, 417, 517, 649, 746
慈信　135
静　11
順　75, 91-93, 175, 542, 586
七条院　336
慈鎮→慈円
実伊　20, 30, 36, 822, 856, 925
実円　842
実快　303
実承　846
実仙　842
慈道　62, 64, 208
持統天皇　143, 914
釈迦（釈尊）　78, 247, 311, 312, 315, 833, 920
寂因→季房
寂恵　15, 17, 22-24, 38, 39, 76, 87, 154, 226, 237, 349, 445, 602, 846, 1097, 1098, 1104
寂西→信実
寂身　13, 19, 20, 29, 192, 302, 478, 772, 986, 987, 1007
寂信→惟方
寂然　144, 190, 319, 758, 821
寂超　190
寂仁→基綱
寂念（偽業）　147, 190, 347
寂念→基綱
寂蓮　78, 84, 86, 95, 114, 120, 151, 187, 190, 207, 447, 448, 497, 565, 587, 614, 615, 617, 618, 736, 752, 753, 774, 778, 779, 821, 1097, 1104
周亜夫　156
守恵　846
守覚法親王　121, 122, 191, 470
順（川田）　114, 117, 713
俊恵　190, 299, 300, 717, 739
竴子→藻壁門院
俊成→としなり
俊成卿女→としなりのむすめ
馴窓　94, 309, 325
順徳院　116, 166, 170, 191, 219, 225, 227, 254, 300, 333, 464, 497, 508, 514, 529, 610,

619, 620, 627, 629, 706, 719, 733, 820, 827, 937, 974-976, 1044, 1090, 1093, 1097
浄意　16, 19, 42-44, 659, 986, 987, 1008, 1098
浄意女　254
成恵　838, 841
勝延　115
定円　20-22, 25, 1097
定信　143
定清　635, 640, 655, 1064, 1072
浄雅　873
承覚　208
聖覚→義行
上覚　789
承空　1026, 1027
証慶　790, 811
昭慶門院一条　208
証悟　15
定豪　361, 660
静厳　890
上西門院　541
上西門院兵衛→兵衛
勝子→嘉喜門院
彰子　231, 236, 240
定修　19-21
正徹　62, 65, 204, 258, 260
上東門院少将　314
聖徳太子　550
肖柏　258, 728
聖武天皇　4, 914, 915
承明門院　40, 153, 222, 293, 295, 296, 323
殖子→七条院
式子内親王　145, 191, 225, 298, 308, 449, 505, 540, 585, 610, 614, 618, 740, 774, 821
白河院　196, 541, 598, 768
白河女御越後　692
白女　461
新右衛門督　15, 20, 293-296, 318, 319, 320, 322
真延　75, 174
信快　357
信覚　449, 464, 506
真観　15, 18-24, 29, 30, 36, 38, 39, 40, 44, 45, 47, 50, 63, 68, 76, 100-103, 105, 107, 131-151, 153-156, 158-160, 162, 163, 166, 167, 169, 170, 185, 187, 188, 191, 192, 194, 196-198, 200, 202, 205, 216, 225-227, 233, 236, 269, 297, 301, 328, 333, 335-338, 341, 345, 347-353, 357, 360, 367, 372, 383, 384, 388, 394, 402, 426, 429-433, 443, 446, 522, 524, 526, 554, 555, 568, 570, 579, 582, 590, 593, 596, 597, 604, 623-625, 629, 633, 670, 671, 674, 675, 678, 695, 708, 714, 715, 720, 728, 741, 752, 759, 764, 765, 769, 780, 787, 800, 804-807, 809, 816, 820, 822, 824-826, 836, 839, 859, 860, 864-867, 869, 898, 911, 913, 923, 935-976, 985, 986, 1007, 1012, 1015, 1019, 1030, 1044, 1045, 1048, 1049, 1052, 1055, 1090, 1121
真観女　40, 216, 297, 321, 729, 752, 836
親願　15
真眼　876
神功皇后　94
親玄　846
新宰相（伏見院）　63, 64, 248, 626
信子　849, 922
親子（二位。通親女）　293
親子（従三位。具氏女・師親養女）　55, 64, 255
親子（真観女）　15, 20, 22, 36, 37, 64, 191, 198, 225, 296, 297, 321, 836
真昭→資時
信生→朝業
深勝法親王　208
新大夫局　333
審範　297, 324
神武天皇　90, 898

【す】

季清　636, 657
季経　329, 331, 430
末摘花（源氏物語）　698
季遠　418
季房　74, 788, 834
季通　386
末茂　788
季保　709

季能　317
周防局　293, 295
輔昭　894
資明　249
祐右衛門督　296, 319, 320
資氏　64
祐臣　878, 1096
資実　821
資季　338, 418, 738
祐挙　571
祐高　9
祐時　645
資時　8, 14, 19-21, 23, 33, 419, 427, 646, 669, 694, 697
資宣　29, 568
相規　243
輔仁親王　140, 904, 1012
資平　738, 812
輔弘　465, 606
資雅　416, 436
資村　645
資盛　19, 24, 25
素戔嗚尊　898, 964
崇神天皇　90
崇徳院　445, 507, 537, 696, 822
住吉明神　766, 891

【せ】

成王　176
清基　374
正寿→時宗
清少納言　190, 228, 601, 719, 750, 753
清和天皇　390, 982
関雄　72, 172
禅恵　15, 802
仙覚　16, 20, 21, 38, 330, 356, 888
宣子　473, 500
全子　513, 514
全性　24, 25, 62
全真　24
禅信　231, 503, 782
善信→康信
宣陽門院　338, 358, 434

【そ】

宗円　5, 6, 41, 99, 980-982, 1023
宗祇　117, 728
宗子　181
僧都（源氏物語）　237
藻璧門院　357, 416
藻璧門院少将　191, 479, 774
即是　839, 842
素寂　16, 34, 184
素俊　347, 825
素性　137, 138, 190, 228, 233, 317, 457, 543, 695, 704, 706, 744, 752, 753
素暹→胤行
帥局→鷹司院帥
祖能　712
尊位　64
尊敬　242, 243
尊家　20, 48, 68, 150, 331, 333, 349, 367, 399
尊長　513, 516, 529

【た】

他阿　62, 73, 300, 397, 836, 837
泰覚　822
戴逵　587
大納言局（後嵯峨院）　293, 535
大日如来　841, 918, 919
大弐三位　228, 307, 558
隆顕　785, 786
高子　477, 698
尊氏　25
高清　938, 944, 952
高国　25
高倉院　118
高倉局（後嵯峨院）　293, 535
隆実→信実
隆重　74, 416, 788, 834
隆茂→たかもち
隆季　787, 788
隆祐　14, 16, 19-24, 72, 191, 194, 197, 232, 419, 449, 467, 478, 495, 497, 508, 577, 646, 740, 822, 826, 1093, 1097
隆忠女　294

隆親　337, 785, 786, 809
鷹司院按察　191, 198, 317, 323
鷹司院帥　15, 20–22, 30, 36, 37, 137, 154, 169, 191, 198, 216, 225, 293, 296, 297, 324
孝継　457
隆綱　786
隆経　316, 329
高遠　1012
高時　26
隆直　541, 542
隆仲　74, 788, 834
隆信　114, 119, 122, 190, 191, 254, 451, 463, 497, 575, 690, 709, 771, 811
隆憲　74, 788, 834
隆範　338
隆衡　74, 242, 486, 785–788, 834
高広　25
隆博　62, 64, 331, 747, 1094, 1103
隆房　18, 763, 785–788, 811, 839, 861, 923
高松院右衛門佐　306
隆宗　74, 788, 834
篁　242, 405, 696, 725
隆茂　15, 36, 664, 685
隆持　1094, 1103
孝行→素寂
敬義　1039, 1061, 1062
高能　513, 514, 534, 535
孝善　769
尊良親王　56, 57, 208, 212, 213, 215, 256
沢庵　944, 952
竹御所　415
武甕槌命　90, 95, 102, 832
建御名方命　90
建王　230
太宰帥親王　64
但馬　293, 407, 465, 783
忠景　15, 20–22, 24, 36, 63, 554, 802
忠兼　64, 143, 347
忠国　605, 609, 610
忠定　151, 356
忠季　43, 731
忠輔　410
忠次　294
忠継　410
忠綱　486
忠経　519, 528, 535
忠時　21, 530
斉名　243
忠成（大江）　20, 23
忠成（藤原）　443
忠成女　24
忠信　423, 464
忠度　19, 24, 25, 191, 192, 466
忠教　410
忠房（藤原）　273, 467, 722, 752, 753
忠房（松殿）　361
忠房（源）　130, 559
忠房親王　937
忠雅　359
忠見　821
忠通　115, 237, 582, 706, 731, 765, 779
忠岑　190, 228, 243, 298, 376, 480, 547, 586, 723, 724, 750, 753, 775, 890
忠宗　22
忠基　187, 301
忠盛　18, 20, 21, 23–25, 191, 192
直義　25
忠良　58, 123, 190, 191, 210, 298, 569, 584, 614, 616
忠頼　528
胤行　14, 19–22, 30, 32, 33, 203, 325, 425, 554, 580, 672, 697, 876
旅人　886
玉鬘（源氏物語）　139, 613, 629
為顕　16, 21, 23, 24, 473, 763, 1097
為明　164, 208, 255, 1034, 1041, 1042, 1045, 1046
為家　13, 16, 25, 34–39, 41, 43–45, 49, 61, 66, 67, 72, 75, 76, 86, 87, 97, 131, 138, 139, 142, 154, 156, 164, 169, 182, 188, 191, 192, 196–198, 203, 216, 224, 225, 254, 302, 328, 330, 333, 341, 344, 346–349, 351–353, 357, 367, 394, 407, 412, 417, 419, 426–433, 438, 442, 446, 448, 450, 454–456, 463, 474–478, 484, 488, 496–498, 526, 539, 548, 561, 565, 572, 579, 581, 584, 587, 593, 596, 601, 619, 620,

621, 626, 627, 639, 671, 678, 689, 708, 716, 717, 719, 720, 731, 740, 742, 752, 753, 758, 769, 778, 780, 803, 820, 822, 824-826, 837, 851, 864, 867, 869, 870, 904, 908, 915, 958, 969, 970, 976, 983, 1007, 1011, 1014-1019, 1028, 1066, 1085, 1086, 1092, 1097, 1103, 1104, 1109
為氏　13, 16, 25, 34-36, 39, 43, 72, 76, 97, 155, 191, 225, 348, 413, 418, 426-430, 442, 443, 446, 461, 462, 468, 474, 476, 498, 526, 585, 770, 780, 826, 848, 867-870, 873, 878, 983, 1028, 1033, 1085, 1094, 1097, 1098
為兼　13, 16, 25, 26, 28, 35, 36, 53, 54, 58, 62-64, 74, 208, 211, 243, 248, 251, 325, 484, 755, 763, 780, 837, 838, 869, 878, 917, 1066, 1085, 1086, 1089, 1096, 1097
為邦　945
為定　255, 438
為実　16, 22-24
為重　576
為佐　419
為相　16, 22-24, 28-30, 32, 34, 35, 87, 104, 105, 311, 315, 354, 597, 707, 743, 748, 869, 870, 879, 935, 937, 942, 945, 952, 957, 1089-1106
為相女　16, 24, 25
為忠（常磐）　964
為忠（二条）　438
為親　296
為継　186, 442, 443, 503
為嗣　24
為経　526, 579
為連　24
為時（北条）　22, 23
為時（藤原）　377
為成（平）　113
為成（冷泉）　23, 24
為業→寂念
為信　300
為教　187, 301, 408, 428, 443, 462, 774, 983
為秀　106, 945
為藤　208, 1045
為冬　208
為尹　939, 945, 947, 952
為理　255, 300, 452, 500
為道　28, 54, 65, 694, 706, 868, 1097
為道女→顕実母
為村　208, 258
為基　168
為守　16, 23, 24, 28, 1097, 1098, 1103
為守女　24, 25, 255
為世　25, 26, 28, 35, 36, 138, 208, 410, 413, 427, 461, 576, 580, 868, 869, 878, 1045, 1085, 1096-1100, 1104
為義　638

【ち】

知円　870, 878, 1096
親家　221
千蔭（加藤）　94
親実（三条）　645
親実（藤原）　425
親実（藤原・末茂流）　331, 346
親重　824
親季　418
親隆　479, 596
親忠　418
親時　1022
親俊　339
親朝　21, 192, 980, 981, 1022
親広（大江）　14
親広（中臣）　98
親房　917
親宗　821
親盛　98
親康女　849, 922
親行　8, 14, 15, 19-21, 33, 34, 38, 76, 154, 419, 465, 469, 514, 519, 520, 554, 587, 589, 603-631, 645, 646, 658, 659, 672, 697, 723, 725, 801, 803, 861, 876, 1064
親世　208
親能　350
親頼　359
千里　145, 269, 313
忠快　24
仲恭天皇　413, 415

忠子　359
中将（上東門院）　821
中将（式子内親王家女房）　25
澄憲　357
重源　82
長孝　258
長子　335, 336
長嘯子　94
張読　235
長明　31, 87, 88, 193, 311, 540, 557, 588, 680, 681, 744, 1097
長流　258
陳子　294, 336

【つ】

土御門院　170, 191, 192, 225, 243, 293, 323, 391, 392, 468, 497, 620, 662, 717, 901, 1090, 1097
土御門院小宰相　14, 15, 18-21, 25, 30, 36, 37, 40, 191, 225, 237, 254, 293, 295, 296, 300, 321, 323, 324, 431, 445, 596
綱政　1068, 1069
経家　122, 329, 331, 339, 340, 389, 776
経家母→基家室
経景　9, 14
経兼　92, 93, 738
経季　418
経輔　580
常胤　49
経嗣　529
経綱　428, 442, 462, 851
経任　221, 526, 534, 535
経時　14, 26, 330, 419, 645, 661, 795, 812
経朝（波多野）　9, 14
経朝（藤原）　467, 585
経長　439
経成　83
経信　92, 115, 376, 614, 617, 627, 773, 894
経平　430
経正　19, 24
経通（一条）　55
経通（藤原）　143, 619
経光　336, 337, 731
経盛　19, 20, 24, 25, 775
常康親王　746, 750
常縁　32, 325
列樹　476
貫之　60, 72, 113, 119, 173, 190, 228, 229, 231, 235, 236, 240, 257, 273, 299, 301, 310, 311, 376, 377, 445, 452, 464, 466, 470, 479, 540, 544, 558, 561, 605, 696, 715, 752, 753, 769, 777, 821, 960, 963

【て】

定家→さだいえ
天智天皇　171, 230, 448
天武天皇　387

【と】

道意　52, 699
道因　298, 573, 581, 770, 772, 861, 1094
道円→時家
道覚　317
道洪→時盛
統子→上西門院
藤侍従　236
道助法親王　143, 191, 237, 304, 307, 336, 821
道深法親王　336, 418, 419
頭中将　236, 241（内大臣）
登蓮　185
融　586
時章　645, 845, 850
時敦　16, 23
時有　525, 534, 570, 599, 916
時家（平）　9, 14, 31
時家（藤原・小田）　20, 21, 36, 44, 67, 350, 351, 398, 431, 506, 877, 980
時家（北条）　845
時氏　330, 845
時景　17, 21, 412
時賢　359
時兼　873
時清　20-22, 36, 554, 562, 568
時邦　23
時実　16, 20, 22, 24
時輔　322

時高→斉時
時忠（北条）→宣時
時親　15, 20, 36
時綱　23, 418
時常　22
時遠　21, 22, 36, 226, 554, 767, 769, 771-773
時知（小田）　98
時朝　6, 19, 21, 42-44, 49, 70, 75, 86, 98-100, 105, 107, 192, 225, 226, 323, 442, 677, 719, 722, 723, 742, 754, 755, 765, 793, 832, 979-1029, 1108-1110, 1112, 1116
時直　15, 20-22, 36, 37, 425, 678, 728, 730, 735, 737, 802
時長（藤原）　635, 656
時長（北条）　645, 809, 845
節信　568
時範　22, 802
時春　22, 23, 763
時秀　17, 323
時平　253, 544
時広（弘）　15, 20-23, 28, 36, 62-64, 349, 524, 554, 555, 557, 560, 562, 664, 708, 802
時房　9-11, 14, 27, 337, 417, 515, 516, 645, 661
時房女　17, 49, 330, 412, 515, 516, 576, 877
時藤　22, 24
時政　26, 515, 638, 845
時政女　505, 851
時通　15, 663, 873
時光（高橋）　84
時光（藤原・寒河）　442, 443
時光（藤原・日野）　208
時宗　26, 27, 29, 98, 221, 222, 330, 461, 568, 845, 850, 916
時村（行念）　14, 19-23, 192, 697, 876
時村（政村男）　16, 21-23, 27
時茂　20-22, 85, 222, 812
時茂室　795
時元　22, 23
時基　103
時盛（安達）　21-23, 36, 44, 208
時盛（北条）　222, 276
時頼　15, 26, 27, 48, 98, 150, 153, 154, 202, 271, 297, 322, 324, 330, 419, 420, 645, 646, 671, 785, 791, 792, 795, 798, 845, 850, 911, 916
時頼室　795
土佐　585
俊実　772
俊忠　65, 443, 526
俊嗣　15
俊綱　65, 106, 769
俊長　64
俊成　33, 54, 55, 58, 76, 78, 79, 81, 86, 87, 116, 119, 123, 126, 135, 147, 187, 190-192, 197, 210, 225, 236, 307, 328, 354, 372, 437, 443, 460, 484, 485, 537, 550, 551, 560, 565, 575, 576, 592, 595, 600, 614, 617, 618, 695, 699, 701, 710, 739, 742, 752, 753, 771, 821, 823, 825, 826, 837, 839, 966, 973, 1028, 1097
俊成女　86, 170, 190, 191, 394, 407, 454, 460, 492, 561, 614, 615, 617-619, 621, 626, 629, 724, 752, 753, 761, 1097
俊憲　1093, 1096
利仁　635, 656
俊冬　64
俊光　22-24, 251, 254, 397, 734, 839
利行　23
敏行　119, 449, 547, 688, 818, 819
俊頼　92, 93, 133, 140, 147, 185, 190, 196, 197, 354, 459, 465, 468, 481, 497, 510, 511, 557, 564, 572, 602, 614, 617, 627, 630, 821, 904, 962, 964
鳥羽院　54, 1023
知章　656
知家（小田）　44, 350, 878, 980
知家（藤原）　43, 44, 184, 188, 191, 329, 331-335, 337, 340, 347-349, 352, 353, 357-359, 369, 372, 389, 391, 394, 402, 426, 429, 448, 450, 511, 619, 720, 752, 759, 763, 780, 812, 822, 901, 903, 965, 985, 1007, 1010, 1011, 1015, 1097
具氏（中院）　254
具氏（源）　36, 524, 562, 732, 752
知景　878
朝景　44, 980, 981, 1021, 1022

朝定（塩谷） 980
朝定（波多野） 14, 683
朝定（藤原・上杉） 25
朝貞 23, 845
知忠 658
知親・朝親（内藤） 8, 10, 11, 14, 31, 32, 46, 75, 128
具親 120, 141, 229, 472, 557, 571, 821
朝綱（藤原・宇都宮） 980-982, 1022, 1023
朝時 18, 845, 849, 850, 851, 873, 884, 922, 923
朝時女 845
朝直 425, 645
知成 878
朝業 6, 9, 14, 19-21, 23, 41, 58, 99, 192, 210, 811, 980-983, 1022, 1023
友則 133, 134, 199, 541, 545, 605, 715, 750, 753
朝広 645
朝光 10, 11, 14, 443, 663
知盛 658
朝盛 9, 14, 663
共之 940, 950
朝義 982, 1022
頓阿 25, 164, 168, 172, 405, 481, 500, 1046

【な】

尚侍家中納言→親子（真観女）
内大臣（源氏物語）→頭中将
内大臣家越後 614
直俊 300
直宣 25
尚良 794, 832
長明→ちょうめい
長景 16-18, 21, 54, 62, 208, 257, 412, 461, 504, 545, 796, 812, 833
長方 507, 538
仲清 294, 533, 636, 657
永清 347, 366
長清 4, 16, 23, 29, 34, 708, 749, 778, 879, 1089, 1099, 1104-1106
長定 10, 11, 14, 31
仲実（小野沢） 651, 652, 663
仲実（藤原） 614, 705
永実 310, 821
長実 299, 313, 331
長親 64, 208, 254, 256, 763
中務 308, 376
長継 73, 397
中皇命 505
長綱（内麿流） 15, 452, 486, 772, 836, 966
長綱（藤成流） 486
仲経 811
長能 729, 752, 753, 1049, 1054, 1060
長時 15, 19-23, 26, 27, 30, 37, 38, 85, 154, 202, 271, 325, 349, 652, 738, 916
長俊 758
長門局 237, 293, 295, 431
長朝 1022
中の君（源氏物語） 235, 241, 611
仲教 350
仲正 196, 481, 581
長政 1001
長雅 20-24, 151, 421, 748, 1109, 1113, 1114
仲麿 697
長村 486
長盛 580
仲能 20, 350
長良 656
成実→しげざね
成茂→なりもち
成綱・業綱 6, 980-982, 1022, 1023
業遠女 294
斉時 16, 22, 23, 34, 64, 103, 255, 336, 1097
業時 27, 812
成仲 472, 689, 741, 752
業平 74, 142, 177, 190, 193, 228, 230, 231, 267, 273, 275, 276, 298, 378, 453, 461, 462, 477, 483, 545, 549, 556, 566, 574, 690, 701, 735, 738, 817-820, 900
成藤 25
成通 410, 510, 821
成茂 139, 1012, 1013
成頼 822

【に】

匂宮（源氏物語） 236, 239, 241, 612
西御方 293, 321
二条→顕良女
二条院讃岐 64, 130, 190, 299, 304, 457, 504, 545, 626, 725, 1097
日胤 49
瓊瓊杵尊 900
如円 878
如願→秀能
女三宮→おんなさんのみや
任子 96
仁澄 24
仁徳天皇 74, 243, 247, 387, 716, 750, 896, 964

【ぬ】

額田王 509
額田大中彦皇子 387

【の】

能因 9, 11, 228, 234, 276, 821, 826, 1094
能円 293
能海 469
能信 878, 1096
軒端荻（源氏物語） 612
信清女 663
信定（塩飽） 420
信実 186, 188, 191, 348, 394, 426, 429, 442, 443, 448, 468, 488, 555, 585, 599, 630, 720, 721, 752, 769, 821, 847, 898, 909, 1028, 1097, 1111
宣孝 719
信時 337
宣時（時忠） 15, 16, 21-24, 27, 36, 518, 534, 775, 782, 1097, 1098
宣直 23
信広 122, 614
宣房 259
信房 980, 982
信盛 339
信能 513, 515
則明 634-636, 641, 656, 657
教氏 331
範兼 293
義清→西行
教定 14-17, 19-23, 33, 36, 37, 39, 49, 62, 67, 69, 70, 72, 73, 76, 154, 188, 191, 194, 209, 225, 237, 257, 272, 295, 306, 328, 330, 338, 341, 352, 395, 397, 401, 409-446, 447-511, 512, 520, 521, 523, 527, 594, 646, 669, 694, 697, 802, 861, 876, 877, 973, 1063
教実 33, 337, 338, 514
範茂 9
教季 331
教隆 434
義忠 118, 703
教経 409, 410
則経 635, 656
宣長 208
教長 302, 432, 445, 465, 481, 510, 511, 569, 581
範永 577
範秀 24, 25
教雅 410, 416, 417, 424, 435, 436, 445, 499, 776
範政 939, 940, 945, 952
範光 121, 143, 614
範光女 436
範宗 187, 191, 193, 394, 599
範茂→のりしげ
範元→寂恵
範頼 336
教頼 489, 490, 501, 510

【は】

白居易 79, 242, 243, 245, 246, 725, 892-895, 907, 912
八宮（源氏物語） 239, 241, 611
八条院高倉 718
花園院 62, 251, 256
春雄 671, 714, 965, 966, 974, 975
春海 258
春道 893, 909
範玄 347

範子　293
鑁也　130

【ひ】

東御方　293, 295, 321-323
光源氏（源氏物語）　70, 125, 126, 230, 231, 235-241, 272, 276, 564, 612, 629, 698
肥後　307, 558, 821
彦仁　937
久明親王　16, 22-24, 28, 34, 321, 518, 846
久時　22-24
備前　15, 20, 37, 293, 294, 296, 312, 317, 320, 321, 635, 639, 640, 655
秀雄　59
秀郷　31, 82, 85, 636, 656
秀胤　419, 420, 646
秀治　627
秀茂　691
秀行　24
秀能　86, 190, 192, 263, 346, 539, 711, 826, 851
等　116, 167
人麿（人麻呂・人丸）　60, 69, 71, 143, 144, 168, 181, 190, 228, 307, 377, 378, 484, 540, 558, 606, 613, 614, 692, 731, 887, 890, 891, 914, 922
兵衛　43, 190, 581, 739
兵衛督（達智門院）　600
兵衛督局　293, 295, 296
兵衛佐局　293, 295
兵衛内侍　1010
兵部卿宮→蛍兵部卿宮
弘賢　1061
広季　411
広嗣　914, 915
広経　822
広言　537
熙時　16, 22, 23, 26, 27
広縄　723
広範　1089, 1091
広秀　25
広茂　22
広元　10, 14, 75, 248, 350, 411, 412, 436, 657
広元女　17, 49, 411, 412, 669
裕泰　296

【ふ】

武王　176, 219
深養父　267, 385, 406, 776
福王（法助）　418, 886, 419
福寿→宗政（北条）
福麿　324, 902
普賢菩薩　315
英明　243
藤壺　239, 240
藤成　294, 634, 636
伏見院　26, 52, 53, 55, 62-64, 155, 208, 211, 250, 252, 254, 256, 518, 699, 736, 763, 838, 1031-1033, 1066, 1081, 1085, 1086, 1097
経津主命　90
文雄　208
冬平　730
文成　242
文王　176, 219

【へ】

別当局　293, 295, 296, 321-323
卞和　176
遍昭　256, 386, 405, 470, 766
弁局　237, 293, 295, 323, 431
弁内侍　191, 566
弁乳母　541

【ほ】

法助→福王
菩提院法親王　1094
蛍兵部卿宮（源氏物語）　139, 236
堀河（待賢門院）　43, 167, 190, 481, 614, 739, 821
堀河院　299

【ま】

雅章　410
雅顕　16, 17, 208, 257, 434, 435, 1079
雅敦　410
雅有　15-17, 20-24, 28, 29, 34, 36, 37, 39, 62-

65, 67, 73, 74, 138, 147, 194, 208, 209, 219, 248, 250, 257, 263, 294, 297, 298, 300, 306, 310, 319, 354, 396, 397, 409, 410, 413, 414, 420-424, 429, 434, 435, 438, 439, 442, 445, 448, 449, 451, 453, 458, 460, 461, 463, 466, 469, 471-477, 480, 484, 486, 489, 492, 499, 500, 502-504, 509, 521, 522, 539, 715, 719, 732, 743, 837, 1063-1087, 1097, 1098, 1108, 1113, 1114
雅家　409, 410
政景女　434
雅兼　821, 891
政子　11, 12, 17, 65, 76, 97, 412, 415, 436, 515, 643
当純　559
雅孝　22-24, 208, 409, 410, 732
雅忠　10, 76
雅親　410, 411
雅綱　410
政経　658
雅庸　410
雅経　10, 12, 16-24, 31, 49, 63, 70, 72, 75, 120, 129, 181, 190, 191, 194, 209, 225, 237, 248, 257, 272, 305, 306, 397, 401, 409-414, 416, 418, 420, 423, 424, 426, 430, 433, 435, 436, 442, 444, 445, 448, 449, 450, 453, 454, 460, 463, 466, 467, 471-473, 479, 484, 489, 490, 492, 496, 497, 499, 500, 502-504, 506, 507, 509, 510, 537, 540, 595, 614, 616, 618-621, 629, 669, 694, 706, 730, 763, 773, 780, 821, 973, 1063, 1097
雅経女　18
雅俊　410
雅具　359
雅永　208
政長　21-23, 59
雅成親王　191, 461, 618, 827, 1097
政範　16, 62, 663
雅春　410
雅平　535
匡衡　243, 894
匡房　169, 190, 234, 299, 411, 542, 596, 696, 821
正通　176, 242
正路　712, 939, 944
雅通女　308
匡光　562
政村　8, 14, 15, 17, 19-24, 26-28, 30, 33, 36-38, 76, 154, 221, 295, 317, 322, 349, 419, 522, 645, 697, 738, 801, 803, 845, 851, 861, 865, 876, 877
政村女　522
政幹　97
政行　32, 1113, 1119
雅世　164, 409, 411, 426, 491
雅縁　409, 614
雅頼　359
松下禅尼→景盛女
真淵　59, 60, 117, 903

【み】

三方沙弥　269
甕（熯）速日神　90
三（参）河（宗尊親王家）　15, 22, 24, 37, 293, 294, 296, 312-315, 317, 320, 321, 322, 639, 640, 655, 1098
参河（摂政家）　701
御匣　725, 837
御田鍬　918
道家　10, 12, 33, 76, 96, 97, 104, 191, 337, 338, 392, 416-419, 437, 514, 597, 618, 620, 782, 913, 1015
通氏　346, 534
通方　135, 293, 346, 519, 528, 534, 535
通方女　293
道兼　5, 41, 980, 981, 1095
道真　115, 276, 892, 917, 918
通茂→みちもち
通忠　346, 526, 535, 846
通親　190, 293, 321, 430, 528, 533, 535, 629, 657
道綱母　148, 606
道経　529, 596
通光　75, 121, 307, 467, 468, 535, 620, 695, 822, 1016
通時　23, 103

通俊　300, 688, 705
通具　125, 190, 309, 430, 612, 614, 615, 618, 705, 710
道長　821
道済　744, 752
道信　545, 729, 752, 753
道平　62, 140, 250
道雅　138
通雅　526, 535
通雅母　535
通村　258, 940, 941, 950-952, 962
通茂　208
通基　513, 526, 528, 534, 535
道良　348
道良女　55
光重　645
光季（伊賀）　515
光季（源）　237
光資　56, 208, 213
光親　787, 810
光経　225
光任　64
光時　14, 33, 419, 420, 643, 645, 646, 845, 850
光俊→真観
光成　442, 443
躬恒　146, 149, 171, 190, 206, 228, 231, 232, 234, 267, 303, 485, 503, 510, 607, 728, 1105
光房　535
光政　1068, 1069, 1081
光雅　787, 809, 810, 1104
光雅女　18, 787, 809, 839, 923
光宗　9, 14, 15, 19, 33, 425, 645, 801, 803, 861
光村　14, 15, 645
光之　294
光行　14, 18-24, 31, 33, 34, 38, 176, 191, 237, 246, 425, 520, 587, 603, 616, 618, 627, 658, 901
光能　411
美濃局　293, 295, 321
明恵→高弁
明弁　790
民部卿（前摂政家）　185, 191, 729
民部卿典侍　191
民部卿局　293, 294

【む】

無住　910, 911
宗家（中原）　980, 982
宗家（藤原）　614, 618
宗緒母　62
宗景　330, 331, 356, 357
棟子　153, 154, 222, 258, 1045
宗貞→遍昭
宗尊親王　6, 8, 10, 12, 15, 17, 20-24, 29, 30, 32, 34, 36-41, 43-45, 48, 53, 56-59, 62-64, 66-73, 75, 86, 98, 99, 129, 131-151, 153-219, 220-291, 292-324, 327, 328, 341, 342, 345, 349-353, 361, 367, 395-397, 409, 421, 422, 424, 426, 428, 431-433, 455, 469, 470, 481, 483, 500, 507, 512, 521, 522, 524-526, 554-556, 560, 567, 568, 573, 579, 580, 597, 622-624, 628, 633, 634, 639, 641, 644-647, 651-654, 662, 668, 669, 671-675, 678, 697, 701, 706, 708, 711, 714, 717, 721, 734, 737, 738, 741, 743, 747, 754, 758, 765, 766, 768, 770, 780, 782, 786, 791, 793, 795, 798-800, 804-807, 809, 816, 820, 824, 825, 830, 835, 836, 846, 847, 860, 861-865, 867, 869, 870, 876, 886, 889, 890, 891, 899, 908, 909, 917, 925, 936, 937, 961, 964, 967, 970, 971, 1016, 1030-1062, 1085, 1086, 1094, 1097, 1098, 1108, 1111-1113, 1115, 1120, 1121
宗親　24
宗綱　6, 350, 443, 980-982, 1023
宗時　17
宗朝　980
宗直　23
宗長（藤原・難波）　410, 411, 423, 434, 438
宗長（北条・名越）　809, 845
宗良親王→むねよししんのう
宗成　1064
宗宣　16, 17, 22-24, 26, 27, 53, 62, 249
宗教（藤原・難波）　410, 416, 422
宗教（北条・名越）　845
宗秀（大江）　16, 22-24, 62
宗秀（長沼）　74

宗平　416
宗房（中原）　980, 982
宗房（藤原）　513
宗政（長沼）　9, 10, 12
宗政（北条）　98, 522
宗泰　21-24, 74
棟梁　403, 1028
宗于　468
宗世　349
宗良親王　56, 57, 64, 133, 134, 208, 212, 215, 216, 253, 255-257, 703, 838, 943
宗頼　461
村上天皇　92
紫式部　190, 228, 463, 719
紫の上（源氏物語）　117, 237, 238, 241
武良自　169, 720, 913

【も】

茂吉　59, 117, 1115
茂重　22, 23, 55, 63, 64, 248, 249
茂綱　84
茂時　27
以言　242, 893, 895
茂範→しげのり
基明　193
基有　23
基家　30, 37, 41, 44, 75, 76, 86, 132, 136, 141, 143, 149, 150, 152, 154, 158, 169, 191, 216, 226, 294, 299, 304-307, 324, 325, 348, 350, 402, 426, 429, 430, 448, 502, 513, 516, 519, 524, 528, 529, 543, 544, 549, 551, 553, 562, 565, 567, 568, 579, 597, 618, 620, 671, 675, 678, 696, 708, 727-729, 733, 735, 737, 741, 752, 753, 763, 767, 770, 774, 778, 804-806, 829, 834, 835, 865-867, 905, 1007, 1016, 1018, 1019, 1028, 1094, 1097, 1120, 1121
基家室　513, 519, 529
基氏　294
基雄　24, 635, 640, 653, 655
元方　605, 722, 735, 752, 753
基清　17, 33, 52, 294, 533, 634-638, 641-643, 647, 648, 655, 657-660, 687, 691
元輔　488
基輔　342, 502, 837
基隆　15, 17, 20-22, 36-38, 52, 53, 62, 86, 294, 633-663, 665-686, 687, 714, 723, 734, 752, 754-756, 760-783
基隆女　640, 655
基隆女妹　634, 640, 655
基忠　573, 600, 763
基継　1047
基綱（姉小路）　258
基綱（後藤）　8, 14, 15, 17, 19-21, 33, 40, 52, 84, 85, 86, 89, 294, 312, 415, 419, 425, 427, 633-663, 665-686, 687-713, 714, 716, 741, 752, 754-756, 758, 760, 761, 765, 774, 776, 781, 801, 803, 861, 862, 876
基綱女　40, 294, 312, 321
基任（斎藤）　22-24
基任（藤原）　1037, 1047, 1048
基時（後藤）　635
基時（北条）　26
基俊　79, 176, 301, 354, 513, 514, 523, 655, 734, 739, 746, 752, 753, 959, 964
基具　529
基仲　634, 655
基永　21-23, 878
基長　15, 410
基成　635, 637, 641
基範　74, 788, 834
基春　938, 944, 952
基秀　635, 640, 655
基平　222
基房　332, 335, 357, 359, 361, 789
基房女　514, 529
基政（後藤）　10, 14, 15, 17, 19-23, 29, 30, 33, 36-39, 44, 48, 52, 53, 62, 64, 69, 86, 150, 154, 226, 294, 312, 314, 315, 349, 465, 469, 523, 533, 633-663, 665-686, 687, 692, 697, 711, 714-759, 760, 761, 765, 771, 774, 780, 781, 801, 803, 805, 860-862, 865, 986, 1007, 1108, 1112, 1115
基政（高階）　1093
基通　339
基光（後藤）　635
基光（藤原）　758

基宗　635, 639, 653, 655, 658, 667
基盛　15, 23, 664
基行　14
基良　191, 473
基頼（後藤）　21-23, 635, 639, 640, 652, 655, 658, 662, 663, 666, 667, 675, 765
基頼（藤原）　512-514
百世　230, 730, 772
盛重　1024
盛継　22, 24
盛長　434
盛久　22, 24
盛房（藤原）　724, 752
盛房（北条）　22
師家女→師兼女
師家室　74, 768, 834
師家母　359
師員　19, 23, 644, 652, 660, 661
師賢　64, 607, 622
師兼（花山院）　56-58, 64, 208, 211, 215, 254, 256, 300
師兼女（源）　333
師実　410
師季　458
諸立　314
師継　342, 822, 898
師連　652, 661
師時　26
師俊　119, 503, 596
師直　25
師長　332
師教　397
師平　36, 530
師冬　25
師光　614, 744
師良　561
師頼　451, 732, 762, 765, 768, 821, 873
文徳天皇　656, 900

【や】

家持　181, 556, 688, 721, 822, 887-889, 897, 905, 915
八坂入彦　914
八坂入媛　914
八代女王　319
泰氏　645
泰清　646
康清　636
康貞女　920
保季　329, 331, 569, 822
泰綱（宇都宮）　6, 18, 19, 21, 23, 41, 44, 62, 427, 428, 442, 443, 463, 505, 645, 851, 980, 981, 1023
泰綱（佐々木）　645
泰綱室→朝時女
泰時　8-11, 14, 17, 19-23, 26, 27, 28, 46, 337, 417, 515, 516, 520, 642, 645, 647, 661-663, 671, 693, 694, 845, 850, 851, 911
康俊　14
泰朝　21, 23, 140, 980, 1022
康信　23, 534
康秀　115
泰衡　9, 11
安麿　551
泰光　645
康光　557
泰宗　22, 23
泰村　420, 645, 791
康持　419
泰基　22, 23
泰盛　221, 323, 330, 331, 356, 504
康頼　60
倭建（武）命　90, 242

【ゆ】

由阿　325
猷円　790
夕霧（源氏物語）　180, 235, 236, 241, 502, 564
有杲　316
幽斎　224, 258
有子　334, 335
祐子内親王家小弁→小弁
雄略天皇　915
行家　137, 151, 154, 169, 191, 216, 256, 329, 331, 345, 349, 351, 389, 390, 394, 411, 426,

429, 430, 524, 584, 678, 778, 806, 807, 866, 867, 869, 1019, 1028, 1066, 1085, 1097, 1104
行氏　21, 22, 208
行方　15, 32, 36
行兼　634, 656
行佐　15, 686
行継　24
行経　19, 21
行俊　15, 32, 36, 349, 425, 554, 664, 686, 743, 1097
行朝　25, 32, 104, 105
行成　10, 12, 76, 298
幸仁　1035
行平　117, 134, 276, 783
行広女　580
行藤　23
行光　14, 32
行宗（二階堂）　14, 19, 21, 32, 36
行宗（源）　190, 470, 502
行村　14
行茂　469
行盛　19, 24
行能（藤原・一条）　513, 534
行能（藤原・世尊寺）　143
行頼　722, 752

【よ】

永縁　555, 717
楊貴妃　136
永源　167
陽成院　466, 726
養由　85, 89
義詮　25
能有　132, 133
義家　5, 656, 982
義氏　14, 20-22, 516, 798, 812
能氏　513, 516, 520, 529, 530
義景　14, 17, 18, 23, 330, 356, 410, 412, 420, 427, 461, 645, 812
義景女　442
義方　821
能清　14, 15, 17, 20-23, 30, 36, 37, 49, 73, 151, 225, 328, 330, 341, 395, 401, 412, 418, 421, 422, 512-535, 536-602, 636, 678, 749, 856, 865, 877, 919, 925, 973
能定　336
良実　302, 360, 472, 937
良実女　937
義孝　193, 377, 450, 701
義忠　118, 703
好忠　190, 376, 491, 566, 614, 698, 702, 721, 734, 752, 753, 898, 1015, 1098
慶忠　690
良嗣　789
良経（世尊寺、行成男）　298
良経（九条、兼実男）　33, 37, 53, 54, 58, 60, 63, 78, 81, 95, 96, 104, 122, 123, 125, 130, 132, 151, 155, 185, 190, 191, 210, 225, 254, 299, 300, 305, 307, 313, 325, 350, 448, 454, 477, 514, 519, 529, 551, 574, 597, 614-618, 620, 626, 689, 692, 693, 709, 774, 782, 783, 821, 823, 824, 839, 1013, 1015, 1033, 1093, 1120
義経　11, 411, 434, 637
義時　8, 11, 14, 17, 26, 28, 46, 434, 515, 529, 638, 694, 795, 845, 849-852, 884, 922
良利　274
義朝　361, 438, 514, 637, 638, 657
義仲　98
義成　658
能成　366
能宣　305, 503, 559, 718, 732, 733, 750, 752, 753, 892
良教　347, 1097
能範女　314, 635, 638
義尚　32, 1113, 1119
義秀　850, 922
義政　15, 20-23, 27, 36, 37, 318, 349, 812
義宗　21
義村　10, 11, 645
能基　513, 515-518, 520, 521, 524, 529, 530
良基　106
義盛　664, 850, 922
能盛　508
能保　9, 14, 17, 31, 49, 392, 513-516, 519, 527, 533, 535, 593, 637, 657, 658, 687, 973

能保女　519, 529
義行　23, 519, 520, 587, 589
義世　939, 940, 945, 952
頼家（頼朝男）　6, 415, 642, 647
頼家（頼光男）　726, 750, 753
頼氏　14, 17, 33, 49, 360, 365, 511, 513-518, 520, 522, 524, 527, 529, 530, 535, 683, 705, 877
頼氏（永春）　939, 945
頼景　20, 21, 23
頼貞　24, 25
頼実　117
頼重　20-24, 557
頼輔　410, 411, 445, 574, 575, 585, 772
頼孝　757, 781, 1119
頼種　416
頼嗣　6, 8, 15, 33, 40, 98, 294, 419-421, 425, 432, 521, 644, 646, 651, 652, 661, 668-672, 674, 791, 793, 795, 861, 1115
頼綱　6, 17-23, 25, 41, 44, 330, 412, 442, 443, 505, 689, 697, 765, 851, 980-983, 1022, 1023
頼綱女　17, 45, 49, 330, 412, 427, 462, 868
頼経（道家男）　6, 8, 10-12, 14, 32-34, 76, 98, 296, 337, 412, 415, 417-420, 424, 425, 432, 436, 514, 520, 530, 638, 642, 644, 645, 646, 648, 651, 659-661, 663, 668-673, 677, 687, 690, 707, 711, 790, 793, 861, 983, 1015
頼経（頼輔男）　410, 411, 445
頼任　329
頼朝　5-7, 9-13, 18-23, 25, 26, 31, 33, 40, 45, 49, 55, 65, 75, 76, 82, 87, 97, 98, 104, 118, 128, 191, 192, 195, 196, 337, 361, 392, 411, 412, 437, 438, 514, 616, 637, 657, 663, 687, 793, 823, 831, 852, 1107
頼朝妹　392, 514, 637, 657, 687
頼業　442, 639, 666, 765, 980
頼業女　635, 639, 666
頼教　416
頼春　25
頼政　63, 86, 93, 127, 190-192, 577, 695, 703, 711
頼宗　302, 512, 513, 768
頼基　1090, 1091
頼泰　21, 22
頼之　694
頼義　5, 41, 99, 634, 656, 982
因香　132, 133, 378

【り】

李広　85, 89
利子内親王　334, 336-338, 347
隆遍　785, 786, 809
隆弁　14-16, 18-22, 24, 30, 36, 37, 40, 43, 44, 62-64, 67, 68, 74, 99, 100, 153, 350, 352, 367, 431, 461, 524, 525, 534, 555, 570, 599, 633, 678, 684, 738, 785-815, 816-842, 860-862, 865, 873, 876, 877, 891, 905, 913, 916, 923, 924, 986, 1113
良恵　419
了悦　937
良基　154, 221, 262, 265, 361
良経→よしつね
了佐　937, 1041
了俊→貞世
良心　15, 21, 1097
良信　707
良暹　182, 195, 302, 386, 546, 614
綸子　337, 514

【れ】

霊元院　208, 939, 985, 1043
冷泉院（源氏物語）　236, 242
蓮生→頼綱

【ろ】

掄子　221, 222

【わ】

若紫→紫の上

書　　名

【あ】

赤染衛門集　61, 1095
赤人集　913
顕氏集　29, 48, 66, 68, 150, 343-368, 370-380, 396, 1113
秋篠月清集　54, 59, 79, 123, 151, 184, 185, 254, 298, 299, 303, 313, 448, 454, 477, 507, 551, 615, 616, 626, 743
顕季集（私撰集）　442, 533
顕輔集　319
明日香井集　129, 305, 436, 450, 454, 463, 471-473, 479, 489, 492, 502, 503, 506-508, 616, 619, 621, 726, 730, 763
飛鳥井雅有集　67, 248, 396, 449, 474, 480, 489, 502, 503
飛鳥井雅有日記　1063
吾妻鏡　4-7, 11, 12, 31, 32, 34, 37, 48, 49, 75, 82, 84, 85, 97, 98, 118, 128, 131, 150, 155, 161, 276, 277, 293, 295, 297, 321-325, 339, 341, 342, 344, 349, 350, 354, 412, 413, 415, 417-421, 425, 427, 428, 430, 434, 439, 445, 505, 515, 520, 630, 637, 638, 641-644, 649, 652, 653, 656, 659, 662, 663, 669, 671, 672, 694, 707, 745, 746, 790, 799, 809, 850, 853, 862-866, 873, 876, 981-984, 1021, 1022, 1024, 1108, 1109, 1112, 1115, 1121
敦忠集　313
有房集　906
安撰集　838
安法集　728

【い】

家隆卿百番自歌合　619
十六夜日記　34, 65
和泉式部集　303, 309, 404, 503
和泉式部続集　309, 503, 583, 598
出雲国風土記　242
伊勢集　125, 482, 487, 493, 575
伊勢大輔集　726
伊勢物語　74, 75, 116, 120, 121, 133, 142, 165, 170, 175, 177, 178, 180, 193, 222, 228, 230, 231, 267, 273, 275, 371, 404, 407, 453, 461, 466, 477, 483, 486, 493-495, 498, 545, 566, 606, 608-611, 692, 701, 704, 709, 735, 738, 817, 819, 885, 890, 921, 922, 925, 928
一代要記　414, 514-519, 529
一宮百首　56, 213
一遍上人絵伝　40, 853-856, 925
稲田姫社十首　44, 506, 1021
猪隈関白記　418, 434
今物語　81, 1061
色葉和難集　171, 390, 544, 904
石清水歌合〈嘉禎二年〉　343, 344, 376
石清水五首歌合　338, 346
石清水若宮歌合〈寛喜四年〉　334, 346, 347, 349, 480, 517
石間集　29
院御歌合〈宝治元年〉　317, 333, 492, 560
院四十五番歌合〈建保三年〉　619, 620, 621

【う】

右衛門督家歌合　629
うけらが花　94
右近衛中将雅定歌合　147
宇治別業和歌　873
歌合〈永仁五年当座〉　626
歌合〈寛喜元年〉　343, 344, 377, 392
歌合〈文永二年八月十五夜　303
右大臣家歌合　502, 504
歌枕名寄　106, 136, 137, 162, 364, 441, 492, 532, 665, 666, 678, 679, 681, 717, 750, 815, 856, 879-881
宇都宮系図　1022, 1023
宇津保物語　708
雲玉集　64, 94, 162, 309, 325
雲葉集　36, 169, 178, 300, 348, 451, 665, 671,

679, 696, 718, 726, 729, 752, 804, 866, 985, 987, 1007, 1024, 1027

【え】

詠歌一体　34, 196, 820, 976
詠歌大概　115, 166, 167, 196, 198, 369, 372, 383, 497, 498, 604, 710, 751, 753, 816, 819, 885, 967, 974
栄花物語　115, 612, 822
永久百首　130, 407, 559, 698, 705, 716
永享百首　398, 541
影供歌合〈建長三年九月〉　167, 179, 187, 198, 340, 348, 426, 448, 468, 496, 501, 748
影供歌合〈建仁三年六月〉　248, 626
永福門院歌合〈嘉元三年〉　255
恵慶集　776, 904
越前前司平時広集　28, 29, 558, 708
淮南子　896, 901, 930
園太暦　942
遠島御歌合　300
遠島百首　202, 631
延文百首　259, 450

【お】

奥義抄　106, 116, 324, 369, 375-405, 492, 544, 629, 758, 963, 965
往生要集　180, 242
大江戸倭歌集　65
大鏡　90, 126
大斎院前御集　137
大沢手記　981
岡屋関白記　337, 339
隠岐紀行　938
御室五十首　123, 179, 250, 314, 447, 538, 611, 614, 765, 783
御室撰歌合　179, 538
園城寺伝法血脈　845

【か】

歌苑連署事書　533, 583, 601
河海抄　137, 613, 629
嘉喜門院集　59
歌経標式　963
楽所補任　436
神楽歌　885, 891, 928
花月百首　81, 783
蜻蛉日記　148
嘉元百首　397, 398, 580, 698, 1099
鹿島宮社例伝記　102, 103
鹿島誌　103
鹿島神宮記　106
春日権現験記　90, 102
春日社記　90
春日社名所十首歌　338, 346
春日若宮社歌合　333, 347, 362, 864
兼行集　58, 211
鎌倉住吉社歌合　857, 875
鎌倉年代記裏書　437, 652, 852, 853
亀山殿七百首　937
賀茂御幸記　848
鴨御祖社歌合　708
唐鏡　37
唐物語　235
閑月和歌集　311, 525, 532, 570, 666, 681, 748, 794, 801, 815, 831, 832, 834, 853, 856, 861, 869, 880, 916
閑谷集　28, 29
漢書　133, 157, 896, 900, 930
閑窓撰歌合　198, 729
勘仲記　518
関東下知状　5
関東評定衆伝　412, 434, 461, 504, 505, 849, 850, 1023
関東御教書　5
韓非子　32
寛平御時后宮歌合　144, 507
閑放集　29
観無量寿経　919, 920
観無量寿経疏　919

【き】

記紀　90, 242, 291, 896-900, 917, 924, 969
義経記　917
綺語抄　137, 544
儀斬　789
喜撰式　963

北野宮歌合　121
北山行幸和歌　348
吉続記　439
久安百首　140, 179, 381, 389, 404, 596, 701, 709, 733, 777, 821, 822
鳩嶺集　800
慶運法印集　263
行尊大僧正集　309
玉吟集　→壬二集
玉蘂　338, 413, 416, 418, 419, 435
玉葉集　23, 26, 34, 35, 51, 53-55, 58, 59, 62-64, 69, 91, 164, 211, 248-250, 252, 255, 256, 312, 314, 324, 325, 442, 476, 483, 484, 487, 501, 530, 573, 580, 581, 583, 600, 601, 626, 627, 640, 666, 706, 708, 732, 734, 735, 741, 745, 747, 749, 755, 763, 782, 800, 814, 834, 837, 838, 856, 869, 874, 876, 878, 879, 895, 937, 1093, 1096
清輔集　192, 388, 466, 476, 700, 777
挙白集　94
御遊抄　418
桐火桶　59
金槐集　28, 29, 31, 32, 59, 60, 65, 69, 113-129, 182, 195, 203, 476, 507, 688, 689, 692, 699, 709, 716, 718, 723, 730, 742, 822, 890, 904, 914, 1010, 1014
金玉歌合　55
近代秀歌　31, 79, 115, 128, 166, 167, 170, 369, 497, 604, 630, 710, 751, 816, 885, 966, 968, 969
公任集　696
公衡集　113, 763
公光卿記　848
金葉集　65, 113, 115, 119, 140, 189, 197, 206, 228, 299, 307, 310, 312, 371-373, 376, 382, 385, 407, 479, 493, 508, 511, 568, 578, 582, 596, 607, 622, 688, 691, 692, 695, 701, 704, 723, 731, 743, 752, 758, 761, 762, 764, 769, 817, 820, 821, 885, 904, 920, 926, 960, 967, 973, 1014

【く】

公卿補任　333-335, 358, 413, 414, 425, 434-436, 501, 514-534, 872, 1091, 1092, 1114
愚見抄　59
熊野懐紙　143
熊野御幸記　700
愚問賢注　385, 405, 406

【け】

瓊玉集　29, 53-58, 68, 71, 72, 75, 132, 134, 139, 141, 144, 145, 148, 152, 153-219, 222, 224-228, 230, 232, 235, 236, 241, 242, 246, 253, 257, 259, 267, 269, 271, 275, 290, 302, 311, 721, 770, 836, 1030-1062
系図纂要　294, 333, 354, 409, 413, 414, 434, 435, 512, 517, 529, 636, 655, 787, 843, 878, 981, 1022
系図綜覧　409, 434
外記日記　222, 239, 324
華厳経　841
検非違使補任　983
蹴鞠簡要抄　437, 439
卿相侍臣歌合　450
元可集　365, 442, 533
元久詩歌合　615, 629
玄玉集　63, 565
兼好法師集　104
兼載雑談　91, 162
源氏絵陳状　237, 296
源氏秘義抄　237, 295, 431
源氏物語　31, 37, 70, 75, 116, 117, 121, 125-127, 139, 154, 165, 179, 180, 224, 228, 230, 231, 235-242, 272, 276, 290, 502, 564, 589, 592, 603, 604, 611, 612, 617, 628, 698, 699, 709, 723
建春門院北面歌合　470, 973
源承勧進十五首歌　796, 802, 803, 857, 860, 875
源承和歌口伝　162, 333, 357, 531, 532, 565, 566, 577, 579, 680, 689, 970, 1028
現存三十六人詩歌　29, 531, 532, 568, 569, 577, 801, 815, 834, 852
現存六帖　30, 38, 139, 143, 179, 185, 198, 225, 226, 269, 317, 348, 585, 618, 619, 621, 665, 666, 670, 674, 679, 680, 695, 702, 715,

717, 725, 727, 729, 730, 738, 749, 752, 758, 777, 804, 856, 889, 908, 909, 913, 986, 987, 1007, 1013, 1027, 1107, 1112
現存和歌　1024
原中最秘抄　409, 520, 603
顕注密勘　630
建仁元年十首和歌　124
建保名所百首（内裏名所百首）　179, 394, 477, 490, 557, 561, 571, 618, 692, 715, 721, 743, 752, 1009

【こ】

弘安源氏論義　445
弘安日吉一品経歌　525, 526, 571
弘安百首　396, 444, 525, 536, 575, 584-586, 802, 807, 837, 839
広益俗説弁　94
好色五人女　93
弘長歌合　29, 161, 524, 531, 554, 555, 558, 562, 586, 607, 609, 856, 859, 863, 880, 882, 926, 929
弘長元年五月百首　157, 160, 161, 556
弘長元年九月中務卿宗尊親王家百首　157, 158, 205, 297, 325, 507, 836, 857, 875
弘長三年六月二十四日当座百首　161
弘長三年八月三代集詞百首　71, 157, 159, 160, 165, 175, 194, 206, 232, 268, 560, 734, 1053
弘長二年三月十七日花五首歌合　161, 524, 554, 558, 577, 856, 863, 880, 926
弘長二年十一月百首　66, 72, 158, 207, 260
弘長二年十二月百首　67, 158, 249, 256, 260, 268, 768, 835
弘長二年冬弘長百首題百首　159, 160, 706, 1053
弘長百首　72, 157, 158, 160, 179, 188, 300, 304, 429, 463, 601, 1016, 1018, 1109
江帥集　596
興福寺三綱補任　347
光明峰寺摂政家歌合　184, 517, 1010, 1014
後葉集　178, 459, 501, 532, 582
高良玉垂宮神秘書紙背歌書（高良玉垂宮神秘書紙背和歌）　162, 163
古楽府　896, 911, 930
後京極殿自歌合　303, 616, 743
古今集　10, 12, 38, 60, 71, 72, 74-76, 86, 105, 113, 115-117, 119, 127, 132-134, 136-139, 141, 142, 144, 145, 147-149, 151, 165, 166, 170-175, 177, 178, 186, 187, 194, 197, 199, 228-234, 236, 240, 253, 256, 267, 269, 273, 275, 284, 298, 300, 301, 307, 310, 313, 317, 370-372, 376-381, 385-387, 390, 404-407, 413, 431, 435, 436, 445, 446, 448, 449, 451, 452, 458, 461, 464-466, 470, 476, 477, 479-483, 485, 488, 491, 493, 494, 506, 511, 537, 538, 541-545, 547, 549, 552, 553, 555, 556, 559, 561, 562, 566, 569, 572-574, 578, 580, 581, 586, 591, 605-609, 613, 624, 627, 688-690, 692, 695-698, 701, 704-706, 709, 710, 715, 719, 720, 723, 724, 728-730, 732, 734, 738, 739, 741, 744, 746, 749, 750, 752, 753, 758, 761, 764, 766, 769, 771, 775, 777-779, 783, 817-821, 823, 824, 827-829, 885, 888, 900, 906, 925, 963, 964, 973, 1009, 1028, 1081, 1084, 1105
古今六帖　38, 68, 91-93, 171, 179, 188, 206, 228, 371, 390, 476, 482, 487, 491, 493, 503, 507, 510, 511, 552, 558, 563, 575, 598, 699, 709, 710, 715, 717, 720-722, 740, 748, 750, 757, 769, 822, 823, 834, 885, 889-891, 896, 909, 928, 1107, 1111
古今著聞集　84, 106, 901, 910
古事記　95, 179, 180, 242, 243, 247, 896-900, 915, 928, 930
小侍従集　559
古事談　84, 656
後拾遺集　75, 76, 117, 138, 165-167, 174, 185, 193, 195-197, 227, 228, 233, 298, 302, 303, 305, 308, 316, 371-374, 376, 371, 372, 374, 376, 377, 386, 390, 446, 463, 465, 493, 503, 545, 560, 577, 578, 582, 595, 596, 601, 604, 606-609, 616, 689, 695, 701, 702, 706, 710, 718, 721, 726, 744, 750, 752, 768, 770, 772, 816, 821, 838, 864, 885, 906, 926, 960, 967, 973, 1049, 1054, 1069
御成敗式目　643, 661

後撰集　75, 84, 116, 125, 165, 167, 174, 207, 228, 257, 298, 310, 371, 373, 376, 380, 385, 386, 407, 448, 464, 467, 468, 471, 482-484, 490, 493, 510, 544, 555, 556, 562, 585, 591, 596, 598, 605, 609, 610, 701, 704, 715, 723, 726, 728, 818, 819, 821, 885, 890, 921, 926, 973
五代集歌枕　60, 74, 91, 170, 171, 174, 178, 189, 203, 482, 606, 750, 822, 823, 885, 891, 902, 928
五代帝王物語　323
後鳥羽院御集　71, 93, 124, 182, 248, 254, 460, 472, 508, 611, 617, 626, 629, 697, 698, 708, 730, 822, 827
後鳥羽院御口伝　81, 125, 127, 941, 942
後二条院御集　309
後深草院御記　342
小町集　890
小馬命婦集　91
古葉略類聚抄　747
古来歌合　834
古来風体抄　84, 116, 198, 404, 705
古烈女伝　896, 900

【さ】

西行　80
西行桜　80
西行法師家集　78, 119, 449, 457, 468, 502, 509, 615, 783, 903
西行物語　80
最勝四天王院和歌　120, 121, 126, 178, 467, 471, 599, 743
西明寺百首　27, 911
催馬楽　179, 180, 242, 243, 291, 390
相模集　130
砂巌　430
沙玉集　838
狭衣物語　121, 125, 126
定頼集　130
実材母集　313, 315, 719
実隆公記　1119
実躬卿記　845
猿丸大夫集　137, 715
山家集　78, 81, 117, 302, 457, 485, 488, 538, 548, 742, 776, 1014
山家心中集　903
三十六人大歌合　30, 40, 67, 158, 162, 179, 187, 307, 309, 310, 325, 429, 524, 562, 566, 567, 572, 666, 675, 678, 708, 716, 737, 741, 801, 802, 806, 814, 821, 835, 853, 856, 865, 880, 916
三十六人集　383, 498
三十六人撰　373, 567, 753
三草集　69
三代集　60, 71, 75, 116, 166, 175, 194, 196-198, 227, 232, 371, 372, 383, 493, 494, 497, 498, 591, 604, 751, 753, 779, 816, 819, 823, 839, 960, 967
三諦四九撰　29, 38
三百六十首和歌　856, 925
三百六十番歌合　540, 588
散木奇歌集　92, 147, 151, 185, 459, 465, 468, 481, 510, 572, 595, 602, 1103

【し】

塩谷正系譜　981, 982, 1022
詞花集　75, 76, 146, 165, 197, 228, 234, 302, 371-373, 561, 571, 582, 587, 591, 702, 705, 706, 734, 739, 752, 771, 821, 885, 898, 913, 927, 960, 967, 973
鹿百首　837
史記　142, 157, 896, 900, 911, 930
詩経→毛詩
紫禁和歌草　181, 464, 610, 619, 719, 730, 827, 889
重家集　389
重之集　717, 768
自讃歌　309, 468, 708
治承三十六人歌合　83, 143, 758, 775
四条宮主殿集　703
慈鎮和尚自歌合　540, 595
十訓抄　82-85, 88, 106, 656, 713, 901
紫明抄　34
紫明抄（異本）　409
寺門伝記補録　842, 845
寂恵法師文　226, 846, 1111

寂身集　28, 30, 143, 302, 314, 478, 725, 772
寂蓮法師集　210, 447, 448, 728, 774
沙石集　27, 84, 650, 672, 747, 756, 910, 911
沙弥蓮愉集　29, 34, 41, 54, 62, 67, 69, 74, 248, 304, 397, 467, 625, 851
拾遺愚草　71, 78, 81, 93, 95, 123, 124, 182, 229, 250, 301, 304, 361, 393, 432, 466, 474, 475, 485, 486, 492, 506, 549, 561, 575, 600, 601, 692, 698, 705, 715, 726, 731, 734, 740, 762, 763, 783, 822, 826
拾遺愚草員外　361, 451, 733
拾遺現藻和歌集　490
拾遺集　60, 71, 75, 91, 119, 127, 143, 146, 165, 168, 169, 175, 228, 230, 232, 234, 299, 303-305, 308, 314, 371, 376, 378, 381, 385, 405, 407, 464, 480, 483, 487, 490, 537, 539, 540, 550, 556, 559, 561, 582, 586, 591, 602, 613, 699, 704, 707, 722, 724, 725, 728-731, 733, 734, 744, 750, 752, 762, 766, 768, 771, 772, 778, 779, 817, 819-821, 885, 891, 922, 926, 973
拾遺抄　146, 234, 371, 480, 483, 488, 602, 606, 608, 707, 730
拾遺風体集　29, 30, 35, 87, 162, 163, 255, 311, 315, 477, 478, 532, 547, 597, 607, 609, 616, 622, 631, 640, 651, 665, 666, 680, 681, 701, 707, 748, 853, 856, 863, 867, 870, 878, 881, 896, 1089-1106
秋懐集　155, 1031
拾芥抄　1027
秀歌大体　758
拾玉集　78, 81, 96, 117, 118, 185, 195, 302, 308, 450, 454, 473, 488, 502, 540, 620, 631, 731, 775, 826
拾藻鈔　263
袖中抄　171, 325, 390, 391, 508, 544, 625, 748, 904, 964
秋風集　96, 143, 178, 206, 309, 348, 361, 395, 453, 460, 479, 486, 726, 727, 752, 804, 821, 822, 824, 826, 856, 866, 880, 904, 965, 966, 969, 985, 987, 1007, 1024, 1027
秋風抄　178, 184, 198, 348, 665, 666, 670, 679, 680, 690, 714, 740, 774, 804, 821, 957-975
拾葉集　29, 986, 1007, 1027, 1110
守覚法親王集　122, 470
述異記　247
出観集　768
荀子　27
純情小曲集　93
俊成卿女集　170, 507, 561
俊成五社百首　54, 97, 119, 484, 617, 742
春草集　155, 1031
順徳院宸記　418
順徳院百首　254
春夢草　728
承久軍物語　638
承久記　120, 638
将軍家歌合〈弘長元年〉　373-375, 377, 378, 387, 393
正治後度百首　121, 122, 248, 468, 540, 557, 571, 588, 592, 611, 616, 695
正治初度百首　60, 114, 121, 122, 130, 179, 187, 248, 298, 308, 449, 463, 468, 471, 497, 506, 508, 540, 550, 581, 616, 626, 629, 690, 732, 733, 752, 753, 758, 771, 774, 821
正治百首　709
正徹物語　67, 200, 259, 830
正風体抄　740
正平二十年三百六十首　64, 837
初学百首　123, 731
書経　909
続歌仙落書　187, 303, 630
続古今集　20, 30, 35, 38, 40, 44, 69, 75, 131, 134, 139, 148, 162-165, 206, 216, 228-230, 294, 297, 300, 303, 304, 306, 309, 312, 317, 318, 322, 324, 328, 332, 333, 345, 348, 350, 352, 353, 389, 402, 426, 429, 444, 457, 470-473, 479, 501, 507, 511, 524, 526, 527, 531, 533, 534, 564, 565, 572, 573, 583, 588, 591, 600, 605, 610, 640, 665, 666, 675, 679-681, 691, 712, 716, 717, 721, 727, 728, 739-741, 760, 770, 774, 787, 801, 802, 806, 814, 822, 823, 825-827, 829, 833, 836, 838, 843, 853, 856, 864, 866, 869, 876, 879, 884, 961, 970, 976, 1016-1019, 1033, 1044, 1063, 1096, 1102
続古今集竟宴和歌　534

続後拾遺集　162, 164, 170, 300, 389, 471, 486, 501, 531, 534, 556, 586, 662, 676, 681, 727, 776, 801, 814, 835, 856, 869, 874, 879, 1093
続後撰集　19, 25, 26, 31, 35, 42, 61, 70, 75, 135, 152, 165, 178, 181, 187, 193, 196, 228, 272, 299, 301-303, 307, 317, 345, 347, 348, 352, 361, 365, 372, 392, 402, 405, 420, 426, 449, 453, 458, 459, 501, 517, 538, 540, 541, 549, 571, 572, 577-579, 581, 583, 591, 596, 604, 605, 608, 617, 640, 665, 666, 671, 674, 679, 680, 688-691, 708, 712, 718, 739-741, 752, 772, 774, 801, 803, 814, 817, 819, 821, 823, 826, 827, 829, 838, 861, 879, 967, 970, 985, 986, 1007, 1011, 1012, 1017, 1019, 1024, 1027
続後撰和歌集口実　460, 504, 690, 691
続詞花集　123, 143, 178, 181, 307, 459, 481, 503, 504, 537, 581, 688, 698, 718, 894
式子内親王集　308, 740
続拾遺集　21, 35, 42, 47, 151, 162, 164, 170, 182, 194, 199, 294, 310, 318, 324, 332, 347, 348, 350, 365, 402, 413, 426, 427, 444, 461, 470, 476, 480-482, 488, 501, 504, 509, 517, 524, 526, 527, 531, 534, 545, 561, 562, 567, 575, 612, 640, 649, 665, 666, 669, 679, 691, 692, 694, 695, 712, 728, 729, 731, 741, 745, 763, 776, 801, 802, 807, 814, 822, 830-832, 836, 838, 853, 856, 869, 870, 878, 879, 888, 925, 1010, 1019, 1040, 1069, 1090, 1096, 1102, 1111
続千載集　34, 104, 162, 164, 256, 348, 468, 484, 489, 501, 531, 534, 584, 588, 718, 728, 801, 814, 818, 856, 869, 874, 878, 879, 1093, 1096
続門葉集　258, 719, 727
初心愚草　29, 155, 161, 1031, 1032
白河殿七百首　198, 558, 625, 629, 822, 847, 1111
詞林采葉抄　94
詞林拾葉　432, 455, 496
新楽府　244, 893, 912, 930
新楽府和歌　31
人家集　68, 524, 553, 570, 801, 802, 806, 815, 817, 818, 825, 827, 829, 831-835, 853, 856, 861, 866, 880, 891, 925
新玉集　29, 43, 986, 987, 992, 993, 1004, 1005, 1007, 1027, 1110
新宮撰歌合　126, 179
新古今集　10, 12, 18, 25, 30, 31, 35, 37, 47, 51, 52, 55, 58, 59, 63, 65, 74-77, 80, 82, 84, 86, 87, 93, 105, 115, 117, 118, 122, 123, 127, 128, 130, 140, 141, 145, 147, 148, 151, 165, 169, 172, 181, 185, 192, 193, 195, 196, 210, 226, 228, 267, 273, 274, 298-301, 305-307, 310, 311, 313-317, 319, 324, 333, 352, 361, 371, 372, 374, 378, 383, 386, 389, 393, 411, 442, 449, 453, 454, 457, 465, 472, 485, 487, 494, 497, 504, 506, 537, 540, 545, 548, 559, 561, 564, 566, 574-577, 583-585, 591, 595, 596, 606, 610, 612, 616, 618, 620, 623, 626, 627, 629, 631, 689, 691-693, 699, 704, 705, 709, 710, 716, 717, 720, 721, 723, 724, 729, 734-736, 740, 741, 746, 748, 750, 752, 753, 761, 762, 764, 765, 768, 770, 771, 774, 779, 817-819, 821, 823, 825, 826, 849, 885, 922, 927, 967, 973, 1011, 1012, 1015, 1081, 1083, 1094, 1096, 1100
新古今集竟宴和歌　179, 242, 1103
新後拾遺集　132, 162-164, 255, 436, 471, 490, 501, 531, 584, 588, 722, 758, 765, 801, 814, 818, 820, 843, 852, 869, 879, 884, 1093, 1103
新後撰集　22, 26, 34, 35, 86, 97, 104, 162-164, 294, 308, 310, 312, 313, 333, 348, 432, 452, 455, 477, 483, 501, 531, 533, 557, 568, 577, 579, 580, 640, 650, 666, 670, 680, 681, 706, 728, 741, 745, 770, 776, 787, 801, 812, 826, 831, 833, 838, 853, 856, 869, 874, 876, 878, 1090, 1093, 1096, 1099, 1100, 1103
新三十六人撰〈正元二年〉　29, 158, 162, 309
新時代不同歌合　162, 300, 773
新拾遺集　74, 164, 254, 398, 425, 473, 480, 489, 490, 501, 584, 640, 681, 763, 776, 801, 814, 833, 1046, 1093, 1103, 1104
信生法師集　28-30, 41, 58, 210, 983
新続古今集　43, 47, 162-164, 294, 319, 411, 426, 427, 442, 449, 451, 452, 458, 474, 491,

501, 531, 563, 588, 602, 665, 679, 681, 691, 694, 712, 776, 801, 814, 818, 819, 831, 835, 838, 1019, 1093, 1103
新千載集　103, 104, 162-164, 252, 256, 347, 348, 381, 487, 489, 501, 533, 547, 580, 587, 597, 600, 612, 647, 650, 665, 666, 679, 680, 690, 691, 693, 712, 718, 730, 741, 745, 763, 801, 814, 829, 838, 856, 869, 873, 879, 891, 896, 904, 1093
新撰髄脳　382, 388, 939-955, 958-961, 963, 965, 966, 969, 970
神仙伝　243, 247
新撰風体抄　29, 853, 856, 874, 881
新撰万葉　91, 144, 963
新撰朗詠集　228, 231, 243, 463, 606, 724, 894, 913, 930
新撰六帖　30, 38, 141, 179, 182, 187, 188, 198, 225, 226, 254, 269, 389, 394, 450, 463, 584, 585, 621, 625, 715, 719, 720, 752, 754, 762-764, 769, 777-781, 822, 824, 826, 847, 889, 898, 901, 903, 908, 909, 911, 1011, 1014, 1015, 1107, 1111, 1112
新撰和歌　476, 688, 702
新勅撰集　18, 25-28, 33, 43, 46, 47, 51, 52, 75, 81, 105, 114, 127, 135, 147, 165, 170, 178, 193, 195, 196, 228, 237, 301, 307, 316, 332, 333, 337, 347, 361, 372, 392, 404, 442, 456, 458, 459, 471, 472, 480, 482, 497, 517, 537, 538, 551, 557, 558, 560, 572, 573, 580, 591, 600, 618, 620, 640, 645, 665, 667, 669, 670, 679, 688, 690, 697, 702, 709, 712, 722, 728, 733, 739, 743, 748, 752, 764, 773, 774, 777, 779, 783, 787, 821, 823, 826, 849, 885, 887, 891, 911, 927, 967, 983, 1010, 1024, 1082, 1084
新勅撰集抄　688
神皇正統記　917
真聞集　789
新三井集　300, 801, 803, 815, 823, 827, 829, 831, 836, 837, 839, 840, 842, 856, 858, 873, 882, 904, 925
新葉集　56, 64, 213, 253-257, 580, 763, 838
新和歌集　29, 30, 42-44, 52, 87, 100, 140, 178, 225, 254, 351, 397, 408, 427, 428, 441, 443, 462, 505, 506, 604-606, 621-626, 639, 655, 666, 670, 677, 722, 723, 725, 729, 731, 733, 765, 769, 770, 772, 801, 814, 851, 873, 898, 979, 981, 1007-1009, 1015, 1017-1019, 1021, 1025-1027, 1029, 1110, 1112, 1116, 1117

【す】

水原抄　237, 603, 613
資平集　503, 738
住吉社歌合〈嘉応二年十月九日〉　775
住吉社歌合（隆弁観進）　806, 812
住吉社卅六首　347

【せ】

井蛙抄　25, 162, 168, 172, 385, 430, 431, 444, 475, 740, 801, 815
西京雑記　157
清少納言集　598
世説新語　146, 587
雪玉集　94
撰歌合〈建仁元年八月十五日〉　477, 574
撰玉集　29, 986, 987, 1007, 1027
戦国策　900
千五百番歌合　58, 71, 81, 113, 114, 116, 121-123, 125, 126, 141, 147, 152, 179, 182, 184, 209, 229, 254, 299, 301, 304, 309, 389, 468, 480, 504, 506, 509, 558, 566, 569, 584, 587, 615, 617, 626, 629, 705, 708, 718, 725, 731, 744, 752, 753, 821, 822, 824
千載集　60, 65, 75, 81, 133, 144, 165, 167, 176, 196, 197, 228, 231, 236, 240, 298, 302, 305, 307, 311, 332, 361, 371, 381, 386, 388, 410, 431, 435, 446, 459, 470, 472, 474, 485, 497, 507, 510, 537, 545, 564, 578, 581, 583, 585, 591, 598, 610, 614, 616, 618, 696, 709, 719, 737, 762, 770, 779, 782, 787, 821, 826, 849, 891, 973, 1069
撰集抄　80
仙洞影供歌合　450, 695
仙洞句題五十首　179, 562
仙洞五十番歌合〈乾元二年〉　55

仙洞十人歌合　54

【そ】

草庵集　481, 700
宗祇集　728
草根集　65, 263
荘子　243, 247, 910, 1084
曾我物語　93, 94
続高僧伝　136
続古事談　84
続作者部類　294, 489
素性集　457
尊卑分脈　294, 324, 333, 347, 350, 354, 357, 359, 366, 409, 410, 412, 434, 436, 461, 501, 504, 505, 512, 516, 528, 529, 534, 535, 634, 636, 656, 787, 809, 843, 878, 981, 982, 1022, 1023

【た】

他阿上人集　300, 397, 836
台記　916
代集　432, 935, 957
大納言為家集（為家家集、為家集）　347, 362, 365, 463, 484, 508, 561, 719, 731, 742, 783
大弐高遠集　491, 595, 728
太平記　259, 917
内裏歌合〈建保二年〉　763
内裏百番歌合〈建保四年〉　179, 187, 304, 618-620, 731, 777, 821, 822
内裏百番歌合〈承久元年〉　599
題林愚抄　162, 364, 365, 441, 501, 532, 662, 665, 666, 680-682, 744, 777, 801, 815, 818, 829, 837, 839, 856, 883
隆祐集　194, 197, 449, 822, 826
隆信集　575, 600
忠岑集　726
忠盛集　460
為家卿家百首　516, 517
為家卿続古今和歌集撰集覚書　429
為家五社（七社）百首　97, 716, 740, 1013, 1016-1018, 1109
為家千首　97, 143, 488, 539, 619, 621, 823
為兼卿記　1099
為兼卿和歌抄　917
為忠家後度百首　54, 694
為忠家初度百首　140, 147, 179, 701
為仲集　137
為信集　129
為理集　300, 452, 783
為村集　263

【ち】

竹風抄　29, 62, 67, 69, 70, 74, 75, 142, 145, 152, 155-157, 162, 180, 201, 206, 207, 220-291, 395, 481, 483, 622, 624, 743, 835, 1030, 1042, 1111, 1112
千里集　1038, 1039
中院詠草　365
中院集　365, 367, 474, 825
中古六歌仙　964
中書王御詠　29, 66, 74, 152, 155, 156, 223, 261, 264, 267-269, 272, 276, 280, 395, 481, 716, 766, 783, 806, 812, 835, 891, 1030-1032, 1040, 1042, 1111
澄覚法親王集　722
長恨歌　136, 546
長秋詠藻　78, 307, 537, 541, 600, 615, 701, 739, 825
長秋草　576
勅撰作者部類　47, 294, 347, 410, 444, 486, 489, 501, 639, 845

【つ】

月詣集　178, 305, 332, 470, 601, 822
菟玖波集　93, 672
土御門院御集　391, 468, 717, 901
土御門院百首　169
藤簍冊子　65
経家集　389
経俊卿記　340, 414, 418, 521, 848
経信集　773
経盛家歌合　574
経盛集　775
貫之集　696, 718, 722
鶴岳社五十首　428

鶴岳社十首　44, 50
鶴岡八幡宮寺供僧次第　876
徒然草　626, 785, 798, 1087

【て】

定家卿相語　966
定家卿百番自歌合　476, 615, 619, 740
定家十体　551
定家名号七十首　743
亭子院歌合　728, 959
天徳四年内裏歌合　179

【と】

洞院摂政家百首　143, 179, 186, 254, 269, 317, 394, 454, 464, 468, 478, 492, 497, 502, 517, 548, 550, 555, 598, 773, 822, 1010, 1013
東海道中膝栗毛　93
東関紀行　743
東宮学士義忠歌合　118, 703
藤谷集　1105
道助法親王家五十首　179, 392, 457, 458, 538, 618, 621, 629, 695, 698
東撰六帖　10, 29, 30, 38, 52, 53, 67, 135, 154, 179, 203, 226, 296, 314, 319, 363, 392, 397, 441, 463, 465, 466, 523, 526, 531, 536, 537, 539, 543, 561, 606, 611, 612, 617, 622, 624-626, 634, 640, 653, 665, 666, 674, 679, 680, 682, 697, 714, 718-720, 724, 754, 760, 801, 805, 814, 828, 833, 852, 856, 861, 862, 880, 889, 925, 986, 992, 993, 1006-1008, 1017, 1018, 1024, 1028, 1107-1117
東撰六帖抜粋本　53, 151, 203, 314, 319, 363, 387, 391, 393, 397, 441, 463, 467-469, 531, 536, 539, 543, 606, 607, 610-612, 617, 619-626, 630, 631, 640, 665, 666, 679, 681, 682, 697-702, 718-720, 725, 758, 761, 762, 801, 814, 817, 828, 856, 880, 893, 909, 925, 1025, 1110
冬題歌合　973, 1010
藤葉集　53, 211, 309
時朝集　29, 42, 43, 50, 65, 99, 100, 502, 719, 742, 758, 793, 801, 815, 832, 979-1029, 1108-1110, 1116, 1117
俊忠朝臣家歌合　140, 564
俊光集　254, 734, 839
俊頼髄脳　92, 179, 242, 304, 382, 731, 945, 955, 958-961, 972
都率西方往生難易法談　789
とはずがたり　258, 259, 785, 809

【な】

長景集　29, 54, 461, 585, 796, 801, 812, 815, 832
長方集　113, 147, 507, 758
長綱集　452, 486, 772, 836
楢葉集　178, 347, 488, 822, 825, 828, 890
成通卿口伝日記　437, 438
成通集　601
南朝五百番歌合　64, 254
南朝三百番歌合〈建徳二年〉　64

【に】

にひまなび　59
二条太皇太后宮大弐集　555
二八明題集　364, 441, 532
日本書紀（日本紀）　229, 230, 384, 387, 388, 629, 865, 885, 896-900, 914, 916, 917, 928, 930, 958, 959, 973
如願法師集　365, 539, 559, 598, 826, 851
仁和寺御伝　418, 419

【ね】

年中行事歌合　106

【の】

能因歌枕　890
能因法師集　826
祝詞　179, 180, 242, 896, 930
教長集　465, 481, 510, 569, 581
範宗集　187, 193, 599

【は】

白氏文集　79, 179, 180, 235, 236, 242, 243, 245, 246, 541, 592, 893, 900, 912, 959, 966, 970, 974, 976
八幡若宮撰歌合〈建仁三年〉　460

春の深山路　34, 294, 354, 422, 423

【ひ】

日吉三社歌合　347
日吉社五十首　347
日吉社撰歌合　170, 253, 517, 619, 740
肥後集　307
常陸国風土記　90, 91, 100, 103
人麿歌集　174, 613, 887
簸河上　29, 38, 154, 166, 170, 196, 216, 227, 367, 372, 373, 384, 388, 402, 582, 604, 816, 820, 899, 935-977, 1044
百詠和歌　31, 616
百首歌合〈建長八年〉　37, 137, 142, 151, 179, 187, 225, 226, 254, 301, 585, 732, 752, 776, 822, 824, 916
百首愚草為重詠　576
百人一首　49, 117, 305, 308, 373, 385, 386, 404, 405, 448, 466, 471, 477, 480, 485, 495, 540, 545, 549, 585, 586, 601, 617, 696, 697, 719, 726, 728, 750, 1015, 1024
百人秀歌　41, 49, 305, 308, 373, 377, 385, 386, 404, 448, 466, 471, 477, 480, 485, 495, 540, 545, 549, 585, 586, 601, 696, 697, 719, 726, 728, 750, 983, 1015
百練抄　360, 514
広田社歌合〈承安二年〉　824

【ふ】

風雅集　14, 24, 51, 55, 62-64, 164, 211, 245, 248-250, 255, 263, 324, 348, 362, 474, 487, 576, 584, 626, 627, 640, 699, 706, 732, 763, 777, 782, 838, 856, 869, 873, 874, 879, 902, 1093, 1102, 1103
風葉集　318
袋草紙　106, 355, 390, 731, 738
藤川五百首　560, 740
伏見院御集　52, 53, 55, 62, 63, 211, 248, 250, 252, 699, 736, 783, 838
藤原長綱集　452, 486, 772, 836
風情集　113, 507, 734
風土記　103, 179, 180, 242, 958, 959, 964, 969, 973, 1074
夫木抄　4, 16, 28-30, 34, 65, 67, 69, 95, 101, 136, 137, 147, 151, 155, 162, 163, 196, 246, 300, 363, 367, 389, 424, 431, 441, 444, 475, 478, 491, 501, 508, 524, 525, 532, 568, 570, 665, 666, 678, 680-682, 702, 703, 708, 715-717, 727, 733, 743, 749, 758, 760, 774, 778, 783, 801, 812, 815, 829, 833, 834, 837, 846, 847, 850, 853, 856, 861, 862, 865, 866, 869, 876, 877, 879, 881, 886-893, 896-914, 916-922, 973, 1013, 1031, 1099, 1104-1106, 1111
麓の塵　69
文永元年六月十七日庚申宗尊親王百番自歌合　56, 139, 157, 159, 160, 205, 275, 284, 287, 770, 1052
文永九年十一月頃百番自歌合　145, 201, 220, 229, 234, 242, 246, 247, 249, 266, 267, 269, 270, 288, 622, 624
文永五年十月三百首歌　62, 74, 220, 230, 231, 240, 248, 251, 257, 260, 261, 262, 264, 265, 268, 270, 272, 273, 280, 284, 285, 288
文永三年十月五百首歌　67, 69, 70, 74, 75, 206, 220, 229, 232, 233, 238, 241, 242, 245, 246, 249, 251-253, 259, 262-266, 268, 269, 272-276, 280, 283, 285-287, 291, 624, 743, 1122
文永三年八月百五十首歌　74, 142, 220, 223, 248, 250, 257, 264, 265, 266, 270, 272, 273, 275, 280, 286
文永二年潤四月三百六十首歌　165, 206, 264, 268, 275, 891, 909
文永二年中務卿親王家三首歌合　568, 857,
文永八年七月内裏千五百番歌合百首歌　220, 231, 244, 251, 254, 256, 259, 261, 266, 268, 280, 283, 288, 624
文永六年四月二十八日柿本影前百首歌　70, 206, 230, 238, 241, 244, 250-252, 255, 257, 262, 267, 270, 272, 286
文永六年五月百首歌　74, 180, 220, 237, 240, 241, 246, 249, 254, 255, 259, 264, 268, 272, 286, 483, 835
文永六年八月百首歌　206, 207, 220, 247, 249, 250, 252, 253, 255, 261, 264, 265, 267, 275, 287

文応三百首→宗尊親王三百首
文治六年女御入内和歌　55, 130
文保百首　140, 397, 450, 473, 559, 730

【へ】

平家物語　466, 637, 638, 916,
平戸記　414, 529
平治物語　657, 916
弁内侍日記　848

【ほ】

芳雲集　140, 508, 763
保元物語　657, 916
宝治百首　143, 144, 179, 186, 207, 231, 254, 256, 345, 348, 361, 362, 365, 374, 376-379, 381, 382, 387-389, 392-394, 396-398, 402, 407, 449, 450, 460, 464, 465, 467, 468, 473, 476, 495, 497, 511, 517, 550, 555, 566, 579, 585, 618, 621, 630, 705, 706, 727, 736, 752, 770, 778, 779, 782, 783, 821, 822, 824, 827, 898, 913, 1011-1013, 1015-1017, 1109
方丈記　88, 193
北条系図　322, 435, 844, 845, 873
法門百首　821
法華経　233, 234, 311, 315, 833
堀河院艶書合　772
堀河集　596, 739
堀河百首　133, 179, 234, 301, 371, 375, 376, 385, 407, 451, 468, 483, 508, 542, 555, 557, 558, 596, 614, 692, 696, 702, 707, 709, 716, 717, 724, 732, 733, 743, 758, 761, 762, 768, 771, 779, 906, 990, 1014
本朝高僧伝　846
本朝文集　873
本朝文粋　894

【ま】

毎月抄　79, 173, 966, 969, 972
摩訶止観　850, 922
枕草子　700, 725
雅有集　67, 248, 396, 449, 468, 474, 480, 489, 502, 503, 837
政範集　29, 203
増鏡　49, 340, 348, 392, 436
漫吟集　723
万代集　97, 106, 170, 178, 187, 234, 300, 303, 304, 308, 309, 348, 363, 365, 425, 441, 447, 501, 540-542, 558, 575, 588, 592, 665, 670, 679, 707, 717, 718, 724, 740, 752, 758, 804, 821, 822, 824, 827, 828, 866, 1014
万葉集　10, 33, 34, 37, 38, 60, 63, 65, 69, 71, 72, 74, 75, 91, 97, 102, 104, 116, 118, 127, 128, 143, 144, 165, 169, 170-174, 178, 181, 182, 195, 196, 203, 218, 228, 230, 269, 304, 314, 319, 324, 330, 370-372, 374, 377, 381, 387, 390, 405, 456, 478, 484, 492, 493, 501, 502, 505, 506, 509-511, 540, 547-551, 553, 556, 558, 562, 591, 592, 600, 603, 606, 608, 609, 613, 614, 616, 617, 624, 688, 693, 699-701, 708-710, 712, 713, 716, 717, 720, 721, 723, 729-731, 735, 743, 744-746, 749, 752, 761, 766, 772, 776, 777, 779, 782, 783, 822, 823, 885-891, 897, 898, 902, 904, 905, 907, 908, 913-916, 922, 927, 958, 960, 967, 969, 973, 1009, 1010, 1082, 1084
万葉集註釈　888
万葉童蒙抄　747

【み】

三井続燈記　797, 809, 851, 1113
三井寺新羅社歌合　728, 822, 824
三島社十首歌　28, 62, 65, 625, 630
通親亭影供歌合〈建仁元年三月〉　305, 551
光経集　889
水無瀬恋十五首歌合　179, 614, 629, 691
水無瀬桜宮十五番歌合　629
壬二集　58, 147, 194, 197, 210, 232, 316, 393, 458, 459, 482, 483, 490, 491, 507, 549, 550, 615, 619, 620, 705, 734, 738, 762, 765, 767, 822
御裳濯河歌合　78, 80, 81, 449, 783
御裳濯集　63, 178
宮河歌合　78
明恵上人集　600
民経記　27, 334-339, 342, 358, 360, 419
民部卿家歌合〈建久六年〉　303, 332

【む】

陸奥話記　656
宗尊親王鎌倉御下向記　277
宗尊親王家五十首歌合　431, 477-480, 802, 806, 857, 861, 863, 865, 866, 897, 908, 913, 917
宗尊親王家百五十番歌合　29, 32, 36, 40, 43, 44, 47, 48, 52, 66, 67, 131-152, 157-159, 179, 189, 219, 225, 226, 297, 306, 350, 363, 395, 396, 429, 524, 531, 543, 553, 554, 557, 562, 567, 569, 587, 666, 674, 677, 678, 681, 682, 723, 727, 734, 737, 738, 741, 743, 765, 767-779, 801, 802, 805, 807, 811, 814, 817, 820, 826-828, 831, 834-837, 852, 856, 857, 859-861, 863-866, 880, 905, 925, 1113, 1118-1121
宗尊親王家百首　29, 36, 40, 48, 150, 152, 158, 296, 297, 325, 350, 413, 428, 444, 470, 471, 474, 476, 477, 479, 480, 486, 491, 495, 580, 745, 777, 802, 805, 836, 863
宗尊親王三百首（文応三百首）　29, 154, 156-159, 165, 169, 191, 204, 216, 219, 226, 256, 266-269, 297, 470, 624, 721, 765, 835, 1030, 1042
宗良親王千首　56, 57, 64, 133, 134, 212-216, 253, 256, 257
無名抄　307, 492
無名草子　180
無名和歌集（慈円）　113

【め】

明玉集　333, 985, 1007, 1019, 1027
明月記　334-338, 357, 358, 360, 414, 416-418, 423, 439, 516, 637, 642, 643, 656, 658-660, 670, 848
名所月歌合　517, 742, 752
明題拾要鈔　365
明題和歌全集　364, 442, 501, 531, 532

【も】

蒙求　146, 176, 179, 180, 219, 242, 243, 246, 546, 587, 592, 896, 900, 901, 930
蒙求和歌　31, 176, 246, 616, 618, 901
毛詩（詩経）　242, 247, 291
茂重集　29, 55, 248, 249
基家家三十首　516
元真集　542
元輔集　129
基俊集　734, 746
物語二百番歌合　180, 318
師兼千首　58, 64, 211, 255, 300, 721
文選　176, 242, 243, 896, 930, 931, 972

【や】

八雲御抄　116, 148, 166, 170, 227, 457, 482, 492, 498, 508, 510, 629, 718, 820, 890, 974-976
康資王母集　135
八十浦之玉　95
大和物語　84, 126, 477, 488, 494, 495

【ゆ】

唯識三十頌略解　789
遊庭秘抄　438, 439
楡関集　29, 986, 987, 992, 1005, 1007, 1008, 1027, 1110
行宗集　403, 404, 470, 909

【よ】

葉黄記　339, 347, 414, 419, 518
永福門院百番自歌合　721
好忠集　106, 510, 598, 698
能宣集　504, 718
世継　126
頼輔集　309
頼政集　93, 127, 703
夜の鶴　35

【ら】

礼記　733, 1084

【り】

李花集　56, 57, 213, 214, 253, 255, 257, 703
柳風抄　29, 30, 34, 35, 300, 315, 640, 655, 1090

隆弁法印西上記　789, 790, 797, 812, 831
柳葉集　29, 48, 56, 66, 67, 71, 139, 150, 152, 155-157, 159, 161-163, 165, 175, 197, 204-207, 219, 232, 233, 249, 256, 260, 264, 267-269, 275, 284, 288, 311, 319, 320, 395, 507, 556, 560, 706, 734, 747, 768, 770, 783, 835, 836, 891, 909, 1030, 1033, 1042, 1052, 1053
林下集　581, 601
隣女集　29, 39, 65, 138, 248, 263, 298, 306, 310, 319, 396, 421-423, 438, 451, 461, 463, 471-473, 477, 486, 492, 502-504, 506, 509-511, 539, 617, 625, 715, 719, 783, 1063-1087
林葉集　299, 717, 739

【る】

類聚歌苑　427
類題法文和歌集注解　509

【れ】

列仙伝　243, 247
蓮性陳状　333

【ろ】

朗詠題詩歌　62, 64
老若五十首歌合　120, 124, 179, 207, 229, 492, 595, 615, 629, 1080
六条宰相家歌合　147
六条修理大夫集　151, 314, 602
露色随詠集　130
六華集　162, 325, 532, 744, 801, 815, 856, 858, 873, 882, 883
六花集注　162
六百番歌合　58, 81, 119, 126, 179, 210, 236, 301, 308, 389, 393, 448, 451, 473, 497, 614, 690, 702, 709, 763, 972
論語　242

【わ】

和歌一字抄　355, 481, 502, 706, 709, 773
和歌色葉　325, 544
和歌初学抄　171, 355, 391
和歌童蒙抄　171, 625
和歌所影供歌合〈建仁元年〉　537, 698
若宮撰歌合〈建仁二年〉　629
和歌用意条々　138, 139, 162, 940
和漢兼作集　40, 162, 163, 206, 532, 547, 568, 569, 585, 822, 852, 853, 855, 856, 864, 881, 893, 895, 904
和漢珍書考　94
和漢朗詠集　176, 179, 228, 232, 235, 242-246, 274, 467, 493, 494, 507, 541, 550, 563, 595, 688, 716-718, 725, 733, 752, 885, 892-895, 909, 918, 928, 930
和訓栞　94
別雷社歌合　55, 298, 299
別雷社後番歌合　332

事　項

【い】

石山寺座主　5, 41
伊豆　60, 202, 284, 411, 419, 793
伊勢　3, 40, 148, 570, 831-833
伊勢神宮　95, 337-339, 570, 794, 831, 832, 916, 918, 1061
院政期　41, 54, 73, 116, 166-170, 178, 179, 184, 185, 190-192, 222, 227, 298, 376, 382, 383, 496, 514, 616, 617, 629, 732, 817-820, 827, 828, 839, 970

【う】

歌詞　116, 118, 127, 159, 175, 194, 197-199, 266, 309, 498, 589, 604, 621, 711, 762, 779, 816, 828, 886, 890, 898, 907, 912, 913, 1074
歌枕　39, 93, 100, 105, 135, 137, 143, 148, 173, 203, 269, 273, 282, 301, 313, 319, 379, 389, 397, 456-458, 482, 484, 488, 490, 492, 493, 508, 511, 538, 546, 547, 550, 552, 555, 557, 569, 570, 574, 578, 585, 599, 606, 607, 609, 612, 622, 689, 700, 708, 710, 715-717, 719, 720, 724, 733, 736, 742, 743, 749, 755, 772, 775, 778, 835, 858, 889, 890, 898, 902, 913, 921, 924, 931, 932, 958, 959, 1105
打聞→私撰集
宇都宮　4, 5, 30, 36, 41, 292, 982
宇都宮歌壇　3-6, 16, 30, 41-44, 86, 100, 140, 254, 350, 351, 427, 639, 641, 659, 851, 979, 1008, 1020, 1021, 1023, 1098, 1110, 1112, 1116

【え】

影響関係　52, 73, 74, 135, 193, 251, 361, 394, 453, 466, 478, 484, 486, 488, 493, 500, 507, 508, 539, 551, 625, 626, 734, 771, 780, 826, 835, 840, 867, 909
影供　7, 645, 684, 1070
永仁勅撰の議　35, 1063, 1081
詠風　52, 67, 132, 150, 211, 224, 627, 709, 780, 885
越後　5
縁語　93, 134, 143, 144, 313, 400, 401, 454, 456, 457, 464, 467, 470, 472, 473, 478-480, 482-484, 486, 491, 492, 503, 538, 542, 547-549, 551, 563, 570, 575, 578, 582, 586, 690, 705, 715, 717, 726, 743, 747
延暦寺　571, 878

【お】

逢坂　4, 60, 65, 200, 274, 282, 581, 582, 719, 749
応制百首　121, 123, 345, 348, 390, 394, 397, 398, 526, 592, 617, 698, 779, 807, 824, 1017, 1099, 1100
王朝和歌　84, 99, 400, 495, 827
隠岐　124, 125, 202, 323, 360, 938, 940
尾張　5, 278
園城寺　18, 40, 49, 68, 73, 99, 153, 263, 300, 525, 528, 633, 728, 786, 788, 790-792, 795, 797, 803, 807, 808, 811, 824, 830-832, 834, 838-840, 842, 851, 854, 858, 861, 878, 884, 891, 903, 913, 918-920, 923, 924, 1113

【か】

加賀　5
歌学書・歌論書→髄脳
歌鞠　10, 31, 411, 669
歌句　617, 621, 626, 729, 759, 764, 776, 948, 968, 1009
掛詞　60, 105, 133, 140, 147, 177, 269, 273, 304, 306, 315, 318, 375, 380, 400, 401, 402, 472, 484, 490, 563, 569, 570, 596, 692, 693, 701, 715, 717, 747, 762, 767, 770, 773, 850, 922, 923, 931
歌語　69, 94, 118, 407, 452, 493, 736, 743, 898, 900

歌材　130, 726, 819, 901
家集→私家集
歌書　12, 38, 72, 120, 128, 188, 329, 431, 703
歌聖　190, 192
歌仙　7, 37, 39, 41, 48, 86, 131, 150, 192, 216, 297, 325, 351, 562, 653, 674, 685, 804, 808, 867, 873, 959, 962, 964, 970, 1081, 1083, 1115, 1121
歌題　159, 161, 196, 229, 291, 319, 344, 345, 398, 427, 451, 490, 554, 568, 874, 990, 1005, 1006, 1053, 1054, 1096, 1105
歌道家（歌道師範家）　26, 77, 209, 329, 333, 411, 431, 432, 641, 668, 673, 869, 945
歌道師範　15, 37, 40, 45, 131, 136, 154, 188, 191, 192, 196, 198, 209, 225, 430, 524, 555, 579, 623, 633, 674, 741, 800, 804, 809, 816, 836, 864, 867, 869, 870, 1015
仮名序（序・序文）　37, 175, 229, 307, 387, 898, 929, 940, 963, 965, 969, 972, 974, 975, 1063, 1067, 1068, 1080, 1081, 1084, 1086, 1094
鎌倉歌壇　3-6, 30, 43, 45, 46, 350, 639, 654, 860, 870, 1089, 1090
漢故事　136, 143, 224, 242, 243, 291, 892, 895, 911
漢詩・漢詩文・漢文　144, 180, 224, 242, 244, 290, 291, 592, 595, 800, 855, 856, 881, 885, 892, 893, 923, 959, 965, 966, 974, 975
巻軸（巻末）　30, 127, 128, 342, 550, 639, 655, 737, 831, 940, 990, 995, 1039, 1055, 1064-1066, 1069, 1078, 1080, 1081, 1084, 1085, 1093, 1095, 1096
巻頭　6, 30, 128, 134, 288, 426, 480, 578, 589, 737, 783, 803, 831, 939, 940, 1093, 1095, 1096, 1098
関東歌壇　3-107, 129, 131, 166, 203, 227, 248, 292, 300, 321, 327, 328, 349-353, 396, 409, 426, 429, 430, 432, 433, 445, 446, 469, 512, 524, 526, 527, 555, 570, 593, 624-626, 628, 633, 640, 645, 654, 655, 668, 670, 671, 673-676, 687, 701, 711, 714, 775, 786, 803, 805, 809, 816, 823, 837, 840, 843, 851, 860-862, 871, 884, 886, 898, 908, 909, 923, 925, 932, 970, 1008, 1089, 1098, 1107, 1115, 1118

【き】

紀行　34, 35, 41, 45, 789, 1063
京極派　42, 52-59, 62-64, 151, 164, 183, 208, 209, 211, 217, 223, 224, 247-251, 254-257, 263, 487, 583, 584, 623, 626-628, 699, 706, 710, 732, 736, 755, 761, 763-765, 780-782, 837, 838, 840, 870
京都歌壇→中央歌壇
経文題　233, 234, 833
清水寺　9

【く】

九条家　13, 33, 37, 78, 97, 104, 329, 333, 347, 349, 417, 419, 424, 620, 646, 1015
熊野　5, 40, 95, 96, 700, 794, 802, 833, 902

【け】

蹴鞠　312, 354, 410-439, 460, 527, 645, 646, 652
原拠　95, 115, 133, 173, 247, 313, 324, 385, 472, 509, 569, 577, 578, 580, 586, 612, 688, 700, 704, 713, 724, 728, 762, 764, 766, 772, 829, 1005
元寇（文永の役、弘安の役）　525, 570, 748, 796, 831, 833, 915-917
権門　42, 70, 77, 86, 190, 191, 216, 352, 426, 516, 519, 528, 627, 737, 753, 849

【こ】

古今伝授　32, 456
故事　32, 90, 93-95, 133, 136, 142, 143, 146, 157, 175-177, 224, 234, 235, 242, 243, 246, 247, 291, 379, 387, 402, 403, 439, 541, 546, 587, 601, 697, 719, 731, 738, 771, 892, 894-896, 900-902, 909-911, 915, 930, 931, 947, 1063
後鳥羽院歌壇　61, 121, 126, 128, 411

【さ】

最勝四天王院　120
西林寺　339, 360

相模　4, 69, 74, 82, 484, 716, 727, 829, 833, 834
散佚　28, 155, 175, 333, 717, 778, 867, 1031
参考歌　65, 114-117, 127, 130, 177, 178, 189, 193, 199, 209, 235, 236, 926, 1040
三十六歌仙　86, 190, 753, 819

【し】

私家集（家集）　28-30, 41, 42, 49, 56, 57, 70, 81, 92, 99, 114, 118, 123, 127, 128, 135, 151, 153-219, 220-291, 333 342-346, 349-351, 369, 401, 404, 424, 431, 470, 475, 478, 492, 507, 508, 558, 596, 616, 702, 703, 716, 719, 806, 814, 836, 851, 856, 857, 874, 875, 877, 890, 897, 900, 901, 908, 909, 968, 979-1029, 1030-1062, 1063-1087
地下　327, 416, 439
自撰　42, 78, 80, 117, 128, 155, 156, 161, 162, 220-222, 236, 269, 272, 290, 345, 740, 1006, 1007, 1009, 1018, 1026, 1029, 1030, 1084, 1086, 1109, 1110
私撰集（打聞）　30, 43, 87, 162, 178, 180, 309, 440, 442, 604, 625, 640, 671, 679, 680, 682, 695, 714, 748, 765, 778, 779, 803, 814, 843, 856, 880, 884, 974, 986, 987, 1006, 1008, 1081, 1082, 1096
信濃　5, 488, 834, 858, 919
持明院統　26, 59, 254
持明院流　512, 518
下野　4, 5, 41, 42, 443, 749, 979, 1008, 1116
釈教歌　233, 234, 311, 315, 758, 804, 808, 829, 833, 836, 857, 875, 918, 1094
秀歌撰　39, 41, 149, 158, 307, 345, 562, 738, 835, 1018
秀句　305, 310, 319, 383, 397, 400, 448, 465, 499, 667, 682, 683, 837
重代　39, 43, 45, 190-192, 194, 223, 306, 333, 346, 351-353, 384, 396, 401, 424, 427, 429, 430, 432, 433, 437, 461, 497, 498, 500, 641, 659, 668, 965, 1024
述懐歌　201, 209, 246, 261, 276, 287, 318, 472, 482, 538, 567, 573, 576, 802, 807, 808, 830, 858, 895, 921
述懐性　157, 167, 200, 217, 223, 224, 231, 259, 262, 263, 269, 283, 291, 547
受容　55, 80-88, 138, 163, 209, 211, 212, 216, 246, 247, 258, 324, 374, 391-405, 500, 596, 624, 654, 700, 912, 970, 976
証歌　126, 149, 376, 377, 379, 382, 383, 401, 404, 405, 629, 630, 690, 741, 892
承久の乱　5, 9, 52, 124, 129, 294, 341, 352, 360, 412, 415, 515, 517, 520, 527, 529, 603, 616, 628, 637, 638, 641, 642, 644, 647, 653, 657, 658, 668, 676, 687, 691, 693, 850, 922, 1044
勝長寿院　13, 294, 342, 422, 521, 645, 652, 707
序詞（序）　106, 264, 377, 380, 461, 606, 609, 698, 706, 726, 770, 909, 922
白河の関　9, 120, 457
神祇歌　525, 707, 796, 831, 1094, 1098
神宮寺　42, 98, 99, 982, 1008, 1023, 1026
新古今歌人　53, 59, 71, 121, 128, 185, 225, 248, 250, 254, 595, 611, 612, 616, 620, 623, 624, 626, 627, 763, 780, 782, 825, 826, 971
新古今時代　33, 42, 54, 55, 57, 59, 61, 63, 71, 81, 86-88, 119, 123, 127-129, 149, 179, 180, 184, 190, 192, 193, 210, 211, 225, 226, 250, 298, 316, 329, 349, 352, 354, 383, 393, 401, 408, 496-498, 500, 507, 540, 581, 590, 616, 622, 627, 628, 695, 708, 709, 743, 753, 783, 823-825, 839, 1095, 1098
新古今新風　54, 254, 382
新古今撰者　12, 16, 58, 72, 190, 194, 210, 225, 237, 401, 429, 430, 433, 497, 500, 616, 763

【す】

髄脳　7, 30, 35, 38, 45, 154, 166, 196, 216, 227, 370, 372, 375, 382, 383, 388, 390, 391, 431, 498, 544, 599, 710, 711, 820, 839, 889, 899, 935, 958, 960, 963-966, 971, 974, 976, 1169
須磨　57, 92, 117, 214, 236, 238-240, 276, 312, 354, 487, 503, 510, 726, 783
諏訪社　4, 40, 793, 833, 834, 905

【せ】

摂取　56, 60, 72, 79, 81, 86, 119, 120, 134, 166, 177, 181, 188, 211, 212, 216, 219, 227, 234, 253, 259, 329, 369, 372, 382, 391, 392, 394, 395, 397, 401, 402, 497, 500, 543, 553, 591, 668, 688, 689, 700, 710, 753, 779, 959, 967
先行歌　113, 115, 116, 123, 127, 129, 165, 167, 169, 172, 175, 177, 178, 180-182, 189, 199, 222, 224, 227, 234, 276, 290, 300, 302, 316, 318, 451, 480, 537, 559, 579, 583, 591, 610, 613, 620, 624, 688, 689, 703, 706, 709, 710, 737, 739, 752, 754, 820, 825, 828
善光寺　4, 40, 794, 834, 905

【た】

大覚寺統　26, 59
探題　158, 461, 857, 875, 1033

【ち】

中央歌壇（京都歌壇）　12, 29, 41, 42, 43, 50, 52, 59, 70, 72, 73, 77, 88, 186, 188, 211, 327, 328, 344, 348, 426, 526, 528, 620, 627, 670, 671, 673-676, 804, 809, 816, 867, 871, 983, 1008, 1024, 1107, 1115
勅撰歌人　11, 13, 26, 27, 32, 34, 43, 84, 86, 655, 670, 673, 675, 872
勅撰撰者　27, 35, 36, 86, 104, 164, 192, 196, 216, 328, 737, 753, 1063, 1100

【つ】

鶴岡八幡宮（鶴岡、鶴岡社、鶴岡若宮社）　13, 40, 44, 67, 99, 222, 272, 277, 294, 323, 341, 342, 415, 417, 421, 422, 437, 438, 462, 516, 521, 522, 525, 530, 633, 642, 644, 660, 663, 694, 707, 713, 738, 786, 788, 791, 792, 796, 798, 804, 809, 831, 834, 861, 876, 913, 916, 919, 924, 1021, 1098, 1113
鶴岡八幡宮寺（鶴岡宮寺）　660, 661, 793

【て】

定数歌　7, 30, 48, 75, 121, 123, 154, 155, 158-163, 178, 179, 189, 220, 226, 269, 283, 286, 290, 323, 616, 778, 857, 858, 875, 896, 911, 1030, 1112
典拠　143, 175, 373, 385, 386, 390, 402, 457, 601, 865, 873, 892
典故　95, 144, 146, 174, 176, 224, 243, 385, 402, 406, 720, 773, 885, 892, 900, 901, 907, 909, 911, 912, 921, 923, 974

【と】

東国歌壇　3-5
同時代歌（詠）　72, 149, 199, 224, 591, 709, 779
同時代歌人　79, 80, 87, 391, 394, 396, 756, 774, 816, 885
遠江　4, 34, 717, 879, 1104-1106
得宗　11, 12, 27, 33, 65, 76, 202, 203, 217, 271, 292, 330, 419, 639, 644, 649, 668

【な】

奈良（南都）　3, 386, 390, 407, 660, 825, 888, 906, 912-914, 931, 932
南朝　56-59, 64, 133, 208, 211, 212, 215-217, 223, 252-257, 300, 763, 781, 837, 838, 840
奈良（南都）歌壇　347, 825
南北朝　104, 106, 172, 208, 209, 448, 500, 917, 937, 943, 984

【に】

二所　97, 153, 277, 530, 793, 834
二条家　54, 139, 164, 209, 224, 438, 867, 869, 870, 1041
二条派　55, 59, 63, 867, 869, 870, 878, 1089, 1097
日光　48, 68, 107, 150, 343-345, 349, 367, 399, 1023
入集歌（未入集歌）　26, 43, 47, 86, 170, 318, 322, 345, 461, 473, 481, 483, 572, 577, 583, 588, 618, 665, 678, 687, 691, 695, 707, 740, 745, 774, 778, 786, 801, 813, 867, 879, 986-988, 990-995, 1005, 1018, 1026, 1027, 1059, 1090
女房歌人　40, 41, 292-325

仁和寺　328, 336, 337, 354, 356, 361, 392, 418, 419, 466, 491, 789, 888

【の】

能登　5, 556, 557, 796, 902

【は】

誹諧歌　228, 233, 253, 459, 692, 739
配列　13, 18, 92, 95, 96, 148, 159, 160, 202, 205, 308, 343, 344, 432, 443, 461, 470, 482, 507, 587, 611, 691, 741, 742, 770, 776, 987, 990, 995, 998, 999, 1001, 1005, 1034, 1049-1052, 1054-1056, 1061, 1062, 1083, 1094, 1095, 1098, 1099, 1116
箱根　59-61, 65, 113, 284, 727, 743, 793, 833, 834
判歌　64, 615, 617, 703
判詞　55, 58, 106, 116, 125, 126, 132, 134, 136-138, 140-142, 144-149, 151, 236, 297, 299-306, 312, 325, 350, 372, 402, 442, 448, 450-454, 457-460, 496, 503, 543-547, 549-554, 562, 564, 569, 595, 597, 598, 629, 678, 729-731, 733, 735-737, 742, 744, 767-774, 805, 806, 905, 964, 966, 973, 1118, 1120
判者　37, 79, 119, 132, 141, 143, 145, 149, 150, 210, 304, 333, 346, 347, 426, 431, 453, 454, 460, 543, 554, 725, 729, 733, 735, 737, 758, 783, 806, 865, 1120
反為家　348, 352, 353, 433, 590, 671, 675, 780, 804, 806, 807, 864, 866, 970, 1015
反御子左家　328, 333, 347, 348, 353, 366, 442, 446, 579, 590, 592, 593, 601, 671, 804, 864, 866, 867, 869, 877, 973, 1015, 1115

【ひ】

引歌　137, 531, 533
披講　9, 10, 62, 210, 428, 516, 683, 684, 728, 803, 807
飛騨　5, 585
常陸　4, 41, 42, 90-94, 96, 97, 101, 102, 104-106, 512, 793, 811, 832, 932, 1008, 1116
評定　259, 498, 643, 645
屏風　235, 237, 295, 299, 431, 445, 483, 568, 624, 731, 938, 1096

【ふ】

伏見　695
豊前　492, 510
二荒山神社　655, 677, 982, 1023

【へ】

返歌　32, 100, 133, 139, 239-241, 313, 550, 693, 774, 833, 920

【ほ】

本意　168, 183, 206, 211, 217, 222, 261-263, 266, 269, 283, 289, 303, 423, 476, 546, 555, 558, 623, 628, 830, 836, 886, 921, 923
本歌取　71, 79, 115-117, 138, 139, 145, 165-177, 180, 182, 189, 193, 195-198, 203, 222, 224, 227-236, 276, 369-386, 401, 402, 404-406, 448, 453, 493-495, 497, 498, 560, 574, 582, 591, 604-610, 611, 613, 621, 628, 629, 710, 711, 750-753, 779, 816-820, 823, 825, 827, 839, 885-892, 925, 928, 929, 931, 947, 967, 968, 970, 971
本説（取）　175, 177, 228, 229-231, 234-236, 238, 239, 241-243, 275, 387, 486, 493-495, 589, 604, 611, 885, 892, 896-902, 910, 911, 914, 917, 925, 930
本文（取）　242-244, 274, 885, 892-896, 909, 912, 918, 925, 930, 968

【ま】

枕詞　91, 401, 471, 548, 698, 706, 710, 721, 726, 777, 903, 916, 931
真名序　348, 963
万葉歌　59, 61, 218, 219
万葉語　254, 394, 451, 621, 769, 777, 959
万葉調（風）　37, 59, 60, 747

【み】

三井寺→園城寺
三河　5, 278, 701, 1024
御子左家（派）　33, 35, 41, 45, 86, 347, 353, 354, 428, 443, 498, 500, 579, 598, 633, 753,

839, 848, 867-869, 972, 973, 983, 1097, 1098
見立て　277, 298, 299, 304, 471, 551, 559, 696, 701, 738, 768, 769, 890
美濃　4, 5, 203, 214, 492, 516, 796, 799, 829, 914, 1023, 1106

【む】

武蔵　4, 68, 69, 101, 276, 434, 469, 622, 704, 793, 834, 1010
結題　966, 970, 972
室町（期・時代、幕府等）　18, 25, 32, 80, 94, 155, 196, 208, 212, 215, 257, 440, 441, 984, 1031, 1034, 1045, 1046, 1061, 1101, 1113, 1119

【め】

名所　67, 81, 94, 178, 180, 203, 214, 256, 338, 346, 384, 388, 453, 457, 471, 478, 508, 510, 538, 546, 550, 574, 689, 718, 742, 783, 829, 834, 847, 874, 904, 959, 993, 994, 1011, 1105, 1111

【よ】

永福寺　13, 437, 671, 707, 793, 846, 852
吉野（川・宮・山等）　11, 67, 81, 124, 133, 135, 143, 187, 206, 207, 253, 285, 307, 463, 466, 482, 485, 538, 540, 542, 544, 555, 561, 562, 595, 606, 626, 767, 777, 782, 783, 829, 890, 898, 906, 914, 931, 932
詠み益し　170, 222, 375, 376, 380-382, 384, 401, 729

【ら】

落題　196

【る】

類歌（類詠）　53, 62, 115, 129, 130, 138, 140, 187, 189, 199, 300, 302, 309, 314, 384, 385, 395, 404, 481, 489, 504, 507, 557, 562, 574, 590, 610, 613, 618, 699, 705, 715, 716, 719, 733, 734, 738, 748, 765, 771, 824, 826, 836
類句　596, 732
類辞　113, 114, 127, 302, 304, 318, 721, 731
類書　243, 1115
類題集　30, 38, 45, 86, 179, 180, 182, 188, 315, 466, 526, 676, 711, 718, 779, 862, 1107, 1108, 1115

【れ】

冷泉家　32, 870
冷泉派　870, 878, 1089, 1090
連歌　7, 11, 34, 45, 93, 386, 405, 431, 516, 645, 650, 654, 667, 668, 671-673, 675, 677, 682, 683, 685, 686, 716, 747, 756, 802, 806, 860, 876, 940
連署　9, 11, 17, 26, 27, 45, 221, 295, 337, 417, 515, 518, 643, 660, 661, 668, 683, 685, 792, 795, 849

【ろ】

六条家（六条藤家）　17, 66, 192, 237, 328-357, 371, 383-402, 433, 523, 594, 806, 962-972, 1015
六波羅　5, 13, 17, 85, 222, 249, 274, 277, 327, 418, 516, 557, 634, 639, 641, 646, 648, 650, 653, 658, 662, 693, 714, 760, 775, 795, 796
六歌仙　190, 193

【わ】

和歌史　28, 59, 61, 194, 226, 228, 372, 386, 676, 823, 838, 958, 976
和歌所　34, 72, 158, 162, 537, 1069

和 歌 初 句

【あ】

ああうらうらと→はなとりのひはきたり
あかしがた
　あかでかたぶく　502
　としへしうらの　238
あかつきの
　なからましかば　464
　なきよなりせば　464
　なきよなりとも　464
　ねざめのちどり　891
　ゆふつけどりぞ　774
　ゆふつけどりの　774
　ゆふつけどりも　774
　わかれはいつも　230
あかつきは
　かへるそでこそ　552
　げにいひしらぬ　737
あかねさす　507
あきかぜと　800
あきかぜに
　あふさかこえし　282
　おきふしなびく　478
　ちることのはの　585
　はつかりがねぞ　133
　をばななみよる　904
あきかぜの
　つらさはときを　302
　ふきうらがへす　147
　ややはださむく　301
あきかぜも　180, 241
あきかぜを　205
あききても
　いくかもあらぬ　374
　いはねのまつは　67, 826, 837
あききぬと
　ききつるからに　578
　めにはさやかに　449
あきぎりの
　そらのへだても　62
　やへにかさなる　452
あきぎりは　503
あきくさの　325
あきしのや　735
あきそこむ　766
あきたちて　374
あきちかう　715
あきつしま　229
あきつすの　999
あきといへば　53, 211
あきとしも　492
あきならで　705
あきにまた　706
あきのいろの　472
あきのいろを　595, 706
あきのうちは　302
あきのくる　732
あきのせみ　144
あきのたつ　1014
あきのたの
　かりほのいほの　448
　ほのうへにおける　548
あきののに　847, 1111
あきののの　1028
あきのみや　96
あきのよの
　あふひとからも　267
　こころながきは　1059
　つきにこころを　596
　つきはひとつを　469
　つきみるとのみ　556
　ながきおもひを　596
　ながきねぶりも　42
　ながゐをやせむ　503
あきのよは
　かどたのいなば　454
　つきぞながるる　151

あきはいぬ
　かぜにこのはの　121
　をりしもそらに　121
あきはいぬと　121
あきはいま
　すぎのはしろく　122
　くれなゐくくる　508
あきはぎの
　さくやはなのの　747
　したばいろづく　547
　はなさきそむる　547
　はなさきにけり　547, 688
あきはぎは　777
あきはげに　302
あきはみな
　おもふことなき　234
　はなにさくべき　234
あきふけぬ
　いつまでとてか　733
　なけやしもよの　300
あきもいま　721
あきもいまは
　あすかのかはに　319
　きさのをがはに　989
　よさむになりぬ　319
あきやまは　398
あきをやく　502
あくるよの
　かすみのこずゑ　260
　とりはそらねに　719
あけがたは　137
あけにけり　251
あけぬとて
　さはたつしぎの　81
　ゆくすゑいそぐ　719
　よこぐもいそぐ　623
あけぬよに　240
あけぬれど　745
あけはてば　626
あけばまづ　506
あけぼのは　260
あけやらで　722
あけゆかば　611
あけわたる　59
あさがすみ　696
あさがほは　283
あさごほり　550
あさごろも　503
あさぢふに　739
あさぢふの
　をののしのはら
　　しのぶとも　381
　　しのぶれど　167
あさなあさな
　うつろふつゆは　450
　ちりゆくはぎの　451
　つゆにをれふす　122
あさねがみ　510
あさひかげ　485
あさひさす
　のきのたるひは
　　とけながら　698
　　とけやらで　52, 698
　のきばのたるひ　52, 698
　のきばのゆきは　52, 699
あさぼらけ
　いへぢもみえず　611
　まきのをやまに　629
あさましや
　さかとのみやの　103
　みしふるさとの　140
　みはてぬゆめの　1073
あさみこそ　378
あさみどり　470
あさゆふに　252
あしがきの
　すゑかきわけて　624
　すゑこすかぜの　624
あしがもの
　たちゐにさはぐ　722
　むれゐるかたの　722
　はがひのしもや　119
あしがらの
　せきぢこえゆく　743
　せきぢはれゆく　743
　ゆふこえくれば　39

あしのはに　734
あしはらや
　あまてるかみの　104
　ほたるかかやく　905
あしひきの（あしびきの）
　やまのかげのは　767
　やまのまにまに　482
　やまべにいまは　136
　やまたちばなの
　　こがくれて　269
　　なぞもかく　269
あしべこぐ　120
あしまゆく　255
あすかかぜ　729
あすかがは
　ゆききのをかの　456, 457
　ゆきみるをかの
　　→あすかがはゆききのをかの
あすからは　71, 168
あすしらぬ
　よのはかなさを　310
　わがよとおもへど　310
あずまぢの　582
あすもこむ　196
あそやまの　69, 749
あだなりと　555, 598
あだなりな　707
あだにのみ　767
あだにみる　721
あだびとの　805
あたらしき　718
あたらしや　454
あぢきなく→あぢきなや
あぢきなや　164
あぢのすむ
　すさのいりえの　174
　すさのいりえに　998
あづさゆみ
　いそまのうらに
　　ひくあみの　1009
　　やくしほの　991, 1009
　はるのやまべを　60
　ひきつのつなる　748
　ふしみのさとに　989
あづまぢの
　せきぜきこえて　273, 286
　みちのおくなる　120
　みちのはてなる　92
　ゆさかをこえて　727
あづまぢや　273
あづまなる　772
あづまには
　かざしもなれず　67, 200, 205
　けふこそはるの　201
　むすびたえける　284
あづまにも
　あとあることぞ　914
　はやさきにけり　834
あづまのの
　けぶりのたてる　69, 484
　つゆわけころも
　　こよひさへ　74
　　はるばると　69, 483
あづまやの　698
あとたえて　58
あともなき　506
あとをさへ　467
あなこひし　890
あはぢしま　202
あはれうき　184, 1055
あはれたれ　1011
あはれとて　839
あはれとも　291
あはれとや　270
あはれなり
　たかぎにうつる　247
　よはのまくらの　705
あはれにぞ　105
あはれにも　115
あはれまた　287
あはれむかしべ→くれたけの
あはれよの　725, 1011 歌末異同
あはれわが
　おもひのたゆむ　62
　みはくはこにぞ　850, 922
あひみての

のちさへものの　308
のちのこころに　308, 586
あひみむと　625
あふことの
たえてしなくは　305
たえばいのちも　305
とどこほるまは　174
あふことは
いつにならへる　1053
よをへだつなと　1012
あふことを　373
あふさかの
すぎまもりくる　509
せきのこなたや　735
せきのとあくる　530, 581, 749
ゆふつけどりは　651, 749
ゆふつけどりも　749
あふさかや
せきのとあくる　601
せきのとあけて　200
まだよぶかきに　282
あふさかを
うちいでてみれば　60
けさこえくれば　60
あふとみる　406
あふみぢを　281
あふみにか　545
あふみのうみ　740
あまぐもの　301
あまごろも　908
あまざかる　60
あまたたび
きみぞみるべき　127
となりをかへて　900
あまつかぜ　386
あまつそら
たつあさぎりの　452
かぜのうへゆく　264
あまのがは
あさせしらなみ　199
あさせをわたる　408
うきつのなみの　836
おなじかたのの
をみなへしあきとちぎりて　738
をみなへしかりにもあきを　738
くものみをにて　144, 542
こほりをむすぶ　299
みづまさるらし　596
あまのとの　740
あまのとは　1076
あまのはら
いはとのかみや　184
そらさへさえや　381, 407
とよはたくもに　898
ふりさけみれば　697
あまびとは　726
あまをぶね
よるかたもなしなみだがは
→あまをぶねよるかたもなしなみだせく
よるかたもなしなみだせく　1011, 1012, 1013
あめつちを　229
あめのした　796, 833
あめのしたに　671
あめののち　54
あめはるる　238
あめはれて　626
あめふらば　457
あめふると　746
あやめぐさ
いかなるうきに　262
たもとにかけし　262
ひくてもたゆく　769
よどのにおふる　375
あやめなき　423
あやめふく　622
あやめゆふ　730
あらきたの　993
あらざらむ
のちしのべとも　741
のちしのべとや　741
あらしふく　992
あらしやま　463
あらたまる　803
あらちやま
すそののあさぢ　706

　みねよりさゆる　622
あらてくむ　304
あらぬかと　284
あらはれて
　いとどあさくも　139
　いまはくちせぬ　870, 1096
あらはれぬ　879, 1096
あられふり
　かしまのかみを　91
　かしまのさきを　91
あられふる
　かしまのさきの　97
　たましまがはの　1000
　たまののはらに　1096
ありあけの
　つきかたぶけば　1076
　つきだにみえず　557
　つきにこころは　596
ありかよふ
　なにはのみやは　902
　ふねこぎよせよ　902
ありしにも
　あらずなるみの　281
　あらずなるよの　827
ありしよの
　おもかげのこる　694
　ゆめはなごりも　427, 669, 694
ありしよは　271
ありてみの　57, 201, 215
ありてよの
　のちはうくとも　729
　はてしうければ　729
ありとだに
　ひとにしられぬ
　　もみぢかな　560
　　やどなれば　560
ありねよし　708
ありわぶる　775
あるじしれ　32
あるじなしと　234
あるよにと　863
あるよにも　650, 747
あれにけり　126
あれはてて　139
あをによし
　ならのあすかの　913
　ならのあすかは　913
　ならのみやこは　888
あをやぎの
　いとかのやまの
　　さくらばなみやこのにしき　719
　　さくらばなみやこのほかも　719
　いとよりかくる　470
　かげゆくみづの　621, 623, 625
　かづらきやまに　1013
あをやぎを
　かたいとによりて　719

【い】――――――――――――

いかがせむ　70, 247, 273
いがぐりは　909
いかさまに
　せよとかあまり　91
　まつともたれか　561
いかだしよ　196
いかでかは　1011
いかでわれ　264
いかなれば　557
いかにかく　168
いかにして
　かくおもふてふ　489
　こころのうちを　1011
　こひをかくさむ　507
　しがらみかけむ　596
　そでまきほさむ　254
　ちしほのいろを　507
　ときうしなへる　240
　なみだはそでに　828
　ほとけのたねを　825
いかにせむ
　あかでかたぶく　502
　あはれなるをの　185
　あふせもしらず　1000
　あふせもしらぬ
　　→いかにせむあふせもしらず
　あふまでとこそ　1052

あらしのさそふ　470
いかにかせまし　1011
いそまのうらに　1010
おなじうきねに　901
おもひそめつる　473
こころのうちも　197
さかゐのしみづ　481
そなたのかぜの　407
たのみしみづの　824
ちりにしはなの　307
とつなのはしの　183
とはれぬはなの　56, 204, 213
とまらぬはるの　799
なぐさむつきの　488
なぐさむやとて　488
なぐさめかぬる　488
みはうきふねの　991
みをはやながら　482
やまにいるひと　285
よそにはみえぬ　1010
をぐらのやまの　197
いかにとよ　81, 718
いかばかり
あはれなるらむ　74, 272
こふるとかしる　174
いかるがの
とみのをがはの→いかるがや
よるかのいけの　550
よるかのいけは　550
いかるがや　550
いくあきの　539
いくさとか　316
いくさとの　315
いくそたび　120
いくたびか
こころのうちに　318
そでぬらすらむ　830
いくたびも　1000
いくつらぞ　452
いくばくの　399
いくほども　739
いくよしも　739
いけみづの
こほりのこさぬ　625
そこさへにほふ　299
みぎはのまさご　625
いけみづは　55
いけみづや　722
いけるみの　230
いけるみの
かひはなけれど　574
ためこそつきも　230
いざこども
こころあらなむ　903
はやひのもとへ　766, 922
いざさくら　232
いさひとの　58, 204
いざやこら　688
いざやさは
はなさくやまに　406
みなといりえの　378
いすずがは
おなじながれに　258
おなじながれを　258
ちとせのあきの　454
ひとたびすめる　453
いせしまや
いちしのうらに　742
ちかきひがたの
→いせしまやとほきひがたの
とほきひがたの　742
はるかにつきの　742
いせのあまの
あさなゆふなに　491
しほたれごろも　491
しほやきごろも　491
いせのうみ
きよきなぎさに　742
たえぬうらみに　1010
いせのうみに
しほくむあまの　1076
しほやくあまの　510
つりするあまの　464
ゆらるるふねぞ　506
いせのうみの　764
いせのうみや　464

いそげども　1010
いそなつむ　920
いそのかみ
　ふるのなかみち　229
　ふるののみちも　509
いたけもる　902
いたちもる→いたけもる
いたづらに
　うつりもゆくか　746
　かすみによるは　141
　ちりやすぎなむ
　　おくやまの　72, 172
　　むめのはな　72
　なみだしぐれて　472
　ゆきてはかへる　608
　ゆきてはきぬる　608
　わがみふりゆく　451
いづかたに　167
いつかまた　240
いつかよに　286
いづくにか
　みをかくさまし　485
　わがやどりせむ
　　→いづこにかわがやどりせむたかしまの
いづこにか
　わがやどりせむ
　　きりふかき　56, 173, 195, 214
　　たかしまの　173, 195, 887
いづこにも　697
いつしかと　836
いつしかも　463
いつとても
　かはらずゆめは　581
　こひしからずは　581
　みのうきことは　581
いつとなき　743
いつなげき　310
いつのあき　198
いづのうみに　60
いづのうみや
　うさみあじろの　65
　おきつなみぢの　65
いづのうみを　65
いつのはる　183, 198
いつのふゆ　198
いつはとは
　ときはわかねど
　　あきのよぞ　729
　　かへるかり　729
いつはりと　580
いつはりの
　たがあきかぜを　1055
　なきよなりせば　552
　ひとのことのは　911
いつまでか
　あくがれはてむ　476
　あらばあふよを　1071
　かくてもひとり　1104
　さてもいのちの　186, 1056
　しほひのなみに　286
　なほまたれけむ　72, 188
　まちもわびけむ　71, 188
　よそにわかると　265
いつまでと　318
いづみがは　826
いづみなる　699
いつもかく
　さびしきものか
　　あしのやに　124
　　つのくにの　124
いづもなる　202
いつよりか　249
いづるひの　1110, 1116
いづれぞと　126
いづれをか
　まづむすばまし　569
　わきてをるべき　558
いでひとは　715
いとどまた　313
いとながき　625
いとはじよ　252
いとはむと　287
いとはやも　724
いとひえぬ　286
いとひても
　こころをすてぬ　485

なほいとはしき　485
なほふるさとを　629
いとふなよ　1105
いとふべき
かぜのこころを　386
みをすてやらで　286
いとへとて　739
いとまある　264
いなばふく　454
いなばもる　454
いなみのは　65
いにしへに　747
いにしへの
あきつののべの　143
かしまがさきの　97
きたのおきなも　901
ことかたらひて　837, 839
しづのをだまき　232
ながらのみやこ　906
ならのみやこの　913
のなかのしみづ　379, 569
はるのみやまの　649, 745
よしのをうつす　829
わすれがたみの　301
いにしへは　896
いにしへも　234
いにしへを　264, 265
いぬがみの　171
いねがてに　1055
いのちこそ　305
いのちだに　461
いのりつる　832
いはがねに
あまくだりける　829, 834
こりしくやまの→いはがねの
いはがねの　169
いはしろの　731
いはつつじ
いはでやそむる　715
さきにけらしな　701
にほふさかりは　702
いはでおもふ　1051
いはでのみ　716
いはとあけし　80, 783
いはとあけて　99
いはにおふる　187, 303
いはねふみ
かさなるやまは　537
かさなるやまを　537
いひしらぬ　204, 1046
いぶきやま　67, 837
いほちかく　392
いまかかる　142
いまきなる　229
いまこそあれ
われもさくらの　232
われもむかしは　232
いまこそは　571
いまこむと
いひしばかりに　138, 317, 704
たのめしことを　317, 704
たのめしよはの　317
いまさくら　298
いまさらに
おもひをそへて　769
はるとてひとも　561
いまぞうき
おなじみやこの　257
げにそのかみの　257
むかしはそでの　257, 264
いまぞしる　234
いまぞみる
かぜをしるべに　465
のぢのたまがは　196
いまのよに　918
いまのよは
げにわびびとの　264
つづらおりなる　264
むかしをしのぶ　264, 268
いまはただ　863
いまはとて
かへすことのは　133
こゑもしのばぬ　137
いまははや
うきみかくさむ　474
しかのねさそへ　502

よそにのみきく　775
いまはまた
あきかぜさむく　1014
あらぶるかみも　999
いかにいはまし　557
かげだにみえぬ　148
ひとりぬるよも　997
いまはみの　69
いまはわれ
おいとちかづく　266
のはらのあさる　264
ひくひともなき　264
いまもかも　612
いまもなほ
いそがれぬかな　285
うつつならねど　289
はなにはあかで　831, 837
ふじのけぶりは　175, 184
いまもまた　847, 1111
いまよりの
たがたまくらも　181
ねざめのそらの　186
はぎのしたばも　181
いまよりは
あきかぜさむく　181
うゑてだにみじ　766
むめさくやどは　762
いまよりや　100, 811, 832
いもがかど　390
いもがそで　113, 507
いもがなは　203
いもせやま　1014
いもにこひ　915
いりがたく　825
いりかたの　773
いりひさす　584
いろかはる
あきのきくをば　541
あきのくさばに　989
のべよりもなほ　186
いろにいでて　117
いろみえで　761

【う】

うかりける
たがことのはの　257
たがねぎごとの　257
うきがみの
はるこそおそき　66, 395
はるのくれにぞ　66
うきくもの　123
うきことの　662
うきことを　180, 186, 241, 1055
うきてゆく　254
うきなかの　1014
うきながら
あるにまかする
よのなかを　255
わがみこそ　255
いはでもおもふ　392
うきなだに　317
うきふしも　281
うきみこそ　1039
うきみとは　176, 201
うきみには　836
うきみにも　66, 395
うきみよに
おもはぬほかの　283
やがてきえなば　126
うきみをば　261
うきめのみ　187
うきものと
ねざめをたれに　827, 829, 836
うきよには　391
うきよにも　596
うきをしのび　573, 600
うきをしる
なみだのとがと　835
なみだをたれに　836
うくつらき　313
うぐひすの
かさにぬふてふ
→うぐひすのかさにぬふといふ
かさにぬふといふ　758
かへるいへぢも　889

こゑなかりせば　376
たによりいづる　376
なくねもことに　260
なけどもいまだ　122
はるになりぬと　812, 861, 913
はるになりぬらし
→うぐひすのはるになるらし
はるになるらし　913
むかしをこひて　242
うぐひすは　889
うぐひすを　134
うしとても　186
うしとのみ　774
うしみつと　405
うしやげに　319, 320
うしよわみ　264, 282
うすくもり　298
うたかたも　748
うたがひし
いのちのうちに　307
いのちばかりは　307
うたがふも→うたかたも
うたたねに　406
うたたねの　782
うぢがはの　758
うちすてて　239
うちつけに　473
うちなびき　1012
うちなびく　469
うちはへて　504
うちよする　689
うちわびて　610
うつせみの
このはのころも　143
はねにおくつゆの　125
うつせみは　115
うつつとも　231, 240
うつつには　481
うつつにも
おもふこころの　71, 174
はかなきことの　75, 174
うづもれぬ　459
うづらなく　904
うつりゆく
このよなりとも　67, 284
つきひにそへて　201
うつれども　300
うつろはで　541
うつろはば　555
うつろひて　205
うつろふも　541
うなばらや
おきゆくふねの　395
かぜにたゆたふ　252
うねめの→たをやめの
うのはなの
あをばまじらず　768
かきほのつきの　768
ここちこそすれ　776
むらむらさける　768
うのはなも　557
うばたまの
かみのすぢきる　481
やみのうつつに　123
うばたまや　123
うまれあふ　247
うみもあさし　127
うみやまの　463
うみやまを　284
うもれみづ→むもれみづ
うらかぜを　183
うらちかき　726
うらなみに　103
うらびとも　97
うらぶれて　57, 214
うらみじな
これはなべての　773
なにはのみつに　773
やまのはかげの　773
うらみばや　767
うらみむと　205
うらむとや
ひとはみるらむ　309
よそにはひとの　309
うらむべき　1057
うれしきを　139

うゐおきし　420
うゐてみる　204

【え】

えだかはす　823

【お】

おいがみは
　いつもことしと　829
　ちかくこえなむ　896
　のちのはるとも　617, 625
おいがみも　796, 832
おいてかく　155, 1044
おいとなる　556
おいぬとも　576
おいぬれば　75, 175
おいらくに　836
おいらくの
　こころもいまは　836
　つらきわかれは　825
おきかふる　625
おきつかぜ　130
おきつもを　886
おぎのはも　478
おきのゐて　890
おきまよふ　469, 612, 621, 625
おきもせず　455
おきゐつつ　556
おくしもも　541
おくつゆに
　いくよのつきを　541
　ぬるるたもとぞ　186
おくつゆを　469
おくやまに
　たぎりておつる　906
　みをばのがれぬ　486
　もみぢふみわけ　734
おくやまの
　いはがきもみぢ　72, 172
　すがのねしのぎ　379
おくれじと
　いひてやゆかむ　253
　そらゆくつきを　239
　ゆふべをいそぐ　361
おこなひに　920
おさまれる
　みよのしるしと
　　みゆるかな　392
　　やまざとに　392
おしてるや　886
おしなべて　252
おそろしや→よしやよし
おちつもる　502
おとづれし　184
おとにきく　599, 796, 831, 916
おとにのみ　119
おとはやま　735
おなじくは　586
おなじよを　265
おのがあきに　777
おのがつま　1056
おのづから
　いつはりならで　580
　いつはりならぬ
　　ことのはもあらばとたのむ　580
　　ことのはもかくはとたのむ　601
　　ちぎりをも　579
　　ゆふぐれも　580
　このはのいろは　502
　さそひしみづも　824
　しぐれてかかる　630
　つまこひしきか→おのがつま
　とへかしひとの
　　あまのすむ　393
　　なさけあらば　393
　みるめのうらに　506
　みをみとおもひし　142
　もみぢふみわけ　734
　ゆきあひのわせを　777
おほあふぎ　918
おほあらき
　もりのしたくさ
　　おいぬれば　379, 724
　　しげりあひて　724
　もりのしたつゆ　724
　もりのもみぢば　724

おほあらきの　397
おほかたの
あきくるからに　775
あきくるよひや　448
ならひよりけに　270
おほかたは
つきをもめでじ　556, 690, 820
なぞやわがなの　701
おほきみの　95
おほさかを　59
おほぞらは　611
おほともの
みつとはいはじ　902
みつのはままつ　1057
おほぬさの　407
おほはらや　477
おほみふね　887
おほゐがは
うぶねはそれと　263
かはべのさとに　282
ながれもみえぬ　263
ふるきながれを　196
みづのかはかみ　263
ゐせきのさなみ　263
おもかげに　307, 537, 560
おもかげは　559
おもひあれば　84
おもひいづる
ときはすべなみ　510
ときはのやまの　701
おもひいでて　270
おもひいる　555
おもひいれぬ　62, 838
おもひがは
うたかたなみの　612, 613
たえずながるる　482
みをはやながら　482
おもひきや　820
おもひこし　288
おもひしる　186
おもひせく　197
おもひたつ
こころもかみや　289
わがやまざとの　275, 287
おもひやる
そなたのくもに　898
みやこもさこそ　175
おもひやれ
いくへのくもの　312
すまのうらみて　312
まだすみなれぬ　275
おもひわび　1059
おもふことの　255
おもふとも　481
おもふにも　1053
おもふより
いかにせよとか　166, 186
なびくあさぢの　186
おもへただ
いくほどならぬ　805, 820
さてもとしへし　70, 238, 272
さらでもさゆる　647, 693
はなだのおびの　481
またるるひとの　186
おもへども
いはでのせきに　388
いはでのやまに　388
いはぬをしらぬ　206
おろかなる
こころのひくに　86, 746
こころはなほも　86, 650, 746

【か】

かがみやま
いざたちよりて　377, 819
うつれるなみの　692
かからずは　286, 288
かかるべき　247
かかるみの　997
かかるよを　287
かきくもり　716
かきくらし
しぐるるあとを　989, 1000
しぐれしあとを
→かきくらししぐるるあとを
かきたえて　390

かきたれて　629
かきつばた
　はなさくころは
　　いはがきの　837
　　さはみづの　837
かきとむる　742
かきながす　917
かぎりありて
　ちりははつとも　731
　はるればはるる　730
　めぐりあふべき　309
かぎりあれば　622
かぎりとて
　いでしなげきに　520, 588
　わかるるみちの　589
かぎりなき　451
かきわけて　194
かくこひむ
　むくいをひとの　310
　ものとはわれも　310
かくしつつ　489
かくばかり　1104
かくれぬまの
　そこのこころぞ　744
　はつせのやまの　559
かけいねの　907
かけていのる　94
かげとめし　595
かげやどす
　つきさへあかで　769
　ほどなきそでの　120
かげろふに　116
かげろふの
　いはかきふちの
　　かくれには　744
　　わきかへり　744
かごやまの　865, 897
かささぎの
　おのがはがひの　248
　みねとびこゆる　1110, 1116
かざしける　612
かざしをる　629
かしこしな　94
かしはぎの　544
かしまがた　999
かしまだち　93
かしまなる　91
かしまのや
　ひばらすぎはら　95
　わしのはがひに　95
かしまへは　92
かしまより　91
かすがなる　913
かすがのに　699
かすがのの　104
かすがやま　551
かすみかは　58, 210
かすみしく　248
かすむなの　69
かすむよに　275
かすむより　621
かすめども
　まだしたとけぬ　463
　まだみどりには　463
かぜかよふ　506
かぜかをる　54
かぜさえて
　さむきあさけの　1010
　ひかげくれゆく　304
　ひかげもりきぬ　304
かぜさはぎ　180, 241
かぜさむみ
　つきはひかりぞ　316
　わがからころも　540
かぜしもに　75, 174
かぜたかき　252
かぜになびく
　ふじのけぶりに　78
　ふじのけぶりの　78
かぜになびく　735
かぜのおと　53, 763
かぜのおとに　1013
かぜのおとは　1013
かぜのおとも　502
かぜのねは　55
かぜはやみ　770

かぜふけば
　のがはのみづに　196
　をちのかきねの　374
かぜまじり→かぜまぜにゆきはふりつつ
かぜまぜに
　みゆきふりしく　647, 693
　ゆきはふりつつ　693
かぜやとき　584
かぜわたる
　こなたのそらは　55
　はなまのはしの　717
　をばながすゑに　198
かぜをまつ　182, 195
かぞふるに　310
かぞふれば　68, 399
かたじきの　122
かたみとて　620
かたらひし　261
かたをかに　400
かたをかの　579
かぢのはに　122
かちびとは
　あかつきごとに　725
　ちへのうらわに　921
かづらきや
　たかまのさくら　778
　はなふきわたす　1013
かなしさの　301
かねてしる　450
かねてより　255
かはかみに　898
かはぐちの　915
かはづなく　510
かはとみて　256
かはのなも
　こととふとりも
　　あらはれてすみたえぬるは　177, 214
　　あらはれてすみだかはらは　214
かはぶねの　375
かはらじな
　きえにしつゆの　314
　しるもしらぬも　314
かはらむに　309
かひがねは　281
かひもなし　486
かべにおふる　733
かへりきて　247
かへりこぬ　242
かへりみる　282
かへるかり
　いそげやいそげ　544
　おのがわかれは　464
　くもゐにまどふ　376
かへるさに　52, 731
かへるさを　764
かまくらの　74
かまくらやまに　716
かみがきに
　たがたむけとは　492
　たてるやきくの　492
かみがきの→かみがきにたがたむけとは
かみかぜや
　あさひのみやの　122
　ふきもたゆまぬ　599, 869, 915
かみくにと　916
かみさぶる　101
かみぢやま
　あらしぞはらふ　570, 916
　いづれのあきと　599, 916
かみつけの　74, 749
かみなづき
　しぐるるままに　622
　しぐれふりおける　390, 888
かみまつる
　うづきになれや
　　けふしはや　721
　　けふはあふひの　436, 471
　　さかきばに　721
かみもさぞ　794, 832
かみもなほ　99, 793, 832
かみよより
　すはのみうみに　905
　ひかりをとめて　831
かもめゐる　123
かやりびの
　けぶりのすゑや　630

けぶりひとすぢ　53, 732
けぶりもいまは　762
したしくゆれば　761
かよひこし
かたはいづくぞ
あづまやまゆきにうづめるみののなかみち　214
あづまやまゆきにうづめるみほのなかみち　214
からあゐの　381
からくにに　176
からころも
うらわのあまの　1013
きつつなれにし　74, 483, 701
たつひはきかじ　761
からさきの　891
からひとも　621
かりがねの
さむきあさけの　1010
はるのならひも　270
かりくらし　738
かりごろも
すそのもふかし　620
われとはすらじ　577
かりそめの
あやめにそへて　868
たびのわかれと　575
かりなきて
あさつゆさむみ　715
さむきあさけに　62
さむきあさけの　715, 1010
さむきあしたの　715
さむきあらしの　715
ふくかぜさむみ
からころも　715
たかまとの　715
かりのくる
みねのあきかぜ　769
みねのあさぎり　769
かりのゐる　119
かりびとの　904
かるひとも　379
かれわたる　627

【き】

きえあへぬ　767
きえかへり　629
きえなまし　125
きえはてし　313
きえわびし　621
ききあかす　316
ききあかず　300
ききしより　183
きぎすたつ　738
ききわたる　387
きくからに　706
きくたびに　1103
きけばうし　183
きけばまづ　261
きさらぎや　289
きたのみね　571
きたりとも　309
きつつのみ　728
きぬぎぬに　451
きぬぎぬの
あかつきやまの　136
わかれなりとも　655
きのくにの　908
きのふけふ
いまだたびなる　376
うつうつせみの　617, 622
かぜもふきあへず　67, 466
くものたちまひ　466
きのふこそ　1014
きのふといひ　476
きのふのき　247
きのふまで
くもにまがひし　827, 836
くもゐにみえし　827
つゆにしほれし　57, 214
よそにしのびし　629
きみがため
いづるひごとに　399
えださしはさし　759
ゆはたのきぬを　596
をしからざりし　377

きみがみよ　612
きみがよも　505
きみがよを
　いくちとせとか　620
　やちよといひし　266
きみこふる
　なみだしぐれと　472
　なみだのいろの　235
　なみだのそでを　147
きみしるや　78
きみすめば　69
きみにおきて　717
きみにとて　241
きみにより　319
きみのため　57, 215
きみをおもひ　273
きみをのみ　149
きよみがた
　せきにとまらで　470
　なみぢのきりは　62
　なみのせきぢや　758
きりぎりす
　こゑよわりゆく　381
　なくやしもよの　692
きりたちて　689
きりのまに　249
きりふかき
　かくれのをのを　502, 999
　よどのわたりの　758

【く】

くさきふく　251
くさのうへは　53, 249
くさのはに　991
くさのはは　448
くさのはら
　つゆのやどりを　126
　とへどしらたま　125
くさふかき　115
くさまくら
　つゆのいのちは　309
　ゆふかりごろも　620, 621
くさもきも　449
くずのはに　147
くだらのの　502
くちにけり　284
くにみせし　890, 914
くひななく　53, 732
くまのぢや　699
くみたえし　759, 862
くみにゆく　599
くもかかる
　たかねのさくら　299
　まきもひばらも　778
くもさえし　250
くもとなり　207
くものゐる　728
くもはなほ　611
くもはるる　298
くもはれぬ　147
くもふかき　123
くもまより　251
くもやなみ　123
くもりこし　835
くもりなき
　そらにふけゆく　854
　そらはもとより　854
　のりのひかりの　315
くらゐやま　529, 585
くるあきは　284
くれかかる
　あきををしまぬ　610
　くもまのほしの　890
くれがたき　476
くれたけの　586
くれてゆく
　あきのかたみに　858
　あきををしまぬ　609, 610
くれなばと　1051
くれなゐに
　ちしほそめたる　113, 473
　ちしほやそめし　507
くれなゐの
　ちしほのまふり　113, 507
　ちしほもあかず　114
　ふりいでつつなく　113

やしほのをかの
いはつつじ　113, 507
いろぞこき　507
くれぬとて　725
くれぬとも
けふはたかねの　559
けふはなほみむ　560
はなのあたりに
やどりして　465
やどりせむ　465
くれぬるか　256, 390
くれぬれど
いへぢいそがじ　558
なほこのもとを　558
はなのしたにも　558
くれはつる　705
くれはとり
あやのかはせに　989
あやのかはべに　989
くれゆけば　1071

【け】

けさきつる　577
けさきなき　269, 376
けさはしも　138
けふかくる
あやめもわかぬ　139
たもとのはなの　769
けふこずは
あすはゆきとぞ　566
ゆきとだにみじ　566
けふこそは　769
けふさへや　139
けふしこそ　71, 168
けふといひ　413, 476
けふとても　460
けふのみと　1105
けふのわたりの　93
けふはもし　771
けふまつる　720
けふもつむ　759
けふもなほ　314
けふもまた
おなじやまぢを　568
たづねくらしつ　568
けふよりは→いまはまたあらぶるかみも
けふよりや　114
けぶりだに　303

【こ】

こえかかる　427, 505
こがくれて
みはうつせみの　125
みはかずならぬ　268
ものをおもへば　125
こぎいづる　708
こぎかへり　203
こけのしたと　284
ここのそぢ　838
ここもなほ　270
こころありて　723
こころから
そむかれぬよの　207, 287
はなのしづくに　119
こころから　485
こころこそ　626
こころざし
ふかきやまぢの　57, 214
ふかくそめてし
からあゐの　381
をりければ　381
こころさへ　137
こころせよ　911
こころなき
あきのこのはの　289
うゑきものりを　825, 833
くさのたもとも　472
みにさへさらに　81
みにもあはれは　81, 1011
ものなりながら　202
こころにも　461
こころをば
いかにならはむ　901
きたのおきなに　901
むなしきものと　201
こころをも　201

こしあきの　281
こしかたに　622, 624
こしかたも　557
こしかたを　200
こぞのけふ　78
こづたへば　695
ことごとし　909
ことごとに　386
ことさらに　746
ことしげき　319
ことしだに　406
ことしはや　846, 1111
ことしより　1041
こととひし　1058
こととへよ
　おもひおきつの　273, 314
　たれかしのばむ　313
ことのはと　839
ことのはに　255
ことのはを　866
こぬひとの　427, 669
こぬひとを
　いかにまてとか　1055
　うらみもはてじ　582
　さらにうらみば　582
このあきぞ　277
このあきは　275
このごろは　242
このさとの　1073
このさとも　68
このたびは　868
このねぬる　449
このはこそ
　かぜのさそへば　564
　しぐれてもろき　565
このはちる
　かたののはらに　325
　やどはききわく　117
このはるぞ　144
このはるは　241
このほかに　833, 835
このまより　450
このみちと　812
このみちを　57, 214
このみをば　288
このもとの　561
このもとを　561
このゆきを　32
このよには　239
このよをば　831
こはぎはら　455
こひしくは
　みてもしのばむ　828
　みてもしのべと　320
こひしさの　310
こひしとは
　いふもおろかに　481
　たがなづけけむ　776
こひしなば　772
こひしなむ
　いのちはなほも　574, 772
　のちにあふせの　772
　のちはなにせむ　230, 730, 772
　みををしむには　575
こひしぬと　600
こひすてふ　395
こひわぶる　551
こほりせし　569
こほりつる　52, 699
こほりゆく　609, 616, 631
こまとめて　119
こよひぞと　467
これぞこの　93
これもまた
　かみよはきかず　477, 574
　かみよはしらず
　　→これもまたかみよはきかず
これやもし　519, 572
ころもでに　689
こゑたえず　300
こゑはして　555, 609

【さ】

さえくらす　183
さえまさる　251
さかこえて　907

さかしらに　692
さかばまづ　717
さきあへぬ　698
さきあまる　626
さきしげれ　129
さきしより　598
さきそむる　502
さきそめし　183
さきだたぬ
　くいのやちたび　253
　よよのちぎりを　253
さきつげば　836
さきにほふ　625, 629
さきぬれば　207
さぎのゐる　248
さくはなは　192
さくらいろの　566
さくらさく
　こずゑのくもは　471
　ならのみやこの　386
　はるのこころは　297
さくらだひ　910
さくらちる　119
さくらばな
　あかれやはせぬ　838
　さかばちりなむ　167
　さくべきころと　166
　とくちりぬとも　466
さこそげに　276
さざなみや
　あふみのみやは　922
　しがのからさき
　　うらさびて　891
　　かぜさえて　765
　　そらはれて　706
　しがのからさきや　891
　にほのうらかぜ　393
　みゐのたまみづ　903
　やばせのふねの　903
ささのはの　692
ささのはは
　しもをかさねて　1078
　みやまもそよに
　　あられふり　692
　　みだるなり　692
さざれいしも　1096
さざれふみ　913
ささわけば　891
さしくだす　263
さだかにも　996, 999
さだめなく　308
さつきまつ
　はなたちばなの　301, 741
　やまほととぎす　386
さつきやま　374, 762
さつまがた　60
さてはなほ　557
さてもなほ　287
さととほき　767
さととほみ　560
さとのあまの　726
さとはあれて
　いとどふかくさ　1055
　つきやあらぬと　151
　ひとはふりにし　766
さとるとて　835
さとわかず　300
さなへとる
　たごのうらびと
　　このごろや　490
　　なつかけて　490
　たごのもすそを　491
さのみかく　770
さのみよも　373
さはだがは　1056
さはみづに　298
さびしさに
　けぶりをだにも　303
　たへてすむみの　302
　やどをたちいでて　302, 386
さびしさは
　あきだにたへし　58, 211
　いくももとせも　58, 210
　さらでもたえぬ
　　やまざとに　186
　　やまざとの　187

さらでもつらき　187
そのいろとしも　210
たぐひもあらじ　187
さびしさも　748
さびしさよ　186
さびしさを
いかにせよとて　117
たれにかたらむ
あきかぜに　537
ふるさとの　537
ともにききても　826
なににたとへむ　537
さほひめの
かざしなるらし
あをやぎの　135
よしのやま　135
かすみのころも　826
かみのたむけの　252
はないろごろも　135
さほひめも　134
さほやまの
ははそのもみぢ
いたづらに　688
ちぢのいろに　689
ちりぬべみ　689
さまざまに　503
さみだれに
みづまさるらし　140
ものおもひをれば　545
さみだれの
くもふきすさぶ　54
そらにもつきは　301
なごりすずしく　54
さみだれは
はれぬとみゆる　250
ふねよすばかり　773
さむしろに
おもひこそやれ　692, 695
ころもかたしき
こよひもやこひしきひとに　692
こよひもやわれをまつらむ　692
さめてのち
おもひしるこそ　253
くいのやちたび　253
さもこそは　565
さもぞうき　188
さゆるよの
けさいかばかり　550
つきにほすらし　468
さゆるよも
つきぞながるる　144
ゆくせはなみの　151
よどまぬみづの　151
さよごろも
かたしくそでの　122
すそののあさぢ　706
さよふかく　695, 706
さよふくる　609, 616, 770
さよふけて
いなりのみやの　122
おのがいへいへ　54
かたぶくつきも　289
くもまのつきの　119
ただここにきく　1104
ひとはしづまる　55
さよもふけ　63
さらしなや　489
さらでだに
おいはなみだも　472
しらぬむかしは　740
つゆほしやらぬ　471
なみだこぼるる
あきかぜを　56, 213
ゆふぐれに　56, 213
ものおもふあきの　301
ゆふぐれまたぬ　624
さらぬだに　581
さりともと
つきひのゆくも　1053
ながきやみぢの　759
ゆくすゑまちし　287
さればとて　317
さをしかの
あさたつのべの　688
いるののすすき　181
しがらみふする　234

【し】

しがのうらの
　なみをこほりに　770
　まつふくかぜの　771
しかのなく　187
しかのねに　316
しきしまの
　なかのみなとに　888
　なかのみなとの　887
　みちのひかりと　1104
　わがみちまもる　284
しきたへの
　とこのやまかぜ　579
　まくらのちりと　726
　まくらのちりや　726
しきわたす　548
しぐれつる
　くものたよりに　254
　たかねのくもは　782
　とやまのくもは　782
　とやまのさとの　782
　とやまのみねの　53, 765
　よひのむらくも
　　さえかへり　765
　　さえふけて　765
しぐれとて　124
しぐれながら　251
しぐれには　303
しぐれぬと　1033
しぐれゆく　508
しげからし　265, 267
しげかりし
　くさのゆかりも　68, 834
　ことのはやまの　306
しげりあふ
　まがきのすすき　198
　みくさまじりの　829, 837
したおびの
　ゆふべのやまの
　　たかねよりめぐりあひても　213
　　たかねよりめぐりあひてや　213
したばちる　252
したひもの　213
したもえの　504
したをぎの　121
しづのめが　246
しづのをが　285
しづやしづ　11
しながどり　173, 195
しなのなる
　ほやのすすきの　904
　ほやのすすきも　904
しののめの　464
しのはらや　282
しのばるる　581
しのばれむ　474
しのびあまり　316
しのびかね　316
しのびねの　54
しのぶべき　256
しのぶれば　537
しのべとや　739
しばきたく　324
しばしこそ　546
しばしとて　503
しばのいほに　83
しばのとは　58, 210
しほがまの
　うらこぐふねの　124
　うらさびしくも　58, 210
しほきこる　726
しほみてば　304
しほむかふ
　おきつふなびと　1014
　かげのみなとの　1014
しめはふる
　やまだのさなへ　702
　やまだのをだの　702
しもうづむ
　かものかはらに　123
　かれのによわる　588
しもがれの
　かぜのおとだに
　　→しぐれつるよひのむらくもさえふけて
　をばながすゑに　616

　をばながにはに　249
しもこほる　616
しもさゆる　121
しもつみち　906
しもむすぶ
　あさのさごろも　705
　そでのかたしき　705
しもゆきに
　うづもれてのみ
　　みしさはの　212
　　みしのべの　212
しらかはの
　しらずともいはじ　750
　せきやをつきの　457
　せをたづねつつ　750
しらくもと　206
しらくもに　836
しらくもの
　あとなきみねに　624
　あとなきみねの　465, 624
　やへたつみねの　123
　やへにかさなる　452
しらすげの
　まののはぎはら
　　こころゆも　747
　　さきしより　667, 688
　　つゆながら　688
　　ゆくさくさ　688
しらせばや
　たけのまがきに　777
　まさごがくれの　772
しらつゆの
　いろどるきぎは　449
　かかれるえだの　464
　たままくたゐの　548
　たままくのべの　548
しらつゆは　688
しらつゆも　478
しらつゆを　182, 195
しらなみの
　あとなきかたに　506, 624
　よるゆくふねの　770
しらゆきの　476
しらゆきは　234
しるきかな　540
しるくたつ　229
しるしらず
　やどわかるべき　361
　わきてはいはじ　361
　わきてはまたず　361
しるひとも　718
しろたへの
　そでぞすずしき　778
　そでのわかれに　761
しをりつる　763

【す】

すぎきつる　827
すぎたてる　1077
すぎぬとて　483
すぎやらぬ　457
すごろくの　820
すずきつる　282
すずしさに
　ちとせをかねて　731
　またもむすばむ　731
すずみつる　55
すそのなる　540
すだちけむ　903
すてはつる　289
すてはてて　289
すてばやと
　うきたびごとに　288
　おもふこころも　255
すべらぎの　1048
すまのあまの
　これるしほぎは　726
　しほたれごろも　57, 214
　そでにふきこす　487
すみあらす　140
すみがまや　557
すみぞめの
　きみがたもとは　298
　ころもうてとて　249
　たもとにつゆも　289
　ゆふべみにしむ　286

すみなれし　273
すみなれて
　いくよになりぬ
　　あまのがはとほきみぎはの　213
　　あまのがはとほきわたりの　213
　ひとめをたびと　257
すみなれぬ　275
すみのえの
　とほさとをのの　891
　まつによぶかく　117
すみのえや　508
すみよしと
　あまはつぐとも　775
　たがいひおきし　775
すみよしの
　うらわのまつの　214（『瓊玉集』414番。『宗良親王千首』861番と結句まで完全一致）
　かみのしるべに　57, 214
　きしもせざらむ
　　ひとぞうき　891
　　ものゆゑに　766, 891
　まつにぞとはむ　812
　まつのゆかりと　708
　まつふくかぜの
　　おとさえて　775
　　さびしさも　58, 209
すみわぶる　285
すむさとの　408
すむひとも　196
するがなる　231
するがのうみ　772
するすみに　1110
すゑとほく　286
すゑまでと　477

【せ】

せきかぬる　1078
せきかへし　309
せきこえて　60
せきのとを　601
せくそでの　473
せぜくだす　617
せみのなく　185
せりかはの　266

【そ】

そこひなき　744
そでかへる　194
そでこほる　691
そでのうへに
　とすればかかる　186, 1054
　なるるもひとの　448
　なるるをいとふ　425, 447
そでのかを　268
そでのみぞ　283
そでふれて　182, 195
そでふれば　182, 195
そでをわれ　1053
そなたより
　ふきくるかぜぞ　388
　ふきくるかぜの　388, 407
そのことと
　おもはぬだにも　302
　おもひわかねど　302
そひがはに
　あだのうかひべ　897
　やなうつをのこ　898
そまがはの
　こほりにみづや　304
　こほりによどむ　304
そまびとは　907
そむかむと　287
そむきても　736
そむくとも　245
そめてけり　478
そらにのみ　467
そらもなほ　1048
そらやうみ
　うみやそらとも　122
　つきやこほりと　123
そらやみづ　94
それまでは　777
それをだに
　うづみなはてそ　771
　おもふこととて　729

【た】

たえずおく　1012
たえずなほ　144
たえずやは　560
たえだえに
　かげをばみせて　256
　かすみのすきを　251
　さとみえそむる　58, 204, 209
　とぶやほたるの　251, 255
　ほたるのかげの　255
たえでなほ　186, 193
たえぬるか　148
たえはてぬ　379
たえはてむ　736
たえまにぞ　195
たがうゑし　198
たかきやに　74, 716
たかさごの　261
たがさとの　719
たかしまの
　あどかはなみに　887
　あどかはなみは　887
　かちののはらの　100
　そまやまがはの　304
　やまのさくらや　778
たかしまや
　みをのそまぎの　778
　みをのなかやま　778
たかせぶね　596
たがために
　きみをこふらむ　586
　やまのにしきを　995
たがための
　わかななればか　1075
　わがみなりとて　287
たかねには
　なほふるゆきの　53, 761
　ゆきふりぬらし　761
たかまとの　72, 172
たきぎこり　233
たきぎこる　716
たきにこそ　140
たぐひなき　206
たぐひなく
　かなしきときか　193
　かなしきものは　193
たごのうらに　735
たちいでて　249
たちかへり
　またこそみつれ　819, 831, 835
　みれどもあかず　624
たちこむる　988
たちそむる
　かすみのころも
　　うすけれど　392
　　うすければ　392
たちぬはぬ　1046
たちのしり　548
たちばなの
　かげなきやまの　268
　かげふむみちの
　　ほととぎす　269
　　やちまたに　269
　かをなつかしみ　125
　こじまのいろは　612
　はなののきばも　268
　むかしわすれぬ　268
たちやどる
　たがためならし　716
　ならのひろはに　717
たちよると　377
たちよれば
　ころもですずし　624
　すずしきのみか　731
たつけぶり　71, 182
たつたがは
　ちらぬさくらも　300
　もみぢのひまに　549
たつたひめ　719
たつたやま　549
たつなのみ　254
たつなみの　689
たづぬべき
　くさのはらさへ　125, 126
　ひとはのきばの　140

たづねいりて　534
たづねいる
　はなよりはなに　560
　やまぢはふかく　834
たづねかね　101
たづねきて
　おちほひろはむ　610
　かつみるからに　1105
　さまざまとひし　233
　さもなぐさめぬ　311
　わがこえかかる　65
たづねても　740
たづねばや
　けぶりをなにに　458
　よのうきことや　186, 1056
たなばたの
　なみだのつゆの　1012
　わがこころとや　580
　わかれしひより　74, 272
たにかげや　254
たにかぜに　559
たにかぜの　55
たにふかみ　299
たにふかみ　557
たねしあれば　187
たのみある
　ちかひのうへに　727
　みのゆくすゑと　727
たのめおく　552
たのめこし
　ことのはいまは　133
　ひとのたまづさ
　　いまはとて　133, 213
　　ひとはこで　133, 213
たのめても　313
たのめぬに　768
たのもより　250
たはれじま　921
たびごろも　240
たびにても　438
たびねして　555
たびねとは　868
たびびとの
　いるののすすき
　　ほにいでてそでのかずそふ　1028
　　ほにいでてまねくはくさの　1028
　みねのかよひぢ　557
たまかづら
　はなのみさきて　551
　みならぬきには　551
たまきはる　287
たまくしげ
　あけゆくそらや　471
　あけゆくそらを　471
たまくらの　704
たまづさや
　はるゆくかりに　200
　むすびつけまし　241
たまづさを　177
たまつしま　271
たまのをの　377
たまのをよ　585
たまぼこの
　のなかのしみづ　599
　みちしろたへに　250
　みちだにみえぬ　569
　みちのきえゆく　71, 182
　みちゆきたがふ　904
　みちゆくそでの　53
　ゆききのをかの
　　はつしぐれ　456
　　ほととぎす　457
たまもこそ→またもこそ
たまもよき　887
たみやすく　1057
たみをなでし　247
たむけせぬ
　わかれするみの　257
　わかれははるの　257
たらちねの
　あととてみれば　475
　あらばあるべき　576, 589
たれかまた　239
たれこめて　378
たれしかも　511
たれすみて　890, 914

たれならむ　244
たれにかも
　かたりあはせて　231, 240
　ことづてやりて　766
たれもみよ　911
たれゆゑに　587
たをやめの　729, 913

【ち】

ちぎらねど　141
ちぎりしに　317
ちぢのはる　122
ちとせとも　795
ちとせまで　795, 829
ちはやぶる
　かみなづきとや　146
　かみのいがきに　777
　かみよのさくら　81, 783
　かみよのつきの　100, 812, 832
　かみよもきかず　477, 549, 574
　かものかはなみ　120
　このやへがきも　898
ちよくなれば　9
ちらぬまの　562
ちりかかる　299
ちりそむる　732
ちりつもる
　このはくちにし　121
　にはのはなをば　307
　にはのはなをも　307
　はなにせかるる　538
　もみぢならねど　573
ちりながら　299
ちりのこる
　はなもやあると　729
　はるもこそあれ　729
ちりはてて　829
ちりまがふ　828
ちりをだに
　すゑじとぞおもふ　171
　はらはぬとこの　171
ちるといふ　206
ちるときは　718
ちるとみて　543
ちるにだに　206
ちるはなの　562
ちるをうしと　718

【つ】

つかへこし　455
つきかげに　480
つきかげの
　いでつるみねの　302
　うきよにいでし　413
　かすむもつらし　763
　さびしくもあるか　425
　みにしむおとと　540
つきかげも
　おもひあらばと　170
　はなもひとつに　558
　ふけやしぬらむ　891
　みにしむころの　540
つききよみ　742
つきさせと　559
つきせじな　393
つきぞすむ　689
つきとみて　256
つきにねぬ　55
つきにゆく
　かりのなみだや　695
　せきのたびびと　695
つきのすむ　298
つきはなほ　1002
つきひにて　62, 838
つきひのみ
　ただいたづらに　484
　ながるるみづと　484
つきみじと　763
つきみれば
　あはれみやこと　271
　こころひとつに　314
つきやあらぬ　142, 267, 273, 275, 545, 611
つきをみて　260
つきをみば　489
つくばねの
　このもとごとに　746

　みねよりおつる　466, 726
　やまのをのへも　991
つくまえの
　そこのふかさを　546
　ぬまえのみづや　545
つちにひく　912
つつめども
　かくれぬものは　84
　なみだぞおつる　1051
つねならぬ　701
つねのよの→よのつねのうづきになれて
つのくにの
　いくたのかはの　778
　こやともひとを　771
　なにはのはるの　123
つひにゆく
　みちとはかねて　230, 461, 462
　みちのしるべと　428, 462
　みちよりもけに　461
つまこふる　578
つまこめて　898
つもりぬる　378
つゆおつる
　あしたのはらの　492
　ならのはあらく　492
　よものあらしの　492
つゆさむき　263
つゆしげき　704
つゆすがる　584
つゆながら　541
つゆにだに　470
つゆになく　165
つゆはそでに　289
つゆふかき
　あきののはらの　577
　くはとるそでの　246
　をばながもとの　165
つゆむすぶ
　かどたのおしね　432, 453
　まさきのくずの　469
つゆよりも　1070
つゆわくる　577
つゆをおもみ　124
つらかりし
　あきさへいまは　472
　ときこそあらめ　308
つらきにも
　うきにもおつる　573
　うきにもたへて　573
　うきにもひとの　600
つらきをば　309
つらくとも　91, 92
つらしとも
　おもひしらでぞ　465
　おもひぞはてぬ　310
　おもひもしらで　465
　おもひもはてぬ　310
つららゐる　250
つるのをかや　272
つれづれと
　おとたえせぬは　769
　ふるはなみだの　311
　ふるをうしとは　311
つれなきも　205
つれなくて　1104
つれなくも　284
つれなさの　64
つれもなき　629
つれもなく　1076

【て】

てにとれば　909
てもたゆく　703

【と】

ときおきし　921
ときしもあれ
　ふゆははもりの　472
　みづのみこもを　388
ときしらぬ
　ふじのたかねの　503
　ふじのたかねも　503
　やまはふじのね　453, 735, 819
　ゆきげのあらし　835
　ゆきにひかりや　453, 496
ときすぎて　177

ときぞとや　617
ときはいま
　さつきになれや　720
　すぐすとおもへど　721
ときはいまは
　あきぞとおもへば　721
　はるになりぬと　169, 721, 913
　ふゆになりぬと　169, 721
ときはぎの　398
ときはなる　1057
ときもあき　282
ときわかぬ
　しぐれのやどは　309
　なみさへいろに　476
　みづのこころも　561
とぐらたて　508
とこなつの　130
とこのしも　691
としあれば　392
としくれし　74
としごとの　769
としつきは　271
としなみの　393, 400
としふとも　612
としへつる　239
としをへて
　おもひけりとも　319
　なれならひにし　206
　ねりぞくちゆく　782
　まつもをしむも　509
　をしみなれにし　122
ととせあまり　272
となかより　903
とにかくに
　ありふるよこそ　287
　なほよぞつらき　1057
とねがはの　891
とはるべき　1058
とはれつる　734, 771
とふことを　484
とぶさたて　556
とぶとりの
　あすかのみやの　698
　はがひのやまの　989
とふひとの
　あとふみつくる　734
　としにまれなる　555
とへかしな　473
とへばいとふ　704
とほからぬ　268
とほざかる　186
とませがは　999
とまるべき　558
とめゆかむ　506
ともしして　65
ともしする　255
ともとみよ　185
とやまなる
　ならのおちばを　588
　ならのはまでは　588
とよくにの　713
とらとのみ　266
とりべやま　690
とりもあへず　703

【な】

ながかれと　259
ながきねの　769
ながきひも　623, 624
ながきよに　314
ながきよの
　あかつきをまつ　833
　おいのねざめは　989
　ねざめのなみだ　181
　ねざめはいつも　181
ながきよは　302
ながきよも　245
ながしとも　231, 267
なかぞらに
　うきたるくもの
　　いづくより　770
　　はてもなく　770
ながつきの
　つきのありあけの　432, 475
　ひかずまされる　1095
　もとのしづくも　472

なかなかに
　こひにしなずは　922
　なるるをいとふ　502
ながむるに　168
ながむれば
　おもひやるべき　610
　かずかぎりなき　81
ながめこす　250
ながめする　613, 629
ながめつつ　285
ながめても　193
ながめむと　766
ながめやる　761
ながらへば
　しばしもつきを　805, 830
　つらきこころも　585
　ひとのこころも　585
　またこのごろや　585
　わがこころだに　585
ながれゆく　121
ながゐする
　あまのしわざと　920
　あまもあれかし　867
なきなのみ　703
なきにのみ　255
なきぬれど　374
なきひとの
　かたみにつみし　241
　かたみのけぶり　389
なきひとを　468
なきふりて
　のちにかたらへ　730
　のちはなにせむ　730
なきわたる　197
なきわたる　695
なくしかの　1058
なくせみの　626
なくむしの　702
なげかじな　310
なげきても　207
なげきわび　124
なげきわび　694
なげけとて　545
なけやなけ　233
なごのうみの　772
なさけある　231, 281
なぞもかく　92
なつくさの
　しげみがしたの　256
　しげるのもせの　461
　したゆくみづに　481
　したゆくみづの　481
　つゆわけころも　74, 484
なつごろも
　けさたちかふる　539
　たちきるけふに　451
なつのあめに　631
なつのひは　447
なつのよの　301
なつのよは　55
なつはいぬ　130
なつはつる　708
なつふかき
　もりのうつせみ　120
　もりのこずゑに　120
　もりのこずゑも　120
なつむしの　736
なつやまに　408
なつやまの
　あをばまじりの　724
　このまやくらく　467
　みねのこずゑし　467
　みねのこずゑの　507
　みねのこずゑや　467
なでしこの　119
なとりがは　547
ななそぢの
　としふるままに　807, 832
　はるをかさねて　833
ななへやへ　475
なにかその　233
なにごとと　302
なにごとに　318
なにごとも
　おもはぬくさの　988
　おもひもわかぬ　1011

こころにかなふ
よならねば　404
よなりせば　404
むかしにかはる　268
なにごとを
おもひけりとも　909
おもひみだれて　119
しのびあまりて　167
またおもふらむ　204
なにしおはば
あだにぞあるべき
→なにしおはばあだにぞおもふ
あだにぞおもふ　921
いざこととはむ　177, 273
なにせむに　361
なにとある　265
なにとかは　567
なにとこの　732
なにとして　912
なにとただ　253
なにとなく
おもはぬほかの　695
しらぬむかしの　740
すぎこしかたの　71, 182
そらにうきぬる　185
なにとまた　886
なにはえや　120
なにはがた
あしのはしろく　120
こぎいづるふねの　708
しほひもつきは　425
なにはづに　387
なにはづの　387
なにもみな　315
なにゆゑか
うきよのそらに　803, 829
ひともとひこむ
ときしあれど　403
みちとほみ　403
なにゆゑに　117
なにをかは→なにとかは
なはしろと　703
なはしろの　1106
なべてよに　725
なべてよの
あはれはしるや　725
あはれもあきの　725
なべてよを　600
なほさゆる　249
なほざりの
くものたよりの　254
ひとのちぎりの　459
なほたのめ　315
なほゆかば　468
なみあらき　833
なみかぜに　121
なみかぜの　252
なみだおつる　1012
なみたかき　772
なみだがは
くいのやちたび　253
そでのはやせに　148
みなとはそでの　1013
なみだこそ　186
なみたたで　865, 917
なみだにて　183, 1051, 1052
なみだやは　138
なみのうつ
あらいそいはの　187
いはにもまつの　187
なもしらぬ　39, 68
なよたけの　722
ならのはの　888
なれゆけば　510
なるかみの
おとはのやまの　826
ゆふだちにこそ　826
なるみがた
きりたちかへる　400
なみぢのつきを　393
なるやもて　908
なるをなる　185
なれてみる　183
なればと　260
なれなれて　506

【に】

にしきぎの　305
にしきぎは　304
にしきぎを　304
にしのうみ
　かぜのままなる　290
　とほつなみまの　260
にはのはな　307
にはのゆきに
　けふこむひとを　151, 587
　わがあとつけて　771
にはびたき
　ちまきのほこを　899
　とこよにありし　899
にほのうみや　65
にほひまで　543

【ぬ】

ぬしなくて　580
ぬまのをの　102
ぬれてほす
　いそやのあまの　1000, 1013
　やまぢのきくの　233

【ね】

ねがはくは　78, 79, 80
ねがひおきし　78
ねにかへる
　はなかとみれば　470
　はなともみえず　470

【の】

のきばなる
　このはのいろは　449
　このははさらに　449
のこりける　249
のこりなく　729
のちのよを
　おもへばかなし　207
　おもへばさらに　207
　ちかくなりぬと　896
のべならで　122
のべにては　509
のべのつゆ　316
のべみれば　193
のわきせし　763
のわきたつ　763
のをさむみ　908

【は】

はかなくも
　あひそめなばと　557
　いつまでとてか　286
　けふのいのちを　557
　つきにこころの　739
　なほみにしめて　260
はかなさの　145
はかなしと　556
はかなしや　308
はこねぢを
　あけてぞみつる　65
　こえつつみれば　65
　われこえくれば　59, 61, 113
はしたかの
　はつかりごろも　577
　ゆふかりごろも　620, 621, 623, 625
　をのへにすずの　501
はしだてや
　よさのうらわの　214, 1056, 1057（『瓊玉集』292番。『宗良親王千首』839番と結句まで完全一致）
　よさのみなとの→はしだてやよさのうらわの
はしひめの　620
はつこゑの　483
はつせやま
　うつろふはなに　307
　くもゐにはなの　299
はてはまた
　こひしきばかり　184
　さこそはきえめ　184
　ゆきわかれつつ　184
はなさかで　423
はなさそふ
　あらしにはるの　471

あらしのにはの　471
はるのあらしは→はなちらす
はなすすき
おきふしなびく　478
おほかるのべは　139
はなぞめの
ころものいろも　763
そでのわかれの　761
はなちらす　598
はなちりし　598
はなとりのひはきたり　93
はなにおく　688
はなにほふ　298
はなのいろに　285
はなのいろは
あかずみるとも　728
かすみにこめて　405
ゆきにまじりて　405
はなのいろも　558
はなのかを　134
はなのしたの　79
はなはちりぬ　826
はなはねに　507, 696
はなはみな　728
はなやまの　69
はなゆゑに
さらぬわかれぞ　768
ふみならすかな　538
はなれそに　630
はなをまつ
とやまのこずゑ
かつこえて　213
かつみえて　213
はゝきぎに　919
はゝきぎも　858
はゝそはら　828
はまちどり　705
はまつづら　772
はまながは　717
はやきせに
うきてよわたる　400
みるめおひせば　148
はやくより　1010
はりまがた　700
はりまぢや　503
はるあきの　283
はるおそき　58, 211
はるがすみ
たつやとやまの　698
たつをみすてて　732
はるかぜに
いつかとくべき　470
さそはれてゆく　767
はるかぜの
かすみふきとく
たえまより　559
ひまごとに　559
やなぎのたにの　289
はるきてぞ　561
はるきても　140
はるきぬと
いひしばかりに　138
ひとはいへども　723
はるくれば　133
はるごとに
のべのけしきの　316
みるとはすれど　838
ものおもへとや　183, 204
はるさめの
あまねきときは　551
のどけきころぞ　74, 272
ふるともみえぬ　1074
めぐみもいまは　267
はるしらぬ　395
はるたてど　403
はるといへば
かすみのころも　254
こしかたいそぐ　254
やがてこころに　56, 213
やがてまたるる　56, 213
やがてもさかで　53, 56, 211, 213
はるのいろは　304
はるのうちは
そことかぎらぬ　538
ちらぬさくらと　299
はるのきる　134

はるのそら　289
はるのひの　511
はるのよの　141
はるはまた　728
はるふかく　544
はるふかみ　299
はるべとて　252
はるもなほ　826, 835
はるをまつ　488
はれそむる　250
はれまなき　251
はれやらぬ
　くもよりかげは　62
　そらのゆきげの　298

【ひ】

ひきかへて　900
ひきつれて　508
ひこかみに→をのかみに
ひこぼしの
　いそぎやすらむ　758
　つままつあきも　776
　つまむかへぶね　805
ひさかたの
　あまのかはらの　738
　あまのかはらや　382, 407
　あまのしらくも　913
　あまのとあけし　99, 793, 832
　あまのみまごの　900
　つきのこほりの　547
ひたすらに
　いとひもはてじ　388
　おもひもはてぬ　206, 287
　やまだもるみと　454
ひたちなる　97
ひとかたに　507
ひとごとの　265, 266
ひとこゑに　301
ひとこゑを　185
ひとしれず
　おつるなみだの　113
　おもひそむれど　398
　かほにそでをば　138
　しのぶのうらに　458
　たのむるくれを　1077
ひとしれぬ
　おもひありその　65
　おもひのみこそ　231, 240
　おもひをつねに　552
　こころのうちに　473
　このはのしたの　305
　しのぶのうらの　457
　しのぶのやまの　504
　みやまがくれの　833
ひとづてに　1002
ひととはぬ
　あきのにはこそ　251
　むぐらのやどの　169
ひとのよの　389
ひとはいさ
　よのうきほかの　482
　われはわすれず　996, 999
ひとはいまだ　557
ひとはすむ　762
ひとむらの
　くものたよりに　254
　くものたよりの　254
　くもふきかへる　627
ひとむらは　584
ひとめのみ
　しげきのはらの　305
　しげきみやまの　305
ひとめみぬ　201
ひともみな　768
ひともみぬ　53, 211
ひともをし　617
ひとやりの　380
ひとよかす　361
ひとよゆふ　730
ひとりぬる
　とこのやまかぜ
　　ふきかへて　578
　　ふけぬとも　601
　とこはくさばに　448, 578
ひとりねの
　まくらのうへに　705

わびしきままに　556
ひとりのみ　718
ひとをこそ　308
ひとをのみ　739
ひとをひとの　255
ひとをみて　467
ひにみがく　176
ひのいるは　113
ひのもとに　794, 832, 834
ひむがしの→あづまののけぶりのたてる
ひめしまの
こまつがうれへも　203
こまつがすゑに　203
ひをおくる　907
ひをのよる　617
ひをへつつ　504

【ふ】

ふえのねを　602
ふかきよの
おいのねざめの　480
ねざめのなみだ　480
ふかくさの　115
ふきおくる
あらしをはなの　878
かぜのたよりに　374
ふきすぐる　492
ふきつたふ　387
ふきはらふ　94
ふきまがふ　259
ふきまどふ　259
ふきまよふ　746
ふくかぜに
ことづてやらむ　281
ふかきたのみの　298
まかするふねや　380, 407
まかせぬふねの　380, 407
ふくかぜの　185
ふくかぜも　186
ふくからに　325
ふけぬとて　302
ふけぬるか　55
ふけゆけば　199
ふじのねの
けぶりばかりは　999
けぶりはさぞな　458
けぶりははると→ふじのねのけぶりばかりは
ふじのねは　804, 819
ふじのねを　735
ふしわびぬ　271
ふたこゑと　483
ふたつなく　919
ふたみがた　467
ふぢなみの
さくはるののに　777
しげりはすぎぬ　723
ふでのあとに　740
ふなきこる　556
ふねとめて　268, 624
ふねよする　998
ふねよばふ
こゑにむかふる　758
こゑもおよばず　758
ふじのかはとに　742
ふじのかはとの　743
ふじのかはらに　744
よどのわたりの　758
ふみわくる　519, 587
ふみわけし
きのふのにはの　734
もみぢのあとも　733, 771
ふみわけて　146
ふみわけて→ふみわけし
ふみわけむ　519, 587
ふもととて　479
ふゆかはの
いはなみこほる　764
うへはこほれる　764
きしのしたゆく　764
ふゆがれの
しばふのいろの　249
もりのくちばの　192
ふゆくさの→ちはやぶるかみなづきとや
ふゆごもり
それともみえず　122

はるにしられぬ　124
ふゆごもる　122
ふゆさむみ
そらにこほれる　381, 407
ゆきふりかかる　551
ふゆながら　406
ふゆのきて　734
ふゆのしも　202
ふゆのひの
ひかりもよわき　251
ゆくほどもなき　1010
ふゆのよの　407
ふゆふかみ　121
ふゆもなほ　736
ふゆゆけば　124
ふらぬよも　117
ふりそむる　1070
ふりつもる　550
ふりにけり　477
ふりにける
おほつのみやの　56, 212
たかつのみやの　56, 212
ふりまさる
あとこそいとど　776
たにのかけみち　776
ふるさとに
うらむるひとや　70, 272
たがことづても　231
にほふさくらを
→ふるさとのおいきのさくら
のこるさくらや　70, 272, 420, 460
われもことしは　438
ふるさとの
あすかはあれど　913
おいきのさくら　504
おいきのさくら　1075
おいきのむめは　504
かきほのつたも　53, 57, 211, 214
くちきのやなぎ
いにしへの　504
おのづから　504
たびねのゆめに　274
にはのをしへの　421
もとあらのこはぎ　667
ふるさとは
うらさびしとも　124
しげるくさばを　140
ふるさとを
おもひやるこそ　74, 272
なにのまよひに　74, 272
ぬとはしのびて　74, 273
ふるてらの　57, 214
ふるゆきに
おちくさとむる　908
たにのかけはし
→ゆきふればたにのかけはし
まじはるうれも　303
ふるゆきは
あきみしいろに　502
いまもみちある　266

【へ】

へだてきて　281
へだてつる
かきねのたけも　732
まきのをやまも　629
へだてゆく　56, 214
へだてゆく　313

【ほ】

ほととぎす
あやめのくさの　183
ありけるものを　261
いざよふつきの　256
いたくななきそ　769
かたらふこゑも　837
きけどもあかず　125
くもぢにまどふ　376
こころしてなけ　125
そらにかたらふ　261
なくやさつきの　139
なみだかるてふ　555
なみだかればや　609
はつこゑきけば　137
はねをやかほに　138
まだうちとけぬ　768

みわのかみすぎ　121
やどりとるてふ　268
よはになくなり　555
ほどとほき　399
ほどもなく　260
ほのかにぞ　762
ほのかにも　612
ほのぼのと　395
ほのめかす　612

【ま】

まがひつる
くもをふもとに　537
たかねのくもは　1078
まがふとて　307
まがへばや　724
まきのとに　694
まきのとの　630
まきのとを　124
まきのやに　828
まきむくの　915
まくずはら　147, 480
まこもいろの　705
ますかがみ　301
ますらをが　621, 625
ますらをの　904
ますらをは　400
ませのうちに
きみがたねまく　130
つゆもはらはぬ　130
をらましやどの　129
またけふも　764
まだしらぬ　486
またひとを　1055
またまつく　886
またもこそ　721, 722
またもこむ
としのたのみも　263
はるをこずゑに　56, 213
またやみむ　58, 210
またれこし　273
またれつる　256
まちいづる
かひこそなけれ　397
くもまのつきに　256
まちえても
こころやすむる　458
はかなかりける　458
ひとのちぎりぞ　458
まぢかくて　207
まちかねて　694
まちしよの　692
まちわびし　205
まちわびて
こよひもふけぬ　736
ひとりながむる　1055
まちわびぬ　300
まつことは　378
まつといへど　303
まつにはふ　449
まつのいろは　284
まつのはの　377
まつひとの　146, 587, 771
まつほどは　56, 213
まつもこず　1011
まつらがた　697
まつらぶね　824
まてしばし
にしのやまべの　764
ひのくまがはの　300
よぶかきそらの　483
よぶかきとりの　483
まてといふに　386
まとかたの　887
まどちかき　62
まどろまで　705
まののうらの　616
まふりでの　113, 507
まよひしも
さとりもおなじ　838
ひとつくにぞと　833, 838
まよふらむ　284

【み】

みかさのやまを　671
みかさやま　122

みかりびと　904
みくまのの　117
みことのり　916
みさごゐる　463
みしはるも　267
みしまえの　393
みしまえや　393
みしまのに　905
みしままの　829, 839
みしよこそ　739
みずしらず　71, 182, 185, 186
みずしらぬ　71, 182
みそぎする　1080
みそぢあまり　918
みそのふの　889
みそらより　101
みたやもり
　いそぐさなへに　702
　いそぐさなへの　377, 399
　けふはさつきに　377, 702
みだれじな　244
みちしばや　491
みちとせに　232
みちのくに
　ありといふなる　547
　ありてふせきの　716
みちのくの
　えぞがちしまの　902
　しのぶもぢずり　586
　せいはみかたに　9, 11
　まがきのしまの　827
みちのべに
　くちぬとおもひし　1012
　しみづながるる　82
みちのべの
　くちきのやなぎ　115
　さとのこずゑに　720
　すぎのしたえに　720
　ふるきのやなぎ　1012
　をののゆふぎり　667
みづうみと　731
みづがきや　708
みづかくる　399
みづくさおひて　552
みつしほに　304
みつしほの　303
みづどりの
　あをばのいろの　997
　たちゐてさわぐ　722
　はかぜにさわぐ　119
みつなべのうら→みなべのうら
みづのうへの　233
みづのおもに　298
みづふかき　388, 399
みづやそら　122
みどりこき
　ひかげのやまの　250
　をちのやまのは　55
みなかみに
　しぐれふるらし　542
　のこりしあきの　542
　もみぢちるらし　542
みなかみの　778
みなかみは　151
みなせがは　1074
みなそこに　263
みなつきの　450
みなづきや　626
みなといりの　378
みなとこす
　いりえのなみの　505
　しほかせさむし　890
みなのがは　466
みなひとに　233
みなひとの
　ありとてかよふ　286
　うとくなりつつ　281
みなひとは　702
みなべのうら　91
みにうとき　135
みにかへて
　あやなくはなを　729
　おもへばなにか　727
みにさむく　492
みにしみて　301
みにしれば　200

みにつもる
　あきをかぞへて　690
　おいともしらで　690
みねこゆる　468
みねつづき
　あらしはるかに　62
　こずゑはふかく　557
みねにひや　698
みねのくも　629
みのうさに　545
みのうさも　282
みのうさを
　つきになぐさむ　545
　つきやあらぬと　545
みのうへに　249
みののくに　203
みののくに　829
みのほどを　1058
みみあらふ　910
みむろやま　600
みやぎもる　922
みやこいでし　70, 238, 272
みやこにて
　いかにかたらむ　689
　ふきあげのはまを　689
みやこには　68, 203
みやこにも
　まだいでやらで　283
　よさむにあきの　1078
みやこにわれの→はなとりのひはきたり
みやこびと
　いかがととはば　560
　とはぬひとをも　460
みやこより　120
みやばしら　69, 716
みやまいでて　314
みやまには
　あられふるらし　899
　をじかなくなり　540
みよしのの
　おほかはのべの　1012
　かげろふのをのに　777
　かげろふをのに　777
　たのむのかりも　133
　はなにはしかじ　544
　やまのあきかぜ　540
　やまのあなたに　482, 485, 906
　やまのあなたの　906
みよしのは　463
みよしのや　826
みるたびに
　つらさぞまさる　1056
　のちのはるとも　625
みるときは　504
みるとなき　206
みるひとも　72, 173
みるほどは　145
みるほども　820
みるままに
　おいのかげこそ　807
　つきもうきよに　318
　やまのはとほく　141
みればまづ
　いとどなみだぞ　311
　そでのみぬれて　311
みわたせば
　あきのゆふひの　250
　くもまのひかげ　250
　しほかぜあらし　203
　ひかげまじりに　251
みわのやま
　すぎまもあきの　478
　すぎまもりくる　479
　はるのしるしは　479
みわやまを
　しかもかくすか
　　くもだにも　509
　　はるがすみ　479, 560
みをあきの　1012
みをおもふ　182
みをかくす　486
みをかへば　64
みをすてて　744
みをみぞと
　おもひしよだに　141
　おもふまでこそ　142

【む】

むかしおもふ
こころをしらば 266, 269
こころをとはば 271
まがきのはなを 475
むかしだに 576
むかしたれ
うゑはじめてか 119
かかるさくらの 81, 783
まがきにうゑて 305
むかしには 261
むかしにも 69, 716
むかしみし
つきにもそでは 895
はるはむかしの 267
ひともなぎさに 825
むかしより
などほととぎす 183
ひかげもささぬ 387, 397
むこのうらの 998
むさしあぶみ 704
むさしのの 68, 834
むさしのや 622
むしのねも 995
むすびけむ 181
むすぶてに
いくかかなつを 731
かげみだれゆく 448
むすぶての
いはまをせばみ 377
しづくににごる 376, 377, 769
むそぢあまり 838
むつごとを 231, 240
むばたまの 510
むめがえに 728
むめがかに 612
むめがかは
おなじむかしの 275
ながむるそでに 611
むめのかの 544
むめのはな
かさにぬふてふ 719
さかぬかぎりは 722
それとみえねど 562
たがそでふれし 612
ただひとときを 252, 283
にほひをうつす 612
まだちらねども 299
むもれみづ 546
むらくもの 298
むらさめは 627
むらくもを 388, 397
むらさきの
ねはふよこのに 700
ねはふよこのの
つぼすみれあらぬたねより 701
つぼすみれそのいろに 700
つぼすみれまそでにつまむ 701
はるのには 700
ゆはたそむてふ 596
わがもとゆひは 267
むらさめは 564
むらたづの 776

【め】

めかれせで 378
めぐりあふ
あきはたのまず 276, 280
いのちしらるる 204
こぞのこよひの 787
はじめをはりの 96
めぐりあへば 458
めぐりこむ 799
めぐるとも 263
めづらしき 707
めづらしや 502
めにかけて 834
めひがはの 897

【も】

もえいづる 311
もしほやく
けぶりはそらに 563
けぶりはよその 563
もちづきの 78

ものおもはで　181
ものおもふ
　やどになさきそ　289
　ゆふべはあきの　748
　われからくもる　835
ものごとに
　あきぞかなしき　688
　あきはあはれを　301
　ふけしづまれる　54
もののふの
　さくらがりして　651
　さげはくたちの　908
　たちしりざやの　908
　やなみつくろふ　904
もみぢせぬ
　ときはのやまに
　　すむしかは　733
　　ふるあめは　733
もみぢばの
　いろをやどして　184
　したてるみづの　622
　ちりしくこけの　828
　ながれざりせば　574
　ながれていづる　1012
もみぢばも　999
もみぢばを
　かぜにまかせて　145
　けふはなほみむ　559
　よものあらしは　319
もゝしきに　67, 398
もゝちどり
　こゑやむかしの　248
　なくねもかなし　289
もらしわび　121
もりおほす　129
もろくちる　62
もろこしの
　やまもやちかく　825
　よしののやまに　253, 544
　よしののやまの　253

【や】

やかたをの　905
やくもたつ　898
やさしくみゆる　650
やすみしし
　わがおほきみの
　　かみながら　890, 914
　　きこしめす　143
やすみしる　886
やだののに　540
やつはしの　701
やつるとも　122
やどからの　561
やどしめて　847, 1111
やどはあれて　121
やどりせし
　かりほのはぎの　549
　はなたちばなも　269, 313
やはたやま　762
やはらぐる
　ひかりさやかに　600
　ひかりもいとど　571
やへがすみ　559
やへむぐら
　しげれるやどの　169
　しげれるやどは　169
やほよろづ　239
やまおろしに　770
やまかげの
　きぎのしづくに　282
　しばのかこひも　454
やまかげや　255
やまかぜに　254
やまがつと　768
やまがつの
　かきねにさける　539
　こやのたれどの　771
　そともにかこふ　826
やまがはに　300
やまがはの
　いはまのみづの　256, 389
　おなじながれも　626
　たぎついはふち　744
　ねにのみきくも　482
　はなのうきはし　828

やまがはは　707
やまざくら　298
やまざとに
いつしかひとの　738
いへゐしすれば　774
やまざとの
いづみのこゑも　251
さくらはよをも　56, 213
しづがそでがき　539
にはのうのはな　539
やまざとは
あとなきにはの　460
まつのあらしの　201, 275
ゆききのみちの　734
ゆきふりつみて　146, 602, 771
よのうきことに　286
やまざとも　115
やまざとや　286
やまざとを　275
やましろの
ときはのもりの　733
ゐでのたまみづ　487
やまたかみ
したゆくみづの　481
ゆふひかくれぬ　886
やまだもる　502
やまちかく　302
やまとぢの　886
やまとのみ　256
やまのはに
いりひのかげは　114
まつもをしむも　486
やまのはの　1058
やまのはを
いでがてにする　377
まつもをしむも　486
やまのゐの
あさきこころに　234
あさきこころも　234
むすぶほどなき　376
やまはさけ　127
やまはゆき　570
やまびとの
たきすさみたる　124
むかしのあとを　474
やまふかき　479
やまふかく　167, 187
やまふかみ
かぜもはらはぬ　145
とへどいはねの　479
はるともしらぬ　145
やまぶきの
こじまがさきに　612, 617, 624, 625
はなしさかずは　555
はなにせかるる　538
はなのしづくに　119
はなをるひとか　1041
やまめぐる　308
やまもとの
かどたのおくて　503
むかひのさとと　762

【ゆ】

ゆきうしと　380
ゆきかくる　922
ゆきかへり　488
ゆきかへる　471
ゆききえぬ　723
ゆきくらす　1073
ゆきくれて　466
ゆきていざ　747
ゆきなやみ　736
ゆきのうちに
はるはきにけり　698
ふるすたちいでて　698
ゆきふりて
としくれはてし　74
としのくれぬる　377
ふままくをしき　602
ゆきふれば
たにのかけはし　459
ふままくをしき　151, 602
ゆきまぜに
あめはふりきぬ　391
あめはふりつつ　391
ゆきめぐり　699

ゆきやせむ　996, 1011
ゆきやらで
　あきのやまぢに　559
　くらせるやまの　168
　やまぢくらしつ　168
ゆきをこそ　893
ゆきをれの　303
ゆくすゑぞ　284
ゆくすゑの　281
ゆくすゑは
　いそぐにつけて　484
　いまいくよとか　505
　かすみのはても　69
　けふをやこひむ　506
ゆくすゑも　583
ゆくすゑを　727
ゆくつきも　256
ゆくとしの
　つもるばかりと　575
　をしくもあるかな　310
ゆくはるの　135
ゆくへなく　1075
ゆふかぜは　54
ゆふかひも　555
ゆふぎりの　452
ゆふぐれの
　つゆのしたはぎ　621
　まがきはやまと　256
　やまのたかねに　451
ゆふぐれは
　くものはたてに　451
　ころもでさむき　878
　みえずきこえぬ　62
ゆふだすき　99, 999
ゆふだちに　826
ゆふだちの
　くものたよりに　254
　くもまのひかげ　250
　すずしくはるる　626, 725
　はれゆくみねの　631
　ひとむらすぐる　584
ゆふづくひ
　いりぬるのちも　251
　けふくれなゐの　129, 473
　ひかりはそらに　468
　やまのはふかく　540
ゆふづくよ
　あかつきやまの　137
　さすやかはせの　119
　さはべにたてる　121
ゆふつゆの　726
ゆふなぎに　65
ゆふなぎの　765
ゆふひかげ　250
ゆふひさす
　あさぢがはらの　194
　やまのはばかり　59
ゆふまぐれ
　さてもやあきは　770
　たけのはやまは　889
　ほのかにはなの　237
ゆふやみに　199
ゆめとても　575
ゆめとてや
　いまはひとにも　575
　かたりもせまし　576
ゆめとのみ
　すぎにしかたは　576
　すぎにしかたを　576
ゆめにこそ　281
ゆめのうちに　476
ゆらのとを　1014

【よ】

よこぐもの　623
よしのがは
　たかねのはなの　299
　ながれてすぐる　542
　なみもさくらの　561
　みづのこころは　561, 562
　ゐせきにはなを　562
〔よしの〕がは
　きしうつなみに　300
よしのやま
　かすみのうへの　67, 466
　くもとゆきとの　206

とほつかはかみ　906
みねのしらゆき　11
みゆきぞふかく　826, 836
やがていでじと　538
ゆきげのくもの　906
よしやただ　748
よしやよし　909
よそにては　195, 1053
よそにのみ
みかさのやまの　1074
みつのみなとの　1012
よそにみし
ひかげのいとの　998
まゆみのをかも　508
よそにみて　491
よとともに　1010
よなよなは　764
よなよなや　450
よにこゆる　247
よにとまる　287
よにふれば
うきことしげき　201
うさこそまされ　538
よのうきに　302
よのうさは　285
よのうさを　260
よのすゑの　907
よのつねの
あまのしわざと　920
うづきになれて　1075
よのなかに
あさはあとなく　27, 911
すみえぬものは　285
たえてさくらの　298, 900
われこもりえの　262
よのなかの
うきたびごとに　739
せめてはかなき　600
ひとのこころは　724, 761
よのなかは
うきものとのみ　287
かぜたつおきの　252
かりねのとこの
くさまくらむすびもはてぬものにぞありける　1000
くさまくらむすびもはてぬゆめかとぞみる→よのなかはかりねのところくさまくらむすびもはてぬゆめとこそみれ
くさまくらむすびもはてぬゆめとこそみれ　999
きたのおきなの　901
つねにもがもな　124
なにかつねなる　538
みしにもあらず　271
むかしよりやは　775
よのなかよ　485
よのなかを
あきはてしより　996
いかがたのまむ　234
うのはなやまの　315
とふひとあらば　249
よのひとの　702
よのまにも　913
よはにふく　1014
よひのまに
いでていりぬる　458
たのめしひとは　1055
よひのまは　314
よふねこぎ　93
よもすがら
あくがれこゆる　274
しほるるあまの　467
よよふりて　187
よられつる　631
よるはもえ　184
よろづよに　704
よろづよの
かずにとらなむ　1048
はるあききみに　122
よをいとふ
こころにあきや　289
まどにほたるを　246
よをかさね
けぬべくもみえず　379
こゑよわりゆく　381
まつふくかぜの　782

　むすぶはくさの　240, 282
よをこめて　601, 719
よをさむみ
　かはせのみづは　151, 542
　かものはがひに　119
よをすてて
　たづねいらむと　538
　やまにいるひと　485
よをすてぬ　908
よをのこす　481

【わ】

わがいほは
　みわのやまもと　720
　よしののおくの　124
わがきぬを　601
わがきみを　920
わがこえし　65
わがこころ
　なぐさめかねつ　488
　ゆくへもしらず　282
わがごとや　261
わがこひは
　あはでのうらの
　　あまをぶね　993, 1011
　　うつせがひ　1011
　しのぶのうらの　504
　ももしまめぐる　116
　ゆきふりうづむ　450
わがせこが
　あさあけのすがた　174
　かざしのはぎに　182, 195
　やどのたちばな　314
わがせこが　719
わがせこに　562, 717
わがそでに
　おぼえずつきぞ　117
　しらぬなみだの　449
わがそでの　621
わがたのむ　96
わがためと
　おもひなしてぞ　284
　むかへしものを　260
わがために
　くるあきなれや　306
　くるあきにしも　284
わかのうらに　878, 1096
わかのうらや
　ありしにもあらぬ　474
　いへのかぜなき　1074
わがみから　775
わがみこそ　185
わがみよに　270
わがやどの
　いけのふぢなみ　723
　おきふきすさむ　1071
　すすきおしなみ　305
　にはのあきはぎ
　　さきそめて　468
　　さきにけり　468
　　ちりぬめり　468
　ませのはたてに　118
　ませのゆひめも　130
　むめのはつはな
　　さきにけり　723
　　ひるはゆき　723
　むめはさかりに　997
わがやどは　771
わかるとも　92
わかれぢに　889
わかれぢの　230
わぎもこが
　くれなゐぞめの　113
　そでにみだるる　765
わくらばに
　とはれしひとも　783
　とふひとあらば　117, 783
わけまどふ　622, 624
わけゆけば　1010
わけわびぬ　305
わすらるる
　みをばおもはず　480
　むかしならでは　268
　わがみにつらき　480
わすられぬ　997
わすられむ　116

わするなよ
　おなじうきねの　901
　またもきてみむ　699
わすれじな
　せきやのすぎの　281
　またこむはるを　237, 307
わすれじの
　ことのはいかに　306
　ことのはやまの　305
わすれずは
　うらむるひとも　704
　ことしもきなけ　268
わすれずよ
　あさけのかぜを　282
　あはづのもりに　281
　こけのむしろに　282
　とりのねつらく　260
　ふじのかはとの　281, 743
わすれても　270
わすれなむ　75, 175
わすれなむと　75, 174
わすれぬは　393
わすれむと　149
わすれめや
　かすめるはるの　237
　きりふかかりし　281
　つきをもまたず　282
　とりのはつねに　75, 273, 277
　のきのかやまに　281
　やどたちわかれ　276
わたつうみの　903
わたなべや　902
わたのはら
　おきのこじまの　60
　もろこしかけて　696
　やそしまかけて　696
わたりがは　289
わびつつも　547
わびぬれば
　くまのすむてふ　909
　しひてわすれむと　149
　みをうきくさの　824
わびびとの　988
わびびとや　722
わりなしや　308
われこそは　202
われながら　503
われならぬ
　くさばもものは　609, 610
　ひとにこころを　305
われのみや　768
われのみよ　264
わればかり　261
われはこれ　187
われはなほ　270

【を】

をぎのはに　241
をぎはらや
　うゑてくやしき　301
　のきばのつゆに　502
　やまかげくらき　468
をぐらやま
　あとはむかしと　474
　まつのこかげに　67, 837
をざさはら　147
をじかなく　774
をしからぬ
　いのちぞさらに　510
　いのちなれども　487
　いのちばかりは
　　ながらへていつをかぎりの　487
　　ながらへてみのうきことの　488
　いのちもいまは　575
　いのちやさらに　487
　さくらなりせば　566
をしどりの　706
をしへおきし　437
をしほやま
　しらぬかみよは　477
　まつにうきみや　283
をしみかね　737
をしめども　768
をちかへり
　えぞしのばれぬ　238
　なけやさつきの　300

をちこちの
　みづのながれに　399
　ゆききもとほく　480
をちのそらに　55
をとこやま　122
をとめらが
　かざしのために　118
　はなりのかみを　510
をとめらに　776
をのかみに　63
をはつせの　466
をみなへし
　あさおくつゆを　468
　おほかるのべに　704
　たがきぬぎぬの　468
　つゆのぬれぎぬ　703
　なびくをみれば　891
　よかれずむすぶ　696
をやまだの　454
をりてみる　704
をりふしも　724, 761

『隣女和歌集』初句索引

・付編の『隣女和歌集』巻一（桃園文庫本）・巻二～四（歴博本）の和歌の初句（初句が同じ場合は第二句まで、初二句まで同じ場合は第三句まで、上句が同じ場合は下句を併記する）を、歴史的仮名遣いにより五十音順に配列し、その歌番号を記す。
・「ん」は「む」に統一した。「梅」は「むめ」とした。
・各所在箇所を付編『隣女和歌集』の歌番号で示した。
・巻一（桃園文庫本）の翻印は清濁を施していないが、この索引では巻二～四（歴博本）に揃えて、清濁を区別した。
・傍記本文は、344 傍のように示した。

【あ】

あかざりし
　けさのなごりを　137
　みやこのみこそ　1592
あかしがた
　あかでかたぶく　77
　おきにこぎいでて　497
　きよきつきよに　498
　しほかぜさむく　583
　つきだにやどる　1570
あかつきの
　かねのひびきと　901
　とりよりさきの　1407
あかつきは　1285
あかでこそ
　かげもきえぬれ　1113
　けふもかへらめ　1018
あかでのみ　502
あきかぜに
　かりはきにけり　58
　くもかはれぬる　2036
　くものたなびく　518
　こゑをまがへて　530
　たなびくくもは　2075
　つきさえのぼる　2107
　つきよよしとや　1205
　ははそいろづく　1272
　ものおもひをれば　517
あきかぜの
　さむきゆふべは　446
　さむくひごとに　2033
　さむくふきにし　524
　ふきしくのべの　2405
　ふきしくをのの
　　あさぢはら　55
　　まくずはら　2375
　みにしむからに　450
あきかぜは
　けふよりふきぬ　1984
　まだおとづれぬ　2001
　まづこのさとや　2138
あきかぜを　1199
あききては　1168
あききても　2005
あきくれし　2205
あきされば　537
あきたちて　2011
あきのあめの　1258
あきのいろは　1276
あきのいろも　2175
あきのつき　2097
あきのつゆ
　たがたまくらと　52
　たがたまくらに　464
あきのひも　2004

あきのよの　2327
あきのよは　2082
あきのよも　2173
あきはいぬ　869
あきはきぬ
　かぜはさびしく　1996
　けふよりのちの　1990
あきはぎの
　はなちるまでに　522
　はなならなくに　656
あきはただ　719
あきはつる
　いろをみせてや　1278
　かりたのとまや　567
　けふのそらこそ　2177
　やまだのいほの　2497
あきはなほ　1556
あきふかく　2069
あきもただ　56
あきやたつ　1143
あきらけき　733
あきをへば　472
あくがれて　1021
あくるまで
　ありあけのつきは　2230
　さやかにみえし　2249
あくるよの　90
あけがたに　1243
あけぐれの
　あさぎりふかし　1195
　そらとみしまに　2064
あけぬとて　1507
あけぬるか
　かすみのうちに　299
　しばのかこひの　300
　ねやのいたまの　1730
　ゆめもいくたび　520
あけぬれど　1829
あけはつる　910
あけやらぬ　2423
あけわたる
　みねのかすみは　993
　みねのよこぐも　1410
あさがすみ
　たちにしひより　931
　たちまふやまの　320
あさがほの　2071
あさきせも　1342
あさごとに
　あまのいはとを　1439
　かみにたむけて　2610
あさごとの　1606
あさぢふは　1190
あさとあけて　2000
あさとあけに　1957
あさといでに　534
あさといでの
　いもがそでかと　1895
　のきのあやめに　1089
あさのはの　438
あさひさす　1758
あさぼらけ　1719
あさましや
　あさまのたけの　1444
　いまはむすばじ　1542
　みはてぬゆめの　706
あさまだき
　あきたつかぜに　1145
　さきだつひとの　1323
あさみどり
　いとよりかくる　1777
　かすみのうちに　269
　かすみもふかし　919
　かすむひかげに　1755
　なびくもしるし　15
あさゆふに
　おもひやらるる　1944
　しほくむあまの　877
あさゆふの　1903
あさゆふは　888
あさりする
　あまならぬみの　612
　ひがたにあまや　1560
あしがきの　1353
あしがらの　741
あしねはふ　1858

あしのやの
あしのやへぶき　412
うらぢをゆけば　487
うらよりうらに　788
したたくけぶり　669
しほぢのかすみ　783
なだのかりやの　831
なだのやかたの　774
わがすむさとに　995
をかべのいその　770
をかべのさくら　359
あしのやは　389
あしびきの
とほやまかづら　918
とほやまをだに　43
やまゐのこほり　702
あじろぎの　1350
あしわくる　1477
あすからは　231
あすまでの　1625
あすまでも　2180
あすよりは　1585
あだなりし　712
あだなりと　1160
あだにちる　1679
あたらしき
としのはじめと　192
としはいくかも　194
あぢきなや　2393
あづまぢに　2465
あづまぢの
おもひいでなれや　815
さやのなかやま　2441
みちのおくより　638
はるはかひなく　1551
むろのやしまに　1445
あづまにて
いつかといひし　756
おもひしよりも　764
あづまには　1553
あづまやの
のきのかやまを　1370
まやにはあらぬ　1424
まやのあまりの　1937
あづまより
あきはみやこの　521
みかさのやまを　2611
あとたえて
ゆきにこもりし　896
わがよへぬべき　828
あとたえて　2108
あとたゆる
みやまのいほに　867
やまぢはよそに　2237
あはでのみ
ただいたづらに　133
としふるさとの　159
あはでふる　2378
あはぬよの　1462
あはれいかに　510
あはれけふ　2477
あはれてふ　374
あはれとも
かみはきかずや　2564
よそにききこし　847
あはれなり　2269
あはれわが　2525
あひみしと　1413
あひみての　617
あひみても
あはでのうらの　1412
あはぬなげきの　626
あふことに
かへしいのちの　1423
かへぬいのちの　2305
あふことの
たえぬるのちは　1469
たえばおもひも　731
とだえがちなる　658
あふことは
うつつともなき　2322
おもひたえぬる　666
かたのにたてる　2297
たまさかやまの　136
たれゆゑつつむ　121
とほやまどりの　1404

なみにただよふ　647
ぬるよをたのむ　2335
まどろむよはの　2300
ゆめにもいまは　1474
ゆめよりほかの
みちぞなき　2323
みちもがな　698
のきのしのぶを　2400
あふことを　2486
あふさかに　2296
あふさかの
すぎのこかげに　435
せきにやふゆの　1762
せきもるみづの　2089
とりよりさきに　283
とりよりさきの　1702
やまのすぎむら　1571
ゆききになれし　2318
ゆふつけどりの　893
あふさかや　1230
あふさかを　1713
あふせなき　132
あふとみし
ゆめぢばかりの　2398
ゆめのちぎりを　2278
さめぬるゆめの　406
あふとみて　697
あふとみる　2316
あふひとも　1325
あふみぢや　1579
あまぐもの　1658
あまごろも　122
あまつそら
くもゐにものを　1479
はるたちくれば　1673
あまつひの　1902
あまのがは
あふせのふねの　455
くものしがらみ　1151
つきのみふねは　451
とわたるくもの　452
もみぢのはしは　2006
わかるるふねの　1153
あまのとの　189
あまのとは　590
あまのとを　1704
あまのはら
かすみのうちに　279
かすみをわたる　700
くもゐのよそに　660
ふりさけみれば　168
あまびとの　1322
あまをぶね　922
あめそそく　436
あめにだに　2336
あめのした
みちあるときぞ　603
よにふるひとは　2527
あめふれど　1450
あやしくも　116
あやなくも　1365
あやめぐさ
ながきちぎりを　1466
まくらにむすぶ　1465
まどほにふける　410
あやめなき　2585
あらいそに　164
あらいその
いはうつなみに　2615
いはうつなみの　1565
あらくまの　123
あらしさへ　1299
あらしふく
さやのなかやま　747
まさきのかづら　2220
あらしやま
かたぶくつきの　1966
みねのあさひは　2065
あらたまの　191
あらちやま　1334
あらはるる　1638
あらましを　2530
ありあけの
つきかたぶけば　1337
つきかとたどる　1309
つきながめずは　1930

つきならなくに　2554
つきのでしほの　2216
つきはくもまに　2247
つきまちいづる　400
つきまつほどの　2100
つきをばなにか　1409
ありしよに　1414
ありしよの
つきをこひつつ　2605
ままのつぎはし　1455
ありしよを　2320
ありまやま　763
あるほどぞ　856
あをやぎの
いとふきなやむ　1775
かぜにみだると　983

【い】

いかにせむ
あかでかたぶく　114
いけのみなくち　690
つゆとこたふる　2383
はなにこころぞ　157
みぬめのうらの　1360
みをあきかぜに　1436
わがみせかるる　2557
わがみふりゆく　1667
わがみよどめる　2517
いかばかり
あはれなるらむ　866
きみもなげかむ　2596
つゆみだるらむ　1547
ゆめぢはちかき　2573
いくちよも　2078
いくほども　1620
いけみづに
なびくたまもと　1782
はるのなごりは　372
いけるみの　500
いけるよに　2431
いざさらば　25
いざよひの　392
いせしまや　149
いせのあまの
けふやきそむる　1355
しほたれごろも
いつよりか　2365
なればなほ　1473
すむなるさとの　923
いせのうみに　2364
いそぢあまり　2603
いそづたひ　786
いそのかみ　1251
いたづらに
うきなをたてて　1443
としふりまさる　2450
はなたちばなは　386
ゆきてはくとも　1502
よにたてるかな　1601
よにふるものと　1490
わがみふりゆく
しぐれゆゑ　870
ながめにも　1015
われのみもえて　1430
いつかみむ　1728
いづくぞと
たづねしこけの　2470
ながれをとへば　752
いづくにか
はるのこころの　1825
みをばかくさむ
いとひても　1554
ことしげき　2448
いづくにて　2074
いづくにも
ひかりをわかぬ　2094
むめがかぞする　13
いづくより
くるはるなれば　188
けふゆきくれて　529
ゆきはふるらむ　1574
いつしかと
はやうらがなし　1989
またるるはなの　236
いつとても　2326
いつとなく　2345

いつのまに
　おきかさぬらむ　2002
　さびしくなりぬ　1144
　とりのなくまで　1810
いつのよの　2403
いつはりと　2372
いつはりの　483
いつはりも　1389
いつまでか
　あくがれはてむ　1022
　あらばあふよを　2303
　むろのやしまも　1446
いづみがは　1949
いでてなほ　1857
いでやらで　1242
いでやらぬ　2053
いとせめて　154
いとどなほ　1499
いとはれぬ
　うきよとたれか　2534
　よをやそむかむ　2536
いとふべき　257
いとまなく　830
いにしへと　1632
いにしへに　805
いにしへの
　あづまのことの　757
　あとはかたがた　1671
　おもかげみえて　1217
　かしこきあとに　1701
　かしこきふでの　1627
　しぢのまろねに　2453
　ためしもきかず　258
　ながらのはしよ　1564
　ならのみやこに　1593
　のなかのしみづ　1415
　ひとにたとへし　1495
いにしへは　1121
いにしへも
　ひとはとひこず　347
　わがまだしらぬ　2315
いにしへを　1921
いのらずよ
　いなりのやまの　125
　そのかみやまの　623
いのりこし　2543
いのるぞよ
　けふのかざしの　694
　そのかみやまの　383
いはしみづ　2604
いはしろの　2025
いはそそく　232
いはとあけし　2437
いはねふみ　1266
いはばしの
　ちぎりならねど　1125
　よるのちぎりも　2369
いはばしや　1454
いひしらず　2188
いひしらぬ　346
いまさらに
　たれかとはむと　330
　ゆきふらめやも　1732
いまぞしる　695
いまぞわが　2567
いまはとて
　こころづからも　351 傍
　みとせてならす　2503
いまははや
　かみだにしらじ　2433
　しかのねさそへ　2014
　まさきのもみぢ　1289
　ゆききえぬやと　942
いまはまた　2024
いまはわれ　880
いまもうし　1387
いまもかも　1512
いまもなほ　602
いまもまた　692
いまよりの
　かぜのけしきを　445
　こころづくしも　1999
いまよりは
　こころしてみむ　2331
　たれをかまたむ　1840
　つきをもめでじ　1364

つゆもはらはじ　2127
ひくしめなはの　1688
ひともとひこじ　349
いりあひの　207
いりえより　486
いりひさす　37
いるつきに　2482
いるつきの　1253
いろいろの　1166
いろかはる
たがあきかぜに　2018
はぎのしたばの
あきかぜに　2139
つゆさむみひとりやむしの　473
つゆさむみよなよなむしの　1191
いろかへぬ　1736
いろかよふ　313
いろみえぬ　643

【う】

うかりける　179
うきことの
かぎりをみるも　2537
きこえぬやまも　872
なほみにそはば　180
うきしまの　1563
うきなのみ　1459
うきはよの　2540
うきひとの　2424
うきふしの　1498
うきまくら　1336
うきみには
さもこそはるの　1035
そをだにのちの　625
またわたらじと　2523
うきみにも　184
うきものと　2341
うぐひすの
おとづれさへや　1888
おのがはかぜも　928
こづたふえだの　968
こほるなみだや　926
こゑきくのべの　1745
こゑせぬやども　964
たえてこゑせぬ　906
たにのといづる　241
はかぜやなほも　1731
はつねまちえし　986
うぐひすは　218
うぐひすも　4
うしとても　2575
うしとのみ　2600
うすぎりに　1174
うすぎりの　2070
うすくこき　462
うたたねの
そでふきかへす　514
たもとをかけて　50
うちいでし　1765
うちつけに　1422
うちなびく　1780
うちはへて　1506
うちはらふ　1429
うちわたす
はまなのはしの　749
をちかたびとの　950
をちかたびとも　1901
うつつこそ　1591
うつつにも
さもこそあらめ　1071
ゆめにもつねに　708
うつのやま
うつつはいはじ　1523
うつつもゆめと　2443
またこのあきや　2444
うづもれし　908
うづもれぬ　1321
うづらたつ　66
うつりゆく
くものはたての　2196
こころをはなに　1032
うつろはぬ　369
うつろひし　2201
うどはまに　211
うのはなの
かきねのほかも　1070

かきほのつきよ　382
さけるかきねと　1893
さけるかきほか　1898
うのはなは　1069
うみやまの　773
うらかぜに
つきふけゆけば　579
とやまははれて　535
うらかぜの　578
うらかぜや　1656
うらがれて　1938
うらさぶる　519
うらちかき
まつをふきこす　465
やどこそふゆは　2215
うらぢまで　540
うらづたふ
あかしのなみに　1233
ゆふなみちどり　582
うらみこし　2307
うらみじな　1681
うらみずよ　2294
うらめしき　2588
うらやまし　2459
うれしさを　2528
うゑおきし
ひとのかたみと　863
ひとはいくよに　2416
わかぎのさくら　305

【え】

えだかはす　1090

【お】

おいがみは　1036
おいとなる　508
おいらくよ　2526
おきあかす　72
おきつかぜ
すずしきいその　434
ふきあげのまさご　1232
おきつなみ　1562
おくのうみの
うのすむいしを　1375
なみこすいしに　1471
おくやまに　1368
おくやまの　1262
おくらさで　2553
おくらさぬ　1568
おくるとて　1354
おそくとき
さくらをやどに　307
やまのさくらの　1031
おそくとく　969
おちそむる　2277
おちたぎつ　1224
おちつもる
つたのくちばは　2241
にはのさくらに　1043
おちまさる　416
おとさむし　97
おとたてて　1997
おとなしの　1461
おとにきく　327
おどろかす　837
おとろふる　2506
おなじえの　1092
おなじくは
あけはててなけ　1923
みやこへさそふ　171
おなじのも　1752
おのがねに　2385
おのづから
こころとけさは　27
とふひとあらば　1384
はるしるとしも　1772
おほかたの
あきのつゆだに　720
みづのこころを　1634
おほぞらに　1847
おほぞらの　1674
おぼつかな　2271
おほはらや　2254
おほふなる　1639
おぼろけの　2406
おぼろなる　1791

おほゐがは
　あらしのやまの　585
　せきのいはまを　688
　わたせをおほみ　1522
　ゐせきのさなみ　1509
　ゐせきをこゆる　1118
おもひいづや　2391
おもひいづる
　おもかげならで　2578
　こころをのみぞ　1621
　むかしはいまに　2440
おもひいでて
　いましのぶとは　771
　たれしのべとは　421
おもひいでの
　ありきあらずは　2570
　ありしはさぞな　2569
　ありやなしやを　2547
おもひおく
　こころはかげと　630
　こころはつゆも　2313
おもひかね　680
おもひきや
　あふせのうらを　710
　たかまのくもの　2339
　としふるさとを　485
　なほこのはるも　1819
　まきのとやまの　829
おもひしる　1438
おもひとけば
　きえむほどなき　2579
　こほりもなみも　1631
　をしからぬみの　883
おもひねに　1399
おもひねの
　こころからなる　2572
　みやこのゆめぢ　2475
　ゆめさへおなじ　696
　ゆめもあふよの　1402
　ゆめをうつつに　1403
おもひやる
　こころはひとも　2259
　やまぢはそぞな　2195
おもふこと
　ありしむかしの　2128
　あるとはなしに　2550
　ひとにはいはで　865
　みればわするる　1826
おもふどち　203
おもふとも　2368
おもふより　881
おもへども　2531
おりいだす　2023

【か】

かきくもり
　けふふるあめは　453
　しぐるるあめの　2160
かきくもる　973
かきくらす
　くものいづくの　1972
　こころのほかも　2347
かきならす　1619
かぎりあれば　2073
かぎりなき
　おもひのままに　335
　このゆめみても　2590
かぎりなく　1696
かくてやまば　1240
かくばかり　119
かくれぬの　1463
かげうつす　1529
かけてだに　2599
かげばかり
　うつるとみえし　1058
　そこにしづみし　1882
かげふけて　1244
かげやどす
　つきさへいはに　1238
　ほどだにもなし　1540
かげろふの　1779
かざしこし　1613
かざしをる
　かたやいづくぞ　913
　そでかとぞみる　2413
かさとりの　2432

かすがのに　1741
かすがのの　1718
かすがのや　2542
かすがのを　1544
かすがやま
　かみのめぐみの　2541
　はるはいろそふ　1721
　ふぢのかたえの　373
かずならで　2510
かずならぬ
　みののをやまの　1487
　みはいやしくて　1615
かすみしく　318
かすみたち　1716
かすみたつ　980
かすみはれ　1033
かすめども　12
かぜあらき　713
かぜかよふ
　こずゑのつゆの　736
　そでになみだの　1992
　みちゆきぶりの　960
かぜさむき
　あきのあさけの　1273
　ふじのすそのの　1183
かぜさむく　1207
かぜさむみ
　かすまぬつきの　957
　くれゆくにはを　2061
　ひかげにもるる　96
　よをながつきに　544
かぜさゆる　577
かぜさわぐ　1304
かぜそよぐ　479
かぜにこそ　2130
かぜのおとも　2154
かぜのみや　1994
かぜはやみ　1973
かぜふけば
　あしやのなみに　613
　このもとごとに　1008
　ただよふくもの　143
　にはかにあれて　1635
　にほのうきすの　1508
　にほひばかりと　1773
　をばながもとの　1435
かぜわたる　1169
かたみだに　732
かたやまの　177
かたをかの
　ははそのこのは　95
　ならのはそよぎ　1979
かちびとの　1108
かつきゆる
　ゆきまもしろし　200
　みねのほぐしの　1100
かつみつつ　342
かつみても　336
かつらがは　1225
かづらきの　2435
かづらきや　224
かどたなる　516
かねてだに
　あらましごとの　353
　はやいねがてと　2125
かねてより
　くもなきそらを　2076
　よのうきときと　1646
かねのおとは　297
かはぎしに　265
かはしまの　1068
かはたけの　1497
かはぶねの　1095
かはやしろ
　さかきのえだに　1981
　なみかけごろも　1982
かはりゆく　2153
かへりこむ　2491
かへりすむ　405
かへりみる　2415
かへるかり
　あきかぜふかば　287
　つれなくみゆる　284
　なきゆくかたを　1795
かへるさの
　けさのなみだに　1406

そではまぎれし　633
そでよりおちし　676
かへるさを　2311
かへるべき　30
かみがきに　2544
かみがきの　2261
かみさびて　228
かみなづき
あれたるやどの　2187
けさはことなる　560
けさはしぐれず　1287
しぐれずとても　88
しばこるみねや　2190
そらのはれまも　2356
ふゆのはじめは　89
まだきしぐれの　1259
よのうきときや　1288
かみまつる　381
かみもさぞ　74
かみもなほ　1218
かみやまに　1087
かみやまの　402
かみよより　604
かめのをの
たきのしらたま　1222
やまのいはねに　1693
かやりびの
けぶりのいろも　1630
けぶりをみても　1629
かよひぢの　711
からころも
つましなければ　649
つまふくあきの　526
かりがねに
あらぬものから　288
ゆきちがふなる　2298
かりがねの
きこゆるそらの　550
きこゆるそらを　2124
くもぢのつかひ　1609
つらをみだるる　1206
はるのつらさに　2490
かりそめと　824
かりそめの　2381
かりなきて
あきかぜさむみ　722
はだれしもふり　727
ふくかぜさむき　725
かりにこし　775
かりねする
ささのまろやに　563
くさのまくらの　2380
かりのゆく　1794
かりびとの
いるのにたてる　425
いるののはらに　1610

【き】

きえあへぬ　1707
きえかへり　126
ききなるる　2026
ききなれし　769
ききもせず　395
ききわたる　793
きくもうし　1597
きぢのやま　777
きてみれば
くもにまがひし　1003
ゆきもこだかく　1317
きぬぎぬに　2009
きのふかも
さかりとみしは　1851
たかねばかりに　2246
きのふけふ
あきかぜさむく　551
うづもれはつる　1333
しぐれがちなる　2155
たがまちえたる　992
ふりつむゆきの　1315
まなくときなく　998
みやこにはるを　892
わかなつみにと　1734
きのふたつ　1947
きのふだに
あらしのおとは　2181
おとたてそめし　1146

さきぬとみえし　302
なげきしものを　376
きのふまで
かかるこころは　2270
こずゑのゆきと　1852
はなをおそしと　990
みごもりなりし　1464
きのふみし
ひとはけふなき　2583
のべのゆふつゆ　2186
きみがあたり　1586
きみがこむ　2295
きみがよの
ちとせのさかの　1612
ともなりけるを　1692
きみがよは　186
きみがよを
かみにぞいのる　1698
つきにぞいのる　1699
きみならで　2501
きよたきの　1642
きよたきを　1641
きよみがた
しほひのいそに　808
なみのせきもり　809
なみまをわけて　1573
はるのゆふぐれ　921
きりぎりす
おのがなみだか　470
かべにおふてふ　2058
なくののあさぢ　471
なくやまざとの　2109
なにをうらみて　79
まくらのしたに　1186
きりたちて　527
きりはるる
みこしがさきの　2095
をぐらのやまの　2081
きりふかき　525

【く】

くさのはら　1184
くさばより　1257
くさふかみ　822
くさまくら
あかつきごとの　1569
かりねのやどに　785
しもをかたしく　598
ただかりそめと　850
たびのやどりに　654
ひとりぬるよの　651
むすばぬほどは　2483
くちなしの　1870
くまもなき
あかしのおきの　499
つきによるとも　2090
くもかかる　588
くもときえ　1845
くもとみえ　1831
くもにのみ　1002
くものうへ　1959
くものうへに　2519
くものうへを　2178
くもはばな　17
くもはれて　1326
くもはれぬ　2234
くもふかき　2232
くもまより　1363
くもりなき
あきのつきよに　2132
あきのならひの　1198
かげをやそらに　2077
そらすみわたる　70
みよをしらする　1700
くもるとて　601
くもれただ　2329
くもゐにも　2420
くもゐまで　2034
くりかへし
おもふもかなし　2529
もとのかたにや　1456
くれしひの　2593
くれたけの
ひとよへだつる　709
ふしみのさとの　739
よながきとこに　838

くれてゆく
　はるよびとめぬ　1881
　はるをかぎりと　1045
くれなゐに
　いはなみたかし　94
　ながるるかはの　1294
　にほはざりせば　256
くれなゐの　1771
くれなゐは　2343
くれぬとて　1280
くれぬとも
　あきはうからじ　1274
　つきにはみてむ　22
　ひとやりならぬ　1138
　ゆくすゑちかし　972
くれはつる　1880
くれゆかば　2252
くれゆけば
　あらしのおとも　2227
　としこそつもれ　605
　のかぜにさむみ　2238
　をぎふきまさる　468

【け】

けさはしも　2312
けさははや　1714
けさはまた　1890
けさはわが　456
けさふかば　28
けさみれば
　あきさくはなの　104
　かすみのころも　1712
　こほりとけぬる　3
　をちのたかねぞ　2189
けさやがて　1806
けさよりは
　こころづからも　351
　はるのとなりに　2
　よそにもきかず　1738
けふいくか
　つゆもしづくも　415
　みのしろごろも　975
けふけふと　648
けふまでは
　しのびのをかの　2360
　なほしらぎくの　2146
　なほゆくすゑも　1589
けふもなほ　1941
けふもまた　1566
けふやがて　1705
けふよりは　2609
けぶりたつ
　おもひとぞみる　1964
　おもひはたれも　145
　むろのやしまは　146
　やけののきぎす　2376
　わがしたもえの　659

【こ】

こえかねて　2560
こえきつる　1330
こえぬとも　1577
こえやらで　1394
こえわぶる　1518
こがくれに　49
こがくれの
　みかさのやまの　1920
　やまもととほく　1598
こがらしに　2168
こぎかへる　1962
こけふかき　1528
ここにだに　1216
ここのへに　1865
こころあてに　1000
こころあらば　811
こころある
　あまぞきくらむ　109
　ひとこそなけれ　495
こころから　1648
こころなき　466
こころをば　1672
こしかたの　2473
こしのあき　1177
こずとても　1388
こずゑをも　1297
こせやまの　1492

こぞははや　1029
ことしげき　345
ことしより　1228
こととはむ　1742
こぬまでも　2119
このあきは
わがなもらすな　1670, 2555
をのへのいほに　2105
このあさけ　552
このあめに　322
このうらは　1132
このかはと　803
このごろと　1026
このごろの　644
このごろは
あられみだるる　2219
せきもりもゐぬ　681
そらにしられぬ　1897
つげのをぐしも　1211
ながゐのうらの　1954
ふくかぜをのみ　1137
このごろも　1103
このさとに
なきてうつろへ　1737
なきてすぎぬる　1074
このさとの　285
このさとは
あられみだれて　2236
はやかすめども　1757
ひとりあるひとの　548
まださきやらぬ　1766
やまもとめぐる　1494
このさとも　587
このなつも　1953
このねぬる　2012
このはなき　1298
このはるは
つきとはなとの　1014
つきのころしも　1812
ねなくにみつる　2589
をぐらのやまの　912
このほどは
ふるさとながら　2468
ゆめをわかれて　1975
このまだに　293
このまより
こころづくしに　2122
ひれふるそでと　306
みねのほぐしの　1945
このやまや　2235
このゆふべ　448
こはぎちる　2032
こはたやま　795
こひしくは　843
こひしさの
あまりになれば　2392
さむるよぞなき　2571
なぐさむことは　2390
こひしとも　152
こひしなぬ
いのちぞつらき　2361
みのおこたりの　2306
こひしなば　668
こひしなむ　2338
こひしのぶ　699
こひせじと　439
こひぢには　624
こほりだに
とまらぬはるも　1458
むすびもとめぬ　2268
こほりとけ　1749
こほりとぢ
いまはよせこぬ　1345
まだうちとけぬ　1760
こまとめて
うへのはらより　762
ふはのせきもり　2449
こまなべて　761
こまなめて　573
こよひだに
きかでやあけむ　1909
なみだはかわけ　627
これやこの
あまのはごろも　1064
すまのせきやの　787
たかねのまつの　2214

やみのうつつの　533
ゐなのみなとに　2461
ころもうつ　2137

【さ】

さえくらす　589
さえこほる　1301
さえさえし　105
さかきさす
きよきながれの　1983
もりのしめなは　1940
さかさまに　1697
さかりなる
はなにはかぜを　308
きしのうのはな　1555
さきあへぬ　379
さきかかる　370
さきさかず
かつとふべきを　303
よそにてもみむ　304
さきさかぬ　1039
さきしづむ　1869
さきそむる
はつはなざくら　988
はなかあらぬか　1804
わかぎのはなの　652
さきにほふ　1820
さきやらぬ　301
さくらぎに　310
さくらさく
あしやのさとの　317
こずゑのくもは　363
やまのをのへを　282
さくらだに　1060
さくらちる
にはのいけみづ　1042
みねのしらくも　1040
さくらばな
あすよりのちは　338
いまさかりなり　997
かつみながらに　341
さきちるやまか　1030
さきぬとみえし　239
ちるこのもとに　362
にほふころだに　332
はるもいろいろに　1019
まつもをしむも　337
ささがにの　1514
さざなみの　2608
さざなみや　417
ささのはは　565, 599
ささまくら　1411
さしこむる　2244
さしこもる　348
さしのぼる　1720
さすがなほ　1391
さすがまた
はなのなごりや　31
こころやかよふ　156
さそひこす　1254
さだかなる　215
さだめなき　607
さつききて
あすのあやめを　1935
いまもはなさく
たちばなのなにおふさとは　1114
たちばなのなにおふみやこ　1958
さつきやみ
おもひのほかに　1946
つきなきころの　1124
さとごとに　1097
さとちかき　916
さととほき　1472
さととほみ
けぶりもたゆる　1603
わがすむいほの　1496
さとはあれし　1538
さとはあれて　2193
さとはあれぬ　1134
さとわけて　2210
さなへとる　1107
さのみやは
おとにきくべき　1358
かぜもはらはむ　1157
むなしきよはも　1393
さはみづの　945

さびしさに
　しばをりくぶる　2495
　たつるけぶりと　1968
さびしさの　1196
さびしさは
　いづくのあきと　2120
　いろこそみえね　1173
　なつこそまされ　1948
　ほやのすすきの　1161
　まだゆききえぬ　917
　やまざとからと　538
　ゆふべのかぜと　68
さびしさを
　いかにしのばむ　93
　いかにしのべと　2044
さびしとも　2427
さほがはの　584
さほひめの
　かざしのたまか　262
　かすみのころも
　　たえだえに　1778
　　たてぬきに　1790
　　はるかぜに　1722
　たつやかすみの　267
さみだれに
　あまのかはなみ　45
　きえぬうぶねの　48
　のべゆくひとの　1106
　はやなりにけり　414
さみだれの
　くもゐるみねの　419
　ふるかはのべの　1916
さみだれは
　ひかずふれども　44
　ひとよのほどに　1109
さやかにも　2272
さゆるひに　2218
さよごろも　2245
さよちどり
　なくこゑさびし　1339
　なくこゑさむし　108
　なくこゑちかし　1338
さよなかと　442
さよなかに　2229
さよふくる　1987
さよふけて　427
さらしなの　1582
さらでだに
　またるるはなの　1801
　みやここひしき　977
さらにまた　716
さをしかの
　あきたつのべの　2063
　いるののをばな
　　かりそめに　2040
　　くれゆけば　2020
　　てるつきの　504
　　ほのかにも　1181
　けさなくこゑに　2013
　しがらむのべの　476
　たちならすのの　1156
　つまどふのべの　1154
　つまどふやまの　482
　つまをばよそに　1180
さをしかも　2045

【し】

しかのあまの　1558
しがのうらや　1231
しかのたつ　2142
しがらきの
　とやまにふかき　167
　とやまはゆきげ　6
　みやまにかぜや　60
しきしまの　1691
しきたへの　1086
しぐれせぬ　2183
しぐれだに　569
しぐれつる
　ひとむらくもの　2161
　よはとききしも　2198
しぐれには　150
しぐれもる　1378
しぐれゆく　2157
しげかりし　158
したぞめの　657

したにのみ
　おもふこころの　1537
　しのぶもぢずり　2282
したばより　101
したはるる　1580
したひくる　1575
したひこし　754
したむせぶ　1369
したもえの　615
したもみぢ　2110
しづかなる　1651
しづのめが　34
しでのやま　407
しののめの　281
しのびつつ　618
しのびねの　1428
しのぶやま
　これよりおくの　610
　しのびしみちも　639
　たがしるべより　611
　なにはかくれぬ　2354
　ひとのこころの　1372
　わがまだしらぬ　609
しのぶらむ　864
しのぶれば
　くるしきものを　1381
　にしきぎをだに　1468
しばしこそ　1437
しばしとも　1486
しばのいほ　78
しばのとを　2203
しひてゆく　1584
しほかぜの　423
しほみたば　2474
しほみてば　693
しめのうちに　1914
しもがれの
　まだいろかへぬ
　　このまにも　294
　　ふるさとに　235
しもこほる　600
しもゆきに　1676
しらかはの　2280
しらぎくの　1255
しらくもと　1811
しらくもの
　たつたのやまと　1814
　はれぬこずゑの　1265
しらせばや
　あふせもしらぬ　131
　ひとをうらみの　161
しらたまか　1123
しらつゆと　553
しらゆきの
　かかれるえだの　245
　ふりかくしてし
　　むめのはな　197
　　わがやどを　1706
　ふりかくせども　1768
　ふりしくときは　594
　ふりしくやまか　237
　ふりてつもれる　933
しられけり　42
しられじな
　あまもあさらぬ　1376
　かづらきやまに　2436
　まきのをやまに　1449
しりしらず　816
しるらめや　1546
しろたへの
　そでふりはへて　944
　ひかりぞきよき　2096

【す】

すぎたてる　1385
すぎやらで　1133
すずかやま　38
すずしさに　1136
すずしさの
　つきにしほくむ　1561
　てすさみなれや　1135
すずしさは　1977
すてやらぬ　885
すはのうみや　111
すまのあまの
　しほやきごろも

　　ただなれむ　1401
　　はるたちて　920
　やくしほけぶり　1727
すまのうら
　せきふきこゆる　75
　せきやもみえぬ　1549
すみぞめの
　ころもならずは　854
　そでのなみだの　853
　ふぢのころもを　860
すみだがは
　なにおふとりは　1220
　わがおもふかたの　2466
すみなるる
　このやまざとの　2493
　ふるさとながら　2487
すみなれば　2492
すみのえの
　まつならねども　2451
　まつにとはばや　2618
すみはてぬ　2133
すみよしの
　うらさびてみし　2607
　かみをやいまは　1668
　きしのわたりに　2067
　きしよりみれば　216
　まつとしきかば　703
　まつになびかぬ　2370
　まつのこずゑを　580
　まつのときはに　2617
　まつはいくよに　1208
　まつはふたたび　2093
　まつほどもなく　2092
すみわたる　2552
すみわびて　2538
すみわびぬ　873
すみわぶる　2521
すむひとの　1122
すゑのまつ
　たがちぎりより　2324
　ゆくすゑちぎる　2290

【せ】

せきかぬる　506, 622b
せきもりの　804
せみはもえ　2402

【そ】

そこひなき　1675
そでぬるる　201
そでのしも　1451
そでのつゆ　707
そともなる　1305
そまびとの　2512
そまやまの　742
そめいだす　463
そめかへし　2167
そめすてて　1261
そめそめぬ　2166
そらさゆる　575
そらはれて　481
それをだに　2149

【た】

たえずする　568
たえだえに
　しかのねおくる　1179
　みねのかすみや　915
たえぬとて　1312
たえゆかば　2606
たかさごの　1316
たがさとに
　かみまつるらむ
　　きのふけふ　385
　　やまびとの　1905
　つげはやらまし　991
　はなさきぬらむ　1835
　まづうつろひて　2103
たがさとの
　こずゑなるらし　1783
　ねざめなるらむ　2136
たがそでに　1426
たがそでの　46
たがためにに　1624

たがための
たまづさなれば　1175
わかななればか　199
たがなかの　2317
たかねには　91
たかをやま　2428
たきがはの　689
たきぎこる
たにのをがはは　1527
みねのあなたや　2494
ゆふべはきたの　2425
たきすさむ　2264
たきそむる　1356
たぐひなき　1215
たごのうらに　743
たごのうらの　404
たちかくす　315
たちかへり
あきもろともに　559
おもへばひとも　2409
としをへだてぬ　1687
またふみわけて　1300
みをぞうらむる　1475
たちかへる　2357
たちこむる　266
たちさらぬ　223
たちそむる　900
たちどまる　1894
たちばなの
にほひならねど　24
にほふのきばは　1116
たちばなは　409
たちまよふ　2480
たちよりて　1781
たちよれば　1776
たちわたる　1788
たつたがは
そこなるはなの　1056
わたればこほり　1343
たつたやま　1867
たづぬべき　557
たづねいる
やまぢはおそき　1808
やまのはつかに　1807
たづねくる　2471
たづねずは　1862
たづねても　941
たづねばや　1950
たづねみよ
しのぶのやまも　1371
たがすむさとの　1588
たづねゆく　142
たなばたに　2008
たなばたの
あまのはごろも　1152
くものころもの　2337
ちぎりだになき　836
ちぎりにたる　1531
なみだのつゆの　1149
まれなるなかに　1150
もみぢのふねや　2007
たにかげの　686
たにがはに
うちいづるなみの　196
うちいでしなみの　909
たにふかみ　1526
たのめつつ
くらせるよひの　128
こざりしよはの　714
こぬいつはりを　129
こぬひとよりも
いつはりに　620
やまざくら　1010
たのめても　2332
たのめども　1425
たびごろも
かたしきわぶる　650
さぞなつゆけき　1590
なれにしさとを　2469
ゆきうちはらひ　230
たびにても　1799
たびねする　80
たびびとの　174
たまかくる　411
たまくしげ
あけてぞみつる　802

　みやこのてぶり　1614
たまのをの　1939
たまひろふ　833
たまぼこの
　みちのふゆくさ　1303
　ゆくてのかきほ　961
たよりなき　2462
たよりにも
　あらぬけぶりの　911
　あらぬのもせに　312
たらちねの
　あととふけふを　2587
　おやにしたがふ　1677
　こころのやみの　1607
たれかけふ　240
たれかまた　823
たれかまづ　1062
たれにかは　2447
たれゆゑに
　またれしはなぞ　989
　みはてぬゆめか　1307
たれをかは　2389
たれをかも　1049

【ち】

ちぎりあれば　640
ちぎりおきし　2358
ちぎりおく　1245
ちぎりきな　729
ちとせまで　2417
ちどりなく　2066
ちよふべき　2614
ちらぬまに　2200
ちりつもる　2172
ちりぬとて　259
ちりのこる　380
ちりはてし
　こずゑはかよふ　2226
　このはののちの　1341
ちりはてて　1046
ちりはてむ　1824
ちるはなに
　いとひなれにし　1856
　をしむこころは　1884
ちるはなの
　おもかげのこす　1854
　かたみのいろの　1886
ちるはなは　1059
ちるはをし　340

【つ】

つかへつつ　2594
つきかげに　1237
つきかげの
　いたらぬたにの　2158
　ふけゆくまでに　511
　よひあかつきは　2411
つきかげは
　くもりもはてぬ　2224
　ふけぬともねじ　595
　よるともみえず　76
つきかげも　1202
つきかげを　1246
つききよみ　324
つきくさの　1611
つきのいろ　1991
つきのすむ
　あしやのたつみ　488
　そらはかすみて　1837
　よをうぢやまの　2042
つきのみや　2121
つきのもる　252
つきはなほ
　こころづくしの　1960
　ひかりもみえぬ　2035
つきははや　2104
つきひのみ　1519
つきまたば　737
つきみつつ　469
つきみても　1433
つきみれば
　まづぞこひしき　501
　わがいねがてに　1201
つきもなほ
　あだにぞみゆる　1203
　あはれとみずや　1653

すみよしとてや　489
なぐさめがたき　2080
つきもらぬ　1838
つきやあらぬ　1226
つきゆゑに
ぬれぬるそでと　1366
まどろまぬとは　734
つきよよし
あきかぜさむし　622a
むめもさかりの　251
つきをみる　1967
つたへこし　1640
つつみあまる　1377
つつみかね
つゆもるそでの　2285
ひとめにあまる　664
つづらはふ　178
つねのよの　377 傍
つねならぬ
うつせみのよを　846
ならひもかなし　366
つねよりも　375
つばなさく　800
つまごひの　1155
つまこふる
をのへのしかの　673
ときをばたれに　2041
つもりけむ　229
つもりては　1214
つゆおかぬ　1098
つゆさむき　2049
つゆしげき　819
つゆじもに
かねてこのはの　87
かれぬときはの　2050
つゆじもの　2079
つゆだにも　868
つゆとだに　2284
つゆながら
こはぎちるのの　1189
ぬれてほすなり　2478
つゆはいま　1988
つゆはらふ
そでかとぞみる　2148
ひとこそなけれ　2418
つゆふかき
はやましげやま　682
むぐらのやどの　1187
つゆよりも　1993
つゆわけて　457
つらしとて　2401
つららゐし
このかはやなぎ　970
ほそたにがはは　1724
つれなきを　1480
つれなくて　2511
つれなさの　2366
つれなしや　1380
つれもなき
ひとのこころの　2342
ひとのこころや　2346
ひとののきばの　1501
ひとをかならず　153
つれもなく　2507

【と】

ときしらぬ
ふじよりほかの　1970
やまともいはじ　1723
ときならぬ　360
ときはなる
まつもしぐれの　2162
まつらむとしも　655
ときはやま　614
としくれて　2267
としごとに
おいのかずをば　2505
をしむかひこそ　1883
としごとの　35
としたけば
いらむといひし　2539
いらむとおもふ　1645
としのうちに　217
としふとも　1373
としをふる　118
としをへて

おもひけりとも　2387
なれずはいかに　2114
まれにあひみし　1643
みやこのはなも　329
としをへば
いとふにまけぬ　2302
おもひやよわる　1417
ととのへぬ　1684
とにかくに　103
とのうみの　1552
とのもりの　2263
とはぬをも　1111
とはれぬも
うきみをしれば　331
みにはうらみず　333
とふひとの
あとあるやどと　2197
かげだにみえぬ　2115
そでかあらぬか　2147
そでかとみえて　1067
なきにつけては　987
とふひとは　561
とへかしな　2388
ともすれば　677
とりのねを　2484
とりべやま　1517
とりをだに　632

【な】

ながきよに
まよふうきみの　185
なにをあかずと　2054
ながつきと　1286
ながつきの
ありあけのそらの　2176
なだかきかひも　2098
もとのしづくも　2206
ながつきは　2174
ながつきも
けふくれなゐの　558
のこりいくのの　2171
ゆふくれなゐの　2170
なかなかに　53
ながむれば
あきかぜいたく　2037
すずしかりけり　1974
そこはかとなく　765
そらゆくくもの　667
ものおもひまさる　717
わがこころのみ　2333
わがねぬともも　1236
ながめつつ　813
ながめつる　2330
ながめやる　144
ながらふる
ひとのためしを　2535
よそのならひに　2582
ながらへて　1485
ながらへぬ　2304
ながらへば　2520
ながれゆく　606
なきそむる　1283
なきぬとも　1913
なきぬなり　398
なきひとの
あとをもしばし　849
かたみのいろの　857
くもとなりにし　848
なきわたる　1271
なくしかも　1178
なけやなけ　40
なごりおもふ　1405
なごりなく　1346
なごりをば　393
なつあきの　441
なつあきも　440
なつかりの
あしべのとりに　1660
あしやのなだに　767
なつくさの
のじまがさきの
あさなぎに　1504
しほかぜに　1942
もとのこころを　1099
なつくさは　1943
なつごろも

けさたちかふる　1891
けさたちかへて　1063
ほさでやくちむ　1102
なつだにも
すずしかりしを　2030
めづらしときく　378
なつのひの　1131
なつのよの
ありあけのそらの　39
こころしりてや　1126
なつはうゑ　1678
なにごとか　182
なにごとに
とまるこころと　2565
とまるこころの　2532
なにごとも　845
なにごとを　408
なにしおはば　571
なにかは
かごともかけむ　358
もみぢのぬさを　92
なにはえの
こほりのとこや　1348
たまものひかり　1961
なにはえや
あしのしげみに　2397
あまのすてぶね　2516
こほるしもよの　581
しほせふきこす　106
しほのさしくる　492
そこのたまもに　875
なにはがた
あきのもなかの　491
うらこぎくれば　2419
そこにうつれる　2091
ゆふしほみちて　107
なにはなる　2382
なにはびと　663
なにゆゑに
いそぎてかりの　1798
したのみだれと　2283
つつみそめけむ　701
ひとのつらさも　2408
なのみして
ときはのやまの　32
やくとはきかぬ　2452
なはしろの
あぜのなかみち　368
いけのみなくち　1860
たにのかけひに　1052
をだのしめなは　1859
なびかじな　2404
なべてよの　536
なほざりに
こよひばかりの　2399
をしきはるかは　1885
なみあらき　1511
なみあるる　1750
なみかくる
あまのとまやに　2485
いらごがさきの　1239
なみかぜも　1694
なみこえぬ　974
なみこえむ　619
なみこゆる
うぢのかはせの　113
うのすむしまの　1467
おきつこじまの　2515
しづえばかりは　1329
なみさわぐ　1530
なみだあれば　661
なみだがは
こほらぬなみも　675
そでのうきなみ　687
なみださへ
ぬれそふそでは　1110
もろくなりゆく　2062
なみだそふ　1548
なみだだに
おきどころなき
わがそでにたまこきちらし　2223
わがそでにまたつゆそへて　444
ほしあへぬそでを　799
なみぢわけ　1587
なみのおとも　1147
なみまわけ　1362

なみよする　542
ならはずや　1447
なるみがた
　しほひのみちを　586
　しほひをまつと　817
なれしよは　139
なれぬれど　1170
なれぬれば　1390
なれもまた　1567
なれゆゑに　2057

【に】

にごりなき　841
にしにゆく　1229
にしはるる　1219
にはつとり　2422
にはのおもに　361
にはのおもの　2106
にはのおもは
　あかつきやみと　1956
　ふるやあられの　574
　やみともみえぬ　1849
にはふかき　2207
にほひもて　955

【ぬ】

ぬきとむる　264
ぬししらぬ　1796
ぬるがうちに　2602
ぬるがうちも
　うつつのほかの　2574
　さむるうつつも
　　かはらぬを　1623
　　なつのよは　1955
ぬるゆめも　1633
ぬれつつも　621
ぬれぬれも　356

【ね】

ねざめして
　きしうつなみの　778
　なほのこすよも　64
ねのひする　1717
ねぶりこそ　1637
ねやちかき　420

【の】

のきちかき
　たけのはしだり　1310
　はなたちばなも　1091
のきちかく　952
のきばなる　929
のきばゆく　2111
のこりなく　102
のちもなほ　1044
のどかなる　210
のべごとに　905
のべにては　2068
のべははや　936
のべみれば
　きゆるゆきまも　1748
　はぎのしたばも　2150
　まだみどりには　1726
のもやまも
　いまはかぎりの　1277
　いろづきそむる　474
　いろづきぬらし　528

【は】

はかなくも
　しなばけぶりと　886
　ゆめになぐさむ　2301
はぎもちり　523
はこねやま　403
はしたかの　2255
はしりゐの　759
はちすばの　1536
はつせやま
　あらしをさむみ　1252
　ひばらもみえず　418
　ゆふゐるくもに　1604
はなかくす　1007
はなさかで　890
はなざかり　994
はなすすき
　あかつきつゆを　1284

ほにいでそむる　2275
ほのみしのべの　2274
はなとみる　1803
はなにあかで
いくさとすぎぬ　1834
なほやすぐさむ　2017
ひとよわがねし　1223
はなにほふ　325
はなのいろは
そでにのこりし　1065
はやくうつろふ　1868
はなのさく
はるにあふこそ　1050
はるにやあふと　2504
はなのせに　1047
はなはなほ　1872
はなみても
そでこそぬるれ　1839
まづぞこひしき　1023
はなみむと　2052
はなもちり　1878
はなもねに　364
はなゆゑに　1823
はなをみる　309
ははそやま　2164
はまちどり　1470
はるがすみ
おぼつかなしや　295
たちにけらしな　204
たちわたれども　1763
ふゆをへだてて　1753
やへのしほぢの　213
はるかぜに
みぎはのこほり　242
みだれしいとの　1759
むすびしつらら　938
わがやどかけて　1784
はるかぜの　965
はるかぜは　268
はるかなる　2488
はるきては
にほふさくらの　1821
はなをあるじと　1822
はるきても
いくかもあらぬに　16
なほかぜさむき　11
まだしもがれの　238
やまかぜさむく　222
われはかへらぬ　291
はるきぬと　1709
はるごとに
あくがれいでて　328
かへるもつらし　280
くもゐはるかに　1024
はるさめに
しをるるはなを　323
にはゆくみづの　355
ぬるともゆかむ　321
ぬれつつぞなく　219
はるさめの
しづくのつゆの　319
ふるともみえぬ　273
よにふることは　270
はるさめを　254
はるされば
かすみのいくへ　781
かすみのそこに　212
はるたちて
あらはれそむる　1715
けふみかづきの　904
けふみかのはら　195
つのぐみわたる　221
はるたつと
いふばかりなる　1729
くもゐのよそに　1711
はるならぬ　2464
はるのいろは
うつりにけりな　1054
はやくうつりぬ　357
はるのきる　8
はるのくる
いはとのせきの　894
にはのしらゆき　898
はるのたつ
あさけのそらに　1710
くもゐのたけの　1669

けふだにいまだ　193
はるのたに　1382
はるののの　1725
はるのひの　2591
はるのよの
あかつきおきの　959
おぼろのしみづ　981
かすみへだてて　2281
つきはおぼろに　249
つきはをぐらの　296
つきもくもらで　1037
つきをへだてて　979
みはてぬゆめの　2351
ゆめよりもなほ　1850
はるはきぬ　5
はるはこし
あきはみやこに
くるかりの　57
かへるやま　1793
はるはただ　1842
はるばると
みやこをよそに　166
よぶねこぐなる　173
はるふかき　1875
はるもなほ
くものいづくの　1756
ふゆにつづきの　1764
はるやまの　206
はるるよの　1965
はるをへて　1817
はれあがる　458
はれがたき　1657
はれやらぬ
そらのゆきげの　1708
ゆふべのあめの　978

【ひ】

ひきむすぶ　2099
ひくひとも　1088
ひぐらしの　437
ひくれば　2140
ひこぼしの　1148
ひさかたの
あまつくもゐに　2581
あまつさぎりの　2031
あまとぶかりの　59
あまのかはなみ　443
かつらのかげに　2038
くものうへにて　1922
くもゐのかげは　1664
そらにながれぬ　51
たなばたつめに　792
つきこそあらめ　65
つきのころこそ　2159
つきひはいづら　1685
なかなるさとの　738
ひたちなる　1583
ひとかたに　1432
ひとかたの　1879
ひとごころ　2359
ひとごとに
おもひつきせぬ　1652
わがしめしのの　1747
ひとこゑの　1927
ひとこゑは　41
ひとしほも　1761
ひとしれず
すみけるつきの　1951
たのむるくれを　1386
ねてもさめても　2489
ひとしれぬ
こころのおくの　1374
しのぶのやまの　2328
としのへぬれば　1416
はなやさくらむ
はるがすみ　316
みわのやま　996
ひとすぢに　882
ひとはぬ
まどのくれたけ　2228
むぐらのやどに　276
ひとならば
おもひたゆべき
あめもよにいとどまたたる　1908
あめもよになほたのまるる　1073
ひとはいさ

おもひもいでじ
われのみぞ　645
われのみや　1483
こぬよあまたの　2293
こよひのつきを　2334
なみやこすらむ　2325
ひとめとて　1596
ひとめなき　2022
ひとめみし　2513
ひとやきく　120
ひとよとて
あだにやおもふ　135
かりねののべの　151
ひとりすむ　1247
ひとりねの
みはならはしも　1427
よなよなゆるす　2291
ひはくれぬと　433
ひろさはの
いけのこほりに　597
いけのつつみを　1347
ひろせがは　124
ひをかさね　862

【ふ】

ふえたけの
ねやのまくらの　1094
ひとよのふしの　163
ふえによる　1683
ふきおくる
かぜこそにほへ　999
みやまあらしに　61
ふきかへす　505
ふきしをる　1293
ふきすぐる
かぜならねども　82
ゆふべのかぜや　447
ふきまよふ　1165
ふくかぜの　1009
ふくかぜは　246
ふくかぜも　1006
ふくかぜや　1809
ふくるまで　515
ふけぬとも　1210
ふけぬまに　628
ふけゆかば
つきもいでなむ　2084
ゆきをやみまし　2191
ふけゆくを　2179
ふけゆけど　1250
ふけゆけば
こほりぞまさる　2212
しかやみやまに　1101
もるひともなし　1349
ふじがはの　744
ふじがはを　745
ふじのねの
かみだにけたぬ　1367
けぶりのゆゑは　1524
けぶりはたえて　812
むなしけぶりに　1441
めづらしげなき　209
もえつつとはに　1442
ゆきにこがるる　2561
ふじのねは
いかなるかみの　169
くもよりたかき　2083
またもありけり　115
ふしわびぬ
あられみだれて　1308
あれたるやどの　2222
ふたこゑと　1085
ふたつなき　1235
ふたとせと　608
ふぢごろも
そでうちはへて　1744
やつるるとしの　855
ふねとむる　791
ふねとめて　1559
ふみそむる　1357
ふみわけて　430
ふもとには　1318
ふもとより　20
ふゆかはの　616
ふゆがれの
をぎのふるえを　943

をばながそでの　2211
ふゆきぬと　2184
ふゆくさの　2204
ふゆごもる　1340
ふゆさむみ
くものいづくに　907
しほかぜあれて　1335
ひともすさめぬ　1344
ふゆされば　592
ふゆちかき　1844
ふゆながら　2266
ふゆのよの　596
ふゆのよは　2225
ふゆもなほ　110
ふりいづる　2434
ふりうづむ　1327
ふりすさむ　2213
ふりそむる
にはのしらゆき　1453
ほどこそひとも　2258
ふりつもる　566, 591
ふりにけり
はるやむかしの　953
みそぢあまりの　2169
ふりはてて　1659
ふるさとと　1841
ふるさとに
あさぢいろづく　2165
いかでしらせむ　1324
いかなるかりの　290
かりかへるなり　289
たちかへるべき　820
たれかへるらむ　1167
にほふさくらを　344 傍
のきをあらそふ　1500
われもことしは　286
ふるさとの
あさぢがはらの　1861
あすかをゆかぬ　1104
あれたるのきの　976
あれたるやどに　2379
おいきのさくら　344
おいきのむめは　14
くちきのやなぎ
いにしへの　889
おのづから　971
こずゑのいろや　2192
ならのみやこの　1919
にはのあさぢふ　81
にはのをしへの　1786
にはもまがきも　1051
のきのいたぶき　512
のきのしのぶを　1249
ゆめにもみえよ　2442
ふるさとは
いつもつゆけき　1995
かぜもたまらぬ　1602
にはもまがきも　1163
のきのしのぶも　1936
のきもるつきの　513
はやかすめども　1754
はらふひとなき　1785
まつのかぜのみ　2498
むかししのぶの　1622
むぐらのつゆの　1194
わかなつめども　1743
ふるさとを
たちいでてみれば　1740
わかれてほどは　768
ふるすより　1735
ふるゆきに
とふひともなし　2243
わがかよひぢは　1452
をちかたびとの　2256
ふるゆきの
にほふよならば　1767
やがてつもらば　1311
ふるゆきは
あきみしいろに　2250
きえぬものから　1493
よのうきことの　1319
ふればかつ　1028
ふれやゆき　2242

【ほ】

ほどちかく　532

ほととぎす
あかぬはひとの　1076
いつもかはらぬ　388
いまひとこゑは　1926
きかずはすぎじ　1078
くものいづくに　1083
けさよりぞなく　1925
けふはまつかな　2586
こぞのやどりの　1077
こゑきくほどは　1079
さつきくはは る　1934
さつきまつまの　397
さよふけがたの　394
たづぬるやまの　1899
たづねいるさの　1066
なくねきこえぬ　1932
なくひとこゑに　422
なにうたたねを　1929
はつねききつと　1075
はつねたづねて　1900
はつねはいかに　1907
はつねまつまに　1910
はつねやきくと　1906
ふたむらやまを　1082
ほのかなるねを　2377
まつとはなしに　1130
まつよひすぎて　1084
ゆふつけどりに　1928
よそにはすぎじ　1081
ほにいづる　1248
ほのかにも　549
ほのぼのと　7

【ま】

まがひつる
かすみもゆきも　225
たかねのくもは　564, 570
まがへずは　314
まきのしま　1513
まきのたつ　2265
まきのとを　2233
まきもくの　949
まくずはふ　2151
まくずはら　1193
まくらだに　117
まくらとて　1093
まさきちる
みねのあらしに　2141
みねのむらくも　562
まさごぢの　755
ますかがみ
うつれるかげや　2524
そこなるかげの　834
まだいでぬ
こよひのつきの　480
やまのあなたの　1896
またいでむ　2135
まだきより
うきなやもれむ　2289
しもとやつきを　2055
やよひをかけて　1887
まだしらぬ　1595
まだちらぬ　1815
またできく　1911
まだふらぬ　100
またもこむ　796
またれつる　1813
まちえたる　493
まちしよの　2309
まちわびて　2384
まちわびぬ
おのがさつきの　36
たのめてもこぬ　127
まちわぶる
おもかげみせて　984
つきかげさそへ　2072
われよりさきに　390
まつがえに　490
まつかげに　814
まつにのみ
えだをつらぬる
ちぎりもてなどかはふぢの　371
ちぎりもてなにかはふぢの　1863
まつのおとの　2182
まつひとも　966
まつほどは　1952

まつむしの
こゑするのべの　1185
はつねをさそふ　2048
まつやまと　730
まつやまに　2367
まつよひの　2321
まてしばし
うつろふきくの　1256
つらさうらみむ　1924
まどろまぬ
かべのそこなる　1188
よはつもるとも　2126
まどろまば　679
まれにても　162

【み】

みかさやま
などこえがたく　2556
みもとのまつの　897
よそなるそでは　277
みくまのの　503
みごもりに　1666
みじかしと　2003
みじかよと
さこそはいはめ　47
なにはたてども　1915
みしぶつき　2352
みしまえや　1539
みしよこそ　1516
みせばやな
あられみだれて　2350
まつよのつきの　2349
みそぎがは　1985
みそぎする　1986
みだれつつ　637
みちすがら　1328
みづぐきの　1746
みつしほの
いりえはなみに　2209
さしこすほどは　2202
みづならぬ　1013
みづはやき　1320
みてだにも　670
みどりこが　261
みなかみに　1141
みなせがは
あれにしみやを　271
したゆくみづは　2086
したゆくみづも　1460, 2362
やまもとめぐる　1291
みなつきも　1969
みなといりの
あしわけぶねに　878
をぶねのかがり　1120
みなとえの　424
みなとより　2476
みなのがは　1105
みにうとく　2118
みぬひとに　789
みねのくも　29
みねのゆき　1830
みねはるる　555
みのうさぞ　2445
みのうさは　2568
みのうさを　2410
みひとつの　2514
みやぎのの
このしたしげき　684
このしたつゆに　63
みやこおもふ
こころもしばし　806
まくらのしたの　2059
ゆめのかよひぢ　2467
わがなみだより　818
われにならへな　1933
みやこにて
かかるもみぢの　1267
なにをかたらむ　1912
まづやかたらむ　1917
みやこには
あをばをぞみし　2479
まだいりたたぬ　547
みやこにも　723
みやこのみ　1572
みやこびと
こころもとめぬ　780

しらずまつらし　794
とはぬにつけて　1802
みやこへと　790
みやこまで　1918
みやこをば
かけはなれつつ　827
かすみへだてて　899
かつへだてつつ　2481
みやまぎの
こがくれおつる　683
しづくをそへて　1263
ときはにまじる　1264
みやまぢの　1306
みやまには　10
みよしのの
たのもをすぎて　1176
はなのかがみと　21
やまにはゆきや　1789
やまのあなたも　1846
やまのあなたを　2439
やまのさくらの　18
やまのさくらや　1827
みよしのは
けふもみゆきや　2221
やまのはたかき　1818
みよしのや　1001
みよすぎて　1663
みよのこる　1787
みるひとの
こころばかりと　2015
こころをふかく　255
とがむるほどに　1398
をるだにをしき　1182
みるひとも　1636
みるままに　1200
みるめなき　1359
みるもうし
やよひのつきの　1057
わがみもさぞな　671
みればまた　1866
みわたせば
あしやのおきの
なみまより　782
ゆふなぎに　214
うぢのしばふね　2240
さとはかすみに　248
ゆくもかへるも　1751
みわのやま
ひばらにまじる　1016
をしへしすぎは　208
みをかへて　1383
みをしれば　160
みをてらす　1963
みをなぐる　2601

【む】

むかしまで　842
むかしより　496
むかしわが　298
むさしのの　939
むさしのは
こころづくしの　73
ことやまみえぬ　2456
ただけふもやけ　940
つきのいざよふ　1197
はぎのしたばの　1545
みきやいかにと　1192
むさしのや
ちくさのはなの　54
つゆもるいほの　2455
をばなみだるる　1164
むしのこゑ　2060
むしのねも　576
むすぶてに　1980
むつきたち　902
むばたまの
やみこそあらめ　250
やみにはみえず　735
よはのさごろも　2231
むめがえに
かかれるゆきの　233
さくかとすれば　234
ふるはるさめの　253
むめがかの　274
むめちかき　958
むめのはな

ありとはこぞや　932
いろこそみえね　956
かやとまるとて　1769
かをふきかくる　247
さきちるをかは　925
さきぬとつげば　962
ちりぬるのちの　260
つきのかつらの　954
をりてかざさむ　963
むめはちり　263
むめもちり　278
むらくもの　2028
むらさきに　99
むらさめの
つゆけきはなの　429
はれゆくみねの　1080
むらしぐれ　62
むろのとや　172

【め】

めぐりあはむ　772
めぐりあふ　2597
めづらしき
としにもあるかな　187
はつねなれども　391
はるのひかりと　903
めにちかき　2394
めのまへに　2595

【も】

もえいづる　1739
もがみがは
たゆるあふせも　1576
のぼるとはなき　2558
もしほやく
あまのすむらむ　810
うらのけぶりを　9
なにはをとめが　147
なるみのうらの　1434
ものおもふ
たもとはふゆの　674
たもとやあきの　728
なみだのつゆの　1142
なみだやおちて　718
よはのねざめの　1491
ものおもへば　2396
ものごとに　1626
もみぢちる　572
もみぢばに
にはのかよひぢ　1296
みちなくみゆる　2199
もみぢばは　83
もみぢばを
さそふあらしに　556
よるさへみよと　85
ももしきの　821
ももしきや
おほうちやまの
あさがすみ　948
さくらばなくもゐにふかく　23
さくらばなむかしかざしし　343
ももしきを　1594
ももよこそ　1418
もりいづる　691
もりわぶる　1395
もろかづら　1904
もろこしの　2522
もろともに
あふとだにみば　1481
いのちぞしらぬ　705
けふはつむべき　545
はるまちわびて　1352

【や】

やけのこる
かたののはらを　244
かたやまはたの　243
やつはしの　1457
やどからに　1020
やどちかし　541
やどりして　1816
やはらぐる　1686
やへむぐら　930
やほよろづ　2438
やまあゐの
はつしほごろも　2276

をみのころもの　1351
やまかげや
あしふくのきの　2027
かぜふきいるる　1976
やまかぜや
さえずなりゆく　205
みねのさくらを　1038
やまかづら　1618
やまがはに　2559
やまがはの
いはとかしはの　2460
きしのさくらの　1041
そこひもしらぬ　1864
やなせのさなみ　1533
やまざくら
あかずさそひし　1855
いまさかりなり　1832
かすみのいくへ　1004
さくほどもなく　1027
わきてよきけむ　1017
をればかつちる　1011
やまざとに
すむつきかげの　2112
わがうゑおきし　461
やまざとの
いはのかけぢの　98
かけひのみづは　112
さよふけがたの　1127
すみうきときは　1295
たにのかけはし　1314
にはのかよひぢ　895
にはのをぎはら　71
はつはなざくら　1805
はなみにゆくと　326
ひとめはときも　2208
やまざとは
のきばにたてる　825
のきばのまつの　1488
はなまつほどの　947
ひとこそとはね　1931
ひをふるゆきに　1331
をぎふくかぜの　1171
やまざとも　2116
やまたかみ
あをばにのこる　1876
くもゐをわたる　352
ゆふひうつろふ　1482
やまだもる
あきのかりいほの　531
とまやにかこふ　478
ひたになれてや　2143
やまぢまで　2085
やまどりの
をのへのつきの　2131
をろのはつをの　840
やまのはに
いるみちしらぬ　2508
ただよふくもは　2134
まつよのつきは　69
やまのはの　982
やまのはは　227
やまのはや　2088
やまのはを
いざよふつきの　1484
まつもをしむも　2102
やまのゐに　1139
やまびこの　1525
やまびとの
そでもいろにや　84
にはびにこれる　2262
やまひめの　1260
やまふかき　1268
やまふかみ　2113
やまぶきの　1871
ややしげる　428
やよひまで　275
やよひやま　1877
やりみづの　1853

【ゆ】

ゆきかへり　704
ゆきくらす
あづまののぢの　740
やまぢはるかに　1117
ゆきくれぬ　175
ゆきしろき

いぶきのやまを　750
かたやいづくと　593
ゆきどけの　937
ゆきとふる　26
ゆきのうちの　1
ゆきふかき　753
ゆきふれば　2260
ゆきまより　1361
ゆきやらで　1140
ゆきやらぬ　779
ゆくあきの　2185
ゆくあきを
こよひばかりと　1281
をしむこころは　1282
ゆくかたの　1578
ゆくすゑに　2414
ゆくすゑの
あらましごとに　183
かすみのせきは　1550
ゆくすゑは
おもふもとほし　1689
かかるべしとも　2563
かぎりもしらぬ　2446
けふをやこひむ　1034
またとほざかる　2010
ゆくすゑも　1647
ゆくすゑを
いまはおもはむ　1682
おもふぞとほき　801
かねてよりみる　2576
ゆくはるは　1061
ゆくひとも　1292
ゆくへなく　758
ゆくみづに　844
ゆふかけて　891
ゆふがほの
はなさきかかる　431
はなのあるじも　2502
ゆふぎりの
はるるとだえに　543
へだつるやまの　1269
ゆふぐれに　766
ゆふぐれの
にはのまがきは　1874
まがきはかはる　1873
をののしのはら　2051
ゆふぐれは
さらでもかなし　1172
たのみなれにし　678
やまとやみえむ　220, 927
ゆふされば
くさばのつゆを　67
しほみちくらし　776
しほやみつらむ　170
ひとまつやどの　2021
ものおもふやどの　835
ゆふだちの
くもはあとなく　1112
くもゐにひびく　1971
そらもとどろに　432
ゆふづくひ
うつろふやまの
あきかぜに　2152
うすもみぢ　1270
よそにうつろふ　1978
ゆふづくよ　292
ゆふひさす
くものはたての　554
はまなのはしを　748
みねのかけはし　1797
みねのかすみも　1828
ゆふやみの　2101
ゆめさむる
ねやのいたまに　2043
ねやのいたまを　1290
ゆめぢにも　807
ゆめとだに　642
ゆめならで
いかでふたたび　2577
みぬよのことを　2584
ゆめならば　631
ゆめにだに　1212
ゆめにても　641
ゆめのうちは　2457
ゆめのよを　365
ゆらのとや　1241

【よ】

よしさらば
　こころのままに　155
　つきよよしとも　1392
よしのがは
　かはづなくせに　1055
　きしのやまぶき　1053
　よしやいはなみ　1221
　よしやよのなか　859
よしのやま
　うきよへだつる　1600
　ことしはおそき　1836
　はなちるまでの　1521
　はなのさかりの　1005
　はなやちるらむ　1843
　はなよりおくの　19
　みねのしらゆき　914
よしやさは　1397
よそながら　413
よそにたつ　1833
よそにのみ
　みかさのやまの　2548
　みてこそやまめ　2016
　みてはやまじな　1520
よそにみし
　かづらきやまの　1419
　しのぶのやまの　2371
よとともに　1119
よなよなの
　こほりのとこや　2217
　ゆめぢはたえず　653
よなよなは
　すずしくなりぬ　1998
　そでのみぬれて　1396
　ねられぬままに　1440
よにふれば　2598
よのうさも　2194
よのうさを
　おもひしらずは　1650
　なににつけても　2592
よのつねの
　うづきになれて　377
　としにあふひの　384
　ひかずにくるる　1889
よのなかに
　しづみはつれば　1557
　われをとむるは　1649
よのなかの
　うきかずかずに　367
　うきたびごとに　1662
　うきはいづくも　784
　うきめのいけの　1534
　うさにくらべて　1489
よのなかは
　いほさすをだに　2496
　かくこそありけれ
　　とばかりの　2566
　　にごりえの　181
　さてもやうきと　339
　ただあきかぜに　1510
　たまのうてなも　1680
　ところもわかぬ　874
　なにかなにはの　1661
　ひかげにをりて　2580
　むなしきものと　1128
よのなかを
　いとはむといふ　887
　いとはむとおもふ　1644
　うぢのさとびと　1605
　すつともしばし　2533
　すてぬはうしと　884
よのほどに
　はなやさくとて　2144
　はなやさくらむ　311
よはのつき
　およばぬたにの　426
　まつもをしむも　2087
よはのつゆ　1159
よひながら　399
よひのまに
　くもらざりせば　494
　さえつるつきは　2248
よひのまの　2348
よひよひに
　かよひしなかの　839

まちえしそでの　2373
よぶかしと　1408
よぶこどり　1800
よもすがら
つきにたづねし　2299
ながむるそでの　2129
ねぬともとなる　2056
よものうみの　1695
よよふとも　1628
よよふりて　2545
よよへぬる　2546
よよをへて　760
よるべなき　2562
よろづよと　2429
よろづよの
ありかずにせむ　2426
はるとふくなる　1616
よろづよも
おいせぬあきの　2145
みやこをかけて　2612
よろづよを　198
よをいとふ　176
よをかさね
つれなきつまや　2046
ながめぞあかす　2319
はらはぬつゆや　2374
よをさむみ
こほりにけりな　1535
ねてのあさぢふ　1302
よをすてて
いらむやまぢは　871
すみこしやまの　832
よをてらす　2613
よをわびて　879

【わ】

わがあとを　2239
わがいほは　2430
わがかどの　477
わがきみの　1690
わがこえし　798
わがこころ　1213
わがごとく　272
わがごとや
いとけなきこの　1608
なにはほりえの　1541
ひともつきよを　2412
ふはのせきもり　1665
わがこひは
あふをかぎりと　134
かたのゆくなる　454
しのぶのうらの　2288
ひくしほむかふ　1476
まだたにいでぬ　2273
みやまつづきの　2286
よるべもしらず　1478
わかざりし　33
わがそでに
あめもなみだも　2472
つゆぞおくなる　509
つれなきなみは　148
ならひにけりな　635
にほひかうつせ　967
まがひやすらむ　1892
むめふきたむる　1774
わがそでの
あやめのくさの　1096
たぐひもうしや　1448
なみだともみよ　685
なみだならねど　2340
なみだなるらし　2287
わがそでも
いろづくほどに　2156
いろにないでそ　2363
わがそでや　1379
わがそでよ　2344
わがそでを　2353
わがそのの　387
わがために
おもへばつらき　2386
くるあきなれや　726
つらきむくいの　636
わがためは　1420
わかなつむ　202
わがなみだ
あふをかぎりと　1400

もみぢをそむる　2355
わかのうら　2499
わかのうらに
しづみしそでぞ　2454
しづみはてぬる　1655
はねをならべし　2421
わかのうらや
いそがくれなる　876
いそべのまつの　1209
いへのかぜなき　2549
くもにのぼりし　1505
ことしよとせの　2500
むかしのあとに　1503
むかしのあとは　1654
わがまちし　190
わがみよに　1792
わがやどに　934
わがやどの
はつうのはなの　1072
はなたちばなや　401
はなのおもはむ　334
はなのねぐらに　935
まがきはやまに　1279
まつはかひなく　2251
わかきのさくら　1848
をぎふきすさむ　467
わがやどは
いまはのやまし　946
のきのしのぶに　2292
やへむぐらして　1599
わがやどは　2163
わがよにや　2518
わかるてふ　646
わかるれば　1581
わかれぢに
いとひなれたる　165
かこちしつきの　634
ともなふつきは　2314
ながめしつきの　138
わかれぢの
なみだにくれて　746
ひとのかたみも　2308
わかれぢを
すすむるとりの　2310
なげくこころの　851
わかれても　852
わかれにし　672
わぎもこが
たちよるそでも　1770
たまくらののの　1162
ひきものすがた　1617
わぎもこや　2407
わくらばに
あひみしよはの　715
あふとみるよの　507, 629
とはるるあとも　1313
みやこにすまふ　826
わけいりて　858
わけわぶる　797
わするなよ
なれしをぐらの　1025
ゆくすゑかねて　662
わすれぐさ　2395
わすれじと　1421
わすれずは
おもひおこせむ　1431
おもひやらなむ　724
わすれずよ
あづまにかへる　1543
こぞのこよひは　1227
そのかみやまの　2257
なにはのはるの　924
ねざめのつきの　2047
またゆきてみむ　484
をばながそでを　1204
をばなかりふく　2458
わすれては
あきかとぞおもふ　1129
とはずとひとを　985
わすれめや　1234
わたつうみの　2616
わたのはら　2463
わたりけむ　140
わびびとの　226
われからも　354
われぞまづ

なきはじめぬる　396
はるをしりぬる　1703
われならば　141
われのみや
あはれときかむ　1733
あはれとみまし　2117
うきみかりのの　130
しづみはつべき　2551
ればかり
かなしきものか　721
ふみならしたる　1332
われゆゑの　665
われをなほ　2509

【ゐ】

ゐぐひたて　1532

【を】

をがやふく　751
をぎのおとに　449
をぎのはに　2123
をぎはらや　2279
をぐらやま
かすみのひまに　1012
くるるふもとの　2029
はてはわがみの　1515
ふきこすかぜの　350
ふもとのさとに　861
もみぢかつちる　1275
をのへふきこす　539
をしかなく　86
をのやまの　2253
をみなへし
おほかるのべに
たつしかの　475
なくしかは　2039
かぜのこころの　2019
はなにこころの　459
をらではすぎじ　1158
をりてかへらば　460
をやまだの　1048
をりつれば　1115
をるひとの　951
をるひとも　546

【著者紹介】

中川博夫（なかがわ ひろお）

昭和31年東京都生まれ。慶應義塾大学大学院文学研究科博士課程単位取得退学。徳島大学助教授、国文学研究資料館助教授（併任）を経て、鶴見大学名誉教授。博士（文学）。著書に『中世和歌論―歌学と表現と歌人』（勉誠出版、令和２年）、『柳葉和歌集新注』（青簡舎、令和５年）他。

鎌倉期関東歌壇の研究

二〇二五年三月二十五日　初版第一刷発行

著者……中川博夫
装幀……池田久直
発行者……相川　晋
発行所……株式会社花鳥社
https://kachosha.com
〒一〇一-〇〇五一　東京都千代田区神田神保町一-五十八-四〇二
電話　〇三-六三〇三-二五〇五
ファクス　〇三-六二六〇-五〇五〇

ISBN978-4-86803-018-8

組版……ステラ
印刷・製本……太平印刷社